HEYNE

Das Buch

Der Planet Jijo ist verbotenes Territorium – zumindest, wenn es nach den Wächtern der Fünf Galaxien geht: Denn auf Jijo existiert ein im Universum einzigartiges Ökosystem, das auf keinen Fall aus dem Gleichgewicht gebracht werden darf. Dennoch ist die Wildnis Jijos seit Jahrhunderten die Heimat von sechs verschiedenen Völkern, darunter auch Menschen, die dort einst Zuflucht suchten. Gemeinsam haben sie eine neue Gesellschaftsform errichtet, im Zeichen des Friedens und der gegenseitigen Toleranz. Doch die Völker Jijos leben in ständiger Furcht vor dem »Tag des Gerichts« – dem Tag, an dem die Wächter der Fünf Galaxien herausfinden, dass der Planet heimlich besiedelt wurde. Als eines Tages ein fremdes Raumschiff nach Jijo kommt, scheinen sich ihre schlimmsten Befürchtungen zu bewahrheiten …

Der Autor

David Brin, 1950 im amerikanischen Glendale geboren, studierte Astronomie und Physik und arbeitete lange Jahre als Wissenschaftler und Dozent, bevor er sich ganz dem Schreiben widmete. Mittlerweile gehört er zu den bedeutendsten amerikanischen Science-Fiction-Autoren der Gegenwart und erobert regelmäßig die Bestsellerlisten. Mit seinem Roman *Existenz* ist ihm beispielsweise eine der eindrucksvollsten Zukunftsvisionen der Science Fiction gelungen. David Brin lebt in Südkalifornien. Zuletzt sind im Heyne Verlag seine *Uplift*-Romane *Sonnentaucher, Sternenflut* und *Entwicklungskrieg* erschienen.

DAVID BRIN

Sternenriff

Roman

WILHELM HEYNE VERLAG
MÜNCHEN

Titel der amerikanischen Originalausgabe
BRIGHTNESS REEF
Deutsche Übersetzung von Marcel Bieger

Verlagsgruppe Random House FSC® N001967
Das für dieses Buch verwendete
FSC®-zertifizierte Papier *Salzer Alpin*
wird produziert von UPM, Schongau und
geliefert von Salzer Papier, St. Pölten, Austria.

2. Auflage
Neuausgabe 03/2015

Printed in Germany 2015
Umschlaggestaltung: Nele Schütz Design, München,
unter Verwendung eines Motivs von Shutterstock / HomeArt
Satz: Leingärtner, Nabburg
Druck und Bindung: GGP Media GmbH, Pößneck
ISBN: 978-3-453-31450-4

www.diezukunft.de

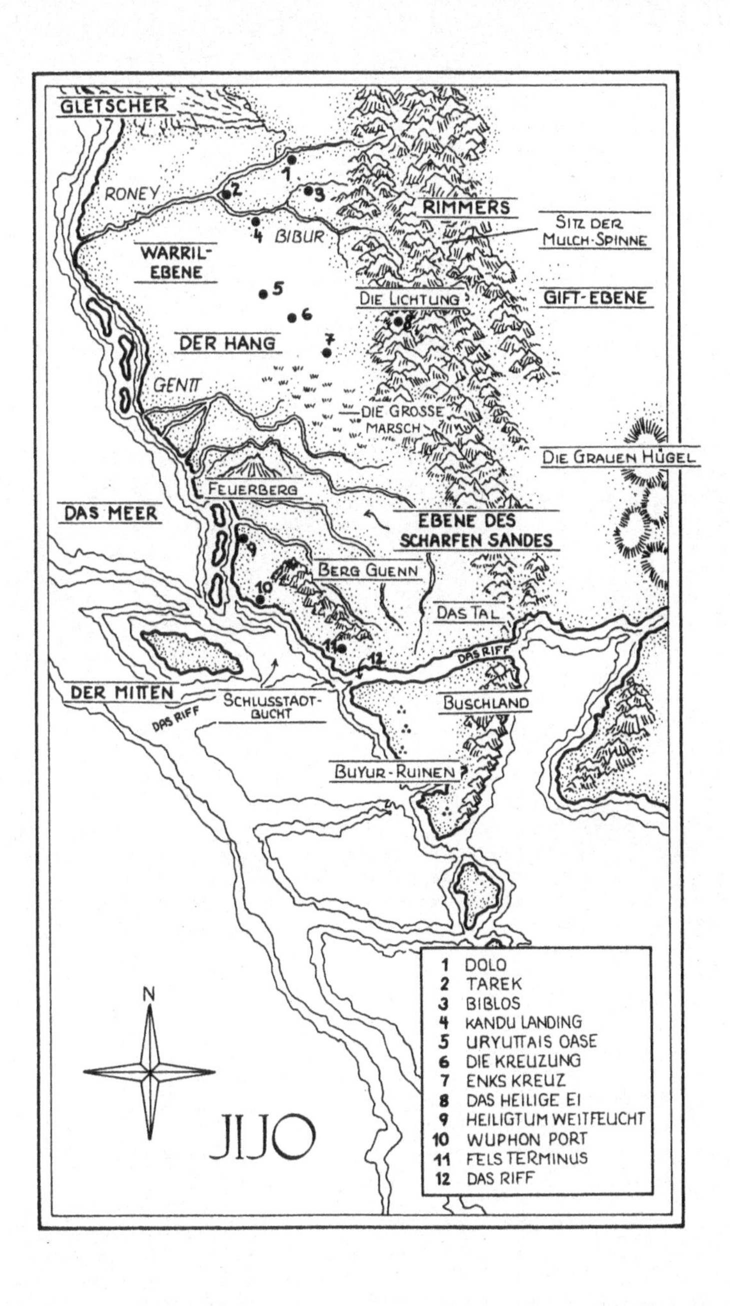

GLETSCHER
RONEY
RIMMERS
SITZ DER MULCH-SPINNE
BIBUR
WARRIL-EBENE
GIFT-EBENE
DIE LICHTUNG
DER HANG
GENTT
DIE GROSSE MARSCH
DIE GRAUEN HÜGEL
FEUERBERG
DAS MEER
EBENE DES SCHARFEN SANDES
BERG GUENN
DAS TAL
DAS RIFF
DER MITTEN
SCHLUSSTADT-BUCHT
DAS RIFF
BUSCHLAND
BUYUR-RUINEN
N
JIJO
1 DOLO
2 TAREK
3 BIBLOS
4 KANDU LANDING
5 URYUTTAIS OASE
6 DIE KREUZUNG
7 ENKS KREUZ
8 DAS HEILIGE EI
9 HEILIGTUM WEITFEUCHT
10 WUPHON PORT
11 FELS TERMINUS
12 DAS RIFF

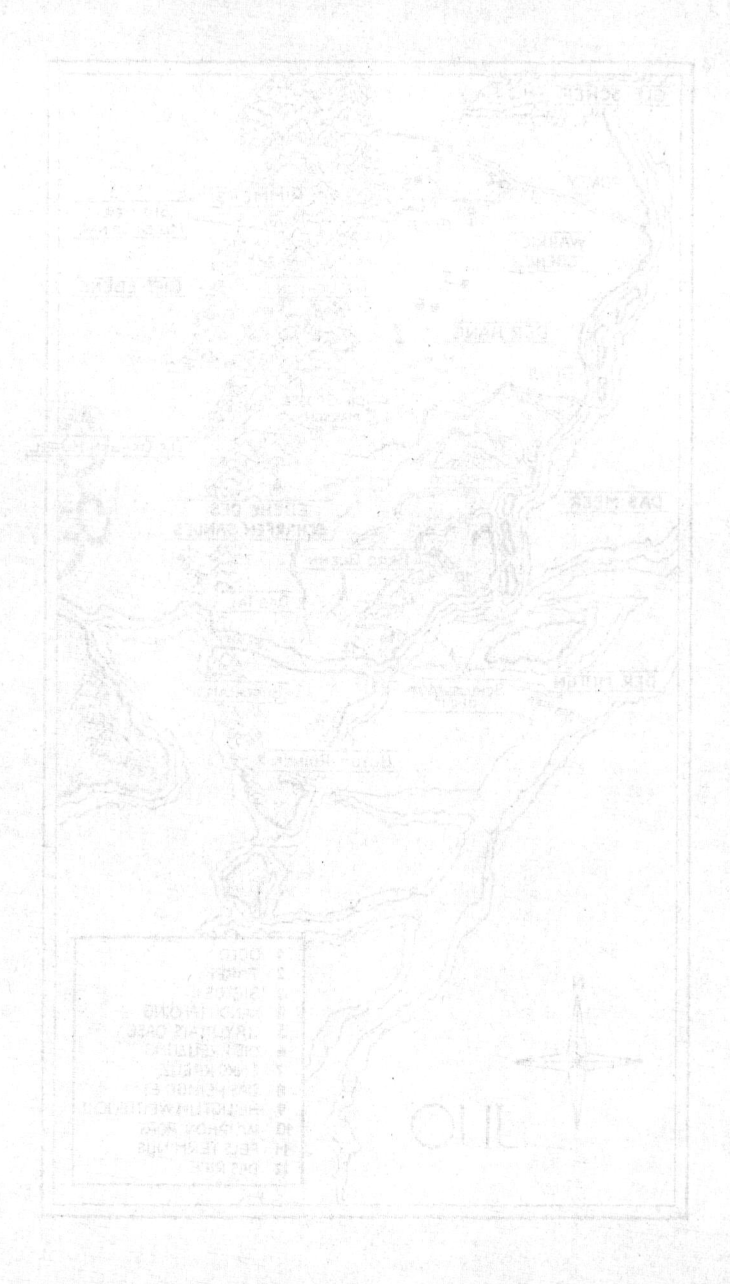

Für Herbert H. Brin,
Dichter, Journalist und
lebenslanger Champion
der Gerechtigkeit.

Im Angedenken an
Dr. James Neale,
Kiwi-Dritter-Baseman,
Heiler und Freund.

Asx

Ich muss euch um Erlaubnis fragen. Euch, meine Ringe, meine verschiedenen Selbste.

Entscheidet euch jetzt, und schreitet zur Wahl! Soll ich für uns zur Außenwelt sprechen? Möchten wir uns ein weiteres Mal vereinen, um Asx zu werden?

Das ist der Name, den die Menschen, die Qheuen und die anderen Arten verwenden, wenn sie diesen Stapel Ringe ansprechen. Unter diesem Namen wurde diese plumpe Koalition von Traeki-Ringen zum Weisen unter den Commons gewählt, um seitdem – respektiert und verehrt – über die Mitglieder aller sechs Exilspezies Recht zu sprechen.

Und Asx ruft man auch, wenn wir Geschichten erzählen sollen.

Gehen wir damit konform?

Dann wird Asx nun Zeugnis ablegen … über die Ereignisse, die wir durchgemacht haben, und die, die die anderen betreffen. »Ich« werde die Geschichte erzählen, denn der Stapel ist nicht so verrückt, der Welt nicht als Einzelpersönlichkeit gegenüberzutreten.

Asx spinnt sein Garn. Streichelt über die wächsernen Pfade. Spürt, wie der Duft der Geschichte langsam hochsteigt.

Denn es gibt kein besseres Abenteuer, von dem ich berichten kann.

Vorspiel

Schmerz ist die Naht, die ihn zusammenhält ... andernfalls wäre er wie eine zerrissene Puppe oder ein kaputtes Spielzeug auseinandergefallen und würde jetzt mit zersplitterten Gliedmaßen im Schlamm zwischen den Schilfrohren liegen und wäre längst vergangen.

Schmutz bedeckt ihn von Kopf bis Fuß und bleicht aus, wo das Sonnenlicht ein Wirrwarr von bröckelnden Platten bestrahlt. Die Kruste ist heller als seine dunkelschmutzige Haut. Der getrocknete Schlamm bedeckt seine Blöße zuverlässiger als die verkohlten Kleidungsstücke, die nach seiner panikartigen Flucht vor dem Feuer wie Ruß von ihm abgefallen sind. Die Schicht löscht seinen brennenden Schmerz, und so wird die gedämpfte Pein beinahe zu einem Gefährten – so wie ein Reittier, das sein Körper durch eine endlose, klebrige Marsch jagt.

Eine Art Musik scheint ihn zu umgeben, eine verstörende Ballade von Schürfwunden und Verbrennungen. Ein Opus von Trauma und Schock.

Und das *Loch* an der Seite seines Kopfes streicht eine wimmernde Kadenz dazu.

Nur einmal hat er eine Hand an die klaffende Wunde gelegt. Die Fingerspitzen, die damit rechneten, von Haut und Knochen aufgehalten zu werden, krochen auf erschreckende Weise immer tiefer hinein, bis irgendein Instinkt ihn erbeben und die Hand rasch zurückziehen ließ. Die Lücke war zu gewaltig, um sie ergründen zu können. Diesen Verlust konnte er einfach nicht geistig verarbeiten.

Offenbar hat er durch das Loch die Fähigkeit verloren, etwas zu begreifen ...

Der Schlamm zerrt gierig an ihm, versucht, ihn bei jedem seiner Schritte hinabzuziehen. Er muss sich bücken und verdrehen, um ein weiteres Hindernis von kreuz und quer wuchernden Ranken zu überwinden, die zu pochenden roten und gelben Venen verwoben sind. Gefangen in diesem Gebilde sind Metall- und Glassteinklumpen, die Alter und säurehaltige Säfte stumpf gemacht haben. Er meidet diese Stellen und erinnert sich dumpf daran, dass er einmal gute Gründe dafür gekannt hat, ihnen aus dem Weg zu gehen.

Früher einmal hat er ziemlich viel gewusst.

Unten im öligen Wasser schlingt sich eine Ranke um seinen Fuß und versucht, ihn in den Sumpf zu ziehen. Er rudert mit den Armen und kann kaum den Kopf über der Brühe halten. Hustend, würgend und an Leib und Gliedern zitternd, kommt er wieder auf die Beine und setzt, wenn auch völlig erschöpft, sein Waten fort.

Ein weiterer Sturz, nur noch einmal ausgleiten, und es wäre für ihn zu Ende.

Während sich seine Beine aus Gewohnheit hartnäckig weiterbewegen, spielt ihm der ihn ständig begleitende Schmerz eine mehrteilige, rohe, knirschende und grausam wortlose Fuge vor. Der einzige Sinn, der bei ihm nach der grässlichen Erfahrung von Absturz, Aufprall und Feuer noch zu funktionieren scheint, ist der des Geruchs. Er hat weder Richtung noch Ziel – nur der kombinierte Gestank von kochendem Treibstoff und seinem eigenen versengten Fleisch treibt ihn voran. Und so watet, stolpert, taumelt und kriecht er voran, bis das Dornenhindernis sich unvermittelt lichtet.

Und plötzlich sind keine stacheligen Zweige mehr vor ihm. Stattdessen breitet sich vor ihm das Sumpfland aus, aus dem sich merkwürdige Bäume mit gebogenen, spiralförmigen Luftwurzeln erheben. Enttäuschung bewölkt den Rest seines Verstandes, als er sich noch eines weiteren Umstandes bewusst wird: Das

Wasser ist jetzt tiefer. Nicht mehr lange, dann wird ihm der morastige Schlamm bis zu den Achselhöhlen reichen, und dann noch höher.

Bald wird er tot sein.

Das scheint selbst dem Schmerz klar zu sein. Er lässt nämlich nach, fast so, als hätte er die Fruchtlosigkeit seiner Bemühungen eingesehen, einen Fasttoten noch weiter zu plagen. Zum ersten Mal seit Langem richtet sich der Überlebende auf. Seit er sich brennend aus dem Wrack winden konnte, hat er sich nur gebückt vorwärtsbewegt. Er dreht sich auf dem glitschigen Untergrund herum, rutscht ein Stück …

… und blickt unvermittelt in ein Paar Augen, das ihn aus den Zweigen des nächsten Baumes her anstiert. Die Augen sitzen über einer vorstehenden Schnauze mit nadelspitzen Zähnen. Sieht aus wie ein Delfin, denkt er, wie ein bepelzter Delfin mit kurzen, drahtigen Beinen … vorne im Gesicht sitzenden Augen … und Ohren …

Nun gut, vielleicht ist *Delfin* doch kein so guter Vergleich. Aber zurzeit läuft sein Denkapparat nicht gerade auf Hochtouren. Trotzdem können Überraschungen zu den merkwürdigsten Assoziationen verleiten. Von irgendeinem abgelegenen Gehirnpfad löst sich ein Relikt, das sich beim Näherkommen immer mehr zu einem Wort entwickelt.

»Ty … Ty …« Er schluckt. »Ty-Ty-t-t-t …«

Das Wesen legt den Kopf schief und betrachtet ihn mit Interesse. Es bewegt sich auf seinem Ast vorwärts, während der Überlebende mit ausgebreiteten Armen auf es zuwatet.

Abrupt ist es um die konzentrierte Neugierde der Kreatur geschehen, und sie richtet ihren Blick nach oben, weil ein Geräusch zu hören ist.

Etwas platscht laut, dann noch einmal, und wieder und wieder. Es wiederholt sich absichtlich, vorsätzlich und schneller werdend, kommt rhythmisch immer näher. Plitsch-platsch, Plitsch-platsch. Der pelzige Delfin schaut an dem Überlebenden vorbei zur Quelle der Geräusche und grunzt dann enttäuscht. Rasch wie der Wind fährt er herum und verschwindet zwischen den sonderbar geformten Blättern.

Er hebt eine Hand, um das Wesen zum Bleiben zu bewegen. Aber ihm wollen nicht die rechten Worte über die Lippen kommen. Keine Laute finden sich, die seinem Kummer Ausdruck verleihen können, als seine schwache Hoffnung im Abgrund des Verlassenwerdens zerschellt. Wieder einmal schluchzt er verloren und stöhnend auf.

»Ty … Ty …«

Das Platschen kommt näher. Und nun gesellt sich ein weiteres Geräusch dazu – ein leises Rumpeln wie von bewegter Luft.

Dem antwortet ein Gewirr von Klicken und pfeifendem Murmeln.

Er erkennt darin Sprache, das Plappern vernunftbegabter Wesen, ohne auch nur ein einziges Wort verstehen zu können. Halb betäubt von Schmerz und Resignation dreht er sich um und blinzelt verständnislos, als ein Boot aus dem kleinen Wäldchen der Sumpfbäume auftaucht.

Boot – das Wort, eines der ersten, das er gelernt hat, kommt ihm so glatt und problemlos in den Sinn, wie das früher zahllose andere Worte getan haben.

Das *Boot* – besteht aus etlichen langen, schmalen Röhren, die geschickt gebogen und miteinander verbunden worden sind. Einige Gestalten bewegen es mit Stecken und Rudern gleichmäßig voran. Die Wesen kommen ihm bekannt vor, denn solche hat er schon einmal gesehen. Aber noch nie so dicht beisammen.

Und erst recht noch nie miteinander zusammenarbeitend!

Eine dieser Figuren ähnelt einem Kegel aus aufeinandergestapelten Ringen oder Wülsten, die sich nach oben verjüngen. Am Bauch befindet sich ein Kranz von beweglichen Tentakeln, deren Enden eine lange Stange festhalten, mit der sie Treibholz und

Schwimmwurzeln vom Bootskörper fortschieben. Neben diesem Wesen paddeln zwei breitschultrige, in grüne Umhänge gehüllte Zweifüßler mit schöpfkellenartigen Rudern durchs Wasser. Ihre langen, schuppigen Arme glänzen blass im schräg einfallenden Sonnenlicht. Die vierte Gestalt besteht aus einem mit Lederplatten gepanzerten blauen Klumpen von Oberkörper, der oben in einer platten Halbkugel endet, die von einem glitzernden Bandauge umrahmt wird. Fünf mächtige Beine ragen unten aus dem Torso heraus, als wolle das Wesen jeden Moment in alle Richtungen gleichzeitig davonlaufen.

Der Überlebende kennt solches Aussehen. Kennt und fürchtet es. Aber erst recht erfasst Verzweiflung sein Herz, als er die fünfte Gestalt erspäht. Sie steht im Heck, bedient das Bootsruder und sucht das Dickicht aus Ranken und korrodierten Steinen ab.

Einer der kleineren Zweibeiner, von schlankem Wuchs und gekleidet in grobgesponnene Wolle. Ein vertrautes Äußeres, dem seinen sehr ähnlich. Ein Fremder, sicher, aber doch jemand, der seine eigene, ganz besondere Herkunft teilt, die, vor vielen Äonen und Galaxien entfernt von diesem Gestade des Alls, bei einem bestimmten salzhaltigen Gewässer begann.

Einen wie diesen Fünften wollte er an einem so verlorenen Ort, so weit von der Heimat entfernt, nie sehen.

Er ergibt sich seinem Schicksal, als der Fünfbeiner ein klauenbewehrtes Bein hebt, in seine Richtung zeigt und etwas ruft. Die anderen kommen nach vorn, um ihn anzugaffen, und er starrt ungeniert zurück, denn einen solchen Anblick gibt es nicht alle Tage zu sehen: völlig verschiedene Gesichter und Körper, die in schierem Erstaunen über diesen spektakulären Fund miteinander schwatzen. Dann kehrt jeder wieder an seinen Platz zurück, und wie ein Team bewegen sie das Boot weiter und rudern auf ihn zu, wohl in der eindeutigen Absicht, ihn zu *retten*.

Er reißt die Arme hoch, als wolle er sie willkommen heißen.

Dann knicken wie auf Befehl seine beiden Knie gleichzeitig ein, und das trübe Wasser beeilt sich, ihn in sich aufzunehmen.

Auch wenn er keine Worte mehr kennt, wird er sich in diesen Sekunden doch der Ironie seiner Situation bewusst, als er das Ringen aufgibt, am Leben zu bleiben. Er hat einen langen Weg zurückgelegt und viel durchgemacht. Vor Kurzem noch schien *Feuer* sein endgültiges Schicksal, sein Untergang zu sein.

Doch manchmal scheint es eine bessere Art zu sein, sich zu verabschieden, indem man einfach untergeht.

ERSTER TEIL

DAS BUCH VOM MEER

Ihr, die ihr diese Art zu leben erwählt habt –
Zu leben, sich zu vermehren und zu sterben
In aller Heimlichkeit auf dieser verwundeten Welt,
Wo ihr euch duckt vor den Sternenstraßen,
Über die ihr einst seid gestreift
Wo ihr euch mit anderen Exilanten verbergt
An einem Ort, den das Gesetz verbietet,
Mit welchem Recht beansprucht ihr dieses Land?
Das Universum ist hart,
Und seine Gesetze kennen kein Vergeben.
Selbst die Ruhmbeladenen und Erfolgreichen werden
Bestraft von dem grimmigen Henker, genannt Zeit.
Umso schlimmer für euch, die ihr verdammt seid,
Den Himmel zu fürchten.
Und dennoch gibt es Pfade, die führen
Selbst aus eurer kummervollen Verzweiflung
Versteckt euch, Kinder des Exils!
Duckt euch vor den Sternen!
Doch haltet offen Auge und Ohr,
Für das Erscheinen eines solchen Pfads.

Die Rolle des Exils

Alvins Geschichte

An dem Tag, an dem ich alt genug war, dass mein Haar sich weiß färbte, riefen meine Eltern alle Mitglieder unseres dichtgedrängten Haufens zu einem Familien-Khuta zusammen, der Feier, auf der ich meinen richtigen Namen erhalten sollte: *Hph-wayuo.*

Ich schätze, der Name ist ganz okay, zumindest für einen Hoon. Er rollt recht einfach aus meinem Kehlsack, aber manchmal versetzt es mich in Verlegenheit, ihn zu hören. Der Name ist angeblich in unserer Sippe gebräuchlich, seit unser Schleichschiff den ersten Hoon nach Jijo gebracht hat.

Das Schleichschiff war ultrascharf! Unsere Vorfahren mögen ja Sünder gewesen sein, indem sie auf diesen Tabu-Planeten gekommen sind, um sich hier fortzupflanzen, aber sie sind in einem granatentollen Sternenkreuzer geflogen und mussten dabei Patrouillen des Instituts, den gefährlichen Zang und den Kohlenstoffstürmen von Izmunuti ausweichen, um es bis hierherzuschaffen. Ob nun Übeltäter oder nicht, sie müssen über viel Mut und Geschick verfügt haben, sonst hätten sie das alles nie hinbekommen.

Ich lese alles, was mir in diesen Tagen unterkommt. Allerdings ist es erst hundert Jahre her, seit es auf Jijo Papier gibt, und so besitzen wir kaum mehr als ein paar Sagen über die Hoon-Pioniere, die aus dem Himmel gefallen sind und g'Keks, Glaver und Traeki vorgefunden haben, die sich bereits hier auf dem Hang versteckt hatten. Die Geschichten erzählen davon, wie die ersten Hoon ihr Schleichschiff im tiefen Mittenmeer versteckt haben, damit man ihre Spuren nicht finden konnte. Dann haben sie sich hier niedergelassen und große, krude Flöße gebaut. Sie waren die Ersten seit den Buyur, die die Flüsse und Meere befahren haben.

Und weil mein Name mit diesem Schleichschiff zu tun hat, schätze ich, dass er nicht allzu übel sein kann.

Trotzdem bevorzuge ich es, wenn man mich Alvin nennt.

Unser Lehrer, Mister Heinz, möchte, dass wir in den oberen Klassen anfangen, ein Tagebuch zu führen. Allerdings haben sich schon einige Eltern beschwert, dass Papier hier am südlichen Ende des Hangs einfach zu teuer sei. Das ist nicht mein Problem. Ich will jedenfalls all die Abenteuer niederschreiben, die meine Freunde und ich erleben. Wenn wir zum Beispiel den gutmütigen Seeleuten im Hafen helfen oder ihnen auf den Geist gehen. Oder wenn wir die verdrehten Lavaröhren oben neben dem Guenn-Vulkan erkunden. Oder wenn wir in unserem kleinen Boot den ganzen Weg bis zum langen, beilförmigen Schatten des Terminus-Felsens zurücklegen.

Vielleicht fasse ich diese Einträge eines Tages zu einem richtigen Buch zusammen.

Warum eigentlich nicht? Mein Englik ist nämlich richtig gut. Sogar der knurrige alte Heinz sagt, ich sei eine richtige Sprachbegabung. Immerhin habe ich schon im Alter von zehn Jahren die Ausgabe von Roget's Thesaurus auswendig gelernt, über die sie in der Stadt verfügen. Und jetzt, wo Joe Dolenz, der Drucker, nach Wuphon gekommen ist und hier seinen Laden eröffnet hat, warum sollten wir da noch auf die Reisekarawane des Bibliothekars angewiesen sein, um etwas Neues zu lesen zu bekommen? Vielleicht erlaubt Dolenz mir sogar, den Text zu setzen. Das heißt, natürlich nur, wenn ich das Buch fertig habe, bevor meine Finger zu dick geworden sind, um noch die kleinen Lettern zu treffen.

Mu-phauwq, meine Mutter, sagt, das sei eine ganz großartige Idee, aber ich merke ihr an, dass sie das Ganze nur für eine kindliche Besessenheit hält. Ich wünschte, sie würde mich endlich wie einen Großen behandeln.

Mein Vater, Yowg-wayuo, reagiert auf mein Vorhaben knurrig, bläst seinen Kehlsack auf und schimpft, ich solle nicht so viel die

Menschen nachäffen. Aber ich bin mir sicher, dass ihm tief in seinem Herzen meine Idee doch gefällt. Er nimmt doch auch immer Leihbücher auf seinen langen Reisen über das Mittenmeer mit – auch wenn das eigentlich nicht erlaubt ist; denn was wäre, wenn das Schiff mitten auf dem Wasser sinkt und, sagen wir, die letzte Ausgabe von *Moby Dick* zusammen mit der Besatzung unterginge? Das wäre doch eine wirkliche Katastrophe, oder?

Und davon einmal ganz abgesehen, hat er mir nicht immer etwas vorgelesen, fast vom Tag meiner Geburt an? All die großen Abenteuergeschichten der Erdlinge wie *Schatzinsel, Sindbad der Seefahrer* und *Ultravioletter Mars?* Wer ist also hier der große Menschen-Nachäffer?

Nun gut, seit einiger Zeit fordert Vater mich auf, doch lieber die neuen hoonischen Schriftsteller zu lesen, besonders die, die etwas Neues versuchen und sich davon lösen wollen, die Erdlinge aus der alten Zeit nachzuahmen, um so eine Literatur von unserem Volk und für unser Volk zu schaffen.

Vermutlich sollte es wirklich mehr Bücher in anderen Sprachen und nicht nur in Englik geben. Aber Galaktik Zwei und Galaktik Sechs sind verdammt zu steif, als dass man in ihnen fesselnde Geschichten erzählen könnte. Ist ja auch egal, ich habe jedenfalls ein paar von *unseren* Autoren versucht. Ganz ehrlich. Und ich muss leider zugeben, dass kein einziger von ihnen Mark Twain auch nur das Wasser reichen könnte.

Natürlich stimmt Huck mir in diesem Punkt absolut zu.

Huck ist meine beste Freundin. Sie hat sich diesen Namen ausgesucht, obwohl ich ihr hundertmal erklärt habe, dass ein Mädchen so nicht heißen kann. Dann dreht sie nur einen Augenstiel um den anderen, erklärt, dass ihr das ganz egal sei, und droht, dass sie mit ihren Speichen mein Beinhaar einfangen und so lange drehen wird, bis ich vor Schmerzen schreie, wenn ich sie noch einmal »Becky« nenne!

Aber vermutlich ist das auch gar nicht so wichtig, denn g'Keks wechseln sowieso ihr Geschlecht, sobald ihnen die Stützräder abfallen. Wenn sie dann immer noch weiblich bleiben will, ist das ausschließlich ihre Sache. Huck ist Waise und lebt bei der Nachbarsfamilie, seit die große Nordseiten-Lawine die gesamte Webersippe ausgelöscht hat, die sich dort oben in den Buyur-Ruinen niedergelassen hatte. Jeder, der so etwas durchgemacht hat und dann noch von Hoons großgezogen worden ist, wäre ein bisschen seltsam. Doch davon abgesehen ist sie eine ganz tolle Freundin, auch wenn sie eine g'Kek und ein Mädchen ist und über keine richtigen Beine verfügt.

Meistens schließt sich Scherenspitze unseren Abenteuern an, besonders wenn wir uns unten am Strand aufhalten. Er musste sich keinen Spitznamen aus irgendeiner alten Geschichte aussuchen, denn alle roten Qheuen erhalten einen, kaum dass sie ihre fünf Scheren aus ihrem Brutstall setzen. Schere ist kein so großer Leser wie Huck oder ich, was aber vor allem daran liegt, dass kaum ein Buch sich lange genug in dem salzigen und feuchten Klima in der Behausung seiner Sippe hält. Seine Leute sind arm und leben von den Krabblern, die sie in den Sumpfebenen südlich der Stadt finden. Dad sagt, die Qheuen mit ihren roten Schalen seien einst die Diener der Grauen und der Blauen gewesen, bevor deren Schleichschiff sie alle zusammen nach Jijo gebracht hat und sie sich hier verstecken mussten. Doch auch danach haben die Grauen die anderen für eine Weile herumgeschubst und von oben herab behandelt. Und deswegen, erklärt Dad, seien die Roten einfach nicht daran gewöhnt, für sich selbst zu denken.

Mag sein, aber wenn Scherenspitze bei uns ist, ist er es, der das Reden übernimmt, und zwar mit allen fünf Beinmündern gleichzeitig. Er schwatzt über Seeschlangen, verlorene Buyur-Schätze und allerlei andere Dinge, von denen er schwört, er habe sie alle selbst gesehen; oder das alles von jemandem gehört habe, der einen kennt, der möglicherweise irgendwas gesehen hat, und das irgendwo am Horizont. Wenn wir in Schwierigkeiten geraten, dann meistens, weil er sich wieder etwas unter der harten Halbkugel, in der sein Gehirn sitzt, ausgedacht hat. Manchmal wünsche ich, ich hätte nur ein Zwölftel seiner lebendigen Phantasie.

Wenn ich schon unsere Truppe vorstelle, sollte ich wohl auch Ur-ronn erwähnen, denn sie macht manchmal mit. Ur-ronn ist fast so eine Leseratte wie Huck und ich. Allerdings ist sie eine Urs, und denen sind bestimmte Grenzen gesetzt, inwieweit sie nachäffen können. Es bedarf schon einer Menge, bevor sie alle vier Füße auf den Boden setzen und Wow! rufen.

Zum Beispiel nehmen sie keine Spitznamen an.

Einmal, als wir gerade irgendeine Schote über griechische Sagen gelesen haben, versuchte Huck, Ur-ronn den Namen »Zentaur« zu verleihen. Unter bestimmten Bedingungen kann man wirklich behaupten, Urs sähen diesen Fabelwesen ähnlich – zum Beispiel wenn einem gerade ein Ziegelstein auf den Kopf gefallen ist und man vor Schmerzen weder klar denken noch sehen kann. Ur-ronn hat dieser Vergleich jedenfalls überhaupt nicht gefallen, und das zeigte sie uns, indem sie ihren langen Hals wie eine Peitsche schwang und mit ihrem Dreiwegemund beinahe einen von Hucks Augenstielen abgebissen hätte.

Huck hat nur einmal »Zentaur« zu ihr gesagt.

Ur-ronn ist eine Nichte von Uriel, die hoch oben am Berg Guenn neben den grimmigen Lavabecken eine Schmiede betreibt. Sie hat ein Stipendium für eine Schmiedelehre gewonnen und musste dann nicht mehr bei den Herden und Karawanen auf der Grasebene bleiben. Zu schade nur, dass ihre Tante sie immerzu beschäftigt und ihr nie erlaubt, mit uns im Boot hinauszufahren – und das nur, weil Urs nicht schwimmen können.

Ur-ronn hat viel gelesen, als sie noch in der Prärieschule war. Darunter auch eine Menge Bücher, von denen wir hier, in der hinterwäldlerischsten Ecke des Hangs, noch nie etwas gehört haben. So erzählt sie uns die Geschichten, an die sie sich noch erinnern kann, über Crazy Horse, Dschingis Khan und ursische Kriegshelden aus den gewaltigen Schlachten, die sie gegen die Menschen geschlagen haben, nachdem die Erdlinge nach Jijo gekommen waren und bevor die Gemeinden sich zusammengetan und mit dem Großen Frieden angefangen haben.

Es wäre natürlich rattenscharf, wenn unsere Gang komplett und eine Sechsheit wäre, so wie damals, als Drake und Ur-juschen mit ihren Gefährten auf die große Reise gegangen sind und die Ersten waren, die das Heilige Ei zu Gesicht bekamen. Aber der einzige Traeki in unserer Stadt ist der Apotheker, und der ist zu alt, um noch einen neuen Stapel von Ringen zu produzieren, mit dem wir dann spielen könnten. Und was die Menschen angeht, nun, deren nächste Siedlung ist einige Tagesreisen von uns entfernt. So bleibt uns wohl nichts anderes übrig, als bloß eine Vierheit zu sein.

Was sehr schade ist, denn Menschen sind superscharf. Sie haben Bücher nach Jijo gebracht und sprechen besser Englik als sonst jemand, mit Ausnahme von mir und vielleicht noch Huck. Außerdem ist ein Menschenkind fast so gebaut wie ein Hoon und könnte also überall dorthin, wohin ich mit meinen zwei langen Beinen gelangen kann. Ur-ronn mag ja schnell rennen können, aber sie darf nicht ins Wasser. Schere kann sich nicht allzu weit vom Wasser entfernen, und die arme Huck ist gezwungen, auf Terrain zu bleiben, das eben genug für ihre Räder ist.

Und keiner von ihnen kann auf einen Baum klettern.

Trotzdem sind sie meine Kumpel. Außerdem sind sie in der Lage, Dinge zu tun, die ich nicht vermag. Und ich schätze, so gleicht sich alles irgendwie aus.

Huck war es, die erklärte, wir sollten in diesem Sommer ein richtig cooles Abenteuer in Angriff nehmen, denn der würde wohl unser letzter sein.

Die Schule war vorbei. Mister Heinz befand sich auf seiner jährlichen Reise zum großen Archiv in Biblos und wollte von dort aus weiter zum Versammlungsfestival. Wie üblich nahm er einige ältere Hoon-Schüler mit auf die Reise, darunter auch Aph-awn, Hucks Ziehschwester. Wir beneideten sie um diese Chance: Erst ging es übers Meer, dann mit dem Flussboot bis zur Stadt Ur-Tanj, und endlich mit der Eselskarawane den ganzen Weg hinauf bis zu dem Bergtal, wo Spiele und Theaterstücke aufgeführt werden würden. Und als wäre das alles noch nicht genug, durften sie auch noch das Ei besuchen und den Weisen dabei lauschen, wie sie über alle sechs Exilspezies zu Rat saßen.

Nächstes Jahr sind vielleicht wir an der Reihe, diese Reise anzutreten, aber es fällt mir nicht schwer, an dieser Stelle einzugestehen, dass die Aussicht darauf, noch siebzehn Monate warten zu müssen, mich nicht gerade mit Heiterkeit erfüllte. Was, wenn wir in diesem Sommer nichts anderes zu tun hatten, als uns von unseren Eltern beim müßigen Herumstehen erwischen zu lassen, um dann von ihnen losgeschickt zu werden, die Abfallschiffe zu beladen, die Fischerboote zu entladen und Hunderte weitere geistlose Tätigkeiten zu verrichten? Und was noch niederschmetternder war: Bis zur Rückkehr von Mister Heinz würde es auch keine neuen Bücher geben – das heißt, natürlich nur, wenn er unterwegs nicht die Liste verlor, die wir ihm mitgegeben hatten!

(Einmal kam er ganz aufgeregt von der Reise wieder und brachte einen großen Stapel alter irdischer *Gedichtbände* mit! Nicht ein einziger Roman von Conrad, Coopé oder Koontz war dabei. Und es gab doch tatsächlich einige Erwachsene, die behaupteten, Poesie zu mögen!)

Also, es war Huck, die als Erste vorschlug, in diesem Sommer die *Linie* zu überqueren. Mir ist bis heute nicht klar, ob ich mit dieser Aussage einer guten Freundin die Ehre zuteilwerden lasse, die sie verdient, oder alle Schuld auf sie abwälze.

»Ich weiß, wo wir was zu lesen auftreiben können«, verkündete Huck eines Tages, als der Sommer gerade früh, wie hier im Süden üblich, eingesetzt hatte.

Yowg-wayuo hatte uns bereits dabei erwischt, wie wir träge unter der Pier hockten, Steine auf Kuppeltaucher warfen und uns wie Noors in einem Käfig langweilten. Klar, dass er uns da gleich die lange Zufahrtsrampe hinaufgeschickt hat, damit wir die Tarnspaliere des Dorfes reparieren sollten. Ich habe diese Arbeit immer gehasst und freue mich schon auf den Tag, an dem ich zu groß bin, um noch für solche Tätigkeiten zwangsverpflichtet zu werden. Wir Hoon sind nämlich nicht so scharf auf Höhen wie diese baumvernarrten Menschen und die Schimpansen, die sie sich als Haustiere halten. Glauben Sie mir, es wird einem ganz schön schwindlig, wenn man über das hölzerne Gitterwerk krabbeln und über den Häusern und Läden von Wuphon balancieren muss, um den Teppich von Grünzeug zu flicken und auszubessern, der unseren Ort davor schützen soll, vom All aus erspäht zu werden.

Ich persönlich habe ja meine Zweifel, ob dieses Tarnnetz wirklich seinen Zweck erfüllt, falls Der Große Tag jemals kommt, über den sich hier alle aufregen. Wenn die Götter des Himmels erscheinen, um über uns zu richten, wie sollte uns da eine Laubschicht schützen können? Oder uns gar die zu erwartende Strafe ersparen?

Aber ich möchte mich natürlich nicht in den Verdacht bringen, ein Häretiker zu sein. Außerdem ist hier weder die rechte Zeit noch der richtige Ort, um dieses Thema anzuschneiden.

Und jetzt hocken wir also hoch über Wuphon, sind der herabbrennenden Sonne schutzlos ausgesetzt, und in diesem Moment platzt es aus Huck heraus wie ein plötzlicher Hagelschauer:

»Ich weiß, wo wir was zu lesen auftreiben können!« Ich legte sofort den Stapel, den ich trug, auf einem Haufen schwarzer Iris-Ranken ab. Unter mir stand das Haus des Apothekers, und aus seinem Schornstein quollen die typischen Traeki-Gerüche. (Haben Sie eigentlich gewusst, dass auf dem Dach eines Traeki-Hauses andere Pflanzen wachsen als sonstwo? Es ist nicht immer leicht mit der Arbeit, vor allem, wenn man über dem Haus des Apothekers steht und der unten gerade wieder Arzneien braut.)

»Was meinst du damit?«, wollte ich wissen, während ich gerade gegen ein Würgegefühl ankämpfte. Huck rollte zu mir heran, nahm eine der Latten auf und schob sie über die Stelle, wo das Netz abgesackt war.

»Ich meine damit, etwas zu lesen, was niemand auf dem Hang jemals zu Gesicht bekommen hat«, antwortete sie, leise vor sich hin summend, wie sie das immer tut, wenn sie glaubt, eine rattenscharfe Idee bekommen zu haben. Zwei der Augenstiele verfolgten das Treiben ihrer fleißigen Hände, während der dritte sich nach hinten drehte, um mich mit diesem Leuchten anzublicken, das ich nur zu gut kannte. »Ich spreche von etwas, das so alt ist, dass die älteste Schriftrolle von Jijo dagegen so aussieht, als hätte Joe Dolenz sie gerade gedruckt und die Tinte sei noch feucht.«

Huck rollte über die Balken und Stangen, und ich musste mehrmals schlucken, wenn eines ihrer Räder in der Luft hing oder sie haarscharf an einem Loch vorbeisauste. Unglaublich geschickt verstand sie es, die flexiblen Latten wie bei einem Korb aus Schilf zusammenzuflechten. Wir neigen dazu, in g'Keks zerbrechliche Wesen zu sehen, vor allem deshalb, weil sie gerades, ebenes Terrain bevorzugen und felsiger Boden ihnen ein Gräuel ist. Doch mit ihren Achsen und Felgen sind sie sehr behände, und für sie kann ein schmales Brett ein befahrbarer Weg sein.

»Erzähl mir nicht so was«, gab ich zurück. »Deine Leute haben genauso wie jede andere Spezies, die sich heimlich auf Jijo niedergelassen hat, ihr Schleichschiff versenkt. Und bevor die Menschen gekommen sind, hattet ihr auch nur Schriftrollen!«

Huck schaukelte mit dem Oberkörper vor und zurück und

imitierte damit die Traeki-Geste, die besagt: »Vielleicht hast du recht, aber ich/wir glaube(n) das nicht.«

»Ach, Alvin, du weißt doch, dass die ersten Exilanten sehr wohl was zum Lesen auf Jijo gefunden haben.«

Nun gut, ich bin vielleicht nicht der beste Schnelldenker auf dem Hang, aber auf meine Weise bin ich ganz schön helle, ruhig und gründlich, wie es Hoon-Art ist.

Ich runzelte die Stirn und gab meine beste Interpretation eines nachdenklichen Menschen. So habe ich es jedenfalls einmal in einem Buch gesehen. Allerdings tut mir davon immer die Stirn weh. Mein Kehlsack pulsierte, während ich mich konzentrierte.

»Hmmmm ... einen Moment ... Du meinst doch nicht etwa diese Felszeichen, die manchmal gefunden werden ...«

»Doch, die Zeichen auf den Mauern der alten Buyur-Bauten! Die wenigen, die nicht zertrümmert oder von den Mulch-Spinnen weggefressen worden sind. Das, was von den Buyur übriggeblieben ist, als sie vor einer Million Jahren von hier verschwunden sind. Genau von diesen Symbolen spreche ich.«

»Aber handelt es sich dabei denn nicht hauptsächlich um Verkehrszeichen und so?«

»Das stimmt«, bestätigte sie und senkte einen Augenstiel. »Aber in den Ruinen, in denen ich zuerst gelebt habe, gab es ein paar wirklich merkwürdige Symbole. Onkel Lorben hat ein paar davon in Galaktik Zwei übersetzt, bevor die Lawine gekommen ist.«

Ich werde wohl nie verstehen, wie gelassen sie über die Katastrophe sprechen kann, die ihre ganze Familie ausgelöscht hat. Wenn mir so etwas zugestoßen wäre, würde ich viele Jahre lang kein Wort mehr sprechen, möglicherweise sogar nie mehr.

»Mein Onkel führte mit einem der Gelehrten in Biblos einen Schriftwechsel über die Felsgravierungen, die er entdeckt hatte. Damals war ich noch zu klein, um allzu viel davon zu verstehen. Aber ohne Zweifel gibt es Wissenschaftler, die mehr über die Buyur-Zeichen in Erfahrung bringen möchten.«

Und andere, denen so etwas überhaupt nicht gefallen dürfte, habe ich in jenem Moment gedacht. Trotz des Großen Friedens gibt es immer noch eine Menge Personen, und zwar in allen sechs Spezies, die bei jeder Kleinigkeit gleich »Häresie!« schreien und die furchtbaren Strafen beschwören, die vom Himmel fallen werden.

»Tja, zu schade nur, dass alle diese Zeichen zerstört worden sind, als nämlich … du weißt schon.«

»Als der Berg meine Familie ausgelöscht hat? Ja wirklich, zu schade. Ach, Alvin, könntest du mir wohl ein paar von den Seilstreifen reichen? Ich komme irgendwie nicht dran …«

Huck balancierte auf einem Rad, während das andere sich in der Luft drehte. Ich gab ihr rasch ein paar von den Pflanzenstreifen. »Danke«, sagte meine Freundin und landete mit dem anderen Rad auf dem Balken. Der Aufprall wurde von ihren Stoßdämpfern abgemildert. »Wo war ich stehengeblieben? Ach ja, bei den Buyur-Inschriften. Ich wollte euch vorschlagen, dass wir uns zu einer Stelle aufmachen, wo sich Zeichen befinden, die noch niemand gesehen hat. Zumindest keiner von den sechs Exilvölkern.«

»Wie ist das möglich?« Mein Kehlsack muss vor Konfusion Falten geworfen haben. Jedenfalls erzeugte er sonderbare Geräusche. »Dein Volk ist vor zweitausend Jahren nach Jijo gekommen. Meines nur wenig später. Selbst die Menschen sind schon einige hundert Jahre hier. Jeder Quadratinch des Hangs ist abgesucht, und jede Buyur-Fundstelle hat man umgegraben, mehrmals sogar!«

Huck richtete alle vier Augenstiele auf mich.

»Genau.«

Das Wort kam in Englik aus ihrem Schädeltrommelfell und war mit leiser erwartungsvoller Erregung untermalt. Ich starrte sie lange an und krächzte nach einer Weile verblüfft:

»Du meinst, wir sollen den Hang verlassen? Und uns an der Ritze entlangschleichen?«

Wie dumm von mir, das zu fragen.

Es hätte nicht mehr bedurft, als dass die Würfel Jafalls' anders gefallen wären, und diese Geschichte hätte so nicht erzählt werden können. So kurz stand Huck davor, ihren Willen zu bekommen.

Natürlich hat sie mich die ganze Zeit bedrängt. Selbst als wir das Lattenwerk repariert hatten und zu den Schiffen zurückkehrten, die unter den breitwipfligen Gingourv-Bäumen angelegt hatten, um dort wieder den Müßiggang zu pflegen, redete sie mit ihrer besonderen Begabung aus g'Kek-Pfiffigkeit und Hoon-Beharrlichkeit auf mich ein.

»Komm schon, Alvin. Wir sind doch schon Dutzende Male zum Terminus-Felsen gesegelt und haben uns gegenseitig herausgefordert, noch ein Stück weiter zu fahren, oder? Einmal haben wir das sogar getan, und ist uns da was Schlimmes passiert?«

»Wir sind nur bis zur Mitte der Ritze gekommen und haben dann zugesehen, so schnell wie möglich wieder nach Hause zu kommen.«

»Und willst du diese Schande bis an dein Ende tragen? Vielleicht ist dieser Sommer unsere letzte Chance, diese Scharte auszuwetzen.«

Ich rieb über meinen halbaufgeblasenen Kehlsack, und dabei entstand ein tiefes, rumpelndes Geräusch. »Hast du vergessen, dass wir schon an einem Projekt arbeiten? Wir wollen ein Tauchboot bauen, mit dem man tief ins Wasser kann.«

Sie prustete verächtlich. »Darüber haben wir doch letzte Woche noch mal gesprochen, und da warst du meiner Meinung. Das Tauchboot ist doch Mist!«

»Ich habe nur zugestimmt, noch mal darüber nachzudenken. Außerdem hat Scherenspitze bereits die Außenwand fertig. Hat sie eigenhändig aus diesem großen Garu-Stamm herausgebissen. Und was ist mit der Arbeit, die wir anderen erledigen sollen? Zum Beispiel uns die alten Erdling-Apparate in Büchern anzusehen, um eine Kompressorpumpe mit Leitung zu bauen? Dann wären da auch noch deine Rettungsräder und Ur-ronns Luke.«

»Ja klar, natürlich.« Sie ging mit einem abschätzigen Wackeln zweier Augenstiele über all unsere Planungen hinweg. »Sicher, war ja ganz interessant, im Winter an den Sachen zu arbeiten, als wir sowieso im Haus bleiben mussten und nicht rauskonnten. Vor allem, weil es damals so aussah, als würde nie etwas aus unserem Projekt werden. Da konnten wir uns leicht was vormachen und so tun als ob.

Aber jetzt wird die Sache langsam ernst. Schere spricht davon, in einem Monat oder zwei zu tauchen, und zwar im Meer. Haben wir nicht alle gesagt, das sei der helle Wahnsinn? Haben wir das nicht, Alvin?« Dann rollte Huck näher an mich heran und tat etwas, das ich bei einem g'Kek nie für möglich gehalten hätte. Sie grummelte ein *Grumpelrumpel,* genauso, wie es eine junge Hoon tut, wenn ihr großer, gut aussehender und nicht allzu gescheiter Gefährte Schwierigkeiten damit hat, die Dinge so zu sehen wie sie.

»Also, würdest du nicht lieber mit mir kommen und ein paar ultrascharfe Buyur-Zeichen sehen, die so alt sind, dass man sie noch mit Lasern, Computern und solchem Zeugs geschrieben hat? Na? Wäre das nicht viel toller, als in einer stinkigen Abfallkiste mitten im Meer abzusaufen?«

Höchste Zeit, die Sprache zu wechseln. Normalerweise finde ich Englik im Gegensatz zu den ach so gescheiten Sprachen der alten Sternengötter echt klasse. Aber selbst Mister Heinz sagt, dass »die Tempi und die lose logische Struktur des Englik ungezügelten Enthusiasmus fördern«.

Und jetzt benötigte ich das genaue Gegenteil und wechselte daher zu den Zisch- und Klicklauten des Galaktik Zwei über.

»Zu bedenken Vorlage strafbarer Handlung. Dir sein gekommen noch nicht zu bedenken?«

Unbeeindruckt entgegnete sie in Galaktik Sieben, der Verkehrssprache, die von den Menschen bevorzugt wird:

»Wir sind noch nicht strafmündig, junger Freund. Davon abgesehen, ist das Grenzgesetz aus dem Grund erlassen worden, jenseits der Zone unzüchtigen Verkehr miteinander zu haben. Und so etwas hat unsere Gruppe überhaupt nicht vor.«

Und ehe ich mich versah, wechselte sie auf Galaktik Zwei:

»Oder zu haben du perverse/obszöne/unzüchtige Planungen zu betreiben abartige/absonderliche Nachwuchsexperimente mit jenigem jungfräulichkeitigen Wesen, weiblich?«

Was für eine Vorstellung! Offenbar hatte sie vor, mich aus der Fassung zu bringen. Und ich hatte auch schon das dumme Gefühl, nichts mehr unter Kontrolle zu haben. Schon bald würde ich mich dabei überraschen, ihr hoch und heilig zu versprechen, zu den dunklen Ruinen zu segeln, die man vom Fels Terminus schwach ausmachen kann, wenn man durch ein Urs-Teleskop über das dunkle Wasser der Ritze späht.

Einen Moment später entdeckte ich eine vertraute Bewegung in der Bucht. Eine rötliche Gestalt trieb an den Sandstrand, bis ein gefleckter roter Rückenschild die Oberfläche durchbrach und uns alle mit Salzwasser bespritzte. Auf diesem kompakten, fünfeckigen Panzer erhob sich eine fleischige Kuppel, die von einem glänzenden schwarzen Ring umgeben war.

»Schere!«, rief ich und war froh über die Abwechslung. Hucks feuriger Enthusiasmus ging mir doch etwas auf die Nerven. »Komm her und hilf mir, diese dumme ...«

Aber der junge Qheuen ließ mich gar nicht erst zu Wort kommen. Er fing schon an zu plappern, noch ehe alles Wasser aus seinen Sprachöffnungen geflossen war.

»M-m-m-a-a-a-n-n-n ...«

Schere spricht nicht so gut Englik wie Huck oder ich, und er hat besondere Mühe damit, wenn er aufgeregt ist. Trotzdem bedient er sich dieser Sprache, um zu beweisen, dass er genauso cool und modern ist wie alle anderen. »Ganz ruhig, alter Junge. Nimm's leicht, mach mal Pause.«

Er atmete tief aus, und an den zwei Beinen, die sich noch im Wasser befanden, stiegen Blasen hoch. »Isss hab sssie gesssehen! Diesssmal habe isss sssie wirklisss gesssehen!«

»Was denn?« wollte Huck wissen und rollte über den feuchten Sand näher heran.

Das Sichtband an Scheres Kopf blickte in alle Richtungen gleichzeitig. Trotzdem spürten wir, dass seine ganze Aufmerksamkeit auf uns gerichtet war, als er tief durchatmete und dann ein einziges Wort ausstieß: *»MONSTER!«*

ZWEITER TEIL

DAS BUCH VOM HANG

Legenden

Fast eine Million Jahre sind vergangen, seit die Buyur Jijo verlassen haben. Sie fügten sich damit den Gesetzen des Galaktischen Planetenmanagements – ihr Leasingvertrag mit dieser Welt war nämlich abgelaufen. Alles, was sie nicht abtransportieren oder in ihren Lunarboxen verstauen konnten, haben sie emsig zerstört und so dort, wo einst ihre Städte unter der hellen Sonne aufragten, wenig mehr als rankenüberzogenen Schutt zurückgelassen.

Doch selbst heute noch liegt ihr Schatten auf uns verfluchten und zum Exil verurteilten Fremden, um uns daran zu erinnern, dass ehedem Götter auf Jijo geherrscht haben.

Wir von den Sechs Spezies, die wir hier als illegale Planetenbesetzer hausen – als diejenigen, die sich niemals jenseits des Landstreifens zwischen den Bergen und dem Meer niederlassen dürfen –, können nur mit geradezu abergläubischem Staunen auf die verwitterten Ruinen der Buyur schauen. Selbst nachdem Bücher und Literatur in unsere Gemeinden zurückgekehrt waren, mangelte es uns an den Werkzeugen und an dem Wissen, die Überreste dieses Volkes zu studieren und zu analysieren, um so etwas über die letzten legalen Mieter auf Jijo zu erfahren. Einige Enthusiasten, die sich selbst gern »Archäologen« nennen, haben in der letzten Zeit damit begonnen, Techniken und Geräte aus alten und staubigen Erdling-Büchern zu entwickeln. Aber diese Neunmalklugen können uns noch nicht einmal sagen, wie die Buyur ausgesehen haben, ganz zu schweigen von deren Lebensumständen oder Gewohnheiten.

Unsere besten Quellen entstammen immer noch den Liedern und Sagen.

Obwohl die Glaver nicht mehr sprechen – und deswegen auch nicht zur Sechsheit gerechnet werden –, kennen wir immer noch einige der Geschichten, die sie sich erzählt haben. Wir wissen von ihnen dank der g'Kek, die die Glaver am besten gekannt haben, bevor diese stumm wurden.

Früher, noch bevor ihr Schleichschiff auf Jijo landete, reisten die Glaver zwischen den Sternen und waren rechtsgültige Bürger der Fünf Galaxien. Es heißt, dass sie sich damals besonders gut mit einer Spezies standen, die Tunnuctyur hieß und aus mehreren vornehmen und bedeutenden Familien bestand. In ihrer Frühzeit waren diese Tunnuctyur mit einer anderen Spezies ziemlich dicke gewesen. Deren Patrone hatten ihnen Sprache, Werkzeuge und Weisheit gegeben und auch sonst ihre Evolution vorangetrieben. Diese Patrone sollen Buyur gewesen sein und aus der Galaxis Vier gekommen sein – von einer Welt, über der ein riesiger Kohlenstoffstern seine Bahn zog.

Gemäß den Mythen waren die Buyur recht geschickt darin, kleine Lebewesen zu designen.

Darüber hinaus sollen sie eine ebenso seltene wie gefährliche Eigenschaft besessen haben: Humor.

Das Rätsel der Buyur – von Hau-uphtunda –
Zahlendes Mitglied der Gilde der
Freischaffenden Scholaren, im Jahr des Exils 1908.

Asx

Hört, meine Ringe, das Lied, das ich euch singe. Lasst seine Dämpfe aufsteigen in eure Mitte und dort einsickern wie flüssiges Wachs. Es kommt in den verschiedensten Stimmen, Gerüchen und Zeiten. Seine Strophen sind verwoben wie ein g'Kek-Teppich, sie fließen wie eine Hoon-Arie, sie galoppieren und schwanken wie eine Legende der Urs, und doch gehen sie geradlinig voran wie bei den Buchseiten eines Werks der Menschen.

Die Geschichte beginnt in vollkommenem Frieden.

Es war im Frühling, genauer gesagt im zweiten Lunarzyklus des neunzehnhundertdreißigsten Jahres unseres Exils-und-Verbrechens, als die Rothen erschienen und sich unwillkommenerweise am Himmel zeigten. Sonnengleich strahlten sie in ihrer Beherrschung von Luft und Äther, und sie zerrissen unsere Tarnung zum unangenehmsten aller Zeitpunkte – nämlich während der Frühjahrszusammenkunft unserer Stämme am Fuß des Eies von Jijo.

Wir kamen dort zusammen, wie schon so oft seit dem Erscheinen des Eies, um seiner großartigen Musik zu lauschen. Um von ihm die Muster der Lenkung und Leitung zu erfahren. Um untereinander das zu tauschen, was wir im zurückliegenden Jahr je nach unseren Fähigkeiten hergestellt hatten. Um Zwist und Streit zu schlichten, miteinander bei Spielen in Wettstreit zu treten. Und um die Gemeinschaft unserer Gemeinden zu erneuern. Und vor allem, um nach Wegen zu suchen, den Schaden zu beheben, den unsere unter einem schlechten Stern stehende Ankunft auf dieser Welt angerichtet hatte.

Die Zusammenkunft war eine Zeit der Aufregung für die Jungen, der Arbeit für die Tüchtigen und des Abschieds von denjenigen, die sich dem Ende ihrer Jahre genähert hatten. Schon verbreiteten sich Gerüchte – und viele hatten Vorahnungen –, dass diese Zusammenkunft anders werden würde als die früheren. Die Sippen schickten mehr Personen, als es ihrer Quote entsprach. Und neben den Weisen, Wanderern, Pfropfern und Technikern kam viel einfaches Volk auf zwei, vier oder fünf Beinen, auf Rädern und auf Ringen hier zusammen. Sie alle folgten den Trommeln über die noch gefrorenen Passstraßen am Berg, um zu den heiligen Lichtungen zu gelangen. Unter den Spezies hatten viele die Beben gespürt, die stärker waren als alle seit dem bestimmten Jahr, in dem das Ei sich aus Jijos Boden geschoben, heißen Geburtsstaub verbreitet und sich dann darangemacht hatte, unsere unterschiedlichen Interessen zu schlichten und uns zu einen.

Wunderbare Versammlung.

Dieser jüngste Pilgerzug mag sich noch nicht als wächserne Erinnerung verfestigt haben. Doch versucht euch daran zu erinnern, wie wir unsere mittlerweile alt gewordenen Ringe beim Weitnass-Heiligtum auf das Schiff bewegt haben, um am glitzernden Spektralfluss und der Ebene des Scharfen Sandes vorbeizusegeln.

Schienen diese vertrauten Wunder nicht zu verblassen, als wir die Große Marsch entdeckten und sie voll erblüht vorfanden? Ein Anblick, wie ihn ein Traeki nur einmal in seinem Leben zu sehen bekommt? Ein Meer von Farben, die blühen, Frucht treiben und schon vor unseren Sinnen bunt sterben. Wir Reisenden stiegen um von Boot auf Barke und ruderten inmitten von mächtigen Gerüchen unter Avenuen von Millionen zählenden Blütenblättern dahin, die Sylphen-Baldachine bildeten.

Unseren Gefährten erschien dies als Omen, so war es doch, nicht wahr, meine Ringe? Die Menschen an Bord sprachen von der geheimnisvollen Jafalls, der Kapriziösen, deren Urteile zwar nicht immer gerecht sein mögen, dafür aber immer für eine Überraschung gut sind.

Erinnert ihr euch noch an die anderen Wahrnehmungen, die wir gemacht haben? Die Dörfer der Weber? Die Mulch-Spinnen und die Jägerlager? Und schließlich an diesen anstrengenden Aufstieg, wo es Drehung um Drehung auf unseren schmerzenden Sohlen durch den Pass von Lang-Umbras ging, um dieses grüne Tal zu erreichen, in dem vor vier Traeki-Generationen Geysire gesprudelt und Regenbogen getanzt haben, um die Ankunft des dunklen Eies zu feiern?

Ruft euch nun ins Gedächtnis zurück, wie die vulkanischen Kiesel geknirscht haben und wie das normalerweise gehorsame Rewq-Tier auf unserem Kopfring gezittert und sich auf rebellische Weise geweigert hat, sich über unsere Augen zu legen, sodass wir mit bloßem Gesicht und unbedeckt im Lager anlangten, während die Kinder der Sechs Spezies sangen: *»Asx! Asx! Asx, der Traeki ist gekommen!«*

Seht vor eurem geistigen Auge wieder, wie die anderen Hohen Weisen – unsere Kollegen und Freunde – daraufhin vor ihre Zelte traten, um auf uns zuzuschreiten, zu rollen oder zu gleiten und uns mit ebendiesem Ruf zu begrüßen. Mit diesem Titel, von dem sie annehmen, er sei »mir« permanent verliehen. Eine Fiktion, über die ich nur leise schmunzeln kann.

Erinnert ihr euch daran, meine Ringe?

Nun, dann lasst Geduld walten. Erinnerungen erstarren wie herabtropfendes Wachs und legen sich um unser Innerstes, um es mit einem Mantel zu umgeben. Und sind sie erst dort angelangt, können sie nie mehr vergessen werden.

Auf Jijo zeigt sich in der Sektion des Himmels, die am weitesten von der Sonne entfernt ist, ein tiefes Leuchten. Man sagt uns, dies komme nur selten auf den Welten vor, die die Großen Galaktiker katalogisiert haben. Dieser Effekt rührt von den Kohlenstoffkörnern her, die übrigens auch die Samen für den hohlen Hagel bilden. Izmunuti schickt sie uns, das lodernde

Sonnenauge, das sich in der Sternenkonstellation befindet, die die Menschen HIOBS PLAGE nennen. Es heißt, unsere Vorfahren hätten solche Merkmale ihrer neuen Heimat studiert, bevor sie sich daranmachten, ihre Schiffe zu verbrennen und zu vergraben.

Man erzählt sich auch, sie hätten sich das alles von dem tragbaren Gerät erklären lassen, in dem sich Dateien der Großen Bibliothek befanden, bevor sie an dem Tag, der seitdem Nie-Wieder-Zurück heißt, auch diesen Schatz den Flammen übergeben haben.

An diesem Frühlingsmorgen, an dem die anderen Weisen herankamen, um unsere Ringe zu begrüßen und sie Asx zu nennen, fiel kein Hohlhagel. Als wir uns in einem Pavillon versammelt hatten, erfuhr ich, dass unser Rewq nicht das einzige war, das sich ein wenig zickig angestellt hatte. Nicht einmal der geduldige Hoon konnte seine Übersetzungshilfe unter Kontrolle halten. So beratschlagten wir Weisen ohne die kleinen Symbionten und verständigten uns allein mit Wort und Geste.

Von allen Vorfahren, die auf dieser Welt ein hoffnungsloses Exil suchten, sind die g'Kek die ältesten. Und so fiel Vubben das Amt des Sprechers der Zündung zu.

»Sind wir schuld am Versagen unserer Plapperoiden?«, fragte der g'Kek und richtete seine Augenstiele auf verschiedene Punkte am Kompass. »Das Ei verspürt Schmerzen im Lebensfeld, wann immer Potential verloren ist.«

»Hrrrmmm. Über diesen Punkt können wir endlos argumentieren«, entgegnete der Hoon-Denker Phwhoon-dau. »Lark und Uthen sprechen von einem Auslaufen oder Versagen. Aber die Plapperoiden sind noch nicht ausgestorben. Eine kleine Zahl von ihnen lebt auf der Insel Yuqun.«

Lester Cambel, der menschliche Weise, stimmte zu: »Selbst wenn diese hier unrettbar verloren sind, handelt es sich bei den Plapperoiden doch nur um eine der zahllosen Arten von Wurzelbuddlern. Es gibt keinen Grund für die Annahme, sie seien besonders gesegnet oder was.«

Ur-Jah erklärte, dass ihre eigenen Vorfahren vor sehr langer Zeit und weit fort von hier auch »kleine Wurzelbuddler« gewesen seien.

Lester verbeugte sich zur Entschuldigung vor ihr. »Dennoch sind wir nicht für das Aufkommen und Vergehen von jeder Art verantwortlich.«

»Woher wollen Sie das wissen?«, wandte Vubben ein.

»Wir, denen es an den meisten Werkzeugen der Wissenschaft gebricht, weil unsere selbstsüchtigen Vorfahren uns dazu verdammten, im Finstern herumzutappen, können nicht ermessen, welchen Schaden wir anrichten, indem wir nur auf ein Blatt treten oder unsere Abfälle in eine Grube versenken. Niemand vermag vorherzusagen, für was man uns alles zur Rechenschaft ziehen wird, wenn der Tag kommt. Selbst die Glaver in ihrem gegenwärtigen Zustand der Unwissenheit werden dann gerichtet werden.«

In diesem Moment drehte unsere alte Qheuen-Weise, die wir alle nur Messerscharfe Einsicht nennen, ihren blauen Rückenschild nach hinten. Aus ihrem Chitin-Oberschenkel ertönte ihre Stimme wie ein Flüstern:

»Das Ei, unser Geschenk in der Wildnis, kennt Antworten. Die Wahrheit ist seine Belohnung für den offenen Geist.«

Geläutert von so viel Weisheit verfielen wir in Meditation.

Da sie nicht länger benötigt wurden, glitten die widerspenstigen Rewqs von unseren Köpfen, versammelten sich in der Mitte und tauschten lustige und sonstwie unterhaltende Enzyme aus. Wir Weisen aber gaben einen sanften Rhythmus von uns, und jeder Einzelne fügte mit seinem Atem oder dem Schlagen seines Herzens seine eigene Harmonie hinzu.

Meine Ringe, wisst ihr noch, was sich dann die Ehre gab, über uns zu kommen?

Die Einheit unserer Eintracht wurde jäh von donnerndem Widerhall zerrissen, auf das Arroganteste ausgelöst vom Schiff der Rothen, um seine bösartige Macht schon zu verkünden, noch ehe es herniederstieg.

Wir erwachten und starrten betroffen in den erschütterten Himmel.

Bald wussten Weise wie normales Volk gleichermaßen, dass Der Tag gekommen war.

Die Rache wird den Kindern der Fehlenden nicht erspart.

Die Familie des Nelo

Der Papiermacher hatte drei Abkömmlinge – eine Anzahl, die seinem noblen Ruf gerecht wurde und die schon sein Vater und seines Vaters Vater hervorgebracht hatten. Nelo glaubte lange Zeit, sein Werk würde von den beiden Söhnen und der Tochter fortgesetzt werden.

So traf es ihn hart, als seine selbstbewussten Kinder die Wassermühle, die Wasserrinnen und die hölzernen Apparaturen verließen. Keines seiner Kinder schien den lockenden Rhythmus des Stampfhammers zu vermissen, der die Lumpen zermalmte, die aus den Altkleidersammlungen aller Sechs Spezies stammten. Und auch der süße Dunst, der von den Sieben aufstieg, oder die respektvollen Verbeugungen der Händler, die von weither kamen, um Nelos blütenweiße Papierbögen zu erstehen, schienen ihnen nicht zu fehlen.

Damit wir uns nicht falsch verstehen, Sara, Lark und Dwer liebten es, Papier zu benutzen.

Dwer, der Jüngste, wickelte es um die Pfeilspitzen und Fallen, die er bei der Jagd benutzte. Manchmal bezahlte er seinen Vater mit Piu-Knollen oder Grwon-Zähnen, bevor er wieder im

Wald verschwand, wie er es seit seinem neunten Lebensjahr zu tun pflegte. Ausgebildet von Fallon, dem Fährtensucher, wurde Dwer bald auf dem ganzen Hang zu einer Legende. Nichts konnte seinem Pfeil entgehen, es sei denn, es war vom Gesetz geschützt. Aber Gerüchte behaupteten, der Jüngling mit den wilden Augen und dem pechschwarzen Haar töte und verspeise, was immer ihm gefalle, solange das Auge des Gesetzes gerade nicht hinsah.

So wild wie sein Bruder war, so konzentriert war Lark. Er brauchte Papier, um an seiner Arbeitswand große Karten und Schaubilder zu zeichnen. An manchen Stellen konnte man vor lauter Eintragungen und Diagrammen fast nichts mehr erkennen, während andere leer blieben und damit Nelos Kunst Hohn sprachen.

»Es lässt sich nicht ändern, Vater«, erklärte Lark ihm einmal, während er vor den Regalwänden stand, die mit Fossilien vollgestopft waren. »Wir haben die Arten noch nicht finden können, die diese Lücken – die leeren Stellen – füllen würden. Unsere Welt ist ungeheuer komplex, und manchmal bezweifle ich, dass selbst die Buyur Jijos Ökosystem in seiner Gänze verstanden haben.«

Nelo erinnerte sich später, daran gedacht zu haben, wie absurd eine solche Behauptung war. Als die Buyur Jijo geleast hatten, waren sie Vollbürger in der Gemeinschaft der Fünf Galaxien gewesen. Damit hatte ihnen ungehinderter Zugang zur Großen Bibliothek – gegen die sich alle Bücher in Biblos wie ein Fliegenschiss ausnahmen – zur Verfügung gestanden. Mit anderen Worten, die Buyur konnten auf jede Frage unter der Sonne eine Antwort finden. Besser gesagt unter Milliarden Sonnen, wenn an den Geschichten aus der Vergangenheit wirklich etwas dran war.

Doch zumindest die Weisen wussten Larks Arbeit zu würdigen.

Und was war aus Sara geworden? Sie war immer Nelos Liebling gewesen, und sie hatte die Gerüche, Rhythmen und Geräusche der Papierherstellung stets geliebt, bis sie vierzehn geworden und über ihr *Talent* gestolpert war.

Nelo gab seiner verstorbenen Frau die Schuld an dieser Entwicklung, die vor Langem auf so merkwürdige Weise in sein Leben getreten war und den Kindern die Köpfe mit sonderbaren Geschichten und blödsinnigem Ehrgeiz vollgestopft hatte.

»Ja«, sagte er sich immer wieder, »Melina hat die Kinder vermurkst.«

Ein leises Hüsteln störte ihn in seinem Verdruss. Er blinzelte, als ein Paar dunkelbrauner Augen über seinen halb unter Krimskrams begrabenen Schreibtisch lugte. Dunkles Fell umrahmte ein so menschenähnliches Gesicht, dass zerstreute Traeki manchmal versehentlich Schimpansen als vollwertige Gemeindemitglieder zuließen.

»Bist du immer noch da?«, brummte der Papiermacher barsch.

Die Augen zwinkerten kurz und nickten dann nach links zum Papierlagerraum, wo einer der Gesellen zerrissene Blätter aus einem Abfalleimer klaubte.

»Nicht diesen Abfall, Jocko!« Nelo fluchte leise.

»Aber Meister, Sie haben doch gesagt, ich solle kaputtes Papier bringen, das wir nicht mehr verkaufen können.«

Nelo lief geduckt unter der großen Leitung hinweg, einem drehbaren, horizontalen Schaft aus Hartholz, der Energie vom Damm des Dorfes zu den verschiedenen Werkstätten leitete. Er stieß Jocko weg. »Vergiss, was ich gesagt habe. Geh zurück zu den Fässern, und sag Caleb, er soll weniger Wasser durch den Mühlgraben jagen! Bis zur Regensaison sind es noch vier Monate. Wenn er so weitermacht, können wir in zwei Monaten den Laden schließen!«

Der Meister trat vor die Regale und zog schließlich zwei Bände leicht fleckiger Bögen heraus, die mit Lianenreben gebunden waren. Es waren keine ausgesprochenen Mängelexemplare, und sicher hätte sich jemand finden lassen, der dafür noch gutes

Geld bezahlt hätte. Aber wozu sich solche Umstände machen? Warnten die Weisen nicht immer wieder ausdrücklich davor, zu viel in die Zukunft zu investieren?

Denn über alles Streben wird gerichtet werden, und nur wenige werden Gnade finden …

Nelo schnaubte. Er war kein sehr religiöser Mann, sondern Papiermacher. Und die Ausübung dieses Berufes beinhaltete doch schon den Glauben an die essentielle Güte der Zeit.

»Die hier sind gut genug für deine Herrin, Prity«, erklärte er dem Schimpansen, der um den Schreibtisch herumkam und die Hände ausstreckte. Das Tier war stumm wie ein Rewq und diente seiner Tochter in einer Weise, wie kein anderes Wesen auf Jijo es vermochte. Und Sara bewegte sich auf Pfaden, die nur die wenigsten verstehen konnten. Er reichte dem Tier einen der schweren Bände.

»Den anderen trage ich. Höchste Zeit, mal wieder bei ihr vorbeizuschauen, um festzustellen, ob sie auch genug isst.«

Ob stumm oder nicht, der Affe rollte zur Antwort mit den Augen. Das Tier wusste nämlich, dass das nur eine Ausrede war, damit der Papiermacher einen Blick auf Saras geheimnisvollen neuen Hausgast werfen konnte.

»Jetzt komm schon! Und trödele nicht so rum!«, knurrte Nelo. »Einige von uns müssen nämlich für ihren Lebensunterhalt arbeiten!«

Ein abgedeckter Weg verband Damm und Fabrik mit dem Wald, in dem die meisten Siedler wohnten. Grelles Sonnenlicht sickerte durch das Dach aus grünem Laub. Zur Mittagszeit musste man schon ein unverbesserlicher Optimist sein, um glauben zu können, dass dieses Tarnnetz die Hütten vor Scansensoren aus dem All zu schützen vermochte. Und unter den Sechs Spezies wurde Optimismus als Vorform der Häresie angesehen.

Doch aufgemerkt, dies war nicht die Art von Häresie, der Nelos ältestes Kind anhing.

Was den Großen Damm anging, so erwies sich seine Tarnung als doppelt problematisch. Anders als bei den Wehren, die die Qheuen-Kolonisten errichtet hatten – kleine Wasser wurden hinter Barrieren aufgestaut, denen man das Aussehen von Erdrutschen oder wie zufällig daliegenden Holzstapeln gegeben hatte –, erstreckte sich dieser Damm einen halben Bogenschuss weit. Falsche Felsen und Kaskaden von Melonenefeu verdeckten den Wall; dennoch meinten viele, dies sei das dummdreisteste Bauwerk am ganzen Hang, und dies vor allem deshalb, weil es abseits von allen Buyur-Stätten lag. Und Jahr für Jahr forderten am Tag der Öffentlichen Anklage Radikale vehement und lautstark seine Zerstörung.

Und jetzt gehört Lark auch zu ihnen. Nelo richtete bittere Beschwerden an den Geist seiner toten Frau. *Hörst du mich, Melina? Du hast den Jungen mitgebracht, als du aus dem fernen Süden gekommen bist. Man lehrt uns, dass Gene nicht so wichtig sind wie die Erziehung, aber habe ich etwa einen Sohn dazu erzogen, ein unruhestiftender, gefährliche Reden schwingender Abtrünniger zu werden? Niemals!*

Statt an die Tarnung glaubte der Papiermeister lieber an das Versprechen der Gründervorväter, die ihren trägen Samen in Jijo eingepflanzt und behauptet hatten, vom All aus würde man sie niemals vorsätzlich scannen. Mindestens eine halbe Million Jahre lang nicht.

Er hatte diesen Punkt einmal bei einem Streitgespräch mit Lark vorgebracht, und zu seiner großen Überraschung hatte sein Sohn ihm zugestimmt, bloß um danach zu erklären, dass das nicht weiter wichtig sei.

»Ich bin dafür, drastische Maßnahmen zu ergreifen, nicht etwa weil ich mich davor fürchte, entdeckt und vor Gericht gestellt zu werden, sondern weil das das Richtige ist.«

Falsch? Richtig? Nichts als eine Wolke verwirrender Abstraktionen. Lark und Sara brachten immer solche Gedanken auf, wenn sie stundenlang über Schicksal und Bestimmung debattierten. Manchmal glaubte Nelo, dass Dwer, der wilde Jüngling aus den Wäldern, von seinen Kindern am leichtesten zu verstehen sei.

Aus der Schreinerei des Dorfzimmermanns flog Sägemehl. Er stellte gerade Rohre für Jobee her, den rundlichen Klempner des Ortes, der sie zu den Häusern verlegen wollte, um sie mit frischem Wasser zu versorgen und den Abfall zu den septischen Senkgruben zu befördern. Denn so sah hier der Komfort des zivilisierten Lebens aus.

»Tiefer Schatten, Nelo«, grüßte der Klempner in einer Weise, die darauf schließen ließ, dass er sich langweilte und dringend wünschte, jemand möge auf einen Schwatz bei ihm stehen bleiben.

»Bewölkter Himmel, Jobee«, grüßte der Papiermacher zurück, nickte ihm höflich zu und marschierte weiter. Nicht dass ein paar Duras Klatsch und Tratsch jetzt geschadet hätten. *Aber wenn er erfährt, dass ich auf dem Weg zu Sara bin, kommt er später mit der halben Stadt im Gefolge zu mir, um zu hören, was ich über ihr neues Haustier herausbekommen habe … über diesen Fremden mit dem Loch im Kopf.*

Früher einmal, als junges Mädchen, hatte sie ein vom Baum gefallenes Flughörnchen aufgelesen, das sich das Schwanzruder gebrochen hatte, ein anderes Mal hatte sie ein verletztes Toyo-Junges mitgebracht. Alles, was krank war oder sich verletzt hatte, landete über kurz oder lang in Nelos Lagerraum. Sara pflegte die Tiere und hielt sie in Kisten, die mit seinem feinsten Filz ausgeschlagen waren. Der Papiermacher hatte gehofft, dass sich das bei seiner Tochter, die inzwischen großjährig war, ausgewachsen hätte. Aber vor ein paar Tagen war sie von einer Routine-Sammelreise mit einem verwundeten Mann auf einer Bahre zurückgekehrt.

Bis vor noch gar nicht so langer Zeit hätte Nelo sicher etwas dagegen gehabt, wenn sich ein fremder Mann, und sei es ein verletzter, im Baumhaus seiner einzigen Tochter breitgemacht hätte. Doch heute war er froh, dass sie endlich eine Ablenkung von jahrelanger harter Arbeit in vollkommener Isolation gefunden hatte. Einer von Saras Gildemeistern hatte ihm geschrieben und sich darüber beschwert, dass sie sich den prinzipiellen Pflichten einer Frau ihrer Kaste entziehe. Der Papiermacher hatte nicht anders gekonnt, als ihm gleich schriftlich zu antworten und sich solche Unverschämtheiten zu verbitten. Dennoch bot ihm jedes Interesse, das Sara an einem Mann zeigte, Anlass für zaghafte Hoffnung.

Vom abgedeckten Weg aus entdeckte Nelo den Sprengmeister der Stadt mit seinem jungen Sohn. Die beiden inspizierten gerade eine Anker-Pier am Großen Damm. Mit unheilvoller Miene und in tiefstem Ernst griff Henrik in eine Vertiefung und zog ein Tonrohr mit verdicktem Ende heraus. Er beäugte die Sprengladung und hielt sie dann seinem Sohn hin, damit der daran schnüffeln konnte.

Der Papiermacher wurde sich plötzlich der gewaltigen Größe des Sees bewusst, der hinter dem Damm lauerte und sich bereithielt, die Hütten und Werkstätten wegzuschwemmen, sobald Henrik das Signal erhielt, seine Pflicht zu tun. Nelo verspürte auch kurz brennende Eifersucht, als er sah, wie vertraut Henrik und sein Sohn miteinander umgingen. So war es auch einmal zwischen ihm und seinem Nachwuchs gewesen. Er hoffte, diese Innigkeit eines Tages zurückzuerhalten, und zwar mit jemandem, der die Papierherstellung genauso liebte wie er.

Wenn doch nur eines von meinen Kindern mir einen Erben schenken würde. – Ich werde einen bekommen, und wenn ich die Weisen bestechen muss, dies zu befehlen.

Henrik schob die Röhre in die Vertiefung zurück und verschloss das Loch mit Lehm.

Ein leises Seufzen ertönte links von Nelo. Er drehte sich um und sah, dass noch jemand die Sprenger beobachtete. Es war Baumbeisserin, die Matriarchin des Qheuen-Stocks dieses Ortes. Sie hockte auf einem Baumstumpf und hatte alle fünf Beine angezogen. Ihr nervöses Ausatmen wirbelte Staub unter dem blauen Rückenschild auf. Sie hatte sich einen Rewq über das Sichtband gesetzt, als ob sie dadurch mehr über Henrik und seinen Sohn erfahren könnte!

Aber worüber regte Baumbeisserin sich eigentlich auf? Die Sprenger befanden sich doch nur auf einer Routineinspektion. Dolos menschliche Dörfler würden niemals den Damm opfern, die Quelle ihres Wohlstands und Prestiges. Nur ein paar orthodoxe Spinner wollten das.

Und Nelos Ältester.

Jeder ist irgendwie nervös, dachte er und lief weiter. *Zuerst der abnorme Winter, dann Ulkouns Vorschlag, und schließlich Larks Häresie. Und jetzt kommt auch noch Sara mit einem mysteriösen Fremden nach Hause.*

Ist es da ein Wunder, dass ich nachts nicht einschlafen kann?

Unter dem glühenden Himmel lagen die meisten Behausungen der Dorfbewohner verborgen hoch oben in den Stämmen der mächtigen Garu-Bäume, wo Strähnen von essbarem Moos auf den weiten Astgärten gediehen. Eine Nische, die wie geschaffen war für die Erdlinge, genauso wie die blauen Qheuen Seen liebten und die Urs-Stämme trockene Ebenen bevorzugten.

Nelo und Prity waren kurz stehen geblieben, als Kinder eine Herde von kollernden Buschtruthähnen in den Waldmorast zurücktrieben. Eine Gruppe von schwarzhäutigen Glavern fühlte sich beim Wurzelbuddeln gestört, hob die runden Köpfe und schnüffelte vernehmlich. Die Kinder lachten, und das Funkeln in den Augen der Glaver verlosch. Es war ihnen doch zu anstrengend, das Leuchten der Empörung über einen längeren Zeitraum am Brennen zu halten.

Der fröhliche Rhythmus des Dorflebens. Nelo hätte ihn liebend gern für normal gehalten, wenn da nicht die Worte seines Ältesten gewesen wären, bevor dieser zur Versammlung aufgebrochen war. Da hatte er nämlich die Gründe für seine Häresie erklärt.

»Die Natur nimmt diese Welt wieder in ihren Besitz, Vater, und bewegt sich über die Muster hinaus, die die früheren Mieter auf ihr hinterlassen haben.«

Der Papiermacher hatte seine Zweifel gehabt. Wie konnte ein unintelligentes Leben eine Welt in weniger als einer Million Jahren verändern? Und das auch noch ohne Hüterspezies, die sie lenkte und leitete wie ein Gärtner seinen Garten?

»Es geht darum, die Welt für brachliegend zu erklären«, fuhr Lark fort. *»Damit sie Ruhe finden und sich ohne Störung von außen erholen kann.«*

»Damit meinst du wohl unseresgleichen, oder?«

»Richtig. Wir haben hier auf Jijo eigentlich nichts verloren. Wir fügen dieser Welt allein schon durch unsere bloße Anwesenheit Schaden zu.«

Das war das moralische Dilemma, in dem die Sechsheit steckte. Die Vorfahren einer jeden Spezies hatten gute Gründe dafür gehabt, so weit mit ihren Schleichschiffen zu fliegen, um sich auf einer verbotenen Welt unrechtmäßig zu vermehren. Die Schriftrollen sprachen auch von Schuld, hielten aber die verzweifelte Hoffnung der Frühen dagegen. Aber Lark redete nur über das Unrecht. Schlimmer noch, er und seine Genossen planten schon seit einiger Zeit, etwas dagegen zu unternehmen. Eine direkte Aktion bei der diesjährigen Versammlung. Sie wollten ein Zeichen setzen, um die Schuld, die Generationen auf sich geladen hatten, mit einem Akt der Hingabe zu sühnen, die ihnen heilig erschien und schrecklich ausfallen sollte.

»Was für ein Schwachsinn!«, explodierte der Papiermeister. »Wenn die Zivilisation irgendwann diesen Teil der Galaxis wiederbesiedelt, wird von uns nicht das geringste Anzeichen übriggeblieben sein. Nicht wenn wir rechtschaffen und gemäß dem Ei und dem Eid leben. Was du und deine Spießgesellen vorhaben, wird daran nicht das Geringste ändern!«

Wenn Nelo sich mit Dwer stritt, kam es wenigstens zu trotzigem Geschrei. Aber mit Lark zu debattieren war furchtbar frustrierend, weil er seine fundamentalistische Häresie hinter einer obstinaten Ruhe und Höflichkeit zu verbergen wusste, die er von seiner Mutter geerbt haben musste.

»Es spielt keine Rolle, Vater, ob unser Verbrechen niemals aufgedeckt werden wird. Vielmehr geht es darum, dass wir nicht hierhergehören. Uns dürfte es auf Jijo gar nicht geben.«

Die Dörfler grüßten freundlich wie immer, als Nelo und Prity vorbeikamen. Doch heute reagierte der Papiermacher nur mit finsteren Blicken und wünschte sich, seine Abkömmlinge würden nicht alles daransetzen, ihm Magengeschwüre zu bescheren. Zuerst, indem sie ihm die Zukunft seines Betriebs versagten, und dann, indem sie ihm ihre verrückten Ideen einpflanzten und diese auch noch tüchtig düngten.

Einige Boote lagen im Stadtdock vertäut. Flinke Noors mit glattem Fell jagten zwischen den Masten herum, zogen Tarnnetze hoch und befestigten Leinen, so wie die großen, langschnäuzigen Hoon es ihnen schon seit Jahrhunderten beibrachten. Die Besatzung eines Schiffes half einigen einheimischen Männern, die Ladung aus Glas und Metall an Bord zu bringen, die man von einer Buyur-Stätte flussaufwärts geborgen hatte und die zu den Schmieden in der Stadt Ur-tanj gebracht werden sollten, um dort ausprobiert und, wenn möglich, wieder funktionstüchtig gemacht zu werden. Und wenn nicht, kippte man sie weit draußen auf dem Meer in die Sperrgutgruben.

Normalerweise wäre Nelo stehen geblieben und hätte zugesehen, aber Prity zupfte an seinem Ärmel und drängte ihn, weiter zu den blaugrauen Ästen des Waldes zu laufen.

Als sie sich wieder auf den Weg machten, ertönten laute Schreie. Männer ließen ihre Lasten fallen, und die Hoon-Seeleute spreizten die zottigen Beine und duckten sich. Baumstämme knarrten und schwankten ebenso wie die Schiffsmasten, als Leinen rissen und das Wasser in Unruhe geriet. Wolken von Blättern ergossen sich aus dem Wald und erfüllten die Luft mit sich drehenden Spiralen. Nelo erkannte an dem Bassgedröhn, dass es zu einem neuen Beben gekommen war. Während es ihm eiskalt über den Rücken lief, verspürte er gleichzeitig eine merkwürdige Erregung, und er dachte darüber nach, sich auf offenes Terrain zurückzuziehen.

Das Getöse war schon vorüber, noch ehe er zu einem Entschluss gekommen war. Die Äste wippten noch eine Weile, aber die Bretter auf dem Weg vibrierten nicht mehr, und das Wellengekräusel auf dem Wasser verschwand wie ein Traum. Die Seeleute schnauften erleichtert, und die Dörfler machten ehrwürdige Handzeichen, denn wenn Jijo sich streckte, galt das als heiliges Omen seiner Heilkraft – auch wenn dabei gelegentlich Hütten einstürzten und anderer Schaden entstand. Vor gut einem Jahrhundert hatte ein viel gewaltigeres Beben das Heilige Ei hervorgebracht, ein Segen, der all die Schmerzen wert war, die mit dieser Geburt einhergingen.

O Mutter Jijo, betete Nelo, als das letzte Rumpeln verklungen war. *Lass alles gut gehen bei der diesjährigen Versammlung. Sorg bitte dafür, dass die Weisen Lark und seine Genossen von ihrem hirnverbrannten Plan abbringen.*

Und wenn es Dir nicht zu viel Mühe bereitet, fügte er hinzu, *dann lass Dwer ein Mädchen aus einer guten Familie finden und sich mit ihr niederlassen, ja?*

Er verkniff es sich jedoch, seinen dritten Wunsch vorzubringen. Sara würde sehr böse werden, wenn er um ihretwillen eine Gottheit anrief. Außer vielleicht Jafalls, der unvoreingenommen kapriziösen Göttin der Zahlen und des Schicksals.

Nachdem Nelos Puls sich wieder normalisiert hatte, gab er Prity das Zeichen, die Führung zu übernehmen. Der Weg wand sich nun zwischen den massiven Garu-Bäumen hinauf und dann weiter über Äste und Wipfel, die mit Leitseilen und Strickleitern verbunden waren. Nelos Füße bewegten sich wie von selbst, und er bemerkte die Höhe kaum, in der er sich inzwischen befand. Nur das Papierbündel wurde ihm doch allmählich zu schwer.

Saras Baumhütte lag so hoch, dass eine der Flechtwände tagsüber stundenlang von Sonnenschein bestrahlt wurde. Der Papiermeister musste sich an dem Halteseil festhalten, als er die letzte Hängebrücke überquerte. Der Anblick der bloßen Sonne beunruhigte ihn sehr, und fast wäre ihm der viereckige Käfig entgangen, der aus geflochtenen Seilen gemacht war und neben Saras Veranda von einem Flaschenzug hing.

Ein Aufzug! Warum hat meine Tochter neben ihrem Haus einen Aufzug anbringen lassen?

Dann fiel es ihm ein. *Natürlich wegen des Fremden.*

Herbe Gerüche strömten aus der Hütte. Es roch sauer, nach Schweiß, und ekelerregend süßlich. Nelo warf einen Blick ins Haus und sah die schräg hereinfallenden Sonnenstrahlen, die durch halbaufgezogene Jalousien eindrangen. Dann hörte er die Stimme seiner Tochter, die mürrisch im Nebenraum vor sich hin murmelte. Der Papiermeister hob die Hand, um am Türpfosten anzuklopfen, hielt dann aber inne, als er zwei Schatten in der Hütte entdeckte. Der eine war kegelförmig und bestand aus Ringwülsten, dessen oberster Nelo überragte. Knubbelige Füße bewegten sich unter dem untersten Ring und machten beim Gehen platschende und quietschende Geräusche.

Die kleinere Gestalt war an den Seiten mit Rädern ausgestattet. Der zwischen ihnen aufragende Oberkörper endete in zwei zierlichen Armen und vier Augenstielen, die in mehrere Richtungen gleichzeitig blicken konnten. Eines der Räder knarrte, als das Wesen vorwärtsrollte. Der fleckige Gehirnkasten und die hängenden Augenstiele kennzeichneten es als älteren g'Kek.

Wenn zwei Bewohner des Dorfes Nelo noch in seinem Alter verblüffen konnten, dann diese beiden. In seinem ganzen Leben hatte er noch nie davon gehört, dass ein g'Kek oder ein Traeki in die Bäume stiegen.

»Dunkle Wolken, Papiermacher!«, rief der Radler.

»Tiefe Schatten, Doktor Lorrek, und auch Ihnen, Apotheker.« Nelo verbeugte sich zweimal. »Wie geht es dem Patienten?«

Lorrek sprach ein ausgezeichnetes Englik, was nicht weiter verwunderlich war, weil er seit Jahren nichts anderes tat, als sich hauptsächlich um menschliche Kranke zu kümmern.

»Erstaunlicherweise hat der Verletzte wieder an Kräften gewonnen. Dafür sind hauptsächlich die Salben verantwortlich, die Pzora ihm verabreicht hat.« Der Arzt bog ein Stielauge in Richtung des Apothekers, dessen neunter Wulst von der hinter ihm liegenden Arbeit stark gerötet war. »Und nicht zu vergessen die gesunde frische Luft hier oben.«

Das war tatsächlich eine Überraschung. So wie der Fremde ausgesehen hatte, hätte man auf ihn nicht mehr wetten mögen.

»Aber die Verletzungen ... das Loch in seinem Kopf!«

Das Achselzucken war ursprünglich eine menschliche Bewegung gewesen, aber die g'Kek hatten es darin zu wahrer Meisterschaft gebracht.

»Ich fürchtete schon, die Verletzung sei tödlich. Ganz sicher verdankt der Fremde sein Überleben den Sekreten Pzoras und der schnellen Handlungsweise Ihrer Tochter, als sie ihn aus dem fauligen Sumpf zog.«

Nun ergriff der Traeki-Apotheker das Wort. Er drehte seine juwelenartigen Sinnesorgane, und seine Stimme schwankte wie eine ungestimmte Metallharfe.

»Ich/wir haben gern geholfen, auch wenn unsere Syntheseringe von der Anstrengung fast ohnmächtig geworden wären. Wir benötigten für unsere Salben seltene Zutaten. Uns will es erscheinen, als sei das Helfen mit großen Schwierigkeiten verbunden.«

»Was meinen Sie damit?«

»Nur hier oben, wo es nicht so viele Bakterien gibt, kann eine solche Tat vollbracht werden. Miss Saras Hütte ist dafür geradezu ideal, und sie will den Patienten nicht in die Obhut eines anderen geben. Doch auf der anderen Seite beschwert sie sich andauernd. Voller Verzweiflung wünscht sie sich ein Ende dieser Unterbrechung ihrer Arbeit herbei. Und manchmal steigert sie sich so hinein, dass sie Bemerkungen fallenlässt wie *sie möchte uns alle von ihren Hacken haben.«*

»Das ist nur eine Metapher«, versicherte ihm Lorrek.

»So etwas haben wir schon vermutet. Eine paradoxe Dissonanz, die uns sehr gefällt. Wir hoffen, ihre Selbste erkennen das.«

»Ich werde es ihr ausrichten«, erklärte der Papiermacher mit einem Lächeln.

»Seid von uns bedankt, ehrenwerte Nelos«, sagte der Traeki ergriffen und verfiel unwillkürlich in die Pluralanrede. »Wir hoffen auf gelöste Arbeit, wenn wir heute Abend zurückkehren.«

Lorrek senkte die Augenstiele, und der Papiermeister brauchte keinen Rewq, um das stille Lächeln des alten g'Kek deuten zu können. »Gelöste Arbeit, sehr gut«, brachte er noch hervor, bis er hinter vorgehaltener Hand husten musste.

Er zog den Aufzugskäfig heran und ließ dem schwereren Traeki den Vortritt. Dann rollte der Arzt hinein. Sein linkes Rad wackelte. Es litt an einer unheilbaren degenerativen Achsenentzündung. Nelo zog an dem Signalseil und rief dem Fahrstuhlführer unten zu, die Gegengewichtwinde in Gang zu setzen.

»Ist über den Fremden schon irgendetwas bekannt geworden?«, fragte Lorrek, während er und sein Begleiter warteten.

»Ich habe noch nichts gehört. Aber ich glaube, es dürfte sich nur um eine Frage der Zeit handeln, bis wir seine Identität enthüllt haben.«

Bislang hatten noch nicht einmal die reisenden Händler den bewusstlosen Mann wiedererkannt. Sie meinten nur, er müsse wirklich von weit her kommen, vielleicht von einer Siedlung an der Küste oder sogar aus dem Tal.

In Dole hat auch niemand Melina gekannt, als sie vor langer Zeit mit einem Vorstellungsbrief in der Hand und einem Baby auf der Hüfte hier aufgetaucht ist. Der Hang schien größer zu sein, als wir das bis dahin angenommen hatten.

Der g'Kek seufzte. »Wir müssen bald entscheiden, ob es dem Patienten dienlicher wäre, wenn wir ihn woanders hinschicken, damit er dort gründlicher untersucht werden kann. Sein Zustand scheint sich stabilisiert zu haben ...«

Der Käfig wackelte und sank rasch nach unten. Lorrek kam nicht mehr dazu, seinen Satz zu beenden.

Aha, dachte der Papiermeister, während er zusah, wie der Aufzug zwischen den moosbedeckten Ästen verschwand, *jetzt ist mir auch klar, warum Sara gezetert und gewütet hat. Sie will natürlich nicht, dass ihr Schützling zu den Spezialisten in die Stadt Tarek geschickt wird; selbst dann nicht, wenn sie dadurch ihre unterbrochene Arbeit wiederaufnehmen könnte.*

Würde seine Tochter wohl jemals vernünftig werden? Beim letzten Mal, als ihr Mutterinstinkt ihren Verstand überwältigt hatte – sie kümmerte sich damals um einen genesenden Buchbinder in Biblos –, war daraus eine Liebesbeziehung erwachsen, die in einer Tragödie geendet hatte. Der damit verbundene Skandal hatte zu ihrem Hinauswurf aus ihrer Zunft geführt. Nelo hoffte sehr, dass sich dieser Kreislauf diesmal nicht wiederholen würde.

Selbst heute noch könnte sie alles zurückgewinnen, ihre Stellung und eine Vermählung mit einem angesehenen Weisen. Nun gut, ich habe diesen sauertöpfischen Taine nicht recht gemocht, aber er kann ihr immer noch ein sichereres Leben bieten als dieser Neue, der mehr tot als lebendig ist.

Außerdem muss sie ja nicht ganz mit ihrer Mathematik aufhören, wenn sie mir ein paar Enkelkinder austrägt.

Der kleine Schimpanse begab sich als Erster in die Hütte. Sofort ertönte Saras Stimme aus den Schatten: »Bist du das, Prity? Ich sage dir, eine Störung nach der anderen, aber ich glaube, ich habe dieses Integral jetzt endlich geknackt. Warum siehst du es dir nicht gleich mal …«

Etwas klatschte dumpf. Das Bogenbuch war auf dem Tisch gelandet.

»Oh, das Papier. Wunderbar. Wollen wir doch mal sehen, was mein alter Herr uns diesmal ausgesucht hat.«

»Was immer dein *alter Herr* schickt, ist gut genug für jemanden, der dafür nicht bezahlt«, knurrte Nelo und trat von einem Fuß auf den anderen, während sich seine Augen an die Dunkelheit in der Hütte gewöhnten. Im trüben Licht erkannte er seine Tochter, die sich gerade von einem Schreibtisch erhob, der über und über mit Notizen und obskuren Symbolen bedeckt war. Auf ihrem Gesicht breitete sich das Lächeln aus, das er immer schon so sehr gemocht hatte. Allerdings bedauerte er, dass sie nicht mehr vom Aussehen ihrer Mutter mitbekommen hatte.

Mein Aussehen und Melinas verrückte Ideen. Nicht gerade die ideale Kombination für ein Mädchen im heiratsfähigen Alter.

»Vater!« Sie lief mit ausgebreiteten Armen auf ihn zu. »Du hast mich vielleicht erschreckt!«

Ihr schwarzes Haar, das sie kurz wie ein Jüngling trug, roch nach Bleistiftstaub und Pzoras Salben.

»Das denke ich auch.« Er runzelte die Stirn, als er die Unordnung in ihrer Behausung bemerkte. Dass sie ihre Matratze jetzt neben dem Schreibtisch aufgeschlagen hatte, machte das Ganze auch nicht besser. Ein einziges Durcheinander von Texten, von denen einige das Emblem der großen Biblos-Bibliothek trugen, dazu Massen von Notizen und Hingekritzeltem über die »neue Richtung«, die ihre Forschungen genommen hatten.

Sara versuchte allen Ernstes, die Mathematik mit der Linguistik zu kombinieren – als ob die Welt ausgerechnet auf so etwas wartete!

Prity nahm sich einen der Zettel und hockte sich auf einen Stuhl. Das Tier nagte an der Unterlippe, studierte jede einzelne Zeile sorgfältig und war ganz der schweigende Assistent einer geheimnisvollen Kunst, die Nelo wohl für immer verschlossen bleiben würde.

Er warf einen Blick auf das Schlaflager, wo sich das Sonnenlicht über eine Decke ergoss, unter der zwei große Füße hervorlugten.

»Jetzt, wo die beiden Jungs fortgezogen sind, dachte ich, ich schaue mal bei dir vorbei, um zu sehen, wie es dir so geht.«

»Tja, wie du siehst, geht es mir bestens.« Sie zeigte mit einer weiten Armbewegung durch ihre Hütte, als sei dieser Saustall ein Musterbeispiel für Ordentlichkeit und gepflegte Atmosphäre. »Prity sorgt für mich, und ich erinnere mich sogar daran, gegessen zu haben, an den meisten Tagen jedenfalls.«

»Nun ja …«, murmelte er, kam aber nicht mehr dazu, mehr von sich zu geben, weil Sara ihn schon am Arm nahm und zur Tür schob. »Ich komme dich morgen besuchen«, versprach sie, »wenn Lorrek und der alte Stinker mich aus dem Weg haben wollen. Dann gehen wir ins Bellona's, um gut zu speisen, ja? Ich ziehe auch ein sauberes Kleid an.«

»Tja, äh, das wäre großartig.« Er schwieg für einen Moment. »Aber denk daran, dass die Weisen dir Hilfe zuteilen, falls dir alles zu viel wird.«

Sara nickte. »Ich weiß, wie das alles für dich aussehen muss, Vater. Du denkst ›Meine Tochter ist wieder mal von etwas besessen‹, nicht wahr? Mach dir darüber keine Sorgen. Diesmal verhält es sich nämlich nicht so, wie es den Anschein hat. Es ist nur so, dass ich diesen Ort für ideal halte, um eine Entzündung dieser schrecklichen Wunden zu verhindern …«

Ein leises Stöhnen ertönte im hinteren Teil des Baumhauses. Sara zögerte und hob dann eine Hand. »Warte bitte einen Moment.«

Nelo sah ihr nach, als sie in ihr Arbeitszimmer zurückeilte, dann wurde seine Neugier zu groß, und er folgte ihr.

Prity hockte vor dem Fremden und rieb ihm über die Stirn. Der Mann schlug mit den Händen um sich, als wolle er eine tödliche Gefahr abwehren. Bleifarbene Narben bedeckten seine Arme, und eine gelbe Flüssigkeit sickerte durch den Verband hinter seinem linken Ohr. Als der Papiermacher den Fremden das letzte Mal gesehen hatte, war er bleich wie ein Leichentuch gewesen, und man hatte ihm ansehen können, dass er mit dem Tode rang. Doch heute schienen die Augen mit ihrer schwarzen Iris mit schrecklicher Inbrunst zu lodern.

Sara nahm die Hände des Verwundeten, redete beharrlich auf ihn ein und versuchte ihn zu beruhigen. Aber der Fremde umschloss ihre Handgelenke und drückte so fest zu, dass Nelos Tochter vor Schmerz schrie. Der Papiermacher lief sofort zu ihr und bemühte sich vergebens, die starken Finger von Sara zu lösen.

»Ge-ge-ge-ge-do-«, stammelte der Mann und riss die junge Frau zu Boden.

In diesem Moment zerriss der Himmel.

Ein mächtiges Donnern schlug gegen die Fensterläden und Jalousien und fegte Töpfe und Geschirr von den Küchenregalen. Der ganze Garu-Baum beugte sich nach unten, als würde er von einer Riesenhand bewegt. Nelo konnte sich nicht mehr auf den Beinen halten. Mit klingelnden Ohren hielten sich Vater und Tochter an den Bodendielen fest. Der Baum bog sich so weit nach unten, dass der Papiermacher durch ein Fenster den Erdboden sehen konnte. Weitere Gegenstände purzelten von Schreibtisch und Wänden, und Möbelstücke rutschten durch die offene Tür. Inmitten des Sturms aus herumfliegenden Blättern kreischte

Prity, und der Fremde riss die Augen weit auf und folgte dem Beispiel des Affen.

Nelo war nur zu einem verwunderten Gedanken fähig: *Schon wieder ein Erdbeben?*

Der Baum wippte vor und zurück und schüttelte die Hütteninsassen wie Steinchen in einer Kinderrassel hin und her. Das Rütteln und Schütteln kam ihnen wie eine Ewigkeit vor, währte aber nur knapp eine Minute.

Wunderbarerweise blieb die Hütte in ihrer Verankerung zwischen den beiden dicken Ästen. Vibrationen liefen am mitgenommenen Stamm auf und ab, während das Heulen im Kopf des Papiermachers langsam nachließ und endlich in betäubendem Schweigen endete. Er zögerte, als Sara ihm aufhelfen wollte. Gemeinsam kümmerten sie sich dann um den Verwundeten, der sich so krampfhaft am Fensterbrett festhielt, dass seine Knöchel weiß geworden waren.

Der Wald präsentierte sich als Mahlstrom von Staub, Trümmern und herumfliegenden Blättern. Nelo warf sofort einen Blick auf den Damm. Dem Himmel sei Dank, er hatte das Beben überstanden. Auch seine Papiermühle schien keine größeren Schäden erlitten zu haben.

»Sieh doch!« Seine Tochter deutete auf eine Stelle südöstlich über dem Wald.

Dort zeigte sich hoch oben eine dünne weiße Spur. Etwas hatte die Luft mit titanischer Wucht und ungeheurer Geschwindigkeit durchpflügt und war immer noch als funkelnder Punkt in der Ferne zu erkennen. Die weiße Spur verlief am Rand des Tals entlang auf die schneebedeckten Gipfel des Rimmer-Gebirges zu. Das Gebilde flog so hoch und so geschwind – und ebenso arrogant wie furchtlos. Nelo musste seine Angst nicht in Worte fassen. Er konnte sie in den Augen seiner Tochter lesen.

Der Fremde, der immer noch dem glitzernden Punkt hinterherstarrte, der am Horizont immer kleiner wurde, stieß schließlich einen unheilvollen Seufzer aus. Er schien die Ängste der beiden zu teilen, doch auf seinen grauen Zügen breitete sich keine Überraschung aus.

Asx

Erinnert ihr euch, meine Ringe, wie das Schiff der Rothen dreimal über der Versammlungslichtung kreiste und nach seinem heißen Abstieg rot glühend aussah? Wie es den wütenden, protestierenden Himmel durchteilte? Streichelt das Wachs der Erinnerung, und besinnt euch darauf, wie immens das Schiff wirkte, als es auf so dramatische Weise über unseren Köpfen in der Luft stand.

Selbst die Mitglieder des Menschenstammes, unsere besten und findigsten Techniker, starrten mit großen, runden Augen auf den gewaltigen Zylinder, der riesig wie ein Gletscher aussah und sich endlich, nur neunzig Pfeilschüsse von der geweihten Senke des Heiligen Eies entfernt, herabsenkte.

Die Bürger der Sechs Spezies traten jammernd und furchtsam vor uns.

»Sagt uns, Weise, sollen wir fliehen? Oder sollen wir uns verstecken, wie das Gesetz es verlangt?«

Tatsächlich gebieten uns dies die Schriften.

Verbergt eure Zelte, eure Felder, eure Arbeitsgeräte und euch selbst. Denn von weit oben vom Himmel kommen euer Gericht und eure Züchtigung.

Nachrichtenboten schoben sich nach vorn: »Sollen wir den Ruf hinaustragen? Sollen die Dörfer, die Gemeinden, die Koppeln und die Stöcke zerstört und geschleift werden?«

Selbst bevor das Gesetz Gestalt angenommen hatte – als unsere Gemeinden sich noch nicht von den Fesseln der gegenseitigen Feindschaft befreit hatten –, hatten unsere verstreuten Gruppen von Ausgestoßenen bereits gewusst, von wo ihnen Gefahr drohte. Wir Exilanten-auf-Jijo haben uns verborgen, wenn Suchsonden von den galaktischen Instituten zu Routineüberprüfungen von weit her herangeflogen kamen und unsere Sensorsteine Warnfeuer entzündeten. Andere Male fielen schimmernde Kugelschwärme der Zang vom Sternengewölbe, tauchten ins Meer ein und verließen uns dann wieder in Wolken gestohlenen Dampfes. Selbst bei den sechs Malen, als sich neue Gruppen von Ausgestoßenen am Wüstenstrand niederließen, wurden sie von denen, die hier bereits lebten, nicht begrüßt und willkommen geheißen – bis sie die Schiffe verbrannten, mit denen sie hierhergekommen waren.

»Sollen wir versuchen, uns zu verstecken?«

Erinnert euch, meine Ringe, an das verwirrte Geschrei, als das Volk wie Spreu im Wind auseinanderstob, die Festivalpavillons niederriss und alles von unserem Lagerplatz in nahe gelegene Höhlen schleppte. Doch inmitten dieses Tohuwabohus blieben einige bemerkenswert ruhig und gefasst. In jeder Spezies gab es einige wenige, die verstanden, dass wir uns diesmal nicht mehr vor den Sternen verbergen konnten.

Unter uns Weisen ergriff Vubben als Erster das Wort und richtete seine Augenstiele auf jeden Einzelnen von uns.

»Nie zuvor ist ein Schiff in unserer Mitte gelandet. Ohne Frage hat man uns längst entdeckt.«

»Vielleicht noch nicht«, wandte Ur-jah in Galaktik Sieben ein und stampfte mit einem Huf auf. Die weißen Haare, die ihre aufgeblähten Nüstern umgaben, standen aufrecht. »Möglicherweise sind sie nur den Emanationen des Eies gefolgt. Wenn wir uns beeilen, könnten wir es noch schaffen …«

Sie verstummte, als Lester, der Vertreter der Menschen, den Kopf schüttelte. Eine simple Geste der Verneinung, die in letzter Zeit in den Gemeinden immer populärer wurde – zumindest bei denen, die einen Kopf zum Schütteln besaßen.

»Auf diese geringe Entfernung können sie uns schon an unseren Infrarotsignaturen erkennen. Und ihre Bordbibliothek wird ihnen längst verraten haben, welche Subspezies sich hier versammelt haben. Selbst wenn sie beim Eintritt in die Atmosphäre noch nichts von uns geahnt haben, spätestens jetzt wissen sie bestens Bescheid.«

Aus Gewohnheit nahmen wir seine Ausführungen ernst, denn auf diesem Gebiet kennen die Menschen sich nun einmal am besten aus.

»Vielleicht sind sie ja ebenso auf der Flucht wie wir damals!«, rief der Qheuen in unserer Mitte und strahlte aus allen fünf Beinmündern Hoffnung aus. Aber Vubben war nicht dieser Ansicht:

»Wir haben doch gesehen, wie offen sie hier erschienen sind. Zeigen sich so Flüchtlinge, die voller Furcht sind und sich vor Izmunutis Blick verbergen wollen? Sind unsere Vorfahren so offen und frech hier gelandet? Sind sie so brüllend über den Himmel gezogen?«

Der g'Kek richtete einen Augenstiel auf die Menge und rief sie dann zur Ordnung: »Niemand wird das Tal und das Festival verlassen, damit sie nicht unseren Sippen und Siedlungen auf die Spur kommen können. Aber sucht alle Glaver, die hier erschienen sind, um unter uns zu äsen. Jagt diese Armen im Geiste fort, damit unsere Schuld nicht ihre Unschuld beflecke.

Und was die Mitglieder der Sechs Spezies angeht, die sich hier aufhalten, wo der Schatten des Schiffes auf sie fallen konnte – wir müssen alle hierbleiben und uns unserem Schicksal stellen, gleich, ob es uns Leben oder Tod bringt.

Auch dürfen wir nicht sinnlos herumrennen«, kam er zum Ende seiner Ansprache. »Denn in den Schriften steht geschrieben: *Wenn alle Schleier zerrissen sind, verbergt euch nicht länger. Denn an jenem Tag soll über euch Gericht gehalten werden. Deshalb stellt euch ihm, so wie ihr gerade seid.*«

So klar waren die Worte seiner Weisheit, dass niemand einen Einspruch vorzubringen wagte. Danach haben wir uns, nach Stämmen geordnet, zusammengestellt, nicht wahr, meine Ringe? Aus vielen verschmolzen wir zu einem.

Unisono wandten sich unsere Gemeinden dem Schiff zu und harrten der Dinge, die über uns kommen sollten.

Dwer

Der blöde Noor blieb ihm immer noch hartnäckig auf den Fersen, beobachtete ihn verstohlen aus den Zweigen und entwickelte sich zu einer echten Plage.

Manchmal verschwand das geschmeidige Wesen mit dem schwarzen Fell, und dann wuchs Dwers Hoffnung, dass es vielleicht der staubigen Hochgebirgsluft, so fern der Sümpfe, in denen die Noor für gewöhnlich hausten, überdrüssig geworden sei.

Aber stets tauchte das Tier wieder auf, hockte bequem auf einem Felsvorsprung, grinste dämlich mit seiner länglichen Schnauze und verfolgte, wie Dwer sich durch Dornengestrüpp mühte oder über die hochgeschobenen Steine des uralten Straßenbelags stolperte, während er nach den Spuren eines entlaufenen Glavers Ausschau hielt.

Der Geruch war schon kalt geworden, als Dwer den Abdruck zum ersten Mal nicht weit von der Versammlungslichtung entdeckt hatte. Sein Bruder und die anderen Pilger waren weiter in Richtung der Klänge der Galamusik marschiert, die aus den Festivalpavillons strömten. Aber Dwers Arbeit bestand nun einmal darin, Glaver wieder einzufangen, die die merkwürdige Eigenschaft aufwiesen, immer wieder einmal die Behaglichkeit ihrer Flachlandweiden zu verlassen und sich auf gefährliche Wanderschaft zu begeben. Deshalb musste für Dwer das Festival erst einmal warten.

Der Noor bellte schrill und heulend, tat so, als würde er helfen, und kam mit seinem schlanken Körper überall gut durch, während der Jäger sich seinen Weg freihacken musste und mehr als einmal ins Straucheln geriet. Doch nach einiger Zeit konnte Dwer befriedigt feststellen, dass sie dem Gesuchten näher gekommen waren. Die Abdrücke des Glavers waren tiefer, lagen dichter zusammen, ein Zeichen für seine Ermüdung. Als der Wind wechselte, nahm der Jäger auch die Witterung des Tieres wahr. *Wird auch Zeit,* dachte er und schätzte ab, wie viel Wegstrecke noch blieb, bis die Klamm zur nächsten Wasserscheide führte, und damit in eine andere Welt.

Warum müssen die Glaver immer wieder herumstreunen? Sie führen auf dieser Seite des Bergs doch gar kein so schlechtes Leben. Alle sind doch ganz vernarrt in sie. Auf der anderen Seite lag schließlich eine giftige Ebene, auf die sich nur die hartgesottensten Jäger hinauswagen durften.

Oder Touristen, dachte er grimmig und erinnerte sich an Lena Strong, die ihn dafür bezahlen wollte, wenn er sie nach Osten führte. Eine Reise, deren einziger Zweck darin bestand, sich dort einmal umzusehen. *Sightseeing* hatte sie das genannt, ein Wort, das Dwer nur aus den alten Geschichten von der Erde kannte.

Wir leben wirklich in verrückten Zeiten, sagte er sich und schüttelte den Kopf. Doch die Veranstalter solcher Abenteuertouren schworen, von den Weisen die Erlaubnis dazu erhalten zu haben – natürlich nur unter bestimmten Auflagen und Bedingungen. Dwer schüttelte noch einmal den Kopf. Er konnte jetzt, da er der Beute so nahe war, keine idiotischen Ideen gebrauchen, die ihm nur das Hirn verkleisterten.

Der Noor wies auch schon Zeichen der Ermüdung auf, lief aber weiter schnüffelnd an der Spur des Glavers entlang. Plötzlich blieb er stehen, stellte sich auf die Hinterläufe und starrte mit seinen schwarzen Augen geradeaus. Dann stieß er ein leises kehliges Knurren aus und schoss durch das Bergdickicht davon. Wenig später hörte der Jäger das unverkennbare Kreischen eines Glavers und kurz darauf das Stampfen schwerer Hufe.

Großartig, jetzt hat der blöde Noor das Tier auch noch verscheucht!

Endlich gelangte Dwer aus dem Unterholz auf ein Stück alter Buyur-Autobahn. Er spurtete los, schob im Laufen die Machete in die Scheide zurück, nahm den zusammengesetzten Bogen von der Schulter, befestigte die Sehne und zog sie stramm.

Zischen und Knurren drangen aus einem engen Seitental und zwangen den Jäger, die Straße wieder zu verlassen und sich erneut durch Unterholz und von den Bäumen herabhängende Lianen zu kämpfen. Schließlich entdeckte er die beiden hinter einer Sträucherreihe. Zwei Kreaturen, die eine pechschwarz, die andere bunt schillernd, die sich zum Showdown gegenüberstanden.

Der Glaver saß in der Falle, denn hinter ihm befand sich eine schmale Klamm. Das Tier war offensichtlich weiblich, womöglich auch noch schwanger. Es hatte einen weiten Weg zurückgelegt und atmete schwer. Die kugelförmigen Augen drehten sich unabhängig voneinander. Das eine verfolgte das Treiben des Noors, während das andere nach weiteren Gefahren Ausschau hielt.

Dwer verfluchte beide – die Glaverin dafür, dass sie ihn zu einer Verfolgung genötigt hatte, die keinen Profit abwarf, wo er doch viel lieber zum Festival gegangen wäre, und den lästigen Noor dafür, dass er sich ungebeten eingemischt hatte.

Dann verwünschte er den Noor noch einmal, weil er nun in seiner Schuld war. Wenn die Glaverin die Ebene hinter dem Rimmer-Gebirge erreicht hätte, hätte dem Jäger eine langwierige und anstrengende Verfolgung bevorgestanden.

Keines der beiden Wesen schien Dwer wahrzunehmen – obwohl Dwer sich sicher war, dass der Noor ihn mit seinen feinen

Sinnen längst bemerkt hatte. *Was treibt das kleine Mistvieh da eigentlich? Was will es mir beweisen?*

Dwer hatte ihn auf den Namen Schmutzfuß getauft, weil braune Pfoten das einheitlich pechschwarze Bild seines Fells trübten. Vom flachen Schwanz bis zu den Schnurrbarthaaren, die kreuz und quer aus seiner länglichen Schnauze ragten, war das Tier durchgehend schwarz, bis eben auf die Pfoten. Der Noor stand ganz still und aufmerksam da und ließ den flüchtigen Glaver nicht aus den Augen, aber Dwer ließ sich davon nicht täuschen. *Du weißt genau, dass ich dich sehen kann, du Angeber!* Von allen Spezies, die die Buyur bei ihrem Abzug auf Jijo zurückgelassen hatten, schienen ihm die Noor am wenigsten durchschaubar zu sein, obwohl es doch zur Kunst eines Jägers gehörte, alle möglichen Arten zu durchschauen.

Leise senkte er den Bogen, löste ein Hirschlederseil vom Gürtel und band das Ende zu einem Lassoknoten zusammen. Seine große Geduld kam ihm zugute, als er langsam auf das Tier zuschlich.

Schmutzfuß grinste, zeigte spitze, dreieckige Zähne und richtete sich fast zur Höhe des Glaverrückens auf. Das ausgerissene Tier reichte dem Jäger bis an die Hüfte. Die Glaverin zog sich mit einem Knurren vor dem Noor zurück, bis ihre Rückenknochenplatten gegen den Fels stießen und einen kleinen Erdrutsch auslösten. Ihr gegabelter Schwanz hielt einen Stock, einen Ast oder Schössling, von dem sie alle Zweige entfernt hatte. Für das, was man sonst bei Glavern erlebte, eine reichlich komplexe Waffe.

Dwer trat noch einen Schritt auf die beiden zu und konnte es diesmal nicht vermeiden, ein paar trockene Blätter zu zertreten. Hinter den spitzen Ohren ragten graue Dornen aus dem Fell des Noors und bewegten sich wie aus eigenem Antrieb. Schmutzfuß starrte immer noch die Glaverin an, aber etwas in seiner Haltung schien dem Jäger zu sagen: »Sei doch leiser, Dummkopf!«

Dwer mochte es nicht, wenn jemand ihm erklären wollte, wie

er sich zu verhalten habe. Ganz besonders nicht, wenn es sich bei diesem Jemand um einen Noor handelte. Trotzdem wurde eine Jagd nur nach ihrem Erfolg beurteilt, und Dwer wollte das Tier auf saubere und unkomplizierte Weise einfangen. Wenn er das trächtige Wesen erschossen hätte, hätte er damit nur sein Versagen zugegeben.

Ihre lose Haut hatte seit dem Ausbruch aus den vertrauten Gefilden einiges von ihrem Glanz verloren. Sie war nahe bei einem Dorf der Sechs zuhause gewesen, wie man das schon seit Jahrhunderten von ihnen kannte, seit sie eines Tages ihre Unschuld zum Ausdruck gebracht hatten.

Warum tun Glaver so etwas? Warum büxen jedes Jahr einige von ihnen in die Berge aus?

Genauso gut hätte er über die Motive dieses Noor hier spekulieren können. Unter den Sechs Spezies brachten nur die sanften Hoon die nötige Geduld auf, um mit diesen Plagegeistern und Nichtsnutzen etwas anfangen zu können.

Vielleicht waren die Buyur sauer, als sie Jijo verlassen mussten, und haben die Noor als hinterhältigen Scherz für ihre Nachmieter zurückgelassen.

Eine Löwenlibelle mit durchsichtigen Flügeln summte vorüber. Die keuchende Glaverin verfolgte sie mit einem Auge, während das andere auf den Noor gerichtet war. Der Hunger in ihr überwand schließlich die Furcht, vor allem als ihr bewusst wurde, dass der viel kleinere Schmutzfuß ihr Leben nicht ernsthaft in Gefahr bringen konnte. Und wie zur Bestätigung dieser Überlegung ließ sich der Noor jetzt auf die Hinterläufe nieder und fing an, sich ungeniert die Schulter zu lecken.

Sehr schlau von dir, dachte der Jäger und bewegte sich wieder langsam vorwärts, als die Glaverin jetzt beide Augen auf den Imbiss richtete, der über ihr summte.

Ein Speichelstrahl schoss aus ihrem Maul und traf den Schwanz der Libelle.

Im selben Moment sprang Schmutzfuß nach links. Die Glaverin schrie, schlug mit dem Stock nach dem Noor und versuchte zu fliehen. Dwer sprang, wüste Beschimpfungen ausstoßend, aus dem Unterholz. Seine Mokassins glitten auf dem verwitterten Granit aus. Er verlor das Gleichgewicht und kippte nach vorn, als der Knüppel über ihn hinwegfegte. In einer gewaltigen Anstrengung warf der Jäger im Sturz das Lasso. Es zog sich sofort straff, und Dwer konnte nicht anders, als mit dem Kinn zu bremsen. Obwohl halb verhungert und ermattet, besaß die Glaverin in ihrer Panik noch genügend Kraft, um den Jäger einige Meter hinter sich herzuschleifen, bis sie schließlich schnaufend und erledigt stehen blieb.

Zitternd ließ sie den Stock fallen und sank auf die Knie. Die verschiedensten Farben jagten unter ihrer durchsichtigen Haut dahin. Dwer erhob sich mühsam und rollte das Lasso ein.

»Ganz ruhig. Keiner will dir etwas tun.«

Die Glaverin sah ihn müde aus einem Auge an. »Schmerz existieren. Marginal«, erklärte sie in schleppendem Galaktik Acht.

Dwer hätte es beinahe erneut von den Beinen gerissen. Erst einmal in seinem Leben hatte ein gefangen genommener Glaver zu ihm gesprochen. Für gewöhnlich hielten sie sich damit zurück, bis es gar nicht mehr anders ging. Der Jäger leckte sich über die Lippen und bemühte sich, ihr in derselben wenig gebräuchlichen Sprache zu antworten.

»Bedauern. Vorschlagen aushalten. Mehr gut sein als Tod.«

»Mehr gut?« Die Glaverin blinzelte, als verwirre sie diese Aussage. Sie schien sich zu fragen, ob sich eine Fortsetzung dieser Diskussion lohne.

»Bedauern wegen Schmerzen«, sagte Dwer noch einmal.

Das Interesse in dem Auge erlosch.

»Nicht vorwerfen. Unser Los sein. Jetzt bereit sein für essen.«

Alle Intelligenz schwand aus dem Blick, und die Glaverin gab sich wieder als geistloses Tier.

Ebenso verwundert wie erschöpft band der Jäger den Fang an einem Baum an. Erst dann kümmerte er sich um seine eigenen Schnittwunden und stark brennenden Schrammen. Schmutzfuß machte es sich derweil auf einem Felsen bequem und genoss die letzten Strahlen der untergehenden Sonne.

Noor konnten nicht sprechen. Anders als bei den Glavern war ihren Vorfahren diese Fähigkeit nie verliehen worden. Dennoch öffnete Schmutzfuß jetzt das Maul zu einem Grinsen, das zu besagen schien: »War ein großer Spaß. Wann machen wir das wieder?«

Dwer entspannte den Bogen, steckte ihn in die Scheide zurück und verbrachte die letzte halbe Midura damit, die Glaverin mit seiner eigenen mageren Ration zu füttern. Morgen würde er einen faulenden, umgestürzten Baumstamm finden, um unter ihm nach Maden und Raupen zu graben. Eine unabdingbare, wenn auch wenig würdevolle Tätigkeit für ein Mitglied einer Spezies, die einst machtvoll zu den Sternen gereist war.

Schmutzfuß war sofort zur Stelle, als Dwer Hartbrot und Pökelfleisch auspackte. Seufzend warf der Jäger dem Noor ein paar Brocken zu, die dieser geschickt aus der Luft fing und dann mit ganz eigener Würde verspeiste. Danach kam er wieder zu ihm und schnüffelte an der Feldflasche, die Dwer am Gürtel hing.

Der Jäger hatte schon einige Male gesehen, wie diese Wesen an Bord von Hoon-Flussbooten aus Kürbisflaschen tranken. Nach einem Moment des Überlegens entstöpselte er die Flasche und reichte sie Schmutzfuß. Das Wesen setzte seine beiden sechsfingrigen Vorderpfoten ein – mit denen es fast so geschickt umzugehen verstand wie mit Händen – und fing schmatzend an zu trinken.

Dann hielt es inne und goss sich den Rest des Inhalts über den Kopf.

Dwer sprang sofort auf und stieß wüste Schmähungen aus. Aber Schmutzfuß warf die Flasche unbekümmert beiseite und fing an, sich abzulecken, während kleine Rinnsale über seinen schwarzglänzenden Rücken rannen und im staubigen Boden winzige Krater schufen.

Der Jäger schüttelte die Feldflasche und gewann noch ein paar Tropfen. »Von allen selbstsüchtigen, undankbaren …«

Es war schon zu spät, um zum nächsten Wasserlauf zu ziehen. In der Dunkelheit der Nacht war es nicht ratsam, den schmalen, unwegsamen Pfad zu betreten. Ein Wasserfall grollte. Er war nahe genug, um vernommen zu werden, aber immer noch gut eine Midura zu Fuß entfernt. Aber der Jäger würde auch ohne Wasser auskommen. Nicht zum ersten Mal musste er auf das Nass verzichten. Trotzdem würde ihm das Rauschen einen trockenen Mund bescheren, vermutlich die ganze Nacht hindurch.

Höre nie auf zu lernen, pflegte der Weise Ur-Ruhols zu erklären. Heute Abend hatte Dwer etwas Neues über die Noor gelernt. Und unter dem Strich war der Preis für diese Lektion nicht zu hoch.

Der Jäger beschloss, sich wecken zu lassen. Und dazu benötigte er einen Uhrvogel.

Es gab gute Gründe, früh aufzubrechen. Unter Umständen konnte er es noch zur alljährlichen Versammlung der Sechs schaffen, bevor alle ungebundenen Jungen und Mädchen einen Partner für das große Tanzvergnügen gefunden hatten. Des Weiteren musste er vor Danel Ozawa seinen jährlichen Bericht ablegen, und schließlich galt es, Lena Strongs Tourismusidee einen Riegel vorzuschieben. Wenn es ihm außerdem gelänge, die Glaverin vor dem Morgengrauen fortzuführen, verschlief Schmutzfuß vielleicht den Aufbruch, und er wäre ihn endlich los. Ein Noor liebte den Schlaf fast ebenso sehr, wie das Leben von Dörflern durcheinanderzubringen. Und Schmutzfuß, der sich bereits neben den glimmenden Kohlen zusammengerollt hatte, hatte einen wirklich langen und anstrengenden Tag hinter sich.

Also zog Dwer nach dem Essen das Bündel mit den Papiertüten aus seiner Tasche, in der er alle seine praktischen Dinge aufbewahrte. Die meisten zusammengefalteten Blätter stammten aus den Papierkörben seines Bruders oder Saras.

Larks Notizen, wie stets in elegant geschwungener und ordentlicher Schrift, beschrieben irgendwelche Spezies aus Jijos komplexem Ökosystem. Dwer benutzte sie, um darin Samenkörner, Kräuter oder Federn aufzubewahren, die Dinge eben, die einem bei der Jagd nützlich sein konnten.

Saras Schrift war großzügig, aber auch verkrampft, als hielten sich bei ihr überbordende Phantasie und strenge Ordnung gegenseitig in Schach. Ihre Zettel waren angefüllt mit verwirrenden mathematischen Zeichen und Symbolen. (Einige Gleichungen, die nicht aufgegangen waren, hatte sie nicht einfach nur durchgestrichen, sondern in einem Wutanfall mit der Federspitze regelrecht erstochen.) Der Jäger verwendete die weggeworfenen Zettel seiner Schwester zur Aufbewahrung von Medizinen, Gewürzen und Pulvern, die die Früchte Jijos für Menschen genießbar machten.

Einer dieser Tüten entnahm er nun sechs Tobar-Samen – klobige, harte und übelriechende Gebilde –, die er windabgewandt auf einen Fels legte. Dann hielt er den Atem an und spaltete mit seinem Messer eines der Körner, um sofort danach vor dem Gestank zu fliehen. Die Glaverin fing sofort an, kläglich zu schreien, und der Noor bedachte ihn mit einem empörten Blick, bis der Wind den Großteil des intensiven Geruchs fortgeweht hatte.

Dwer machte es sich nun in seinem Schlafsack bequem und wartete. Die Sterne erschienen am Himmel. Kalunuti war ein rot glühender Zwerg, der hoch über dem lauernden Gesicht Sargons stand, dem gnadenlosen Gesetzeshüter. Nacheinander zeigten sich weitere Sternkonstellationen: der Adler, das Pferd, der Drache und der Delfin, der geliebte Vetter, der mit breitem Grinsen sein Maul in die Richtung vorschob, von dem einige glaubten, dass dort die Erde läge.

Wenn man uns Exilanten jemals erwischen und aburteilen sollte, dachte Dwer, *wird die Große Galaktische Bibliothek dann einen Eintrag über uns anlegen? Über unsere Kultur, unsere Mythen? Werden Fremdwesen von unseren Namen für die Sternkonstellationen lesen und darüber lachen?*

Wenn alles wie geplant verlief, würde niemals jemand etwas über diese einsame Kolonie erfahren und ihre Geschichten weitererzählen. *Unsere Nachfahren, wenn wir je welche haben sollten, werden wie die Glaver sein, einfach und unschuldig wie Tiere auf dem Feld.*

Flatternde Schwingen zogen durch den Feuerkreis, und dann landete ein kräftiges Tier neben den Tobar-Samen. Die Schwingen erinnerten an graue Platten, und der Vogel konnte sie wie Blütenblätter übereinanderschieben. Der gelbliche Schnabel machte sich sofort über die Nuss her, die der Jäger vorhin geknackt hatte.

Schmutzfuß richtete sich mit glänzenden Augen auf.

Dwer warnte ihn schlaftrunken: »Wenn du den Vogel verscheuchst, mache ich aus deinem Fell eine Mütze.«

Der Noor schnüffelte und legte sich dann wieder hin. Nicht lange darauf ertönte ein rhythmisches Klopfen, als der Teet-Vogel anfing, mit der Schnabelspitze das nächste Korn zu öffnen. Das würde seine Zeit dauern. Der Teet brauchte ungefähr eine Midura – in Erdzeit gemessen etwa siebzig Minuten –, bis er einen Tobar aufgebrochen und verspeist hatte. Und wenn der letzte gefressen war, würde der Vogel einen lauten Schrei ausstoßen und davonfliegen. Man musste nicht erst lange in der Großen Bibliothek nachforschen, um dahinterzukommen, zu welchem Zweck die Buyur dieses Tier entwickelt hatten. Dieser lebende Wecker funktionierte heute noch wie vorgesehen.

Lark irrt, was unseren Platz auf dieser Welt angeht, sagte sich

Dwer, während das Klopfen ihn schläfrig werden ließ. *Wir erfüllen hier eine Funktion. Jijo wäre ein trauriger Ort, wenn es keine Wesen gäbe, die seine Dienste in Anspruch nehmen würden.*

Die Träume kamen. Dwer hatte immer Träume.

Formlose Feinde lauerten hinter jeder Ecke, während er über ein Land wanderte, das mit Farben bedeckt war, so als sei hier ein Regenbogen geschmolzen, im Boden versickert und dann festgefroren. Die oft harten Farbtöne schmerzten in seinen Augen. Seine Kehle war ausgedörrt, und er hatte keinerlei Waffe dabei.

Der Traum verging, und unvermittelt fand er sich allein in einem Wald wieder, dessen Bäume höher als die Monde hinaufzuragen schienen. Aus irgendeinem Grund machten ihm die Stämme mehr Angst als die grellen Farben. Dwer floh, fand aber keinen Weg hinaus aus dem Wald. Dann fingen die Bäume an zu glühen, brachen in Flammen aus und explodierten schließlich einer nach dem anderen.

Die furchtbare Intensität dieses Albtraums ließ ihn erwachen. Er richtete sich auf und stellte fest, dass sein Herz wie rasend schlug. Er sah sich mit weit aufgerissenen Augen um und entdeckte, dass der richtige Wald nicht brannte. Aber er lag in tiefer Finsternis, und ein kalter Wind wehte über seine Wipfel. Kein Feuersturm war ausgebrochen. Er hatte ihn nur geträumt.

Dennoch blieb die Unruhe in ihm. Irgendetwas fühlte sich nicht richtig an.

Dwer rieb sich die Augen. Verschiedene Sternkonstellationen zogen über den Himmel und vergingen im Osten im Grau des Vordämmerungslichts. Der größte Mond, Loocen, hing über den Silhouetten der Berggipfel, und auf seinem sonnenbeschienenen Gesicht prangten helle Punkte – die Kuppeln vor langer Zeit aufgegebener Städte.

Was stimmt nicht?

Ihn plagte mehr als bloße Intuition. Sogar der Teet-Vogel hatte aufgehört zu picken. Irgendetwas musste ihn bei seinem Treiben gestört haben, bevor er seinen Weckruf ausstoßen konnte. Der Jäger suchte mit den Augen den Lagerplatz ab. Schmutzfuß schnarchte friedlich vor sich hin. Der Glaver glotzte Dwer aus einem Auge stumpf an, das andere war immer noch geschlossen.

Und dann kam es ihm …

Mein Bogen!

Er befand sich nicht mehr dort, wo er ihn abgelegt hatte, in Reichweite seines Arms. Die Waffe war verschwunden.

Gestohlen!

Ärger durchflutete seine frühmorgendliche Benommenheit mit blendendem Adrenalin. Dutzende hatten schon voller Neid auf seinen Bogen geblickt – ein Meisterwerk aus laminiertem Holz und Knochen, hergestellt von den Qheuen-Handwerkern in der Stadt Ovoom.

Wer, um alles in der Welt …

Jetzt beruhige dich und denk nach.

War es Jeni Shen gewesen? Sie hatte schon oft im Scherz die Drohung ausgestoßen, ihn zu einer Pokerpartie zu verleiten und ihm dabei den Bogen abzuknöpfen. Oder steckte vielleicht …

Halt!

Er atmete tief ein, aber es war nicht leicht, seinen jungen Körper zu disziplinieren, der viel lieber agierte und zur Tat schritt.

Warte, und hör zu, was die Welt dir zu sagen hat …

Zuerst musste er den Strom der unausgesprochenen Worte in sich zum Stillstand bringen. Der Jäger verdrängte alle lauten Gedanken und brachte sich im nächsten Schritt dazu, seine Atemzüge und seinen Pulsschlag zu ignorieren.

Das ferne Murmeln des Wasserfalls war ihm mittlerweile ein vertrautes Geräusch, und so konnte er auch das ausschalten. Dem folgte dann das weniger gleichmäßige Rauschen des Windes.

Es blieben das Klopfen des Vogels, der eine weitere Nuss zu knacken trachtete, das Schwirren einer Honigfledermaus – nein, zwei Tiere, die sich wohl paaren wollten –, das Schnarchen des Noors und das leise Mahlen der Backenzähne der Glaverin, die im Schlaf wiederkäute.

Doch was war das? Dwer drehte den Kopf in die Richtung. Hatte da nicht etwas über Felsboden gescharrt? Kleine Steinchen, die gelöst worden waren und herabkullerten? Da bewegte sich etwas oder jemand – vermutlich ein Zweibeiner. Ungefähr menschengroß, schloss der Jäger, und anscheinend auf der Flucht.

Der Jäger folgte dem Geräusch. Wie ein Geist huschte er auf seinen Mokassins ein Stück Wegs weit hinterher, bis ihm auffiel, dass der Dieb in die falsche Richtung lief. Er bewegte sich nicht zum Hang, sondern fort von ihm, höher hinauf in das Rimmer-Gebirge.

Auf den Pass zu.

Während er den Felspfad hinaufeilte, ließ der Zorn in ihm nach und wurde durch übergenaue Kadenz der Verfolgung ersetzt – die angespannte, fast ekstatische Konzentration auf das Aufsetzen von Fußballen und Zehen. Die Effizienz seiner Laufschritte verlangte absolutes Schweigen. Und eifrig bemühten sich seine Sinne, über dem Geräusch des eigenen Vorankommens Anzeichen des Verfolgten wahrzunehmen. In seinen Kopf kehrte Klarheit zurück, und das Gift des Ärgers behinderte ihn nicht mehr. Mochte der Anlass dieser Jagd auch ein wenig erfreulicher sein, sie erfüllte ihn dennoch mit Freude und positiver Erregung. Dies war sein Handwerk, seine Kunst – das, was er am meisten auf der Welt liebte.

Dwer befand sich kurz vor dem Fleck grauen Lichts, das zwei im Schatten liegende Gipfel voneinander trennte, als ihm das Problem zu Bewusstsein kam.

Jetzt warte mal!

Aus dem Lauf wurde ein Traben, dann ein Gehen.

Das ist doch wirklich blöde. Ich jage hier einem Geräusch hinterher, von dem ich noch nicht einmal sicher sein kann, dass ich es überhaupt wirklich gehört habe. Vielleicht war es nur der Nachhall des Albtraums.

Dabei kenne ich die Antwort doch längst!

Der Noor.

Der Jäger blieb stehen, hieb sich die Faust gegen die Stirn und kam sich vor wie ein Trottel.

Genau dafür sind Noors doch berüchtigt – dass sie Gegenstände stehlen. Wie gern lassen sie die geschnitzte Tasse eines Dörflers mitgehen, sozusagen als Souvenir, legen dafür aber immer etwas aus ihrem eigenen Besitz hin.

Was würde er vorfinden, wenn er zum Lager zurückkehrte? Einen dicken Hundehaufen dort, wo der Bogen gelegen hatte? Oder vielleicht einen Diamanten, den jemand aus der Krone eines längst toten Buyur-Königs gebrochen hatte? Oder wäre am Ende alles verschwunden – Schmutzfuß, Bogen und Glaver? Der lästige Begleiter hatte sich als geborener Schauspieler erwiesen und schien sich auf das Fach der Posse verlegt zu haben. Hatte er sich vor Lachen geschüttelt, als Dwer aufgesprungen und losgerannt war, um das zu verfolgen, was ihm seine Einbildungskraft vorgegaukelt hatte.

Sosehr der Jäger sich jetzt auch ärgerte, insgeheim musste er Schmutzfuß, wenn auch grimmig, Beifall zollen.

Okay, Mistvieh, diesmal hast du mich erwischt. Das hast du wirklich klug eingefädelt.

Aber auch den Noor würde eine Überraschung erwarten. Von allen Menschen auf Jijo war allein Dwer in der Lage, einen Noor aufzuspüren und es ihm mit gleicher Münze heimzuzahlen.

Die Jagd würde nicht einfach werden und vielleicht sogar ohne Ergebnis enden.

Möglicherweise stand ihm aber auch die Jagd seines Lebens bevor.

Dwer blieb abrupt stehen. War das vielleicht das Gegengeschenk von Schmutzfuß? Ihm eine solche Gelegenheit zu bieten …

Im Halbdunkel vor ihm bewegte sich plötzlich ein Schatten aus einer Ecke.

Er hatte seine Augen auf Periphersicht geschaltet und die ganze statische Szene in sich aufgenommen. Ein alter Jägertrick, der einen für jede noch so kleine Bewegung sensibilisierte. Und dort hatte sich etwas geregt, war von links zum Pass weitergehuscht.

Seine empfindlichen Ohren nahmen Kratzgeräusche wahr, die noch leiser waren als der Wind. Dwer zog die Brauen zusammen und setzte sich wieder in Bewegung – zuerst langsam, dann aber immer schneller werdend.

Plötzlich blieb der Schatten stehen, und auch er hielt abrupt an, musste aber mit den Armen rudern, um nicht das Gleichgewicht zu verlieren.

Eine Silhouette zeichnete sich vor dem Grau des beginnenden Morgens ab, wartete ein paar Duras und setzte dann ihren Weg fort.

Vertrau deinen Instinkten, hatte Fallon, der Fährtensucher, immer gelehrt. Und dem alten Mann konnte so leicht niemand etwas vormachen.

Schmutzfuß war natürlich der Hauptverdächtige gewesen. Deswegen war Dwer im Lager auch nicht gleich auf ihn gekommen. Wenn er sich auf seine Logik verlassen hätte, hätte er wertvolle Zeit damit verloren, den vermeintlichen Übeltäter zu stellen. Sein erster Impuls hatte sich aber als richtig erwiesen. Gib deinem Instinkt nach, damit liegst du immer richtig.

Der Schatten lief weiter, und der Jäger erkannte eine menschliche Gestalt. Der Dieb schien etwas gemerkt zu haben und bewegte sich mit dem entwendeten Bogen schneller. Dwer fing an zu laufen und verzichtete auf jegliches vorsichtige Anschleichen. Steinchen flogen hoch und polterten überlaut und widerhallend den Pass hinab. Der Dieb beschleunigte ebenfalls seine Schritte und huschte davon wie ein gestreiftes Gusal auf der Flucht.

Nur drei Menschen auf Jijo konnten schneller laufen als Dwer, und keiner von ihnen vermochte ihn auf unebenem Gelände zu schlagen.

Endspurt, dachte er und machte sich bereit, den Schatten anzuspringen.

Als seine Beute sich umdrehte, war er so weit. Er zog sein Messer, denn diese Jagd war kein Spiel mehr. Dwer beugte sich vor, um seinen Gegner zu traktieren, und freute sich schon darauf, die Schreie der Furcht und des Entsetzens zu hören.

Aber er war nicht auf das Gesicht des Diebs gefasst, das jetzt vor ihm auftauchte.

Ein menschliches Gesicht.

Weiblich.

Ziemlich jung.

Und ihm vollkommen unbekannt.

Asx

Das Schicksal war vom Himmel gefallen.

Und über Jijo gekommen.

Am Hang erschienen.

Mitten unter der Versammlung auf der Lichtung aufgetaucht.

Und bezüglich unserer Ängste viel früher angelangt, als wir das erwartet hatten.

Über viele Megaparsek hinweg war ein Schiff der Fünf Galaxien herangedüst! Was für eine unvorstellbare Entfernung … Das Einzige, was uns armen Exilanten jetzt noch übrigblieb, war, die kurze Strecke bis zu dem Schiff zu schreiten und seine Insassen höflichst zu begrüßen.

Vubben lehnte die Ehre ab, unseren Zug anzuführen. Die Schwerkraft Jijos zwingt unseren teuren g'Kek zum Rumpeln und Schaukeln. Da er sich zur Fortbewegung nur seiner Rollen bedienen kann und lediglich über ein paar Stützräder verfügt, um seine Balance zu halten, kommt er auf unebenem Terrain genauso langsam voran wie ein Traeki. Also näherten sich Vubben und ich unseren Weisen-Kollegen und drängten den Hoon, den Qheuen, den Menschen und den Urs, die Spitze zu übernehmen.

Spüre(n) ich/wir da vielleicht den fauligen Gestank des Neids aus unserem Zentralwulst aufsteigen? Ärgern sich jetzt einige von mir über unsere lästige Langsamkeit, zumindest im Vergleich zu den langen Beinen der Hoon oder den flinken Hufen der Urs? Die Verhältnisse hätten sicher etwas anders für uns ausgesehen, wäre unser Traeki-Schiff, beladen mit der kompletten Menagerie unserer Ringe, von der es heißt, dass sie uns normalerweise zur Verfügung steht, hier niedergegangen. Die Sagen sprechen von gewandten Laufgliedern – Geschenken der mächtigen Oailie –, von Extremitäten, mit deren Hilfe ein so schwerfälliger Wulststapel wie wir sich genauso schnell bewegen könne wie ein Singschakal – so hurtig wie ein Jophur.

Aber wären wir dann nicht ebenso arrogant geworden wie die Oailie? Hätten wir nicht an ihrem Wahnsinn teilgehabt? Hätten wir uns dann nicht an den Kriegen beteiligt, die die Qheuen, Urs, Hoon und Menschen über Jahrhunderte auf Jijo geführt haben, bis die Gemeinschaften stark genug geworden waren, um einen dauerhaften Frieden zu schließen? Die Traeki, die auf diese Welt geflogen waren, müssen ihre Gründe gehabt haben, einige unserer Wülste zurückzulassen. Wenigstens glauben wir das heute.

Aber ich schweife wieder ab und halte damit unsere Geschichte auf. Disziplin, meine Ringe. Lenkt die Gase in eine andere Richtung. Streicht über die wächsernen Eindrücke, erinnert euch …

Denkt daran zurück, wie wir marschierten, ein jeder nach

seinen Möglichkeiten, und das Tal betraten, in dem dieses aufdringliche Schiff gelandet war. Während des Zuges rezitierte Vubben aus dem Buch des Exils, der bedeutendsten aller unserer Schriftrollen (weil sie am wenigsten durch Streitereien, Häresien und die Einwände der später zu uns gestoßenen Wellen von Neuankömmlingen verändert worden ist).

»Das Recht auf Leben ist lediglich ein vorläufiges«, sang der Weise in einer Weise, die unsere Seelen berührte und tröstete.

»Materielle Dinge haben nur eine begrenzte Existenz, lediglich der Geist ist frei.

An Proteinen, Phosphor und sogar Energie kann es nie genug geben, um allen Hunger zu stillen. Deshalb hegt keinen Groll, wenn verschiedene Lebensformen darum wetteifern, was physisch existieren darf. Nur im Gedanken kann es wahre Großzügigkeit geben. Deshalb macht den Gedanken zum Fokus eurer Welt.«

Vubbens Stimme hatte immer schon beruhigend auf unser Volk gewirkt. Von den Welpal-Bäumen und ihren schlanken Stämmen schienen seine Worte widerzuhallen und dort einen neuen Klang zu gewinnen, als kämen sie vom Ei selbst.

Doch während der würdige Weise uns Gleichmut anempfahl, blieb unser Basissegment immer wieder stehen, versuchte, die Füße zurückzudrehen und uns von hier fortzubringen! Der unterste Wulst schien instinktiv zu spüren, dass Gefahr drohte, und war deshalb zu dem Schluss gelangt, sein/unser Heil in der Flucht zu suchen. Unsere oberen Ringe mussten mehrere Duftstöße aussenden, um ihn zum Weiterwatscheln zu bewegen.

Ich/wir habe(n) es immer schon merkwürdig gefunden, wie Furcht bei Nicht-Traeki-Wesen funktioniert. Sie erklären, die Angst infiziere alle Teile ihres Körpers und müsse daher an allen Stellen gleichzeitig bekämpft werden! Wir haben einmal Lester Cambel befragt, wie es Menschen gelinge, in Krisensituationen die Ruhe zu bewahren. Er antwortete mir, dass ihnen das keineswegs gelinge.

Wie überaus befremdlich. Dabei kommen uns Menschen so vor, als hätten sie stets alles unter Kontrolle. Handelt es sich dabei denn lediglich um grandiose Schauspielkunst, die dazu angetan ist, sowohl die anderen wie auch sie selbst zu täuschen?

Schweif nicht wieder ab, o Asx. Streichle das Wachs. Und beweg dich weiter. Auf das Schiff zu.

Sara

Henrik schien seine Sprengladungen nicht recht zünden zu wollen …

Das überraschte Sara zuerst. War denn nicht genau die Krise eingetreten, von der ein Sprengmeister immer geträumt hatte? Seine große Chance, alles in die Luft zu jagen? Das Werk zu zerstören, das andere ihr Leben lang aufgebaut hatten?

Eigentlich wirkte Henrik weniger hektisch und erregt als die meisten Bürger, die sich in der Nacht voller Panik in den Versammlungsbaum gedrängt hatten, nachdem sie Zeugen geworden waren, wie ein Feuerball den Wald bis zu seinen uralten Wurzeln durchgerüttelt hatte. Zwei Gärtner und ein Arbeitsschimpanse waren vor Schreck von hohen Ästen gefallen und hatten sich zu Tode gestürzt. Viele weitere waren nur knapp Schlimmerem entgangen. Die Bauern waren verständlicherweise in heller Aufregung.

Die Halle war aus dem dicken Herzen eines großväterlichen Garu-Baums herausgeschnitten worden, und mittlerweile hatte sich hier jeder Erwachsene im Umkreis einer Tagesreise eingefunden. In dem Saal herrschte ein solches Gedränge schwitzender Menschen, dass man sich wie in einer Elritzenpastete vorkam.

Aber auch andere Personen waren anwesend – hauptsächlich

Hoon-Seeleute. Ihre bleiche Schuppenhaut mit den zotteligen weißen Beinen und ihren dunkelgrünen Umhängen, die unter den sich hebenden und senkenden Kehlsäcken von hölzernen Broschen zusammengehalten wurden, hoben sie deutlich von den Dörflern ab. Einige von ihnen hatten sich einen zitternden Rewq über die Augen geschoben. Diese kleinen Wesen halfen ihnen, das Wirrwarr der menschlichen Emotionen zu interpretieren und zu verstehen.

Nahe dem nördlichen Eingang, wo es nicht ganz so stickig war, scharrten und stampften ein paar Urs-Klempner mit den Hufen und schlugen mit den geflochtenen Schweifen um sich. Sara entdeckte auch einen verloren wirkenden g'Kek-Pilger, von dessen einzigem aufrecht stehendem Augenstiel grüner Angstschweiß tropfte. Die anderen drei hatte er eingefahren und wie zusammengerollte Socken in ihre Höhlen gelegt, um sie vor den Gärstoffen in der Luft zu schützen.

Doktor Lorrek hatte anscheinend eine kluge Entscheidung getroffen, als er sich bereit erklärt hatte, bei dem verwundeten Fremden zu bleiben.

Pzora, der Ortsapotheker, hatte einiges damit zu tun, darauf zu achten, dass ihm niemand auf den untersten Wulst trat. Wenn ihm jemand zu nahe kam, sonderte er übelriechenden Dampf ab, und schon machte ihm auch der erregteste Bürger gleich Platz.

Ohne Zweifel spielten sich jetzt überall am Hang solche Szenen ab, überall dort, wo die gefürchtete Erscheinung am Himmel gesichtet worden war. Menschen besuchten Versammlungen der Qheuen oder Hoon und selbst die Stammeskonklaven der Urs, die auf den Ebenen um große Lagerfeuer zusammenkamen.

Der Große Friede ist unsere vornehmste Errungenschaft, dachte Sara. *Vielleicht spricht das ja ein wenig für uns, wenn man über uns zu Gericht sitzt. Seit den Tagen des Krieges und der Gemetzel sind wir wirklich weit gekommen.*

Doch wenn man das Geschrei dieser Zusammenkunft betrachtete, ahnte man, dass die Gemeinschaften noch einen weiten Weg vor sich hatten.

»Leichtere Reparaturen?«

Chaz Langmur, der Schreinermeister, empörte sich auf der Bühne, die normalerweise für Konzerte und Theateraufführungen genutzt wurde. »Hier geht es doch wohl viel eher darum, alles, was wir uns geschaffen haben, unter der Flutwelle zu verlieren. Und dabei ist der Damm noch gar nicht mit eingerechnet! Ihr fragt hier, wie lange es dauern wird, alles wieder aufzubauen, und dabei wissen wir doch noch gar nicht, ob es sich nicht um einen falschen Alarm handelt! Ich würde sagen, dass wir ein ganzes Leben brauchen werden, um alles wieder so zu machen, wie es vorher war!«

Die Händler und Handwerker unterstützten Langmur lautstark, doch eine andere Gruppe antwortete ihnen mit Rufen wie »Schande!« – diese trugen die grauen Gewänder der Bauern. Und über den Köpfen der Anwesenden schrien und kreischten die Affen. Obwohl die Schimpansen nicht stimmberechtigt waren, ließ man sie aus Tradition die Wandteppiche hinaufsteigen und die Versammlung von den hohen Lüftungsschächten aus verfolgen. Wie viel sie wirklich verstanden oder mitbekamen, war Ansichtssache. Einige unter den Affen kreischten für jeden Redner, der leidenschaftlicher auftrat als die anderen, während die meisten so parteiisch waren wie Saras Vater, der gerade dem Schreinermeister anerkennend auf die Schulter klopfte.

So ging es nun schon seit Stunden zu auf der Zusammenkunft. Erregte Männer und Frauen traten nacheinander auf und zitierten entweder aus den Schriftrollen oder stöhnten über die Schäden und Kosten. Und je mehr die Ängste und Irritationen der Anwesenden wuchsen, desto lauter erhoben sie ihre Stimmen. Doch nicht nur die Menschen waren in Parteien gespalten: Stammbeißer, die Matriarchin des örtlichen Qheuen-Stocks, hatte sich leidenschaftlich für die Erhaltung des Dolo-Damms ausgesprochen, während ihre Base aus dem Logjam-Teich denselben als »aufgeputzte Monstrosität« bezeichnet hatte. Sara fürchtete schon, zwischen den beiden gepanzerten Qheuen-Matronen würde es zum Austausch von Scherengreiflichkeiten kommen, bis die Oberälteste des Ortes, Fru Nestor, ihren schmächtigen Körper zwischen die Streithennen schob und aus ihrem Rewq Beruhigungsfarben aussandte, bis die beiden endlich voneinander abließen.

Auch im Publikum zu stehen war nicht gerade ein Vergnügen. Eine Frau trat Sara auf den Fuß, und einer der Bauern musste seit mindestens einer Woche nicht mehr gebadet haben, womit er zum schärfsten Konkurrenten von Pzoras Dampfausdünstungen aufstieg. Sara hätte liebend gern den Platz mit Prity getauscht, der hoch oben auf einer Fensterbank neben eine Gruppe menschlicher Jugendlicher hockte, die noch zu jung waren, um schon abstimmen zu dürfen. Im Gegensatz zu den anderen Affen schien er sein Notizbuch interessanter zu finden als das, was die Redner sich wechselseitig entgegenschleuderten. Von Zeit zu Zeit zupfte Prity an seiner Unterlippe, während er über komplizierten mathematischen Formeln brütete.

Sara beneidete den Schimpansen darum, Ablenkung im abstrakten Denken gefunden zu haben.

Einer der Baumbauern erhob sich, ein dunkler Mann namens Jop, dessen hellblondes Haar sich um seine Ohren ringelte. Er ballte die knotigen, schwielenbedeckten Hände zu Fäusten.

»Pfennigfuchserei und Engstirnigkeit, das ist alles, was ich hier zu hören bekomme!«, konterte er die Ausführungen des Zimmermanns. »Was willst du denn bewahren? Die paar Werkstätten und Docks? Die Installationsfabrik und die Papiermühle – diesen nichtigen Tand? Nichts als Abfall und Kehricht! Billiger Komfort, den unsere sündigen Vorfahren uns Exilanten für eine Weile überlassen haben, um uns die ersten Schritte auf der Straße zur Gnade angenehm zu machen. Aber die Schriftrollen sagen, dass nichts davon von Dauer sein wird! Alles ist für das Meer bestimmt!«

Jop wandte sich an seine Parteigänger und rang die Hände. »Das alles ist schon seit langer Zeit geplant. Wir haben geschworen, alles zu vernichten, sobald die Sternenschiffe kommen. Warum sonst haben wir all die Jahre über die Gilde der Sprenger genährt und unterstützt?«

Sara warf einen Blick auf Henrik und seinen Sohn, die am hinteren Ende der Bühne saßen. Jomah, der Junge, zeigte seine Nervosität, indem er seine Kappe fahrig zwischen den Händen drehte. Sein großer Vater hingegen wirkte wie eine Statue. Henrik hatte während der ganzen Versammlung weder ein Wort noch eine Regung von sich gegeben, lediglich am Anfang, als er den Anwesenden mitteilte, dass die Sprengladungen zündbereit seien.

Sara hatte den Beruf des Sprengers, der für Jijo sicherlich etwas ganz Neues und Ungewohntes war, stets als frustrierenden Job angesehen. Nach so vielen Jahren der Vorbereitung, in denen sie in einer kleinen Schlucht in den Bergen wieder und wieder Tests durchgeführt hatten – würden sie da nicht alles darum geben, endlich zum Ernstfall zu schreiten? *Ich würde das bestimmt gern tun.*

Vor langer Zeit hatten sie, Lark und der kleine Dwer in der Dachkammer gesessen und beobachtet, wie sich das Mondlicht über das rumpelnde Wasserrad ergoss. Dabei hatten sie sich gegenseitig Gruselgeschichten darüber erzählt, wie es wohl sein würde, wenn der große Moment je käme und Henrik seine Ladungen zündete. Mit ebenso viel Erregung wie Furcht hatten sie die Herzschläge gezählt, bis es *Kawumm!* machen würde.

Dwer hatte es immer schon geliebt, Soundeffekte zu erzeugen, und ganz besonders hatte es ihm die Detonation angetan, nach der der Damm brechen würde. Er hatte dabei mit den

Armen gerudert und furchtbar viele Speicheltropfen verloren. Danach begeisterte er sich daran, ihnen in den glühendsten Farben die Wasserwand zu schildern, die zuerst die stolzen Boote wie Blätter durch die Gegend schleudern, dann Nelos Trockenstangen zerschmettern und endlich wie eine Riesenfaust auf ihr Schlafzimmerfenster zurasen würde.

Danach war dann stets Lark an der Reihe gewesen, der seine jüngeren Geschwister damit entsetzte, dass er ihnen das Ende der Dachkammer ausmalte. Die Wucht der Wasserwand würde sie vom Haus reißen und zum Wald der Garu-Bäume schleudern, während sie sich mehrmals überschlug und die Bauern unten fassungslos zusahen. Er beschrieb ihnen detailreich, wie die Dachkammer einige Male mit den riesigen Stämmen zu kollidieren drohte und löste damit Angstschreie und Tränen bei ihnen aus, bis er selbst sich vor Lachen kugelte und Dwer und Sara über ihn herfielen und ihn mit ihren kleinen Fäusten traktierten, damit er endlich aufhöre.

Doch obwohl die beiden Jungs ihr Bestes gaben, um ihre Schwester zu erschrecken, waren sie es, die danach die ganze Nacht über kein Auge zubekamen, während Sara nie von Albträumen geplagt wurde. Wenn sie doch einmal davon träumte, dass der Damm brach, erlebte sie das als Riesenwelle, die die drei wie eine sanfte Hand umschloss. Der Schaum, der ganz Jijo umhüllte, verwandelte sich auf wunderbare Weise in flockige Wolkensubstanz. Stets endete Saras Traum damit, dass sie mit einem Körper, der leichter als Dunst war, furchtlos durch eine sternenklare Nacht flog.

Lautes Beifallsgeschrei riss sie in die Wirklichkeit zurück. Im ersten Moment konnte Sara nicht feststellen, wer sich da so stürmisch einverstanden erklärte – die Partei, die rasche Taten verlangte, oder die, die entschlossen war, das Werk von neun Generationen nicht für etwas preiszugeben, das sie lediglich mit eigenen Augen gesehen hatten.

»Wir haben keine Ahnung, was wir da erblickt haben!«, rief ihr Vater und strich sich mit seinen knorrigen Fingern über den Bart. »Wie können wir davon ausgehen, dass es sich dabei tatsächlich um ein Raumschiff gehandelt hat? Vielleicht war es ja nur ein Meteor. Das würde auch den Krach und das ganze Getöse erklären!«

Höhnische Bemerkungen und lautes Fußstampfen antworteten seiner Rede, und so fuhr er rasch fort: »Und selbst wenn es tatsächlich ein Schiff gewesen sein sollte, so bedeutet das ja wohl noch lange nicht, dass man uns entdeckt hat! Andere Schiffe sind gekommen und wieder verschwunden. Die Kugeln der Zang erscheinen doch mehr oder weniger regelmäßig, um Wasser aus unserem Meer hochzusaugen. Sind wir bei diesen Gelegenheiten denn jemals auf die Idee verfallen, alles kaputtzumachen? Haben etwa die älteren Stämme ihre Städte niedergebrannt, als die Menschen bei uns aufgetaucht sind? Woher wollen wir wissen, dass es sich bei der Erscheinung am Himmel nicht um ein weiteres Schleichschiff gehandelt hat, das unseren Gemeinschaften eine siebente Spezies bescheren wird?«

Jop schnaubte verächtlich und rief dann:

»Ich möchte den verehrten Papiermacher daran erinnern, dass Schleichschiffe sich heranschleichen, das sagt ja schon der Name. Sie kommen im Schutz von Nacht, Wolken und Berggipfeln heimlich heran. Das Schiff, das wir eben gesehen haben, hat sich solchen Mühen nicht unterzogen. Es ist schnurstracks auf die Lichtung des Eies zugeflogen, und das auch noch zu einer Zeit, als dort die Teilnehmer an der Versammlung bereits ihre Zelte aufgeschlagen hatten und die Oberweisen der Sechs eingetroffen waren.«

»Ganz richtig!«, entgegnete Nelo ebenso lautstark. »Mittlerweile dürften die Weisen sich ein Bild von der Lage verschafft haben. Und wenn es ihnen notwendig erscheinen sollte, werden sie sicher den Abriss aller Festaufbauten anordnen.«

»Die Anordnung?«, unterbrach ihn Jop. »Bist du noch bei Sinnen? Die Weisen haben uns doch immer wieder gesagt, dass so etwas nicht das Allheilmittel sein könne. In Zeiten einer Bedrohung, wie wir sie jetzt vorliegen haben, könnte gerade die Anordnung die Aufmerksamkeit der Feinde auf sich ziehen. Und es ist nicht auszuschließen …« Er legte eine Kunstpause ein. »Und es könnte durchaus sein, dass wir von der Lichtung des Eies nichts mehr zu hören bekommen, weil eine noch viel schlimmere Situation eingetreten ist!«

Er ließ diese Worte in das Bewusstsein der Versammelten einsinken. Etliche keuchten oder stöhnten. Nahezu jeder der Anwesenden hatte einen Verwandten oder guten Freund, der in diesem Jahr die Pilgerreise zur Lichtung angetreten hatte.

Lark und Dwer, seid ihr in Sicherheit? Werde ich euch jemals wiedersehen?, fragte sich Sara besorgt.

»Die Tradition überlässt es jeder einzelnen Gemeinschaft, die Entscheidung zu treffen. Sollen wir uns etwa vor ihr drücken, wenn unsere Verwandten und Freunde vielleicht schon einen Preis entrichtet haben, der viel höher ist als ein paar Hütten oder ein stinkiger Damm?«

Die Wutschreie der Handwerker wurden von Jops Gefolgsleuten übertönt. »Ruhe!«, quäkte Fru Nestor dazwischen, aber ihr Ordnungsruf ging in dem Radau völlig unter. Jop und seine Partei verlangten lautstark, zur Abstimmung zu schreiten.

»Haltet euch an das Gesetz! Entscheidet euch für das Gesetz!«

Nestor hob die Hände, um sich Gehör verschaffen. Man sah ihr deutlich an, wie sehr es ihr gegen den Strich ging, dass man ihre Stadt auseinandernehmen wollte und nur ein verschlafenes Bauernkaff übrigbleiben würde, das sich zwar an Traditionserfüllung von keinem übertreffen ließ, ansonsten aber wenig zu bieten hatte. »Hat sonst noch jemand etwas dazu zu sagen?«, rief sie in die Runde.

Nelo trat wieder auf die Bühne, um noch einmal seinen

Standpunkt vorzutragen, senkte dann aber Haupt und Schultern, als er von einem Konzert von Pfiffen und gehässigen Bemerkungen empfangen wurde. Wann war ein Papiermacher jemals so behandelt worden? Sara spürte seine Schande und hatte Mitleid mit ihm, aber wäre es nicht weitaus schlimmer, wenn seine geliebte Fabrik von einer alles zerstörenden Flutwelle zermalmt werden würde?

Ein sonderbarer Gedanke kam ihr. Sollte sie in die alte Dachkammer zurückkehren und dort die Flutwelle erwarten? Um festzustellen, wer mit seiner Prophezeiung recht behalten sollte? Dwer, Lark oder etwa die Bilder, die sie im Traum gesehen hatte? Sie würde nur einmal in ihrem Leben die Gelegenheit erhalten, das herauszufinden.

Das allgemeine Geschrei nahm an Lautstärke zu, als ein neuer Redner hinter der Gruppe der bleichen Hoon-Seeleute vortrat und nach vorn kam. Es handelte sich dabei um ein Zentaurenwesen mit geflecktem Fell und einem langen, sehnigen Leib, der in zwei schulterlosen Stummelarmen und einem kräftigen, schlangengleichen Hals auslief. Der spitz zulaufende Kopf besaß drei schwarze Augen, von denen eines keine Lider, sondern Facetten aufwies. Die drei Sehorgane waren rings um den dreieckigen Mund angeordnet. Es handelte sich bei dem Wesen um eine Urs-Hausiererin, die Sara von ihren Besuchen in Dolo her kannte. Sie kaufte Altglas und -metall auf und bezahlte mit einfachen Buyur-Werkzeugen, die aus irgendwelchen Ruinen stammten. Das Zentaurenwesen bewegte sich vorsichtig, als fürchte es, seine Hufe könnten zwischen den groben Bodendielen hängenbleiben. Die Hausiererin hielt einen Arm erhoben, und darunter konnte man den bläulichen Brutbeutel erkennen. Diese Geste hatte unter ihresgleichen eine völlig andere Bedeutung, aber Fru Nestor verstand darunter den Wunsch, ans Rednerpult zu treten, und sie entsprach diesem Begehr mit einer höflichen Verbeugung.

Sara hörte hinter sich gezischte Bemerkungen wie »Klepper« oder »Maultier«, ehrenrührige Bezeichnungen, die noch aus den Tagen stammten, als die menschlichen Neuankömmlinge gegen die Urs-Stämme um Land und Ehre gekämpft hatten. Wenn die Hausiererin etwas von diesen Beleidigungen mitbekam, so ließ sie sich nichts anmerken. Für eine junge Urs, die nur über einen Ehemannbeutel verfügte (der zur Zeit auch besetzt war, wie sich an den Bewegungen unter dem gerundeten Beutel erkennen ließ), hielt sie sich überhaupt erstaunlich gut. Unter so vielen Menschen konnte eine Urs natürlich nicht den Steppendialekt Galaktik Zwei benutzen, sondern musste in Englik sprechen, und das trotz des Handikaps einer gespaltenen Oberlippe.

»Ihr könnt miff Ulgor nennen. Iff danke euff für eure Freundliffkeit, die unter den Fefffen fehr hoff geafftet wird. Iff möffte auff nur ein paar Fragen ftellen, die mit den Angelegenheiten fu tun haben, die am heutigen Abend hier difkutiert werden. Meine erfte Frage lautet wie folgt: Follte eine fo wifftige Faffe nifft von unferen Weifen entffieden werden? Warum laffen wir nifft die Weifen klären, ob die groffe Feit def Gerifftf angebrochen ift?«

Mit deutlich zur Schau gestellter erzwungener Geduld erwiderte Jop: »Verehrte Nachbarin, die Schriftrollen legen es allen Dörfern nahe, unabhängig voneinander zu handeln und alle Besiedlungshinweise zu zerstören, die vom Himmel aus gesehen werden könnten. Diese Aussage ist doch ziemlich eindeutig, oder? Da braucht es keine langwierige und komplizierte Beratung.

Davon ganz abgesehen bleibt uns keine Zeit mehr, um den Ratschluss der Weisen zu hören, denn die sind weit fort, auf der Versammlung.«

»Verfeit«, Ulgor beugte die Vorderläufe, »aber nifft alle find dorthin gefogen. Ein paar von ihnen wohnen immer noch in der Halle der Büffer, in Biblof, nifft wahr?«

Die Menschen sahen sich verwirrt an, bis Fru Nestor die

Gelegenheit ergriff, das Ruder in ihrem Sinne herumzureißen: »Ja, sie meint die Halle der *Bücher,* in *Biblos,* und damit hat sie vollkommen recht. Allerdings ist auch Biblos ziemlich weit entfernt. Mit dem Boot braucht man einige Tage bis dorthin.«

Ulgor warf den Kopf in den langen Nacken, um zu entgegnen: »Ftimmt, aber iff habe gehört, daff man vom höffften Baum in Dolo über die Treibfandmarffen bif hin fu den gläfernen Klippen blicken kann, die Biblof überragen.«

»Aber nur mit einem besonders guten Teleskop«, wandte Jop brummig ein, weil ihm gleich klar wurde, dass die Äußerungen der Urs die Menge ablenkte, die er gerade so gut im Griff gehabt hatte. »Ich weiß allerdings nicht, was uns das jetzt nützen sollte ...«

»Feuer!«

Alle drehten sich zu Sara um, die das Wort schon hinausgerufen hatte, ehe der dazugehörige Gedanke sich vollständig in ihrem Kopf heranbilden konnte.

»Wir würden doch Flammen sehen, wenn die Bibliothek in Brand gesteckt worden wäre!«

Die Anwesenden sahen einander an, und lautes Gemurmel erhob sich allerorten, bis Sara ihnen erklärte, was sie damit meinte: »Ihr wisst doch alle, dass ich einmal in Biblos gearbeitet habe. Dort haben sie, wie an jedem anderen Ort am Hang auch, einen Notfallplan. Wenn die Weisen die entsprechende Anordnung geben, schaffen die Bibliothekare so viele Bücher fort, wie sie tragen können, und verbrennen den Rest.«

Das ließ schlagartig Schweigen in der Halle entstehen. Den Damm zu sprengen war eine Sache, aber der Verlust von Biblos wäre ein wirklich bedeutendes Signal dafür, dass das Ende bevorstand. Wenn es denn ein Zentrum für die Bewohner von Jijo gab, dann die Bibliothek.

»Und schließlich sollen sie die Säulen sprengen, die das große Steindach halten, damit es herabbricht und die Asche unter sich begräbt. Ulgor hat vollkommen recht. Ein solches Zerstörungswerk müssten wir selbst von hier aus sehen können, vor allem, da Loocen gerade aufgeht.«

»Schickt jemand in den höchsten Baum hinauf, damit er nachsehen kann«, befahl Fru Nestor gleich.

Etliche Jungs erhoben sich von ihren Plätzen und verschwanden durch die Fenster. Eine lärmende Meute von Schimpansen schloss sich ihnen an. Die Menge wartete auf ihre Rückkehr, und ein nervöses Summen breitete sich aus. Sara war es unangenehm, von so vielen immer wieder verstohlen angesehen zu werden, und sie senkte den Blick.

So etwas wäre eher von Lark zu erwarten gewesen. Eine Versammlung in der letzten Minute zu übernehmen und die anderen zur Tat zu zwingen. Joshu besaß auch diese impulsive Dominanz – bis die Krankheit ihn in diesen letzten Wochen dahingerafft hatte …

Knotige Finger schlossen sich um ihre Hände und stoppten ihren Gedankengang, der sich wieder im Kreis zu drehen begann. Sie hob den Kopf und sah ihren Vater. In der letzten Stunde schien er um Jahre gealtert zu sein. Das Schicksal seiner geliebten Papiermühle hing jetzt allein von der Nachricht ab, die die Jungen gleich bringen würden.

Während die Duras träge vergingen, wurde Sara mit aller Deutlichkeit bewusst, was sie da eben von sich gegeben hatte.

Biblos.

Die Halle der Bücher.

Schon einmal hatte ein Feuer dort für große Verheerung gesorgt. Doch selbst die geretteten Reste stellten immer noch den wertvollsten Beitrag der Menschen zu den Gemeinschaften dar und waren selbst heute noch unter den anderen Spezies Gegenstand des Neids und der größten Bewunderung.

Was soll nur aus uns werden, wenn die Bibliothek nicht mehr ist? Echte Landeier? Ein dummes Bauernvolk? Oder entwickeln wir uns zu Sammlern, die von dem leben, was sie in den Buyur-Ruinen aufklauben?

So hatte es nämlich mit den fünf anderen Spezies ausgesehen, als die Menschen auf Jijo erschienen waren. Wilde, die in ständiger Fehde miteinander lagen und in kaum funktionierenden Gemeinschaften lebten. Die Menschen zeigten ihnen neue Wege und veränderten die Umstände in ähnlichem Maße wie einige Generationen später das Erscheinen des Eies.

Geht es jetzt wieder abwärts mit uns, und zwar noch schneller als vorher? Verlieren wir auch noch die letzten Andenken, die uns daran erinnern, dass wir einst durch Galaxien gereist sind? Gehen wir erst der Bücher, dann der Werkzeuge und der Kleider verlustig, bis wir endlich so dahinvegetieren wie die Glaver? Wie reine und unschuldige Toren, die von nichts mehr etwas wissen?

Den Schriftrollen zufolge war dies der einzige Weg, der zum Heil führte. Und viele, die wie Jop dachten, glaubten daran.

Sara versuchte, einen Hoffnungsschimmer für den Fall zu finden, dass sie gleich hören würden, dass der Horizont in Flammen stünde und der Himmel von Asche bedeckt sei. Vielleicht half das ja weiter: Einige hundert Bücher befanden sich außerhalb der Bibliothek, waren von den Bewohnern der verstreut liegenden Gemeinschaften ausgeliehen worden.

Aber nur wenige Texte aus Saras Fachgebiet verließen jemals die Regalbretter in der Bibliothek und staubten seit vielen Jahren vor sich hin. *Hubert. Somerfeld. Witten und Tang. Eliabu* – die Namen von großen Geistern, mit denen sie trotz der zeitlichen und räumlichen Entfernung aufs Beste vertraut war. Reine, fast perfekte Gedanken, mit denen sie intim geworden war. Sie werden verbrennen, die einzigen verbliebenen Exemplare. In jüngster Zeit hatten ihre Forschungen eine andere Richtung genommen, hatten sich in das chaotische Auf und Ab der Sprache vorgewagt. Dennoch fühlte sie sich immer noch am ehesten in der Mathematik zu Hause. Die Stimmen, die aus diesen Büchern sprachen, hatten stets ihre Seele berührt. Nun musste sie befürchten, jeden Moment zu erfahren, dass diese Stimmen auf immer verstummt waren.

Dann kam ihr wie aus heiterem Himmel ein neuer, vollkommen unerwarteter Gedanke, der allen Kummer in ihr augenblicklich verscheuchte.

Wenn die Galaktiker wirklich gekommen sind, was spielen da ein paar Tausend Bände überhaupt für eine Rolle. Natürlich werden sie wegen der Verbrechen unserer Vorfahren über uns zu Gericht sitzen. Das kann niemand von uns nehmen. Aber sie bringen uns an Bord ihres Schiffes, und bis der Urteilsspruch gefällt ist …

Sara erkannte, dass sich ihr damit die Chance bot, eine ganz neue und ganz andere Bibliothek zu besuchen. Eine, die das Angebot von Biblos so sehr übertraf wie die Nachmittagssonne den Schein einer Kerze. *Was für Möglichkeiten! Selbst wenn wir alle bald Gefangene der galaktischen Herren der Migration sind und man uns auf irgendeine Gefängniswelt verschleppt, wird man es uns ganz gewiss nicht verwehren, uns die Zeit mit Lesen zu vertreiben!*

In Werken aus der alten Zeit hatte sie darüber gelesen, wie man »Zugang« zu Computerdateien und -datenbanken erhalten konnte. Dadurch wurde es einem ermöglicht, in Wissen wie in einem warmen Meer zu schwimmen und sich davon das Gehirn und auch die Poren anfüllen zu lassen. Sie würde durch Wolkenbänke der Erkenntnis schweben.

Ich könnte herausfinden, ob meine Arbeit originär ist! Oder ob schon zehn Millionen andere vor mir dergleichen betrieben haben, im Lauf einer Milliarden Jahre währenden galaktischen Kultur.

Die Vorstellung kam ihr plötzlich gleichzeitig arrogant und demütig vor. Und wenn sie ehrlich war, dämpfte diese Aussicht ihre Furcht vor den großen Sternenschiffen nicht im Mindesten. Sara wünschte sich, dass es sich bei der Erscheinung nicht um ein Schiff, sondern um einen Meteor oder irgendeine Halluzination gehandelt habe.

Aber in der hintersten Ecke ihres Bewusstseins machten sich rebellische Gedanken und ein neu erwachter Hunger breit.

Wenn … wenn doch nur …

Eine Störung unterbrach ihre Gedankengänge. Hoch über dem Saal tauchte ein Junge in einem der Fensterschlitze auf und ließ sich mit dem Kopf nach unten hinabhängen. »Keine Feuer!«, rief er.

An den anderen Fenstern tauchten immer mehr Knaben auf, die alle das Gleiche zu verkünden hatten. Die Schimpansen gesellten sich zu ihnen und verwandelten mit ihrem Gekreische die Versammlung in einen Hexenkessel.

»Keine Feuer! Und das steinerne Dach steht immer noch!«

Der alte Henrik erhob sich und sprach dann zwei Worte zu den Dorfältesten, ehe er mit seinem Sohn die Halle verließ. Durch das erregte Getöse der Anwesenden konnte Sara die entschlossene Miene des Sprengmeisters erkennen und die kurze Mitteilung von seinen Lippen ablesen.

»Wir warten.«

Asx

Unsere Karawane der Spezies wanderte auf die Stelle zu, an der das fremde Schiff – ein glühender Zylinder – hinter einem niedrigen Hügel verschwunden war. Dabei fing Vubben an, aus der Schriftrolle der Gefahr zu singen.

Vor uns wurden Stimmen laut. Eine größere Menge versammelte sich auf dem Kamm und murmelte und zischte miteinander. Wir mussten uns durch Menschen und Hoon kämpfen, um dorthin vordringen zu können.

Und dort angelangt, was erblickten wir da? Ein Nest! Eine neue Lichtung war entstanden, umgeben von zerschmetterten und umgestürzten Bäumen, die immer noch von dem Feuer rauchten, das über sie gekommen war.

Und aus dieser Verheerung ragte – noch glühend von der

Hitze des Eintritts in die Atmosphäre – die Ursache für die Zerstörung.

Neben uns stritten menschliche und Urs-Handwerker im befremdlichen Dialekt der Techniker darüber, ob diese Ausbeulung oder jene Ansammlung von Beulen nun Waffen oder Sensoren enthielte. Aber wer von uns auf Jijo kennt sich schon ausreichend mit so etwas aus, um das definitiv beurteilen zu können? Unsere eigenen Schiffe sind schon vor so langer Zeit in der schmelzenden Kruste dieser Welt untergegangen. Selbst die Letzten, die sich bei uns niedergelassen haben, die Menschen, sind schon seit Generationen hier und gewiss nicht mehr als Sternenfahrer zu bezeichnen. Kurz und gut, kein Bürger der Gemeinschaften hatte so etwas wie diesen Zylinder jemals gesehen.

Zweifelsfrei handelte es sich jedoch um ein Schiff aus der Zivilisation der Fünf Galaxien. In dem Punkt waren sich die Techniker ausnahmsweise einig.

Doch wo war die Strahlenspirale verborgen? Das Symbol, das an der Vorderseite eines jeden Raumschiffes prangen musste, das ordentlich zugelassen war.

Unsere Geschichtenerzähler haben dazu Folgendes zu sagen: Die Spirale ist weit mehr als ein bloßes Symbol. Auf unauffällige Weise ist es lebendig. Unvoreingenommen zeichnet es alles auf. Objektiv legt es Zeugnis ab von allem, was ist oder geschieht, ganz gleich, wohin das betreffende Schiff sich auch wenden mag.

Wir reckten die Hälse (zumindest die, die einen besaßen) und spähten und äugten, aber dort, wo sich eigentlich die Strahlenspirale befinden sollte, war nichts außer hochpoliertem Glanz. Man hatte das Symbol entfernt, weggerieben, und die Stelle war nun glatter als eine Qheuen-Larve.

Und so erwuchs aus Konfusion Begreifen. Wir erkannten, wer dieses Schiff geschickt hatte.

Nicht die großen Institute, wie wir zuerst angenommen hatten.

Auch nicht die rechtschaffenen, mächtigen und das Gesetz hütenden Sternen-Clans (auch nicht die geheimnisvollen Zang).

An Bord befanden sich nicht einmal Exilanten wie wir.

Nein, dieses Schiff gehörte Piraten, Übeltätern, die weit mehr Schuld auf sich geladen hatten als unsere Vorfahren.

Schurken.

Schurken waren nach Jijo gekommen!

DRITTER TEIL

DAS BUCH VOM MEER

Es gehört zu den Paradoxien des Lebens, dass jede Spezies mehr Nachwuchs erzeugt, als zur Deckung der Lücken notwendig wäre.

Jedes Paradies, in dem Mangel unbekannt ist, füllt sich immer mehr an, bis es bald kein Paradies mehr ist.

Mit welchem Recht haben wir Exilanten eine Welt in Besitz genommen, die mit Fug und Recht aus dem Verkehr gezogen wurde, damit sie in Ruhe und Frieden ihr eigenes, noch schwaches junges Leben aufpäppeln kann und vor hungrigen Völkern geschützt wird?

Exilanten, ihr solltet die gerechte Rache des Gesetzes fürchten, sollte es euch hier vorfinden, illegal und nicht auf dem Weg der Reue.

Doch wenn euer Gericht kommt, so wird das Gesetz auch euer Schild sein, wägt es doch legale Rache gegen Gerechtigkeit ab.

Dennoch gibt es eine größere Gefahr, die am zornigen Himmel lauert.

Eine andere Form von Gefahr. Eine, die ihre Wege in völliger Abwesenheit von Gesetz und Gerechtigkeit beschreitet.

Die Schriftrolle der Gefahr

Alvins Geschichte

Also gut, ich bin geistig nicht so fix wie einige andere. Ich kann niemals so schnell denken wie Huck, und was das Denken angeht, so verhält es sich bei uns wie mit dem Hasen und dem Igel. Wenn mein Verstand irgendwo anlangt, ist der ihre längst schon da.

Aber ich glaube, das ist nicht weiter schlimm. Ich hätte auch in diesem kleinen Hoon-Hafen aufwachsen und mich für einen pfiffigen Burschen halten können – für genauso clever und scharf wie mein literarischer Namensvetter –, weil ich jedes Buch in Englik lesen kann und mich für einen Schriftsteller halte. Da ist es doch eigentlich ein Glück, dieses kleine g'Kek-Genie in der Nachbarschaft zu haben, damit sie mich bei Bedarf immer daran erinnern kann, dass auch ein überdurchschnittlich intelligenter Hoon immer noch ein Hoon ist. Mit anderen Worten: dumm wie Bohnenstroh.

Wie dem auch sei, da saß ich also zwischen meinen beiden besten Freunden, die sich darüber stritten, was wir im bevorstehenden Sommer anstellen sollten. Und in keinem Moment kam es mir in den Sinn, dass ein jeder der beiden mich auf seine Weise auf seine Seite ziehen wollte.

Schere vergeudete nur ein paar Duras daran, uns von seinen neuesten Monstern zu »berichten«. Graue Schemen, die er im dunklen Wasser entdeckt hatte, während er zu seinem Verdruss die Lobstergehege seines Stocks hüten musste. Von solchen Ungeheuern hatte er uns schon so oft berichtet, dass wir gar nicht mehr hinhören wollten, selbst dann nicht, wenn er uns einen Backenzahn von Moby Dick präsentiert hätte, in dem noch ein Holzbein wie ein Zahnstocher steckte. Schließlich seufzte Schere pfeifend aus allen fünf Mundöffnungen, hörte auf, von seinen jüngsten Sichtungen zu schwatzen, und verlegte sich darauf, sein Vorhaben, das Projekt Nautilus nämlich, zu verteidigen.

Mein Freund regte sich ziemlich darüber auf, dass Huck von der Sache nichts mehr wissen wollte. Er hob die Beine über den Rückenpanzer und zischte wie die Ventile einer Dampfmaschine.

»Jetzt hört mal zu-zu. Wir waren uns doch bereits einig-einig. Wir müssen ganz einfach das Tauchboot fertigbekommen-kommen. Wofür haben wir denn ein ganzes Jahr gearbeitet-beitet?«

»Du hast den Bau erledigt und die Probefahrten unternommen«, antwortete ich, als ob ich ernsthaft gefragt worden sei. »Huck und ich haben Pläne gezeichnet, nach denen …«

»Ganz genau«, fiel die g'Kek mir ins Wort und ließ zur Unterstützung ihrer Worte zwei Augenstiele vor und zurück wippen. »Wir haben dir bei den Entwürfen und den Kleinteilen geholfen. Das hat auch wirklich Spaß gemacht. Aber ich habe nie zugestimmt, in dem verdammten Kasten auf dem Grund des Meeres herumzugurken!«

Schere hob seinen Rückenpanzer so hoch, wie es nur ging, und sein schmaler Augenring schien zu rotieren. »Du hast gesagt, du fändest das interessant-sant. Du hast auch gesagt, die Idee wäre ultrascharf-scharf!«

»Das stimmt«, gab Huck zu. »In der Theorie ist das auch wirklich das Allercoolste. Aber in der Praxis taucht ein großes Problem auf, mein Freund. Die Geschichte wird dann nämlich verdammt gefährlich!«

Scheres Rückenpanzer sackte nach unten, als sei ihm das gerade erst klar geworden. »Aber … aber davon hast du vorher nichts gesagt.«

Ich drehte mich zu der g'Kek um. Nie zuvor hatte sie diesen Ausdruck gebraucht, glaubte ich jedenfalls. Zu gefährlich. Dabei war sie es doch gewesen, die bei all unseren Abenteuern stets die Wagemutigste gewesen war und kein Risiko gescheut hatte.

Manchmal hatte sie uns andere, die wir noch zögerten, mit Spott und Sticheleien dazu bewogen, ihr zu folgen – so wie das nur g'Kek bei den seltenen Gelegenheiten vermögen, bei denen sie alle Höflichkeit fahren lassen und versuchen, gemein zu sein. Da Huck Waise war und Ur-ronn und Schere niedrigen Kasten entstammten, würde sie niemand vermissen, wenn sie bei dem Abenteuer den Tod fänden. Deswegen fiel mir in der Regel die Rolle des Mahners zu, der zur Vorsicht riet – eine Rolle, die ich von Herzen hasste.

»Na und?«, entgegnete Huck. »Dann wird es höchste Zeit, dir den Unterschied zwischen einem kalkulierten Risiko und einem eindeutigen Selbstmordunternehmen klarzumachen. Und genau Letzteres treten wir an, wenn wir uns an Bord deines Kastens begeben, Schere.«

Unser armer Qheuen-Freund sah jetzt aus, als habe ihm jemand einen Stock in eines seiner Beinmünder gestoßen. Sein Rückenschild wackelte. »Ihr wisst doch alle-alle, dass ich niemals von meinen Freunden verlangen würde-ürde …«

»Irgendwohin zu gehen, wo du nicht hingehen würdest?«, führte Huck seinen Satz voller Spott zu Ende. »Wirklich großartig von dir, wo es hier darum geht, uns tief unter die Wasseroberfläche zu führen, wo dir schließlich nichts passieren kann.«

»Nur am Anfang-fang!«, protestierte Schere. »Nach einigen Probe-Tauchgängen steigen wir nämlich tiefer. Und dann bleibe ich bei euch und nehme die gleichen Risiken auf mich-mich!«

»Komm schon, Huck«, warf ich ein, »gib dem Tauchboot von dem armen Kerl eine Chance.«

»Und außerdem-dem, was ist denn mit deinem Plan-lan?«, ereiferte sich der junge Qheuen. »Zumindest wäre das Tauchboot nicht illegal. Du aber willst das Gesetz brechen-chen und was Sooner-Mäßiges tun-tun!«

Damit hatte er Hucks wunden Punkt getroffen, und sie setzte sich gleich zur Wehr. »Was soll denn der Quatsch mit den Soonern? Keiner von uns kann sich mit einem der anderen paaren, also besteht wohl kaum die Chance, dass wir uns eines solchen Verbrechens schuldig machen, sobald wir einmal über der Grenze sind. Außerdem überschreiten Jäger und Inspektoren doch dauernd die Markierungen.«

»Ja, aber nur mit Erlaubnis der Weisen-eisen!«

Huck ahmte mit zwei Augenstielen Achselzucken nach, als wollte sie sagen, dass sie sich nicht mit juristischen Pettitessen und Spitzfindigkeiten abgeben könne. »Ich ziehe trotzdem ein leichtes Vergehen einem offensichtlichen Selbstmordunternehmen vor.«

»Du meinst, du würdest lieber einen dummen, kleinen Ausflug zu irgendeiner zerbröckelnden Buyur-Ruine machen-achen, um dort irgendwelche stinklangweiligen und steinalten Zeichen an der Wand zu lesen-esen, und damit auf die Chance verzichten, dich im Meer umzutun-zutun und richtige Monster zu sehen-ehen?«

Huck stöhnte laut und drehte sich verärgert einmal im Kreis. Früher am Tag hatte Schere uns von einer Kreatur berichtet, die er angeblich heute Morgen in den Untiefen südlich von der Stadt entdeckt hatte. Ein Wesen mit silbern glänzenden Schuppen, das sich im trüben Wasser wie mit Flügeln bewegt habe. Er schwor Stein und Bein darauf, aber da wir ungefähr seit dem Tag, an dem Schere das Licht der Welt erblickt hatte, solche Geschichten von ihm zu hören bekommen hatten, nahmen wir sie schon lange nicht mehr so recht ernst und hielten auch diesen »Bericht« für wenig glaubwürdig.

Und in diesem Moment geschah es: Beide verlangten von mir, dass ich entscheiden sollte!

»Vergiss nicht, Alvin«, säuselte Huck, »du hast mir versprochen ...«

»Mir hast du das aber schon vor Monaten versprochen!«, fiel Schere ihr gleich ins Wort und war so aufgeregt, dass er darüber das Stottern vergaß.

In diesem Moment kam ich mir vor wie ein Traeki, der zwischen zwei Haufen schon in Gärung übergegangenen Mists steht. Ich wäre gern ins Meer hinabgetaucht, wohin alles wirklich Schicke und Galaktische verschwunden war, seit die Buyur Jijo verlassen hatten. Ein echtes Unterwasserabenteuer, wie es in den Büchern von Verne oder Haller beschrieben wurde.

Auf der anderen Seite hatte Huck nicht ganz unrecht, wenn sie Scheres Vorhaben als Jafalls-Rotze bezeichnete. Das Risiko mochte für einen Molen-Qheuen, der nicht einmal so recht wusste, wer eigentlich seine Mutter war, vernachlässigbar sein, aber ich wusste, dass meine Eltern krank werden würden, wenn ich im Meer verschwand und dort den Tod finden würde und nicht einmal mein Herzrückgrat für das Seelenmahlen und das Vuphnu geborgen werden konnte.

Auf der anderen Seite war das, was Huck uns vorschlug, auch nicht schlecht. Wir würden Schriften finden, die noch älter waren als die Bücher, die die Menschen auf diese Welt gebracht hatten. Womöglich sogar echte Buyur-Geschichten! Schon die bloße Vorstellung erzeugte ein Prickeln in meinen Saugnäpfen.

Wie sich dann herausstellte, blieb es mir erspart, eine Entscheidung fällen zu müssen. Huphu erschien nämlich, schoss unter Scheres Panzer und zwischen seinen Beinen hindurch, sauste um Huck herum, bellte und kläffte, dass er eine dringende Nachricht von Ur-ronn habe.

Ur-ronn wollte uns sehen.

Und sie hielt eine große Überraschung für uns bereit.

Ja, ich sollte vielleicht ein paar Worte über Huphu verlieren.

Erstens ist er nicht wirklich mein Noor. Er hält sich zwar oft in meiner Nähe auf, und mein Gerumpelpumpel scheint zu wirken, und meistens tut er das, was ich von ihm verlange. Natürlich nicht immer. Dennoch ist es recht schwierig, die Beziehung zwischen einem Hoon und einem Noor zu beschreiben. Schon der Begriff

Beziehung impliziert eine Menge Dinge, die es zwischen uns eben nicht gibt. Vielleicht haben wir hier einen der Fälle vorliegen, bei dem die Flexibilität des Englik, die ja sonst eines der coolsten Dinge an ihr ist, einfach nicht greift und sich verflüchtigt.

Außerdem ist Huphu kein großer Redner, und Entscheidungen kann man ihm auch nicht anvertrauen. Des Weiteren zählt er nicht, wie wir von den Sechs Spezies, zu den Sapiens-Wesen. Aber da er uns bei den meisten Abenteuern begleitet, gehört er wohl genauso zu unserer Bande wie die anderen auch. Viele sagen, Noor seien verrückt. Und in einem Punkt gibt es kein Vertun: Noor scheint es schnurzegal zu sein, ob sie weiterleben oder sterben, solange es für sie nur etwas Neues zu sehen und zu entdecken gibt. Viel mehr von ihnen sind an ihrer Neugier zugrunde gegangen als an Land-Liggern oder Küsten-Starks. Wenn Huphu reden könnte, wüsste ich, auf wessen Seite er sich bei unserem Streit schlagen würde.

Glücklicherweise ist sogar Schere klug genug, davon Abstand zu nehmen, diesen Noor eine Entscheidung treffen zu lassen.

Da hockten wir also und tauschten unsere Argumente aus, als der verrückte kleine Noor herangesprungen kam und wie wild kläffte und bellte. Mittlerweile sind wir so weit zu erkennen, dass sie in einer Art Morsecode Nachrichten übermitteln können – vorausgesetzt natürlich, dass das, was sie uns mitteilen wollen, überhaupt einen Sinn ergibt. Noor können weder Galaktik Zwei noch irgendeine andere Sprache, die irgendwer sich irgendwann einmal ausgedacht hat. Aber sie können eine kurze Botschaft memorieren und auch weitergeben, die sie mit ihren wachen Augen aufgenommen haben. Und wenn man ihnen gleich zu Anfang den Namen des Adressaten eintrichtert, wissen sie auch, für wen die Nachricht bestimmt ist. Eine wirklich scharfe Sache und im Prinzip auch sehr nützlich, wenn man sich bei ihnen nur darauf verlassen könnte. Aber Noor übermittelten Botschaften leider nur, wenn sie gerade Lust dazu hatten.

Nun, in diesem Fall schien Huphu nichts Besseres vorgehabt zu haben, denn schon fing er an, die oberen Bedeutungsreihen einer Nachricht in Galaktik Zwei zu kläffen und zu jaulen. (Ich wette, selbst ein Morse-Telegraphist wie der alte Mark Twain hätte Galaktik Zwei handhaben können, wenn er sich nur genug Mühe gegeben hätte.)

Wie schon erwähnt, stammte die Botschaft von unserer Urs-Freundin Ur-ronn und war folgenden Inhaltes: FENSTER FERTIG. KOMMEN RASCH. WEITERE MERKWÜRDIGE DINGE SICH EREIGNEN!

Ich habe ein Ausrufezeichen ans Ende der Nachricht gesetzt, weil Huphu die Übermittlung des Textes, der ihm vom Berg Gluenn mit Lichtsignalen mitgeteilt worden war, mit lautem, fast schon ekstatischem Gebell beendete. Ich könnte wetten, dass die Stelle »merkwürdige Dinge« ihn so sehr in Erregung versetzte, dass er im Kreis um sich selbst herumsprang und seinen eigenen Schatten jagte.

»Ich hole nur meinen Wasserbeutel«, erklärte Schere einen Moment später.

»Und ich besorge meine Brille«, verkündete Huck.

»Und ich schnappe mir nur noch schnell meinen Umhang! Wir treffen uns dann an der Bahn!«, rief ich. Diese Angelegenheit musste nicht erst eingehend diskutiert werden. Nicht wenn einem so etwas in Aussicht gestellt wurde!

VIERTER TEIL

DAS BUCH VOM HANG

Legenden

Unter den g'Kek erzählt man sich eine Sage, bei der es sich gleichzeitig um die älteste Geschichte handelt, die seit der Landung ihres Schleichschiffes auf Jijo die Runde macht. Seit beinahe zweitausend Jahren wurde sie mündlich weitergegeben, bis endlich jemand Zeit und Gelegenheit fand, sie zu Papier zu bringen.

Diese Sage erzählt von einem Jüngling, dessen »Faden-Roll-auf«-Talent in einer der Orbitalstädte gerühmt wurde, in denen die g'Kek leben mussten, nachdem sie ihre Heimatwelt aufgrund einer Wette verloren hatten. In dieser Stadt nun entwickelten die Jugendlichen, die »Rollen-Lords«, da die Unebenheiten einer festen Planetenoberfläche ihnen gar nichts mehr anhaben konnten, ein neues Spiel: Sie rollten mit blitzenden Rädern über die dünnsten, buntfarbigen Fäden – eine Art Kabel, die an verschiedenen Ecken im Innern ihrer künstlichen Welt befestigt waren. Einer dieser Skater, erzählt die Geschichte, unternahm einen Lauf nach dem anderen, scheute kein Risiko und schien die Gefahr geradezu zu suchen. Er hüpfte zwischen den hauchdünnen Fäden hin und her, flog dabei manchmal durch die Luft, währenddessen sich seine Räder frei drehten, landete auf dem nächsten Kabel und geriet darüber immer mehr in Ekstase.

Dann forderte ihn eines Tages ein unterlegener Gegner heraus.

»Ich wette, du schaffst es nicht, einen Faden um die Sonnen zu wickeln.«

Heutige Forscher auf Jijo empfinden diesen Teil der Sage als verwirrend. Wie sollte innerhalb eines sich drehenden hohlen Steins die Sonne zu erreichen sein? Da jedoch ein Großteil der Raumtechnologie-Sektion unserer Bibliothek zerstört ist, sehen sich die Bibliothekare in Biblos außerstande, diese Stelle zu interpretieren. So haben wir uns auf die Vermutung geeinigt, dass die Geschichte im Lauf der Zeiten verdreht und verstümmelt wurde, so wie es vielen Erinnerungen an unsere göttliche Vergangenheit ergangen ist.

Davon abgesehen, spielen die technischen Details in dieser Erbauungsgeschichte auch keine so große Rolle. Viel wichtiger ist die Moral, die in ihr enthalten ist: Wie unklug es nämlich ist, sich mit Kräften einzulassen, die jenseits unseres Verstehens liegen.

Ein Narr, der solches dennoch wagt, läuft Gefahr zu verbrennen – wie das auch dem Skater in dieser Geschichte widerfuhr, an deren dramatischem Ende ein Sturm von dünnen, flammenden Fäden kreuz und quer über den inneren Himmel der zum Untergang verurteilten Orbitalstadt wütete.

Gesammelte Erzählungen der Sieben von Jijo,
Dreizehnte Auflage.
Abteilung für Folklore und
Sprache zu Biblos, im Jahr des Exils 1867.

Dwer

Seit dem Ende seiner Lehrzeit hatte Dwer nahezu jedes Dorf und jeden Hof in Jijos besiedelter Zone besucht, darunter auch die Inseln und ein paar der geheimen Orte, von denen er geschworen hatte, niemals ein Wort darüber zu verlieren. Er war vielen Siedlern aus allen Spezies begegnet und kannte so gut wie jeden Menschen am Hang.

Mit jeder Dura, die verging, wurde er sich sicherer, dass seine Gefangene nicht zu dieser Gruppe gehörte.

Die Verwirrung machte ihn ganz nervös, und ein unerklärliches Schuldgefühl rief Ärger in ihm hervor.

»Unter all den blöden Dingen, die jemand tun kann«, erklärte er dem Mädchen und rieb ihr in der Wärme des Lagerfeuers den kalten Kopf, »rangiert der Diebstahl meines Bogens ziemlich weit oben. Aber dann auch noch sein Messer zu ziehen ist wirklich unschlagbar! Woher sollte ich denn wissen, dass du noch ein Kind bist? Was treibst du dich denn auch allein in der Dunkelheit herum? Ich hätte dir den Hals brechen können!«

Es war das erste Mal, dass einer von ihnen sprach, nachdem sie mit dem Kopf auf den Felsboden geschlagen war und er sich ihren schlaffen Körper über die Schulter geworfen und sie zum Lager zurückgetragen hatte. Das Mädchen war nicht ganz bewusstlos gewesen, und als er sie am Feuer niederließ, kam sie wieder ganz zu sich. Jetzt betastete sie die Beule am Kopf und beäugte dabei den Glaver und den Noor.

»Ich … ich dachte, du … du wärst ein Ligger«, stammelte sie schließlich.

»Du klaust meinen Bogen, läufst davon und glaubst dann, ein Ligger sei hinter dir her?«

Eines musste man der Kleinen zugutehalten: Sie war eine miserable Lügnerin. Im Licht der Morgendämmerung war sie als schmale Gestalt zu erkennen, die in Kleiderstücke aus schlecht gegerbtem Leder gehüllt war, die man mit Sehnen zusammengenäht hatte. Sie hatte sich das lockige rotbraune Haar zu einem Pferdeschwanz zusammengebunden und dessen Ende abgeschnitten. In ihrem Gesicht, insoweit man unter dem Dreck überhaupt etwas erkennen konnte, fielen vor allem die Nase, die sie sich einmal gebrochen haben musste, und eine hässliche Brandnarbe an der linken Wange auf. Letztere verunstaltete das Antlitz sehr, das man unter anderen Umständen als hübsch hätte bezeichnen können – natürlich erst nach einer gründlichen Wäsche.

»Wie heißt du?«

Sie senkte den Kopf und murmelte etwas vor sich hin.

»Wie war das? Ich habe nichts verstanden.«

»Ich habe gesagt, ich heiße Rety.« Zum ersten Mal sah sie ihm ins Gesicht, und ihre Stimme klang jetzt ziemlich trotzig. »Was wirst du mit mir machen?«

In ihrer Lage war das eine durchaus vernünftige Frage. Dwer rieb sich das Kinn und stellte fest, dass ihm keine große Wahl blieb. »Ich schätze, ich muss dich zur Versammlung mitnehmen. Die meisten Weisen halten sich dort auf. Wenn du alt genug bist, wirst du dich vor ihnen verantworten müssen. Wenn nicht, werden wir deine Eltern ausfindig machen. Und wo wir gerade beim Thema sind: Wo stecken deine Leute eigentlich? Wo kommst du überhaupt her?«

Sie versank in brütendem Schweigen. Schließlich murmelte sie: »Ich habe Durst.«

Der Noor und die Glaverin hatten sich darin abgelöst, die leere Wasserflasche mit der Schnauze anzustoßen und den Jäger dann vorwurfsvoll anzusehen. *Wer bin ich eigentlich?*, dachte Dwer. *Jedermanns Kinderschwester?*

»Also gut«, seufzte er dann, »holen wir Wasser. Rety, du stellst dich neben den Glaver.«

Sie riss die Augen weit auf. »Und wenn er mich beißt?«

Dwer starrte sie mit offenem Mund an. »Bei Jafalls, das ist ein Glaver.« Er nahm sie an die Hand. »Du müsstest dich vor ihm fürchten, wenn du ein Grabwurm wärst – oder ein Abfallhaufen. Wenn ich mir dich allerdings so ansehe ...«

Sie riss ihre Hand aus der seinen und bedachte ihn mit einem böse funkelnden Blick.

»Also gut, tut mir leid. Trotzdem wirst du die Führung übernehmen, damit ich dich im Auge behalten kann. Und hiermit stelle ich sicher, dass du mir nicht ausbüxt.« Er verknotete das freie Ende der Glaverleine an ihrem Gürtel, und zwar am Rücken, wo sie ihn nur schlecht erreichen konnte. Dann nahm der Jäger die Wasserflasche und den Bogen auf. »Hörst du den Wasserfall? Wenn wir dort angelangt sind, machen wir Rast und essen was.«

Ein sonderbarer Zug bewegte sich da auf den Wasserfall zu. Die Schmollende führte die Apathische, ihnen folgte der Verwirrte, und den Schluss bildete der notorisch Amüsierte. Wann immer der Jäger einen Blick zurückwarf, wirkte Schmutzfußens Grinsen nur leicht von seinem Keuchen in der knochentrockenen Morgensonne beeinträchtigt.

Einige Bauern verriegelten gleich ihre Türen, als sie entdeckten, dass ein Noor dabei war. Andere hingegen reichten ihm kleine Leckereien, weil sie sich davon eine günstige Schicksalsfügung oder Glück erhofften. Dwer machte hier und da Wilde in den Marschen aus. Flammenbäume gediehen auf dem Rücken von treibenden Hektarlilien. Seine stärksten Erinnerungen drehten sich um die Papiermühle seines Vaters, wo sich jedes Frühjahr junge Noor versammelten, um wagemutige und manchmal auch tragisch ausgehende Sprünge vom sich machtvoll drehenden

Wasserrad durchzuführen. Als Kind hatte Dwer sich ihnen gern angeschlossen und war, sehr zum Entsetzen seiner Eltern, mit ihnen gesprungen. Er hatte auch versucht, mit diesen Spielkameraden Freundschaft zu schließen und sie mit Futter anzulocken, um ihnen Kunststückchen beizubringen und mit ihnen eine Verbindung herzustellen, wie sie einst zwischen Mensch und Hund bestanden hatte.

Aber, wie schon gesagt, Noor waren keine Hunde. Während sein Lebenspfad ihn immer weiter von dem sanften Fluss fortführte, erkannte er, dass Noor klug und mutig, aber auch ziemlich gefährlich waren. In Gedanken warnte er Schmutzfuß: *Bloß weil sich herausgestellt hat, dass du doch nicht der Dieb gewesen bist, heißt das noch lange nicht, dass ich dir über den Weg traue.*

Wenn man einen steilen Pfad hinunterläuft, fühlt sich das immer anders an, als ihn hinaufzusteigen. Manchmal wirkte der Weg so wild und ungezähmt, dass der Jäger die Augen schließen und sich vorstellen konnte, er befände sich in der wirklichen Wildnis, die seit Anbeginn dieser Welt noch von keines Sapienten – wie man die Spezies der Sechs nannte – Hand berührt worden war.

Dann jedoch kamen sie immer wieder an einer zerfallenen Stätte der Buyur vorüber – einer Zementwand oder einem Stück Straße, die von den herumziehenden Dekonstruktoren übersehen worden war, als man Jijo zur Brache erklärt hatte –, und die Illusion der Unberührtheit verging gleich wieder. Die Abriss- und Plattmach-Unternehmungen waren nicht übergründlich durchgeführt worden. Überall westlich der Rimmers, des Grenzgebirges, fanden sich Buyur-Spuren.

Die Zeit war der wahre Recycler. Jijo war dazu ausersehen worden, sein eigenes Ökonetz wiederherzustellen. Zumindest sagte das sein Bruder Lark. Aber Dwer dachte selten in solch großem Maßstab. Es beraubte das heutige Jijo seiner Magie – ein verwundeter Ort, aber angefüllt mit Wundern.

Rety brauchte an den steileren Stellen Hilfe, und die Glaverin musste oft am Strick hinuntergeführt werden. Einmal, nachdem er der traurigen Kreatur über ein Stück der alten Straße geholfen hatte, musste er wenig später feststellen, dass das Mädchen verschwunden war.

»Wo, um alles in der Welt, ist diese kleine …« Er schnaufte frustriert. »Verdammt und zugenäht!«

Retys Provokation verlangte natürlich eine Bestrafung, und das Geheimnis, das sie umgab, schrie geradezu danach, aufgedeckt zu werden. Aber zuerst mussten herumirrende Glaver wieder eingefangen werden. Sobald er dieses trächtige Muttertier abgeliefert hatte, würde er hierher zurückkehren und die Fährte des Mädchens aufnehmen, auch wenn das bedeutete, dass er bestimmt nichts mehr von der Versammlung mitbekommen würde …

Als er um einen Felsen bog, wäre er fast über Rety gestolpert. Sie hockte direkt vor Schmutzfuß, hob jetzt den Kopf und sah den Jäger an.

»Das ist doch ein Noor, nicht wahr?«, fragte sie.

Dwer hatte Mühe, sich nichts von seiner Verblüffung anmerken zu lassen. »Äh, ist das der erste, den du zu sehen bekommen hast?«

Sie nickte, und Schmutzfußens flirtendes Lächeln schien ihr zu gefallen.

»Und einem Glaver bist du anscheinend auch noch nie begegnet«, bemerkte der Jäger. »Wie weit im Osten lebt dein Volk eigentlich?«

Sie errötete, und die Narbe auf ihrer Wange fing an zu glühen. »Ich weiß nicht, wovon du sprichst …«

Rety unterbrach sich, als ihr klar wurde, wie wenig glaubwürdig sie wirkte. Sie presste die Lippen zu einer schmalen Linie zusammen.

»Streite es gar nicht erst ab. Ich weiß bereits alles über dich«, erklärte er und deutete auf ihre Kleidung. »Keine gewebten

Stoffe. Die Felle mit Sehnen oder Därmen zusammengenäht. Gute Imla- und Sorrl-Felle. Westlich der Rimmers werden Sorrl aber nicht so groß.«

Die Enttäuschung war ihr deutlich vom Gesicht abzulesen. Er zuckte mit den Achseln. »Ich bin schon mehrere Male über die Berge gezogen. Dein Volk sagt, das sei verboten, nicht wahr? Nun, das gilt auch für unsere Seite. Aber ich kann gehen, wohin ich will, um zu erkunden, verstehst du?«

Sie senkte den Kopf. »Also hätte ich mich in Gefahr begeben, wenn ich …«

»Wenn du mir entkommen und über den Pass verschwunden wärst? Glaubst du etwa, du hättest nur eine unsichtbare Linie überqueren müssen, und dann hätte ich nicht mehr hinter dir hereilen dürfen?« Dwer lachte erst schallend, dann aber leiser, weil er nicht unhöflich erscheinen wollte. »Rety, gräm dich nicht, du hast einfach dem falschen Mann den Bogen gestohlen. Ich hätte dich noch durch die ganze Sonnenaufgangswüste verfolgt.«

Das war natürlich furchtbare Angeberei. Nichts auf Jijo war eine zweitausend Meilen weite Reise über brennenden Sand und durch Vulkanlandschaften hindurch wert. Aber Rety riss die Augen weit auf, und so machte er weiter.

»Ich habe dein Volk schon einmal entdeckt, auf einer meiner Expeditionen in den Osten. Deswegen schätze ich, du stammst aus dem Südosten, ein ganzes Stück weit hinter der Giftebene. Lebt ihr in den Grauen Hügeln? Ich habe gehört, das Land dort soll so zerklüftet sein, dass ein kleiner Stamm sich dort verstecken könne. Und wenn er vorsichtig genug sei, würde er nie entdeckt werden.«

Erschrecken stand in ihren braunen Augen. »Da liegst du ganz falsch. Ich bin nicht von … von dem Ort, den du gerade beschrieben hast.«

Sie klang so kläglich, dass Dwer Mitleid mit ihr verspürte.

Er kannte sich schließlich damit aus, wie es war, wenn man sich unter seinesgleichen unbehaglich fühlte. Sein einsames Leben machte es ihm schwer, einen Weg zu finden, um seine Schüchternheit zu überwinden.

Und genau aus diesem Grund muss ich es ja auch zur Versammlung schaffen! Sara hatte ihm einen Brief mitgegeben, den er Plovov, dem Analytiker, überreichen sollte. Wie es der Zufall so wollte, war Plovovs Tochter eine echte Schönheit und noch nicht verlobt. Mit etwas Glück könnte es ihm gelingen, Glory Plovov zu fragen, ob sie nicht mit ihm spazieren gehen wolle. Dann könnte er ihr eine seiner Geschichten erzählen und sie mächtig beeindrucken. Zum Beispiel, wie er im letzten Jahr den Zug der Moribul-Herde aufgehalten hatte, die anlässlich eines Gewitters in eine Stampede ausgebrochen war, wobei die Tiere beinahe über eine Klippe gestürzt wären. Und wenn er noch mehr Glück hatte, würde er dabei nicht stottern; denn sonst lachte sie immer in einer Weise, die ihm gar nicht behagte.

Plötzlich war er voller Ungeduld und wollte weiter. »Tja, hat wohl nicht viel Wert, wenn wir uns jetzt die Köpfe darüber zerbrechen.« Er gab ihr mit einer Handbewegung zu verstehen, dass sie wieder die Glaverin führen sollte. »Man stellt dir sicher einen jungen Weisen zur Seite, damit du nicht ganz allein vor den Rat treten musst. Und wenn es dir ein Trost ist, wir hängen Sooner nicht mehr. Es sei denn, uns bleibt keine andere Wahl.«

Er zwinkerte ihr zu, doch sie bemerkte das nicht, und so ging sein Scherz ins Leere. Sie blickte nur noch zu Boden, auch als er die Leine wieder an ihrem Gürtel befestigte und sie weiterzogen.

Die steigende Luftfeuchtigkeit verwandelte sich in einen feinen Nebel, als sie sich dem Tosen des herabstürzenden Wassers näherten. Als der Weg einen Felssturz umrundete, zeigte sich ein Bach, der von oben herabrauschte und sich stakkatoartig in ein aquamarinblaues Becken ergoss. Das Wasser strömte über den Rand und fiel den ganzen langen Weg bis zum tief unten dahinströmenden Fluss hinab, um mit ihm irgendwann das Meer zu erreichen.

Der Weg hinab zum Becken wirkte tückisch, besonders wenn er ihn mit dem Mädchen und der Glaverin antreten sollte, also gab er Rety ein Zeichen, sich auf dem Weg zu halten. Sie würden weiter oben auf den Bach stoßen.

Aber der Noor hüpfte von Stein zu Stein. Und während sie weitertrotteten, hörten sie ihn bald fröhlich im Wasser planschen.

Dwer dachte an einen weiteren Wasserfall, hoch oben an der Stelle, wo der Große Nordgletscher an die aufragenden Klippen vom Kontinentrand stieß. Jedes zweite Jahr jagte er dort Brankur, um ihre Pelze nach Hause zu tragen, meist während der Schneeschmelze im Frühling. Doch in Wahrheit reiste er nur dorthin, um dabei zu sein, wenn der Eisdamm am Ausfluss des Desolat-Sees endlich brach.

Dann stürzten gewaltige, halbdurchsichtige Eisflächen fast einen Kilometer tief hinab, erfüllten den Himmel mit kristallenen Eissplittern und erweckten die mächtigen Fälle mit einem Donnern zu neuem Leben, das einem bis in die Seele drang.

Auf seine umständliche Weise hatte er einmal versucht, dieses Schauspiel Lark und Sara zu beschreiben – das Brüllen der Farben und den strahlenden Lärm – und gehofft, die Übung würde seine schwerfällige Zunge schulen. Wie nicht anders zu erwarten, leuchteten Saras Augen angesichts der Wunder Jijos hinter dem Hang. Aber der stets gutgelaunte Lark hatte nur den Kopf geschüttelt und erklärt: »Diese erstaunliche Schönheit könnte doch auch sehr gut ohne uns auskommen.«

Würde sie das wirklich?, hatte der Jäger sich gefragt. *Kann es Schönheit in einem Wald geben, wenn kein Wesen hin und wieder stehen bleibt und ihn schön nennt? Ist nicht aus genau diesem Grund die Sapiens erfunden worden?*

Er hoffte, eines Tages seine Frau und Gefährtin zu den Desolat-Fällen führen zu können. Dazu musste er allerdings noch eine finden, deren Seele bei diesem Schauspiel dasselbe empfand wie die seine.

Der Noor kehrte etwas später zu ihnen zurück. Gemächlich schlenderte er zu ihnen, zeigte wieder sein breites Grinsen, blieb dann vor ihnen stehen, schüttelte sich und spritzte sie bis über die Knie nass. Rety lachte darüber. Es war ein kurzes, irgendwie gedrängtes Lachen, als sei sie es nicht gewöhnt, dass ein Vergnügen lange anhielt.

Ein Stück weiter den Weg entlang blieb der Jäger an einem Felsvorsprung stehen, von dem aus man die Kaskade überblicken konnte. Von hier oben sah das Wasser aus wie ein federleichtes Wellengeplätscher, das über den Klippenrand tänzelte. Der Anblick erinnerte Dwer daran, wie ausgetrocknet er war, und seiner Brust entrang sich ein Seufzer, der wohl auch von seiner Einsamkeit herrührte.

»Komm, Kleines, ein Stück weiter befindet sich ein kleiner See, der leicht zu erreichen ist.«

Aber Rety blieb noch eine ganze Weile wie angewurzelt stehen. Ein dünner, feuchter Faden zeigte sich auf ihrer Wange. Dwer schrieb ihn dem Wasserdunst zu.

Asx

Sie zeigen ihre Gesichter nicht. Immerhin könnte mit ihren Plänen etwas schiefgehen. Einige von uns könnten ja überleben und dann Zeugnis von allem ablegen. Deswegen ist es ganz natürlich, dass sie ihr Äußeres verbergen.

Die Schriftrollen haben immer vor dieser Möglichkeit gewarnt. Unser Schicksal scheint besiegelt.

Doch als die Stimme des Sternenschiffes das ganze Tal ausfüllte, schienen sie uns offenbar beruhigen zu wollen.

»Einfach/Simpel Wissenschaftler wir sein.
Untersuchung von lokal/interessant Lebensformen/Spezies wir vorbereiten.
Böses zufügen jemand wir nicht beabsichtigen.«

Diese Botschaft wiederholten sie dreimal mit den Klick- und Zischlauten des formellen Galaktik Zwei, dann in anderen Sprachen und schließlich auch noch in Englik, nachdem sie die Menschen, die Wölflinge, in unserer Mitte entdeckt zu haben schienen.

»Untersuchung lokal/einzigartig Lebensformen wir erbitten Ihr freundlich/großzügig Hilfe.
Wissen/Kenntnis um lokal/hiesig Biosphäre Sie gewiss/mutmaßlich haben.
Werkzeuge und nützlich/gebrauchsfertig Apparate wir bieten im Tausch.
Wir sollen beginnen vertrauensvoll gegenseitig/gemeinsam Austausch?«

Erinnert euch, meine Ringe, wie verwirrt die Menschen einander daraufhin angesehen haben. Konnte man solchen Aussagen trauen? Wir, die wir auf Jijo leben, sind in den Augen der großen Reiche längst Straftäter. Genauso verhält es sich mit denen an Bord des Schiffes. Können zwei solche Gruppen unvoreingenommen miteinander kommunizieren?

Unser menschlicher Weiser, Lester Cambel, fasste mit seinem lakonischen Witz die Bedenken von uns allen zusammen, als er in Englik murmelte:

»Vertrauensvoll? Bei den haarigen Achselhöhlen meiner Vorfahren!«

Und dann kratzte er sich auf ebenso betonte wie orakelhafte Weise genau dort.

Lark

In der Nacht, bevor die Fremden kamen, trottete ein Zug von weißgekleideten Pilgern durch den Nebel der Morgendämmerung. Sie waren ihrer sechzig, und jede unserer Spezies stellte zehn von ihnen.

Andere Gruppen würden in der gleichen Weise, nämlich in Harmoniemustern, zum Festival unterwegs sein. Doch dieser Zug unterschied sich von den anderen, war er doch in einer viel ernsteren Mission unterwegs.

Silhouetten ragten über ihnen auf. Knorrige, missgebildete Bäume breiteten ihre verdrehten Arme wie Gespenster aus, die zugreifen wollten. Ölige Dunstwolken verschmolzen und vergingen. Der Weg bog scharf ab, um den dunklen Höhlen zu entgehen, die anscheinend bodenlos waren und geheimnisvolle Echos warfen. Verwitterte Felsgruppen verhöhnten den Geist, der sich nach Form und Gestalt sehnte, und schürten die nervösen Erwartungen der vorbeiziehenden Wanderer. Würde sie hinter dem nächsten Felsrutsch liegen, oder würde erst der übernächste sie den Blicken offenbaren – die auf ganz Jijo verehrte Mutter Ei?

Welche organischen Besonderheiten und Merkwürdigkeiten die einzelnen Pilger von den sechs Welten in vier verschiedenen Galaxien auch aufweisen mochten, jeder Teilnehmer verspürte den gleichen widerhallenden Ruf zur Einigkeit und Einheit. Lark setzte seine Schritte in dem Rhythmus, der von dem Rewq auf seiner Stirn vorgegeben wurde.

Ich bin diesen Pfad schon Dutzende Male hinaufgeschritten. Mittlerweile sollte er mir doch vertraut sein. Warum kann ich nicht auf ihn reagieren?

Er versuchte, eine Antwort zu finden, indem er von dem Rewq ein Motiv von Farbe und Geräusch über die reale Welt legen ließ. Füße scharrten. Hufe klapperten. Wulstvorsprünge und

Räder schaukelten über den staubigen Weg, der von den Pilgerzügen der Vergangenheit so glattgetreten worden war, dass man annehmen konnte, das Ritual reiche bis in die Frühzeit des Exils zurück und würde nicht erst seit kaum mehr als hundert Jahren durchgeführt.

Wohin und an wen haben sich unsere Vorfahren gewandt, wenn sie des Trostes und der Hoffnung bedurften?

Larks Bruder, der geschätzte Jäger, hatte ihn einmal auf einen geheimen Pfad mitgenommen. Sie waren einen Berg hinaufgestiegen und hatten dort von oben einen Blick auf das Ei werfen können. Da lag es in seinem Krater wie in einem Drachenbau, und von seinem Nest fielen die Wände steil ab. Aus der Ferne hätte man das Ei für ein Monument der Buyur halten können – oder für das Überbleibsel noch früherer Bewohner von Jijo, die vor Urzeiten hier gelebt und diesen kryptischen Wächter zurückgelassen hatten, dessen Majestät nicht einmal die Zeit etwas anhaben konnte.

Wenn man die Augen zu Schlitzen verengte, konnte man sich gut vorstellen, ein gelandetes Sternenschiff vor sich zu haben, eine abgeflachte Linse, die dazu bestimmt war, durch Atmosphäre und Äther zu gleiten. Im nächsten Moment erschien einem das Ei wie eine Festung, die aus irgendeinem diamantharten Material errichtet worden war, die das Licht trank, allem widerstand und dichter war als ein Neutronenstern. Lark sah in ihm sogar einmal die Eierschale eines titanischen Wesens, das zu geduldig oder vielleicht auch zu stolz war, um herauszukommen und sich den Eintagsfliegen zu präsentieren.

Es war ein verwirrender Tag gewesen, an dem er sich gezwungen gesehen hatte, die Bilder zu verdrängen und sich wieder auf das Bild vom Heiligtum zu konzentrieren. Diese Erscheinung wohnte ihm immer noch inne. Vielleicht rührte das aber auch nur von der Nervosität wegen der Rede her, die er bald vor dieser Bande von unerschütterlichen Gläubigen halten wollte. Eine Ansprache, die ihnen die extremsten Opfer abverlangen würde.

Der Weg machte wieder eine Biegung und führte in eine Schlucht mit steil aufragenden Wänden, die die riesige ovale Form umgaben. Ein phantastisches Gebilde, das sich da, nur zwei Bogenschüsse von den Pilgern entfernt, offenbarte. Die graue Oberfläche erhob sich turmhoch über denen, die sich voller Ehrfurcht an seinem Grund versammelt hatten. Als Lark den Blick darauf richtete, wusste er es wieder.

Es kann keines von diesen anderen Dingen sein, die ich mir oben auf dem Berg vorgestellt habe.

Aus dieser Nähe betrachtet, so dicht vor seiner massigen Form, konnte jeder erkennen, dass das Ei aus Naturstein bestand.

Die Male von Jijos Schoß zeigten sich an den Flanken des Eies und kündeten von der Geschichte seiner Geburt, die tief unten im Bauch der Welt mit der heftigen Empfängnis begonnen hatte. Die Muster auf der Oberfläche erinnerten an Muskelstränge, und die nervenbahnähnlichen kristallenen Venen zogen fein verästelte Wege über den Stein.

Die Reisenden traten langsam unter den konvexen Überhang, damit das Ei ihre Anwesenheit wahrnehmen und sie vielleicht mit einem Segen bedenken würde. An der Stelle, wo der mächtige Monolith sich aus dem schwarzen Basalt erhob, fingen die Pilger an, ihn im Kreis zu umschreiten. Doch während Larks Sandalen über den Boden knirschten und er sich dabei die Zehen wundrieb, wurden die Friedlichkeit und die Ehrfurcht des Augenblicks von seinen Erinnerungen gestört.

Einst, als er ein Knabe von zehn Jahren gewesen war, hatte sich in seinem Kopf die Idee festgesetzt, hinter das Ei zu schleichen und ihm eine Probe zu entnehmen.

Alles begann in einem Jubiläumsjahr, als Nelo, der Papiermacher, zur Versammlung zog, um dort an einer Zusammenkunft seiner Innung teilzunehmen, und seine Frau Melina, die-aus-dem-Süden, darauf bestand, ihn zu begleiten und Lark und die kleine Sara mitzunehmen.

»Bevor ihr Leben mit der Arbeit in der Papiermühle ausgefüllt sein wird, sollten sie erst etwas von der Welt sehen.«

Nelo musste sich später oft dafür verflucht haben, sein Einverständnis gegeben zu haben, denn die Reise veränderte Lark und seine Schwester grundlegend.

Während des Hinwegs hatte Melina immer ein Buch aufgeschlagen, das erst kürzlich von den Meisterdruckern in der Stadt Tarek veröffentlicht worden war. Und jedes Mal war der Papiermüller gezwungen gewesen, eine Pause einzulegen. Er hatte mit dem Gehstock unruhig auf den Boden geklopft, und Melina hatte den Kindern in ihrem südlichen Singsang aus dem Buch all die Pflanzen, Tiere und Mineralien am Wegesrand erklärt. Zu jener Zeit hatte Lark natürlich noch nicht gewusst, wie viele Generationen von Forschern ihre ganze Kraft investiert hatten, um diesen Führer zustande zu bringen – zu diesem Zweck hatten sie die mündlichen Überlieferungen von allen sechs Exilspezies zusammengetragen. Nelo hielt das Buch für eine gute Arbeit, zumindest was den Druck und die Bindung anging. Wenn das Buch miserabel gebunden und gedruckt gewesen wäre, hätte er seiner Frau bestimmt verboten, den Kindern daraus vorzulesen.

Melina hatte ein richtiges Spiel daraus entwickelt, die Dinge, die sie entdeckten, mit den Tintelithographien zu vergleichen. Und so wurde aus einer Reise, die unter anderen Umständen für die Kleinen langweilig gewesen wäre, eine spannende Angelegenheit, die ihnen noch wichtiger war als die Versammlung selbst. Als sie endlich hundemüde und mit wunden Füßen am Ei anlangten, war in Lark bereits die Liebe zu dieser Welt entbrannt.

Dasselbe Werk, mittlerweile vergilbt und zerlesen – und dank Larks eigener Bemühungen überholt –, ruhte heute wie ein Talisman im Ärmel seines Umhangs. *Der optimistische Teil von mir – der Teil, der glaubt, er könne etwas lernen.*

Als der Zug der Pilger das andere Ende des Eies erreichte, griff Lark in seinen Umhang, um sein anderes Amulett zu berühren. Er hatte es noch nie jemandem gezeigt, nicht einmal Sara. Ein Stück Stein, nicht größer als sein Daumen und in Lederriemen eingewickelt. Der Kiesel fühlte sich immer noch warm an, nachdem er nunmehr schon zwanzig Jahre neben seinem schlagenden Herzen ruhte.

Meine dunkle Seite. Die, die es bereits weiß.

Der Stein schien zu glühen, als Lark mit den anderen die Stelle passierte, die er nur zu gut kannte.

Während der dritten Pilgerreise hatte er endlich genug Mut aufgebracht – er, der Sohn eines Künstlers und damit der Vornehmen, der sich einbildete, Wissenschaftler zu sein –, hatte sich von den flappenden Pavillons fortgeschlichen, sich in Höhlen verborgen, um nicht von vorbeikommenden Pilgern entdeckt zu werden, und war dann unter den gebogenen Rand gehechtet – und dorthin gekrochen, wohin nur ein Kind gelangen konnte. Dort hatte er den Hammer genommen, den er für seine Proben brauchte, und …

In all den Jahren, die diesem Tag folgen sollten, hatte niemals jemand ein Wort über die Narbe am Stein verloren, die Nachweis seines Sakrilegs war. Natürlich fiel er unter den zahllosen anderen Schrammen und Ritzen, die die Oberfläche überzogen, überhaupt nicht auf. Aber als Lark die Stelle erreichte, hätte nicht einmal dichter Nebel sie vor seinen Blicken verbergen können.

Sollte er sich auch heute noch für die Missetat aus seiner Kindheit schämen?

Das Wissen darum, dass ihm vergeben worden war, konnte die Schande nicht tilgen.

Die Hitze des Steins nahm ab, und er wirkte auch nicht mehr so sperrig, als die Prozession weiterzog.

Sollte alles nur eine Illusion sein? Irgendein natürliches Phänomen, wie es die Sophisten der Fünf Galaxien kannten? (Obwohl ungeheuer beeindruckend für die Primitiven, die sich auf einer verbotenen Welt verbargen.) Vor einem Jahrhundert waren auch die Rewq-Symbionten in Gebrauch gekommen, gewährten sie doch wertvolle tiefere Einblicke in die Stimmungslage anderer Wesen. Hatte das Ei sie mitgebracht, wie einige behaupteten, um den Sechsen zu helfen, die Wunden des Krieges zu schließen und sich ihrer Zwistigkeiten zu entledigen? Oder handelte es sich bei ihnen lediglich um irgendein spitzfindiges Wunder, das die Genetik-Zauberer der Buyur zu einer Zeit entwickelt hatten, in der es in dieser Galaxis noch von unzähligen Alien-Spezies wimmelte?

Nachdem er die Archive von Biblos durchstöbert hatte, hatte Lark begriffen, dass seine Konfusion typisch für Menschen war, die das Heilige zu ergründen suchten. Selbst die Großen Galaktiker, deren Wissen Raum und Zeit umspannte, waren untereinander durch die Dogmen gespalten, die unversöhnlich aufeinanderprallten. Und wenn schon die gewaltigen Sternengötter in Verwirrung gestürzt werden konnten, welche Chance besaß dann jemand wie er, jemals Gewissheit erlangen zu können?

Dies ist einer der wenigen Punkte, in dem meine beiden Seiten ausnahmsweise einmal übereinstimmen.

Sowohl in seiner wissenschaftlichen Forschung wie auch in seinem Herzen wusste Lark eine Sache mit absoluter Gewissheit: *Wir gehören nicht hierher.*

Und genau dies erklärte er später in dem heruntergekommenen Amphitheater den versammelten Pilgern, als die aufgehende Sonne den linsenförmigen Leib des Eies mit einem vielfältigen Leuchten umhüllte. Sie hockten, saßen oder lagen in den Reihen (oder hatten ihren Leib sonst wie in die Position gebracht, die aufmerksames Zuhören erlaubt). Der Abtrünnige der Qheuen, Harullen, war zuerst ans Rednerpult getreten und hatte in seinem poetischen Dialekt gesprochen. Er zischte aus allen fünf Beinmündern gleichzeitig und beschwor die Weisheit der Sechs, um dieser Welt zu dienen, die nicht nur ihre Heimstatt, sondern auch die Quelle aller ihrer Atome war. Danach hatte er seinen grauen Rückenschild vor Lark verbeugt und ihn der Menge präsentiert. Die meisten im Rund waren nur gekommen, um den menschlichen Häretiker zu hören.

»Man sagt uns, unsere Vorfahren seien Kriminelle gewesen«, begann er mit starker Stimme, die nichts von der inneren Anspannung verriet, unter der er stand. »Ihre Schleichschiffe kamen, jedes zu seiner Zeit, nach Jijo, nachdem sie den Patrouillen der großen Institute davongeeilt und den wachsamen Polizeiraumern der Zang entwischt waren. Sie verbargen ihre Spuren im Flux des mächtigen Izmunuti, dessen Kohlenstoffwinde vor einigen tausend Jahren damit begonnen hatten, diese Welt wie hinter einer Maske zu verbergen. Unsere Vorfahren suchten nach einem ruhigen, abgelegenen Ort, um hier ihr Verbrechen der Selbstgerechtigkeit zu begehen.

Jede Gründergruppe fand dafür eine andere Ausrede. Sie erzählten Geschichten davon, dass man sie verfolgt oder vernachlässigt habe. Sie verbrannten oder versenkten ihre Schiffe, warfen die Werkzeuge und Geräte, die sie gottgleich machten, in das Große Meer und warnten ihren Nachwuchs vor dem Himmel.

Denn von dem würde eines Tages das Gericht kommen. Irgendwann, um sie für das Verbrechen abzuurteilen, überlebt zu haben.«

Die Sonne kroch am Körper des Eies entlang, und ihre Strahlen stachen ihm in die Augen. Er entging dieser Pein, indem er sich zu seinen Zuhörern vorbeugte.

»Unsere Vorfahren sind auf einer Welt eingefallen, die nach Äonen dauernder Nutzung eine dringende Ruhephase zugesprochen bekommen hatte. Eine Welt, die viel Zeit benötigte, um ihre vielen Spezies, unabhängig davon, ob hier entstanden oder in Labors entwickelt, zu einer natürlichen Balance untereinander finden zu lassen, damit aus ihrer Mitte neue Wunder entstehen könnten.

Die Zivilisation der Fünf Galaxien hat diese Regeln zum Schutz des Lebens schon aufgestellt, als die Hälfte der Sterne, die wir heute am Himmel sehen, noch gar nicht begonnen hatte, ihr Licht auszustrahlen.

Warum nun haben unsere Vorfahren diesen Gesetzen so offen Hohn gesprochen?«

Jeder der g'Kek-Pilger beobachtete ihn mit zwei hoch aufgerichteten Augenstielen, während die beiden anderen eingerollt waren – bei dieser Spezies ein Anzeichen höchster Aufmerksamkeit. Die Urs-Zuhörer hingegen richteten ihren schmalen Kopf in Richtung von Larks Bauch, damit sie mit ihren schwarzen Augenschlitzen, die rings um das Maul angebracht waren, möglichst viel von ihm zu sehen bekamen. Larks Rewq machte ihm diese Gesten, wie auch die der Hoon, der Traeki und der Qheuen, sehr deutlich.

Bis hierher folgen sie mir noch willig, erkannte er.

»Oh, unsere Vorfahren haben natürlich versucht, den von ihnen angerichteten Schaden kleinzuhalten. Unsere Siedlungen stehen alle auf dieser schmalen, geologisch höchst unruhigen Zone, und wir hoffen schließlich, dass eines Tages die Vulkane ausbrechen und unser Werk unter ihrer Lava begraben, bis nichts mehr auf unsere Anwesenheit hinweist. Daneben haben wir die Weisen, die uns sagen, welche Tiere wir jagen und essen dürfen und wo wir uns niederlassen sollen, damit Jijos Ruhephase nur minimal beeinträchtigt wird.

Doch wer vermag zu bestreiten, dass Schaden angerichtet wird, und zwar in jeder Stunde, die wir hier verbringen. In diesen Tagen sterben die Rantanoiden aus? Ist das womöglich unsere

Schuld? Wer weiß das schon? Ich bezweifle, dass selbst das Heilige Ei eine Antwort darauf weiß.«

Die Menge fing an zu murmeln. Farben huschten in dem Schleier umeinander her, den der Rewq vor seine Augen gelegt hatte. Eine Gruppe schrifttreuer Hoon rief, damit sei er wohl etwas zu weit gegangen. Andere, wie die g'Kek, hätten es lieber gehabt, wenn er seine Bemerkung über das Ei in eine Metapher gekleidet hätte.

Soll der Rewq sich um die Nuancen kümmern, konzentrier du dich lieber auf deine Botschaft.

»Unsere Vorfahren haben die Entschuldigungen, Warnungen und Regeln an uns weitergegeben. Sie sprachen vom Geben und Nehmen und vom Pfad der Reue. Doch ich trete heute vor euch, um euch zu sagen, dass nichts davon gut ist. Es wird höchste Zeit, dieser Farce ein Ende zu bereiten und endlich der Wahrheit ins Gesicht zu blicken.

Unserer Generation obliegt es zu wählen!

Wir müssen uns dafür entscheiden, die letzte Generation auf Jijo zu sein!«

Die Rückreise führte an dunklen Höhlen vorbei, die glitzernde Dämpfe ausatmeten. Hin und wieder sandte eine tiefe natürliche Detonation donnernde Echos aus, die von einer Öffnung zur anderen wogten wie ein Gerücht, das sich mit jeder Weitergabe abschwächt.

Hügelabwärts ging es für die g'Kek einfacher. Aber viele unter den Traeki, die für das Leben in sumpfigen Gehegen ausgestattet waren, schnauften und keuchten vor Anstrengung, während sie sich verdrehten und verbogen, um ihre Körper aufrecht halten zu können. Um die Reisestrapazen etwas zu erleichtern, grollten die Hoon leise ihre atonalen Lieder, die sie sonst auf hoher See zu singen pflegten. Viele Pilger trugen ihre erschöpften Rewq nicht mehr. Und so beschäftigte sich jeder Geist mit sich selbst und hing seinen eigenen Gedanken nach.

Die alten Geschichten berichten, dass es unter Maschinenintelligenzen anders zugehe. Ebenso bei den Zang. Gruppenwesen müssen nicht überredet werden. Sie stecken lediglich die Köpfe zusammen, sind sich einig und treffen dann ihre Entscheidung.

So einfach würde es nicht werden, die Bürgergemeinschaften der Sechs dazu zu bringen, der neuen Häresie zu folgen. Tief verwurzelte Instinkte zwangen jede Spezies dazu, so viel Nachwuchs wie möglich in die Welt zu setzen. Und auf die Zukunft gerichtete Ambitionen waren bei Wesen wie seinem Vater eine natürliche Veranlagung.

Aber nicht länger hier, auf einer Welt wie dieser.

Lark fühlte sich von der Morgenversammlung ermutigt. *In diesem Jahr werden wir einige überzeugen können. Danach mehr. Zuerst wird man uns tolerieren, später dann bekämpfen. Aber auf lange Sicht dürfen wir uns nicht auf Gewalt einlassen, sondern müssen versuchen, durch Konsens etwas zu erreichen.*

Gegen Mittag driftete Geplapper den Pfad hinauf. Die ersten regulären Pilger des Tages, äußerlich auf das Würdevollste angetan, schwatzten aufgeregt miteinander über die Freuden der Versammlung. Lark entdeckte die ersten weißgekleideten Personen hinter Schwaden und Rauchsäulen. Ihre Führer riefen Larks Gruppe Grüße zu, die von ihren Handlungen zurückkehrte und jetzt Platz machte, um die Neuankömmlinge vorbeizulassen.

Donner krachte, als die beiden Gruppen einander passierten. Sie drängten sich aneinander, und der Wind zerrte an ihren Roben. Hoon duckten sich und pressten die Hände an die Ohren, während die g'Kek ihre Augenstiele einrollten. Ein bedauernswerter Qheuen glitt über den Wegrand, konnte sich jedoch voller Verzweiflung mit einer Schere an einem knorrigen Baum festhalten.

Lark glaubte zuerst, es habe eine weitere Gaseruption gegeben.

Als dann der Boden bebte, hielt er die Sache für eine unterirdische Explosion.

Erst später sollte er erfahren, dass der Knall nicht von Jijo erzeugt worden, sondern vom Himmel gekommen war. Das Schicksal hatte sich lautstark angekündigt, und die Welt, die er kannte, sollte abrupt ihr Ende finden, bevor er noch damit gerechnet hatte.

Asx

Die im Sternenschiff erzeugten eine kleine Öffnung in der glänzenden Flanke des Gebildes. Durch dieses Portal sandten sie einen Emissär, und bei diesem handelte es sich um ein Wesen, wie es die Gemeinschaften noch nie zu sehen bekommen hatten.

Einen Roboter!

Unser Assoziationsring besaß Zugang zu den Myriaden feuchter Speicherdrüsen, gab dort die Konturen des Roboters ein und erhielt zur Antwort die Erinnerung an eine Illustration, die wir einmal in einem Menschenbuch gesehen hatten.

Was war das für ein Buch? Ach ja, danke mir – *Jane's Survey of Basic Galactic Tools*. Eine der extrem seltenen Früchte des Großen Buchdrucks, die überlebt haben.

Genau wie in dem antiken Werk abgebildet, präsentierte sich dieser Gleitmechanismus als schwarzer, achteckiger Klotz. Er besaß die Größe eines jungen Qheuen und schwebte in Höhe meines Sichtrings über dem Boden. Eine Reihe von glänzenden Zusätzen war auf ihm angebracht oder hing von der Unterseite herab. Von dem Moment an, in dem die Luke sich hinter ihm geschlossen hatte, ignorierte der Roboter alle Terrainkonturen und hinterließ eine deutlich sichtbare Spur, auf der Gras, Steine und Lehm wie von einer unsichtbaren Kraft plattgedrückt zurückblieben.

Wo immer er uns näher kam, wichen die Pilger zitternd zurück. Nur eine Gruppe blieb stehen und erwartete das Wesen, das nicht aus Fleisch und Blut war: wir Weisen. Die Verantwortung war der grausame Anker, der uns hier festhielt, und zwar so unerschütterlich, dass sogar mein Basissegment wie erstarrt an Ort und Stelle blieb, obwohl es vor lauter Verlangen, die Flucht zu ergreifen, bebte und vibrierte. Der Roboter – oder besser gesagt, seine Herren im Schiff – schienen also genau zu wissen, wer das Recht (oder die Pflicht) hatte, die Verhandlungen zu führen. Das schwebende Maschinenwesen hielt zögernd vor Vubben inne und studierte den Ältesten unter uns fünf oder sechs Duras lang, vielleicht weil es die große Ehrfurcht spürte, die wir alle für den Weisesten unter den g'Kek empfanden. Dann glitt es ein Stück zurück und sah uns alle an.

Ich verfolgte sein Tun mit verwunderter Ehrfurcht. Immerhin handelte es sich bei diesem Gebilde um ein Ding wie die Flussboote der Hoon oder eine der Gerätschaften, die die abgereisten Buyur zurückgelassen hatten. Nur können die Geräte, die wir herstellen, nicht fliegen oder schweben, und die Überbleibsel der Buyur scheinen das Interesse daran verloren zu haben, uns mit so etwas zu erfreuen.

Dieser Kasten aber konnte sich nicht nur bewegen, sondern auch sprechen. Er begann damit, die frühere Botschaft zu wiederholen:

»Untersuchung lokal/einzigartig Lebensformen wir erbitten Ihr freundlich/großzügig Hilfe.
Wissen/Kenntnis um lokal/hiesig Biosphäre Sie gewiss/mutmaßlich haben.
Werkzeuge und nützlich/gebrauchsfertig Apparate wir bieten im Tausch.
Wir sollen beginnen vertrauensvoll gegenseitig/gemeinsam Austausch?«

Unsere Rewq waren hier natürlich nutzlos. Sie schrumpelten sogar unter dem Ansturm unserer Notlage zusammen. Dennoch berieten wir Weisen uns. Nach dem gemeinsam getroffenen Beschluss rollte Vubben auf den Boten zu. Seine alten Räder quietschten von der Anstrengung. Er bewies jedoch Disziplin, indem er alle Augenstiele auf den fremden Apparat richtete, obwohl er sicher eine Heidenangst vor ihm hatte.

»Arm Ausgestoßene wir sein«, begann er in den synkopischen Klick-, Schnalz- und Pfeifgeräuschen des Galaktik Zwei. Obwohl unsere ursischen Vettern und Basen sich gern dieser Sprache bedienen und sie untereinander nahezu ausschließlich benutzen, galt doch der g'Kek Vubben allgemein als unerreichter Meister ihrer Semantik und Grammatik.

Und das kam ihm besonders jetzt zugute, wo er doch den Fremden einen Haufen Lügen auftischen wollte.

»Arm Ausgestoßene wir sein, unwissend und gestrandet.
Erfreut wir sein und begeistert/ekstatisch über dies wundersam Ding.
Rettung uns endlich zuteilwerden soll.«

Sara

Ein gutes Stück vom Dorf Dolo entfernt, grub sich der Fluss seinen Weg durch ein großes Marschland, in dem selbst die Hoon-Seeleute gelegentlich die Orientierung verloren, vom Hauptkanal abkamen und endlich zwischen Wurzeln und Ästen steckenblieben oder auf einer Sandbank auf Grund liefen. Normalerweise wartete dann die kräftige und geduldige Mannschaft des Müllschiffs *Hauph-woa* ab, bis der Wind und das rhythmische Heben und Senken des Flusses ihr dabei half, den Kahn wieder flottzumachen. Aber wir befanden uns nicht in normalen Zeiten. Also nahmen sie die grünen Umhänge ab, offenbarten dabei Nervositätsflecken auf ihrem klumpigen Rückgrat und befreiten die *Hauph-woa* mit langen Stangen aus einfachem Bambus. Selbst die Passagiere mussten gelegentlich mithelfen, um zu verhindern, dass der schlammige Grund sich allzu fest um den Kiel schloss und den Kahn an der Weiterfahrt hinderte. Die wenig erbauliche Stimmung an Bord beunruhigte sogar die Noor, die lauter und öfter als sonst bellten, die Masten hinauf- und hinuntereilten, einige Befehle nicht mitbekamen und gelegentlich eine Leine fallen ließen.

Schließlich, kurz vor Einbruch der Nacht, lenkte der Steuermannkapitän den reich verzierten Bug seines Schiffes am letzten Stück herabhängenden Hochgrases vorbei und erreichte den Vereinigungspunkt, wo die verschiedenen Arme des Flusses zusammenfanden und ein gemeinsames Größeres schufen. Links und rechts blieben uns die Garu-Wälder dankenswerterweise erhalten, schufen sie doch einen schutzbietenden Baldachin über uns. Und hier entließ uns die feuchtschwüle Luft auch aus ihrer Umklammerung, mit der sie uns einen harten Tag noch anstrengender gemacht hatte, und wurde frisch und klar. Eine kühle Brise strich sanft über Haut, Schuppen und Fell, während die Noor vor Begeisterung über Bord sprangen, um neben der dahingleitenden Schiffshülle herzuschwimmen. Danach kehrten sie zu uns zurück, kletterten die Masten hinauf und machten es sich dort bequem, um zu dösen oder sich zu putzen.

Sara bedankte sich bei Prity, als der Schimpanse ihr eine Holzschüssel mit ihrem Abendbrot brachte. Dann machte er es sich neben ihr bequem, fing ebenfalls an zu essen und warf das würzige Grünzeug über Bord, das die Hoon-Küchenbullen in nahezu jede Mahlzeit schnitten, die sie zubereiteten. Etliche Luftblasenreihen auf dem Wasser zeigten an, dass die Flusskreaturen nicht so pingelig waren und das Zeugs gerne fraßen. Sara machte der eigentümliche Geschmack nicht viel aus, obwohl die meisten

Erdlinge nach einigen Tagen Aufenthalt auf einem Hoon-Schiff buntschillernden Kot auszuscheiden pflegten.

Als Prity später mit ein paar Decken erschien, nahm Sara die wärmste, um damit den Fremden zu bedecken, der im Hauptladeraum vor den aufgestapelten Kisten mit Abfall schlief. Sie wischte ihm mit einem Tuch die schweißglänzende Stirn ab. Seit gestern Morgen der Bolide über den Himmel gedonnert war und sein schlechtes Omen mit sich gebracht hatte, hatte der Fremde keinen Funken Lebhaftigkeit mehr gezeigt.

Sara hegte große Befürchtungen, ob es wirklich richtig war, einen so schwer verwundeten Mann auf eine so überstürzte und anstrengende Reise mitzunehmen. Aber die Klinik in der Stadt Tarek genoss weit und breit den besten Ruf. Und hier an Bord konnte sie ihn wenigstens im Auge behalten, während sie ihrer anderen Pflicht nachging – eine, die man ihr gestern Nacht bei der erregten Debatte im Versammlungsbaum ohne große Umschweife einfach übertragen hatte.

Pzora war ebenfalls hier und ragte wie ein dunkler Turm neben ihr auf. Er schlief zwar, überwachte aber dennoch den Zustand seines Patienten. Der Apotheker sonderte in regelmäßigen Abständen Dampfstöße aus dem Wulst ab, der selbständig und ad hoc Arzneien herstellte, und zwar auf eine Weise, die selbst die besten Wissenschaftler auf Jijo nicht verstehen konnten, von den Traeki selbst ganz zu schweigen.

Sara legte sich eine von den g'Kek gewebte Decke um die Schultern, drehte sich um und betrachtete ihre Mitreisenden.

Jomah, der junge Sohn von Henrik, dem Sprengmeister, hatte sich nicht weit vom Laderaum entfernt zusammengerollt und schnarchte leise vor sich hin. Schließlich war er zum ersten Mal von Zuhause fort, und das Abenteuer hatte ihn sehr müde gemacht. Am Mast hockte Jop, der rotwangige Delegierte, den die Viehzüchter, Farmer und Kleinbauern von Dolo ausgesandt hatten, und studierte im trüben Licht die in Leder gebundene

Abschrift irgendeiner Schriftrolle. An der Steuerbordreling kniete Ulgor, die Urs-Hausiererin, die schon auf der Dorfversammlung gesprochen hatte, und sah dem Qheuen-Holzschnitzer Klinge bei der Arbeit zu. Dieser gehörte zu den zahllosen Söhnen der Matriarchin Baumbeißer. Klinge hatte einige Jahre unter den gebildeten grauen Qheuen in der Stadt Tarek gelebt, und so war er nahezu zwangsläufig von dem Qheuen-Bau in Dolo als deren Repräsentant auf die Reise geschickt worden.

Ulgor zog einen zitternden Rewq aus ihrem moosumrandeten Hautbeutel – einen der Symbionten, die auf Urs-Schädel zugeschnitten waren. Die Membrane kroch über die drei Augen und erschuf dort die offenbarende Maske. Währenddessen setzte sich Klinges Rewq auf den Sehstreifen, der seinen melonenförmigen Kopfauswuchs teilte. Der Qheuen zog die Beine ein und ließ nur die Scheren frei, um mit ihnen arbeiten zu können.

Die beiden unterhielten sich in Pidgin-Galaktik Zwei, einem Bastard-Dialekt, der für menschliche Zungen, um es höflich auszudrücken, ungeeignet war. Der Wind tat ein Übriges, indem er die Pfeif- und Zischlaute davontrug und nur die tieferen Klick- und Schnalzlaute übrigließ. Aus diesem Grund machte das Paar sich wahrscheinlich auch nicht die geringsten Sorgen darüber, dass jemand sie belauschen könnte.

Doch wie es oft der Fall war, unterschätzten auch diese beiden die Reichweite des menschlichen Hörvermögens.

Vielleicht verlassen sie sich auch auf den allgemein akzeptierten Anstand, dachte Sara ironisch. In der letzten Zeit hatte sie sich zu einer richtigen Lauscherin entwickelt, obwohl das doch für eine ansonsten schüchterne und zurückgezogen lebende junge Frau eher ungewöhnlich, wenn nicht gar unschicklich war. Aber ihre jüngst entwickelte Begeisterung für Sprache und Linguistik war dafür verantwortlich zu machen. Doch hier und jetzt erwiesen sich Müdigkeit und Erschöpfung stärker als Neugier und Wissensdurst.

Lass die beiden doch in Ruhe. In Tarek wirst du noch mehr als genug Gelegenheit erhalten, Dialekte zu studieren.

Sie begab sich mit ihrer Decke zu zwei Kisten, die Nelos Zeichen trugen und den heimeligen Duft von Dolos Papiermühle verbreiteten. Seit der frenetischen Dörflerzusammenkunft hatte sie noch nicht viel Zeit zur Ruhe gefunden. Nur wenige Stunden nach der Vertagung hatten die Dorfältesten einen Boten geschickt, der ihr ausgerichtet hatte, zu welchem Auftrag sie auserkoren worden war – nämlich eine Delegation den Fluss hinunterzuführen und nach Antworten und Leitung zu suchen. Als intime Kennerin der Bibliothek von Biblos war sie für beide Aufgaben bestens geeignet, und darüber hinaus konnte sie die Handwerker des Dorfes als Delegierte vertreten, so wie Jop es für die Bauern und Klinge es für die Fluss-Qheuen tat. Die Gesandtschaft setzte sich außerdem aus Ulgor, Pzora und Fakoon, einem g'Kek-Schrifttänzer, zusammen. Da man den Delegierten bereits eine Passage auf der *Hauph-woa* gebucht hatte, konnten sie nur schlecht ablehnen. Zusammen mit dem Schiffskapitän hatte man somit einen Vertreter aus jeder Spezies dabei, und die Dorfältesten hielten das für ein gutes Omen.

Sara fragte sich, warum Jomah mitgeschickt worden war. Warum sollte Henrik seinen jungen Sohn eine Reise antreten lassen, die selbst in ruhigen Zeiten nicht frei von Gefahren war?

»Er wird schon wissen, was er zu tun hat«, hatte der wortkarge Sprengmeister erklärt, als er den Knaben unter Saras Obhut gestellt hatte, *»sobald ihr in der Stadt Tarek angelangt seid.«*

Wenn ich das für mich selbst doch auch behaupten könnte, sorgte sie sich. Es war ihr nicht möglich gewesen, diesen Auftrag abzulehnen, sosehr sie sich auch dagegen gewehrt hatte.

Erst ein Jahr ist vergangen, seit Joshu gestorben ist – und Scham und Kummer dich in eine Einsiedlerin verwandelt haben. Aber wen interessiert es schon, dass du dich wegen eines Mannes zur Närrin gemacht hast, der niemals der deine werden konnte? Das scheint nichtig und gering angesichts des Umstands, dass die Welt, wie wir sie kennen, zum Untergang verurteilt ist.

Und Sara machte sich in dieser Nacht Sorgen.

Ob mit Dwer und Lark alles in Ordnung ist? Oder ist es auf der großen Versammlung bereits zum Schlimmsten gekommen?

Sie spürte, wie Prity sich neben ihr zusammenrollte, um mit ihr die Körperwärme zu teilen. Der Hoon-Steuermann grollte eine süßliche Melodie, deren Worte keiner der Sprachen zu entstammen schienen, die Sara kannte, aber dennoch eine Gelassenheit ausdrückten, die nur aus Geduld und innerer Ruhe geboren sein konnte.

Alles kommt so, wie es kommt, und am Ende ist immer noch alles gut ausgegangen, schien das Lied ihr mitteilen zu wollen.

Der Schlaf und die Erschöpfung nahmen endlich von ihr Besitz, und das Letzte, was Sara dachte, war

Das … hoffe … ich … sehr …

Später, mitten in der Nacht, wurde sie von einem Traum aus dem Schlaf gerissen. Sie fuhr hoch und hielt die Decke vor sich, als wolle sie sich damit schützen. Sara blickte auf den friedlich dahintreibenden Fluss, der von den zwei Monden beschienen wurde. Dennoch klopfte ihr Herz wie rasend, als sie sich von den grässlichen Bildern des Albtraums zu befreien suchte.

Flammen.

Mondlicht trieb über das Wasser und verwandelte sich vor ihren Augen in Feuer, das am Steindach der Bibliothek hinauffuhr und den Himmel mit der Hitze und dem schwarzen Ruß einer halben Million verbrannter Bücher bedeckte.

Der Fremde

Ohne so recht bei Bewusstsein zu sein, ist er hilflos und nicht in der Lage, der dunklen Bilder Herr zu werden, die durch das abgeschlossene Universum seines Geistes rollen.

Es ist ein enges Universum – schmal und überall begrenzt –, und dennoch wimmelt es in ihm von Sternen und Konfusion. Von Galaxien und Bedauern. Von Sternennebeln und Schmerz.

Und von Wasser.

Wasser ist immer dabei. Von dichten schwarzen Eisfeldern bis hinauf zu den Raumwolken, die so diffus sind, dass man nicht glauben möchte, in ihnen könnten sich Gebilde von der Größe von Planeten drängen. Lebewesen, so langsam und dünn wie Rauch, die durch einen vakuumartigen See schwimmen.

Manchmal glaubt er, das Wasser werde ihn nie allein lassen. Und auch daran hindern, einfach zu sterben.

Auch jetzt hört er sie wieder, die intensive Musik des Wassers, die sein Delirium durchdringt. Diesmal erreicht sie in Gestalt von leisem Klatschen sein Ohr – das Geräusch, das Schiffsbretter erzeugen, wenn sie durch einen sanften Wasserlauf pflügen. Es kommt ihm so vor, als würde ein Schiff ihn von einem Ort forttragen, dessen Namen er vergessen hat, und zu einem anderen Ort bringen, dessen Namen er nie erfahren wird. Das Klatschen und Platschen wirkt beruhigend auf ihn. Diese Melodie ist so ganz anders als das Saugen und Schmatzen in dem furchtbaren Sumpf, wo er sich schon halb damit abgefunden hatte, dort ertrinken zu müssen …

… so wie er schon einmal beinahe ertrunken wäre, vor langer, langer Zeit, als die Alten ihn trotz seiner Gegenwehr gezwungen hatten, in einen Glasbehälter zu steigen, den sie dann mit einer Flüssigkeit füllten, die alles, womit sie in Berührung kam, auflöste.

… so wie er einmal auf jener grün-grün-grünen Welt um Atem gerungen hatte, deren dicke Luft nicht dazu geschaffen war, einen mit den lebensnotwendigen Stoffen zu versorgen, während er halbblind weiter-

gestolpert war, um den furchtbar schimmernden Turm von Jophur zu erreichen.

... so wie zu der Zeit, als sein Körper und seine Seele sich zerschlagen, getreten und geschunden gefühlt hatten und er nicht einmal in der Lage gewesen war, etwas Luft zu schöpfen, während er durch den engen Gang gekrochen war, der ihm die Haut von den Knochen zu zerren drohte ... bevor er unvermittelt in das Land geplumpst war, in dem sich grelles Licht weiter und weiter und weiter ausbreitete, bis ...

Sein Geist rebelliert und zieht sich vor kurzen, unzusammenhängenden Bildern zurück.

In seinem Fieber kann er nicht ermessen, welche von ihnen der Erinnerung entspringen, welche verzerrt wiedergegeben werden, welche sein beschädigtes Gehirn aus dem Stoff des Albtraum entwickelt hat ...

... wie der Kondensstreifen (Wasser!) eines Sternenschiffes, das den blauen Himmel der Welt zerteilt, die ihn an sein Zuhause erinnert hat.

... wie der Anblick von Wesen, die so aussehen wie er selbst (noch mehr Wasser) und auf einer Welt leben, auf die sie eindeutig nicht gehören.

Mitten in das Chaos seiner fiebrigen Halluzinationen drängt sich ein neuer Eindruck.

Irgendwie weiß er, dass dieser nicht aus seinem Delirium geboren wurde, sondern von einem realen Ort stammt. Er hat das Gefühl, etwas berühre ihn, streiche sanft über seine Stirn. Ein Reiben, das von einer beruhigenden Stimme begleitet wird. Er versteht den Sinn ihrer Worte nicht, heißt das Gefühl aber sehr willkommen, auch wenn er weiß, dass es eigentlich gar nicht vorhanden sein darf, weder hier noch jetzt.

Aber die Berührung beruhigt ihn und hilft ihm, sich nicht ganz so allein zu fühlen.

Irgendwann gelingt es ihr sogar, die schrecklichen Bilder zu verdrängen – die Erinnerungen und die Träume –, und nach einer Weile gleitet er vom Fieberwahn in die erholsame Ruhe des Schlafs.

FÜNFTER TEIL

DAS BUCH VOM MEER

Wenn Gericht gehalten wird, wird man dich nach den Toten fragen.
Welche wunderbaren und einzigartigen Lebensformen sind ausgestorben, bloß weil ihr Planetenbesetzer euch eine verbotene Welt ausgesucht habt, um euch auf ihr niederzulassen?
Und wie steht es mit euren eigenen Toten?
Euren Leichen, Kadavern und sonstigen Dingen?
Euren Werkzeugen und Apparaten?
Wie habt ihr euch ihrer entledigt?
Seid rechtschaffen, Sooner von Jijo.
Zeigt, wie sehr ihr euch bemüht habt.
Lasst die Konsequenzen eures Verbrechens möglichst klein erscheinen – des Verbrechens, das Leben beleidigt zu haben. Straftaten und ihre Bestrafung fallen geringer aus, wenn man die simple Wahrheit berücksichtigt, dass weniger manchmal mehr ist.

Die Ratgeber-Schriftrolle

Alvins Geschichte

Die Guenn-Bergbahn führt steil vom Hafen Whupon bis hoch oben zur Werkstatt von Uriel, der Schmiedin, hinauf. Die Schienen sind schmal, und das Bähnchen ist klein und kaum zu entdecken, selbst dann nicht, wenn man angestrengt Ausschau hält. Die Weisen erlauben die Bahn nur, weil sie für Uriel die einzige Möglichkeit darstellt, ihre Werke hinunter auf den Markt zu befördern. Außerdem wird sie nicht mit künstlichen, sondern mit natürlichen Energien betrieben: Das Wasser einer hoch oben in den Bergen befindlichen heißen Quelle wird in den Tank des Waggons gegossen, der gerade an der oberen Station wartet. Währenddessen entleert man den Tank des Waggons, der unten steht. Dieser ist nun viel leichter als der obere, selbst dann, wenn Passagiere zusteigen. Sobald alle an Bord sind, wird die Bremse gelöst, und der obere Waggon rollt nach unten. Er zieht dabei an einem Kabel, das seinerseits den unteren Waggon nach oben bewegt.

Zugegeben, das hört sich nach einem Kinderspielzeug an, aber mit dieser Methode gelangt man ziemlich rasch nach oben oder unten, und auf halber Strecke bekommt man schon einmal einen tüchtigen Schrecken, wenn der andere Waggon auf der Einspurstrecke genau auf einen zuzurasen scheint. Aber dann kommt die Ausweichstelle, und der entgegenkommende Wagen saust so rasch an einem vorbei, dass man ihn nur als Schemen vorbeirasen sieht. Was für ein aufregendes Erlebnis!

Die Gleisstrecke ist etwa vierzig Bogenschüsse lang, aber das Wasser im von oben kommenden Waggon ist immer noch kochend heiß, wenn es die Bodenstation erreicht. Aus diesem Grund sind die Dorfbewohner auch hocherfreut, wenn Uriel ihre Waren am Waschtag nach unten schickt.

Ur-ronn hat uns erzählt, dass ein Stück Buyur-Kabel, das man irgendwo geborgen hat, dieses kleine Wunder erst ermöglicht hat. Bei diesem Fund handelt es sich also um einen echten Schatz, der niemals ersetzt werden kann.

Der Berg Guenn verhielt sich heute brav. Nicht allzu viel Asche trieb durch die Luft, und ich hätte meinen Mantel gar nicht mitzunehmen brauchen. Huck trug trotzdem ihre Schutzbrille, ein Glas über jedem Augenstiel, und Schere musste sich Wasser über seinen roten Rückenpanzer spritzen, als die Luft dünner wurde und Whupon unter seinem grünen Tarnnetz wie eine Spielzeugstadt aussah. Die dichten Büsche von Tieflandbambus wurden bald von Heckenreihen vielstämmiger Gorreby-Stämme ersetzt, und diesen folgten dichte Gestrüppinseln, die stetig dünner wurden, je höher wir aufstiegen. Dieses Terrain war ganz gewiss nicht für die roten Qheuen geschaffen; aber Schere war noch viel zu aufgeregt über die Mitteilung von Ur-ronn.

»Habt ihr es gehört? Das Fenster ist fertig! Das letzte wichtige Teil, das uns noch für das Tauchboot gefehlt hat. Nur noch ein bisschen Arbeit, und es kann losgehen-ehen!«

Huck schnaubte nur ungnädig. Sie hatte diese menschliche Geste ziemlich gut drauf. Meist liest man nur von ihr, aber wir hatten das Glück, sie vorgeführt zu bekommen, und zwar nicht eben selten – nämlich immer dann, wenn Mr. Heinz, unser Schulmeister, eine Antwort von uns zu hören bekommt, die nicht dem entspricht, was er erwartet hat.

»Toll«, murrte Huck. »Jetzt kann der Trottel, der in dem Ding fährt, auch noch sehen, was ihn fressen will.«

Das brachte mich zum Lachen. »Aha, du gibst also endlich zu, dass es doch so etwas wie Seeungeheuer geben könnte.«

Die g'Kek richtete drei überraschte Augenstiele auf mich. Es kommt nicht oft vor, dass ich sie so kalt erwische.

»Ich gebe höchstens zu, dass ich lieber etwas mehr als nur ein Stück ursisches Glas zwischen mir und dem haben möchte, was auch immer sich da unten herumtreiben mag – *zwanzigtausend Meilen unter dem Meer!*«

Ich muss gestehen, dass mich diese Haltung etwas verwirrte. Bitternis gehörte sonst nie zu Hucks Eigenschaften. Ich versuchte, sie abzulenken und so ihre Stimmung zu heben.

»Hört mal, hat eigentlich irgendwann mal jemand herausgefunden, wie lang eine Seemeile ist? Jules Verne hat sich doch wohl bei seinem Buchtitel auf See- und nicht etwa Landmeilen bezogen, oder?«

Zwei von Hucks Augen sahen einander an und richteten sich dann mit schelmischem Blick wieder auf mich.

»Ich habe das einmal im Lexikon nachgesehen, aber die Erklärung erschien mir zu *weit* hergeholt.«

»Hört mal, ihr zwei, wenn ihr jetzt anfangt …«, beschwerte sich Schere.

»Wenn jemand die Antwort darauf weiß«, ließ ich ihn nicht weiterreden, »dann muss er sicher von *weit* herkommen.«

»Moment mal«, Huck klopfte auf ihre Speichen, »dann müsstest du im Unterricht aber viel *weiter* sein, um die Erklärung überhaupt verstehen zu können!«

»Hm, ich fürchte, das geht mir jetzt aber etwas zu *weit* …«

»Oh-oh-oh-oh-oh!«, äußerte Schere aus allen fünf Beinmündern gleichzeitig und täuschte damit höchsten Schmerz vor.

So verbrachten wir die Zeit, während wir in das kalte Schlechtland aufstiegen, wo Leben kaum noch möglich ist. Wahrscheinlich hatte mein Dad recht, wenn er uns eine Bande von Nachäffern nannte. Galaktik Zwei und Galaktik Sechs machen in dieser Hinsicht überhaupt keinen Spaß. Man kann mit ihnen einfach keine Kalauer bilden. In Galaktik Sieben ist das schon eher möglich, aber in dieser Sprache bringt das die Zuhörer nicht so sehr zum Jaulen und Aufheulen.

Das Land wurde noch öder, je näher wir dem Gipfel kamen, wo immerwährender Dampf die breiten Schultern des Guenn verbirgt und den heißen Atem aus Uriels Schmiede in sich aufnimmt. Hier sind einige der alten Vulkanauswürfe kristallisiert, und diese Flächen reflektieren schimmernde Farben, die sich drehen und bewegen, wenn man an ihnen vorbeizieht. Nicht weit von hier erstreckt sich das Zeugs, so weit das Auge reicht, über eine Giftebene, die man auch Spektralfluss nennt.

An diesem Tag war meine Phantasie auf höchst unhoonische Weise lebhaft und aktiv. Ich musste einfach die ganze Zeit über die immense Energie nachsinnen, die tief unter dem Berg blubberte. Nirgendwo kochen Jijos Innereien intensiver als unter der Region, die wir Exilanten den Hang nennen. Man erzählt uns, dass unsere verschiedenen Ahnen genau aus diesem Grund ihren Samen in diesen Teil des Planeten einpflanzten. Und nirgends sonst auf dem Hang leben die Exilanten dichter und gedrängter zusammen und laufen sich Tag für Tag über den Weg als in meiner Heimatstadt. Da kann es kaum verwundern, dass wir nie eine Familie zu Sprengmeistern gemacht haben, die unseren Ort für die völlige Zerstörung vorbereiten sollten. Ich glaube, jeder Whuponer denkt sich, dass der Vulkan die ganze Arbeit übernehmen wird, und zwar in den nächsten hundert, allerhöchstens tausend Jahren. Vielleicht aber auch schon morgen oder nächste Woche. Warum sich also die Mühe machen, sich eine Sprenger-Familie zu halten?

Man sagt uns, dass es recht ist, wenn nach dem Ausbruch keine Spur von unserer Ansiedlung übrigbleibt. Was mich betrifft, so darf sich Jijo damit ruhig noch gehörig Zeit lassen.

Obwohl ich schon mindestens ein Dutzend mal mit der Bahn gefahren bin, verwunderte es mich auch heute noch, wenn der Waggon sich am Ende des Aufstiegs unvermittelt mit einer großen Höhle konfrontiert sieht, die wie aus dem Nichts auftaucht und auf die der Schienenstrang direkt zuläuft. Vielleicht lag es auch daran, dass wir uns vorher so viel über Monster unterhalten hatten, dass sich diesmal mein Herzrückgrat zusammenzog, als das schwarze Loch vor uns sich immer weiter auftat und wir wie von einem hungrigen Maul verschlungen zu werden drohten, das sich im Gesicht dieses wütenden, impulsiven Bergs befand.

Die dunkle Stille im Innern der Höhle war plötzlich heiß und staubtrocken. Ur-ronn erwartete uns an der Stelle, an der der Waggon ruckend zum Stehen kam. Die Urs wirkte sehr aufgeregt. Sie klapperte mit allen vier Hufen auf der Stelle, während sie uns mit den stummelartigen Arbeitsarmen die Tür aufhielt. Ich half Huck aus dem Wagen. Der kleine Huphu ritt auf Scheres Rücken. Er hatte die Augen weit aufgerissen, als sei er auf alles gefasst.

Vielleicht war der Noor zu allem bereit, aber Huck, Schere und ich traf das, was Ur-ronn jetzt zu sagen hatte, wie ein Keulenschlag. Sie sprach in Galaktik Sechs, weil diese Sprache für die Urs und ihre gespaltene Oberlippe am einfachsten ist.

»Ich freuen mich bis in mein Tragebeutel, dass ihr, meine Freunde, konnten kommen so rasch. Nun wir wollen rasch zu Uriel Observatorium, wo sie, schon seit Tagen, sonderbare Objekte am Himmel verfolgen.«

Ich gestehe es freimütig, dass ich nach dieser Mitteilung wie vom Donner gerührt war. Wie die anderen auch, starrte ich die Urs mehrere Duras lang an. Und plötzlich, von einem Moment auf den nächsten, tauten wir alle gleichzeitig aus unserer Erstarrung auf.

»Hmmm, du kannst doch nicht …«

»Was soll das heißen …«

»Hast du da etwa gerade gesagt …«

Ur-ronn stampfte mit dem linken Vorderhuf auf. »Ich kann, und es heißt genau das, und ich habe das gerade wirklich gesagt! Uriel und Gybz behaupten, eines oder mehrere Sternenschiffe entdeckt zu haben, und das schon vor ein paar Tagen. Und mehr noch, bei der letzten Sichtung schienen sie sich alle zur Landung vorzubereiten!«

SECHSTER TEIL

DAS BUCH VOM HANG

Legenden

Es erscheint einem wie eine Ironie, dass die meisten der nächtlichen Sternenkonstellationen ihren Namen von den Menschen erhielten, der jüngsten Exilantenspezies. Keiner der früheren Spezies war vorher auf die Idee verfallen, Gruppen von Sternen, die in Wahrheit gar nicht zusammenstehen, hübsche, wohlklingende Namen zu verleihen und sich dabei aus dem Reich der Tierwelt oder der Mythen zu bedienen.

Diese eigentümliche Sitte stammt eindeutig von der ungewöhnlichen Herkunft als Waisenspezies ab – schließlich sind sie ohne die leitende Hand einer Patron-Spezies ins All vorgestürmt. Wir nennen sie Wölflinge, weil sie in ihrer Evolution selbst auf diese Stufe gelangt sind. Alle anderen weisen oder sapienten Spezies besaßen einen solchen Patron – die Hoon zum Beispiel die Guthatsa, und die g'Kek die Drooli –, ältere und reifere Spezies, die bereit waren, eine jüngere, unreifere an die Hand zu nehmen und zu den Sternen zu führen.

Doch nicht so die Menschen.

Dieser Mangel beeinträchtigte den Homo sapiens in vielfältiger und einzigartiger Weise.

Zahllose bizarre Vorstellungen erblühten unter den terranischen Kulturen, während sie ihren einsamen und dunklen Aufstieg begannen. Ideen von der Art eben, wie sie erhobenen Spezies nie einfallen würden, die schließlich von Anfang an von ihren Patronen mit den Naturgesetzen vertraut gemacht worden waren.

Wie zum Beispiel das abstruse Konzept, Punkte am Nachthimmel mittels Linien zu fiktiven Kreaturen zu verbinden.

Als die Erdlinge diesen Brauch auf Jijo einführten, reagierten die früheren Exilanten mit Erstaunen, ja teilweise sogar mit Misstrauen darauf. Doch bald gewöhnten sich die anderen daran, und mehr noch, diese Praxis schien den Sternen etwas von ihrem Schrecken zu nehmen. Die g'Kek, Hoon und Urs fingen an, ihre eigenen Sternenmythen zu entwickeln, während die Qheuen und Traeki froh waren, bereits aus früheren Zeiten eigene Geschichten zu besitzen.

Seit der Ankunft des Friedens haben sich die Gelehrten darum gestritten, ob sie sich an dieser Geschichte beteiligen sollten. Einige von ihnen erklärten, solche Primitivität verhelfe den Sechsen dazu, sich auf geradem Weg in die Fußstapfen der Glaver zu begeben. Dies wiederum kam denen gelegen, die immer schon darauf drängten, wir sollten so rasch wie möglich die Straße der Reue und Erlösung beschreiten.

Andere vertraten den Standpunkt, dass es sich mit dieser Taufe der Sternensysteme genauso verhielte wie mit dem Bücherschatz in Biblos – beides sei eine Ablenkung von der einfachen Klarheit des Gedankens, die uns Exilanten dabei helfen werde, unser Ziel zu erreichen.

Dann wiederum gab es diejenigen, denen diese Sitte schlicht und ergreifend gefiel, weil man sich damit besser fühle und sie außerdem die Kunst mit einer Fülle neuer Motive versorge.

Kulturelle Bräuche am Hang von Ku-Phuhaph Tuo
Verlegerinnung von Ovoom,
im Jahre des Exils 1922.

Asx

Wer hätte sich schon vorstellen können, dass Roboter so etwas wie Überraschung zeigen können? Doch haben wir nicht ein unverwechselbares Zurückzucken, ein metallisches Knirschen als Reaktion auf Vubbens faustdicke Lüge erlebt? Improvisierte Falschheit, die Ur-jah und Lester aufgrund der schieren Notwendigkeit ersonnen hatten. Beide waren schließlich mit der Gabe der raschen Denkfähigkeit gesegnet, und ihre heißblütigen Stämme waren stolz auf solches Talent.

Die ersten Schriftrollen – bloße zehn Kilowörter, die von den ersten g'Kek-Pionieren auf polymeren Barren hinterlassen worden waren – warnen mehrfach und verschiedentlich davor, dass der Untergang vom Himmel fallen könnte. Neuere Schriftrollen wurden diesem Gedankengut durch die Glaver, die Hoon und die Qheuen hinzugefügt. Nicht gleich allerdings, denn ursprünglich horteten sie ihre Schätze eifersüchtig, und erst als sich die Gemeinschaften bildeten, teilten sie mit den anderen. Und schlussendlich kamen die Menschen mit ihrer wahren Flut von papiernen Büchern. Doch selbst das Große Druckhaus konnte nicht alle Möglichkeiten verbreiten, die uns befallen würden.

Unter den wahrscheinlichsten Hypothesen war die, dass die Galaktischen Institute, denen es oblag, die Quarantäne der Planeten zu überwachen und durchzusetzen, eines Tages auf uns stoßen würden. Oder die, dass die titanischen Kreuzer der großen Patrone-Clans unsere Verletzung derselben erspähen würden, sobald das glühende Auge von Izmunuti eines Tages keine Lust mehr hatte, die Winde der verbergenden Nadeln auszuspucken – falls es jemals dazu kommen würde.

Es gab natürlich noch andere Möglichkeiten. So brüteten wir

zum Beispiel darüber, was zu tun sei, wenn einer der großen Kugelraumer der wasserstoffatmenden Zang über einer unserer Städte auftauchte, um zur Strafe für unser Vergehen frierenden Dampf auf uns herabregnen zu lassen. Diese und viele andere potentielle Ereignisse haben wir wieder und wieder diskutiert, nicht wahr, meine Ringe?

Aber so gut wie nie die Möglichkeit, die uns dann tatsächlich heimsuchen sollte – die offene Ankunft von Desperados.

Wir waren bislang immer davon ausgegangen, dass für den Fall eines tatsächlichen Auftauchens von Übeltätern diese es tunlichst vermeiden würden, sich uns in irgendeiner Weise bemerkbar zu machen. Wenn sie schon eine Welt auf ihre Reichtümer hin untersuchen wollten, würden sie sich dann überhaupt um diese erbärmlichen Dörfer von ein paar armseligen Wilden kümmern, die sich in einer kleinen Ecke von Jijo zusammengedrängt hatten und so weit wie nur möglich von einstiger Größe entfernt waren?

Und dann kamen sie wirklich und tauchten mit einer Unverfrorenheit in unserer Mitte auf, die für uns etwas Beunruhigendes an sich hatte.

Der robotische Bote dachte für volle zehn Duras über Vubbens Erklärung nach und antwortete dann mit einer knappen Frage:

»Ihr Anwesenheit auf dieser Welt sein Missgeschick/Zufall?«

Erinnert ihr euch, meine Ringe, an die kurze Erregung, die daraufhin die Verbindungsmembranen zwischen uns durchfuhr? Die Herren des Roboters waren verblüfft, verwundert, nicht auf uns vorbereitet! Entgegen aller Vernunft und trotz ihrer Überlegenheit hatten wir, zumindest für den Augenblick, die Initiative gewonnen.

Vubben kreuzte zum Zeichen seiner Abgeklärtheit zwei Augenstiele.

»Eure Frage implizieren Zweifel.

Mehr noch als bloß Zweifel sie geben zur Vermutung Anlass, Sie haben große Bedenken bezüglich unserer Motive.

Diese Vermutung legen womöglich ungeheuerlichen Verdacht auf Schultern unserer Vorfahren.

Verdächtigen Sie uns der schändlichsten Vergehen?«

Wie überaus geschickt eingefädelt von Vubben, sie derart auf eine falsche Spur zu setzen. Seine Worte waren so dicht und unentrinnbar wie das Netz einer Mulch-Spinne. Er verneinte nichts und sprach auch keine offene Lüge aus. Und dennoch sprach das, was er nicht in Worte fasste, Bände.

»Vergebung für nicht intendierte/unbeabsichtigte Beschuldigungen«, entgegnete die Maschine rasch, fast schon hastig. *»Wir euch halten für Abkömmlinge von Schiffbrüchigen. Das Schiff eurer gemeinsamer Vorfahren müssen gesegelt sein unter ungünstigem Stern. Und müssen unterwegs gewesen sein in ehrenvoll Auftrag, daran wir hegen nicht geringsten Zweifel.«*

Damit hatten sie sich selbst endgültig als Lügner entlarvt. Daran bestand nun für uns nicht mehr der geringste Zweifel!

Dwer

Der Jäger verließ das zerklüftete Rimmer-Gebirge und führte Rety und die anderen hinab in das Hügelland, das sich bis zum Meer erstreckte und der Hang genannt wurde – das Reich der Sechs.

Dwer versuchte, seine geheimnisvolle junge Gefangene zum Reden zu bewegen und etwas von sich zu erzählen. Aber seine ersten diesbezüglichen Bemühungen wurden nur mürrisch und einsilbig beantwortet. Offenbar ärgerte sich die junge Frau darüber, dass er so viele Schlüsse aus ihrem Betragen, ihrer Tierhautkleidung und ihrer Sprache ziehen konnte.

Tja, was hast du erwartet? Dass du einfach über die Berge kommen und unsere Dörfer betreten kannst, ohne dass dir jemand eine Frage stellt?

Allein schon die Narbe in ihrem Gesicht würde für Aufmerksamkeit sorgen. Natürlich waren auch am Hang Entstellungen nichts Ungewöhnliches. Unfälle traten häufiger auf, und selbst die besten Salben der Traeki waren im Vergleich zum galaktischen Standard mäßig. Dennoch würden die Menschen Rety überall angaffen, wo sie sich zeigte.

Bei den Mahlzeiten warf sie begehrliche Blicke auf seine Tasse und seinen Teller, auf die aluminiumbeschlagene Pfanne oder auf seinen daunengefüllten Schlafsack. Auf all die Dinge eben, die das Leben etwas einfacher für die machten, deren Vorfahren vor langer Zeit den Luxus von Sternengöttern freiwillig aufgegeben hatten. Für den Jäger besaßen die Dinge, die er anhatte oder mit sich führte, in ihrer Einfachheit Schönheit: die wollenen Tuche an seinem Leib, die Stiefel mit den Sohlen aus Baumschösslingen und sogar der elegante ursische Feueranzünder. Alles natürlich Dinge von erfindungsreichen Primitiven von der Art, wie sie die Vorfahren der Wölflinge in ihrem isolierten Alleinsein auf der Erde zu allen Zeiten entwickelt hatten. Auf dem Hang hielten die meisten Exilanten solche Dinge für selbstverständlich.

Aber einem Mitglied eines Sooner-Stammes – jenen illegalen Wilden, die schmutzig und voller Neid jenseits der Exilanten hausten – mussten solche Erfindungen als Wunder erscheinen, die zu stehlen sich durchaus lohnte.

Dwer fragte sich, ob hier zum ersten Mal der Versuch unternommen worden war, sich etwas widerrechtlich anzueignen. Vielleicht war Rety einfach die Erste, die sich hatte erwischen lassen. Manche Diebstähle, für die man die Noor verantwortlich gemacht hatte, waren möglicherweise auf andere Übeltäter zurückzuführen, auf jene, die von einem fernen Einsiedlerstamm über die Berge herangeschlichen kamen.

War es das, was du vorgehabt hast? Das erstbeste Ding einzustecken, das dir unterkam, um damit zu deinem Volk zurückzukehren und dich von ihm als Heldin feiern zu lassen?

Aber irgendwie hatte der Jäger das Gefühl, dass mehr dahinterstecken musste. Rety sah sich andauernd um, als hielte sie Ausschau nach etwas oder jemandem, der oder das für sie von größter Wichtigkeit sein musste.

Dwer beobachtete sie, wie sie die eingefangene Glaverin an der Leine, die an ihrem Gürtel befestigt war, mit sich führte. Ihre kecke Gehweise war nur dazu angelegt, ihn oder jeden anderen, der ein Urteil über sie fällte, zu provozieren. Dann entdeckte er zwischen den Strähnen ihres verklebten Haars die eitrigen Male, die Bohrbienen hinterlassen hatten. Ihm wurde fast schlecht von dem Anblick. Dabei ließen sich diese Parasiten leicht mit einer bestimmten Traeki-Salbe vernichten. Aber wo das Mädchen herkam, schien es keine Traeki zu geben.

Rety rief einige unangenehme Überlegungen in ihm hervor. Wenn seine Großeltern nun die gleiche Entscheidung getroffen hätten wie die Leute des Mädchens? Sich aus welchen Gründen auch immer von den Gemeinschaften abzusetzen und sich irgendwo im weiten Land niederzulassen. Heutzutage, da Kriege – und Kriegsflüchtlinge – der Vergangenheit angehörten, traf man nur noch selten Sooner an. Der alte Fallon hatte in den vielen Jahren, in denen er über den halben Kontinent gezogen war, nur einmal eine Gruppe dieser illegalen Planetenbesetzer angetroffen. Und auch für Dwer war es die erste Begegnung mit diesen Wilden.

Was würdest du tun, wenn du so wie sie aufgewachsen wärst? Wenn du dir wie die Tiere dein Essen hättest suchen müssen und dabei genau gewusst hättest, dass hinter den Bergen im Westen ein Land voller Reichtum und Luxus liegt?

Dwer hatte den Hang noch nie in diesem Licht gesehen. Die meisten Schriftrollen und Sagen wiesen immer wieder nachdrücklich darauf hin, wie tief die Sechs bereits gesunken waren und dass sie kaum noch tiefer fallen konnten.

In dieser Nacht legte Dwer wieder Tobar-Nüsse aus, um einen Weckvogel anzulocken, und das nicht etwa, weil er morgen früh aufstehen wollte, sondern weil ihn das Geräusch des Schnabelklopfens leichter einschlafen ließ. Als Schmutzfuß beim Herannahen der Gestankwolke aufjaulte und die Schnauze mit einer Pfote bedeckte, fing Rety leise an zu kichern und zeigte zum ersten Mal ein Lächeln.

Der Jäger bestand darauf, ihre Füße zu inspizieren, bevor sie sich hinlegen durfte. Das Mädchen ließ alles mit sich geschehen, als er zwei Blasen behandelte, die sich bereits entzündet hatten. »Sobald wir auf der Versammlung sind, lasse ich dich von Heilern untersuchen«, erklärte er ihr. Keiner von beiden verlor ein Wort darüber, als er ihre Mokassins einbehielt und sie die Nacht über unter seinen Schlafsack legte.

Als sie sich unter dem Sternenbaldachin zur Ruhe gelegt hatten und nur von den glimmenden Kohlen des Lagerfeuers voneinander getrennt waren, drängte er Rety, ein paar der Sternenkonstellationen zu benennen. Ihre kurzen Antworten verhalfen ihm dazu, eine Möglichkeit auszuschließen, die ihm eben in den Sinn gekommen war – dass nämlich eine neue Gruppe von menschlichen Exilanten gelandet sei, ihr Schiff zerstört und sich dann weit vom Hang entfernt niedergelassen habe. Rety hatte überhaupt keine Vorstellung von der Wichtigkeit der Benennung einzelner Bilder am Himmel. Der Jäger konnte eine weitere Sorge streichen – die Sagen des Mädchens waren dieselben wie die seinen.

Am Morgen erwachte Dwer von einem bestimmten Geruch – ein bekanntes Aroma, das nicht unangenehm war, ihn aber auch nervös machte. Lark hatte es einmal geheimnisvoll als den von »negativen Ionen und Wasserdampf« bezeichnet. Der Jäger schüttelte Rety wach und führte sie und die Glaverin rasch unter einen Felsüberhang. Schmutzfuß folgte ihnen und bewegte sich wie ein arthritischer g'Kek. Jeder seiner Schritte schien grimmigen Hass auf alle zu frühen Morgen auszudrücken. Sie erreichten den Schutz gerade noch rechtzeitig, als auch schon der Vorhangsturm ausbrach – eine wellenförmige Regenwand, die von links nach rechts über den Berghang zog und dabei massenhaft Wasser auf alles am Boden Befindliche schleuderte. Eine Woge nach der anderen tränkte den Wald. Rety starrte mit weit aufgerissenen Augen auf den vorbeirauschenden Teppich, von dem alle Farben des Regenbogens ausgingen und der ihren Lagerplatz überschwemmte und die Hälfte der Blätter von den Bäumen riss. Offensichtlich hatte sie ein solches Spektakel nie zuvor erlebt.

Danach nahmen sie ihren Marsch wieder auf. Sie kamen gut voran, was möglicherweise an dem kräftestärkenden Schlaf der Nacht, vielleicht aber auch am Schock eines solchen Erwachens lag. Rety wirkte heute weniger verschlossen und offener für alles, was es unterwegs zu bestaunen gab. Wie zum Beispiel die Blumenwiese voller Hummelblumen – gelbe Röhren mit schwarzem Rand, die sich vom Westwind verlocken ließen und am Ende ihrer dünnen Stängel zogen und summten. Das Mädchen konnte den Blick kaum von dem Schauspiel dieses antiken Tanzes von Täuschung und Pollenflug wenden. Diese Gewächse kamen im Wetterloch jenseits des Rimmers nicht vor, wo sich die weite Ebene voller Giftgras fast bis zu den Grauen Hügeln ausbreitete.

Es ist schon eine Leistung, über das Land bis hierher zu gelangen, überlegte Dwer und fragte sich, wie sie das vollbracht haben mochte.

Die felsige Berglandschaft ging in sanftere Hügel über, und hier gab Rety es endgültig auf, ihre große Neugier zu verbergen. Sie deutete bald hierhin, bald dorthin und stellte immerzu Fragen: »Halten diese Holzstöcke deinen Rucksack oben? Machen sie ihn nicht noch schwerer? Ich wette, sie sind hohl.«

Und: »Wenn du wirklich ein Jäger bist, wo steckt dann der Rest deiner Gruppe? Oder gehst du etwa immer allein auf die Jagd?«

Und: »Wer hat deinen Bogen gemacht? Auf welche Entfernung kannst du damit etwas von der Größe meiner Hand treffen?«

»Hast du, als du noch klein warst, immer am selben Ort gelebt? Etwa sogar in einem … Haus? Hat man dir erlaubt, das zu behalten, was dir wichtig war, oder musstest du es immer zurücklassen, wenn deine Leute weitergezogen sind?«

»Wenn du wirklich an einem Fluss aufgewachsen bist, hast du dann da schon einmal einen Hoon gesehen? Wie sind die denn so? Ich habe gehört, sie sind so groß wie ein Baum, und ihre Nasen so lang wie dein Arm.«

»Heißen die *Traeki* so, weil ihre Wülste wie Wagenräder von einem Trecker aussehen? Stimmt es, dass sie im Innern zur Gänze aus Baumsäften bestehen? Essen sie wirklich nur Abfall?«

»Werden Noor eigentlich irgendwann mal müde? Ich frage mich wirklich, warum Buyur sie so gemacht hat.«

Die letzte Frage hätte Dwer sich selbst kaum besser stellen können – bis vielleicht auf den Umstand, dass Rety Buyur für einen Namen zu halten schien. Schmutzfuß war nämlich wirklich eine Nervensäge. Ständig lief er einem vor den Füßen herum, dann wieder sauste er auf der Jagd nach einem Unterholzkrabbler haarscharf an einem vorbei, und liebend gern versteckte er sich am Wegesrand und kugelte sich dann vor Lachen, wenn der Jäger ihn nicht unter einem Ast oder hinter einem Busch entdeckt hatte.

Wenn ich nicht diese Glaverin und das Mädchen im Schlepptau hätte, würde ich dich am liebsten übers Knie legen und dir deine Späße austreiben, dachte Dwer mit grimmigem Blick auf den grinsenden Noor. Doch ansonsten fühlte er sich gut. Auf der Versammlung würden sie sicher für Aufsehen sorgen und den Anwesenden tagelang Gesprächsstoff liefern.

Beim Zubereiten des Mittagessens lieh Rety sich sein Küchenmesser aus, um die Strauchhenne zu putzen, die er geschossen hatte. Dwer konnte ihren raschen Handbewegungen kaum folgen, während sie das Tier zerteilte und die guten Teile ins zischende Öl in der Pfanne, die giftigen Drüsen aber ins Abfallloch warf. Schließlich wischte sie das Messer schwungvoll ab und gab es ihm zurück.

»Du kannst es behalten«, sagte der Jäger, und das Mädchen bedankte sich mit einem scheuen Lächeln.

Danach hörte er auf, sie wie eine Gefangene zu behandeln, und wurde stattdessen zu ihrem Führer, der eine verlorene Tochter heim zu Sippe und Gemeinschaft brachte. Zumindest bildete er sich das eine Weile ein, bis sie während des Essens bemerkte: »So welche habe ich schon einmal gesehen.«

»Was für welche?«

Rety zeigte auf die Glaverin, die gemütlich im Schatten einiger im Wind schaukelnder Bambusstämme vor sich hin kaute.

»Du dachtest bestimmt, ich wäre solchen Biestern noch nie begegnet, weil ich dem da nicht zu nahe gekommen bin. Ich hatte aber Angst, es würde mich beißen. Doch ich habe solche Tiere wirklich schon einmal gesehen. Aber nur aus der Ferne. Sind gerissene Teufel und schwer zu fangen. Die jungen Männer haben einen ganzen Tag gebraucht, um eins mit dem Speer zu erledigen. Die Biester haben einen furchtbar strengen Geschmack, aber die Jungs haben das Fleisch gemocht.«

Dwer musste schlucken. »Willst du damit etwa sagen, dass dein Stamm Glaver jagt und verspeist?«

Rety sah ihn an, und ihre großen braunen Augen waren voller Unschuld. »Tut ihr das hier am Hang denn nicht? Na ja, eigentlich ist das nicht verwunderlich. Hier gibt es Wild, das sich leichter fangen lässt und auch viel besser schmeckt.«

Dwer schloss die Augen. Bei ihren Worten war ihm richtig schlecht geworden.

Aber da meldete sich in seinem Kopf eine tadelnde Stimme zu Wort: *Wolltest du nicht diese Glaverin töten, sie niederschießen, falls sie durch den Pass laufen würde?*

– Ja, aber nur als letzten Ausweg. Und ich hätte sie bestimmt nicht gegessen.

Er wusste, wie die Exilanten ihn nannten – den Wilden aus den Wäldern, der sich an kein Gesetz hält. Dwer förderte diesen Mythos nach Kräften, hielt man auf diese Weise doch seine unbeholfene Sprechweise für typisch für jemanden, der die Einsamkeit liebte – und nicht für eine Folge seiner Schüchternheit. Aber er tötete bei einer Jagd zwar rasch und mit sicherer Hand, doch nie aus Freude daran. Und nun musste er erfahren, dass die Menschen jenseits der Berge Glaver verspeisten. Die Weisen würden von dieser Neuigkeit entsetzt sein.

Seit ihm die Vermutung gekommen war, dass Rety einer Sooner-Bande angehören könnte, hatte er gewusst, dass seine Pflicht darin bestand, einen Trupp des Bürgerselbstschutzes zu dieser Gruppe zu führen und sie gefangen zu nehmen. Im Idealfall würde man sich an diese Wilden heranschleichen und sie überwältigen, um die verlorenen Vettern dann in den Schoß der Gemeinschaften zurückzuführen.

Doch mit dem, was Rety gerade in aller Unschuld von sich gegeben hatte, hatte sie ihren Stamm beschuldigt, eines der schwersten Verbrechen zu begehen. Was die Schriftrollen dazu zu sagen hatten, war eindeutig: *Was selten ist, sollst du nicht essen. Was wertvoll ist, musst du beschützen … Aber nie, niemals, sollst du etwas verspeisen, was einmal zwischen den Sternen geflogen ist!*

Ein schlechter Geschmack breitete sich in Dwers Mund aus, als ihm die Ironie der Situation bewusst wurde: Sobald man alle

Sooner zurückgeführt und vor Gericht gestellt hatte, würde es ihm obliegen, alle Glaver östlich der Rimmers aufzuspüren – und die unter ihnen zu erschießen, die sich nicht fangen lassen wollten.

Aber damit wäre ich doch noch lange kein schlechter Mensch! Schließlich will ich die Glaver nicht essen!

Rety schien zu spüren, dass etwas nicht in Ordnung war. Sie kehrte ihm den Rücken zu und starrte auf die Bambusbäume, deren junge Schösslinge gerade so dick wie ihre Taille waren. Die röhrenartigen grünen Schäfte bewegten sich wellenförmig im Wind und erinnerten an das Bauchfell des dösenden Noor, der sich zu ihren Füßen zusammengerollt hatte.

»Wird man mich hängen?«, fragte sie schließlich leise. Die Narbe an ihrer Wange, die grau war, wenn sie lächelte, schien sich nun anzuspannen und zu verfärben. »Der alte Clin sagt, dass ihr vom Hang alle Sooner aufknüpft, sobald ihr sie erwischt habt.«

»Unsinn! Um genau zu sein, hat jede Spezies ihre eigene Rechtsprechung, aber …«

»Die Alten in unserem Stamm erklären, so sei das Gesetz der Hangleute. Sie töten jeden, der östlich von den Rimmern ein freies Leben führen möchte.«

Dwer war so verärgert und irritiert, dass er zu stammeln begann: »Wieso … was … wenn du das denkst, warum bist du dann den ganzen Weg hierhergekommen? Oder stehst du vielleicht darauf, deinen Kopf in eine Schlinge zu stecken?«

Das Mädchen presste die Lippen zusammen. Dann drehte es den Kopf zur Seite und murmelte: »Du würdest es mir ja doch nicht glauben.«

Der Jäger schluckte seinen aufflammenden Zorn hinunter und fragte in freundlicherem Tonfall: »Warum stellst du mich nicht auf die Probe? Vielleicht verstehe ich dich ja besser, als du glaubst.«

Aber Rety zog sich wieder in ihren Kokon brütenden Schweigens zurück und wirkte so unansprechbar wie ein Stein.

Während Dwer das Kochgeschirr unter Wasser hielt, band das Mädchen sich wieder an die Glaverin an, obwohl er ihr gesagt hatte, sie könne sich von nun an frei bewegen. Als er zurückkam, fand er am Feuer sein Messer. Sie musste es nach seinen scharfen Worten dorthin gelegt haben.

Diese harte Ablehnung verdross ihn sehr, und so sagte er knurrig: »Machen wir, dass wir von hier fortkommen!«

Asx

Wir waren übereingekommen, unsere Verbrechen abzustufen und ein minderschweres Vergehen zuzugeben – wir würden uns auf eine eher zufällige und keineswegs geplante Besiedlung versteifen.

Natürlich ließ sich der Umstand nicht verleugnen, dass wir hier waren, dass unsere Vorfahren ihren Nachwuchs ohne Erlaubnis auf einem Planeten gezeugt hatten, der offiziell als Brachwelt klassifiziert worden war. Doch Vubbens klug gesetzte Worte ließen eher auf ein entschuldbares Missgeschick als auf eine vorsätzlich geplante und durchgeführte Schurkerei schließen.

Selbstredend würden wir die Lüge nicht allzu lange aufrechterhalten können. Sobald man die archäologischen Überreste untersuchte, würden die Institutsdetektive von der Spurensicherung rasch herausfinden, dass wir von mehreren Schiffen abstammten und nicht, wie von uns behauptet, von einem einzelnen Schiff, das mit einer gemischten Besatzung hier notgelandet war. Gar nicht erst zu reden von unserer Juniorspezies – den Menschen. Bei ihnen handelt es sich um eine Wölflingspezies, die bis vor dreihundert Jahren der galaktischen Kultur noch gar nicht bekannt gewesen war.

Warum hatten wir uns überhaupt auf einen solchen Bluff eingelassen?

Wohl aus Verzweiflung. Und aus der vagen Hoffnung heraus, dass unsere »Gäste« nicht über die geeignete Ausrüstung für genauere archäologische Untersuchungen verfügten. Sie wollten wohl nur möglichst rasch den Planeten nach verborgenen Schätzen absuchen und sich nicht mit langwierigen Grabungen aufhalten. Danach würden sie dann alle ihre Spuren verwischen und nichts lieber tun, als mit ihrem Schiff voller Konterbande hurtig wieder von hier zu verschwinden, ohne Aufsehen zu erregen. Für solche Schufte stellte unsere verlorene Kolonie von Gesetzesbrechern sowohl eine Chance als auch eine Bedrohung dar.

Sie konnten sich leicht ausrechnen, dass wir über eine Menge Kenntnisse über diesen Planeten verfügten, die ihnen bei ihrer Suche nützlich sein konnten.

Und, meine lieben Ringe, sie mussten uns außerdem als Zeugen ihrer Untaten fürchten, nicht wahr?

Sara

Niemand hatte mit einem Hinterhalt gerechnet.

Dabei war der Ort perfekt für einen solchen Überfall geeignet. Dennoch hatte niemand an Bord der *Hauph-woa* eine Vorstellung davon, dass hier Gefahr drohen könnte, bis wir unvermittelt mittendrin steckten.

Ein Jahrhundert des Friedens hatte die Animosität unter den einst eifersüchtig gehüteten Siedlungsplätzen der Alten einschlafen lassen. Nur wenige Urs- oder g'Kek-Siedler waren an Flüssen anzutreffen; denn Erstere konnten ihre Brut nicht nahe am Wasser aufziehen, und Letztere bevorzugten für ihre Räder ebenes Gelände. Trotzdem traf man Vertreter aller sechs Spezies bei den kleinen Docks an, wenn die *Hauph-woa* anlegte. Schließlich wollte jeder erfahren, was es an Neuigkeiten gab.

Und seit dem furchtbaren Spektakel am Himmel hatte man von flussabwärts nichts mehr erfahren.

Meistens reagierten die Flussbewohner konstruktiv. Sie besserten ihre Tarnvorrichtungen aus, übermalten die Feuerstellen neu und zogen die Boote in ihre Verstecke. Ein mehr oder weniger isoliert lebender Traeki-Stamm von Marschlandbewohnern hatte in einem Anfall von Panik und Treue zu den Schriftrollen sein ganzes Dorf niedergebrannt. Pzoras oberster Ring bebte beim Gestank der von Kummer bedrückten Ringwülste, die durch die Asche stolperten und irrten. Der Kapitän der *Hauph-woa* versprach, die Kunde von ihrer Not überall am Fluss zu verbreiten. Vielleicht würden ja andere Traeki den Elenden neue Basissegmente schicken, damit sie den Ort evakuieren und sich auf die Reise ins Innere des Landes begeben konnten. Schlimmstenfalls konnten sich die Marschland-Traeki um die Trümmer versammeln und darauf neue Behausungen errichten – und auf allen offensichtlichen Luxus verzichten, bis das Leben auf dieser Welt wieder sicherer geworden war.

Das Gleiche ließ sich leider nicht für eine ursische Handelskarawane sagen, an denen das Boot etwas später vorbeikam. Der Zug war mitsamt den Packtieren auf der öden Westbank gestrandet, als die von Entsetzen erfüllten Bewohner des Dorfes Bing ihre geliebte Brücke gesprengt hatten.

Die hoonischen Ruderer kämpften mit aller Kraft und Hast gegen die Strömung an, damit sich das Boot nicht in dem Wirrwarr von geborstenen Balken und Fiberkabeln der Mulch-Spinne verfing, den Überresten der einst wunderbaren Brücke, die einmal der Hauptverkehrsweg der gesamten Region gewesen war. Die Brücke hatte einmal als Wunderwerk der Tarnung gegolten, da sie von oben wie ein Haufen angeschwemmter Stämme ausgesehen hatte. Doch das war den allzu schriftrollengläubigen Anwohnern anscheinend immer noch zu viel gewesen. *Vielleicht haben sie sie ja niedergebrannt, als ich letzte Nacht diesen Albtraum hatte,* dachte Sara, während sie die verkohlten Hölzer betrachtete und sich an die Bilder vom Flammenmeer erinnerte, die ihr im Schlaf ins Bewusstsein gekommen waren.

Eine Gruppe Dörfler stand am Ostufer und winkte der *Hauphwoa* zu, doch näher zu kommen und anzulegen.

Klinge meldete sich zu Wort. »Ich würde denen lieber nicht zu nahe kommen«, zischte der blaue Qheuen aus seinen zahlreichen Beinmündern. Er hatte sich einen Rewq über den Sichtring gelegt und spähte zu dem Volk am Ufer hinüber.

»Und warum nicht?«, wollte Jop wissen. »Sieh doch, sie zeigen uns den Weg, der durch die Trümmer führt. Vielleicht haben sie ja auch noch ein paar Neuigkeiten zu bieten.«

Er schien recht zu haben. Unweit vom Ufer breitete sich so etwas wie eine Fahrrinne aus, in der keine Trümmer zu entdecken waren.

»Ich weiß nicht …«, widersprach Klinge. »Ich habe so ein Gefühl, als stimme da etwas nicht.«

»Da könntest du resst haben«, bemerkte jetzt auch Ulgor. »Iss wüsste zu gern, warum sie noch nissts für die festsitzende Karawane unternommen haben. Die Dörfler haben doch Boote und hätten die Urss längsst rüberbefördern können.«

Sara geriet ins Grübeln. Allerdings wäre es für die Urs kein ausgesprochenes Vergnügen geworden, sich kleinen Nussschalen anzuvertrauen, gegen die andauernd das Flusswasser plätscherte. »Vielleicht haben die Urs sich geweigert«, meinte sie. »Möglicherweise sind sie noch nicht so verzweifelt, um zum Äußersten zu schreiten.«

Nun traf der Kapitän seine Entscheidung und steuerte das Schiff längsseits zum Dorf. Als sie näher kamen, erkannte Sara, dass in dem Ort nur noch das Tarnlattenwerk intakt war. Alles andere lag in Trümmern. *Vermutlich haben die Männer ihre Familien in die Wälder geschickt,* sagte sie sich. Dort gab es viele Garu-Bäume, in denen man Unterschlupf finden konnte, und die

Qheuen konnten bei ihren Verwandten flussaufwärts unterkommen. Dennoch bot das zerstörte Dorf einen niederschmetternden Anblick.

Sara fragte sich im Stillen, wie schlimm es erst werden würde, wenn Jop seinen Willen bekäme. Wenn der Dolo-Damm gesprengt würde, würden jedes Dock, jedes Wehr und jede Behausung, die sie bislang passiert hatten, von der Flutwelle überschwemmt werden. Auch die einheimische Fauna würde darunter zu leiden haben, allerdings wohl kaum mehr als bei einem natürlichen Hochwasser des Flusses. *Lark sagt immer, es kommt auf die Spezies an und nicht auf das Einzelwesen. Keine Öko-Nische wird dadurch in Gefahr geraten, dass wir unsere kleinen hölzernen Bauten vernichten. Und Jijo selbst wird vermutlich nichts davon bemerken ...*

Trotzdem erscheint es mir zweifelhaft, dass es all dieser Feuersbrünste und Zerstörung bedürfen soll, nur um ein paar galaktische Bonzen davon zu überzeugen, dass wir ein gutes Stück weiter auf dem Pfad der Reue und Erlösung vorangekommen seien, als wir tatsächlich zurückgelegt haben.

Klinge trat neben sie, und sein blauer Rückenschild dampfte, als der Tau an den Nahtstellen seines Panzers verdunstete – ein sicheres Anzeichen für die innere Anspannung, unter der er stand. Er schlug mit den Spitzen seiner fünf Beine einen kaum nachvollziehbaren Rhythmus.

»Sara, hast du ein Rewq? Kannst du es aufsetzen und mir dann sagen, ob ich mich geirrt habe?«

»Tut mir leid, aber ich habe meinen weggegeben. All diese Farben und ungefilterten Emotionen stören doch erheblich, wenn man sich allein auf die Sprache konzentrieren will.« Sie verschwieg, dass es ihr mittlerweile Schmerzen bereitete, einen solchen Symbionten zu tragen – seit dem Tag, an dem sie einen bei Joshus Beerdigung aufgesetzt hatte. »Warum?«, fragte sie. »Was stört dich denn so?«

Sein Rückenschild bebte, und der Rewq vor seinem Sichtschlitz zitterte. »Die Leute da am Ufer kommen mir irgendwie … merkwürdig vor.«

Sara spähte durch den Morgendunst. Bei den Dörflern von Bing handelte es sich größtenteils um Menschen, aber zwischen diesen waren auch Hoon, Traeki und Qheuen zu erkennen. *Gleich und gleich gesellt sich gern,* dachte sie. Fundamentalistischer Fanatismus war dazu angetan, die Speziesgrenzen zu überschreiten.

Genauso wie die Häresie, sagte sie sich, als ihr jetzt einfiel, dass ihr eigener Bruder einer Bewegung angehörte, die mindestens ebenso radikal war wie dieses Volk hier, das seine eigene Brücke zerstört hatte.

In diesem Moment lösten sich mehrere primitive Boote aus ihren Verstecken zwischen den Bäumen am Flussrand und machten Anstalten, sich dem Flussschiff in den Weg zu stellen. »Kommen sie, um uns durch die Rinne zu lotsen?«, fragte der junge Jomah.

Er erhielt seine Antwort, als der erste Enterhaken durch die Luft flog und auf dem Deck der *Hauph-woa* landete.

Der Haken blieb nicht lange allein.

»Wir wollen euch nichts tun!«, brüllte ein muskelbepackter Mann, der im ersten Boot stand. »Legt am Ufer an, und wir kümmern uns um euch. Wir wollen nicht mehr als euer Schiff.«

So etwas durfte man natürlich niemals einer Besatzung sagen, die stolz auf ihr Flussschiff war. Jeder Hoon, mit Ausnahme des Steuermannes, lief sofort los, um die Haken zu lösen und über Bord zu werfen. Doch für jeden, den sie entfernten, kamen gleich neue herangeflogen.

Dann zeigte Jomah aufgeregt flussabwärts. »Seht nur!«

Wenn jemand an Bord noch Zweifel darüber gehegt hatte, was die Bingler mit der *Hauph-woa* vorhatten, erhielt nun die Antwort in Form von verkohlten und geschwärzten Rippen, die wie das Skelett eines Riesen in den Himmel ragten. Die Hoon seufzten beim Anblick des Schiffes schmerzlich, Sara lief es kalt den Rücken hinunter, und die Noor stimmten ein lautes Gebell an.

Die Besatzung verdoppelte ihre Anstrengungen, und jeder Einzelne zerrte und zog an den Enterhaken.

Saras erster Gedanke galt dem Fremden. Aber der Verwundete schien in Sicherheit zu sein. Er lag, immer noch nicht wieder zu Bewusstsein gekommen, hinter Pzoras schützendem Wulstleib.

»Komm mit«, erklärte sie Klinge, »wir sollten den Schiffern besser helfen.«

Früher, vor dem Großen Frieden, hatten oftmals Piraten auf solche Weise Schiffe geentert. Vielleicht hatten die Vorfahren der Dörfler sich während der schlechten alten Zeit auch dieser Taktik bedient und auf diese Weise ahnungslose Schiffe angelockt. Die Enterhaken bestanden aus gespitztem Buyur-Metall und gruben sich tief ins Holz, wenn die dazugehörigen Leinen strammgezogen wurden. Sara stellte zu ihrer Enttäuschung fest, dass die Leinen aus Mulch-Spinnenfäden angefertigt waren. Traeki mussten das Material behandelt haben, und nun war es kaum zu durchtrennen. Und schlimmer noch, die Leinen erstreckten sich nicht nur zu den Nussschalen, sondern sogar bis ans Ufer, wo die Bingler mit vereinten Kräften an ihnen zogen. Die Stärke der Hoon und auch Klinges große Scheren reichten kaum aus, die Haken freizubekommen. Trotzdem half Sara, wo sie nur konnte, und selbst der g'Kek-Passagier blieb nicht untätig. Er hielt mit seinen vier Augenstielen Ausschau und warnte die anderen, wenn eines der Boote zu nahe kam. Nur Jop lehnte am Mast und sah dem Treiben mit unverhohlener Genugtuung zu. Sara hegte nicht den geringsten Zweifel, auf wessen Seite die Sympathien des Bauern lagen.

Das Ufer kam immer näher. Wenn die *Hauph-woa* die Mitte des Ortes passiert hatte, konnte sie die Strömung nutzen. Aber selbst die Kraft des Flusses mochte sich als zu gering für die Leinen erweisen. Und wenn das Schiff auf Grund lief, war alle Hoffnung vertan.

In ihrer Verzweiflung verlegte sich die Besatzung auf eine neue Taktik. Die Männer bewaffneten sich mit Äxten und hackten die Planken und Relingstücke frei, in denen sich ein Haken festgesetzt hatte, um diese dann mitsamt dem Stück Holz über Bord zu werfen. Auf diese Weise zerhackten sie ihr eigenes Schiff mit einer Grimmigkeit, wie man es, vor allem angesichts des normalen hoonschen Phlegmas, kaum für möglich halten wollte.

Und unvermittelt ging ein Ruck durch das Deck unter Saras Füßen, und das ganze Boot erzitterte, als wolle es sich um den eigenen Mast drehen.

»Sie haben mit einem Haken das Ruder getroffen!«, schrie jemand.

Sara beugte sich über die Reling und entdeckte einen schweren Metallpfeil, der sich wie ein Speer durch das große Paddel gebohrt hatte, mit dem die Hoon ihr Schiff steuerten. Dieses Stück Holz konnte man nicht an Bord ziehen oder losschlagen, denn dann hätte die *Hauph-woa* nur noch hilflos treiben können.

Prity fletschte die Zähne und kreischte. Obwohl der Schimpanse vor Furcht zitterte, kletterte er an der Reling entlang nach achtern, bis Sara ihn mit einer starken Hand zurückhielt.

»Das ist mein Job«, erklärte sie dem Affen grimmig und fing schon an, sich von ihrem Hemd und ihrem Rock zu befreien. Ein Seemann reichte ihr ein Handbeil, an dessen Griff ein lederner Halteriemen befestigt war.

Sprecht doch nicht alle gleichzeitig, um mich von diesem Wahnsinnsunternehmen abzuhalten, dachte sie ironisch und wusste, dass niemand einen Einwand vorbringen würde.

Manche Dinge wusste man ganz einfach auch so.

Sie hatte sich das Beil über die Schulter geschlungen. Die metallene Kälte an ihrer linken Brust trug nicht gerade dazu bei, sich beim Klettern besser zu fühlen, auch wenn die Schneide noch in ihrer Lederhülle steckte.

Sara hatte die Kleider abgelegt, weil die sie bei ihrem akrobatischen Vorhaben nur behindert hätten. Sie brauchte freie Zehen, um am Heck der *Hauph-woa* Halt zu finden. Die versetzte Konstruktion ließ die Dielen immer wieder ein Stück überstehen, und darauf kam sie einigermaßen voran. Trotzdem befiel sie ein Zittern, das nur teilweise von der Morgenfrische ausgelöst wurde. Die bald verschwitzten Handflächen erschwerten ihr das Hinabsteigen zusätzlich – obwohl sich ihr Gaumen so trocken wie ursischer Atem anfühlte.

Seit Jahren habe ich keine Kletterpartie mehr unternommen!

Nichtmenschen musste sie wie einer der Erdlinge erscheinen, die den ganzen Tag nichts Besseres zu tun hatten, als auf ihrem Lieblingsbaum herumzukraxeln. Ein typisches Klischee, ähnlich denen, dass alle Urs gute Kuriere und schnelle Läufer waren oder alle Traeki einen hervorragenden Martini zuzubereiten verstanden. Jop wäre der Geeignetere für diese Aufgabe gewesen, aber der Kapitän traute dem Bauern nicht, und das aus gutem Grund.

Die Mannschaft feuerte sie an, während sie dem Ruder immer näher kam und es schließlich mit einer Hand erreichte. Die Dörfler in den Booten und am Ufer verfolgten ihr Treiben hingegen mit Spott und Zorn. *Na, großartig. Endlich einmal bekomme ich die Aufmerksamkeit, die ich mein ganzes Leben lang wollte, und dann bin ich splitternackt!*

Die Mulch-Kabel stöhnten und knarrten, als die Männer am Strand an den Flaschenzügen zogen, um das Schiff an Land zu ziehen. Dort waren inzwischen auch einige graue Qheuen mit brennenden Fackeln aufgetaucht. Die Flammen waren so dicht, dass Sara sich schon einbildete, ihr Fauchen und Prasseln zu hören.

Endlich erreichte sie eine Stelle, an der sie sowohl die Füße als auch die Hände aufsetzen konnte. Dabei musste sie die Beine in einer Weise spreizen, die ihr die letzten Illusionen hinsichtlich Schicklichkeit und Würde nahm. Sara musste die Zähne einsetzen, um die Lederhülle von der Schneide zu zerren, und das rötliche Metall bescherte ihr einen bitteren, elektrischen Geschmack. Sie schüttelte sich und erstarrte im nächsten Moment, weil sie beinahe den Halt verloren hätte. Das Kielwasser der *Hauph-woa* sah ölig und eiskalt aus.

Beifall brandete an Bord auf, als sie anfing, auf das Ruderblatt einzuhacken, um das Stück Holz herauszulösen, in das sich der Haken eingegraben hatte. Späne und Splitter flogen um sie herum, und bald hatte sie die obere Hälfte freigelegt. Jetzt ging es an das härtere untere Holz, doch dann schlug etwas gegen ihren linken Handrücken und sandte Schmerzwogen durch den Arm bis hinauf zur Schulter. Sara entdeckte Blut, das aus einer Wunde am Handgelenk strömte.

Ein Wurfgeschoß von einer Schleuder hatte sich unweit von ihr halb in eine Planke gebohrt.

Ein zweiter Stein prallte vom Ruder ab und hüpfte über das Wasser.

Sie wurde beschossen!

Ihr stinkigen, schlammfressenden, widerlichen …

Sara erlebte eine bislang unbekannte Befriedigung beim Fluchen und ging ihr ganzes Repertoire an Beschimpfungen aus fünf verschiedenen Sprachen durch, während sie grimmiger als vorher mit dem Beil auf das Holz einschlug. Ein ganzer Trommelwirbel von heranfliegenden Steinen prasselte gegen das Schiffsheck, doch sie war so sehr in hitzige Rage geraten, dass sie von den Geschossen nichts mehr mitbekam.

»Otszharsiya, perkiye! Syookai dreesoona!«

Ihr Vorrat an Obszönitäten in Rossisch war aufgebraucht, und sie wechselte gerade auf ursisches Galaktik Zwei über, als vom

Ruder her ein lautes Krachen ertönte. Das am Haken befestigte Seil stöhnte, wurde straff gezogen –

– und das von ihr bearbeitete Stück Holz zerbarst.

Der Haken riss ihr im Davonflug das Beil aus der Hand, das noch einmal im Sonnenlicht aufblitzte. Sara verlor vor Schreck das Gleichgewicht, und sie hatte mit ihren blutenden und verschwitzten Händen die größte Mühe, sich irgendwo festzuhalten. Sie keuchte, als sie spürte, wie ihre Finger abrutschten, und als sie fiel, atmete sie tief ein. Doch das kalte Wasser des Roney traf sie wie ein Hammerschlag und trieb alle Luft aus ihrer Lunge.

Sara ruderte mit Armen und Beinen. Es gelang ihr, wieder an die Oberfläche zu kommen, und sie trat Wasser, um ein paar Atemzüge machen zu können. Dann hatte sie alle Hände voll damit zu tun, nicht in den vielen Seilen und Leinen hängenzubleiben, die überall auf dem Wasser lagen. Ein glänzender Haken flog nur eine Handbreit an ihrem Gesicht vorbei. Und einen Moment später musste sie wegtauchen, um einem Gewirr von Leinen zu entgehen, in dem sie sich unweigerlich verfangen hätte.

Die *Hauph-woa* nutzte die Chance, Fahrt zu machen und von hier fortzukommen, und ihr aufgewühltes Kielwasser vergrößerte Saras Schwierigkeiten noch.

Als sie erneut an die Oberfläche kam und ihre Lunge zu platzen drohte, sah sie sich unvermittelt dem Gesicht eines hageren und knochigen jungen Mannes gegenüber, der sich gerade über den Rand seiner Nussschale beugte und mit seiner Schleuder zielte. Als sich ihre Augen trafen, war er noch überraschter als sie. Dann bemerkte er ihre Nacktheit und senkte sofort den Blick.

Der Jüngling errötete, legte seine Waffe ins Boot und fing an, sich die Jacke auszuziehen. Ohne Zweifel, um ihre Blöße damit zu bedecken.

»Danke«, keuchte Sara, »aber ich fürchte … ich muss jetzt weiter.«

Das Letzte, was sie von ihm bei einem Blick zurück zu sehen bekam, war eine durch und durch enttäuschte Miene. *Er ist noch zu jung, um sich schon zu einem abgebrühten Flussräuber entwickelt zu haben,* sagte sie sich. *Diese harte und für ihn gänzlich neue Welt hat ihm noch nicht alle Galanterie ausgetrieben.*

Aber das ist wohl nur eine Frage der Zeit.

Nun hatte Sara die Strömung im Rücken, und wenig später entdeckte sie die *Hauph-woa* ein Stück flussabwärts. Die Mannschaft hatte das Schiff nun, da man sich in sicherer Entfernung vom Dorf Bing befand, gewendet und versuchte, es an Ort und Stelle zu halten, damit Sara zu ihm schwimmen konnte. Doch sie hatte noch ein hartes Stück Arbeit vor sich, bis sie endlich den Rumpf erreichte und die herabgelassene Strickleiter hinaufklettern konnte. Auf halbem Weg bekam sie einen Krampf, und die Seeleute mussten sie das letzte Stück hochhieven.

Ich muss was für meine Muskeln tun, wenn ich noch mehr solcher Abenteuer erleben will, dachte sie, während man ihr eine Decke um die Schultern legte.

Doch im Grunde genommen fühlte sie sich auf eigenartige Weise gut. Pzora untersuchte ihre Wunde, und der Koch bereitete ihr eine Tasse seines Spezialtees zu. Ihre verwundete Hand schmerzte, und überall in ihrem Körper pochte es, und dennoch hatte sie das Gefühl, von innen heraus zu strahlen.

Ich habe Entscheidungen getroffen, und sie haben sich als die richtigen erwiesen. Vor einem Jahr noch hat es ganz so ausgesehen, als würde ich alles falsch machen. Vielleicht wird sich jetzt ja alles ändern, und ich bekomme mein Leben endlich in den Griff.

Sie wickelte sich in die Decke ein und verfolgte, wie die *Hauph-woa* sich gegen die Strömung zur Westbank vorarbeitete, um die gestrandete Karawane an Bord nehmen zu können. Man wollte die Urs und ihre Lasttiere weit genug mitnehmen, um sie an einer Stelle an Land abzusetzen, wo sie die fanatischen Dörfler nicht mehr fürchten mussten. Die ruhige und irgendwie normale Zusammenarbeit zwischen Passagieren und Mannschaft war ein so ermutigender Anblick, dass Sara sich zutraute, nun auch größere Aufgaben in Angriff nehmen zu können – nach dem Kampf vorhin ihr zweiter Höhenflug an diesem Tag.

Endlich kann ich an mich selbst glauben, sagte sie sich. *Ich hätte nicht für möglich gehalten, dass ich so etwas erleben würde. Aber vielleicht hat Vater ja doch recht gehabt.*

Asx

Kurz nachdem Vubben gesprochen hatte, öffnete sich das Tor im Schiff wieder, und mehrere Flugmaschinen strömten mit unzufriedenem Gebrumm heraus. Sie zögerten einige Duras, als sie die Reihen der Zuschauer am Talrand erreichten, aber die Bürger der Gemeinschaften wichen nicht, obwohl ihnen die Beine, Wülste und Räder schlotterten. Dann drehten die Roboter ab, flogen in alle Kompassrichtungen davon und hinterließen ganze Zyklonen von herausgerissenem Gras und aufgewühltem Erdreich.

»Erkundungssonden, die aufnehmen ihre Pflicht«, erklärte der erste Bote in den Zisch- und Klicklauten einer formellen Version des Galaktik Zwei.

»Vorab-/Erst-Analysen beschaffen diese Surrogate/Metallknechte. Inzwischen, um näher kommen dem Ziel Seiten beider Profit und Wohlfahrt/Rettung, wir wollen beginnen Zwiegespräche von Angesicht zu Angesicht/Mann zu Mann.«

Das löste bei uns einige Unruhe aus. Hatten wir den Boten richtig verstanden? Seit unserer Isolation (manche sagen auch Devolution) auf Jijo mochten sich die offiziellen Sprachen gewandelt oder verändert haben. Bedeutete das »Zwiegespräche« oder »Mann-zu-Mann« des Roboters noch das, was wir darunter verstanden?

Die Schiffstür öffnete sich wiederum.

»Ein schlechtes Vorzeichen«, bemerkte Lester Cambel brummig. »Wenn sie sich uns schon leibhaftig präsentieren, kann das nur bedeuten, dass sie …«

»… sie sich keine Sorgen darüber machen, jemand könne nach ihrer Abreise hier noch übrig sein, um von ihren Taten zu berichten«, beendete Messerscharfe Einsicht den Satz.

Phwhoon-dau, unser Hoon-Bruder, stimmte dieser wenig begeisternden Einschätzung zu. Sein alt gewordener Kehlsack verdunkelte sich angesichts der finsteren Gedanken, die er sich machte. »Ihre Sorglosigkeit ist so offensichtlich, dass einem das gehörig an die Nerven gehen kann. *Hrrmph,* auch ihre Eile will mir nicht gefallen.«

Vubben drehte einen Augenstiel in Richtung meines Sensorrings und blinzelte mir zu, eine den Menschen abgeschaute und durchaus brauchbare Geste, die Ironie andeuten sollte. Unter uns Sechsen bewegen wir Traeki und die g'Kek sich wie Behinderte über diese schwere Welt, während Hoon machtvoll und würdig über sie schreiten. Doch diese störrischen, bleichen Riesen behaupten dennoch, dass selbst wir uns so hektisch und ungestüm bewegen wie die anderen.

Etwas regte sich im Schatten der Luftschleuse. Besser gesagt, zwei Etwasse zeigten sich dort. Dann trat ein Paar Zweifüßler vor, schlanke und große Humanoide mit angeflanschten Gliedmaßen. Sie trugen lose Anzüge, die nur ihre Köpfe und Hände freiließen. Die beiden gerieten in das Licht der Nachmittagssonne, blieben stehen und blinzelten zu uns hinauf.

Aus den Reihen der Bürger löste sich ein kollektiver Seufzer des schockierten Wiedererkennens.

War das nun ein gutes Omen? Bei all den Myriaden raumfahrender Spezies, aus denen sich die Zivilisation der Fünf Galaxien zusammensetzte, waren die Chancen wohl astronomisch gering, dass sich unsere Entdecker als Vertreter einer Spezies entpuppten, die auch zu unserer Sechsheit gehörte. Wer hätte es für möglich gehalten, dass die Besatzung dieses Schiffes mit den Menschen verwandt, ja geradezu kogenetisch war? War dies das Werk unserer kapriziösen Göttin, die gern das Abnorme und Befremdliche unterstützt?

»Mähnscheh-h-h-n …«, stammelte Ur-Jah, unser ältester Weiser in Englik, der Sprache unseres jüngsten Ratsmitgliedes.

Aus Lester Cambels Kehle kam ein Laut, wie ich ihn noch nie von ihm vernommen hatte und den meine Ringe auch nicht dechiffrieren konnten. Erst später erfuhren wir seine Bedeutung.

Es handelte sich um einen Ausruf tiefster Verzweiflung.

Dwer

Wir liefen im Gänsemarsch über einen Weg, der oberhalb eines breiten Felsvorsprungs verlief, und Rety führte unseren Zug an. Der Boden hier war so hart, dass nicht einmal Bambus auf ihm gedieh. Der steil aufsteigende Granitfels teilte zwei Arme von Rohrwald, von dem Dwer wusste, dass er sich mehrere hundert Pfeilschüsse weit in beide Richtungen erstreckte. Obwohl der Weg einen Hang hinaufführte, wuchs der Bambus zu beiden Seiten so hoch, dass jenseits dieses Ozeans aus Riesenstämmen nur die höchsten Gipfel auszumachen waren.

Das Mädchen drehte den Kopf ständig nach links und rechts, als halte es nach etwas Ausschau, als suche es ganz dringend nach etwas und wolle nicht versehentlich daran vorbeilaufen. Aber als der Jäger sie danach fragte, schwieg sie nur.

Bei der musst du aufpassen, sagte er sich. *Sie ist in ihrem Leben so oft verletzt und gedemütigt worden, dass sie mittlerweile so stachlig wie ein Pfeilspitzenhase geworden ist.*

Menschen waren nicht gerade das Gebiet, auf dem er sich am besten auskannte, aber als Waldläufer besaß er eine gewisse Empathie, mit der er die simplen Bedürfnisse und kreatürlichen Gedanken der Wildlebewesen nachempfinden konnte.

Auch die Geschöpfe des Waldes wissen, was Schmerz ist.

Na ja, in ein oder zwei Tagen soll sie nicht mehr mein Problem sein. Die Weisen kennen Experten, Heiler. Wenn ich an ihr herumpfusche, mache ich womöglich alles nur noch schlimmer.

Der Felsvorsprung wurde allmählich schmaler, bis der Pfad durch einen schmalen Mittelgang mitten durch die dichtstehenden Stämme des Bambuswaldes führte. Jeder Stamm hier war zwanzig Meter hoch und so dick wie mehrere Männer. Die gigantischen grünen Stängel bildeten ein solches Gewirr, dass selbst Schmutzfuß seine Mühe haben würde, hier weiter einzudringen, ohne zwischen den Stämmen hängenzubleiben. Nur ein schmaler Streifen Himmel war über den Wipfeln zu erkennen, der sich zu einem dünnen blauen Band zusammenzog, als der Pfad sich zusehends verengte. An manchen Stellen brauchte Dwer nur die Arme auszustrecken, um zu beiden Seiten gleichzeitig Mammutstämme berühren zu können.

Das Gedrängtsein dieser Umgebung beeinträchtigte die Perspektive, und der Jäger hatte den Eindruck, er bewege sich zwischen zwei Wänden, die darauf aus waren, sich jeden Moment gegeneinanderzupressen und die kleine Gesellschaft zu einer Art Matsch zu zermahlen, wie es der Stampfhammer in Nelos Papiermühle mit alten Lumpen zu tun pflegte.

Wie eigenartig, dachte Dwer. Auf dem Hinweg vor zwei Tagen hatte sich dieses Stück Wegs noch nicht so unheimlich angefühlt. Da war ihm die Enge wie ein Kanonenrohr vorgekommen, das ihn rasch zu seiner Beute beförderte. Doch heute kam er sich darin wie in einem tiefen, engen Loch gefangen vor.

Beklemmung legte sich auf seine Brust. *Was, wenn weiter vor uns etwas geschehen ist? Zum Beispiel ein Erdrutsch, der das Weiterkommen unmöglich macht? Oder ein Feuer? Dann säßen wir aber wirklich in der Falle!*

Er schnüffelte argwöhnisch, nahm aber nur den gummiartigen Gestank wahr, den der Bambus absonderte. Natürlich besagte das für sich genommen noch gar nichts.

Vermutlich hatte sich der Wind gedreht, und wer konnte schon wissen, was sich ein Stück weiter getan hatte …

Hör auf damit! Schluss jetzt! Was ist denn bloß über dich gekommen?

Muss wohl an ihr liegen, beantwortete er sich seine Frage. *Du fühlst dich schlecht, weil sie dich für einen Mistkerl hält.*

Dwer schüttelte den Kopf.

Und, bist du etwa kein Mistkerl? Da lässt du sie in dem Glauben, dass man sie aufhängen wird. Dabei wäre es doch ein Leichtes gewesen, ihr zu erklären, dass …

Ja, was? Sie etwa belügen? Ich weiß doch nicht, was die Weisen beschließen. Vielleicht wollen sie sie ja doch aufknüpfen. Das Gesetz wird streng befolgt, und das muss auch so sein. Die Weisen dürfen aber auch Gnade walten lassen. O ja, das ist statthaft. Aber wer bin ich, dass ich Rety das garantieren könnte?

Er erinnerte sich, wie sein früherer Lehrmeister ihm einmal von dem Tag berichtet hatte, an dem zum letzten Mal eine größere Bande von Soonern entdeckt worden war. Damals war der heute alte Fallon selbst noch Lehrling gewesen. Die Missetäter hatten sich hoch oben im Norden auf einer abgelegenen Halbinsel niedergelassen. Eine hoonsche Bootwanderin – deren Aufgabe darin bestand, das Meer zu patrouillieren, so wie es die Menschen im Wald und die Urs auf den Steppen taten – stieß bei einer Fahrt auf eines ihrer Hüttendörfer, wo sie inmitten von Eisschollen hausten und sich davon ernährten, die Höhlen von Winterschlaf haltenden Rouol-Klöpsen aufzuspüren und die fettreichen Tiere im Schlaf zu töten. Sommers ging dieser

Stamm an Land und entzündete auf den Tundraebenen Feuer, um die Herden der zotteligen, langzehigen Gallaiter in Panik zu versetzen. Unter den Paarhufern brach dann eine Stampede aus, und sie stürzten sich zu Hunderten von den Klippen. Die Sooner brauchten dann nur noch wenige dieser Tiere zu erschlagen.

Ghahen, die Bootswanderin, hatte den Rauch bemerkt, der von der Massentötung aufstieg, und hatte sich dann darangemacht, die Bande nach Art ihres Volkes zu bestrafen. Mit einer Geduld, die menschliches Vorstellungsvermögen bei Weitem überstieg, und so behutsam, dass Dwer vom bloßen Zuhören Albträume bekommen hatte, hatte sie ein ganzes Jahr damit verbracht, den Stamm einen nach dem anderen zu beseitigen. Jedem Mitglied hatte sie den wertvollen Lebensknochen genommen, bis von dem Volk nur noch ein einziger männlicher Ältester übriggeblieben war. Den nahm die Bootswanderin gefangen und mit zurück nach Hause, damit er die Untaten seiner Bande gestehen konnte. Sie schleppte ihn auf ihr Boot und beförderte ihn zusammen mit dem Haufen fünfter Wirbel von seinen Sippenmitgliedern übers Meer. Nachdem dieser Älteste seine Geschichte erzählt hatte – ein jammerndes Lamento, das vierzehn Tage anhielt –, wurde der letzte Küsten-Sooner von den Hoon hingerichtet, um so die angerichtete Schande zu sühnen. Sie nahmen die Rückenwirbel, zermahlten sie zu Staub und verstreuten diesen fernab von jedem stehenden Gewässer in einer Wüste.

Diese Geschichte, die dem Jäger wieder in den Sinn gekommen war, erfüllte sein Herz mit bleischwerer Sorge.

Erspart es mir bitte, von mir das zu verlangen, was Ghahen tat. Ich könnte so etwas niemals tun, nicht einmal dann, wenn alle Weisen es mir befehlen würden. Nicht einmal dann, wenn Lark mir erklären würde, das Schicksal von ganz Jijo hinge davon ab. Es muss doch noch einen anderen Weg geben.

Als der Weg so schmal zu werden drohte, dass ein Weiterkommen unmöglich schien, und beide Bambusseiten zusammenwuchsen, tat sich vor ihnen urplötzlich eine Lichtung auf, eine schüsselförmige Senke mit einem Durchmesser von fast tausend Metern. In ihrer Mitte lag ein algenverkrusteter See, der am jenseitigen Ende über einen kleinen Ausfluss verfügte. Ein Saum von Riesenbambus umrahmte den Außenrand, und Exemplare dieser genügsamen Gattung hatten auch in den Ritzen zwischen den Felsen Wurzeln geschlagen, die überall in dem stillen Tal verstreut herumlagen. Das feuchte Seeufer wurde von einer dichten Hecke hervorgehoben, die aus der Ferne wie üppiges Moos aussah. Zahllose verdrehte Ranken ragten daraus hervor. Von manchen waren nur abgebrochene Stümpfe zu erkennen. Dwer konnte selbst vom Taleingang aus seilartige Tentakel erkennen, die halb im Staub vergraben lagen und mitunter so dick wie sein Oberschenkel geworden waren.

Die friedliche Stille dieses Ortes wurde von einem unheimlichen Gefühl völliger Leblosigkeit zunichtegemacht. Keine Fußspuren hatten die dicke Staubschicht auf dem Boden gezeichnet – nur Wind und Regen hatten ihre Form verändert. Der Jäger wusste von früheren Besuchen, warum auch die mutigsten Waldlebewesen diesen Ort mieden. Doch nach der klaustrophobischen Erfahrung des engen Bambuspfads fühlte es sich gut und befreiend an, wieder den Himmel über sich zu sehen. Dwer hatte nie unter der alles beherrschenden Furcht seiner Mitbürger gelitten, offenes Gelände zu überqueren, auch wenn das bedeutete, sich für eine gewisse Frist der gnadenlos herabbrennenden Sonne auszusetzen.

Während sie sich ihren Weg durch das Gewirr der ersten Felsbrocken suchten, fing die Glaverin an, nervös zu muhen. Sie schlich neben Rety her und bemühte sich, in deren Schatten zu bleiben. Das Mädchen hingegen zeigte keinerlei Unruhe. Ihre Augen suchten wie vorhin alles ab, und sie schien nicht zu bemerken, dass sie vom Weg abkam und sich vom Seerand entfernte.

Dwer musste mächtig ausholen, um zu ihr aufzuschließen. »Nicht da entlang«, erklärte er ihr und schüttelte den Kopf.

»Warum denn nicht? Wir müssen doch dort drüben hin, oder etwa nicht?« Sie zeigte auf die einzige andere erkennbare Lücke im Wald, wo ein kleiner, schmutziger Bach aus dem Ausfluss des Sees plätscherte. »Am schnellsten kommen wir doch wohl voran, wenn wir das Gewässer links liegen lassen. Für mich sieht es am einfachsten aus, wenn wir das Ufer schneiden.«

Dwer deutete auf ein Gewebe graubrauner Stränge, das sich über die zerklüfteten Felsen gelegt hatte. »Das da sind …«

»Ich weiß, was das ist«, fiel sie ihm ins Wort und verzog das Gesicht. »Buyur haben nämlich nicht nur auf dem Hang gelebt, weißt du, auch wenn ihr Wessies glaubt, das sei der schönste Platz, um sich niederzulassen. Auf unserer Seite des Bergs haben wir auch Mulch-Spinnen, die die alten Buyur-Ruinen auffressen.

Wovor hast du eigentlich Angst? Du glaubst doch nicht etwa, dass das Vieh noch lebt, oder?« Sie trat gegen eine der ausgetrockneten Ranken, die daraufhin zu Staub zerfiel.

Dwer riss sich zusammen. *Aus ihr spricht nur die Narbe an der Wange. Ihre Sippe muss sie ja furchtbar behandelt haben.* Er atmete tief durch und entgegnete dann: »Ich glaube nicht nur, dass sie noch lebt, sondern ich weiß es. Und was noch viel schlimmer ist, diese Spinne ist wahnsinnig geworden.«

Retys erste Reaktion bestand darin, beide Brauen zu heben und eine überraschte und faszinierte Miene aufzusetzen. Dann beugte sie sich zu ihm und fragte ebenso leise wie heiser: »Ehrlich?«

Und im nächsten Moment schüttelte sie sich vor Giggeln und Kichern, und der Jäger erkannte, dass sie ihn zum Narren hielt. »Was macht diese bekloppte Spinne denn? Legt sie klebrige

Leimruten aus, die sie mit Beerensirup und Süßwurzelsaft bestrichen hat, um damit kleine Mädchen zu fangen, die unartig gewesen sind?«

Verwirrt grunzte Dwer: »Vermutlich könnte man das sagen. So etwas Ähnliches tut sie sicher.«

Jetzt riss Rety in ehrlicher Neugier die Augen auf: »Das will ich mir aber mal aus der Nähe ansehen.«

Sie zog einmal an dem Seil an ihrem Gürtel, und der von Dwer kunstvoll geflochtene Knoten löste sich einfach auf. Rety ließ ihr Seilende fallen und sprang schon über Felsen und Steine davon. Der Noor kläffte fröhlich und setzte ihr sofort nach.

»Warte!«, schrie der Jäger wütend und frustriert, weil er wusste, wie sinnlos es war, sie durch dieses Labyrinth zu verfolgen. So kraxelte er eine nahe gelegene Geröllhalde hinauf, bis er auf halber Höhe Retys verfilzten Pferdeschwanz sehen konnte, der auf und ab hüpfte, während sie immer tiefer in das Steinlabyrinth am Seeufer eindrang.

»Rety!«, brüllte er gegen den Wind. »Fass sie ja nicht an, die ...«

Er unterbrach sich und sparte sich lieber seinen Atem. Dieselbe Brise, die den fauligen Gestank des Sees in sein Gesicht wehte, riss auch die Worte davon, bevor sie Retys Ohren erreichen konnten. Der Jäger kletterte den Hang hinunter, nur um unten festzustellen, dass, verdammt noch mal, auch die Glaverin verschwunden war.

Er fand sie schließlich einen halben Bogenschuss weiter. Das Muttertier trottete den Weg zurück, den sie gekommen waren, folgte wohl irgendeinem Instinkt, der es stur nach Osten trieb, fort von Schutz und Geborgenheit und hin zu einem geradezu sicheren Tod. Dwer knurrte leise vor sich hin, bekam das Seil der Glaverin zu fassen und suchte nach etwas, wo er sie anbinden konnte. Die nächsten Bambusstämme lagen dafür zu weit entfernt. Also legte er den Rucksack ab, stemmte sich gegen das Tier und brachte es mit seiner Schulter zu Fall. »Tut mir ehrlich leid«, entschuldigte er sich, während er ihr die Hinterbeine zusammenband. Er hoffte, dass sie das Seil nicht mit ihren Zähnen erreichen konnte.

»Schmerz. Frustration. Beide höchst unangenehm.«

»Verzeih mir, aber ich bin bald zurück«, antwortete er optimistisch und machte sich an die Verfolgung des Sooner-Mädchens.

Bleib auf den Hängen, und beweg dich gegen den Wind, nahm er sich vor, während er sich rechts von der Stelle bewegte, an der sie davongelaufen war. *Das alles könnte auch ein Trick von ihr sein, um dich zu umgehen und nach Hause zu fliehen.*

Etwas später fiel ihm auf, dass er reflexartig den Bogen abgenommen und gespannt und den Hüftköcher mit den kurzen Pfeilen geöffnet hatte.

Was nützen dir schon Pfeile, wenn sie die Spinne wütend macht?

Oder schlimmer noch, wenn sie ihr Interesse weckt.

Am Talrand befanden sich einige Felsen noch in ihrer ursprünglichen Stellung, ließen aber kaum die Struktur des Buyur-Komplexes erahnen, der sich hier einst erhoben hatte. Doch je weiter der Jäger ins Talinnere geriet, desto weniger ähnelten die Steine einem sinnvollen Aufbau. Strickartige Ranken hielten sie fest im Griff, und die meisten von ihnen wirkten tot. Grau, ausgetrocknet und abblätternd. Doch nicht lange darauf fiel ihm ein grüner Strang ins Auge … und ein Stück weiter tropfte aus einer Ranke Schleim auf die Steinfläche, um so der Natur dabei zu helfen, alle sichtbaren Reste der früheren messerscharfen Kanten und glatten Flächen zu beseitigen.

Schließlich entdeckte der Jäger etwas, das ein unangenehmes Prickeln auf seinem Rücken hervorrief: Das Gewirr zuckte, und in ihm bewegte sich etwas. Einige der grünen Tentakel schienen von etwas gestört worden und aus ihrem Schlaf erwacht zu sein …

RETY!

Dwer stürmte sofort in das unglaublich dichte Labyrinth,

übersprang einige Rankenbarrieren, kroch unter anderen hindurch und musste zweimal fluchend umkehren, als er in unpassierbare Sackgassen geriet und sich gezwungen sah, seine Route zu ändern. Diese Buyur-Stätte war bei Weitem nicht so groß wie die, die sich im Norden und Osten des Dorfes Dolo ausbreitete – wo die Dörfler sich dabei abwechselten, in Teams in die Trümmer zu ziehen, um dort nach Gegenständen zu suchen, die die Zerstörungsspinne übersehen hatte. Keiner in Dolo schloss sich davon aus, und auch Dwer war schon zusammen mit seinen Geschwistern dort gewesen. Die Dolo-Spinne war wilder und lebendiger als dieses verkrüppelte alte Wesen hier – aber lange nicht so gefährlich.

Das Dickicht der graugrünen Stränge wurde bald so dicht, dass es für einen Erwachsenen unmöglich war, weiter voranzukommen. Aber ein Mädchen, und natürlich ein Noor, konnten hier noch einen Durchschlupf finden. Frustriert machte der Jäger kehrt und schlug mit der Hand auf einen Stein.

»Jafalls' Bauchnabel!«, fluchte er und schüttelte mit zusammengekniffenen Augen die verletzte Hand. »Von allen verdammten, stinkenden und klebrigen …!«

Er schulterte den Bogen wieder, um beide Hände freizuhaben, und fing dann an, einen zerklüfteten Felsen hinaufzuklettern, der dreimal so hoch war wie er selbst. Wenn er Zeit gehabt hätte, sich einen besseren Weg zu suchen, wäre er nie auf die Idee gekommen, sich diese Mühe aufzuladen – aber sein Herz trieb ihn zur Eile.

Minilawinen von erodiertem Gestein regneten auf sein Haar und in seinen Kragen. Die Körnchen brannten auf seiner Haut und hüllten ihn in den Geruch von Verfall. Blättrige Ranken und staubtrockene Tentakel lockten ihn mit Haltemöglichkeiten, doch er war nicht so dumm, darauf hereinzufallen. Der Fels war stabiler, wenn auch nicht immer so verlässlich, wie es den Anschein hatte.

Während seine Finger eine Ritze überprüften, bröckelte der Stein unter seinem linken Fuß weg, und so sah er sich gezwungen, sein Gewicht auf eines der Mulch-Kabel im Gewirr neben ihm zu verlagern.

Mit einem trockenen Krachen riss die Ranke, zögerte aber noch einen Moment, ehe sie nachgab. Dwer keuchte. Er konnte sich in seiner Not nur an seine Fingerspitzen hängen, und seine Brust schlug mit solcher Wucht gegen den Fels, dass die Luft pfeifend aus seiner Lunge entwich.

Kurz bevor er den Halt verlor, fanden seine hin und her schaukelnden Füße ein neues Grüntentakel. Da ihm kaum etwas anderes übrigblieb, nutzte er es als Sprungbrett und warf sich nach links, wo er mit dem rechten Fuß auf einem kleinen Vorsprung landete. Seine Hände fuhren rasch über die nahezu glatte Steinoberfläche und fanden endlich Halt. Er blinzelte, um den Staub aus den Augen zu bekommen, und atmete mehrere Male tief ein, ehe er sich in der Lage fühlte weiterzuklettern.

Die letzten paar Meter waren nicht mehr ganz so steil, dafür hatten aber zahllose Stürme den Stein nahezu glattpoliert, seit die Ranken ihn hierhergezerrt und dann, als ihre Kräfte nachließen, einfach stehengelassen hatten. Endlich war er oben angekommen, kniete sich hin und sah sich in Richtung Seeufer um.

Was ihm vorhin als gleichförmige Hecke erschienen war, die den Rand des Gewässers säumte, entpuppte sich jetzt als dichtes Wirrwarr von Grüntentakeln, die sich manchmal mannshoch und an anderen Stellen sogar noch viel höher auftürmten. So nahe am Wasser hatte das Graugrün bläuliche, gelbliche und sogar blutrote Tönungen angenommen. Und in diesem Labyrinth konnte er dort, wo das Sonnenlicht funkelte, andere Farbtupfer entdecken.

Hinter der Dornenbarriere schien der trübe See etwas Geometrisches an sich zu haben. Obwohl er flüssig war, wirkte er auf unheimlich geordnete Weise wellig. An manchen Stellen pulsierte er in einem geheimnisvollen Rhythmus – oder vielleicht auch aus anhaltendem Zorn.

Einzigartige, dachte er unwillkürlich, obwohl sich alles in ihm sträubte, diesen Namen zu nennen. Er wandte abrupt den Blick ab und suchte nach dem Sooner-Mädchen. *Tu ihr nicht weh, Einzigartige, sie ist doch noch ein Kind.*

Eigentlich wollte er gar nicht mit der Spinne in Kontakt treten und hoffte, sie schlafe, und der See sei nichts weiter als eine kleine Auflockerung in einer Winterlandschaft. Vielleicht war das alte Ungeheuer ja auch endlich gestorben. Diese Mulch-Spinne hatte ihre Zeit mehr als überschritten. Nur die Lust an der Zerstörung schien sie so lange am Leben gehalten zu haben.

Dann fröstelte ihn, als ein unangenehmes Gefühl über seinen Nacken kroch.

Jäger. Gefährtensucher. Einsamer. Wie nett von dir, mich zu grüßen. Ich habe schon vor ein paar Tagen gespürt, dass du an mir vorbeigekommen bist. Aber du hattest es sehr eilig, weil du hinter jemandem her warst. Warum hast du nicht kurz angehalten, um Guten Tag zu sagen?

Hast du inzwischen gefunden, was du gesucht hast?

Handelt es sich dabei etwa um das Kind, von dem du eben gesprochen hast?

Unterscheidet es sich von den anderen Menschen?

Ist es vielleicht auf seine Weise etwas Besonderes?

Dwer hielt weiter nach Rety Ausschau und bemühte sich, die Stimme zu ignorieren. Er hatte nicht die geringste Ahnung, warum er sich manchmal mit einem korrodierenden Bergtümpel unterhielt. Obwohl PSI-Fähigkeiten unter den Mitgliedern der Sechs nicht unbekannt waren, warnten die Schriftrollen jedoch mit düsteren Worten davor. Außerdem erforderte PSI-Ausübung die Verbindung zu jemandem, der einem besonders nahestand. Das war auch einer der Gründe dafür, warum der Jäger nie jemandem etwas von diesem übersinnlichen Kontakt erzählt hatte.

Er wollte sich lieber nicht vorstellen, mit welchen Schimpf- und Spottnamen die Dörfler ihn dann belegen würden!

Vermutlich bilde ich mir das alles nur ein. Muss damit zusammenhängen, dass ich so alleine lebe.

Das Prickeln im Nacken kehrte zurück.

Jäger, siehst du mich immer noch so, als Grille deiner Phantasie? Na gut, warum unternimmst du dann nicht einen Test? Komm einfach zu mir, mein Schatz, der mir noch nicht gehört, mein einzigartiges Wunder. Komm zu dem einzigen Ort im gesamten Universum, in dem man dich immer zu schätzen weiß!

Dwer verzog das Gesicht, widerstand dem hypnotischen Drang der Algenmuster und konzentrierte sich darauf, nach Rety zu suchen. Zumindest war ihm jetzt klar, dass die Spinne das Mädchen noch nicht gefangen hatte. Oder konnte sie so gemein sein und ihm etwas vormachen?

Da, links! Was war das? Der Jäger starrte dorthin und schirmte mit einer Hand die Augen vor der Nachmittagssonne ab. Etwas bewegte sich nur ein Dutzend Meter vom See entfernt durch das Gewirr. Aufgrund der vielen Steinbrocken war dieser Jemand nicht zu sehen, aber er brachte einen ganzen Abschnitt der Hecke zum Wackeln. Dwer wünschte, er hätte den Rucksack nicht so überstürzt abgelegt. In ihm befand sich nämlich sein ausgezeichnetes handgemachtes Fernrohr.

Aber vielleicht ist das eine Falle, dachte er.

Wer würde dir schon eine Falle stellen, du Besonderer, du! Du verdächtigst doch nicht etwa mich? Bitte, sag sofort, dass du das nicht tust!

Der Wind hatte sich etwas gelegt. Dwer bildete mit den Händen einen Trichter vor dem Mund und rief: »Reehhtyhhh!«

Echos hallten wie Querschläger von den Felsen wider und wurden dann von dem überall vorhandenen Moos und Staub verschluckt. Der Jäger sah sich nach anderen Möglichkeiten um. Er konnte den Felsbrocken wieder hinunterklettern und sich dann seinen Weg durch das Wirrwarr freihacken. Schließlich hing die Machete in ihrer Scheide an seinem Rücken. Doch das würde eine Ewigkeit dauern, und wie mochte Einzigartige darauf reagieren, dass ihr die Finger abgeschlagen wurden?

Ihm blieb nur ein Weg offen: Er musste über die Ranken steigen.

Dwer schob sich vor, bis seine Füße in der Luft hingen, atmete tief durch und stieß sich ab … ein, zwei, drei fliegende Schritte über das Gewirr, dann sprang er und landete hart auf der Spitze des nächsten Felsens. Der stand dummerweise sehr schief, und der Jäger erhielt keine Möglichkeit, hier wieder zu Atem zu kommen. Er musste sich um sich selbst drehen, um einen Vorsprung zu fassen und sich an ihm hochzuziehen. Oben breitete er die Arme aus und balancierte, indem er einen Fuß vor den anderen setzte, zehn Schritte weit, bis er einen Stein mit einer flacheren Spitze erreichte.

Die säuerlichen und ätzenden Gerüche des Tümpels drangen ihm nun verstärkt in die Nase. Die Ranken unter ihm wiesen jetzt pulsierende Adern auf, durch die Säureflüssigkeiten rannen. Er wich Pfützen dieser Brühe aus, die sich in den Vertiefungen im Stein gesammelt hatten. Als er doch einmal unvorsichtigerweise mit einem Stiefel hineintrat, hinterließ er danach, verfolgt vom Gestank verbrannten Leders, deutliche Spuren im Staub.

Als er sich das nächste Mal von einem Felsen abstieß, landete er hart auf Händen und Knien.

»Rety?« rief er, während er auf den Rand zukroch.

Die Barriere am Ufer präsentierte sich jetzt als dichtverknotete Masse aus Grün, Rot und Gelb, die unentwirrbar zusammengewürfelt schien. Doch innerhalb dieses Dickichts konnte der Jäger Objekte erspähen. Jedes einzelne Ding ruhte in einer eigenen Höhlung und lag begraben und versiegelt unter einem Kristallkokon.

Goldene und silberne Objekte. Andere glänzten wie Kupfer oder Stahl. Röhren, Kugeln und quadratische Gebilde. Manche wiesen unnatürliche Pigment- oder Kunstfarben auf. Einige erinnerten Dwer an Gegenstände, die Forscherteams aus Buyur-Stätten geborgen hatten – doch die waren stets halb zerfallen und kaum noch zu gebrauchen gewesen. Diese Proben der Vergangenheit hingegen wirkten wie neu. Die Kokons konservierten sie wie Fliegen in Bernstein vor den Unbilden der Elemente und der Zeit. Und der Jäger musste nicht mehrmals hinsehen, um zu erkennen, dass jeder Gegenstand einzigartig war.

Doch nicht bei allen Stücken handelte es sich um Beispiele von Buyur-Technik. Einige Objekte schienen einmal lebendig gewesen zu sein, wie kleine Tiere oder Insekten. Die verrückte Spinne schien in ihrer Sammelwut alles eingefangen zu haben, was ihr zu nahe gekommen war. Es kam dem Jäger eigenartig vor, dass ein Wesen, das sich der Vernichtung verschrieben hatte – das dazu entwickelt worden war, Zerstörungssäuren abzusondern –, gleichzeitig ein Konservierungssekret ausstoßen konnte. Und noch mehr verwunderte ihn, dass diese Mulch-Spinne überhaupt den Wunsch dazu verspürte.

Wieder ertönte das Rascheln. Diesmal zu seiner Linken. Dwer bewegte sich, so rasch er konnte, dorthin und fürchtete schon, das Mädchen gefangen und im Todeskampf zu erblicken. Oder irgendeine Kreatur, die er mit einem Pfeil von seinem Leiden erlösen musste.

Er krabbelte vorsichtig bis an den Rand und hielt den Atem an.

So etwas wie das, was da nur ein paar Meter unter ihm in dem Gewirr gefangen saß, hatte er noch nie gesehen, geschweige denn erwartet.

Auf den ersten Blick ähnelte das Wesen einem Vogel, einem Flugtier Jijos. Es besaß das typische, krallenbewehrte Stelzenlandebein, vier mit breiten Federn bestückte Schwingen und einen Tentakelschwanz. Aber trotzdem konnte sich der Jäger nicht daran erinnern, einem solchen Tier schon einmal über den Weg gelaufen zu sein. Auch in den Listen und Abbildungen seines Bruders hatte er diese Spezies noch nie gesehen. Der Vogel schlug ebenso verzweifelt wie sinnlos mit den Schwingen gegen das Netz von klebrigen Ranken und stieß dabei Laute aus, die der Jäger bei einem Tier für höchst unnatürlich hielt. Auch bewegten sich die Flügel viel zu kraftvoll und zu schnell, sodass Dwer ein gewisses Misstrauen befiel.

Er sah genauer hin. An einigen Stellen waren die Federn herausgerissen oder verbrannt, und darunter konnte er glänzendes Metall entdecken.

Eine Maschine!

Vor lauter Schreck vergaß er den Abwehrschirm, den er um seine Gedanken gelegt hatte, und schon kehrte das Prickeln im Verein mit der Stimme zurück.

Ja, mein Bester, dabei handelt es sich tatsächlich um eine Maschine, und zwar eines Typs, wie ich ihn noch nie besessen habe. Sieh nur, Wertvoller, sie funktioniert noch, sie lebt!

»Das kann ich selbst sehen«, murmelte der Jäger.

Dabei weißt du nicht einmal die Hälfte darüber, mein Hübscher. Ist das nun heute mein Tag, oder was?

Dwer hasste es, wie die Mulch-Spinne nicht nur nach Belieben in seinen Geist einzudringen vermochte, sondern dort auch das, was sie vorfand, dazu benutzen konnte, Sätze in perfektem Englik zu bilden – sie beherrschte die Sprache sogar noch besser als er selbst! Außerdem geriet die Spinne nie ins Stammeln oder Stottern und war auch nie um Worte verlegen. Der Jäger empfand das als höchst unangenehm, gar nicht erst zu reden davon, dass es sich bei der Spinne um ein Wesen handelte, das nicht einmal ein Gesicht hatte, an das man sich beim Reden wenden konnte.

Der falsche Vogel versuchte immer noch vergeblich, sich aus der Falle zu befreien. Auf seinem gefiederten Rücken glitzerten die Tropfen einer klaren goldenen Flüssigkeit. Die versuchte das

Tier abzuschütteln, und es gelang ihm tatsächlich, sich von den meisten zu befreien, ehe sie sich zusammentun und zu einem diamantharten Konservierungspanzer erstarren konnten.

Was, um alles auf Jijo, mag das sein?, fragte sich der Jäger.

Ich hatte eigentlich gehofft, nun, da ich dich habe, mein Jägersmann, auch noch eine Antwort darauf zu erhalten.

Diese Formulierung der Einzigartigen wollte Dwer überhaupt nicht gefallen. Aber er hatte jetzt keine Zeit, um sich über Worte zu streiten – und auch nicht, sich in Mitleid mit dem gefangenen Maschinenvogel zu ergehen. Er musste Rety davor bewahren, zu einem weiteren Unikat in der Sammlung der Mulch-Spinne zu werden.

Aha, mein Lieber, dachte ich es mir doch – das kleine Menschenkind ist also etwas Besonderes.

Der Jäger verbannte die Stimme mit der stärksten Waffe, die ihm zur Verfügung stand – mit seinem Zorn.

Verschwinde aus meinem Geist! Hau ab!

Das schien zu funktionieren. Die Stimme zog sich zurück, zumindest fürs Erste. Wieder legte Dwer die Hände an den Mund und brüllte: »Rety! Wo steckst du?«

Er erhielt sofort Antwort, und überraschenderweise ganz aus der Nähe.

»Hier unten, Blödmann. Und jetzt halt endlich die Klappe, sonst verscheuchst du ihn noch!«

Er drehte sich um die eigene Achse und versuchte, in alle Richtungen gleichzeitig zu blicken. »Wo? Ich kann dich nicht sehen …«

»Direkt unter dir! Kannst du jetzt endlich still sein? Ich folge diesem Wesen schon seit Wochen. Jetzt habe ich es und muss mir nur noch Gedanken darum machen, wie ich es hier herausbekomme.«

Der Jäger krabbelte nach links, schob sich über den Rand, schaute in das Rankenwirrwarr unter ihm … und blickte direkt in das grinsende Gesicht von Schmutzfuß. Der Noor hatte sich auf einem leblosen Tentakel ausgebreitete, als handele es sich dabei um eine bequeme Schlafstatt. Er legte jetzt den Kopf schief und zwinkerte Dwer zu. Und dann ließ er, ohne vorherige Warnung, einen mächtigen Nieser los.

Dwer fuhr sofort zurück, stieß Verwünschungen aus und wischte sich über das tropfnasse Gesicht. Schmutzfuß grinste ihn fröhlich und in vollkommener Unschuld an.

»Seid endlich ruhig, ihr beiden! Ich glaube, ich sehe jetzt eine Möglichkeit, wie ich etwas näher herankommen kann.«

»Nein, Rety, tu das nicht!« Ohne Schmutzfuß eines weiteren Blickes zu würdigen, kroch der Jäger an den Rand zurück, hängte sich darüber und suchte den Grund unter ihm ab. Endlich sah er die Soonerin. Sie hing auf einem Sprössling einer riesigen Ranke und spähte durch das Gewirr auf die mysteriöse Flugmaschine.

»Hast ja ziemlich lange gebraucht, um hierherzukommen«, bemerkte Rety.

»Ich wurde, äh, aufgehalten«, entgegnete er. »Und jetzt warte bitte, ja? Es gibt da etwas, was du über diese … diese Mulch-Spinne wissen solltest.« Er streckte einen Arm aus und zeigte auf die Ranken rings um sie herum. »Sie ist, nun ja, viel gefährlicher, als du vielleicht annimmst.«

»Ach was, ich habe Spinnennetze schon erforscht, als ich noch ganz klein war. Die meisten von ihnen sind längst eingegangen, aber oben in den Hügeln haben wir ein paar, die sind immer noch voll Saft und anderem ekligen Zeugs. Keine Bange, ich weiß, wie ich vorgehen muss.« Sie löste sich von dem Ast und glitt voran.

»Hat denn nie eine von den Spinnen versucht, dich zu fangen?«, rief der Jäger voller Panik.

Sie blieb stehen, drehte sich zu ihm um und sah ihn verschmitzt an. »Hast du das etwa mit gefährlich gemeint? Ach, Jägersmann, du solltest mal was gegen deine blühende Phantasie unternehmen.«

Da hat sie vielleicht gar nicht unrecht, überlegte er. Möglicherweise war das der Grund, warum er noch nie von jemand anderem gehört hatte, der sich mit Ranken und Tentakeln unterhielt.

Was, mein Guter, zweifelst du schon wieder? Wie oft müssen wir denn noch miteinander reden, bevor du dich endlich überzeugen lässt?

Halt die Klappe, und lass mich nachdenken!

Die Spinne zog sich tatsächlich erneut aus seinem Geist zurück. Dwer nagte an seiner Unterlippe und strengte sich mächtig an, damit ihm etwas einfiel. Irgendetwas, um das Mädchen davon zurückzuhalten, sich tiefer in das Gewirr zu begeben.

»Hör mal, du bist doch schon einige Zeit hinter diesem Vogel her, richtig? Hat er dich vielleicht so weit nach Westen gelockt?«

Rety nickte. »Eines Tages kam einer von den Jungs und sagte, er habe so ein Ding gesehen, das unten am Rift aus dem Marschland gehüpft sei. Der gemeine alte Jass hat versucht, es einzufangen, aber es konnte entkommen und hat nur eine Feder hinterlassen.«

Sie zog etwas aus ihrer Lederbluse. Der Jäger sah nur ein metallisches Funkeln, ehe sie es wieder zurückschob.

»Die habe ich von Jass gemopst, bevor ich mich davongeschlichen habe, um dem Vogel zu folgen. Das arme Ding muss sich verletzt haben, denn als ich auf seine Spur gestoßen bin, konnte es schon nicht mehr richtig fliegen. Es ist immer ein Stück weit gesegelt, ehe es nur hüpfend weiterkam. Ich habe den Vogel nur einmal richtig zu sehen bekommen. Oben auf den Rimmers. Da ist er immer weiter hinaufgelaufen. Ich bin ihm nach, und plötzlich fand ich mich auf eurem Hang wieder. Und da wurde mir bewusst, dass ich jede Dura, die ich hier verbrachte, Gefahr laufen würde, erwischt und aufgeknüpft zu werden.«

Sie zitterte, als sie sich erinnerte, in welcher Gefahr sie sich befunden hatte.

»Da habe ich mir gesagt, gib auf und kehr nach Hause zurück, auch wenn dich da eine Tracht Prügel erwartet. Aber dann habe ich in der Nacht etwas klopfen gehört. Ich bin auf das Geräusch zu und habe tatsächlich einen Moment lang geglaubt, der Wecker-Vogel sei mein Ding …« Sie seufzte. »Und dann habe ich dich entdeckt. Du hast wie ein Unwetter geschnarcht, und neben dir lag dieser hübsche Bogen. Da sagte ich mir, so ein tolles Gerät würde Jass und Bom bestimmt so froh machen, dass sie darüber vergessen würden, mir das Fell über die Ohren zu ziehen.«

Dwer hatte diese Namen noch nie gehört, entschied aber in diesem Moment, dass der Strick noch viel zu gut für solche Sooner sei.

»Und wegen dieser Maschine bist du so weit gelaufen? Wegen einem blöden Vogel?«

Rety zuckte mit den Achseln. »Ich hätte mir auch nicht vorstellen können, dass du so etwas verstehst.«

Ganz im Gegenteil, dachte er. So etwas hätte er selbst nämlich auch getan, wenn er auf ein so eigenartiges Ding gestoßen wäre.

Ganz genau wie ich, mein Schöner, wenn ich nicht an diesem Ort festgewurzelt wäre und immer wieder meine eigenen Grenzen vorgeführt bekäme. Sind wir beide uns nicht ziemlich ähnlich?

Dwer verscheuchte die Spinne wieder und bekam im nächsten Moment die rettende Idee. Ja, so könnten sie mit heiler Haut aus diesem Schlamassel herausfinden … Aber da setzte Rety sich wieder in Bewegung und hielt ein schmales Messer in der Hand, das der Jäger am Vortag nicht entdeckt hatte, als er sie abgeklopft und abgesucht hatte. Die Klinge schien scharf wie ein Rasiermesser zu sein.

»Warte, Rety. Ich habe gerade nachgedacht. Sollten wir beide nicht besser zusammenarbeiten? Würden wir gemeinsam nicht größere Chancen haben, von hier zu entkommen?«

Sie blieb wieder stehen, und man konnte ihr ansehen, dass es hinter ihrer Stirn arbeitete. »Also gut, dann lass mal hören«, erklärte sie und blickte zu ihm hinauf.

Dwer verzog angestrengt das Gesicht, weil jetzt alles darauf ankam, dass er die richtigen Worte fand. »Hör zu … Niemand auf dem Hang hat je eine aktive Buyur-Maschine gesehen, seit … na, jedenfalls lange bevor die Menschen auf diese Welt gekommen sind. Deshalb ist dieser Vogel enorm wichtig, und ich möchte ihn ebenso gern von hier fortbringen wie du.«

Das war nicht einmal gelogen – allerdings bestand seine Hauptsorge darin, das Leben des Mädchens und auch sein eigenes zu retten. *Versuch, Zeit zu gewinnen,* sagte er sich. *Das Sonnenlicht hält nur noch eine Midura an. Bring sie dazu herauszukommen, damit sie die Rettungsoperation morgen fortsetzen kann. Wenn sie erst wieder im Freien ist, kannst du sie fortbringen – mit Gewalt, wenn es sein muss.*

»Worauf wartest du dann noch?«, fragte das Mädchen. »Du willst also herunterkommen und mit deinem großen Messer hier alles kurz und klein schlagen? Ich wette, du zerhackst auch die lebenden Ranken. Das bringt dir Schmerzen und Stress ein, wenn erst einmal der ganze Saft durch die Gegend fliegt.« Sie klang zwar abfällig, schien aber immer noch interessiert zu sein.

»Eigentlich wollte ich etwas versuchen, bei dem nicht ein einziger Grüntentakel zu Schaden kommt und trotzdem ein Loch entsteht, das groß genug ist, um deinen Vogel herauszubekommen. Dazu setzen wir einige von den natürlichen Ressourcen ein, die hier so überreichlich vorhanden sind.«

»So?« Rety runzelte die Stirn. »Das Einzige, was ich hier herumliegen sehe, sind Steine, Staub und …«

Ihre Augen wurden groß: »Bambus!«

Der Jäger nickte heftig. »Wir schlagen ein paar Schösslinge ab, schneiden sie heute Nacht zurecht und kehren morgen mit Brücken und Leitern zurück, um uns über die Felsspitzen fortzubewegen. Auf diese Weise bauen wir uns so eine Art Knüppeldamm und laufen nicht Gefahr, mit der Säure und den anderen Brühen in Berührung zu kommen.« Er deutete mit einer weiten Armbewegung auf das Gewirr. »Und dann hieven wir die Vogelmaschine heraus, ehe sie in einem Kristallei versiegelt worden ist, und kehren zu den Weisen zurück. Mit einer solchen Überraschung im Gepäck verknotet sich den Hoon sicher das Rückgrat. Na, wie hört sich das für dich an?«

Dwer bemerkte Misstrauen in ihrem Blick. Sie war von Natur aus argwöhnisch, und er hatte sich noch nie gut aufs Lügen verstanden. Sie drehte sich zu dem Ding um und betrachtete es. Der Jäger wusste, dass sie abzuschätzen versuchte, ob es die Nacht überleben würde. »Der Vogel sieht doch immer noch recht kräftig und stabil aus«, versicherte er ihr. »Er steckt doch schon ein paar Tage in dem Gewirr, da wird es auf eine Nacht mehr oder weniger nicht ankommen.«

Rety senkte nachdenklich den Kopf. »Ist vielleicht gar nicht so schlecht, wenn seine Schwingen noch etwas mehr verkleben. Dann kann er uns nicht davonfliegen, wenn wir ihn befreit haben …« Sie nickte. »Also gut, dann lass uns Bambus schlagen.«

Nach einem letzten, sehnsüchtigen Blick auf die Maschine stieg sie auf einen Ast und fing an, nach oben zu klettern. Sie überprüfte erst sorgfältig jeden Halt, bevor sie eine Hand darauf legte oder einen Fuß darauf setzte. Das Mädchen hielt nach Stellen Ausschau, aus denen Säure tropfte, und belastete jeden Ast, auf den sie sich stellen wollte, zuerst probeweise, um festzustellen, ob er ihr Gewicht tragen würde. Offenbar kannte sie sich ziemlich gut mit solchen Rankenlabyrinthen aus.

Aber Rety hatte wohl nie zuvor mit einer so verschlagenen Spinne wie der Einzigartigen zu tun gehabt. Als sie ungefähr ein Drittel ihres Weges durch das Wirrwarr zurückgelegt hatte, zuckte sie plötzlich zusammen, riss hastig die Hand zurück und starrte auf einen blassgoldenen Tropfen, der an ihrem Handgelenk glitzerte. Die Essenz brannte nicht, sonst hätte die Soonerin sicher geschrien. Und im Augenblick hatte es den Anschein, als würde der Tropfen sie eher verzaubern als erschrecken.

»Rasch, schüttel es ab!«, schrie der Jäger.

Sie gehorchte, und die Flüssigkeit flog im hohen Bogen durch das Grün. Doch schon im nächsten Moment landeten zwei weitere Tropfen mit leisem Platschen auf ihr – der eine auf ihrer Schulter, der andere in ihrem Haar. Rety richtete den Blick nach oben, um festzustellen, wo die Flüssigkeit herkam, und schon wurde auch ihre Stirn damit bedeckt. Fluchend versuchte die Soonerin, die Säure wegzuwischen, verschmierte sie aber nur auf ihrem Gesicht. Das Mädchen zog sich rasch von der Stelle zurück.

»Nicht dort entlang!«, brüllte Dwer, der schon ein paar Ranken sehen konnte, die sich wie Schlangen auf sie zubewegten. Goldener Tau sickerte aus ihren diversen Öffnungen. Die Soonerin zischte frustriert und fing sich am Haar ein paar weitere Tropfen ein. Rasch wechselte sie die Richtung.

Lieber, sag ihr, dass sie sich nicht wehren soll. Wir müssen uns doch nicht unbedingt gegenseitig wehtun, oder?

Dwers unartikuliertes Knurren kam nicht von seiner Zunge, sondern aus seiner Kehle und reichte aus, die Stimme erneut zum Rückzug zu bewegen. Er legte den Bogen ab und ließ ihn auf dem Fels zurück. Dann kletterte er nach unten, um dem Mädchen zu Hilfe zu kommen. In diesem Moment wurde ihm bewusst, dass von Schmutzfuß nichts mehr zu sehen war. Der Noor hatte offenbar die Gefahr gespürt und sich zurückgezogen. *Damit hat er sich als bedeutend klüger erwiesen als gewisse andere Personen hier,* dachte der Jäger knurrig und zog die Machete aus der Scheide.

»Ich komme, Rety!«, rief er und überprüfte, ob der Ast sein Gewicht aushielt. Das Mädchen bewegte sich in ihrem Bemühen, den heranschlängelnden Ranken zu entkommen, schon wieder in eine andere Richtung.

»Mach dir keine Sorgen!«, rief sie zurück. »Ich komme schon klar und brauche deine Hilfe ni… Iiiih!«

Der Ast, an dem sie sich gerade festhielt und der bis vor wenigen Augenblicken noch abgestorben und vertrocknet ausgesehen hatte, überzog sich urplötzlich mit der goldfarbenen Flüssigkeit. Rety brachte sich unter lauten Verwünschungen mit einem kühnen Sprung vor ihm in Sicherheit. Aber etliche Tropfen blieben an ihrer Hand kleben.

»Nicht verreiben!«, mahnte der Jäger.

»Ich bin doch kein Blödmann!«, erwiderte sie unwirsch und bewegte sich rückwärts fort. Dummerweise führte sie das noch tiefer in den Rankenmorast.

Dwers Machete, ein kunstvoll gearbeitetes Stück aus Buyur-Metall, funkelte im Licht der untergehenden Sonne, als er weit ausholte und eine Ranke zerteilte, die sich zwischen ihm und dem Mädchen befand. Sie wirkte abgestorben, aber er war bereit, sofort zurückzuweichen, falls sie jetzt …

Doch ihre Enden sanken kraftlos zu Boden, und aus ihr flog nichts außer Staub. Wie klug von ihm, sie nicht als Halt in Betracht gezogen zu haben. An diesem Ort durfte man sich keinen Fehler leisten.

Er ließ die Machete am Griffhaken herabhängen, während er sich eine Ebene tiefer auf eine Ranke hinabließ, die ihm sicher erschien. Vorsichtig senkte er sein Gewicht auf den Ast und lief dann auf ihm entlang, um einen Weg weiter nach unten zu finden. Die nächste Stelle, auf die er seinen Fuß setzen konnte, wirkte recht dünn und auch nicht übermäßig fest, aber ihm blieb kaum eine andere Wahl. Wenigstens sonderten diese Tentakel keine Säure ab oder versuchten, sich wie Schlangen um seine Knöchel zu winden. *Wie ist Rety überhaupt so weit gekommen?*, fragte er sich und war froh, dass hier die meisten Lianen abgestorben waren. Die Hecke wäre unpassierbar gewesen, hätte die Spinne weniger Jahre gezählt.

»Dwer!«

Er drehte sich etwas zu abrupt um und schwankte auf dem dünnen Ast vor und zurück. Er spähte in das Halbdunkel dieses Dschungels und entdeckte das Mädchen schließlich ein Stück weiter. Sie kraxelte einen Felskamin hinauf, der tatsächlich einen Weg nach draußen darzustellen schien. Doch auf halbem Weg bemerkte sie etwas, das sich von oben zu ihr hinunterwand. Ein halbes Dutzend Ranken, die heranrückten, um diesen Fluchtweg zu versperren. Und nun schloss sich auch der Kamin selbst. Retys Miene drückte Konfusion und Entsetzen aus. Mit hochrotem Kopf streckte sie die Hand mit dem Messer aus und suchte nach den günstigsten Stellen, um ihren Gegner zu verletzen. Aber sie konnte kaum mehr ausrichten, als an den Ranken herumzusägen und darauf zu hoffen, dass sie nicht von Säure oder dem goldfarbenen Sirup getroffen wurde.

Ein Stück weiter steckte das Vogelwesen fest und versuchte immer noch, sich aus seiner Falle zu befreien.

Lass sie gehen, Einzigartige, bat der Jäger, als er in die Hocke ging und dann mit ausgebreiteten Armen auf die nächste Ranke zusprang. Zu seinem Glück hielt sie sein Gewicht aus, und er schwang sich über eine dunkle Lichtung weiter, um auf einem waagerecht stehenden Ast zu landen, der so dick wie ein junger Baum war. *Lass sie gehen, sonst …*

Sein Verstand hatte große Mühe, ein passendes Ende für den Satz zu finden. Womit konnte man einer Mulch-Spinne Angst einjagen? Was konnte er noch tun, außer sie mit seiner Machete zu irritieren? Nun, er konnte damit drohen, zwar jetzt zu verschwinden, aber später mit geeignetem Werkzeug und Gerät zurückzukehren, um die Spinne zu vernichten. Zum Beispiel mit Feuer oder Sprengstoff. Aber irgendwie hatte er das Gefühl, dass so etwas zu abstrakt klingen würde. Einzigartige schien kein Gespür für Perspektive zu haben, und auch der Grundsatz von Ursache und Wirkung schien ihr fremd zu sein. Nur das Hier und Jetzt und ihre Sammelwut schienen die Spinne zu interessieren. Und für Letzteres brachte sie so viel Geduld auf, dass ein Hoon dagegen wie ein besonders hektischer Noor wirkte.

Davon ganz abgesehen säße Rety sicher schon in einem

Kristallkokon gefangen, wenn der Jäger endlich zurückkehrte, um seine Drohung wahrzumachen … das Mädchen wäre dann für alle Zeiten konserviert und unwiederbringlich tot.

Lass uns verhandeln, Einzigartige, schlug er vor und nahm wieder die Machete in die Hand. *Was willst du im Tausch für das Mädchen haben?*

Die Spinne antwortete nicht. Entweder war Einzigartige gerade zu sehr damit beschäftigt, Ranken und Säure voranzubewegen – und diese Anstrengung war ihr etwas zu viel –, oder der Jäger musste davon ausgehen, dass …

Das Schweigen der Spinne wirkte auf Dwer unheimlich und ließ ihn eine Falle wittern. So als sei Einzigartige etwas ebenso Wirksames wie Niederträchtiges eingefallen, und als brauche sie sich nicht mehr mit jemandem zu unterhalten, der über kurz oder lang ihre Beute werden würde. Warum Zeit mit einem Opfer vergeuden, das nach dem Vogel und dem Mädchen bald als drittes Stück an einem Tag ihrer Sammlung einverleibt werden konnte? Mit säuerlicher Miene kämpfte der Jäger sich weiter vor – was hätte er auch sonst tun können?

Er hackte drei weitere Ranken auseinander, und von der letzten flogen in hohem Bogen Tropfen heran. Rauch stieg von dem Boden auf, auf dem sich alles Mögliche angesammelt hatte, und erfüllte die Luft zusätzlich mit beißendem Geruch.

»Dwer, hilf mir!«

Rety war jetzt eingeklemmt und zeigte die normale Panik eines erschrockenen Kindes. Alle Altklugheit und Zickigkeit waren von ihr abgefallen. Durch die Matrix von heranschlängelnden Mulch-Ranken glitzerte ihr Haar wie die Mähne eines Urs-Hausierers an einem taureichen Morgen. Zahllose goldene Tropfen hatten dort ihr Ziel gefunden. Ein Tentakel teilte sich unter ihrem Messer, und zwei weitere eilten heran, um den Platz ihres Kameraden einzunehmen.

»Ich komme!«, kündigte er sich an, zerhackte zwei Stränge und sprang zu dem nächsten stabil wirkenden Ast hinab. Die Ranke gab nach, und dann rutschte Dwer fast ab, als sie sich mit der klebrigen Flüssigkeit überzog. Er schrie etwas Unartikuliertes, und schon stand er nicht mehr auf den Füßen.

Das Gewirr, das er vorher verwünscht hatte, bewahrte ihn davor, sich den Hals zu brechen. Seine rudernden Hände bekamen eine Liane zu fassen, und rasch hielt er sich wie ein Ertrinkender daran fest, noch während seine Beine durch die Luft flogen. Doch seine Erleichterung machte bald Entsetzen Platz. Direkt unter seinem Kinn pulsierten Adern mit einer tückisch aussehenden roten Flüssigkeit. Blasen bildeten sich auf dem Grün, als das zerstörerische Gift sich sammelte. Das entweichende Gas trieb ihm die Tränen in die Augen.

Nein, nein, Lieber, glaub bitte nicht, dass ich dir jemals auf solche Weise ein Leid zufügen könnte. Dafür bist du mir viel zu teuer.

Dwer grinste humorlos. *Na, da danke ich aber auch schön.*

Aus dem Augenwinkel machte er ein weiteres Astgewirr aus, das stabil genug schien, um ihn zu tragen. Er wagte den Sprung und entfernte sich so von dem nichtsnutzigen Ast, der sein Gewicht nicht ausgehalten hatte.

Nimm es mir bitte nicht krumm, lieber Jäger. Am besten vergessen wir den ganzen Vorfall einfach.

Dwer hatte jetzt fast Retys Niveau erreicht. Er war ihr so nahe gekommen, dass er erkennen konnte, wie neue Entschlossenheit in ihren Blick trat und die Verzweiflung verdrängte. Kühn machte sie sich an den nächsten Ast und sägte ihn entzwei. Zum Lohn empfing sie einen Sprühregen der goldenen Flüssigkeit. Sie konnte gerade noch den Arm hochreißen, um ihr Gesicht zu schützen. *Sie schneidet sich ihren Weg in die falsche Richtung!*, begriff der Jäger unvermittelt.

Statt sich auf das Tageslicht zuzubewegen, gelangte sie nur noch tiefer in das Labyrinth hinein. Sie schien noch immer vorzuhaben, zu dem Vogel zu gelangen.

Gibt es einen ungünstigeren Zeitpunkt, um sich um ein blödes Maschinenwesen zu kümmern, Jafalls-verdammt?

Ein plötzlicher Sirupschwall breitete sich kühl auf Dwers Handgelenk aus. Ein weiterer Tropfen hatte schon in den Haaren auf seinem Handrücken Platz genommen. Er bewegte sich rasch zur Seite, um nicht noch mehr abzubekommen. Dann befreite sich der Jäger von der Flüssigkeit, aber die betroffenen Hautstellen fühlten sich danach immer noch kühl an. Auch waren sie auf nicht unangenehme Weise wie betäubt, so ähnlich wie wenn der Dorfzahnarzt Nuralblätterpulver über den Gaumen des Patienten verrieb, ehe er den handbetriebenen Bohrer in Gang setzte.

Die Machete war mittlerweile von einer durchgehenden Schicht überzogen, die bereits an einigen Stellen kristallisierte. Ganz gewiss war dieses Buschmesser ein Gegenstand, den Einzigartige gern ihrer Sammlung hinzugefügt hätte, handelte es sich bei ihm doch um echtes Sternengöttermaterial, das die Primitiven dieser trüben Welt einem neuen Verwendungszweck zugeführt hatten. Grimmig hob er sie wieder und machte sich damit über das Wirrwarr her.

Er musste sich jetzt unbedingt auf seine Arbeit konzentrieren, musste den Jägerverstand einschalten und durfte sich nicht von dem Gestank und dem allgegenwärtigen Staub ablenken lassen. Schweißperlen breiteten sich auf seiner Stirn und an seinem Hals aus, doch er wagte nicht, sie wegzuwischen. Dwer zweifelte nicht daran, bereits ebenso golden auszusehen wie das Mädchen, das über und über mit honigfarbenen Tropfen bedeckt war und wie eine Fee aus den Märchenbüchern aussah.

Der Jäger machte sich nicht erst die Mühe, ihr zuzurufen, dass sie umdrehen und zu ihm kommen solle. Da er ihre Widerspenstigkeit kannte, sparte er sich lieber seinen Atem.

Er warf einen Blick zurück und erkannte, dass der Fluchtweg immer noch frei zu sein schien: eine Gasse aus abgehackten Rankenstümpfen, die schlaff herabhingen. Natürlich konnte Einzigartige neue schicken, aber die Mulch-Spinne war nicht mehr die Jüngste und ziemlich langsam geworden.

Als der Jäger sich der Stelle näherte, an der Rety festhing, war er sich sicher, den nächsten Zug der Spinne vereiteln zu können, wenn er denn kam.

Mit heiserer Stimme wandte er sich an die Soonerin:

»Also gut, Rety. Wir haben genug Spaß gehabt. Jetzt kommst du mit nach draußen!«

Das Mädchen starrte durch die Äste, die ihr den Weg zu dem Maschinenvogel versperrten. »He, er hat mich bemerkt! Er hat den Kopf in meine Richtung gedreht!«

Dwer hätte es kaum weniger interessiert, wenn sich der Vogel auf den Kopf gestellt und Drakes Abschiedsworte in fehlerfreiem Galaktik Drei deklamiert hätte, bevor er in See gestochen und gegen die spanische Armada gezogen war. Er zerteilte einen weiteren Strang und hustete, als von beiden Enden Rauch hochstieg. »Rety, wir haben wirklich keine Zeit mehr!«

Als der Rauch sich gelegt hatte, schob er sich ein Stück näher heran und stellte fest, dass sich der Vogel in seinem Gefängnis zur vollen Größe aufgerichtet hatte, den Blick zum Himmel richtete und die Tropfen missachtete, die sich wie ein Nebel auf sein Federkleid legten. Auch die Soonerin schien jetzt zu bemerken, dass der Vogel nicht sie im Blick hatte. Sie legte nun ebenfalls den Kopf in den Nacken, und im selben Moment vernahm der Jäger ein schrilles, jaulendes Geräusch aus dieser Richtung.

Verdammt, nur wieder dieser Noor!

Jenseits des Wirrwarrs aus Spinnenstreben sah er Schmutzfuß, der von dem Ort zurückkehrte, an den er geflohen war. Doch das Wesen stand auf den Hinterläufen, hatte die behaarten Lefzen zurückgezogen und knurrte etwas an, das Dwer von seinem Standort aus nicht erkennen konnte.

Dann fiel dem Jäger etwas anderes ins Auge. Eine Ranke zuckte wie eine Schlange, die unter epileptischen Anfällen litt, durch die Gasse heran, die Dwer in die Hecke gehackt hatte. Ihre ruckartigen Bewegungen, die keinem bestimmten Muster zu folgen schienen, waren allein für sich genommen schon ein erschreckender Anblick, aber hinter ihr rutschte eine zweite heran, der auch noch eine dritte folgte.

»Rety!«, brüllte er und machte sich bereit, sich den Weg zu ihr freizuschneiden. »Unser Fluchtweg schließt sich schon! Jetzt oder nie!«

Ihre Miene zeigte die ganze Frustration darüber, in Reichweite ihres Grals gekommen zu sein, bloß um ihn jetzt aufgeben und einem grausamen Schicksal überlassen zu müssen. Dwer wartete nicht erst ihre Antwort ab, sondern hob die Machete mit beiden Händen, stieß einen wilden Schrei aus und zerhackte mit drei Schlägen die dicke Ranke, die ihm den Weg versperrte.

Mach jetzt nicht alles kaputt, Rety, bat er in Gedanken, weil er wusste, dass es keinen Sinn hatte, ihr noch etwas zuzurufen.

Schließlich drehte sich das Mädchen mit frustriertem Grummeln zu ihm um, gab ihren Schatz auf und fing an, die kleineren Tentakel mit ihrem Messer zu traktieren und sich außerordentlich agil und beweglich zwischen anderen hindurchzuschlängeln. Das trug ihr natürlich neue Goldtropfen ein, bis sie aussah wie ein Nusscremehörnchen. Der Jäger hackte wie von Sinnen um sich und war der Soonerin endlich so nahe, dass er den Arm nach ihr ausstrecken konnte.

Sie umklammerte sein Handgelenk.

Der Jäger stellte sich breitbeinig hin, um einen sicheren Stand zu bekommen, dann zog er mit aller Kraft an dem Mädchen. Sie flog durch den dunklen, feuchten Tunnel zu ihm. Ein leises Stöhnen ließ sich vernehmen, und er wusste nicht, ob sie, er oder sie alle beide dieses Geräusch ausgestoßen hatten.

Schließlich war sie frei und klammerte sich gleich in ungewohnter Heftigkeit an ihn. Rety zitterte an Armen und Beinen, und der Jäger erkannte, dass unter all ihrem großsprecherischen

Getue ein kleines Mädchen steckte, das sich in dem Labyrinth ziemlich geängstigt hatte.

»Jetzt aber nichts wie los«, drängte er und zog sie am Arm.

Rety zögerte einen Moment und gab sich dann einen Ruck. »Okay, einverstanden.« Sie atmete tief ein.

Er versetzte ihr mit beiden Händen einen Schubs, und sie flog halb in den Tunnel, den er in die Hecke gehackt hatte.

Oh! Mein Lieber, du willst schon fort? War ich denn eine so schlechte Gastgeberin?

»Hoffentlich wirst du bald so trocken wie Zunder, Einzigartige, und gehst dann in Flammen auf«, murmelte der Jäger stoßweise atmend, während er hinter dem Mädchen hereilte und sich ihrem Instinkt anvertraute, den richtigen Weg zu finden.

Eines Tages wird das sicher mein Schicksal sein, Jägersmann, doch bis dahin werde ich genug zusammen haben, um ein hübsches Erbe zu hinterlassen.

Stell dir das einmal vor, mein Bester! Wenn Jijos Brache endet und neue Mieter hier einziehen, um ihre Ära leuchtender Glorie zu erleben, werden sie staunend vor der Sammlung stehen, die ich zusammengetragen habe. Zwischen ihren strahlenden Türmen und Städten werden sie meine Artefakte aus der Zeit des Interregnums bewundern und meine schönsten Stücke in Museen ausstellen, damit alle sich an ihnen ergötzen können. Und das Prunkstück dieser Sammlung wirst du sein, meine Trophäe, mein innigst geliebter Schatz. Vielleicht bist du dann das am besten erhaltene Exemplar deiner bis dahin längst ausgestorbenen Wölflingspezies.

Dwer blieb verwirrt stehen. Wie vermochte es die Spinne nur, nicht nur in seinen Geist einzudringen, sondern auch noch in die Tiefen vorzustoßen, in denen sich Worte und Ausdrücke befanden, von denen er gar nicht wusste, dass er sie kannte – wie zum Beispiel »ergötzen« oder »Interregnum«? Vielleicht hatte Lark sie ihm gegenüber einmal gebraucht, und sie hatten sich dann in einem tiefen Winkel seines Gedächtnisses festgesetzt.

Spinne, du wirst dann diejenige sein, deren Spezies ausgestorben ist. Du und deine ganze Brut!

Doch diesmal gelang es seiner Beschimpfung nicht, den fremden Geist aus dem seinen zu verscheuchen.

Mein Teurer, das liegt durchaus im Bereich des Vorstellbaren. Aber unser Typ-Design lässt sich leicht immer wieder in der Großen Galaktischen Bibliothek ausfindig machen, und wir sind viel zu nützlich, um der Vergessenheit anheimzufallen. Wann immer eine Welt umgepflügt, aufgeräumt werden und für eine Frist brachliegen muss, wann immer die Werke und Bauten einer Spezies, deren Mietvertrag abgelaufen ist, dem Erdboden gleichgemacht und zu Staub recycelt werden müssen, werden wir wieder aufs Neue auferstehen. Kann deine Spezies von ignoranten Affen für sich etwas Ähnliches in Anspruch nehmen, mein Anbetungswürdiger? Könnt ihr von euch behaupten, zu irgendetwas nütze zu sein? Mal abgesehen vielleicht – mal abgesehen vielleicht von diesem sturköpfigen Drang, unbedingt am Leben bleiben zu wollen?

Der Jäger gab keine Antwort. Schließlich musste er mit seinen Kräften haushalten. Wenn der Abstieg schon die reine Hölle gewesen war, so wurde der Aufstieg noch schlimmer. Es war mehr als doppelt so schwierig, den Rücken nach hinten zu biegen und die Ranken über einem zu zerhacken. Hinzu kamen unvermittelt zuschlagende Ranken, Säureattacken und der Nebel aus schimmernden Tropfen, durch den Rety und er sich bewegen mussten. Längst war es ihnen nicht mehr möglich, sie einen nach dem anderen abzuschütteln. Sie konnten nur noch versuchen, dem Beschuss auszuweichen, sich nicht in einem Dickicht zu verheddern und dafür zu sorgen, dass sich die Tropfen nicht in Nasenlöchern, Augen oder Ohren festsetzten.

Der Jäger bemerkte durch diesen feuchtklebrigen Strom, wie sich über ihm neue Ranken ineinander verwoben, und das auch noch schneller, als er der alten Spinne zugetraut hätte. Offensichtlich hatte Einzigartige noch ein paar Trümpfe im Ärmel zurückgehalten.

Aber, mein Wünschenswerter, was hast du denn erwartet? Dass ich dir schon gleich zu Anfang alles vorführe, was ich so draufhabe …

… dass ich dir schon gleich zu Anfang …

… dass ich dir …

Als die Stimme in seinem Kopf immer leiser wurde und dann ganz aussetzte, war der Jäger zunächst erleichtert. Immerhin gab es da noch ein paar andere Dinge, um die er sich Sorgen machen musste, wie beispielsweise den schmerzhaften Krampf in seinem Nacken oder seinen rechten Arm, der aussah, als habe er ihn in Honig getaucht, und der nach dem endlosen Hacken und Schlagen zu nichts mehr zu gebrauchen schien. Wenn doch nur der Noor mit seinem unablässigen Kläffen und Jaulen aufhören würde. Seine Laute wurden immer schriller und durchdringender, bis er sie mit den Ohren nicht mehr wahrnehmen konnte – was allerdings nicht bedeutete, dass sie damit schon aufhörten, eine Rinne unter seiner Schädeldecke zu graben.

Und als wäre das alles noch nicht genug, hielt sich auch hartnäckig ein Gedanke in seinem Bewusstsein:

Ich habe die Glaverin allein zurückgelassen. Mit zusammengebundenen Hinterläufen. Sie wird verdursten, wenn ich es nicht zu ihr zurückschaffe.

»Nach links!«, rief Rety. Er gehorchte rasch, weil er ihren raschen Reflexen vertraute, und bewegte sich so weit wie möglich in die angegebene Richtung, um einem neuen Säureschwall zu entgehen.

»Okay, alles klar!«, lobte sie.

Die Machete glitt ihm aus den Fingern. Er musste dreimal nachfassen, bevor er sie wieder so im Griff hatte, dass er weiter auf die Tentakel einhacken konnte, die sich über ihm wanden und das Licht der Abenddämmerung zusehends aussperrten. Wenn sie nicht bis zum Einbruch der Nacht draußen waren, hätte die verrückte Mulch-Spinne alle Vorteile in der Hand.

Inzwischen wurde ein Hintergrundgeräusch, das er bislang

ignoriert hatte, so laut, dass er es beachten musste. Ein tiefer, grollender Kontrabass legte sich über das Jaulen von Schmutzfuß, und rings um Rety und Dwer fing die Hecke an zu vibrieren. Ein paar ausgetrocknete Zweige brachen ab und zerfielen zu Staub. Andere überzogen sich mit Rissen, aus denen diverse Flüssigkeiten tropften – rote, orangefarbene und milchig weiße –, die mit ihren Dämpfen den beißenden Gestank verstärkten, der den Menschen in den Augen brannte. Durch diesen Nebel erkannte der Jäger nach mehrmaligem Blinzeln den Noor, der sich bereits am oberen Ende des Tunnels befand und sich knurrend vor etwas zurückzog, das jetzt von Süden her ins Blickfeld trat – etwas, das ohne irgendeine Hilfe frei in der Luft schwebte.

Eine Maschine! Ein symmetrischer Klotz mit glänzenden Seiten, die das Sonnenlicht reflektierten. Er schwebte direkt über der schwankenden Hecke.

Plötzlich explodierte am Bauch des Apparats ein grelles Licht, das direkt in die Ranke fuhr, aber Rety und Dwer verschonte, als suche es nach etwas anderem …

»Er will den Vogel!«, schrie das Mädchen. Sie hockte neben dem Jäger, zog aufgeregt an seinem Arm und zeigte zu der Stelle, wo das gefiederte Gerät gefangen saß.

»Vergiss endlich den verdammten mechanischen Flatterer!«, schimpfte Dwer. Die Hecke schwankte mittlerweile so stark, dass man davon seekrank werden konnte. Der Jäger schob die Soonerin hinter sich, als eine abgetrennte Ranke vorbeiflog und ihre Flüssigkeit verspritzte. Während er das Mädchen mit seinem Körper schützte, landete ein Strahl Sirup auf seinem Rücken, während rötliche Tropfen vor seinem Gesicht tanzten und die Machete seinen glitschigen Fingern endgültig entglitt und klappernd und von Ästen abprallend nach unten fiel.

Nun wollte es ihm so scheinen, als seien in der Hecke flüchtige Schatten zum Leben erwacht, während der Suchstrahl der

Schwebemaschine sich zu einem nadeldünnen Strich verengte, der alles versengte, mit dem er in Berührung kam.

In diesem Licht konnte der Jäger auch den Maschinenvogel sehen, der in seinem Rankengefängnis gefangen saß und mittlerweile mit goldener Patina bedeckt war. Er fing nun an, wie verrückt zu tanzen und dem Lichtstrahl entkommen zu wollen. Sein Gefieder rauchte bereits an einigen Stellen. Rety stieß einen Wutschrei aus, aber die beiden Menschen konnten in dieser Situation nicht mehr tun, als sich dort festzuhalten, wo sie gerade steckten.

Irgendwann gab das Vogelwesen auf. Es duckte sich nicht mehr und breitete die vier Schwingen aus, um so einen wenig wirkungsvollen Schutzschild zu errichten, der gleich zu qualmen begann, als der Strahl ihn erreichte und nicht mehr von ihm abließ. Der kleine Kopf schob sich unter dem Schirm hervor und drehte sich, bis er mit einem offenen Auge den Angreifer anstarren konnte.

Dwer verfolgte das Geschehen mit einer Mischung aus Faszination und Entsetzen, verspürte sogar etwas Mitleid mit dem Apparat, bis das dunkle, wie Jade glänzende Auge unvermittelt explodierte.

Der blendende Blitz war das Letzte, an das er sich für lange Zeit erinnern konnte.

SIEBTER TEIL

DAS BUCH VOM MEER

Stell keine Gifte her,
die du nicht einsetzen kannst.

Gebrauche alle Gifte,
die du zusammengerührt hast.

Wenn andere aufräumen hinter dir,

Sei nicht beleidigt,
wenn sie dafür einen Preis fordern.

Aus der Ratgeber-Schriftrolle

Alvins Geschichte

Da waren wir also. Nach einer langen Fahrt vom Hafen Whupon sind wir endlich am oberen Ende der Bergbahn angekommen, und noch während Huck, Schere und ich aus dem Wagen aussteigen (der kleine Huphu reitet auf Scheres Rücken, weil das Glück bringen soll), da galoppiert auch schon unsere Urs-Freundin Ur-ronn stark gerötet und sichtlich erregt auf uns zu.

Sie entbietet uns nicht einmal die traditionelle Gruß-Präambel, sondern fängt, während ihr schmaler Kopf vor und zurückschnellt, gleich an, in der schrecklichen Galaktik-Zwei-Version zu pfeifen, zu klicken und zu zischen, die sie gelernt haben muss, als sie noch so klein wie eine Wurzel war und mit ihrer Herde das Gras auf der Warril-Ebene abgefressen hat. Sie wissen schon, welchen Dialekt ich meine, den nämlich, der jedes zweite Doppelklick-Satzendezeichen verschluckt, sodass ich zuerst nur eine wirre Folge von Basstönen mitbekomme, die von ungeheurer Erregung untermalt ist.

Und schlimmer noch, einen Moment später fängt Ur-ronn an, uns zu beißen, als wären wir eine Gruppe von Packeseln, die zum Weitertrotten bewegt werden soll.

»Hrrrm!«, machte ich. »Jetzt aber mal halblang. Du erreichst gar nichts, wenn du nicht endlich deine uncoole Aufregung in den Griff bekommst. Was immer du auch zu sagen hast, kann sicher warten, bis du deinen Freunden, die du seit Wochen nicht mehr gesehen hast, einen ordentlichen Gruß entbietest. Immerhin sind – wiiiiiihhhh!«

Ja, so ungefähr kann man einen hoonschen Schmerzensschrei in schriftlicher Form wiedergeben. Huck war nämlich mit einem ihrer Räder über meinen linken Fuß gerollt.

»Jetzt halt mal die Luft an, Alvin. Du hörst dich schon so an wie dein Vater.«

Ich höre mich wie mein Vater an? Wie überaus unscharf!

»Hast du Ur-ronn überhaupt zugehört?«, bohrt Huck weiter.

Mein Kehlsack bläht sich einige Male auf, während ich die letzten Duras rekapituliere und das wenige zusammenzufügen versuche, was vom Redeschwall unserer Freundin bei mir angekommen ist.

Sie hat uns wirklich eine wilde Geschichte aufgetischt, alles was recht ist, und wir haben schon so manches Garn gesponnen.

»Hrrrm, habe ich richtig gehört, ein Raumschiff?« Ich starre Ur-ronn an. »Du meinst, es ist wirklich eins gelandet? Nicht wieder nur so ein blöder Komet, den du uns letztes Jahr als Sternenschiff verkaufen wolltest?«

Die Urs stampft mit einem Vorderhuf auf, weil ich einen ihrer wunden Punkte erwischt habe. Sie wechselt zu Englik über und fängt an, wütend zu lispeln: »Nein, diesssmal issst esss einsss. Glaubt mir! Isss habe gehört, wie Uriel und Gyfsss sssisss unterhalten haben. Sssie haben Sssssnappsssssüssse davon gemacht.«

Bilder, Schnappschüsse, für diejenigen, die jetzt nicht ganz mitgekommen sind. Ur-ronns gespaltene Oberlippe machte es ihr schwer, Zischlaute auszusprechen. Bilder, auf photographischen Platten … hrrrm … vielleicht will Ur-ronn uns diesmal nicht hereinlegen. »Können wir die sehen?«, frage ich.

Sie stößt ein Geräusch aus, das bei den Urs als frustriertes Seufzen gilt. »Du ssstumpfsssinniger Klossssss ausss Fell und Fett. Dasss versssussse isss eusss dosss die ganssse Ssseit sssu sssagen, ssseit der bessstusssste Waggon hier angekommen issst!«

»Ach so.« Ich verbeuge mich vor ihr. »Nun gut, worauf warten wir dann noch? Nichts wie los!«

Vor vielen Jahren hat Uriel, die Schmiedin, die Essen im Berg Guenn von Ur-tanna geerbt. Die war die Lehenserbin von

Ulennku, der wiederum das unterirdische Werk von der großen Urnunu auf dem Sterbebett vermacht worden war. Und die hatte die großen Hallen nach dem Beben im Jahr des Erscheinens des großen Eies wiederaufgebaut, bei dem der Hang sich wie ein Noor geschüttelt hat, der ins Wasser gefallen ist. Die Geschichte geht noch weiter, bis zurück in die im Dunkeln liegende Zeit, bevor die Menschen die papierne Erinnerung nach Jijo gebracht haben, als alles Wissen in einem Kopf untergebracht werden musste, weil es sonst auf immer verlorengegangen wäre. Ja, sie reicht bis zu den Tagen, in denen die ursischen Siedler kämpfen mussten, um zu beweisen, dass sie mehr waren als nur ein Haufen herumgaloppierender Wilder, die die Ebenen durchstreiften und alles, was sie besaßen, den Qheuen der Oberkaste zu verdanken hatten.

Ur-ronn erzählte gern von den Sagen ihres Volkes, wenn wir wieder zu einem Abenteuer unterwegs waren. Auch wenn vieles an ihrer Schilderung übertrieben war, müssen es doch außerordentlich mutige Urs-Stuten gewesen sein, die zu jener Zeit die rauchenden Vulkanhöhen bestiegen haben, um neben den grimmigen Lavaquellen ihre ersten, noch primitiven Schmieden zu errichten. Sie nahmen glimmende Kohlen und ständige Gefahren auf sich, um hinter das Geheimnis der Neubearbeitung buyurischen Metalls zu kommen und so ein für alle Mal das Monopol der Grauen Qheuen-Königinnen auf Werkzeugherstellung zu brechen.

Wenn man diese Geschichte hört, ist man irgendwie froh, dass die Menschen nicht früher zu uns gestoßen sind; denn die Antworten auf all jene Fragen stehen in ihren Büchern. Zum Beispiel, wie man Messerklingen, Linsen, Fenster und Ähnliches herstellt. Sicher, das hätte es den anderen Exilspezies einfacher gemacht, sich von der Oberherrschaft der Qheuen-Holzschnitzer zu befreien. Auf der anderen Seite muss man nur Ur-ronns gelispelte Berichte vernehmen, um zu erfahren, wie viel Stolz und Selbstachtung ihr Volk aus all dieser Mühe und den vielen Opfern bezogen hat.

Verstehen Sie, die Urs haben es selbständig, aus eigener Kraft vollbracht, sich Freiheit und Achtung zu verschaffen. Fragen Sie mal einen Hoon, wie wir uns ohne unsere schwankenden Schiffe und Boote fühlen würden. Die Geschichten und das Wissen der Erdlinge haben uns einige Verbesserungen und zusätzliche Kenntnisse eingebracht, aber das Meer haben sie uns nicht geben können. Weder sie noch unsere weit entfernten Patrone, die Guthast, noch die Große Galaktische Bibliothek, und erst recht nicht unsere selbstsüchtigen Vorfahren, die uns – einfach, naiv und unfertig, wie wir waren – auf Jijo abgeladen haben. Es kann einen schon ganz schön mit Stolz erfüllen, wenn man eine Sache ganz allein erledigt hat.

Und Stolz ist etwas wirklich Wichtiges, wenn man sonst nicht allzu viel vorzuweisen hat.

Bevor wir das Inferno der Schmiede betreten, legt sich Schere einen wassergetränkten Mantel über seinen weichen roten Rückenpanzer. Ich lege mir meinen Umhang um, und Huck überprüft den Sitz ihrer Schutzbrille und ihrer Stoßdämpfer. Dann führt Ur-ronn uns durch überlappende Ledervorhänge ins Werk.

Wir laufen über einen Bohlenweg aus bearbeiteten Bambusstämmen, der über brodelnde und blubbernde Becken hinwegführt, in denen Jijos Gluthitze weiß glüht. Geschickt angebrachte Durchlüftungsanlagen lenken den allgegenwärtigen Dampf zu steinernen Schlitzen, durch die sie gebündelt nach draußen dringen und jedem Beobachter wie Rauch erscheinen müssen, der aus Rissen in den Flanken des Vulkans dringt.

Große Eimer schaukeln an Seilbändern über uns hinweg. Die einen enthalten Metallschrott von den Buyur, die anderen ein weißes Sandgemisch. Jeder von ihnen wartet darauf, seinen Inhalt in eines der glühenden Becken ergießen zu dürfen, der von dort dann in Lehmformen gelenkt wird. Ursische Arbeiterinnen sind pausenlos damit beschäftigt, an Flaschenzügen zu ziehen oder mit großen Schöpfkellen umzurühren. Eine hantiert mit einer Masse flüssigen Glases, die aus einer Röhre quillt. Sie dreht sie rasch, bis aus dem Klumpen eine Scheibe geworden ist, die beim Abkühlen fester und dünner wird und irgendwann einmal irgendein Heim als Fenster zieren wird.

Einige graue Qheuen helfen den Arbeiterinnen. Denn wie sich herausgestellt hat, sind sie die Einzigen unter den Exilanten, die noch solche Arbeitsbedingungen ertragen können. Die Grauen waren sicher glücklicher, als ihre Königinnen noch alles Land am Hang beherrscht haben. Aber ich habe niemals Enttäuschung oder Verdruss in ihren steinernen Mienen gelesen. Manchmal frage ich mich, ob unser wilder und emotionaler Schere wirklich mit ihnen verwandt ist.

Ein gutes Stück von der Hitze entfernt rollen einige g'Kek über den glatten Boden und sind mit Konten- oder Hauptbüchern bewaffnet. Und noch etwas weiter entfernt überprüft ein Traeki mit pochenden Synthese-Wülsten die Zusammensetzung aller Produkte, die im Werk hergestellt werden, um sicherzugehen, dass sie nach zweihundert Jahren verrosten oder auseinanderfallen, wie die Weisen es uns vorschreiben.

Die fundamentalistischen und orthodoxen Schriftrollengläubigen erklären, dass wir so etwas wie eine Schmiede gar nicht haben dürften; dass es sich dabei um eitlen Tand handele, nur dazu angetan, uns vom wahren Weg abzulenken, der nämlich durch Vergessen zum Heil führe. Aber ich für meinen Teil halte diesen Ort für superscharf, auch wenn hier der Rauch in meinen Kehlsack dringt und meine Rückgratschuppen zum Jucken bringt.

Ur-ronn führt uns durch eine Menge Ledervorhänge, bis wir schließlich die Laborgrotte erreichen, in der Uriel die Geheimnisse ihrer Kunst studiert – sowohl die, die ihre Vorfahren unter Opfern und Mühen enträtselt haben, als auch die, die in den Büchern der Menschen nachzulesen sind. Das Belüftungssystem sorgt hier ständig für frische Luft, und wir können unsere Schutzkleidung ablegen. Schere ist froh, den Mantel auf dem Rücken endlich loswerden zu können, und verschwindet sofort in der Nische, in der die Brause angebracht ist. Ich reibe meinen Kehlsack mit einem nassen Schwamm ab, während Huphu bester Dinge das Wasser auf sich herabrieseln lässt. Ur-ronn hält, wie es Art ihres Volkes ist, Abstand vom Wasser und zieht es vor, sich in feinem, sauberem Sand zu wälzen.

Huck rollt währenddessen einen Flur mit vielen Türen entlang und späht neugierig in die verschiedenen Laborräume. »Pst! Alvin!«, flüstert sie dringlich und winkt mich mit einem Arm und zwei Augenstielen zu sich. »Komm mal gucken. Rat mal, wer schon wieder hier ist.«

»Wer denn?«, will Schere gleich wissen und kommt aus seiner Dusche, wobei er fünffache nasse Spuren hinterlässt. Ur-ronn weicht seinen kleinen Pfützen mit ihren klappernden Hufen geschickt aus.

Ich habe schon eine ziemlich gute Vorstellung, von wem Huck gesprochen haben kann, denn kein Schiffspassagier kann in Whupon an Land gehen, ohne dass der Hafenmeister davon erfährt, und diesen Posten füllt meine Mutter aus. Sie hat mir zwar nichts verraten, aber ich habe einiges von den Gesprächen der Erwachsenen mitbekommen und so erfahren, dass das letzte Abfallschiff, das anlegte, einen wichtigen menschlichen Besucher mitgebracht hat. Dieser ist letzte Nacht von Bord gegangen und hat sich gleich zur Bergbahn des Guenn begeben.

»Hrrrm, ich wette um einen Süßbambus, dass es sich wieder um diesen Weisen handelt«, erkläre ich daher, noch bevor ich die Tür erreicht habe. »Der aus Biblos.«

Hucks Augenstiele senken sich enttäuscht, und sie murmelt: »Reines Anfängerglück.« Dann tritt sie beiseite, um uns Platz zu machen.

Ich kenne diesen Raum. Bei den meisten früheren Besuchen

habe ich in der Tür gestanden und mit großen Augen all das verfolgt, was hier vor sich gegangen ist. Die große Kammer enthält Uriels geheimnisvolle Maschine – ein angsteinflößendes Gebilde aus Hebeln, Kabeln und sich drehendem Glas, das die hohe gewölbte Höhle wie ein Apparat in einer viktorianischen Fabrikhalle auszufüllen scheint, über die man manchmal in den Romanen von Dickens lesen kann. Nur tut dieses wundervolle Ding schlichtweg nichts – zumindest haben wir es noch nie in irgendeiner Weise in Aktion gesehen. Die Maschine fängt nur das Licht hundertfach mit ihren wirbelnden Kristallscheiben auf, die wie die von geisterhaften Miniatur-g'Keks aussehen und sich unentwegt drehen, auch wenn sie das nicht einen Fingerbreit vom Fleck bringt.

Ich entdecke den menschlichen Besucher, der sich über einen Gestelltisch beugt. Vor ihm liegt aufgeschlagen ein wertvoll aussehender Foliant. Er zeigt auf ein Diagramm, während Uriel um ihn herumläuft, unentwegt ein Bein hebt und immer wieder heftig den Kopf schüttelt. Die Nüstern der Schmiedin mit ihrem grauen Haarkranz sind aufgebläht.

»Bei allem gebührenden Ressspekt, Weissser Furofsssky, aber du wärssst bessser sssur Versssammlung gegangen, ssstatt disss hierherzubemühen. Isss kann nissst sssehen, wie diesssesss Buch unsss bei unssseren Ssswierisss-, bei unssserem Problem nütssslisss ssein könnte.«

Der Mensch trägt den schwarzen Umhang eines niederen Weisen – die in den heiligen Hallen von Biblos in der Gesellschaft von einer halben Million gedruckter Bände leben und das Wissen verwalten, das vor dreihundert Jahren über uns gekommen ist. Er wirkt auf hoonische Weise schön – so etwas widerfährt einem männlichen Menschen, wenn seine Haarmähne grau wird und er sich das Gesichtshaar lang wachsen lässt. Furofskys große, lange Nase verstärkt diesen Effekt noch. Der Weise tippt jetzt wieder mit einem Finger auf den Band, und zwar so hart, dass ich schon um den Erhalt der kostbaren Seiten fürchte.

»Aber ich sage dir, dieser Algorithmus ist genau das, was du brauchst! Damit lässt sich alles in einem Zehntel der Zeit bewerkstelligen, und zwar mit weniger Teilen, wenn du nur ...«

Das, was jetzt folgt, kann ich unmöglich schriftlich wiedergeben, denn die beiden unterhalten sich in einem Englik-Dialekt, der unter ihnen als »Techniker-Fachchinesisch« bekannt ist (ich habe noch nicht einmal eine Ahnung, was der Begriff bedeutet). Und selbst mein großes hoonisches Gedächtnis hilft mir nicht weiter, wenn ich Wörter niederschreiben soll, die mir nichts sagen und die ich auch nicht buchstabieren kann. Anscheinend ist der Weise gekommen, um Uriel bei irgendeinem Projekt zu helfen. Jeder, der die Schmiedin kennt, weiß, wie sehr sie sich gegen jede Hilfe sträubt.

Etwas abseits von den beiden steht Urdonnol, eine jüngere Urs und angehende Technikerin. Die Meisterin hat ihr die vertrauensvolle Aufgabe übertragen, sich um diese Maschine zu kümmern und sie zu warten (wofür auch immer sie gut sein mag). Urdonnol umtrabt die wackelnde, quietschende Anlage, späht hier hinein, zieht dort einen Gurt stramm und gibt da ein paar Tropfen Öl in eine Öffnung. Als Lehrling im letzten Jahr ist sie nur noch zwei Hufe davon entfernt, Uriels Nachfolgerin zu werden.

Die einzige andere Kandidatin für dieses Amt ist Ur-ronn, zum einen, weil sie hervorragende Schulnoten vorweisen kann, und zum anderen, weil sie die Uriel am nächsten stehende Cousine ist, die von dem Wurf in der Steppe bis zum heutigen Tag übriggeblieben ist. Ohne Zweifel gibt sich Urdonnol deswegen mit der Maschine solche Mühe – dem Lieblingsprojekt der Meisterin –, um ihre eigenen Chancen auf die Nachfolge zu vergrößern (obwohl jedem, der sie näher kennt, klar ist, dass sie diesen Apparat von Herzen hasst).

Zwergzentauren stecken in der Maschine, klettern hierhin und dorthin und übernehmen die Feinabstimmungen. Normalerweise bekommt man männliche Urs nur selten außerhalb der Beutel ihrer Frauen zu sehen. Aber diese hier ziehen unter Urdonnols Anweisung Schrauben an und erledigen andere Dinge. Ich vermute, sie wollen damit beweisen, dass männliche Urs ebenso technisch begabt sind wie weibliche.

Ich beuge mich zu Huck hinab und flüstere ihr zu: »Muss ja ein tolles Sternenschiff sein. Wenn wirklich eines gelandet wäre, würden sie sich hier kaum mit ihrem Spielzeug abgeben.«

Ur-ronn muss mich gehört haben. Sie dreht ihren schmalen Kopf zu mir, hat eine beleidigte Miene aufgesetzt und entgegnet mit zwei geschlossenen Augen: »Isss habe genau gehört, wasss Uriel und Gyfsss miteinander beredet haben. Und wasss weisss denn überhaupt ssson ssso ein Klugssseisser wie du!«

»Genug, um zu erkennen, dass diese sich drehenden Glas-Jojos nicht ein Haar auf einem Qheuen-Panzer mit einem gelandeten Raumschiff zu tun haben.«

Auch wenn wir uns nicht streiten würden, wäre es für uns vier nicht einfach gewesen, in diesen Raum zu spähen und uns dabei möglichst unauffällig zu verhalten – am wenigsten so, wie man es in den Detektivgeschichten der Menschen lesen kann, wenn jemand observiert wird. Trotzdem hätten die Anwesenden in der Kammer uns vielleicht nicht bemerkt, wenn in diesem Moment nicht der Noor Huphu beschlossen hätte, schwanzwedelnd hereinzustürmen und die sich drehenden Glasscheiben zu verbellen.

Noch ehe wir fassen, was geschehen ist, ist er schon auf ein Band gesprungen, muss laufen, ohne von der Stelle zu kommen, und kläfft die verschreckten männlichen Urs an.

Urdonnol blickt auf, hebt entsetzt die Arme und zeigt so die hellfarbigen Drüsen unter ihren beiden Brutbeuteln.

»Vorfall dieser bedeuten? Vorfall bedeuten?«, trillert die Maschinenhüterin schrill. Ihre Aufregung steigert sich noch, als die

Meisterin sich umdreht, um festzustellen, was die Störung zu bedeuten hat.

Trotz aller Stereotype über uns kann ein Hoon sehr rasch reagieren, wenn er sieht, dass Not am Mann ist. Ich renne zu Huphu, packe ihn, schimpfe ihn aus und eile zu den anderen zurück, von denen ich jetzt sicher mehrere Standpauken zu hören bekomme.

»Verhalten sein erstaunlich/unerträglich nicht zu dulden/unentschuldbar«, erklärt Urdonnol so streng und ernst, wie es ihr nur möglich ist. »Ein Unterbrechung von ein wichtig Kongress durch Gören/Minderjährigen/Unmündigen/Hirnunentwickelten ...«

Uriel schreitet jetzt ein und unterbricht Urdonnols Beschimpfungen, ehe Ur-ronn, die schon wütend mit den Vorderhufen aufstampft, sich genötigt sieht, es ihr mit gleicher Münze heimzuzahlen.

»Das reicht jetzt, Urdonnol«, erklärt die Meisterin in Galaktik Sieben. »Führe die jungen Leute doch bitte zu Gybz, der mit ihnen etwas bereden will, und kehre dann sofort zurück. Wir müssen noch eine Menge Probeläufe an verschiedenen Modellen durchführen, ehe dieser Tag zu Ende ist.«

»So soll es geschehen, Meisterin«, entgegnet Urdonnol, wendet sich dann mit einer aggressiven Kopfdrehung an uns und zischt: »Kommt schon, ihr Bande von unappetitlichen Abenteurern.«

Sie sagt das voller Spott. So etwas ist in Galaktik Sieben möglich, klingt aber nie so beißend wie in Englik.

»Nun trödelt nicht. Euch ist die Ehre zuteilgeworden, eurer Bitte zu entsprechen.

Euer großer Plan soll in Erfüllung gehen.

Eure Expedition zur Hölle, für die ihr kein Rückticket gebucht habt.«

ACHTER TEIL

DAS BUCH VOM HANG

Legenden

Es heißt, dass wir alle uns an den Glavern ein Beispiel nehmen sollen.

Von den sieben Spezies, die am Hang ihre Exilantenkolonien gegründet haben, sind sie die einzige, der es gelungen ist, aus dem Gefängnis auszubrechen, das ihre Vorfahren für sie errichtet haben. Dies gelang ihnen, indem sie den Pfad der Erlösung gefunden und beschritten haben.

Nun sind sie unschuldig und können nicht länger als Kriminelle angesehen werden; denn sie sind mit Jijo eins geworden. Im Lauf der Zeit mögen sie sich vielleicht sogar erneuern und den so selten erteilten Segen erhalten – unter den Sternen eine zweite Chance zu erhalten.

Für die Erdlinge – der jüngsten der sieben Spezies, die hier anlangten – ist es eine Quelle fortwährender Frustration, die Glaver niemals als denkende und sprechende Wesen erlebt zu haben. Selbst die Hoon und Urs kamen zu spät nach Jijo, um sie auf dem Höhepunkt ihrer Entwicklung zu sehen. Es heißt, damals hätten die Glaver über einen außerordentlichen Verstand verfügt und ein Talent für Arterinnerung besessen.

Wenn man heute ihre Nachkommen erlebt, wie sie in unseren Abfällen herumwühlen, mag man sie sich kaum als eine Spezies von bedeutenden Sternenfahrern vorstellen, die außerdem die Patrone von drei Klientelspezies gewesen sind.

Welche Verzweiflung hat diese Glaver wohl hierhergeführt, um für sich das Heil im Vergessen zu suchen?

Die g'Kek berichten uns, dass aufgrund mündlicher Überlieferung ein finanzielles Desaster dafür verantwortlich gewesen sein soll.

Früher sollen die Glaver, so weiß es obengenannte mündliche Überlieferung, zu den wenigen Spezies gehört haben, die sich mit den Zang verständigen konnten – jener Zivilisation von Wasserstoffatmern, die parallel zur Gemeinschaft der sauerstoffatmenden Völker existiert und sich für etwas Besseres hält. Diese Fähigkeit nutzten die Glaver, um als Boten und Emissäre zwischen beiden Sphären zu agieren, und das hat ihnen großen Reichtum und viel Prestige eingebracht – bis sie einmal das Kleingedruckte in einem Vertrag nicht aufmerksam genug gelesen haben und ihnen ein furchtbarer Fehler unterlaufen ist, der sie in den finanziellen Ruin trieb und sie den Zang viel Geld schulden ließ.

Man sagt, die Zang seien geduldig. Die Schuldsumme wird erst in siebenhunderttausend Jahren fällig. Doch die anfallenden Wucherzinsen sollen so ungeheuer sein, dass die Glaver, und mit ihnen ihre Klientelspezies, völlig am Ende angelangt sind.

Den Glavern blieb nur noch ein Gut, eine wertvolle Ware, mit der sie Handel treiben konnten, vorausgesetzt sie fänden jemanden, der sich dafür interessiere.

Nämlich sie selbst.

Gesammelte Geschichten um Jijos Sieben,
Dritte Auflage.
Abteilung für Folklore und Sprachen,
Biblos, im Jahr des Exils 1867.

Asx

Das Schiff der Plünderer verschwand so schnell, wie es gekommen war. Inmitten eines Sturms aus wirbelnden Bröckchen und Zweigen erhob es sich aus unserem armen, geschundenen Wald. Ein Tornado folgte ihm, als habe Jijo selbst eine geisterhafte Hand ausgestreckt, um nach ihm zu greifen und es festzuhalten.

Dennoch war diese Abreise für uns kein Grund zur Freude, denn die Mannschaft hatte versprochen zurückzukehren. Und daran war nicht zu zweifeln, denn neben der noch rauchenden Narbe, die das Schiff bei seiner Landung hinterlassen hatte, blieb ein schwarzer Würfel zurück. Er besaß eine Länge von einem halben Bogenschuss, und seine Seiten waren absolut glatt, bis auf die Stelle, wo die Rampe zu der offenstehenden Luke führte.

Nicht weit davon waren zwei der Tarnpavillons vom Versammlungsplatz geholt und aufgebaut worden. Und das auf Bitten der Sternengötter hin, die zurückgeblieben waren, als ihr Schiff sich in die Lüfte erhoben hatte. Das kleinere Zelt sollte als Konferenz- und Verhandlungsort zwischen ihnen und uns dienen, während sie im größeren »Proben untersuchen« wollten. Und schon arbeitete eine Gruppe der Sternenmenschen unter dem Pavillon und fütterte dunkle, geheimnisvolle Maschinen mit dem, was sie bereits vom Leben Jijos aufgesammelt hatte.

Der Schock saß den Mitgliedern der Gemeinschaften noch in den Knochen. Obwohl die Weisen immer wieder unsere Einheit beschworen, zogen sich die Sechs nach Spezies und Sippen getrennt zurück. Ein jeder schien die Geborgenheit und Sicherheit seiner Art zu suchen. Boten eilten zwischen diesen Gruppen hin und her und führten im Flüsterton Geheimverhandlungen durch. Nur die jüngste Spezies unserer Sechsheit durfte dabei nicht mitmachen – ihre Boten wurden gleich wieder zurückgeschickt.

Zu diesem Zeitpunkt wünschte niemand, nicht einmal die Traeki, sich mit den Menschen einzulassen.

Sara

Am Nachmittag erreichte der Fluss das Land der Canyons und Schluchten. Als erinnere es sich einer dringenden Besorgung, eilte das Wasser durch dieses Terrain von dornigen Büschen, die sich an die erodierten Hänge klammerten. Sara kannte dieses Schlechtland von Ausflügen zur Fossiliensuche, die sie in der Kindheit mit ihren Brüdern unternommen hatte. Trotz der Hitze, den schlecht gewordenen Vorräten und dem allgegenwärtigen Staub waren das angenehme Tage gewesen – vor allem dann, wenn Melina sie begleitet hatte, bevor die hartnäckige Krankheit sie dahingerafft und Nelo als alten Mann zurückgelassen hatte.

Der weiche Akzent der Mutter wurde härter, so erinnerte sich Sara jetzt, je weiter sie nach Süden kamen. Der offene Himmel schien ihr nie auch nur das geringste Unbehagen bereitet zu haben.

Im Gegensatz dazu wurde die Besatzung der *Hauph-woa* mit jeder Meile, die sie hier zurücklegte, immer rastloser, und das lag nicht allein an der Episode vom Morgen, als die Dörfler an der zerstörten Brücke ihren fehlgeschlagenen Piratenangriff unternommen hatten. Ganz offensichtlich hätten es die Hoon-Seeleute vorgezogen, den Rest des Tages im Schatten unter einem Felsvorsprung abzuwarten. Der Kapitän musste sie mit einem an Blähungen erinnernden Ausstoß aus seinem Kehlsack daran gemahnen, dass sie sich hier nicht auf einer x-beliebigen Abfallverklappungsmission befanden, sondern im Auftrag der Gemeinschaften in einer dringenden Mission unterwegs waren.

Ein anhaltender Westwind füllte fast die ganze Zeit über die Segel des Schiffes, das von der Strömung davongetragen wurde. Und an den Stellen, an denen der Druck des Flusses zu stark wurde, pflegten die erfahrenen Matrosen Hebelzüge an geschickt getarnten Windmühlen – sie sahen aus wie umgedrehte Eierlöffel – zu nutzen, die von den Winden unter den Felsvorsprüngen angetrieben wurden. Doch das erste Paar Windmühlenflügel flog heran und war schon vorüber, ehe noch jemand aus der daran angebrachten Hütte herauskommen und auf die Rufe der Hoon reagieren konnte. Und eine halbe Midura später konnte der Aufseher der nächsten Windmühle gerade seine Begrüßungspräambel hervorsprudeln, da hatte der Fluss die *Hauph-woa* auch schon fortgetragen.

Wie beim Zug der Zeit, dachte Sara. *Sie zieht einen in die Zukunft, noch ehe man dazu bereit ist. Und es bleibt einem nichts anderes übrig, als eine lange Spur von Bedauern zurückzulassen.*

Wenn das Leben einem doch nur hin und wieder ein Tau zur Verfügung stellen würde, an dem man sich in die Vergangenheit zurückhangeln könnte, um so die Chance zu erhalten, die Richtung seines Lebensstroms ein wenig zu ändern.

Ja, was würde sie tun, wenn sie tatsächlich die Gelegenheit erhielte, ihre letzten beiden Jahre noch einmal zu leben? Hätte denn irgendeine Art von Voraussicht den süßen Schmerz verhindern können, jemandem sein Herz zu schenken, der es nicht gebrauchen konnte? Selbst wenn eine Hellseherin ihr verraten hätte, was aus Joshu werden würde, hätte sie dann die Kraft besessen, all die Monate der trunkenen Wonne zurückzuweisen, die ihr erst einmal bevorstanden und in denen sie sich erfolgreich vorgemacht hatte, dass er ihr allein gehören könne?

Hätte alle Prophezeiung denn bewirken können, ihm das Leben zu retten?

Ein Bild tauchte vor ihrem geistigen Auge auf – ungebeten

und unerwünscht entstieg es ihrem Gedächtnis. Die Erinnerung an den Tag, an dem sie ihre Bücher und Karten zusammengerafft hatte, aus der Zitadelle von Biblos geflogen und heim in das Baumhaus am Dolo-Damm geflohen war, um sich in ihre Studien zu vergraben.

– schwarze Banner flatterten im Westwind, der das wuchtige Steindach der Burg umwehte …

– Murmeldrachen, die an ihren Leinen zerren und ihr Lamento jammern, während Joshu und die anderen Opfer der Seuche rituell mit Stroh bedeckt werden …

– eine große, hellhäutige Frau, die vor Kurzem erst mit einem Schiff von der fernen Stadt Ovoom gekommen ist und an Joshus Bahre steht; die dort die Pflichten der Ehefrau erfüllt und ihm den sich windenden Wulst auf die Stirn legt, der sein sterbliches Fleisch in glänzenden, kristallenen Staub verwandeln wird …

– die gefasste, kühle Miene des Weisen Taine, die von einer Mähne aus Haar, hart wie Buyur-Stahl, umrahmt wird, als er sich ihr nähert und ihr übertrieben würdevoll ihre ein Jahr währende Indiskretion verzeiht … ihre »Geschichte« mit einem bloßen Buchbinder … und im selben Atemzug sein Angebot wiederholt, mit ihm eine ziemlichere Beziehung einzugehen …

– ihr letzter Blick auf Biblos, auf die hohen Wälle, die leuchtenden Bibliotheken und das mit Wald bewachsene Dach … ein Teil ihres Lebens findet hier so unwiederbringlich sein Ende, als ob sie gestorben sei …

Die Vergangenheit ist ein bitterer Ort, sagen die Schriftrollen. *Nur der Pfad des Vergessens führt letztendlich zur Erlösung.*

Ein lautes entsetztes Keuchen ging dem Geklapper und dem Zerbrechen von Porzellan voraus.

»Miss Sara!«, rief eine atemlose Stimme. »Kommt bitte rasch! Kommt alle!«

Sie verließ rasch die Steuerbordreling und entdeckte Pzora, der aufgeregt schnaufte und flehentlich die Manipulations-Arme ausgestreckt hielt. Saras Herz tat einen Satz, als sie das Lager des Fremden leer und die Decken unordentlich zurückgeschlagen vorfand.

Sie sah ihn schließlich, wie er zwischen drei Kisten mit menschlichem Abfall lag und eine Keramikscherbe in der Hand hielt. Die Augen des Verwundeten waren weit aufgerissen und starrten wild auf den Traeki-Apotheker.

Er fürchtet sich vor Pzora. Aber warum?, fragte sie sich.

»Hab keine Angst«, sprach sie ihn auf Galaktik Sieben an und trat langsam auf ihn zu. »Du brauchst dich doch nicht zu fürchten.«

Seine Augen waren nahezu weiß, von der Iris war kaum noch etwas zu erkennen, als er langsam den Blick von dem Traeki ab- und ihr zuwandte. Sara hatte den Eindruck, es sei ihm unmöglich, sie beide gleichzeitig anzusehen, sich auf Traeki und Menschin gemeinsam konzentrieren zu können.

Sara wechselte auf Englik über, weil einige menschliche Küstensiedlungen sich nur in dieser Sprache verständigten und sie ja nicht wusste, woher der Fremde stammte.

»Alles ist in Ordnung. Wirklich alles. Du bist in Sicherheit. Glaub es mir. Du hast dich verletzt. Sogar ziemlich schlimm. Aber du befindest dich auf dem Weg der Besserung. Du hast nichts zu befürchten, ganz ehrlich.«

Einige ihrer Worte riefen bei ihm eine stärkere Reaktion hervor als die meisten anderen. »Sicherheit« schien ihm zu gefallen. Also wiederholte sie den Begriff und streckte gleichzeitig eine Hand aus. Der Fremde warf ängstliche Blicke auf das Wulstwesen. Sara stellte sich vor den Traeki, damit er ihn nicht mehr sehen konnte, und tatsächlich legte sich die Anspannung des Verwundeten ein wenig. Seine Augen verengten sich und konzentrierten sich auf die Frau.

Schließlich stieß er ein resigniertes Seufzen aus und ließ die Scherbe aus den zitternden Fingern fallen.

»So ist es richtig«, versicherte Sara ihm. »Niemand will dir etwas tun.«

Obwohl seine erste Panik verflogen war, äugte er doch immer wieder nach dem Apotheker des Dorfes Dolo. Sobald er ihn sah, schüttelte er verwirrt den Kopf und verzog angewidert das Gesicht.

»Ver'ammt … ver'ammt … ver'ammt …«

»Wir wollen aber höflich bleiben«, tadelte sie ihn, während sie ihm gleichzeitig eine zusammengefaltete Decke unter den Kopf schob. »Ohne Pzoras Medizin würdest du nicht diese hübsche Schiffstour zur Stadt Tarek unternehmen können. Warum fürchtest du dich überhaupt vor einem Traeki? So etwas habe ich ja noch nie gehört.«

Man sah ihm an, wie es in ihm arbeitete. Er blinzelte mehrmals und startete dann seinen zweiten mühsamen Versuch, etwas von sich zu geben:

»Bit … bitt-du … du wohhhh …«

Frustriert stellte er sein Stammeln ein und schloss den Mund. Er presste die Lippen aufeinander, bis sie nur noch eine dünne weiße Linie darstellten. Seine Linke fuhr langsam hoch, bis sie den Kopf erreichte – auf den Verband zu, der seine Wunde bedeckte. Doch kurz davor hielt seine Hand inne, als würde die Berührung seine schlimmsten Befürchtungen bestätigen. Die Hand sank nach unten, und aus seiner Brust löste sich ein langgezogenes, röchelndes Seufzen.

Nun ja, wenigstens ist er wach, sagte sie sich und überlegte, ob sie hier einem Wunder beiwohnte. *Bei Bewusstsein und nicht länger im Fieber.*

Der Vorfall hatte Gaffer angezogen. Sara forderte sie auf, ein paar Schritte zurückzutreten. Wenn schon ein Traeki den Verwundeten in Panik versetzte, wie musste es ihm dann erst beim

Anblick eines Qheuen ergehen, dessen fünf Beine mit scharfen Klammerhaken besetzt waren? Selbst heute noch gab es einige Menschen, denen es nicht passte, Mitglieder der anderen Spezies in ihrem Dorf zu haben.

So konnte es nicht verwundern, dass der nächste Laut des Fremden sie vollkommen verblüffte.

Der Verwundete lachte schallend.

Er hatte sich aufgerichtet, und sein Blick wanderte von einem zum anderen – blieb an Jomah, dem Sohn des Sprengmeisters hängen, der auf Klinges breiten Rücken gestiegen war und sich an dem Kuppelschädel festhielt, der aus dem blauen Schutzpanzer wuchs. Klinge war immer zu allen Kindern im Dorf freundlich gewesen, und die Kleinen liebten ihn. Sara hatte sich bis eben nichts dabei gedacht. Doch der Fremde prustete jetzt, die Augen drohten, ihm aus dem Kopf zu fallen, und er zeigte immer wieder auf dieses Paar.

Als er endlich die Zeit fand, seinen Blick weiterwandern zu lassen, gewahrte er einen Matrosen, der einen Noor mit Leckereien fütterte, und den Schimpansen Prity, der sich auf die Schulter eines anderen Hoon gehockt hatte, um besser sehen zu können. Der Verwundete stieß ein heiseres, ungläubiges Kichern aus.

Beim Anblick des g'Kek-Schrifttänzers Fakoon, der mit seinen Rädern zwischen Pzora und die ursische Hausiererin Ulgor gerollt war, blieb ihm buchstäblich die Spucke weg. Fakoon richtete zwei Augenstiele auf den Fremden und wandte sich mit den beiden anderen an die Umstehenden, als wolle er fragen: »Was ist denn hier los?«

Schließlich klatschte der Fremde wie ein vergnügtes Kind in die Hände und lachte dann, bis ihm die Tränen über die dunklen, eingefallenen Wangen liefen.

Asx

An diesem Nachmittag konnte es einem so vorkommen, als sei die Erleuchtung, die das Ei uns gebracht hatte – und auch all die harte Arbeit der vorangegangenen Jahre zur Schaffung der Gemeinschaften –, mit einem Schlag vergessen worden. Nur wenige hatten ihren Rewq aufgesetzt, und das war auch kein Wunder, weil das allgegenwärtige Misstrauen die Symbionten vergiftete und von den Stirnen ihrer Träger rutschen ließ, um in moosverzierten Taschen vor sich hin zu grübeln. Somit blieb uns nichts anderes übrig, als uns wieder allein auf das gesprochene Wort zu verlassen, wie wir das schon in der Vergangenheit getan hatten, als bloße Worte missverstanden worden waren und einen Krieg ausgelöst hatten.

Mein Volk brachte Proben der gehässigsten Gerüchte, und ich legte mein Basissegment über dieses Gift, damit die Dämpfe in unseren Zentralkern aufsteigen und widerwärtiges Verstehen dieser üblen Gedanken bescheren konnten –

– Unseren menschlichen Nachbarn ist nicht mehr zu trauen, falls man ihnen überhaupt jemals Glauben schenken durfte.

– Sie werden uns bestimmt an ihre Gen-Vettern von dieser Plündererergruppe verkaufen.

– Alles nur ein großer Haufen Lügen, was sie uns in buntschillernden Farben über ihr armes, ohne Patron auskommendes Wölflingsvolk aufgetischt haben, das in den Fünf Galaxien nur auf Verachtung stoße.

– Sie haben nur vorgetäuscht, hierher ins Exil gekommen zu sein. In Wahrheit wollten sie die ganze Zeit nur uns und diese Welt auskundschaften.

Und noch gallenbitterer war folgendes Geraune:

– Sie werden bald mit ihren Verwandten von hier abziehen, in den Himmel aufsteigen, um wieder das gottähnliche Leben unserer Vorfahren zu führen. Sie durchstreifen das All und lassen uns zurück, damit wir an diesem elenden Ort verwünscht und vergessen verrotten.

Das war wirklich die gemeinste Unterstellung, so widerlich, dass wir eine geräuschvolle, melancholische Rauchwolke absonderten.

Die Menschen … war ihnen so etwas Schändliches wirklich zuzutrauen? Würden sie uns wirklich im Stich lassen?

Wenn das jemals geschehen würde, wäre für uns die Nacht genauso verabscheuungswürdig wie der Tag. Denn in der dunklen Hälfte des Tages würden wir stets das vor Augen haben, was die Menschen für sich zurückerobert hatten.

Die Sterne.

Lark

Die Biologin der Räuber machte ihn nervös. Ling hatte so eine Art an sich, ihn anzusehen, dass er ganz verwirrt wurde und sich vorkam wie ein Wilder oder ein Kind.

Und trotz seiner größeren Anzahl an Jahren war er im Vergleich zu ihr ja auch so etwas wie ein Unmündiger. Zum einen reichte alles Wissen, das er in seinem der Forschung gewidmeten Leben angesammelt hatte, nicht aus, auch nur eine der kristallenen Gedächtnisscheiben zu füllen, die sie so selbstverständlich und geschickt in die tragbare Konsole steckte, die sie sich über ihren grünen Einteiler gehängt hatte.

Die exotischen, hochgeschwungenen Wangenknochen der Frau, im Verein mit ihren großen hellbraunen Augen, ließen ihm irgendwie keine Ruhe. »Bist du bereit, Lark?«, fragte sie.

Sein Rucksack enthielt vier Tagesrationen, also würde er unterwegs nicht auf die Jagd gehen oder sich sonst wie Vorräte beschaffen müssen. Aber leider musste er bei dieser Reise sein kostbares Mikroskop zurücklassen. Das gute Stück, eine kunstfertige ursische Arbeit, wäre ihm doch neben den Geräten, die Ling und ihre Gefährten zur Untersuchung der Organismen hatten – sie konnten sogar ihre Moleküle betrachten –, wie ein allzu klobiges Kinderspielzeug vorgekommen. *Was kann ich ihnen schon mitteilen, was sie nicht schon längst wissen? Was können sie nur von uns wollen?*, fragte er sich mehrmals.

Das beschäftigte nicht nur ihn, sondern auch die wenigen Freunde, die noch mit ihm sprachen. Und diejenigen, die den Menschen den Rücken zukehrten, weil sie mit den Plünderern verwandt waren, debattierten auch darüber.

Aber die Weisen haben einen Menschen, und dazu noch einen Häretiker, damit beauftragt, einen dieser Kriminellen durch einen Wald voller Schätze zu führen. Um mit ihnen den Tanz zu beginnen, in dessen Verlauf über unser Leben verhandelt wird.

Die Sechs hatten wenigstens eines anzubieten. Etwas, das sich nicht in dem offiziellen Eintrag über Jijo in der Galaktischen Bibliothek fand, den die Buyur zusammengestellt hatten, bevor sie ausgezogen waren. Und dabei handelte es sich um die neueren Daten: Wie hatte sich der Planet in der letzten Million Jahre verändert? Und bei diesem Thema war Lark ein so geeigneter Experte, wie das für einen ortsansässigen Wilden nur möglich war.

»Ja, ich bin bereit«, antwortete er der Frau aus dem Sternenschiff.

»Fein, dann los.« Sie bedeutete ihm, die Führung zu übernehmen.

Lark nahm seinen Rucksack auf und zeigte ihr den Weg, der hinaus aus dem Tal der niedergepressten Bäume führte. Die Route verlief so weit wie möglich am Ei vorbei. Natürlich wäre es töricht gewesen anzunehmen, dass die Existenz des Eies den Fremden auf Dauer verborgen bleiben würde. Seit Tagen durchstreiften ihre Robot-Aufklärer Täler und Höhen und erkundeten

Wasserläufe und Löcher, aus denen Rauch stieg. Dennoch bestand immer noch die Möglichkeit, dass sie das Ei bislang übersehen oder schlicht für eine weitere Felsformation gehalten hatten – natürlich würde der ganze Schwindel auffliegen, wenn das Ei wieder sang.

Larks Weg führte auch in die entgegengesetzte Richtung, weg von dem Tal, in das man die Unschuldigen gesandt hatte – die Kinder, die Schimpansen, die Lorniks, die Zookirs und natürlich die Glaver. Vielleicht bekamen die Augen der Plünderer ja doch nicht alles mit. Nicht auszuschließen, dass man das eine oder andere Wertvolle vor ihnen verborgen halten konnte.

Bis jetzt stimmte Lark durchaus dem Plan der Weisen zu.

Normalerweise drängten sich ganze Haufen von Neugierigen am Talrand, um zuzusehen, wie der schwarze Würfel das Sonnenlicht trank, ohne es zu reflektieren. Als die beiden Wanderer diese Höhe erreichten, fuhr eine Gruppe von Urs nervös vor ihnen zurück, und ihre Hufe klapperten wie Kieselsteine auf dem harten Felsgrund. Es handelte sich bei ihnen ausnahmslos um junge Stuten, deren Gefährtentaschen noch leer waren. Genau die Sorte, die am ehesten Ärger machen würde.

Ihre konischen Schädel bewegten sich auf und ab. Sie zischten die beiden Menschen an, gingen in Trotzstellung und bleckten ihre gezackten Zahnreihen. Larks Schultern spannten sich an. Der Rewq in seiner Gürteltasche krümmte sich, weil er den aggressiven Geruch wahrnahm.

»Lass das!«, warnte er, als Ling ein Gerät auf die Gruppe Urs richtete. »Einfach weitergehen.«

»Wieso? Ich will doch nur …«

»Dessen bin ich mir sicher. Aber jetzt ist kein guter Zeitpunkt dafür.«

Er legte ihr eine Hand auf den Ellenbogen und führte sie fort. An diesem ersten Körperkontakt konnte er ermessen, dass sie nicht eben schwach war.

Ein Stein kam von hinten herangeflogen und landete vor ihnen auf dem Boden. Dem folgte ein zischender Ruf:

»Dussssselige Eissshönssssen!«

Ling drehte sich neugierig um, aber Lark zog sie gleich weiter. Weitere Stimmen fielen ein:

»Eissshönsssen!«

»Ssstinkige Eissshönsssen!«

Mehr Steine wurden nach ihnen geworfen. Sorge zeigte sich in Lings Augen. Lark beruhigte sie gleich: »Urs können nicht besonders gut werfen. Im Zielen sind sie einfach lausig. Selbst mit Pfeil und Bogen können sie nicht richtig umgehen.«

»Sie sind unsere Feinde«, bemerkte die Plünderin und beschleunigte von sich aus ihre Schritte.

»So weit würde ich nicht gehen. Sagen wir einfach, die Menschen mussten ein wenig die Ellenbogen einsetzen, um hier auf Jijo ein Plätzchen zu ergattern. Aber das ist schon lange her.«

Der ursische Mob folgte ihnen und hatte kaum Mühe, mit den beiden Schritt zu halten. Sie stießen weitere Schmähungen aus und bemühten sich auch sonst, die Menschen zu provozieren. Bis eine Urs von Osten herangaloppierte und vor der Gruppe zum Stehen kam. Sie trug eine Binde, die sie als Ordnerin der Versammlung auswies, und breitete vor den jungen Stuten die Arme weit aus. Darunter wurden zwei gefüllte Tragebeutel und aktive Duftstoffdrüsen sichtbar. Als die Ordnerin streng und bedrohlich den Kopf drehte, kamen die Unruhestifterinnen langsam zum Stehen. Sie musste aber erst nach ihnen schnappen und sie von den Menschen fortstoßen, bis die Stuten endlich abzogen.

Gesetz und Ordnung können also weiterhin aufrechterhalten werden, dachte Lark mit Genugtuung. *Aber wie lange noch?*

»Was haben sie uns denn da zugerufen?«, wollte Ling wissen, nachdem sie eine Weile unter dem Baldachin der feinnadligen Föhren gelaufen waren. »Ich kenne den Ausdruck nicht. Er kommt auch weder im Galaktik Sechs noch im Galaktik Zwei vor.«

»Die weiblichen Urs haben eine gespaltene Oberlippe und lispeln deshalb ungeheuer.« Lark lächelte. »Sie nannten uns ›stinkig‹, und jemanden eines schlechten Geruchs zu zeihen, kommt von den Hoon. Mittlerweile haben es alle übernommen. Stinkig nannten sie uns, und diese ranzigen und unverheirateten Stuten haben das gerade nötig!«

»Ich meinte eigentlich das andere Wort.«

Lark drehte sich zu ihr um. »Für die Urs ist es sehr wichtig, andere mit Schimpfwörtern belegen zu können. Damals in den Anfangstagen wollten sie unbedingt wissen, womit man uns beleidigen kann. Am besten einen Ausdruck, über den die Menschen sich ärgern würden, der aber gleichzeitig passend für sie war. Während eines Waffenstillstands näherten sie sich unseren Gründervätern sehr höflich und baten sie, ihnen den Namen eines Tieres zu nennen, das uns recht ähnlich sei. Eines eben, das auch in den Bäumen lebe und dafür bekannt sei, sich dumm zu benehmen.«

Sie sah ihn interessiert an, und man konnte sich kaum vorstellen, dass so große und wunderschöne Augen einer Piratin gehören sollten.

»Tut mir leid, aber das verstehe ich immer noch nicht«, gestand sie.

»In ihren Augen sind wir Baumkletterer. Genauso, wie sie unsere Vorfahren an Pferde erinnert haben und deswegen Schimpfwörter wie ›Klepper‹ oder ›Grasfresser‹ aufgekommen sind.«

»Aha ... aber was ...«

»Nun, wir geben uns große Mühe, beleidigt zu reagieren, wenn ein Urs uns ›Eichhörnchen‹ schimpft. Es macht sie glücklich, uns damit treffen zu können, verstehst du, auch wenn sie es nie so ganz richtig aussprechen können.«

Die fremde Forscherin sah ihn so verwirrt an, als habe sie

kaum die Hälfte davon verstanden. »Die Menschen hier wollen ihre Feinde glücklich machen?«, fragte sie fassungslos.

Lark seufzte. »Niemand auf dem Hang hat noch Feinde. Jedenfalls nicht in der Art, dass man sich ans Leben will.«

Das heißt, bis vor Kurzem nicht, fügte er in Gedanken hinzu.

»Warum fragst du?«, wollte er dann von ihr wissen, damit sie ihn nicht weiter aushorchen konnte. »Sind Feinde denn etwas Selbstverständliches, wo du herkommst?«

Diesmal war es an ihr zu seufzen. »Die Galaxien sind voller Gefahren, und wir Menschen sind nicht überall gut gelitten.«

»Das haben unsere Vorfahren auch schon gesagt. Das liegt daran, dass wir Menschen Wölflinge sind, nicht wahr? Weil wir von allein und ohne die Hilfe eines Patrons den Sprung zu den Sternen geschafft haben, oder?«

Ling lachte laut. »Dieser alte Mythos existiert also immer noch?«

Lark sah sie verwundert an. »Wisst ihr denn etwa …? Nein, du kannst wohl kaum behaupten …«

»Die Wahrheit zu kennen? Über unsere Abstammung und Herkunft?« Sie lächelte, als wisse sie alles und er nichts. »Bei der Göttin, du armes verlorenes Kind der Vergangenheit. Ihr Menschen hier seid aber wirklich schon sehr lange von allem abgeschnitten.«

Er stieß unbeabsichtigt gegen einen Stein, und sie ergriff seinen Arm, um ihn festzuhalten. »Aber darüber können wir später noch reden. Zuerst möchte ich mich mit dir über diese – wie haben sie uns noch genannt – *Eissshönnsssen* unterhalten.«

Sie hielt ihm einen Finger entgegen, an dem sich ein dicker Ring befand. Lark vermutete, dass es sich dabei um ein Aufzeichnungsgerät handelte. Es kostete ihn einige Willensanstrengung, geistig umzuschalten und seine Neugier über die jüngsten galaktischen Entwicklungen zu unterdrücken. »Ach so, du meinst die Eichhörnchen.«

»Sie sollen also auf Bäume klettern und wie Menschen sein. Bekommen wir ein paar von ihnen zu sehen?«

Er blinzelte und schüttelte den Kopf. »Hm, ich glaube nicht. Nicht auf diesem Marsch.«

»Gut, was kannst du mir dann von ihnen berichten? Ich würde zum Beispiel gern erfahren, ob sie in der Lage sind, Werkzeuge zu benutzen.«

Lark benötigte weder PSI-Kräfte noch einen Rewq, um festzustellen, was hinter der hübschen Stirn seiner Begleiterin vor sich ging. Er ahnte bereits, welche Fortsetzungen ihre Frage finden würde:

Sind sie vielleicht sogar in der Lage, Maschinen zu bauen? Neigen sie zu kriegerischem Vorgehen, oder treiben sie Handel? Ist bei ihnen Philosophie oder Kunst festzustellen?

Besitzen sie am Ende das Potential? Die magische Essenz, derer es bedarf, um von der richtigen Hilfe zu profitieren, wenn sie ihnen zuteilwird?

Verfügen sie womöglich über die selten innewohnende Fähigkeit, über die Verheißung, die es einem Patron wert erscheinen lässt, ihnen den entscheidenden Schub zu geben? Haben sie das Zeug, eines Tages zu Sternenfahrern zu werden?

Sind sie Kandidaten für den Sternenschub?

Lark verbarg sein Erstaunen über ihre Unkenntnis. »Soweit ich weiß, nicht«, antwortete er ehrlich, denn die einzigen Eichhörnchen, die er je zu Gesicht bekommen hatte, waren Abbildungen in uralten, verblichenen Büchern von der Erde gewesen. »Wenn wir zufällig auf welche stoßen sollten, kannst du dich selbst davon überzeugen.«

Ganz offensichtlich suchten die Sternenplünderer hier nach Bioschätzen. Was sonst konnte die arme Welt Jijo ihnen schon bieten, was sie das Risiko auf sich nehmen ließ, an den Wächtern des Migrations-Instituts vorbeizuschleichen, dann über die

Sternenstraßen zu huschen, die seit Langem nur noch von den ebenso fremdartigen wie bedrohlichen Zang benutzt wurden, und sich schließlich auch noch Izmunutis Kohlenstoffwinden auszusetzen?

Ja, was könnte jemand hier sonst wollen?, fragte er sich. *Natürlich sich verstecken, Dummkopf. Da brauchst du dir nur deine Vorfahren vor Augen zu halten.*

Die Neuankömmlinge hatten sich gar nicht erst damit aufgehalten, sich als die Vertreter einer galaktischen Agentur auszugeben oder vorzutäuschen, sie seien eine offizielle Delegation und ermächtigt, sich Jijos Biosphäre näher anzuschauen, wie Lark es eigentlich vermutet hätte. Glaubten sie denn vielleicht, die Exilanten hätten so gut wie alles vergessen? Oder war ihnen das schlicht schnurzpiepegal? Ihr Vorhaben, nämlich Daten über die Veränderungen auf dieser Welt seit dem Abzug der Buyur zu sammeln, ließ Larks eigenes Lebenswerk wichtiger erscheinen, als er sich das je vorgestellt hatte. Offenbar waren sie so bedeutsam, dass der Weise Lester Cambel ihm aufgetragen hatte, seine Notizbücher an einem sicheren Ort zu verstecken, damit sie nicht in »fremde Hände« fielen.

Die Weisen verlangen, dass ich mich auf die Plünderer einlasse und bei ihnen mitspiele – um mindestens so viel von ihnen zu erfahren, wie sie von mir lernen.

Natürlich war das kein Plan, dem ein andauernder großer Erfolg beschieden sein würde. Die Sechs waren gegen die Piraten nicht mehr als unmündige Kinder und hatten keine Ahnung von dem tödlichen Spiel, das sie betrieben. Dennoch wollte Lark sein Bestes geben, solange sich seine Interessen mit denen der Weisen deckten. Was nicht unbedingt immer und auf Dauer der Fall sein musste.

Das muss den Weisen bekannt sein. Sie haben doch wohl nicht schon vergessen, dass ich Häretiker bin.

Zu seinem Glück hatten die Piraten ihm das Besatzungsmitglied zur Seite gegeben, das ihm am wenigsten Angst einjagte. Genauso gut hätte Rann sein Begleiter werden können, ein Riese von einem Mann mit kurzgeschorenem grauem Haar, einer tiefen, dröhnenden Stimme und einem Brustkorb wie ein Amboss, der die Uniform zu sprengen drohte. Von den beiden anderen, die in der Station zurückgeblieben waren, war Kunn fast ebenso maskulin wie Rann und besaß eine Schulterspannbreite wie ein junger Hoon. Die weißhaarige Besh hingegen war so unglaublich feminin, dass Lark sich fragte, wie sie sich bei ihren üppigen Formen so graziös bewegen konnte. Verglichen mit ihren Spießgesellen wirkte Ling fast schon normal, obwohl sie für gehörigen Aufruhr gesorgt hätte, wenn sie in einer Stadt auf Jijo gelebt hätte. Ohne Zweifel hätte es laufend Duelle zwischen ihren heißblütigen Verehrern gegeben.

Vergiss deinen Eid nicht, ermahnte sich Lark und schnaufte vor Anstrengung, während er den steilen Pfad hinaufging. Schweißnässe malte sich in Form eines Dreiecks auf Lings Bluse ab, und die klebte ohnehin schon so eng an ihrem Körper, dass ein normal entwickelter Mann keine ruhige Sekunde finden konnte. *Du hast geschworen, dich einem Ziel zu weihen, das weitaus bedeutender ist als deine Existenz. Wenn du diesem Eid schon nicht für eine gute Frau auf Jijo untreu geworden bist, dann solltest du nicht einmal im Traum daran denken, das alles für eine Piratin, eine Fremde, eine Feindin dieser Welt wegzuwerfen.*

Lark fand eine Möglichkeit, die Hitze in seinen Adern umzudirigieren. Lust kann von anderen, stärkeren Emotionen abgewehrt werden. Und so steigerte er sich in Zorn hinein.

Du hast doch nur vor, uns zu benutzen, beschimpfte er sie in Gedanken. *Aber warte es nur ab, vielleicht kommt ja alles anders, als du denkst.*

Diese für ihn ungewohnte Empfindung erzeugte ihrerseits einen Panzer, der auch seine natürliche Neugier blockierte. Vorhin hatte Ling etwas erwähnt, was darauf schließen ließ, dass die

Menschen zwischen den Sternen mittlerweile nicht mehr als Wölflinge angesehen wurden. Sie seien keine Waisen mehr, auch wenn sie nicht auf einen Patron verweisen konnten. So wie sie ihn dabei angesehen hatte, war sie wohl davon ausgegangen, dass diese Mitteilung einiges in ihm auslösen würde. Ohne Zweifel erwartete sie, dass er um weitere Informationen betteln würde.

Ich kann auch betteln, wenn sich keine andere Möglichkeit bietet, aber vorher würde ich stehlen, feilschen oder mir das Gewünschte sonst wie verschaffen. Lassen wir uns beide überraschen. Das Spiel hat gerade erst begonnen.

Wenig später gelangten sie zu einem Wäldchen von niedrig wachsendem Bambus. Ling nahm einige Proben von den segmentierten Stämmen – keiner von ihnen war dicker als zehn Zentimeter –, schnitt sie klein und gab sie in ihren Analysator.

»Ich mag zwar nur ein tumber eingeborener Führer sein«, bemerkte er, »aber ich möchte wetten, dass Bambus nicht allzu viele Merkmale einer Präsapienz aufweist.«

Sie fuhr sofort zu ihm herum, als sie diesen Terminus vernommen hatte. Lark hatte eine seiner Masken fallen gelassen.

Wir wissen, warum ihr hier seid, machte er ihr damit klar.

Trotz ihrer dunklen Gesichtsfarbe bemerkte er, dass sie rot anlief. »Habe ich irgendetwas in dieser Hinsicht gesagt? Ich möchte nur die genetische Entwicklung nachverfolgen, die sich hier abgespielt hat, seit die Buyur diese Bäume angepflanzt haben. Wir brauchen eine gewisse Grundlage, um die Trends bei den Tieren damit vergleichen zu können. Das ist alles, nicht mehr und nicht weniger.«

Aha, ihr habt euch also auch vorgenommen, erst einmal mit Lügen zu beginnen, dachte Lark. Von Fossilienfunden wusste er nämlich, dass Bambus hier schon gediehen war, noch bevor die Buyur bei der Auslosung vor zwanzig Millionen Jahren Jijo gewonnen hatten. Möglicherweise hatte einer ihrer Vorgänger diese Pflanze hier heimisch gemacht. Ganze Ökosysteme hatten sich um die

Arten entwickelt, die hier Bestand hatten, und zahllose Tiere hatten darin ihre natürliche Umgebung gefunden. Aber damals musste es ziemlich rau zugegangen sein, als der Bambus hier eingesetzt wurde und die heimische Flora an vielen Orten verdrängt haben musste.

Lark kannte sich mit der biochemischen Seite wenig aus, aber von den Fossilienfunden her wusste er, dass diese Art sich in den letzten hundert Millionen Jahren nicht wesentlich verändert hatte.

Warum log sie schon bei etwas so Unwichtigem? Die Schriftrollen lehrten, dass die Täuschung nicht nur falsch, sondern auch ein höchst unsteter und sogar gefährlicher Gefährte sei. Und dass man sie sich leicht zur Gewohnheit machen konnte. Wenn man erst einmal mit der Lügerei angefangen hatte, war es sehr schwer, wieder aufzuhören. Und schließlich waren es die kleineren, die hässlichen Lügen, bei denen man ertappt wurde.

»Wo wir gerade von Präsapienz sprechen«, sagte Ling und steckte die Probe ein, »ich verstehe nicht, warum ihr eure Schimpansen weggeschickt habt. Sie müssen sich doch sicher auf die eine oder andere interessante Weise weiterentwickelt haben.«

Nun widerfuhr es Lark, dass seine Miene ihn mit einem Zucken verriet. Es war sinnlos, das abzustreiten, dafür war die Geste zu offensichtlich gewesen. *Menschen benötigen untereinander keinen Rewq, sie können alles an ihren Gesichtern ablesen. Lester wird gewusst haben, dass ich ebenso viel preisgeben wie erfahren werde.*

»Die Schimpansen sind doch wie Kinder. Wenn eine Gefahr droht, schützen wir sie und bringen sie in Sicherheit.«

Ling sah sich auffällig nach links und nach rechts um. »Siehst du hier denn irgendeine Gefahr?«

Lark hätte beinahe höhnisch gelacht. In Lings Augen tanzte eine Komplexität der Dinge, bei denen er bestenfalls raten konnte. Aber manches stand so offensichtlich darin geschrieben, als hätte sie es laut ausgesprochen.

Du weißt, dass ich es weiß. Und ich weiß, dass du weißt, dass ich es weiß. Und du weißt, dass ich weiß, dass du weißt, dass ich es weiß …

Es gibt nur eine Emotion, die sowohl die hormonell erzeugte Lust wie auch den Zorn übertreffen kann –

– der Respekt.

Er nickte seiner Gegnerin zu und sah ihr direkt ins Gesicht.

»Ich sag dir Bescheid, wenn wir an einer Gruppe Schimpansen vorbeikommen. Dann kannst du dir selbst ein Urteil bilden.«

Ling besaß ausgezeichnete Augen und bewies ihre Sehschärfe recht häufig, indem sie Bewegungen bemerkte, die Lark normalerweise entgangen wären: Waldtiere auf der Nahrungssuche, spielende Wesen, Jäger auf Beutesuche oder Mütter, die ihre Jungen versorgten. Damit erinnerte sie ihn stark an seinen Bruder Dwer. Aber sie verfügte auch über eine Menge Geräte, die sie stets auf das jeweilige Objekt richtete, das mit seinem Kriechen, Fliegen oder Huschen ihre Aufmerksamkeit erweckt hatte.

Die Piratin musste die Unterlagen der Buyur gründlich studiert haben, und sie kamen nur langsam voran, weil Ling immer wieder stehen blieb und nickte und schnaufte, wenn sie etwas wiedererkannt hatte und die jeweilige Spezies eines Baumes, Strauches, vierschwingigen Vogels und so weiter klassifizieren konnte und dann von Lark wissen wollte, wie die Einheimischen die betreffende Art nannten. Er gab ihr nur knappe Antworten, gerade ausreichend genug, um sich als ortskundiger Führer nicht zu disqualifizieren.

Manchmal blieb Ling stehen, um etwas in den Ring zu flüstern – vermutlich wollte sie das weitergeben, was sie gerade erfahren hatte. Lark wurde erst jetzt mit einem gehörigen Schrecken bewusst, dass sie die ganze Zeit über mit ihrer Basis in Verbindung stand. Und was sie da betrieb, war eine orale Fernverbindung, nicht bloß so etwas wie Semaphorfähnchen oder die selten vorkommende Telepathie. Ling bediente sich einer

Hightech-Verbindung der perfekten und verlässlichen Art, worüber er schon in Büchern gelesen hatte. Die Stimme »am anderen Ende« war nur als leises Flüstern zu verstehen. Lark vermutete, dass sie irgendwie und auf komprimierte Weise zum Ohr projiziert wurde.

Einmal murmelte Ling etwas in einem fremdartigen Englik-Dialekt, dem der Führer kaum folgen konnte.

Es klang so ähnlich wie: »Klah, is' gebongt. Ich drück' auf'fe Tube. Mach dir abba na'her nich' ins Hemd. Entfernung oder Detail, du musses wissen.«

Die andere Stimme war anscheinend überzeugend genug gewesen, denn von nun an legte Ling ein paar Schritte zu – bis die nächste Entdeckung sie alles wieder vergessen ließ. Sie trödelte, wie vorher schon, über irgendeinem Detail, das sie zu faszinieren schien. Lark stellte fest, dass diese kleine Charakterschwäche – sich nämlich so leicht von lebendigen Dingen ablenken zu lassen – der erste angenehme Zug an ihr war und er sie fast schon zu mögen anfing.

Dann zerstörte die Piratenforscherin den ganzen guten Eindruck wieder, indem sie ihm von oben herab und mit beleidigend simplen Worten erklärte, was »Nachtschattengewächs« bedeutete. Lark unterdrückte den starken Verdruss, der in ihm aufstieg. Er hatte in seiner Kindheit genug Abenteuerromane gelesen, um zu wissen, welche Reaktionen von einem Naturburschen erwartet wurden. So verlegte er sich darauf, sich artig bei ihr zu bedanken. Vielleicht brachte es ihm ja in Zukunft den einen oder anderen Vorteil ein, wenn er sie in dem Glauben ließ, mit ihren Vorurteilen richtig zu liegen.

Trotz all ihres Enthusiasmus und ihrer guten Augen war Ling bei Weitem kein so guter Jäger wie Dwer. Selbst Lark konnte in der Umgebung unzählige Zeichen ausmachen – Pfotenabdrücke, geknickte Halme oder Zweige, Geruchsspuren und andere Territoriumsmarkierungen, Fellbüschel, ausgefallene Schuppen oder

Federn und Losungen. Jedes Kind von den sechs Spezies hätte diese Zeichen deuten können, die am Wegesrand zu entdecken waren. Aber Ling bekam nur das mit, was hüpfte, flog oder lief.

Der Gedanke an seinen Bruder ließ ihn lächeln. *Sobald er von seiner ach so aufregenden Glaver-Jagd zurückkehrt, werde zur Abwechslung ich es einmal sein, der spannende Geschichten zu erzählen hat.*

In gewissen Abständen baute Ling ein Instrument auf, das sie ihm als »Zwillings-Holioschirm« vorstellte. Auf dem einen zeigte sich eine wogende Waldszene, wie Lark bei einem Blick über ihre Schulter erkannte. Dem Laub nach zu urteilen musste sich die Stelle ganz in der Nähe befinden. Auf dem anderen wurden Zahlenkolonnen und Diagramme abgespult, die er nicht lesen konnte, was ihn sehr verdross. Immerhin hatte er so gut wie jedes biologische Werk in Biblos studiert und bildete sich ein, wenigstens die Fachterminologie zu beherrschen.

Vielleicht ist meine »Ja, Mem-Sahib«-Rolle ja doch nicht nur gespielt. Möglicherweise muss ich mir eingestehen, doch reichlich ungebildet zu sein.

Ling erklärte ihm, dass es sich bei den Zahlen und Werten um Daten handelte, die von den Robotern geschickt wurden, die ein Stück voraus die Gegend erkundeten.

»Können wir jetzt ein bisschen schneller laufen?«, fragte sie dann, und es schien ihr dringlich zu sein. »Einer der Roboter hat ein paar interessante Exemplare zerdrückt. Ich möchte rasch dorthin, ehe sie vollkommen unbrauchbar geworden sind.«

Wie bitte? Sie war es doch gewesen, die die ganze Zeit getrödelt hatte! Trotzdem nickte Lark gehorsam.

»Ganz wie du wünschst.«

Beim ersten Exemplar handelte es sich um einen unglückseligen Wuankwurm, dessen Bau mit skalpellhafter Gründlichkeit aufgeschnitten worden war. Ein fibröses Gewebe widerstand dem wiederholten Ansturm des knochigen Schädels des Wurms, der vergeblich zu entkommen versuchte.

Ling sprach in ihren Ring: »Diese Lebensform scheint mit dem Erzählenleser verwandt zu sein, den die Buyur vor drei Äonen von Dezni hier eingeführt haben. Dezniorganismen sollten eigentlich nach einer Injektion mit Methanklathrat in Sommerschlaf fallen. Ich versuche es jetzt mit einer stärkeren Dosis.«

Sie visierte den Wurm mit einem Gerät an, aus dem ein schlanker, dünner Pfeil wie ein zum tödlichen Sprung entschlossenes Raubtier schnellte und in die Lücke zwischen zwei Panzerplatten flog. Das Tier zuckte und brach dann zitternd zusammen.

»Fein. Dann wollen wir jetzt doch mal feststellen, ob die Enzephalisation sich während des letzten Megajahrs verändert hat«, sagte sie zu sich selbst, und dann an Lark gewandt: »Wir wollen jetzt nachsehen, ob der Wurm inzwischen über mehr Gehirnmasse verfügt. Und unter Megajahr verstehen wir eine Million Jahre.«

Tatsächlich, ist mir ja ganz neu, ärgerte er sich, riss sich aber zusammen und entgegnete: »Hört sich sehr interessant an.«

Lark wurde in der Folge dazu angelernt, Instrumente zu reichen, Blut abzunehmen und sich auch ansonsten als Assistent nützlich zu machen. Einmal schoss die raue Zunge einer ärgerlichen Langschnauze zwischen den Gitterstäben ihres Käfigs hervor und hätte Ling bestimmt das Fleisch vom Arm gerissen, wenn er den Kasten nicht rasch fortgezogen hätte. Danach schien die Biologin zu begreifen, dass ihr »Führer« auch zu anderem dienlich war, als zu schleppen, zu tragen und beeindruckt zuzuhören, wann immer sie etwas von sich gab.

Obwohl die Roboter vornehmlich Exemplare von Lebewesen mit Gehirn eingesammelt hatten, denen ihr wie auch immer gearteter Verstand beim Jagen oder Sammeln dienlich war, hielt Lark doch nicht eine dieser Spezies für geeignet, den »Sternenschub« zu erhalten. *Vielleicht in zehn Millionen Jahren, wenn dieser Teil der Galaxis wieder für die legale Besiedlung geöffnet ist. Möglicherweise sind die Langschnauzen oder die Sprungraptoren, sofern die Evolution sie fit gemacht und Jafalls ihnen etwas Glück mit auf den Weg gegeben hat, dazu bereit, von einer freundlichen älteren Spezies adoptiert zu werden.*

Doch während er Ling dabei beobachtete, wie sie ihre Zauberstrahlen aussandte und Proben entnahm, um einen räudig aussehenden Aasschnauber zu klassifizieren, beschlich ihn die Vorstellung, das Tier würde sich jeden Moment auf die Hinterläufe stellen und eine Ode auf die Kameradschaft zwischen allen Lebewesen deklamieren. Die Piraten gingen offenbar davon aus, hier auf Jijo etwas Wertvolles aufstöbern zu können, das vor seiner Zeit einen Entwicklungssprung gemacht hatte. *Sobald das Potential erst einmal vorhanden ist, bedarf es nur noch der Aufmerksamkeit eines Patrons, um eine neue Spezies zwischen den Sternen einzuführen.* In Biblos fanden sich einige Texte, die dem widersprachen. Bei einer Geburt ist nicht immer eine Amme vonnöten, lautete eine ihrer Thesen.

Lark beschloss, dieses Thema zur Sprache zu bringen, sobald sie ihren Weg wieder fortsetzten.

Und so kam es dann auch.

»Vor einer Weile hast du angedeutet, die Erdlinge würden nicht mehr als Wölflinge angesehen.«

Ling lächelte rätselhaft. »Einige glauben schon noch an diesen alten Mythos. Aber andere kennen die Wahrheit schon seit Längerem.«

»Was für eine Wahrheit?«

»Die über unsere Herkunft. Über denjenigen, der uns das Geschenk des Denkens und der Vernunft überreicht hat. Unsere wahren Patrone eben. Die Mentoren und Führer, denen wir alles verdanken, was wir sind und sein werden.«

Larks Herz schlug schneller. Ein paar Werke über dieses Thema hatten das Feuer überlebt, das in der Xenologie-Abteilung in Biblos gewütet hatte. Daher wusste er, dass diese Debatte noch nicht abgeschlossen gewesen war, als das Schleichschiff *Tabernakel* nach Jijo aufgebrochen war. Damals waren tatsächlich einige Köpfe davon ausgegangen, dass der Menschheit sehr diskret und heimlich von einigen Wohltätern auf die Sprünge geholfen worden war – und zwar lange vor dem Beginn der menschlichen Historie. Die andere Seite hielt Darwins Erkenntnisse dagegen, dass nämlich Intelligenz von selbst und ohne Hilfe von außen entstehen könne – mochte die Galaktische Wissenschaft auch noch so skeptisch darauf reagieren.

»Wer sind denn diese Mentoren?«, fragte er in verschwörerischem Tonfall.

Wieder setzte sie dieses Lächeln auf, das sich bis zu den hohen Wangenknochen fortzusetzen schien. »Wahrheit gegen Wahrheit. Zuerst erzählst du mir eure wirkliche Geschichte. Was hat eine Bande von Menschen hier auf dieser schäbigen kleinen Welt verloren.«

»Von welcher Bande sprichst du, von deiner oder von meiner?« Ihr schiefes Lächeln schien zu sagen *Komm mir nur weiter dämlich, ich habe Zeit*. Und mehr als diesen Eindruck erhielt er nicht zur Antwort.

Ling folgte den Spuren der unermüdlichen Roboter, und sie gelangten von einem betäubten Tier zum nächsten. Als der Tag zur Neige ging, drängte sie nochmals zur Eile, bis sie die Kuppen eines langgezogenen Höhenzugs erreichten. Von dort konnten sie im Norden mehrere Ebenen erblicken, die sich bis hinauf zu den Gipfeln der Rimmer fortsetzten. Statt des üblichen Waldbewuchses trug die nächste Mesa eine Decke aus dunklerem Grün – dicht an dicht stehende Bambusbäume. Die Stämme waren so mächtig, dass man sogar vom Höhenzug einzelne erkennen konnte. Nur ein paar kahle Steinstellen und ein Bach unterbrachen den Bewuchs von sanft schaukelnden Bambusrohren.

Bei dem letzten Exemplar handelte es sich um einen Steinhocker. Als sie das Netz entfernten, mit dem die Roboter ihre Opfer an Ort und Stelle zu halten pflegten, sahen sie nur ein zusammengerolltes Stachelknäuel. Ling stieß mit einem Stab dagegen, der kurze, harte Funken aussandte, erhielt von dem Tier aber keine Reaktion. Sie hielt den Stab an eine andere Stelle. Lark drehte sich der Magen um, als ihm der Gestank von verbranntem Fell in die Nase stieg.

»Es ist tot«, stellte er schließlich fest. »Ich schätze, deine Roboter sind doch nicht so perfekt, oder?«

Lark hob eine Latrine aus und baute das Lagerfeuer. Sein Mahl bestand aus in Blättern eingewickeltem Brot und Käse. Ihr Essen blubberte, als sie eine Folie von einer Schachtel entfernte. Ungewohnte, aber durchaus verführerische Düfte fanden den Weg in seine Nase. Es war noch nicht finster, als sie ihren Abfall zusammensammelten, in einem Kehrrichtbehälter versiegelten und in die Grube warfen.

Ling schien jetzt in der Stimmung zu sein, ihr Gespräch von vorhin fortzusetzen.

»Euer Weiser Cambel hat gesagt, niemand könne sich mehr so recht daran erinnern, warum eure Vorfahren hierhergekommen sind. Einige Soonergruppen schleichen sich eben auf Brachewelten, um sich dort ungehemmt fortzupflanzen. Andere fliehen vor Krieg oder Verfolgung auf solche Planeten. Ich möchte gern erfahren, was eure Gründerväter den Spezies erzählt haben, die sich bei ihrer Ankunft bereits hier niedergelassen hatten.«

In den Gemeinschaften wurde der Ausdruck Sooner nur auf solche Banden angewandt, die sich vom Hang entfernten, um in die Territorien einzufallen, die von den heiligen Schriftrollen für tabu erklärt worden waren. *Aber möglicherweise ist das gar nicht so falsch. Vermutlich sind wir alle Sooner. Auch die, die am Hang leben.* Wenn Lark ehrlich war, hatte er das eigentlich immer schon gewusst.

Aber man hatte ihm aufgetragen, den Fremden gegenüber die Unwahrheit zu sagen.

»Wir sind Schiffbrüchige«, antwortete er deshalb, auch wenn der Betrug ihm bitter aufstieß. »Das Schiff, auf dem wir alle uns befanden, ist hier notgelandet ...«

Die Piratin lachte ihm ins Gesicht. »Ich bitte dich. Dieser kleine Trick von euch hat uns einen ganzen Tag gekostet. Aber noch ehe unser Schiff wieder abhob, waren wir schon dahintergekommen. Eure Geschichte stimmt leider hinten und vorne nicht.«

Lark presste die Lippen zusammen. Aber eigentlich hatte niemand erwartet, mit diesem Bluff allzu lange durchzukommen. »Wie seid ihr denn dahintergekommen?«

»Das war ziemlich einfach. Menschen tummeln sich erst seit etwa vierhundert Jahren in der Galaxis – genaugenommen dreihundertfünfzig Jijo-Zyklen. Daher ist es ziemlich unmöglich, dass sich Erdlinge auf dem Schiff befunden haben, das die g'Kek hierhergebracht hat.«

»Und wieso nicht?«

»Weil, mein lieber hinterwäldlerischer Genvetter, die g'Kek nicht mehr vorhanden waren, als die Menschen auf den galaktischen Plan getreten sind.«

Lark blinzelte aufgeregt.

»Als wir euch da gesehen haben, wie ihr euch am Talrand aufgebaut hattet, haben wir die meisten eurer Spezies gleich identifizieren können. Nur eine nicht. Die mussten wir sogar nachschlagen. Und stell dir unsere Überraschung vor, als uns bei dem Eintrag über die g'Kek ein Wort sofort ins Auge gesprungen ist: *Ausgestorben!*«

Lark konnte sie nur anstarren.

»Eure beräderten Freunde sind eine echte Rarität«, fuhr sie fort. »Ich möchte sogar vermuten, dass die g'Kek hier auf Jijo die Letzten ihrer Art sind.«

Und dabei habe ich dich fast schon ein wenig gemocht …

Lark hätte schwören können, Vergnügen und Befriedigung in ihren Augen aufblitzen zu sehen, als sie verfolgte, was diese Worte bei ihm auslösten.

»Siehst du«, fuhr sie dann fort, »so haben wir beide Wahrheiten, die wir dem anderen mitteilen können. Ich habe dir gerade eine davon erzählt. Jetzt kann ich nur hoffen, dass du zu mir ebenso ehrlich bist.«

Es gelang ihm, gelassen zu klingen. »Dann bist du also der Ansicht, dass ich dir bislang keine große Hilfe gewesen bin?«

»Versteh mich bitte nicht falsch, aber eure Weisen haben sich in einigen Punkten doch sehr obskur ausgedrückt. Mag sein, dass sie unsere Fragen nicht richtig verstanden haben. Aber wenn wir beide uns länger unterhalten, kann vielleicht etwas Klarheit geschaffen werden.«

Lark durchschaute sofort, was sie vorhatte: *Teile und herrsche*. Er war nicht anwesend gewesen, als die Sternenmenschen mit den Weisen konferiert hatten. Wenn er nicht außerordentlich vorsichtig war, würde sie ihn bestimmt der einen oder anderen Diskrepanz überführen können, die zwischen seinen Aussagen und denen der Weisen naturgemäß auftauchen mussten.

»Zum Beispiel hat Kunn danach gefragt, ob seit der Ankunft der ersten Sooner auf Jijo noch andere Raumschiffe gesichtet worden seien. Man antwortete uns, dass gelegentlich Kugeln der Zang erschienen seien, um Wasser aus dem Meer aufzunehmen. Und vor längerer Zeit habe man in der Ferne Lichter gesehen, bei denen es sich möglicherweise um Beobachtungsschiffe des Instituts gehandelt haben könnte. Wir sind aber mehr an Sichtungen interessiert, die …«

Ein schrilles Trillern unterbrach sie, und sie hielt sich den blauen Ring vors Gesicht. »Ja?«

Ling lauschte dem Wispern, das in eines ihrer Ohren projiziert wurde, und legte den Kopf schief.

»Bist du dir ganz sicher?«, fragte sie dann überrascht. Ihre freie Hand fuhr in die Tragetasche am Gürtel und zog den Receiver mit den beiden Bildschirmen heraus. Auf ihnen zeigte sich das Waldgebiet, das ein Stück vorauslag. Offenbar wurden sie von den Robotern übertragen. *Maschinen müssen eben nicht schlafen,* sagte sich Lark.

»Schalte doch bitte von der Vier auf die Fünf um«, verlangte die Biologin. Auf dem linken Bildschirm erschien statisches Schneetreiben. Auf dem rechten zeigten alle Werte die flache Strichfolge an, die in Galaktik Sechs »Null« bedeutete.

»Wann ist das geschehen?«, wollte die Piratin von ihrem unsichtbaren Kumpanen wissen. Lark beobachtete ihr Gesicht genau und wünschte, er könne etwas mehr als bloßes Gemurmel von dem verstehen, was ihr Gesprächspartner von sich zu geben hatte.

»Spiel die letzten zehn Minuten ab … bevor die Sonde ausgefallen ist.«

Auf dem linken Schirm erschienen wieder Farben, aus denen sich ein schmaler Gang durch Grün formte, über dem ein dünner Streifen Himmel zu erkennen war. Ein Bach mit schaumigem Wasser floss nicht weit davon. Erst bei genauerem Hinsehen erkannte Lark, dass es sich bei den Gangwänden um dicht an dicht stehende Riesenbambusstämme handelte.

»Schalte auf Schnellsuchlauf«, verlangte Ling ungeduldig. Die dicken Stämme rauschten vorbei. Lark trat näher heran und erblickte eine Landschaft, die ihm bekannt vorkam.

Abrupt endete der Korridor vor einem flachen Krater, einer mit Trümmern und Ähnlichem übersäten Senke, in deren Zentrum sich ein kleiner See ausbreitete, der von einer Art Dornenhecke umringt war.

Moment mal, da bin ich doch schon gewesen!

Zwei Fadenkreuze huschten über die Holio-Darstellung und vereinten sich vor dem Seeufer. Auf dem rechten Schirm erschienen rote Symbole aus dem technischen Galaktik Sechs. Lark musste sich ziemlich konzentrieren, um wenigstens ein paar Worte entschlüsseln zu können:

ANOMALIE … UNBEKANNTER HERKUNFT … ERHÖHTE DIGITALE AKTIVITÄT …

Wieder verknotete sich sein Magen, als das Kameraauge durch die Landschaft sauste und ein paar Buyur-Ruinen überflog, die sich wie rote Symbole im Zentrum des Sichtbereichs erhoben. Alles, was sich in diesem Kanal befand, wurde schärfer und lebendiger, während die Ränder sich trübten. Auf dem anderen Schirm erschienen Zeichen, die Lark nur zu gut zu deuten verstand – Anzeigen von Waffen, die aufgeladen und einsatzbereit gemacht wurden.

Dwer hat immer gesagt, diese Mulch-Spinne sei noch bösartiger als die anderen, und er hat uns immer davor gewarnt, in ihre Nähe zu kommen. Aber was, um alles auf Jijo, sollte ein Roboter von ihr zu befürchten haben?

Dann kam ihm ein neuer Gedanke.

Bei den Sternen, das ist doch die Richtung, in der Dwer unterwegs ist, um diesen Glaver-Ausbrecher einzufangen.

Der Kameraflug verlangsamte sich, und Lark erkannte das dichte Wirrwarr einer stark gealterten Mulch-Spinne. Ihre Ranken hatten sich über die Reste eines ehemaligen Buyur-Komplexes gelegt.

Jetzt kam eine bleiche Gestalt ins Bild, die auf dem Boden hockte. Lark blinzelte.

War das etwa ein Glaver, der da einfach so im ungeschützten, offenen Land herumliegt? Bei Jafalls, wie viele Mühen haben wir auf uns genommen, sie zu verstecken, und die Roboterkamera überfliegt diesen Glaver, ohne ihn besonders wahrzunehmen.

Nun erwartete ihn eine weitere Überraschung. Während die Kamera immer langsamer wurde, schob sich ein schlankes, vierbeiniges Tier ins Bild, dessen schwarzes Fell fast mit dem Wirrwarr verschmolz. Kurz blitzten die weißen Zähne des Noors auf, als er ebenso verblüfft wie trotzig den Flugroboter anknurrte. Dann verschwand das Tier rasch aus dem Bildausschnitt.

Die Kamera schwebte ungerührt weiter.

Ein Noor? So hoch oben in den Bergen? Ohne zu wissen, warum, schmeckte Lark plötzlich Galle.

Die Maschine schwebte nun über einer bestimmten Stelle in der Hecke. Die beiden Fadenkreuze vereinten sich und pulsierten rot und bedrohlich.

DIGITAL-KOGNIZANZ … LEVEL NEUN ODER GRÖSSER … zeigten die Galaktik-Sechs-Symbole an. Lark konnte im Dunkel der Hecke nicht allzu viel erkennen – bis auf ein unbestimmtes Flattern dort, wo die Fadenkreuze sich übereinandergelegt hatten. Der Roboter musste etwas mit anderem als dem optischen Sinn erfasst haben.

AUTONOME ENTSCHEIDUNG … TERMINIERUNGS-BEDROHUNG STEHT UNMITTELBAR BEVOR …

Im nächsten Moment breitete sich auf dem linken Schirm nur noch grellstes Weiß aus. Wütende Lichtspeere fuhren in den Morast und zerteilten die Medusenglieder der Spinne. Kochende Säfte spritzten aus den herumtanzenden, abgetrennten Rankenstümpfen. Die Fadenkreuze wanderten unentwegt und hektisch weiter, schienen nach etwas auf der Suche zu sein, das sich in dem beengten Raum hin und her bewegte.

Ling las die Werte auf dem rechten Datenschirm ab und verwünschte die Unfähigkeit des Roboters.

Damit erhielt Lark Gelegenheit, am Rand des Bildschirms eine Gestalt zu sehen. Sie tauchte nur für den Bruchteil einer Sekunde dort auf, aber das reichte schon, um ihm einen glühenden Stich ins Herz zu versetzen.

Ein, nein, zwei Bündel aus Armen und Beinen, die hilflos in dem Gewirr von zuckenden Tentakeln gefangen waren und sich vor dem Beschuss von oben zu schützen versuchten.

Wieder füllte Schneegestöber den Bildschirm aus.

»Nein«, sagte Ling, »ich kann nicht gleich dorthin. Die Stelle ist mindestens einen halben Mictaar entfernt. Mein Führer und ich würden uns in der Dunkelheit hoffnungslos verirren. Die Sache muss warten, bis …«

Sie lauschte wieder und seufzte. »Also gut, ich frage ihn.« Die Biologin ließ die Hand mit dem Ring sinken und drehte sich zu dem Einheimischen um.

»Lark, du kennst dich doch hier aus. Gibt es einen Weg, der uns …«

Es verschlug ihr die Sprache, und sie sah sich nach links und nach rechts um.

»Lark?«

Sie rief seinen Namen mehrmals in die Nacht, die sich wie eine dunkle Decke über das Land gelegt hatte, auf der sich wie glitzernder Staub die Sterne ausbreiteten. Der dritthellste Spiralarm der Galaxis war hier zu erkennen.

»Lark! Wo steckst du?« Wind fuhr durch die Äste und störte die Stille des Waldes. Ling hatte keine Ahnung, wann er sie verlassen oder in welche Richtung er sich gewandt hatte.

Mit einem ärgerlichen Schnauben hob sie wieder den Ring an den Mund, um das Verschwinden ihres Führers zu melden.

»Woher hätte ich das denn wissen sollen?«, gab sie nach einem Moment zickig zurück. »Wer will dem nervösen Affen schon einen Vorwurf daraus machen, dass er es mit der Angst zu tun bekommen hat? Er hat ja noch nie einen Roboter und dessen Schneidestrahl in Aktion gesehen. Wahrscheinlich ist er schon halb zu Hause … wenn er in seiner Panik nicht gleich ins Meer rennt …

Ja, ja, ich weiß auch, dass wir darüber noch keine Entscheidung getroffen haben, aber dafür ist es jetzt ohnehin zu spät. Ich glaube aber kaum, dass das etwas ausmacht. Er hat nicht mehr als ein paar Hinweise aufgeschnappt …

Wir haben doch noch genug in petto, womit wir die Eingeborenen bestechen können. Und von seiner Sorte gibt es bei denen noch eine ganze Menge …«

Asx

Die Uneinigkeit wächst.

Die Gemeinschaften wenden sich gegen sich selbst wie ein Traeki, dessen Ringe falsch gestapelt sind und zwischen dessen verheirateten Wülsten keine Nährverbindung besteht.

Von einem herangaloppierenden Urs-Boten erreicht uns Nachricht von den Siedlungen hangabwärts, wo Angst und Chaos regieren wie damals, als noch die despotischen Qheuen-Königinnen geherrscht haben.

Einige Dörfer haben ihre Wassertanks umgekippt und ihre Getreidesilos, Solaranlagen und Windmühlen gekappt – und das unter Bezug auf die Autorität der heiligen Schriftrollen, die mehr Gewicht haben als die Empfehlung, die der Rat der Weisen an dem Tag ausgegeben hat, als das Schiff gelandet ist. Wir hatten darin die Exilanten aufgefordert, Ruhe zu bewahren und abzuwarten.

Andere Gemeinden mühen sich damit ab, ihre Scheunen, Docks und Piers zu schützen. Sie beladen sie mit Tarnvegetation und wehren wütende Nachbarn ab, die sich ihrem wertvollen Besitz mit brennenden Fackeln und Spitzhacken nähern.

Sollten wir ihnen hier auf der Versammlung nicht ein Beispiel geben? Sind hier nicht die Besten der Sechs zusammengekommen, um wie in jedem Jahr die Riten der Einheit zu begehen? Doch auch an diesem Ort breitet sich das Gift der Zwietracht aus.

Der erste Missklang. Schlimmstes Misstrauen gegenüber dem jüngsten Mitglied unserer Speziesgemeinschaft. Stehen unsere menschlichen Nachbarn am Ende mit den Invasoren im Bunde?

Mit Plünderern und Piraten? Und wenn nicht, werden sie der Versuchung nicht irgendwann nachgeben?

O furchtbarer Verdacht! Sie haben unter uns Sechsen den besten Zugang zu Wissenschaft und Technik. Welche Hoffnung bleibt uns, ohne ihren Beistand jemals die Manöver der gottgleichen Schurken durchkreuzen zu können?

Bislang ist uns etwas Hoffnung durch das noble Beispiel von Lester und seinen Assistenten gegeben, die Jijo und dem Heiligen Ei Treue geschworen haben. Aber fliegen nicht immer noch Zweifel und elende Gerüchte wie herumwirbelnder Unrat über diese freundliche Lichtung?

Die Uneinigkeit breitet sich immer weiter aus.

Eine Erntegruppe kehrt von einer der tiefen Höhlen zurück, in denen wilde Rewq gedeihen. Die Männer berichten, dass die Wände leer waren und man nirgendwo einen der Symbionten entdecken konnte. Und die, die wir in unseren Beuteln tragen, sind ermattet. Die Rewq wollen weder von unseren Lebenssäften kosten noch uns dabei helfen, die Seelengeheimnisse unseres Gegenübers zu erkennen.

Weiterer Missklang.

In jeder Spezies lassen sich viele von einem Sirenengesang verlocken. Von den süßen, einschmeichelnden Worten unserer unwillkommenen Gäste. Salbungsvolle Versprechungen, Verheißungen von Freundschaft und Beistand.

Und sie belassen es nicht nur bei Worten.

Erinnert ihr euch, meine Ringe, wie die Sternenmenschen die Nachricht verbreitet haben, sie könnten alle Krankheiten heilen?

Unter einem Baldachin, der vom Festplatz herbeigeholt wurde und im Schatten ihres großen, quadratischen Außenpostens aufgebaut wurde, strömen die Lahmen, die Gebrechlichen und die sonst wie Leidenden zusammen. Sie rufen sie, und alle kommen.

Wir Weisen können nur hilflos und verwirrt zusehen, wie die Schlangen unserer maladen Brüder und Schwestern sich vor dem Zelt aufstellen, wie die Verwundeten eintreten und dann begeistert, verwandelt und manchmal auch vollkommen geheilt wieder herauskommen.

In Wahrheit hat man vielen nur den Schmerz versüßt. Doch ein paar weisen wirklich eine wunderbare Veränderung auf. Die Pforte des Todes ist umgewandelt, hat sich in das Tor zu neuer Jugend, zu neuer Kraft und zu neuer Potenz verzaubert.

Was sollen wir Weisen dagegen tun? Etwa den Besuch in dem Zelt verbieten? Unmöglich. Dennoch erhalten die Piraten auf diese Weise einen unschätzbaren Vorrat an Proben. Ganze Fläschchenbatterien voller Gewebeextrakte vom Metabolismus unserer Spezies reihen sich unter dem Pavillon auf. Mochten bislang in ihren Dossiers noch schmerzliche Lücken zu finden gewesen sein, so wissen sie nun alles über unsere Stärken und Schwächen, unsere Gene und heimliche Natur.

Und was wird aus denen, die als geheilt das Zelt verlassen? Heißt man sie willkommen? Nein, einige nennen sie offen Verräter. Wieder andere sehen sie als unrein an und lassen sie mit hasserfüllter Miene stehen.

So teilen wir uns, und mit der neuentstehenden Feindschaft dividieren wir uns in immer kleinere Gruppen.

Sind wir überhaupt noch als Versammlung anzusehen? Darf man uns weiterhin als Gemeinschaften bezeichnen?

Hast nicht selbst du, mein dritter Basisring, der du seit einem Jahr an dem Schüttelfrostfieber leidest, das auch als Wulstpest bekannt ist, dich nicht mit aller Gewalt bemüht, diesen gealterten Stapel zu dem grünen Pavillon zu bewegen, wo man Wunderheilung verheißt – aber nicht umsonst? Wenn Zwietracht schon diese Wesenheit befällt, die andere Asx nennen, wie soll dann eine Gemeinschaft von Individuen vor dem Auseinanderfallen bewahrt werden?

Der Himmel über uns war immer die Quelle unserer Ängste. Aber jetzt, da Disharmonie über die Wiesen und Lichtungen ausschwärmt und unsere frustrierten Tage und Nächte anfüllt, müssen wir da Jijos Boden nicht ebenso sehr fürchten wie das Firmament?

Bleibt uns noch Hoffnung, meine Ringe?

Heute Nacht begeben wir uns auf Pilgerreise. Die Weisesten der Sechs wollen in der Dunkelheit und unter Mühen – vorbei an rauchenden Erdlöchern und nebelverhangenen Klippen – das Heilige Ei aufsuchen.

Wird es uns diesmal antworten? Oder müssen wir befürchten, dass das Schweigen der letzten Wochen noch nicht beendet ist?

Dürfen wir weiterhin Vertrauen in uns selbst haben?

Es gibt eine Empfindung, die wir Traeki erst seit der Ankunft der Menschen auf Jijo zu beschreiben gelernt haben. Doch erst am heutigen Tage habe ich ihren Schmerz so deutlich gefühlt. Es handelt sich dabei um eine Seelenpein, die die anderen galaktischen Sprachen nur ungenügend ausdrücken können; denn sie entstammen Traditionen und engen Verbindungen und sind darauf angelegt, eigene Gedanken dem Volk oder der Sippe mitzuteilen. Nur im Englik ist dieses Gefühl zentral und wohlbekannt.

Sein Name ist Alleinsein.

Dwer

Sie wechselten sich darin ab, einander zu retten.

Einfacher wurde es deswegen nicht. Unter dem Ansturm der Schmerzwellen aus seinen zahllosen Verwundungen und Verbrennungen drohte er immer wieder das Bewusstsein zu verlieren. Und um alles noch schlimmer zu machen, musste Dwer befürchten, taub geworden zu sein.

Rety stolperte voran, stützte sich aber nie mit den Händen irgendwo ab, weil sie die Arme um die Brust geschlungen hatte, um das zu hüten, was ihr größter Schatz war.

Dieser Schatz hatte ihnen beiden beinahe den Rest gegeben, als sie vor einer Weile schreiend in das Inferno von Feuer und Säuredämpfen zurückgeeilt war und verzweifelt inmitten rauchender Stümpfe und glühender Wrackteile der Maschine, die vom Himmel gefallen war, nach den Resten ihres über alles gepriesenen Vogels suchte.

Dwers Vorrat an Geduld war vollkommen aufgebraucht, als er das Mädchen ein zweites Mal aus der Spinnenhecke geborgen hatte.

Wenn du noch einmal dort hineinläufst, kannst du gleich drinnen bleiben. Mich interessiert das dann nicht mehr!

Über zwei Bogenschüsse weit hatte er sie mit brennender Lunge und schmerzender, Blasen werfender Haut getragen und war vor der in Flammen stehenden Mulch-Spinne geflohen, bis die Hitze, der Gestank und die giftigen Dämpfe so weit hinter ihm lagen, dass er wieder etwas besser Luft holen konnte.

Schließlich hatte er Rety neben dem Bach abgelegt, der aus dem Seeausfluss strömte, und Gesicht und Arme in das kühle Nass getaucht. Die eisige Flüssigkeit minderte seine Schmerzen um die Hälfte, und das war beinahe mehr, als sein Bewusstsein ertragen konnte. Er bekam Wasser in die Lunge, stieß sich zurück, glitt hustend und würgend aus, platschte in den Bach und ruderte wild mit den Armen durch die Luft. Wenn die Soonerin ihn nicht an den Haaren gepackt und herausgezogen hätte, wäre er womöglich dort ertrunken.

Ein Schluckauf löste den Husten ab, als er über die Ironie der Situation lächeln musste. *Jetzt bin ich schon so weit gekommen … und hätte beinahe ein so schmähliches Ende gefunden …*

Einige Zeit blieben sie zitternd und um Atem ringend nebeneinander am Ufer liegen. Endlich schöpften sie Schlamm aus dem Bachbett und rieben sich damit die verbrannten Hautstellen ein. Die Masse bedeckte blankliegende Nerven und bot ein wenig Schutz gegen die Kälte der Nacht.

Der Jäger musste an die warmen Sachen in seinem Rucksack denken, der irgendwo hinten, auf der anderen Seite des Feuers, zwischen den Felsen lag.

Und meinen Bogen habe ich auch dort zurückgelassen! Er verdrängte diese Sorge mit einem halblauten Fluch. *Vergiss den verdammten Bogen. Du kannst später immer noch hierher zurückkehren und ihn holen. Jetzt musst du erst einmal von diesem Ort fortkommen.*

Er sammelte seine Kräfte, um sich zu erheben. Rety mühte sich gleichermaßen ab. Beide erzielten ein ähnliches Ergebnis. Nacheinander sanken sie stöhnend zurück und warteten mehrere Minuten, bis sie einen neuen Versuch starteten.

Endlich gelang es Dwer, sich wenigstens hinzusetzen. Während er hochkam, schwankten die Sterne hin und her, als bringe sie ein starker Wind zum Schaukeln.

Bleib in Bewegung, sonst erfrierst du.

Ein zu schwacher Grund. Nicht stark genug, um Schock und Erschöpfung zu überwinden.

Dann eben das Mädchen. Sorg dafür, dass sie sich bewegt, sonst …

Sonst was? Der Jäger vermutete, dass Rety doppelt so viel wie heute ertragen konnte, ohne daran zugrunde zu gehen. Wahrscheinlich stand ihr weiterer Ärger bevor. Das Unglück schien sie bereits als wertvolle und nützliche Gefährtin anzusehen.

Aber er war auf der richtigen Spur, um ein Mittel zur Überwindung seiner Mattigkeit zu finden. Also nicht das Mädchen, nein, irgendetwas anderes, das er dringend erledigen musste … etwas, das darauf wartete, dass er zu ihm zurückkehrte …

Die Glaverin! Dwer öffnete die schlammverkrusteten Augen. *Ich habe das arme trächtige Muttertier angebunden zurückgelassen! Es wird sicher verhungern … oder ein Ligger füllt sich mit ihm den Bauch …*

Seine Beine wackelten zwar sehr, aber irgendwie gelang es ihm, auf die Knie zu kommen – nur um dann feststellen zu müssen, dass es beim besten Willen nicht weiter in die Höhe ging.

Rety mühte sich ebenfalls hoch und lehnte sich dann an ihn. So gaben sie sich gegenseitig Halt, während sie versuchten, zu Kräften zu kommen. *Wenn man uns später so findet, wie unsere Körper in dieser Haltung erfroren sind, werden die Leute sicher denken, dass … nun, dass wir uns ziemlich gemocht haben müssen.*

Diese Schande allein war ihm schon Antrieb genug, es noch einmal zu versuchen. Aber seine Arme und Beine wollten den Befehlen aus dem Gehirn einfach nicht gehorchen.

Etwas Weiches und Feuchtes berührte seine Wange.

Hör sofort damit auf, Rety!

Der Vorgang wiederholte sich. Zu dem Weichen und Feuchten gesellte sich etwas Kratziges hinzu.

Was tust du denn da, du verrücktes Gör? Leckst du mich etwa ab? Von allen bescheuerten Dingen, die du dir heute geleistet hast …

Wieder feuchtete eine Zunge sein Gesicht an. Sie war eigentlich zu lang und zu rau für so ein kleines Sooner-Mädchen. Dwer gelang es, den Kopf zu drehen … und sah sich zwei großen Augen gegenüber, die sich unabhängig voneinander in einem breiten, runden Kopf drehten.

Dann öffnete die Glaverin wieder die Schnauze. Diesmal fuhr die Zunge über den Mund des Jägers bis hinauf zu seinen Nasenlöchern. Er fuhr angewidert zurück und keuchte.

»Wa-was … wi-wie?«

Er hörte seine Worte wie aus weiter Ferne. Also war er doch nicht taub.

Rety schien einen besseren Halt zu erkennen, wenn sie einen vor sich sah, und verlagerte ihren Arm von Dwers Hals um den der Glaverin. Die andere Hand hielt natürlich weiterhin den Schatz fest – einen Klumpen aus verbeultem Metall und verbrannten stählernen Federn.

Der Jäger wollte sein Glück nicht auf die Probe stellen und legte sich halb auf das Tier, um die Wärme zu genießen, die aus seinem zotteligen Fell strömte. Geduldig – vielleicht auch apathisch – ließ die Glaverin es mit sich geschehen, bis Dwer sich kräftig genug fühlte, um wieder auf seinen eigenen Beinen zu stehen.

Einer der Hinterläufe der Glaverin wies immer noch Spuren der Fessel auf. Das lose Ende sah aus, als sei es durchgenagt worden. Und als der Jäger den Kopf hob, entdeckte er auch die Ursache für dieses Wunder. Schmutzfuß grinste ihn schief an, weil er das andere Ende des Seils noch im Maul hielt. Seine Augen glänzten und sahen Dwer erwartungsvoll an.

Du sorgst immer dafür, dass ein Dank an die richtige Adresse gelangt, nicht wahr? Vor allem, wenn du der Adressat bist, dachte der Jäger. Er wusste, dass er sich eigentlich glücklich preisen sollte, aber bei diesem Noor war es nicht leicht, sich unbelastet zu freuen.

Eine neue grelle Explosion sandte helle Strahlen durch die schwarzen Schatten. Ihre Quelle schien am See zu liegen. Binnen weniger Duras erfolgten zwei weitere Detonationen. Damit stand für Dwer fest, dass es keinen Sinn hatte, jetzt dorthin zurückzukehren, um seinen Rucksack und den Bogen zu bergen. Das Feuer breitete sich weiter aus.

Er half Rety auf, die noch immer an der Glaverin hing. »Komm schon«, forderte er sie mit einem Kopfrucken auf. »Es ist besser, man stirbt, wenn man in Bewegung ist, als liegen zu bleiben und auf das Ende zu warten.«

Obwohl er nur stolpernd durch die Nacht vorankam und Kälte, Schmerzen und Erschöpfung ihn betäubten, musste er doch über das nachdenken, was er miterlebt hatte.

Eine kleine Vogelmaschine wäre zwar ungewöhnlich, aber immer noch irgendwie erklärbar gewesen. – Ein Relikt aus den Tagen der Buyur, das bis zum heutigen Tag überlebt hatte und verwirrt einen Kontinent durchwanderte, der von seinen Herren längst verlassen worden war.

Aber bei der zweiten Maschine – dieser schrecklichen, fliegenden Bedrohung – handelte es sich keineswegs um ein Gerät, das Jijos ehemalige Mieter zurückgelassen hatten. Dieser Apparat war mächtig und voll funktionstüchtig gewesen.

Eine Neuheit auf dieser Welt!

Gemeinsam mühten sie sich durch einen anderen schmalen Gang des Bambuswaldes hindurch. Die hohen Stämme zur Linken wie zur Rechten bewahrten sie vor dem eiskalten Wind und auch davor, eine Entscheidung darüber treffen zu müssen, wie es weitergehen sollte. Jeder Schritt brachte sie weiter von dem Chaos am See fort, und damit war der Jäger vollauf zufrieden.

Wo eine Todesmaschine auftaucht, muss man da nicht auch mit weiteren rechnen?

Ob eine zweite fliegende Miniaturfestung schon auf dem Weg war, ihre metallene Schwester zu rächen? Während dieser Gedanke sich in seinem Kopf ausbreitete, kam ihm der schmale Bambusgang plötzlich nicht mehr wie ein sicherer Ort, sondern mehr wie eine tödliche Falle vor.

Auch dieser Pfad fand sein Ende, und das Quartett landete auf einer Wiese mit kniehohem Gras, über die ein eisiger Wind fegte, der alle Wärme aus ihren Körpern raubte. Müde trotteten sie weiter. Schneeflocken und Frostkristalle umwirbelten sie, und der Jäger wusste, dass es nur noch eine Frage der Zeit war, bis sie zusammenbrechen würden.

Ein Wäldchen von verdrehten Schösslingen erhob sich an einem Wasserlauf – nur ein Stück weit vom Weg entfernt. Bibbernd stieß Dwer der Glaverin in die Seite und drängte sie über das krachende, raureifbesetzte Gras. *Wir verlassen den Weg,* nörgelte der Jägerinstinkt in ihm, und all das, was der alte Fallon ihm beigebracht hatte, kam ihm jetzt in den Sinn: *Versuch immer, auf bloßem Fels oder neben einem Wasser zu laufen … Wenn du verfolgt wirst, beweg dich mit dem Wind …*

Keiner dieser guten Ratschläge erschien ihm jetzt besonders brauchbar. Der Instinkt führte ihn über eine Felsplatte, die von niedrigen Büschen umstanden war. Ohne seinen Feuerentzünder, Flintstein oder das Messer konnte er nur darauf hoffen, irgendwo Unterschlupf zu finden. Die Platte endete vor einem Felsüberhang. Der Jäger riss Rety von der Glaverin, an die sie sich wieder gehängt hatte, und bedeutete ihr, auf allen vieren darunterzukriechen.

Die Glaverin rutschte auf den Knien in den Schutz, während Schmutzfuß sich auf ihrem zerfurchten Rücken tragen ließ. Dwer sammelte ein paar Zweige und schichtete sie vor der Höhle auf, damit der Wind Blätter dagegenwehen konnte. Dann ließ er sich ebenfalls auf alle viere hinab und kroch in das Gewirr aus Gliedmaßen, Fell und Haut. Als er einen Platz für sich gefunden hatte, wehte ihm feuchter, stinkender Atem ins Gesicht.

Die Schneeflocken schmolzen rasch, als die konzentrierte Körperwärme von vier Wesen die kleine Höhle ausfüllte.

Bei meinem Glück heute kann es kaum verwundern, so spät im Frühjahr noch in ein Schneetreiben zu geraten, dachte er. Der alte Fallon hatte immer gesagt, dass es in den Bergen nur zwei Jahreszeiten gebe: Die eine hieß Winter. Die andere ebenfalls, nur dass sie sich mit ein wenig Grün ausgestattet hatte, um die Unvorsichtigen und Unerfahrenen ins Verderben zu locken.

Der Jäger versuchte sich einzureden, dass das Wetter eigentlich gar nicht so schlimm war. Und wenn ihnen die Kleider nicht vom Körper gebrannt worden wären, hätte ihnen die Kälte kaum etwas ausgemacht. Oder wenn sie nicht unter Schock stünden. Oder wenn er den Rucksack mit den Vorräten dabeigehabt hätte.

Nach einer Weile hatte er das Gefühl, dass seine Taubheit allmählich nachließ. Er konnte nämlich hören, wie jemand mit den

Zähnen klapperte. Dem folgte ein Murmeln hinter ihm, und dann erhielt er einen harten Stoß an die Schulter …

»Ich habe gesagt, kannst du ein Stück zur Seite rücken?«, brüllte ihm die Soonerin ins Ohr. »Du liegst nämlich genau auf meinem …«

Er drehte sich zur Seite, und etwas Knochiges stach ihm in die Rippen. Als er dem ausgewichen war, landete er mit der Seite auf Eiskristallen. Der Jäger seufzte.

»Ist mit dir alles in Ordnung?«

Sie schob sich wieder gegen ihn. »Was hast du gesagt?«

Er drehte sich mühsam zu ihr um, bis er sie zumindest als Schemen ausmachen konnte. »Ist mit dir alles in Ordnung?«, rief er.

»Aber klar. Ging mir selten besser. Was für eine blöde Frage.«

Der Jäger zuckte mit den Achseln – besser gesagt, er versuchte es (und es blieb bei dem Versuch). Wenn Rety wieder schnippisch sein konnte, bestand auch kaum die Gefahr, dass es mit ihr bald zu Ende gehen würde.

»Hast du irgendwas zu essen dabei?«, fragte sie einen Moment später.

Er schüttelte den Kopf. »Wir suchen uns morgen etwas. Bis dahin solltest du so wenig wie möglich reden. Am besten gar nicht.«

»Wieso?«

Weil diese Flugroboter wahrscheinlich Ohren haben, oder wie auch immer die Hörgeräte bei ihnen heißen mögen, wäre es beinahe aus ihm herausgeplatzt. Aber dann biss er sich auf die Zunge. Warum sollte er das Kind unnötig beunruhigen?

»Um deine Kräfte zu sparen. Und jetzt sei ein liebes Mädchen, und schlaf.«

Er vernahm ein leises Grummeln. Vielleicht kam das von Rety, die ihn übertrieben nachäffte. Aber er konnte sich nicht sicher sein und war froh, dass die Taubheit in seinen Ohren auch ihr Gutes hatte.

Dann fuhren ihm Schmutzfuß' Pfoten in die Seite und in den Rücken, als der Noor versuchte, sich zwischen ihn und das Mädchen zu quetschen. Der Jäger schob sich zur Seite und spürte, dass sein Kopf jetzt nicht mehr von der Körperwärme der Glaverin geschützt wurde. Und als er ihn ein Stück hob, um auf den Pfad hinauszuspähen, den sie gekommen waren, empfing ihn gleich eine eisige Brise. Er betrachtete den engen Pfad, der durch die Bambusstämme führte. Dort würde man ihre Spur nur durch einen Zufall entdecken. Wenn nur genug Schnee fiel, um ihre Fußstapfen auf der Wiese zuzudecken.

Wir sind dir entkommen, Einzigartige, sagte er sich und sonnte sich in dem Gefühl eines Sieges, den eigentlich nicht er errungen hatte. Ganze Flächen auf seiner Haut waren immer noch gefühllos und so kalt, dass nicht einmal die Glaverin sie aufwärmen konnte. Die Stellen, an denen ihn die goldene Konservierungsflüssigkeit der Spinne getroffen hatte. Hier und jetzt brauchte er gar nicht erst damit anzufangen, die kristalline Masse zu entfernen … falls die Tropfen überhaupt jemals abgehen würden.

Trotzdem sind wir ihr entwischt, oder?

Etwas schien über seinen Geist zu streifen. Nichts, das er irgendwie benennen konnte. Dennoch reichte es aus, ihn mit leiser Sorge zu erfüllen. Ach was, wie sollte die verrückte, alte Dekonstruktions-Spinne das Inferno am See überlebt haben?

Ich bilde mir das alles nur ein. Vergiss es ganz schnell wieder!

Dummerweise war sein Verstand auch in der Lage, ihn mit dem zu versorgen, was Einzigartige vermutlich jetzt entgegnet hätte.

Ach, mein Teuerster, ist es nicht genau das, was du dir immer wieder sagst und vornimmst?

Der Jäger fing an zu zittern, und dafür war nicht allein die Kälte verantwortlich. Er richtete sich ein Stück auf und übernahm die Wache. Sein Blick heftete sich auf den schmalen Pfad, und er hielt nach Dingen oder Wesen Ausschau, die vom Pass kommen und über den Weg auf sie zuschleichen mochten.

Ein Geräusch riss Dwer aus einem Traum voller Versagen und Lähmung. Seine Lider schlossen sich gleich wieder, als ihm ein heftiger Windstoß in die gerade geöffneten Augen fuhr. Er schlug sie vorsichtig wieder auf und spähte nach dem, was ihn geweckt haben mochte, ohne genau zu wissen, worum es sich dabei gehandelt hatte. Alles, was ihm davon im Gedächtnis geblieben war, war der Klang einer Stimme, die seinen Namen gerufen hatte.

Der *Delfin* stand mittlerweile in seinem Zenit. An seinen Flanken schimmerten blauweiße Sterne, die zwischen milchigen Wellen hin und her zu springen schienen.

Das waren keine Wellen, sondern Wolken, aus denen mehr Schnee herabregnete.

Er blinzelte mehrmals und starrte dann nach vorn. Da bewegte sich doch etwas.

Der Jäger hob eine Hand, um sich die Augen zu reiben, aber seine Finger wollten sich nicht biegen. Als sie endlich sein Gesicht berührten, wirkten sie erstarrt und ungelenk, ein sicheres Anzeichen für einen Schock in Verbindung mit Frostbeulen.

Dort drüben … da regte sich tatsächlich etwas. Kein neuer Roboter, der auf starken Kraftfeldern heranschwebte, sondern ein schwankender Zweibeiner, der für Dwers Geschmack viel zu unprofessionell durch das Weiß stapfte. Bei der Schrittfolge würde er viel zu schnell ermüden. Keine Mission war es wert, sich bei diesem Wetter einem solchen Risiko auszusetzen.

Von den sechs Spezies konnte sich nur ein Hoon oder ein Mensch durch so tiefen Schnee bewegen – und einem Hoon wäre es nie in den Sinn gekommen, in so übertriebener Hast auszuschreiten.

He, du, Fremder, geh nicht zu der Schneise durch den Bambus! Dahinter lauert Gefahr!

Er hatte die Warnung rufen wollen, aber nur ein Krächzen kam aus seiner Kehle, gerade laut genug, um den Noor zu wecken und ihn den Kopf heben zu lassen.

Du Narr! Siehst du unsere Spur im Schnee denn nicht? Auch einem Nichtjäger müsste sie doch auffallen, schließlich ist sie so breit wie eine Schnellstraße der Buyur! Bist du denn blind?

Aber die Gestalt stampfte ungerührt weiter und verschwand schließlich in dem dunklen Mittelgang der Bambuskathedrale. Dwer sackte zusammen und hasste sich für seine Schwäche. *Ich hätte ihn nur laut anrufen müssen. Nicht mehr. Nur ein bisschen die Stimme erheben.*

Mit glasigem Blick verfolgte er, wie immer neue Heerscharen von Flocken auf die Fährte im hohen Gras niedergingen und langsam alle Spuren überdeckten, die zu dem Felsvorsprung führten. *Tja, mein Bester, du wolltest dich doch verstecken. Das hast du jetzt davon.*

Vielleicht würde man die kleine Gruppe nie finden.

Dwer besaß nicht mehr die Kraft, die Ironie dieser Situation zu erkennen.

Ein toller Jäger bist du, ein wirklich toller Jäger …

Der Fremde

Es wird sicher einige Zeit dauern, sich daran zu gewöhnen … an diese unmögliche Reise, bei der wir in einem Holzboot durch felsige Täler rauschen und rasch hohe Felswände passieren, die einem einen Eindruck von der Fahrtgeschwindigkeit vermitteln. Das kommt ihm alles umso merkwürdiger vor, als er sich bewusst ist, früher viel gereist zu sein, und zwar mit eindeutig höherem Tempo … aber es will ihm partout nicht einfallen, worin und auf welche Weise er gereist ist …

Dann sind da auch noch diese Passagiere, eine Mischung aus Typen, deren bloßer Anblick ihn schon in größte Verblüffung versetzt.

Anfangs hatten die meisten von ihnen ihn mit panischem Schrecken erfüllt – besonders dieses schmatzende, gluckernde und brodelnde Wesen, das aussieht wie ein Dutzend Donut, die man übereinandergestapelt hat. Wenn dieser Gyros doch nicht auch noch aus seinen zahllosen Ventilen immerzu Dämpfe absondern würde, die einem in der Nase kitzeln und auf der Zunge prickeln. Der bloße Anblick dieses runzligen Wulsthaufens löste in ihm eine Angst aus, wie er sie nie für möglich gehalten hätte – bis ihm bewusst geworden war, dass etwas Besonderes von diesem … diesem Joph …

Sein Gedächtnis ist nicht in der Lage, ihn mit seiner Bezeichnung, seinem Namen zu versorgen, obwohl er sich angestrengt darum bemüht.

Überhaupt weigerten sich alle möglichen Worte, ihm wieder einzufallen. Oft genug zogen sie sich immer weiter von ihm zurück.

Viel schlimmer noch, er war nicht in der Lage zu sprechen oder Gedanken zu formulieren. Und wenn andere ihm ihre modulierten und in die richtige Form gebrachten Laute sandten, verstand er nichts davon.

Sogar Namen, die simpelsten Bezeichnungen, entzogen sich seinem Zugriff und wanden sich wie glitschige Würmer fort, als ärgere sie seine Berührung – oder widere sie an.

Macht nichts.

Er wartete weiter, da ihm ja doch nichts anderes zu tun übrigblieb. Es gelang ihm sogar, sein Ekelgefühl im Zaum zu halten, wenn das Donutwesen ihn anfasste; denn mittlerweile schien klar zu sein, dass es die feste Absicht hatte, ihn zu heilen. Und tatsächlich ließen die Schmerzen jedes Mal nach, wenn es ölige Tücher um seinen pochenden Kopf band.

Nach einer Weile wurde ihm dieser Kontakt sogar auf sonderbare Weise angenehm.

Außerdem war sie ja noch da. Sie sprach freundlich zu ihm und füllte die Tunnelsicht seiner Aufmerksamkeit mit ihrem Lächeln – was ihn, auch wenn er nicht wusste warum, mit vorsichtigem Optimismus erfüllte.

Er erinnerte sich an kaum etwas aus seinem früheren Leben. Aber zumindest ist ihm etwas von seiner ehemaligen Lebensweise wieder eingefallen … weniger ein philosophisches Modell als vielmehr ein Sinnspruch oder vielleicht auch ein gut gemeinter Rat:

Wenn das Universum den Anschein erweckt, dich vernichten zu wollen, kämpfst du am erfolgreichsten mit Hoffnung dagegen an.

NEUNTER TEIL

DAS BUCH VOM MEER

Um gesegnet zu werden,
Und der Erlösung näher zu kommen,
Kann man nicht darauf bauen,
Dass Vergessen sich von allein einstellt.

Die einzelnen Aspekte der Amnesie
Müssen in der richtigen Reihenfolge kommen.

An erster Stelle muss die Loslösung
Von Drang und Verlangen erfolgen,
Die materielle Welt zwingen zu wollen
Oder andere Wesen nach seinen Vorstellungen zu formen.

Denn selbst geformt zu werden,
Ist dein Ziel.
Zuerst durch die Natur
Und später durch die Hände und Gedanken,
Die weiser sind als deine eigenen.

Die Schriftrolle der Verheißung

Alvins Geschichte

Da befanden wir uns also in der dünnen, trockenen Luft über dem Berg Guenn, waren umgeben von der Hitze, dem Staub und den Schwefeldämpfen aus Uriels Schmiede und fragten uns, was Gybz, der Alchimist, von uns wollte.

Der Traeki erzählte uns, dass wir in eine andere Art von Hölle geschickt werden sollten …

Halt ein, Alvin. Spinn das Garn deiner Geschichte so, wie es ein Erzähler auf der alten Erde getan hätte. Beschreibe erst die Szene, und dann die Action.

Gybz verfasste in seiner schmuddeligen Werkstatt Rezepte zur Metall- und Glasherstellung. Der Raum ließ sich wahrlich nicht mit Uriels peinlich sauberer, makellos reiner Halle der sich drehenden Scheiben vergleichen. Auf den fleckigen Regalen lag dick Mineralstaub, und aus den irdenen Töpfen mit ihren ekelhaften Flüssigkeiten stank es erbärmlich. Ein Kippfenster nahm die ganze Nordseite ein, und man konnte bis hinab auf ein in den Augen schmerzendes Farbband blicken, bei dem es sich nur um die Spektralfarben eines Regenbogens handeln konnte. Mit anderen Worten, dieser Raum lag so hoch, wie man nur gelangen konnte, ohne in den brodelnden Krater des Berges zu fallen.

Direkt unter dem Fenster umschwärmten Fliegen einen Haufen angemessen verrottender Küchenabfälle. Ich konnte nur hoffen, dass wir Gybz nicht gerade beim Abendbrot störten.

Unser Quartett – Huck, Schere, Ur-ronn und ich – hatte sich auf Anordnung Uriels in das Alchemielabor begeben. Einem Befehl dieser bedeutenden Schmiedin und Beherrscherin dieses Schwerindustriezentrums am bebenden Knie Jijos konnte man sich nicht entziehen. Zuerst hatte ich noch geglaubt, sie habe uns fortgeschickt, weil ihr unsere Bande irritierender Kids auf die Nerven gegangen war; schließlich war Uriel anzumerken, dass sie lieber mit dem menschlichen Weisen über Verbesserungen an ihrem geliebten Mobile aus Hebeln, Getriebewellen und sich drehenden Glasscheiben diskutieren wollte. Ihre erste Assistentin, Urdonnol, schimpfte halblaut vor sich hin, während sie uns über die lange Rampe trieb, die zur Hexenküche des Traeki führte.

Nur unsere Freundin Ur-ronn wirkte fröhlich, ja geradezu überschwänglich. Huck und ich warfen uns mehrmals Blicke zu und fragten uns, was diese Begeisterung bei ihr ausgelöst haben mochte.

Wir erfuhren den Grund, als Gybz seinen fleckigen konischen Wulstkörper um einen Arbeitstisch herumschob. Worte sprudelten aus der Sprachröhre, die auf dem dritten Ring von oben vibrierte:

»Gescheite junge Köpfe von vieren unserer Spezies, fühlt euch willkommen. Erhabene Kunde euch zu überbringen, soll mir eine Ehre sein. Eine Entscheidung, eure Expedition zu verbessern, darf ich euch übermitteln. Eure Unternehmung nämlich, zu besuchen, zu erkunden und zu durchfahren die nähere Ausbreitung des Oberen Mittenmeeres, diesen Versuch wollen wir unterstützen.«

Gybz legte eine kurze Pause ein, während der Gase aus den Ventilen in seinem purpurroten Synthesering geblasen wurden. Als er fortfuhr, schaltete er auf Englik um. Seine Stimme klang angestrengt, und die Worte waren nicht immer deutlich zu verstehen:

»Euer Vorhaben ... genießt die volle Unterstützung der Schmiede im Berg Guenn. Als Zeichen unseres Gutheißens präsentiere ich euch hier, Achtung! – das komplette Fenster!«

Der Meister der Mixturen fuhr ein zusammengewickeltes Tentakel aus und deutete damit auf eine Holzkiste, die an einer Wand stand. Sie war bereits auseinandergenommen, und unter einer dicken Schicht Sägemehl glänzte eine gebogene Glasscheibe, die auf den ersten Blick fehlerlos wirkte.

Schere hüpfte aufgeregt herum, und seine spitzen Klauen erzeugten auf dem Steinboden ein fürchterliches Spektakel. »Wunderbar-bar!«

Gybz stimmte ihm zu. »Sie ist in der richtigen Mischung hergestellt und angemessen geschliffen worden – auf dass ihr in der Umgebung, in die vorzudringen ihr beabsichtigt, stets über die beste Sicht verfügt.«

Ur-ronn verrenkte den langen Hals, um das Bullauge zu inspizieren.

»Die letzte Phase war die schwierigste. Vielen Dank, Gybz, für die ausgezeichnete Beschichtung.«

Damit wandte sich die Urs an Huck und mich. »Nach Monaten des Sichhinziehens stimmte Uriel vor drei Tagen endlich zu, dieses Stück herstellen zu lassen. Und da das Ergebnis schon beim ersten Mal ausgezeichnet ausgefallen ist, erklärt sie sich bereit, dieses Glas *kun-uru* zu nennen!«

Dieser Begriff stammte aus dem Steppendialekt der Hufwesen und bedeutete so viel wie Meisterwerk. Damit hatte sich Urronn als Gesellin qualifiziert und war ihrem Ziel ein gutes Stück näher gekommen.

Von uns anderen hat sich noch keiner für einen Beruf entschieden. Die meisten in unserer Gruppe haben nicht einmal angefangen, sich zu überlegen, was sie mit dem Rest ihres Lebens anfangen wollen, dachte ich mit einem leisen Anflug von Eifersucht. *Auf der anderen Seite müssen die Urs sich auch damit beeilen. Ihnen stehen nicht so viele Jahre zur Verfügung wie uns anderen.*

Ich warf einen Blick auf Urdonnol, die Hauptrivalin unserer Freundin bei Uriels Nachfolge. Ich musste mir nicht erst einen Rewq aufsetzen, um ihren Ärger über all dieses Getue zu erkennen, den sie »kindischen Unsinn« nannte und womit sie den Bau eines Tiefseeboots meinte.

Du hättest es besser wissen sollen, sagte ich ihr in Gedanken und fühlte doch einen Anflug von Mitgefühl für sie. *Schließlich gibt auch Ur-ronns Tante sich einem scheinbar sinnlosen Hobby hin, dieser Maschine mit den sich drehenden Scheiben. Ur-ronns Projekt besitzt eine ähnliche Qualität. Diese Geistesverwandtschaft zwischen den beiden geht über die normalen Familienbande weit hinaus.*

Für Ur-ronn war dieses Boot ein kluger Schachzug zur Förderung ihrer Karriere gewesen.

»Das Glas wurde daraufhin getestet, hydrostatischem Druck in einer Tiefe von über fünfzig Faden standzuhalten«, erklärte sie mit unübersehbarer Befriedigung. »Und wenn wir die Laternen und das andere Gerät anbringen, das Uriel uns freundlicherweise leiht …«

»Uns?«, platzte es aus Huck heraus, die endlich aus ihren Grübeleien herausgefunden zu haben schien. Sie starrte Ur-ronn mit drei Augenstielen an. »Was meinst du mit *uns,* alte Mähre? Soll das heißen, du schließt dich uns an?«

Die Urs warf den Kopf in den Nacken, um Huck ebenfalls anstarren zu können. Dann verbog sich ihr langer Hals zu einer S-Kurve.

»Ja, das will ich … wenn es mir möglich ist.«

»Huck!«, tadelte ich meine Freundin; denn ich fand es gemein, Ur-ronn mit den Nüstern auf ihre biologischen Grenzen zu stoßen. Ich spürte, wie Hucks Speichen vor Anspannung vibrierten.

Gybz stieß wieder eine Gaswolke aus. Diesmal roch es nach rostigem Metall.

»Wenn es gewünscht wird, kann man die Unterbringung eines Urs einrichten.« Der Traeki hörte sich etwas kurzatmig an. »Und selbst wenn das auf Schwierigkeiten stoßen oder nicht ausreichen sollte, sorgt euch nicht. Ein Mitglied der Berg-Guenn-Einrichtung wird auf … jeden Fall an … diesem tollkühnen Unternehmen in … die tiefsten Tiefen teilnehmen.«

Ich muss gestehen, ich hatte Mühe, den Ausführungen des

Traeki, die auch noch von Schnaufpausen unterbrochen wurden, zu folgen. Huck und ich sahen uns mit verwirrtem Blick an.

»Ich/wir sind es … die mitmachen werden … zumindest teilweise … bei dieser erhabenen Expedition«, erläuterte Gybz und pfiff und rasselte aus seinem obersten Wulst. Dann drehte er sich um und präsentierte uns etwas, womit keiner von uns gerechnet hatte. Auf seiner Hinterseite zeigte sich auf halber Höhe eine nässende Blase. Es handelte sich dabei um keine normale Anschwellung, und wir durften nicht davon ausgehen, dass der Traeki dort einen neuen Tentakel formte oder Chemikalien für das Werk zusammenstellte. Ein Riss tat sich in der Blase auf, und wir konnten einen Blick auf etwas Schleimiges und Wurmhaftes werfen.

Wie vom Schlag getroffen begriff ich, dass Gybz vor unseren Augen vlennte!

Während der Riss sich immer weiter öffnete, fing der Meister der Mixturen an zu beben. Eine komplexe Gurgelmelodie, die sich aus zum Teil brechreizerregenden Lauten zusammensetzte, begleitete das Schieben des Gebildes, das sich aus der Öffnung zu befreien versuchte. Endlich war es draußen und glitt die sich nach außen neigende Seite des Traekis hinab, wobei es eine Spur von losen Fäden hinterließ.

»Jungejungejungejungejunge …«, keuchte Schere aus allen fünf Beinmündern gleichzeitig, und sein Sichtring drehte sich wie verrückt. Urdonnol brachte sich nervös ein paar Schritte in Sicherheit, während Huck, angetrieben von Neugier und Ekel, vor und zurückrollte. Ich spürte Bisse, als der kleine Huphu meinen Rücken hinaufkletterte, auf meiner Schulter Platz nahm und ängstlich knurrte. Gedankenverloren strich ich ihm beruhigend über das glatte Fell, während sich aus meinem Kehlsack ein Rumpeln löste, das viel selbstbewusster klang, als ich mich fühlte.

Vor Schleim glänzend, landete das kleine Wesen mit einem platschenden Geräusch auf dem Boden und blieb dort erst einmal liegen, während wellenförmige Bewegungen über seinen Stapel von vier Miniaturringen rollten. Währenddessen rührte sich einiges unter der transparenten Rückenhaut des Elterntraeki.

»Bitte nicht … ängstigen«, blubberte eine leicht veränderte Stimme aus der Sprechöffnung im alten Wulststapel. »Ich/wir rekonfigurieren … richten uns wieder her …«

Die Worte sollten uns die Furcht nehmen, aber jedermann weiß, dass ein Traeki beim Vlennen eine schwierige Zeit durchmacht. Die Einheit der Ringe gerät dabei aus dem Gleichgewicht, und es ist schon vorgekommen, dass sich ein Traeki danach in veränderter Form wiederfand. Aus diesem Grund pflegt diese Spezies sich extern zu reproduzieren. Jeder Wulst wird einzeln herangezogen, zum Beispiel in einem Kolben, oder man kauft einen bei einem Brutfachmann, wo man durch Tausch oder Bezahlung die Ansammlung von Ringen erstehen kann, die man sich bei seinem Nachwuchs wünscht.

Wie ich gehört habe, soll das Vlennen jedoch auch seine Vorteile haben. Mister Heinz behauptet, schon bei einigen zugegen gewesen zu sein. Aber ich möchte wetten, er war noch nie Zeuge, wie ein vierwulstiger Kleintraeki auf einmal aus der Blase gekrochen war und sich auch gleich aus eigener Kraft bewegen konnte.

»Dieses gerade abgestoßene Selbst kann – zumindest fürs Erste – mit Ziz angeredet werden. Auf diesen Namen wird es reagieren, sobald seine eingepflanzten Lernmuster ihren Dienst aufgenommen haben. Wenn Ziz zufriedenstellend funktioniert, darf er zurückkehren, um vermehrt und vergrößert zu werden und als vollständiges Wesen ins Leben zu treten. Bis dahin wird er unterrichtet … um eurer Expedition dienlich sein zu können. Ziz bekommt die Ringe, die für die Reise nützlich sein werden …«

»Ich weiß nicht …« Ur-ronn drehte den Kopf in einem ovalen Kreis – deutliches Anzeichen ihrer Konfusion. »Meinst du damit vielleicht …«

»Gybz, was sollen wir tun?«, murmelte Huck.

»Ich/wir reagieren nicht länger auf diesen Namen«, erklärte der Traeki. »Unsere Ringe schreiten gerade zur geheimen Abstimmung. Bitte schweigt jetzt, und stört sie auch sonst nicht dabei.«

Wir hielten die Klappe und verfolgten gebannt, wie der ehemalige Gybz buchstäblich mit sich selbst rang und es in seinem Innern drunter und drüber zu gehen schien. Ein Beben schien sich vom Basissegment bis ganz nach oben fortzusetzen und löste sich in einem gewaltigen Rülpser, bei dem gelblicher Schwefelrauch ausgestoßen wurde. Wellen bewegten sich über seinen Körper, horizontal, vertikal und auch diagonal. Dieser Vorgang hielt mehrere Duras an, und wir fürchteten schon, es würde den Traeki zerreißen.

Endlich ließen die Unruhen in seinem Körper nach und vergingen schließlich ganz. Die Sinnesorgane des Wesens rekonfigurierten sich, und als Worte aus seinem Mund blubberten, klang seine Stimme noch mehr verändert.

»Es ist entschieden.

Provisorisch dürft ihr uns Tyug nennen, und eure Aussichten stehen nicht schlecht, dass dieser Stapel euch dann antwortet.«

Ein Nachbeben schüttelte ihn.

»Dass ich euch antworte. Bitte informiert Uriel darüber, dass der Vorgang abgeschlossen ist. Teilt ihr weiterhin mit, dass meine Hauptwissenszentren intakt zu sein scheinen.«

Erst jetzt begriff ich das ganze Ausmaß der Gefahr, der Traeki während des Vlennens ausgesetzt waren. Der Meister der Mixturen ist eines der wichtigsten Mitglieder in Uriels Mannschaft. Wenn Gybz, Verzeihung, natürlich Tyug, sich nicht mehr der Geheimnisse seiner Arbeit hätte erinnern können, würden die Produkte des Berges Guenn nicht mehr so wunderbar glänzen oder ihre Kanten nicht mehr so scharf sein; gar nicht erst zu reden davon, dass sie nach Ablauf der vorgeschriebenen Zeit nicht mehr so problemlos zerfallen könnten.

Und ich Trottel hatte mir die ganze Zeit über nur um das Leben des Traeki Sorgen gemacht!

Huphu krabbelte meinen Rücken wieder hinunter und näherte sich vorsichtig dem neuentstandenen halben Traeki. Dieser bildete bereits flossenartige Füße unter seinem Basisring, und an seinem obersten Segment regten sich unbeholfen Tentakel. Der Noor beschnüffelte ihn argwöhnisch und zog sich dann mit einem befriedigten Fiepen zurück.

Und so war es unser Huphu, der Ziz als Erster willkommen hieß, als weiteres Mitglied unserer Bande.

Wenn wir nun noch ein Menschenkind hätten, dann wären wir als Sechsheit komplett!

Omen können auch etwas Gutes bedeuten, wie jeder Seemann weiß. Und Glück ist ultrascharf. Launisch und zickig zwar, aber immer noch eindeutig dem Gegenteil vorzuziehen.

Außerdem hatte ich das Gefühl, dass wir bald alle Hilfe Jafalls' benötigen würden.

ZEHNTER TEIL

DAS BUCH VOM HANG

Legenden

Unter den Qheuen erzählt man sich, dass die Flucht nach Jijo nicht so sehr eine Frage des Überlebens als vielmehr eine kulturelle Angelegenheit gewesen sei.

Dennoch gibt es einigen Dissens zwischen den Legenden, die seit der Landung der Gepanzerten auf Jijo vor über tausend Jahren von ihnen überliefert werden. Die Grauen, die Blauen und die Roten erzählen jeder ihre eigene Version vom Ablauf der Ereignisse vor und nach der Ankunft ihres Schleichschiffs.

Sie stimmen allerdings in dem Punkt überein, dass alles in der Galaxis Eins begonnen hat, als die Qheuen dort nämlich in Schwierigkeiten mit ihren Bundesgenossen verwickelt waren.

Gemäß des uns noch zur Verfügung stehenden Bandes Einführung in die galaktische Soziopolitik *(nach dem Herausgeber auch kurz Der Smelt genannt) sind die meisten sternfahrenden Spezies Mitglied eines Clans. Diese Verbindung basiert auf den Sternenschubketten. Zum Beispiel handelt es sich beim Erd-Clan um einen der kleinsten und einfachsten, besteht er doch lediglich aus den Menschen und ihren beiden Klientelspezies – den Neodelfinen und den Neoschimpansen.*

Falls die Patrone, die dem Homo sapiens den Schub verliehen haben, je entdeckt werden sollten, würden die Erdlinge damit wahrscheinlich in eine viel größere Familie integriert werden, die schon vor langer, langer Zeit gegründet worden ist. Vielleicht reicht diese Linie dann sogar bis zu den Progenitoren zurück, der Spezies, die vor einer Milliarde Jahren den Schubzyklus in Gang gesetzt hat.

Mit der Mitgliedschaft in einem solchen Clan könnten die Menschen viel stärker und mächtiger werden. Allerdings könnte man sie dann auch für diverse Altschulden und -verpflichtungen haftbar machen.

Ein anderes, davon unabhängiges Netzwerk von Allianzen scheint auf der Philosophie begründet zu sein. Viele der bitteren Fehden und prunkvollen Ehrenkriege, die die galaktische Kultur gespalten haben, entsprangen dem einen oder anderen philosophischen Disput, an dessen genaue Streitfragen sich aber kein Mitglied der Sechs mehr erinnern kann. Und worum es dabei überhaupt gegangen ist, kapiert ebenfalls keiner mehr. Die großen Bündnisse rangen um geheimnisvolle religiöse Differenzen miteinander, wie zum Beispiel um die Frage, von welcher Natur die lange verschwundenen Progenitoren gewesen seien.

Man sagt, als die Qheuen noch zwischen den Sternen gelebt haben, seien sie Mitglieder der Allianz der Wartenden gewesen – ein Bündnis, in das sie durch ihre Patrone, die Zhosh, gelangt sind. Diese Zhosh entdeckten und adoptierten die Qheuen, als diese noch in ihren Meeresklippenstöcken lebten und von ihren grausamen Grauen Königinnen beherrscht wurden.

Vieles wäre vielleicht einfacher verlaufen, wenn die Zhosh nur den Grauen den Sternenschub ermöglicht hätten. Aber in ihrer unbegreiflichen Güte verliehen sie auch den Dienerkasten Geist und Einsicht; denn die Warterphilosophie ist ebenso pragmatisch wie gleichmacherisch. Und so entdeckte die Allianz auch unter den Roten und den Blauen förderungswürdige Talente. Daher wurden Gesetze erlassen, die eine freiere Regierungsform ermöglichten und die Macht der Grauen beschnitten.

Eine Reihe von Qheuen floh vor diesem Durcheinander. Sie suchten sich einen Ort, an dem sie den ihnen angestammten natürlichen Lauf der Dinge in Ruhe fortsetzen konnten.

Und das ist auch schon, in aller Kürze, der Grund, warum die Qheuen nach Jijo gekommen sind.

Doch auf Jijo streiten die drei Kasten seit Jahr und Tag, welche Seite zuerst die anderen betrogen habe. Die Grauen behaupten, ihre Kolonie sei in Harmonie, Disziplin, Liebe und gegenseitiger Hochachtung gediehen. Bis zuerst die Urs und dann die Menschen begonnen hätten, Unzufriedenheit unter den Blauen zu schüren.

Andere Historiker wie Flussmesser oder Korallenschneider lehnen diese Sichtweise mit aller Entschiedenheit ab.

Was immer auch der Grund oder die Ursache gewesen sein mag, alle drei auf Jijo heimischen Gruppen stimmen darin überein, dass die hiesige qheuenische Kultur zu etwas entartet sei, das sich noch untraditioneller gebe als die umgemodelte Gesellschaft, vor der ihre Vorfahren einst geflohen wären.

Solche Ironie entsteht eben, wenn die Kinder die Wünsche ihrer Eltern ignorieren und anfangen, sich einen eigenen Kopf über die Dinge zu machen.

Gesammelte Fabeln von Jijos Sieben Spezies,
Dritte Auflage.
Abteilung für Folklore und Sprache,
Biblos, im Jahr des Exils 1867.

Asx

Unvermittelt gehen ihre Fragen in eine neue Richtung. Eine innere Anspannung – nicht direkt Furcht, aber ein Vetter dieses universellen Gefühls – untermalt jetzt die Worte der Invasoren.

Und dann, im Laufe nur einer Nacht, nimmt ihre Sorge in aller Hast konkrete Gestalt an.

Die Piraten haben ihre schwarze Station vergraben!

Erinnert ihr euch noch an die Überraschung, die das bei uns auslöste, meine Ringe? Zur Zeit der Abenddämmerung stand sie noch groß, unerschütterlich und arrogant da und scherte sich nicht um den offenen Himmel: ein würfelförmiger Klotz, anmaßend in seiner Künstlichkeit.

Und als wir im Morgengrauen zu der Stelle zurückkehrten, fanden wir an seiner Stelle einen großen Erdhaufen vor. Angesichts der Ausmaße dieses neuen Hügels schloss Lester, dass die Station ein großes Loch gegraben, sich hineinversenkt und dann mit dem Aushub bedeckt haben musste – so ähnlich, wie es die Bohrerkäfer tun, wenn sie vor einer Grabfledermaus fliehen.

Lesters Ahnung bewahrheitet sich, als Rann, Kunn und Besh aus der Erde auftauchen und einen glatten, dunklen Tunnel heraufkommen. Sie wollen die Verhandlungen wieder unter dem Schutz des Konferenzzelts aufnehmen. Dieses Mal interessieren sie sich vor allem für Maschinen. Genauer gesagt: Was ist davon noch aus den Tagen der Buyur übriggeblieben? Die Invasoren wünschen zu erfahren, welche von diesen Relikten noch voller Lebenskraft brummen und summen.

So etwas komme auf einigen Brachwelten vor, behaupten sie. Schlampige Spezies ließen Tausende von Dienstrobotern zurück, wenn für sie die Zeit zum Auszug gekommen sei und die von ihnen bewohnte Welt sich eine lange Ruhephase gönnen dürfe. Nahezu perfekt und in der Lage, sich selbst zu reparieren, könnten diese vergessenen Apparate noch viele Jahrhunderte und mehr funktionstüchtig sein und dann herrenlos über das Land wandern, dem es an lebenden Stimmen gebreche.

So wollen die Piraten wissen, ob uns solche mechanischen Waisen untergekommen seien.

Wir erklären ihnen, dass die Buyur wahre Saubermänner gewesen seien. Ihre Städte hatten sie bis auf den letzten Krümel abgetragen, und alles, was sich nicht entfernen ließ, mit Dekonstruktions-Spinnen versehen. Ihre mechanischen Diener hatten sie mit einem ihnen innewohnenden Antrieb versehen, der die unter ihnen, die noch funktionstüchtig geblieben waren, dazu drängte, sich in dem tiefen Graben zur letzten Ruhe zu begeben, den wir das Mittenmeer nannten. All dies können wir beschwören und beeiden, doch die Sternenmenschen scheinen an unseren Worten zu zweifeln.

Dann fragen sie (schon wieder!) nach Besuchen aus dem Kosmos. Was hätten wir von anderen Schiffen mitbekommen, die sich an Jijo herangeschlichen hätten – und dies aus Gründen, die die Piraten stets nur andeuten, nie aber wirklich aussprechen?

Wie vorher verabredet, verstellen wir uns. Aus den alten Geschichten und Romanen der Menschen wissen wir, dass diese Technik oft von Schwachen angesichts von Stärkeren angewandt worden ist.

Stellt euch doof an, empfehlen diese antiken Texte, aber haltet dabei die Augen auf und spitzt die Ohren.

Aber wie lange können wir mit dieser Taktik noch durchkommen? Besh fragt bereits die aus, die das Heilungszelt aufsuchen. In ihrer Dankbarkeit werden einige der Unseren sicher die Verhaltensregeln vergessen, die wir ihnen eingetrichtert haben.

Bald schon werden die Fremden zur nächsten Stufe übergehen, während unsere Vorbereitungen gerade erst ihren Anfang genommen haben.

Die Vierte im Bunde der Plünderer, eine gewisse Ling, kehrt von ihrer Erkundungstour zurück. War sie nicht zusammen mit diesem Häretiker Lark aufgebrochen? Aber sie betritt das Lager allein.

Nein, erklären wir ihr, *wir haben Lark nicht gesehen. Er hat sich hier nicht blicken lassen. Kannst du uns nicht sagen, warum er dich verlassen hat? Wie kam er dazu, dich im Wald im Stich zu lassen, ohne die Aufgabe zu Ende zu bringen, die ihm übertragen worden war?*

Wir versprechen ihr, sie mit einem neuen Führer zu versorgen. Der qheuensche Naturkenner Uthen ist der Geeignete dafür. Wir unternehmen alles, um Ling zu beruhigen.

Wenn uns doch nur unsere Rewq nicht im Stich gelassen hätten! Als ich/wir Lester nach der Stimmung dieser Frau befragen – nach dem, was er aus ihrem Mienenspiel ablesen kann –, schüttelt er sich nur und antwortet, dass er uns das nicht zu sagen vermag.

Sara

Ein Konzert wurde von einer spontan zusammengefundenen Kapelle gegeben, die sich aus den Passagieren und Mannschaftsmitgliedern zusammensetzte. Sie musizierte auf dem fächerförmigen Heck der *Hauph-woa,* und der Anlass für diese Darbietung bestand darin, das Erwachen des Fremden zu feiern.

Ulgor zupfte den Violus, ein Saiteninstrument, das der irdischen Geige verwandt und ihren geschickten ursischen Fingern angepasst war. Klinge hingegen schob seinen blaugrünen

Rückenpanzer über eine Mirliton-Trommel und bearbeitete deren straffgezogene Membrane mit seiner mächtigen und komplexen Zunge, wobei rumpelige, dumpfe Laute entstanden. Währenddessen hielten seine fünf Beine ebenso viele Wasserkrüge, die unterschiedlich hoch mit Wasser gefüllt waren. Seine Beinmünder pfiffen und erzeugten so an den Krugrändern die diversesten Töne.

Pzora, der Traeki-Apotheker, wehrte in aller Bescheidenheit eine Teilnahme ab und behauptete, musikalisch absolut untalentiert zu sein, erklärte sich aber schließlich bereit, wenigstens ein Glockenspiel aus Metall und Porzellan zu bedienen.

Der hoonsche Steuermann übernahm den Gesangspart, während der Schrifttänzer sich bei diesem improvisierten Orchester die Ehre gab, nach Art der g'Kek die Augenstiele und Arme in einem solchen Rhythmus zu bewegen, dass sie an das Rauschen in Baumwipfeln, an vom Wind getriebenen Regen oder an einen Vogelschwarm auf der Flucht erinnerten.

Sie baten schließlich Sara, die Kapelle mit einem menschlichen Mitglied komplett zu machen, aber sie musste nein sagen. Das einzige Instrument, auf dem sie spielen konnte, war das Klavier ihres Vaters, und das stand noch in Nelos Haus hinter dem Großen Damm. Außerdem beherrschte sie die Tasten nicht sonderlich gut. *So viel also zur angenommenen Korrelation zwischen der Musik und der Mathematik,* dachte sie selbstironisch. Aber sie wollte den Fremden im Auge behalten – nur für den Fall, dass irgendein Ereignis einen neuen hysterischen Anfall bei ihm auslöste. Zurzeit machte er allerdings einen ruhigen Eindruck und betrachtete alles durch seine dunklen Augen, die sich an nahezu allem, was sie erfassten, zu erfreuen schienen.

War das möglicherweise ein Symptom? Kopfverletzungen gingen manchmal mit einem Gedächtnisausfall einher – oder gar dem Verlust der Fähigkeit, sich etwas einzuprägen, sodass dem Betroffenen ständig alles als neu erscheinen musste.

Zumindest hat er es nicht verlernt, Freude zu empfinden, dachte sie. Das ließ sich ja allein schon daran feststellen, dass er anfing, strahlend zu lachen, wenn sie sich ihm näherte. Es kam Sara befremdlich und süß zugleich vor, wenn sie miterlebte, dass sie jemanden so regelmäßig glücklich machen konnte. Wenn sie etwas hübscher gewesen wäre, würde dieser Umstand sie nicht ganz so sehr verwirren. Aber dieser gut aussehende Fremde ist krank, rief sie sich ins Gedächtnis zurück. Er ist nicht recht bei Sinnen, weiß nicht mehr, was er tut …

Aber, überlegte sie weiter, *was ist denn die Vergangenheit schon anderes als fiktiv, erfunden vom Verstand, damit man irgendwie weiterleben kann?* Sara hatte ein Jahr damit verbracht, vor der Erinnerung zu fliehen – und die Gründe dafür waren ihr damals sehr wichtig vorgekommen.

Und heute sind sie alle nicht mehr sonderlich bedeutsam.

Sie fragte sich, wie es jetzt wohl oben in den Rimmers aussehen würde. Ihr junger Bruder wollte ihr einfach nicht aus dem Sinn gehen.

Wenn du Taine beim ersten Mal erhört hättest, als er um deine Hand angehalten hat, hättest du jetzt vielleicht schon eine ganze Kinderschar – und müsstest dir nicht mehr nur um deine Brüder, sondern auch um die Kleinen Sorgen machen.

Als sie den Antrag des erlauchten, in Ehren ergrauten Weisen abgelehnt hatte, hatte das für einige Aufregung gesorgt. Wie viele weitere junge Männer würden sich schon ernsthaft für sie interessieren – für eine wie Sara, die schüchterne Tochter eines Papiermachers, deren Figur nicht allzu viel hermachte und die sich mehr an geschriebenen Symbolen als an Tanzvergnügungen und den anderen Künsten des Flirtens und der Tändelei erfreuen konnte?

Kaum hatte sie Taine abgewiesen, schienen Joshus Aufmerksamkeiten ihr die Richtigkeit ihres Entschlusses zu bestätigen – bis sie dahinterkam, dass der junge Buchbinder in ihr nur eine

Zerstreuung während seines Gesellenjahres in Biblos sah (aber keinesfalls das, was sie sich erhoffte).

Was für eine Ironie, nicht wahr? Lark könnte an jedem Finger zehn haben, hätte unter den Schönen am Hang die freie Auswahl gehabt, aber seine Lebensgrundsätze hatten ihn den Zölibat erwählen lassen. Meine Vorstellungen über Jijo und die Sechsheit unterscheiden sich fundamental von den seinen, und dennoch bin ich genauso allein wie er.

Die unterschiedlichsten Straßen gelangen am Ende doch in dieselbe Sackgasse.

Und jetzt sind auch noch Götter aus dem All erschienen und schubsen uns alle auf eine Straße, deren Schilder wir nicht erkennen können.

Der Kapelle fehlte für das Konzert immer noch ein sechster Mann. Die Menschen bevorzugten trotz des Umstands, Streichinstrumente auf Jijo eingeführt zu haben, in einem gemischten Sextett immer noch die Flöte. Jop wäre dafür in Frage gekommen, doch der Bauer lehnte dankend ab, weil er sich lieber in sein Buch der Schriftrollen vertiefen wollte. Damit blieb nur noch der junge Jomah, der sich auch gern bereit erklärte, dem Orchester beizutreten, und sei es auch nur, um ihm Glück zu bescheren. Er entschied sich dafür, Löffel zu schlagen.

So weit war es also mit dem vielgerühmten Beitrag der Erdlinge zur Musikkultur auf Jijo her.

Die Trommel, die fast ganz unter Klinges schwerem Rückenpanzer verborgen lag, gab ein tiefes, rumpelndes Geräusch von sich, in das bald das traurige Seufzen des Wasserkrugs am linken Vorderbein des Qheuen einfiel. Mit seinem Sichtband gab er Ulgor ein Zeichen, und die Urs strich sofort mit dem Doppelbogen über die Saiten ihres Violus. Die wimmernden Zwillingstöne, die sie dem Instrument entlockte, passten sich dem Bassstöhnen des Schlagzeugs nahtlos an, und schon hatte die Kapelle ihr Grundthema gefunden, das sie von nun an beibehielt …

Der Moment des Harmonieduetts schien endlos zu währen. Sara hielt den Atem an, damit kein fremdes Geräusch die wunderbare Konsonanz stören konnte. Selbst Fakoon rollte ein Stück nach vorn und war sichtlich ergriffen.

Wenn das Stück diese Stimmung fortsetzt …

Pzora entschied nun, dass es für ihn an der Zeit war, sich anzuschließen. Mit einem lauten Knall seiner Glocken und Zimbeln zerriss er die süßliche Traurigkeit der Melodie. Der Apotheker war mit solchem Eifer bei der Sache, dass er gar nicht bemerkte, was er anrichtete. Er schlug die Schellen schneller als den Takt, hielt dann inne, bis er zurücklag, und beeilte sich dann von Neuem, ihn einzuholen.

Nach einem Moment der Fassungslosigkeit fingen die Seeleute an, grölend zu lachen. Die Noor auf den Masten plapperten aufgeregt, und Ulgor und Klinge tauschten Blicke aus, die zu übersetzen es keines Rewqs bedurfte – das Äquivalent ihrer Spezies für ein Achselzucken und ein darauf antwortendes Zwinkern. Sie spielten unverdrossen weiter und gaben sich redlich Mühe, den Enthusiasmus des Traeki in den Rhythmus zu integrieren.

Sara erinnerte sich an die Zeit, als ihre Mutter ihr das Klavierspiel beigebracht hatte. Sie hatte nach Noten spielen müssen, nach niedergeschriebenen Musikzeichen – eine Kunst, die auf Jijo so gut wie in Vergessenheit geraten war. Jijoanische Sextette pflegten ihre Stegreifharmonien aus verschiedenen Anfängen zu entwickeln, die sich vermischten oder einander durchwoben, bis durch einen kongenialen Zufall Thema und Melodie gefunden waren. Die Musik der Menschen hatte in den meisten Kulturen ähnlich funktioniert. Dann war Europa gekommen und hatte ihnen Symphonien und ähnlich rigorose Formen aufgenötigt. So oder so ähnlich stand es in den Büchern, die Sara über dieses Thema gelesen hatte.

Jomah überwand schließlich seine Schüchternheit und fing an, mit den Löffeln zu klappern, während Klinge eine mehrstimmige Tonfolge aus seinen Beinventilen pfiff. Der Steuermann blies seinen Kehlsack auf und imitierte das Rumpeln der Mirliton-Trommel. Dann sang er dazu eine improvisierte Weise, deren Text keiner der bekannten Sprachen angehörte.

Endlich rollte Fakoon nach vorn und fing an, die Tentakelarme schlangengleich zu bewegen. Sara erhielt den Eindruck von sanft aufsteigendem Rauch.

Was zunächst wunderbar begonnen hatte und dann ins komische Fach übergewechselt war, gewann nun eine neue, noch viel schönere Note:

Einheit.

Sara warf einen Blick auf den Fremden, dessen Miene von den verschiedensten Gefühlen beherrscht wurde. Seine Augen leuchteten angesichts Fakoons Armtanz geradezu auf, und er schlug fröhlich auf seiner Decke den Takt mit.

Man kann schon recht gut erkennen, was für ein Mensch er einmal gewesen sein muss, sagte sich Sara. *Selbst als furchtbar Verwundeter und unter furchtbaren Schmerzen Leidender ließ er sich doch während seiner Wachphase von den schönen Dingen des Lebens verzaubern.*

Der Gedanke blieb ihr im Halse stecken. Sara wandte sich abrupt ab, um die Woge der Traurigkeit zu ersticken, die sich plötzlich wie ein Schleier vor ihre Augen gelegt hatte.

Bald darauf tauchte Tarek auf, die Stadt, die am Zusammenfluss von Roney und Bibur lag.

Aus der Ferne erschien der Ort bloß als weiterer grüner Hügel, der sich kaum von denen in seiner Nachbarschaft unterschied. Graue Gebilde lagen auf seinem Rücken verstreut, als habe ein Riese hier Steine ausgekippt.

Doch als die *Hauph-woa* um die nächste U-Biegung des Flusses gelangte, öffnete sich vor den Passagieren eine große, nahezu hohle Erhebung von Netzen, die mit Vegetation behangen waren.

Bei den »Felsen« handelte es sich um Turmspitzen, die von einem ganzen Labyrinth von Kabeln, Tauen, Rohrleitungen, Seilbrücken, Netzen, Rampen und Strickleitern umgarnt waren – und das Ganze lag unter blühender, reicher Vegetation.

Die Luft füllte sich immer stärker mit dem feuchtwarmen Aroma von unzähligen Blüten.

Sara schloss die Augen und versuchte sich die Stadt vorzustellen, wie sie in alter Zeit ausgesehen haben mochte – als Tarek noch ein unbedeutender Ort der Buyur gewesen war, und dennoch ein Hort der höchsten Zivilisation, in dem zuverlässige Maschinen summten, in dem die Straßen von den Schritten der Besucher vibrierten, die von allen Sternensystemen herbeigeströmt waren, und in dem die Luft von den Himmelsfliegern schwirrte, die unablässig von den Dachlandeplätzen aufstiegen oder sich auf ihnen niederließen. Eine Stadt voller Hoffnungen, Wünsche und Ideen, wie sie, die Primitive aus den Wäldern, sie nie erfassen konnte.

Als aber die Mannschaft die *Hauph-woa* an dem getarnten Kai festmachte, konnten auch die geschlossenen Augen nicht mehr verbergen, wie tief Tarek seitdem gesunken war. Von den zahllosen Fenstern wiesen nur noch die wenigsten das Leuchten der eine Million Jahre alten Scheiben auf. An den Wänden waren krude Kamine angebracht, die die einst glatten, sauberen Wände mit dem Ruß von Kochstellen verunstalteten. Die breiten Dächer, auf denen einst die selbstangetriebenen Himmelsflieger ihren Platz gefunden hatten, dienten nun als Obstgärten oder als Auslauf für Hühner. Statt schicker, schnittiger Gefährte drängten sich hier Trödler, Hausierer und Händler, die ihre Waren auf dem Rücken trugen oder in Zugtierkarren beförderten.

Hoch oben bei einem Turm sausten einige junge g'Kek über eine geländerlose Rampe. Ihre Speichen drehten sich so rasch, dass man sie nur verwischt wahrnahm, und die jähe Tiefe, die sich neben ihnen auftat, schien ihnen nichts auszumachen. Das

Stadtleben gefiel dem Rädervolk. Sah man sie in anderen Gegenden nur selten, so stellten sie in diesem Ort die größte Bevölkerungsgruppe.

Nach Norden hin stieß man, sobald man Tareks Verbindung mit dem Festland überquert hatte, auf »junge« Ruinen. Die Steinblöcke stellten den Rest der tausend Jahre alten Stadtmauer dar, die von den Grauen Königinnen, die hier lange geherrscht hatten, errichtet worden waren – bis die Große Belagerung ihre Tyrannei beendet hatte. Damals war Nelos Papiermühle gerade erst eröffnet worden. Ruß von den Brandsätzen verdreckte immer noch das Bollwerk und legte damit Zeugnis ab von der schwierigen Geburt der Gemeinschaft der Sechs.

Die Stadt Tarek kam Sara immer wieder aufs Neue wie ein Wunder vor, sooft sie sie auch besuchte. Dieser Ort war Jijos Symbol für eine kosmopolitische Gesinnung, denn hier waren alle Spezies gleichberechtigt vertreten.

Neben den Hoon-Schiffen fuhren hier auch zahllose andere Boote unter zierlichen Bogenbrücken hindurch. Meist saßen Trapper darin, die ihre Felle und anderen Waren auf dem Markt feilbieten wollten. Fluss-Traeki, die über amphibische Basissegmente verfügten, eilten durch die engen Kanäle und kamen viel rascher voran als ihre landgebundenen Vettern.

Nahe dem Zusammenfluss der beiden Ströme bot ein besonderer Hafen zwei zischenden Dampffähren Schutz, die die Waldgemeinden am Nordufer mit den südlichen Steppen verbanden, auf denen die ursischen Horden herumzogen. Unweit davon krabbelten blaue Qheuen an Land. Sie sparten sich die Fährgebühren, indem sie einfach über den Flussgrund liefen. Dieses Talent hatte sich vor langer Zeit als recht hilfreich erwiesen, als die blauen Qheuen – im Verein mit einer Armee aus Menschen, Traeki und Hoon – die despotischen Königinnen vom Thron gestürzt hatten.

In all den Geschichten, die sich um diese Schlacht ranken, wird niemals die Waffe der Aufständischen gewürdigt, die ich für wesentlich für ihren Sieg halte – die der gemeinsamen Sprache!

Die *Hauph-woa* benötigte einige Zeit, um sich ihren Weg durch das Gewirr von Booten zu bahnen und an einem überfüllten Kai festzumachen. Das Gedränge im Hafen erklärte, warum flussaufwärts so wenig Schiffsverkehr festzustellen gewesen war.

Sobald die *Hauph-woa* vertäut war, blockierten die bordeigenen Noor die Gangways und verlangten laut kläffend ihre Heuer. Der Smutje grollte mit seinem Kehlsack ein fröhliches Dankbarkeitslied, begab sich zu der fest geschlossenen Reihe der schwarzbefellten Wesen und verteilte Brocken von hartem Zuckerwerk unter ihnen. Jeder Noor schob sich das erste Stück in den Mund und die weiteren in einen wasserdichten Beutel, um dann über die Reling an Land zu springen und so den Gefahren der nun herausgehievten Kästen und Kisten zu entgehen. Zu leicht konnten sie von der Fracht angestoßen, verletzt oder gar zerquetscht werden.

Wie nicht anders zu erwarten, beschaute sich der Fremde auch diesen Vorgang mit einer Mischung aus Staunen, Freude und Trauer. Dann stieß er sich von der Bahre hoch und ging mit Hilfe eines Krückstocks von Bord. Pzora schnaufte und dampfte vor Begeisterung, weil es ihm gelungen war, einen Patienten dem Tod zu entreißen und zu den ausgezeichneten Heilkundigen von Tarek zu befördern.

Prity lief los, eine Rikscha zu besorgen, und währenddessen beobachteten Sara und der Apotheker, wie die Seeleute mit Takelage und Raumnot kämpften, um die Kisten aus dem Frachtraum zu hieven und an Land zu befördern. Viele der Kästen enthielten Papier aus Nelos Mühle und waren für diverse Drucker, Schreiber und Gelehrte bestimmt. Im Gegenzug ließen die Stauer zusammengebundene Packen in den Laderaum hinab, deren Inhalt aus Tarek stammte und die alle denselben Bestimmungsort hatten:

– Keramikscherben und Schlacke aus den ursischen Schmieden.

– Abgenutzte Sägen und anderes Gerät aus den qheuenischen Drechslerwerkstätten.

– Ausrangierte Druckertypen und zerrissene Geigensaiten.

– Diverse Teile von Verstorbenen, die man nicht der natürlichen Verwesung anheimgeben durfte, wie zum Beispiel die Gebeine kremierter Menschen und Urs, hoonsche Rückgrate, g'Kek-Achsen, Wachskristalle von Traeki oder den glitzernden Staub von zermahlenen Qheuen-Rückenpanzern.

– Und nicht zu vergessen den Buyur-Schrott ... All das wurde auf Abfallschiffe verfrachtet und in das große Mittenmeer geworfen, um dort von Wasser, Witterung und der Zeit gereinigt zu werden.

Ein ursischer Rikschazieher half ihnen, den Verwundeten auf einen niedrigen, vierrädrigen Karren zu legen. Pzora stieg dann hinten auf und legte zwei Tentakelhände auf die Schulter des Fremden. »Wäre es vielleicht nicht besser, wenn ich doch mitkäme?«, fragte Sara höflich, weil sie noch gut im Gedächtnis hatte, wie sehr der Verwundete sich vor dem Wulstwesen fürchtete.

Der Apotheker winkte sie fort. »Bis zur Klinik ist es nicht weit, oder? Hast du nicht andere Dinge in der Stadt zu erledigen? Und muss ich nicht auch Diverses für uns in die Wege leiten? Ihr alle werdet uns heute Abend wiedersehen. Und dieser glückliche Patient hier wird euch und uns gewiss morgen empfangen wollen.«

Der Blick des Fremden traf den ihren. Er lächelte und klopfte ihr leicht auf die Hand. Anscheinend war all seine frühere Angst vor dem Traeki verflogen.

Offenbar habe ich mich in Bezug auf seine Kopfverletzung geirrt. Er vermag doch, Erinnerungen zu speichern.

Vielleicht können wir ja hier in Tarek feststellen, wer er ist. Wenn wir Familienangehörige oder Freunde von ihm auftreiben können, wird ihm das mehr helfen, als ich es je vermag ...

Dieser Gedanke löste seelische Schmerzen in ihr aus, und Sara musste sich klarmachen, dass sie nicht mehr das kleine Mädchen war, das ein verletztes Kleintier versorgte.

Es geht doch einzig und allein darum, dass er gut versorgt und wieder gesund wird. Und Pzora hat recht. Ich habe hier noch anderes zu erledigen.

Die in der Stadt vorherrschende Anarchie brachte es mit sich, dass kein Kaimeister oder sonst ein »Offizieller« sie am Kai erwartete. Dafür näherten sich ihnen Scharen von Kaufleuten und anderen, die dringend zu ihrer Fracht gelangen oder ganz einfach nur Neuigkeiten hören wollten. Zum Beispiel, ob frostbedeckte Zang-Schiffe gelandet oder ganze Städte von Titanstrahlen dem Erdboden gleichgemacht worden seien.

Es gab auch Gerüchte, dass man die gesamte Einwohnerschaft mehrerer Orte zu Massentribunalen getrieben habe. Insektoide Richter vom Galaktischen Institut für Migration sollten sie bereits abgeurteilt haben. Ein Mensch geriet sogar mit Jop in Streit und schwor Stein und Bein, dass das Dorf Dolo längst zerstört sei und der Bauer, wenn er anderes behaupte, einem Irrtum aufgesessen sein müsse.

Jetzt wird mir auch klar, warum wir keinen Booten begegnet sind, dachte Sara. Von hier aus musste es so ausgesehen haben, als habe das Invasorenschiff eine Feuerschneise über Saras Heimatort gezogen.

In allen Häfen traf man stets Gerüchteküchen an, aber weiter drinnen in der Stadt würde man doch sicher auf kühlere Köpfe treffen, oder?

Prity teilte ihr mit, dass alle Sendungen Nelos untergebracht seien, bis auf die eine, die Sara jetzt auf eine Sackkarre wuchtete, um sie bei Engril, der Kopiererin, abzuliefern. Sie verabschiedete sich von den Emissären Dolos und versprach ihnen, am Abend wieder mit ihnen zusammenzukommen und mit ihnen das auszutauschen, was man in Erfahrung gebracht habe.

»Komm mit, Jomah«, forderte sie Henriks Sohn auf, der noch immer wie angewurzelt auf das Treiben in der geschäftigen Stadt starrte. »Wir gehen zuerst zu deinem Onkel.«

Am Markt war vom allgemeinen Stimmengewirr des Hafens nicht mehr viel zu bemerken. Hier ging man eher flüchtig bis unfreundlich miteinander um. Die meisten Käufer und Händler trugen nicht einmal einen Rewq, wenn sie mit Mitgliedern anderer Spezies feilschten. Ein sicheres Anzeichen dafür, dass sich hier niemand allzu lange aufhalten wollte.

Eine Ladenbesitzerin, eine elegante graue Qheuen mit kunstvollen goldenen Verzierungen auf ihrem Rückenpanzer, hielt zwei Hände und neun Finger hoch und gab mit einer Bewegung ihrer Kopfkuppel zu verstehen, dass dies ihr letztes Angebot sei. Der Händler, ein roter Qheuen, dessen Rückenschild wie verrostet wirkte, zischte enttäuscht und deutete mit mehreren Händen auf die feinen Salzkristalle, die er den ganzen Weg vom Meer bis hierher transportiert hatte. Im Vorbeigehen hörte Sara die Antwort der vornehmen Qheuen.

»Qualität oder Quantität, was spielt das in diesen Zeiten noch für eine Rolle? Und der Preis, was sollen du oder ich uns darüber aufregen?«

Diese Äußerung schockierte Sara. Eine städtische Graue, die so indifferent an eine Transaktion heranging? Die Bürger mussten sich ja in einer furchtbaren Verfassung befinden!

Hat es sich denn in Dolo so anders verhalten?

Die Städter standen meist in kleinen Gruppen beisammen und tratschten in ihrer eigenen Sprache. Viele Hoon trugen Gehstöcke mit Eisenspitze – ein Vorrecht, das für gewöhnlich nur einem Kapitän zustand –, während die Urs-Hausierer, Herdentreiber und Händler sich nie allzu weit von ihren Packtieren entfernten. Jede Urs trug ein Beil oder eine Machete in einer Scheide am Widerrist – in den trockenen Wäldern oder auf den Ebenen, wo sie zuhause waren, durchaus nützliche Werkzeuge.

Warum also machte dieser Anblick sie so nervös?

Und da sie schon einmal darauf aufmerksam geworden war, fiel ihr jetzt auch auf, dass die meisten Menschen sich ähnlich verhielten. Sie bewegten sich nur in Gruppen und hatten alle Werkzeuge zum Holzhacken oder Graben oder Jagdwaffen dabei. Sara wollte lieber nicht darüber nachdenken, welchem Zweck diese Geräte hier in Tarek zugeführt werden sollten. Die g'Kek hingegen ließen sich nirgends blicken und blieben in ihren Wohnungen und Garagen.

Ich muss dringend herausfinden, was hier eigentlich los ist, und zwar bald, sagte sie sich.

So war es für sie wie eine Befreiung, als sie die angespannte Stimmung auf dem Marktplatz hinter sich gebracht hatte und in die blendende Helligkeit des Wirrwarrlabyrinths gelangte.

Bislang hatten sie und der Sprengmeistersohn sich nur durch Schatten bewegt, doch hier klaffte eine Öffnung im Tarnbaldachin. Einst hoch aufragende Türme lagen hier in Trümmern da, und ihre Strukturen waren zerbrochen, gesplittert oder ineinandergeschoben. Eine wenig appetitliche Brühe hatte sich zwischen den Trümmern gesammelt, und auf den Oberflächen dieser Pfützen bildeten sich Blasen, die aufstiegen und zerplatzten. Nur sie erinnerten noch daran, dass dies einmal ein säurehaltiger, giftiger und absolut zerstörerischer Ort gewesen war.

Jomah schirmte seine Augen ab. »Ich kann sie nicht sehen!«, beschwerte er sich.

Sara widerstand mit Mühe dem Wunsch, ihn sofort aus dem Sonnenlicht zu ziehen. »Wen denn?«

»Die Spinne. Sie muss sich doch eigentlich im Zentrum dieses Trümmerhaufens aufhalten, oder?«

»Die Spinne ist tot, Jomah. Sie verschied schon, noch ehe sie so richtig mit dem Abwracken begonnen hatte. Aus diesem

Grund trifft man in Tarek auch keinen Sumpf aus halbaufgelösten Steinen an wie bei uns zu Hause, du weißt doch, im Osten von Dolo.«

»Das weiß ich auch. Aber mein Vater sagt, die Spinne sei immer noch am Leben.«

»In gewisser Hinsicht ist sie das auch«, bestätigte Sara. »Wir begegnen ihr hier sozusagen auf Schritt und Tritt, und das, seit wir das Schiff verlassen haben. Siehst du all die Kabel und Taue da über uns? Sogar die Rampen und Leitern hat man aus den alten Fäden der Mulch-Spinne angefertigt, von denen einige, auf ihre Weise, noch am Leben sind.«

»Aber wo steckt dann die Spinne?«

»In den Kabeln hat sie gewohnt.« Sie zeigte auf das Netz, das zwei Türme miteinander verband. »Spinne und Taue haben zusammen eine Lebensform gebildet, deren einziger Daseinszweck darin bestand, diese alten Buyur-Bauten zu vernichten. Aber eines Tages, und das war, noch bevor die g'Kek nach Jijo gekommen sind, wurde die Spinne krank. Die Kabel wussten nicht mehr, wie sie konzentriert vorzugehen hatten. Als dann jedes für sich herumgewurstelt hat, war die Spinne nicht mehr zu retten.«

»Ach so.« Der Junge dachte eine Weile darüber nach und drehte sich schließlich wieder zu ihr um. »Also gut. Aber hier gibt es noch eine Sache, von der ich gehört habe …«

»Jomah …«, begann Sara. Sie wollte die Neugier des Knaben, der sie so sehr an Dwer in seinen jungen Jahren erinnerte, nicht unterdrücken, aber … »Wir müssen weiter …«

»Man hat mir erzählt, dass es sich ganz hier in der Nähe vom Wirrwarrlabyrinth befinden soll. Ich will das Pferd sehen!«

»Das Pferd?« Sara blinzelte zunächst verwirrt und seufzte dann vernehmlich. »Ach das. Meinetwegen, warum nicht? Aber nur, wenn du mir versprichst, dass wir uns danach auf geradem Weg zu deinem Onkel begeben. Klar?«

Der Junge nickte heftig und warf sich sein Bündel über die

Schulter. Sara nahm ihre Tasche auf, die von ihren vielen Forschungsunterlagen ganz schwer war. Prity setzte hinter ihnen die Sackkarre wieder in Bewegung.

Sara zeigte nach vorn: »Da hinten steht es, unweit des Eingangs zur Erdstadt.«

Seitdem man die bedrohlichen Katapulte der Grauen Königinnen verbrannt hatte, hatte Tarek allen Spezies offen gestanden. Dennoch zog jedes Volk der Sechs sein eigenes Viertel den anderen vor. Die Menschen wohnten im schicken Südviertel, wo sie es mit dem Buchhandel zu großem Reichtum und Ansehen gebracht hatten.

Die drei flanierten unter dem Schatten der Loggia, die das Wirrwarrlabyrinth umgab, gemächlich nach Erdstadt. Die bogenförmigen Spaliere brachen unter der Last der blühenden Topfpflanzen nahezu zusammen, aber deren Aroma wurde von einem neuen Geruch überlagert, als sie den Sektor passierten, in dem die Urs ihre Herden untergebracht hatten. Einige ledige ursische Teenagerinnen trieben sich vor dem Eingangstor herum. Eine von ihnen senkte den Schädel und begrüßte Sara mit einem beleidigenden Schnauben.

Im nächsten Moment hoben sie alle den Kopf und starrten in dieselbe Richtung. Ihre kurzen, fellbesetzten Ohren drehten sich zu dem fernen Donner, der aus dem Süden herangrollte.

Sara glaubte im ersten Moment, den Vorboten eines Gewitters gehört zu haben. Doch dann richtete sie den Blick zum Himmel, und große Sorge befiel sie.

Ist es am Ende wieder geschehen?

Jomah zog sie am Arm und schüttelte den Kopf. Er verfolgte den Nachhall des Donners mit berufsmäßigem Interesse. »Das ist nur ein Test. Glaub es mir, ich kann das erkennen. Bei einer Sprengung auf begrenztem Raum wäre der Knall dumpfer ausgefallen, bei einer Riesensprengung wäre der Donner viel lauter gewesen. Irgendein Kollege überprüft nur die von ihm angebrachten Ladungen.«

»Wie beruhigend«, murmelte sie, empfand aber nur Erleichterung darüber, dass anscheinend keine weiteren Sternenschiffe den Himmel zerrissen hatten.

Die Bande der jungen Urs konzentrierte sich wieder auf das Trio. Sara gefiel der Ausdruck in ihren Augen nicht.

»Komm schon, Jomah, wir wollen zum Pferd.«

Der Statuengarten befand sich am Südende des Wirrwarrlabyrinths. Bei den meisten dort ausgestellten »Kunstwerken« handelte es sich um angesengte Graffiti oder um mehr oder weniger gelungene Karikaturen, die man während der langen Jahrhunderte in die Steine geritzt hatte, als Belesenheit auf dem Hang noch als Rarität gegolten hatte.

Aber einige Felsmalereien wiesen in ihrer abstrakten Verschlungenheit durchaus Kunstfertigkeit auf. Wie zum Beispiel die Gruppe von runden Bällen, die wie Weintrauben aneinanderklebten, oder die Ansammlung von dolchartigen Speerspitzen, die kampflustig in alle Richtungen ragten. All diese Werke waren von den Zähnen der grauen Matriarchen der alten Zeit hergestellt worden, die irgendwann während der endlosen Dynastie- und Eroberungskriege unter der Herrschaft der Grauen von ihren Rivalinnen besiegt und an diesem Ort angekettet worden waren, um ihr elendes Dasein unter der erbarmungslosen Sonne zu beenden.

Ein besonders realistisch wirkendes Basrelief aus frühester Qheuenzeit war in einer Säule eingearbeitet, die nahe am Eingang stand. Der Korrosionsschlick hatte auch hier gewütet und das meiste von dem Kunstwerk weggefressen. Doch an manchen Stellen konnte man immer noch Gesichter erkennen. Große, vorgewölbte Augen starrten aus kugelförmigen Köpfen, die sich auf aufgerichteten Körpern befanden, als wollten diese mit letzter

Kraft gegen ihr unabwendbares Schicksal ankämpfen. Selbst nach so langer Zeit sah man den Augen noch den Funken der Intelligenz an, der ihnen innewohnte. Niemand auf Jijo hatte jemals einen solchen Ausdruck im Gesicht eines Glavers zu sehen bekommen.

In den letzten Jahren hatte man den grünen Baldachin auch über Teile des Wirrwarrlabyrinths ausgedehnt, und so standen heute die meisten Kunstwerke im Schatten. Aber immer noch forderten orthodoxe Fundamentalisten, die Skulpturen umzustürzen und zu vernichten. Die meisten Bürger der Stadt hielten dagegen, dass die Natur Jijos bereits kräftig daran arbeite.

Der uralte See der Spinne löste immer noch Stein auf, allerdings sehr, sehr langsam. Und so konnte man davon ausgehen, dass nichts von dem, was sich hier befand, die Sechs überleben würde.

Zumindest haben wir das bis vor Kurzem geglaubt. Wir dachten immer, uns stünde noch so viel Zeit zur Verfügung.

»Da ist es ja!«, rief Jomah aufgeregt und stürmte schon zu einem massigen Monument, dessen Flanken von hellen Sonnenscheinflecken überzogen waren.

Das Opfer der Menschheit, lautete der Titel dieses Kunstwerks und würdigte damit das, was die Frauen und Männer mit nach Jijo gebracht und das sie als noch wertvoller als ihre kostbaren Bücher erachtet hatten.

Etwas, auf das die Menschen als Preis für den Frieden verzichtet hatten.

Die Skulptur zeigte ein Pferd, das im Moment des Sprungs festgehalten war. Es hatte den edlen Kopf gehoben, und der Wind fuhr durch seine Mähne. Man musste allerdings die Augen zu Schlitzen zusammenkneifen, um es sich als galoppierenden Gaul vorstellen zu können. In vielen Geschichten der Menschen wurde des Reittiers voll liebevollen Angedenkens gedacht, und es gehörte zu den sagenhaften Wundern der alten Erde.

Der Anblick dieses Monuments hatte Sara immer schon bewegt.

»Das sieht ja überhaupt nicht aus wie ein Esel!«, rief Jomah. »Waren Pferde wirklich so groß?«

Sie hatte das selbst nicht für möglich gehalten, bis sie es in einem Lexikon nachgeschlagen hatte. »Ja, manchmal haben sie eine solche Schulterhöhe erreicht. Natürlich weist es gewisse Ähnlichkeiten mit einem Esel auf, schließlich waren die beiden so etwas wie Vettern.«

Klar, genauso, wie ein Garu-Baum mit einem Grickel-Strauch verwandt ist.

»Darf ich draufsteigen?«, fragte der Junge leise.

»Daran darfst du nicht einmal denken!«, zischte Sara und sah sich ängstlich um. Als sie nirgendwo Urs entdeckte, beruhigte sie sich etwas und schüttelte den Kopf. »Da fragst du besser deinen Onkel. Vielleicht nimmt er dich ja an einem Abend mit hierher.«

Jomah machte ein enttäuschtes Gesicht. »Ich wette, du bist schon daran hochgeklettert!«

Sara musste sich ein Lächeln verbeißen. Natürlich hatten Dwer und sie dieses Ritual durchgeführt, als sie noch Teenager gewesen waren. Und zwar meist in einer Winternacht, wenn die meisten Urs sich in der Wärme und Geborgenheit ihrer Suhlsippe befanden – wenn sich keine dreiäugigen Köpfe bei dem Anblick empörten, der sie schon im ersten Jahrhundert seit der Ankunft der Erdlinge immer wieder in Rage versetzt hatte. Als nämlich die Menschen sich in einer Art Quasisymbiose mit einem großen Tier verbunden hatten, das schneller laufen konnte als die Urs – zwei Wesen, die gemeinsam etwas ergaben, das mächtiger, stärker und flinker war als die Summe ihrer Teile.

Nach dem zweiten Krieg glaubten die Urs, sie könnten uns endgültig in die Knie zwingen, wenn sie von uns verlangten, alle Pferde herauszurücken, um sie dann ein für alle Mal zu vernichten.

Ich fürchte, die Urs mussten schon bald danach erfahren, dass sie nicht so leicht mit uns fertigwerden konnten.

Sie schüttelte den Kopf, weil dies ein bitterer und unwürdiger Gedanke war. Das alles war schon so lange her, viele Jahre vor dem Großen Frieden und etliche Jahrhunderte vor dem Erscheinen des Eies.

Sara ließ den Blick über die Steinfigur und das blumengeschmückte Skelett der alten Buyur-Stadt hinauf in den wolkengefleckten Himmel wandern.

Es heißt, wenn Gift vom Himmel regnet, wird das verderblichste darunter das Misstrauen sein.

Die Sprengmeisterzunft residierte in dem Gebäude, das offiziell Turm der Chemie hieß – doch die meisten Bürger Tareks nannten es nur den Palast des Gestanks. Röhren aus behandeltem Bambus kletterten die Fassaden empor wie parasitäre Ranken. Sie schnauften und ächzten, und ständig lösten sich irgendwo Dampfwolken aus ihnen, sodass sie ein wenig an Pzora erinnerten, wenn der einen anstrengenden Tag in seinem Labor hinter sich hatte.

Tatsächlich waren es neben den Menschen hauptsächlich Traeki, die durch das Portal ein und aus gingen oder sich von einem durch Gegengewichte betriebenen Aufzug in eines der oberen Stockwerke befördern ließen, wo sie ihren Kollegen dabei halfen, die Gegenstände herzustellen, die am ganzen Hang heißbegehrt waren: Streichhölzer, mit denen man das Feuer in der Kochstelle anzünden konnte; Öle, um Qheuen-Rückenschilde bei Juckflockenbefall zu behandeln; Seifen, mit denen die Kleider der Hoon und der Menschen gereinigt werden konnten; Schmiermittel für ältere g'Kek, wenn bei ihnen die Achsenaustrocknung eingesetzt hatte; Paraffin für die Leselampen; Tinte für Schreibfedern; und viele andere Güter, bei denen sichergestellt war, dass sie auf natürliche Weise hergestellt wurden und keine bleibenden Spuren im Boden Jijos hinterlassen würden. Keine Produkte also, die strafverschärfend ausgelegt werden konnten, wenn es irgendwann zum unausweichlichen Tag der Tage kommen würde.

Trotz der wenig angenehmen Gerüche, die bei Prity einen angewiderten Hustenreiz auslösten, fühlte sich Sara gleich beschwingter, als sie den Turm betreten hatte. Vertreter aller Spezies waren in der Lobby anzutreffen, und hier schien es keine Berührungsängste zwischen den Mitgliedern der Sechs zu geben. Handel und Wandel folgten eben eigenen Gesetzen und ließen keinen Raum für argwöhnische Blicke oder gar offene Feindseligkeiten zu. Dafür gab es einfach zu viel zu erledigen: Abschlüsse, Orders, Verkaufsverhandlungen. Ganz zu schweigen von den Gelehrten, deren Debatten in der Wissenschaftssprache überall zu vernehmen waren.

Drei Etagen weiter oben, in der Halle der Sprengmeister, schien das nackte Chaos ausgebrochen zu sein. Männer und Lehrlinge schrien und riefen durcheinander oder waren zu einem dringenden Termin unterwegs. Dazwischen tauchten Zunftfrauen mit Klemmbrettern auf, die Hoon-Stauer anwiesen, wohin sie ihre Packen mit Ingredienzen bringen sollten.

In einer Ecke beugten sich grauhaarige Zunftälteste über lange Tische und berieten sich mit ihren Traeki-Kollegen, an deren nimmermüden Sekretwülsten Krüge angebracht waren, die die austretenden Kondenstropfen auffingen.

Was auf den ersten Blick wie ein Tohuwabohu gewirkt hatte, löste sich allmählich in geordnete Abläufe auf.

Diese Krise mag für andere erschreckend sein, aber für die Sprengmeister ist lediglich die Zeit gekommen, über die sie schon seit Bestehen ihrer Zunft nachgedacht haben.

In dieser Halle herrschte weniger Verzweiflung als vielmehr grimmige Entschlossenheit vor. Zum ersten Mal seit langer Zeit spürte Sara wieder die Aura von Optimismus.

Jomah drückte sie zum Abschied und trat dann zu einem Mann mit angegrautem Bart, der gerade Schemata studierte. Sara erkannte das Millimeterpapier wieder. Nelo stellte es einmal im Jahr in Spezialauflagen her. Es wurde vor allem von Sprengern und Malern verlangt.

Eine gewisse Ähnlichkeit war zwischen dem Mann und dem Knaben festzustellen, was sowohl die Gesichter als auch die Körperhaltung und den Blick betraf, den der Meister aufsetzte, als er Jomah entdeckte. Aber Kurt hob nur eine Braue, als der Knabe ihm eine lange Lederröhre in die schwielige Rechte drückte.

Ist das alles?, dachte Sara. *Das hätte ich doch auch für Henrik hier abgeben können. Dazu musste nicht auch noch der Junge auf diese gefährliche Reise geschickt werden.*

Wenn jemand etwas über die Vorgänge in den Rimmers wusste, dann die Männer in diesem Raum. Aber Sara hielt sich mit Fragen zurück. Die Sprenger wirkten alle sehr beschäftigt. Davon abgesehen, besaß sie ihre eigene Informationsquelle. Die befand sich gar nicht weit von hier, und es wurde Zeit, sich zu ihr zu begeben.

Engril, die Kopiererin, füllte die Teetassen wieder auf, während Sara einen kleinen Stoß Papiere durchging. Es handelte sich dabei um eine Chronologie, nebst vorsichtiger Einschätzung derselben, die an diesem Morgen vermittels eines ursischen Schnellboten von der Versammlungslichtung eingetroffen war. Nachdem sie den Text gelesen hatte, durchwogte sie große Erleichterung. Bislang hatte man ja nicht wissen können, welchem der vielen Gerüchte am ehesten Glauben zu schenken war.

Nun stand fest, dass ein Sternenschiff auf der Lichtung gelandet war, ohne dass Verletzte oder Tote zu beklagen waren. Die Versammlungsteilnehmer, darunter auch ihre Brüder, hatten keinerlei Beeinträchtigung hinnehmen müssen, und anscheinend ging es ihnen verhältnismäßig gut. Zumindest fürs Erste.

Im Nebenraum waren Engrils Gesellen dabei, die Illustrationen des Berichts zu fotokopieren, während ein Offsetdrucker gedruckte Versionen des Texts ausspuckte. Bald würden diese Exemplare an den Mitteilungsbrettern von Tarek ausgehängt werden, und danach würden die Blätter zu den Dörfern, Stöcken und Herden der Umgegend geschickt.

»Verbrecher!«, seufzte Sara und schob den Stoß beiseite. »Kriminelle! Piraten!« Sie wollte es nicht glauben. »Von allen Möglichkeiten, die wir uns vorgestellt haben …«

»… erschien diese immer am unwahrscheinlichsten«, beendete Engril zustimmend ihren Satz. Sie war eine rundliche, rothaarige Frau, und normalerweise mütterlich und gutmütig. Aber heute wirkte sie düsterer, als Sara sie in Erinnerung hatte. »Vielleicht haben wir auch nie intensiv darüber diskutiert, weil wir uns vor den damit verbundenen Konsequenzen fürchteten.«

»Aber wenn Genräuber gekommen sind, dann ist das doch eigentlich besser, als wenn die Institutspolizei erschienen wäre, um uns alle festzunehmen, oder? Immerhin können Verbrecher uns kaum anzeigen, weil sie damit ihr eigenes Tun zugeben müssten.«

Die Kopiererin nickte. »Unglücklicherweise hat diese Logik auch eine weniger angenehme Kehrseite. Die Schufte dürfen es aus ebendiesem Grund auch nicht zulassen, dass wir sie anzeigen könnten.«

»Müssen sie so etwas denn wirklich ernsthaft befürchten? Immerhin ist es einige tausend Jahre her, seit die g'Kek gekommen sind, und seitdem hat es nur einen Kontakt, nämlich den hier vorliegenden, mit der Galaktischen Kultur gegeben. Unsere Vorfahren haben errechnet, dass eine halbe Million Jahre bis zum nächsten Patrouillenflug und zwei Millionen Jahre bis zur Großinspektion vergehen werden.«

»Das ist nicht sehr lange.«

»Wie bitte?« Sara sah sie verwirrt an.

Die ältere Frau holte den Teekessel vom Herd. »Noch eine Tasse? Pass mal auf, es verhält sich nämlich so: Wie aus der Mitteilung zu entnehmen ist, vermutet Vubben, dass es sich bei diesen

Leuten um Gendiebe handelt. Und dieses Verbrechen, falls die Fremden es denn wirklich verüben sollten, unterliegt – wie hat man das früher noch genannt? – keiner Verjährung.

Die vier, die hier gelandet sind, mögen längst zu Staub zerfallen sein, wenn ihre Tat aufgedeckt wird, aber sicher nicht ihre Spezies oder der Galaktische Clan, für den sie gearbeitet haben. Und die können immer noch bestraft werden, und zwar angefangen von der ältesten Patronspezies bis hinunter zum jüngsten Klienten.

Selbst eine Million Jahre sind nur eine kurze Zeitspanne für die Große Bibliothek, deren Gedächtnis einen tausendmal so langen Zeitraum umfasst.«

»Aber die Weisen erklären doch immer, dass wir in einer Million Jahren gar nicht mehr hier sind! So steht es im Großen Plan der Gründer und in den Schriftrollen …«

»Darauf können Genpiraten sich nicht verlassen, meine Liebe; denn dafür begehen sie ein zu schlimmes Verbrechen.«

Sara schüttelte den Kopf. »Also gut, nehmen wir einmal an, dass in einer Million Jahre immer noch ein paar entfernte Abkömmlinge der Sechsheit vorhanden sind. Die können doch nur ein paar völlig verdrehte und verzerrte Sagen über das von sich geben, was vor so langer Zeit geschehen ist. Und wer würde solchen Geschichten schon Glauben schenken?«

Engril zuckte mit den Achseln. »Das lässt sich schwer sagen. Die Geschichtsbücher zeigen, dass es unter den sauerstoffatmenden Clans der Fünf Galaxien immer schon viele Eifersüchteleien, Parteibildungen und sogar Fehden gegeben hat. Vielleicht bedarf es nur eines leisen Verdachts, wie er in einer der von dir erwähnten Sagen zum Ausdruck kommt, um Rivalen des Clans, dem die Piraten angehören, auf die Idee zu bringen, dass es da etwas gibt, womit man der anderen Seite schaden kann. Würden ihnen diese Sagen zu Ohren kommen, würden sie vielleicht die Biosphäre von Jijo nach konkreteren Beweisen absuchen. Und damit würde das ganze Verbrechen, das sich vor so langer Zeit ereignet hat, auf einmal ans Tageslicht gezerrt.«

Das brachte Sara ins Grübeln, und beide Frauen schwiegen für eine Weile. In der Galaktischen Gesellschaft galten die biologischen Vorkommen als die wertvollsten. Insbesondere die natürlichen Spezies, die gelegentlich auf Brachwelten entstanden. Arten, die den Funken aufwiesen, den man Potential nannte. Das Potential, bei dem sich ein Sternenschub lohnte. Spezies, die von einem Patron adoptiert werden konnten und denen man dann – durch Lehre und Genmanipulation – den Evolutionsschub versetzte, der notwendig war, um aus geschickten Wilden sternenreisende Bürger zu machen.

Nun war das mit der Notwendigkeit so eine Sache, zumindest wenn man den alten Geschichten der Erdlinge Glauben schenkte, die diesen Sprung aus eigener Kraft geschafft haben wollten. Aber wer in allen Fünf Galaxien nahm diesen Unsinn schon für bare Münze?

Sowohl Wildheit wie auch Zivilisation spielten gleichermaßen eine Rolle in dem Prozess, bei dem intelligentes Leben sich selbst erneuerte. Mehr noch, das eine ging nicht ohne das andere. Die komplexen und drakonischen Migrationsgesetze – inklusive des erzwungenen Verlassens von Planeten, Systemen oder ganzen Galaxien – dienten allein dem Zweck, Biosphären die Möglichkeit zu geben, sich zu erholen und ihr Wildheitspotential zu regenerieren. Nur so konnten neue Spezies einer Adoption zugeführt werden – natürlich im Rahmen der seit vielen Äonen erprobten Gesetze.

Genpiraten wie die, die nach Jijo gekommen waren, wollten diese Vorschriften umgehen und auf einer Brachwelt wie Jijo etwas Wertvolles finden, um sich vorzeitig und illegal in dessen Besitz zu bringen. Aber selbst wenn es ihnen gelingen sollte, auf eine biologische Kostbarkeit zu stoßen, was wollten sie dann damit anfangen?

Sie führen einige Pärchen dieser Spezies von hier fort, am ehesten auf eine Welt, die sie bereits kontrollieren. Dort darf diese Art sich dann in aller Ruhe entwickeln. Natürlich verabreicht man ihr vorher ein paar Gen-Infusionen, damit sie sich in der neuen Umgebung zurechtfinden und sich ihr auf eine Weise anpassen, als seien sie in ihr entstanden. Dann warten die Verbrecher ein paar Jahrtausende oder mehr, bis ihnen der Zeitpunkt günstig erscheint, offiziell bekanntzugeben, sie seien »durch Zufall« auf die neue, mit Potential versehene Art gestoßen. Und das auch noch direkt vor ihrer Nase! Heureka!

»Du meinst also«, sagte Sara jetzt, »dass die Piraten keine Zeugen zurücklassen wollen. Aber warum sind sie dann mitten auf dem Hang gelandet? Warum nicht irgendwo in der Sonnenaufgangswüste oder auf dem kleinen Kontinent auf der anderen Seite von Jijo? Warum haben sie sich uns in aller Offenheit gezeigt?«

Die Kopiererin schüttelte den Kopf. »Woher soll ich das wissen? Die Schurken behaupten, sie wollten sich unserer Kenntnis von den örtlichen Bedingungen bedienen. Sie haben sogar gesagt, wir würden dafür entlohnt werden. Doch ich wette, am Ende sind wir es, die die Zeche zahlen müssen.«

Sara spürte, wie ihr Herz einen Schlag lang aussetzte. »Aber ... aber dann müssten sie uns alle beseitigen!«

»Es gibt sicher weniger drastische Wege. Aber die Weisen meinen, wenn wir alle ausgelöscht würden, sei das für die Piraten die praktischste Lösung.«

»Die *praktischste?*«

»Ja. Natürlich nur aus dem Blickwinkel der Verbrecher.«

Sara brauchte eine Weile, bis sie das verarbeitet hatte. *Wenn ich daran denke, dass ich mich sogar darauf gefreut habe, endlich einigen Galaktikern zu begegnen, um sie zu fragen, ob ich einen oder zwei Blicke in ihre Bordbibliothek werfen darf ...*

Durch die offenstehende Tür zum Nebenraum erhaschte sie einen Blick auf die Gesellen und Lehrlinge der Kopierwerkstatt.

Ein Mädchen bediente einen sogenannten Coelostaten – einen großen Spiegel auf einem langen Schwenkarm, der den dicken Sonnenstrahl einfing, der durch das Fenster eindrang, und diesen dann auf das jeweilige Dokument legte, das fotokopiert werden sollte. Ein verstellbarer Schlitz lenkte den reflektierten Strahl über eine drehbare Metalltrommel, die von zwei kräftigen Männern in Bewegung gehalten wurde. Die Trommel nahm so Kohlenstoffpulver aus einer großen Schale auf, presste sie auf unbedruckte Blätter und erzeugte so auf ihnen fotostatische Duplikate von Zeichnungen, Gemälden oder Entwürfen, kurz, alles bis auf gedruckten Text, den man billiger mit einer Druckerpresse reproduzieren konnte.

Seit diese Technologie auf Jijo eingeführt worden war, hatte man nie eine so wichtige Meldung vervielfältigen müssen.

»Das sind ja fürchterliche Neuigkeiten«, seufzte Sara.

Engril nickte. »Aber das dicke Ende kommt erst noch. Es wird alles noch viel schlimmer.« Sie schob ein paar neue Blätter vor sie. »Lies dir das hier durch.«

Mit zitternden Händen machte sich Nelos Tochter über die zweite Meldung her. Sie erinnerte sich an das Sternenschiff nur als einen verwischten Schemen, der über ihren Köpfen dahingeeilt war und das friedliche Leben im Dorf Dolo nachträglich beeinträchtigt hatte.

Die neuen Blätter präsentierten Zeichnungen von dem Gefährt. Es handelte sich demnach eindeutig um einen großen Zylinder, der, still dastehend, noch furchteinflößender wirkte als im Flug.

Die nächsten Seiten führten die Ausmaße des Schiffes auf. Die Ingenieursmeister hatten sie mittels ihrer Geheimwissenschaft, der Triangulation, errechnet. Sara kamen die Werte unfassbar vor.

Sie nahm das nächste Blatt in die Hand und sah auf die Abbildung zweier der gelandeten Piraten.

Entsetzt starrte sie auf die Gestalten.

»O mein Gott!«

Wieder nickte die Kopiererin. »Das habe ich auch gesagt. Jetzt verstehst du sicher, warum wir mit dem Druck der neuesten Ausgabe des *Dispatch* noch zögern. Schon jetzt reden die Hitzköpfe unter den Qheuen und Urs, aber auch einige Traeki und Hoon, davon, dass ein betrügerisches Einverständnis der Menschen vorliege. Schon werden Stimmen laut, die fordern, den Großen Frieden aufzukündigen.

Natürlich muss es nicht zu offenen Feindseligkeiten kommen. Wenn die Eindringlinge das, was sie suchen, rasch genug finden, ist der ganze Spuk womöglich schon vorbei, ehe die Sechs sich wieder in einen Krieg verstrickt haben. Dann können wir Menschen unsere Loyalität zu den Sechs auf die entschlossenste Weise demonstrieren – indem wir nämlich Seite an Seite mit den anderen sterben.«

Engrils so gelassen ausgesprochene Worte ergaben einen furchtbaren Sinn. Aber Sara starrte die ältere Frau an und schüttelte heftig den Kopf.

»Du hast eben unrecht gehabt. Das ist noch lange nicht das Schlimmste.«

Ihre Stimme klang vor Sorge ganz rau.

Nun war es an der Kopiererin, verwirrt dreinzuschauen. »Was könnte denn schrecklicher sein als die Auslöschung alles intelligenten Lebens am Hang?«

Sara hielt ihr das Blatt hin, auf dem ein Mann und eine Frau zu sehen waren, die unzweifelhaft zur menschlichen Spezies gehörten. Ein verborgener Porträtist hatte sie in dem Moment eingefangen, in dem sie hochmütig auf die Wilden von Jijo hinabblickten.

»Unser Weiterleben ist völlig bedeutungslos«, erklärte Nelos Tochter nun und spürte den bitteren Geschmack ihrer Worte. »Wir waren schon zum Untergang verurteilt, als unsere Vorfahren ihren Samen illegalerweise auf diese Welt gebracht haben.

Aber diese … diese Narren hier«, sie schüttelte wütend das Blatt, »mischen sich in ein uraltes Spiel ein, das zu verstehen sich kein Mensch einbilden darf.

O ja, sie werden ihre Spezies rauben, dann alle Zeugen umbringen und schließlich frohgemut wieder verschwinden, bloß um am Ende doch erwischt zu werden.

Und wenn das geschieht, wird das wahre Opfer *Erde* heißen!«

Asx

Sie haben das Tal der Unschuldigen gefunden.

Natürlich haben wir versucht, es vor ihnen verborgen zu halten, nicht wahr, meine Ringe? Wir schickten sie in ein abgelegenes Tal, die Glaver, die Lorniks, die Schimpansen und die Zookirs. Und selbstverständlich auch die Kinder der Sechs, die mit ihren Eltern zur Versammlung gekommen waren, bevor das Sternenschiff in unser Leben drang.

Nun denn, all unsere Bemühungen, sie zu verstecken, waren vergebens. Ein Roboter aus der schwarzen Station folgte ihrer Wärmespur durch den Wald, bis er auf den Zufluchtsort stieß, der nicht so geheim blieb, wie wir es erhofft hatten.

Unter uns Weisen war Lester am wenigsten davon überrascht.

»Sie sind bestimmt davon ausgegangen, dass wir das fortbringen würden, was uns am wertvollsten ist. Deswegen haben sie sich auf die Suche nach der roten Spur unserer Evakuierten gemacht, bevor diese erlöschen konnte.« Sein bedauerndes Lächeln verriet sowohl Trauer als auch Respekt. »Ich an ihrer Stelle wäre genauso vorgegangen.«

Englik ist eine merkwürdige Sprache. Sie erlaubt es dem Sprecher, in der konjunktivischen Form Möglichkeiten zum Ausdruck zu bringen, die nicht eintreten werden. Ich dachte in dieser Sprache (mit meinem zweiten Erkenntnisring) und verstand daher Lesters grimmige Bewunderung für das, was die Räuber getan hatten. Aber ich hatte Mühe, das meinen anderen Selbsten begreiflich zu machen.

Nein, unser menschlicher Weiser plant keinen Verrat.

Nur durch emphatische Einsicht dürfen wir darauf hoffen, die Wege und Denkweisen der Invasoren zu erkennen.

Ach, dummerweise lernen unsere Gegner schneller über uns als wir über sie. Ihre Roboter fliegen im einst verborgenen Tal herum, zeichnen auf, analysieren und senken sich dann herab, um erschrockenen Lorniks oder Schimpansen Zellproben zu entnehmen.

Als Nächstes verlangen sie, ein Exemplar von jeder Spezies zu Studienzwecken zu ihnen zu schicken. Und sie wollen alles über unsere mündlichen Überlieferungen erfahren.

Die g'Kek, die sich am besten auf die Zookir verstehen, die Menschen, die mit den Schimpansen arbeiten, und die Qheuen, deren Lorniks bei Festivals regelmäßig Preise gewinnen, diese einheimischen »Dompteure«, wie sie sie nennen, sollen mitkommen und ihre schlichten, unwissenschaftlichen Kenntnisse mit den Fremden teilen. Obwohl die Eindringlinge in der freundlichsten Weise von einer guten Bezahlung zu sprechen pflegen (was wollen sie uns geben – Glasperlen und Flitterkram?), schwingen doch in ihren Worten Druck und Drohung mit.

Unsere Ringe erbeben vor Überraschung, als Cambel seine Zufriedenheit zum Ausdruck bringt.

»Sie denken jetzt bestimmt, dass sie unsere bedeutendsten Geheimnisse aufgedeckt haben.«

»Wie? Haben sie das etwa nicht?«, entfährt es Messerscharfe Einsicht, und sie knallt zur Betonung ihrer Worte zwei Scheren gegeneinander. »Sind nicht die unser größter Schatz, die sich in völliger Abhängigkeit von uns befinden?«

Lester nickt. »Das ist schon richtig. Aber bedenkt, dass wir nie davon ausgehen konnten, die Unschuldigen auf Dauer verborgen zu halten. Nicht, solange sich die Piraten vor allem anderen für höherwertige Lebensformen interessieren. Deshalb sind sie ja auch davon ausgegangen, dass wir gerade die vor ihnen verbergen würden.

Aber wenn sie nun zufrieden oder auch nur für eine Weile beschäftigt sind, können wir sie vielleicht davon ablenken, andere Dinge über uns zu erfahren. Dinge, die sich möglicherweise für uns und die, die von uns abhängig sind, als Vorteil erweisen und uns mit leiser Hoffnung erfüllen werden.«

»Wasss gibsss denn da noch?«, wollte Ur-jah wissen, unsere in Ehren und von Sorgen ergraute ursische Weise. Sie schüttelte unwillig ihre Mähne. »Wie du ssson gesssagt hassst, wasss können wir noch vor ihnen verborgen halten? Sssie brauchen den Unsseren nur eine ihrer hinterlissstigen Fragen sssu ssstellen und brauchen dann nur noch ihre Roboter ausssssusssenden, um jedesss unssserer Geheimnissse auf Huf und Nüssstern sssu untersssuchen!«

»Ganz genau«, bestätigte Cambel. »Deshalb kommt es für uns jetzt darauf an, sie daran zu hindern, die für uns falschen und für sie richtigen Fragen zu stellen.«

Dwer

Als er erwachte, glaubte er im ersten Moment, er sei lebendig begraben worden – dass er in irgendeiner vergessenen Krypta lag, in der er abwechselnd zu erfrieren und zu verbrühen drohte. Ein Ort, an den man normalerweise die Toten und die Sterbenden brachte.

Wenig später fragte er sich benommen, was das für eine steinerne Gruft sein mochte, in der man das Gefühl hatte, der Fels würde schwitzen? Und durch den auch noch ein beständiger, dumpfer Rhythmus hallte, der den gedeckten Boden unter ihm vibrieren ließ?

Immer noch nur halb bei Bewusstsein (die Lider weigerten sich beharrlich, nach oben zu fahren), erinnerte er sich daran, dass manche Fluss-Hoon von einem Nachleben sangen, bei dem man schlaff und matt in einer engen, feuchten Zelle lag und endlos einem tideartigen Grollen, dem Pulsschlag des Universums, lauschen musste.

Dwer sagte sich in seinem Delirium, dass es so mit ihm gekommen sein musste. Dennoch bemühte er sich, sich aus der Umklammerung des Schlafs zu lösen. Er hatte das unangenehme Gefühl, irgendwelche bösartigen Plagegeister stächen mit scharfen, spitzen Gegenständen auf ihn ein – es schien ihnen besonderes Vergnügen zu bereiten, damit seine Finger und Zehen zu malträtieren.

Während sich immer mehr Gedanken in seinem Bewusstsein einfanden, erkannte er plötzlich, dass es sich bei der erstickend feuchten Wärme nicht um den Brodem von Teufeln handelte. Vielmehr schwang darin ein Aroma mit, das ihm vertraut war.

Ebenso erging es ihm mit den unaufhörlichen Vibrationen, obwohl er sie etwas höher in Erinnerung hatte. Als er noch ein Junge gewesen war, hatten sie ihn regelmäßig beim Einschlafen begleitet – allerdings waren die Geräusche hier nicht ganz so exakt in ihrem Rhythmus.

Die Wassermühle! Ich muss mich in einem Damm befinden!

Der kreideartige Geruch, der in seinen Nasenlöchern brannte, brachte die Erkenntnis:

Ein Qheuen-Damm!

Sein träge erwachender Verstand versorgte ihn mit dem Bild von einem Qheuen-Stock: verschlungene Kammern, in denen sich Wesen mit Stachelscheren und rasiermesserscharfen Zähnen drängelten, ja sogar einander über den Rückenschild krabbelten. Nur eine dünne Wand trennte sie von dem trüben See.

Kurzum, er hielt sich an einem der sichersten und herzerwärmendsten Orte auf, den er sich nur vorstellen konnte.

Aber wie bin ich hierhergelangt? Das Letzte, an das ich mich erinnern kann, ist eine kleine Höhle, in der ich halbnackt gelegen habe. Ein Schneesturm tobte, ich war mehr tot als lebendig, und keine Hilfe war in Sicht.

Nicht dass es den Jäger sehr erstaunte, noch immer am Leben zu sein.

Ich habe immer schon Glück gehabt, sagte er sich, verzichtete aber lieber darauf, länger darüber nachzudenken, denn damit hätte er das Schicksal herausgefordert. Wie dem auch sei, Jafalls hatte offenbar noch nicht genug von ihm und wollte ihm sicher weitere Leimruten auslegen, um ihn auf die Pfade der Überraschung und des Schicksals zu locken.

Es bedurfte mehrerer angestrengter Versuche, die bleischweren, widerstrebenden Lider endlich hochzuzwingen, und im ersten Moment erschien ihm die Kammer nur als verschwommenes Etwas. Säumige Tränen füllten seine Augen, bis er die Lichtquelle erkennen konnte – eine flackernde Kerze zu seiner Linken.

»Ui!« Dwer prallte zurück, als ein schwarzer Schatten die Wand hinaufwanderte. Als Ursache entdeckte er schließlich ein grinsendes Gesicht, dunkle glitzernde Augen und eine Zunge, die zwischen weißen scharfen Zähnen heraushing. Endlich zeigte sich auch der Rest: ein muskulöser kleiner Körper, schwarzes Fell und braune Pfoten.

»Du schon wieder …«, seufzte der Jäger mit einer Stimme, die sich kratzig und schal anfühlte. Unbedachte Bewegungen lösten weitere Empfindungen aus, meist von der weniger angenehmen Sorte. Sein Körper schien von Kratzern, Brandwunden und Prellungen übersät zu sein, von denen eine jede ihre Geschichte erzählen wollte, aber sich mit den anderen nicht einig werden konnte, wer beginnen durfte.

Dwer starrte den Noor an und korrigierte einen der Gedanken, die ihm vorhin gekommen waren.

Ich habe immer Glück gehabt, bis ich auf dich gestoßen bin.

Vorsichtig schob er sich zurück und die Wand hinauf und sah sich um. Er ruhte inmitten eines Bündels Felle, die man auf einem sandigen Boden ausgebreitet hatte, der ansonsten mit weggeworfenen Knochen und Schalen bedeckt war. Der Unrat auf dem Boden stand im Widerspruch zum Rest des Raums, der mit Querbalken, Stützbalken und Holztäfelung aufwarten konnte. Alles war auf Hochglanz poliert, soweit sich das im Licht der Kerze erkennen ließ, die auf einem reich verzierten Tisch stand.

Jede Holzoberfläche wies das künstlerische Wirken von Qheuenzähnen auf. Sogar die Klammern und Haken waren mit feiner und wunderschöner Filigranarbeit versehen.

Der Jäger hielt die Hände hoch. Weiße Bandagen verhüllten seine Finger und waren für Qheuen zu gut gewickelt. Zuerst zögernd, zählte er sie schließlich, stellte erleichtert fest, dass ihre Anzahl immer noch zehn betrug, und kam bei einer weiteren Überprüfung zu dem Ergebnis, dass sie auch ihre alte Länge besaßen. Allerdings dämmerte ihm nun, dass er einige Frostbeulen davongetragen hatte. Die Ärzte, die seine Finger behandelt hatten, hatten sicher die eine oder andere Fingerspitze entfernen müssen. Nur mit Mühe konnte er sich davor bewahren, die Verbände mit den Zähnen herunterzureißen, um sich gleich ein Bild von dem Schaden zu machen.

Geduld, mein Junge. Nichts von dem, was du jetzt tust, wird am Ergebnis etwas ändern.

Die Dämonen waren immer noch mit ihrem Stechen zugange, und das bewies ihm, dass er am Leben war und sein Körper sich selbst heilte. Das ließ ihn die Schmerzen leichter ertragen.

Der Jäger trat nun die Pelze fort, um nach seinen Füßen zu sehen. Dem Ei sei Dank, sie befanden sich immer noch am Ende seiner Beine. Allerdings waren auch die Zehen bandagiert. – Falls sie überhaupt noch vorhanden waren …

Der alte Fallon war viele Jahre lang auf die Jagd gegangen. Allerdings hatte er Spezialschuhe getragen, nachdem einmal ein Einbruch ins Eis seine Füße in formlose Klumpen verwandelt hatte.

Dwer biss sich auf die Unterlippe und konzentrierte sich. Er sandte Signale in verschiedene Körperpartien, stieß allerorten auf Widerstand und ließ es sich dennoch nicht nehmen, den Gliedern Bewegung zu befehlen. Das löste Stiche prickelnden Schmerzes aus. Er zuckte zusammen und schnaufte, gab aber nicht auf, bis seine Beine einen Krampf zu bekommen drohten.

Endlich ließ er sich beruhigt zurücksinken. Er konnte seine Zehen bewegen, zumindest den dicken und den kleinen, dafür aber an beiden Füßen. Möglicherweise hatten sie einen Schaden davongetragen, aber so, wie sie sich jetzt anfühlten, konnte er damit noch normal gehen oder laufen.

Die Erleichterung stieg ihm wie ein starkes alkoholisches Gebräu direkt in den Kopf, und er fing an, laut zu lachen. Vier kurze, gebellte Stöße, die Schmutzfuß erschrocken zusammenfahren ließen.

»Was ist, altes Mistvieh? Habe ich dir etwa mein Leben zu verdanken? Bist du etwa zur Lichtung zurückgelaufen und hast dort so lange gebellt und gekläfft, bis sich jemand auf den Weg zu mir machte?«

Der Noor setzte eine beleidigte Miene auf, als wisse er ganz genau, dass er hier veralbert wurde.

Ach vergiss es, sagte sich der Jäger. *Du weißt nicht, was geschehen ist, und vielleicht hat es sich ja tatsächlich so verhalten.*

Die meisten seiner Verletzungen waren von der Art, wie er sie schon häufiger erlitten und regelmäßig überstanden hatte. Er stellte fest, dass die größeren Wunden mit Nadel und Faden genäht worden waren. Eine ruhige, erfahrene Hand hatte die Arbeit durchgeführt. Dwer starrte auf das Nähmuster und erkannte es von früheren Gelegenheiten her wieder. Er musste wieder laut lachen, weil sein Retter seine Signatur hinterlassen hatte – auf Dwers Haut.

Lark! Wie, um alles in der Welt, hast du mich gefunden?

Offenbar war sein Bruder auf die bibbernde Gruppe in der schneeverwehten Höhle gestoßen und hatte zumindest Dwer in einen der Qheuen-Stöcke in den Hügeln getragen.

Wenn ich es geschafft habe, dann Rety sicher auch. Sie ist jung und stark und würde dem Tod den Arm abbeißen, wenn er ihr zu nahe käme.

Dann fielen ihm die blassen und fleckigen Stellen an seinen Armen und Händen ins Auge. Es dauerte ein paar Momente, bis ihm die Ursache dafür einfiel.

Die goldene Flüssigkeit der Mulch-Spinne. Jemand muss sie dort, wo sie sich festgesetzt hatte, abgepellt haben.

Die Male fühlten sich eigenartig an. Nicht direkt taub, sondern eher konserviert – oder wie in der Zeit festgefroren. Der Jäger hatte die bizarre Vorstellung, dass Teile seines Fleisches nun jünger waren als vorher. Vielleicht würden diese Male noch eine Weile weiterleben, wenn der Rest von ihm längst gestorben war.

Aber noch ist es nicht so weit, Einzigartige.

Schließlich bist du vergangen, Spinne, und das, ohne deine Sammlung vervollständigt zu haben.

Der Jäger erinnerte sich an die Flammen und die Explosionen.

Ich sollte mich wohl doch besser erkundigen, ob mit Rety und der Glaverin alles in Ordnung ist.

»Wäre es zu viel verlangt, wenn ich dich bitte loszulaufen und meinen Bruder zu holen?«, fragte er den Noor, der ihn nur kommentarlos anstarrte.

Seufzend zog er sich ein Fell über die Schultern und schob sich vorsichtig hoch, bis er kniete. Es erfüllte ihn mit Stolz, dass er sich von den Schwindelanfällen nicht abhalten ließ, die ihn jetzt befielen.

Lark würde bestimmt wütend werden, wenn eine von seinen Wunden wieder aufging und die hübsche Näharbeit damit ruiniert wäre. Also ließ Dwer es langsam angehen und stützte sich mit einer Hand an der Wand ab.

Als die Übelkeit sich gelegt hatte, schob er sich zum Tisch und ließ sich dort von dem tönernen Kerzenständer Halt geben. Nun war der Ausgang an der Reihe, eine niedrige, breite Öffnung, die von einem Vorhang von an Schnüren befestigten Holzstreifen verdeckt war. Dwer musste sich bücken, um durch das Loch zu gelangen, das allein auf Qheuen-Maße zugeschnitten war.

Vor ihm breitete sich ein pechschwarzer Gang nach links und nach rechts aus. Der Jäger entschied sich für die linke Seite, weil der Weg dort nach oben führte. Allerdings bauten die blauen Qheuen ihre Stöcke nach einer ganz eigenen Logik. Dwer hatte sich selbst im heimatlichen Dolo-Damm regelmäßig verlaufen, wenn er mit Klinges Wurfgeschwistern Verstecken gespielt hatte.

Es wurde für ihn zu einer ebenso schmerzlichen wie umständlichen Erfahrung, nur gebückt und auf den Hacken vorwärtszukommen, wobei die Masse seines Körpergewichts auf die Fersen drückte. Schon bald bereute er seine Dickköpfigkeit, die ihn gezwungen hatte, sich auf eine solche Weise fortzubewegen und sein Rekonvaleszenzlager zu verlassen.

Doch bereits ein paar Duras später wurde seine Beharrlichkeit belohnt. Da unterhielten sich welche ein Stück voraus. Zwei der Stimmen waren eindeutig als die von Menschen zu identifizieren, während die dritte einem Qheuen gehörte. Rety oder Lark schienen das nicht zu sein, aber die Klangfarbe der Worte und Satzfetzen, die an sein Ohr drangen, kamen ihm dennoch bekannt vor. Und sie hörten sich angespannt und nervös an. Die besondere Sensibilität des Jägers für starke Gefühle machte ihm das ebenso deutlich wie das Prickeln in seinen Zehen und Fingern.

»Unsere Völker sind natürliche Verbündete. Das war immer schon so. Erinnere dich bloß, wie unsere Vorfahren den deinen dabei geholfen haben, die Tyrannei der Grauen zu beenden!«

»So wie mein Volk deinem beigestanden hat, als die ursischen Horden jeden Menschen aufgriffen, der sich außerhalb der Festung von Biblos hat blicken lassen. Damals boten unsere Gemeinden euren verängstigten Bauern und deren Familien Unterschlupf, bis ihr stark genug wart, um euch gegen den Feind zur Wehr zu setzen.«

Dwer erkannte am Zischen der zweiten Stimme, das aus mindestens zwei Beinmündern strömte, eine Qheuen-Matrone als Sprecherin. Wahrscheinlich handelte es sich um die Fürstin dieses Stocks. Das, was er von dem Gespräch mitbekommen hatte, wollte ihm überhaupt nicht gefallen.

Der Jäger blies die Kerze aus, die er vom Tisch mitgenommen hatte, und bewegte sich auf den Schein zu, der ein Stück voraus aus einer Tür fiel.

»Erbittet ihr dieses nun wieder von mir?«, fuhr die Matriarchin jetzt unter Verwendung der anderen Beinmünder fort, wodurch sich das Timbre ihres Englik-Akzents änderte. »Wenn ihr vor diesem furchtbaren Sturm Zuflucht sucht, dann gewähren meine Schwestern und ich ihn euch. Fünfmal fünf der menschlichen Siedler, unsere Nachbarn und Freunde, dürfen mit ihren Säuglingen, ihren Schimpansen und ihrem Kleinvieh zu uns. Ich bin mir sicher, dass die anderen Seemütter in diesen Hügeln meinem Beispiel folgen werden. Wir verstecken sie hier, bis eure verbrecherischen Vettern wieder abgezogen sind – oder bis sie mit ihrer Allmacht diesen Stock zu Splittern zerschossen und den See zum Kochen gebracht haben.«

Diese Worte kamen unerwartet und ohne dass Dwers noch immer benebeltes Gehirn irgendeinen Zusammenhang begriff, sodass er keinen Sinn in ihnen erkannte.

»Und wenn wir mehr von euch erbitten?«, grunzte der Mann.

»Meinst du damit unsere Söhne? Verlangst du ihren tollkühnen Mut und ihre stachelbewehrten Scheren? Ihre gepanzerten Rücken, die so unüberwindlich hart sind und doch so weich, wenn Buyur-Stahl durch sie fährt?« Die Fürstin zischte jetzt wie ein kochender Kessel. Der Jäger zählte fünf einander überlappende Tonfolgen. All ihre Münder schienen sich gleichzeitig zu äußern.

»Das ist viel«, schnaufte sie nach einer Pause. »Das ist sogar sehr viel … Dabei sind die Dolche aus Buyur-Stahl weich wie junger Bambus im Vergleich zu den neuen Waffen, vor denen wir uns alle fürchten müssen.«

Dwer kam um eine Biegung und fand sich im Licht etlicher Laternen wieder, die die Gesichter derer bestrahlten, die er belauscht hatte. Er musste die Augen abschirmen, um die beiden Menschen erkennen zu können. Der Mann war Mitte vierzig und wirkte streng. Die Frau war etwa zehn Jahre jünger und hatte ihr hellbraunes Haar zu einem Zopf zurückgebunden, wodurch eine breite Stirn freigelegt wurde.

Die Qheuen-Matrone schaukelte auf der Stelle und hob dann zwei Beine, um kurz deren Scheren zu präsentieren.

»Welche neuen Waffen fürchtest du, ehrwürdige Mutter?«, fragte Dwer heiser, ehe er sich an die Menschen wandte und von ihnen wissen wollte: »Wo stecken Lark und Rety?« Er blinzelte, um sich zu konzentrieren. »Und da war auch noch eine Glaverin, ein trächtiges Muttertier.«

»Denen geht es gut«, zischte und pfiff die Fürstin. »Sie sind unterwegs zur Lichtung, um dort ihre Neuigkeiten zu überbringen. Und während du hier Genesung findest, betrachtest du den See als deine Mutter, die dich umsorgt und nicht loslässt. Ich bin übrigens Rasiermesserscharfer Zahn.« Sie senkte sich auf den Boden und schabte mit der Bauchseite ihres Panzers über den Gang.

»Und mich kennt man unter dem Namen Dwer Koolhan«, stellte er sich vor und versuchte umständlich, sich mit vor der Brust gekreuzten Armen zu verbeugen.

»Bist du in Ordnung, Dwer?«, fragte der Mann und streckte eine Hand nach ihm aus. »Du solltest noch nicht aufstehen und hier herumlaufen.«

»Ich würde sagen, das bleibt Hauptmann Koolhan selbst überlassen«, bemerkte die Frau. »Wenn er sich schon wieder fit fühlt, dann ist es gut. Es gibt viel zu bereden.«

Dwer betrachtete die beiden aus dem Augenwinkel.

Das sind Danel Ozawa und ... ja richtig, Lena Strong!

Er kannte sie. Tatsächlich hatten sie sich sogar auf der Versammlung treffen wollen. Lena wollte dort mit ihm irgendetwas über ihre hirnrissige Idee besprechen, auf Jijo Tourismus ins Leben zu rufen.

Dwer schüttelte den Kopf. Was hatte sie eben gesagt? Einen wenig alltäglichen und sich irgendwie dröge anhörenden Begriff.

Hauptmann!

»Oh, der Bürgerselbstschutz ist zusammengetrommelt worden«, begriff er jetzt endlich und ärgerte sich darüber, dass sein Verstand so langsam arbeitete.

Danel Ozawa nickte. Als Oberförster und Jägermeister des Zentralgebirges war er nominell Dwers Vorgesetzter, aber er bekam ihn nur sehr selten zu sehen, höchstens auf der alljährlichen Versammlung.

Ozawa war ein Mann von beeindruckendem Geist, und er zählte zu den Weisen der mittleren Klasse. Als solcher hatte er das Recht, Entscheidungen über Belange des Gesetzes und der Tradition zu fällen.

Was Lena Strong anging, so trug sie ihren Nachnamen nicht ohne Grund. Die blonde Frau war mit einem Kleinbauern verheiratet gewesen, bis diesem ein Baum auf den Kopf gefallen war. Sie behauptete danach, es sei ein Unfall gewesen ... aber sie verließ danach ziemlich überstürzt ihr Heimatdorf und zog an den Fluss, wo sie bald zu den besten Holzfällern und Sägern aufgestiegen war.

»Wir haben Alarm der höchsten Stufe ausgerufen«, erklärte der Oberförster. »Alle Milizkompanien sind zusammengetreten.«

»Wozu denn das?«, entfuhr es Dwer. »Bloß um eine kleine Bande von Soonern einzufangen?«

Lena schüttelte den Kopf. »Du meinst das Mädchen? Ihre Familie lebt auf der anderen Seite der Rimmers? Nein, ich fürchte, hier geht es um viel mehr.«

»Aber …«

Schwerfällig setzte Dwers Erinnerung wieder ein. Er sah verwischt ein durch die Luft fliegendes Monster, aus dessen Hinterteil Flammen schossen. »Der Flugapparat!«, krächzte er dann.

»Genau.« Danel nickte. »Der Roboter, dem du begegnet bist.«

»Lasst mich raten: Irgendwelche Spinner haben ein geheimes Versteck der Buyur gefunden und ausgebuddelt!«

Tagträumer und Taugenichtse jagten seit jeher Gerüchten von einem geheimen Schatz hinterher. Nicht irgendein Schrott- oder Trümmerlager, sondern eine Kammer oder Truhe voller wertvoller Gegenstände, die die Buyur beim Abflug absichtlich zurückgelassen hatten.

Dwer hatte mehr als einmal Schatzsucher aus ausweglosen Situationen befreien müssen, die vom Weg abgekommen waren und sich verirrt hatten.

Aber was war, wenn irgendwelche ursischen Hitzköpfe eine funktionstüchtige Waffe der alten Sternengötter gefunden hatten? Wäre es ihnen dann zuzutrauen, diese zuerst an zwei Menschen auszuprobieren, die sich, fernab von allen Siedlungen, im Netz einer Mulch-Spinne verheddert hatten? Sollte das nur ein Test sein, um sie später gegen Menschendörfer einzusetzen?

Lena lachte laut und donnernd.

»Das ist vielleicht ’ne Marke, Danel. Was für eine Phantasie! Ach, wenn es doch bloß das wäre!«

Dwer legte eine Hand an den Kopf. Die Vibrationen des

Wasserrads wirkten jetzt angestrengt und aus dem Takt. »Ja und?«, fragte er gereizt. »Wenn es doch bloß *was* wäre?«

Ozawa setzte eine noch strengere Miene als vorher auf, richtete den Blick zum Himmel und klärte ihn dann über die jüngsten Ereignisse auf.

»O nein!«, flüsterte der junge Jäger und hatte das Gefühl, nicht mehr an der Realität beteiligt zu sein.

»Wenn jetzt alles vorbei ist, heißt das dann, dass ich meinen Job los bin?«

Die beiden Menschen mussten ihn festhalten, weil ihm nun das nicht mehr zur Verfügung stand, was ihn all die Jahre vorangetrieben hatte – die Kraft, die ihn eben noch aus der Bewusstlosigkeit gerissen und hierhergetrieben hatte: das Pflichtgefühl!

Galaktiker … hier auf dem Hang … hallte es durch seine Gedanken, während Lena und Danel ihn forttrugen. *Also ist es so weit – der Tag des Jüngsten Gerichts ist gekommen!*

Damit war alles vorbei. Und er konnte sowieso nichts mehr daran ändern.

Aber offenbar sahen die Weisen nicht so schwarz. Sie glaubten, das Schicksal ließe sich vielleicht noch wenden oder zumindest ein wenig beeinflussen.

Lester Cambel und die anderen schmieden Pläne, erfuhr Dwer am folgenden Morgen, als er wieder mit den beiden Menschen zusammenkam. Diesmal trafen sie sich am Ufer des von Wald eingerahmten Bergsees. Selbst die Dämme waren mit Bäumen getarnt worden. Zum einen verbargen sie die Struktur, und zum anderen sorgten sie dafür, dass das Gebilde in der Landschaft verankert wurde.

Dwer hatte auf einer eleganten Holzbank Platz genommen und trank etwas erfrischend Kühles aus einem Kelch aus ursischem Glas, während er mit den beiden Gesandten sprach, die den ganzen weiten Weg gekommen waren, um ihn hier zu treffen.

Allem Anschein nach betrieben die Führer der Erdlinge ein komplexes und vielschichtiges Spiel, bei dem es darum ging, das Eigeninteresse der menschlichen Spezies mit dem Wohlergehen der Gemeinschaften in Balance zu halten.

Die gelegentlich bis zur Grobheit offene Lena schien sich an dieser Ambivalenz nicht im Mindesten zu stören, wohingegen dieses Verhalten Danel Ozawa heftige Kopfschmerzen bereitete. Er erläuterte dem jungen Jäger, wie die anderen Spezies darauf reagiert hatten, dass es sich bei den Eindringlingen ebenfalls um Menschen handelte.

Ich wünschte, Lark wäre noch hier. Er hätte das sicher alles verstanden und mir erklären können. Dwer hatte auch nach einer Nacht erholsamen Schlafes immer noch das Gefühl, Watte im Kopf zu haben.

»Ich kapiere das noch immer nicht. Was haben menschliche Abenteurer hier draußen in der Galaxis Zwei verloren? Dabei heißt es doch immer, Menschen wären ungehobelter, ignoranter Abschaum. Sogar in ihrem kleinen Bereich in der Galaxis Vier hat man sie so geschimpft.«

»Warum sind wir hier, Dwer?«, fragte Ozawa. »Unsere Vorfahren sind zu einem Zeitpunkt hierhergekommen, als die Menschen den Sternenflug erst seit ein paar Jahrzehnten kannten.«

Der junge Jäger zuckte mit den Achseln. »Weil sie selbstsüchtige Mistkerle gewesen sind. Sie wollten einen Platz finden, an dem sie sich ungestört vermehren konnten, und haben sich nicht darum geschert, damit das Schicksal ihrer ganzen Spezies zu gefährden.«

Lena schnaubte, aber Dwer hielt den Kopf hoch und blieb dabei: »Keine andere Theorie ergibt einen wirklichen Sinn.«

Unsere Vorfahren waren ein egoistisches Lumpenpack, hatte Lark ihm einmal erklärt.

»Dann glaubst du wohl nicht der Version, dass unsere Ahnen verfolgt wurden und fliehen mussten?«, wollte die Holzfällerin wissen. »Dass sie sich irgendwo verstecken mussten, wenn sie nicht getötet werden wollten?«

Dwer zuckte nur mit den Achseln.

»Und was ist mit den g'Kek?«, wandte Danel ein. »Ihre Vorfahren haben auch behauptet, sie seien unterdrückt worden. Und jetzt haben wir erfahren müssen, dass ihre Spezies von der Erbengemeinschaftsallianz abgeschlachtet worden ist. Bedarf es erst eines Völkermordes, um eine solche Ausrede zu rechtfertigen?«

Der junge Jäger blickte in eine andere Richtung. Keiner von den g'Kek, die er je kennengelernt hatte, war gestorben. Sollte er jetzt Millionen von Wesen beweinen, die vor so langer Zeit und so weit fort von hier umgebracht worden waren?

»Warum fragt ihr mich?«, entgegnete er irritiert. »Kann ich irgendwas tun, das daran etwas ändern würde?«

»Nun, das käme drauf an.« Danel beugte sich zu ihm vor. »Dein Bruder ist ein außerordentlich kluger Kopf, aber leider auch ein Häretiker. Teilst du seine Ansichten? Glaubst du auch, dass es dieser Welt besserginge, wenn wir nicht mehr da wären? Sollten wir hier aussterben, Dwer?«

Der junge Jäger begriff, dass er auf die Probe gestellt werden sollte. Als erfahrener Waldläufer war er für den Bürgerselbstschutz natürlich sehr wichtig – allerdings nur, wenn an seiner Loyalität kein Zweifel bestand. Dwer spürte die Blicke der beiden, die auf ihm ruhten und ihn abzuschätzen versuchten.

Lark war der gescheiteste und gebildetste Mensch, den der junge Jäger kannte. Seine Argumente waren nie zu widerlegen, vor allem dann nicht, wenn er voll Leidenschaft davon sprach, dass es Wichtigeres gebe, als sich wie das Vieh zu paaren. Und das, was er zu sagen hatte, ergab für Dwer mehr Sinn als der gedankenlose und auf irgendeiner verdrehten Mathematik beruhende Optimismus seiner Schwester. Der junge Mann kannte sich aus erster Hand mit dem Aussterben von Arten aus und wusste, dass damit etwas Wunderbares verlorenging und durch nichts ersetzt werden konnte.

Vielleicht wäre diese Welt ja wirklich besser dran, wenn sie sich ungestört und in aller Ruhe erholen und regenerieren konnte.

Aber Dwer wusste auch, was ihm im Leben wichtig war. Eines Tages würde er heiraten, natürlich erst, wenn er die Richtige gefunden hatte, und dann würde er so viele Kinder zeugen, wie seine Frau es verkraftete und die Weisen es erlaubten. Und dann würde er den zu Kopf steigenden Wein ihrer Liebe trinken, mit der sie ihm seine Zuneigung und Hingabe dankten.

»Ich werde kämpfen, wenn es das ist, was ihr von mir wissen wollt«, erklärte er schließlich leise, als schäme er sich ein wenig dafür, so etwas zuzugeben. »Wenn ihr meine Hilfe braucht, um überleben zu können.«

Lena grunzte und nickte zufrieden. Danel stieß einen erleichterten Seufzer aus.

»Vielleicht kommst du gar nicht zum Kämpfen. Deine Milizpflichten werden von anderen übernommen.«

Dwer richtete sich gerade auf. »Wieso? Deswegen?« Er deutete auf die Verbände. Die rechte Hand war bereits frei. Allerdings musste er von nun an damit leben, dass der Mittelfinger nicht mehr der längste war. Eine sicher für einige Zeit irritierende, aber nicht wirklich behindernde Amputation. Der Finger heilte jetzt unter einer Kruste von Traeki-Paste.

»In kurzer Zeit bin ich wieder ganz der Alte und kann alles tun, wozu ich vorher auch in der Lage gewesen bin!«

»Darauf baue ich auch«, sagte Ozawa. »Wir benötigen dich nämlich für eine viel gefährlichere Aufgabe. Und bevor ich dir sage, worum es geht, musst du mir erst schwören, zu niemandem jemals ein Sterbenswörtchen darüber zu verlieren, ganz besonders nicht vor deinem Bruder!«

Dwer starrte den Mann an. Wäre er nicht sein Vorgesetzter

gewesen, hätte er ihn jetzt vielleicht ausgelacht. Doch er hatte volles Vertrauen zu Danel. Und sosehr er seinen Bruder auch liebte und bewunderte, so ließ es sich doch nicht verleugnen, dass Lark durch und durch Häretiker war.

»Ist das denn wirklich notwendig?«, fragte er dann.

»Ich fürchte, ja«, entgegnete der Oberförster mit der ganzen Autorität seines Amtes.

Dwer seufzte unglücklich. »Also gut, wenn es unbedingt sein muss. Dann berichte, für welche Aufgabe ihr mich vorgesehen habt.«

Asx

Die Fremden verlangten, Schimpansen vorgeführt zu bekommen. Sie bewunderten die Affen, die wir zu ihnen brachten, so sehr, als hätten sie noch nie dergleichen gesehen.

»Eure Schimpansen sprechen nicht. Wie ist das möglich?«, wollten sie wissen.

Dwer erklärte, dass das auch ihm ein Rätsel sei. Natürlich sind diese Affen in der Lage, sich mit Zeichensprache zu verständigen. Aber wer weiß schon, ob man diesen Wesen nicht noch andere Fähigkeiten eingepflanzt hat, seit die *Tabernakel* nach Jijo geflohen ist?

Die Eindringlinge lassen sich von Cambels Ausflüchten nicht beirren, und so ergeht es auch einigen unserer Mitsechser. Zum ersten Mal glaube(n) ich/wir, etwas Verborgenes, Zwiespältiges im Verhalten unseres menschlichen Kollegen wahrzunehmen, als wisse er mehr, als er preisgibt. Aber unsere zickigen Rewqs sind nicht bereit, uns mehr zu verraten.

Und unglücklicherweise ist das nicht unsere einzige Sorge. Die Qheuen weigern sich, über ihre Lorniks zu reden. Mit den g'Kek ist kaum noch etwas anzufangen, seit sie erfahren mussten, dass sie die Letzten ihrer Art sind.

Und wir alle zusammen sind entsetzt, als wir mit ansehen müssen, wie die Roboter mit durch Gas betäubten Glavern zur Basis zurückkehren, die man von weit entfernten Herden gekidnappt hat und unter den einst fröhlichen Zelten analysieren will, die wir unseren »Gästen« geliehen haben.

»Ist dies die Rückkehr der Unschuld, wie sie uns von den Schriftrollen verheißen wurde?«, fragt Ur-jah, und bitterer Zweifel tropft wie Schaum aus ihrem gesenkten Mund. »Wie könnte auch ein Segen aus einem Kapitalverbrechen erwachsen?«

Wenn wir doch nur die Glaver selbst befragen könnten. Ist es das, was sie wollten, als sie sich für den Pfad der Erlösung entschieden?

Lark

»Na, sieh mal einer an, wer da gekommen ist. Ich muss gestehen, es verwundert mich doch ein wenig, dass du die Stirn hast, dich hier noch einmal blicken zu lassen.«

Das Grinsen der Piratin verriet sowohl Neugier als auch Spott. Sie zog sich die Plastikhandschuhe aus und wandte sich von dem Glaver ab, der auf einem Labortisch lag. Drähte ragten aus seinem Schädel.

Einige weitere Tische waren hier aufgebockt, und an ihnen arbeiteten Menschen, g'Kek und Urs unter hellen Lampen, die kaltes Licht verbreiteten. Sie verrichteten die niedrigen Tätigkeiten, die die Fremden ihnen beigebracht hatten. In der Regel halfen sie ihren Arbeitgebern dabei, die Tiere zu untersuchen, die von den diversen Ökosystemen Jijos besorgt worden waren.

Lark hatte vorhin seinen Rucksack am Zelteingang abgestellt. Jetzt nahm er ihn wieder auf. »Wenn es dir lieber ist, gehe ich eben wieder.«

»Nein, nein, bleib bitte.« Ling winkte ihn in das provisorische Labor herein. Es war in der Nacht, in der Lark die schöne Verbrecherin zum letzten Mal gesehen hatte, am schattigen Waldrand aufgebaut worden – übrigens am selben Abend, an dem die schwarze Station sich unter Fontänen von Erdreich und Vegetation in den Boden gegraben hatte.

Der Grund für beide Maßnahmen war den Sechs immer noch ein Rätsel, aber Larks Vorgesetzte glaubten, es müsse etwas mit der Vernichtung eines der Flugroboter zu tun haben. Ein Ereignis, das sein jüngerer Bruder sicher aus nächster Nähe verfolgt hatte.

Dann gab es da auch noch die Aussage von Rety, dieses Mädchens von jenseits der Berge. Ihre Worte waren von ihrem Schatz bestätigt worden, einer merkwürdigen Maschine aus Metall, die einmal die Form eines jijoanischen Vogels aufgewiesen hatte. Handelte es sich bei diesem Apparat wirklich um ein Überbleibsel der Buyur, wie einige vermuteten? Oder musste man eher von einem Gebilde ausgehen, bei dem es sich wie bei der Spitze eines roten Qheuen-Rückenschilds verhielt, das über eine Sanddüne ragt und im ersten Moment vollkommen harmlos wirkt, hinter dem sich aber in Wahrheit viel mehr verbirgt?

Der »Vogel« lag nun kopflos und stumm in einer Höhle, aber Rety hatte geschworen, er sei vorher herumgelaufen.

Lark war auf die Lichtung zurückbeordert worden, bevor er seinen Bruder hatte befragen können. Er wusste, dass er sich um Dwer keine Sorgen machen musste. Bei Danel Ozawa war er in guten Händen. Dennoch verdross es ihn sehr, dass er wieder hierher hatte kommen müssen.

»Brauchst du mich für eine neue Expedition?«, fragte er die Piratin.

»Nachdem du mich beim letzten Mal im Stich gelassen hast?

Als wir endlich zu der Stelle gelangt waren, an der unser Roboter abgestürzt ist, haben wir menschliche Fußspuren entdeckt. Bist du vielleicht zu ihm gelaufen? Ist doch irgendwie eigenartig, dass du so genau gewusst hast, wo er zu finden war.«

Er legte den Rucksack an. »Tja, wenn es hier nichts für mich zu tun gibt …«

Sie wischte sich eine Locke aus der Stirn. »Ach, mach dir nichts draus. Komm, wir wollen anfangen. Hier gibt es jede Menge Arbeit, wenn du dir dafür nicht zu schade bist.«

Lark warf einen zweifelnden Blick auf die Labortische. Von den sechs Exilspezies waren hier die drei vertreten, die über eine gute Auge-Hand-Koordination verfügten.

Draußen werkten Hoon und Qheuen auf Geheiß der Fremden; denn schon der billigste Tand der Sternenreisenden stellte für die Primitiven auf Jijo unvorstellbaren Reichtum dar. Nur Traeki waren unter den getarnten Zelten nicht zu sehen – vermutlich deshalb, weil die Wulstwesen die Verbrecher nervös zu machen schienen.

Kulis. Sie lassen sich wie Kulis behandeln. So hatte Lena Strongs Kommentar gelautet, als sie zum Damm von Rasiermesserscharfer Zahn gekommen war, um Lark mit seinen neuen Befehlen zu versorgen. Kuli – ein alter Erdausdruck, mit dem Eingeborene bezeichnet wurden, die für ein paar Glasperlen zum Lohn für mächtige Fremde die Arbeit verrichteten.

»Jetzt mach nicht so ein saures Gesicht«, lachte Ling. »Würde dir ganz recht geschehen, wenn ich dich an dem schmutzigen Nervengewebe arbeiten ließe oder dich in die Langschnauzen-Ställe schicken würde, um dort auszumisten … Nein, warte!« Sie hielt ihn am Arm fest, und aller Spott verschwand aus ihrer Miene. »Tut mir leid. Ganz im Ernst, es gibt ein paar Dinge, die ich mit dir diskutieren möchte.«

»Frag doch Uthen.« Er zeigte auf den großen männlichen Qheuen mit dem schiefergrauen Rückenpanzer, der am anderen

Ende des Zelts mit dem Piraten Rann konferierte, einem großen, kräftigen Mann mit einer enganliegenden Uniform.

»Uthen kennt sich unglaublich gut damit aus, wie die einzelnen Spezies miteinander verwandt sind.« Ling nickte. »Und das ist wirklich nicht einfach auf einer Welt, die seit Äonen alle zwanzig Millionen Jahre Infusionen von einer neuen Spezies erhalten hat. Wenn man sich eure begrenzten Mittel vor Augen hält, dann habt ihr wirklich ein erstaunliches Wissen zusammengetragen.«

Hatte diese Frau eine Ahnung, wie umfangreich das Wissen der Sechs über Jijo wirklich war? Bislang hatten die Weisen Larks Karten und Verzeichnisse nicht ausgehändigt. Und Uthen war sicher höllisch auf der Hut, um einerseits nicht zu viel preiszugeben und sich andererseits so unentbehrlich zu machen, dass man ihn nicht wieder fortschickte.

Aber die Fremden schienen sich leicht beeindrucken zu lassen. Man brauchte ihnen nur irgendetwas von dieser Welt vorzulegen, und schon waren sie begeistert. Was andererseits auch wieder nicht so schön war, bewies es doch, wie erbärmlich wenig sie von den Exilanten erwarteten.

»Vielen Dank«, murmelte Lark. »Das war wirklich nett von dir.«

Ling senkte kurz den Blick und seufzte. »Scheiße, kann ich denn heute überhaupt nichts richtig machen? Ich wollte dich wirklich nicht beleidigen. Es ist nur so, dass ... Ach, weißt du was, wir fangen einfach noch mal ganz von vorn an, einverstanden?« Sie hielt ihm die Rechte hin.

Lark starrte auf die Hand. Was erwartete sie jetzt von ihm? Er hatte keine Ahnung.

Die Piratin streckte jetzt auch die Linke aus, nahm seine Rechte und legte sie in die ihre. Dann drückte sie zu.

»So was nennt man Händeschütteln. Damit drücken wir Respekt, eine freundliche Begrüßung oder Einvernehmen aus.«

Lark blinzelte. Ihr Händedruck war fest, warm und ein wenig feucht.

»Ach so, ja ... Davon habe ich schon gehört.«

Er versuchte, es ihr gleichzutun, wenn sie seine Hand drückte, aber es war ihm irgendwie doch unangenehm, schien es doch etwas mit Erotik zu tun zu haben. Lark zog seine Rechte rasch wieder zurück. Sein Gesicht brannte.

»Ist so etwas bei euch sehr verbreitet?«

»Auf der Erde? Aber ja. So habe ich es jedenfalls gehört.«

Gehört? Lark war sofort ganz Aufmerksamkeit, ehe ihm klar wurde, dass sie wieder ihr kleines Spielchen begonnen hatte. Hier ein kleiner Hinweis, da eine wie zufällig fallengelassene Bemerkung und dort etwas unausgesprochen lassen.

»Ich glaube, ich weiß, warum sich das Händeschütteln auf Jijo nie durchgesetzt hat«, bemerkte er. »Die Urs würden sich davor ekeln. Die Hände sind für sie etwas noch Persönlicheres als die Genitalien. Die Hoon und die Qheuen würden unsere Hände dabei zerquetschen, und wir wiederum würden die zarten Tentakel der g'Kek zerdrücken.« Seine Finger prickelten immer noch. Er widerstand dem Verlangen, sie sich anzusehen. Höchste Zeit, das Thema zu wechseln.

»Also bist du noch nie auf der Erde gewesen?«, begann er in geschäftsmäßigem Tonfall.

Sie hob eine Braue und fing dann an zu lachen. »Tja, ich hab's doch gewusst, dass wir dich nicht für eine Handvoll herabgesetzter Spielzeuge anheuern konnten. Keine Bange, Lark, du wirst mit Antworten bezahlt. Am Abend eines jeden Arbeitstages sollst du ein paar hören. Aber du musst sie dir verdienen, hörst du?«

Er seufzte, obwohl sich dieses Arrangement bei Licht besehen gar nicht so schlecht anhörte.

»Gut, einverstanden. Dann fang doch gleich an, mich das zu fragen, was du wissen möchtest.«

Asx

Jeden Tag bemühen wir uns aufs Neue, die Spannungen zwischen unseren Parteien zu mildern. Die eine drängt auf Kooperation mit unseren ungebetenen Gästen, während die andere nach Mitteln und Wegen sucht, sie zu vernichten. Selbst meine Unterselbste liegen in dieser Frage im heftigen Streit miteinander.

Sollen wir mit den Kriminellen unseren Frieden schließen, oder sollen wir die bekämpfen, die wir nicht besiegen können?

Verdammnis oder Auslöschung?

Und unsere neuen »Freunde« fragen uns weiterhin nach anderen Besuchern aus. Haben wir in der letzten Zeit Schiffe gesehen, die vom Himmel gefallen sind? Gibt es Buyur-Stätten, von denen wir noch nichts berichtet haben? Existieren Orte, an denen funktionstüchtige Maschinen oder Apparate herumstehen, die nur darauf warten, wieder aktiv zu werden?

Warum wollen sie das unbedingt wissen? Sicher haben sie doch mittlerweile herausgefunden, dass wir sie nicht belogen haben – dass wir nicht mehr wissen, als wir bereits ausgesagt haben.

Oder etwa nicht, meine Ringe? Haben alle Sechs sich redlich gegenüber den Gemeinschaften verhalten? Oder gibt es einige darunter, die irgendwelche wichtigen Informationen zurückhalten, die für uns alle von entscheidender Bedeutung sein könnten?

Dass mir ein solcher Gedanke überhaupt in den Sinn kommt, zeigt schon an, wie tief wir gefallen sind, wir unwürdigen, verächtlichen Sooner. Und dennoch sind wir noch lange nicht unten am Grund angelangt und können noch viel tiefer stürzen.

Rety

In einem kleineren und schäbigeren Zelt, das in einem dichten Wald ausreichend weit entfernt von der Forschungsstation stand, warf sich Rety auf eine Reetmatte und hämmerte mit beiden Fäusten auf den Boden.

»Verdammte Stinker! Mögen ihre Gedärme an fauligem Fleisch verrotten! Verrotten! *Verrotten! Verrotten!*«

Sie glaubte, gute Gründe für diesen Zornesausbruch zu haben und sich in Selbstmitleid ergehen zu müssen. Dwer, dieser elende Lügner, hatte ihr gesagt, die Weisen seien gut und aufgeschlossen. Aber sie hatten sich als widerliche Mistkerle entpuppt!

Nun ja, nicht gleich von Anfang an. Zuerst waren Retys Hoffnungen hochgeflogen wie die Geysire bei ihr zu Hause in den Grauen Hügeln. Lester Cambel und die anderen waren ihr so freundlich begegnet und hatten gleich ihre Ängste beschwichtigt, jetzt bestraft zu werden, weil ihre Großeltern das Verbrechen begangen hatten, sich nach Osten über die verbotenen Berge zu schleichen.

Noch bevor die Weisen sie befragten, hatten sie das Mädchen zu Heilern geschickt, die ihre Schürfwunden und Verbrennungen versorgt hatten. Es war Rety dabei nicht einen Moment in den Sinn gekommen, sich vor den fremden g'Keks- und Traeki-Ärzten zu fürchten, die die Tropfen der Mulch-Sekrete auflösten und das Mädchen dann mit einem Schaum behandelten, um die Parasiten zu entfernen, die sich, solange sie zurückdenken konnte, auf ihrem Kopf eingenistet hatten.

Rety brachte es sogar über sich, ihnen zu verzeihen, als sie alle ihre Hoffnungen zunichtemachten, die Narben von ihrem Gesicht entfernen zu können. Anscheinend vermochten auch die Hangleute nicht alles, waren selbst ihnen Grenzen gesetzt.

Seit dem Moment, in dem sie mit Lark die Versammlungslichtung betreten hatte, waren ihr alle Anwesenden furchtbar aufgeregt und nervös vorgekommen. Zunächst hatte sie geglaubt, das läge an ihr, aber dann wurde ihr recht bald klar, dass der Grund dafür Besucher waren, die vom Himmel gekommen waren.

Das störte Rety aber nicht sonderlich. Sie fühlte sich immer noch so, als sei sie nach langer Zeit nach Hause gekommen. Und es war ja auch schön, in den Schoß einer Familie zurückzukehren, die so viel größer und freundlicher war als diese Bande von verlausten Pennern, bei denen sie es vierzehn Jahre lang hatte aushalten müssen.

Zumindest war sie für einige Zeit glücklich gewesen. Bis es zu dem Betrug gekommen war.

Bis die Weisen Rety wieder in ihr Zelt riefen, um ihr die endgültige Entscheidung mitzuteilen, die sie getroffen hatten.

»Alles ist Dwers Schuld!«, murmelte sie, immer noch auf der Matte liegend, und pflegte ihre Wut auf den Jäger. »Seine und die von seinem stinkigen Bruder. Wenn ich doch bloß über die Berge davongehuscht wäre, ohne mich von ihm erwischen zu lassen! Bei all der Aufregung hier hätte mich niemand bemerkt!«

Rety hatte allerdings nicht den leisesten Schimmer, was sie dann getan hätte. Das, was die Männer sich daheim am Lagerfeuer über die Hangleute erzählten, war entweder blödsinnig oder falsch – und zu denen wollte sie ganz bestimmt nicht wieder zurück. Vielleicht hätte sie sich irgendeinem abgelegenen Dorf als Fallenstellerin andienen können. Dabei ging es ihr nicht so sehr um das Wildbret – die Hangleute hatten mehr als genug zu essen –, sondern vielmehr um die Felle. Aus denen wollte sie sich ein hübsches Gewand machen, damit die Städter sie nicht bei jeder sich bietenden Gelegenheit fragten, wo sie denn herkäme, weil sie so zerlumpt aussehe.

In den Grauen Hügeln hatten ihr solche Träume geholfen, die Mühen eines jeden neuen Tages zu überstehen. Trotzdem hätte sie vielleicht nie den Mut gefunden, von ihrer verdreckten Sippe zu fliehen, wenn ihr nicht eines Tages der schöne bunte Vogel über den Weg gelaufen wäre.

Und den hatten die blöden Weisen ihr jetzt abgenommen!

»Wir danken dir sehr dafür, dass du uns dieses rätselhafte Wunder gebracht hast«, hatte Lester vor gut einer Stunde erklärt. Der Vogel hatte ausgebreitet auf einem Tisch gelegen. »Dummerweise ist es jedoch inzwischen hier zu einigen Vorfällen gekommen. Ich hoffe, du verstehst, Rety, wenn wir dir sagen müssen, dass es am besten für dich ist, wenn du wieder zurückkehrst.«

Zurückkehren? Zuerst hatte sie nicht begriffen, was er damit meinte. Während sie sich noch den Kopf darüber zerbrach, redete der Weise unaufhörlich weiter.

Zurück?

Zu Jass und Bom und deren Unbeherrschtheit? Um sich von diesen großen, starken Wilden wieder herumschubsen, knuffen und schlagen zu lassen? Die am Lagerfeuer mit dummen kleinen Erlebnissen voreinander prahlten, die mit jedem Mal größer und gewaltiger wurden? Zu diesen beiden blöden Dummköpfen, die jeden, der ihnen zu widersprechen wagte, mit brennenden Stöcken traktierten?

Zurück in das Land, in dem Mütter zusahen, wie die Hälfte ihrer Säuglinge einging und starb? Wo das niemandem etwas ausmachte, weil ja ständig neue Babys geboren wurden? Wo man von der tagtäglichen Plackerei schneller alterte und meist starb, bevor man die vierzig erreicht hatte?

Zurück zu Hunger und Dreck?

Lester hatte mit Worten auf sie eingeredet, die sie beruhigen und logisch und vernünftig klingen sollten. Aber Rety hatte einfach nicht zugehört.

Diese angeblichen Weisen wollten sie zu ihrem Stamm zurückschicken!

Oh, natürlich wäre es ein Riesenspaß, Jass' Gesicht zu sehen, wenn sie, ausgestattet und gekleidet mit all den Wundern, die die Sechs zu bieten hatten, ins Lager spazierte. Aber der Genuss würde nicht lange anhalten, und danach wäre sie recht bald wieder zu diesem fürchterlichen Leben in der Wildnis verdammt.

Ich gehe nicht wieder dorthin! Niemals!

Damit war es endgültig. Rety richtete sich auf, wischte sich die Augen trocken und fing an zu überlegen, was sie nun tun sollte.

Sie konnte natürlich von hier fortlaufen und sich woanders einen Unterschlupf suchen. Die Gerüchte, die sie mitbekommen hatte, besagten, dass auch unter den Sechs nicht alles zum Besten stand. Bislang hatte sie sich an Lesters Aufforderung gehalten, niemandem etwas über ihre Herkunft zu erzählen.

Jetzt aber fragte sie sich, ob nicht irgendwelche Urs oder Qheuen sie für die Informationen bezahlen würden, die sie zu bieten hatte? Oder sie sogar einladen würden, zu ihnen zu ziehen?

Es heißt doch, die Urs ließen manchmal einen Menschen, den sie für würdig erachten, auf ihrem Rücken reiten. Natürlich nur, wenn er nicht zu schwer ist.

Rety stellte sich vor, unter den galoppierenden Sippen zu leben, mit ihnen über die endlosen Steppen dahinzujagen, während Wind durch ihr Haar wehte.

Natürlich wäre es auch nicht schlecht, mit den Hoon zur See zu fahren. Draußen auf dem Meer gab es Inseln, die noch nie jemand betreten hatte. Fliegende Fische, schwebende Berge aus Eis ... Das wäre doch ein Abenteuer!

Oder zu den Traeki in die Sümpfe ...

Dann kam ihr ein neuer Gedanke. Eine weitere Möglichkeit schien ihr plötzlich offenzustehen. Etwas so unvorstellbar Phantastisches, dass sie zurücksank und einige Duras lang atemlos liegenblieb, bis ihre Fäuste sich endlich wieder öffneten.

Schließlich richtete sie sich wieder auf und dachte mit wachsender Erregung über diese Möglichkeit nach, die alles bei Weitem übertraf, was sie sich je für ihr Leben gewünscht hatte.

Und je länger sie darüber nachsann, desto klarer wurde es für sie, dass sie genau das und nichts anderes unternehmen würde.

ELFTER TEIL

DAS BUCH VOM MEER

Tieren bedeuten Dinge wie Spezies, Sippe oder Philosophie nichts.

Ebenso halten sie es mit Schönheit, Ethik oder Zukunftsinvestitionen – oder mit all den anderen Dingen, die noch da sein werden, wenn ihr Leben längst beendet ist.

Tiere interessieren sich nur für den Augenblick, und für sie zählen nur sie selbst.

Paarungsgefährten, der nächste Wurf, Geschwister und Mitbewohner – all dies bietet dem Selbst Gewähr für Kontinuität. Denn sogar einem liebenden Tier ist Altruismus nicht fremd, auch wenn er im Eigeninteresse begründet liegt.

Intelligenzbehaftete Wesen sind nicht als Tiere anzusehen. Loyalität bindet selbst die unverbesserlichen Egoisten an Dinge, die edler oder abstrakter sind als das Selbst oder die bloße Kontinuität.

Dinge wie Spezies, Sippe oder Philosophie.

Schönheit, Ethik oder Zukunftsinvestition.

An Früchte also, die du und ich nie einfahren werden.

Wenn man den Weg nach unten sucht, den langen Pfad zur Erlösung –

Wenn man also eine zweite Chance erhalten möchte und sich gründlich von seinen Sorgen und seinem Kummer befreit hat –

Dann soll man den Pfad suchen, indem man zur Erde zurückkehrt.

Ihn im Vergessen von Spezies, Sippe oder Philosophie finden.

Doch bewahre man sich davor, sich zu weit von diesem Weg davontragen zu lassen.

Bewahren soll man sich den Glauben an etwas, das größer und gewaltiger ist als man selbst.

Man hüte sich vor der Wiederaufnahme der Besessenheit für das Selbst.

Für die jedoch, die die Leere des Raums geschmeckt und den Sternenstaub probiert haben,

Liegt auf diesem Weg die Verdammnis.

Die Schriftrolle der Erlösung

Alvins Geschichte

Die anderen schlafen längst. Es ist schon ziemlich spät, aber ich möchte all das hier hinter mich bringen – denn zur Zeit geht es hier ein bisschen drunter und drüber, und ich weiß nicht, wann ich das nächste Mal Gelegenheit zum Schreiben bekomme.

Morgen wollen wir den Berg wieder hinunter – beladen mit all dem Gerät, das Uriel, die Schmiedin, uns zur Verfügung gestellt hat. So viele tolle Sachen sind darunter, dass wir uns reichlich töricht vorkommen, wenn wir an unseren ursprünglichen Plan zurückdenken.

Wenn man sich vorstellt, dass wir unser Leben irgendeiner Kiste anvertrauen wollten, die wir ohne fremde Hilfe entworfen hatten?!

Uriel hat auch schon Boten zu unseren Eltern geschickt. Sie hat die Nachrichten auf schweres Stoffpapier gepinselt und mit ihrem Siegel versehen, das sie als Weise der Gemeinschaften ausweist. Von nun an können Hucks oder meine Leute nicht mehr viel ausrichten, um uns noch an dem Unternehmen zu hindern.

Um ehrlich zu sein, ich hatte auch keine Lust, mich ihnen zu stellen. Was hätte ich ihnen überhaupt sagen sollen?

»Hi, Dad, ich bin jetzt weg. Wir tauchen ab. Wie in Zwanzigtausend Meilen unter dem Meer. Erinnerst du dich noch daran, wie du mir die Geschichte oft vorgelesen hast, als ich noch klein war?«

Ich weiß jetzt auch wieder, wie die Geschichte für Kapitän Nemo und seine Mannschaft endete, und mir ist auch klar, warum Yowg-wayuo es bedauert, dass ich die Menschen so nachäffe. Sollte mein Vater mich je deswegen zur Rede stellen, werde ich mich tunlichst einer anderen Sprache als des Englik bedienen, damit er sieht, dass ich mir wirklich Gedanken über die Sache gemacht habe.

Unser Abenteuer ist nämlich viel mehr als nur eine kindliche Laune. Sie stellt etwas Bedeutendes für unser Dorf und unsere ganze Spezies dar. Die anderen und ich werden Geschichte schreiben. Und dafür ist es natürlich wichtig, dass auch ein Hoon daran beteiligt ist.

Sobald Uriel sich für uns entschieden hatte, ging wirklich alles zügig voran. Schere brach noch am selben Abend auf, an dem Ziz gevlennt worden war, und brachte den neuen Traeki in seinen Heimatstock, damit er sich in den Becken südlich von Wuphon mit dem Wasser anfreunden konnte. Schere sollte dort auch, ausgestattet mit der Autorität der Schmiedin, ein paar rote Qheuen anwerben, die die Holzhülle des Schiffs zum Treffpunkt nahe am Riff befördern mussten.

Bereits in fünf Tagen soll die erste Probetauchfahrt stattfinden!

Natürlich spielte auch die Auswahl des richtigen Orts eine enorme Rolle. Es gibt eigentlich nur eine Stelle, nämlich dort, wo der tiefe Graben des Mittenmeers wie eine Sichelklinge vor der Küste liegt. Genauer gesagt, wo zerklüftete Canyons direkt unterhalb des Felsens Terminus zu finden sind. Wir wollten auf dem Felsvorsprung oberhalb davon einen Kranbaum anbringen – auf diese Weise ersparten wir uns die Mühe, uns von einem Boot zu der Stelle bringen zu lassen.

Es ist für uns alle eine große Erleichterung, dass nun endlich alles in die Wege geleitet ist. Selbst Huck gibt zu, dass die Würfel gefallen sind. Sie begleitet ihre Worte damit, zwei Augenstiele aneinanderzureiben – bei den g'Kek die Entsprechung für ein Achselzucken.

»Zumindest startet unser Abenteuer an der Grenze, und da wollte ich ja sowieso hin. Wenn das Abenteuer abgeschlossen ist, schuldet uns Uriel etwas. Dann muss sie uns eine offizielle

Genehmigung unterschreiben, über die Grenze zu gehen und ein paar alte Buyur-Ruinen zu besuchen.«

Im Englik gibt es ein Wort, das heißt *Dickköpfigkeit*. Im Galaktik Zwei kann man es nur mit *Hartnäckigkeit* wiedergeben. Das ist nur einer der Gründe dafür, warum ich glaube, dass man meine Freundin Huck am besten in Englik beschreiben kann.

Alle von uns, sogar Ur-ronn, sind davon überrascht, wie bereitwillig und unerwartet die Schmiedin uns mit allem versorgt und uns alles zur Verfügung stellt, was für unser kleines Abenteuer vonnöten ist. Wir haben uns gestern Nacht, an unserem letzten Abend auf dem Berg Guenn, über Uriels plötzlichen Ausbruch von Hilfsbereitschaft unterhalten. Ein langer Tag lag hinter uns, an dem wir Kisten gepackt hatten, Inventurlisten durchgegangen waren und darauf gewartet hatten, dass im Werk endlich Nachtruhe einkehren würde.

»Dasss musss mit den Sssternensssiffen sssusssammenhängen«, sagte Ur-ronn und hob ihren Kopf von dem Stroh, das ihr als Nachtlager diente.

Huck richtete zwei Augenstiele auf sie, behielt aber einen in dem Buch, das sie gerade las, *Lord Valentine's Castle* von unserem allseits geliebten Robert Silverberg. »Nicht das schon wieder!«, stöhnte sie. »Was, um alles in der Welt, könnte unser blöder kleiner Tauchtrip mit galaktischen Kreuzern zu tun haben, die nach Jijo gekommen sein sollen? Meint ihr nicht, dass Uriel dann ein paar andere Dinge im Kopf haben müsste?«

»Aber Gybsss hat vor einer Woche gesssagt …«

»Warum gibst du nicht einfach zu, dass du ihn falsch verstanden hast, als du ihn belauschen musstest. Wir haben heute noch einmal mit ihm gesprochen, und da meinte er, er könne sich nicht daran erinnern, irgendwelche Raumschiffe gesehen zu haben.«

»Nein, jetzt irrst du aber«, korrigierte ich sie. »Wir haben keine Chance erhalten, mit Gybz zu sprechen, weil er doch gevlennt hat. Wir haben mit Tyug gesprochen, und der meinte, er habe nichts gesehen.«

»Tyug, Gybz, wenn einer sich an nichts erinnern kann, dann der andere auch nicht. Nicht einmal ein gerade gevlennter Traeki würde so etwas vergessen!«

Da war ich mir nicht so sicher. Das Erinnerungswachs der Traeki kann manchmal recht merkwürdig reagieren. So habe ich es jedenfalls gehört.

Davon abgesehen, bin ich mir nur selten bei einer der Sachen sicher, auf die Huck Stein und Bein schwört, beziehungsweise Rad und Speiche.

Natürlich gab es da jemanden, den wir hätten fragen können, um alle Zweifel auszuschließen. Aber bei all dem Material, das Uriel uns zur Verfügung gestellt hat, und bei all den vielen Besprechungen und Debatten über unser Projekt, die sie mit uns führte, könnte es doch durchaus sein, dass die Schmiedin uns ziemlich geschickt davon abgebracht hat, uns über die Fremden den Kopf zu zerbrechen oder uns nach ihnen zu erkundigen.

Vielleicht sollte es statt abbringen eher einschüchtern heißen. Ich weiß es nicht und kann es jetzt auch nicht feststellen, weil ich bei Kerzenlicht arbeite und mein Englik-Wörterbuch nicht dabeihabe.

Während der letzten Tage hat Uriel ihre normalen Pflichten sträflich vernachlässigt und sich lieber mit dem menschlichen Weisen unterhalten, sich um ihren geliebten Scheibenapparat gekümmert oder uns ständig mit neuen Details über unseren Tauchausflug versorgt. In den langen Monaten, in denen wir unser Abenteuer geplant haben, haben wir nie ernstlich damit gerechnet, diesen schönen Traum eines Tages in die Tat umsetzen zu können. Und als es dann doch konkret zu werden versprach, gab es so viel zu tun, dass wir nie einen Moment Pause gefunden haben, um uns auch nach anderen Dingen zu erkundigen.

Wahrscheinlich hätte Uriel uns dann aber unmissverständlich klargemacht, dass uns das alles nichts anginge.

Einmal hatte ich tatsächlich Gelegenheit gefunden, sie danach zu fragen, warum sie so viele Änderungen in unseren Plan eingefügt habe.

»Wir sind eigentlich immer davon ausgegangen, dass wir zunächst die Untiefen vor unserem Heimatort erforschen. Danach wollten wir das Boot umrüsten und für größere Tiefen tauglich machen. Vielleicht zehn oder zwanzig Faden hinuntersteigen. Aber du hast gleich von Anfang an dreißig Faden festgelegt.«

»Dreißig Faden sind doch nicht viel«, hatte die Schmiedin geschnaubt. »Ach ja, wo wir gerade dabei sind, eure ursprünglichen Luftzirkulatoren sind für eine solche Tiefe nicht geeignet. Deswegen habe ich einen besseren einbauen lassen, den wir gerade übrig hatten. Auch eure Dichtungen hätten bei dreißig Faden nicht mehr gehalten. Was hingegen euren Rumpf angeht, so dürfte er für ein solches Manöver geeignet sein.«

Mich beschlich die ganze Zeit über die Frage, wo sie wohl all diese Geräte und die Ausrüstung herhatte. Wir waren zum Beispiel nie auf den Gedanken gekommen, einen Gasdruckregulator zu benötigen. Da konnten wir von Glück sagen, dass Uriel uns auf dieses Versäumnis hinwies und just einen solchen Apparat zur Hand hatte, dazu auch noch ein wunderbar gearbeitetes Stück. Aber warum hatte die Schmiedin alles auf Lager, was für unsere Unternehmung benötigt wurde? Wozu brauchte eine Schmiede am Guenn-Vulkan einen Gasdruckregulator?

Huck schien sich ähnliche Gedanken gemacht zu haben, meinte aber, es könne doch nicht schaden, wenn Uriel ein wachsames Auge auf unsere Expedition hielt. Dennoch machte ich mir weiterhin Sorgen. Etwas Mysteriöses umgab unser Abenteuer.

Ich fragte die Schmiedin noch einmal, und sie erklärte: »Ihr sssollt allesss erfahren, sssobald wir zum Felsss aufbresssen und *dasss* Boot ssstartklar issst. Isss ssselbssst werde noch einmal allesss überprüfen, und dann sssage isss eusss, wasss ihr für misss tun könnt.«

Abgesehen von den Ausflügen nach Wuphon, die selten länger als einen Tag dauerten, verließ Uriel so gut wie nie ihre Werkstatt. Und jetzt wollte sie sich gleich zwei Wochen freinehmen, um uns zum Startpunkt zu begleiten? Nie in meinem ganzen Leben hat mich eine Mitteilung so aus den Socken gehauen wie diese. Auf der einen Seite war sie beruhigend, auf der anderen zutiefst beunruhigend. Vielleicht war es meinem literarischen Namenspatron ähnlich ergangen, als er durch die tiefen Katakomben unter Diaspar streifte und auf etwas Unvorstellbares stieß, den geheimnisvollen Tunnel, der zum weit entfernten Lys führte.

Und so kam dann der große Tag, an dem Huck, Ur-ronn und ich alles gepackt und zusammengestellt hatten, um zu einem Abenteuer aufzubrechen, das uns entweder berühmt machen oder uns das Leben kosten würde. Doch bevor es wirklich losgehen konnte, gab es noch ein paar Dinge, die wir selbst erledigen mussten.

Wir warteten, bis es über dem Guenn richtig Nacht geworden war, bis der Sonnenschein nicht mehr die hundert geschickt installierten Himmelslichter bestrahlte und nichts mehr da war, das mit den Lavabecken und glühenden Schmieden wetteifern konnte. Die Erzeimerkette kam zum Stillstand, an den Essen wurde nicht mehr gewerkt, und die Arbeiter legten ihre Werkzeuge hin. Nach dem Abendbrot ertönte siebenmal ein Gong und rief die ursischen Handwerkerinnen zum rituellen Striegeln, ehe sie sich zur Nachtruhe begaben.

Ur-ronn gefiel es nicht, zu so später Stunde draußen herumzulaufen – welcher Urs steht schon darauf? –, aber sie wusste, dass es keine andere Wahl gab. So brachen wir dann, einer hinter dem anderen, vom Lager auf, in dem Urdonnol uns untergebracht hatte, und suchten uns ohne den Schein von Laternen unseren

Weg. Huck führte unseren Zug an. Sie hielt zwei Augenstiele nach vorn gerichtet, während sie rasch über eine abschüssige Steinrampe rollte. Ihre beiden hinteren Augen schienen uns jedes Mal anzuglühen, wenn sie unter einem Himmelsloch hindurchkam, durch das der Mond leuchtete.

»Nun macht schon, ihr lahmen Enten! Ihr seid ja wirklich abartig langsam!«

»Wer mussste sssie denn vor drei Tagen über dasss Geröllfeld tragen«, murrte Ur-ronn, »alsss wir die Yotir-Höhlen erkundet haben? Isss ssspüre jetssst noch die wunden Ssstellen von ihrer Achssse an meinen Flanken.«

Das war natürlich übertrieben. Ich weiß, wie widerstandsfähig das ursische Fell ist. Trotzdem hatte Ur-ronn die unangenehme Eigenschaft, sich stets nur an das zu erinnern, was ihr gerade opportun erschien.

An Kreuzungen musste unsere g'Kek-Freundin stehen bleiben, um ungeduldig schnaufend darauf zu warten, dass Ur-ronn erklärte, wo es nun weiterging. So verließen wir bald das Gehege der unterirdischen Gänge und gelangten auf einen Pfad von gestoßenem Bimsstein, der über eine felsige Ebene führte, die in der Dunkelheit noch unheimlicher, fremdartiger und un-jijoanischer aussah als bei Tageslicht. Mir kam dieses Terrain, das wir jetzt überquerten, so vor wie die Mondlandschaft, die ich einmal in einem Buch gesehen hatte.

Wo wir gerade vom Mond sprechen – der dicke Loocen, der größte der Monde von Jijo, saß noch tief im Westen und präsentierte sich als vertrauter rötlicher Viertelbogen. Das meiste von ihm war dunkel, und so spiegelte sich kein Licht auf den kalten, toten Stätten, die die Buyur, wie um Neugierige anzulocken, uns hinterlassen haben.

Die Sterne über uns funkelten wie … na ja, bevor ich dies hier niederschrieb, habe ich mir das Gehirn nach einem passenden Vergleich aus einem der Bücher zermartert, die ich gelesen habe.

Aber die irdischen Autoren haben nie so etwas wie den Dandelion-Cluster an ihrem Himmel gesehen – ein riesiger Bovist aus leuchtenden Punkten, der fast ein Viertel des Himmels bedeckt und den südlichen Horizont erstrahlen lässt. Ich weiß das ziemlich genau; denn wenn die Erdenschreiber ein solches Schauspiel gekannt hätten, hätten sie miteinander darum gewetteifert, es zu beschreiben, und mindestens eine Million verschiedene Verse darüber hinterlassen.

Besucher aus dem dichtbevölkerten Nordteil des Hangs sind immer wieder aufs Höchste ergriffen, wenn sie diese Pracht erblicken. Deswegen glaube ich, dass der Dandelion-Cluster zu den wenigen Dingen gehört, die das Leben hier unten an der Südspitze schön machen.

Der Sternhaufen ist darüber hinaus auch dafür verantwortlich, dass Uriels Vorgängerin hier ein Teleskop gebaut und hingestellt hat. Natürlich mit einer Kuppel darüber, die es vor dem Regen und der Asche von den häufigen Mini-Eruptionen des alten Guenn schützen sollen.

Ur-ronn sagt, dass es auf dem Berg nur eine Stelle gibt, an der das Observatorium die Seebrisen dazu nutzen kann, die Hitzewellen fortzuwehen, die einem die Sicht verflimmern.

Wahrscheinlich gibt es auf dem Hang noch haufenweise Orte, an denen es sich lohnt, die Sterne zu betrachten, und sicher auch eine Menge besserer. Aber dieses Observatorium hat ihnen gegenüber einen entscheidenden Vorteil: Hier wohnt Uriel. Wer sonst besäße die Zeit, die Mittel und das Wissen, um sich so ein Hobby leisten zu können? Niemand, mit Ausnahme vielleicht der Gelehrten in der großen Bibliothek von Biblos.

Die wuchtige Struktur aus Kohlenasche erhebt sich gegen den flirrenden Sternenhaufen und erinnert an ein Glavermaul, das gerade einen tüchtigen Bissen aus einer Gutchel-Birne nimmt. Bei diesem Anblick lief es mir regelmäßig heiß und kalt die Rückenschuppen hinunter. Natürlich durfte man dabei nicht vergessen, in welcher Höhe ich mich befand, dass keine Wolken am Himmel standen und ein eisiger Nachtwind ging.

Mit einem enttäuschten Schnauben blieb Ur-ronn unvermittelt in einer plötzlich auftauchenden Rauchwolke stehen – und Huck lief in mich hinein. Sie hatte alle Augenstiele aufgestellt und blickte mit ihnen in die vier Himmelsrichtungen. Der kleine Huphu vergrub daraufhin seine Klauen in meine Schultern und war auf dem Sprung, um uns beim ersten Anzeichen von Gefahr sofort zu verlassen.

»Was ist denn?«, flüsterte ich.

»Dach sein offen«, erklärte Ur-ronn in Galaktik Zwei, während sie mit der spitz zulaufenden Schnauze eifrig schnüffelte. »Ich riechen Quecksilber. Bedeuten, dass Teleskop vermutlich/ unter Umständen in Betrieb sein. Wir nun müssen rasch/auf schnellstem Weg zurück in unsere Betten, um nicht zu erregen Verdacht.«

»Quatsch!«, schimpfte Huck. »Ich bin dafür, einen Blick hineinzuwerfen.«

Nun sahen alle mich an, damit ich eine Entscheidung traf. Ich zuckte wie die Menschen mit den Achseln. »Wenn wir schon mal hier sind, können wir doch auch hineinschauen.«

Ur-ronn verdrehte den Hals wie einen Korkenzieher. Dann schnaubte sie: »Aber immer hinter mir bleiben. Doch still bleiben. Vielleicht wir haben Glück, auch wenn bauen auf Jafalls' Beistand oft vergeblich sein.«

So näherten wir uns der Kuppel und entdeckten, dass die Dachhälften auseinandergeglitten waren. Klobige Umrisse zeichneten sich vor dem sternenklaren Himmel ab. Der Weg endete vor einer ebenerdigen Tür, die offen stand! Dahinter ließen sich halbdunkle Schatten ausmachen. Huphu wurde auf meiner Schulter wieder unruhig – sei es aus Neugier, aus Angst oder aus beidem –, und ich bereute schon, ihn überhaupt mitgenommen zu haben.

Ur-ronn presste sich gegen die Wand und schob vorsichtig den Kopf durch die Öffnung.

»Von allem bescheuerten Blödsinn«, murrte Huck. »Warum muss ausgerechnet sie die Spitze machen? Urs können in der Nacht genauso gut sehen wie Glaver am Mittag. Ich hätte als Erste hineinsollen!«

Klar, dachte ich, *der Körper eines g'Kek ist ja auch ganz toll fürs Anschleichen geschaffen.* Aber ich schwieg, bis auf ein tiefes Grollen in meinem Kehlsack, um den Noor davon abzuhalten, von meiner Schulter zu springen und abzuhauen.

Ur-ronn schob jetzt auch den Hals durch die Tür, und wir sahen, wie ihr geflochtener Schweif hin und her zuckte. Dann tänzelte der Rest von ihr ins Oberservatorium und glitt elegant durch den Spalt.

Huck folgte ihr dichtauf, und ihre sämtlichen Augenstiele zitterten vor Aufregung. Ich bildete den Schlussmann und drehte mich ständig um, weil ich das unangenehme Gefühl hatte, jemand schleiche uns hinterher. Natürlich war das vollkommener Blödsinn, weil niemand auf dem Hang je auf eine solche Idee verfallen wäre.

Die große Observatoriumshalle wirkte verlassen. Das Teleskop glitzerte matt im Sternenlicht. Auf einem Tisch verbreitete eine abgeschirmte Laterne rotgefiltertes Licht auf eine Himmelskarte und einen aufgeschlagenen Block, dessen Seiten mit mathematischen Zeichen vollgeschrieben waren. Haufenweise Zahlen und einige Symbole, die zu keinem mir bekannten Alphabet gehörten. Aber wenn ich darüber nachdenke ... ich glaube, Mister Heinz hat uns solche Zeichen mal gezeigt, wohl in der vergeblichen Hoffnung, bei einem von uns auf Interesse zu stoßen.

»Zuhören und beachten«, sagte Ur-ronn. »Der Motor, der Objekte verfolgen und sie in Beziehung zu Rotation Jijos bringen. Diese Anlage sein in Betrieb.«

Richtig, da war ein tiefes Rumpeln zu vernehmen, wie es von

einem Hoon hätte stammen können. Es kam aus dem Teleskopgehäuse, und jetzt roch ich auch schwach die Abgase von einem kleinen Flüssigtreibstoffmotor. Eine Extravaganz, die sonst auf dem Hang so gut wie unbekannt ist. Ihre Einrichtung war hier wohl nur gestattet worden, weil der Berg Guenn als heiliger Ort galt, der von allein in der Lage war, sich von Spielzeugen, Tand und anderen Nichtigkeiten zu reinigen. Vielleicht nicht unbedingt schon morgen, aber sicher irgendwann in den nächsten hundert Jahren.

»Das heißt ja, dass das Teleskop immer noch auf die Stelle ausgerichtet ist, die die Leute hier gerade beobachtet haben, bevor sie gegangen sind, oder?«, zischte Huck und war noch aufgeregter als zuvor.

Wer sagt denn, dass sie gegangen sind, hätte ich beinahe eingewendet. Ich drehte mich noch einmal um und entdeckte eine geschlossene Tür, aus deren Ritzen Licht drang. Doch ich kam nicht dazu, etwas davon loszuwerden.

»Alvin«, forderte Huck mich auf. »Heb mich hoch, damit ich besser sehen kann.«

»Hrrrm … aber …«

»ALVIN!« Sie rollte zu mir, bis eines ihrer Räder gegen meine Pfote stieß und darüber zu rollen drohte. Ich verstand die Warnung sofort.

»Wohin willst du denn?« Ich konnte weder eine Rampe noch sonst etwas entdecken, über das es Huck möglich sein würde, durch das Okular zu sehen. Das Einzige, was mir ins Auge fiel, war ein Stuhl, der an dem Tisch stand. Dennoch erschien es mir vernünftiger, ihr ihren Willen zu lassen, und zwar so rasch und so leise wie möglich, statt mich auf einen Streit mit ihr einzulassen.

»Hrrrm … also gut. Aber sei still, hörst du?«

Ich trat hinter sie, ging in die Hocke und legte beide Arme um ihr Achsengehäuse. Dann hob ich sie an, bis sie mit einem Augenstiel durch das Okular blicken konnte.

»Halt doch still!«, zischte sie mich an.

»Ich … hrrrm … gebe mir alle Mühe …«

Ich ließ die Arme ein Stück sinken, damit die Ellenbogengelenke sich einhaken konnten. Man hat mir erzählt, dass die Menschen und die Urs neidisch auf diesen Trick sind, weil selbst der stärkste Mensch beim Tragen nur seine Muskelkraft einsetzen kann.

Leider hatte Huck aber einiges an Gewicht zugelegt, und ich musste sie halb vorgebeugt und dann auch noch hockend halten. Wann immer ich vor Anstrengung schnaufte oder ächzte, drehte sie einen ihrer Augenstiele zu mir herum, schob ihn mir ins Gesicht und funkelte mich an, als würde ich sie mit Absicht ärgern wollen.

»Halt mich doch gerade, du Tölpel von einem Hoon … Ja, vielen Dank, jetzt kann ich etwas mehr sehen … viele, viele Sterne … sehr viele Sterne … He, hier gibt's ja nur Sterne zu erblicken!«

»Huck, habe ich dich nicht gebeten, still zu sein?«, flüsterte ich.

Ur-ronn seufzte leise. »Natürlisss gibsss da nur Sssterne sssu sssehen, du ssstinkrädrige g'Kek. Oder hassst du geglaubt, dursss diesssesss kleine Telessskop die Bullaugen von einem vorbeifliegenden Sssternensssiff sssählen sssu können? Du wirssst von ihm nissst mehr alsss ein ssswasssesss Funkeln ausssmasssen können.«

Ich war beeindruckt. Wir wussten, dass Ur-ronn die beste Mechanikerin in unserer Bande war, aber wer hätte gedacht, dass sie sich auch mit Astronomie auskannte?

»Lasss misss mal durssssssauen. Vielleissst kann isss ja erkennen, welssser Ssstern kein Ssstern issst. Dann nämlisss, wenn ssseine Posssition sssisss in Relation sssu den anderen verändert.«

Hucks Räder drehten sich ärgerlich durch die Luft. Aber sie konnte ebenso wenig die Logik von Ur-ronns Vorschlag verneinen, wie sie mich daran zu hindern vermochte, sie jetzt wieder auf den Boden zu setzen.

Ich richtete mich erleichtert wieder auf, und mein Knorpel krachte, als sie vor sich hin murmelnd davonrollte. Ur-ronn musste sich mit beiden Vorderhufen auf den Stuhl stellen, um durch das Okular sehen zu können.

Zunächst schwieg unsere ursische Freundin. Dann stieß sie einen frustrierten Triller aus. »Ssso weit isss dasss beurteilen kann, sssind da nur Sssterne. Aber isss habe gansss vergessssssen, dasss ein Sssternensssiff im Orbit in wenigen Durasss aussser Sssissst gerät, aussser wenn man esss mit dem Tracker verfolgt.«

»Tja, Leute, das war's dann wohl«, sagte ich und war nicht übermäßig enttäuscht. »Wir setzen unseren Weg jetzt besser fort …«

Dann bemerkte ich, dass Huck verschwunden war. Ich wirbelte herum und entdeckte sie endlich: Sie rollte direkt auf die Tür zu, aus der Licht drang!

»Erinnert ihr euch noch, worüber wir diskutiert haben?«, rief sie uns über die Schulter zu und drehte ihre Räder schneller auf den Lichtstreifen zu. »Der wirkliche Beweis findet sich auf den fotografischen Platten, von denen Gybz gesprochen haben soll. Aus diesem Grund sind wir doch hier! Na los, worauf wartet ihr noch?«

Ich gestehe, ich hatte in diesem Moment, in dem ich hinter ihr herstarrte, das Aussehen eines gestrandeten Fischs. Mein Kehlsack blähte sich nutzloserweise auf, während Huphu auf meinen Schädel kletterte, um sich dort einen sicheren Stand für den Fluchtsprung zu verschaffen.

Ur-ronn setzte in gestrecktem Galopp hinter der g'Kek her, um ihr in die Speichen zu greifen, bevor sie die Tür erreichen konnte.

Doch die, und das schwöre ich bei allem, was mir heilig ist, öffnete sich im selben Moment, und in der herausströmenden Helligkeit zeichnete sich eine menschliche Gestalt ab. Ein kleiner Mann mit schmalen Schultern, dessen schütterer Haarkranz im Schein der Laternen hinter ihm in Flammen zu stehen schien.

Ich blinzelte, hielt eine Hand hoch, um die Augen abzuschirmen, und konnte in dem Raum Staffeleien oder ähnliche Gestelle sehen, an denen Karten, Tabellen und Glasplatten aufgehängt waren. Noch viel mehr dieser Platten ruhten auf den Regalbrettern, die an allen Wänden der Kammer standen.

Huck kam mit quietschenden Rädern zum Stehen, und ihre Achse glühte kurz auf. Ur-ronn bremste ebenfalls, wäre aber beinahe in sie hineingeschlittert. Wir anderen erstarrten nur und fühlten uns ertappt.

Um wen es sich bei diesem Mann handelte, ließ sich leicht erraten, denn nur ein Mensch lebte zu jener Zeit auf dem Berg. Er war weit und breit bekannt als der klügste Kopf, und selbst für einen Menschen war dieser Weise unglaublich belesen und gescheit. Es heißt, er könne viele von den Geheimnissen begreifen, um die unsere Vorfahren einst gewusst hatten. Und man erzählte sich weiter, dass sich sogar die selbstbewusste Uriel vor seinem Intellekt verbeugte.

Die Schmiedin würde sicher nicht begeistert sein, wenn sie erfuhr, dass wir ihren Gast gestört hatten.

Der Weise Furofsky betrachtete uns für einen langen Moment, blinzelte in das Halbdunkel vor der Tür, hob dann eine Hand und zeigte mit einem Finger auf uns.

»Ihr!«, entfuhr es ihm mit einer Stimme, als sei er bis eben sehr beschäftigt gewesen und mit den Gedanken noch halb ganz woanders. »Ihr habt mich überrascht.«

Huck fand als Erste von uns ihre Sprache wieder.

»Äh, tut uns … äh, leid, Meister. Wir haben nur, äh …«

Der Weise ließ sie nicht ausreden, klang aber nicht im Mindesten verärgert, als er fortfuhr.

»Meinetwegen. Macht nichts. Ich wollte sowieso gerade jemanden herbeirufen. Wärt ihr wohl so freundlich, Uriel diese Notiz von mir zu bringen?«

Er streckte einen Arm aus und hielt uns ein paar zusammengefaltete Blätter entgegen. Huck nahm sie mit einem zitternden Tentakel entgegen. Ihre halbeingerollten Augenstiele blinzelten verblüfft.

»Du bist ein braver Junge«, lobte der Gelehrte sie gedankenverloren und kehrte in seine Kammer zurück. Doch auf halbem Weg blieb er stehen und drehte sich wieder zu uns um.

»Ach bitte, sagt doch Uriel, dass ich mir jetzt ganz sicher bin. Beide Schiffe sind verschwunden. Ich weiß nicht, was aus dem Größeren, dem ersten, geworden ist, weil es nur durch einen glücklichen Zufall auf einer der ersten Bildplatten aufgetaucht ist – bevor einer von uns auf die Idee kam, danach Ausschau zu halten. Wir können seinen Orbit nicht mehr feststellen, deswegen bin ich, vorsichtig gesagt, der Ansicht, dass es gelandet ist. Meine Kalkulationen, die auf der letzten Bildplattenserie basieren, zeigen an, dass das zweite Schiff seinen Orbit verlassen hat und sich in einer Eintrittsspirale befindet. Wenn man davon ausgehen darf, dass es nicht vom Kurs abkommt oder Korrekturen vornimmt, dann müsste es vor ein paar Tagen auf Jijo gelandet sein. Und zwar nördlich von hier, mittenmang in den Rimmers.«

Er lächelte verlegen.

»Damit ist die Warnung, die wir zur Lichtung geschickt haben, wahrscheinlich überflüssig geworden.« Furofsky rieb sich die müden Augen und seufzte. »Inzwischen wissen unsere Kollegen bei der Versammlung sicher einiges mehr über das, was vorgegangen ist und welche Maßnahmen nun zu ergreifen sind.«

Ich schwöre, er klang eher enttäuscht als entsetzt über die Ankunft dessen, wovor sich die Exilanten auf Jijo seit zweitausend Jahren fürchteten.

Wir alle, Huphu eingeschlossen, konnten nur wie gelähmt vor uns hinstarren, auch dann noch, als der Mann sich noch einmal bei uns bedankt hatte, wieder in seinem Raum verschwunden war und die Tür hinter sich geschlossen hatte.

Wir blieben allein unter den Millionen Sternen zurück, die wie Pollen wirkten, die jemand über dem schimmernden Ozean verstreut hatte, der sich über unseren Köpfen erstreckte. Ein Meer der Finsternis, das sich plötzlich furchtbar nahe anfühlte.

ZWÖLFTER TEIL

DAS BUCH VOM HANG

Legenden

Es gibt da ein Wort, von dem man uns aufgetragen hat, es nicht zu oft auszusprechen. Und wenn wir es doch verwenden müssen, dann nur im Flüsterton.

Die Traeki haben uns darum gebeten, und aus Höflichkeit, Respekt und Aberglaube halten wir uns daran.

Bei diesem Wort handelt es sich um einen Namen – er besteht nur aus zwei Silben –, und die Traeki fürchten sich davor, ihn wieder zu hören.

Dieser Name wird wahrscheinlich immer noch von ihren Vettern benutzt, von denen also, die die Sternenstraßen der Fünf Galaxien bereisen.

Vettern, die mächtig, furchterregend, entschlossen, erbarmungslos und stur sind.

Wie wenig diese Beschreibung unseren Wulstwesen ähnelt, und wie sehr sie sich von denen unterscheiden müssen, die immer noch wie Götter den Kosmos durchqueren.

Diese heißen Jophur.

Von allen Spezies, die mit Schleichschiffen nach Jijo gekommen sind, waren einige, wie die Qheuen und die Menschen, eher obskur und in den Fünf Galaxien nahezu unbekannt. Andere hingegen, wie die g'Kek oder die Glaver, genossen unter denen, die ihre speziellen Fähigkeiten schätzten und brauchten, einen angemessenen Ruf.

Die Hoon und die Urs hatten einen moderaten Eindruck bei den anderen Völkern hinterlassen. Zumindest kannten die Erdlinge sie schon vor der Landung und machten sich ihretwegen einige Sorgen.

Aber es heißt, dass jeder sauerstoffatmende, sternenreisende Clan mit der Gestalt der Wesen mit den Ringen vertraut ist, die hoch, dunkel und sehr fähig aufeinandergestapelt sind. Als das Traeki-Schleichschiff nach Jijo kam, haben die g'Kek nur einen Blick auf die Neuen geworfen und sich dann für mehrere Generationen versteckt gehalten. Sie verbrachten ihre Tage in Angst, bis sie erkannten, dass es sich bei diesen Wulstwesen um andere als die gewohnten handelte.

Als die Qheuen-Exilanten entdecken mussten, dass sich hier bereits Traeki aufhielten, wären sie beinahe gleich wieder gestartet, ohne erst aufgesetzt zu sein oder gar ihre Fracht ausgeladen zu haben.

Wie ist es nur möglich, dass unsere beliebten Freunde mit den Ringen unter einem solchen Ruf leiden? Und warum unterscheiden sich die Jijo-Traeki so sehr von denen, die immer noch durchs All jagen und ihren schrecklichen Namen verbreiten?

Gedanken über die Sechs, Ovoom Press,
im Jahre des Exils 1915.

Asx

Entweder haben die Eindringlinge vor, uns zu verwirren, oder aber etwas Befremdliches geht unter ihnen vor.

Zuerst erschienen uns ihre Macht und ihre Kenntnisse so, wie man das in einer solchen Situation durchaus erwarten darf: Sie standen so weit über uns, dass wir uns wie wilde Tiere vorkamen. Wie hätten wir es je wagen dürfen, unser bescheidenes Wissen und unsere einfachen Werkzeuge mit ihren unbeschreiblichen, unaufhaltsamen Maschinen, ihren Heilkünsten und vor allem der Klugheit ihrer bohrenden Fragen über das Leben auf Jijo zu vergleichen? Ihre Belesenheit lässt auf gigantische und gründliche Dateien schließen, die ihnen zur Verfügung stehen müssen. Und darin befinden sich bestimmt haufenweise Unterlagen über die letzte Untersuchung dieser Welt – vor einer Million Jahren.

Und dennoch ...

Die Invasoren scheinen nichts über Lorniks oder Zookirs zu wissen.

Sie können ihre Aufregung nicht verbergen, wenn sie ihre Glaver-Proben untersuchen und sich dann so anstellen, als hätten sie eine ungeheure Entdeckung gemacht.

Und über die Schimpansen lassen sie ebenso unsinnige wie befremdliche Bemerkungen fallen.

Jetzt wollen sie auch noch alles über die Mulch-Spinnen wissen. Sie stellen Fragen, die selbst dieser in diesem Punkt wenig gebildete Stapel von bunten Ringen beantworten könnte. Selbst wenn all unsere Ringe der Weisheit fortgevlennt würden und mir/uns nur noch Instinkt und Erinnerung blieben, vermöchten wir auf die Fragen der Piraten Antwort zu geben.

Das Siegel der Großen Bibliothek fehlte auf dem Bug des

großen Schiffes, das die schwarze Station hiergelassen hat. Anfangs glaubten wir, sein Nichtvorhandensein zeige an, dass es sich bei diesen Leuten um Kriminelle handele. Gerade das Fehlen beweise doch, in welcher Scham vor ihren Untaten diese Menschen lebten.

Aber jetzt sind wir uns da nicht mehr so sicher. Könnte es sein, dass das Nichtvorhandensein des Symbols etwas anderes zu bedeuten hatte? Etwas völlig anderes?

Sara

Von Engrils Laden am Pimmin-Kanal war es nur ein Katzensprung zu der Klinik, in die Pzora gestern den Fremden gebracht hatte. Die Kopiermeisterin hatte zugesagt, sich dort mit ihr zu treffen und Bloor, den Porträtisten, mitzubringen. Vielleicht war Saras Idee ja verrückt oder undurchführbar, aber es gab keinen besseren Zeitpunkt und keine geeignetere Person, Ariana Foo mit dem Vorschlag anzugehen als jetzt.

Außerdem musste eine Entscheidung getroffen werden. Auch wenn die Omen nicht gerade günstig waren.

Die Abgesandten des Dorfes Dolo hatten sich vergangene Nacht in einer Kneipe nahe dem Urs-Viertel versammelt, um untereinander auszutauschen, was jeder Einzelne herausgefunden hatte, seit die *Hauph-woa* im Hafen vor Anker gegangen war.

Sara hatte einen Abzug vom Bericht der Weisen, frisch aus dem Kopierladen, herumgereicht und erwartet, dass den anderen die Spucke wegbleiben würde. Aber mittlerweile war bereits selbst Pzora im Großen und Ganzen über alles informiert gewesen.

»Ich sehe drei Möglichkeiten für uns«, sagte der breitstirnige Bauer Jop und trank aus einem großen Humpen saure Buttermilch: »Erstens, der ganze Bericht ist eine Lüge, so groß wie das Heilige Ei. Das Schiff stammt in Wahrheit doch von den großen Instituten, und über uns wird, wie es schon in den Schriften steht, Gericht gehalten. Die Weisen verbreiten diese Geschichte von den Banditen, um den Bürgerselbstschutz zusammenzutrommeln und alles für einen großen Kampf vorzubereiten.«

»Aber das ist doch absurd!«, rief Sara dazwischen.

»Tatsächlich? Warum sind denn dann alle Milizkompanien alarmiert worden? Warum üben sich in jedem Dorf die Menschen an den Waffen, jagen Urs-Schwadronen über die Steppe und ölen die Hoon ihre Katapulte, als wollten sie ein Sternenschiff mit Steinen vom Himmel holen?« Er schüttelte den Kopf. »Was, wenn die Weisen sich tatsächlich einbilden, wir könnten erfolgreich Widerstand leisten? Es wäre schließlich nicht das erste Mal, dass irgendwelche Anführer sich in den Wahnwitz geflüchtet haben, als sich das Ende der Tage ihrer jämmerlichen Macht näherte.«

»Aber was ist mit diesen Bildern hier?«, fragte der Schrifttänzer Fakoon. Der g'Kek deutete auf eine von Engrils Reproduktionen, auf der zwei Menschen in einteiligen Anzügen zu sehen waren, die beide auf das blickten, was ihnen neu war, und die dennoch etwas Bedeutsames im Blick hatten.

Jop zuckte mit den Achseln. »Bei Licht betrachtet ist das doch eine Farce. Was sollten Menschen hier draußen verloren haben? Als unsere Vorfahren die Erde auf einem altersschwachen Kahn aus dritter Hand verlassen haben, gab es nicht einen menschlichen Wissenschaftler, der dessen Funktionsweise verstanden hätte. Unsere Leute zuhause konnten in zehntausend Jahren noch nicht zum galaktischen Standard aufschließen.«

Sara verfolgte, wie Schere und der Hoon-Kapitän überrascht aufblickten. Natürlich war das, was Jop über die irdische Technologie zur Zeit des Aufbruchs gesagt hatte, kein Geheimnis, aber dennoch schien es den beiden schwerzufallen, das zu glauben.

Auf Jijo galten die Erdlinge als die Techniker schlechthin, die auf alle entsprechenden Fragen eine Antwort parat hatten.

»Und wer würde einen ssso gemeinen Betrug verüben wollen?«, fragte Ulgor und senkte den konischen Schädel. Sara erkannte die aggressive Anspannung, die von der Körperhaltung der Urs ausging, und dachte *Oh-oh!*

Der Bauer lächelte breit und allwissend. »Tja, vermutlich hat irgendeine Gruppe ihre Gelegenheit gesehen und gleich ergriffen, wie sich unsere Ehre besudeln lässt und man gleichzeitig eine letzte Chance wahrnehmen kann, vor dem Tag des Jüngsten Gerichts mit dem einen oder anderen eine Rechnung zu begleichen.«

Die Menschen und die Urs sahen sich jetzt an, und beide Seiten zeigten ihre Zähne – sowohl bei der einen wie auch bei der anderen Spezies ein Signal, das einerseits als Grinsen und andererseits als Drohung ausgelegt werden konnte.

Zum ersten Mal begrüßte Sara die Krankheit, die nahezu alle Rewq befallen und dazu verleitet hatte, sich zusammenzurollen und den Winterschlaf anzutreten. Keine Geste hätte mehr so oder so interpretiert werden können, könnten die Symbionten noch das übertragen, was wirklich in den Herzen von Jop und Ulgor geschrieben stand.

In diesem angespannten Moment fuhr ein rosafarbener Dampfstrahl zwischen die beiden und verbreitete sich klebrig und süß. Der Bauer und die Urs zogen sich fluchtartig in entgegengesetzte Richtungen zurück und hielten sich Nase – beziehungsweise Nüstern – zu.

»Huch. Ich drücken Bedauern deswegen aus. Der Verdauungsring dieses Stapels weiterhin aufnehmen, verarbeiten und ausstoßen die Reichheit von geschätzter hoonscher Schiffsfracht.«

Der Kapitän der *Hauph-woa* entgegnete daraufhin freundlich: »Wie schön für dich, Pzora. Doch kehren wir jetzt lieber zum

Thema zurück. Die Frage steht immer noch im Raum, welche Nachricht wir zum Dorf Dolo und an die anderen Siedlungen am Oberlauf des Roney senden. Ich wende mich also an Jop und frage ihn … Hrrrm … Warum gehen wir nicht einmal davon aus, dass eine viel einfachere Lösung vorliegt? Nach der nämlich die Weisen uns nicht hinters Licht führen wollen?«

Jop hustete zwar immer noch von dem streng riechenden Rauch, ließ sich ansonsten aber nicht beirren. »Ich komme damit zu Möglichkeit zwei. Und die besagt, dass man uns auf die Probe stellen will. Der Große Tag ist endlich gekommen, aber die edlen Galaktiker sind sich noch nicht ganz schlüssig, was sie mit uns anfangen sollen. Es wäre doch vorstellbar, dass die Institute einige menschliche Schauspieler engagiert haben, die uns hier etwas vorspielen sollen. Damit gewährt man uns die Chance, die Waagschale zu beeinflussen, entweder zu unseren Gunsten, indem wir das Richtige tun, oder zu unseren Ungunsten, indem wir das Falsche wählen.

Kurz gesagt, wir sollten den Gemeinden am Fluss den guten Rat schicken, mit der Zerstörung so fortzufahren, wie es in den alten Texten geschrieben steht.«

Klinge, der junge Qheuen-Delegierte, stellte sich auf seine drei Hinterbeine, hob den blauen Rückenpanzer und sprudelte gleich so ungestüm los, dass von seinem Englik nichts zu verstehen war. Notgedrungen stieg er auf Galaktik Zwei um.

»Wahnsinn aus Worten deinen sprechen! Wie du können vorschlagen etwas so Blödsinniges/Abartiges/Dummbeuteliges? Unser mächtiger/wunderbar anzusehender/phantastisch riechender Damm sollen werden eingerissen? Zu welchem Zweck, wenn sein unser illegaler Aufenthalt auf Jijo längst bekannt?«

Auch davon ließ sich der Bauer nicht erschüttern. »Richtig, wir können das Verbrechen unserer Kolonisation nicht mehr verbergen. Aber uns bleibt immer noch die Möglichkeit, die Spuren unserer Untat von dieser geschundenen Welt zu tilgen.

Indem wir unseren guten Willen demonstrieren, dürfen wir vielleicht auf Gnade vor Recht hoffen.

Was wir jedoch unter keinen Umständen tun dürfen – und ich gebe damit meiner großen Befürchtung Ausdruck, dass die Weisen sich für dumm verkaufen lassen –, ist, diesen Neuankömmlingen, die sich als Genpiraten ausgeben, eine Zusammenarbeit anzubieten. Weder ihnen Dienste zu leisten noch sie zu bestechen versuchen; denn das gehört sicher zu dem Plan, uns zu testen.«

Ulgor schnaubte verächtlich. »Und wie sssteht esss mit Möglissskeit drei? Wasss, wenn diessse Mensssssssen sssisss dosss alsss Halunken entpuppen?«

Jop zuckte nur überlegen mit den Achseln. »Dadurch würde sich rein gar nichts ändern. Wir sollten dann immer noch passiven Widerstand leisten, uns aufs Land zurückziehen und damit fortfahren, all unser Tun niederzureißen …«

»Und die Bibliothek in Brand zu stecken!«, entfuhr es Sara. Der Vertreter der Fundamentalisten warf ihr einen kurzen Blick zu und nickte knapp.

»Die muss als Allererstes an der Reihe sein. Denn die Bibliothek ist die Wurzel unserer Eitelkeit, mit der wir uns in grenzenloser Selbstüberschätzung vormachen, wir seien zivilisiert.« Er verwies mit ausgestrecktem Arm auf die alte Buyur-Kammer, die man in eine Kneipe verwandelt hatte. Die rußgeschwärzten Wände waren mit Speeren, Schilden und anderen Überbleibseln der blutigen Belagerung der Stadt Tarek behangen. »Zivilisiert!«, lachte Jop auf. »Wir sind nicht besser als Papageienzecken, indem wir Dinge nachplappern, von denen wir nichts verstehen, und auf lachhafte Weise die Art der Mächtigen nachzuahmen versuchen. Wenn tatsächlich Piraten auf dieser Welt erschienen sind, können solche Eitelkeiten uns nur in unserer Fähigkeit behindern, uns zu verkriechen.

Unsere einzige Chance zu überleben besteht darin, mit den

Tieren Jijos eins zu werden. So unschuldig zu werden, wie es die Glaver in ihrer gesegneten Errettung geworden sind.

Diese Errettung hätten wir längst haben können, wenn nicht eine bestimmte Clique von Menschen uns mit ihrem sogenannten Druckverfahren verdorben hätte!«

Der Bauer zuckte mit den Achseln, um anzuzeigen, dass er sich dem Ende seiner Ansprache näherte.

»Ihr seht also, es spielt überhaupt keine Rolle, ob es sich bei den Besuchern um vornehme Gesandte des Instituts für Migration handelt oder um die elendsten Schurken, die das All unsicher machen. Was immer sie sein mögen, sie stellen unser Gericht dar, das nun endlich über uns gekommen ist. Uns bleibt in jedem Fall nur eines zu tun.«

Sara konnte darüber nur den Kopf schütteln und bemerkte schließlich: »Du hörst dich immer mehr wie Lark an.«

Jop verstand die Ironie nicht. Seit dem Tag, an dem das donnernde, Entsetzen verbreitende Gespenst über die drei Höfe gefahren war und am Himmel Spuren von Lärm und Hitze hinterlassen hatte, war er stündlich radikaler und uneinsichtiger in seinem Fundamentalismus geworden.

»Das ist eine schlimme Entwicklung«, sagte Klinge später am selben Abend zu Sara, nachdem sich der Bauer auf den Weg zu Freunden und Gesinnungsgenossen gemacht hatte. »Er ist so selbstgerecht und lässt keinen Zweifel mehr an seiner Sache zu – so wie eine Graue Königin, die unerschütterlich an die Richtigkeit ihrer Sache glaubt.«

»Selbstgerechtigkeit ist eine Krankheit, die keine Spezies verschont, mit Ausnahme der Traeki«, bemerkte Fakoon dazu und richtete zwei Augenstiele auf Pzora. »Dein Volk kann sich glücklich preisen, vom Fluch der Egozentrik verschont geblieben zu sein.«

Der Apotheker von Dolo seufzte leise. »Wir bitten euch

dringend, liebe Kameraden, keine voreiligen Schlussfolgerungen zu ziehen. Auch wir haben einst diesen Charakterzug besessen, dessen Bruder der Ehrgeiz ist. Sich seiner zu entledigen bedeutete für uns leider auch, einige unserer größten Talente und mit ihnen unsere feinsten Ringe zu verlieren. Das war für meine Vorfahren sicher kein leichtes Unterfangen.

Was wir am meisten fürchten, wenn wir wieder in Kontakt mit den Galaktikern geraten sollten, ist etwas, was ihr anderen Spezies vielleicht nicht so recht verstehen könnt. Wir haben Angst davor, ein Angebot unterbreitet zu bekommen, dem wir nicht widerstehen können:

Nämlich wieder komplett gemacht zu werden.«

In der Klinik bewegte man sich vornehmlich zu Rad fort. Und damit waren nicht nur die g'Kek-Ärzte, sondern auch die Patienten auf ihren Rollstühlen oder Liegen gemeint. Die vielen Traeki-Pharmazeuten fuhren auf Skateboards und kamen damit deutlich rascher voran, als wenn sie sich allein auf ihre Basissegmente verlassen hätten. Kein Wunder, dass die Ebenheit des Stadtlebens zumindest zwei Spezies unter den Sechsen sehr zusagte.

Das Zimmer des Fremden lag im fünften Stock, und von dort hatte man einen wunderbaren Ausblick auf den Zusammenfluss von Roney und Bibur. Die beiden Fähren lagen zurzeit angedockt unter den Tarnnetzen und verkehrten nur noch nachts, weil die Milizkommandantur gedroht hatte, sie sofort in Brand zu stecken, wenn sie sich bei Tageslicht blicken lassen sollten.

Am Morgen war eine Nachricht von der Versammlungslichtung gekommen, die dieses Vorgehen bestätigte. Die Weisen wollten nicht, dass die Technologie der Gemeinschaften unnötig zur Schau gestellt werde. Aber sie erklärten auch: *Nichts zerstören. Alles verstecken.*

Diese Botschaft trug nur noch mehr zur Verwirrung der Bürger bei. War der Tag des Gerichts nun gekommen oder nicht? Überall in der Stadt konnte man erregte Debatten hören.

Wir brauchen ein gemeinsames Ziel, das uns wieder eint, dachte Sara, *sonst trennen wir uns wieder in Haut und Fell, in Panzer und Speiche.*

Ein Traeki-Krankenpfleger führte Sara in das Privatzimmer, in dem man den Fremden untergebracht hatte. Als sie eintrat, sah der dunkelhaarige Mann auf und lächelte, weil er sich offensichtlich freute, sie wiederzusehen. Er legte den Stift und den Block beiseite. Sara schaute kurz darauf und erkannte die Szenerie, wie man sie bei einem Blick aus dem Fenster zu sehen bekam: eine der beiden Fähren, gezeichnet mit hervorgehobenen Konturen und leichter Schattierung als Hintergrund. An der Wand hing ein weiteres Bild. Es stellte das Konzert auf dem Heck der *Hauphwoa* dar und hob den sanften Moment des Interludiums inmitten des Sturms der Krise hervor.

»Danke, dass du gekommen bist«, sagte eine ältere Frau mit eingefallenen Wangen, die sich neben dem Bett des Fremden befand. Sie saß in einem Rollstuhl, hatte sich eine Decke über die Beine gelegt und wirkte trotz der blauen Augen im ersten Moment wie ein g'Kek. »Wir haben einige Fortschritte erzielt, aber bei einigen Tests wollte ich lieber warten, bis du hier bist.«

Sara fragte sich, warum sich ausgerechnet Ariana Foo für den Verletzten interessierte. Da Lester Cambel und die anderen Weisen sich auf der Lichtung befanden, war sie jetzt der ranghöchste Gelehrte auf dieser Seite von Biblos. Man hätte doch annehmen sollen, dass sie in diesen Zeiten Wichtigeres zu tun hatte, als sich den klugen Kopf über die Herkunft des Fremden zu zerbrechen.

Der behandelnde Arzt, ein g'Kek, machte sich bemerkbar und sprach mit sanfter, kultivierter Stimme.

»Zuerst musst du uns bitte sagen, ob dir noch irgendetwas in Bezug auf den Patienten eingefallen ist. Vielleicht einige Kleinigkeiten, als du ihn mit seiner verbrannten und zerrissenen Kleidung aus dem Sumpf gezogen hast?«

Sara schüttelte den Kopf.

»Hast du denn nichts von seinen Kleidern retten können?«

»Er trug doch nur noch ein paar Fetzen am Leib. Die haben wir entfernt und fortgeworfen, als wir seine Wunden behandelten.«

»Die Stücke sind doch sicher in einer der Abfalltonnen gelandet, oder?«, fragte er mit neu aufkeimender Hoffnung. »Und diese Fässer befinden sich doch sicher noch an Bord der *Hauphwoa,* nicht wahr?«

»Er trug weder Schnallen noch Knöpfe noch sonst etwas Auffälliges, wenn du das meinst. Die Stofffetzen haben wir ordnungsgemäß in die Wiederverwertung gegeben. Das heißt, sie sind direkt in den Textilienzerstampfer im Werk meines Vaters gewandert. Hätten sie uns denn irgendwie weiterhelfen können?«

»Möglicherweise«, antwortete die ältere Frau mit unüberhörbarer Enttäuschung. »Wir müssen eben alles in Betracht ziehen.«

Der Fremde hatte die Hände in den Schoß gelegt, und sein Blick wanderte zwischen den Diskutanten hin und her, als begeistere ihn weniger die Wahl der Worte als vielmehr der Klang derselben.

»Kannst du …« Sara schluckte und konnte dem Arzt nicht ins Gesicht sehen, »kannst du denn irgendetwas für ihn tun?«

»Das bleibt abzuwarten«, antwortete der g'Kek. »Die Brandwunden und die Quetschungen heilen ausgezeichnet. Aber selbst unsere besten Salben und Tinkturen helfen wenig gegen die strukturellen Schäden, die unser Gast davongetragen hat. Unser geheimnisvoller Freund hier hat nämlich einen Teil seines linken Gehirnlappens verloren. Es sieht beinahe so aus, als habe ihm ein grässliches Raubtier das Stück herausgerissen. Ich glaube, du weißt, dass sich in diesem Teil des menschlichen Gehirns das Sprachzentrum befindet.«

»Gibt es denn keine Möglichkeit …«

»Das verlorene Zentrum wiederherzustellen?« Der g'Kek kreuzte zwei Augenstiele, bei dieser Spezies das Äquivalent für das menschliche Achselzucken. Aus begreiflichen Gründen ahmten die anderen Exilanten in dieser Hinsicht eher die Erdlinge als die Räderwesen nach. »Wenn er noch ein Kind oder eine Frau wäre, könnte man das Sprachvermögen in der rechten Gehirnhälfte aktivieren. Bei einigen Patienten, die einen Schlaganfall erlitten haben, ist so etwas schon gelungen. Bei erwachsenen Männern ist so etwas jedoch kaum möglich, denn bei ihnen sind die Gehirne zwar größer, die Hälften aber rigider voneinander getrennt.«

Wenn man dem Fremden ins Gesicht sah, konnte man sich leicht vom Leuchten in seinen Augen täuschen lassen. Er lächelte fröhlich und unverbindlich, als würde man nicht über seinen Defekt, sondern über das Wetter reden. Seine offenbar angeborene Freundlichkeit drohte Sara das Herz zu zerreißen.

»Dann können wir also nichts mehr für ihn tun?«

»Höchstens in der Galaxis.«

Der Arzt gebrauchte einen alten Ausdruck, der auf dem Hang zum geflügelten Wort für Situationen geworden war, bei denen man an seine Grenzen stieß und nicht mehr so recht weiterwusste.

»Es gäbe da vielleicht noch eine Möglichkeit. Allerdings nicht hier …«

Etwas Eigenartiges schwang im Tonfall des g'Kek mit. Er hatte alle vier Augenstiele nach innen gerichtet. Das entsprach in etwa der menschlichen Geste, sich angelegentlich seine Fingernägel zu betrachten und darauf zu warten, dass ein anderer es aussprach.

Sara warf einen Blick auf Ariana, die eine gefasste Miene machte. Nein, weniger gefasst als verschlossen.

»Das könnt ihr doch nicht im Ernst vorhaben!«, rief die Tochter des Papiermachers.

Die Weise schloss kurz die Augen. Als sie sie wieder öffnete, leuchtete der Mut der Verzweiflung in ihnen.

»Es heißt, die Invasoren seien eifrig dabei, die öffentliche Meinung in ihrem Sinne zu beeinflussen. Und zwar zögen sie Exilanten auf ihre Seite, indem sie den Kranken und Leidenden mit Medizinen, Mixturen und Wunderheilungen neue Hoffnung gäben. Schon jetzt sind ungenehmigte Pilgerzüge von Lahmen und Kranken von Tarek und anderen Orten zur Lichtung unterwegs. Sie humpeln und mühen sich die harten Wege hinauf und werden allein von der verzweifelten Suche nach Heilung angetrieben.

Ich muss gestehen, dieser Gedanke hat mich auch schon gestreift.« Sie hob einen ihrer dürren Arme. »Viele werden auf diesen Zügen sterben, aber wer möchte nicht ein solches Risiko eingehen, wenn ihm dafür die Hoffnung winkt?«

»Ihr glaubt also, die Eindringlinge könnten ihm helfen?«, fragte Sara nach einer Pause.

Ariana blies die Wangen auf und pustete aus – so wie es die Hoon taten, wenn sie so etwas wie ein Achselzucken von sich gaben. »Wer weiß? Offen gesagt, ich glaube, nicht einmal die Galaktiker könnten einen solchen Schaden beheben. Aber möglicherweise wissen sie etwas, mit dem diesem armen Kerl weitergeholfen werden kann.

Allerdings hat das Unternehmen nur einen Sinn, wenn sich mein Verdacht als falsch erweist.«

»Was meinst du damit?«

»Dass unser Freund hier kein Wilder ist.«

Sara starrte sie erst verwirrt an, blinzelte dann und rief schließlich: »Bei Jafalls!«

»Genau«, nickte Ariana. »Ich denke, wir sollten schleunigst herausfinden, ob uns dieser Gast wirklich von der Göttin des Wandels und des trügerischen Glücks beschert worden ist.«

Sara war wie gelähmt. Während die Alte in ihrer Tasche herumkramte, fasste sie sich langsam und dachte: *Das muss der Grund dafür sein, dass jedermann große Ehrfurcht für Ariana empfand, als sie vor Lester die oberste menschliche Weise war. Schließlich sagt man doch, Genie sei nur das Vermögen, das Offensichtliche zu sehen. Ariana hat mir gerade bewiesen, dass da etwas dran ist.*

Verdammt, wie konnte ich nur so blind sein?

Die Gelehrte zog einige Blätter aus der Tasche, die aus Engrils Kopieranstalt stammten. »Ich habe mir schon überlegt, ob wir nicht einen Sensitiven hinzubitten sollten. Aber wenn das, was ich vermute, wahr ist, sollten wir die Geschichte tunlichst unter der Decke halten. Deswegen belassen wir es auch dabei zu verfolgen, wie er jetzt gleich reagiert. Bedenkt bitte, dass er zurzeit vermutlich der Einzige in ganz Tarek ist, der diese Kopien noch nicht zu Gesicht bekommen hat. Nun seid bitte still, und gebt gut acht.«

Sie beugte sich vor, und er sah aufmerksam zu, wie sie ihm eines der Blätter aufs Bett legte.

Er nahm das Papier in die Hand, hob es langsam hoch, und im selben Maße verging sein Lächeln. Seine Fingerspitze fuhr an den Linien entlang. Auf der Kopie waren Berge zu sehen, die ein schüsselförmiges Tal umgaben, dessen Boden von umgeknickten Bäumen übersät war. Sie waren wie ein Nest für einen Riesenvogel angeordnet, den Sara zum ersten Mal erblickt hatte, als er über ihr Dorf dahingejagt war.

Die Fingerspitze zuckte, sein Lächeln war fort, und auf seiner Miene breiteten sich Verwirrung und Angst aus. Sara hatte den Eindruck, dass er sich krampfhaft an etwas zu erinnern versuchte. Offenbar kam das Schiff ihm irgendwie bekannt vor, und wahrscheinlich wusste er mehr darüber als jeder andere in diesem Raum.

Der Fremde hob schließlich den Kopf. In seinen Augen leuchteten Schmerz und Fragen, die er nicht zu stellen vermochte.

»Was besagt das schon?«, rief Sara, während in ihrem Innern bereits die Antwort brodelte.

»Dass der Anblick des Schiffes ihn beunruhigt«, antwortete Ariana.

»So würde es jedem Mitglied der Sechser-Gemeinschaft gehen«, erwiderte die Tochter des Papiermachers.

Die Alte nickte. »Ich hatte eigentlich mit einer anderen Entgegnung gerechnet.«

»Du glaubst, er gehört zu ihnen, nicht wahr? Du bist der Ansicht, er sei mit irgendeinem Flugapparat irgendwo in den Sümpfen östlich von Dolo bruchgelandet … Du denkst, er ist ein Galaktiker, einer von den Piraten!«

»Wenn man den Zeitpunkt bedenkt, an dem er zu uns gekommen ist, drängt sich diese Hypothese doch geradezu auf. Die anderen Umstände bestätigen sie nur noch: Ein Mann, der hier noch nie gesehen worden ist, steckt in einem feuchten Sumpf und hat *Brandwunden*. Darüber hinaus weist er eine Kopfverletzung auf, wie sie hier noch kein Arzt je gesehen hat.

Aber gut, präsentieren wir ihm noch ein Bild.«

Die nächste Kopie zeigte dasselbe Tal, aber statt des Schiffes war nun das zu sehen, was die Weisen »Forschungsstation« nannten und das offensichtlich dazu diente, die Lebensformen auf Jijo zu analysieren.

Der Fremde starrte auf die schwarze Station, zeigte wieder Furcht und schien doch auch etwas beeindruckt zu sein.

Nach einer Weile legte Ariana ihm das Bild vor, auf dem die beiden Invasoren zu erkennen waren, die so selbstgefällig dreinblickten. Das Paar, das hunderttausend Lichtjahre weit geflogen war, um hier zu rauben und zu plündern.

Diesmal keuchte der Mann laut und vernehmlich. Er starrte die beiden entsetzt an und berührte mit der Fingerspitze die Symbole auf ihren einteiligen Anzügen. Man musste kein Sensitiver sein, um die Verzweiflung in seiner Miene zu erkennen.

Der Fremde stieß einen undefinierbaren Schrei aus, zerknüllte das Blatt, warf es in die entfernteste Ecke des Zimmers und bedeckte die Augen mit einem Arm.

»Interessant«, murmelte Ariana. »Höchst interessant.«

»Ich verstehe noch nicht«, seufzte der Arzt. »Bedeutet das nun, dass er von auswärts kommt, oder was?«

»Ich fürchte, es ist noch zu früh, das eindeutig zu beantworten.« Die Alte schüttelte den Kopf. »Gehen wir einfach mal davon aus, dass er aus den Fünf Galaxien stammt. Wenn die Verbrecher nur gelandet sind, um einen verirrten Kumpanen aufzulesen, könnte es sich für uns doch als Vorteil erweisen, wenn wir ihn ihnen zum Tausch anbieten …«

»Einen Moment mal!«, platzte es aus Sara heraus, aber Ariana fuhr schon fort, laut zu denken.

»Seine Reaktion lässt hingegen darauf schließen, dass er nicht allzu erpicht darauf ist, mit diesen Leuten wieder zusammenzukommen. Ob es sich womöglich um einen ihrer Feinde handelt, der vor ihnen geflohen ist? Dass er sich der Gefangenschaft durch Flucht entziehen konnte, dass man ihm vielleicht sogar nach dem Leben trachtet? Dass er einen Tag vor den Piraten hier niedergegangen ist … Wie ironisch, nicht wahr, dass er sich gerade eine solche Verletzung zuziehen musste, hindert sie ihn doch daran, irgendetwas von sich zu geben … Ich frage mich, ob sie ihm das vielleicht angetan haben … Früher haben die barbarischen Könige auf der Erde einem Feind gern die Zunge herausgerissen … Wie schrecklich, wenn sich das als wahr erweisen sollte!«

Die Unmenge der Möglichkeiten, die die Gelehrte herunterratterte, betäubte Sara, und sie wusste nicht, was sie dazu sagen sollte. Ein längeres Schweigen setzte ein, bis der Arzt das Wort ergriff.

»Deine Spekulationen sind ebenso fesselnd wie furchtbar, alte Freundin. Dennoch muss ich dich bitten, meinen Patienten nicht weiter zu ängstigen.«

Aber Ariana achtete gar nicht darauf, sondern fuhr langsam

nickend damit fort, laut zu denken. »Ich glaube, wir sollten ihn gleich hinauf zur Lichtung schicken. Vubben und die anderen können dann entscheiden, was mit ihm anzufangen ist.«

»Was? Ich werde niemals zulassen, einen so schwer Verletzten über eine solche Entfernung zu transportieren!«

»Wenn wir ihn dann der Behandlung der Galaktiker übergeben, würden wir eine hübsche Synergie erhalten, in der sich Pragmatismus mit Freundlichkeit paart.«

Die Sprachklappe des g'Kek öffnete und schloss sich, ohne dass ein Laut nach außen drang. Seine Augenstiele hoben und senkten sich, während er über Arianas Worte nachdachte. Schließlich zog er sie unbefriedigt zusammen.

Die Weise im Ruhestand seufzte. »Aber ich fürchte, es ist müßig, das weiter ins Auge zu fassen. Nach dem, was wir soeben erlebt haben, dürfte unser Gast erhebliche Einwände dagegen haben, zu den Piraten gebracht zu werden.«

Sara wäre fast geplatzt und hätte der Alten am liebsten gesagt, wohin sie sich ihre Ideen stecken könne und dass sie endlich damit aufhören sollte, über den Kopf des armen Patienten hinweg irgendwelche Entscheidungen zu treffen. Aber dann senkte der Fremde einen Arm, sah die beiden Frauen an und nahm eines der Bilder in die Hand.

»Gehhhnnn …« Er schluckte, und seine Stirn verzog sich vor angestrengtem Bemühen.

Alle drei starrten ihn an. Der Verwundete hielt ihnen das Bild hin. Darauf war das Sternenschiff in seinem Nest aus umgeknickten Bäumen zu sehen. Er tippte mit dem Zeigefinger darauf.

»G-g-g-hhhnnn!«

Er sah Sara flehentlich an, und seine Stimme senkte sich zu einem Flüstern:

»Gehen. Da.«

Danach standen Saras Einwände natürlich nicht mehr zur Debatte.

Aber ich fahre nicht mit dem nächsten Schiff nach Dolo zurück. Wenn wir zu den Fremden gehen, dann bin ich dabei!

Armer Vater. Er hat sich immer gewünscht, eine Schar von kleinen Papiermachern großzuziehen. Und was ist daraus geworden: Jeder der Erben seiner Papiermühle eilt in eine andere Gefahr, und zwar so schnell ihn seine Beine tragen können!

Engril und Bloor trafen ein und brachten Geräte und Apparate aus der Kopieranstalt mit.

Bloor war ein kleiner und hellhäutiger Mann, dem die blonden Locken bis über die Schultern fielen. Seine Hände waren fleckig von der jahrelangen Arbeit mit den Emulsionen und anderen Flüssigkeiten, die er für die Ablichtungsverfahren herstellen musste. Er trug eine Metallplatte, die so groß wie seine Handfläche war. Auf ihr glänzten scharf konturierte Linien und Eindrücke. Von einem bestimmten Winkel aus gesehen verbanden sich die mit Säure eingeätzten Muster zu scharfen Profilen von Licht und Schatten.

»Das nennt man den Daguerre-Prozess«, erklärte er. »Im Grunde eine ziemlich simple Technik zur Herstellung dauerhafter Abbilder. Eine der ersten von den Wölflings-Erdmenschen entwickelten Fotografiemethoden. So steht es zumindest in unseren Nachschlagewerken. Heute benutzen wir sie nicht mehr für Porträts, weil es mit Papier billiger und schneller geht.«

»Und Papier zerfällt natürlich auch viel schneller«, fügte Ariana hinzu. Sie drehte die Platte in den Händen. Auf dem Metall war eine ursische Kriegerin von hohem Rang zu erkennen, die sich in Pose gestellt und sich ihre beiden Ehemänner auf den Rücken gesetzt hatte. Die Generalin hatte sich den Hals mit bunten Zickzackstreifen bemalt und hielt eine Armbrust, als wiege sie ihre liebste Geruchstochter.

»Richtig«, bestätigte der Künstler. »Das feine Papier, das Saras

Vater herstellt, zerfällt garantiert innerhalb eines Jahrhunderts und hinterlässt keine Spuren, die uns späteren Generationen verraten könnten. Diese Daguerreotypie gehört zu den wenigen, die nicht zur Abfallverwertung auf die Mitteninsel geschickt wurden, seit unsere gestärkten Gemeinschaften dem Gesetz mit größerem Respekt begegnen. Ich besitze jedoch eine Sondererlaubnis, dieses wunderbare Beispiel der alten Kunst behalten zu dürfen. Seht nur, wie fein die Details herauskommen. Die Ablichtung stammt aus dem Dritten Ursischen Krieg der Menschen und zeigt eine Häuptlingin der Sool-Stämme. Ihre Tätowiernarben weisen sie als Generalin aus. Wie deutlich sie zu erkennen sind! So frisch und klar wie der Tag, an dem das Bild gemacht wurde.«

Sara beugte sich vor, und Ariana reichte ihr die Platte. »Ist dieses Verfahren seitdem noch mal auf Jijo verwendet worden?«

Bloor nickte. »Jedes Mitglied meiner Zunft schafft als Gesellenstück eine Daguerreotypie. Fast alle werden danach auf die Insel geschickt oder in eine Schmiede gebracht, um eingeschmolzen zu werden. Doch die Technik ist durchaus noch bekannt.« Er hob seinen Beutel und schüttelte ihn leicht. Klirren von Flaschen ertönte. »Ich habe genug Säure und Fixativ dabei, um einige Dutzend Platten behandeln zu können. Von diesen selbst besitze ich allerdings nur noch etwa zwanzig. Wenn wir mehr benötigen, müssen wir sie in der Stadt Ovoom oder bei einem der Vulkanschmiede bestellen.«

Sara spürte, wie ihr jemand auf die Schulter tippte. Sie drehte sich um und sah, dass der Fremde eine Hand ausstreckte. Als sie ihm die Platte gegeben hatte, zog er mit einem Finger die feinen Linien nach.

Da sie nun Arianas Theorie mehr oder weniger verarbeitet hatte, erschien ihr alles, was der Verwundete tat, in einem neuen Licht. Lachte er vielleicht über die Primitivität dieser fotografischen Technik, oder drückte sein Lächeln Begeisterung darüber aus, wie wunderbar dieses Verfahren war? Oder amüsierte er sich am Ende königlich über das Aussehen der Kriegerin? Womöglich hatte er keine Ahnung, dass die Lanzen und Bögen der Urs-Kriegerinnen vor zehn Generationen die Geißel der Menschen gewesen waren, damals im Großen Heroischen Krieg?

Ariana rieb sich das Kinn. »Zwanzig Platten. Wenn nur jede zweite Aufnahme etwas wird …«

»Eine großzügige Schätzung, verehrte Weise, denn diese Technik erfordert eine lange Belichtungszeit.«

Die Gelehrte grunzte. »Dann meinetwegen ein halbes Dutzend brauchbare Bilder. Und wir müssen ein paar davon den Schurken aushändigen, damit sie unsere Drohung ernst nehmen!«

»Man könnte doch Kopien anfertigen«, wandte Engril ein.

»Nein, keine Kopien«, entgegnete Sara. »Nur Originale. Sie sollen annehmen, dass wir jede Menge davon haben. Die Frage ist nur: Halten diese Bilder eine Million Jahre?«

Der Künstler blies eine lange Strähne aus seinem Gesicht, und aus seiner Kehle löste sich ein leises Würgen, das man sonst nur als das Seufzen eines Qheuen kannte. »Bei idealen Lagerungsbedingungen … dieses Metall produziert eine Oxidschutzschicht …« Unvermittelt lachte er nervös. »Du meinst das doch nicht wirklich ernst, oder? Bloß zu bluffen ist eine Sache, und wir befinden uns in einer so verzweifelten Lage, dass wir nach jedem Strohhalm greifen … Aber glaubst du wirklich, wir könnten irgendwo Beweise deponieren, bis die nächste galaktische Kontrollkommission hier eintrifft?«

Der Arzt drehte zwei Augenstiele, bis sie in entgegengesetzte Richtungen blickten. »Es will mir so scheinen, als hätten wir eine ganz neue Ebene der Häresie erreicht.«

Asx

Langsam kommt es mir wie ein Fehler vor, dass wir so viel Mühe darauf verwendet haben, die PSI-Kräfte unter den Sechsen zu unterdrücken.

Während des langen Jahrtausends unseres gemeinsamen Exils schien uns das die vernünftigste Lösung zu sein. Bestand nicht unsere wichtigste Aufgabe darin, unbemerkt zu bleiben? Wir hatten nur solche Bauwerke errichtet, die in Harmonie mit der Natur standen, und den Rest dem Gesetz vom reziproken Quadrat überlassen.

Aber mit den PSI-Kanälen verhält es sich anders. Sie sind nonlinear und vielleicht auch bloße Spinnerei. So steht es jedenfalls in den Büchern der Menschen. Allerdings wird dort auch zugegeben, dass die Erdlinge (jedenfalls zum Zeitpunkt des Aufbruchs der Exilanten) über dieses Gebiet noch sehr wenig wussten.

Als das Heilige Ei uns die Rewq schenkte, gab es unter uns nicht wenige, die fürchteten, diese Symbionten würden auf PSI-Kräften basieren, wodurch unsere kleine Flüchtlingsenklave leichter zu entdecken sei. Obwohl ausreichend überprüft worden ist, dass es sich nicht so verhält, ist dieses dumme alte Gerücht jetzt wieder aufgetaucht und sorgt für neue Spannung und Spaltung in den Reihen der Sechs.

Einige behaupten sogar, das Heilige Ei selbst hätte die Kräfte herbeigelockt, die zu unserem Untergang erschienen sind. Warum kommen die Piraten gerade jetzt, so fragen sie, kaum ein Jahrhundert nach dem Gesegneten Tag, an dem das Ei aufgetaucht ist?

Eine andere Partei erklärt dagegen, dass wir mittlerweile viel mehr über die Fremden hätten herausfinden können, wenn wir uns mehr darum gekümmert hätten, diese Fähigkeiten in unseren Reihen zu fördern. Dann müssten wir uns nicht mit den paar

Sensitiven und den Kristallkugellesern begnügen, die uns heute zur Verfügung stehen.

Aber es ist dumm und sinnlos, sich darüber in Bedauern zu ergehen. Genauso gut könnte ich mich grämen, dass unsere Vorfahren angeblich die Ringe abgestoßen haben, die Schimpf und Schande auf sich geladen hatten.

Ach, was für herrliche Dinge wir doch einst mit diesen zusätzlichen Wülsten vermochten! Die Sagen berichten, wir hätten schneller als der Wind laufen können und seien darin sogar den Urs überlegen gewesen. Wir hätten mindestens so gut wie die Qheuen schwimmen und auf dem Grund des Ozeans wandeln können. Auf allen Ebenen der Welt seien wir zuhause gewesen, und nichts hätte uns aufhalten können. Und über allem stand ein aus uns geborenes Selbstvertrauen, das vollkommen berechtigt und wirklich recht gewesen war, um uns in diesem Jammertal von einem Universum zurechtzufinden. Keine Unsicherheit plagte unsere komplexe Gemeinschaft von Selbsten und Ringen. Uns eigen war nicht das Wir, sondern nur die alles überragende Selbstüberhöhung eines zentralen, in sich ruhenden Ich.

Dwer

Die blauen Qheuen der Berge pflegten andere Traditionen als ihre Vettern im mächtigen Dolo-Damm. Bei den Schmelzritualen daheim ging es nicht sehr formell zu. Menschliche Kinder aus dem nahegelegenen Dorf spielten unbeschwert mit ihren gepanzerten Freunden, während die Erwachsenen bei Nektarbier gemeinsam die Ankunft einer neuen Generation feierten.

Doch in diesem Gebirgsstock ging von den Gesängen und Zischritualen viel mehr Feierlichkeit aus. Zu den Gästen zählten der örtliche g'Kek-Arzt, einige Traeki-Abfallsammler und ein

Dutzend menschlicher Nachbarn, die sich an der gebogenen Fensterscheibe abwechselten, um zu verfolgen, was sich in der Larvenbewahrstation tat. Die Hoon, die im See hinter dem Damm fischten, hatten sich wie üblich entschuldigt. Den meisten Hoon war es mehr als unangenehm, bei einer Qheuen-Geburt zusehen zu müssen.

Dwer war dabei, weil er sich zu Dank verpflichtet fühlte. Wenn man ihn nicht in diesen freundlichen Stock gebracht hätte, würde er heute mit Arm- und Beinstümpfen zurechtkommen müssen und hätte keine kompletten Sätze von Fingern und Zehen mehr. Die Haut dort war immer noch sehr zart, aber der Heilungsprozess kam gut voran. Außerdem war ihm diese Gelegenheit sehr willkommen, um den anstrengenden Vorbereitungen mit Danel Orzawa für ein paar Augenblicke entfliehen zu können.

Als Schnitzzunge, die Matriarchin dieses Stocks, Dwer und Danel ans Fenster winkte, verbeugten sich die beiden vor der Herrin und auch vor Mister Shed, dem hiesigen menschlichen Tutor.

»Meinen Glückwunsch euch beiden«, sagte der Jägermeister. »Mögest du einen guten Wurf an Graduierten erhalten.«

»Vielen Dank, verehrter Weiser.« Schnitzzunge hörte sich etwas kurzatmig an. Als Chefin dieses Stocks hatte sie mehr als die Hälfte der Eier gelegt. Viele der pulsierenden Gebilde hinter der Tür, die sich aufs Ausschlüpfen vorbereiteten, würden ihr direkter Nachwuchs sein. Nachdem Schnitzzunge zwanzig Jahre darauf gewartet hatte, durfte man ihr durchaus zugutehalten, etwas gestresst zu sein.

Mister Shed hatte zwar keinen genetischen Anteil an den jungen Qheuen, die sich im Nebenraum transformierten, aber trotzdem stand ihm die Sorge überdeutlich ins hagere Gesicht geschrieben.

»Ja, ein guter Wurf. Einige von ihnen werden einmal ausgezeichnete Studenten abgeben, sobald ihre Panzer hart geworden sind und sie ihren Namen erhalten haben.«

»Zwei von ihnen sind besonders frühreif«, fügte die stolze Schnitzzunge hinzu. »Sie haben schon angefangen, an Holz herumzunagen. Auch wenn unser verehrter Mister Shed andere Talente im Sinn hat.«

Der Lehrer nickte. »Ein Stück den Hang hinunter steht eine Schule, in die die Spezies ihren begabtesten Nachwuchs schicken. Elmira sollte auch dazugehören, falls sie es schafft …«

Die Matriarchin stieß ein warnendes Zischen aus: »Tutor! Behalte deine Kosenamen für dich! Bring nicht Unglück über die Larven an diesem ihrem geheiligten Tag!«

Mister Shed schluckte nervös. »Tut mir leid, Matrone.« Er schaukelte wie ein Qheuen-Knabe hin und her, den man dabei erwischt hat, einen Flusskrebs aus den Teichen des Stocks geklaut zu haben.

Glücklicherweise tauchte in diesem Moment der Vertreter vom Traeki-Partyservice mit einem Kessel Vel-Nektar auf. Menschen und Qheuen ließen sich am Tisch nieder. Doch Dwer bemerkte, dass Ozawa ähnliche Empfindungen hatte wie er. Beiden war nicht danach, in Euphorie auszubrechen. Nicht, solange sie sich auf eine tödliche Mission vorbereiten mussten.

Eigentlich schade, dachte Dwer, während er zusah, wie der Traeki jeden Pokal mit einem Spritzer aus seinem Chemo-Synthese-Ring garnierte.

Während die alkoholischen Getränke ihre Wirkung taten, hob sich die Stimmung aller in diesem Raum deutlich. Schnitzzunge reihte sich zum wiederholten Mal in der Schlange vor dem Kessel ein und ließ die drei Menschen allein am Fenster zurück.

»So ist's recht, meine Hübschen. Ganz sanft«, murmelte der Lehrer, der vertraglich dazu verpflichtet war, den Qheuen-Kindern Lesen und Rechnen beizubringen. Eine langwierige Aufgabe, die viel Geduld erforderte, wenn man sich vor Augen hielt, dass die Larven zwei Jahrzehnte in ihrem Schlammloch verbrachten, dort allerlei Kriechgetier verspeisten und nur allmählich die mentalen Gaben eines intelligenzbehafteten Wesens erwarben.

Zu Dwers Überraschung setzte sich Mister Shed einen funktionsfähigen Rewq aufs Gesicht. In der letzten Zeit hatten sich fast alle Symbionten in Winterschlaf begeben oder waren gestorben.

Der Jäger warf einen Blick durch die Scheibe, eine gewellte konvexe Scheibe mit einem abgebrochenen Stiel in der Mitte.

Ein schleimiger Tümpel füllte die Mitte des dahinterliegenden Raums aus. Gebilde trieben darin herum und bewegten sich bald nach links und bald nach rechts, als seien sie auf der Suche nach etwas. Möglicherweise waren das noch bis vor ein paar Tagen die Lieblingsschüler von Mister Shed gewesen, und einige von ihnen würden das wahrscheinlich wieder werden, sobald sie zu jugendlichen Qheuen herangereift waren.

Dem Hörensagen zufolge vollzog sich dieser Entwicklungsprozess schon seit vielen Millionen Jahren und reichte weit in die Zeit zurück, bevor die Patrone dieser Spezies den Schub versetzt und sie in Sternenreisende umgewandelt hatten.

»Genau so, meine Lieben, langsam und vorsichtig …«

Sheds zufriedenes Seufzen endete in einem spitzen Schrei, als es im Tümpel unruhig wurde und man vor lauter Spritzern und Schaum nichts mehr sehen konnte.

Wurmartige Wesen sprangen in dichtem Gedränge aus der Brühe. Dwer fiel eines auf, das bereits über fünf Seiten verfügte. Unter dem glitzernden aquamarinblauen Rückenpanzer bewegten sich drei Beine. Der neue Panzer trug Zeichen des zurückliegenden Gerangels und Reste des weißen Gewebes des Larvenkörpers, der zur Gänze abgestreift werden musste.

Sagen zufolge sollten die Qheuen, die immer noch durchs All reisten, Mittel und Wege gefunden haben, diese Umwandlung einfacher zu gestalten – vor allem Apparate und künstliche Umgebungen. Doch hier auf Jijo vollzog sich der Geburtsvorgang noch genauso wie zu jener Zeit, als die Qheuen noch kluge Tiere gewesen waren und in den Untiefen der Welt jagten, die ihnen das Leben geschenkt hatte.

Dwer erinnerte sich, weinend nach Hause gelaufen zu sein, nachdem er zum ersten Mal Zeuge dieses sogenannten Schmelzens geworden war. Er hatte sich in die Arme seines Bruders geworfen, um von ihm Trost und Erklärung zu erfahren.

Damals schon war Lark sehr ernst, sehr gebildet und sehr pedantisch gewesen.

»Sapiente Spezies haben die unterschiedlichsten Reproduktionsarten. Einige konzentrieren all ihre Mühe auf einige wenige Zöglinge, die sie von Anfang an umhegen und umsorgen. Jeder gute Vater und jede gute Mutter wird das eigene Leben geben, um das seines Kindes zu retten. Die Hoon und die g'Kek sind uns Menschen in dieser Hinsicht sehr ähnlich. Dies wird Hoch-K oder Hochkümmerung genannt.

Kommen wir nun zu den Urs. Sie gebären so ähnlich wie die Fische im Wasser. Sie setzen ganze Horden von Nachwuchs im Busch aus und warten dann ab, bis die Überlebenden ihren Weg zurück zu ihren Blutsverwandten erschnüffelt haben. Dieses Verhalten bezeichnen wir als Niedrig-K oder Niedrigkümmerung.

Die ersten menschlichen Siedler hielten die Urs deswegen für herzlos, wohingegen die Urs unser Verhalten als paranoid und rührselig ansahen.

Ganz anders wiederum verhält es sich mit den Qheuen. Sie stehen zwischen beiden Extremen und gehören zur Gruppe der Mittel-K oder Mittelkümmerung. Sie kümmern sich um ihre Jungen, wissen aber, dass eine ganze Reihe aus jedem Wurf sterben muss, damit der Rest überleben kann. Dieser traurige Umstand ist es auch, der der Qheuen-Poesie ihre so typische schmerzliche Schärfe verleiht.

Offen gesagt bin ich der festen Überzeugung, dass die Weisesten unter ihnen das Leben und den Tod besser erfassen und verstehen, als wir Menschen das jemals vermögen.«

Irgendwann war Lark dann nicht mehr zu stoppen gewesen. Dennoch hatte Dwer genug mitbekommen, um die Wahrheit hinter den Worten seines Bruders zu erkennen. Bald würde eine neue Generation sich ihren Weg aus der feuchten Wiege bahnen und hinaus auf die Welt gelangen, damit dort ihre Panzer hart und sie selbst zu vollwertigen Bürgern wurden.

Wenn nicht einige auf dem Weg dorthin vergingen, würde es in dem Wurf überhaupt keine Überlebenden geben. Wie dem auch sei, die bittere Süße dieser Wahrheit war so intensiv, dass jeder, der wie Mister Shed jetzt einen Rewq trug, entweder komplett bescheuert oder ein leidenschaftlicher Masochist sein musste.

Dwer spürte, wie ihn jemand am Arm berührte. Danel gab ihm ein Zeichen. Es war höchste Zeit, sich jetzt höflich zu verabschieden, bevor die Rituale fortgesetzt wurden. Eine Menge Arbeit wartete auf sie. Sie mussten die Waffen überholen und die Vorräte zusammenstellen – und nicht zu vergessen das Legat, das sie über die Berge bringen sollten.

Am Morgen war Lena Strong zusammen mit einer anderen Frau von der Lichtung zurückgekehrt, die Dwer mit einem den ganzen Körper erfassenden Schütteln wiedererkannte. Das war Jenin, eine der eher stämmigen als drallen Worley-Schwestern. Die beiden Frauen brachten fünf Eselsladungen Bücher, Samen und geheimnisvolle versiegelte Röhren mit.

Der Jäger hatte gehofft, auch Rety wäre bei ihnen, aber Lena erklärte ihm, dass die Weisen sich noch ein wenig länger mit dem Sooner-Mädchen unterhalten wollten.

Sei's drum. Ob Rety nun den Zug führte oder nicht, Dwer war in letzter Hinsicht verantwortlich dafür, die kleine Expedition an ihr Ziel zu bringen.

Und sobald sie dort angelangt waren, was dann? Würde es zum Ausbruch von Gewalttätigkeiten kommen? Zu Tod und Massaker? Oder zu einem wunderbaren neuen Anfang?

Seufzend drehte er sich um und folgte Ozawa.

Jetzt werden wir nie erfahren, ob Sara oder Lark recht behalten. Ob es mit den Sechs bergauf geht oder steil bergab.

Von nun an geht es nur noch um unser Überleben.

Hinter ihm presste Mister Shed beide Hände gegen die Scheibe, und seine Stimme klang vor Sorge über die kleinen Wesen ganz heiser. Dabei hatte er doch nichts mit ihrer Entstehung zu tun, und die, die bei dem Prozess umkamen, brauchte er deswegen auch nicht zu beweinen.

Der Fremde

Er fragt sich, woher er die Dinge kennt, die er weiß.

Einst war alles so einfach, als das Wissen noch in kompakten Sendungen zu ihm kam, die man Worte nannte. Jedes einzelne brachte eine ganze Bedeutungsbreite mit sich, war komplex und unterschied sich auf subtile Weise von anderen. Zusammengefügt ergaben sie eine Vielzahl von Konzepten, Plänen, Gefühlen und …

Und Lügen.

Er blinzelt, als ihm dieses eine Wort langsam ins Bewusstsein eindringt, so wie das früher so viele andere getan haben. Der Mann lässt es auf der Zunge zergehen, erkennt sowohl den Klang als auch die Bedeutung wieder und ist erfüllt von einem Ansturm von Freude und Ehrfurcht.

Erschauernd stellt er sich vor, dass er so etwas einmal binnen eines Atemzugs ungezählte Male zu vollbringen vermochte und dazu in der Lage war, Massen von Wörtern zu verstehen und zu gebrauchen. Er genießt dieses eine Wort, schiebt es hin und her und wiederholt es, wiederholt es, wiederholt es

Lügen … LÜGEN … Lügen … Lügen …

Und ein Wunder geschieht, als sich ein anderes, ein artverwandtes Wort in seinem Kopf blicken lässt:

Lügner ... Lügner ...

Auf seinem Schoß erkennt er das zerknüllte Blatt, das er so lange glattgestrichen hat, bis nur noch ein paar Knicke stören. Detailliert sind dort menschliche Wesen mit ausdrucksvollen Gesichtern abgebildet, die hochnäsig den Blick über eine Ansammlung von Primitiven der unterschiedlichsten Spezies schweifen lassen.

Die Menschen tragen Uniformen mit auffälligen Emblemen, die ihm irgendwie bekannt vorkommen.

Er hat einmal einen Namen für solche Menschen gekannt. Und mehr als das, auch Gründe, ihnen aus dem Weg zu gehen.

Warum hatte es ihn dann vorhin noch so gedrängt, sich zu ihnen zu begeben? Warum hatte er eben keine Ruhe gegeben? Da war es ihm so vorgekommen, als quelle etwas aus seinem tiefsten Innern empor. Ein Drang. Der Wunsch, koste es, was es wolle, zu der weit entfernten Berglichtung zu reisen, die auf dem Blatt zu erkennen war. Um denen gegenüberzutreten, die leicht zerknüllt auf dem Bild zu erkennen waren. Die Reise war ihm ungeheuer wichtig erschienen ...

Doch jetzt kann er sich nicht mehr an den Grund dafür erinnern. Dunst und Wolken liegen über seinem Gedächtnis. Dinge und Sachverhalte, die während seines Deliriums immer lebendiger geworden waren, kann er nun kaum noch als flüchtige Wahrnehmungen erhaschen ...

... wie zum Beispiel einen Stern, der in der ihn umgebenden Struktur auf Zwergenmaß geschrumpft scheint; einem künstlichen Gebilde aus zahllosen Ecken, Winkeln und unterteilten vorstehenden Kanten, das die schwache Hitze der rötlichen Sonne in einem Labyrinth aus ebenen Flächen einschließt;

... oder zum Beispiel eine Welt voller Wasser, auf der Metallinseln wie Pilze aufragen und dessen giftige Fläche man nicht berühren darf;

... oder zum Beispiel eine bestimmte seichte Stelle im Raum, die weit entfernt von den tiefen Oasen liegt, an denen sich das Leben normalerweise versammelt ...

Nichts lebt in dieser Untiefe, die weit abseits vom leuchtenden Spiralarm liegt. Doch inmitten dieser fremdartigen Flachheit drängt sich eine riesige Formation von kugelartigen Gebilden von großer Helligkeit, die zeitlos und wie eine Flotte von Monden dahintreiben …

Sein Geist flieht vor dem letzten Bild und vergräbt ihn zusammen mit all den anderen halbwirklichen Erinnerungen tief. Zusammen mit ihnen verliert er seine Vergangenheit und höchstwahrscheinlich auch seine Zukunft.

DREIZEHNTER TEIL

DAS BUCH VOM MEER

Intelligenzbehaftete Wesen sind in der Regel versucht, an Sinn und Zweck zu glauben.
Zum Beispiel, dass sie aus einem bestimmten Grund im Universum existieren.

Dass sie etwas Größerem dienen
– einer Spezies oder einem Clan,
– Patronen oder Göttern
– oder einem ethischen Ziel.

Oder aber sie suchen nach individueller Selbstverwirklichung
– nach Reichtum und Macht,
– nach Fortpflanzung oder nach Erleuchtung der eigenen Seele.

Ernstzunehmende Philosophen nennen diese Sinnsuche nichts weiter als Eitelkeit, den irrsinnigen Drang,
den angeborenen Überlebenswillen mit Zweck zu verbrämen.

Aber warum sollten unsere Vorfahren uns hierhergebracht haben, so weit entfernt von Spezies, Clan, Patronen, Göttern, Reichtum oder Macht – wenn nicht um einem Sinn zu dienen, der weit höher als diese alle steht?

Die Schriftrolle der Betrachtung

Alvins Geschichte

Ich habe mich immer für einen richtigen Stadtjungen gehalten. Schließlich ist Wuphon der größte Hafen im Süden. Fast tausend Bürger leben hier, wenn man die Bauern und Glaver der Umgegend dazuzählt. Ich bin zwischen Docks, Lagerhäusern und Frachtkränen aufgewachsen.

Trotzdem nötigt mir der Zusammenbau dieses Ladebaums Hochachtung ab. Ein langes, schlankes Gebilde aus Hunderten von Stangen, die man aus ausgebohrtem und bearbeitetem Bambus herstellt. Ein Team von Qheuen-Zimmerleuten querversetzt und verbindet sie miteinander. Jedes Mal hören diese braven Handwerker geduldig zu, wenn Urdonnol sie tadelt, weil sie vom Konstruktionsplan abgewichen sind, wie er auf Seite fünfhundertzwölf ihres eifersüchtig gehüteten Buches abgebildet ist: *Terranische Maschinen vor dem Kontakt, Teil VIII: Lastenheben ohne Gravo-Hilfe.* Danach begeben sich die Qheuen mit einem respektvollen Dreher ihrer Kopfkuppel wieder an die Arbeit und kleben und fügen den Kran so zusammen, wie es ihnen richtig erscheint und wie Lebens- und Arbeitserfahrung es erfordern.

Urdonnol soll sich nicht so anstellen, dachte ich, während ich miterlebte, wie Uriels humorlose Assistentin immer frustrierter wurde. *Zugegeben, die alten Bücher enthalten viel Weisheit. Aber die Zimmerleute hier arbeiten schließlich nicht mit Titanium. Wir sind Schiffbrüchige und müssen als solche lernen, uns anzupassen.*

Aber ich war froh zu sehen, dass unsere Freundin Ur-ronn zu dem Fortschritt der Arbeit zufrieden nickte. Immerhin hatte sie vorher jede Verbindung, Naht und Klebestelle beschnüffelt und beäugt. Trotzdem wäre es mir lieber, Uriel hielte sich noch hier auf und überwachte die Arbeiten, wie sie es die ersten zwei Tage lang getan hatte, als unsere Gruppe im Schatten des Felsens Terminus unser Lager aufschlug. Allerdings war es nicht leicht, mit der Schmiedin zurechtzukommen. Sie war penibel bis zum Gehtnichtmehr und bestand häufiger darauf, dass eine Arbeit noch einmal getan werden müsse, und zwar so oft, bis sie in ihren Augen perfekt war.

Unter anderen Umständen wäre es uns vieren sicher gehörig auf die Nerven gegangen, wie sie ständig herumkommandierte und das Projekt für sich vereinnahmte, das doch eigentlich unsere Idee gewesen war. Aber so war es nicht. Jedenfalls nicht sehr. Ihr ständiges Überprüfen konnte einem zwar gehörig an den Nerven zerren, aber jedes Mal, wenn sie erklärte, dieses oder jenes Detail sei zufriedenstellend erledigt worden, stieg meine Hoffnung, dass wir dieses Abenteuer lebend hinter uns bringen würden. Als sie uns dann verließ, hat mir das doch gehörige Magenschmerzen bereitet.

Eine ursische Kurierin war außer Atem, erschöpft und sogar durstig im Lager erschienen und hatte Uriel einen geschlossenen Umschlag überreicht. Die Schmiedin hatte ihn aufgerissen, den Inhalt gelesen, sich dann mit dem Traeki Tyug abseits gestellt und dringend, wenn auch leise, mit ihm beraten. Danach war sie sofort losgaloppiert und in ihre wertvolle Schmiede zurückgekehrt.

Nun gut, als sie fort war, ist es hier nicht direkt drunter und drüber gegangen. Das Unternehmen kommt nach Plan und Schritt für Schritt voran. Aber irgendwie ist unsere Stimmung nicht mehr dieselbe. Vor allem, nachdem beim ersten Testtauchen der Passagier beinahe ertrunken wäre.

Der Ladebaum war mittlerweile zu einem wirklich grazilen Gebilde herangewachsen. Sein Lastarm bewegte sich so elegant, dass man nie gedacht hätte, sechzehn Stahlbolzen, ein jeder so dick wie mein Handgelenk, hielten ihn am Felsvorsprung fest, der weit über das tiefe blaue Wasser des Riffs hinausragte. Eine mächtige Trommel trug mehr als dreißig Kabel von Uriels besten Tauen, die alle an unserem graubraunen Boot endeten, das wir *Wuphons Traum* getauft hatten – in der Hoffnung, damit unsere Eltern zu beruhigen und auch die im Ort, die der Ansicht waren, wir begingen eine ungeheuerliche Blasphemie.

Ein zweiter Ladebaum erhebt sich neben dem ersten und ist mit einer noch größeren Kabeltrommel verbunden. Diesem obliegt es nicht, das Gewicht unseres Tauchboots zu tragen, aber er erfüllt eine mindestens ebenso wichtige Aufgabe: Er muss die doppelten Schläuche halten, die möglichst ohne Knick in unser Boot führen. Durch den einen gelangt frische Luft zu uns, und durch den anderen wird die verbrauchte abgeführt. Ich bin nie dazu gekommen, mich danach zu erkundigen, aus welchem Material die Schläuche angefertigt sind, aber es wirkt wesentlich stärker und strapazierfähiger als die zusammengenähten Echsenblasen, die wir vier ursprünglich einsetzen wollten, als wir uns noch der Illusion hingegeben hatten, wir könnten ganz allein auf Abenteuerfahrt gehen.

Uriel hatte weitere Veränderungen und Verbesserungen hinzugefügt: einen großen Druckregulator, eine sehr belastungsfähige Dichtung und ein Paar sogenannter *Eiklites,* die breite Lichtstrahlen dorthin tragen, wohin der Sonnenschein nie gelangt.

Wieder wunderte ich mich darüber, woher die Schmiedin all dieses Zeugs beschafft hatte.

Überrascht stellten wir fest, dass Uriel sich kaum um das eigentliche Boot kümmerte. Es bestand aus einem hübsch bearbeiteten, ausgehöhlten Garu-Stamm, und an einem Ende war Ur-ronns wunderbares Fenster angebracht und versiegelt worden. Am Bug hatten wir zwei Greifgelenkarme angebracht, die Ur-ronn nach den Angaben in einem alten Buch angefertigt hatte. Unser kleines Gefährt verfügte sogar über Räder, insgesamt vier, damit die *Wuphons Traum* über den schlammigen Meeresgrund rollen konnte.

Selbst als die Räder mit superbreiten Trittbrettern ausgestattet waren, kamen sie einem doch irgendwie bekannt vor. Das traf vor allem auf Huck zu. Sie hatte sie als Erinnerungsstücke aus ihrem zerstörten Heim mitgenommen, nachdem ihre wirklichen Eltern bei der furchtbaren Lawine den Tod gefunden hatten.

Mit dem für sie typischen Humor nannte Huck sie Tante Rooben, Onkel Jovoon Links und Onkel Jovoon Rechts. Das vierte hieß einfach Dad, bis ich dringlich auf sie einredete und sie aufforderte, mit diesen gruseligen Witzen aufzuhören und die Räder einfach durchzunummerieren.

Normalerweise wäre es unmöglich gewesen, ohne Galaktische Technologie Räder anzubringen und zu bewegen. Die sich drehende Achse würde die Dichtung auseinanderreißen. Doch Huck konnte uns wieder aus ihrem makabren »Ersatzteillager« aushelfen. Die wunderbaren g'Kek-Radnaben und -Speichendreher waren magnetisch und ließen sich problemlos an der Hülle anbringen, ohne dass dafür Löcher ins Holz gebohrt werden mussten. Huck würde die Vorderräder lenken, während ich die Kurbel bedienen sollte, mit der die hinteren Antriebsräder in Gang gehalten wurden.

Damit sind die wichtigsten Arbeiten während unseres Tauchmanövers genannt. Bleibt noch, auf unseren Kapitän Schere hinzuweisen. Das blaue Wasser ist seine Welt, und wir dringen in Tiefen vor, die kein Qheuen mehr gesehen hat, seit ihr Schleichschiff vor tausend Jahren gesunken ist. Scheres Platz ist natürlich vorn im Bullauge, wo er die Eik-Lampen kontrolliert und Instruktionen von sich gibt, wie wir anderen zu steuern, zu kurbeln oder sonst was zu erledigen haben.

Wie ist es eigentlich dazu gekommen, dass er unser Kapitän wurde? Schere hat uns doch noch nie als intelligentestes Mitglied unserer Bande beeindruckt.

Nun gut, das ganze Unternehmen war von Anfang an seine Idee. Außerdem hat er so gut wie ganz allein die Hülle unseres

Boots hergestellt – indem er mit seinem Mund den Stamm ausgehöhlt hat. Und das alles während seiner knappen Freizeit zwischen Hausaufgaben und der Arbeit in den Krustazeengelegen.

Wichtiger ist aber vielleicht, dass er am wenigsten in Panik geraten wird, falls unser Fenster undicht wird oder eine der anderen Dichtungen nicht mehr hält und Salzwasser in unser Boot spritzt. Sollte es je dazu kommen, obliegt es Schere, uns andere irgendwie in Sicherheit zu bringen.

Wir alle haben genug See- und Raumfahrtabenteuer gelesen, um zu wissen, dass das so ziemlich die Aufgaben eines Kapitäns sind. Des Mannes eben, dem man besser genau zuhört, wenn die entscheidenden Sekunden zwischen Überleben und Untergang angebrochen sind.

Schere musste sich allerdings noch eine Weile gedulden, ehe er sein Kommando antreten konnte. Unser erstes Testtauchen sollte nur mit einem Passagier durchgeführt werden. Mit einem Freiwilligen, der für diese Aufgabe im wahrsten Sinn des Wortes »geboren« worden war.

An diesem Morgen legte der Traeki Tyug eine Duftspur, um den kleinen Teilstapel Ziz von seinem Lager zu der Stelle zu führen, an der die *Wuphons Traum* wartete und unbeschreiblich schön im Sonnenlicht strahlte. Die Hülle unseres guten Schiffes war auf Hochglanz poliert und einfach schön. Zu dumm, dass der offene blaue Himmel normalerweise als böses Omen gilt.

So musste es jedenfalls den Zuschauern erscheinen, die uns von einem nahen Höhenzug aus bei der Arbeit zusahen. Meist handelte es sich bei ihnen um Hoon aus dem Hafen von Wuphon, dazu ein paar rote Qheuen, einige Urs, an deren Läufen noch der Staub der letzten Karawane klebte, und drei Menschen, die gerade die strapaziöse Dreitagesreise vom Tal hierher zurückgelegt hatten. Sie alle schienen nichts Besseres zu tun zu haben, als sich dort die Beine in den Bauch zu stehen und den neuesten Klatsch und Tratsch auszutauschen. Ein Gerücht wollte wissen, dass die Lichtung bereits verwüstet sei und die rachsüchtigen Galaktischen Richter alle dort Anwesenden hingerichtet hätten. Andere wollten mit eigenen Augen gesehen haben, wie das Heilige Ei endlich erwacht sei. Wieder andere hatten angeblich Lichter am Himmel gesehen, und bei diesen sollte es sich um die Seelen derjenigen handeln, die sich auf der Versammlung aufgehalten hatten und von den Richtern als Rechtschaffene transformiert und als Geist zurück zu ihrem alten Heim zwischen den Sternen geschickt worden waren.

Ich will meine Beine rasieren, wenn ich es nicht sehr bedauert habe, dass nicht einige von diesen wirklich fabelhaften Geschichten mir eingefallen sind!

Aber die Schaulustigen waren nicht nur gekommen, um gegen unser Vorhaben zu protestieren. Die meisten hatte schlicht die Neugier hierhergetrieben. Huck und ich hatten einigen Spaß mit Howerr-phuo, einem Neffen zweiten Grades von mir, der von der Halbmutter des Bürgermeisters adoptiert worden ist. Howerr-phuo war von der Schule geflogen, weil er erklärt hatte, er könne Mister Heinz' Geruch nicht ertragen. Aber wir alle wissen, dass mein Neffe ein fauler Sack ist, der es gerade nötig hat, sich über die Hygiene von anderen zu beschweren.

Er schlenderte irgendwann zu uns und fing an, Fragen über die *Traum* zu stellen und was wir mit ihr vorhätten. Nette Fragen, auch höflich gestellt (für seine Verhältnisse), aber irgendwie schienen ihn unsere Antworten nicht zu interessieren.

Dann kam er auf die Traeki zu sprechen und wollte alles Mögliche über sie wissen. Dabei nickte er immer wieder in Richtung Tyug, der gerade Ziz in seiner Krippe fütterte.

Natürlich haben wir in Dolo auch einen Traeki, unseren Apotheker. Aber von diesen Wulstwesen geht immer noch etwas Geheimnisvolles aus. Wie dem auch sei, Huck und ich ahnten bald, worauf unser Kumpel eigentlich hinauswollte. Er und seine merkwürdigen Freunde hatten nämlich eine Wette über das

Sexleben der Traeki abgeschlossen, und man hatte ihn ausgewählt, zu uns zu gehen und uns auszuhorchen, weil wir ja Zeuge eines Vlennvorgangs geworden waren und damit als Experten galten.

Huck und ich grinsten uns kurz an und begannen dann, seinen Kopf von all dem Unsinn zu befreien, der sich dort angesammelt hatte. Danach füllten wir ihn mit allem wieder auf, was unsere Phantasie und Einbildungskraft hergab. Howerr sah bald so aus wie ein Seemann, dem jemand mit einem Ruder den Takt zu einem forschen Lied auf den Schädel geschlagen hatte.

Etwas später starrte er betreten auf seine Füße und hatte es plötzlich sehr eilig. Zweifelsohne wollte er jetzt an einem abgeschiedenen Ort seinen Körper auf »Ringsporen« untersuchen, damit nicht an den Stellen ein kleiner Traeki heranreifte, die zu waschen er in der letzten Zeit (oder immer schon) sträflich vernachlässigt hatte.

Nein, ganz ehrlich, ich habe danach nicht die geringsten Schuldgefühle verspürt. Jeder, der von nun an vor Howerr steht, wenn der Rücken ihm in den Wind bläst, wird uns für unseren kleinen Streich dankbar sein.

Dann wurde ich ein wenig nachdenklich und wollte Huck schon fragen, ob wir uns auch schon einmal so dämlich und leichtgläubig angestellt hätten – als mir im letzten Moment einfiel, dass sie mir einmal weisgemacht hatte, ein g'Kek könne sein eigener Vater und auch seine eigene Mutter sein! Zugegeben, damals klang das für mich ziemlich plausibel, aber bei allem, was recht ist, ich weiß heute nicht mehr, wie sie mich dazu gebracht hatte, so etwas zu glauben.

Die ersten Tage hingen die Zuschauer nur herum, hielten sich aber sorgfältig hinter einer Linie, die Uriel mit ihrem Weisenstab in den Sand gezogen hatte. Solange die Schmiedemeisterin anwesend war, verlor kaum einer der Gaffer ein Wort. Aber als sie fort war, fingen die ersten an, ihre Parolen zu schreien. Dabei ging es meist darum, dass es sich bei der Mitteninsel um einen geheiligten Ort handele, dass dort Neugiersnasen und jugendliche Taugenichtse nichts verloren hätten oder dass es eine Schande sei, dorthin eine Besichtigungstour unternehmen zu wollen.

Als die Menschen aus dem Tal eintrafen, kam bald Ordnung in die Reihen der Protestierer. Spruchbänder wurden hochgehalten, und die Schreier wurden zu rhythmischen Sprechchören vereint.

Ich fand das alles ziemlich aufregend, und die Demonstranten erinnerten mich an bestimmte Szenen aus *Summer of Love* oder H.G. Wells' *Things to Come,* wo auch eine Menge zusammenkommt, um gegen etwas zu protestieren, was verboten ist. Für einen Nachäffer wie mich konnte es nämlich nichts Superschärferes geben, als gegen die öffentliche Meinung ein Abenteuer durchzusetzen.

Wenn ich es recht bedenke, ging es in fast allen Geschichten, die ich gelesen habe, darum, dass ein unerschrockener Held seiner Sache treu bleibt, und das gegen den Widerstand der spießbürgerlichen Eltern oder Nachbarn oder Behördenvertreter.

Da wäre zum Beispiel das Buch, von dem ich meinen Spitznamen herhabe. Die Bewohner von Diaspar versuchen darin, meinen Namensvetter davon abzubringen, in Kontakt mit ihren lange verlorenen Verwandten im weit entfernten Lys zu treten. Und etwas später wollen die Lysianer ihn daran hindern, mit der Nachricht von ihrer wiederentdeckten Welt in seine Heimat zurückzukehren.

Klar weiß ich, dass das nur erfundene Geschichten sind, aber die Parallelen bestärken mich doch sehr in meinem Entschluss. Huck, Ur-ronn und Schere haben erklärt, dass es ihnen genauso geht.

Und was die Menge angeht, nun, jedem ist doch bekannt, dass Bürger, denen der Schrecken in den Gliedern sitzt, leicht unvernünftig werden können.

Ich habe mich sogar bemüht, mich in ihre Lage zu versetzen, um ihren Standpunkt zu verstehen. Ganz ehrlich, sogar zweimal.

Aber es hat nicht geklappt. Was sind sie doch für ein blöder, schlappschwänziger Haufen von Heulbojen. Hoffentlich enden sie alle in stinkigem Abfall oder bekommen den Dampf-Drehwurm!

VIERZEHNTER TEIL

DAS BUCH VOM HANG

Legenden

Es heißt, die Menschen hätten auf der Erde ungezählte Generationen lang in schrecklicher Furcht gelebt und an eine Milliarde Dinge geglaubt, auf die kein vernunftbegabtes Wesen jemals im Traum gekommen wäre. Ganz gewiss nicht jemand, dem man die Wahrheit auf dem Silbertablett serviert hat – so wie das nahezu allen sapienten Spezies in den Fünf Galaxien widerfahren ist.

Aber die Erdlinge mussten halt alles ganz allein ausknobeln. Schmerzlich langsam erkannten die Menschen, wie das Universum funktioniert; und auf dem Weg dorthin mussten sie immer mehr von ihren versponnenen Ideen über Bord werfen, die sie während der langen Phase der einsamen Finsternis mit sich herumgeschleppt hatten.

Nur ein paar Beispiele: Die Erdenbewohner glaubten unter anderem,
– dass ihre egoistischen Könige durch göttliches Recht auf dem Thron saßen.
– dass der eigene Staat in allem recht habe.
– dass das Individuum alles dürfe, auch wenn dazu die Ellenbogen eingesetzt werden mussten (was sonderbarerweise nicht im Widerspruch zum vorherigen Glauben stand – doch soll dies Gegenstand einer späteren Erörterung sein.)

– dass Doktrinen, auch wenn es sich bei ihnen nur um abgehobene Gedankenmodelle handelte, es trotzdem wert seien, einem Andersdenkenden den Schädel einzuschlagen.

– dass (und dies glaubten vor allem die weiblichen Erdenbewohner, dafür

aber umso fester) dem Mann quasi per Naturgesetz das Recht des ersten Anrufs zustehe.

Diese und andere verdrehte Konzepte wurden schließlich zusammen mit dem Feenglauben oder dem UFO-Unfug von den Menschen auf den Abfall geworfen, so wie auch ein Kind seine alten Spielsachen loswird, wenn es reifer geworden ist.

Nun ja, es wurde ein ziemlich großer Abfallhaufen.

Dennoch sahen die Galaktiker, nachdem sie mit den Menschen in Kontakt getreten waren, die Menschen als abergläubische Primitive an, als Wölflinge, die zu einem unheimlichen Enthusiasmus und zu ebenso eigenwilligen wie kaum nachprüfbaren Überzeugungen neigten.

Welche Ironie, dass es hier auf Jijo zu einer Rollenumkehr gekommen ist. Die Erdlinge fanden die anderen Spezies in einem Zustand vor, in dem sie weit auf der Straße zurückgefallen waren, die die Menschen einst mühevoll beschritten hatten. Die g'Kek, Qheuen, Urs und die anderen ergingen sich in unzähligen Fabeln, Märchen, Vorurteilen und Vorstellungen von blühendstem Unsinn. Diesem Mahlstrom des Aberglaubens setzten die neuen Siedler, die mit der TABERNAKEL gekommen waren, mehr als nur ihre Bücher entgegen. Sie bescherten uns auch die Werkzeuge der Logik und der Verifizierung – die Dinge eben, die zu erlernen die Menschen auf der Erde am härtesten hatten ringen müssen.

Und mit ihrer eigenen Historie im Hinterkopf fingen sie an, wie die Verrückten Geschichten und andere Folklore zu sammeln. Sie schwärmten unter den fünf anderen Spezies aus und schrieben jede Sage, jede Idee und jede Glaubensrichtung auf – auch die, die sich nachweislich als falsch oder blödsinnig erwiesen.

Aus ihrer Wölflings-Vergangenheit war eine seltsame Mischung erwachsen: auf der einen Seite rationale Skepsis und auf der anderen echte Begeisterung für das Eigentümliche, das Bizarre und das Extravagante.

Die Erdlinge haben gelernt, dass es in einer Finsternis wie der, in der wir vegetieren, allzu leicht ist, vom Weg abzukommen, wenn man vergisst, wie man das erzählen muss, was wahr ist.

Doch genauso wichtig ist es, niemals seine Fähigkeit zu träumen zu verlieren. Wir müssen alle weiter an den Illusionen weben, die uns helfen, durch diese dunkle, dunkle Nacht zu finden.

aus: Die Kunst des Exils,
von Auph-hu-Phwuhbhu.

Asx

Der kleine Roboter war ein Wunder, das man nicht so schnell vergaß. Nicht größer als ein g'Kek-Augapfel, lag er auf dem Boden und konnte sich nicht fortbewegen, weil ein Schwarm Geheimhaltungswespen ihn attackierte, umzingelte und mit flatternden Schwingen an der Flucht hinderte.

Lester war der erste unter uns Weisen, der nach der ersten Überraschung einen Kommentar von sich geben konnte.

»Nun, wir wissen ja, warum man diese Insekten Geheimhaltungswespen nennt. Seht ihr, wie sie den Roboter umschwärmen? Ohne sie hätten wir ihn nie bemerkt.«

»Ein Spionagewerkzeug«, vermutete Messerscharfe Einsicht und beugte sich mit ihrem Rückenschild hinab, um sich das Gerät aus der Nähe anzuschauen. »Winzig und sehr beweglich. Sie haben es wohl ausgeschickt, um unsere Konferenz zu belauschen. Ohne die Wespen hätten sie uns in der Hand gehabt und alle unsere Pläne gekannt.«

Phwhoon-dau gab ein tiefes Grollen von sich.

»Hrrrm ... Normalerweise sehen wir Insekten als Belästigung an, auch wenn es die Tradition verlangt, dass bei gewissen Zeremonien immer einige von ihnen anwesend sind. Die Buyur scheinen diese Insekten zu einem ganz bestimmten Zweck entwickelt zu haben: Die Wespen sollen die Häuser und die Städte patrouillieren und jeden Lauscher abschrecken.«

»Eine einzelne Lebensform so umzuwandeln, dass man sie kann einsetzen gegen lästige/ärgerliche Bedrohung, sehen mir ganz nach Denkweise der Buyur aus«, bemerkte Ur-jah.

Cambel ging in die Hocke und beäugte die Wespen, deren Flügel vor den Miniaugen des Roboters auf und ab flatterten und dabei ein Gewirr von Farben erzeugten, wie man es sonst nur durch einen Rewq zu sehen bekam.

»Was diese Tierchen dem Roboter wohl gerade zeigen?«, murmelte unser menschlicher Weiser.

Nun erhob Vubben zum ersten Mal das Wort, seit die Insekten den Spion enttarnt hatten.

»Vermutlich genau das, was er sehen soll.«

Erinnert ihr euch noch, meine Ringe, wie wir alle ob solcher Weisheit zustimmend genickt, geseufzt oder gegrollt haben? Vubben fand einfach stets die richtigen Worte und sprach sie dann mit absoluter Überzeugungskraft aus.

Erst später kam es uns in den Sinn, endlich die entscheidende Frage zu stellen.

Was soll das sein?

Was, um alles in der Welt, soll der Roboter denn sehen?

Lark

In den zweitausend Jahren der illegalen Besiedlung war Lark nicht der erste Exilant, der durch die Luft flog. Er war nicht einmal der erste Mensch, der sich Jijo von oben ansehen durfte.

Kaum dass die *Tabernakel* für immer in der klebrigen Umarmung des Mittenmeers versunken war, pflegten die Erdlinge mit selbstgebauten Drachen durch die Lüfte zu sausen. Sie ließen sich von den Aufwinden, die vom blauen Ozean kamen, den ganzen Weg bis zu den weißen Gipfeln der Rimmers tragen. In jenen Tagen hatten leichte, bespannte Apparate die Himmelsströmungen eingefangen und mutige Piloten emporgehoben, damit diese sich ihre neue Welt von oben betrachten konnten.

Der letzte seidig glänzende Gleiter befand sich nun hinter Glas in Biblos und wurde regelmäßig von den Besuchern bestaunt. Er bestand aus so mystischen Materialien wie »Monomolekularem Kohlenstoff« und »Gewebten Höchstbelastungspolymeren«, und selbst den gescheitesten Magiern der Chemikerzunft war es bis heute nicht gelungen, diese Stoffe zu reproduzieren – dabei waren die Weisen sich noch gar nicht sicher, ob sie die Herstellung derselben erlauben sollten oder nicht.

Die Zeit und Unfälle hatten alle anderen Drachengleiter zerstört, und den späteren Generationen der Menschen blieb nichts anderes übrig, als sich wie jeder andere hier auch auf dem Boden fortzubewegen. Damit war dann auch einer der Gründe getilgt, der unter den Sechs oft für Eifersucht gesorgt hatte.

Später allerdings, nach dem Großen Friedensschluss, bauten einige wagemutige Jugendliche solche Gleiter nach und beschäftigten sich, wie früher die Erdlinge, in ihrer Freizeit damit. Oft genug riskierten sie mit den kruden Gebilden aus ausgehöhltem Bambus, über das man handgewebte Tücher aus Wic-Baumwolle gespannt hatte, ihr Leben.

Doch es gab noch mehr Flugbewegungen auf Jijo. Die ursischen Stuten ließen Ballons mit Passagierkörben aufsteigen, dicke, aufgeblähte Kugeln, die von Luftströmungen nach oben getragen wurden. Manchmal sorgte ein erfolgreicher Flug tagelang für Gesprächsstoff, doch auch die Ballonfahrerei konnte sich auf Dauer nicht durchsetzen. Die Materialien, die den Exilanten zur Verfügung standen, waren entweder zu schwer, zu schwach oder zu brüchig. Und davon abgesehen wehten die Winde auf dieser Welt viel zu stark.

Natürlich gab es auch wieder die frömmelnden Eiferer, die erklärten, die Fliegerei sei keine gute Sache. Der Himmel sei nicht der Ort, an dem die Erlösung gefunden werden könne. Und es diene auch niemandem, wenn man an irgendwelchen eitlen Nichtigkeiten aus der Vergangenheit festhalte.

Lark stimmte in vielen Punkten der Meinung der Fundamentalisten zu. Doch über dieser Frage geriet er ins Grübeln.

Das ist doch wirklich eher ein bescheidener Traum. Ein paar Meilen weit durch die niederen Luftschichten zu gleiten … Ist so etwas denn zu viel verlangt, wo wir doch einst von Stern zu Stern gereist sind?

Lark hatte jedoch noch nie zu denen gehört, die ihre Zeit mit müßigen Tagträumen vertrödelten. Und ganz gewiss hatte er bis zum heutigen Tag nicht damit gerechnet, einmal selbst aus großer Höhe auf die Gipfel der Berge hinabblicken zu können.

Und, Leute, seht mich jetzt an!

Ling amüsierte es sichtlich, seine Miene zu betrachten, während sie ihm erzählte, was heute auf dem Programm stand.

»Wir werden fast den ganzen Tag unterwegs sein und die Proben einsammeln, die unsere Roboter in Fallen gefangen haben. Später dann, wenn die Drohnen weiter vorgedrungen sind, werden wir Reisen antreten, die mehrere Tage dauern.«

Lark starrte die fremde Flugmaschine an, einen schlanken Pfeil mit Stummelflügeln, die ausgefahren wurden, nachdem der Apparat die eingegrabene Forschungsstation durch einen schmalen Tunnel verlassen hatte. Die Einstiegsluke erschien ihm wie ein hungriges, offenstehendes Maul.

Wie konnte Ling ihn ohne vorherige Warnung damit konfrontieren?

Während Besh Vorräte einlud, rief Kunn, der große Blonde, aus der Kanzel: »Mach schon, Ling! Wir liegen hinter dem Zeitplan. Lock dein Schoßhündchen endlich an Bord, oder such dir ein anderes!«

Lark biss die Zähne zusammen und war fest entschlossen, sich nichts anmerken zu lassen, als er ihr die Rampe hinauffolgte. Er erwartete ein trübes, höhlenartiges Inneres, stellte dann aber überrascht fest, dass es hier heller war als in jedem anderen Raum, den er je betreten hatte. Seine Augen mussten sich nicht erst auf Dämmerschein einstellen.

Da er nicht wie ein Volltrottel alles anstarren wollte, steuerte er gleich einen gepolsterten Sitz neben einem Fenster an und ließ seinen Rucksack daneben auf den Boden fallen. Dann setzte er sich vorsichtig nieder, empfand aber die Weichheit der Sitzfläche weder als bequem noch als beruhigend. Er hatte eher den Eindruck, er habe sich auf den Schoß von etwas Fleischigem, womöglich sogar etwas Amourösem gesetzt.

Ein paar Momente später vergrößerte Ling sein Unbehagen noch, indem sie einen Gurt über seinen Bauch spannte. Die Luke schloss sich mit eigenartigem Zischen, und das erzeugte in seinen Ohren ein komisches Gefühl. Nein, er fühlte sich hier überhaupt nicht zuhause.

Nun wurden die Triebwerke gezündet, und Lark verspürte ein eigenartiges Kitzeln im Nacken, als säße dort ein kleines Tier und blase gegen seine Härchen. Der Eindruck war so stark, dass er mit einer Hand nach dem eingebildeten Tier schlug, um es zu verscheuchen.

Der Flieger hob überraschend sanft ab. Schwebend ging es in die Höhe, dann drehte sich der Apparat, und schon schoss das Luftboot so rasch davon, dass Lark gar nicht dazu kam, auf die Lichtung und ihre Umgebung hinabzublicken oder gar einen verstohlenen Blick auf das geheime Tal des Eies zu werfen.

Als er endlich die Nase gegen die Scheibe gepresst hatte, flog bereits der Kontinent unter ihm vorbei. Das Schiff flog Richtung Süden, und das schneller, als ein Katapult einen Stein schleuderte.

Nur wenige Minuten später hatten sie die gebirgigen Höhen hinter sich gelassen und glitten über eine weite Steppe dahin, deren Gräser wie die Meeresoberfläche ständig in wellenförmiger Bewegung waren.

Lark entdeckte eine Herde galoppierender Stängelkauer, einer Huftierart, die genuin von Jijo zu stammen schien. Die Tiere trompeteten ängstlich und flohen dann vor dem Schatten des Luftboots, der über die Grasfläche wanderte.

Eine Gruppe ursischer Hirten streckte die langen Hälse, und auf ihren Mienen mischte sich Neugier mit Furcht. Ein paar unverheiratete Fohlen konnten es natürlich wieder nicht lassen. Sie sprangen in die Luft, als wollten sie den Flugapparat zu fassen bekommen, und schnappten nach ihm. Die besorgten Blicke ihrer Mütter schienen sie gar nicht zu bemerken.

»Eure Feinde sind ja wirklich höchst anmutige Wesen«, bemerkte die Piratin.

Lark drehte sich zu ihr um und starrte sie an. *Worauf will sie denn jetzt schon wieder hinaus?*

Ling interpretierte seinen Blick falsch und fügte hastig hinzu, als wolle sie ihn beruhigen: »Natürlich meine ich das im rein ästhetischen Sinne, und das auch nur eingeschränkt. Für Pferde oder ähnliche Tiere bewegen sie sich recht anmutig.«

Lark dachte eine Weile nach, bevor er entgegnete: »Zu dumm, dass euer Besuch unser Fest zerstört hat. Heute wären normalerweise die Spiele an der Reihe. Dann könntest du mal wirklich Grazie und Anmut sehen, und echte Action.«

»Spiele? Ach ja, sicher eure Version der längst untergegangenen Olympischen Spiele. Ich vermute, da wird viel herumgelaufen und tüchtig gesprungen, was?«

Er nickte vorsichtig. »Ja, es gibt auch Schnelligkeits- und Beweglichkeits-Wettkämpfe. Bei anderen hingegen gilt es, Ausdauer, Mut und Anpassungsfähigkeit unter Beweis zu stellen. Und dazu treten nur die Besten und Mutigsten aus unseren Reihen an.«

»Alles Merkmale, die früher von denen hoch geschätzt wurden, die die Menschheit auf Vordermann gebracht haben.« Ling lächelte leutselig, vielleicht sogar ein wenig überheblich. »Ich kann mir vorstellen, dass nicht jede Spezies einen Vertreter zu den einzelnen Ausscheidungskämpfen schickt, damit die Arten sich in direktem Vergleich miteinander messen können, oder? Ich meine, es ist ja wohl kaum möglich, dass ein g'Kek schneller rollt, als ein Urs rennen kann, was? Oder dass ein Traeki am Stabhochsprung teilnimmt!« Sie gluckste.

Lark zuckte nur mit den Achseln. Obwohl die Piratin schon wieder einen geheimnisvollen Hinweis auf den Ursprung der Menschheit von sich gegeben hatte, verlor er sichtlich das Interesse an ihrer dummen Betrachtung.

»Ja, würde ihnen sicher schwerfallen. Kann man sich auch kaum vorstellen.«

Er drehte sich wieder zum Fenster und schaute nach unten. Die große Ebene zog immer noch dahin. Ein endloses Grasmeer, das nur hier und da von dunklen Bambusinseln oder Waldoasen unterbrochen wurde. Eine Strecke, für die eine Karawane mehrere Tage benötigte, legte der Luftapparat in wenigen Duras glatten Fluges zurück.

Endlich gelangten die rauchenden Gipfel des südlichen Gebirges in Sicht.

Besh, die Pilotin, ging in eine Kurve, damit sich die Insassen den Loderberg genauer ansehen konnten. Der Apparat schoss dann in einem Winkel auf den Höhenzug zu, dass Lark nur mit Schwindelgefühlen auf die Lavafläche blicken konnte, wo sich die Magmamassen früherer Eruptionen über das Land ergossen hatten, das aufgerissen und wiederhergestellt worden war. Für einen Augenblick entdeckte er sogar die Schmelzereien, die sich auf halber Höhe über die mächtige Erhebung verteilten. Man hatte sie so gestaltet, dass sie wie natürliche Lavaströme aussahen. Und aus den Hütten drangen Rauch und Dampf, die sich überhaupt nicht von den Ausdünstungen des Berges unterschieden. Natürlich war diese Tarnung nicht darauf ausgelegt worden, so genau betrachtet zu werden, wie es jetzt geschah.

Lark bemerkte, wie Besh und Kunn eindeutige Blicke miteinander tauschten. Der große Blonde bediente seine magischen Sichtschirme. Auf einem zeigten etliche rote Lichter die Außenlinien des Berges an. An einer Stelle blinkten nun Pfeile und andere Symbole. Gestrichelte Linien zeigten unterirdische Wege und die Stätten an, in denen die ursischen Schmiede Werkzeuge aus den Metallverbindungen herstellten, die von den Weisen für gut befunden worden waren und die in ihrer Qualität nur von denen aus der Schmiede im Berg Guenn übertroffen wurden, der noch weiter südlich lag.

Unfassbar, dachte Lark und versuchte sich einzuprägen, was auf Kunns Schirmen abgebildet wurde, um Lester Cambel später darüber berichten zu können. Offensichtlich hatte das alles wenig mit dem angeblichen Zweck dieser Mission zu tun, nämlich nach fortgeschrittenen Lebensformen Ausschau zu halten.

Aus dem, was Kunn von sich gab, schloss Lark, dass dieser Mann kein Biologe war. Und seine Körperhaltung und seine Bewegungen erinnerten ihn an Dwer, wenn dieser durch die Wälder streifte. Nur schien der Pirat nicht Hege und Pflege im Sinn zu haben, sondern den Tod zu bringen. Selbst nach Generationen des Friedens und der Ruhe gab es am Hang immer noch Menschen, die sich ähnlich aufführten. Deren Job bestand darin, in jedem Sommer von Dorf zu Dorf zu ziehen und den dortigen Bürgerselbstschutz zu drillen.

Nur für den Fall der Fälle.

Die fünf anderen Spezies verfügten über ähnliche »Spezialisten«. Und deren Tätigkeit war nicht überflüssig, denn immer noch kam es zu kleineren Krisen – ein Verbrechen hier, eine Bande von unberechenbaren Soonern dort und, nicht zu vergessen, die stetig aufflammenden Rivalitäten und Spannungen zwischen den einzelnen Dörfern. Genug jedenfalls, um einen »Friedenskämpfer« nicht als bloßen Widerspruch in sich zu begreifen.

Vielleicht traf das ja auch auf Kunn zu. Wenn er auch todbringend aussah, bedeutete das ja noch lange nicht, dass er unbedingt auf Mord und Totschlag aus war.

Welche Aufgabe erfüllst du hier, Kunn?, fragte sich Lark und verfolgte, wie immer mehr Symbole auf dem Schirm aufblitzten und vom Gesicht des Fremden reflektiert wurden. *Wonach genau suchst du?*

Der Flieger gewann an Höhe und flog weiter. Der Loderberg fiel hinter ihnen zurück, und sie schossen über die gleißende Weiße dahin, die man die Ebene des Scharfen Sandes nannte. Für längere Zeit gab es nun unten nur niedrige Dünen zu sehen, die allein von der Kraft des Windes geformt worden waren.

Lark konnte nirgends Karawanen ausmachen, die sich beladen mit Post oder Waren für die isolierten Gemeinden im Tal über den Sand mühten. Aber das war nicht verwunderlich, denn niemand, der seine Sinne noch beisammen hatte, würde sich bei Tag auf dieses glühend heiße Ödland hinauswagen. Dort unten gab es mehrere geschützte Stellen und Höhlen, wo die Reisenden auf den Einbruch der Nacht warten konnten. Und die lagen so gut versteckt, dass nicht einmal Kunns Strahlen sie inmitten des gleißenden Flimmerns entdeckten.

Doch diese blendende Weiße war nichts im Vergleich zu dem, was sie nach dem nächsten abrupten Übergang erwartete. Von der Sandwüste gelangten sie über den Spektralfluss, ein Land voller Farben, die einem in den Augen brannten. Ling und Besh schirmten ihre Augen ab, um trotzdem hinabblicken zu können, gaben diese Bemühungen aber rasch auf. Kunn hingegen murrte ärgerlich, weil seine Instrumente nur statisches Rauschen von sich gaben.

Lark musste gegen den Blinzelreflex ankämpfen und bemühte sich stattdessen darum, sich vom angeborenen Fokussieren des Blicks zu verabschieden. Dwer hatte ihm einmal erklärt, dass dies der einzige Weg sei, etwas in dieser Region zu sehen, in der exotische Kristalle ein ständig wechselndes Leuchtchaos entfachten.

Das war kurz nach dem Tag gewesen, an dem Dwer seine Gesellenprüfung bestanden hatte. Er war gleich nach Hause geeilt, um mit Lark und Sara ans Bett der Mutter zu treten. Die Krankheit, der sie zum Opfer fallen sollte, hatte sie damals schon fest im

Griff. Nelo war nach ihrem Tod über Nacht zu einem alten Mann geworden.

In ihrer letzten Woche wollte Melina kein Essen anrühren und trank auch nur sehr wenig. Von ihren beiden Ältesten, auf die sie tagein, tagaus eingeredet hatte, seit sie in Dolo angelangt war, um die Frau des Papiermachers zu werden, schien sie jetzt nichts mehr zu wollen. Dafür verlangte sie von ihrem Jüngsten, alles über seine Wanderungen zu erfahren, über das, was er gesehen und gehört hatte, und darüber, wie es in den Winkeln und Ecken des Hangs war, wo kaum je einer hingelangte.

Lark erinnerte sich daran, wie eifersüchtig er gewesen war, als er mitansehen musste, wie Dwers Geschichten sie in ihren letzten Stunden mit Zufriedenheit erfüllten ... und wie er sich wenig später dafür getadelt hatte, so unwürdige Empfindungen zu haben.

Diese Zeit stand jetzt klar und deutlich vor seinem geistigen Auge. Offenbar hatten die stechenden Farben diesen Teil seines Gedächtnisses aktiviert.

Einige unter den Exilanten, nicht unbedingt die Leichtgläubigsten oder Dümmsten, glaubten, diese Schichten von magischem Gestein besäßen magische Fähigkeiten, die durch die endlosen und einander überlappenden Vulkanergüsse in sie gelangt seien – »Mutter Jijos Blut« nannten sie das. In diesem Moment stand Lark kurz davor, sich diesem Aberglauben anzuschließen, so sehr bewegten ihn die Wogen der geradezu unheimlichen Vertrautheit, die er hier empfing – so als sei er vor langer Zeit schon einmal hier gewesen.

Mit diesem Gedanken schienen sich seine Augen angepasst zu haben. Sie öffneten sich und ließen aus dem Farbgewirbel Wunderschluchten, unrealistische Täler, Geisterstädte und sogar Phantomzivilisationen erblühen, die noch gewaltiger waren als die alten Buyur-Stätten.

Doch gerade als er sich auf diese ungewohnte Erfahrung einstellte und tiefer eindringen wollte, hörte die Illusion abrupt auf, denn der Spektralfluss lag hinter ihnen, und sie befanden sich jetzt über dem blauen Meer.

Besh wechselte wieder den Kurs, und bald war das Reich der Farben wie ein Traum vergangen, um der Realität von verwittertem Felsgestein Platz zu machen.

Die Linie der anrollenden Brandung verwandelte sich in eine Fernstraße, die in unbekannte Länder zu führen verhieß. Lark verschob und verdrehte sich, um den Gurt zu lösen, damit er auf die andere Seite gelangen und von dort aus den Ozean erblicken konnte.

Wie riesig er ist, dachte er. Und doch war er nichts im Vergleich zu den Entfernungen, die die Piraten schneller als ein Gedanke zurücklegten.

Seine Augen hielten hoffnungsvoll nach einem getarnten Abfallschiff Ausschau, dessen graugrüne Segel den Wind zerschnitten und das die heiligen Kisten und Tonnen zu ihrer letzten Ruhestätte beförderte.

Aus dieser Höhe konnte er vielleicht sogar die Mitteninsel erkennen. Eigentlich kein Land, das aus dem Meer ragte, sondern eine so tiefe Stelle im Meer, dass dort alle arroganten Überreste von einem Dutzend verschwenderischer Zivilisationen Platz finden könnten und man immer noch nichts von ihnen sehen würde. Man nannte diese Stelle auch die Wasser des Vergessens und glaubte, diese »Insel« gewähre den Spezies Absolution, indem sie ihre Untaten unsichtbar machte.

Sie waren bereits weiter gekommen, als Lark je bei seinen ausgedehntesten Reisen auf der Suche nach neuem Material für seine nimmersatten Verzeichnisse und Karten gelangt war. Sein geübtes Auge fand auch jetzt Anzeichen von sapienter Zivilisation: ein Fischerdorf der Hoon und eine Brutstätte der roten Qheuen, verborgen unter Felsvorsprüngen oder unter dem Baldachin eines Bambuswaldes.

Natürlich konnte er bei dieser Fluggeschwindigkeit allerlei Wichtiges verpassen, wenn er sich von dem Fenster auf der einen zu dem auf der anderen Seite bewegte, was er immer tat, wenn Besh den Flieger drehte, um mit den Instrumenten sowohl die Küste als auch das Meer abzusuchen.

Doch auch die letzten Anzeichen von Zivilisation hörten auf, als sie das Riff erreichten und in einer Entfernung von einigen hundert Bogenschüssen westlich an dem beilförmigen Fels Terminus vorbeiflogen.

Eine Kette von hochaufragenden Klippen und unterseeischen Schluchten zerriss hier das Land. Zerklüftete Landzungen wechselten sich mit scheinbar bodenlosen Meerfingern ab, als habe eine Riesenklaue hier in östlicher Richtung Furchen gezogen, um eine natürliche Barriere zu schaffen.

Wenn man sich jenseits dieser Grenze niederließ, war man damit automatisch als Gesetzloser gebrandmarkt und wurde von den Weisen und dem Heiligen Ei verflucht. Doch das Luftboot ließ sich davon nicht beirren, überquerte die Felsformationen und Abgründe rasch und ließ sie wie kleinere Rillen auf einem ausgetretenen Pfad zurück.

Nun flogen sie Meile um Meile über sandiger Savanne, aus der in großen Abständen die Ruinen und Fragmente uralter Städte aufragten, die durch Wind, Salz und Regen erodiert waren. Explosionen und Pulverisierstrahlen hatten die mächtigen Türme zerschmettert, nachdem der letzte Buyur vor dem Abflug das Licht ausgemacht hatte. Im Lauf der Zeit würden das endlose Mahlen der Mitteninsel und ihrer Töchter, der Vulkane, auch diese Stummel zu nichts vergehen lassen.

Dann verließ der Flieger den Kontinent und überflog Ketten von in Dunst und Nebel gehüllter Inseln.

Selbst Dwer hat nie davon geträumt, einmal so weit hinaus zu gelangen.

Lark beschloss, seinem jüngeren Bruder nichts von dieser Reise zu berichten, bevor er sich nicht mit Sara beraten hatte.

Seine Schwester besaß nämlich in der ganzen Familie den meisten Takt und wusste am ehesten mit verletzten Gefühlen umzugehen.

Doch dann wurde ihm schlagartig die Lage bewusst, in der sie sich befanden.

Sara steckt noch immer in Dolo. Und Dwer streift durch den Osten, um Glaver und Sooner zu jagen. Und wenn die Piraten sich hier umgesehen haben, machen sie vermutlich mit uns allen kurzen Prozess, und dann müssen wir sterben, ohne unsere Liebsten je wiedergesehen zu haben.

Er ließ sich seufzend in seinen Sitz sinken. Für ein paar Momente war er wirklich guter Dinge gewesen. Verdammtes Gedächtnis, das ihn ausgerechnet dann an die Wirklichkeit erinnern musste, wenn es ihm ausnahmsweise einmal gut ging!

Den Rest der Reise verbrachte er schweigend und nach außen hin unbeteiligt. Auch dann, als sie in einem Wald landeten, der so ganz anders aussah als alle Baumgruppen, die er kannte. Oder als er Ling dabei half, Käfige an Bord zu tragen, in denen sich die eigenartigsten Kreaturen befanden.

Die Professionalität war das einzige Vergnügen, das Lark sich jetzt noch erlaubte. Seine besondere Freude eben, die Natur zu studieren. Doch das Fliegen hielt für ihn jetzt nur noch wenig Gefallen oder Staunen bereit.

Es war schon Nacht geworden, als Lark schließlich zu seinem Zelt zurückschlurfte, das am Rand der Lichtung aufgebaut war – und feststellen musste, dass Harullen dort bereits auf ihn wartete.

Seine massige, gedrungene Gestalt füllte das halbe Quartier aus. Als er ihn im Mondlicht am Eingang stehen sah, glaubte er zuerst, es handele sich um Uthen, seinen Freund und Kollegen. Aber dann erkannte er, dass der aschgraue Rückenschild dieses Qheuen nicht von jahrelangen Grabungen in Jijos Vergangenheit zerkratzt war. Harullen war eher ein Bücherwurm, ein

Mystiker, der gern in einem aristokratischen Tonfall sprach – so ähnlich wie die alten Grauen Königinnen.

»Die Fundamentalisten haben uns eine Nachricht geschickt«, verkündete der Führer der Häretiker gleich wichtigtuerisch, ohne Lark nach seinem Tag zu fragen.

»Aha? Haben sie sich also doch noch gemeldet? Was wollen sie denn?« Lark ließ seinen Rucksack am Eingang fallen und sank auf sein Feldbett.

»Wie du bereits vorhergesagt hast, wünschen sie, sich mit uns zu treffen. Und zwar heute um Mitternacht.«

Das Echozischen des letzten Worts entwich seinen hinteren Sprechventilen, als der Qheuen sein Gewicht verlagerte. Lark riss sich zusammen, um nicht laut zu stöhnen. Er musste noch den Bericht für die Weisen schreiben, in dem alles zusammengefasst sein sollte, was er heute gesehen und erlebt hatte. Und Ling wünschte, dass er morgen sehr früh frisch und ausgeruht bei ihr erschien, um ihr bei der Analyse neuer Proben zu helfen.

Und jetzt auch noch eine Versammlung um Mitternacht?

Tja, was hast du erwartet, wenn du unbedingt auf mehreren Hochzeiten gleichzeitig tanzen willst? In den alten Romanen wird oft genug davor gewarnt, was alles passieren kann, wenn man mehreren Herren dient.

Die Ereignisse schienen sich zu überschlagen. Jetzt hatte die mysteriöse, so sehr auf Geheimhaltung bedachte Rebellenorganisation endlich ein Lebenszeichen von sich gegeben und Verhandlungen angeboten. Was blieb ihm da anderes übrig, als hinzugehen?

»Also gut«, erklärte er Harullen. »Hol mich ab, wenn es so weit ist. Bis dahin habe ich nämlich noch einiges zu erledigen.«

Der graue Qheuen zog sich leise zurück, und man hörte nur noch das Klacken seiner Scheren auf dem Fels. Lark zündete ein Streichholz an, das erst flackerte und Funken sprühte, ehe die Flamme stabil genug war, um seine kleine Öllampe zum Brennen zu bringen. Dann baute er den tragbaren Schreibtisch auf, den

Sara ihm geschenkt hatte, als er an der Roney-Schule seinen Abschluss geschafft hatte – was ihm heute ein geologisches Zeitalter her zu sein schien.

Nun legte er ein Blatt vom feinsten Papier seines Vaters vor sich hin, nahm einen oft gebrauchten Tintenstift, kratzte schwarzes Pulver von ihm ab, das er in einen Tontopf gab, goss Wasser aus einer Flasche darüber und verrührte das Ganze mit einem Stößel, bis sich alle Klumpen aufgelöst hatten. Dann nahm er sein Taschenmesser und spitzte den Zweig an, den er als Feder benutzen würde. Endlich konnte er ihn in die Tinte tauchen, und nach einem Moment des Überlegens fing er an, seinen Bericht zu schreiben.

Es war also wirklich wahr geworden, dachte Lark später während der Konferenz im buntschillernden Licht von Torgen, dem zweiten Mond. Zögerlich zwar und voller Misstrauen boten die Fundamentalisten tatsächlich dem losen Haufen von Harullens Häretikern ein Bündnis an.

Wie ist das möglich? Beide Gruppen haben doch vollkommen unterschiedliche Ziele? Uns geht es darum, unsere illegale Existenz auf dieser so ruhebedürftigen Welt erst zu reduzieren und dann ganz zu beenden.

Die Fundamentalisten hingegen wollen den alten Status quo wiederherstellen, dass wir uns wieder verstecken und tarnen wie vor der Zeit, als das Piratenschiff bei uns niederging.

Und vermutlich wollen sie auf dem Weg dahin noch ein paar alte Rechnungen begleichen.

Dennoch hockten nun Vertreter der beiden Parteien im Dunkel der Nacht beisammen. Man hatte sich bei einem rauchenden Erdloch eingefunden, ein Stück von dem gewundenen Pfad entfernt, der zum Nest des Heiligen Eies führte. Die meisten Teilnehmer an dieser Geheimbesprechung trugen lange Umhänge mit Kapuzen, um nicht erkannt zu werden.

Harullen, der zu den wenigen gehörte, die immer noch über

einen funktionstüchtigen Rewq verfügten, wurde gleich zu Anfang aufgefordert, den Symbionten abzunehmen, damit das empfindliche Wesen nicht in dieser Atmosphäre der Verschwörung und der Intrige Schaden erleide. Die Rewq waren Wesen des Friedens, und Krieg und Gewalt bekamen ihnen nicht.

Wahrscheinlich lautet der wahre Grund, dass die Fundamentalisten sich nicht in die Karten schauen lassen wollen, sagte sich Lark. Nicht umsonst wurden die Symbionten »Masken, die enthüllen« genannt. Der nahezu allgemeine Winterschlaf, den die Rewq angetreten hatten, wurde von allen als so besorgniserregend wie das Schweigen des Eies empfunden.

Bevor es dann mit den Verhandlungen richtig losgehen konnte, öffneten die Fundamentalisten einige Krüge und ließen Geheimhaltungswespen frei. Die Insekten bildeten einen dichten Ring um uns. Dieses Ritual war uralt, auch wenn man seine Bedeutung längst vergessen hatte. Doch nach den Ereignissen der letzten Tage ergab es durchaus einen Sinn.

Nun trat die ursische Sprecherin dieser Kabale vor und begann in Galaktik Zwei:

»Eure Vereinigung sehen Möglichkeiten/Chancen in der viel beweinten/oft beklagten Ankunft dieser Verbrecher«, beschuldigte sie uns gleich zu Anfang. Ihre Laute wurden von einer Mönchskapuze gedämpft, die nur ihr Maul freiließ. Dennoch konnte Lark erkennen, dass sie schon lange kein Füllen mehr war und mindestens einen Ehemann im Beutel trug. Ihre Sprache verriet einige Bildung. Vermutlich hatte sie eine der Steppen-Akademien besucht, wohin man die jungen Urs frisch von der Herde schickte, damit sie in Sichtweite eines rauchenden Vulkans ihre Fähigkeiten entwickeln konnten.

Also eine Intellektuelle. Eine, die fleißig Bücherwissen studiert hat, vom wirklichen Leben wenig weiß, dafür aber umso mehr von ihren angelesenen Ideen überzeugt ist.

Tja, womit sie sich nicht allzusehr von dir unterscheidet, bemerkte eine Stimme in seinem Hinterkopf.

Harullen meldete sich nun zu Wort und konterte den Vorwurf mit einer in Englik gestellten Gegenfrage:

»Was meinst du mit dieser unverständlichen Unterstellung?«

»Wir sein der festen Überzeugung, dass mit diesen unwillkommenen/ungeliebten/widerlichen Fremden euch gegeben Chance/Möglichkeit, euer großes Ziel zu erreichen!«

Die Urs stampfte mit dem Vorderbein auf. Ihre Behauptung löste in den Reihen der Häretiker unwilliges Murmeln aus. Nur Lark hatte mit einem solchen Beginn der Unterredung gerechnet.

Harullen drehte sich mit dem Rückenpanzer im Kreis. Eine Geste der Traeki, die von diesen als »Einwand gegen eine ungerechtfertigte Behauptung« bezeichnet wird.

»Ihr unterstellt uns also, wir würden unsere eigene Ermordung und die aller anderen Sapienten auf Jijo gutheißen!?«

Die Urs führte die gleiche Bewegung aus, nur drehte sie sich anders herum. Übersetzt bedeutete das so viel wie eine Wiederholung oder Bekräftigung der Anschuldigung.

»Das ich unterstellen bei allem, was mir heilig ist/mit aller Inbrunst und Überzeugung. Und ich das meinen genauso, wie ich es sagen. Alle doch wissen, dass es das sein, was ihr irregeleiteten/verrückten Häretiker wünschen.«

Lark trat nun vor. Das Raunen und Murmeln der Fundamentalisten beinhaltete deutlich antimenschliche Untertöne, die er jedoch ignorierte.

»Das sein nicht ★★★ (Bekräftigung und Wiederholung der Verneinung), was wir wünschen«, entgegnete er und vermasselte in seiner Hast den Triller, der die Bekräftigung zum Ausdruck brachte. »Und dafür es geben zwei Gründe«, fuhr er fort, um trotz seiner eher mäßigen Beherrschung des Galaktik Zwei nicht unterbrochen zu werden.

»Erster unter unseren Gründen zurückzuweisen diese Behauptung ist dieser: Die gierigen/sich nicht aufhalten lassen wollenden Fremden müssen nicht nur alle sapienten Zeugen ihrer Missetaten/ihres Diebstahls beseitigen, um selbige daran zu hindern, vor Galaktischem Gericht gegen sie zu können aussagen. Halunken auch müssen vernichten ganze Art von allen unglücklichen Spezies, von denen Proben sie stehlen von Jijo.

Andernfalls es wären doch wirklich peinlich, wenn dumme Diebe eines Tages bekanntgeben Adoption einer neuen Klientenspezies und jemand auftauchen und Beweise vorlegen, dass diese Spezies sein gestohlen von Jijo, oder? Aus diesem Grund vernichten sie müssen Originalpopulation, bevor sie abreisen von Jijo.

Dies wir können nicht erlauben/mit unserem Gewissen vereinbaren! Genozid an unschuldigem Leben sein nämlich das Verbrechen, das zu verhindern sich diese Gruppe von Aufrechten/Gerechtigkeitskämpfern formiert haben.«

Von Harullen und seinen Genossen ertönte lauter Beifall. Lark aber stellte fest, dass seine Kehle zu trocken war, um mit den Klick-, Pfeif- und Zischlauten des Galaktik Zwei fortfahren zu können. Aber er hatte gesagt, was er sagen wollte, und konnte jetzt in Englik fortfahren:

»Doch es gibt noch einen weiteren Grund, sich dem Anschlag der Fremden entgegenzustemmen.

Es liegt keine Ehre darin, sich einfach abschlachten zu lassen. Unsere Gruppe sucht vielmehr die Verhandlung, den Konsens, damit die Sechs das Richtige tun, und zwar langsam, ohne Schmerz und freiwillig – nämlich durch Geburtenkontrolle, als noblen Akt und Zeichen der tiefen Verehrung und Liebe für diese Welt.«

»Der Effekt wäre am Ende doch derselbe«, entgegnete die Urs und bediente sich unbewusst ebenfalls des Englik.

»Nicht wenn die Wahrheit aufgedeckt wird! Und dazu wird es

eines Tages unweigerlich kommen, wenn auf Jijo neue, rechtmäßige Siedler einziehen, die das Hobby der Archäologie pflegen.«

Diese Erklärung löste auf beiden Seiten verwirrtes Schweigen aus. Harullen drehte seinen Kopfaufsatz, bis er Lark anstarren konnte.

»Erkläre dasss bitte genauer«, forderte die ursische Rebellin ihn auf und beugte zur Unterstreichung ihrer Worte die Vorderbeine. »Wasss werden die Arsssäologen noch finden können, wenn wir und all unsssere Nachkommen längssst vergangen sssind und unsssere Hufknochen auf dem Grund des Ossseansss lagern?«

Lark richtete sich zur vollen Größe auf und kämpfte gegen die Müdigkeit in seinen Knochen an.

»Trotz all unserer Bemühungen, ein Leben gemäß den Schriftrollen zu führen und keine bleibenden Spuren zu hinterlassen, wird man sich doch eines Tages diese Geschichte erzählen.

In einer Million Jahren, meinetwegen auch in zehn Millionen, wird man entdecken, dass hier einmal eine Gesellschaft von Soonern gelebt hat. Die Nachfahren von selbstsüchtigen Idioten, die aus Gründen, die dann niemand mehr kennt, auf Jijo eingefallen sind. Die Abkömmlinge, die die Narretei ihrer Vorfahren noch übertroffen haben, indem sie sich untereinander beibrachten, worin die wahre Größe liege.

Und dies ist auch der Hauptunterschied dazwischen, sich für eine Selbstauslöschung in Würde zu entscheiden oder sich umbringen zu lassen. Im Namen der Ehre und auch im Namen des Heiligen Eies müssen wir selbst diese Wahl treffen. Und zwar jedes Individuum für sich selbst. Wir dürfen uns die Entscheidung nicht von einer Bande von Dieben und Mördern aufzwingen lassen.«

Harullen und die anderen Häretiker waren eindeutig zutiefst bewegt. Nach einem Moment der Ergriffenheit zischten, riefen oder grollten sie ihre Begeisterung. Lark glaubte sogar, aus den Reihen der Fundamentalisten leise Zustimmung zu vernehmen.

Auch wenn ihm kein Rewq zur Verfügung stand, spürte er, dass es ihm gelungen war, überzeugend zu klingen – und das, obwohl er tief in seinem Innern den eigenen Worten nicht so recht traute.

Ling und ihre Gruppe haben sich bislang nicht anmerken lassen, dass sie sich vor den Entdeckungen zukünftiger Archäologen fürchten.

Und wenn Lark ehrlich war, musste er zugeben, dass es ihn auch wenig scherte, ob in späteren historischen Werken eine Fußnote irgendetwas über die Gemeinschaft der Sechs mitteilte.

Gute Gesetze brauchen keine Belohnung oder Anerkennung, um sie gut zu machen. Solange sie auf der Wahrheit basieren und in sich gerecht sind. Und solange man sie einhält, auch wenn man sich sicher sein kann, dass gerade keiner hinsieht und niemand jemals etwas erfahren wird.

Trotz aller oftmals beklagten Fehler in der Galaktischen Zivilisation wusste Lark, dass die Gesetze über die brachliegenden Welten gut, gerecht und richtig waren. Obwohl er in eine Gesellschaft hineingeboren worden war, die offen gegen sie verstieß, empfand er es als seine Pflicht, dafür zu sorgen, dass sie im Endeffekt doch eingehalten wurden.

Im Gegensatz zu seinen eigenen Worten hatte er im Prinzip auch nicht viel dagegen, wenn Ling und ihre Bande die einheimischen Zeugen umbrachten, solange sie dabei nicht zu viel Brutalität anwandten.

Vielleicht durch eine Art Seuche, die die Exilanten zwar bei Gesundheit belässt, sie aber unfruchtbar macht. Damit hätten sie sowohl ihr Zeugenproblem gelöst, als auch etwas für Jijo getan.

Aber Lark hatte auch die Pflicht, den schurkischen Plan der Piraten zu durchkreuzen, hier Gene zu stehlen. Denn das bedeutete ebenfalls, Jijo ein Leid zuzufügen, oder anders gesagt, diese Welt zu vergewaltigen. Da die Weisen lieber schwafelten, als etwas zu unternehmen, waren die Fundamentalisten anscheinend die einzige Gruppe, die gewillt war, sich den Piraten entgegenzuwerfen.

Deswegen hatte er ihnen eben Worte gesagt, von denen er nicht überzeugt war. Er wollte nämlich Vertrauen zwischen den beiden radikalen Gruppen herstellen. Lark wünschte ein Bündnis mit den Fundamentalisten, und das aus einem ganz einfachen Grund. Wenn irgendetwas geschehen sollte, wenn jemand aktiv werden wollte, wünschte er, dabei ein Wörtchen mitreden zu können.

Arbeite einstweilen mit ihnen zusammen, sagte er sich, während er wieder das Wort an die Versammlung richtete und all sein rhetorisches Talent einsetzte, um das Misstrauen der anderen Seite zu zerstreuen und eine Allianz möglich zu machen.

Kooperiere, aber halte die Augen offen.

Wer weiß, vielleicht ergibt sich bald eine Gelegenheit, zwei Fliegen mit einer Klappe zu schlagen.

Asx

Das Universum verlangt von uns in diesen Tagen einen gewissen Sinn für Ironie.

Zum Beispiel waren alle Anstrengungen und aller guter Wille, die zum Großen Frieden führten, ihren Einsatz wert. Wir, das Volk der Gemeinschaften, sind darunter besser und reifer geworden. Wir gingen auch davon aus, dass dieser Zusammenschluss für uns sprechen würde, wenn die Galaktischen Inspektoren einst kommen würden, um über uns zu Gericht zu sitzen. Staaten, die miteinander im Krieg liegen, fügen einer Welt nämlich viel mehr Schaden zu als solche, die miteinander reden, um zu vereinbaren, wie man sich am besten um einen gemeinsamen Garten kümmert.

Ganz gewiss würde es uns doch einige Pluspunkte einbringen, dass wir höfliche und sanfte Kriminelle gewesen sind und diese Welt nicht ausgeplündert und zerstört haben.

So haben wir gedacht, nicht wahr, meine Ringe?

Aber dann sind keine Richter vom Himmel gestiegen, sondern Diebe und Lügner. Unvermittelt müssen wir die tödlichen Spiele der Intrige spielen, und diese Fähigkeit beherrschen wir heute längst nicht mehr so wie in den Tagen vor dem Frieden und der Ankunft des Eies.

Wie hätten wir diesen Piraten begegnen können, wenn wir nicht eine längere Friedenszeit hinter uns gehabt hätten?

Heute ist uns diese Wahrheit bewusst geworden und bitter aufgestoßen, als uns ein galoppierender Bote erreichte und uns Nachricht von Uriel, der Schmiedin, brachte. Sie sandte uns Worte der Warnung und dringende Ratschläge, berichtete von Geschehnissen am Himmel und ermahnte uns, uns auf den Besuch von einem Sternenschiff einzustellen!

Eine gutgemeinte, ehrliche Warnung, die leider etwas spät kam. Wie sollten wir jetzt noch Vorsichtsmaßnahmen ergreifen?

Einst erhoben sich steinerne Zitadellen auf bitterkalten Felsspitzen, den ganzen Weg nördlich von Biblos bis hinunter in die tropischen Siedlungen im Tal, und sandten vermittels verstellbarer Spiegel Nachrichten, die schneller als alle ursischen Galopper oder Rennvögel ihr Ziel erreichten. Mit diesen Morse- oder Semaphor-Nachrichtenübermittlungen konnten die Menschen ihre Truppen und die ihrer Verbündeten rasch mobilisieren und damit mehr als einmal ihre zahlenmäßige Unterlegenheit wettmachen.

Im Laufe der Zeit entwickelten die Urs und die Hoon ähnliche Systeme, die auf ihre Weise ebenso effektiv waren. Selbst wir Traeki errichteten ein Netzwerk von Geruchssensoren, um uns rechtzeitig vor drohenden Gefahren zu warnen.

Aber keine dieser Nachrichtenübermittlungen hat den Großen Frieden überlebt. Spiegel und Semaphorfahnen wurden eingemottet, die Signalraketenstationen dem natürlichen Verfall überlassen. Bis in die jüngste Zeit rechtfertigten der Handel und die anderen Wirtschaftsunternehmungen die kostspielige Neuinstallation der alten Systeme nicht. Welche Ironie, dass gerade letztes Jahr eine Gruppe von Investoren laut darüber nachdachte, die Steintürme auf den eisigen Felsspitzen wieder herzurichten und die Nachrichtenübermittlungen erneut aufzunehmen.

Wenn sie ihre Pläne bereits in die Tat umgesetzt hätten, statt nur zu palavern, hätte Uriels Warnung uns dann eher erreicht?

Aber hätte ein früheres Bekanntwerden ihrer Himmelsbeobachtungen etwas an unserem Schicksal ändern können?

Ach, meine Ringe. Wie müßig es doch ist, sich mit Was-wäre-wenn-Fragen aufzuhalten. Im Grunde genommen handelt es sich dabei doch um das Blödsinnigste, mit dem intelligenzbehaftete Wesen, mit Ausnahme der Vertreter des Solipsismus, ihre Zeit totschlagen können.

Rety

»Hast du mir was Schönes mitgebracht?«

Rann, der streng dreinblickende Führer der Himmelsmenschen, streckte eine Hand aus. Die Dämmerung war hereingebrochen, der Wind rauschte durch ein nahe gelegenes Wäldchen von blassem Bambus, und Rety kam es so vor, als sei jeder seiner schwieligen Finger so dick wie ihr Handgelenk. Der Mondschein betonte mit seinem Schatten die kantigen Züge des Mannes und seinen V-Oberkörper. Das Mädchen versuchte, sich nichts davon anmerken zu lassen, dass sie sich in seiner Gegenwart klein und nichtig fühlte.

Ob da draußen zwischen den Sternen alle Männer so sind?

Die Vorstellung ließ sie taumeln – fast noch stärker als vorhin, als Besh ihr mitgeteilt hatte, es sei möglich, das Narbengewebe aus Retys Gesicht zu entfernen.

Zuerst waren jedoch die schlechten Nachrichten an der Reihe gewesen.

»Hier in unserer kleinen Klinik können wir gar nichts machen«, erklärte ihr die Plünderin. Rety hatte sich kurz entschlossen in die Krankenstation der Fremden unweit ihrer vergrabenen Station begeben.

Den halben Morgen hatte sie dort angestanden, eine elende Warterei, während der sie sich zwischen einem g'Kek mit einem quietschenden, eiernden Rad und einer alten Urs befunden hatte, aus deren Nüstern unaufhörlich eine widerliche graue Flüssigkeit tropfte. Rety musste aufpassen, nicht hineinzutreten, wenn die Schlange sich wieder ein Stückchen vorwärtsbewegte.

Als sie dann endlich an der Reihe war und unter den hellen Lichtern und Suchstrahlen lag, hatte sie zunächst die größten Hoffnungen gehegt, die dann mit einem Schlag zunichte gemacht wurden.

»Eine solche Hautschädigung könnten wir zuhause ohne große Mühe beheben«, sagte Besh dem Mädchen und schob es zum Zelt hinaus. »Biogestaltung gehört dort zu den entwickeltsten Künsten. Die Experten verstehen sich sogar darauf, selbst aus primitivem Material etwas Hübsches zu formen.«

Rety war nicht sauer, nur enttäuscht.

Primitives Material? Tja, das bin ich ja wohl auch, da beißt die Maus keinen Faden ab.

Und außerdem war sie völlig hin und weg von den Möglichkeiten, die sich ihr eröffneten: Ob die Galaktischen Hexenmeister ihr zu einem Gesicht und einem Körper verhelfen konnten, die sie schön wie Ling oder Besh machen würden?

So blieb sie einfach stehen, bockte und ließ sich von der Piratin nicht länger schieben, bis diese innehielt und ihr Gelegenheit zum Sprechen gab.

»Man erzählt sich, ihr würdet ein paar Menschen mitnehmen, wenn ihr wieder abfliegt. Stimmt das?«

Besh sah sie mit Augen an, die wie goldbraune Edelsteine leuchteten.

»Wer behauptet denn so etwas?«

»Ich … bekomme halt einiges mit. Hauptsächlich Gerüchte und so.«

»Du solltest nicht alles glauben, was dir zu Ohren kommt.«

Sie hatte *alles* merkwürdig betont. Rety griff sofort nach diesem Strohhalm.

»Ich habe auch gehört, dass ihr gut bezahlt, wenn man euch etwas bringt, was ihr gut gebrauchen könnt. Dinge eben oder Neuigkeiten.«

»Nun, das wenigstens kann ich bestätigen.« Nun funkelten die Augen ein wenig. Aus Belustigung – oder aus Gier?

»Und wenn man euch etwas mitteilen kann, was wirklich, wirklich wertvoll ist? Wie würde die Belohnung dann aussehen?«

Die Sternenfrau lächelte freundlich und verheißungsvoll. »Kommt darauf an, wie hilfreich oder wertvoll die Neuigkeit ist. Für eine Belohnung ist *nach oben keine Grenze gesetzt.*«

Rety wäre in diesem Moment fast geplatzt. Sie fing an, in ihrer Tasche zu kramen, aber Besh hielt sie zurück. »Nicht jetzt«, erklärte sie leise. »Hier sind wir nicht ungestört.«

Das Mädchen sah sich nach links und rechts um und sah die vielen Patienten und die Helfer der Räuber – Mitglieder der Gemeinschaften, die den Fremden bei ihren vielen Tätigkeiten und Untersuchungen zur Hand gingen. Jeder von ihnen konnte ein Spion der Weisen sein.

»Heute Abend«, fuhr Besh im Flüsterton fort. »Rann unternimmt jede Nacht einen Spaziergang zum Bach. Warte bei dem gelben Bambus auf ihn. Das Wäldchen, das gerade in Blüte steht. Du musst allein dorthin kommen und darfst unterwegs zu niemandem sprechen.«

Super!, jubilierte das Mädchen, als es nun endlich das Zelt verließ. *Sie sind interessiert. Genau das, was ich erhofft habe. Und das ging ja wirklich leichter als gedacht.*

Ihr Plan wäre sicher zum Scheitern verurteilt gewesen, wenn die Kontaktaufnahme sich hingezogen hätte. Der oberste menschliche Weise hatte nämlich verfügt, dass sie morgen die Lichtung verlassen müsse. Zusammen mit einer kleinen Eselskarawane, die hinauf in die Berge wollte. Mit ihr zogen zwei schweigsame Männer und drei Kolosse von Frauen, denen sie noch nicht begegnet war.

Zwar hatte man ihr nicht mehr mitgeteilt, aber Rety wusste auch so, dass die Karawane zu Dwer aufschließen wollte, und dann sollte es gemeinsam weiter in die Wildnis gehen, in die Hügel, aus denen das Mädchen gekommen war.

Nie und nimmer, dachte sie und freute sich schon auf die schicksalhafte Begegnung heute Abend. *Dwer kann sich von mir aus gern durch die Wälder schlagen. Während er in den Grauen Hügeln nach etwas Essbarem sucht, sitze ich ganz oben, auf dem Schwanz des Delfins, und nichts und niemand auf Jijo kratzt mich mehr.*

Aus diesem Sternenbild seien die Piraten nämlich gekommen, so erzählten es sich die Hangleute jedenfalls. Nur diese Riesenkrabbe, die Weise Messerscharfe Einsicht, hatte ihr zu erklären versucht, was es mit Galaxien und »Transferpunkten« auf sich hatte. Und dass die Route zurück zur Zivilisation so verdreht und verwickelt war wie ein Mulch-Spinnen-Tentakel.

Das alles hatte für Rety wenig Sinn ergeben, und sie sagte sich, dass die Qheuen im Altersschwachsinn faselte. Außerdem gefiel ihr die Vorstellung viel besser, den Stern schon jetzt sehen zu können, zu dem sie so bald reisen würde.

Von dort, einer wunderbaren Galaktischen Stadt, konnte sie auch auf Jijo hinabblicken und Jass und Bom und deren ganzem stinkendem Stamm die Zunge herausstrecken. Und wenn sie schon einmal dabei war, dann auch gleich noch Dwer und den muffigen Weisen. Und nicht zu vergessen all den Blödianen auf dieser ranzigen Welt, die gemein zu ihr gewesen waren.

Nach der Begegnung mit Besh ging sie den Weisen und deren Mitarbeitern tunlichst aus dem Weg. Sie wanderte zu den Lichtungen, die ein paar Bogenschüsse weiter westlich lagen und wo einige Pilger versuchten, das Festival in Gang kommen zu lassen.

Die Pavillons, die man vor Kurzem in Panik niedergerissen hatte, wurden hier wieder aufgebaut, und viele Bürger wagten sich wieder aus ihren Verstecken. Zwar lag hier einige Spannung und Bedrückung in der Luft, aber viele waren festen Willens, ihr gewohntes Leben fortzusetzen, auch wenn es nur noch eine Weile andauern sollte.

Rety suchte ein Zelt auf, in dem Handwerker, die vom ganzen Hang gekommen waren, ihre Waren ausstellten. Gestern hätten sie das Mädchen noch tief beeindruckt, aber heute, nachdem sie die wunderbaren Maschinen der Fremden gesehen hatte, hatte sie für diese Güter hier nur noch Verachtung übrig.

Sie stellte sich zu den Zuhörern einer Podiumsdiskussion. Oben redeten Hoon, g'Kek und Menschen über neue Techniken zur Herstellung von Webseil. In diesem Zelt herrschte angespannte Stille, aber ein paar im Publikum wagten es doch, eine Frage zu stellen.

Ein Stück weiter formte ein Traeki-Ringausbrüter aus schlaffem Teig Figuren mit schlanken Armen, vorquellenden Augen und Stummelfüßen. Drei reifere Traeki unterhielten sich darüber, was sie ihrem neugeborenen Stapel zu Hause an Zusatzwülsten mitgeben wollten. Rety hatte allerdings eher den Eindruck, dass sie nur voreinander angaben.

Ein paar weitere Schritte führten sie auf eine sonnenbeschienene Schneise, auf der ein paar Schimpansenakrobaten für eine Gruppe Kinder Kunststücke vorführten, und an einer heißen Quelle spielte eine Kapelle auf. Die Musikanten setzten sich aus den Sechs Spezies zusammen. Die Melodie war hübsch und fröhlich, erzeugte aber bei Rety nur einen schalen Geschmack im

Mund. Mittlerweile konnte sie alles, was von Jijo stammte, nur noch mit versteinertem Herzen betrachten.

Diese Hangleute glauben, sie seien so viel besser als die dreckigen Sooner-Banden in den Hügeln. Nun, vielleicht sind sie das ja sogar. Aber eigentlich ist doch jeder auf Jijo ein Sooner, oder?

Na ja, bald bin ich weit fort von hier, und dann interessiert mich das alles nicht mehr.

Auf einer neuen Lichtung verbrachte sie den halben Nachmittag damit, Menschenkindern und Urs-Fohlen dabei zuzusehen, wie sie Drakes Herausforderung spielten.

Das Spielfeld bestand aus einer Sandfläche, die an einem Ende von einem Bach und am anderen von einer Grube begrenzt wurde. In Letzterer lagen Kohlen, die unter einer dicken Ascheschicht glommen. Heißer Rauch trieb in Retys Gesicht und löste in ihr schmerzliche Erinnerungen an Jass und Bom aus. Ihre Narben spannten sich an, bis sie ein Stück den Hang hinauflief und es sich im Schatten unter einem Garubaum bequem machte.

Zwei Kombattanten betraten das Feld. Ein menschlicher Knabe zeigte sich am Nordende, und eine stämmige junge Urs erschien am Südrand. Sie schlenderten provozierend langsam zum Zentrum, wo zwei Schiedsrichter warteten, und riefen sich Schmähungen und Beleidigungen zu.

»Na, alte Schindmähre, freust du dich schon auf dein Bad?«, rief der Junge und wollte vor seiner Gegnerin auf und ab stolzieren. Sein linker Arm hinderte ihn aber an vollkommenen Bewegungen, war dieser doch mit einem Stoffseil an seinen Rücken gebunden. Er trug eine Art Lederharnisch, der ihm vom Unterleib bis unter das Kinn reichte, und der Rest seines Körpers war nackt.

Das Fohlen hatte ebenfalls seine Schutzkleidung und seine Handicaps. Feste und transparente Junoor-Membranen bedeckten ihre Beutel und Geruchsdrüsen. Als die Urs näher kam, versuchte sie, sich auf die Hinterbeine zu stellen, und wäre zur

Belustigung der Zuschauer beinahe hingefallen. Rety erkannte den Grund dafür: Man hatte der Kämpferin die Hinterbeine zusammengebunden.

»Blödesss Eissshörnsssen!«, rief sie zurück, während sie ihr Gleichgewicht zurückerlangte und versuchte, vorwärtszuhüpfen. »Bessstussstesss Eissshörnsssen, du wirssst gleisss gegrillt!«

Entlang der freien Seiten und hinter dem Bach und der Kohlengrube hatten sich ganze Scharen von Jugendlichen versammelt, um den Kampf zu verfolgen. Einige von ihnen trugen ebenfalls Harnisch oder Membranschützer und warteten auf ihren Auftritt in der Arena.

Andere verrieben Salbe über rote Stellen an ihren Unter- und Oberschenkeln – manche hatten sie sogar in den Gesichtern. Rety zuckte zusammen, als ihr Blick auf diese Menschenkinder fiel. Nun gut, keine der Verbrennungen sah so schlimm aus wie die ihren. Keiner der Jungen und Mädchen wies Brandblasen oder verkohltes Fleisch auf. Trotzdem, wie konnte sich jemand freiwillig der Gefahr aussetzen, in die Kohlengrube gestoßen zu werden?

Die Vorstellung löste Brechreiz in dem Mädchen aus, faszinierte sie eigenartigerweise aber auch.

Unterschied sich das denn wirklich so sehr von dem, was sie riskiert hatte? Rety hatte doch gewusst, dass es schlimme Konsequenzen nach sich ziehen würde, gegen Jass aufzustehen, und sie hatte es dennoch getan.

Manchmal muss man sich eben zum Kampf stellen. So ist das nun einmal. Sie hob kurz die Hand an die Wange. Nein, sie bereute nichts, überhaupt nichts.

Auch einige Urs-Zuschauer hatten von den vorangegangenen Kämpfen etwas abbekommen, wie man an den Stellen erkennen konnte, an denen ihr Fell nass geworden war und sich ablöste.

Eigenartigerweise standen sich Menschen und Urs hier nicht in zwei Blöcken gegenüber. Alle bewegten sich durcheinander, übten sich für den anstehenden Kampf oder tauschten Kniffe und Wurftechniken aus. Rety sah sogar einen Jungen, der seinen Arm um den Hals eines Fohlens gelegt hatte und mit ihm lachte und scherzte.

Zwei Gruppen von Zookir und Schimpansen kreischten sich gegenseitig an, beschimpften sich aber nicht, sondern wetteten auf ihre Favoriten, hämmerten mit den Händen auf den Boden und setzten Piu-Knollen.

Hinter der Kohlengrube befand sich eine weitere Arena, in der jugendliche Traeki mit neu angeflanschten Ringen gegen junge g'Kek antraten, die sich unglaublich leicht und agil bewegten. Sie rollten auf einem Rad oder hoben kurz die Räder, um sich auf ihren hinteren Schubbeinen vorwärtszubewegen. Bei diesem Wettkampf schien es eher darum zu gehen, wer sich beim Tanz am besten drehen konnte. Rety begriff nicht, wie hier gepunktet wurde. Aber zumindest schien es dabei weniger gewalttätig zuzugehen als bei Drakes Herausforderung.

Die Schiedsrichter – zwei Qheuen, ein grauer und ein blauer – erwarteten die beiden Kombattanten im Zentrum der Sandfläche. Sie untersuchten sorgfältig den Ärmel des Knaben nach versteckten Waffen und überprüften dann das Gebiss der Urs, um festzustellen, ob ihre sichelartigen Schneidezähne mit Kappen bedeckt waren.

Nun trat der blaue Qheuen in den Fluss, während der Graue zu Retys grenzenloser Verblüffung mit seinen gepanzerten Beinen in die qualmenden Kohlen stieg. Natürlich verlagerte der Schiedsrichter ständig sein Gewicht. Er hob zwei Beine hoch in die Luft und wechselte sie nach einer Weile gegen ein anderes Paar aus.

Die beiden Kämpfer verbeugten sich nun, wie es Brauch war, voreinander, wenn auch vorsichtig und den Gegner nicht aus dem Auge lassend, und fingen dann an, den anderen zu umkreisen und nach seinen Schwachstellen Ausschau zu halten.

Abrupt sprangen sie aufeinander zu und rangen miteinander. Sie täuschten, versuchten, ein Bein des Kontrahenten zu fassen zu bekommen, oder versetzten ihm einen Stoß, um ihn in die Richtung zu bringen, in die er am allerwenigsten wollte – der Jüngling in die Kohlegrube, das Fohlen ins Wasser.

Rety erkannte jetzt auch, warum man beide mit einem Handikap versehen hatte. Mit den zusammengebundenen Hinterläufen war es der Urs nicht möglich, den Gegner zu überrennen oder ihn einfach in die Grube zu schieben. Auf der anderen Seite hätte der Mensch das Fohlen in einen Würgegriff nehmen können, wenn man ihm nicht einen Arm auf den Rücken gebunden hätte.

»Drakes Herausforderung! Drakes Herausforderung! Yippieeijeh!«

Die helle, quiekige Stimme erschreckte Rety, kam sie doch nicht von der johlenden Menge, sondern ganz aus der Nähe. Die Soonerin verrenkte den Hals, um nach dem Rufer zu suchen, entdeckte aber niemanden, bis sie spürte, wie sie jemand am Hemd zupfte, und dann nach unten blickte.

»Platz in Beutel? Yee mit dir red. Du mich in Beutel steck, und Yee mit dir red.«

Rety fielen fast die Augen aus dem Kopf. Vor ihr stand ein Miniatur-Urs, kaum so groß wie ihr Fuß. Er tanzte auf seinen vier Beinen vor ihr herum und zog gleichzeitig an ihren Sachen. Der kleine Hengst warf den Kopf in den Nacken, schüttelte die Mähne und sah sich dann nervös um. »Yee brauch Beutel! Brauch Beutel!«, jammerte er.

Die Soonerin ließ sich von ihm anstecken und blickte ebenfalls ängstlich umher, bis sie die Ursache seiner Sorge entdeckte. Ein schwarzes Wesen kauerte im Unterholz und keuchte leise. Die lange Zunge hing zwischen scharfen Zahnreihen aus dem Maul. Zuerst glaubte Rety, Schmutzfuß habe den Weg zu ihr gefunden, der lustige Gefährte vom knurrigen Dwer, den sie in den

Bergen kennengelernt hatte. Aber dann sah sie, dass dieser Noor keine braunen Pfoten hatte. Also doch nicht Schmutzfuß.

Das Wesen starrte den kleinen Urs beutegierig an, machte einen Schritt auf ihn zu und dann noch einen.

Impulsiv nahm die Soonerin den Hengst auf und steckte ihn in die Ledertasche, die sie an der Hüfte trug.

Der Noor starrte sie ebenso enttäuscht wie verwirrt an, drehte sich um und verschwand im Gehölz.

Jubelschreie, Buhrufe und aufgeregtes Schnauben ließen sie aufblicken, und sie bekam gerade noch mit, wie der Knabe durch eine Wolke aufsteigender Asche taumelte. Zu Retys großer Verwunderung ging der Kämpfer nicht gleich in Flammen auf, sondern gewann sein Gleichgewicht wieder und hüpfte von einem Fuß auf dem anderen aus der Grube. Draußen schnippte er Kohlestückchen von seinem Lederschutz und winkte den grauen Qheuen fort, der gerade nachsehen wollte. Der Jüngling fuhr noch einmal mit einer Hand über den Harnisch und kehrte dann in die Arena zurück.

Die Soonerin war tief beeindruckt. Die Hangleute waren doch zäher, als sie angenommen hatte.

»Heiß-heiß! Aber nicht viel heiß!«, quiekte die helle Stimme aus ihrer Tasche, als würde der Kleine es lustig finden, dass Rety vergessen hatte, den Mund zu schließen. Den hungrigen Noor und seine Flucht vor ihm schien er bereits vergessen zu haben. »Jung versuch Trick! Aber gleit aus und fall. Doch nicht zweimal, nicht dies Jung. Er gewinn! Wart ab! Gleich du seh, wie dumm Mähr werd nass!«

Rety schluckte mehrmals, weil sie nicht zu entscheiden wusste, was sie mehr verblüffte: der Wettstreit in der Arena oder das Wesen in ihrer Tasche, das sie anscheinend wie ein Sportreporter laufend mit Kommentaren zum Geschehen im Ring versorgen wollte.

Drakes Herausforderung obsiegte schließlich, und ihre ganze

Aufmerksamkeit gehörte der erneuten Attacke des Knaben auf die Urs. Wie immer sein Fehler beim ersten Mal auch ausgesehen haben mochte, er schien daraus gelernt zu haben. Er tanzte vor seiner Gegnerin hin und her, sprang dann rasch vor und bekam mit einer Hand ihre Mähne zu fassen. Sie schnaubte und schnappte nach ihm und versuchte vergeblich, mit ihren kleinen Greifarmen seinen Griff zu brechen. Dann hob sie sogar ein Vorderbein, um mit dem harten Huf nach dem Jüngling zu treten, brachte sich damit aber selbst in eine prekäre Lage.

»Drak Rausford! Drak Rausford!«, rief der Hengst schadenfroh. »Drak sag zu Ur-choon: Du mit mir ring. Ring statt totmach!«

Rety hielt den Atem an.

Ja, jetzt erinnere ich mich wieder.

Sie hatte die Geschichte als kleines Mädchen gehört. Einer der alten Opas hatte sie am Lagerfeuer erzählt. Leider war sie mit dem Tod des Alten untergegangen; denn Jass und die anderen jungen Jäger prahlten lieber mit ihren übertriebenen Abenteuern, statt das alte Garn vom Leben jenseits der Berge weiterzugeben.

Wenn die Soonerin sich recht erinnerte, hatte es einmal einen Mann namens Drake – oder Drak – gegeben, einen Helden, mutiger und stärker als alle anderen vor ihm und nach ihm. Zu einer Zeit, als die Menschen noch neu auf Jijo waren, hatten eine gewaltige ursische Häuptlingin und dieser Drake sich zu einem Ringkampf getroffen. Drei Tage und drei Nächte balgten sie sich, schlugen aufeinander ein und zerrten und rissen aneinander. Unter ihren Hieben erbebte der Boden, trockneten Flüsse aus und spaltete sich die Erde zwischen einem mächtigen Berg und dem Meer, bis der Vulkan und der Ozean unter aufschießendem Rauch verschwanden. Als die Wolken sich endlich gelegt hatten, leuchtete das Land von Horizont zu Horizont in all den Farbtönen, die entstehen, wenn man menschliches und ursisches Blut mischt.

Schließlich traten die beiden Kämpfer aus Rauch und Nebel. Drake fehlte ein Arm und der Urs ein Bein. Von diesem Tag an waren sie unzertrennlich und stützten sich aneinander.

Die Völker und Stämme führten auch danach Krieg gegeneinander, aber seit jener Zeit wurden alle Schlachten in ehrenvollem Angedenken an Drake und Ur-choon geführt.

»Guck!«, drängte der kleine Hengst.

Der Knabe tat so, als wolle er sich nach links beugen, stellte dann aber den rechten Fuß vor sich und hob die Gegnerin ruckartig an. Die Urs schnaubte entsetzt, konnte aber nicht verhindern, über seine Hüfte zu rollen und kopfüber in den Bach zu fliegen, in dem sie mit einem großen Platsch landete. Sie wieherte schrill, als sie sich abstrampelte und auf dem schlammigen Grund ausrutschte.

Schließlich tauchte der blaue Qheuen hinter ihr auf und versetzte ihr mit einer Schere einen hilfreichen Stoß. Das Fohlen schnaubte dankbar, landete hart auf dem Sand und warf große Staubwolken hoch.

»Haha! Roll in heiß Asch, dumm Mähr! Sand zu langsam! Dein Haar wird rott!«

Rety fand zum ersten Mal Gelegenheit, sich den Kleinen näher zu betrachten. Der Urs war kein Baby, wie sie zuerst vermutet hatte. Irgendwann hatte sie einmal gehört, dass ursische Neugeborene ein paar Monate lang im Beutel ihrer Mutter blieben, bis man sie zu Dutzenden im hohen Gras aussetzte, damit sie sich von nun an allein durchschlugen. Aber da war der Nachwuchs noch zu klein, um schon sprechen zu können.

Dann ist das ein männlicher Urs, ein Hengst! Rety entdeckte jetzt auch, dass sein Hals und sein Maul nicht wie bei einer Stute aussahen. Auch fehlten ihm die farbigen Drüsen und die gespaltene Oberlippe. Deswegen konnte er wohl auch Englik ohne Lispeln sprechen.

In der Arena ging der Knabe für die dritte Runde in Position, aber die Urs senkte den Kopf und gab sich geschlagen. Der Jüngling hob zum Sieg den freien Arm, der voller roter Streifen war, und half der humpelnden Verliererin vom Spielfeld.

Gleich machten sich zwei neue Streiter bereit. Sie streckten und beugten sich, während Helfer ihnen den Arm an den Rücken beziehungsweise die beiden Hinterbeine zusammenbanden.

Sehnsüchtig betrachtete Rety die Menschenkinder, die mit ihren Freunden von den anderen Spezies scherzten. Sie fragte sich, wie der Knabe es geschafft hatte, sich in der Kohlegrube nur leichte Verletzungen zuzuziehen. Aber sie konnte sich nicht dazu bringen, zu den Jugendlichen zu gehen und sie anzusprechen. Wahrscheinlich hätten sie die Soonerin nur wegen ihres ungekämmten Haars, ihrer ungehobelten Sprache und der Narben in ihrem Gesicht ausgelacht.

Vergiss die Blödis, dachte sie bitter. Die trockene Hitze und der viele Rauch ließen ihre Gesichtshaut jucken. Außerdem hatte sie etwas Wichtiges zu erledigen. Sie musste vor Einbruch der Nacht einen Gegenstand aus ihrem Zelt holen. Etwas, das sie als Bezahlung für die Fahrkarte fort von hier geben wollte. Zu einer Reise an einen Ort, den diese großen Jungs hier nie zu sehen bekommen würden, mochten sie auch noch so kampferfahren und angeberisch auf und ab stolzieren.

An einen Ort, an dem sie niemand aus ihrer Vergangenheit mehr behelligen konnte. Das war doch viel bedeutender, als irgendwelchen Halbwilden dabei zuzusehen, wie sie sich vor Feuer und Wasser prügelten.

»Hör mal, Kleiner, ich muss jetzt gehen«, erklärte sie dem Hengst, während sie aufstand und sich umsah. »Ich glaube, der böse Noor hat sich verzogen. Du kannst jetzt also wieder heim.«

Der Urs sah sie mit hängendem Schweif und gesenktem Haupt so tieftraurig an, dass Rety sich räuspern musste.

»Hm, kann ich dich vielleicht irgendwo absetzen? Macht deine, äh, Ehefrau sich denn nicht schon große Sorgen um dich?«

Ein Glitzern trat in die bekümmerten Augen. »Uf-roho brauch Yee nich' mehr. Ihr Beutel sein voll mit neu glitschschleim Baby. Uf-roho hat Yee rausschmeiß. Rechter Beutel immer noch Mann drin. Yee muss find neu Beutel. Oder sich vergrab in Gras, um dort zu leb bis sterb. Aber in Berg kein süß Gras, nur Stein.«

Er klang immer kläglicher. Für Rety hörte es sich furchtbar grausam an, einem so kleinen Kerl so etwas anzutun, und je länger sie darüber nachdachte, desto wütender wurde sie.

»Das nett Beutel, richtig bequem«, sang er mit einer so tiefen Stimme, wie man sie einem solchen Winzling nicht zugetraut hätte. Retys Haut prickelte angenehm dort, wo er sie berührte.

»Yee tun neu Frau gut. Tun all Ding, die neu Frau will.«

Die Soonerin starrte ihn verblüfft an und versuchte, sich klarzumachen, was er ihr da gerade angeboten hatte. Dann brach sie in schallendes Gelächter aus und musste sich an einen Baum lehnen, als sie davon Seitenstechen bekam. Trotz des feuchten Schleiers vor ihren Augen sah sie, dass der Hengst ebenfalls lachte, wenn auch auf seine Weise. Schließlich wischte sie sich die Tränen aus dem Gesicht und grinste. »Nun ja, ein Gutes hast du bereits für mich getan. Ich habe nicht mehr so gelacht seit ... ach, ich weiß nicht, wann ich mich das letzte Mal so amüsiert habe.

Und soll ich dir was sagen? Wenn ich es recht bedenke, gibt es da tatsächlich etwas, das du für mich tun kannst. Etwas, das mich sogar noch glücklicher machen könnte.«

»Yee tun alles! Neu Frau mich fütter, dann Yee mach neu Frau Glück.«

Die Soonerin schüttelte den Kopf und wunderte sich wieder einmal über die Drehungen und Wendungen, die das Leben nehmen konnte, um den Mühseligen und Beladenen neuen Anschub zu geben. Wenn ihr Plan funktionierte, könnte diese Begegnung sich noch zu einem echten Glückstreffer entwickeln.

»Was hast du denn Schönes für mich?«

Rann streckte seine gewaltige Hand aus. Im trüben Dämmerlicht, während der gelbe Bambus rauschte, starrte Rety auf die schwieligen Finger des Mannes, von denen jeder so breit war wie ihr Handgelenk. Seine kantigen Züge und sein mächtiger Oberkörper – so viel größer und breiter als der aller Knaben, die heute am Drakes-Herausforderung-Wettstreit teilgenommen hatten – flößten ihr Furcht ein, und sie kam sich klein und nichtig vor.

Sind dort oben, zwischen den Sternen, alle Männer so?, fragte sie sich. *Kann ich jemals jemandem trauen, der solche Pranken besitzt? Kann ich mich je einem solchen Ehemann hingeben, so sehr, dass ich ihm gehorchen werde?*

Bis jetzt hatte sie sich immer fest vorgenommen, lieber zu sterben, als sich mit einem Mann zu vermählen.

Aber mittlerweile war sie ja mit einem Gatten gesegnet, der an ihrem Bauch sanft schnurrte. Sie spürte Yees warme Zunge auf ihrer Hand, als sie seinen seidigen Hals streichelte.

Rann schien ihr ironisches Lächeln nicht entgangen zu sein. Wirkte sie damit auf ihn selbstbewusster und entschlossener?

Sie griff an dem Hengst vorbei und holte einen Gegenstand aus dem Beutel, der an einem Ende fedrig aus- und am anderen spitz zulief. Rety reichte ihn dem Mann.

Rann machte ein verwirrtes Gesicht und hielt plötzlich ein Gerät in der Hand, mit dem er die Feder von allen Seiten beleuchtete.

Die Soonerin musste derweil an die Ereignisse denken, die zu diesem entscheidenden Moment geführt hatten, und von dem all ihre Hoffnungen abhingen.

Auf dem Weg zu diesem Treffpunkt war Rety an einigen anderen Bürgern der Gemeinschaften vorbeigekommen. Jeder schien an einer bestimmten Stelle zu warten, die an dem Weg lag, den der oberste Pirat für seinen Abendspaziergang zu nehmen pflegte. Keiner von ihnen sprach ein Wort, und wenn die Soonerin zu einem hinsah, drehte der schnell den Kopf weg.

Rety fielen allerdings auch ein paar Agenten auf – ein g'Kek, zwei Hoon und ein Mensch –, die ein Stück abseits lauerten und sich eifrig Notizen machten.

Dem Mädchen war es schnurzpiepegal, was sie Lester Cambel über ihren »Verrat« zu berichten hatten. Von heute Abend an konnten die Weisen es sich nämlich sparen, weiter Pläne für sie auszuhecken.

Als sie an dem gelben Bambus angelangt war, hatte sie eine ganze Weile nervös gewartet und sich die Zeit damit vertrieben, Yee zu streicheln und sich die Fingernägel abzukauen.

Ein paar Duras bevor Rann erschien, ließ sich das leise Heulen eines Roboters vernehmen, eines dieser achtseitigen, furchteinflößenden Monster. Die schreckliche Erinnerung an eine frühere Begegnung mit einem solchen Wesen kam in ihr hoch. Der Maschinenmann hatte wild ins Lager der Mulch-Spinne geschossen … und Dwers starke Arme hatten sie beiseitegerissen, ehe der tödliche Strahl sie treffen konnte. Dann hatte er sie festgehalten, damit sie nicht herunterfallen konnte, und sie mit seinem Körper geschützt.

Rety biss sich auf die Lippe, um alle Gedanken und Erinnerungen daran zu verdrängen – sonst hätten die sie noch in ihrem Entschluss wankend gemacht. Jetzt war nicht der richtige Zeitpunkt, weiche Knie zu bekommen. So etwas würde nur den Weisen nützen.

So wie sie es zu Hause auch schon unzählige Male getan hatte – nämlich Jass freche Antworten zu geben und ihn zu provozieren –, löste sie sich aus ihrer geduckten Haltung, reckte das Kinn und baute sich aufrecht vor dem Roboter auf.

Du kannst mir nichts tun. Das würdest du gar nicht wagen, dachte sie trotzig in seine Richtung.

Doch da kam ihr ein neuer Gedanke, auch einer von der unwillkommenen Sorte.

Eines von diesen Wesen hat den Vogel getötet.

Der Vogel hat sich tapfer gewehrt und ist doch zugrunde gegangen.

Furchtbare Schuldgefühle befielen sie, und sie hätte am liebsten auf der Stelle kehrtgemacht und wäre geflohen. Aber im nächsten Moment drehte sich der Roboter zur Seite und verschwand in der Nacht.

Hinter ihm tauchte Rann auf und streckte eine Hand aus.

»Was hast du mir Schönes mitgebracht?«, fragte er und lächelte, bis die Soonerin ihm die Feder aushändigte.

Nun verfolgte sie, wie er zusehends aufgeregter wurde, während der Lichtstrahl über das Souvenir wanderte, das einst ihr wertvollster Besitz gewesen war. Sie presste die Lippen aufeinander, nahm ihren ganzen Mut zusammen und wiederholte in Gedanken, was sie ihm sagen wollte.

Klar, Mister Sternenmann, habe ich was Hübsches für dich. Etwas, das du bestimmt ganz dringend haben willst.

Die Frage ist nur, hast du auch etwas Schönes für mich?

FÜNFZEHNTER TEIL

DAS BUCH VOM MEER

Der Pfad erfordert seine Zeit,
Deswegen musst du Zeit dir teuer erwerben.
Wenn die Gesetzeshüter dich suchen – versteck dich.
Wenn sie dich finden – sei verschwiegen.
Wenn sie dich verurteilen – beschwer dich nicht.

Was du versucht hast, ist zu Recht verboten.
Doch wenn du es gut getan hast,
wirst du Schönheit darin entdecken.

Und darin stimmen die meisten überein.

Die Schriftrolle der Erlösung

Alvins Geschichte

Ich habe mein Englik-Wörterbuch und eine Grammatik dabei, denn ich will ein Experiment versuchen. Um etwas von der Dramatik dessen einzufangen, was nun geschehen wird, will ich mich noch einmal darin versuchen, in der Gegenwartsform zu schreiben. Natürlich findet man so etwas nicht in vielen der alten Geschichten von der Erde, die ich gelesen habe. Aber wenn die Gegenwartsform richtig eingesetzt wird, verleiht sie meiner Meinung nach einer Erzählung Unmittelbarkeit. Achtung, jetzt geht's los.

(Zuerst kommt ein Rückblick, und den muss ich natürlich in der Vergangenheitsform schreiben:)

Ich machte mich mit dem kleinen Ziz auf den Weg – die Traeki-Teilmenge, deren Geburt beziehungsweise Vlennen wir vor einer Woche miterleben durften, genau an dem Tag, an dem Gybz sich in Tyug verwandelt und alles über Sternenschiffe vergessen hat –, und es ging von seinem Gehege zu dem Ladebaum, mit dessen Hilfe unser Boot seine erste Testfahrt unternehmen sollte.

Ziz hatte in den letzten Tagen tüchtig bei diversen Futtermischungen zugelangt und war ziemlich gewachsen. Trotzdem war er immer noch ein recht kleiner Stapel. Aber niemand erwartet Wunder oder kühne Geistesblitze von einem Dreikäsehoch, der einem (in diesem Falle mir) gerade bis an die unteren Kniescheiben reicht.

Ziz folgt Tyugs Geruchspfad bis zum Klippenrand, von dem aus man bis in das große Mitten hineinschauen kann; denn hier macht es eine scharfe Biegung und begrenzt den Kontinent mit einer so tiefen und weiten Wunde, dass unsere Vorfahren sich gesagt haben, bis hierhin, Leute, und nicht weiter.

Der hochaufragende Fels Terminus wirft lange Morgenschatten. Aber die *Wuphons Traum,* unser ganzer Stolz, hängt direkt darunter im strahlendsten Sonnenschein.

Statt die Rampe zur versiegelten Kabinenluke hinaufzugleiten, bewegt er sich in den kleinen Käfig, der unter dem vorgewölbten Fenster angebracht ist und wo achtzehn Ballaststeine lagern. Er kommt unterwegs an Tyug vorbei, und die beiden tauschen Dampfblasen aus – eine Sprache, die keine andere Spezies der Sechs verstehen kann und das auch noch nie probiert hat.

Der Käfig wird geschlossen. Urdonnol stößt einen Pfiff aus, und die Trupps der Hoon und Qheuen machen sich an die Arbeit. Zuerst schwingen sie das Boot sanft fort vom Fels. Dann lassen sie es sachte ins Meer hinab, indem sie die Winden mit dem Halteseil und den beiden Schläuchen drehen. Die Kabeltrommeln nehmen einen langsamen, aber stetigen Rhythmus auf …

Rumpel-dumm-dumpel-rumm-rumpel-dumm-dumpel-rumm …

Wir alle sind wie gebannt. Selbst die Protestierer und Neugierigen auf den Felsen sind von der pulsierenden Kadenz der fröhlichen Arbeitsmänner ergriffen. Der Rhythmus von Teamarbeit, Schweiß und einem Werk, das vollbracht werden will.

Da er der einzige anwesende Noor ist, hält Huphu es für seine Pflicht, wie ein Irrsinniger herumzurennen und zu springen, die Balken des Krans hinaufzueilen, als handele es sich um Schiffsmasten, und sich zu wiegen und zu drehen, als sei die Melodie allein für ihn und streichle wie eine Hand seinen Rücken und die harten Haare auf seinem Kopf. Seine Augen funkeln, und er lässt das kleine Wulstwesen nicht aus den Augen, während unser Boot Stückchen für Stückchen hinabgelassen wird. Von Ziz ist nur einer seiner Tentakelarme zu sehen, der aus dem Käfig hängt.

In diesem Moment kommt mir eine Idee. Vielleicht denkt Huphu ja, der kleine Traeki solle als Köder an einer wirklich riesigen Angel dienen. Womöglich will der Noor unbedingt feststellen, was wir damit fangen werden.

Während ich darüber nachdenke, kommen mir Scheres wilde Geschichten von den Monstern in den Sinn, die in den Tiefen des Meeres lauern sollen. Seit wir hier angekommen sind, haben jedoch weder er noch Huck ein Wort über solche Ungeheuer fallen lassen. Ich nehme an, die beiden hatten ihre Gründe dafür. Oder sollte ich der Einzige sein, der sie in der allgemeinen Aufregung nicht vergessen hat?

Die *Wuphons Traum* senkt sich an der Klippenwand hinab, und wir laufen zum Rand, um sie nicht aus den Augen zu verlieren. Qheuen mögen Höhen nicht und machen sich dann so flach wie möglich, bis ihr Bauch über den Boden schabt und sie sich nur noch kriechend vorwärtsbewegen können.

So ähnlich ergeht es mir allerdings auch. Ich lege mich hin, nehme meinen ganzen Mut zusammen und schiebe mich Zentimeter für Zentimeter vor. Huck hingegen rollt bis an den Rand, sorgt dort mit ihren hinteren Schiebebeinen dafür, dass sie nicht das Übergewicht bekommt, und beugt zwei ihrer Augenstiele so weit vor, wie sie nur reichen.

Ein tolles Mädchen! Und da wird behauptet, die g'Kek seien übervorsichtig und überlegten es sich zweimal, ehe sie ein Risiko eingingen. Natürlich kann ich mir jetzt keine Blöße mehr geben. Ich schiebe den Kopf über den Rand, lasse ihn nach unten hängen und zwinge mit aller Kraft die Lider auf.

Nach Westen erstreckt sich der Ozean wie ein blauer Teppich bis zum fernen Horizont. Ein helles Blau herrscht dort vor, wo das Wasser nur ein paar Faden tief den Kontinentalrand bedeckt. Aber ein dunkelblauer Streifen verrät eine tiefe Schlucht, ein Ausläufer des immensen planetaren Loches, das wir das Mitten nennen. Die tiefe, tiefe Tiefe (mir fällt leider kein plastischerer

Ausdruck ein) verläuft fast direkt unter unserem Aussichtspunkt, zieht dann weiter nach Osten und teilt das Land wie ein tiefer Spalt in der Planke eines dem Untergang geweihten Schiffes.

Das gegenüberliegende Ufer ist nur gut hundert Bogenschüsse weit entfernt, aber rasiermesserscharfe Klippenreihen und bodenlose Senken, die parallel zum Riff verlaufen, setzen hier jedem eine entmutigende Grenze, dem es eingefallen ist, das Gesetz zu übertreten.

Ich bin kein Wissenschaftler. Bedauerlicherweise fehlt es mir dafür an einem gewissen geistigen Vermögen. Aber selbst ich vermag zu erkennen, dass die zerklüfteten Felsnadeln und -spitzen jüngeren geologischen Datums sein müssen. Sonst hätten Wind, Brandung und Regen sie längst abgeschliffen und abgetragen.

Wie beim Berg Guenn muss dies eine Gegend sein, in der Jijo gerade aktiv ist und sich selbst erneuert. Seit wir hier oben unser Lager aufgeschlagen haben, ist es zweimal zu einem Erdbeben gekommen, allerdings von der minderschweren Sorte. Kein Wunder, dass viele den Fels Terminus für einen heiligen Ort halten.

Die Brandung kracht anderswo ans Ufer und führt dort ihre spritzige, lärmende Show auf. Hier liegt das Meer merkwürdigerweise ganz ruhig da – seine Oberfläche ist so glatt wie Glas. Eine leichte Strömung trägt einen sanft von den Klippen fort und schafft so ideale Bedingungen für unser Experiment. Ich kann nur hoffen, dass die Strömung auch hält, was sie verspricht. Niemandem ist es je eingefallen, hier mit einem Echolot oder anderem Gerät Tiefenmessungen durchzuführen; das kann nicht weiter verwundern, denn die Abfallkähne kommen so gut wie nie hier vorbei.

Die *Wuphons Traum* ist jetzt schon ziemlich weit nach unten gelangt und zieht wie eine Spinnenfliege zwei Fäden hinter sich her. Man kann jetzt schlecht sagen, wie weit sie noch von der Wasseroberfläche entfernt ist.

Hucks Augenstiele reichen am weitesten hinab. Während sie die Tiefe zu berechnen versucht, murmelt sie vor sich hin.

»Okay, jetzt ist's gleich so weit. Rein in die Brühe … Jetzt!«

Ich halte die Luft an, aber nichts passiert. Die großen Trommeln geben weiterhin Kabel und Schläuche, und das Tauchboot schwebt weiter die Felswand hinab.

»Jetzt!«, wiederholt sich Huck.

Eine Dura vergeht, und die *Wuphons Traum* ist immer noch trocken.

»Ist immerhin ein ziemlich weiter-ter Weg nach unten-ten«, stottert Schere.

»Das kannssst du laut sssagen«, bemerkt Ur-ronn und stampft nervös mit den Hufen auf.

»Bitte nicht«, sagt Huck schnippisch und ist offensichtlich sauer auf das Meer, weil es sich ihren Berechnungen so beharrlich entzieht. Wichtigtuerisch fügt sie dann in Galaktik Sechs hinzu: »Die Realität vermengt sich mit der Erwartung, wenn …«

Geschieht ihr recht! In diesem Moment unterbricht das Aufplatschen des Boots die tieferen, vermutlich von einem Kalenderblatt abgelesenen Einsichten, die sie uns mitzuteilen geruht. Das Lied der großen Trommeln wird langsamer und tiefer, während ich mit weiten Augen auf die endlose, nasse Stille starre, in die die *Traum* gerade verschwunden ist.

Rumpel-dumm-dumpel-rummpel-dumm-dumpel-rumm …

Es hört sich so an, als würde der Hoon mit dem größten Kehlsack der Welt singen. Einer, der so viel Luft darin aufsaugen kann, dass er tagelang nicht mehr aus- oder einatmen muss. Dieses Lied allein qualifiziert den großen Ladebaum schon für den Titel »Ehrenkapitän des Südens«. Meine Stimme würde er ganz bestimmt bekommen.

Huphu hat sich nun zum Ende des Krans vorgearbeitet. Mit durchgebogenem Rücken und vergnügtem Grinsen genießt er es, weiter als wir alle sehen zu können.

Jemand zählt laut genug für die Arbeitsteams:

»Ein Faden vierzig …

Ein Faden sechzig …

Ein Faden achtzig …

Zwei Faden!«

Und weiter …

»Zwei Faden zwanzig …«

Sein monotoner Singsang erinnert mich an Geschichten von Mark Twain über Flusskapitäne auf dem romantischen Mississippi, besonders an eine Szene, in der ein hünenhafter Neger am Bug der *Delta Princess* steht, wo eine Schnur (eben ein Faden) mit regelmäßigen Knoten und einem Gewicht am Ende die Wassertiefe durchgibt. Es herrscht dichter Nebel, und hier gibt es Untiefen, die der schwarze Mann auslotet und so das Leben aller an Bord schützt.

Ich bin ein Ozean-Hoon. Mein Volk fährt auf richtigen Schiffen, nicht auf Bötchen für die Badewanne. Trotzdem gehörten die Mississippi-Geschichten immer zu den Lieblingsbüchern meines Vaters. Und auch die von Huck, als sie noch ein kleines Waisenmädchen war, auf ihren Stützrädern herumfuhr und meinen Dad mit großen Augen staunend anstarrte, wenn er Abenteuer von der Wölflingswelt zum Besten gab, als die noch nicht mit der unerreichten Weisheit der Galaktiker in Berührung gekommen war. Von einer Erde, auf der Ignoranz nicht gerade zu den Kardinalstugenden zählte, aber immerhin einen entscheidenden Vorteil hatte: Man erhielt dadurch Gelegenheit, die Dinge so zu sehen und zu erlernen, wie das keinem anderen möglich gewesen war.

Und so ist es den Menschen auf der Erde zu jener Zeit auch ergangen.

Und wir bestehen hier heute eines der alten Abenteuer der Menschen.

Bevor mir noch klar wird, was ich eigentlich tue, hocke ich

auf meinen zusammengefalteten Hacken, habe den Kopf in den Nacken geworfen und brülle mein Lied der Freude hinaus. Ein donnerndes, gewaltiges Rumpeln und Heulen. Es hallt von den Mesas wider, streift über Kran und Kabeltrommel und fliegt über die zerklüfteten Felsen des Großen Riffs hinaus.

Und manchmal glaube ich, es saust dort heute noch irgendwo herum.

Sonnenschein verbreitet sich auf dem ruhigen Wasser, das dort, wo das Boot eingetaucht ist, mindestens zwanzig Faden tief sein muss. Die *Wuphons Traum* sinkt immer weiter nach unten. Zuerst ist von ihr noch eine Wolke von Sauerstoffbläschen zu sehen, dann nur noch Stille, während das Licht von oben es immer weniger erfassen kann und schließlich überhaupt nicht mehr erreicht.

»Sechs Faden sechzig …

Sechs Faden achtzig …

Sieben Faden!«

Wenn wir selbst in die Tiefe gehen, ist jetzt der Moment gekommen, an dem wir die Eik-Lampen einschalten und die Säurebatterie anstellen, um über den Schlauch Funken nach oben zu senden, die den dort Wartenden mitteilen, dass bei uns unten alles in Ordnung ist.

Aber Ziz besitzt weder das eine noch das andere. Der kleine Stapel hockt ganz allein da unten, obwohl man sich eigentlich schlecht vorstellen kann, dass ein Traeki sich jemals allein fühlt. Nicht, solange die einzelnen Ringe immer wieder ein Thema finden, über das sie streiten können.

»Acht Faden!«

Jemand bringt mir einen Krug Wein und warmes Simla-Blut für Ur-ronn. Huck nimmt mittels eines langen und gebogenen Strohhalms stinkende Galakoade zu sich, während Schere sich den Rücken mit Salzwasser bespritzt.

»Neun Faden!«

Bei diesem ersten Versuch soll es nur bis zehn Faden hinabgehen, und so fangen die Männer jetzt an, die Bremsen in Gang zu bringen, damit die Trommeln anhalten und sich dann in die entgegensetzte Richtung drehen lassen, um das Boot wieder heraufzuziehen und in die Welt von Licht und Luft zurückzuholen.

Und plötzlich passiert's. Ein plötzliches Geräusch, als habe man zu hart an einer Geigensaite gezupft.

»An die Bremsen!«, brüllt der Einsatzleiter.

Einer der Männer springt zum Hebel … aber es ist schon zu spät. Der Kran wird von zurückschnellenden Kabeln getroffen, die wie Angelleinen heranfliegen, wenn ein dicker, starker Fisch sie zerrissen hat. Nur kann nichts und niemand diese Leine aufhalten.

Wir alle keuchen, zischen oder pfeifen entsetzt, als Huphu, der kleine schwarze Noor, der sich an der äußersten Sparre des Ladebaums festhält, hin und her geschaukelt wird.

Erst löst sich eine seiner Pfoten. Dann die zweite. Huphu kreischt.

Im nächsten Moment fliegt er, sich überschlagend, durch die Luft, entgeht nur knapp den um sich schlagenden Kabeln und verschwindet im aufgewühlten Wasser.

Hilflos müssen wir mit ansehen, wie unser Maskottchen in der Tiefe verschwindet, die bereits unseren Ziz verschlungen hat – und auch die *Wuphons Traum* und die Arbeit und die Hoffnungen von zwei Jahren …

SECHZEHNTER TEIL

DAS BUCH VOM HANG

Legenden

Die Urs geben eine schlimme Fortpflanzungskrise als Grund an.

Draußen zwischen den Sternen sollen sie ein höheres Lebensalter erreicht haben als hier auf Jijo, und mit künstlichen Mitteln habe man diese Spanne noch weiter verlängern können. Und eine Urs hörte nie auf, sich gefüllte Beutel zu wünschen – entweder mit einem Ehemann oder mit einem Jungen. Man entwickelte technische Mittel, um das Gefühl eines gefüllten Beutels zu imitieren, aber für viele Stuten waren sie kein richtiger Ersatz.

Die Galaktische Gesellschaft reagiert sehr hart auf Spezies, die zu viel Nachwuchs in die Welt setzen und damit das Milliarden Jahre alte kosmische Gleichgewicht stören. Ständig dräut in den Galaxien die Gefahr eines neuen »Steppenbrandes« – eine Folge der Überbevölkerung – wie der, der vor etwa hundert Millionen Jahren die Hälfte der Welten in der Galaxis Drei vernichtet hat.

Besonders den Spezies, die sich nur langsam fortpflanzen, wie den Hoon, wohnt eine tiefsitzende Furcht vor allen Vielgebärern wie den Urs inne.

Die Sagen berichten von Konflikten über diese Angelegenheit. Wenn man sich darauf versteht, in den reich ausgeschmückten und mündlich weitergegebenen Geschichten der Urs zwischen den Zeilen zu lesen, gewinnt man den Eindruck, dass die Urs eines Tages angezeigt wurden und vor dem höchsten Galaktischen Gericht erscheinen mussten.

Die Urs verloren das Verfahren – und dann auch noch den folgenden Krieg, der zur Durchsetzung des Urteils geführt werden musste.

Einige von den Verlierern wollten sich aber auch dann noch nicht fügen. So bemannten sie ein Schiff und reisten zu den verbotenen Zonen, um eine Präriewelt zu finden, die ihnen eine neue Heimat bieten konnte.

Einen Planeten, der vom Geklapper einer Myriade ursischer Hufe widerhallen sollte.

Asx

Eine seltsame Nachricht erreichte uns aus der Stadt Tarek. Ariana Foo hat sie geschickt, die menschliche Hochweise im Ruhestand.

Die erschöpfte ursische Kurierin brach vor uns zusammen, nachdem sie die Warril-Ebene durcheilt hatte, und sie war so erledigt, dass sie tatsächlich nach rohem und unbearbeitetem Wasser verlangte.

Sammelt euch nun, meine Ringe, und konzentriert eure ständig schwankende Konzentration auf die Geschichte der Ariana Foo, die von ihrem Nachfolger, dem Weisen Lester Cambel, verlesen wurde.

Hat diese Neuigkeit nicht den Dunst der Verwunderung durch unseren Kern gesandt – die Nachricht von einem verwundeten Fremden, der vor einigen Tagen unweit des Oberen Roney gefunden worden ist? Ein Mann, der womöglich ein verlorengegangener Kamerad der Sternengötter ist, die ebenfalls seit ein paar Tagen das Leben in unserem gemeinsam getragenen Exil stören! Vielleicht sei er aber auch vor ihnen auf der Flucht, so Ariana, sei am Ende ihrer Gefangenschaft entkommen. Darf man seine Verwundung als Beleg dafür ansehen, dass er ihnen ebenso Feind ist wie wir?

Ariana rät uns Weisen, diese Angelegenheit, natürlich diskret, zu verfolgen und vielleicht einen Wahrheitsleser einzusetzen, während sie in Biblos weitere Experimente mit dem Mann durchführen wolle.

Die Piraten scheinen tatsächlich anderes im Sinn zu haben, als einen vermissten Kameraden oder einen entflohenen Gefangenen aufzuspüren. Sie sind viel zu sehr damit beschäftigt, Jijos

Brache nach präsapienten Lebensformen abzugrasen. Nach außen tun sie nonchalant, doch wann immer sie Gelegenheit dazu erhalten, fragen sie die Bürger unserer Sechsheit aus, schmeicheln ihnen und bieten Geschenke für jeden Bericht von etwas »Ungewöhnlichem«.

Wie ironisch, gerade aus ihrem Mund solche Worte zu hören.

Dann gibt es da noch diesen Vogel.

Gewiss erinnert ihr euch noch an den metallenen Vogel, meine Ringe. Normalerweise hätten wir ihn als weiteres Relikt der Buyur abgetan, das aus dem Lager einer sterbenden Mulch-Spinne geborgen werden konnte. Doch das Sooner-Mädchen hat geschworen, mit angesehen zu haben, wie die Maschine sich bewegte, wie sie große Entfernungen zurücklegte und dann auch noch einen Roboter bekämpfte und vernichtete.

Geschah das nicht an demselben Abend, an dem die Verbrecher ihre Station in der Erde versenkten, so als fürchteten sie nun auch die Beobachtung durch den Himmel?

Unsere besten Techniker untersuchen den Vogel, aber mit ihren simplen Geräten und Werkzeugen finden sie nur wenig über ihn heraus. Aber immerhin, dass die Energie immer noch in seiner metallischen Brust strömt. Vielleicht findet ja die Truppe mehr heraus, die Lester nach Osten geschickt hat, um gemäß dem Gesetz die Sooner-Bande festzunehmen.

So viele Fragen stellen sich uns. Aber selbst wenn wir die Antworten darauf hätten, würde sich damit irgendetwas an unserer traurigen Lage ändern?

Wenn uns genügend Zeit zur Verfügung stünde, würde ich meinen Ringen die Aufgabe übertragen, diese Rätsel von verschiedenen Standpunkten aus zu diskutieren. Jede Frage vergießt eigene Gerüche, um unseren feuchten Kern zu bedecken, der seine Syllogismen wie Wachs herabtropfen lässt, bis nur noch die Wahrheit durch den Firnis leuchtet. Aber uns steht leider nicht die Zeit zur Verfügung, um das Problem nach Traeki-Art zu lösen.

So debattieren wir Weisen in der trockenen Luft, und das auch noch ohne die Hilfe eines Rewqs, um uns über die Unzulänglichkeiten der Sprache hinwegzuhelfen. Jeder neue Tag vergeht damit, kleinere Verzögerungen zu entwickeln, die unser unabwendbares Schicksal aufhalten können.

Was nun Arianas anderen Vorschlag angeht, so haben wir tatsächlich bei unseren Gesprächen mit den Sternenmenschen Wahrheitsleser eingesetzt. Gemäß dem Buch der Geschichten lässt sich deren passive Form der Außersinnlichen Wahrnehmungen weniger leicht entdecken als andere PSI-Methoden.

»Sucht ihr nach jemand im Besonderen?«, fragten wir sie erst gestern noch. »Gibt es eine Person, ein Wesen oder eine Gruppe, nach der wir für euch Ausschau halten sollen?«

Ihr Anführer Rann – derjenige, der darauf reagiert, wenn man ihn nach dem nennt, was auf seinem Namensschildchen steht – wirkte im ersten Moment angespannt, konnte das aber rasch wieder ablegen und uns lächelnd und selbstbewusst wie gewohnt anstrahlen.

»Es war immer schon unser Wunsch, das Fremde zu suchen und zu finden. Habt ihr vielleicht fremdartige Dinge verfolgen können?«

Einer unserer Leser behauptete später, in diesem Moment des Zusammenreißens etwas in dem Piraten festgestellt zu haben: ein kurzes Aufblitzen einer Farbe. Am ehesten das Grau, wie man es auf dem Rückenschild der alten Königinnen sehe. Nur habe dieses Grau geschmeidiger als ein solcher Panzer gewirkt, so leicht, locker und biegsam, dass es sich wellenförmig und frei von Haaren, Schuppen, Federn oder Chitin bewegt habe.

Der Wahrheitsleser empfing dieses Aufblitzen nur für einen sehr kurzen Zeitraum. Dennoch glaubte er, eine gewisse Assoziation herstellen zu dürfen – nämlich der zu Wasser.

Was hat der Leser noch gesagt, meine Ringe, was er während dieses Moments gesehen habe?

Ach ja, Blasen im Wasser.

Zusammengefügt zu Formationen und zahllos wie die Sterne des Universums.

Blasen, die zu Kugeln von der Größe der Jijo-Monde heranwuchsen und zeit- und alterslos leuchteten.

Blasen, die angefüllt waren von destillierten Wundern … und eingeschlossen in der Ewigkeit …

Dann nichts mehr.

Tja, was will man verlangen? Wir waren schließlich in diesem Spiel nicht mehr als Anfänger. Phwhoon-dau und Messerscharfe Einsicht gaben jedoch zu bedenken, dass es sich bei diesem kleinen Hinweis um einen handeln könnte, der absichtlich in den Geist unseres Lesers gepflanzt worden war, um uns mit einem Paradoxon abzulenken.

Doch in Zeiten wie diesen, in denen uns die Rewqs und das Heilige Ei im Stich gelassen zu haben scheinen, sind es gerade solche dünnen Strohhalme, die dem Ertrinkenden ein wenig Hoffnung geben.

Ariana versprach uns in ihrer Nachricht, eine Hilfe zu schicken. Einen Fachmann, der uns mit seiner Kunst den entscheidenden Vorteil gegenüber den Sternenreisenden verschaffen könne. Möglicherweise seien sie dann sogar bereit und willens, mit uns in Verhandlungen zu treten.

Ach, Ariana, wie sehr vermissen wir doch deinen manchmal etwas verdrehten Optimismus! Wenn Feuer vom Himmel fiele, würdest du darin die Möglichkeit begrüßen, die Kosten für die Herstellung von Tongefäßen zu senken. Und selbst wenn der ganze Hang erbebte und dann von den schrecklichen Tiefen des Mittens verschlungen würde, fändest du immer noch Grund und Gelegenheit: »Prima! Toll! Das können wir nutzen!«, zu rufen.

Sara

Trotz des dringenden Befehls, sich bei Tag nicht blicken zu lassen, hat das Dampfschiff *Gopher* seinen alten Rekord gebrochen, als es von der Stadt Tarek stromaufwärts gegen die Frühjahrsflut des Bibur stampfte. Die kochenden Kessel ächzten, als die Kolben aus ihrem Gehäuse zu fliegen drohten. Auf ganz Jijo kann sich nichts mit dieser Kraft messen, bis auf ihr Schwesterschiff *Mole* natürlich. Mächtige Embleme der menschlichen Technologie, die nicht einmal von den geschickten ursischen Schmieden in ihren Werkstätten hoch oben in den Vulkanen erreicht werden konnte.

Sara erinnerte sich an ihre erste Fahrt auf einem solchen Schiff. Damals war sie fünfzehn und hatte gerade den Ruf an die Bibliothek in Biblos erhalten, um dort fortgeschrittenere Studien betreiben zu können. Wie stolz sie auf ihre gerade erworbenen Kenntnisse gewesen war! Sara konnte jedes Krachen, Klingeln und Ächzen der mächtigen Dampfmaschine sofort in Temperatur, Druck und Krafteinheiten umrechnen. Diese Gleichungen schienen das zischende Ungeheuer zu zähmen und sein Getöse in eine Art Musik umzuwandeln.

Doch heute war ihr die damalige Faszination gründlich verdorben. Die Kessel und auf und ab stoßenden Kolben kamen ihr wie primitive Werkzeuge vor, die kaum die nächste Stufe nach der Erfindung von Steinbeilen darstellten.

Selbst wenn die Sternengötter wieder abreisen sollten, ohne uns etwas von dem Schrecklichen angetan zu haben, das Ariana prophezeit, so haben sie uns doch schon jetzt ein Leid zugefügt, nämlich uns unserer Illusionen beraubt.

Einem jedoch schien das alles nichts auszumachen. Der Fremde hielt sich am liebsten bei der schnaufenden und sich abmühenden Maschine auf, sah sich alles genau an, kroch in Ecken und unter Anlagen und gab dem Chefmaschinisten wieder und wieder mit Handzeichen zu verstehen, er möge die Abdeckung abnehmen und ihn einen Blick in das Innenleben werfen lassen. Zuerst war der Verwundete der menschlichen Mannschaft suspekt gewesen, aber bald spürten sie in ihm einen verwandten Geist, auch wenn er nicht in der Lage war zu sprechen.

Sara fiel auf, das sich mit Handzeichen eine ganze Menge sagen ließ. Eine weitere Sprache, die den Erfordernissen des Augenblicks angepasst wurde. So wie jede neue Welle von Kolonisten auf Jijo die Galaktik-Sprachen der bereits Anwesenden umformten und nach ihrem Standard aktualisierten. Der Höhepunkt dieser Entwicklung war erreicht, als die Menschen auf diese Welt gekommen waren. Sie brachten eine halbe Million Bücher mit, die alle in Englik gedruckt waren, einer Sprache, die hier nicht so geläufig war und anscheinend aus Chaos errichtet und mit Slangausdrücken, Jargon, Kalauern und Vieldeutigkeit angereichert worden war.

Ein verzerrtes Spiegelbild dessen, was auf der Erde geschehen war, wo Millionen Jahre alte Grammatiken die menschliche Kultur zur Ordnung hin zu drängen versuchten.

In beiden Fällen war die Antriebskraft ein Fast-Monopol auf das entsprechende Wissen.

Und das war die offensichtliche Ironie daran. Doch Sara kannte noch eine weitere, die nicht so augenfällig war – ihre ungewöhnliche Theorie über Sprache und die Sechsheit. Diese Ansicht musste als so häretisch gelten, dass Lark dagegen wie ein in der Wolle gefärbter Fundamentalist wirken musste.

Vielleicht ist der Moment längst vorüber, an dem ich nach Biblos zurückkehren, über meine Arbeit berichten … und mich den Dingen stellen kann, vor denen ich Angst habe.

Der Fremde machte einen glücklichen Eindruck. Er hielt sich nur noch bei seinen Maschinisten auf, und Ariana Foo ließ ihn die ganze Zeit über von ihrem Rollstuhl aus nicht aus dem Auge. Sara musste nicht mehr nach ihm sehen, verließ den Maschinenraum und stellte sich nahe dem Bug aufs Deck. Die *Gopher* durchpflügte in ihrer raschen Fahrt dichten Nebel. An den wenigen Stellen, wo das Grau aufgerissen war, konnte man die Morgendämmerung über den Gipfeln der Rimmers entdecken. Südlich und westlich von dem Gebirge sollte das Schicksal der Gemeinschaften entschieden werden.

Lark und Dwer werden bestimmt überrascht sein, mich zu sehen!

Na ja, wahrscheinlich schreien sie mich gleich an, ich hätte besser Zuhause bleiben sollen, weil es dort sicherer wäre.

Darauf werde ich ihnen antworten, dass ich meine Arbeit zu erledigen habe, die mindestens ebenso wichtig ist wie die ihre. Und vor allem sollten sie nicht so sexistisch sein und so.

Und dann versuchen wir drei angestrengt, uns nicht anmerken zu lassen, wie froh wir sind, einander wieder nahe zu sein.

Aber zuvor ging es natürlich um das Vorhaben der Weisen i. R. Foo, die diese Reise dazu nutzen wollte, ihre Meinung über den Fremden zu überprüfen. Und das trotz Saras mütterlicher Sorge, den Verwundeten vor allen weiteren Strapazen und Tests zu verschonen.

Diese Instinkte haben mir schon genug Scherereien eingebracht. Wird es nicht höchste Zeit, sie mit Vernunft in ihren Schranken zu halten?

Ein alter Text trug den Titel »Versorgungsmanie«. Er hätte ihr vielleicht gedient, als sie noch ein Kind war und sich mit nichts anderem beschäftigte, als den verletzten Kreaturen im Wald zu helfen.

Möglicherweise wäre ja alles ganz anders gekommen, wenn sie den normalen Pfad der Frauen auf Jijo gegangen wäre – mit einem Stall voll Kindern und einem abgearbeiteten Ehemann, der sie ständig bedrängte, auch seinen Wünschen ihre Aufmerksamkeit zu schenken. Dann hätte sie ihre mütterlichen Instinkte nicht unterdrücken müssen. Bei all den Arbeiten und Tätigkeiten, die in den irdischen Romanzen beschrieben wurden, wäre ihr dann kaum noch Zeit für andere Interessen geblieben. Sie war im Grunde doch ein einfacher Mensch, und solch ein Leben hätte ihr sicher vollauf genügt, dessen war sie sich sicher. Was war denn schon Schlimmes daran, einen einfachen, ehrlichen Mann glücklich zu machen?

Aber sehne ich mich wirklich nach einem solchen Leben?

Sara versuchte, diese Introspektive mit einem Achselzucken zu verscheuchen. Wenn sie ehrlich war, wusste sie nur zu gut, dass das vorgeschobene Gedanken waren, die ihre wahre Angst verdecken sollten.

Biblos.

Das Zentrum der menschlichen Hoffnungen und Wünsche. Das Zentrum von Macht, Stolz und Scham. Der Ort, an dem sie einst die Liebe gefunden – oder besser, ihre Illusion davon – und wieder verloren hatte. Und wo die Aussicht auf eine »zweite Chance« sie in panikartige Flucht getrieben hatte. Nirgendwo sonst hatte sie je ein solches Auf und Ab von Beglücktheit und Klaustrophobie, von Hoffnung und Furcht erlebt.

Wird sie sich noch auf ihrem Fels erheben, wenn wir um die letzte Kurve biegen?

Oder war das steinerne Dach bereits heruntergekommen?

Ihr Geist scheute vor dem Unerträglichen zurück. Stattdessen zog sie aus ihrer Schultertasche das Manuskript ihrer zweiten Arbeit über die jijoanischen Sprachen. Der Zeitpunkt war verstrichen, an dem sie sich hätte überlegen können, was sie dem Weisen Bonner und den anderen, denen sie dort begegnen würde, sagen sollte.

Was habe ich denn sonst vorzuweisen? In einem Text beschreiben, dass Chaos eine Form des Fortschritts sein kann? Dass Lärm informativ sein kann?

Warum erkläre ich ihnen nicht gleich, ich könnte beweisen, dass schwarz weiß und oben unten ist?

Die vorliegenden Beweise belegen, dass vor langer Zeit, als die terranischen Stämme noch nomadisierten und kaum den Ackerbau kannten, die meisten Sprachgruppen viel strikter strukturiert waren als in späteren Epochen. Zum Beispiel haben irdische Gelehrte auf allerlei Wegen versucht, anhand von Latein, Sanskrit, Griechisch und dem Althochdeutschen auf das Proto-Indoeuropäische zu stoßen. Sie leiten davon eine Urmuttersprache ab, die streng nach Kasus und Deklination organisiert war und in ihrem Regelwerk jeder Galaktischen Grammatik zur Ehre gereicht hätte.

Sara notierte am Rand etwas, auf das sie kürzlich bei ihren Studien gestoßen war: Eine Sprache der Eingeborenen in Nordamerika, das Cherokesische, enthielt gut siebzig Pronomen – Begriffe also für »ich«, »du«, »wir« und so weiter –, die je nach Kontext und persönlicher Beziehung eingesetzt wurden. Diese Eigenheit teilte das Cherokesische mit dem Galaktik Sechs.

Für einige ist damit der Beweis erbracht, dass auch die Menschen einmal einen Patron gehabt haben müssen, der irgendwann den irdischen Affenwesen den großen Schub gegeben hat. Kosmische Lehrer, die unsere Körper und Gehirne verändert und uns weiterhin vermittels Sprachen, die unseren Bedürfnissen angepasst waren, Logik beigebracht haben.

Doch irgendwann müssen wir diese Lehrer verloren haben. War das unsere eigene Schuld? Oder haben sie uns einfach verlassen? Diese Fragen vermag niemand zu beantworten.

Dieser Theorie zufolge haben sich seitdem die irdischen Sprachen zurückentwickelt und bewegen sich noch immer spiralförmig auf das Affengrunzen zu, das die Vormenschen vor dem Großen Schub ausgestoßen haben.

Zu der Zeit, als unsere Vorfahren die Erde in Richtung Jijo verlassen haben, mahnten die kosmischen Berater dringend, das Englik und die anderen Wölflingssprachen zugunsten von Zungen aufzugeben, die für intelligenzbehaftete Wesen entwickelt worden waren.

Ihre Argumentation lässt sich am ehesten mit dem Spiel »Stille Post« wiedergeben.

Dazu setzt man etwa ein Dutzend Spieler in einen Kreis. Dem ersten flüstert man dann einen nicht zu einfachen Satz ins Ohr. Dieser gibt ihn dann ebenso leise an seinen Nebenmann weiter, der an seinen Nachbarn und so weiter und so fort.

Frage: Wie bald geht der Originalsatz aufgrund von schlechtem Gehör, Konfusion über das Gehörte und Versprecher verloren?

Antwort: Im Englik kann ein Satz schon nach wenigen Weitergaben vollkommen verdreht, sogar in sein Gegenteil verkehrt worden sein.

Dieses »Stille Post«-Experiment führt in Russki und Nipponesik, zwei anderen menschlichen Sprachen, die noch Nomen- und Adjektivendungen gemäß Genus, Possessivverhältnis und anderen Faktoren gebrauchen, zu anderen Ergebnissen.

Wenn sich bei der »Stillen Post« im Russki ein falsches oder sehr geändertes Wort eingeschlichen hat, fällt das sofort jedem auf. Aufmerksame Hörer werden es in der Regel automatisch korrigieren.

In den reinen Galaktischen Sprachen kann man den ganzen Tag lang »Stille Post« spielen, ohne dass sich ein einziger Fehler einschleicht.

Kein Wunder, dass dieses Spiel vor dem Auftauchen der Menschen in den Fünf Galaxien vollkommen unbekannt war.

Sara erwähnte dann eine Version des *Shannon-Coding,* ein Verfahren, das nach einem irdischen Pionier der Informationstheorie benannt war und aufzeigte, wie bestimmte kodierte Nachrichten auch bei statischen Störgeräuschen erhalten und wiederhergestellt werden können. In der menschlichen Gesellschaft zur Zeit des Vorkontakts erwies sie sich als überaus wichtig für Digitale Sprache und Datentransmission.

Das Indoeuropäische war logisch und fehlerresistent wie die Galaktischen Sprachen, die sich viel besser für Computer eignen als das chaotische Englik.

Für viele war auch das ein Beleg dafür, dass die Menschheit im Dunkel ihrer Frühzeit von Patronen aufgesucht worden war. Doch während sie dem Fremden zusah, wie er sich fröhlich und guter Dinge in seiner selbstentwickelten Sprache aus Grunzlauten und Handzeichen mit den Maschinisten verständigte, musste Sara an etwas anderes denken:

Es waren nicht indoeuropäisch sprechende Personen, die den Computer erfunden haben. Und sie kannten auch noch keine der Galaktischen Sprachen. Und die Sternengötter haben ihre immense Macht nicht selbst erworben, sondern geerbt.

In der ganzen jüngeren Geschichte der Fünf Galaxien taucht nur ein Volk auf, dass aus eigener Kraft den Computer erfunden hat – und alles andere, was man für die Sternenreisen-Technologie benötigt.

Diese Wesen sprachen Russki, Nipponesik, Französisch und vor allem den Vorläufer des Englik, das wilde und undisziplinierte Englisch.

Haben sie das trotz ihrer schrecklich ungeordneten Sprachen vermocht?

Oder gerade deswegen?

Die Meister ihrer Innung waren der Ansicht, dass sie Phantomen hinterherjage und sich diese Grille ausgedacht habe, um sich ihren anderen Verpflichtungen entziehen zu können.

Aber Sara wusste es besser: Die Vergangenheit und die Gegenwart enthielten Hinweise auf das Schicksal, das die Sechsheit erwartete.

Das heißt, falls darüber nicht längst schon entschieden war.

Die Morgenröte ergoss sich ungehindert die Rimmers hinab. Natürlich war es ein klarer Verstoß gegen die Notfallverordnung, bei Tageslicht weiterzufahren, aber niemand wagte es, den Kapitän darauf hinzuweisen – der Mann hatte nämlich etwas leicht Irres im Blick.

Das kommt vermutlich davon, dass er zu viel Zeit mit den Menschen verbracht hat, dachte Sara. Auf Dampfschiffen arbeiteten genauso viele Menschen wie Hoon – vornehmlich im Maschinenraum. Grawph-phu, Kapitän und Steuermann in einer Person, kannte sich bestens auf dem Fluss aus, und dieser Instinkt war ihm von seiner Spezies schon mit in die Wiege gelegt worden.

Er hatte sich allerdings einige irdische Manierismen angeeignet. So trug er einen Südwester auf dem bepelzten Schädel, und in seinem Mund steckte eine Pfeife, aus der es ebenso rauchte wie aus dem Schornstein. Wie er so mit seinen faltigen Zügen in den Morgendunst spähte, hätte er glatt dem Cover eines alten Seeabenteuerromans, wie man sie in den Regalen der Bibliothek von Biblos fand, entsprungen sein können. Ein bisschen erinnerte er auch an einen Piratenhauptmann, von dem eine Aura der Selbstgewissheit und Vertrautheit mit allen erdenklichen Gefahren ausging.

Grawph-phu drehte den Kopf und bemerkte, dass Sara ihn betrachtete. Er zwinkerte ihr mit einem Auge zu.

O Gott, bloß das nicht, seufzte sie und machte sich schon darauf gefasst, dass der Hoon jetzt über die Reling spuckte und dann rumpelte: *Hrrrm, Mädchen, ein feiner Tag zum Schippern, was? Volle Kraft voraus!*

Doch stattdessen zog der Kapitän nur die Pfeife aus dem Mund und zeigte damit nach vorn.

»Biblos«, erklärte er mit seiner typischen tiefen Hoon-Stimme, die vom Salzwasser noch rauer geworden war. »Taucht gleich hinter der nächsten Biegung auf. Hrrrm … Wir kommen einen Tag früher an als erwartet.«

Sara schaute voraus. *Eigentlich sollte ich mich darüber freuen,* dachte sie. *Wo die Zeit doch jetzt so knapp ist.*

Zuerst sah sie wenig, nur den Ewigen Sumpf am linken Ufer, der sich träge bis zum Roney erstreckte. Dieses Gebiet bestand aus Treibsand und machte daher den weiten Umweg vorbei an der Stadt Tarek erforderlich – denn Dolo und die Bibliothek lagen einander gegenüber.

Zur Rechten begann die weite Warril-Ebene. Vor kurzer Zeit waren einige Passagiere von Bord gegangen, um die Reise über Land fortzusetzen. Sie schlossen sich der Karawane an, und unter ihnen befanden sich auch Bloor, der Porträtist, und eine kleine Sprengerin, die Zündhütchen für ihre Zunft dabeihatte. Beide waren leicht genug, um auf Eseln reiten zu können, und mit etwas Glück sollten sie die Lichtung in drei Tagen erreichen.

Prity und Pzora hatten sich ebenfalls in Kandu Landing verabschiedet. Sie wollten einen Wagen mieten für den Fall, dass der Fremde vor den Rat der Weisen geführt werden sollte. Aber das würde sich erst in Biblos entscheiden.

Der Nebel verzog sich allmählich, und bald erhob sich zur Rechten eine Steinmauer, die direkt aus dem Wasser zu kommen schien und mit jeder Dura, die verstrich, höher wuchs. Der Fels schimmerte und war so glatt wie Glas, als könnten ihm Zeit und Erosion nichts anhaben. Unter den Sechs war man sich nicht einig, ob es sich bei diesem Wall um ein natürliches Phänomen oder ein Überbleibsel der Buyur handelte.

Von Dolo aus, so hatte Ulgor gesagt, könne man an dieser Wand die Flammen von brennenden Büchern erkennen. Vor zwei Jahrhunderten hatten die Siedler tatsächlich so etwas zu sehen bekommen. Und auch aus dieser Entfernung war der Anblick immer noch furchtbar. Nie wieder war es zu einer solchen Katastrophe gekommen, und nicht einmal das Massaker von Tolon oder der Überfall von Uk-rann auf Drake den Älteren an der Blutfurt konnten da mithalten.

Aber wir haben noch kein Feuer gesehen.

Dennoch breitete sich in ihr große Anspannung aus, bis der Dampfer die letzte Biegung hinter sich gebracht hatte.

Dann seufzte sie lange und erleichtert. *Das Archiv … es steht noch.*

Sie starrte auf den Komplex, ließ sich von den verschiedensten Emotionen übermannen und eilte dann zu Ariana und dem Fremden, damit sie diesen Anblick ebenfalls genießen konnten.

Die Bibliothek wirkte wie eine Festung – ehern, unüberwindlich und mit Werkzeugen erbaut, die schon lange nicht mehr existierten. Geräte und Maschinen der Götter, die in der Tiefe versenkt worden waren, kurz nachdem sie dieses Bollwerk geschaffen hatten – die Zitadelle des Wissens.

Der gewachsene Granitgrund ragte immer noch wie ein Finger in den sich windenden Fluss, und sein Rücken umarmte die spiegelglatte Steinwand. Von oben gesehen wirkte die Anlage immer noch wie unberührter Boden. Unterholz verbarg die Dachöffnungen, die wie durch einen Filter Tageslicht in die Höfe und auf die Lesehügel verteilte.

Doch vom Kai aus, wo die *Gopher* gerade anlegte, erblickte man imposante Verteidigungswälle und dahinter Reihe um Reihe massiver, behauener Säulen, die das natürliche Plateau stützten und sein unterminiertes Gewicht als Dach gegen den Himmel hielten.

Im Innern dieser unnatürlichen Höhle bargen Holzgebäude das Kostbarste dieser Anlage und schützten es vor Regen, Wind und Schnee. Natürlich hatten sie nichts gegen das Inferno ausrichten können, das einmal das Südende durchgeschüttelt und nur Schutt und Ruinen hinterlassen hatte. In einer einzigen Nacht war ein Drittel allen Wissens, das der Große Druck gebracht hatte, in Rauch und Verzweiflung aufgegangen.

Die Werke der dortigen Gebäude kämen uns heute höchst gelegen. Die Abteilungen über die Galaktische Gesellschaft und ihre vielen Spezies und Clans.

Was davon noch übriggeblieben war, vermittelte nur einen ungenügenden Blick auf die komplexen bio-sozialen und -politischen Beziehungen, die die Fünf Galaxien durchwoben.

Trotz der jüngsten Krise strömten beim ersten Tageslicht Scharen von Pilgern aus ihren Herbergen im nahe gelegenen und unter Bäumen verborgenen Dorf – meist Gelehrte und Studiosi, die sich mit den Passagieren der *Gopher* vermengten und mit ihnen die gewundene Rampe zum Haupteingang bestiegen. Traeki- und g'Kek-Wissensdurstige versuchten an den Ruhestätten am Wegesrand wieder zu Atem zu kommen. Rote Qheuen aus dem fernen Meer hielten hier und da an, um ihren Rücken und ihre Kopferhebung mit Salzwasser zu bespritzen. Ulgor und Klinge machten einen weiten Bogen um sie.

Eine Eselskarawane zog an den Besuchern vorbei nach unten. Die Tiere waren mit wachsversiegelten Kisten beladen. *Sie evakuieren immer noch,* erkannte Sara, *und nutzen die Verzögerungstaktik der Weisen auf der Lichtung.*

Würde sie in der Bibliothek nur leere Regale vorfinden, so weit das Auge reichte?

Unmöglich! Selbst wenn sie ein paar Säle leerräumen könnten, wo wollten sie die alle unterbringen?

Der Fremde bestand darauf, Arianas Rollstuhl zu schieben. Vielleicht wollte er ihr damit seinen Respekt bezeugen, vielleicht aber auch nur demonstrieren, wie weit seine körperliche Genesung gediehen war. Tatsächlich wies seine dunkle Haut einen gesunden Glanz auf, und sein herzliches Lachen klang kräftig.

Er sah die mächtigen Steinwände staunend an und bewunderte die Zugbrücke, das Fallgitter und die Wachen auf den Zinnen. Statt einer Zweiergruppe, die eher symbolisch die Wehrgänge abschritt, wie Sara es noch im Gedächtnis hatte, war heute ein ganzer Zug Milizsoldaten dort oben aufmarschiert, alle mit Speer, Bogen und Armbrust bewaffnet.

Ariana freute sich über die Neugier des Fremden und warf Sara einen befriedigten Blick zu.

Er ist noch nie hier gewesen. Selbst ein Kopfschaden, wie er ihn erlitten hat, könnte nicht die Erinnerung an einen so beeindruckenden Ort wie Biblos auslöschen. Entweder ist er der vertrotteltste Hinterwäldler aus der abgelegensten Sooner-Siedlung, oder er …

Sie passierten den Torweg, und der Fremde starrte jetzt voller Verwunderung auf die Gebäude des eigentlichen Archivs: Holzhäuser, die steinernen Monumenten aus der ruhmreichen Erdgeschichte nachgebildet waren: der Parthenon, die japanische Burg Edo und sogar ein Miniatur-Taj-Mahal, dessen Minarette in vier mächtige Säulen übergingen, die eine Ecke des Felsdaches hielten.

Offensichtlich hatten die Erbauer einen feinen Sinn für Ironie besessen, denn all die nachempfundenen antiken Originale waren für die Ewigkeit geschaffen worden, um alle Zeiten zu überdauern – wohingegen die Holzhäuser einem anderen Zweck dienten. Sie hatten eine Funktion zu erfüllen und danach vollständig zu verschwinden, so als habe es sie nie gegeben.

Doch für einige unter den Sechs war selbst das noch zu viel.

»Welche Arroganz!«, schnaubte der Baumbauer Jop, der sich der Expedition angeschlossen hatte, kaum dass er von ihr erfuhr. »Das muss alles fort, wenn wir jemals gesegnet werden wollen.«

»Zu seiner Zeit wird es auch verschwinden«, sagte Ariana, und ihr Tonfall ließ offen, ob sie damit nächste Woche oder in tausend Jahren meinte.

Sara entdeckte an der Basis einiger Säulen frisch verputzte Stellen. *Wie bei uns zu Hause,* dachte sie. *Die Sprengmeister bereiten alles für den Großen Tag vor.*

Sie drehte sich um und sah an Jop vorbei nach hinten, wo die beiden letzten Passagiere der *Gopher* trotteten: Jomah, Henriks Sohn, und sein Onkel Kurt. Der ältere Sprengmeister erklärte dem Jungen gerade die Struktur der Anlage und die effektivsten Möglichkeiten ihrer Beseitigung. Seine Handbewegungen sahen für Sara so aus, als wolle er herabstürzende Granitbrocken darstellen.

Sie fragte sich, ob der Fremde, der sich immer noch verzückt umsah, eine Vorstellung davon hatte, wie wenig es bedurfte, um diese Anlage in eine Trümmerwüste zu verwandeln, die sich in nichts von den hundert anderen Stätten unterschied, die die Buyur vor ihrer Abreise zerstört hatten, um dieser Welt die Chance zu geben, sich zu erholen.

Sara spürte bald wieder das alte Ziehen zwischen den Schulterblättern. Ihr war es anfangs nicht leichtgefallen, an diesem Ort als Studentin zu leben. Selbst wenn sie mit ihren Büchern nach oben in den Wald gezogen war, um im Schatten eines mächtigen Garu-Baumes zu lesen, wurde sie nie so recht das Gefühl los, das ganze Plateau könne erbeben und unter ihr einbrechen. Lange Zeit hatten solche nervösen Phantasien ihre Lernfähigkeit beeinträchtigt, bis Joshu auf den Plan getreten war.

Sara zuckte gleich zusammen. Sie hatte gewusst, dass alles wieder hochkommen würde, wenn sie zu diesem Ort zurückkehrte. Alle Erinnerungen, ohne Ausnahme.

»Nichts hält ewig«, brummte Jop, als sie sich dem athenischen Portal vor der Zentralhalle näherten, und hatte natürlich keine Ahnung, wie sehr diese Worte Sara gerade jetzt trafen.

»Jafalls besteht darauf«, sagte die Alte. »Nichts und niemand kann der Göttin des Wechsels widerstehen.«

Wenn die Weise im Ruhestand diese Bemerkung ironisch gemeint hatte, so bekam Sara nichts davon mit. Sie war viel zu sehr in Gedanken versunken, und daran änderte sich auch nichts, als sie die mächtige Doppeltür erreichten. Das Portal war aus dem feinsten Holz geschnitzt, eine Gabe der Qheuen, mit Bronze von den Urs beschlagen, mit Traeki-Sekreten beschichtet und wetterfest gemacht und dann von g'Kek-Künstlern bemalt worden.

Die Doppeltür ragte zehn Meter hoch auf, und ihr reichverzierter Symbolismus stellte den erhabensten Moment in der Geschichte Jijos dar, die letzte, beste und am schwierigsten zu erreichende Errungenschaft der Exilanten – die Gemeinschaften und den Großen Frieden.

Doch jetzt bemerkte Sara es kaum, als der Fremde ergriffen keuchte. Sie konnte seine Begeisterung nicht teilen. Nicht solange dieser Ort in ihr nur Trauer auslöste.

Asx

Der Porträtist wollte sich nach der langen und harten Reise von Kandu Landing nicht einmal ausruhen und machte sich gleich ans Werk. Der Mann sortierte seine scharfen Chemikalien und die harten Metallplatten, deren Haltbarkeit über sehr lange Zeit unter den Vertretern des Gesetzes der Gemeinschaften viel Argwohn ausgelöst hatte – die gleichwohl aber für unser erpresserisches Vorhaben wie geschaffen waren.

Andere aus seiner Zunft waren bereits anwesend. Sie waren wie jedes Jahr zur Versammlung gezogen, um dort Besucher, Zunftmeister und die Sieger bei den Spielen abzulichten und ihnen diese Papierbilder dann zu verkaufen. Jeder war ihnen recht, der eitel genug war, sein Konterfei für eine, vielleicht auch zwei Lebensspannen zu erhalten.

Einige dieser Künstler hatten den Weisen bereits angeboten, in aller Heimlichkeit Aufnahmen von den Invasoren zu machen. Aber wozu sollten die gut sein? Papier war es vorherbestimmt, allzu rasch zu vergehen und zu zerfallen, nicht aber eine Ewigkeit zu halten. Man wollte lieber nicht das Risiko eingehen, von den Fremden bei einer verstohlenen Aufnahme erwischt zu werden und ihnen so zu verraten, welche Trümpfe die Sechs noch im Ärmel hatten.

Aber Ariana, Bloor und die junge Sara Koolhan scheinen da auf eine Lösung des Problems gestoßen zu sein, nicht wahr, meine Ringe?

Trotz aller Strapazen, die hinter ihm lagen, erschien Bloor

sofort bei uns und führte uns seine Daguerreotypie vor. Diese Methode erlaubt es, wenn auch auf unbegreifliche Weise, präzise Abbildungen auf behandeltem Metall zu hinterlassen; und diese Bildplatten überdauern die Jahrhunderte. Ur-jah zitterte, als sie die originalgetreue Wiedergabe einer reich tätowierten Generalin aus alter Zeit in den Händen hielt.

»Wenn wir uns dazu entschließen sollten, ist die Geheimhaltung natürlich oberstes Gebot. Unsere Feinde dürfen nie erfahren, wie wenige Aufnahmen wir von ihnen gemacht haben«, bemerkte Phwhoon-dau, während die speziellen Wespen unser verborgenes Versammlungszelt umschwirrten und bitterfarbige Tropfen von ihren glühenden Flügeln fielen.

»Die Sternengötter sollen glauben, dass wir Hunderte von Aufnahmen gemacht und bereits an einem sicheren Ort weit weg von hier verborgen haben, und zwar über so viele Stellen verteilt, dass sie sie niemals alle finden können.«

»Richtig«, sagte Vubben, aber seine Augenstiele bewegten sich zum Tanz der Vorsicht. »Doch gilt es, noch mehr zu tun. Soll dieser Plan gelingen, genügt es nicht, einfach nur die Gesichter der Fremden aufzunehmen. Welchen Wert als Beweis sollten diese Bilder in einer Million Jahre haben? Wir müssen auch die Maschinen der Piraten ablichten, wie auch die Orte auf Jijo, die sie bearbeitet haben, und nicht zu vergessen die Spezies, die für sie als Raubgut in Frage kommen.«

»Und ebenfalls ihre Kleidung, diese bunten Uniformen«, drängte Lester. »Alles eben, was darauf hinweist, dass es sich bei ihnen um menschliche Renegaten handelt, doch keinesfalls Repräsentanten unserer Gemeinschaften, und erst recht keinen von unseren Menschen.«

Dem stimmten wir alle vorbehaltlos zu. Allerdings scheint das ein wenig müßig zu sein. Was sollten die Richter in ferner Zeit schon mit Bildern von Wesen anfangen, die schon seit Langem ausgestorben waren?

Wir baten Bloor, sich mit unseren Spionen in Verbindung zu setzen und alle von uns aufgeführten Kriterien bei seiner Arbeit zu berücksichtigen.

Falls überhaupt etwas bei diesem Vorhaben herauskommen sollte, gliche das schon einem mittleren Wunder.

Wir glauben an Wunder, nicht wahr, meine Ringe? Heute erwachte der Rewq in unserer Tasche aus seinem Winterschlaf. Das Gleiche widerfuhr Vubben. Und die anderen wussten zu berichten, dass ihre Symbionten sich zumindest regten.

Ist es erlaubt, daraus Hoffnung zu schöpfen? Oder sind die Rewq nur noch einmal kurz erwacht, wie sie das manchmal im letzten Stadium ihrer Krankheit zu tun pflegen, um sich wenig später endgültig zusammenzurollen und dann zu sterben?

Dwer

Der Weg über die Rimmers war steil und oft kaum begehbar.

Bei seinen früheren Reisen in die östliche Wildnis hatte das dem Jäger nie viel ausgemacht, wenn er im Auftrag der Weisen auf Erkundung ging und nicht mehr als den Bogen, eine Karte und ein paar Vorräte mit sich trug. Bei seiner ersten Wanderung, zu der es gekommen war, nachdem Fallon sich aufs Altenteil zurückgezogen hatte, war er in eine solche Begeisterung geraten, dass er die nebligen Hänge hinabgerannt war und sich von der Schwerkraft hatte immer weiterziehen lassen. Und er hatte geschrien und gebrüllt, während er einen halsbrecherischen Satz nach dem anderen tat.

Von alldem war heute nichts mehr zu spüren. Keine Verzückung. Kein Wettstreit von Jugend und Geschicklichkeit gegen das beharrliche Ziehen der Welt. Dafür war es eine viel zu ernste Angelegenheit, ein Dutzend schwerbeladener Esel über einen für sie wenig geeigneten Pfad zu führen und dabei immer wieder Engelsgeduld aufzubringen, um die Tiere zum Weiterlaufen zu bewegen, wenn sie sich, was häufig vorkam, als störrisch erwiesen. Dwer fragte sich mehr als einmal, warum bei den Karawanen der Urs immer alles so glatt und einfach abzulaufen schien, wenn sie die Lasttiere mit ein paar kurzen, schrillen Pfiffen lenkten und leiteten.

Und diese Biester sollen angeblich von der Erde stammen? Er konnte es nicht glauben, als er erneut einen Esel von einer abschüssigen Stelle wegziehen musste. Ihm gefiel die Vorstellung überhaupt nicht, mit diesen Wesen genetisch verwandt zu sein.

Nicht zu vergessen seine menschlichen Mündel, die er in die Wildnis führen und dafür sorgen musste, dass sie möglichst wenig zu Schaden kamen.

Aber er wollte fair sein: Alles hätte noch viel schlimmer kommen können. Danel Ozawa war ein erfahrener Waldläufer, und die beiden Frauen wirkten nicht nur kräftig und stabil, sondern schienen auch über einen gesunden Menschenverstand zu verfügen, der ihnen hier draußen zugutekam.

Trotzdem ließ sich das geruhsame Leben auf dem Hang überhaupt nicht mit der Wildnis vergleichen. Dwer musste mehr als einmal vor- und zurücklaufen, um einer der Frauen aus einem (manchmal selbstverschuldeten) Schlamassel herauszuhelfen.

Irgendwann war er sich nicht mehr sicher, was ihm mehr auf die Nerven ging: die stumpfe Indifferenz von Lena Strong oder die von Schwatzhaftigkeit und Unbeholfenheit umrahmte Überfreundlichkeit von Jenin Worley. Nach kurzem Überlegen entschied er sich für Jenin als Gewinnerin in diesem kleinen Wettstreit. Ausschlaggebend dafür war, dass sie ihm öfters einen Blick zuwarf oder ihn kurz kokett anlächelte.

Die beiden waren für die Reise ausgewählt worden, weil sie einfach da gewesen waren. Sie waren zur Lichtung gekommen, um dort die Werbetrommel für ihre Tourismus-Idee zu rühren.

Sie hofften dabei auf Dwers Unterstützung, den Segen der Weisen und einen Haufen Interessenten, die sich gern zum »Sightseeing« über die Rimmers führen lassen wollten.

Mit anderen Worten, sie suchten Einfältige, die zu viel Zeit hatten und sich zu stark von dem beeinflussen ließen, was sie in den irdischen Abenteuerschwarten gelesen hatten.

Ich war von Anfang an dagegen und wollte das eigentlich auch zum Ausdruck gebracht haben. Selbst eingeschlechtliche Gruppen riskieren bei solchen Touren, gegen die Anti-Sooner-Gesetze zu verstoßen …

Und jetzt bin ich unvermittelt Bestandteil dieser Verschwörung, die sich zum Ziel gesetzt hat, die Vereinbarungen zu brechen, die aufrechtzuerhalten ich bei meiner Amtseinführung geschworen habe …

Er konnte nicht umhin, den beiden Frauen hin und wieder einen Blick zuzuwerfen und sie dabei so zu taxieren, wie sie das sicher auch bei ihm taten.

Nun gut, zumindest machten sie einen ziemlich gesunden Eindruck.

Du bist jetzt wirklich ein Waldläufer, ein Mann der Wildnis. Du musst nur noch lernen, die Tugenden von wilden Weibern zu schätzen.

Natürlich würden sie in den Grauen Hügeln auf Frauen treffen. Rety hatte erzählt, dass die meisten von ihnen schon mit vierzehn ihr erstes Kind bekamen. Und von denen, die die dreißig überschritten hatten, besaß kaum eine mehr als die Hälfte ihrer Zähne.

Eine zweite Gruppe von Freiwilligen sollte vom Hang aufbrechen und Dwers Expedition folgen, um sich wie sie in der Wildnis niederzulassen. Um ihnen den Marsch zu erleichtern, schmierte der Jäger alle halbe Midura Porl-Pampe an Bäume oder andere markante Punkte. Jeder Jijoaner, der nicht ganz auf den Kopf gefallen war, würde diese Zeichen lesen und ihnen folgen können. Nicht aber die überzivilisierten Piraten und ihre ach so hochentwickelten Maschinen.

Dwer wäre lieber bei den anderen geblieben, bis zum bitteren

Ende, um zusammen mit dem Bürgerselbstschutz der Sechs den aussichtslosen Kampf gegen die Invasoren aufzunehmen. Leider war niemand besser als er dafür qualifiziert, eine Truppe in die Grauen Hügel zu bringen, und außerdem hatte er Danel sein Wort gegeben.

Und so bin ich heute als Touristenführer unterwegs.

Wenn er doch bloß das Gefühl gehabt hätte, das Richtige zu tun!

Was treiben wir hier eigentlich? Wir fliehen an einen Ort, an den wir nicht gehören. Genauso wie unsere sündigen Vorfahren.

Der Jäger bekam Kopfschmerzen, wenn er zu lange über solche Dinge nachdachte.

Ich hoffe bloß, dass Lark niemals dahinterkommt, was ich hier tue. Es würde ihm das Herz brechen.

Der Zug kam etwas leichter voran, als sie die Berge hinter sich gelassen hatten und auf eine Steppe gelangten. Doch anders als bei früheren Unternehmungen wandte Dwer sich nach Süden auf das Land des wogenden gelben Grases zu.

Bald stampften sie über die Prärie von Halmen, die ihnen bis an die Unterschenkel reichten. Die Gräser waren hart und hatten scharfe Spitzen, sodass die Menschen und sogar die Esel genötigt waren, ledernen Beinschutz überzustreifen.

Aber niemand beschwerte sich oder murmelte grummelnd vor sich hin. Danel und die anderen unterwarfen sich freiwillig seiner Führung und wischten sich den Schweiß aus dem Kragen und vom Stirnband ihrer Hüte, während sie neben den Eseln herstolperten.

Einige Waldoasen in diesem gelben Meer halfen dem Jäger dabei, die Gruppe von einem Wasserloch zum nächsten zu führen und dort Markierungen für die zweite Expedition zu hinterlassen.

Rety muss nicht recht bei Trost gewesen sein, als sie bei der Jagd nach dem blöden Vogel all diese Strapazen auf sich genommen hat.

Einmal schlug Dwer vor, auf die Soonerin zu warten. »Sie kann uns viel besser führen«, erklärte er dem Jägermeister.

»Das können wir nicht riskieren«, wandte Ozawa ein. »Würdest du vielleicht ihren Anweisungen trauen? Wer sagt uns denn, dass sie uns nicht bewusst in die Irre führt, um ihre Lieben zu schützen?«

Oder um zu vermeiden, sie jemals wiedersehen zu müssen. Trotzdem wünschte sich Dwer, das Mädchen wäre rechtzeitig erschienen, um mit seiner Gruppe zu ziehen. Irgendwie vermisste er sie ja doch, trotz ihrer Launenhaftigkeit, ihrem Spott und all den anderen Unarten.

Eine Stunde vor Sonnenuntergang ließ er die Expedition in einer größeren Oase haltmachen. »Die Berge schneiden uns das Tageslicht recht früh ab«, erklärte er den Mitreisenden. Im Westen waren die Gipfel bereits von einem gelbroten Nimbus umgeben. »Ihr drei macht das Wasserloch klar, versorgt die Tiere und baut das Lager auf.«

»Und was treibst du inzwischen?«, fragte Lena giftig, während sie sich den Schweiß von der Stirn wischte.

Dwer nahm den Bogen ab. »Ich schieße uns etwas fürs Abendbrot.«

Sie nickte in Richtung der lebensfeindlichen Steppe. »Wo, da draußen?«

»Einen Versuch wäre es wert, Lena«, erklärte Danel und schlug mit einem Stock ein paar Grashalme ab. »Die Esel können das Zeugs hier nicht fressen, und unsere Getreidevorräte müssen reichen, bis wir das Hügelland erreicht haben. Dort können die Tiere sich selbst versorgen. Etwas Wildbret für uns vier könnte da wirklich nicht schaden.«

Dwer machte sich nicht die Mühe, dem noch etwas hinzuzufügen. Er lief los und folgte einem schmalen Pfad, den irgendwelches Kleingetier im Gras hinterlassen hatte.

Der Jäger musste ein gutes Stück vorwärtsgelangen, ehe er

den Eselsgestank und die unfreundlich klingenden Stimmen seiner Gefährten hinter sich gelassen hatte.

Keine gute Idee, laut zu reden, wenn man von einem Universum umgeben ist, in dem vieles stärker und mächtiger ist als man selbst. Aber das kann man einem Menschen ja hundertmal sagen, und er beherzigt es trotzdem nicht.

Er schnüffelte und beobachtete das Schaukeln des Grases. In dieser Steppe war es doppelt wichtig, gegen den Wind zu jagen. Einmal natürlich, damit die Beute nicht vorzeitig Witterung aufnehmen konnte, und zum anderen, weil die Brise die Schritte übertönte, wenn man auf das Objekt seiner Begierde zulief … und das war schon ausgemacht: ein Schwarm Buschwachteln, die ein paar Meter von ihm entfernt pickten und scharrten.

Der Jäger legte einen Pfeil auf die Sehne und schlich sich so unhörbar wie nur möglich an. Er atmete ganz flach, bis er das leise Gluckern vernahm, das aus den Halmen drang … kleine Klauenfüße, die über den sandigen Lehmboden kratzten … scharfe Schnäbel, die nach Körnern pickten … eine sanftherzige Glucke, die dem Piepen der Küken antwortete, die ihre fedrige Brust suchten … die leisen Laute der Junghähne, die von der Peripherie die Nachricht übermittelten, dass keine Gefahr drohte … dass alles bestens sei.

Doch dann änderte einer der Wächter unvermittelt seine Botschaft und gab Alarm. Dwer bückte sich, um sich unsichtbar zu machen, und hielt sich ganz still. Glücklicherweise waren die Schatten der Dämmerung in seinem Rücken. Wenn es ihm nur gelänge, sie noch ein paar Duras davon abzuhalten, die Flucht zu ergreifen …

Ein plötzliches Krachen ließ die Vögel ihre vier Flügel ausbreiten und in die Lüfte aufsteigen. *Ein weiteres Raubtier,* begriff der Jäger und hob den Bogen. Während die meisten Wachteln über das Gras davoneilten und bald nicht mehr zu sehen waren, blieben ein paar von ihnen zurück, um über dem Störenfried ihre Kreise zu ziehen und ihn von den Muttertieren und den Küken abzulenken.

Dwer ließ einen Pfeil nach dem anderen von der Sehne schnellen und erwischte erst einen der Junghähne, dann einen zweiten.

Der Aufruhr endete so rasch, wie er begonnen hatte. Bis auf die Stelle, an der das Gras niedergetrampelt war, sah hier alles so aus wie vorher.

Der Jäger schulterte den Bogen und nahm die Machete in die Hand. Im Prinzip stellte nichts, das sich im Gras verbergen konnte, eine größere Bedrohung für ihn dar. Mit Ausnahme vielleicht von einem Wurzelskorpion. Aber es gab einige Geschichten von merkwürdigen, äußerst unangenehmen Tieren, die hier, südöstlich vom Hang, leben sollten. Und selbst ein hungriger Ligger konnte einem den Schweiß auf die Stirn treiben.

Er fand den ersten abgeschossenen Vogel.

Der sollte Lena glücklich machen, zumindest für eine Weile, sagte er sich, ehe ihm klar wurde, dass es von nun bis zu seinem Ende seine tägliche Pflicht sein würde, der schweren Lena Strong etwas zu essen zu schießen.

Das Gras bewegte sich nahe bei der Stelle, an der der zweite Junghahn niedergegangen war. Dwer lief mit erhobener Machete darauf zu. »O nein, du verdammter Dieb, das lässt du schön bleiben!«

Dwer blieb abrupt stehen, als ein geschmeidiges, schwarzpelziges Tier mit der anderen Wachtel zwischen den Reißzähnen vor ihm auftauchte. Der blutige Pfeil ragte noch aus dem Vogel.

»Du …«, seufzte der Jäger und ließ das Buschmesser sinken. »Das hätte ich mir ja gleich denken können.«

Schmutzfuß sah ihn vielsagend an, und Dwer konnte sich fast vorstellen, was der Noor ihm mitteilen wollte:

Ganz recht, Boss, ich bin's. Freust du dich, mich wiederzusehen? Du brauchst mir nicht dafür zu danken, dass ich die Vögel aufgescheucht habe. Dieser besonders saftige Hahn hier reicht mir als Belohnung vollauf.

Der Jäger zuckte resigniert mit den Achseln. »Tja, da kann man wohl nichts machen. Aber den Pfeil bekomme ich zurück, verstanden?«

Schmutzfuß grinste und gab wie gewöhnlich durch nichts zu erkennen, ob er auch nur ein Wort verstanden hatte.

Als sie zum Lager zurückkehrten, brach bereits die Nacht herein. Ein Lagerfeuer prasselte unter einem Baum mit breitem Wipfel. Die Brise trug den Geruch von Eseln, Menschen, die sich den ganzen Tag lang abgemüht hatten, und brodelndem Brei heran.

Wir sollten das Feuer besser klein halten, damit es wie ein natürlicher Brand aussieht.

Dann kam ihm ein neuer Gedanke.

Rety hat doch gesagt, Noor würden nie über die Rimmers steigen. Wie kommt es dann, dass Schmutzfuß hier ist? Rety hatte nicht übertrieben, als sie ihm erzählt hatte, hier draußen im Südosten gebe es ganze Herden von Glavern. Nach zwei Tagen zügigen Marsches, in dem sie oft genug in Laufschritt verfallen mussten, um nicht hinter den Eseln zurückzubleiben, stießen sie auf die ersten deutlichen Hinweise: die hübsch angelegten Hügel, unter denen die Glaver für gewöhnlich ihre Fäkalien begruben.

»Verdammt … du hattest recht …«, keuchte Danel. Er war stehen geblieben und stützte sich mit den Händen auf die Knie. Die beiden Frauen schienen jedoch nicht außer Puste zu sein. »Sieht ganz so aus … als würde alles … nur noch komplizierter …«

Das kannst du laut sagen, dachte Dwer. Jahrzehntelange sorgfältige Hegearbeit der Jäger schien vergeblich gewesen zu sein. *Wir sind immer davon ausgegangen, die gelbe Steppe könne nur von gutausgerüsteten, erfahrenen Wanderern durchquert werden – niemals aber von Glavern. Deswegen haben wir ja auch immer weiter nördlich nach ihnen gesucht.*

Am nächsten Tag gebot Dwer abrupt Halt, als er in einiger Entfernung eine Gruppe Glaver entdeckte, die sich am Rand eines Busch-Wadis an etwas gütlich zu tun schienen. Alle vier Reisenden schauten abwechselnd durch Danels original ursisches Fernglas. Die bleichhäutigen Wesen mit den vorstehenden Augen verspeisten einen Steppe-Gallaiter, ein kräftiges, langbeiniges Tier, das in dieser Region zuhause war und ausgestreckt vor ihnen lag.

Dieser Anblick entsetzte sie alle – bis auf Jenin Worley.

»Hast du nicht gesagt, dass man nur so auf den Ebenen überleben könne? Indem man die Tiere isst, die sich von diesem Zeugs hier ernähren?« Sie hielt einen Halm von dem gelben Gras hoch. »Also haben die Glaver sich einer neuen Lebensweise angepasst. Und ist es nicht genau das, was auch wir erreichen wollen?«

Anders als Ozawa, den diese Mission traurig stimmte und der nur resignierend eingewilligt hatte, schien Jenin sich geradezu auf das Unternehmen zu freuen. Vor allem die Aussicht, vielleicht die menschliche Spezies auf Jijo erhalten zu müssen, entzückte sie sehr, ließ sie alle Widrigkeiten in einem rosigen Licht erscheinen und lenkte ihre Blicke immer wieder in Richtung Dwer.

Wenn der Jäger das Glitzern in ihren Augen und den Eifer auf ihrer Miene entdeckte, kam er regelmäßig zu dem Schluss, dass er eigentlich viel mehr mit der stämmigen, grobgesichtigen Lena Strong gemein hatte. Zumindest sah sie die Dinge auf dieser Expedition so wie er – als eine weitere Pflicht, die es in einer Welt zu erledigen galt, auf der die Wünsche des Individuums nichts zählten.

»Das … überrascht mich doch etwas«, bemerkte Danel, senkte das Glas und wirkte unglücklich. »Ich dachte immer, Glavern sei es unmöglich, Fleisch zu essen.«

»Adaptabilität«, brummte Lena. »Eines der Merkmale präsapienten Lebens. Vielleicht bedeutet das, dass die Glaver nach ihrem langen Abstieg wieder auf dem Weg nach oben sind.«

Ozawa dachte darüber nach. »So rasch schon? Wenn das wirklich zutreffen sollte ... ich meine, könnte das dann bedeuten ...?«

Dwer trat rasch dazwischen, ehe der Weise die Gelegenheit erhielt, sich in seinen Philosophien zu ergehen. »Gib mir das doch mal bitte«, sagte er und erhielt den aus Glas und Bambus bestehenden Feldstecher. »Ich bin gleich wieder da.«

Der Jäger bewegte sich geduckt vorwärts. Natürlich hatte Schmutzfuß gerade nichts Besseres vor und kam mit. Der Noor eilte voraus und spielte wieder sein Lieblingsspiel – Dwer irgendwo aufzulauern. Dwer biss die Zähne zusammen und gab Schmutzfuß nicht die Befriedigung, darüber zu erschrecken. *Ignorier den Köter einfach. Vielleicht verzieht er sich dann ja.*

Leider hatte dieser Trick bei dem Noor noch nie funktioniert.

Dummerweise schien Jenin auch ganz vernarrt in den schwarzen Kerl zu sein und betrachtete ihn als Expeditionsmaskottchen. Danel fand den Noor vom philosophisch-wissenschaftlichen Standpunkt aus höchst bemerkenswert – vor allem dass er selbst in dieser für ihn unwirtlichen Gegend nicht von ihrer Seite wich. Und den Ausschlag hatte schließlich Lena gegeben: Als Dwer sich dafür ausgesprochen hatte, das Wesen zu verscheuchen, hatte sie sich zusammen mit den anderen dagegen ausgesprochen.

»Er wiegt doch kaum etwas«, erklärte sie. »Solange er sich sein Futter selbst besorgt und uns nicht bei der Arbeit behindert, kann er doch auf einem Esel mitreiten.«

Damit war Schmutzfuß in der Runde aufgenommen. Der pfiffige Kerl achtete darauf, Lena nicht in die Quere zu kommen. Vor Danel führte er Kunststückchen auf, die den Jägermeister immer wieder in staunendes Nachdenken versetzten, und Jenin legte der Noor sich jeden Abend auf den Schoß, um sich von ihr am Lagerfeuer kraulen und beschmusen zu lassen.

Und mir gegenüber benimmt er sich, als wäre es mein Herzenswunsch, von morgens bis abends irritiert zu werden.

Während Dwer auf das Wadi zuschlich, prägte er sich die krachende Konsistenz des Grases und die Unbeständigkeit des Windes ein. Das hatte er sich in seinem Berufsleben zur Angewohnheit gemacht, schließlich konnte ja eines Tages einmal ein Ernstfall eintreten, und er musste mit aufgelegtem Pfeil einem Glaver hinterherlaufen.

Ironischerweise würde dieser Fall nur eintreten, wenn es gute Neuigkeiten zu vermelden gab – zum Beispiel die Meldung vom Hang, dass alles wieder in Ordnung sei und die Genpiraten abgeflogen waren, ohne die Bevölkerung des Hangs auszurotten.

In diesem Fall würde sich die Expedition in eine traditionelle Jagdmission verwandeln, die in dieser Gegend nach Glavern und Soonern Ausschau halten sollte. Wünschenswert wäre es natürlich, beide nur gefangen zu nehmen, aber das ließ sich vorher natürlich nie sagen, weil es schließlich darauf ankam, alle zu erwischen.

Wenn es jedoch im Westen zum Schlimmsten kommen sollte und die Gesamtheit der Sechs ausgelöscht wurde, würde diese kleine Gruppe sich Retys Familie anschließen und als Exilanten in der Wildnis weiterleben. Unter Danels Führung würden sie Retys Verwandte zähmen und simple Traditionen und Regelungen treffen, um gemeinsam und in Harmonie in ihrem neuen Heim zu leben.

Eine dieser Regelungen würde den Soonern verbieten, je wieder Glaver zur Nahrungsbeschaffung zu erlegen.

Diese Ungereimtheit machte dem Jäger schwer zu schaffen, und es verdross ihn erst recht, dass ihm so gut wie keine Wahl blieb. Gute Neuigkeiten würden ihn zu einem Massenmörder machen, schlechte ihn in einen freundlichen Nachbarn von Glavern und Soonern verwandeln.

Tod und Pflicht auf der einen Seite, und auf der anderen Seite eben-

falls Tod und Pflicht … Ist das Überleben unserer Art wirklich all das wert?, fragte er sich.

Auf einer kleinen Anhöhe angekommen, hielt er das Glas vor die Augen. Zwei Glaver-Familien nährten sich an dem Gallaiter, und ein paar weitere Wesen hielten Wache. Normalerweise würde von einem solchen Festschmaus kaum etwas übrigbleiben. Zuerst fraßen sich Ligger oder andere große Raubtiere daran satt. Dann kamen die Hickuls mit ihren starken Gebissen, die selbst Knochen zerknacken konnten. Und als Letzte erschienen die Flugwesen, die der Einfachheit halber und in ihrer Gesamtheit schlicht Geier genannt wurden, obwohl sie mit ihren Namensvettern auf der Erde überhaupt keine Ähnlichkeit hatten.

Und tatsächlich schlich schon ein Rudel Hickuls in weitem Bogen um die Lagerstätte. Ein Glaver stellte sich auf die Hinterbeine und warf einen Stein. Die Aastiere liefen davon, und einer heulte schmerzlich auf.

Aha, so stellen sie das also an.

Die Glaver hatten eine einzigartige Methode gefunden, hier draußen in der Steppe zu überleben. Da sie weder das gelbe Gras noch Bambus verdauen konnten und ihre Zähne sich auch nicht zum Fleischverzehr eigneten, setzten sie Kadaver dazu ein, Schwärme von Insekten aus der ganzen Gegend anzuziehen. Die verspeisten sie dann mit großem Genuss. Genauer gesagt, ein Teil von ihnen durfte sich sättigen, während der andere rings herum Wache hielt, um die anderen Interessenten an dem Fleisch abzuwehren.

Die Glaver dort schienen es sich gut gehen zu lassen. Sie hielten sich kleine Brummer vor die Augen, muhten anerkennend und ließen sie dann schmatzend zwischen den Mahlzähnen verschwinden. Dwer hatte noch nie Glaver mit so viel … nun, Enthusiasmus gesehen. Ganz gewiss nicht bei ihm zuhause, wo sie wie gesegnete Debile behandelt wurden, die man gern in den Müllhaufen der Bürger herumschnüffeln ließ.

Schmutzfuß sah den Jäger mit sichtlichem Ekel an, als wollte er sagen: *Nun sieh sich einer diese Schweinebande an! Bei Jafalls! Können wir sie bitte gleich angreifen? Wir wollen sie nur ein bisschen aufmischen, ja? Und sie dann allesamt in die Zivilisation zurücktreiben, ob ihnen das nun gefällt oder nicht, elende Saubacken!*

Dwer nahm sich fest vor, in Zukunft seine Phantasie im Zaum zu halten. Wahrscheinlich passte dem Noor bloß der Geruch nicht.

Dennoch fühlte er sich verpflichtet, Schmutzfuß für seine Auslassungen zu tadeln:

»Wie kommst ausgerechnet du dazu, das Verhalten von anderen widerlich zu finden? Gerade du, der sich selbst von Kopf bis Fuß und auch an den unaussprechlichen Stellen ableckt und Artgenossen am Hintern schnüffelt? Komm, wir wollen den anderen berichten, dass sich die Glaver doch nicht zu Fleischfressern entwickelt haben. Wir müssen uns beeilen, wenn wir vor Einbruch der Nacht dieses Stechgras hinter uns gelassen haben wollen.«

Asx

Neue Nachrichten erreichen uns aus dem fernen Süden. Sie stammen wiederum von der Schmiede im Berg Guenn.

Die Mitteilung ließ in ihrer Ausführlichkeit zu wünschen übrig, war sie doch zur einen Hälfte von einer Kurierin überbracht und zur anderen von unerfahrenen Spiegelwerkern mittels des erst teilweise wiederhergestellten Übermittlungssystems gesendet worden.

Offenbar hatten die Piraten damit begonnen, alle Fischerdörfer und Gelege der roten Qheuen abzuklappern und die dortigen Anwohner mit ihren Fragen zu löchern. Sie waren sogar weit draußen auf dem Meer gelandet, um die Mannschaft eines Abfallkahns zu plagen, der sich gerade auf der Heimfahrt von den heiligen Stätten im Mitten befand.

Ohne Zweifel fühlten sich die Verbrecher ungestört genug, um nach Gutdünken bald hier und bald da aufzutauchen, unseren Bürgern aufzulauern und sie mit den sattsam bekannten Fragen zu behelligen, ob sie »etwas Merkwürdiges gesehen, sonderbare Kreaturen bemerkt oder auf dem Meer Lichter entdeckt« hätten.

Sollen wir uns für sie einfach etwas ausdenken, meine Ringe? Sollen wir eine Geschichte über Seemonster zusammenfabulieren, um unsere unerwünschten Besucher zu fesseln und so unserem Schicksal einen weiteren Aufschub verschaffen?

Einmal angenommen, wir würden das tatsächlich tun, wie würden die Kriminellen dann mit uns verfahren, wenn sie hinter den Schwindel kämen?

Lark

Den ganzen Morgen arbeitete Lark voller nervöser Anspannung an Lings Seite. Und dass er sich nichts davon anmerken lassen durfte, machte es nur noch schlimmer. Doch bald würde er, mit etwas Glück, seine Chance erhalten, alles bestens auf die Reihe zu bekommen. Natürlich verlangte es außerordentliches Fingerspitzengefühl, sowohl für die Weisen zu spionieren, als auch an die Informationen zu gelangen, die er aus seinen ganz eigenen Gründen benötigte.

Der richtige Zeitpunkt würde den Ausschlag geben.

Im Untersuchungszelt ging es zu wie in einem Bienenstock. Die hintere Hälfte war vollgestopft mit Käfigen, die Qheuen-Handwerker aus dem heimischen Bambus hergestellt hatten –

und darin waren Exemplare von allen Spezies auf dieser Seite des Planeten eingesperrt.

Eine große Gruppe menschlicher, ursischer und hoonscher Mitarbeiter war vollauf damit beschäftigt, die Tiere zu füttern, ihnen zu trinken zu geben und nach ihrem Befinden zu sehen.

Einige g'Kek hatten sich als ziemlich geschickt darin erwiesen, Tiere durch ein Labyrinth zu schicken und andere Tests mit ihnen durchzuführen, was sie mittlerweile unter der Aufsicht von Robotern, die ihnen in einwandfreiem Galaktik Zwei Anweisungen gaben, von morgens bis abends taten.

Lark hingegen war bedeutet worden, dass er es als hohe Auszeichnung betrachten sollte, direkt an der Seite eines Sternenmenschen arbeiten zu dürfen.

Er hatte mittlerweile einen zweiten Flug hinter sich, und der war noch anstrengender gewesen als der erste. Drei Tage hatte die Reise gedauert. Zuerst waren sie im Zickzackkurs weit hinaus aufs Meer gelangt und dann über der dunkelblauen Weite des Mittens ziemlich dicht über den Wellen geflogen. Und schließlich war der Flieger von einer Insel zur nächsten gehüpft, die sich als Archipel über eine weite Wasserfläche ausdehnten.

Dort hatten sie Proben der unterschiedlichsten Tierarten aufgeladen, die Lark allesamt fremd und unbekannt gewesen waren. So hatte sich die mühselige Reise für ihn am Ende doch noch als lohnend erwiesen.

Auch Ling änderte ihre Haltung ihm gegenüber. Je länger sie miteinander arbeiteten und die jeweiligen Fähigkeiten des anderen kennenlernten, desto weniger herablassend behandelte sie ihn.

Außerdem faszinierte es Lark, verfolgen zu dürfen, welche Entwicklung die Evolution dieser Welt nach nur einer Million Jahren der Brache genommen hatte. Jede Insel stellte so etwas wie einen eigenen biologischen Reaktor dar und brachte dort die unglaublichsten Variationen hervor.

Da gab es zum Beispiel Vögel, die flugunfähig waren und nicht mehr in die Lüfte aufsteigen wollten. Dann gleitende Reptilien, die kurz davorstanden, Flügel zu entwickeln; Säugetiere, deren Fellhaare sich in Hornstacheln verwandelt hatten; oder Zills, deren flauschiges Fell in einer Farbenpracht leuchtete, wie man sie bei ihren grauen Vettern auf dem Festland nie zu sehen bekam.

Erst später kam Lark zu dem Schluss, dass diese Artenvielfalt zu einem Gutteil von den letzten Mietern auf Jijo in die Wege geleitet sein musste. Möglicherweise hatten die Buyur auf jeder Insel anderen genetischen Samen ausgestreut … als Bestandteil eines äußerst langfristigen Experiments?

Ling und Besh mussten den Forscher des Öfteren buchstäblich fortzerren, wenn es weitergehen sollte. Kunn hockte dann meist mürrisch an seinen Instrumenten und schien sich erst zu beruhigen, wenn sie wieder in der Luft waren. Nach einer Landung war Lark stets der Erste, der durch die Luke ins Freie eilte. Während dieser Zeit lag sein normales sauertöpfisches Brüten unter der neuerwachten Leidenschaft des Entdeckers begraben.

Doch als es dann auf die Heimreise ging und der Flieger ein letztes Mal – für Lark immer noch unerklärlich – über dem Meer hin und her flog, kamen ihm doch einige Fragen in den Sinn.

Diese Reise war alles in allem doch lohnend. Aber warum haben wir sie überhaupt unternommen? Was hofften die Piraten hier draußen zu finden?

Selbst als die Menschen die Erde verlassen hatten, war den Biologen schon bekannt gewesen, dass höherentwickelte Lebensformen Raum benötigten, um sich entwickeln zu können, am besten einen Kontinent. Trotz des Lebensreichtums auf dem Archipel hatte sich dort nicht eine einzige Spezies finden lassen, die als aussichtsreicher Kandidat für einen Sternenschub gelten konnte. Entweder hatten sich die Hoffnungen der Sternenmenschen nicht erfüllt, oder sie waren hinter etwas anderem her.

Als Lark sich am nächsten Tag wieder zu Ling begab, eröffnete sie ihm, dass heute wieder die Analyse der Felssammler auf dem Programm stünde und sie gleich nach dem Mittagessen damit beginnen würden.

Besh hatte bereits ihre intensiven Untersuchungen an den Glavern aufgenommen. Man konnte ihr deutlich anmerken, wie froh sie war, wieder an der vielversprechendsten Art arbeiten zu können.

Glaver! Fast hätte Lark laut gelacht. Aber er hielt seine Fragen zurück und wartete auf einen günstigen Zeitpunkt.

Schließlich legte Ling die Karte ab, mit der sie sich beschäftigt hatten – darauf war vieles von dem eingetragen worden, was bereits die Wände seines Arbeitszimmers im Dorf Dolo bedeckte – und führte ihn zu einer Maschine, der man Erfrischungen von der Art entnehmen konnte, wie die Piraten sie bevorzugten. Das Licht hier war besser, und Lark gab dem kleinen Mann, der dort Tierkäfige reinigte, ein Zeichen zu verschwinden. Der blonde Bursche schlenderte zu einem Stapel Kisten, in denen Futter für diesen Zoo von gefangenen Tieren transportiert wurde.

Lark hockte sich nun so auf die Tischkante, dass er dem Arbeiter nicht die Sicht auf Besh, die Anlage oder auf Ling versperrte. Besonders nicht auf seine Kollegin. Denn für das, was jetzt durchgeführt werden sollte, war es außerordentlich wichtig, nicht den Argwohn der Piraten zu erregen.

»Besh scheint zu glauben, auf eine erstklassige Spezies gestoßen zu sein, was?«

»Hm.« Die dunkelhaarige Frau sah von der Maschine auf, die mit allem ausgestattet war, was zur Herstellung eines bestimmten Getränks nötig war. Eine bittere Flüssigkeit, die Lark nur einmal probiert hatte und die den Namen *Kah!-ffeeh* trug, eine vermutlich lautmalerische Bezeichnung.

»Was soll sie gefunden haben?« Ling lehnte sich an den Tisch und rührte mit einem Löffel in ihrem Becher.

Lark deutete auf Beshs Studienobjekt, das gerade selbstgenügsam auf irgendeinem klebrigen Klumpen herumkaute, während ein Drahtgeflecht auf seinem Schädel angebracht war, das seine Neuronenströme messen sollte.

Vor einiger Zeit hatte es einige Aufregung gegeben, als Besh laut verkündete, sie hätte gehört, wie der Glaver zwei Worte, die sie gesprochen hatte, nachgeahmt habe.

Zurzeit beugte sich Besh über ihr Mikroskop und verschob mit kleinen Handbewegungen eine Hirnprobe unter der Linse, während sie dasaß, als hätte sie ein Lineal verschluckt.

»Ich nehme an, die Glaver besitzen das, was ihr sucht?«, ließ Lark nicht locker.

»Das werden wir genauer wissen, wenn unser Schiff zurückkehrt und genauere Tests durchgeführt werden können«, erwiderte die Piratin und lächelte.

Lark nahm aus dem Augenwinkel wahr, wie der kleine Mann eine Decke entfernte, die über einem Loch in einer Kiste lag. Darunter blitzte kurz so etwas wie Glas auf.

»Und wann wird das Schiff zurückkehren?«, fragte er nach, um Lings Aufmerksamkeit, einmal gewonnen, nicht gleich wieder zu verlieren.

Ihr Lächeln wurde breiter. »Ich wünschte, ihr wärt nicht so neugierig. Ihr fragt uns das so oft, dass man fast annehmen könnte, euch liege etwas daran. Wieso interessiert es euch denn so, wann das Schiff kommt?«

Lark blies nach Art der Hoon die Wangen auf, ehe ihm einfiel, dass ihr diese Geste vermutlich nichts sagte. »Eine kleine Vorwarnung wäre ganz nett. Immerhin erfordert es seine Zeit, einen richtig schönen großen Kuchen zu backen.«

Sie fing an zu kichern, und zwar länger und lauter, als man es bei einem so mäßigen Scherz erwartet hätte. Lark hatte mittlerweile gelernt, nicht jedes Mal beleidigt zu reagieren, wenn er sich von ihr zu sehr bevormundet fühlte.

Doch jetzt sagte er sich, dass sie wohl nicht mehr so lachen würde, wenn die Archivdateien an Bord des Schiffes ihr verrieten, dass die Glaver – ihre aussichtsreichsten Kandidaten für den großen Schub – bereits Bürger der Galaxien waren und vermutlich zurzeit gerade in ihrem Gebiet in Secondhandschiffen herumflogen, weil sie sich mehr nicht leisten konnten.

Oder war es am Ende möglich, dass diese Information nicht einmal in ihrem Schiffscomputer enthalten war? Laut den ältesten Schriftrollen gehörten die Glaver im Konzert der unzähligen Clans der Fünf Galaxien zu einem eher obskuren Patron. Vielleicht waren sie wie die g'Kek längst ausgestorben, und niemand konnte sich mehr an sie erinnern. Womöglich lebten sie nur noch in einigen Fußnoten und Randbemerkungen in irgendwelchen verstaubten Dateien fort, über die nur die größten Bibliotheken verfügten.

Nicht auszudenken, wenn am Ende der Moment anstand, von dem vor langer Zeit, noch bevor die Menschen auf Jijo erschienen waren, der letzte Weise der Glaver gekündet hatte. Wenn nämlich die wiederhergestellte Unschuld den Spezies die Absolution erteilte, alle Sünden von ihnen nahm und ihnen eine zweite Chance gewährte. Wenn sie ihren Neubeginn antreten durften.

Wenn dem wirklich so ist, dann haben sie ein besseres Schicksal verdient, als von irgendwelchen Piraten geraubt und adoptiert zu werden!

»Angenommen, sie erweisen sich als in jeder Hinsicht perfekt. Werdet ihr sie dann bei eurer Abreise mitnehmen?«

»Kann schon sein. Zumindest eine fortpflanzungsfähige Gruppe von etwa hundert Tieren.«

Lark bekam mit, wie der kleine Mann das Tuch wieder über die Kamera legte. Mit einem befriedigten Lächeln nahm Bloor, der Porträtkünstler, wie selbstverständlich den Kasten auf und trug ihn durch die schwarze Zeltklappe nach draußen.

Lark spürte, wie ihm ein schwerer Stein vom Herzen fiel und

seine Anspannung sich löste. Lings Gesicht mochte etwas verwackelt wiedergegeben werden, aber ihre Uniform und ihr Körper sollten trotz der langen Belichtungszeit ausreichend zu erkennen sein.

Mit etwas Glück würde man auch Besh, den Glaver, einen Roboter und den schlafenden Steinsammler darauf sehen können. Und die Berge, auf die man durch den offenen Zelteingang schaute, gaben den exakten Ort und die Jahreszeit wieder.

»Und was wird aus dem Rest?«, fragte er nun und war erleichtert, dass er sich nur noch um eine Sache kümmern musste.

»Was meinst du damit?«

»Nun, was geschieht mit all den anderen Glavern, die ihr nicht mitnehmt?«

Ihre Augen verengten sich zu Schlitzen. »Was sollte denn mit ihnen geschehen?«

»Ja, was?« Lark rutschte unruhig auf der Tischkante hin und her. Die Weisen wollten die Atmosphäre der Mehrdeutigkeit noch eine Weile aufrechterhalten, ehe man die Fremden direkt auf ihre Pläne und Vorhaben ansprechen sollte. Aber Lark hatte ihren Wünschen doch bereits genug entsprochen, als er Bloor zu seiner Aufnahme verhalf. Außerdem bedrängten ihn Harullen und die anderen Häretiker immer mehr, ihnen endlich Antworten zu verschaffen. Schließlich mussten sie sich bald entscheiden, ob sie mit den Fundamentalisten gemeinsame Sache machen und sich deren mysteriösen Maßnahmen anschließen wollten.

»Dann … wäre da noch die Frage, was aus uns wird?«, fuhr er zögernd fort.

»Wen meinst du mit ›uns‹?« Ling hob verständnislos eine Braue.

»Nun, wir, die Sechs. Wenn ihr gefunden habt, was ihr sucht, und wieder abreist, was geschieht dann mit uns?«

Ling verdrehte die Augen. »Ich kann die Male schon nicht mehr zählen, bei denen man mich das gefragt hat.«

»Wer hat dich gefragt?«, platzte es aus einem erstarrten Lark heraus.

»Ach, frag lieber, wer mich das nicht gefragt hat.« Sie atmete vernehmlich aus. »Mindestens jeder dritte Patient, den wir pro Tag behandeln, kommt danach unter irgendeinem nichtigen Vorwand und will wissen, wie wir es tun werden. Damit meinen sie dann, welche Methode wir anwenden werden, um jedes vernunftbegabte Lebewesen auf dieser Welt ins Jenseits zu befördern. Sie fragen, ob es ein sanfter oder ein brutaler Tod sein wird. Oder ob am Tag unseres Abflugs Feuer vom Himmel fällt und Blitze in die Dörfer und Städte fahren.

Diese ewige dumme Fragerei ist so nervig, dass ich manchmal … ach was!« Sie ballte eine Hand zur Faust, und die Frustration war von ihren sonst so gelassenen Zügen deutlich abzulesen.

Lark blinzelte verwirrt. Er hatte eigentlich genau dieselben Fragen stellen wollen.

»Nun, die Bürger hier haben Angst«, begann er lahm. »Die Situation, die sich ohne ihr Zutun ergeben hat …«

»Ja, ja, ich weiß, ich weiß«, unterbrach ihn Ling ungeduldig. »Wenn wir nur gekommen sind, um hier irgendwelche präsapienten Lebensformen zu stehlen, können wir es uns nicht leisten, auch nur einen Zeugen zurückzulassen. Und selbstverständlich dürften wir auch nicht den restlichen Bestand der Lebensform am Leben lassen, von dem wir hundert Stück oder so mitnehmen … O Mann! Wo bekommt ihr eigentlich solche Ideen her?«

Aus *Abenteuerbüchern,* hätte Lark fast geantwortet. *Und von den Warnungen unserer Vorfahren.*

Aber jetzt fragte er sich, wie weit man diesen Geschichten trauen durfte. Die meisten Sachbücher waren in dem Feuer untergegangen, das kurz nach der Ankunft der Menschen die Bibliothek verwüstet hatte.

Doch davon einmal ganz abgesehen, waren nicht die Menschen, als sie zu ihrer Zeit die kosmische Bühne betreten hatten, in ihrer Naivität für jede Art von Paranoia anfällig gewesen? Und hatten nicht gerade diejenigen unter den Erdlingen, die am meisten unter Verfolgungswahn litten, die *Tabernakel* bestiegen und sich auf eine ferne, verbotene Welt geschlichen, um sich dort zu verstecken?

Sollten sie die Gefahr übertrieben haben? Sogar maßlos übertrieben?

»Ganz im Ernst, Lark, warum sollten wir das fürchten, was eine Bande von Soonern über uns sagen könnte? Es steht kaum zu erwarten, dass das nächste Inspektionsschiff der Institute vor Ablauf von einhunderttausend Jahren hier vorbeikommt.

Und wenn sie dann hier landen, lebt vermutlich längst keiner von euch mehr hier. Und wenn doch, existiert unser Besuch höchstens noch in Form von irgendwelchen wilden Sagen oder Kindermärchen. Vielleicht erschreckt man dann noch kleine Kinder mit unserem Namen.

Ehrlich, Lark, wir müssen keinen Völkermord begehen, ganz abgesehen davon, dass wir so etwas auch nie könnten, selbst wenn die Gründe dafür sehr zwingend sein sollten.«

Zum ersten Mal konnte Lark hinter ihre Maske des Spotts und der Überheblichkeit blicken. Sie schien das, was sie da gerade von sich gegeben hatte, wirklich zu glauben – oder sie war eine besonders gute Schauspielerin.

»Ja gut, aber wie wollt ihr denn die Adoption einer präsapienten Art, auf die ihr hier stoßt, bewerkstelligen? Schließlich könnt ihr doch nicht einfach angeben, sie auf einer verbotenen Welt aufgelesen zu haben.«

»Endlich mal eine halbwegs intelligente Frage«, seufzte sie erleichtert. »Ich gebe zu, das wird nicht ganz einfach. Zunächst einmal müssen wir die betreffende Spezies in einem anderen Ökosystem heimisch machen, zusammen mit allen Symbionten, die sie benötigt, und den weiteren Belegen dafür, dass diese Art sich dort entwickelt hat. Und dann heißt es warten …«

»Wie lange? Eine Million Jahre?«

Ling fand ihr Lächeln wieder. »Nein, so lange nun doch nicht. Weißt du, es gibt da nämlich eine Reihe von Vorteilen, die uns entgegenkommen. Zum Beispiel den Umstand, dass die meisten Welten eine Fülle von phylogenetischen Anomalien aufweisen. Trotz aller Regelungen, Kreuzungen auf ein Minimum zu beschränken, bringt doch jede neue Mieterspezies beim Einzug auf den entsprechenden Planeten ihre Lieblingspflanzen und -tiere mit, zusammen mit ganzen Heerscharen von Parasiten und Ähnlichem.« Sie warf einen Blick auf den kauenden Glaver. »Und ich bin fest davon überzeugt, dass wir Welten finden, auf denen ähnliche Gene in der Vergangenheit angesiedelt worden sind.«

Lark musste sich ein Lächeln verkneifen. *Dann macht euch mal auf eine große Überraschung gefasst.*

»Du siehst also«, fuhr die Biologin fort, »es spielt keine große Rolle, den restlichen Bestand auf Jijo zu belassen, solange uns nur ausreichend Zeit bleibt, die mitgenommenen Tiere zu modifizieren und den Wert der genetischen Divergenz künstlich zu erhöhen. Aber dazu kommt es ohnehin, wenn wir bei den Glavern den Schubprozess einleiten.«

Aha, dachte Lark, *auch wenn die Piraten irgendwann feststellen, dass die Glaver doch nicht das Wahre für sie sind, können sie immer noch auf eine andere vielversprechende Spezies stoßen und aus ihrem Verbrechen einen hübschen Profit schlagen.*

Was ihn aber am meisten störte, war der Umstand, dass diese Leute ihre Tat überhaupt nicht als kriminell ansahen.

»Und wie sehen die anderen Vorteile aus?«, wollte er jetzt wissen.

»Nun, das ist unser wahres Geheimnis.« Ein Leuchten trat in ihre dunklen Augen. »Weißt du, letztendlich kommt es doch immer nur auf die Erfahrung an.«

»Erfahrung?«

»In diesem Fall die unserer segensreichen Patrone.« Ling klang jetzt beinahe ehrfürchtig. »Die Rothen sind wahre Meister in dieser Kunst. Dazu brauchst du nur einen Blick auf ihren bislang größten Erfolg zu werfen: die menschliche Spezies.«

Da war er schon wieder, der Name des mysteriösen Clans, dem die ganze Verehrung von Ling, Rann und den anderen zuteilwurde. Anfangs waren die Sternenmenschen in dieser Frage sehr zurückhaltend gewesen. Ling hatte sogar darauf verwiesen, dass das nicht ihr wahrer Name sei.

Aber im Lauf der Zeit wurden sie und ihre Spießgesellen gesprächiger, als könnten sie ihren Stolz nicht länger für sich behalten.

Vielleicht aber auch aus dem Grund, weil sie nicht befürchten mussten, dass dieses Wissen weitergegeben werden konnte.

»Stell dir das einmal vor, es ist ihnen gelungen, der Menschheit in aller Heimlichkeit den großen Schub zu geben. Auf geschickte Weise haben sie die Unterlagen im Institut für Migration so manipuliert, dass unsere Heimatwelt für den unglaublichen Zeitraum von einer halben Milliarde Jahren in der Brache blieb und von niemandem besucht werden durfte.

Ihre sanfte Anleitung ist selbst unseren Vorfahren verborgen geblieben, sodass diese sich der abenteuerlichen, aber in diesem Fall für die Rothen durchaus nützlichen Illusion hingeben konnten, sich ganz allein den Schub gegeben zu haben.«

»Erstaunlich«, bemerkte Lark. Er hatte Ling noch nie so erregt erlebt. Am liebsten hätte er sie gefragt, wie die Durchführung einer solchen Tat denn möglich gewesen sei, aber dann hätte sie bestimmt gedacht, er zweifle an ihren Worten. Und er wollte doch, dass dieser Moment ihrer Offenheit noch ein Weilchen anhielt. »Natürlich ist es unmöglich, sich selbst den Schub zu geben.«

»Vollkommen unmöglich sogar. Das weiß man schon seit den

Tagen der Progenitoren. Die Evolution kann eine Spezies bis zum Stadium der Präsapienz führen, aber für die nächste, die entscheidende Stufe bedarf es des Eingreifens einer Spezies, die den Schub bereits hinter sich hat. Diesem Prinzip unterliegt der Lebenszyklus aller sauerstoffatmenden Arten in den Fünf Galaxien.«

»Wie kamen unsere Vorfahren denn auf die Idee, sie hätten sich selbst auf die nächste Stufe befördert?«

»Nun ja, es gab ein paar einsichtige Köpfe, die immer vermutet haben, von außen sei Hilfe an uns herangetragen worden. Dazu brauchst du dir nur die meisten Religionen anzusehen, die an übernatürliche Wesen glauben. Doch das wahre Geschenk, die Gabe der Sapienz, ist uns die meiste Zeit verborgen geblieben, während gleichzeitig unsichtbare Hände uns auf unserem Weg gesteuert haben. Nur die Dakkins, frühe Vorläufer unserer Gruppe, haben die ganze Zeit davon gewusst.«

»Selbst der Terragens-Rat ...«

»Der Terragens-Rat!«, schnaubte sie verächtlich. »Diese Bande von Idioten, die die Erde und ihre Kolonien durch diese gefährlichen Zeiten gesteuert haben? Deren Meinung dürfte wohl kaum noch zählen. Selbst diese Streaker-Geschichte, bei der die Hälfte aller Fanatiker im Universum in einen Blutrausch geriet und sie die Erdlinge abschlachten wollten, wird geregelt werden, und das trotz der Klotzköpfe vom Terragens-Rat. Die Rothen tragen für alles Sorge. Du brauchst dir also überhaupt keine Sorgen zu machen.«

Ehrlich gesagt hatte Lark sich darüber noch keine Sorgen gemacht. Gewiss nicht in dem Ausmaß, das Ling jetzt anzunehmen schien. Bis zu diesem Augenblick hatte er noch nie von dergleichen gehört. Allerdings musste er jetzt zugeben, dass ihre Worte nicht dazu angetan waren, ihn zu beruhigen.

Die Weisen hatten aufgrund einiger Hinweise bereits darauf geschlossen, dass die Fünf Galaxien von einer Krise durchgeschüttelt wurden. Vielleicht war das sogar der Grund dafür, warum die Genpiraten gerade jetzt hier gelandet waren. Möglicherweise wollten sie die allgemeine Aufregung für einen kleinen Diebstahl zur Aufbesserung ihrer Kasse nutzen.

Aber was konnte eine kleine, schwache Spezies wie die Erdlinge schon angestellt haben, um solchen Aufruhr auszulösen?, fragte sich Lark.

Mit einiger Willensstärke verdrängte er diesen Gedanken jedoch. Die Sache schien ihm zu gewaltig zu sein, um sich jetzt mit ihr abzugeben.

»Wann haben die Rothen euch eingeweiht?«

»Das liegt länger zurück, als du dir vielleicht vorstellen kannst, Lark. Noch bevor deine Vorfahren mit ihrem rumpeligen Schrottschiff die Erde verlassen haben und ihren hirnrissigen Plan in die Tat umsetzten, auf dieser Welt zu landen.

Kurz nachdem die Menschen die interstellare Raumfahrt entwickelt hatten, erwählten die Rothen einige Männer und Frauen, um ihnen die Wahrheit zu offenbaren. Es handelte sich um solche, die im Glauben fest waren. Einige von ihnen blieben auf der Erde, um unsere Spezies in aller Heimlichkeit weiter zu führen, während die anderen hinauf zu den Rothen geholt wurden, um unter ihnen in Freuden zu leben und ihnen bei ihrer Arbeit zu helfen.«

»Was für einer Arbeit denn?«

Ihre Miene erinnerte Lark jetzt an den Gesichtsausdruck, den man manchmal bei Pilgern zu sehen bekam, die gerade das Ei geschaut hatten und denen der geheiligte Stein eine seiner feierlichen Harmonien gesungen hatte. Verzückung und Entrücktheit drückte sich in solchen Zügen aus.

»Natürlich die Verlorenen zu retten. Und das zu fördern, was dereinst sein wird.«

Lark befürchtete, sie könne jetzt komplett in irgendeinen Mystizismus abdriften. »Werden wir denn einige Rothen zu sehen bekommen?«

Ihr Blick war verschleiert gewesen, als habe sie tief über Raum und Zeit nachgesonnen. Jetzt wurde er wieder klar und glänzend.

»Einige von euch ja, wenn ihr Glück habt.

Und ein paar von euch wird ein Glück widerfahren, von dem ihr nicht einmal zu träumen gewagt habt.«

Nach dieser Bemerkung drehte sich alles in seinem Kopf. Konnte sie tatsächlich dasselbe meinen, von dem er glaubte, dass sie es meinte?

Am Abend ging er bei Kerzenschein noch einmal seine Berechnungen durch.

Nach unseren Messungen, die so sorgfältig durchgeführt worden sind, wie es uns nur möglich war, besitzt das Sternenschiff ein Volumen von einer Million Kubikmeter. Wenn man alle Menschen Jijos wie gefrorene Holzscheite übereinanderstapelt, könnten vielleicht gerade so eben alle hineinpassen. Aber dann bliebe für nichts anderes mehr Platz.

Als er zum ersten Mal diese Berechnungen angestellt hatte, war es ihm hauptsächlich darum gegangen, den Gerüchten einiger Urs-Fohlen und Qheuen entgegenzutreten, dass die Menschen in Bälde Jijo verlassen und im Stich lassen würden. Damit wollte er beweisen, dass es dem jüngsten Mitglied der Sechs schon rein aus physikalischen Gründen unmöglich war, die Rückfahrkarte zu den Sternen zu erhalten und sich von Jijo zu verdrücken. Zumindest, solange nur das eine Schiff vorhanden war.

Aber Ling hat gesagt »ein paar von euch«.

Selbst wenn die Piraten je eine Hundertschaft Wuankwürmer, Langschnauzen und Glaver verladen haben, bleibt immer noch Raum für ein paar ihrer verlorenen Vettern.

Für diejenigen, die sich ihnen als nützlich erwiesen hatten.

Lark wusste, was Bestechung bedeutete, wenn er damit konfrontiert wurde.

Sosehr er auch seine Vorfahren dafür verdammte hierhergekommen zu sein, so sehr liebte er diese Welt. Es würde ihm das

Herz zerreißen, Jijo verlassen zu müssen, und vermutlich würde diese Pein bis ans Ende seiner Tage nicht vergehen.

Aber wenn die Umstände etwas anders wären, würde ich sofort alles stehen- und liegenlassen.

Wer würde das nicht?

Die Fundamentalisten haben recht. In diesen Tagen kann man keinem Menschen wirklich trauen. Erst recht nicht dann, wenn man uns mit einer solchen Bestechung kommt.

Wenn man das Angebot erhält, zu einem Gott werden zu können.

Allerdings hatte er nicht die geringste Vorstellung, was die Fundamentalisten eigentlich vorhatten. Nur dass sie sich in ihren Taten nicht mehr an den Rat oder die Zustimmung der zaudernden Weisen gebunden fühlten.

Natürlich fanden sich auch in ihrer Verschwörung Menschen. Was konnte auf dieser Welt schon ohne menschliche Fertigkeiten und Kenntnisse bewerkstelligt werden? Aber die Erdlinge waren vom inneren Kreis der Fundamentalisten ausgeschlossen.

Was habe ich also bisher herausfinden können?

Er starrte auf die leere Seite. Gewiss hatten sowohl die Weisen als auch die Fundamentalisten noch weitere Fühler ausgestreckt. Und selbst Harullen musste über weitere Informationsquellen verfügen.

Dennoch würden Larks Worte ein ganz besonderes Gewicht besitzen.

Wenn Ling die Wahrheit gesagt hat und die Fundamentalisten es glauben, blasen sie vielleicht ihre Aktion ab, wie immer die auch aussehen soll. Was schert es sie schon, wenn ein paar Glaver und Langschnauzen von Jijo entführt werden, solange die Piraten uns nichts tun und uns so weiterleben lassen wie bisher?

Aber was, wenn die Biologin gelogen hatte? Gaben dann die Fundamentalisten nicht ihre beste Gelegenheit auf, etwas zu bewirken und zu verändern – und zwar für nichts?

Auf der anderen Seite stand natürlich auch die Möglichkeit,

dass Ling zwar die Wahrheit gesagt hatte, aber niemand ihr glauben wollte … Dann würden die Fundamentalisten ihren Plan in die Tat umsetzen, damit scheitern und auf diese Weise bei den Fremden die Reaktion hervorrufen, die alle hier am meisten fürchteten.

Auf der anderen Seite des politischen Extremismus standen die Häretiker, und unter ihnen gab es auch einige Radikale, die ihren eigenen Untergang nicht ungern gesehen hätten, wenn er nur von dem des Rests der Sechs begleitet würde. Einige Hoon und Urs in Harullens Truppe sehnten sich nach einem großen Ende – die Urs wegen ihres heißen Blutes, und die Hoon, weil es bei ihnen lange dauerte, bis sie einmal in Wallung gerieten, aber wenn der Moment gekommen war, ließen sie sich durch nichts und niemanden mehr aufhalten.

Wenn unsere Extremisten zu der Ansicht gelangen, dass es Ling und ihren Leuten am nötigen Mumm für diesen Job mangelt, verfallen sie vielleicht auf die Idee, sie zum Genozid provozieren zu müssen!

Und das auch trotz seiner eindringlichen Rede, in der er verlangte, die Sechs sollten durch Konsens und Geburtenkontrolle von Jijo verschwinden.

Außerdem gab es da ja auch noch den Plan, die Piraten zu erpressen. Lark war Bloor dabei behilflich gewesen, verräterische Aufnahmen zu machen, aber war es den Weisen eigentlich bewusst, dass dieser Schuss auch nach hinten losgehen konnte?

Waren sie etwa der Ansicht, sie hätten nichts zu verlieren?

Lark rieb sich das stoppelige Kinn und fühlte sich so erledigt wie schon seit Jahren nicht mehr. *Was weben wir hier nur für ein verknotetes Netz,* dachte er. Dann leckte er die Spitze seiner Feder an, tauchte sie in die Tinte und fing an zu schreiben.

Der Fremde

Dieser Ort bringt ihn zum Lachen. Dieser Ort bringt ihn zum Weinen.

So viele Bücher stehen hier – er kann sich an das Wort für diese Gegenstände erinnern –, Reihe um Reihe rings um ihn herum. Die Kolonnen verschwinden um Ecken herum oder umgeben spiralförmige Aufstiegsmöglichkeiten.

Bücher, in Leder gebunden, das von unbekannten Tierarten stammt und die Luft mit fremdartigen Gerüchen erfüllt. Dieses Aroma verstärkt sich noch, wenn er einen Band aus einem Regal nimmt, ihn aufschlägt und die Ausdünstungen von Papier und Tinte einatmet.

Die Bücher lösen etwas in ihm aus, holen weit effektiver Erinnerungen zurück als alles andere, was man seit seinem Erwachen mit ihm angestellt hat.

Mit einem Mal erinnert er sich an einen Raum voller Bücher wie diese hier. Sie standen in seinem Zimmer, als er noch sehr jung war … und das bringt ihm eine Menge mehr ins Gedächtnis zurück: wie das Papier sich anfühlte, wie es sich beim Umblättern verbog, wie manchmal Bilder im Text zu sehen waren …

Die Erwachsenen hatten keine große Verwendung für Bücher gehabt. Sie brauchten das ständige Blitzen und Klingeln ihrer Maschinen. Apparate, die schneller reden konnten, als ein Kind zu hören, zu verarbeiten und zu verstehen vermochte. Sie schleuderten auch Lichtstrahlen in den Augapfel des Benutzers und füllten ihn mit Fakten an. Und der Strahl verging in dem Moment, in dem man blinzelte.

Das war einer der Gründe gewesen, warum er die soliden Versprechungen des Papiers vorzog. Dort löste sich die spannende Geschichte nicht in Luft auf oder verschwand, wenn der Schirm dunkel wurde.

Ein anderes Bild aus seiner Kindheit taucht vor seinem geistigen Auge auf: Er geht an der Hand seiner Mutter durch ein Haus, in dem sich viele geschäftige und anscheinend furchtbar wichtige Menschen aufhalten. Die Wände sind bedeckt mit Regalreihen voller Bücher, die so ähnlich aussehen wie die in diesem Komplex hier. Dicke, große Bände ohne Bilder, deren Seiten mit schwarzen, starren Zeichen bedeckt sind. Nur Worte stehen darin und nichts anderes. Kaum einer benutze solche Bücher noch, hatte seine Mutter ihm erklärt. Dennoch mussten sie ebenso bedeutend sein wie die Zeichen, die manche Gebäude zierten und den Menschen heilig oder sonst wie wichtig waren.

Die Zeichen und die Bücher dort wollen ihm etwas sagen ... über etwas, an das er sich noch nicht wieder erinnern kann. Aber sie müssen von Belang sein, dessen ist er sich ziemlich sicher.

Geduldig wartet er auf die beiden Frauen – Sara und Arianafu oder so ähnlich. Sobald sie alles erledigt haben, wollen sie zu ihm zurückkehren. Um sich die Zeit zu vertreiben, fängt er an, auf einem Block mit fast leuchtendem Papier zu zeichnen.

Zuerst bessert er die Abbildungen der Maschinen auf dem Dampfschiff nach. Dann versucht er, die ehrfurchteinflößende Perspektive der Steinhöhle einzufangen, unter der all diese Holzhäuser vor den Blicken vom Himmel geschützt werden. Und natürlich die unglaublich massiven Säulen, die das Steindach tragen.

Ein paar Namen fallen ihm mittlerweile ohne Mühe ein. Er weiß, dass der Affe, der ihm ein Glas Wasser bringt und sich um den richtigen Sitz seiner Kleidung kümmert, Prity heißt. Die Hände des Schimpansen tanzen immerzu vor ihm auf und ab, und bald tun die seinen das Gleiche. Fasziniert verfolgt er, wie seine Finger anscheinend unabhängig von seinem Willen Bewegungen ausführen. Er fürchtet sich ein wenig davor, sich dieses Bild einzuprägen ... Plötzlich grinst Prity breit, fängt an, rau und kehlig, wie es Affenart ist, zu lachen, und klopft sich aufs Knie.

Er freut sich sehr, als er erkennt, dass sein kleiner Scherz den Affen belustigt. Aber es verwirrt und betrübt ihn doch etwas, dass seine Hände ihm nicht verraten haben, was an ihren Bewegungen eigentlich so komisch war.

Macht nichts. Die Hände scheinen zu wissen, was sie tun, und mit ihrem Werk ist er durchaus zufrieden. Jetzt nehmen sie den Kohlestift wieder auf. Er lässt sie gewähren und konzentriert sich auf die Bewegungen des Stifts, der Linien, Gebilde und Schatten schafft. Wenn Sara wieder da ist, wird er für das bereit sein, was sie als Nächstes mit ihm vorhat, was immer auch kommen mag.

Vielleicht ist es ihm sogar möglich, einen Weg zu finden, sie und ihr Volk zu retten.

Möglicherweise war es ja genau das, was seine Hände vor Kurzem Prity mitgeteilt haben.

Kein Wunder, dass der Schimpanse darüber in höhnisches Grinsen und zweifelndes Gelächter ausgebrochen ist.

SIEBZEHNTER TEIL

DAS BUCH VOM MEER

Sollte es dir gelingen,
dem Pfad der Erlösung zu folgen –
an dessen Ende du wiederum adoptiert wirst
und einen zweiten Schub erhältst, du also deine
zweite Chance bekommst, so bedeutet das keineswegs das
Ende deiner Mühen und der Suche.

Zuerst musst du, Volk, dich als geeigneter Klient erweisen
und offen und gehorsam sein gegenüber
den neuen Patronen, die dich erlöst haben.

Später wirst du einen höheren Status erlangen
und eigenen Klienten den Schub verleihen
und großzügig weitergeben an sie
die Segnungen, die du empfangen hast.

Doch zu seiner Zeit beginnt zu glimmen ein Licht am
Horizont des Lebens deiner Spezies
und deutet dir andere Reiche an,
die die Müden und sich als würdig Erwiesenen anlocken.

Von diesem heißt es,
es sei ein Wegzeichen.
Einige nennen es die Verlockung,
andere die Verführung.

Zeitalter um Zeitalter entrücken die Alten
und suchen die Pfade,
die sich den Jüngeren noch nicht zeigen.
Sie verschwinden aus unserer Mitte,
sobald sie gefunden diese Pfade.
Bei den einen heißt das Transzendenz,
bei den anderen Tod.

Die Schriftrolle des Schicksals

Alvins Geschichte

Eins hat mich bei den alten Geschichten von der Erde immer besonders interessiert, ganz gleich, ob sie nun in Englik oder in einer der anderen irdischen Sprachen, die ich gelernt habe, erzählt werden: nämlich das Problem, die Spannung aufrechtzuerhalten.

Manche von den Autoren aus dem zwanzigsten und einundzwanzigsten Jahrhundert hatten das wirklich sagenhaft drauf. Es gab Zeiten, da bin ich drei Nächte hintereinander aufgeblieben, um irgendeine Geschichte von Conrad oder Cunin zu Ende zu lesen.

Was mich schon seit Langem beschäftigt, genauer gesagt, seit der Zeit, als ich mir klar darüber wurde, dass ich Schriftsteller werden will, ist das Problem, wie diese Oldies das mit der Spannung hinbekommen haben.

Nehmen wir nun einmal dieses Garn hier, an dem ich nun schon seit einiger Zeit spinne, wann immer ich die Chance erhalte, mich mit meinem Notizbuch auf diesem harten Brett auszustrecken. Das Buch ist an den Rändern schon ganz zerfleddert, weil ich es überallhin mitnehme, um ständig in der Lage zu sein, meine unbeholfenen, hoonmäßigen Buchstaben mit dem an einem Ende zerkauten Bleistift niederkritzeln zu können. – Also, von Anfang an habe ich diese Geschichte in der ersten Person geschrieben, als würde ich ein Tagebuch führen. Nur habe ich den einen oder anderen von den superscharfen Tricks und Kniffen einfließen lassen, die sich mir von der reichlichen Lektüre in all den Jahren eingeprägt haben.

Warum nun alles in der ersten Person? Nun, nach Andersons *Gutes Schreiben leichtgemacht* ist es von großem Vorteil, der

Geschichte eine »Stimme« zu verleihen, weil man dem Leser so viel einfacher einen soliden und annehmbaren Blickpunkt geben kann; Schwierigkeiten gibt es damit nur, wenn das Buch in die Traeki-Sprache übersetzt werden sollte, weil die verständlicherweise mit einem Ich-Erzähler nicht viel anfangen können.

Aber es taucht bei dieser Vorgehensweise noch ein Problem auf: Ob es sich nun um eine erfundene Geschichte oder einen echten Erlebnisbericht handelt, der Leser weiß immer schon von Anfang an, dass der Held das Abenteuer überlebt hat!

Wenn dieses Buch endlich vorliegt und gekauft oder ausgeliehen werden kann (hoffentlich erhalte ich vorher noch die Chance, den Text noch einmal zu überarbeiten, dann jemanden zu finden, der die grammatikalischen Fehler verbessert, und schließlich genügend Geld aufzubringen, um das Werk drucken zu lassen), weißt du, werter Leser, dass ich, Alvin Hph-wayuo aus Wuphon Port, Sohn des Muphauwq und der Yowg-wayuo, der unerschrockene Abenteurer und fabelhafte Forscher, heil aus dem Schlamassel wieder herausfinden werde, das ich jetzt niederschreiben will – insofern ich mal ein Gehirn, ein Auge und eine Hand freihabe.

Ich habe nächtelang nachgesonnen. Dabei kam mir die Idee, es mit einer anderen Sprache zu versuchen. Im Galaktik Sieben gibt es einen Versuchskasus, aber der funktioniert im Präteritum nicht so richtig. Und die Quanten-Unsicherheits-Deklination im Buyur-Dialekt, Galaktik Drei … nein, das ist zu abwegig. Außerdem, für welche Leserschaft sollte ich in Galaktik Drei schreiben? Huck ist die Einzige, die diese Sprache lesen kann, und von ihr für meinen Roman gelobt zu werden ist in etwa das Gleiche, wie von seiner Schwester einen Kuss zu erhalten.

Kehren wir zu den Geschehnissen zurück: Die Wasser des Riffs schäumten und brodelten an der Stelle, an der ich die Erzählung eben verlassen hatte. Der beilartige Schatten des Felsens Terminus legte sich über den Teil des Ozeans, an dem das abgetrennte Kabel und der abgerissene Schlauch immer noch tanzten und das sonst so ruhige Wasser zerteilten. Sie waren eben erst durch eine Katastrophe freigesetzt worden und tobten sich nun mit ungezügelter Kraft aus.

Nur zu leicht konnte man sich vorstellen, was aus der *Wuphons Traum* geworden war, unserem kleinen Schiff, mit dem wir die unbekannten Tiefen erkunden wollten. Die Phantasie stellte sich gegen meinen Willen ein und zeigte mir Bilder von dem hölzernen Rumpf, dessen Räder sich nutzlos drehten und dessen dicke Glasnase geborsten war. Es trudelte in die schwarze Leere hinab und zog seine abgetrennte Leine wie einen Schwanz hinter sich her. Und mit ihm stürzte Ziz, der kleine Traeki-Halbstapel, hinab in die ewige Verdammnis.

Und damit nicht genug! Wir alle hatten noch gut in Erinnerung, wie der kleine Huphu, unser Noor-Maskottchen, von dem um sich schlagenden Ladebaum in die Luft geschleudert worden war. Schreiend und sich überschlagend war er von uns fortgesegelt und endlich im blauen Wasser des Riffs verschwunden. Hucks Namenspatron hätte dazu gesagt: »War kein bisschen 'n schöner Anblick. Nee, wirklich nich'!«

Lange Zeit standen wir alle nur da und starrten hinab. Ich meine, was hätten wir schon tun können? Selbst die Demonstranten und Protestierer aus Whupon Port und dem Tal schwiegen. Wenn es den einen oder anderen von ihnen jetzt jucken mochte, uns zuzurufen: »Ich hab's euch Häretikern ja gleich gesagt!«, so hielt er sich damit tunlichst zurück.

Wir zogen uns vom Rand zurück. Wer hätte schon etwas davon gehabt, in ein samtglattes Grab zu spähen.

»Das Kabel und den Schlauch einfahren«, befahl Urdonnol, und wenig später drehten sich die Trommeln in die entgegengesetzte Richtung, um das zurückzuholen, was, von den größten Hoffnungen begleitet, vor wenigen Duras herabgelassen worden war.

Der Hoon gab wieder wie vorhin die Tiefe an, nur wurden diesmal die Werte stetig kleiner, und in der dröhnenden Bassstimme schwang keine Begeisterung mit.

Bei zweieinhalb Faden kam das abgerissene Ende des Kabels aus dem Wasser. Es tropfte wie aus einem verletzt herabhängenden Traeki-Tentakel. Die Männer an den Winden verdoppelten ihre Anstrengungen, weil sie endlich feststellen wollten, was geschehen war.

»Sssäureverbrennungen!«, rief Ur-ronn schockiert, als das Ende über den Rand rutschte. »Sssabotage!«, zischte sie wütend.

Urdonnol schien nicht zu voreiligen Schlussfolgerungen zu neigen, schwang ihren schmalen Schädel aber vor und zurück, um den Blick zwischen dem Kabelende und der Menge der Protestler auf dem Fels hin und her wandern zu lassen. Die Demonstranten schwiegen immer noch und starrten betroffen auf unser Unglück. An Urdonnols Verdacht konnte kein Zweifel bestehen.

»Haut ab! Verschwindet von hier!«, schrie Huck die Gaffer an und rollte rasch auf sie zu. Ihre Räder schleuderten Steine und Kies hoch. Erst kurz bevor sie die Demonstranten erreichte, bog sie scharf zur Seite ab. Die Menschen und die Hoon wichen vor ihr zurück. Keiner von ihnen wollte sich über die Zehen fahren lassen. Sogar die roten Qheuen zogen ihre scherenbewehrten, gepanzerten Beine ein und eilten ein paar Meter zurück, ehe ihnen einfiel, dass ein g'Kek-Mädchen für sie keine große Bedrohung darstellte. Dann liefen sie mit klickenden Scheren und zischenden Beinmündern wieder an ihre alten Plätze zurück.

Schere und ich eilten unserer Freundin zu Hilfe. Die Geschichte sah so aus, als würde sie gleich ein schlimmes Ende für Huck nehmen. Aber im nächsten Moment folgten uns schon ein paar graue Qheuen und ursische Schmiedinnen (allesamt zentnerschwere Stuten) mit Knüppeln, um der Forderung des g'Kek-Mädchens den nötigen Nachdruck zu verleihen.

Die Protestierer berechneten kurz das deutlich veränderte

Kräfteverhältnis, ließen uns stehen und zogen sich rasch in ihr Lager zurück.

»Mistkerle!«, rief eine wieder mutig gewordene Huck ihnen hinterher. »Eklige, stinkige Mörder!«

Nun ja, vor Gericht wäre sie damit kaum durchgekommen, dachte ich, immer noch unter Schock stehend. Weder Huphu noch Ziz waren im rechtlichen Sinne Bürger der Gemeinschaften. Nicht einmal Mitglieder ehrenhalber wie die Glaver. Auch galten Noor und Halbstapel nicht als bedrohte Spezies. Deswegen konnte man hier schlecht von Mord reden.

Aber es kam einer solchen Tat doch schon recht nahe, sagte ich mir. Ich ballte die Hände zu Fäusten und spürte, wie mein Rücken sich unter dem Ansturm von Kampfhormonen anspannte. Wut stellt sich bei einem Hoon nur langsam ein, doch wenn sie erst einmal entfacht ist, kann man dieses Lodern kaum wieder löschen.

Wenn ich heute daran zurückdenke, wie ich mich in jenem Moment gefühlt habe, erfüllt mich das mit Verwirrung und Betroffenheit. Aber die Weisen sagen, dass das, was man empfindet, nicht so schlimm ist, nur das, was man derart angespornt tut.

Keiner von uns wusste, was er jetzt sagen sollte. Wir standen nur eine Weile herum und machten lange Gesichter. Lediglich Urdonnol und Ur-ronn stritten darüber, welche Nachricht man Uriel schicken solle.

Dann riss uns ein schriller Pfiff aus unserer Starre. Wir drehten uns um und sahen Schere, der ganz dicht und tapfer am Rand stand, aus drei Beinmündern Luft ausstieß und uns mit den Scheren der beiden anderen heftig zuwinkte.

»Seht doch-och-och!«, stotterte er atemlos. »Huck, Alvin, kommt her-her-her!«

Meine g'Kek-Freundin behauptete später, sie habe gleich gewusst, was Schere gesehen hatte. Nun, im Rückblick gesehen, war das natürlich auch offensichtlich, aber in jenem Moment hatte ich keine Ahnung, was den Qheuen so in Aufregung versetzt haben mochte.

Als ich dann am Rand anlangte, konnte ich nur fassungslos auf das starren, was da aus dem Bauch des Riffs auftauchte.

Unser Boot! Unsere wunderschöne *Wuphons Traum* schaukelte im hellen Sonnenlicht ganz friedlich auf den trägen Wellen. Und obendrauf hockte ein kleines schwarzes Wesen, das vom Kopf bis zur Schwanzspitze durchnässt war und ein Bild des Jammers bot. Man musste nicht über die guten Augen eines g'Kek verfügen, um zu erkennen, dass unser Maskottchen noch erstaunter darüber war als wir, mit dem Leben davongekommen zu sein.

Nun vernahmen wir auch ein halb klägliches, halb empörtes Jaulen.

»Wie um allesss in der Welt …«, begann Urdonnol.

»Aber natürlisss!«, rief Ur-ronn gleich. »Der Ballassst hat sssisss gelössst!«

Ich blinzelte mehrmals.

»Ach so, ja, der Ballast. Hrrrm … Ohne ihn ist die *Traum* natürlich viel leichter und treibt nach oben. Aber es war doch keine Mannschaft an Bord, die an den richtigen Hebeln gezogen hat … Es sei denn …«

»Es sei denn, Ziz hat das getan!«, beendete Huck meinen Satz.

»Nicht ausreichende/unzureichende Erklärung«, wandte Urdonnol in Galaktik Zwei ein. »Gegen acht abgerissen/abgetrennten Trossen aus schwerem/nach unten drückendem Metall, welches lagert auf Tauchapparat, kommt kleine Luftblase in Bootsinnern nicht an …«

»Hrrrm, ich glaube, ich weiß, was dieses Wunder möglich gemacht hat …« Ich schirmte die Augen mit beiden Händen gegen das Sonnenlicht ab. »Huck, was ist denn das da, das unser Boot umgibt?«

Unsere geräderte Freundin rollte bis an den Rand und richtete zwei Augenstiele nach unten, dann noch einen dritten, um ganz sicherzugehen. »Sieht aus wie ein Ballon oder so was, Alvin. Ein Wulst, der sich wie ein Rettungsring um die *Traum* gelegt hat … Das ist Ziz!«

Das entsprach meiner Wahrnehmung. Ein Traeki-Wulst hatte sich zu einem Gebilde aufgeblasen, das uns in unseren kühnsten Träumen nicht in den Sinn gekommen wäre.

Wir alle drehten uns zu Tyug um, den Mischmeister des Berges Guenn. Der Vollstapel-Traeki erbebte und sonderte eine bunte Wolke ab, die so roch, als hätte sie in ihm für viel Druck gesorgt.

»Eine Vorsichtsmaßnahme. Wir haben sie nach einer Beratung mit Meisterin Uriel erwogen. Eine Art Schutz gegen unbekannte und unvorhergesehene Ereignisse oder Kräfte. Wir sind froh, einen solchen Erfolg gevlennt zu haben. Unsere Ringe und die dort unten erwarten ein angenehmes Weitergehen. Schon bald werden wir sie im Rückblick als angenehm empfinden.«

»Mit anderen Worten«, übersetzte uns Schere diese Ausführungen, »steht nicht länger wie eine Herde tagblinder Glaver herum! Lasst uns lieber die beiden heraufholen-olen-olen!«

ACHTZEHNTER TEIL

DAS BUCH VOM HANG

Legenden

Es heißt, frühere Generationen hätten die Schriftrollen ziemlich anders interpretiert, als wir das heute in unseren modernen Gemeinschaften tun.

Zweifelsohne hat jede neue Immigrantenwelle dem Hang eine weitere Glaubenskrise beschert, aus dem der Glaube dann verwandelt und anders strukturiert hervorging.

Anfangs war jedes neuangekommene Volk im Vorteil, brachte es doch Werkzeuge und Geräte von den Göttern der Fünf Galaxien mit und gewann so Überlegenheit über die anderen. Diese Überlegenheit behielten sie unterschiedlich lange, die einen nur für wenige Monate, andere für über acht Jahre.

Auf diese Weise konnte sich jede neue Spezies eine sichere Basis für ihre Nachkömmlinge schaffen. Die Menschen errichteten sie in Biblos, die Hoon auf der Insel Hawph und die g'Kek auf der Dooden-Mesa.

Doch jedes dieser Völker war sich auch seiner Handicaps bewusst: eine relativ kleine Population und völlige Unkenntnis darüber, wie man sich auf einer unbekannten Welt einrichten und ein vergleichsweise primitives Dasein fristen sollte.

Selbst die mächtigen grauen Königinnen gelangten ziemlich rasch zu dem Schluss, gewisse Prinzipien anerkennen zu müssen, wollten sie nicht den Zorn des vereinten Rests über sich bringen.

Der Exilrat setzte bestimmte Pflichten fest. Diese betrafen die Geburtenkontrolle, das Tarnungsgebot, die Erhaltung Jijos und die Abfallentsorgung. Diese fundamentalen Gesetze haben bis zum heutigen Tag Bestand.

Darüber vergisst man leicht, dass andere Angelegenheiten nur nach blutigen Kämpfen geregelt werden konnten.

Zum Beispiel der erbitterte Widerstand gegen die Wiedereinführung der Metallverarbeitung durch die ursischen Schmiede. Dieser basierte nur teilweise auf den Qheuen, die das Monopol für die Werkzeugherstellung nicht aus den Scheren geben wollten. Dagegen richtete sich auch, vor allem in den Reihen der Hoon und der Traeki, der feste Glaube, dass jede Neuerung ein Sakrileg darstelle. Noch bis in unsere Zeit gibt es auf dem Hang einige, die nichts anfassen, was aus ungeschmiedetem Buyur-Stahl hergestellt ist. Und erst recht dulden sie keinen solchen Gegenstand in ihrem Heim oder Dorf. Daran konnte auch die wiederholte Versicherung der Weisen nichts ändern, dass es sich dabei um temporäre Güter handele, deren Gebrauch nicht den Gesetzen zuwiderliefen.

Ein anderer unausrottbarer Glaube findet sich bei den Puritanern, die Bücher grundsätzlich ablehnen. Gegen das Papier selbst haben sie eigentlich nichts, weil es rasch zerfällt und immerhin dazu genutzt werden kann, Kopien von den Schriftrollen herzustellen. Aber diese Bürger, obgleich eine Minderheit, leisten immer noch Widerstand gegen die Bibliothek von Biblos, die sie eine eitle Nichtigkeit nennen und der sie vorwerfen, ein Hindernis für uns darzustellen, weil unser einziges Heil im gesegneten Vergessen liege.

In den Jahren, als sich die Menschen gerade erst auf Jijo anzusiedeln begannen, wurden solche Widerstände vor allem von den Urs und den Hoon mit Gewalt ausgetragen, bis die Schmiedinnen dahinterkamen, dass sich ein hübsches Sümmchen mit dem Gießen von Lettern verdienen ließ. Von der Zeit an hat die Liebe zu Büchern ihren unaufhaltsamen Siegeszug durch die Reihen der Gemeinschaften angetreten. Seltsamerweise hat gerade die letzte Glaubenskrise die geringste Auswirkung auf unsere heutige Gesellschaft gehabt. Wenn uns nicht schriftliche Unterlagen zur Verfügung stünden, würde es in der jetzigen Zeit kaum noch jemand für möglich halten, dass vor nur hundert Jahren viele auf dem Hang das gerade aufgetauchte Heilige Ei fürchteten und verwünschten. Tatsächlich gab es damals die lautstark vertretene Forderung, die Sprengerzunft solle das Gebilde in die Luft jagen! Der Stein-der-singt müsse vernichtet werden, riefen sie, weil es sonst unseren Aufenthaltsort verraten könne oder, noch weit schlimmer, die Sechs davon abhalten würde, dem Pfad der Glaver zu folgen und Vergessen zu finden.

»Was nicht in den Schriftrollen erwähnt ist, kann auch nicht heilig sein!«, lautete ihr Hauptargument.

Seit undenklichen Zeiten ist dies stets die Schlussfolgerung von Fundamentalisten jeder Couleur gewesen. – Dennoch muss zugegeben werden, und heute ist das ja ungefährlicher als vor einem Jahrhundert, dass sich in den Schriftrollen nicht einmal ein entfernter Hinweis auf etwas wie das Ei findet.

Rety

Hier war es dunkel und feucht, und man bekam eine Gänsehaut.

Rety gefiel es in der Höhle überhaupt nicht.

Wahrscheinlich lag es an der staubigen, abgestandenen Luft, dass ihr Herz viel schneller pochte. Vielleicht auch an den vielen Kratzern an den Beinen, die sie sich beim Abstieg in diese unterirdische Grotte zugezogen hatte. Nur eine schmale Felsspalte, die von Bambus zugewachsen war, führte hierher.

Möglicherweise lag es auch an den von überall herandriftenden Schatten, dass ihr der kalte Angstschweiß ausbrach. Jedes Mal, wenn Rety rasch mit ihrer ausgeborgten Laterne herumfuhr, vergingen die Schatten zu kalten und toten Felsklumpen. Aber in ihrem Hinterkopf hielt sich beharrlich eine Stimme: *Bis jetzt waren es tatsächlich immer Felsen. Doch wer weiß, ob das Ungeheuer nicht nur mit dir spielt und direkt hinter der nächsten Biegung lauert?*

Sie biss die Zähne zusammen und weigerte sich, dieser Stimme länger zuzuhören. Jeder, der sie Feigling nannte, war ein verdammter Lügner!

Schleicht sich ein Feigling des Nachts an dunkle Orte? Oder tut er Dinge, die ihm verboten worden sind, und das nicht von irgendwem, sondern von den fettärschigen Weisen der Sechs?

Etwas regte sich in dem Beutel, den sie am Gürtel trug. Rety griff unter die fellbesetzte Klappe und streichelte den unruhigen Hengst. »Fürchte dich nicht, Yee. Das hier ist doch bloß ein großes Loch im Boden.«

Ein schmaler Kopf und ein langer, sehniger Hals schoben sich aus der Tasche. Die drei Augen glitzerten im sanften Laternenlicht.

»Yee kein Angst«, protestierte das dünne Stimmchen. »Dunkel gut! Auf Ebene, klein Urs-Mann lieb Versteckloch, bis find warm Frau.«

»Okay, ist ja schon gut, ich wollte dir nicht …«

»Yee helf nervös Frau!«

»Wen nennst du nervös, kleiner Mann?«

Doch dann besann sich Rety eines Besseren. Vielleicht sollte sie Yee das Gefühl geben, gebraucht zu werden, wenn ihm das half, seine eigenen Ängste unter Kontrolle zu halten.

»Au! Nicht so fest!«, rief der Hengst, als Rety ihn herausnehmen wollte. Das Echo seiner Schreie hallte durch die schwarzen Gänge.

Sie ließ ihn rasch los und streichelte seine Mähne. »Tut mir leid. Hör zu, ich glaube, wir sind bald da. Also wollen wir nicht mehr so viel reden, klar?«

»Okay. Yee halt Klappe. Frau aber auch.«

Rety presste die Lippen zusammen. Doch ihr Zorn verflog rasch und löste sich in lautem Lachen auf. Wer je behauptet hatte, Urs-Hengste seien nicht schlagfertig, war noch nie ihrem Yee begegnet. Der kleine Mann hatte in letzter Zeit sogar seinen Akzent geändert und äffte seitdem Retys Sprechweise nach.

Sie hob die Laterne und suchte sich ihren Weg durch das Höhlenlabyrinth. Merkwürdige Mineralformationen, die das Licht von tausend glitzernden Facetten widerspiegelten, zeigten sich im Fels. Unter anderen Umständen wäre das sicher ein bezaubernder Anblick gewesen. Aber Rety hatte jetzt keine Zeit dafür. Schließlich musste sie einen Gegenstand bergen. Etwas, das einmal für kurze Zeit ihr ganz allein gehört hatte.

Das ist nämlich meine Fahrkarte, um aus diesem Dreckloch hier wegzukommen!

Ihre Fußabdrücke schienen die ersten zu sein, die hier je hinterlassen worden waren – was nicht übermäßig verwundern konnte, weil nur die Qheuen, einige Menschen und ein paar wenige Urs ein Faible für Höhlenforschung hatten. Außerdem war die Soonerin klein genug, um an vielen Stellen durchzukommen.

Mit etwas Glück würde dieser Tunnel in der großen Höhle enden, die Lester Cambel, wie sie aus eigener Beobachtung wusste, einige Male betreten hatte. Um den frustrierten Männern und Frauen aus dem Weg zu gehen, die von ihr verlangten, sie über die Berge zu führen, war sie häufiger dem obersten menschlichen Weisen hinterhergeschlichen.

Nachdem sie festgestellt hatte, wo Lester seine Abende verbrachte, schickte sie Yee los, um das Unterholz ringsherum zu durchforsten. Dabei war er auf diesen Seitenspalt gestoßen, und von da an war Rety nicht mehr auf den bewachten Haupteingang angewiesen.

Überhaupt erwies sich der kleine Bursche als sehr nützlich, und zur großen Überraschung der Soonerin war das Leben als Ehefrau gar nicht so schlecht, sobald man sich erst einmal daran gewöhnt hatte.

Wieder musste sie sich durch eine Spalte zwängen. Manchmal ging es nicht anders weiter, als zur Seite auszuweichen oder durch einen Felskamin zu schlüpfen, und dann beschwerte sich der Hengst häufig, weil er eingequetscht wurde. Jenseits des gelben Lichtscheins hörte sie Wasser, das unendlich langsam unheimliche Gebilde aus Jijos unterirdischen Mineralien formte, in schwarze Tümpel tropfen.

Mit jedem Schritt zog sich ihre Brust enger zusammen, und sie musste oft genug gegen ihre eigene Phantasie ankämpfen, in der sie sich zerrissen am Boden liegend oder im Magen einer gewaltigen Bestie sah. Der steinerne Schoß, durch den sie sich bewegte, schien sich ständig zusammenzuziehen, alle Ausgänge zu verschließen und sie zu Staub zermahlen zu wollen.

Bald endete der Gang vor einer sich windenden horizontalen Röhre, die selbst für sie zu eng schien. So schickte sie Yee voraus, ehe sie, die Laterne vor sich her schiebend, den Einstieg wagte.

Seine Hufe klapperten über den körnigen Kalkstein, und wenig später hörte sie sein vertrautes Flüstern.

»Ist gut! Loch auf, nur noch Stück weit. Mach schnell, Frau, komm!«

Das fand sie so unverschämt, dass sie am liebsten laut geschnaubt hätte. Aber rechtzeitig fiel ihr ein, dass das wohl keine so gute Idee wäre, wo doch ihre Wangen, ihre Nase und ihr Mund ständig über Steinstaub schabten.

Als sie ihren Körper verdrehte, um durch die nächste Windung zu kommen, war sie sich plötzlich absolut sicher, dass die Wände sich auf sie zubewegten.

Dann erinnerte sie sich zu allem Überfluss auch noch daran, was Dwers Bruder über diese Gegend gesagt hatte, als er sie zur Lichtung und vorbei an dampfenden Schwefellöchern führte. Er nannte die Region das Land der Erdbeben, und das schien ihm auch noch gut zu gefallen.

Sie versuchte, sich zu drehen, als ihr Hüftknochen gegen einen vorstehenden Stein stieß.

Ich sitze fest!

Die Vorstellung, hier ewig steckenbleiben zu müssen, löste ein wimmerndes Stöhnen aus ihrer Brust. Sie trat um sich und schlug sich so oft das Knie an, bis es richtig wehtat. Die Welt schien sie tatsächlich verschlingen zu wollen.

Dann knallte sie mit der Stirn gegen einen Stein, und alles verschwamm vor ihren Augen. Die Laterne klapperte in ihren Fingern, und die Kerze darin drohte umzukippen.

»Ruhe, Frau! Halt! Bleib!«

Die Worte prallten von ihr ab. Stur wehrte sie sich weiter gegen den kalten Fels, stöhnte, schob, ächzte und stieß … bis …

… etwas in ihr einrastete. Von einem Moment auf den anderen resignierte sie, erschlaffte und überließ es dem Berg, das mit ihr anzustellen, was auch immer er beabsichtigte.

Und das Wunder geschah. Nur wenige Augenblicke später

zogen sich die Wände von ihr zurück. Oder hatte sie am Ende selbst diese Illusion erzeugt?

»Besser nun? Gut. Gut. Schieb jetzt links Bein … Nein, links ich sag. Gut. Halt jetzt. Okay, roll andere Seit. Gut macht das Frau. Gut!«

Seine helle, leise Stimme war die Rettungsleine, an der sie sich während der nächsten Duras festhielt, die ihr wie eine Ewigkeit vorkamen. Dann ließ die steinerne Umklammerung endlich nach, und unvermittelt rutschte sie eine Sandbank hinunter in eine gleitende, fast flüssige Freiheit, die ihr das Gefühl vermittelte, neu geboren zu werden.

Als sie den Kopf hob, sah sie den Hengst. Er hielt die Laterne mit beiden Armen.

»Brav gut Frau. Kein Frau je so wie Yees toll Frau!«

Sie konnte das Lachen nicht länger zurückhalten. Es platzte einfach aus ihr heraus, und obwohl sie sich beide Hände vor den Mund hielt, hallte es laut von allen Wänden wider. Aufgesplittert von den Stalaktiten kehrte es als hundertfach gebrochenes Echo ihrer Freude darüber zurück, noch am Leben zu sein.

Der Weise betrachtete nachdenklich ihren Vogel.

Er warf immer wieder einen Blick darauf, notierte sich dann etwas auf einem Block und fing dann auch noch an, mit einem metallischen Gegenstand in den mechanischen Eingeweiden herumzustochern.

Rety kochte. Dieser goldgrüne Apparat gehörte ihr! Nur ihr! Sie war ihm von den Marschen im Süden bis in die Rimmers gefolgt, hatte ihn vor einer zerstörungslüsternen Mulch-Spinne gerettet und ihn durch Schweiß, Plackerei und die Kraft ihrer Träume schließlich für sich gewonnen. Jetzt war es ja wohl ihr Recht zu bestimmen, wer ihn untersuchen durfte und wer nicht – wenn denn überhaupt.

Aber davon einmal ganz abgesehen, was konnte sich ein halbwilder menschlicher Schamane schon durch den Einsatz von Glaslinsen und anderem Zeugs groß erhoffen? Mit den Werkzeugen, die er da neben sich ausgebreitet hatte, hätte er vielleicht die alte Rety beeindrucken können – aber die hatte ja auch Dwers Bogen für eine Art Weltwunder gehalten.

Das alles hatte sich nach ihrer Begegnung mit Besh, Rann und den anderen Sternenmenschen gründlich geändert. Heute wusste sie, dass Lester Cambel, trotz all seines Getues, genauso ein Blödmann war wie Jass, Bom und all die anderen Idioten in den Grauen Hügeln. Stumpfsinnige Prahlhänse, einer wie der andere! Grobiane! Dumme Klötze, die sich immer solche Dinge nahmen, die ihnen nicht gehörten.

Im hellen Schein einer Öllampe, die er vor einigen Spiegeln aufgebaut hatte, blätterte der Weise in einem Buch. Die Seiten krachten, als habe schon lange niemand mehr den Band aufgeschlagen.

Die Soonerin hockte in einer Spalte hoch oben in der felsigen Höhlenwand und war zu weit entfernt, um erkennen zu können, um was für ein Buch es sich da handelte. Doch selbst wenn sie näher herangekommen wäre, hätte ihr das nicht viel genutzt, denn sie konnte sowieso nicht lesen.

Auf den meisten Seiten waren Zeichnungen zu sehen, die von vielen einander überschneidenden Linien durchzogen wurden. Nichts davon ähnelte einem Vogel, und schon gar nicht ihrem.

Jetzt bist du an der Reihe, Yee, ich baue auf dich, dachte sie.

Rety ging ein ziemliches Risiko ein. Der Hengst hatte ihr zwar versichert, dass er das erledigen konnte, aber wenn er sich nun auf dem Weg zum anderen Ende der Höhle verirrte? Oder unterwegs seinen Text vergaß? Rety wusste, dass es ihr sehr nahe gehen würde, wenn der kleine Kerl verletzt würde.

Cambels Assistent erhob sich und verließ die Grotte. Vielleicht hatte der Weise ihn auf einen Botengang geschickt, oder er war nur müde und wollte sich zur Nacht zurückziehen. Wie dem auch sei, sein Verschwinden kam ihr äußerst gelegen.

Jetzt bist du an der Reihe, Yee.

Nachdem sie sich so lange durch enge Tunnel gewunden und dabei ständig in der Furcht gelebt hatte, die kleine Kerze in ihrer Laterne könne ausgehen, schmerzte sie das grelle Licht aus der Lampe des Weisen jetzt in den Augen. Nach einigem Zögern hatte sie ihre Kerze ausgeblasen, bevor sie die letzten paar Meter durch den Kamin zurückgelegt hatte, damit der Schein sie nicht verraten konnte.

Jetzt bedauerte sie ihre Entscheidung.

Wenn ich nun dazu gezwungen bin, auf dem Weg zurückzumüssen, den ich gekommen bin?

Die Vorstellung, noch einmal durch den engen Gang zu müssen, war ihr zutiefst zuwider. Doch wenn man sie entdeckte und hinter ihr her sein würde, wäre das ihr letzter Ausweg.

Zu blöd, dass sie die Kerze nicht mehr anzünden konnte.

Vielleicht hätte ich mir doch einmal ansehen sollen, wie man diese Streichhölzer handhabt, mit denen die Hangleute so angeben.

Als Dwer zum ersten Mal ein solches Holz zum Brennen gebracht hatte, hatte das in Rety so viel Ehrfurcht ausgelöst, dass sie gar nicht mitbekommen hatte, wie diese Technik funktionierte. Und als Ur-jah es ihr etwas später noch einmal vorführte, war es ihr nicht besser ergangen.

Natürlich war das alles die Schuld von Jass und Bom und ihrer blöden Idee, Kinder nicht mit Feuer herumspielen zu lassen.

Aber das Feuer kam euch gerade recht, einem Mädchen Verletzungen zuzufügen, was? Ärgerlich berührte sie ihre narbige Wange. *Vielleicht komme ich ja eines Tages zu euch zurück, und dann zeige ich euch, was eine freche Rotzgöre ist, ganz abgesehen davon, wie ihr mich sonst noch genannt habt! Passt nur auf, es ist gut möglich, dass ich dann mein eigenes Feuer mitbringe!*

Rety gab sich ihrer Lieblingsphantasie hin, in der sie mit den

Himmelsmenschen zu deren Heimatwelt reiste. Nun gut, am Anfang würde sie nicht mehr als ihr Schoßtier oder Maskottchen sein. Aber das würde nicht lange so bleiben. Sie würde alles lernen, was sie brauchte, um ganz nach oben zu gelangen, und dann wäre sie eines Tages eine richtige Sternendame und furchtbar wichtig …

So bedeutend, dass ein großer Fürst der Rothen ihr ein Schiff, besser noch eine ganze Flotte zur Verfügung stellen würde, mit der sie dann nach Jijo zurückkehren könnte.

Ha, welchen Spaß es machte, sich auszumalen, was für ein dummes Gesicht Jass machen würde, wenn der Himmel sich mitten am frühen Nachmittag verfinstern und ihre Stimme lauter als tausend Gewitter von oben ertönen würde:

»Du weiser Mann, Mann?«

Das war nicht ihrer Phantasie entsprungen. Die helle Stimme riss sie aus ihren Träumereien. Sie beugte sich vor und entdeckte den Hengst, der nervös vor Cambels Stuhl tänzelte.

»Wie? Wer war das?«, brummte Lester. Der Kleine verzog sich rasch, als der Weise sich erhob, den Stuhl mit lautem Scharren zurückschob und sich verwirrt umsah.

»Wort für weiser Mann! Wort von weiser Oma-Urs, Ur-jah.«

Endlich blickte Lester nach unten und machte ein furchtbar einfältiges Gesicht. Dann breitete sich faszinierte Neugierde auf seinen Zügen aus.

»Hallo, kleiner Hengst. Wie bist du denn an den Wachen vorbeigekommen?«

»Wach guck nach Gefahr. Guck über Yee hinweg. Aber sein Yee Gefahr?«

Der kleine Urs giggelte, und es klang genauso wie Retys Gekicher. Die Soonerin war zuerst empört, hoffte aber einen Moment später, der Weise würde das Glucksen nicht wiedererkennen.

Cambel nickte langsam. »Nein, vermutlich nicht. Außer

natürlich, wenn dich jemand wütend macht, kleiner Freund. Aber ich versichere dir, dass ich mich hüten werde, so etwas auch nur zu versuchen. Also, was hat es nun mit dieser Nachricht auf sich, die du mir mitten in der Nacht bringst?«

Yee tänzelte vor ihm auf und ab und hob dramatisch beide Arme: »Dringend Zeit für Rede. Du kann später noch guck den tot Vogel. Jetzt zu Ur-jah geh. Jetzt!«

Rety befürchtete schon, seine Vehemenz würde Lester misstrauisch machen. Aber der Weise legte seine Werkzeuge nieder und setzte sich in Bewegung. »Einverstanden, dann führ mich hin.«

Retys Herz machte vor Aufregung einen Satz. Und im nächsten Moment war sie am Boden zerstört, als der Weise den Vogel mit beiden Händen aufnahm.

Nein, lass ihn da!

Als hätte ihr Gedankenbefehl ihn erreicht, blieb er einen Moment lang unschlüssig stehen, schüttelte den Kopf, legte den Apparat wieder auf den Tisch und entschied sich stattdessen für seinen Block.

»Reitet voran, MacDuff?«, erklärte er Yee mit einer weit ausholenden Handbewegung.

»Weiser Mann sagt was?« Der Hengst hob fragend den Kopf.

»Ich habe … ach, ist ja auch egal. Es war nur ein Zitat. Eine dumme Anspielung. Wahrscheinlich bin ich einfach übermüdet. Erweist Ihr mir die Ehre, Euch tragen zu dürfen, Sir?«

»Nee! Yee führ weiser Mann! Hier komm! Dies Weg!« Und schon trabte er los. Immer wieder blieb er ungeduldig stehen und drehte sich um, weil Cambel ihm nur gemessenen Schritts folgte.

Als die beiden in dem Tunnel verschwunden waren, der zum Haupteingang führte, kam Rety sofort aus ihrem Versteck und schlitterte die Kalksteinwand hinab, bis sie mit dem Hintern auf dem Boden dieser Forschungshöhle landete. Sie rappelte sich gleich auf und huschte zu dem Tisch, auf dem der Vogel lag – immer noch kopflos wie seit dem Tag, an dem er heldenhaft den fremden Roboter bekämpft hatte.

Seine Brust war weit geöffnet wie bei einem Beutetier während eines Festmahls. Seine Innereien glitzerten wie Edelsteine. Rety hatte so etwas noch nie gesehen.

Was hat der Mistkerl mit ihm angefangen? Wollte er ihn etwa wie einen Festtagsbraten ausnehmen? Ihr Zorn wuchs ins Maßlose. *Rann gibt mir vielleicht nichts dafür, wenn diese Nichtsnutze sein Innenleben kaputtgemacht haben!*

Sie beugte sich über den Apparat. Die Öffnung wirkte zu sauber, um mit einem Messer geschnitten zu sein. Als sie vorsichtig den geöffneten Brustkorb des Vogels berührte, bewegte der sich leicht an der Linie, die ihn immer noch mit dem Körper verband. Das Ganze erinnerte sie an eine Tür mit Zargen, wie sie sie einmal im Behandlungszelt der Fremden gesehen und bewundert hatte.

Aha, verstehe … dann mache ich ihn am besten gleich wieder zu.

Rety schob die Klappe zurück, und sie schloss sich mit einem leisen Klicken.

Im nächsten Moment bereute die Soonerin ihre Hast. Jetzt konnte sie nicht mehr in den Vogel hineinsehen und die blinkenden Lichter beobachten.

Ach, was soll's, geht mich ja sowieso nix an, dachte sie und nahm ihren Besitz vom Tisch. *Ich bin ja schließlich keine Angeberin, die so tut, als wäre sie keine Soonerin oder Wilde.*

Aber das wird nicht immer so bleiben. Sobald ich von hier fort bin, werde ich hübsch die Augen aufhalten und lernen. Ja, alles, was für eine große Dame notwendig ist!

Der Apparat war schwerer, als sie ihn in Erinnerung hatte. Ihr Herz quoll über. Endlich hatte sie ihren Schatz zurück! Sie stopfte den Vogel in ihre Gürteltasche, warf im Vorübergehen einen Blick auf die Bücher, die der Weise auf dem Tisch ausgebreitet hatte, und lief dann den Weg entlang, auf dem Yee und Lester verschwunden waren.

Es ging ohne Mühe, und ohne sich bücken zu müssen, immer geradeaus nach oben hinaus in die Welt.

Der Pfad war einigermaßen beleuchtet von Lampen, die an den Bambusrohren befestigt waren, mit denen man die Wände verkleidet hatte. Kleine Flammen verbreiteten einen eigenartigen blauen Schein, und zwischen ihnen breiteten sich Schattenseen aus. Trübes Licht drang auch aus Seitenkammern, die fast alle leer waren, weil die Forscher und Arbeiter längst ihr Nachtlager aufgesucht hatten.

In einer Zelle brannte allerdings helles Licht. Rety wollte sich gerade auf Zehenspitzen daran vorbeischleichen, als sie zwei Menschen bemerkte, die sich leise miteinander unterhielten und ihr glücklicherweise den Rücken zukehrten. Sie hatten einige Staffeleien vor sich aufgestellt, auf denen Bilder von den Sterngöttern, ihren Fluggeräten und ihren Werkzeugen zu sehen waren.

Auch die schwarze Station, die Rety nie gesehen hatte, weil sie mittlerweile unter der Erde steckte, war dort in aller Deutlichkeit zu erkennen und wirkte großartiger als so manche Ruinenstätte der Buyur. Doch sie schien winzig im Vergleich zu der monströsen Röhre, die auf dem nächsten Bild dargestellt war, wie sie gerade über dem Wald schwebte.

Mein Sternenschiff, dachte sie, obwohl die Vorstellung, ein so riesiges Gefährt zu betreten, sobald es mit den anderen Fremden zurückkehren würde, sie doch bange machte. Kopf hoch, ermahnte sie sich. Sie durfte nicht vergessen, diesem Tag mit Freude entgegenzusehen, und sie durfte keine Angst zeigen.

Der Künstler hatte Ranns abgehoben belustigte Miene eingefangen – und auch Kunns Jägerblick, während er gerade den Greifarm eines Flugroboters justierte. Die blasse Intensität, die in Beshs Gesicht zum Ausdruck kam, stand im deutlichen Gegensatz zu Lings zynischem Lächeln und ihrem sarkastischen Blick.

Die Soonerin wusste, dass es sich dabei nur um Bilder handelte, so wie jene, die die alten Opas in einen Fels eingeritzt hatten, der sich gegenüber ihrer Winterhöhle in den Grauen Hügeln erhob. Dennoch waren diese Abbildungen hier so lebensecht und akkurat, dass Rety fast schon Zauberei dahinter vermutete.

Die Hangleute studieren die Sternenmenschen. Was hat das zu bedeuten? Was haben sie vor?

Sie zwang sich, sich wieder auf den Weg zu machen, um pünktlich zu dem Treffen zu erscheinen.

Was immer die Hänger vorhaben, es wird ihnen doch nichts nützen!

Rety setzte ihre Beine in Bewegung, starrte aber weiter in die Kammer und wäre beinahe gestolpert.

Bald roch die Luft nicht mehr so muffig, und die harten Echos wurden weicher. Nach ein paar weiteren Schritten hörte sie Stimmen … Lester sprach mit einem anderen Menschen.

Die Soonerin schlich zur nächsten Biegung und schob den Kopf um die Ecke. Der Weise redete auf den Höhlenwächter ein, der seinerseits den Hengst mit wütenden Blicken bedachte.

»Geheimhaltungswespen können die winzigsten Roboter aufspüren«, erklärte Cambel gerade. »Aber wie steht es mit kleinen Hengsten wie diesem hier?«

»Ehrlich, Weiser, ich kann mir beim besten Willen nicht vorstellen, wie er an mir vorbei …«

Lester winkte ab. »Er hat ja nichts Schlimmes angestellt, und es ist auch sonst kein Schaden angerichtet worden. Die Verachtung, die die Piraten für uns empfinden, ist gleichzeitig unser größter Schutz. Sie sind nämlich der Überzeugung, dass es bei uns nichts gibt, was sich auszuspionieren lohnt. Von nun an bemühst du dich einfach, noch etwas wachsamer zu sein, ja?«

Er klopfte dem jungen Mann auf die Schulter und eilte hinter Yee her, der schon weitergetrabt war. Der Mondschein drang durch schaukelnde Baumäste und beleuchtete den Weg.

Der Wächter, der sich den Vorfall immer noch nicht erklären konnte, setzte eine grimmige Miene auf, nahm seine Waffe – einen langen Stock mit einem scharfen, spitzen Messer an einem Ende – und stellte sich breitbeinig mitten in den Höhleneingang.

Als Cambels Schritte nicht mehr zu hören waren, zählte Rety bis zwanzig und setzte sich dann wieder in Bewegung. Äußerlich ganz gelassen, schlenderte sie auf den jungen Mann zu, der sofort herumfuhr, als er sie kommen hörte.

Die Soonerin schenkte ihm ein freundliches Lächeln und bemühte sich, so zu tun, als sei alles in bester Ordnung. »Schätze, für heute habe ich genug getan.« Sie gähnte, ohne ihre Schritte zu verlangsamen. Der Wächter machte ein unschlüssiges Gesicht. »Ich sage dir, diese Wissenschaftsarbeit schlaucht einen ganz schön. Tja, dann gute Nacht.«

Jetzt hatte sie die Höhle hinter sich, atmete befreit die klare Bergluft ein und musste an sich halten, um nicht gleich loszurennen.

Vor allem dann nicht, als der Wächter rief: »He, sofort stehenbleiben!«

Sie blickte über die Schulter, ging aber weiter und grinste ihn kurz an. »Wie? Gibt's irgendetwas, das ich für dich tun kann?«

»Was … Wer bist du?«

»Ich habe hier drinnen etwas, das der Weise dringend sehen möchte«, erklärte sie mit absoluter Überzeugungskraft und klopfte auf ihren Gürtelbeutel, ohne auch nur eine Sekunde stehenzubleiben.

Der Wächter schien endlich zu einem Entschluss gelangt zu sein und setzte sich in Bewegung.

Die Soonerin lachte befreit auf und sprintete in den Wald. Sie wusste, dass der junge Mann sie nun nicht mehr einholen konnte. Der Trottel hatte seine Chance verpasst. Geschah ihm recht.

Dennoch war sie auch ein wenig froh darüber, dass er ihr folgte.

Yee erwartete sie am vereinbarten Treffpunkt, der Bohlenbrücke, die auf halber Strecke zu dem Ort stand, an dem sie sich mit Rann verabredet hatte. Kaum hatte der Hengst sie entdeckt, da stieß er schon ein schrilles Wiehern aus und flog geradezu in ihre Arme.

Seine Freude ließ allerdings rasch nach, als er in seinen geliebten Beutel steigen wollte und feststellen musste, dass er bereits besetzt war. Rety nahm ihn und schob ihn sich unter die Jacke. Nachdem er sich dort eine Weile hin und her gedreht hatte, schien er mit seinem neuen Zuhause zufrieden zu sein.

»Yee sag doch Frau. Yee seh …«

»Wir haben es geschafft!«, rief das Mädchen überglücklich und konnte es noch gar nicht richtig fassen, dass das Abenteuer so gut ausgegangen war. Die Verfolgungsjagd war der perfekte Abschluss des Unternehmens gewesen. Während sie begeistert durch den Wald gelaufen und gesprungen war, hatte sich der Riesentrottel in der Dunkelheit bald nicht mehr zurechtgefunden. Rety hatte sich sogar den Spaß gemacht, zu ihm zurückzuschleichen und ihn in seiner Hilflosigkeit zu beobachten, ehe sie an ihm vorbeigehuscht und zum Treffpunkt geeilt war.

»Du hast aber auch prima Arbeit geleistet«, fühlte sie sich verpflichtet, den Hengst zu loben. »Ohne dich wäre es bestimmt nicht ganz so leicht für mich gewesen.« Sie drückte ihn fest an sich, bis er mit ersticktem Schnauben dagegen protestierte. »Hat es dir Mühe gemacht, dich zu verdrücken?«

»Weiser Mann kein Problem. Yee ihn lass steh und weg. Aber dann …«

»Großartig, dann wäre das ja ausgestanden. Wir sollten uns

jetzt sputen. Wenn Rann zu lange warten muss, ist er vielleicht mies gelaunt …«

»Aber dann Yee seh was auf Weg zu Treff mit Frau. Ganz Herde von Urs, Qheuen, Hoon und Mensch … alle geh schleich-schleich durch Dunkel. Und trag groß Kiste.«

Die Soonerin hüpfte schon den Pfad hinunter, der zu der Stelle führte, an der der Sternenmensch erscheinen wollte. »So, tatsächlich? Wahrscheinlich eine von diesen dummen Prozessionen. Die Pilger wollen sicher wieder zu dem großen Felsen, den sie für einen Gott oder so halten.« Für den Aberglauben dieser Planetenhocker hatte sie nur noch Verachtung übrig.

Das, was sie bislang über das von den Hangleuten so gepriesene »Ei« gehört hatte, war doch bloß gut, um kleine Kinder zu erschrecken. Genauso wie die Spukgeschichten über Geister, Riesenungeheuer und Glavergespenster, die oft und gern am Lagerfeuer in den Grauen Hügeln erzählt wurden – ganz besonders, seit Jass und Bom die Führung übernommen hatten. Wann immer harte Zeiten angebrochen waren, schimpften die Jäger bis tief in die Nacht hinein und suchten nach irgendwelchen Gründen, warum die Jagdtiere sich rarmachten. Vielleicht waren sie ja böse auf die Jäger, so argumentierten sie, und deshalb müsse man nach Wegen suchen, sie zu beschwichtigen.

»Herde von Schleich-Schleich nicht geh zu heilig Fels!«, protestierte der Urs. »Geh ganz ander Weg. Trag kein weiß Gewand. Und auch nicht sing. Nur schleich-schleich. Hör doch zu, Frau, geh mit Kiste zu anderer Höhle!«

Rety lächelte nachsichtig. Der kleine Hengst in ihrem Beutel glaubte sicher, auf etwas furchtbar Wichtiges gestoßen zu sein.

Dann erreichte sie eine Stelle, von der aus man das ganze kleine Tal überblicken konnte, in dem die Sternenmenschen sich niedergelassen hatten. Mondschein ergoss sich über die Zelte, die in diesem Halblicht merkwürdig ungetarnt aussahen.

Ein leises Summen ertönte von Westen her, und ein Glitzern

fiel ihr ins Auge. Ein glänzendes Fluggerät tauchte jetzt auf und zog beim Anstieg seine beiden kleinen Flügel ein. Rety verspürte überall am Körper ein Prickeln, als sie das Luftboot der Fremden wiedererkannte. Sicher kehrten die Sternenmenschen gerade von einer ihrer geheimnisvollen Expeditionen zurück.

Gebannt verfolgte das Mädchen, wie das Gefährt sanft aufsetzte, sich dann ein Loch im Talboden auftat und das Boot verschluckt wurde.

Das Herz wurde ihr leicht, und sie spürte eine wachsende Erregung in sich aufsteigen.

»Jetzt aber ruhig, Ehemann«, tadelte sie Yee, weil er sich darüber beschwerte, dass sie ihm nicht richtig zuhörte. »Uns erwarten jetzt Feilschen und Verhandeln.«

»Wir jetzt könn feststell, ob sie auch gut bezahl.«

Asx

Meine Ringe, ihr braucht nicht meine jämmerlichen Grübeleien, um zu wissen, was vor sich geht. Gewiss hat jeder einzelne von euch es längst in seinem öligen Wulstkern gespürt.

Das Ei! Langsam, als käme es aus tiefer Erstarrung zurück, erwacht es.

Vielleicht herrscht nun wieder friedliches Einvernehmen zwischen unseren Gemeinschaften. Der Geist der Einheit, der einst unseren Willen mit kollektiver Entschlossenheit verbunden hat.

Ach, möge es doch so sein!

Wir sind so zersplittert. So weit davon entfernt, bereit zu sein. So unwürdig geworden.

Ach, möge es doch so sein!

Die Stapel waren mit Polierbienen verpestet, und in den Musikräumen schwirrten hungrige, stechfreudige Papageienfliegen umher, aber die Schimpansen, die gerade Hausmeisterdienst hatten, waren viel zu beschäftigt, um die Plagegeister auszuräuchern.

Während Sara im West-Atrium frische Luft schnappte, beobachtete sie, wie die behaarten Arbeiter den Bibliothekaren dabei halfen, wertvolle Bände in die mit Wolle ausgepolsterten Kisten zu packen und diese dann mit dem roten Wachs tropfender Kerzen zu versiegeln. Wachsklumpen verklebten das Fell der Affen, und sie beschwerten sich untereinander mit raschen Handzeichen.

So ist das nicht recht, übersetzte Sara die Gesten und heiseren Grunzlaute eines der Arbeiter. *Bei solch unziemlicher Hast unterlaufen uns Fehler, die wir später bereuen werden.*

Wie wahr, werter Werker, entgegnete sein Kollege. *Dieser Roman von Auden gehört nicht zu den griechischen Klassikern! Wir bekommen nie wieder eine Ordnung in dieses Chaos, sobald die Krise endlich abgeflaut ist, was über kurz oder lang geschehen muss.*

Na ja, dachte Sara, vielleicht ist meine Übersetzung auch etwas lückenhaft. Doch die Schimpansen, die hier beschäftigt waren, galten als ganz besondere Arbeiter und waren fast so geschickt wie Prity.

Über ihr erhob sich das Atrium der Halle der Literatur, überspannt von Brücken und Rampen, die Leseräume und Galerien miteinander verbanden. Überall waren die Wände vom Boden bis zur Decke voller Regale, die unter der Last der Bücher ächzten, alle Geräusche verschluckten und den Geruch von Tinte, Papier, Weisheit und staubiger Zeit absonderten.

Obwohl in wochenlanger hektischer Betriebsamkeit Eselskarawanen beladen und zu weit entfernten Höhlen geschickt worden waren, waren noch keine sichtbaren Lücken im Bücherberg entstanden. Immer noch drohte die Bibliothek von Bänden in allen Farben und Formaten aus den Nähten zu platzen.

Der Weise Plovov nannte diese Halle – die Abteilung für Sagen, Magie und Volksglauben – das Haus der Lügen. Doch Sara hatte das Gefühl, dass dieser Ort weniger mit der Bürde der Vergangenheit überladen war als die Wissenschaftsabteilungen. Was konnten die Wilden von Jijo jemals dem Berg von Fakten hinzufügen, den ihre gottgleichen Vorfahren mit hierhergebracht hatten?

Ein Berg allerdings, von dem es hieß, dass er sich gegen die Große Galaktische Bibliothek wie ein Sandkorn ausnehme. Die Geschichten in diesem »Haus der Lügen« brauchten hingegen niemals zu fürchten, von uralten Autoritäten schmählich zurückgewiesen zu werden. Ob gut oder schlecht, großartig oder unwichtig, kein Werk der Literatur würde je als »falsch« oder »unkorrekt« angesehen werden.

»Es ist ziemlich einfach, originell zu sein, wenn man sich nicht darum scheren muss, ob man die Wahrheit wiedergibt oder nicht. Magie und Kunst erwachsen aus der Beharrlichkeit eines Egomanen, dass der Künstler recht und das Universum unrecht habe«, pflegte Plovov zu erklären.

Natürlich war dem so, dachte Sara. Doch auf der anderen Seite hielt sie den Weisen einfach nur für neidisch.

Als die Menschen nach Jijo gekommen waren, musste das auf die fünf anderen Spezies so gewirkt haben wie die erste Begegnung der Erde mit der Galaktischen Kultur. Nach Jahrhunderten, in denen sie mit einer Handvoll Schriftrollen hatten auskommen müssen, reagierten die Urs, die g'Kek und die anderen sowohl mit Argwohn als auch mit unstillbarem Appetit auf die neue Bücherflut. Zwischen den blutrünstigen, aber nie sehr lange andauernden Kriegen verschlangen die Nichtmenschen die irdischen Abenteuergeschichten, Dramen und hochgeistigen Romane. Und wenn sie sich niedersetzten, um eigene Geschichten zu schreiben, kopierten sie die Autoren der Erde. Die grauen Qheuen-Königinnen bevorzugten pseudoelisabethanische Liebesromane, und die Urs-Stämme ahmten Abenteuergeschichten um die nordamerikanischen Indianer nach.

Doch seit Kurzem blühten neue Stilarten auf, von heroischen Abenteuern bis hin zu epischen Poemen, die in sonderbarem Versfuß und Rhythmus abgefasst waren und sich der letzten Reste an Ordnung in den Sprachen Galaktik Sieben und sogar Galaktik Zwei entledigten.

Die Drucker und Buchbinder erhielten mittlerweile ebenso viele Aufträge für neue Titel wie für Nachdrucke. Die Gelehrten diskutierten bereits darüber, was dieser Aufbruch zu bedeuten habe. Bahnte sich eine neue Häresiewelle an, oder wurde der Geist von seinen letzten Fesseln befreit?

Nur wenige wagten es, den Ausdruck »Renaissance« zu verwenden.

Wozu sich die Köpfe heißreden, alles ist ja vielleicht schon in ein paar Tagen oder Wochen vorbei, sagte sich Sara düster. Die letzten Nachrichten von der Lichtung – ein tapferer Kajakfahrer hatte sie überbracht und auf dem Weg hierher sogar die Bibur-Stromschnellen bezwungen – besagten, dass die Weisen unverändert an ihrer wenig erfreulichen Einschätzung der Lage und der Absichten der Genräuber festhielten.

Nun, Bloor sollte mittlerweile dort eingetroffen sein. Saras Plan, die Fremden mit Fotos zu erpressen, mochte sie vielleicht nicht von einem Massenmord abhalten, aber den Sechsen blieb in ihrer Not nichts anderes übrig, als alles zu versuchen.

Sogar Arianas verrückten Vorschlag, auch wenn der noch so grausam ist.

Die Stimme der Alten ertönte aus dem Zimmer, das hinter Sara lag.

»Lass das mal, mein Lieber. Du hast dich jetzt lange genug damit abgemüht. Wollen doch mal sehen, ob du mit diesem schönen Buch hier mehr anfangen kannst. Hast du solche Symbole oder Worte schon einmal gesehen?«

Seufzend drehte die Tochter des Papiermachers sich um und kehrte in die Kinderabteilung zurück.

Der Fremde saß neben Arianas Rollstuhl, und rings um ihn herum waren Bücher mit bunten Bildern und einfachem Text ausgebreitet. Obwohl er bereits tiefe Ringe unter den Augen hatte, ließ er sich doch brav Band um Band reichen und fuhr mit den Fingerspitzen über die Punkte, Striche und Querstriche des Galaktik-Zwei-Texts – eigentlich ein Lesebuch für junge ursische Füllen.

Sara verfolgte, wie er sich mit gespitzten Lippen und klickender Zunge durch die Seite kämpfte. Seine Augen schienen die Symbole wiederzuerkennen, aber die Worte und Sätze selbst ergaben offensichtlich keinen Sinn für ihn.

Genauso war es auch schon mit den Büchern in Galaktik Sechs, Englik und Galaktik Sieben gewesen. Es zerriss Sara das Herz, wenn sie mit ansah, wie er sich quälte. Vermutlich begriff der Verwundete erst jetzt die ganze Tragweite dessen, was ihm genommen worden war – was er für immer verloren hatte.

Die Weise im Ruhestand wirkte außerordentlich zufrieden. Auf jeden Fall strahlte sie Sara an. »Das ist kein Bauerntölpel aus irgendeinem Hinterwäldlerdorf«, erklärte sie. »Unser Freund war einmal ein sehr gebildeter Mann und kennt jede Sprache, die unter den Sechsen in Umlauf ist. Wenn noch Zeit bleibt, führen wir ihn in die linguistische Abteilung und versuchen es mit einigen der vergessenen und ausgestorbenen Dialekten.

Wenn er auch noch Galaktik Zwölf kennen sollte, wäre das eine Sensation! Nur drei Gelehrte aus Jijo verstehen diese Sprache heute noch!«

»Und wozu soll das gut sein?«, erwiderte Sara. »Du hast deine Tests durchgeführt. Warum lässt du ihn jetzt nicht in Ruhe?«

»Nur noch eine Minute, Liebes. Noch ein oder zwei kleine

Versuche, dann hören wir auf. Wart's nur ab, ich habe das Beste bis zum Schluss aufgehoben.«

Zwei Bibliotheksangestellte blickten beunruhigt auf, als Ariana nach einem Stapel Bücher griff, der an ihrer Seite aufgebaut war. Darunter befanden sich unersetzliche Bände. Ringe waren in ihre Rücken eingelassen, da sie normalerweise an ihre Regale angekettet wurden. Den Archivaren schien es ganz und gar nicht zu gefallen, dass irgendein der Sprache nicht mächtiger Wilder in ihnen herumblätterte.

Sara konnte es nicht mehr mit ansehen und wandte sich ab.

In der Kinderabteilung herrschte Stille. Ein paar Kleine hockten an Tischen und waren ganz in ihre Lektüre vertieft.

Gelehrte, Lehrer und reisende Bibliothekare aller sechs Spezies kamen zum Studieren, Kopieren oder Ausleihen hierher und trugen ihre wertvolle Fracht dann per Wagen, Boot oder Eselskarren zu ihren jeweiligen Siedlungen am Hang zurück.

Sara sah, wie ein roter Qheuen vorsichtig ein paar der schweren, in Bronze gebundenen Bände auflud, die seine Spezies für die Lektüre im feuchten Klima benötigte. Zwei Lorniks, seine Assistenten, die zum Seitenwenden ausgebildet waren, halfen ihm dabei. Einer von ihnen schlug nach einer Polierbiene, die gerade über den Umschlag eines Buches krabbelte und mit ihrem Unterleib liebeshungrig darüberrieb. Eine feine, glänzende Schicht blieb dort zurück und löste den darunterliegenden Text auf.

Bis heute hatte noch niemand herausgefunden, welche Funktion diese Insekten einst für die Buyur erfüllt hatten. Nur eines stand fest: Heute empfand man sie allgemein nur als lästige Plage.

Sara bemerkte Bürger aus allen Gemeinschaften, meist Erzieher, die sich schlicht weigerten, sich von irgendeiner Krise dabei behindern zu lassen, die nachfolgende Generation aufzuziehen.

Hinter dem roten Qheuen suchte ein älterer Traeki die Bände heraus, die mit einer Spezialbeschichtung versehen worden waren, um den Flüssigkeiten zu widerstehen, die von neuen Stapeln und Halbstapeln abgesondert wurden, solange sie noch zu unbeholfen waren, um ihre Sekretproduktion kontrollieren zu können.

Leises Stöhnen ließ Sara herumfahren. Der Fremde hielt ein großes, schmales Buch von offensichtlich hohem Alter in den Händen. Die Farben waren weitgehend zu Grautönen verblasst. Man sah dem Verwundeten an, wie hinter seiner Stirn die unterschiedlichsten Emotionen aufeinanderprallten.

Sara blieb keine Zeit mehr, den Buchtitel zu entziffern. Sie konnte auf dem Einband gerade noch eine schwarze Katze erkennen, die auf dem Kopf einen gestreiften Zylinder trug. Dann riss der Fremde den Band zum grenzenlosen Entsetzen der Bibliotheksmitarbeiter auch schon an die Brust, ließ ihn nicht mehr los und schaukelte mit geschlossenen Augen vor und zurück.

»Ich wette, das kennt er noch aus seiner Kindheit«, diagnostizierte Ariana und notierte sich rasch etwas auf ihrem Block. »Gemäß den Katalogen war diese Geschichte bei den Kindern der nordwestlichen Zivilisation auf der Erde sehr beliebt … und das vor über dreihundert Jahren … Wir können jetzt also seinen kulturellen Hintergrund lokalisieren …«

»Großartig. Dann bist du jetzt endlich fertig?«, fragte Sara gereizt.

»Was? Ach so, ja. Vermutlich. Für heute jedenfalls. Beruhige ihn doch bitte, Kleines. Und dann bring ihn in die Lauschabteilung. Ich warte dort auf euch.« Damit gab sie dem Schimpansen, der ihren Rollstuhl zu schieben hatte, ein Zeichen und ließ Sara mit dem aufgeregten Fremden allein.

Er murmelte etwas vor sich hin, wie er das von Zeit zu Zeit zu tun pflegte, und wiederholte immerzu denselben Satz. Es schien sich dabei um etwas zu handeln, das sich trotz seiner Hirnschädigungen an die Oberfläche zu drängen versuchte. Aber ungeachtet der Inbrunst seiner Bemühungen schien es sich um puren Nonsens zu handeln.

»… eine Nasche in meiner Tasche … eine Nasche in meiner Tasche …«, repetierte er mit nagender Intensität.

Sanft, aber bestimmt gelang es Sara, seine Finger von dem alten Buch zu lösen und es den zitternden Archivaren auszuhändigen. Dann brachte sie den Fremden mit noch mehr Geduld dazu, sich zu erheben. Seine Augen waren umwölkt von einer Trauer, die Sara gut nachvollziehen konnte. Auch sie hatte jemanden verloren, der ihr sehr teuer gewesen war.

Nur beweinte dieser Mann den Verlust seiner selbst.

Zwei g'Kek-Gelehrte erwarteten sie am Eingang zur Lauschabteilung. Es handelte sich um studierte Mediziner, die den Fremden schon bei seiner Ankunft in Biblos untersucht hatten. Einer von ihnen nahm ihn jetzt an der Hand.

»Die Weise Foo wünscht, dass du sie zum Beobachtungsraum begleitest. Hier entlang, bitte«, erklärte der andere Sara. Einer seiner Augenstiele wies auf eine Tür, die sich ein Stück weit den Gang hinunter befand. Als der Fremde sich zu ihr umdrehte und sie fragend ansah, nickte sie ihm ermutigend zu, und als er sie vertrauensselig anlächelte, fühlte sie sich noch schlechter als vorher.

Im Beobachtungszimmer herrschte Halbdunkel. Nur durch zwei runde Fenster drang Licht herein. Sie waren mit exquisit gefertigten Scheiben mundgeblasenen Glases versehen, makellos bis auf die charakteristische Verdickung in der Mitte. Durch sie konnte man in einen Nebenraum blicken, in dem die beiden g'Kek-Ärzte den Fremden vor eine große Kiste setzten, auf deren einer Seite sich eine Kurbel befand, während von der anderen ein großer, hornartiger Trichter aufragte.

»Komm doch rein, Mädchen. Und mach bitte die Türe hinter dir zu.«

Saras Augen brauchten ein paar Duras, ehe sie sich an das trübe Licht gewöhnt hatten und erkennen konnten, wer sich bei

Ariana befand. Und dann war es auch schon zu spät, um noch aus dieser Kammer zu fliehen.

Die ganze Truppe aus Tarek war anwesend, und dazu noch zwei Männer in Gelehrtentracht. Ulgor und Klinge hatten natürlich Gründe dafür, hier zu sein: Klinge hatte dabei geholfen, den Fremden aus dem Sumpf zu bergen, und Ulgor war Ehrendelegierte aus Dolo. Selbst Jop hatte ein offizielles Interesse an dem Fall. Aber was hatten Jomah und Kurt, der Sprengmeister, hier verloren? Welche mysteriösen Motive sie überhaupt nach Tarek geführt hatten, blieb immer noch im Dunkeln. Jedenfalls verfolgten sie die Vorgänge hinter den beiden Scheiben mit jener schweigenden Intensität, die das Markenzeichen ihrer Familie und Zunft war.

Die beiden Gelehrten drehten sich zu Sara um.

Bonner und Taine! Ausgerechnet die beiden Bürger, denen sie während ihres hiesigen Aufenthalts am ehesten aus dem Weg hatte gehen wollen.

Die beiden Herren erhoben sich.

Sara zögerte einen Moment und verbeugte sich dann tief. »Meine Meister.«

»Teure Sara«, ächzte Bonner. Der Topologe, dessen Haar sich deutlich lichtete, musste sich mittlerweile noch mehr auf seinen Gehstock stützen als damals, als sie ihn das letzte Mal gesehen hatte. »Wie sehr haben wir dich in diesen staubigen Hallen vermisst.«

»Kaum mehr als ich euch, Meister«, antwortete sie und war überrascht darüber, wie sehr diese Worte der Wahrheit entsprachen. Möglicherweise hatte sie in der Betäubung, die sich nach Joshus Verlust eingestellt hatte, neben den schlechten auch zu viele gute Erinnerungen weggeschlossen.

Als sie die Wärme der Hand spürte, die ihr der alte Weise auf den Arm legte, musste sie wieder an ihre häufigen gemeinsamen Spaziergänge denken, während derer sie über die rätselhaften und immer auch faszinierenden Gewohnheiten von *Gestalten* diskutiert hatten, genauer gesagt über die, die lediglich mit Symbolen beschrieben, niemals aber von einem menschlichen Auge gesehen werden konnten.

»Bitte, nenn mich nicht mehr Meister«, forderte er sie auf. »Du bist nun selbst eine Gelehrte, oder solltest es bald sein. Komm, nimm zwischen uns beiden Platz, so wie in den alten Zeiten.«

Als sie den anderen Gelehrten, den Mathematiker Taine, ansah, wurde ihr bewusst, dass hier ein bisschen zu viel der alten Zeiten wieder auflebte. Der große, silberhaarige Algebra-Spezialist schien sich überhaupt nicht verändert zu haben und wirkte immer noch rätselhaft und distanziert.

Taine nickte ihr zu, nannte zum Gruß kurz ihren Namen und richtete den Blick dann wieder auf die Fenster. Es war typisch für ihn, sich auf den Platz gesetzt zu haben, auf dem er am weitesten von den anwesenden Nichtmenschen entfernt sein konnte.

Das Unbehagen, das der Weise in Gegenwart der anderen Spezies empfand, entsprang keiner persönlichen Marotte, sondern war in allen Gemeinden der Sechs durchaus verbreitet. In jeder Spezies gab es eine Minderheit, die ähnlich dachte; diese Reaktion war tiefverwurzelt und auf alte Anschauungen zurückzuführen.

Viel wichtiger war es, wie man damit umzugehen verstand, und Taine behandelte Urs- oder g'Kek-Lehrer, die ihn aufsuchten, um sich von ihm den binomischen Lehrsatz erklären zu lassen, stets mit ausgesuchter Höflichkeit. Ihm kam allerdings zugute, dass er hier ein Leben in klosterähnlicher Abgeschiedenheit führen konnte, wo er nicht allzu vielen anderen begegnen musste.

Ein ähnliches Leben hatte damals auch Sara für sich erhofft und erwartet –

– bis ein Buchbinder auf Besuch in ihr Leben getreten war, sie heftig umworben und ihr Herz mit bis dahin nie gekannten Hoffnungen erfüllt hatte;

– bis sie ihren verblüfften Kollegen von einem Moment auf den anderen erklärt hatte, dass sie sich nun einem neuen Studienfach zuwenden wolle, und zwar ausgerechnet der Linguistik;

– bis Joshu der Pfefferpocken-Epidemie zum Opfer gefallen war, die sich im Tal der Bibur ausgebreitet hatte, eine Seuche, die ihre Opfer mit erschreckender Schnelligkeit dahinraffte. Sara hatte einer anderen Frau beim Trauerritus zusehen müssen, weil sie genau wusste, dass jeder sie beobachten und auf ihre Reaktionen achten würde;

– bis sich ihr nach der Beerdigung der Weise Taine steif und formell genähert und seinen früheren Heiratsantrag erneut vorgebracht hatte;

– bis sie in Panik von diesem Ort des Staubs und der Erinnerungen davongerannt war und sich in das Baumhaus zurückgezogen hatte, von dem aus man den großen Damm überblicken konnte, an dem sie geboren war.

Und jetzt war alles wieder da. Taine war ihr auf seine nüchterne und herbe Art als sehr schön erschienen, damals, als sie als junges Ding nach Biblos gekommen war. Eine große, dominierende Gestalt, die unvergleichlich beeindruckend war. Aber seitdem hatte sich in ihr einiges geändert. Eigentlich hatte sich *alles* geändert.

Unvermittelt verschwand Taines aristokratische Ausstrahlung, als er sich mit einer Hand an den Nacken schlug und eine Verwünschung ausstieß. Dann betrachtete er seine Handfläche und runzelte enttäuscht die Stirn.

Sara sah Bonner an, und der flüsterte ihr zu: »Papageienzecken. Ein wirkliches Ärgernis. Wenn dir so ein Tier ins Ohr krabbelt, dann stehe Jafalls dir bei. Ich habe eine Woche lang alles doppelt gehört, bis Vorjin den verdammten Plagegeist endlich herausziehen konnte.«

Ariana räusperte sich vernehmlich und in dem erfolgreichen Bemühen, die Aufmerksamkeit aller auf sich zu lenken. »Sara, ich habe die anderen bereits von meiner Überzeugung in Kenntnis gesetzt, dass es sich bei deinem Fremden um einen Mann von den Sternen handelt. Weitere Untersuchungen haben uns Aufschluss über die Art seiner Verletzung gegeben.«

Ihr Schimpansen-Assistent verteilte Blätter – Fotokopien –, die das stilisierte Profil eines Männerkopfes zeigten. Pfeile und Textzeilen waren ringsherum angeordnet und verwiesen auf die einzelnen Bestandteile. Für Sara waren die meisten Fachbegriffe Kauderwelsch. Lark allerdings hätte mit ihnen durchaus etwas anfangen können.

»Mir ist eingefallen, dass ich einmal einen Artikel darüber gelesen habe. Und den habe ich glücklicherweise wiedergefunden. Allem Anschein nach hat man zu dem Zeitpunkt, als unsere Vorfahren die Erde verlassen haben, bereits Experimente durchgeführt, deren Ziel darin bestand, direkte Verbindungen zwischen Computern und menschlichen Gehirnen herzustellen.«

Sara hörte hinter sich ehrfurchtsvolles Ausatmen. Für viele Bürger der Sechs stellten Computer eine übernatürliche Macht dar. Die Mannschaften aller Schleichschiffe, die nach Jijo gekommen waren, hatten zuallererst ihre digitalen Geräte in kleine Klumpen eingeschmolzen, bevor sie ihre Schiffe in der größten Tiefe des Mitten versenkten. Kein anderer Gegenstand hätte so rasch die illegale Anwesenheit von intelligenzbehafteten Wesen auf dieser Brachwelt verraten können.

Sara hatte ein paar verrückte Geschichten von der Erde gelesen, in denen der Autor von Gehirnen, die mit einem Computer verknüpft waren, gefaselt hatte. Damals hatte sie so etwas immer für eine Metapher gehalten und sich keine weiteren Gedanken darüber gemacht – sie fühlte sich an die Erzählungen von Menschen erinnert, die mit Klebstoff Federn an ihren Gliedmaßen befestigt hatten und dann herumgeflogen waren.

Aber nun erklärte Ariana, irdische Wissenschaftler hätten so etwas seinerzeit durchaus ernst genommen.

»Diese Abbildungen zeigen, welche Gehirnregionen zur Zeit des Abflugs unserer Ahnen für neuralelektronische Verbindungen vorgesehen waren«, fuhr die Alte jetzt fort. »Wir dürfen durchaus davon ausgehen, dass diese Wissenschaft in den dreihundert Jahren, die seitdem vergangen sind, ein gutes Stück vorangekommen ist. Mehr noch, ich bin der festen Überzeugung, dass unser Fremder das Produkt dieser Forschung implantiert bekommen hat – ein Apparat, den man ihm unmittelbar über dem linken Ohr eingepflanzt hat. Dieser versetzte ihn in die Lage, mit Computern und anderen, ähnlichen Geräten zu kommunizieren.«

Sara konnte nicht länger an sich halten. »Aber dann ist …«

Ariana hob eine Hand, um sie zum Schweigen zu bringen. »Wir dürfen mit an Sicherheit grenzender Wahrscheinlichkeit davon ausgehen, dass er sich die Verletzungen und Verbrennungen beim Absturz seines Schiffes oder Flugapparats in den Ewigen Sumpf zugezogen hat – unweit der Stelle, an der Sara und ihre Freunde ihn dann gefunden haben.

Er konnte sich zwar aus dem Fluggerät befreien und überlebte, aber sein Glück verließ ihn, als der künstliche Kommunikator beim Aufprall aus seinem Kopf gerissen wurde und dabei Teile seines linken Gehirnlappens mitgenommen hat.

Ich muss wohl an dieser Stelle nicht extra darauf hinweisen, dass in diesen gewaltsam entfernten Teilen das Sprachzentrum sitzt.«

Sara konnte sie nur anstarren. Durch die Scheiben sah sie dann den Mann, über den Ariana gerade gesprochen hatte. Er saß mit wachen und intelligenten Augen da und beobachtete interessiert die beiden g'Kek-Ärzte, die ihre Gerätschaften ordneten.

»Ich kann es kaum glauben, dass er eine solche Verletzung überlebt hat«, drückte Bonner seine und Saras Verwunderung aus.

»In der Tat scheint er über einen bemerkenswerten Überlebenswillen zu verfügen. Wenn er nicht erwachsen und ein Mann wäre und demzufolge über eine feste Synapsenstruktur verfügt, hätte er das Sprechen über die halbdormanten Stellen im rechten Gehirnlappen wiedererlernen können – so wie das manchmal bei Kindern und Frauen möglich ist, die einen ähnlichen Schaden in der linken Gehirnhälfte erlitten haben.

Doch so, wie die Dinge nun einmal stehen, bleibt nur noch eine Möglichkeit of…« Sie hielt inne, als ihr die Ärzte im Nebenzimmer ein Zeichen mit den Augenstielen gaben.

»Oh, ich sehe gerade, dass die Herren so weit sind. Dann wollen wir also zur Tat schreiten.«

Die Weise öffnete die akustische Verbindung unter der ersten Scheibe. Im selben Moment spürte Sara einen stechenden Schmerz am Oberschenkel, und Taine schlug sich wieder an den Nacken. »Verdammte Biester«, murmelte er und drehte sich zu ihr um. »Hier ist seit einiger Zeit die Hölle los!«

Lieber alter, fröhlicher Taine, dachte sie und kämpfte gegen das starke Verlangen an, sich ebenfalls an den Hals zu schlagen. Papageienzecken waren normalerweise harmlos, ein weiteres mysteriöses Überbleibsel der Buyur. Wer hatte je eine Symbiose mit einem Insekt gewünscht, das sich in eine Ader festsetzte und einem zum Lohn jedes einzelne Geräusch wiederholte, das man gerade vernommen hatte? Die Buyur schienen wirklich ausgesprochen merkwürdige Vorstellungen gehabt zu haben.

Im benachbarten Zimmer öffnete einer der Ärzte ein großes Album, dessen dicke Blätter etliche dünne schwarze Scheiben enthielten. Der g'Kek nahm eine heraus und legte sie auf einen runden Teller, der sich sofort zu drehen begann.

»Ein gansss elementaresss Gummissssssuggerät«, erläuterte Ulgor. »Konssstruiert ausss Metallteilen und Bambussssssseiben.«

»Und ganz gewiss nicht digital«, fügte Bonner beruhigt hinzu.

»Ja«, bestätigte Klinge, der blaue Qheuen, zischend. »Und ich habe gehört, diese Maschine soll sogar Musik machen. Na ja, zumindest so etwas Ähnliches.«

Der Arzt senkte einen schmalen Bambusarm auf die sich

drehende Scheibe, bis eine daraus herausragende Spitze auf dieselbe aufsetzte. Im selben Moment drangen musikähnliche Klänge aus dem hornartigen Trichter. Eine fremdartige, blecherne Melodie, die von Knistern und Krachen begleitet wurde und Saras Kopfhaut zum Prickeln brachte.

»Diese Scheiben sind alte Originale«, erklärte die Weise. »Die Kolonisten von der *Tabernakel* haben sie zur gleichen Zeit gepresst, als der Große Druck einsetzte. Heutzutage gibt es nur noch wenige Experten, die diese sogenannten Schallplatten abspielen. Irdische Musik ist nämlich, im Gegensatz zu den Büchern, nicht sehr unter den Gemeinschaften der Sechs verbreitet.

Aber ich möchte darauf wetten, dass unser Freund dort das ganz anders sieht.«

Sara hatte schon von Schallplattenspielern gehört. Dennoch kam es ihr bizarr vor, einer Musik zu lauschen, die von keiner sichtbaren Kapelle gespielt wurde. Fast so ungewöhnlich wie die Musik selbst, die sich mit keinem Lied vergleichen ließ, das ihr jemals zu Ohren gekommen war.

Die Tochter des Papiermüllers konnte einzelne Instrumente ausmachen – Geige, Schlagzeug und Trompeten –, was sie nicht weiter verwunderte, weil die Erdlinge schließlich Streich- und Blasinstrumente auf Jijo eingeführt hatten. Aber das Arrangement war fremd, und Sara erkannte nach einer Weile auch die geradezu unheimliche Ordnung, mit der diese Musik gespielt wurde.

Ein modernes jijoanisches Sextett bestand aus sechs Solokünstlern, die sich jeweils spontan mit den anderen verbanden oder sich wieder von ihnen lösten. Ein Großteil der Spannung, die solche Musik bei dem Zuhörer erzeugte, bestand darin, darauf zu warten, dass die Solisten zu einer glücklichen gemeinsamen Harmonie fanden, sich andere dieser anschlossen, nur um dann wieder auszuscheren – genauso, wie es sich mit dem Leben selbst verhielt. So war es auch nicht verwunderlich, wenn keine zwei Darbietungen einander glichen.

Aber dies hier ist rein irdische Musik. Komplexe Akkorde drehten und kreisten um Sequenzen, die sich mit vollkommen disziplinierter Präzision immer aufs Neue wiederholten.

Musik wie Wissenschaft, bei der es auch darauf ankommt, einen Vorgang wiederholbar und verifizierbar zu machen.

Sara warf vorsichtige Seitenblicke zu den anderen. Ulgor schien von dieser Musik fasziniert zu sein und zuckte mit dem linken Fingercluster, den sie zum Violazupfen gebrauchte, den Takt mit.

Klinge wippte verzückt mit dem schweren Rückenpanzer.

Der junge Jomah hockte neben seinem stocksteif dasitzenden Onkel und wirkte ebenso verwirrt wie gelangweilt.

Obwohl Sara solche Musik überhaupt nicht gewöhnt war, ging doch etwas unbeschreiblich Vertrautes von diesem geordneten Auf und Ab der Harmonie aus. Die Noten kamen ihr vor wie *Integrale,* und die einzelnen Phrasen erschienen ihr wie geometrische Figuren.

Welchen besseren Beweis könnte es dafür geben, dass Musik wie Mathematik sein kann?

Auch der Fremde reagierte auf die Melodie. Sein Gesicht war gerötet, und an seinen zusammengekniffenen Augen war deutlich Wiedererkennen abzulesen. Das erfüllte Sara mit Sorge. Noch mehr emotionale Turbulenzen konnten den armen erschöpften Mann über die Grenzen seiner Belastbarkeit hinaustragen.

»Ariana, verfolgst du damit irgendeinen Zweck?«, fragte sie die Alte.

»Warte noch einen Moment, Liebes.« Die Weise hob wieder die Hand. »Das war doch erst die Ouvertüre. Jetzt erst kommt der Teil, bei dem es wirklich spannend wird.«

Woher will sie das wissen?, fragte sich Sara. Offenbar erstreckte sich die Bandbreite von Arianas eklektischem Wissen auch auf obskure alte Künste.

Allerdings erreichte jetzt das Arrangement tatsächlich ein

Crescendo und legte dann eine Pause ein. Ein neues Element tauchte nun auf: menschliche Stimmen.

Sara verpasste die ersten Zeilen und beugte sich dann vor, um sich besser auf die eigenartig betonten Worte konzentrieren zu können.

Denn heute steiget unser junger Freund
Zu uns auf, den Freibrief in der Hand.
Stark ist sein Arm und fein sein Gespür,
Ab heute er gilt als Pirat im Land!

Erstaunliches tat sich bei dem Fremden. Er erhob sich zitternd, und auf seiner Miene breitete sich etwas aus, das man nicht nur mit Wiedererkennen umschreiben konnte, sondern als freudige Überraschung bezeichnen musste.

Und dann öffnete sich, sowohl zu seiner eigenen wie auch zu Saras Überraschung, sein Mund, und er sang lauthals mit:

Schenkt ein, schenkt rasch nur ein,
Und lasset euch nicht lumpen,
Her mit dem Piratenwein,
Lasst kreisen den vollen Humpen!

Sara riss es vom Sitz, und sie starrte gebannt in den Nebenraum. Ariana gab einen Ruf der Überraschung von sich.

»Aha! Schon beim ersten Versuch ein Volltreffer! Trotz der Vermutungen über seinen kulturellen Ursprung war ich davon ausgegangen, dass wir erst eine Menge Lieder spielen müssten, ehe er eines wiedererkennen würde!«

»Aber seine Kopfverletzung!«, wandte Taine ein. »Hast du nicht gesagt, er sei …«

»Das stimmt!«, ließ sich auch Bonner vernehmen. »Wenn er nicht zu sprechen vermag, wie kann er dann singen?«

»Ach das …« Ariana tat das Wunder mit einer Handbewegung ab. »Das hängt mit den verschiedenen Gehirnfunktionen zusammen. Das Sprachzentrum hat einen anderen Sitz als das des Gesangs. Es gibt in der Medizin eine Reihe von Präzedenzfällen. Selbst hier auf Jijo soll so etwas schon ein- oder zweimal beobachtet worden sein.

Was mich daran so verblüfft, ist die Dauerhaftigkeit von Kultur, die dieses Experiment beweist. Die Schallplatten sind dreihundert Jahre alt. Eigentlich sollte man doch annehmen, dass die Einflüsse der Galaktiker inzwischen jede eigenständige irdische Kultur verdrängt haben …« Die Alte hielt kurz inne, als ihr auffiel, dass sie sich immer weiter auf ein Nebengleis begab. »Ist ja auch nicht so wichtig. Im Augenblick kommt es vielmehr darauf an, dass unser Besucher von einem fremden Planeten endlich einen Weg gefunden zu haben scheint, um mit uns kommunizieren zu können.«

Arianas Lächeln erstrahlte selbst in diesem Halbdunkel und war weit davon entfernt, Bescheidenheit oder Demut auszudrücken.

Sara legte eine Hand auf die Glasscheibe und spürte, wie die kühle, glatte Fläche mit der Musik aus dem Nebenraum vibrierte. Inzwischen hatte dort ein neues Lied begonnen. Die Kadenz verlangsamte sich, und eine neue Melodie war zu hören, aber das Grundthema war offenbar das gleiche geblieben.

Sie schloss die Augen und lauschte dem Fremden, der mit Inbrunst und voller Freude das Lied schmetterte. Er sang sogar schneller als der Künstler auf der Platte, weil er sich endlich wieder Gehör verschaffen konnte.

Hinaus in die Welt des Betrugs gehst du,
Wo alle Piraten werden gut geraten,
Doch ich will an dieses Lied mich halten
Und werden der König der Piraten!

NEUNZEHNTER TEIL

DAS BUCH VOM MEER

Schriftrollen

Von den Galaxien heißt's,
Sie waren dereinst siebzehn,
Verknüpft und aneinander gebunden
Von Röhren fokussierter Zeit.

Doch eine nach der anderen
Zerbarsten diese Leitungen.
Gingen entzwei, als das Universum
Seine alternden Säume ausdehnte.

Von den Galaxien
Die Progenitoren noch kannten derer elf.

Sechs weitere sind vergangen
In den Zeiten, seitdem
Gestrandet sind diese Vettern
An unbekannten Schicksalsgestaden.

Von den Galaxien
Unsere direkten Vorfahren noch kannten fünf.

Was, wenn es wieder geschieht,
Wenn wir suchen Erlösung in dieser brachen Spirale?
Wird jemand kommen hernieder,
Um uns anzunehmen,
Sobald unsere Schuld wiederhergestellt?
An unserem eigenen Himmel
Von den Galaxien wir nur eine sehen.

Die Schriftrolle der Möglichkeiten

Alvins Geschichte

Ich möchte mich eigentlich nicht zu lange mit meiner Rolle bei dem aufhalten, was nun folgen sollte. Sagen wir der Einfachheit halber, dass ich als junger männlicher Hoon am ehesten geeignet schien, am Ende eines neuaufgerollten Kabels in einer Art Schlinge zu hocken und mich von den Männern auf das dunkelblaue Wasser des Riffs hinabzulassen.

Nachdem ich über dem Rand war, konnte ich von den anderen nur noch ein paar Hoon- und Urs-Gesichter ausmachen, außerdem ein paar g'Kek-Augenstiele, die zu mir herabstarrten.

Dann verschwanden auch diese hinter dem Felsen, und ich war ganz allein und kam mir vor wie ein Köder an einem Angelhaken. Natürlich schaute ich nicht nach unten, aber bald kam ein heftiger Wind auf, der die Trosse ins Schaukeln versetzte und mich daran erinnerte, von was für einem Apparat ich gehalten wurde.

Während des langen Abstiegs blieb mir Muße genug, um mich zu fragen: *Was um alles in der Welt hast du hier verloren?*

Diese Worte entwickelten sich zu einer Art Mantra. (Hoffentlich habe ich das Wort richtig geschrieben. Es steht nämlich nicht in dem Wörterbuch, das ich an diesen harten, kalten Ort mitgenommen habe.)

Nachdem ich den Satz oft genug wiederholt hatte, verlor er einiges von seinem Schrecken und nahm eine sonderbar angenehme Färbung an.

Auf halbem Weg murmelte ich bereits:

»Was. Um alles in der Welt. Hast du. Hier verloren.«

Mit anderen Worten, hier gilt es, eine Aufgabe zu bewältigen, und ich bin derjenige, den man dafür auserkoren hat. Warum sich also nicht mit ganzem Eifer hineinknien? Ein Gedanke aus dem Englik, der unseren Hoon-Vorstellungen doch sehr nahe kommt.

Wie dem auch sei, ich glaube, es ist mir ganz gut gelungen, mich abzulenken und zu beruhigen. Auf alle Fälle bin ich nicht in Panik geraten, als sie oben etwas zu viel Kabel gaben. Meine pelzigen Beine sind tief ins Wasser getunkt worden, ehe die Männer an der Winde die Bremse festgestellt hatten und meine Halteschlaufe nicht mehr auf und nieder hüpfte.

Ich brauchte einen Moment, bis ich mich gefasst hatte und wieder zu Atem gekommen war. Dann befahl ich Huphu, zur *Traum* zu schwimmen, die nur einen Pfeilschuss entfernt im Wasser lag. Eile war geboten, denn unser Tauchboot trieb langsam aus dem ruhigen Wasser unter dem Fels Terminus, und wenn es erst einmal die Riff-Strömung erreichte, dann wäre es auf immer verloren.

Huphu war ausnahmsweise einmal nicht zu Scherzen aufgelegt. Er tauchte sofort ins Nass und paddelte mit seinen vier Beinen wie ein kleiner schwarzer Pfeilfisch auf das Schiffchen zu. Allem Anschein nach hatte ihm sein Katapultflug von den Klippen nicht nachhaltig geschadet.

Kennen Sie eigentlich den fiesen Witz, den man sich über Noor erzählt? Was braucht man, um ein solches Wesen umzubringen? Nun, einen Viertelliter Traeki-Gift, eine Qheuen-Schere, einen menschlichen Pfeil und einen ganzen Sack voller ursischer Beleidigungen. Danach muss natürlich noch ein Hoon den Noor anbrüllen, und wenn er sich dann nicht mehr regt, sollte noch ein g'Kek ein paarmal über den Kadaver hin und her rollen, nur um ganz sicherzugehen, dass er auch wirklich hinüber ist.

Ich weiß, ist irgendwie krank, aber so was erzählen sich junge Leute eben. Außerdem drückt das alles ja auch irgendwie gehörigen Respekt vor der Zähigkeit dieser Wesen aus. Während ich auf unseren unzerstörbaren Huphu wartete, musste ich gegen meinen Willen über diesen Witz lachen. Nicht nur ein bisschen, sondern so, dass mir fast das Rückgrat einschnappte.

Endlich erreichte er mich, krabbelte auf meine Beine, kletterte auf meine Arme und genoss das frohe Brummeln aus meinem Kehlsack. Ich wusste gleich, dass ihm die Angst immer noch in den Knochen steckte, denn zum ersten Mal tat er nicht völlig unbeteiligt und bemühte sich auch gar nicht erst, seine Freude darüber zu verbergen, mich wiederzusehen.

Aber wie schon gesagt, uns blieb kaum noch Zeit übrig. Ich legte ihm also gleich ein Halfter aus festem Seil um die Schultern und drängte ihn, ins Meer zurückzuspringen.

Urdonnols Plan schien wirklich gut zu sein … immer vorausgesetzt, dass Huphu meine Anweisungen verstand – falls die *Traum* nicht unwiederbringlich abgetrieben wurde – falls es dem Noor gelang, das Tauende am Heckring des Tauchboots zu befestigen – falls der Halbstapel Ziz noch eine Weile länger seine aufgeblähte Form beibehalten und das Gewicht von all dem Metall tragen konnte – und falls das neue Kabel stark genug war, die zusätzliche Last zu ziehen, sobald die Männer die Winde wieder in Betrieb nahmen …

Sehr viele »falls«, nicht wahr? Vielleicht nennen die Menschen ja auch deshalb ihre Göttin des wankelmütigen Glücks und Schicksals »Jafalls«. Ihre kapriziösen Launen scheinen tatsächlich bald hierhin und bald dahin auszuschlagen. Wie am heutigen Tag, als sie unser Unternehmen zuerst ins Verderben stürzte und dann die Würfel erneut warf und sie das Gegenteil bewirkten.

Während der nun folgenden Midura fragten wir uns alle besorgt, welchen Pfeil die Göttin als nächsten aus ihrem Köcher ziehen würde. Dann endlich waren Huphu und ich wieder auf der Klippe, standen tropfend neben unserem wunderschönen Boot und verfolgten fasziniert, wie Tyug vorsichtig die Luft aus Ziz herausließ. Schere und Huck kletterten derweil auf der *Traum* auf und ab und hin und her, um nach eventuellen Beschädigungen

Ausschau zu halten. Ur-ronn inspizierte das Kabel, das die Männer an der Winde einrollten.

Eine Weile später lagen die Teile des zerstörten Schlauchs und der ersten Trosse auf der Felsplatte. Die Enden waren verbrannt und ausgefranst.

»Ssso etwasss wird nie wieder passsieren!«, hörte ich unsere ursische Freundin murmeln. Sie sagte das in dem Tonfall, mit dem man bei ihrem Volk zum Ausdruck bringt, dass man es verdammt ernst meint. Es ist so etwas wie ein Schwur, der besagt, dass man jedem den Kopf vom Hals reißt, der glaubt, diese Worte seien nur leichtfertig dahingesagt.

Am nächsten Tag kehrte Uriel zurück. Sie galoppierte in Begleitung von ein paar bewaffneten Amazonen und einiger Packesel in unser Lager. Sie brachte Nachrichten mit, die über Semaphore-Stationen und Kuriere zu ihr gelangt waren. Am Abend trug sie diese allen im Licht der Sterne vor. Der Löwenzahn-Cluster hing wie ein leuchtender Tropfen über dem Riff. Die Schmiedin trug zu diesem Anlass das Gewand einer Weisen zweiter Ordnung, und sie berichtete von dem, was sich inzwischen auf der Lichtung getan hatte.

Demnach waren nicht nur Sternenschiffe dort gelandet – sondern auch Piraten der Galaxis! Diese bedrohten den Großen Frieden, die Gemeinschaften und womöglich jedes einzelne Mitglied der Sechs.

Ich stand leider zu weit von Huck entfernt, um ihre Reaktion zu sehen, als Uriel dann noch erwähnte, dass das Volk der g'Kek mittlerweile auf allen anderen Sternen ausgestorben sei, und die letzten Überlebenden seien dazu verdammt, als Wilde auf primitiven Rädern durch den Staub von Jijo rollen zu müssen.

Aber wie dem auch sei, ich war viel zu schockiert von einer anderen Neuigkeit …

Die Genräuber waren Menschen!

Jeder weiß, dass vor nicht mehr als dreihundert Jahren die Erdlinge in den Augen der großen Galaktischen Clans nicht viel mehr als bessere Tiere gewesen sind. Was also brachte Menschen in eine für sie so abgelegene Gegend wie diese hier, wo sie auch noch ein höchst kompliziertes Verbrechen begehen wollten?

Erst jetzt fiel mir auf, dass Uriel im formellen Galaktik Zwei zu uns sprach und ich automatisch auch in dieser Sprache dachte, denn auf diese Weise verstand man die Ereignisse aus dem Blickwinkel der Galaktiker. Alles sah jedoch ein wenig anders aus, wenn ich mir dieselbe Frage in Englik stellte.

Dreihundert Jahre? Das ist doch eine halbe Ewigkeit! Vor dreihundert Jahren sind die Menschen von Segelschiffen in die ersten Sternenschiffe umgestiegen! Wer weiß denn, was inzwischen passiert ist? Vielleicht gehört den Irdischen mittlerweile das halbe Universum!

Also gut, mag durchaus sein, dass ich zu viele Schwarten von E.E. Smith und dem »Sternenzerschmetterer« Feng gelesen habe. Doch während an diesem Abend die meisten auf dem Fels ihr Entsetzen darüber ausdrückten, dass ausgerechnet die weisen, kultivierten Menschen zu solchen Taten fähig sein sollten, schwieg ich, wusste ich doch um eine tiefe Wahrheit, die die Menschen betraf, eine Wahrheit, die sich wie ein roter Faden durch die irdische Literatur zieht – wie ein nie verstummender Kehlsackton.

Solange die Menschen als Spezies fortbestehen, wird es unter ihnen immer wieder Wölfe geben.

Wir waren doch alle etwas überrascht, als Uriel am Schluss ihrer Ansprache verkündete, dass das Projekt wie geplant fortgesetzt werde.

Nach all dem Gerede über die Einberufung des Bürgerselbstschutzes, die Notreparaturen an den Tarnvorrichtungen und der nicht auszuschließenden Möglichkeit, mit der Waffe in der Hand gegen einen überlegenen Feind kämpfen zu müssen, hätte ich eigentlich erwartet, dass uns die Schmiedin alle auf der Stelle nach Wuphon und zum Berg Guenn zurückschicken würde, um mit unserer Hände (oder sonstiger Gliedmaßen) Arbeit die Verteidigungsanstrengungen zu unterstützen.

Als sie aber nun so tat, als sei unser dummes kleines Tauchabenteuer mindestens genauso wichtig, wenn nicht sogar noch wichtiger, starrten wir uns alle sprachlos an.

Ich konnte nicht anders, als die Schmiedin danach zu fragen, und zwar unverblümt.

»Warum lässt du das Unternehmen weiterlaufen?«, fragte ich Uriel am nächsten Tag, als sie gerade die Spleißarbeiten am Kabel und am Schlauch beaufsichtigte. »Hast du denn nichts Dringenderes zu tun?«

Sie bog den Hals, bis sich ihre drei Augen auf der gleichen Höhe wie die meinen befanden.

»Und wasss sssollte isss deiner Meinung nach jetssst Dringenderesss erledigen? Waffen ausssgeben? Die Sssmiede in eine Waffenfabrik umwandeln?« Sie schnaubte mit ihrem einzigen Nüsterloch, und dabei wurden die vielschichtigen Membranen sichtbar, die alle Flüssigkeit zurückhalten, sodass der Atem einer Urs sich so trocken wie der Wind über der Ebene des Scharfen Sandes anfühlt.

»Wir Ursss kennen den Tod gut, junger Hph-wayou. Er verkrussstet unsssere Beine und lässst unsssere Gattenbeutel allsssu rasss aussstrocknen.

Andernfallsss würden wir keinen Moment sssögern und unsss in jeden Kampf, in jede Fehde ssstürsssen, ssso alsss sssei der Ruhm ein ausssreisssender Ersssatsss dafür, unsss mit sssolssser Eile in den Tod zu ssstürsssen.

Sssiemlisss viele Ursss blicken voll Wehmut auf die Ssseit sssurück, alsss die Erdlinge unsssere tapferen Gegner waren. Damalsss ssstreiften Helden über die Prärie, galoppierten gegen den Feind und griffen todesssmutig an.

Auch isss versssspüre mansssmal diesssen Drang, aber wie die meisssten von unsss unterdrücke isss ihn. Die Ssseit, in der wir heute leben, erfordert eine neue Art von Held, einen nämlisss, der nachdenkt, bevor er handelt.«

Damit kehrte mir die Schmiedin den Rücken zu und gab den Arbeitern wieder Anweisungen. Ihre Entgegnung ließ mich verwirrt und unbefriedigt zurück. Doch auf eine Weise, die ich nicht erklären konnte, fühlte ich mich stolzer als zuvor.

Wir brauchten zwei Tage, um die Schäden zu beheben und nicht nur einmal, sondern dreimal alles Gerät zu überprüfen. Inzwischen veränderte sich die Zusammensetzung der Menge auf den Felsen. Viele waren, nachdem sie Uriels Mitteilungen gehört hatten, sofort nach Haus geeilt. Einige von ihnen mussten sich bei ihren Milizstellen melden, andere konnten es gar nicht abwarten, die Destruktions-Sakramente durchzuführen, wie sie von den Schriftrollen vorgeschrieben wurden. Wieder andere liefen, so rasch sie konnten, nach Hause, um ihren Besitz vor den Fundamentalisten zu schützen, die jetzt den Schriftrollen gemäß vorgehen und alles zu Klump hauen wollten. Und schließlich gab es auch diejenigen, die die letzten Tage und Stunden dieser Welt an der Seite ihrer Lieben verbringen wollten.

Doch für die, die verschwanden, kamen neue, und die waren noch zorniger als die Ersten – was vielleicht auch davon herrührte, dass ihnen die Angst vor den Dingen, die sie gesehen hatten, tief in den Knochen steckte. Erst gestern hatten die Bürger von Wuphon Port bis zur Letztestadt-Bucht von einer Erscheinung am Himmel erzählt, einem hell glänzenden Fluggerät, das über ihre nutzlos gewordenen Tarnvorrichtungen geschwebt war, als wollte es sagen: *Ätsch, ich kann euch sehen,* bevor es in einem recht verschlungenen Kurs an der Küste entlanggeflogen und dann über den Weiten des Ozeans verschwunden war.

Niemand musste ein Wort darüber verlieren: Was immer Uriel auch mit unserem Unternehmen erreichen wollte, es musste schnell vonstattengehen.

ZWANZIGSTER TEIL

DAS BUCH VOM HANG

Legenden

Die ersten Sooner erschienen mit Wissen ausgestattet auf Jijo, aber es mangelte ihnen an Möglichkeiten, dieses Wissen zu speichern. Die Namen vieler Archiv-Geräte sind auf uns gekommen, von Datenplaketten über Erinnerungsscheiben bis hin zu Info-Staub – doch jedes einzelne dieser Hilfsmittel musste der Tiefe und dem Mitten übergeben werden. Die Erdlinge hingegen brachten einen sicheren und unaufspürbaren Weg mit, Wissen zu konservieren. Sie schenkten uns das Geheimnis des Papiers. Pflanzenfasern werden zu seiner Herstellung zerstampft und mit tierischen Sekreten und Lehm vermischt und gebunden – eine Erfindung, die nur von einer Wölflingspezies stammen kann.

Doch die Tabernakel *hatte die Erde so kurz nach dem Kontakt mit den Galaktikern verlassen, dass das Wissen, das sie mitführte, nur spärliche Auskünfte über die Galaktologie vermitteln konnte, vor allem in Bezug auf die Sooner auf anderen Welten der Fünf Galaxien (und was aus ihnen geworden war).*

Das erschwert es natürlich sehr, das Leben der Gemeinschaften auf Jijo im richtigen Verhältnis zu beurteilen. Wie sehr, wenn überhaupt, unterscheiden wir uns von anderen Fällen illegaler Besiedelung auf Brachwelten? Haben wir weniger Schuld auf uns geladen, weil wir uns bemühen, dieser Welt möglichst geringen Schaden zuzufügen? Wie stehen unsere Chancen, einer Entdeckung zu entgehen? Welche Urteile sind über andere Planetenbesetzer gefällt worden, die man gefasst und vor Gericht gestellt hat? Wie weit muss eine Spezies auf dem Weg zur Erlösung vorangekommen sein, um nicht mehr als kriminell, sondern als gesegnet angesehen zu werden?

Die Schriftrollen enthalten zwar einige Hinweise in diese Richtung, doch da sie größtenteils von den ersten zwei oder drei Landungen stammen, erhellen sie kaum eines der größten Geheimnisse.

Warum haben sich Vertreter so vieler Spezies auf diesem relativ kleinen Planeten eingefunden, und das auch noch innerhalb einer so kurzen Zeitspanne?

Verglichen mit der halben Million Jahre, die vergangen sind, seit die Buyur ausgezogen sind, bedeuten zwei Jahrtausende nur eine kurze Spanne.

Davon abgesehen gibt es eine ganze Reihe von Brachwelten – warum also gerade Jijo? Und von all den vielen bewohnbaren Flächen auf diesem Planeten – warum ausgerechnet der Hang?

Auf jede Frage gibt es Antworten. Der große, kohlenstoffausspuckende Stern, der Izmunuti, hat erst vor ein paar Jahrtausenden damit begonnen, die ganze Raumgegend abzuschirmen. Wir haben gelernt, dass dieses Phänomen irgendwie die Roboterwächter behindert hat, die durch dieses System patrouillierten, wodurch es für die Schleichschiffe leichter wurde, hier zu landen.

Dann gibt es da einige vage Hinweise auf Omina, die andeuten, eine »Zeit der Schwierigkeiten« würde über die Fünf Galaxien kommen und Aufruhr und Unruhe allerorten hervorrufen.

Was nun den Hang angeht, so stellt die Kombination einer robusten Biosphäre mit starker vulkanischer Aktivität sicher, dass alle unsere Werke vernichtet werden und dass kaum ein Hinweis darauf übrigbleiben wird, dass wir je hier gewesen sind.

Einigen reichen diese Antworten aus. Aber andere grübeln weiter.

Sind wir so einzigartig?

In einigen Galaktischen Sprachen gilt man geradezu als geistesgestört, wenn man diese Frage stellt. In den großen Archiven, die seit über einer Million Jahre zusammengetragen worden sind, findet sich für alles ein Präzedenzfall. Einzigartigkeit ist daher nur eine Illusion. Alles, was existiert, ist vorher schon einmal gewesen.

Vielleicht ist so etwas ja symptomatisch für unsere niedrige Entwicklungsstufe – unser Bewusstsein ist, wenn man es den gottgleichen Höhen unserer Vorfahren gegenüberstellt, wirklich vorsintflutlich –, aber man wird sich doch fragen dürfen, oder?

Und zwar: Könnte es sein, dass hier bei uns auf Jijo etwas Ungewöhnliches vor sich geht?

Spensir Jones, *Kleine Moralpredigt zum Landungstag*

Asx

Wir Weisen predigen, dass es Narretei sei, zu viele Vermutungen anzustellen. Doch heute, während unserer größten Krise, stellt es sich heraus, dass die Invasoren oft genug von Dingen wissen, die wir sicher versteckt glaubten.

Aber wie könnte uns das überraschen, meine Ringe? Sind sie nicht Sternengötter von den Fünf Galaxien?

Und was noch schlimmer ist, waren wir denn wirklich geeint? Haben nicht viele unter den Sechsen gleich ihr Recht in Anspruch genommen, anderer Meinung zu sein, und sich lieber von den Piraten umschmeicheln lassen, statt auf unseren Rat zu hören? Einige von den Überläufern sind einfach verschwunden. Unter anderem auch das Sooner-Mädchen – wie hat Lester sich über ihre Undankbarkeit geärgert! Hat sie es doch gewagt, den Schatz zu stehlen, den sie uns ein paar Tage zuvor mitgebracht hatte. Unser menschlicher Weiser war so fasziniert von dem Stück, dass er sich kaum noch mit etwas anderem beschäftigt hat.

Lebt diese Rety jetzt womöglich in der vergrabenen Station? Wird sie dort gehätschelt und versorgt, wie das eine g'Kek mit ihrem Lieblings-Zookir tut? Oder haben die Verbrecher sich ihrer einfach entledigt, so wie ein Traeki überschüssige oder verbrauchte Sekrete aus seinem Zentralring entleert – oder wie früher die Tyrannen auf der Erde sich der Kollaborateure entledigt haben, wenn sie deren Dienste nicht mehr brauchten?

Mögen die Schufte auch noch so viele unserer Geheimnisse aufgedeckt haben, so verblüffen sie uns immer wieder mit einer für Sternengötter erschreckenden Unkenntnis.

Verwirrend, nicht wahr, aber auch ein kleiner Trost, als wir heute Morgen vor dem stolzen, einschüchternden Besucher standen, der unsere Ratssitzung besuchte.

Meine Ringe, hat die Erinnerung an dieses Ereignis schon eure wächsernen Kerne überdeckt? Wisst ihr noch, wie der Sternenmensch Rann seinen Wunsch vortrug? Dass nämlich einige von seiner Gruppe mitgenommen werden sollten, wenn wir uns das nächste Mal um das heilige Ei versammeln?

Er trug seine Bitte zwar höflich vor, aber sie klang doch eher wie ein Befehl.

Das sollte uns nicht verwundern. Es kann den Fremden kaum entgangen sein, wie es mittlerweile um uns steht.

Zuerst war es nur für die Sensibelsten spürbar, dass die Beben sich verstärken und inzwischen diese Ecke unserer Welt erreicht haben –

– dass sie die Nebel erzittern lassen, die den Geysiren und Dampflöchern entsteigen;

– dass sie die schlafenden Rewqs sowohl in ihren Höhlen wie auch in unseren Beuteln wecken;

– dass sie sogar die Myriaden blauer Farben am Himmel durchdringen.

»Wir haben schon viel von eurem heiligen Stein gehört«, sagte Rann. »Seine Aktivität lässt unsere Sensoren verrücktspielen. Wir würden uns dieses Wunder gern mit eigenen Augen ansehen.«

»Einverstanden«, antwortete Vubben im Namen der Sechs und rollte zum Zeichen seiner Zustimmung drei Augenstiele ein. Wie hätten wir uns auch weigern können?

Der Pirat verbeugte sich vor uns. Eine imponierende Geste von einem Menschen, der so groß ist wie ein Traeki und die Schulterbreite eines Hoon besitzt. »Wir werden zu dritt kommen. Mich selbst und Ling kennt ihr ja bereits. Bei dem dritten Teilnehmer handelt es sich um den verehrungswürdigen Ro-kenn, und es obliegt mir, euch darauf hinzuweisen, wie geehrt ihr euch durch seine Anwesenheit fühlen dürft. Unserem Herrn müsst ihr mit ausgesuchter Höflichkeit und größtem Respekt begegnen.«

Mit unseren Augen, Augenstielen, Sichtringen und anderen visuellen Organen drückten wir unser Erstaunen aus. Ausgenommen Lester, der neben unserem Traeki-Stapel leise murmelte:

»Also hatten diese verdammten Dakkins die ganze Zeit einen von ihnen in ihrer Station sitzen.«

Menschen sind schon erstaunliche Wesen, sind das immer schon gewesen. Doch Cambels Taktlosigkeit erstaunte mich/uns jetzt doch über die Maßen. Fürchtete er nicht, von dem Mann gehört zu werden?

Offenbar nicht. Durch meinen/unseren Rewq konnte ich die Verachtung erkennen, die Lester für diesen Mann und die Neuigkeit, die wir gerade aus seinem Mund erfahren hatten, empfand.

Und was den Rest der Weisen angeht, so bedurfte es keines Rewqs, um ihre Neugier zu lesen.

Endlich sollten wir einem der Rothen vorgestellt werden.

Lark

Liebe Sara,
die Karawane, die Deinen Brief beförderte, hat ziemlich lange gebraucht, um hierherzugelangen. Doch es soll draußen auf den Ebenen zu Unruhen gekommen sein, wodurch sie aufgehalten wurde.

Wie wunderbar, Deine vertraute Sauklaue zu sehen und zu erfahren, dass es Dir gut geht! Und auch unserem Vater, jedenfalls als Du ihn zum letzten Mal gesehen hast. In diesen Zeiten findet man nur wenige Gründe zum Lächeln.

Ich schreibe Dir rasch diese Zeilen, weil ich den nächsten tapferen Kajak-Kurier noch erwischen möchte, der sich auf den Weg über den Bibur macht. Wenn er Biblos erreicht, bevor Du weiterziehst, kann ich Dich vielleicht noch dazu überreden, nicht hierherzukommen! Bei uns stehen die Dinge nämlich nicht zum Besten. Erinnere Dich bitte an die Geschichten über den Damm, die wir uns vor langer Zeit erzählt haben. Nun, ich würde in diesen Tagen nur ungern mein Bett in dieser Dachkammer aufschlagen, wenn Du verstehst, was ich meine. Bitte, zieh Dich an einen halbwegs sicheren Ort zurück, bevor wir mehr über das herausgefunden haben, was hier vor sich geht.

Deiner Bitte entsprechend habe ich einige Erkundigungen über Deinen geheimnisvollen Fremden eingezogen. Ganz offensichtlich suchen die Fremden nach jemandem oder nach etwas, und das hat nichts mit ihrem vorrangigen Ziel zu tun, sich hier auf verbrecherische Weise einen Kandidaten für einen Schub zu verschaffen.

Ich kann natürlich nicht mit hundertprozentiger Gewissheit sagen, ob Dein verletzter rätselhafter Mann das Objekt ihrer Suche darstellt, aber ich würde jede Wette darauf eingehen, dass er etwas mit der ganzen Sache zu tun hat.

Vielleicht irre ich mich aber auch. Manchmal denke ich, wir sind wie Küchenameisen, die nach oben starren und anhand der Schatten an Decke und Wänden einen Streit zwischen den Hausbewohnern zu analysieren versuchen.

Oh, ich ahne, was für ein Gesicht Du jetzt machst. Aber keine Bange, ich gebe nicht auf. Weißt Du, ich habe mittlerweile neue Antworten auf die Fragen, die Du mir immer wieder stellst:

Ja, ich habe ein Mädchen kennengelernt.

Und nein, ich glaube nicht, dass sie Dir gefallen wird.

Und wenn ich ganz ehrlich sein soll, bin ich mir da selbst nicht einmal sicher …

Ironisch lächelnd beendete Lark die erste Seite seines Briefs. Er legte den Federkiel nieder, blies über das Blatt und ging dann mit dem Rolllöscher über die noch feuchte Tinte. Nun nahm er ein neues Blatt aus seiner Ledermappe, tauchte die Feder ins Tintenfass und schrieb weiter.

Zusammen mit diesem Schreiben erhältst Du eine handschriftliche Kopie des jüngsten Berichts, den die Weisen an die Gemeinschaften geschickt haben. Beigefügt ist eine vertrauliche Mitteilung für Ariana Foo.

Wir haben einige Neuigkeiten in Erfahrung bringen können, wissen aber leider immer noch nicht, ob man uns am Leben lässt, wenn das Rothen-Schiff zurückkehrt.

Bloor ist übrigens hier bei uns, und ich habe ihm dabei geholfen, Dein Vorhaben in die Tat umzusetzen. Allerdings befürchte ich, dass der Schuss auch nach hinten losgehen könnte, wenn wir die Fremden so zu erpressen versuchen, wie Du es vorgeschlagen hast …

Lark zögerte. Selbst versteckte Hinweise konnten noch zu viel verraten. Normalerweise war es undenkbar, dass jemand in der Post eines anderen herumschnüffelte. Aber historischen Berichten zufolge hatten sich in Krisenzeiten verzweifelte Widerstandsgruppen auf der Erde solcher Mittel bedient.

Aber was würde es schon nützen, Sara zu beunruhigen? Lark nahm das zweite Blatt, zerknüllte es und fing von Neuem an.

Bitte, teile doch der Weisen Ariana Foo mit, dass die junge Shirl, Kurts Tochter, sicher mit B. hier eingetroffen ist und er mit seiner Arbeit – den Umständen entsprechend – gut vorankommt.

Inzwischen habe ich mich um Deine anderen Bitten gekümmert. Es ist eine kitzlige Angelegenheit, diese Sternenmenschen zu befragen, die zum Lohn für ihre Antworten stets Informationen verlangen, die ihnen bei ihrem kriminellen Tun nützlich sein könnten. Außerdem darf ich keinen Verdacht erregen, sonst wollen sie noch wissen, warum ich mich für bestimmte Dinge interessiere.

Dennoch ist es mir gelungen, ihnen ein paar Antworten abzuhandeln.

Bei einer war das gar nicht schwer. Die Sternenmenschen benutzen eigentlich nicht oft Englik, Russki oder eine andere der »barbarischen Wölflingssprachen«. So hat Ling sie mir gegenüber neulich bezeichnet. Anscheinend sind ihnen diese Sprachen zu vulgär und zu unsystematisch, um von »echten« Wissenschaftlern gebraucht zu werden. Damit wir uns nicht falsch verstehen, Ling und ihre Kumpane sprechen Englik gut genug, dass sich unsereiner mit ihnen unterhalten kann. Aber wenn sie unter sich sind, ziehen sie Galaktik Sieben vor.

Er hielt kurz inne, überlegte und tauchte dann die Feder wieder in die Tinte.

Unsere Vermutung, dass diese Personen nicht von einem der Hauptzweige unserer Spezies stammen, hat sich bestätigt. Mit anderen Worten: Diese Piraten sind keinesfalls Repräsentanten der Erde, sondern Vertreter einer Abspaltung (oder wie auch immer), die sich den Rothen zu immerwährender Treue verpflichtet fühlt, einer Spezies, die von sich behauptet, die oft vermuteten Patrone der Menschheit zu sein. Sie selbst nennen sich übrigens Dakkins – darunter versteht man die Erdlinge, die von diesen Rothen erhöht und auserkoren worden sein sollen.

Erinnerst Du Dich, dass Mutter oft mit uns über die Frage des Ursprungs diskutierte? Sie hat uns eine regelrechte Debatte spielen lassen. Einer von uns musste den Part des von Däniken übernehmen, während ein anderer Darwins Lehre zu vertreten hatte. Damals fanden wir das ziemlich interessant und auch spannend, aber irgendwie auch sinnlos, weil alle Argumente, die wir vorbringen konnten, aus Büchern stammten, die über dreihundert Jahre alt waren.

Wer von uns hätte damals damit gerechnet, eines Tages hier auf Jijo eine Antwort zu erhalten, und noch dazu direkt vor unseren Augen?

Was nun die Glaubwürdigkeit der Behauptung angeht, die Rothen hätten uns den Schub gegeben, so kann ich leider dem Bericht der Weisen nichts hinzufügen, außer vielleicht, dass Ling und ihre Spießgesellen diese Wesen hingebungsvoll verehren.

Lark stärkte sich mit einem Schluck Quellwasser, ehe er die Feder ein weiteres Mal ins Tintenfass tauchte.

Und damit komme ich jetzt zu dem Knüller, der hier jedermann in höchste Aufregung versetzt. Allem Anschein nach sollen wir bald eines dieser mysteriösen Wesen zu sehen bekommen! In wenigen Stunden wird mindestens einer dieser Rothen, so hat man es uns jedenfalls angekündigt, aus der vergrabenen Station herauskommen, um sich einem unserer Pilgerzüge zum wiedererwachten Ei anzuschließen!

Die ganze Zeit über wären wir nie auf die Idee gekommen, dass ihr Sternenschiff einen Rothen bei Rann und den anderen zurückgelassen haben könnte.

Die Gemeinschaften sind gespannt wie eine zu stramm gespannte Geigensaite. Wenn das Bild nicht schon zu ausgelutscht wäre, würde ich sagen, dass man die Spannung hier förmlich fühlen kann.

Jetzt mache ich aber besser bald Schluss, wenn ich diesen Brief noch zur Post bringen will.

Mal sehen, was noch bleibt. Du hast nach »Neuralanzapfungen« gefragt. Und ob die Sternenmenschen solche Apparate benutzen, um direkt mit ihren Computern und anderen elektronischen Geräten zu kommunizieren.

Zuerst wollte ich darauf mit einem klaren Ja antworten. Ling und die anderen tragen tatsächlich kleine Vorrichtungen am Kopf, die sie mit Informationen und Daten versorgen. Eine Stimme spricht dadurch zu ihnen, die von weit her zu kommen scheint.

Doch dann habe ich mir noch einmal das durchgelesen, was Du mir über die Verletzung des Fremden geschrieben hast, und nachgedacht.

Nun, die Piraten geben ihren Maschinen mündliche Befehle. Ich habe bei ihnen nie so etwas wie eine direkte Gehirn-Computer-Verbindung feststellen können. Und auch nicht eine »direkte-Mensch-Maschinen-Verknüpfung«, wie Ariana es genannt hat.

Aber wenn ich jetzt überlege …

Lark tauchte wieder die Feder ein, beugte sich über das Blatt und hielt inne.

Schritte näherten sich über den Kiespfad vor seinem Zelt. Er erkannte das schwere Scharren eines grauen Qheuen. Aber das war nicht das gelassene Schlendern seines Freundes Uthen, sondern eine ganz besondere Kadenz, bei der auf komplexe Weise abwechselnd alle Beine eingesetzt wurden. Eine solche Gangart lehrten nur die alten Würdenträger, die sich gelegentlich selbst wie Königinnen herrichteten.

Lark legte die Feder ab und schloss die Mappe. Eine ebenso niedrige wie breite Silhouette erschien an der Zeltwand. Harullens Stimme wurde vom Zischen dreier Beinmundventile begleitet, wobei jedes eine andere Note im qheuenischen Galaktik-Sechs-Dialekt pfiff.

»Freund Lark, bist du da drin? Bitte, begrüß mich. Ich bringe kostbare Geschenke!«

Lark öffnete die Zeltklappe und schirmte die Augen ab, als er so unvermittelt aus dem Halbdunkel ins Licht der untergehenden Sonne trat. Ihre grellen Strahlen bohrten sich zwischen die Spitzen der hohen Baumwipfel.

»Ich grüße dich, Freund Harullen, Gefährte im gemeinsamen Kampf.«

Harullen trug die Tracht eines Pilgers über seinem fünfeckigen Rückenschild. Seine Kopferhebung war allerdings unbedeckt. Der von den g'Kek gewobene Stoff schimmerte im Sonnenschein. Lark brauchte einen Moment, ehe seine Augen das erkannten, was sich von der üblichen Aufmachung unterschied: Etwas hatte sich um den aschgrauen Kopf des Qheuen gelegt.

»Aha«, bemerkte Lark. »Dann stimmt es also. Die Maske erneuert ihr Angebot.«

»Sie nährt sich von unseren Körpern, und als Gegenleistung zeigt sie uns die Seelen anderer. Die Masken sind zu uns zurückgekehrt, Lark. Die Höhlen, die leblos wirkten, wimmeln mittlerweile von noch schwachen, jungen Rewq, und das zu einer Zeit, in der das Ei sein dichtgewobenes Lied wiederaufgenommen hat.

Ist das nicht ein vielfältiges und gutes Omen? Sollten wir nicht frohlocken?«

Harullen ließ eine Schere knacken, und hinter ihm tauchte ein Lornik auf, der sich bislang ehrfurchtsvoll im Hintergrund gehalten hatte. Der kleine Diener eilte nun herbei und bemühte sich, mit seinen vier Beinen die Gangart seines Herrn nachzuahmen. In seinen kleinen, dreifingrigen Händen trug er einen Kasten aus poliertem Holz, auf der sich von Qheuenzähnen erzeugte Verzierungen zeigten.

»Unter den Schwärmen in den Höhlen fanden sich etliche, die für eine vornehmlich menschliche Stirn geeignet schienen«, erklärte Harullen. »Bitte, akzeptiere diese Auswahl und suche dir einen davon aus – als Zeichen meiner unerschütterlichen Hochachtung.«

Lark nahm die Kiste aus den Händen des Lornik und wusste aus Erfahrung, dass es unerwünscht war, dem Diener zu danken oder ihn auch nur anzusehen. Anders als die Schimpansen oder Zookir konnten sich die Lorniks anscheinend nur auf die Spezies einstellen, deren Vorfahren sie vor fast tausend Jahren mit nach Jijo gebracht hatten.

Er hob den kunstvoll gearbeiteten Deckel, der nach Qheuen-Tradition vom Überbringer höchstpersönlich verziert worden war und niemals ein zweites Mal benutzt werden durfte. Im Innern lagen auf einem Bett aus Garu-Sägemehl einige Bündel, die mit schimmernd bunten Bändern paarweise zusammengefasst waren und ihre buntgefleckten Tentakel nun zitternd ausstreckten.

Ich hatte so wenig Zeit, und so viele Pflichten haben auf mich gewartet … Das ist wirklich ein schönes Geschenk.

Dennoch hätte sich Lark lieber persönlich zu den Höhlen begeben und seine eigene Auswahl getroffen, so wie er das seit seiner Pubertät bereits dreimal getan hatte. Es kam ihm nun irgendwie befremdlich vor, sich einen aus dieser Kiste auszusuchen. Und was sollte er mit den anderen anfangen?

Einige Tentakel schoben sich vorsichtig ins Sonnenlicht, um sich dann zögernd umherzuwinden. Ein Paar schien sein Ziel bereits gefunden zu haben und richtete die Tentakel auf Lark. Zwischen ihnen breitete sich ein spinnwebartiges Netz aus.

Nun gut, das ist ein Rewq für einen menschlichen Kopf, dachte er. *Und er sieht neu und robust aus.*

Sein Zögern war verständlich. Normalerweise trug man seinen Rewq jahrelang, und es war für ihn eine schmerzliche Erfahrung gewesen, hilflos zusehen zu müssen, wie sein letzter Symbiont in der moosgefütterten Tasche verging – damals, während der langen Wochen, in denen das Ei geschwiegen hatte. Und es war ausgeschlossen, sich von einem anderen einen Rewq auszuborgen und aufzusetzen. Menschen verliehen lieber ihre Zahnbürste als ihren Symbionten.

»Meine große Dankbarkeit zeige ich, indem ich dieses großzügige Geschenk entgegennehme«, erklärte er und schob sich, wenn auch etwas widerstrebend, die sich windende Masse über die Stirn.

Sein letzter Rewq war ihm lieb gewesen wie ein altes Paar Schuhe oder seine Lieblingssonnenbrille aus ursischer Produktion. Er war bequem zu tragen und leicht im Gebrauch gewesen. Der neue hingegen zuckte und wackelte voller Eifer und tastete Larks Schläfen ab auf der Suche nach ergiebigen Oberflächenadern, in denen er Nahrung finden konnte.

Die gazeartige Membrane legte sich über Larks Augen, wogte wellenförmig auf und ab und bescherte ihrem Träger zunächst nicht mehr als ein Übelkeitsgefühl.

Natürlich würde es einige Zeit in Anspruch nehmen, ehe er mit dem neuen Symbionten arbeiten konnte. Im Idealfall sorgte man dafür, dass der alte Rewq dem neuen alles Notwendige beibrachte – vorzugsweise in den Wochen, bevor der Vorgänger das Zeitliche segnete.

Jafalls' Wunder haben mitunter ein ironisches Timing. Wir haben den

Fremden so lange ohne die Hilfe der Rewq gegenübertreten müssen. Und nun, zu einem so kritischen Zeitpunkt, kehren sie so unerwartet zurück, dass sie sogar zu einem Hindernis werden könnten.

Dennoch gebot es die Höflichkeit, dass Lark nun Freude zeigte. Er verbeugte sich und bedankte sich noch einige Male bei Harullen für diese Gabe. Mit etwas Glück hatte dessen Rewq sich ebenfalls noch nicht zurechtgefunden und konnte dem Qheuen nichts über Larks gemischte Gefühle verraten.

Die Befriedigung des Führers der Häretiker zeigte sich im schnarrenden, kratzenden Tanz seiner Scheren. Der Film über Larks Augen zeigte ihm einen Funkenregen, den man unter Umständen als Qheuen-Freudenausbruch interpretieren konnte, der aber eher als statische Störung des viel zu unruhigen und aufgeregten Symbionten angesehen werden musste.

Dann wechselte Harullen übergangslos das Thema und erklärte auf Englik: »Du weißt hoffentlich, dass der Pilgerzug gleich losgeht, oder?«

»Ich war gerade dabei, einen Brief zu schreiben. Der ist gleich fertig, dann ziehe ich mein Gewand an. Wir treffen uns in einer halben Midura am Radstein.«

Ling hatte darauf bestanden, dass Lark an dem Zug teilnahm, und so hatten die Weisen der Häretikerpartei zwei Sechsergruppen innerhalb der zwölf mal zwölf Formationen zugestanden, die dazu ausersehen waren, als Erste das wiedererwachte Ei zu begrüßen.

Seit Lark davon erfahren hatte, spürte er wieder die Hitze des Steins, der an einer Schnur an seinem Hals hing. Seine ständige Erinnerung und Buße zugleich. Kein Pilgerzug fiel ihm leicht, solange er dieses Amulett mit sich führte.

»Also gut«, sagte Harullen. »Am Rundstein beraten wir dann noch rasch den jüngsten Verhandlungsvorschlag der Fundamentalisten, ehe wir uns dem Zug anschließen …«

Der Häretikerführer hielt abrupt inne, senkte sich, zog alle fünf Beine in den Rückenschild ein und berührte mit der empfindlichen Zunge den Boden. Jetzt zeigte der Rewq Lark ein erkennbares Emotionsbild an – einen Lichtkranz, in dem sich Widerwille mit Ablehnung mischte.

Harullen erhob sich wieder. »Da ist jemand auf dem Weg hierher. Einer, dessen ungeordnete Fußhast nicht seiner steinharten Abstammungslinie entspricht.«

Wessen *was* entspricht nicht *wem?*, fragte sich Lark. Manchmal ließ einen die Art, wie die anderen Spezies das Englik gebrauchten, doch etwas konfus und ratlos zurück. Vielleicht war es doch kein reiner Segen, dass die chaotische menschliche Sprache auf Jijo so populär geworden war.

Wenig später hörte er Bodenerschütterungen, die unter seinen Fußsohlen kitzelten. Ein fünffacher Tritt, der ihm noch vertrauter war als Harullens Schrittfolge. Der Neuankömmling schien zu sehr in Eile zu sein, um sich um Etikette zu kümmern oder eine adlige Herkunft zur Schau stellen zu wollen. So hatte sein Rhythmus keinerlei Ähnlichkeit mit Harullens aristokratischem Schreiten.

Dann brach eine gepanzerte Gestalt unter einem Schauer abgerissener Blätter und Zweige aus dem Wald.

Uthen, der Taxonom, hatte sich wie der Führer der Häretiker bereits für den Pilgerzug angezogen. Nur wirkte das flatternde Tuch, das früher einmal weiß gewesen war, jetzt wie ein altes Bettlaken. Seine Kopfausbeulung wies eine tiefere Grautönung auf als die seines hochmütigen Vetters. Wie Harullen trug auch er einen neuen Rewq, was zumindest eine Erklärung für sein eher stolperndes Vorankommen war. Er steuerte zwar Larks Zelt an, kam aber zweimal vom Weg ab, als laufe er vor einem Schwarm Insekten davon.

Lark nahm seinen eigenen Symbionten wieder ab. Er brauchte keine Verständigungshilfe, um die Erregung seines Kollegen zu lesen.

»Lark-ark, Harullen-rullen!«, rief Uthen aus mehreren Beinmündern gleichzeitig, und das so unkoordiniert, dass sie alle in verschiedenen Tonlagen erklangen. Der Führer der Häretiker verdrehte ärgerlich seinen Kopfauswuchs, während der Qheuen-Biologe sich bemühte, wieder zu Atem zu kommen.

»Rasch … Kommt mit … alle beide … Sie sind herausgekommen!«

»Wer?«, fragte Lark, ehe ihm klar wurde, wen Uthen meinte. Dann nickte er. »Gib mir eine Dura.«

Er kehrte ins Zelt zurück, suchte seinen Umhang heraus, zog ihn rasch über, blieb einen Moment vor seinem Schreibtisch stehen, schob dann den unvollendeten Brief in einen Ärmel und bewaffnete sich mit einem gespitzten Bleistift. Tinte war zwar eleganter und schmierte auch nicht so leicht, aber Sara würde das egal sein, solange sie das Schreiben nur erhielt und über den neuesten Stand in Kenntnis gesetzt wurde.

»Mach schon!«, drängte der Taxonom ungeduldig, und Lark trat aus dem Zelt. »Spring auf, und dann ab im Sauseschritt!« Der graue Qheuen senkte ein Ende seines Panzers, damit Lark leichter hinaufklettern konnte.

Harullen stöhnte vernehmlich. Kinder machten so etwas zwar häufig, aber für jeden erwachsenen Grauen war es unter seiner Würde, einen Menschen durch die Gegend zu tragen. Das traf ganz besonders auf jemanden wie Uthen zu, der auf einen wirklich vornehmen Stammbaum verweisen konnte.

Auf der anderen Seite kamen sie so natürlich deutlich schneller voran. Und sie wollten ja wirklich rasch zur Wiese der vergrabenen Fremden, um sich mit eigenen Augen anzusehen, wer sich dort zeigte.

Lark verstand sofort, warum Ling erklärt hatte, die Rothen seien wunderschön.

Wesen wie sie hatte er noch nie gesehen. Weder in den alten

Bilderbüchern noch in irgendwelchen Science-Fiction-Romanen, die aus der Zeit vor dem Erstkontakt stammten, noch in seinen Träumen.

Im Jargon der Sechs auf Jijo nannte man Galaktiker im Allgemeinen »Sternengötter«, ohne sich allzu viel dabei zu denken. Doch auf die beiden Personen, die hier über die Waldlichtung schritten, traf dieser Name wortwörtlich zu. Sie waren so exquisit, dass sie sich einem sofort unauslöschlich ins Gedächtnis einprägten. Lark konnte sie nur ein paar Momente lang ansehen, dann musste er den Blick abwenden, weil sich seine Augen mit Tränen anfüllten und seine Brust sich zusammenschnürte.

Ling und die anderen Piraten begleiteten ihre ehrwürdigen Patrone als eine Art Ehrengarde, und über der Gruppe schwebten wachsame Roboter. Die Rothen waren sehr groß und bewegten sich mit gebeugten Schultern. Gelegentlich winkte einer von ihnen mit einem Finger Rann oder Besh heran, um sich etwas erläutern zu lassen. Wie Schulkinder traten die Verbrecher dann vor und sagten auf, um was für einen Baum es sich handelte, was man sich unter den Pavillonzelten vorzustellen habe oder warum das g'Kek-Kind so schüchtern war.

Eine riesige Menge hatte sich versammelt. Ordner waren zu sehen, die mit rotgefärbten Knüppeln die Bürger daran hinderten, zu dicht heranzurücken. Aber es stand kaum zu befürchten, dass es hier zu einem beschämenden Aufruhr kommen würde. Die Ehrfurcht, die die Sechs ergriffen hatte, war so gewaltig, dass die meisten nur zu flüstern wagten.

Diese Scheu drückte sich am stärksten bei den anwesenden Menschen aus. Die meisten starrten mit offenem Mund auf die Rothen und wunderten sich über deren unübersehbare Ähnlichkeit mit ihrer eigenen Spezies.

Die Rothen waren tatsächlich auf geradezu unheimliche Weise humanoid und besaßen eine hohe Stirn, große, Sympathie erweckende Augen, lange, gerade Nasen und weiche, gebogene

Augenbrauen, die sehr beweglich waren und sich ständig hoben, wenn etwas ihr Interesse geweckt hatte.

Lark vermutete, dass diese Ähnlichkeit nicht auf bloßem Zufall beruhte. Die physischen und emotionalen Affinitäten waren während des langen Schubprozesses kultiviert worden, damals, vor vielen zehntausend Jahren, als die Rothen-Experten mit einem primitiven, aber vielversprechenden Affenstamm auf der Erde des Pleistozän herumexperimentierten und sie langsam und ganz allmählich in Wesen verwandelten, die fast bereit für die Sterne waren.

Immer vorausgesetzt natürlich, dass es sich bei den Rothen tatsächlich um die Patrone der Menschheit handelte, die sich, wie Ling behauptete, sehr lange im Verborgenen gehalten hatten.

Lark bemühte sich, die Sache von einem neutralen Standpunkt aus zu betrachten, doch angesichts der ins Gesicht springenden Belege war ihm das kaum möglich. Die Rothen konnten nichts anderes sein als die lange vermissten Patrone der Erdbevölkerung.

Als die beiden erhabenen Besucher den versammelten Hohen Weisen vorgestellt wurden, fasste sich Lark rasch angesichts der feierlichen Mienen von Vubben, Phwhoon-dau und den anderen, die zu diesem Anlass keine Rewq aufgesetzt hatten. Selbst Lester wirkte zumindest äußerlich ruhig, als Rann laut und verständlich die Namen der Rothen nannte: Ro-kenn und Ro-pol.

Wenn man vom menschlichen Standard ausging, schien Ro-kenn ein Mann zu sein. Lark bemühte sich zwar, sich von den eindeutigen Analogien nicht zu sehr beeinflussen zu lassen, aber wenn man Ro-pol sah, konnte man dieses Wesen aufgrund ihrer zierlicheren Züge nur als weiblich bezeichnen.

Die Menge murmelte, als die beiden lächelten, wobei sie kleine weiße Zähne enthüllten und so ihre offenkundige Freude an dieser Begegnung zum Ausdruck brachten. Um Ro-pols Mund zeigten sich sogar Grübchen, und was ihre Miene anging, so kam

Lark das Wort »fröhlich« in den Sinn. Es würde niemandem sonderlich schwerfallen, ein solches Wesen zu mögen – so viel Wärme, Offenheit und Verständnis leuchtete in ihren Zügen.

Das Ganze ergibt sogar einen Sinn, dachte der Biologe. *Wenn die Rothen tatsächlich unsere Patrone sind, dann haben sie uns doch sicher mit einer Mimik ausgestattet, die der ihren ähnlich ist, oder?*

Aber nicht nur die Menschen ließen sich von so viel Ausstrahlung einnehmen. Schließlich hatten die Sechs Spezies eine Menge Erfahrung im Umgang miteinander. Man musste nicht unbedingt ein Qheuen sein, um das Charisma einer ihrer Königinnen zu spüren. Warum sollten also Hoon, g'Kek oder Urs nicht diesen starken menschlichen Magnetismus wahrnehmen? Auch ohne Symbionten übertrug sich die von den Rothen ausgestrahlte und an diesem Ort nun vorherrschende Stimmung auf die Nichtmenschen: Hoffnung.

Lark erinnerte sich jetzt auch wieder an Lings Versicherung, dass ihre Mission ohne größere Zwischenfälle zum Abschluss gebracht werden sollte und den Gemeinschaften auf Jijo kein Schaden daraus erwachsen würde, sie danach im Gegenteil reicher als vorher dastehen würden. »Es wird schon alles gut werden« (oder so ähnlich), hatte sie ihm erklärt.

Ling hatte ihm auch gesagt, bei den Rothen handele es sich um ganz besondere Wesen, die sogar unter den hohen Galaktischen Clans eine ganz eigene Stellung einnähmen.

Diese Patrone hatten, und das mit Bedacht, in aller Heimlichkeit dafür gesorgt, dass die Erde eine halbe Million Jahre lang für brach erklärt und von den Kolonisierungslisten gestrichen worden war. Lark konnte sich diese Leistung und die damit verbundenen Implikationen nur schwer vorstellen.

Die Rothen benötigten weder Flotten noch Waffen, sondern vertrauten allein ihrem geheimnisvollen, fast mystischen Einfluss. Und damit waren sie gewiss als eine Art Götter anzusprechen, die sich sogar über die Volksverbände erhoben, die mit riesigen

Armadas durch die Fünf Galaxien donnerten. Kein Wunder, dass Ling und ihresgleichen sich erhaben über die sogenannten »Migrations- und Schubgesetze« wähnten und ohne einen Anflug von schlechtem Gewissen die Biosphäre nach adoptionswürdigen Spezies durchsuchten. Jemand wie diese Piraten brauchte sich nicht davor zu fürchten, erwischt und gefasst zu werden.

Auch die frisch ausgeschlüpften Höhlen-Rewq schienen von dem Moment an, in dem dieses Paar aus der vergrabenen Forschungsstation getreten war, wie geblendet zu sein. Larks Symbiont zitterte und bildete derart glitzernde Aureolen um die Rothen, dass der Biologe sich schließlich gezwungen sah, ihn wieder zu entfernen.

Lark bemühte sich nun, seine Gedanken wieder unter Kontrolle zu bekommen und wenigstens einen letzten Rest an Skepsis zu bewahren.

Es mag doch durchaus sein, dass alle fortgeschrittenen Spezies gelernt haben, ihren Auftritt so anzulegen, wie es die Rothen gerade bei uns tun, um dadurch diejenigen maßlos zu beeindrucken, die auf der Statusleiter tief unter ihnen stehen. Möglicherweise sind wir Primitive, die wir über wenig bis keine Erfahrung mit den Galaktikern verfügen, für eine solche Ausstrahlung auch nur besonders empfänglich.

Sein letzter Rest von Skepsis geriet ins Wanken, als die Rothen nun mit den Weisen sprachen. Einer der Roboter diente als Lautsprecher, sodass alle Anwesenden ihre warmen und gefühlvollen Stimmen vernehmen konnten.

»Wir beide möchten unseren tiefempfundenen Dank und unseren Respekt für die freundliche Aufnahme zum Ausdruck bringen, die ihr uns hier gewährt habt«, erklärte Ro-kenn in sprachlich wie grammatikalisch perfektem Galaktik Sechs.

»Des Weiteren wollen wir euch unseres Bedauerns versichern, falls unser Erscheinen in den Reihen eurer ehrenwerten Gemeinschaften Angst oder Besorgnis ausgelöst haben sollte«, fuhr er fort. »Spät, leider erst sehr spät, sind wir uns der Tiefe eures

Unbehagens bewusst geworden. Daher haben wir uns entschlossen, unsere natürliche Zurückhaltung – man könnte sie vermenschlicht auch Schüchternheit nennen – abzulegen und nach oben zu gehen, um eure, ich darf wohl sagen, ungerechtfertigten Befürchtungen zu zerstreuen.«

Hoffnung machte sich breit, als die Bürger leise miteinander zu flüstern begannen. Für die Exilanten auf Jijo kein alltägliches Gefühl.

Aber Ro-kenn war noch nicht fertig.

»Nun zeigen wir euch unsere Freude und Beglückung darüber an, so freundlich dazu eingeladen worden zu sein, an euren heiligen Riten teilnehmen zu dürfen. Einer von uns wird euch an diesem Abend begleiten, um Zeuge der Wunder zu werden, die eurem gerühmten und heiligen Ei innewohnen und die es bereits oft genug demonstriert hat.«

Nun meldete sich Ro-pol zu Wort: »Währenddessen zieht sich der Rest von uns zurück, um darüber nachzusinnen, wie man euch brave Bürger der Gemeinschaften am besten für eure Schmerzen, eure Sorgen und euer in Härte und Abgeschiedenheit gefristetes Leben belohnen kann.«

Sie schien einen Moment darüber nachzusinnen und fuhr dann mit wohlgesetzten Worten fort:

»Ein Geschenk wollen wir euch darreichen. Eine Wohltat, die euch helfen soll, die vor euch liegenden Zeiten besser bewältigen zu können. Denn jede eurer vereinten Spezies sucht doch Erlösung auf dem langen und nicht ungefährlichen Weg, der auch als Rückkehr zur Unschuld bekannt ist.«

Ein Murmeln entrang sich den Anwesenden – Ausdruck ihrer Begeisterung über diese unerwartete Ankündigung.

Nun waren die Weisen an der Reihe, und einer nach dem anderen traten sie vor, um die Rothen willkommen zu heißen. Den Anfang machte Vubben, dessen alte Räder quietschten, als er vorrollte, um aus einer der ältesten Schriftrollen vorzutragen.

Es ging dabei um die unbeschreibliche Natur des Erbarmens, das immer dann aus dem Boden aufsteige, wenn man es am wenigsten erwarte, um eine Gnade, die nicht erworben oder verdient, sondern nur mit offenem Herzen empfangen werden könne, wenn sie sich denn zeige.

Lark ließ den jungen Rewq wieder über seine Augen gleiten. Das Rothen-Paar wurde immer noch inmitten eines farbenprächtigen Nimbus wiedergegeben. Und so richtete er während Vubbens anscheinend endlosem Vortrag den Blick auf die anderen.

Natürlich öffnete einem ein Symbiont kein magisches Fenster in die Tiefen der Seelen. Aber sie waren durchaus hilfreich, wenn es darum ging, zwischen den Vertretern zweier Spezies eine Verständigungsbrücke zu bauen. Jede Spezies war schließlich nur darauf ausgerichtet, die emotionalen Hinweise von Mitgliedern ihrer eigenen Art zu lesen und zu deuten.

Rewq arbeiteten am besten, wenn sich zwei Bürger gegenüberstanden, die beide einen Symbionten trugen. Und es half noch mehr, wenn die Rewq vorher Empathiehormone austauschen konnten.

Ist das vielleicht der Grund, warum die Weisen heute Abend keine Symbionten tragen? Wollen sie irgendwelche geheimen Gedanken für sich behalten?

Unter der anwesenden Menge waren Emotionen wie vorsichtiger Optimismus, ergriffenes Staunen und hie und da sogar religiöse Verzückung vorherrschend.

Doch auch andere Gefühlsfarben ließen sich feststellen. Von den Ordnungskräften und den bewaffneten Milizionären – gleich ob Qheuen, Hoon, Urs oder Menschen – gingen die kühleren Töne der Pflichterfüllung aus. Sie würden sich von nichts davon ablenken lassen, außer vielleicht von einem mittelschweren Erdbeben.

Das Grau einer anderen Art von Pflichterfüllung fiel Lark ins

Auge, das komplexer und zielgerichteter zu sein schien. Einmal blitzte dort auch kurz die Widerspiegelung einer Glaslinse auf.

Bloor und seine Helfer sind schon wieder bei der Arbeit, sagte sich der Biologe. *Nimmermüde bannen sie auch diesen besonderen Moment auf ihre Platten.*

Lark stellte fest, dass sein Rewq immer besser arbeitete. Obwohl es ihm natürlich noch erheblich an Training mangelte, hatte er bereits einen Grad an Sensitivität erreicht, zu dem er wohl nur selten zurückfinden würde.

Alle Symbionten im Tal waren gleich alt und gemeinsam in den Höhlen ausgeschlüpft, wo sie bis vor Kurzem noch in Haufen zusammengelegen hatten. Mehr noch, die Rewqs würden nach diesem Abend fester denn je miteinander verbunden sein, noch stärker als in den Höhlen, wo sie Einigkeitsenzyme miteinander ausgetauscht hatten.

Ich sollte Bloor warnen. Er und seine Mitarbeiter müssen ihre Symbionten abnehmen. Wenn ich sie dadurch schon so leicht entdecken kann, dann womöglich auch ein Roboter.

Ein greller Farbton erregte seine Aufmerksamkeit, der am anderen Ende der Lichtung aufleuchtete. Er hob sich von der vorherrschenden Stimmung wie ein Feuer ab, das auf einem Eisfeld brannte. An der Deutung dieser Emotion konnte kein Zweifel bestehen: schierer Hass.

Lark erkannte einen zotteligen, schlangenartigen Hals und darunter einen Zentaurenkörper. Die vom Rewq erzeugten Farben ballten sich wie eine Kugel aus destilliertem Hass zusammen und verdeckten den Schädel.

Der Träger dieses unter Hochdruck arbeitenden Symbionten schien plötzlich Larks Aufmerksamkeit zu bemerken.

Die Urs drehte den Kopf weg von den Fremden und den Weisen und sah den Biologen direkt an. Über das Meer von vor Glück taumelnden, seufzenden Bürgern starrten die beiden sich an und verfolgten das jeweilige Farbenspiel des anderen. Und wie auf ein geheimes Kommando hin entfernten Mensch und Urs beide gleichzeitig ihre Rewq.

Im normalen Licht konnte Lark ihr direkt in die Augen sehen. Sein Gegenüber war die ursische Anführerin der Fundamentalistenpartei. Die Rebellin schien gegen die Invasoren mehr Wut zu hegen, als der Biologe erwartet hatte. Als er ihre drei Augen sah, die sich in ihn hineinzubohren schienen, benötigte er keinen Symbionten mehr, um sich über ihre Gefühle für ihn klar zu sein.

Unter der Sonne des Spätnachmittags verdrehte sie mehrmals den Hals und verzog dann die Lippen zu einem Grinsen voller Hohn und Verachtung.

Der Pilgerzug setzte sich bei Einbruch der Dämmerung in Bewegung, als die langen Schatten der Baumwipfel wie Pfeile auf den verborgenen Bergpfad wiesen.

Zwölf Zwölfschaften, die sich aus auserwählten Bürgern zusammensetzten, repräsentierten die Gemeinschaften. Und mit ihnen zogen zwei Sternenmenschen, vier Roboter und ein sehr großer Galaktiker, dessen geschmeidiger Gang kräftige Muskelpakete unter der leuchtend weißen Robe verriet.

Wenn man sein zutiefst menschliches Lächeln richtig deutete, schien Ro-kenn an einer Vielzahl von Dingen Gefallen zu finden. Ganz besonders aber am rhythmischen Gesang – alle Spezies leisteten ihren Beitrag, um einen gemeinsamen Chor zu bilden –, der einsetzte, als der Zug an rauchenden Erdlöchern und jähen Spalten vorbeikam und sich langsam in Richtung auf das verborgene ovale Tal mit dem Ei vorwärtsschob.

Die langen Finger des Rothen berührten die schlanken Stämme der Welpal-Bäume, die von den Emanationen aus dem geheimen Tal in Schwingung versetzt wurden. Die meisten Menschen verspürten diese Ausstrahlung erst dann, wenn sie dem Ziel sehr nahe gekommen waren.

In Larks Herzen stiegen dunkle Gefühle auf, und es ging nicht nur ihm so. Vielen war es nicht recht, Fremde an den geheiligten Ort zu führen. Und je weiter entfernt von Ro-kenns Charisma sie marschierten, desto stärker wurden diese Emotionen.

Die Prozession schritt, rollte oder glitt immer höher in die Hügel hinauf. Bald erstrahlte der Himmel von den funkelnden Formationen – helle kleine Cluster und Sternennebel –, die von dem dunklen Streifen der galaktischen Scheibe voneinander getrennt wurden. Dieser Anblick erinnerte daran, wie ungleich die Ordnung verschiedenen Lebens war, denn binnen kurzer Zeit würden die Gäste der heutigen Feier wieder durch diese Sterngebilde kreuzen, ganz gleich, ob sie die Gemeinschaften in Frieden oder in Verdammnis zurücklassen würden. Für sie wäre Jijo dann nur ein weiterer abgelegener, wilder und bestenfalls mäßig interessanter Ort, den sie in ihrem göttlichen Leben einmal für eine kurze Zeit besucht hatten.

Als Lark das letzte Mal diesen Pfad beschritten hatte – damals noch voller Ernst über seine selbstgewählte Mission, Jijo vor Invasoren wie ihn selbst zu schützen –, hatte noch niemand es für möglich gehalten, dass demnächst irgendwelche Sternenschiffe auf dieser Welt landen würden.

Und doch waren sie schon da. Schwebten hoch oben im Orbit und machten sich zur Landung bereit.

Was jagt einem eigentlich mehr Angst ein? Die Gefahr, die man bereits fürchtet, oder die Gemeinheit, die das Universum zwar schon bereithält, aber noch nicht ausgeführt hat: ein Übel, das alle früheren Sorgen nichtig und unbedeutend macht?

Der Biologe hoffte, dass nichts von seiner düsteren Stimmung in den Brief an Sara eingeflossen war, den er vorhin, nach den Begrüßungsansprachen von Rothen und Weisen, an einem Zufluss zum Bibur in aller Eile zu Ende gekritzelt hatte. Der Kajakfahrer hatte das Schreiben in den schweren Sack gesteckt, in dem sich bereits Bloors Sendungen befanden, war dann losgepaddelt und hatte mit schnellen Ruderbewegungen die brodelnden Stromschnellen bezwungen, um die zweitägige Fahrt nach Biblos möglichst schnell hinter sich zu bringen.

Auf dem Weg zurück zum Treffen mit den anderen Häretikern war Lark kurz stehen geblieben, um zuzusehen, wie das fremde Schiff wie ein Gespenst aus dem dunklen Tunnel schwebte, getragen von wispernden Triebwerken. Er machte eine kleine menschliche Gestalt aus, die Hände und Gesicht an eine ovale Scheibe presste und von dem Ausblick gar nicht genug zu bekommen schien. Sie kam ihm irgendwie bekannt vor, doch bevor er sein Fernglas herausholen und an die Augen halten konnte, war das Schiff schon nach Osten abgebogen und flog auf die Schlucht zu, über der der größte Mond über den Rimmers aufstieg.

Nun erreichte die Prozession den letzten verschlungenen Canyon vor dem Tal des heiligen Eies, und Lark bemühte sich, alle Zweifel und Sorgen abzulegen und sich auf die Zeremonie vorzubereiten.

Möglicherweise ist das meine letzte Gelegenheit dazu, sagte er sich und hoffte, diesmal das Erlebnis erfahren zu dürfen, von dem andere immer wieder berichtet hatten, wenn nämlich das Ei seine ganze Liebe mit allen teilte.

Er zog den rechten Arm in den Ärmel, und seine Finger umschlossen den Steinsplitter trotz der Hitze, die nun von ihm ausging. Ein Abschnitt aus der Schriftrolle des Exils kam ihm in den Sinn. Die Englik-Version, die von einem der ersten menschlichen Weisen für die Erdlinge modifiziert worden war.

Wir treiben steuerlos durch den Fluss der Zeit,
Betrogen von den Ahnen, die uns ließen hier zurück.
Blind sind wir gegenüber dem,
Was in anderen Zeitaltern hart erlernt werden musste,
Und wir fürchten das Gesetz und das Licht.

Aber stärker als all das
ist die Angst in unseren Herzen,
dass es vielleicht gibt keinen Gott
Keinen himmlischen Vater
Keinen höheren Beistand …
Oder dass wir haben Ihn schon verloren
An das Schicksal
An die Bestimmung.

Wohin sollen wir uns wenden
In der Agonie unserer Verbannung
Da wir schon verloren unser Tabernakel
Und alle Hoffnung durch die Perfidie der Alten?
Welcher Trost steht bereit für Kreaturen,
Die verloren sind in der Zeit?

Doch eine Quelle der Erneuerung
Noch nie hat versagt.
Mit langen Liedern
Sie kündet von Feuer und Regen
Von Eis und Zeit.
Sie trägt Myriaden Namen.
Doch für die armen Exilanten
Sie Heimat ist.
Jijo.

Der Abschnitt endete mit einer befremdlichen Bemerkung, in der sich Ehrfurcht und Trotz die Waage hielten.

Wenn Gott uns immer noch will,
So mag Er uns hier finden.
Bis dahin wir werden
Zu einem Teil dieses unseres Heims,

Unserer adoptierten Welt.
Nicht um zu behindern,
Sondern zu dienen Seinem Lebenszyklus.

Damit erwachsen Demut und Güte
Aus des Verbrechens faulem Samen.

Nicht lange nachdem diese Schriftrolle unter den Menschen Annahme und Anklang gefunden hatte, nämlich an einem Wintertag, erschütterten Beben den ganzen Hang. Bäume knickten um, Dämme barsten, und ein furchtbarer Sturm wütete. Panik breitete sich von den Bergen bis zum Ufer des Ozeans aus, da man allerorten annahm, dass der Tag des Gerichts gekommen sei.

Doch stattdessen erschien inmitten einer Wolke aus Erdreich und Staub das Ei – die Gabe aus dem Herzen Jijos.

Ein Geschenk, das die Gemeinschaften heute Nacht mit den Fremden teilen mussten.

Was, wenn den Sternengöttern nun das gelänge, was er, Lark, nie vermocht hatte? Oder schlimmer noch, wenn sie beim Anblick des Heiligtums in schallendes Gelächter ausbrächen und erklärten, dass es sich dabei um etwas ganz Natürliches, Normales handele, dem nur ausgemachte Dorftrottel Verehrung entgegenbringen könnten – wie zum Beispiel irgendwelche Eingeborenen auf der Erde, von denen es Berichte gab, dass sie eine Music-Box angebetet hatten, die an ihre Küste geschwemmt worden war?

Lark zwang sich dazu, solche Gedanken zu unterdrücken und sich auf den rumpelnden Bass der Hoon, das helle Pfeifen der Qheuen, das Schwirren der g'Kek-Radspeichen und all die anderen Beiträge zum Lied der Einheit einzustimmen. Sein Atem passte sich dem Rhythmus der Pilger an, während die Wärme, die das Steinstück ausstrahlte, durch seine Hand den Arm hinaufströmte, die Brust erfasste und ihm losgelöste Ruhe vermittelte.

Es ist nahe, dachte er, und in seinem Geist zeigten sich Spuren von weichen Formen. Eine netzartige Verknüpfung von unwirklichen Spiralen, die zum Teil aus Bildern und zum Teil aus Geräuschen bestanden.

Es ist fast so, als wollte etwas …

»Ist das nicht aufregend?«, riss ihn eine Stimme aus seiner Konzentration und ließ sie als zerschmetterte Scherben zurück. »Ich glaube, ich kann tatsächlich schon etwas spüren! So ähnlich wie bei einem PSI-Phänomen, das ich vor einiger Zeit erlebt habe. Aber das Motiv ist doch höchst ungewöhnlich.«

Ignoriere Ling, befahl er sich und versuchte, die Scherben aufzusammeln. *Vielleicht geht sie dann ja wieder.*

Aber Ling geriet jetzt erst recht ins Schwärmen, und ihre Wortkaskaden waren zu gewaltig, um seine Ohren vollständig gegen sie versperren zu können. Je konzentrierter er sich darum bemühte, die entfliehenden und sich verflüchtigenden Scherben festzuhalten, desto schneller lösten sie sich in Einzelteile auf. Seine Hand umschloss nur noch einen feuchtkalten Klumpen Stein, den allein seine Körpertemperatur ein wenig angewärmt hatte. Enttäuscht ließ er ihn los.

»Wir haben mit unseren Instrumenten schon vor ein paar Tagen einige Schwingungen aufgenommen. Deren Zyklen sind stetig stärker geworden und haben an Komplexität zugenommen.«

Ling schien sich nicht darüber bewusst zu sein, etwas Falsches zu tun oder zu stören. Ihre Freude kam aus tiefstem Herzen. Bald konnte Lark sich nicht mehr über sie ärgern, und sein Zorn kam ihm kleinlich vor.

Dafür machte ihm etwas anderes zu schaffen. Im Mondlicht wirkte die Schönheit der Biologin noch beunruhigender auf ihn, als sie es ohnehin schon tat. Deshalb vergingen die letzten Reste seiner Wut, und er fühlte sich nur noch allein und verletzlich.

»Sollst du nicht eigentlich deinen Chef beschützen?«, seufzte er schließlich.

»Ach was, das erledigen die Roboter doch viel besser. Und überhaupt, was haben wir denn schon zu befürchten? Ro-kenn hat mir und Rann die Erlaubnis erteilt, uns überall umzusehen, während er mit euren Weisen spricht und sie darauf vorbereitet, was sich gleich tun wird.«

Lark blieb so abrupt stehen, dass der Pilger hinter ihm beinahe hingefallen wäre bei dem Versuch, ihm auszuweichen. Der Biologe legte ihr eine Hand auf den Arm. »Was hast du da gesagt? Was soll sich hier gleich tun?«

Das Lächeln, das Ling jetzt aufsetzte, zeigte wieder den alten Spott.

»Soll das heißen, du bist noch nicht von selbst darauf gekommen? Ach, Lark, denk doch nur einmal über die ganzen Übereinstimmungen nach.«

Und weil er sie noch immer verständnislos anstarrte, erklärte sie:

»Seit zweitausend Jahren leben Sooner der unterschiedlichsten Spezies auf dieser Welt. Sie waren damit beschäftigt, sich untereinander zu streiten, und ganz allmählich entwickelten sie sich immer mehr zurück.

Dann sind eines Tages die Menschen hier aufgetaucht, und schon hat sich alles geändert. Obwohl ihr am Anfang nur wenige und zudem auch noch hilflos wart, hat sich eure Kultur doch sehr rasch zur einflussreichsten auf diesem Planeten entwickelt.

Und schließlich, nur wenige Jahrzehnte nach eurer Ankunft, kommt ein Wunder aus dem Boden – dieser lenkende und leitende Geist, den ihr alle verehrt …«

»Du meinst das Ei«, wandte Lark mit gerunzelter Stirn ein.

»Richtig. Glaubst du denn allen Ernstes, das sei nur zufällig passiert? Oder dass eure Patrone euch vergessen hätten?«

»Unsere Patrone …« Lark verzog nachdenklich das Gesicht. »Soll das heißen … willst du damit etwa andeuten, dass die Rothen die ganze Zeit über davon gewusst haben?«

»Von eurer kleinen Reise mit der *Tabernakel?* Aber natürlich. Ro-kenn hat es uns heute Morgen erklärt, und seitdem ergibt alles einen Sinn. Selbst unsere Ankunft hier auf Jijo ist keineswegs als Zufall anzusehen, mein lieber Lark. Oh, natürlich sind wir auch gekommen, um nach Präsapienten zu suchen, die wir in unseren Clan aufnehmen können. Aber viel wichtiger ist, dass wir wegen euch gekommen sind!

Weil nämlich das Experiment beendet ist!«

»Experiment?« Er verstand überhaupt nichts mehr.

»Eine mühselige Prüfung für eure kleine Gruppe, ausgestoßen und vergessen auf einer wilden Welt – so habt ihr das doch immer gesehen, nicht wahr? Nun, es mag hart klingen, aber der Weg zum Schub verläuft nicht immer einfach, wenn eine Spezies erst einmal dazu auserkoren ist, zu den Höhen aufzusteigen, die unsere Patrone für uns vorgesehen haben.«

In Larks Kopf drehte sich alles. »Willst du damit sagen, dass es unseren Vorfahren vorherbestimmt war, zu dieser Welt zu schleichen? Dass das alles Bestandteil der Probe ist, die uns … na ja, die uns irgendwie verändern soll? Und das Ei gehört auch zum Plan der Rothen?«

»Zu ihrem großen Vorhaben«, verbesserte sie ihn, und wieder klang Beglückung in ihrer Stimme mit. »Ein gewaltiges Vorhaben, Lark. Ein Test, den dein Volk mit Bravour bestanden hat, wie man mir gesagt hat. Ihr seid hier, an diesem fürchterlichen Ort, der euch eigentlich zugrunde richten sollte, nur stärker, klüger und edler geworden.

Und nun ist der Zeitpunkt gekommen, um diese erfolgreiche kleine Testgruppe heim in den Schoß ihres Volkes zurückzuholen, damit die ganze Menschheit lernen kann zu wachsen, zu gedeihen und sich den Herausforderungen eines gefährlichen Universums zu stellen.«

Sie strahlte ihn an, als könne es nichts Schöneres geben.

»Ach, Lark, als ich das letzte Mal mit dir gesprochen habe, bin ich noch davon ausgegangen, dass wir bei unserem Abflug nur ein paar von euch Ausgestoßenen mitnehmen würden.

Aber nun steht das Wunderbare fest, Lark!

Schiffe sind auf dem Weg hierher. So viele Schiffe. Denn es ist an der Zeit, euch alle heimzuführen!«

Asx

Erstaunen!

Diese Neuigkeit rast durch unsere wächsernen Höhlen und treibt das Muster, die Resonanz des Eies mit den ätzenden Dämpfen der Überraschung hinaus.

Wir/ich/ich/wir … können uns nicht länger als Asx zusammentun. Und auch nicht mehr diese Entwicklung in irgendeiner Form von Einigkeit überdenken.

Die schlimmsten Gerüchte der letzten Monate – die von den rebellischsten Urs-Führerinnen und den verbittertsten grauen Qheuen weitergetragen wurden – besagten, dass die Menschen Jijo verlassen würden, dass sie mit ihren Vettern vom Himmel abfliegen und uns restliche Fünf hier schwärend und in Verdammnis zurücklassen würden.

Doch selbst diese schreckliche Vorstellung ließ uns wenigstens noch einen Trost.

Eine feste Konstante.

Das Ei.

Doch nun heißt es –

(Glaubt es nicht!)

(Und wie soll das gehen?)

– dass das heilige Ei uns nie gehört hat! Nur den Menschen! Von Anfang an. Und seine doppelte Aufgabe bestand darin, die

Erdlinge zur Größe zu führen und uns andere gleichzeitig einzulullen und zu unterwerfen!

Es sollte uns domestizieren, damit die Menschen sich während ihres kurzen Aufenthalts auf Jijo sicher und geborgen entwickeln konnten.

Und als Krönung ihrer beleidigenden »Freundlichkeit« hat Ro-kenn uns eben mitgeteilt, dass man uns das Ei als Abschiedsgeschenk dalassen wolle.

Als kleine Aufmerksamkeit,

als Zuckerstückchen,

als Wiedergutmachung für unsere Pein …

als immerwährende Erinnerung an unsere Schande!

Haltet ein, meine Ringe. Fasst euch! Wir wollen doch fair bleiben. Verteilt Dämpfe über das tropfende Wachs. Und erinnert euch.

War Lester Cambel von dieser Ankündigung nicht ebenso enttäuscht wie der Rest von uns?

Haben nicht alle Weisen einmütig beschlossen, diese Neuigkeit geheim zu halten, damit nicht noch schlimmere Gerüchte aufkommen und uns weit größeren Schaden zufügen?

Aber es war vergebens. Bereits jetzt haben einige Bürger etwas aufgeschnappt und sind gleich losgelaufen, um überall maßlos übertriebene Versionen von dem, was sie mitbekommen haben, zu verbreiten, das Gift entlang des ganzen Pilgerzuges auszustreuen und den Rhythmus zu zerstören, der uns geeint hat.

Doch was den majestätischen Rothen angeht, so nehmen wir von ihm nur Fröhlichkeit wahr. Er scheint überhaupt nicht mitbekommen zu haben, dass bei uns nichts mehr stimmt!

Sind die Götter so? Bleiben sie davor bewahrt zu erkennen, welchen Schaden sie anrichten?

Schon breitet sich die Infektion wellenförmig aus. Der Gesang der Gläubigen bricht auseinander, löst sich in Zwölfschaften miteinander tuschelnder Individuen auf.

Und nun nehme(n) ich (wir) von unserem obersten Wulst aus eine weitere Störung wahr, die sich von der Spitze der Prozession aus verbreitet! Die beiden Brüche treffen sich wie hohe Wellen auf einem sturmdurchtosten See, rollen mit gewaltigem Getöse aufeinander zu.

»Dieser Weg ist versperrt!«, schreit eine heranpreschende Kurierin, die es furchtbar eilig zu haben scheint, ihre Botschaft zu verkünden: »Eine Seilbarriere blockiert den Pfad, und an ihr hängt eine Warnung!«

KEINE ENTWEIHUNG DURCH UNGLÄUBIGE!
HALTET DEN HIMMELSSCHMUTZ FERN!
JIJO LÄSST SICH NICHT TÄUSCHEN!

Dies kann nur das Werk der Fundamentalisten sein.

Frustration windet sich um unseren Kern. Die Fanatiker haben sich den passenden Moment für ihre Demonstration ausgesucht!

Wir Weisen müssen nach vorn, um uns das anzusehen. Selbst Vubben rollt schneller, und meine Basissegmente geben ihr Bestes, nicht den Anschluss zu verlieren. Ro-kenn hingegen schreitet mit Würde weiter, als könne ihn so etwas nicht aus der Ruhe bringen.

Aber spüren wir da nicht etwas, meine Ringe? Ist nicht eine Variante in der Aura aufgetreten, die ihn umgibt? Dank unseres Rewq nehmen wir eine Diskrepanz zwischen seinen einzelnen Gesichtspartien wahr, als breite sich unter der nach außen hin gelassenen Maske seiner Miene das Krebsgeschwür brodelnden Zorns aus.

Aber kann unser Symbiont tatsächlich so viel an einem Fremden erkennen, dem wir heute zum ersten Mal begegnet sind? Liegt es vielleicht daran, dass ich einen der wenigen alten Rewqs trage, die von der ersten Geburtswelle übriggeblieben sind? Oder ist uns diese Veränderung nur aufgefallen, weil wir Traeki aufgrund unserer eigenen häufigen Unstimmigkeiten in der Lage sind, widerstreitende Regungen zu erkennen?

Vor uns – das trotzige Banner.

Über uns – Jugendliche auf den Klippen, die töricht (aber tapfer) genug sind, Waffen zu schwingen.

Unter uns – Phwhoon-dau, der sie mit seiner dröhnenden Stimme dazu auffordert, ihr Anliegen darzulegen.

Und ihre Antwort? Aus den Schluchten widerhallend und von den Dampföffnungen verzerrt ihre Forderung, die Fremden hätten zu verschwinden! Und sollten niemals wiederkommen! Oder aber ihnen sei die Rache von Jijos stärkster Macht gewiss!

?!?

Drohen die Fundamentalisten den Rothen etwa mit dem Ei?

Hat denn nicht Ro-kenn eben behauptet, dass er über das Heiligtum gebiete?

Über sein Gesicht huscht etwas, das ich als kalte Belustigung interpretiere. Er bezeichnet die Drohung der Fundamentalisten als Bluff.

»Wollt ihr wirklich wissen, wer über mehr Macht verfügt, seinen Willen durchzusetzen?«, ruft er zu ihnen hinauf. »In dieser Nacht werden das Ei und ganz Jijo unsere Wahrheit singen.«

Lester und Vubben flehen beide Seiten an, sich zurückzuhalten, aber Ro-kenn ignoriert sie einfach. Immer noch lächelnd, schickt er die beiden Roboter an die Barriere, wo sie die Bolzen herausziehen sollen, die die Seile und Banner hochhalten.

Oben reckt die Fanatikerführerin ihren langen Hals, stößt einen Fluch im Dialekt der Steppe aus und ruft die heilige Macht von Jijo an, zur Erneuerung zu schreiten und den unverschämten Abschaum mit der Kraft des Feuers zu reinigen.

Die Fundamentalistin besitzt echtes Talent für solche Auftritte.

Sie stampft mit den Hufen auf und droht mit den schrecklichsten Strafen. Unsere leichtgläubigeren Ringe halten es einen Moment lang für durchaus möglich, dass

– dass

– dass

Was geht hier vor?
Was geschieht hier?
Welche Eindrücke
strömen
jetzt
in
uns
schneller,
als Wachs schmelzen kann?
Und
durchbohren
dann das Bewusstsein
jedes
einzelnen
Rings?
In einer
Weise,
die alle
Ereignisse
in
perfekte zeitliche Abfolge
stellt
und damit
gleich wichtig
macht?
Was geht hier vor?

– Zwillingsblitze umrahmen die Zwölfschaften des Pilgerzugs, und ihre Schatten scheinen vor den weißen Flammen zu fliehen …

– kreischendes Metall protestiert … ist zerschmettert … kann nicht mehr fliegen … ein Paar abstürzender ausglühender Schlackehaufen … das Nachbild von Zerstörung … zwei Schrotthaufen, von denen noch Rauch aufsteigt … weiterer Abfall, der eingesammelt und in der Mitten versenkt werden muss …

Mittels unseres Symbionten nehmen wir ganz kurz entsetztes Erstaunen auf dem Gesicht des Sternenmenschen Rann wahr.

– Ro-kenn, umgeben von einer Aura der Zerrissenheit … wie bei einem Traeki, der zwischen einem vergnügten und einem zornigen Ring zu zerbrechen droht …

Und jetzt, als hätten wir noch nicht genug Eindrücke zu verarbeiten, gibt es neue grauenhafte Wunder!

– mit den rückwärtigen Augen sind wir die Ersten, die den Feuerspeer erblicken …

– eine tosende Helligkeit, die im Westen den Himmel hinaufschießt … die sich von der Lichtung der Versammlung erhebt …

– dann bebt der Boden unter uns …

– der Schall braucht etwas länger, bis er uns erreicht; er kämpft sich durch die dünne Luft vor und bringt uns einen tiefen, stöhnenden Donner!

Endlich verlangsamt sich der Wirbel der Ereignisse so weit, dass unsere sich drehenden Dämpfe zu ihm aufschließen können. Die Vorkommnisse präsentieren sich geordnet. Nicht voneinander getrennt, sondern parallel zueinander.

Betrachten wir sie der Reihe nach, meine Ringe.

Haben wir nicht gesehen, wie zwei Roboter zerstört wurden, während sie versuchten, die Barriere der Fundamentalisten niederzureißen?

Wurden wir danach nicht von einer gewaltigen Explosion hinter uns erschüttert? Die sich in Richtung der Lichtung ereignet hat?

Was vorher ein ordentlicher Pilgerzug war, löst sich nun zu einem Mob auf. Kleine Gruppen eilen den Hügel hinab auf die staubumwehte, vom Mondlicht beschienene Blässe zu, die von dem Flammenmeer übriggeblieben ist.

Die Menschen drängen sich aneinander, um sich gegenseitig Schutz zu geben. Andere bleiben bei ihren verbliebenen Freunden unter den Hoon und den Qheuen, während die Masse der Qheuen und die Urs wütend, klappernd und scharrend herumrennen und Bedrohlichkeit ausstrahlen.

Ro-kenn schreitet nicht mehr, sondern reitet auf einer gepolsterten Platte zwischen den beiden Robotern, die ihm noch geblieben sind. Er spricht dringlich in ein Gerät, das er in der Hand hält, und wird zusehends erregter. Seine menschlichen Diener scheinen unter Schock zu stehen.

Die Frau, Ling, hält sich am Arm von Lark fest, unserem jungen menschlichen Biologen. Uthen bietet sich ihnen als Reitgelegenheit an, und sie steigen auf seinen breiten grauen Rücken. Dann eilt das Trio hinter Ro-kenn her.

Die tapfere Messerscharfe Einsicht nähert sich unserem Stapel von Ringen, unserem Asx, und bietet ihm an, ihn ebenfalls zu befördern.

Können wir ablehnen? Schon trägt Phwuon-dau Vubben auf seinen starken, schuppigen Armen. Der Hoon-Weise transportiert den g'Kek, damit beide gemeinsam rascher nach unten gelangen und feststellen können, was sich auf der Lichtung ereignet hat.

Per Mehrheitsbeschluss nehmen wir die Einladung der Qheuen an. Doch nach einigen Duras, in denen wir auf dem Rückenschild hin und her geschaukelt werden, verlangt unsere Sperrminorität eine erneute Abstimmung, die jedoch überstimmt wird. Irgendwie gelingt es uns, uns auf der hornigen Platte festzuhalten, während wir uns gleichzeitig wünschen, doch lieber gelaufen zu sein.

Die Zeit dehnt sich in quälend langsamer Anspannung und verhöhnt uns mit müßigen Spekulationen. Dunkelheit verschlingt alle Ratio, und die glitzernden Sterne verspotten uns.

Endlich halten wir auf einem Hügel und drängeln durch andere, um die beste Sicht zu haben.

Spürt ihr es, meine Ringe?

Geeint in Schock erblicken wir den rauchenden Krater, der mit verbogenem Metall angefüllt ist – die Reste der Zuflucht, in der Ro-kenn und die Sternenmenschen während der Wochen gewohnt haben, in denen sie bei uns gewesen sind. Ihre vergrabene Station ist nur noch eine Ruine.

Ur-jah und Lester rufen nach Freiwilligen, die in das qualmende Loch springen, ihr eigenes Leben aufs Spiel setzen und retten sollen, was noch zu retten ist. Aber wie sollte jemand in einem solchen Trümmerfeld überlebt haben? Ob sich dort noch jemand findet, der mit dem Leben davongekommen ist?

Wir alle hegen denselben Gedanken. Alle meine Ringe. Und alle unter den Sechsen.

Wer vermag jetzt noch an der Macht des Eies zu zweifeln? Oder an der Rache eines empörten Planeten?

Mit jedem neuen Lied, das er wiederentdeckt, scheinen sich neue Türen zu öffnen, ganz so, als seien die alten Melodien Schlüssel, die ganze Schwaden von Zeit herausließen. Je früher die Erinnerung, desto fester schien sie mit einem bestimmten musikalischen Thema oder einer Textzeile verknüpft zu sein. Schlummerlieder führen ihn besonders rasch die Pfade der wiedererlangten Kindheit hinab.

Er hat sogar wieder das Bild seiner Mutter vor Augen, die ihm in der Sicherheit eines warmen Zimmers etwas vorsingt und ihm mit süßen Balladen etwas über eine Welt vorlügt, die mit Gerechtigkeit und Liebe angefüllt ist. Liebe kleine Unwahrheiten, die ihm helfen sollten, sein Temperament zu zügeln. Erst viel später lernte er die Wahrheit über das bittere und tödliche Universum kennen.

Eine Reihe von lustigen Liedchen bringt ihm die bärtigen Zwillinge ins Gedächtnis zurück, zwei Brüder, die sich viele Jahre lang die Vaterrolle in seinem Familiennetz geteilt hatten. Ein lustiges Paar, das immer einen Scherz auf den Lippen hatte und damit die sechs jungen Netzgeschwister regelmäßig zum Kichern und Prusten brachte. Wenn er den Text der Liedchen wieder und wieder singt, bekommt er sogar noch ein paar ihrer oft dämlichen Pointen zusammen – ein echter Durchbruch. Er weiß, dass der Humor der Zwillinge billig und oft kindisch gewesen ist, aber er lacht und lacht über ihre Kalauer und lustigen Lieder, bis ihm die Tränen die Wangen hinunterlaufen.

Ariana Foo spielt ihm weitere Platten vor, und einige davon versetzen ihn in regelrechte Aufregung, wenn er die Operetten und Musicals wieder hört, die er als Jugendlicher so geliebt hat. Eine menschliche Kunstform, die einem dabei half, den Stress abzubauen, wenn er wie Millionen anderer ernster junger Männer und Frauen versuchte, etwas von den erhabenen Wissenschaften einer Zivilisation zu verstehen, die älter war als die meisten der hellen Sterne am Himmel.

Die Wiederentdeckung von so vielem, was er einmal gewesen ist, löst stechenden Schmerz in ihm aus. Die meisten Worte und Fakten bleiben ihm fremd und unverständlich – den Namen seiner Mutter kann er genauso wenig festhalten wie seinen eigenen –, aber zumindest fängt er wieder an, sich wie ein lebendiges Wesen, wie ein Mensch mit einer Vergangenheit zu fühlen. Als eine Person, deren Taten und Handlungen einmal für andere eine Bedeutung hatten. Als ein Mann, der geliebt worden ist.

Auch ist die Musik nicht der einzige Schlüssel. Papier kann ihm noch viel mehr bieten. Wenn ihn die Lust dazu übermannt, nimmt er einen Bleistift und fängt an, wie ein Wahnsinniger zu zeichnen und zu kritzeln. Er füllt Blatt um Blatt. Er steht dann wie unter einem Zwang und kann nicht mehr aufhören, auch wenn sein Verstand ihm sagt, dass jedes einzelne Blatt diese armen Leute hier ein kleines Vermögen kosten muss.

Als er einmal Prity dabei beobachtet, wie der etwas zu Papier bringt, eine einfache lineare Gleichung, stellt er begeistert fest, dass er sie versteht! Mathematik ist nie sein Lieblingsfach gewesen, aber jetzt entdeckt er eine neue Liebe für sie. Offenbar haben die Zahlen ihn nicht so vollständig verlassen wie die Sprache.

Es gibt aber noch eine weitere Kommunikationsform, erkennt er, während Pzora ihn behandelt, dieser triefende und tropfende und dampfende Stapel von Donut-Ringen, vor dem er einmal Angst hatte. Die Art der Verbindung ist eigenartig, und Worte sind ihr so fremd wie der Tag der Nacht.

Nun, da er sich nicht mehr mit Worten verständlich machen kann, nimmt er verstärkt Nuancen in Pzoras Gerüchen und Berührungen wahr. Prickeln und wohliges Schauern durchfahren ihn, die von den sich ständig ändernden Dämpfen des Traeki ausgelöst werden. Und erneut scheinen seine Hände ein Eigenleben zu entwickeln. Sie flattern und wackeln und scheinen Pzoras Duftfragen Antworten zu geben, allerdings auf einer Ebene, die er selbst nicht erfassen kann.

Es bedarf keiner Worte, um Ironie zu erkennen. Wesen wie dieser Arzt sind früher seine erbittertsten Feinde gewesen. Er wusste es, ohne sich allerdings daran erinnern zu können, woher dieses Wissen kam. Sie waren die Todfeinde seiner Spezies. Wie eigenartig, dass er nun dieser freundlichen Ansammlung von furzenden Reifen zu so großem Dank verpflichtet ist.

Inmitten all seiner Verzweiflung erweckten diese Kniffe und Überraschungen erste Hoffnungsschimmer in ihm. Doch am Ende ist es immer wieder die Musik, die ihn am ehesten zu dem zurückführt, was er einmal gewesen ist.

Eines Tages führt ihn Ariana Foo zu einer Sammlung von Musikinstrumenten, die in einem Glaskasten ausgebreitet liegen. Er entscheidet sich für eins, mit dem er glaubt, zurechtkommen zu können. Er will damit experimentieren und neue Melodien finden, die neue Türen für ihn öffnen können.

Seine ersten umständlichen Versuche, diesem Instrument Töne zu entlocken, senden ein schreckliches Klanggewitter durch die sich windenden Gänge dieses sonderbaren Büchertempels, der unter einer Steinhöhle verborgen liegt. Aber er übt tapfer weiter, und schließlich gelingt es ihm, neue Erinnerungen an seine Kindheit zurückzugewinnen. Aber bald muss er feststellen, dass jüngere Erinnerungen viel schwieriger loszurütteln sind. Vielleicht hatte er in seinem späteren Leben weniger Zeit und Gelegenheit, neue Lieder zu lernen, sodass ihm nun weniger zur Verfügung stehen, die Assoziationen zu bestimmten Ereignissen wecken.

Er weiß, dass sie noch irgendwo in seinem Gedächtnis sitzen. Schließlich driften sie durch seine Träume, so wie sie einst während seines Deliriums zu ihm gekommen sind. Bilder von endlosen Ansichten des Vakuums. Von lebenswichtigen Missionen, die nicht zu Ende geführt wurden. Von Kameraden, die er zu seiner Schande vergessen hat.

Er beugt sich über das Instrument mit den vierundsechzig Saiten und schlägt auf sie ein. Immer nur ein paar Töne, sucht er doch nach einem Hinweis, nach einer Melodie oder wenigstens einem Stück davon, die endlich den Knoten in seinem Kopf löst. Je mehr sie sich ihm entzieht, desto sicherer wird er, dass sie existiert.

Irgendwann vermutet er, dass er nicht nach einem menschlichen Lied sucht, sondern nach etwas ganz anderem. Etwas, das ihm vertraut und gleichzeitig für immer fremd ist.

In dieser Nacht träumt er mehrere Male von Wasser. Das scheint nicht verwunderlich zu sein, hat Sara ihm doch erzählt, dass sie morgen mit dem Dampfschiff aufbrechen und die große Halle der Papierbücher hinter sich lassen werden, um zu dem Berg aufzubrechen, auf dem das Sternenschiff gelandet ist.

Eine neue Schiffsreise … das mag die vagen Wasserbilder erklären.

Später sollte er es besser wissen.

EINUNDZWANZIGSTER TEIL

DAS BUCH VOM MEER

Wenn du beschreitest den Weg nach unten,
Der zur Erlösung führt,
Vergiss nicht, nach dem auszuschauen,
Was du suchst.

Die Scheidung von deiner Spezies Bestimmung,
Von deinem früheren Clan,
Von deinen Verbindungen,
Von den Patronen, die erstmals gaben
Deiner Spezies Sprache, Verstand
Und Sternenflug.

Du sagst, dass sie beim ersten Mal
Gescheitert sind.
Dass ein anderer bekommen sollte
Die Chance,
Deine Art zu adoptieren und es zu versuchen,
Noch einmal von vorn.
Vornehmheit bestimmt dieses Unterfangen.
Und Mut gehört auch dazu.

Doch erwarte nicht Dank von denen,
Die du von dir gewiesen
Und mit Füßen getreten.

Die Schriftrolle des Exils

Alvins Geschichte

Der Tag war gekommen. Nach all unseren Phantasien, unseren Vorbereitungen und der endlosen Reihe von Details standen wir vier endlich vor der geöffneten Luke der *Wuphons Traum*.

»Wir hätten besser ein Floß oder so gebaut«, meckerte Huck nervös. Die elektrische Aufladung der Wagennabe, die sich mir am nächsten befand, ließ mir die Beinhaare zu Berge stehen. »Es gibt viele Flüsse, die wir im Sommer hätten erkunden können. Dann wären wir ungestört und unter uns gewesen. Und wir hätten faulenzen und angeln können.«

Meine Kehlsäcke hyperventilierten, als wollten sie für die Reise unter die Wasseroberfläche so viel Sauerstoff wie möglich in ihrem lebenden Gewebe speichern. Glücklicherweise hatte Tyug uns allen ein leichtes Beruhigungsmittel verabreicht. Bei Ur-ronn schien es am stärksten zu wirken, denn sie stand ganz lässig da.

»Auf ein Floß hätte ich nicht mitgekonnt«, entgegnete sie ultracool. »Da wäre ich nämlich nass geworden.«

Unsere Köpfe drehten sich wie auf Kommando in ihre Richtung, und nach einem Moment brach jeder von uns in prustendes Lachen aus – natürlich jeder auf seine Weise: Schere pfiff und schnaufte, Huck brüllte, und ich grummelte, bis mir Hals und Brust wehtaten. Ach, Ur-ronn, du bist mir vielleicht eine Marke!

»Unsere Freundin hat recht«, meinte Schere schließlich, als wir uns alle wieder etwas beruhigt hatten. »Der Flug mit dem Heißluftballon war ein viel besserer Plan. Kommt, wir wollen Uriel dazu überreden, das Boot entsprechend umzubauen.«

»Jetzt hört endlich auf, ihr zwei«, schimpfte Huck mit Schere und Ur-ronn, obwohl es doch eigentlich unfair war. Schließlich hatte sie damit angefangen.

Unsere Frotzeleien hörten abrupt auf, als die Schmiedin kam. Tyug folgte ihr mit zwei Schritten Abstand. Sein kleiner Halbstapel Ziz hatte sich von seinem Aufblähabenteuer prächtig erholt und lag bereits in seinem Käfig unter dem Bullauge der *Traum*.

»Hassst du deine Karten eingesssteckt?« Uriel warf einen prüfenden Blick in Scheres Beutel. Die Blätter bestanden aus Plastik, das laminiert worden war. Das Herstellungsverfahren hatten die Menschen erfunden, und das Material war dadurch belastbar und fast nicht zu zerstören – und damit war es natürlich hart an der Grenze zur Illegalität. Aber schließlich waren wir ja in Richtung Mitten unterwegs, da war ein solches Material doch schon halb gerechtfertigt, oder? Wir alle hatten uns den von der Schmiedin aufgezeichneten Kurs eingeprägt, dem wir folgen würden, sobald die Räder unseres Bootes auf dem schlammigen Grund aufgesetzt hatten.

»Kompasss?«

Sowohl Schere als auch Ur-ronn hatten einen dabei. Hucks magnetisch betriebene Achsen würden die Nadeln nicht allzusehr ablenken – jedenfalls so lange nicht, wie unsere g'Kek-Freundin sich nicht allzusehr aufregte.

»Wir sssind die Notfallmasssnahmen noch einmal durchgegangen und haben sssie, wo immer möglisss, verbesssert. Wenn wir mehr Ssseit gehabt hätten, hätten wir mehr machen können, aber isss hoffe, esss reissst auch ssso.« Uriel schüttelte den Kopf wie ein Mensch, der etwas bedauert. »Jetssst wäre nur noch eine Angelegenheit sssu klären. Ihr sssollt ein bessstimmtesss Objekt bergen, während ihr da unten herumfahrt. Einen Gegenssstand, den ihr unbedingt für misss finden müssst.«

Huck drehte einen Augenstiel in meine Richtung und gab mir mit dem Lid Morsezeichen.

Siehst du? Ich habe es dir doch gleich gesagt!, übermittelte sie mir in Galaktik Zwei. Huck nervte uns schon seit Tagen mit ihrer

Vermutung, dass sich unten auf dem Meer etwas befand, das die Schmiedin dringend brauchte. Es entsprach ihrer Art, anderen solche Motive zu unterstellen. Aber schließlich empfanden wir alle es als ziemlich merkwürdig, dass Uriel uns so großzügig unterstützte. Huck war der Meinung, dort unten müsse sich etwas befinden, das nur wir mit unserem Tauchboot erreichen konnten.

Ich ignorierte ihre Zeichen. Das Problem mit Huck ist, dass sie gerade so eben recht genug hat, um zu glauben, die Natur habe sie mit dieser Gabe gesegnet.

»Haltet bitte hiernach Ausschau.« Uriel zeigte uns eine Zeichnung und hielt sie so, dass nur wir vier sie sehen konnten. Darauf war ein Gebilde mit Stacheln und Dornen zu erkennen, auf dem sechs Punkte prangten, die wie auf einer Spielkarte angeordnet waren. Von zweien seiner Arme gingen lange Tentakel oder Kabel aus, die jeweils bis an einen Rand der Skizze verliefen. Ich fragte mich, ob es sich bei diesem Ding vielleicht um ein Lebewesen handelte.

»Diesss issst ein Artefakt, auf dasss wir dringend angewiesssen sssind«, fuhr die Schmiedin fort. »Eigentlisss sssind die Drähte, die von ihm ausssgehen, noch wissstiger alsss der Gegensssstand ssselbssst. Diessse Kabel müssst ihr sssuchen. Ihr befessstigt sssie an der Rückführleine, damit wir sssie ssspäter heraufholen können.«

Donner und Doria, dachte ich. Wir vier waren sehr moderne coole Typen, die für jedes ultracoole Ding sofort zu haben waren. Wir wären auch nicht davor zurückgeschreckt, den Mitten nach Schätzen abzusuchen, obwohl das laut den Schriftrollen verboten war. Und jetzt befahl uns eine Weise, genau das zu tun? Kein Wunder, dass ihr daran gelegen war, keinen Bürger solch häretische Worte hören zu lassen.

»Aye, aye, Madam, Sir!«, rief Schere und schaffte es für einen Moment, auf zwei Beinen zu stehen und mit den drei anderen zu salutieren.

Was uns drei andere anging, so standen wir etwas ratlos auf der Rampe herum. Was sollten wir jetzt tun? Diesen Geheimauftrag als Grund nehmen, aus der Geschichte auszusteigen?

Meinetwegen, sagte ich mir schließlich. Sollen sie mich doch später ans Ei binden und es singen lassen, bis ich alles gestehe.

Ich ging als Letzter an Bord. Außer natürlich, man zählt Huphu dazu, der zwischen meinen Beinen hin und her wieselte, als ich mich bückte, um durch die Luke zu gelangen. Drinnen drehte ich am Rad, und die Echsenblase blähte sich auf und breitete sich aus wie das Abdichtungsmaterial zwischen den Mitgliederringen eines Traeki. Damit waren wir von allem abgeschlossen, sogar von Außengeräuschen. Selbstredend herrschte in der kleinen Kabine keine Stille. Aus jeder Ecke war Zischen, Gurgeln, Grummeln oder Seufzen zu vernehmen – die typischen Laute von vier verängstigten Jugendlichen eben, denen gerade bewusst geworden ist, wohin ihre nachäffende Tagträumerei sie gebracht hat.

Wir brauchten eine halbe Midura, um sicherzustellen, dass das Luftsystem und die Feuchtigkeitsabsauger ausreichend funktionierten. Schere und Ur-ronn gingen vorn eine Checkliste durch, Huck testete die Steuerruder, und ich quetschte mich ins Heck, weil mir die »ehrenvolle« Aufgabe zugefallen war, die Kurbel zu bedienen, wann immer die *Traum* so etwas wie einen Antrieb benötigte. Um mir die Zeit zu vertreiben, grummelte ich Huphu etwas Freundliches zu. Seine Krallen waren mir höchst willkommen, kratzten sie doch genau an der Stelle meines Herz-Vorgrats, wo mich ein nervöses Jucken plagte.

Wenn wir sterben, soll Uriel unsere Leichen bitte an Land ziehen und nach Hause bringen, dachte ich, und vielleicht waren diese Worte so etwas wie ein Gebet, wie es die Menschen sprechen, wenn sie in Gefahr geraten. Zumindest habe ich es so in den Abenteuergeschichten gelesen.

Meine Familie soll meinen Lebensknochen bekommen, für das

Vuphy, damit es ihnen über ihren Schmerz und ihre Enttäuschung darüber hinweghilft, dass ich die Liebe, die sie in mich investiert haben, so sehr enttäuscht habe.

ZWEIUNDZWANZIGSTER TEIL

DAS BUCH VOM HANG

Legenden

Ein jeder, der auf einem Flussboot reist und dem unwiderstehlichen Bassgesang des hoonschen Steuermannes lauscht, begreift etwas von dem Prozess, der diese Spezies einst zu Sternenfahrern gemacht hat.

So wird es verständlich, dass der Klang ihrer Stimme einiges darüber aussagt, woher diese Spezies ihren Namen hat. Gemäß den Sagen waren die Guhatsa-Patrone, die ursprünglich die präsapienten Hoon adoptiert und ihnen den Schub gegeben haben, vom musikalischen Vermögen dieser Spezies ganz verzückt. Während die Guhatsa ihnen Sprache, Verstand und all die anderen netten Dinge schenkten, taten sie schließlich noch mehr und arbeiteten daran, den durchdringenden, vibrierenden Ausstoß aus dem hoonschen Kehlsack noch zu verstärken, damit es ihnen später zugutekommen sollte, wenn sie reifer sein und ihre Verpflichtungen innerhalb der Galaktischen Gesellschaft aufnehmen würden.

Die Patrone sagten ihnen voraus, dieses verstärkte Talent würde sie zu besseren Patronen machen, wenn die Reihe an sie kam, die Gabe der Weisheit weiterzutragen und so den Milliarden Jahre alten Zyklus der Intelligenz in den Fünf Galaxien ein Stück voranzubringen.

Heute kennen wir unsere Hoon-Nachbarn als geduldige und bescheidene Mitbürger. Es dauert lange, bis sie sich einmal richtig aufregen, aber wenn Not am Mann ist, springen sie beherzt ein. So fällt es schwer, dieses Bild neben die Reaktion der Urs und später der Menschen zu stellen, als sie auf dieser Welt ankamen und feststellen mussten, dass die »Hünen« ebenfalls hier gelandet waren. Diese Reaktion lässt sich nur mit den Worten Feindseligkeit und Furcht beschreiben.

Welche Gründe auch immer hinter dieser spontanen Abscheu geherrscht haben mögen, die Berührungsängste legten sich rasch und waren binnen einer Generation vollkommen verschwunden. Welche Kämpfe und Streitigkeiten auch immer unsere sternenbeherrschenden Vorfahren in Feindseligkeit getrieben haben mögen, wir hier auf Jijo teilen solchen Zwist nicht. Heutzutage muss man am Hang lange suchen, ehe man jemanden unter den Sechsen findet, der die Hoon nicht mag. Doch sie sind weiterhin von einem Rätsel umgeben. Warum hat es sie auf Jijo verschlagen? Anders als die fünf weiteren Spezies erzählen sie keine Geschichten von Verfolgung oder davon, einen Ort gesucht zu haben, an dem sie sich ungestört fortpflanzen können.

Wenn man sie fragt, warum ihr Schleichschiff die größten Mühen und Strapazen auf sich genommen habe, um dieses geheime Refugium anzusteuern, zucken sie nur mit den Achseln und wissen keine Antwort darauf.

Der einzige Hinweis auf ihre Beweggründe findet sich in der Schriftrolle der Erlösung. Dort lesen wir vom letzten Weisen der Glaver, der einst einen hoonschen Siedler fragte, warum sein Volk nach Jijo gekommen sei. Er erhielt folgende tiefgegrummelte Antwort:

»Zu diesem verborgen/abgeschirmten Hafen wir sein geflogen, weil wir hofften/etwas suchten. Unser Herz drängte uns wiederherzustellen, beschädigte/angegriffene/abgenutzte Rückgrate der (verlorenen) Jugend. Hierher schickten uns die weisen/geheimen Orakel. Und die gefahrvolle Reise/Fahrt, voller Gefahren/Unbilden war nicht umsonst/vergeblich/vertan. Denn wisse, dass in erfreuter/begeisterter Überraschung wir haben bereits gewonnen!«

Der Text gibt weiter Auskunft, dass der Hoon nach diesen Worten auf ein krudes Boot gezeigt habe. Es bestand aus Bambusstämmen und war mit Baumsaft kalfatert – der erste Vorläufer all der Boote und Schiffe, die folgen sollten und heute die Flüsse und Meere Jijos durchpflügen.

Aus unserer heutigen Perspektive, tausend Jahre nach dem Vorfall, sind die Worte des Hoon nur schwer zu verstehen und daher kaum zu interpretieren. Kann sich heute jemand unter uns unsere zotteligen Freunde ohne Schiff oder Boot vorstellen? Wenn wir sie uns als Wesen vorstellen, die die Sternenstraßen befahren haben, sehen wir dann nicht gleichzeitig auch unsere Freunde, wie sie Sturm und Strömung trotzen und mit Kiel, Steuerruder und Segel zwischen den Planeten kreuzen?

Muss man gemäß dieser Logik nicht auch schließen, dass die Urs einst über die Galaktischen Prärien galoppierten und die Stellarwinde durch ihre erhobenen Schweife wehten? Oder dass jedes Sternenschiff, das die Menschen irgendwann bauten, Ähnlichkeit mit einem Baum aufgewiesen hat?

Aus: Neubewertung der Folklore Jijos,
von Ur-Kintoon und Herman Chang-Jones.
Tarek Stadt-Druck, im Jahr des Exils 1901.

Dwer

Mitternacht war schon eine halbe Midura vorbei, als das glühende Kohlenstück über den Himmel flog. Ein kurzes Aufflammen nur, das sich im Vorüberflug ausdehnte, den Himmel in Richtung Süden überquerte und irgendwo im Süden niederging. Dwer wusste, dass es sich dabei um keinen Meteor handeln konnte, denn das glühende Ding war unter der Wolkendecke geflogen.

Erst als es längst vorüber war und hinter der nächsten Reihe von bewaldeten Höhen verschwunden war, hörte der Jäger ein leises, murmelndes Schnurren, das nur sein geübtes Ohr über dem Rauschen der Wipfel wahrnehmen konnte.

Dwer hätte womöglich überhaupt nichts davon bemerkt, wenn ihm das Abendessen nicht solche Pein bereitet hätte. Seine Eingeweide spielten verrückt, seit die vier Menschen begonnen hatten, sich mit dem zu versorgen, was das Land hergab, um so ihre mageren Vorräte aufzustocken.

So hockte er jetzt in dem, was in dieser Nacht als Latrine herhalten musste – einem schmalen Spalt zwischen zwei Hügeln –, und wartete darauf, dass seine Därme sich endlich darüber schlüssig wurden, ob sie die schwer erworbene Mahlzeit nun behalten wollten oder nicht.

Den anderen in der Reisegruppe erging es kaum besser. Danel und Jenin klagten zwar nicht, aber Lena beschimpfte den Jäger wegen ihrer Magenverstimmung.

»Du bist mir ja ein großartiger Jäger«, stichelte sie. »Da willst du ein Dutzend Mal und öfter über die Berge gezogen sein und weißt immer noch nicht, welches Wild genießbar ist und welches nicht?«

»Jetzt mach aber mal einen Punkt, Lena«, verteidigte Jenin ihn gleich. »Du weißt doch, dass Dwer nie bis in die Gift-Ebene gekommen ist. Er kann auch nicht mehr tun, als solche Tiere zu erlegen, die so ähnlich aussehen wie das Wild, das er kennt.«

Danel hob die Hand, um Frieden zwischen den Streithähnen zu stiften. »Normalerweise würden wir die Esel verspeisen, sobald ein Teil ihrer Last aufgebraucht ist. Aber nach den letzten Flussüberquerungen sind sie noch zu schwach, als dass wir einen aussondern und seine verbliebene Last auf die anderen verteilen könnten.«

Er verwies damit auf das über die Essensvorräte hinausgehende Gepäck wie Bücher, Werkzeuge und andere Güter, die den Menschen jenseits der Rimmers ein Leben ermöglichen sollte, das nicht ganz wild und barbarisch war. Allerdings war noch nicht endgültig entschieden, ob sie sich wirklich für immer dort niederlassen würden. Der Jäger hoffte inständig, dass es nicht so weit kommen würde.

»Eines wissen wir allerdings mit aller Eindeutigkeit«, fuhr der Jägermeister fort, »Menschen können hier draußen in den Grauen Hügeln überleben, und das auch ohne all die gefüllten Kübel und Fässer, die wir von zu Hause her gewohnt sind. Ich bin mir sicher, dass unser Metabolismus sich erst noch auf die hiesigen Mikroben einstellen muss. Wenn die Sooner-Bande damit fertiggeworden ist, dann wird das gewiss auch uns gelingen.«

Klar, dachte Dwer, *aber das Überleben hier draußen bringt auch den Verzicht auf jeglichen Komfort mit sich. Und wenn man Retys Worten glauben darf, sind diese Sooner ein unfreundliches, mürrisches Völkchen. Vielleicht erleben wir hier gerade mit, warum wir auch so werden wie sie.*

Sicher würden sich die Zustände bessern, wenn Danel seine Hefekulturen ansetzen konnte, die die Tiere und Pflanzen dieser Welt für menschliche Mägen genießbar machten. Aber wie sollten sie an die Stoffe kommen, die die Traeki in ihren Körpern raffinierten und mit denen man aus der bitteren Ping-Frucht und dem Bly-Joghurt wahre Köstlichkeiten herstellen konnte? Alles in allem waren der Jäger und seine Gruppe viel eher darauf angewiesen, sich von den Soonern erläutern zu lassen, welche der hiesigen Früchte und Tiere sie besser meiden sollten.

Das setzt aber voraus, dass wir zu einer Verständigung und Zusammenarbeit mit ihnen finden. Retys Sippe war vielleicht nicht allzu begeistert von der Vorstellung, von irgendwelchen dahergelaufenen Fremden vorgeschrieben zu bekommen, wie ihr Leben von nun an auszusehen habe. *An ihrer Stelle hätte ich bestimmt etwas dagegen.* Sie wollten gemäß ihren Fähigkeiten vorgehen. Während Danel Verhandlungsgeschick besaß und Menschen überreden konnte, würde Dwer hinter ihm stehen und seinen Worten mit dem Bogen in der Hand das nötige Gewicht verleihen.

Nach Retys Ausführungen zählte die Sippe kaum mehr als vierzig Personen. Ihre Sozialstruktur entsprach der der alten Stämme auf der Erde: Der Stärkste der Gruppe hatte das Sagen und verschaffte sich mit Gebrüll, Schmähung und Prügel Autorität. Ein normales menschliches Devolutionsmuster. Fallon hatte es dem Jäger vor langer Zeit gezeigt und erklärt.

Eine brauchbare Methode, um von einem solchen Stamm freundlich aufgenommen zu werden und ihn zur Rückkehr zu veranlassen, war schon von Dwers Vorgängern ausgearbeitet worden. Man stellte rasch Kontakt her und verwirrte die Sooner mit Geschenken, ehe sich ihr Schock in Feindseligkeit entladen konnte. Die Zeit, die einem dann zur Verfügung stand, nutzte man, um die Bündnisse und Abhängigkeiten innerhalb der Gruppe kennenzulernen. Sodann suchte man sich ein paar Männer, die einen mittleren Rang einnahmen, und half ihnen, den Führer zu stürzen, ihn zusammen mit seiner Clique zu verstoßen, der natürlich daran gelegen war, alles so zu belassen, wie es war. Die neuen Führer ließen sich dann in der Regel leicht dazu überreden, »heimgeführt« zu werden.

Dieser Weg hatte sich stets bewährt und wurde gern von denen eingeschlagen, deren Aufgabe darin bestand, vom rechten Weg abgekommene Sippen zurückzuführen. Im Idealfall musste nicht einmal jemand getötet werden.

Im Idealfall …

In Wahrheit hasste Dwer diesen Bestandteil seines Berufs.

Du wusstest, dass es eines Tages so weit kommen würde. Jetzt musst du den Preis für all die Freiheit bezahlen, die du so lange genießen durftest.

Wenn es mit dieser »Sanften Überredung« nicht funktionierte, bestand die nächste Stufe darin, den Bürgerselbstschutz einzuberufen und jeden Unwilligen zur Strecke zu bringen. Alle Spezies der Gemeinschaften hatten diesem harten Verfahren zugestimmt, sahen sie es doch als Alternative zu Krieg und Verdammung an.

Doch diesmal sieht die Lage leider ein wenig anders aus.

Bei diesem Unternehmen steht nicht die Macht des Gesetzes hinter uns – höchstens das Recht des Stärkeren.

Schließlich wollten sie nicht bloß ein paar illegale Siedler zum Hang zurückbringen. Nein, der Jägermeister hatte vor, Retys Sippe zu übernehmen und ihr einen neuen Lebensstil aufzuzwingen, dabei aber vor allem darauf zu achten, dass sie nicht entdeckt werden konnten.

Aber nur, wenn es zum Allerschlimmsten kommt. Wenn wir die letzten Menschen geworden sind, die noch auf Jijo leben.

Dwers Geist wollte sich mit dieser schrecklichen Vorstellung nicht auseinandersetzen; zumindest jetzt nicht, da seine Innereien gerade ihre eigene Schlacht mit dem Essen austrugen.

Wenn das nicht bald aufhört, bin ich viel zu schwach, um mich auf einen Ringkampf einzulassen – oder wie auch immer Hierarchiekämpfe bei Jass ausgetragen werden. Dann sind wir wirklich auf Lena und ihre Werkzeuge angewiesen.

Während der Reise kümmerte die stämmige blonde Frau sich besonders um den Esel, der das trug, was sie als ihr »Hobby«

bezeichnete. Sie sammelte nämlich Gegenstände der irdischen Technologie, die seit der Landung der Vorfahren von Generation zu Generation weitergegeben worden waren. Darunter befand sich ein »Werkzeug« mit einer solch verheerenden Wirkung, dass es so gut wie nie eingesetzt worden war, selbst bei den Kriegen gegen die Urs nicht. »Meine Friedensstifter«, erklärte Lena nur und klopfte auf die beiden wachsversiegelten Holzkisten. Dwer vermutete, sie meine damit, diese besonderen Geräte seien noch eher als die Körperkräfte und der Bogen des Jägers geeignet, Danels Worten Geltung zu verschaffen.

Dazu darf es nie kommen!, schwor er sich und befahl seinem Körper, sich nicht mehr so anzustellen. Er betastete seine Fingerspitzen. Die Frostbeulen hätten dort viel schlimmere Schäden anrichten können. *Ich hatte immer mehr Glück, als ich verdiene.*

Wenn man auf Sara hörte, die immer schon viel über die Vergangenheit der Erde gelesen hatte, konnte man das Gleiche auch von der gesamten verdammten menschlichen Spezies behaupten.

Bei dieser Überlegung angelangt, bemerkte er das kleine Glühen am Himmel. Es zog über ihm dahin, während er noch auf dem Abort hockte. Er hätte es vermutlich nie gesehen, wenn er den Blick nicht gerade himmelwärts gerichtet oder sich mit einer Arbeit beschäftigt hätte, die seiner Stellung würdiger war.

Und so kam es eben, dass er verdrossen dem fallenden Brennen hinterherstarrte, bis der grollende Donner seines Schalls die Schluchten hinauf- und hinunterjagte und Echos in die Nacht schleuderte.

Am nächsten Tag stießen sie erneut auf einen Wasserlauf, der passiert werden musste.

Das Land war hart und unwirtlich. Vermutlich hatte gerade das die Vorfahren der Sooner bewogen, hierherzukommen. Die Grauen Hügel wurden an ihren Flanken von der Gift-Ebene, tiefen Schluchten und wild rauschenden Wasserfällen geschützt.

Diese Region wirkte so abschreckend, dass selbst die Patrouillen sie nur einmal pro Generation untersuchten. Hier konnte es leicht geschehen, dass Fallon und die anderen Jäger einen kleineren Stamm schlicht übersahen.

Das Terrain, durch das Dwer die Gruppe jetzt führte, wirkte öde und lebensfeindlich. Überall Schwefelgeysire und Bäume, die so verbogen waren, dass sie nach unten wuchsen. Selbst die tiefhängenden Wolken wirkten missmutig und düster, und nur selten rissen sie für einen kurzen Moment auf, um ein paar Sonnenstrahlen hindurchzulassen.

Grüne Moosbärte hingen von den Felsvorsprüngen, und aus ihnen tropfte öliges Wasser in schlammige Pfützen. Die Fauna dieser Region hielt auf Abstand, und die wenigen Spuren, die Dwer entdeckte und beschnüffelte, vergrößerten eher seine Konfusion.

Als sie den nächsten Wildbach überquerten, verloren sie ein paar Esel. Trotz des Seils, das sie von einem Ufer zum anderen gespannt hatten, und obwohl Lena und Dwer bis zur Hälfte im Wasser standen, um den Tieren beim Vorankommen zu helfen, glitten doch drei der erschöpften Lastträger auf den Bachkieseln aus. Ein Esel verhedderte sich in dem Seil, fing an zu schreien und auszuschlagen und war schon untergegangen, ehe Lena und der Jäger ihn befreien konnten. Zwei weitere Tiere wurden von der Strömung mitgerissen. Die Menschen brauchten Stunden, um durch den Fluss zu waten und endlich die Lasten zu bergen. Dwer brannten die ganze Zeit über Finger und Zehen in einer eigenartigen eisig heißen Betäubtheit.

Schließlich trockneten sich alle am Lagerfeuer auf der anderen Seite und überprüften, was abgängig war.

»Vier Bücher, ein Hammer und dreizehn Pakete mit Pulver fehlen«, sagte Dwer und schüttelte angesichts dieses großen Verlustes den Kopf. »Einige Gegenstände und Geräte haben Schaden genommen, als ihre Schutzverkleidung gerissen und Wasser eingedrungen ist.«

»Gar nicht erst zu reden von dem Futter für die Tiere«, bemerkte Jenin. »Von nun an müssen sie sich selbst was zu fressen suchen, ob ihnen das nun passt oder nicht.«

»Tja, immerhin haben wir es aber fast geschafft, nicht wahr?«, warf Lena Strong ein. Zum ersten Mal seit Beginn der Reise verbreitete sie so etwas wie gute Laune, während sie vor dem Esel kniete, der sich im Seil verheddert hatte, und ihn ausnahm. »Die gute Nachricht lautet, dass wir hier erst einmal genug zu essen haben.«

An diesem Abend verdarben sie sich nicht den Magen und fühlten sich gut; wenn sich bei einigen auch ein Anflug von schlechtem Gewissen einstellte, weil sie ihre Körper nicht weiter an die fremden Mikroben zu gewöhnen versuchten.

Am nächsten Morgen marschierten sie frohgemut weiter und kamen nur einen Bogenschuss weit. Dann standen sie vor einer Schlucht mit hohen Wänden und einem wütenden Wasserfall in der Mitte.

Dwer lief aufwärts, um eine Furt zu finden, während Lena in der anderen Richtung das Gleiche versuchte. Jenin und Danel blieben bei den erschöpften Lasttieren zurück. Sie hatten vorher ausgemacht, nicht länger als vier Tage fortzubleiben, zwei Tage hin und zwei wieder zurück. Wenn sie bis dahin keine Stelle gefunden hatten, an der man durch das Wasser waten und das andere Ufer erreichen konnte, wollten sie ein Floß bauen und die Fahrt über die Stromschnellen wagen. Eine Aussicht, die den Jäger nicht mit Begeisterung erfüllte.

Dabei habe ich Danel zigmal erklärt, dass wir auf Rety warten sollten. Ich mag zwar ein guter Pfadfinder sein, aber sie hat immerhin ganz allein ihren Weg durch diese Einöde gefunden.

Während er voranstapfte, kam ihm die hartnäckige Zähigkeit des Mädchens noch bewundernswerter vor.

Wenn die zweite Gruppe aufgebrochen ist und Rety bei ihnen ist, wird sie sich wahrscheinlich darüber kaputtlachen, dass ich meine Truppe in eine solche Sackgasse geführt habe.

Sie kennt bestimmt einen anderen Weg. Womöglich sogar eine Abkürzung. Und wenn sie mit ihrer Gruppe den Sooner-Stamm eher erreicht als wir, dann aber gute Nacht für Danel und seinen Plan!

Er lief am Fluss entlang und kam nur schlecht vorwärts. Mal musste er Felsen erklettern, dann wieder über glitschige Böschungen hinein ins eiskalte Wasser eines Zustroms steigen. Zu seiner Verwunderung ließ Schmutzfuß sich nicht davon abhalten, ihn auf dieser Reise zu begleiten. Dabei hätte er es doch an Danels Lagerfeuer schön warm gehabt und sich außerdem von Jenin weiter hemmungslos verwöhnen lassen können.

Zu Dwers Glück war der Weg für den Noor zu beschwerlich, um seine Späße und Spielchen zu treiben. Schmutzfuß verzichtete also darauf, sich irgendwo zu verstecken und den Jäger zu erschrecken oder ihm ein Bein zu stellen. Nach einer Weile fingen Mensch und Noor sogar an, sich gegenseitig zu helfen. Oft musste Dwer den Noor über einen unsicheren, Gischt versprühenden Bergbach tragen, aber einige Male, wenn sie an Weggabelungen gelangten, lief auch Schmutzfuß voraus und kehrte nach ein paar Duras zurück, um kläffend und unter Aufführung einer Art Bienentanzes anzuzeigen, welcher von zwei Pfaden der vielversprechendere war.

Dennoch blieben der Fluss und sein Tal für beide eine große Anstrengung. Manchmal gerieten sie an Stellen, wo sie schon glaubten, das Tal öffne sich jetzt und es ginge leichter voran, nur um ein paar Meter später wieder vor einer Enge zu stehen, wo der Pfad steiler und schmaler war als zuvor.

Gegen Mittag des zweiten Tages schimpfte Dwer fast ununterbrochen über die Gemeinheit dieser Gegend, ihm immer wieder Hindernisse in den Weg zu stellen.

Fallon hat mich immer davor gewarnt, in die Grauen Hügel zu gehen. Aber ich habe mir stets gesagt, mit Hilfe der Notizen und Karten des alten Mannes könne das doch wohl nicht so schwer sein, einfach einem der Wege zu folgen, die einer der früheren Jäger genommen und festgehalten hat.

Aber keiner seiner Vorgänger hatte je zu Retys Sippe gefunden. Vielleicht hatten sie sich einfach, wie er selbst jetzt auch, auf die Unterlagen ihrer Altvorderen verlassen – und so waren sie alle immer wieder dieselben Wege durch das schlechte Land gelaufen – und hatten dabei vermutlich stets die Route gewählt, die die Sooner aus gutem Grund mieden.

Andererseits konnte diese tückische Unbegehbarkeit aber auch bedeuten, dass Dwers Gruppe dem Stamm ziemlich nahe gekommen war.

So ist es recht, alter Junge. So musst du denken, dann fühlst du dich auch gleich wieder besser.

Und dann schlich sich ein neuer Gedanke in sein Bewusstsein. Es wäre doch wirklich zum Sich-in-den-Hintern-beißen, wenn er sich hier abplagte, ganz abgesehen von dem beschwerlichen Rückweg, bloß um bei der Rückkehr ins Lager zu erfahren, dass Lena längst eine prima Furt gefunden hatte, und zwar nur ein paar Meter flussabwärts? Diese Vorstellung folterte den Jäger geradezu, als er eine Rast einlegte und seine Vorräte mit dem Noor teilte.

Es schien ihm wenig sinnvoll zu sein, noch lange hier herumzustolpern. In wenigen Stunden würde die vereinbarte Zeit ohnehin abgelaufen sein, und er würde sich auf den Rückweg machen müssen. Außerdem taten ihm seine Finger und Zehen weh – gar nicht erst zu reden von den Krämpfen in den Beinen und im Rücken. Doch am meisten vergällte ihm das Donnern des Wassers die Laune. Er hatte fast schon das Gefühl, ein Weck-Vogel hämmere in seinem Schädel schon seit Tagen auf einer Nuss herum.

»Meinst du, wir sollten die Sache abbrechen?«, fragte er Schmutzfuß.

Der Noor legte den Kopf schief und betrachtete ihn mit diesem besonderen intelligenten Ausdruck in den Augen. Dwer erinnerte das an die alten Geschichten, die davon zu berichten wussten, dass solche Wesen einem Wünsche erfüllen konnten. Gerade dann, wenn man etwas so sehr wollte, dass einem der Preis dafür ganz egal war. Arbeiter benutzten den Ausdruck »Fragen wir doch einen Noor«, was besagte, dass sie ein Problem nicht lösen konnten und es an der Zeit war, den Frust darüber mit ein paar Gläsern Hochprozentigem wegzuspülen.

»Na ja«, meinte der Jäger dann und packte Rucksack und Bogen, »es kann ja nicht schaden, wenn wir noch ein Stückchen weiterlaufen. Wäre doch wirklich zu blöde, wenn direkt hinter der nächsten Höhe eine brauchbare Furt läge.«

Dreißig Duras später kroch Dwer über ein strauchbewachsenes Ufer, verwünschte die Dornen und den nassen Boden – beides machte seiner Haut zu schaffen – und wünschte sich nichts sehnlicher, als auf dem Rückweg zu einer warmen Mahlzeit und einer trockenen Decke zu sein. Endlich erreichte er eine Stelle, an der er aufrecht stehen konnte, und saugte an seinem aufgekratzten, blutenden Handrücken.

Er drehte sich langsam um und starrte durch den Dunst, der sich vor ihm ausbreitete.

Ein donnernder Wasserfall, dessen Tosen bislang vom Donnern des wild dahinschießenden Flusses überdeckt worden war, breitete sich ganz von links bis weit nach rechts aus – ein breiter Vorhang von Gischt und Dunst.

Doch dieses Naturschauspiel war es nicht, das dem Jäger den Mund offenstehen ließ.

Unmittelbar vor dem herabrauschenden Wasser erstreckte sich von einem Ufer bis zum anderen eine weite felsige Untiefe, die nur knöcheltief zu sein schien.

»Ich schätze, damit wäre die Frage geklärt, ob wir beiden weitersuchen oder nicht«, erklärte er seufzend dem Noor.

Wenig später standen Schmutzfuß und er am anderen Ufer. Sie hatten den Fluss ohne größere Mühe überquert und feststellen können, dass er auch für den ganzen Zug bestens geeignet war.

Von hier aus zog sich ein gewundener Tiertrampelpfad durch den Wald und verschwand im Osten in einer Schlucht.

Auf meinem Weg zurück halte ich nach einer einfacheren Strecke für die anderen Ausschau.

Der Erfolg nahm den Verkrampfungen in seinen Muskeln einiges von ihrer stechenden Schärfe.

Natürlich besteht immer noch die Chance, dass Lena stromabwärts ebenfalls eine Stelle gefunden hat. Aber ich habe diese Furt hier entdeckt, und vielleicht bin ich ja der Erste. Falls all dieser Stress mit den Fremden doch noch ein gutes Ende findet und wir wieder nach Hause können, werde ich mir gleich Fallons Karten vornehmen und feststellen, ob nach Abzug der Buyur jemand diese Stelle vor mir entdeckt hat.

Der Wasserfall erinnerte ihn an die Überlaufrinnen im Dorf Dolo. Die Gedanken an die Heimat waren zunächst höchst angenehm, brachten ihm dann aber auch ins Gedächtnis zurück, warum er sich hier draußen aufhalten musste, so weit entfernt von Sara und all den anderen, die er liebte.

Ich bin in dieses unwirtliche Land gekommen, um zu überleben. Meine Aufgabe besteht darin, mich hier zu verbergen und jede Menge Kinder mit Frauen zu zeugen, die ich kaum kenne – während die auf dem Hang sterben und zugrunde gehen.

Die Freude über seine Entdeckung verpuffte rasch, und Scham stellte sich ein. Er überwand sie mit der eisernen Entschlossenheit, den Auftrag zu erfüllen, den man ihm erteilt hatte.

Der Jäger kehrte über die Furt ans andere Ufer zurück … und blieb abrupt stehen, weil es ihm plötzlich heiß und kalt den Rücken hinunterlief.

Hier stimmte etwas nicht.

Er runzelte die Stirn, nahm den Bogen von der Schulter und zog die Sehne stramm. Dann legte er einen Pfeil auf und sog die feuchte Luft tief in seine Nasenlöcher. Die Feuchtigkeit hing so stark in der Atmosphäre, dass es schwierig war, etwas anderes auszumachen. Aber dann sah er, dass Schmutzfuß das Rückenfell aufgerichtet hatte. Der Noor nahm es also auch wahr.

Irgendjemand ist hier, sagte er sich und huschte rasch auf den Schutz der Bäume zu. *Oder war erst kürzlich hier.*

Weiter weg vom Ufer stank es hier nach den unterschiedlichsten Gerüchen, was verständlich war, wenn man bedachte, dass hier auf viele Meilen die einzige Stelle lag, an der man den Fluss überqueren konnte. Alle möglichen Tiere würden hierherkommen, um zu trinken und ihre Reviermarkierungen zu hinterlassen. Aber Dwer nahm noch etwas anderes wahr, das ihn an eine Bedrohung denken ließ.

Er wurde sich bewusst, dass das offene Wasser direkt hinter ihm lag, und bewegte sich tiefer in den Wald hinein.

Ich rieche … verbranntes Holz … Jemand hat hier vor gar nicht langer Zeit ein Lagerfeuer entzündet.

Er sah sich um. Und schnüffelte.

Es hat … dort drüben gebrannt.

Inmitten der Schatten, die kaum einen halben Steinwurf entfernt lagen, entdeckte er auf einer kleinen Lichtung die Reste – einen großen Haufen schwarzer Asche und Kohlestückchen.

Stammt das von Retys Stamm?

Der Jäger bekam es mit der Angst zu tun. Lauerten Jass und Bom irgendwo im Dickicht und warteten nur auf die beste Gelegenheit, den Eindringling aus dem gefürchteten, gehassten Westen zu erledigen?

Hinweise fanden sich genug im Rauschen des Windes durch die Blätter und in den flüchtigen Bewegungen der Vögel und Insekten. Aber dieses Land mit seiner Fauna war ihm zu fremd, und das Donnern vom Wasserfall hätte sogar den Anmarsch einer ganzen Kompanie Miliz übertönt.

Schmutzfuß stieß ein hechelndes Knurren aus und beschnüffelte den Boden, während Dwer die vielschichtige Dichtheit der Bäume ausspähte, die die Lichtung umgaben.

»Was ist denn, mein Alter?«, fragte er und kniete sich neben den Noor hin. Sein Gefährte scharrte an einem Haufen aufgeschichteter Blätter.

Der Geruch, der aufstieg, war ihm durchaus vertraut.

»Eselscheiße?«

Er warf rasch einen Blick darauf und wusste, dass er nicht ein zweites Mal hinsehen musste.

Esel? Aber Rety hat doch gesagt, die Sooner hätten solche Tiere nicht.

Während seine Augen sich immer mehr an die Dunkelheit gewöhnten, stellte er überall auf der Lichtung immer mehr Spuren dieser Lasttiere fest. Hufabdrücke und Exkremente von mindestens einem Dutzend Esel. Und an einem Ast ein Rest von einer Schnur, mit der man die Tiere angeleint hatte. An einer anderen Stelle plattgedrücktes Gras, wo man die Transportkisten abgestellt hatte.

Der Jäger senkte den Bogen. Also war tatsächlich eine zweite Expedition aufgebrochen, hatte einen besseren Weg gefunden und Dwers Gruppe überholt. Es konnte keinen Zweifel geben: Rety musste sie anführen.

Tja, dann sind wir den Soonern zahlenmäßig wenigstens nicht so sehr unterlegen – auch wenn der Kontakt dann nicht mehr ganz so verlaufen wird, wie Danel sich das vorstellt.

Er verspürte große Erleichterung, und der Grund dafür war recht eigennützig: *Meine Zukunft ist gerettet. Als Gefährtin stehen mir nicht nur so stämmige Weiber wie Lena oder Jenin zur Auswahl, und auch nicht irgendeine ungewaschene, sich ständig kratzende Base von Rety.*

Doch so recht wollte sich keine Befriedigung bei ihm einstellen. Ein bohrendes Gefühl ließ ihn zögern, den Bogen wieder zu senken. Und während er sich darauf zu konzentrieren versuchte, drang ihm ein bekannter Gestank mit aller Schärfe in die Nase.

Etwas fiel ihm ins Auge. Er bückte sich und löste ein Büschel zusammengeklebten Fells aus dem kalten Lagerfeuer. Die Haare waren immer noch nass, und ihr Besitzer hatte sich offensichtlich nach einem unerfreulichen Flussdurchwaten in der Asche gewälzt.

Die Haare stammten von einer Urs-Mähne.

Seit dem letzten Krieg zwischen den Menschen und den Urs waren Generationen vergangen. Unkontrollierte panische Furcht schnürte die Kehle des Jägers zusammen, und sein Herz hämmerte wie verrückt.

Eine ursische Karawane in dieser Gegend verhieß nichts Gutes.

So weit draußen und fern von den schlichtenden Weisen und den Gemeinschaften mochten die alten Regelungen außer Kraft gesetzt sein; vor allem, wenn zu Hause die Sechs vielleicht längst in ihrem Blut lagen. Aus den Erzählungen über die Zeit vor dem Großen Frieden wusste Dwer, wie gefährlich diese Amazonen für jeden waren, der sie zum Gegner hatte.

Unhörbar wie ein Geist schlich er fort, überquerte in raschem Zickzacklauf den Fluss, sprang dort hinter einen Felsen, drehte sich sofort um und beobachtete die andere Seite des Wasserlaufs. Schmutzfuß preschte schon hinter ihm her und platschte durch den Fluss. Offenbar hatte der Noor es ebenso eilig wie er, von der Lagerstätte zu verschwinden.

Dwer observierte das jenseitige Ufer eine ganze Midura lang, bis sein Puls und sein Herzschlag sich wieder beruhigt hatten.

Als er die Lage dann für sicher genug hielt, schulterte er den Bogen und machte sich stromabwärts auf den Rückweg. Wenn der Pfad es erlaubte oder wenn er fror, verfiel er in Laufschritt; er hatte es furchtbar eilig, mit seinen Neuigkeiten nach Süden zu kommen.

Asx

Könnt ihr den Rauch sehen, o meine Ringe? Wie er aus dem jüngsten Loch in Jijos mitgenommenem Boden aufsteigt? Zwei Monde verbreiten ihren bleichen Schein über das irdene Leichentuch und dringen direkt in den Krater hinein, in dem die verdrehten, geborstenen Metallgebilde flackern und brennen.

Abweichende Gedanken kommen von unserem zweiten Ring des Erkennens. Was sagst du dazu, mein Ring? Dass sich dort eine ziemlich große Menge Abfall angesammelt hat? Und zwar Unrat von der Sorte, die nicht aus eigener Kraft wieder in der Natur aufgeht?

Das stimmt tatsächlich. Aber dürfen wir hoffen, dass die Invasoren selbst Hand anlegen und diese Bescherung wegräumen werden? Für uns würde es mindestens hundert Eselskarawanen bedeuten, so viel harten Abfall zum Meer zu befördern.

Ein anderer unserer Ringe schlägt vor, den Fluss umzuleiten, sodass ein See entsteht. In den könnte man doch eine Mulch-Spinne transplantieren, um diesen sündigen Unrat im Verlauf von mehreren Jahrhunderten aufzulösen.

Bei einer Abstimmung entscheidet sich die Mehrheit dafür, diese Gedanken in einer der Wachszentren zu lagern, um sie später zu überdenken. Im Augenblick wollen wir lieber den weiteren Gang der Ereignisse verfolgen.

Über die Höhen wogt eine Menge von Neugierigen heran und glotzt in dieses verheerte Tal. Die übermüdeten und vom Geschehen sichtlich überforderten Ordner bemühen sich nach Kräften, ein Mindestmaß an Ordnung aufrechtzuerhalten.

Weiter oben auf den Hügeln, dort, wo der Wald anfängt, nehmen wir disziplinierte Bewegungen wahr: Dort rollen und marschieren die Milizverbände in Position. Von hier unten können wir schlecht erkennen, was die Bürgerselbstschutzkompanien vorhaben. Beabsichtigen sie etwa, entgegen aller Hoffnung, die Gemeinschaften gegen die Rache eines so überlegenen Feindes zu verteidigen?

Oder sind die Unstimmigkeiten zwischen den Spezies so groß geworden, dass der Große Friede dahin ist und wir uns selbst das Jüngste Gericht bereiten, indem wir einander mit bloßen Händen zerreißen und vernichten?

Aber vielleicht wissen nicht einmal die Bataillonskommandeure so genau, was sie da oben eigentlich sollen.

Doch zurück zum eigentlichen Geschehen. Ur-jah und Lester Cambel überwachen die Teams von tapferen Urs, Menschen, Hoon und grauen Qheuen, die sich mit Werkzeugen aus Buyur-Stahl bewaffnet an Seilen in den Krater hinablassen.

Ro-kenn protestiert zunächst. Wie sehr er sich erregt, nicht wahr, meine Ringe? In Galaktik Sieben beschwert er sich in hastigen Worten über diejenigen, die er »mutwillige Plünderer« nennt! Einer der übriggebliebenen Roboter steigt auf und fährt seine stachelartigen Straforgane aus.

Vubben drängt den Rothen, noch einmal hinzusehen. Erkennt er denn nicht die aufrichtigen Rettungsbemühungen? Zwei lange Duras stehen sie wie erstarrt am Rande des Abgrunds (und das im doppelten Wortsinne). Dann brummt Ro-kenn unwillig und ruft seine Todesmaschine zurück – für den Augenblick, wie er betont.

In dem charismatischen, für einen Menschen unfassbar schönen Gesicht liest unser nimmermüder alter Rewq Untertöne von Kummer und Zorn. Selbstredend ist die Spezies der Rothen uns neu und fremd, und so könnte sich auch ein Symbiont täuschen lassen. Aber sind diese Gefühle nicht normal bei jemandem, dessen Heim oder Lager in Trümmern liegt? Dessen Kameraden inmitten der verdrehten Überreste der vergrabenen Station tot oder im Sterben liegen? Wir hätten sicher nicht anders reagiert.

Der männliche Sternenmensch, Rann, zeigt seinen Schmerz offen, während er auf dem anderen Roboter reitet. Doch er ruft den Arbeitern, die durch die Trümmer klettern, Befehle zu und dirigiert ihre Bemühungen. Ein ermutigendes Anzeichen für den Wunsch der Fremden, mit uns zusammenzuarbeiten.

Ling, der weibliche Sternenmensch, scheint immer noch unter Schock zu stehen. Sie lehnt sich schwer an unseren Lark, der vorsichtig mit ihr durch die Trümmer steigt, die am Kraterrand liegen. Einmal bückt er sich, hebt ein rauchendes Brettstück auf und schnüffelt daran. Dann wirft er den Kopf zurück und setzt eine ungläubige Miene auf.

Ling löst sich von ihm und verlangt eine Erklärung. Unser Rewq übermittelt uns Larks Zögern, als er ihr das Brett zeigt, das allem Anschein nach von einer unserer Kisten stammt.

Ling wirbelt herum und läuft zu dem schwebenden Roboter, der Rann trägt.

Der Rothen ist uns näher gekommen und befindet sich mitten in einer hitzigen Debatte. Eine Delegation ist zu ihm geschickt worden, um Antworten auf ein paar Fragen zu erhalten.

Warum habe er, Ro-kenn, vorhin noch das Recht und die Macht für sich in Anspruch genommen, dem heiligen Ei befehlen zu können, wo doch soeben – für alle deutlich sichtbar – klargeworden sei, dass der verehrte Stein ihn und seine Helfer auf das Entschiedenste ablehne?

Und weiter, warum habe er danach gestrebt, mit seinen haltlosen Verleumdungen über die Menschen Zwietracht unter den Gemeinschaften zu säen? Damit seien insbesondere die Äußerungen gemeint, unsere irdischen Brüder stammten nicht von Sündern ab, so wie die fünf anderen Spezies.

»Ihr Rothen seid vielleicht die Hochpatrone der Menschen, vielleicht aber auch nicht«, fährt der Sprecher der Delegation fort, »doch das nimmt den Vorfahren, die mit der *Tabernakel* hierhergekommen sind, nichts von ihrer Schuld. Und es mindert auch nicht das Verbrechen oder ihre Hoffnung, die sie auf den Pfad zur Erlösung gesetzt haben.«

Der Zorn in der Stimme des menschlichen Delegationsleiters ist mindestens ebenso groß wie der des Rothen. Doch wir nehmen dank unseres Rewq auch dick aufgetragene Schauspielerei wahr. Indem er sich so aufführt, will er versuchen, das Feuer der Uneinigkeit zu löschen, das Ro-kenn mit seinen Lügengeschichten in unserer Mitte entzündet hat. Und er hat damit Erfolg, denn schon lassen sich ursische Stimmen vernehmen, die seinen Protest lautstark unterstützen.

Doch unser zweiter Ring des Erkennens übermittelt uns den Dampf einer anderen Gedankenhypothese.

Was meinst du da, unser Ring? Ro-kenn habe von Anfang an vorgehabt, Disharmonie in unsere Reihen zu tragen? Es sei sein Plan gewesen, die Sechs gegeneinander aufzubringen?

Unser vierter Ring spricht sich mit aller Entschiedenheit dagegen aus: Welchem Ziel sollte ein so bizarres Unterfangen dienen? Etwa, dass fünf Spezies sich gegen die sechste wenden? Um das Volk, das die Rothen als die von ihnen geliebte Klientel hinstellen, der Blutrache der anderen auszusetzen?

Wachst dieses Postulat ein, meine Ringe, und streitet euch später darüber. Denn nun macht sich Ro-kenn daran, auf die Anwürfe zu antworten. Er richtet sich zu seiner vollen Höhe auf und überblickt die Menge mit einer Miene, die sowohl den Menschen wie auch den anderen, ob Rewq-Träger oder nicht, ehrfurchtgebietend erscheint.

Doch in seiner Miene finden sich auch Freundlichkeit, engelsgleiche Geduld und tiefe Liebe.

»Liebe irregeleitete Kinder. Diese Explosion war keinesfalls eine Manifestation von Jijo oder dem Ei. Vielmehr scheint es zu einer Fehlfunktion innerhalb der mächtigen Kräfte gekommen zu sein, die unsere Station beherbergt hat und die …«

Er hält inne, als Rann und Ling auf den Robotern zu ihm fliegen. Beide machen ein finsteres Gesicht. Sie sprechen etwas in ihre Handgeräte, und der Rothen lauscht ihnen, wobei sich seine

Miene immer mehr verdüstert. Wieder nimmt mein Symbiont in seinen Zügen Dissonanzen wahr, die sich erst nach einem Moment zu flammendem Zorn vereinen.

Und wieder spricht Ro-kenn:

»Jetzt ist die ganze/furchtbare Wahrheit ans Tageslicht gekommen/herausgekommen und hat sich bestätigt.

Diese schreckliche/todbringende Explosion war kein Unfall.

Auch keine unwahrscheinliche/nur theoretisch angenommene Fehlfunktion.

Und auch keine Zurückweisung von eurem überschätzten/übermäßig gepriesenen Ei.

Denn jetzt steht es fest. Die wahren Umstände sind verifiziert/überprüft.

Die Explosion war ein feiger/unprovozierter Mordanschlag.

Ein vorsätzliches Attentat, eine hinterlistige Täuschung.

Unterirdische Sprengladungen wurden angebracht.

Ein hinterhältiger Angriff.

Von euch!«

Er zeigt mit einem seiner schlanken langen Finger auf uns. Die Menge weicht vor der wilden Wut des Rothen und dieser unfassbaren Neuigkeit zurück.

Uns wird rasch klar, was die Fundamentalisten angerichtet haben. In aller Heimlichkeit haben sie sich die unterirdischen Höhlen, die diese Hügel unterkellern, zunutze gemacht und sich unter die Station gegraben. Dort haben sie dann ihr Sprengpulver angebracht – ein primitives, aber in großer Menge durchaus effektives Mittel – und dann auf ein Signal gewartet, den richtigen symbolischen Moment benutzt, um Tod und Zerstörung auszulösen.

»Dank der Scanner, die chemische Spuren aufnehmen, erkennen wir nun die ganze Tiefe eurer gemeinsamen Perfidie. Wie ungerechtfertigt doch die Belohnungen waren, die wir euch zuteilwerden lassen wollten, euch mordlüsternen Halbwilden …«

Er will sicher fortfahren, die sich unter seinem Zorn duckenden Bürger zu beschimpfen und zu bedrohen. Doch in diesem Moment lenkt ein Vorfall unsere ganze Aufmerksamkeit auf das Loch. Die Menge teilt sich für einen rußgeschwärzten Rettungstrupp, der keuchend und hustend seine bedauernswerte Last nach oben trägt.

Rann schreit auf und springt von seinem Reitroboter, um sich die geschrumpfte Gestalt auf der ersten Bahre anzusehen. Es ist Besh, die zweite Weibliche der Sternenmenschen. Von ihrem schwarzen Körper empfängt unser Rewq kein Lebenszeichen mehr.

Die Bürger ziehen sich noch weiter zurück.

Dann stößt Ro-kenn einen eigenartigen unmenschlichen Schrei aus. Auf der anderen Bahre liegt der Zweite seiner Art, Ro-pol, die wir für eine Weibliche gehalten haben (seine Gefährtin?).

Ein dünner Atemfaden im Infrarotbereich löst sich aus dem rauchgeschwärzten, aber immer noch erhaben wirkenden Gesicht des Opfers. Ro-kenn beugt sich über sie, als wolle er ihre letzten Worte vernehmen.

Die furchtbare Szene währt nur wenige Augenblicke. Dann gibt Ro-pol kein Lebenszeichen mehr von sich. Eine zweite Leiche liegt nun unter den bitterhellen Sternen da.

Der übriggebliebene Rothen richtet sich wieder zur vollen Größe auf und strahlt furchtbare Wut aus. Er bietet einen wahrhaft schreckeinflößenden Anblick.

»Nun sollt ihr die Belohnung erhalten, die ihr für euren elenden Verrat verdient habt!«, brüllt er mit zum Himmel gerichtetem Blick. Seine Stimme bebt so sehr, dass jeder Symbiont im Tal zittert. Einige der Menschen fallen auf die Knie. Und wir glauben erkennen zu können, dass sogar die grauen Qheuen Ehrfurcht, Angst und Bestürzung zischen und pfeifen.

»So lange habt ihr die gerechte/gesetzliche Verurteilung vom

Himmel erwartet. Nun sollt ihr sie in ihrer Fleisch gewordenen Form erleben.«

Wir starren wie alle anderen auch in die Richtung in den Himmel, in die Ro-kenns Arm zeigt.

Dort oben ist ein einzelner glühender Funke wahrzunehmen. Ein unheilvolles Leuchten, das sich unentwegt vorwärtsbewegt und vom Spinnennetz in die Konstellation gelangt, die die Menschen das Schwert nennen.

Das große Schiff ist noch ein ferner Punkt, der aber nicht funkelt oder blinkt. Vielmehr scheint es mit einer Intensität zu pochen, die denen in den Augen schmerzt, die zu lange hinsehen.

Eines muss man den Fundamentalisten zugutehalten: Ihr Timing war perfekt, bemerkt unser stets nachdenklicher Zweiter Ring des Erkennens. *Wenn ihr Ziel darin bestand, allem Getue und aller Anmaßung ein Ende zu bereiten, hätten sie sich dazu keines besseren Mittels bedienen können.*

Sara

Der Weise Taine wollte vor ihrem Aufbruch nach Kandu Landing mit ihr sprechen. Auch Ariana Foo wünschte, sie vorher noch zu sehen. Beide bedrängten sie, die Abreise aufzuschieben, aber Sara hatte es furchtbar eilig, von hier fortzukommen.

Da ihr noch eine Midura blieb, ehe die *Gopher* Segel setzte, beschloss sie aus einem Impuls heraus, ihr altes Büro aufzusuchen, das sich hoch oben in dem Kathedralenturm befand, wo auch die Bibliothek der Materiellen Wissenschaften untergebracht war.

Vom Großen Treppenhaus aus bog sie nach Westen ab, und der nächste Aufstieg führte sie zu den endlosen und irgendwie durcheinander dastehenden Regalreihen der Abteilung für Physik und

Chemie. Hier hatte die Evakuierung schon deutlichere Spuren hinterlassen. Überall taten sich Lücken in dem Labyrinth auf. Zettel lagen anstelle dickleibiger Wälzer auf den Regalbrettern, damit die Angestellten es nach der Krise leichter haben würden, alles wieder richtig einzuordnen. An einigen Stellen sah das Holz aus wie neu – ein Hinweis darauf, dass der betreffende Band nie zuvor ausgeliehen worden war.

Sara warf einen Blick in einen der gewundenen Gänge und entdeckte den jungen Tomah, der mit einem Berg von Büchern hinter seinem Onkel herschwankte und im Begriff stand, mit dem umständlichen Ritual der Ausleihe zu beginnen. Die beiden mussten sich sputen, wenn sie sich rechtzeitig auf der *Gopher* einschiffen wollten. Die Sprenger und ein paar andere wollten die gleiche Route wählen wie Sara: zuerst mit dem Schiff den Fluss entlang und dann weiter mit einer Eselskarawane zur Versammlungslichtung.

Die schiefen Gänge, in denen man sich leicht verirren konnte, lösten die unterschiedlichsten Gefühle in Sara aus. In ihrer früheren Zeit hier hatte sie sich oft zwischen den Regalwänden verlaufen. Aber das hatte ihr nie viel ausgemacht, war sie doch viel zu glücklich darüber, an diesem wunderbaren Ort sein zu dürfen, in diesem Tempel der Weisheit.

In dem langen Jahr, in dem sie fort gewesen war, hatte sich ihr kleines Büro kaum verändert. Das schmale Fenster blickte immer noch auf das grüne Ufer des Bibur hinaus. Alles schien noch genauso zu sein wie an dem Tag, an dem sie diese Stätte verlassen hatte – bis auf den Staub natürlich.

Tja, ich habe immer geahnt, dass ich über kurz oder lang wieder hier sein würde. Viele wetteiferten darum, von den Menschen für ein solches Leben erwählt zu werden und sich von der Spezies der Bauern und Sammler, deren ganzer sündiger Stolz in dieser, ihrer Büchersammlung lag, mit einem Stipendium ausstatten zu lassen.

An der gegenüberliegenden Wand war eine Karte angebracht, die die »Devolution« der verschiedenen auf dem Hang gesprochenen Dialekte aufzeigte. Wie Äste eines gemeinsamen Stamms breiteten sich die Galaktischen Sprachen in mehreren Verästelungen aus, die hier in Gebrauch waren. Diese ältere Abbildung zeigte die Bemühungen mehrerer Generationen von Linguistikern und war ihnen von dem Umstand erleichtert worden, dass die Millionen Jahre alten Galaktischen Sprachen ursprünglich perfekte und effiziente Kommunikationskodes gewesen waren. Die auf dem Hang festzustellenden Abweichungen wurden als logische Folge der zu erwartenden Abwärtsspirale hin zur Unschuld tierischer Laute angesehen – hin zu dem Pfad der Erlösung, den die Glaver bereits beschritten hatten. Die Bürger auf dem Hang beteten entweder darum, dass auch sie bald zu ihm finden würden, oder sie fürchteten sich davor – je nach religiöser Überzeugung.

Auch die menschlichen Sprachen wurden dort zurückverfolgt, allerdings nicht über tausend Millionen, sondern nur über einige zehntausend Jahre. Irdische Autoritäten wie Childe, Schrader oder Renfew hatten behutsam die Sprachen der Ahnen rekonstruiert und dabei festgestellt, dass bei den meisten eine perfekte Grammatik zugrunde lag. Hinzu kam eine bessere Fehlerkontrolle als bei den »Bastard-Jargons«, die sich aus ihnen entwickelt hatten.

Welchen besseren Beweis konnte es geben, dass die menschliche Devolution schon lange vor der Landung auf Jijo eingesetzt hatte? Und besaßen nicht alle Kulturen auf der Erde Sagen von einem verlorenen »Goldenen Zeitalter«?

Eine Schlussfolgerung, die sich daraus ableiten ließ, lautete, dass die Patrone der Menschheit, falls es sie tatsächlich gab, irgendwann mitten in ihrer Arbeit gestört worden sein mussten und deshalb die Erdbevölkerung halbfertig zurückgelassen hatten. Der folgende Absturz war allerdings von einigen überraschenden und vorzeitigen technologischen Entwicklungen wirksam überdeckt worden.

Dennoch gab es immer noch viele Gelehrte, die die Ansicht vertraten, die Erdlinge hätten viel von einer erneuten Adoption zu gewinnen und sollten sich deshalb auf die Straße zur Zweiten Chance begeben – vor allem, da sie allem Anschein nach ohnehin schon auf dem Weg dorthin seien.

So verbreitet es die orthodoxe Denkschule. Mein Modell bedient sich zwar der gleichen Daten, kommt dabei aber zu ganz anderen Schlussfolgerungen.

Ihre jüngste Karte ähnelte der alten, aber nur insofern, dass sie wie auf den Kopf gestellt aussah. Bei dieser wuchsen die Äste zu Stämmen heran und zeigten auf, dass die Sechs in eine ganz neue Richtung unterwegs waren.

In viele neue Richtungen.

In denen sie niemand von außen stört.

Gestern hatte sie dieses Werk dem Weisen Bonner vorgelegt. Dessen Begeisterung über ihre Arbeit hatte in ihr die Freude über das Lob eines Kollegen wiedererweckt.

»Also, meine Liebe«, erklärte der älteste Mathematiker dieser Welt und strich sich über den kahlen Schädel, »du scheinst da auf eine interessante Sache gestoßen zu sein. Setzen wir doch ein Seminar an, natürlich interdisziplinär.«

Er betonte seine große Freude mit einem unvornehm-emotionalen Galaktik-Zwei-Triller der Erwartung.

»Wir laden die steifen Pedanten aus der Linguistik dazu ein. Mal sehen, ob sie zur Abwechslung einmal eine kühne neue Idee verkraften können. Haha! Ach was, einfach Ha zum Quadrat!«

Bonner schien sich offensichtlich noch nicht sehr eingehend mit ihren Arbeiten zur »Redundanzkodierung« und dem Chaos in der Informationstheorie auseinandergesetzt zu haben. Dem alten Topologen gefiel einfach die Aussicht auf eine frische neue Debatte, die dazu angetan war, den einen oder anderen Standpunkt umzustoßen, auf den man sich nur der Bequemlichkeit halber geeinigt hatte.

Wenn du nur wüsstest, was für ein hervorragendes Beispiel für meine These du abgibst, dachte sie, doch ohne Hohn. Sara konnte den Gedanken kaum ertragen, ihn enttäuschen zu müssen.

»Mit einigem Glück können wir die Veranstaltung abhalten, wenn ich von der Versammlung zurückgekehrt bin.«

Nun, das blieb abzuwarten, denn unter Umständen gab es gar keine Rückkehr. Oder aber, sie kam wieder und musste feststellen, dass die Sprengmeister sich endlich doch noch auf ihre Pflicht besonnen und das Steindach zum Einsturz gebracht hatten, um das prophezeite Zeitalter der Finsternis und der Läuterung einzuleiten. Sara wollte gerade gehen, als ein dumpfer Knall die Ankunft eines Nachrichtenballs auf ihrem Schreibtisch anzeigte. Oberhalb des Eingangsfachs zog sich eine fleischige Öffnung zusammen, nachdem sie den Ball ausgespuckt hatte, der aus dem labyrinthartigen System der Biblos-Rohrpost zu ihr gelangt war.

Ach nein. Sara fuhr von dem Schreibtisch zurück und hoffte, durch die Tür zu sein, ehe die pelzige Kugel sich auseinandergerollt hatte. Wenn diese nämlich niemanden antraf, zog sie sich wieder zusammen, kehrte in die Rohrpost zurück und berichtete dem Absender von ihrem vergeblichen Versuch.

Doch dieser Ball war fix, und schon krabbelte ein mausartiges Wesen aus dem Fach, um Sara zu erreichen. Dabei quiekte die Kreatur vergnügt, weil es ihr gelungen war, den Zweck zu erfüllen, zu dem die alten Buyur sie gezüchtet hatten. Ihre Aufgabe bestand eben darin, durch ein Netzwerk, sei es nun eine Rohrpost oder ein ähnliches Tunnelsystem, Nachrichten zu übermitteln. Seufzend streckte Sara die Hand aus, und der Kurier spuckte eine warme Pille aus, die sich bewegte.

Sara unterdrückte ihren Abscheu und hob den kleinen Symbionten – ein Verwandter der Papageienzecke und ein wenig größer – ans Ohr, damit er hineinkriechen konnte.

Und wie von ihr befürchtet, ertönte gleich die Stimme des Weisen Taine.

»Sara, ich hoffe, diese Nachricht erreicht dich noch rechtzeitig, denn ich muss dringend mit dir reden … Es erscheint mir sehr wichtig, unser Missverständnis aus der Welt zu schaffen.«

Eine längere Pause folgte, dann fuhr die Stimme fort:

»Ich habe lange über alles nachgedacht und bin schließlich zu dem Schluss gelangt, dass die Situation, so wie sie jetzt zwischen uns besteht, allein meine Schu…«

Hier endete die Botschaft. Der Rekorderkäfer hatte die Grenze seiner Aufnahmekapazität erreicht. Er spulte die Nachricht zurück und übermittelte sie dann noch einmal. Und ein weiteres Mal.

Was bedeutete Schu? Meinte Taine Schuld?

Sara legte den Kopf schief. Der Symbiont erkannte, dass er nicht länger benötigt wurde, und kroch aus ihrem Ohr. Taines Stimme wurde immer leiser und war bald nicht mehr zu verstehen. Sie warf die Pille der Maus zu, die sie geschickt auffing. Nun war der Käfer bereit, Saras Antwort aufzuzeichnen.

Es tut mir leid, hätte sie fast gesagt.

Ich hätte dir entgegenkommen sollen. Du warst zwar nicht sehr taktvoll, hast es aber auf deine strenge Weise nur gut gemeint.

Dein Antrag hätte mich mit Stolz erfüllen sollen, auch wenn du ihn in erster Linie aus Pflichtgefühl gestellt hast.

Und als du mir dann auf Joshuas Beerdigung einen zweiten Antrag gemacht hast, habe ich nicht sehr nett darauf reagiert.

Vor ungefähr einem Monat war ich so weit, ja zu sagen. Das Leben am Hang kann viel schlimmer sein als das, was du mir zu bieten hast.

Doch inzwischen hatte sich – dank der Fremden – alles geändert. Dwer besaß das, was er brauchte, um in der anstehenden neuen Ära zu überleben. Er würde sich zurechtfinden und ganze

Generationen guter Jäger-Sammler zeugen – falls die Zukunft tatsächlich darin bestand, dass eine Zeit der Unschuld über Jijo kam.

Aber wenn die Sternenmenschen vorhaben, uns zu töten? Nun, dann wird Dwer auch einen Ausweg finden, sie zu narren und am Leben zu bleiben.

Diese Vorstellung erfüllte Sara mit Freude und Beruhigung.

Ganz gleich, wie es kommen wird, was kann Jijo in Zukunft Intellektuellen wie uns bieten, Taine?

Sie beide würden sich bald ähnlicher sein als je zuvor – so kurz vor dem Ende. So nutzlos wie Auslaufmodelle.

Doch Sara sagte nichts von alledem. Der Nachrichtenball gab ein enttäuschtes Quieken von sich, schob sich die Pille in die Wange, kroch in die Öffnung zurück und verschwand rasch in den Irrgarten der Rohrpost zurück, der Biblos wie ein System von Adern und Venen durchzog.

Du bist hier nicht die Einzige, die frustriert ist, dachte Sara, während sie hinter der Kreatur herblickte. *Und mehr Enttäuschung, als wir uns vorstellen können, wird noch über uns kommen.*

Die *Gopher* stand schon unter Dampf, als Sara zum Dock eilte. Ariana Foo wartete vor dem Laufsteg. Das Dämmerlicht hüllte ihren Rollstuhl ein, sodass sie wie ein Hybride aus Mensch und g'Kek wirkte.

»Ich wünschte, mir stünden ein paar Tage mehr mit ihm zur Verfügung«, sagte die Alte und nahm Saras Hand.

»Du hast wahre Wunder bei ihm bewirkt, aber uns bleibt einfach keine Zeit mehr.«

»Schon der nächste Kajakpilot könnte die entscheidende Nachricht bringen …«

»Ich weiß, und ich würde alles dafür geben, etwas von Lark zu hören. Doch Schluss jetzt damit, unsere Diskussion bewegt sich doch nur im Kreis. Wenn sich etwas Wichtiges tut, kannst du mir ja einen reitenden Boten hinterherschicken. Außerdem sagt mir mein Instinkt … dass wir uns wirklich beeilen sollten.«

»Du hast wieder geträumt?«

Sara nickte. Seit einigen Nächten schon wurde ihr Schlaf von wenig konkreten Bildern gestört, mal von Feuern in den Bergen, dann wieder vom Erstickungstod unter Wasser. Möglicherweise meldete sich damit nur die Klaustrophobie zurück, an der sie vor einigen Jahren gelitten hatte, als sie als junger Neuankömmling unter das überhängende Steindach gezogen war. Vielleicht waren diese Albträume aber auch der Widerhall von etwas Tatsächlichem – von einem Höhepunkt, der sich anbahnte.

Mutter hat immer an Träume geglaubt, erinnerte sie sich. *Selbst als sie Lark und mich dazu gedrillt hat, Bücher zu lesen und die Wissenschaft zu lieben, hörte sie doch immer am ehesten Dwer zu – vor allem, wenn er erwachte und von machtvollen Visionen berichten konnte. Schon als er noch ganz klein gewesen war, hatte sie es so gehalten, und auch in der Woche vor ihrem Tod.*

Das Dampfschiff tutete, und seine Kessel zischten. Zwei Dutzend Esel stampften und wieherten. Man hatte sie am Heck an den versiegelten Kisten angebunden, in denen sich die Bücher befanden.

Wie ein sonderbarer Kontrast dazu ertönte vom Bug des Schiffs ein anderes Geräusch. Zarte, melodische Töne, die sich aus Parallelen verhaltener Noten zusammensetzten und manchmal ein wenig schief klangen. Sara lauschte.

»Er wird rasch besser.«

»Schließlich ist er hochmotiviert«, erklärte die alte Weise. »Ich hatte eigentlich damit gerechnet, dass er sich für ein einfacheres Instrument entscheiden würde. Zum Beispiel eine Flöte oder eine Violine. Aber er hat gleich die Cymbal aus dem Regal im Archiv gezogen, und es scheint ihm große Befriedigung zu bereiten, nur die Saiten anzuschlagen. Das Spiel auf dem Hackbrett ist leicht zu lernen, und er kann mitsingen, wann immer ihm eine Melodie ins Gedächtnis kommt. Aber wie dem auch sei, mittlerweile ist er fit genug, um diese Reise anzutreten …« Sie atmete tief ein und sah jetzt sehr alt und verbraucht aus. »Grüß mir Lester und die anderen Weisen, ja? Sag ihnen, sie sollen das Richtige tun.«

Sara beugte sich zu ihr hinab und küsste sie auf die Wange. »Das werde ich bestimmt.«

Ariana Foo legte ihr eine Hand auf den Arm und drückte ihn mit einer Kraft, die man ihr nicht mehr zugetraut hätte. »Eine gute Reise, mein Kind. Jafalls soll nur Sechsen für dich würfeln.«

»Und dir einen sicheren Zufluchtsort bescheren«, erwiderte Sara den Segen. »Möge sie ein langes Leben für dich bereithalten.«

Arianas Schimpanse setzte ihren Rollstuhl in Bewegung und schob ihn die Rampe hinauf zur Behaglichkeit eines Abendfeuers. Sara fragte sich, ob sie die alte Frau je wiedersehen würde, und sagte sich dann, dass es langsam zu einer dummen Angewohnheit wurde, sich bei jedem diese Frage zu stellen.

Der Kapitän gab den Befehl abzulegen und steuerte sein kostbares Schiff vorsichtig aus der Tarnabdeckung hinaus. Jop und Ulgor stellten sich zu Sara an die Reling. Links und rechts von ihnen schauten griesgrämige Bibliothekare zum Ufer zurück, deren Aufgabe darin bestand, wertvolle Bände in die zweifelhafte Sicherheit der Wildnis zu bringen. Bald ging das wasseraufwühlende Stampfen der Schaufelräder in einen stetigen, beruhigenden Rhythmus über, und die Strömung des Bibur tat ein Übriges, das Schiff flussabwärts zu tragen.

Der Raumfahrer war ganz mit sich und seinem Hackbrett beschäftigt. Er hockte über das Instrument gebeugt da, hieb mit zwei kleinen, schmalen Hämmern auf die Saiten ein und schlug oft genug daneben, was seiner wachsenden Leidenschaft fürs Spiel aber keinen Abbruch tat. Seine Musik drang in Saras bittersüße Erinnerungen, als sie beobachtete, wie die mächtige

Festung mit ihren vielen Hallen und noch mehr Fenstern davonglitt. Der steinerne Baldachin schien wie die geduldige Faust Gottes darüber zu schweben.

Ob ich wohl je hierher zurückkehren werde?

Bald passierten sie den westlichsten Punkt des lasergeschnittenen Steins – die Mulchlande. Heute flatterten dort keine Banner. Weder Trauernde noch Sub-Traeki, die das Fleisch verzehrten und die weißen Gebeine bereitmachten für das Meer, waren zu erkennen. Aber dann entdeckte Sara im dämmernden Halbdunkel eine einzelne Gestalt, die den Fluss überblickte. Groß und mit geradem Rücken, die glatte silbergraue Mähne im matten Wind flatternd, stand der Mann auf einen Stock gestützt da, als plagten ihn keinerlei Gebrechen. Sara hielt den Atem an, während die *Gopher* an ihm vorbeituckerte.

Der Weise Taine nickte, eine geradezu leidenschaftliche Geste für einen so verschlossenen Menschen. Und dann hob er zu Saras grenzenloser Überraschung in einem Anflug spontaner Freundlichkeit den Arm zum Lebewohl.

Im letzten Moment konnte sie sich dazu überwinden, ihm zurückzuwinken. *Friede sei mit dir,* dachte sie.

Biblos fiel hinter dem schnaufenden Dampfschiff zurück und wurde schließlich von der Nacht verschluckt. Nicht weit von ihr ertönte die Stimme des Fremden. Sein Spiel begleitete das Lied, in dem es um eine Reise ohne Wiederkehr ging. Und wenn Sara auch wusste, dass der Text sein Gefühl des Verlorenseins und des schmerzenden Übergangs widerspiegelte, sprachen die Worte auf ebenso süße wie bittere Weise die Konflikte in ihrem eigenen Herzen an.

Denn mein Weg führt hinter den dunklen Horizont,
Und niemals werde ich erfahren deinen Namen …

DREIUNDZWANZIGSTER TEIL

DAS BUCH VOM MEER

Rollender g'Kek, kannst du stehen oder galoppieren auf schwierigem Grund?

Traeki-Stapel, vermagst du zu weben einen Teppich, oder beherrschst du die Kunst des Feuermachens?

Königliche Qheuen, wirst du bewirtschaften die hohen Wälder?

Gelingt es dir zu heilen, mit bloßer Berührung?

Segelnder Hoon, hältst du es auf den weiten Ebenen aus, oder kannst du dich bewegen auf einem hochgespannten Drahtseil?

Ursischer Reiter, kommt es dir je in den Sinn, zur See zu fahren, oder hast du je versucht, aus Lumpen feinstes Papier zu schöpfen?

Und du, menschlicher Neuankömmling, kennst du dich wirklich auf dieser Welt aus?

Kannst du weben, spinnen oder Jijos Lied folgen?

Wirst du, wird irgendeiner von euch, folgen dem Weg, den die Glaver vorangeschritten sind?

Dem Pfad, der durch Vergessen Vergebung gewährt?

Wenn du es tust, bemühe dich, nie zu vergessen diese Wahrheit:

Du wirst Bestandteil einer Einheit, die größer war als die Summe ihrer Teile.

Die Schriftrolle vom Ei (nicht autorisiert)

Alvins Geschichte

Ich habe mich wirklich nicht darüber beklagt, mich so weit vom Bullauge entfernt ins Heck quetschen zu müssen. Ganz gewiss nicht während des langen Abstiegs entlang der Klippenwand, während die Wasseroberfläche näher und näher kam. Schließlich hatte ich das ja im Gegensatz zu den anderen vorher schon gesehen. Doch sobald wir uns im Wasser befanden, fingen meine Freunde an, viele »Ohs« und »Ahs« von sich zu geben und sich ans Fenster zu drängeln, sodass mir doch ein wenig wehmütig zumute wurde. Außerdem brachte mich das als Schriftsteller ein wenig in Bedrängnis. Ich würde den Abstieg später hinzufügen müssen, um den Lesern einen Eindruck davon zu verschaffen. Das Einzige, was ich zu sehen bekam, wenn ich den Kopf verdrehte und über die Rücken meiner Gefährten spähte, war etwas Blau.

Doch recht bedacht, boten sich mir eine Reihe Möglichkeiten, dieses Schreibproblem zu lösen.

Zunächst einmal konnte ich mir einfach etwas zusammenlügen. Ich hatte noch nicht entschieden, ob ich aus der Geschichte einen Roman machen wollte, und nach den Worten von Mister Heinz handelt es sich bei aller Belletristik um eine Form von Lügerei. In der überarbeiteten Fassung konnte ich zum Beispiel ein zweites Bullauge im Heck dazudichten. Auf diese Weise konnte der Erzähler – eben ich – all die Dinge beschreiben, von denen ich jetzt nur durch das Geschrei und die Ausrufe meiner Freunde erfuhr. In der Fiction ist alles drin, da kann man sich sogar selbst zum Kapitän machen.

Oder aber ich griff zu einem Kniff und stellte diese Passage aus Scheres Sicht dar. Immerhin hatte er mehr zu diesem Tauchboot beigetragen als wir anderen zusammen – damit gehörte es mit einiger Berechtigung ihm. Davon abgesehen hat er von dem, was nun folgen sollte, am meisten mitbekommen. Nur müsste ich dafür natürlich glaubwürdig aus der Perspektive eines Qheuen schreiben. Ich vermute, das hört sich nicht ganz so fremdartig an, als wenn man einen Traeki seine Gedanken wiedergeben lassen würde. Na ja, wer weiß, vielleicht bin ich doch noch nicht so weit, mich dieser Herausforderung zu stellen – jedenfalls zurzeit nicht.

Diese ganzen Überlegungen setzen allerdings voraus, dass ich dieses Abenteuer überlebe, um danach davon berichten zu können. Und natürlich, dass es noch andere Überlebende geben wird, denen ich gern meine Geschichte vorlegen würde.

Nun gut, für den Augenblick muss dieser halbreportagenhafte Stil genügen, und das bedeutet, dass ich alles berichte, was ich wirklich gesehen, gefühlt und gehört habe.

Die abrollenden Kabeltrommeln sandten konstante Vibrationen durch die Leine. Die Luftzufuhr zischte und gurgelte direkt neben meinem Ohr, und so konnte man kaum von einem ruhigen, feierlichen Abstieg in die schweigende Tiefe sprechen. Hin und wieder kam von Ur-ronn ein gekeuchtes: »Wasss issst denn dasss?«, und Schere erklärte ihr dann, um welche Art von Fisch, Krustentier oder sonstigem Meeresbewohner es sich dabei handelte. Wesen eben, die ein Hoon für gewöhnlich tot in irgendeinem Fang zu sehen bekommt, ein Urs hingegen so gut wie nie. Tja, Seeungeheuer und Monster der Tiefe begegneten uns nicht. Und auch keine Türme und goldenen Tore von untergegangenen oder unterseeischen Städten. Bis jetzt jedenfalls nicht.

Während unseres Hinabtauchens wurde es rasch finster. Bald konnte ich nur noch die Phosphorlinien und -streifen erkennen, mit denen Tyug die wichtigen Punkte und Stellen in unserer Kabine markiert hatte – wie zum Beispiel meine Pedale, den Tiefenanzeiger und die Hebel zur Ballastentfernung. Da ich sowieso nichts Besseres zu tun hatte, katalogisierte ich die Gerüche, die meinen Kumpels entströmten. Vertraute Düfte, die mir jedoch niemals so konzentriert und stechend vorgekommen waren wie hier und jetzt. Und dabei standen wir erst am Anfang unserer Reise.

Ein Grund, froh zu sein, dass kein Mensch mit von der Partie ist, dachte ich. Eine der vielen Ursachen für die Probleme zwischen Urs und den Erdlingen, die immer wieder zu Spannungen geführt haben, lag darin, wie diese beiden Spezies die jeweils andere geruchsmäßig wahrnahmen. Selbst heutzutage, und trotz des Großen Friedens, kann ich mir kaum vorstellen, dass eine Spezies begeistert von der Aussicht wäre, über einen längeren Zeitraum mit Mitgliedern anderer Völker in einem zu groß geratenen Sarg eingesperrt zu sein.

Ur-ronn fing an, Tiefenangaben zu rufen, die sie von dem Messgerät an der Druckblase ablas. Bei sieben Faden legte sie einen Schalter um, und die Eik-Lampen gingen an. Zwei Lichtstrahlen bohrten sich in das kalte dunkle Wasser. Ich machte mich schon darauf gefasst, von den Freunden wieder Überraschungs- und Begeisterungsschreie zu vernehmen, aber allem Anschein nach gab es in dieser Tiefe nicht viel zu sehen. Schere musste nur alle paar Duras jemandem etwas erklären, und seine Stimme klang weniger aufgeregt als eher gelangweilt bis enttäuscht.

Als wir neun Faden erreicht hatten, war die Spannung in unserem Boot deutlich spürbar, denn in dieser Tiefe war es beim Probetauchen zur Katastrophe gekommen. Aber wir passierten diese Schicksalsklippe, ohne dass sich etwas getan hätte. Und das war eigentlich auch logisch, denn Uriel hatte Kabel und Leitungen Stück für Stück durch die Hufe gezogen und überprüft.

Bei elfeinhalb Faden wurde es urplötzlich richtig kalt in der Kabine, sodass kurz Nebel entstand. Jede Oberfläche im Inneren unseres Gefährts überzog sich mit Nässe, und Huck betätigte den Entfeuchter. Ich streckte eine Hand aus und berührte die Hülle aus Garuholz. Sie fühlte sich deutlich kühler an. Die *Wuphons*

Traum drehte sich und schaukelte leicht, und mit dem sanften, gleichmäßigen Abwärtsgleiten schien es vorbei zu sein. Von den Echolotmessungen her wussten wir, dass wir uns in der Tiefe auf eine kalte Strömung gefasst machen mussten. Trotzdem zerrte uns der Übergang doch gehörig an den Nerven.

»Verlagere Ballast zur Trimmung«, verkündete Huck. Sie stand im absoluten Mittelpunkt der Kabine und betätigte Uriels wirklich praktische Pumpen, um das Wasser in den drei Tanks umzuverteilen, bis die Nadel anzeigte, dass unser Boot wieder kielunten schwamm. Das war nämlich ganz schön wichtig für unser Aufsetzen auf dem Grund. Schließlich wollten wir in diesem historischen Moment nicht über- und durcheinanderkugeln.

Ich dachte über unsere bedeutende Aufgabe nach. Im Galaktischen Maßstab war sie natürlich eine absolut primitive Aktion. Doch die Erdgeschichte findet für eine solche Tat viel schmeichelndere Vergleiche – und das mag erklären, warum wir uns so für sie begeistern. Nehmen wir nur mal Jules Vernes *Zwanzigtausend Meilen unter dem Meer.* Als er diesen Roman geschrieben hat, war noch kein Mensch so tief ins Meer hinabgetaucht wie wir heute. Und wir waren doch nur jijoanische Wilde!

»Seht nur!«, rief Huck. »Ist da was? Da, ganz unten?«

Man kann sie wirklich um ihre Augen beneiden. Sie hatte an Schere und Ur-ronn vorbeigespäht und als Erste den Grund ausgemacht. Die Urs drehte die Eik-Strahler, und wenig später trieben die drei mich wieder mit ihrem »Oh«, »Ah« und aufgeregtem Scherenklicken halb in den Wahnsinn. In meinem Frust bewegte ich die Pedale immer schneller und brachte die Heckräder dazu, das Wasser zum Brodeln zu bringen, bis meine Freunde mich anschrien, ich solle damit aufhören, und sich einverstanden erklärten, mir alles zu beschreiben, was es da unten zu sehen gab.

»Da sind so wedelnde Pflanzen, die zu schweben scheinen«, begann Schere und stotterte nicht mehr. »Und eine andere Art mit ganz dünnen und durchsichtigen Stängeln. Ich weiß nicht, wie die leben können, wo doch kein Licht bis hier herunter dringt. Die Pflanzen stehen hier haufenweise herum und schaukeln sanft in der Strömung. Da drüben verlaufen Schlangenspuren im Schlick. Und seltsam aussehende Fische schwimmen in die Pflanzenbüschel hinein und hinaus …«

Nach weiteren solcher wirklich »faszinierenden« Darstellungen hätte ich mich durchaus wieder mit den Begeisterungslauten zufriedengegeben, ganz ehrlich. Aber ich war klug genug, den Mund zu halten.

»… Und da drüben haben wir einige komische Krabben. Sie sind hellrot und größer als alle Exemplare, die mir je unter die Augen gekommen sind! Und was mag das da hinten sein, Ur-ronn? Ein Schlammwurm? Bist du dir sicher? Ein Mordsexemplar von einem Schlammwurm … Aber sag mal, da vorn, was ist das für ein Wesen? Ehrlich, ein Dro…«

Er wurde von Ur-ronn unterbrochen. »Nur noch ein halber Faden bisss sssum Grund. Gebe der Oberflässssssen-Crew Sssignal zu verlangsssamtem Hinablasssen.«

Scharfe elektrische Funken flogen durch die Dunkelheit in der Kabine, als die Urs den Kontaktschalter betätigte und kodierte Impulse aus unserer Batterie durch ein isoliertes Kabel, das in den Strang eingeflochten war, nach oben sandte. Die Kabeltrommeln brauchten ein paar Duras, ehe ihre Bremsen griffen und sie brummend und ächzend innehielten. Die *Wuphons Traum* ruckelte, und wir alle bekamen einen Schrecken. Huphus Krallen rissen meine Schulter auf.

Der Abstieg verlangsamte sich. Für mich war es besonders schlimm, nicht zu wissen, wie weit es noch bis zum Grund war, wann wir ihn berührten und mit welcher Wucht wir aufschlagen würden. Wieder einmal hielt niemand es für nötig, den guten, alten Alvin auf den neuesten Stand zu bringen – typisch!

»He, Leute!«, rief Schere. »Ich glaube, ich habe da gerade etwas gesehen, ein …«

»Adjustiere Trimmung«, unterbrach Huck ihn und beobachtete mit ihren vier Stielaugen je eine der Anzeigen.

»Rissste die Ssseinwerfer neu«, verkündete Ur-ronn. »Sssisss ssseigt mit einem gelben Tentakel nach sssteuerbord. Ssströmung fliessst in diessse Rissstung. Gessswindigkeit fünf Knoten.«

»Leute, ich glaube wirklich, ich habe da gerade …«, versuchte es Schere von Neuem. »Ach, ist ja auch egal. Grund bei Hang links, Neigung vielleicht zwanzig Grad.«

»Setzen Vorderräder zur Kompensation ein«, entgegnete Huck. »Alvin, wir könnten eine leichte Rückwärtsbewegung der Paddel brauchen.«

Das riss mich aus meiner trüben Stimmung. »Aye-aye«, bestätigte ich und fing an, die Kurbel vor mir zu bewegen, die die hinteren Räder zum Drehen brachten. Zumindest hoffte ich, dass sie darauf reagierten. Wir würden es erst sicher wissen, wenn wir den Grund erreicht hatten.

»Achtung, jetzt geht's los!«, kündigte Huck an. Und dann schien sie sich an ihre Fehleinschätzungen während der Probeläufe zu erinnern und fügte hinzu: »Diesmal ganz sicher, Freunde. Haltet euch gut fest!«

Wenn ich eines Tages diese Notizen zu einer Geschichte zusammenfasse, werde ich vielleicht von den plötzlichen Schlickwogen berichten, die rings um uns herum aufstiegen, während unser Boot eine lange Furche durch den Boden pflügte und dabei Pflanzen herumwirbelte und blinde Tiefseekreaturen in die Flucht jagte. Möglicherweise füge ich noch einen unvermittelten Wassereinbruch aufgrund einer geplatzten Versiegelung ein – und wie die Mannschaft sich verzweifelt bemühte, das Leck abzudichten.

Aber ich werde wohl kaum den Umstand in Druck geben, dass ich so gut wie nichts von dem genauen Moment mitbekam, in dem unsere Räder Bodenkontakt bekamen. Der Vorfall teilte sich uns irgendwie verschwommen mit, so als bohre man eine Gabel probeweise in eine Shuro-Frucht, ohne genau zu wissen, ob man den Kern schon erreicht hat oder nicht.

Verschwommen beschreibt auch recht gut die Szenerie um uns herum, als die Schlickschwaden sich drehend nach unten sanken und allmählich den Blick auf eine pechschwarze Welt preisgaben, durch die lediglich die Zwillingsstrahlen unserer Scheinwerfer drangen.

Was sich in diesem Licht offenbarte, war eine leicht geneigte Schlammebene, auf der sich hier und da bleiche »Pflanzen« mit dünnen Stängeln erhoben, die anscheinend keinen Sonnenschein zum Gedeihen benötigten. Allerdings hatte ich nicht die geringste Ahnung, was sie als Ersatz dafür benutzten. Ihre dicken Blätter oder Wedel schwangen vor und zurück, als wehe hier unten eine Brise. In den Lichtkegeln schwammen keine Tiere, was nicht weiter verwunderlich war. Würden wir Oberflächenbewohner uns nicht auch gleich verstecken, wenn irgendein unheimliches Gefährt vom Himmel in unsere Mitte fiele, und das nicht nur mit viel Getöse, sondern auch mit blendendem Licht?

Die Ähnlichkeit der Situation fiel mir ein, und ich fragte mich, ob auch die Tiefseebewohner jetzt glaubten, der Tag ihres Jüngsten Gerichts sei gekommen.

Ur-ronn stand wieder an ihrem Telegraphen und funkte die Nachricht nach oben, auf die alle dort warteten. *Wir sind unten, alles steht gut.*

Nun gut, dieser einfachen Botschaft gebricht es an Zündstoff für poetische Phantasie – keine gehissten Flaggen, nichts davon, dass der Adler gelandet ist, kein Wort von kühn durchstoßenen Unendlichkeiten. Aber ich will mich nicht beschweren. Urs sind halt nicht dazu geschaffen, auf Kommando epische Sagen von sich zu geben. Trotzdem werde ich diese Stelle wahrscheinlich umschreiben – falls ich je die Chance dazu erhalten sollte, was im Augenblick eher unwahrscheinlich sein dürfte.

Während Ur-ronn nach oben telegraphierte, flogen bei uns wieder die elektrischen Funken durch die Gegend. Und noch einmal, als die Antwort von oben eintraf.

Wir sind erfreut, das zu hören. Weiter so!

»Bist du bereit, Alvin?«, rief Schere. »Viertelfahrt voraus!«

»Viertelfahrt voraus, aye, Captain«, entgegnete ich vorschriftsmäßig.

Mein Rücken und meine Muskeln spannten sich an. Die Räder waren zunächst etwas widerborstig, doch dann spürte ich, wie die Magnethaftung griff – die seltsame Verbindung zu den einst lebenden g'Kek-Körperteilen, über die ich nicht zu intensiv nachdenken wollte. Die Schaufelpaddel gruben sich durch den Schlamm. Es gab zwar einigen Widerstand, aber dann rumpelte die *Wuphons Traum* vorwärts.

Ich konzentrierte mich darauf, eine stetige Geschwindigkeit beizubehalten. Schere rief Huck die ganze Zeit über Kurskorrekturen zu, die er von Uriels Seekarte ablas. Ur-ronn überprüfte unsere Route mit dem Kompass. Durch das Kabel und den Luftschlauch dröhnte das gedämpfte Quietschen und Knarren von Kabeltrommeln, die uns zuverlässig Kabel gaben, damit wir uns immer weiter von der Sicherheit entfernen konnten. Die ganze Kabine vibrierte von meinem schnaufenden Kehlsack, während ich alle Kräfte einsetzte, aber niemand beschwerte sich darüber. Das Geräusch wickelte sich um mich, bis ich mich von hoonschen Seekameraden umgeben wähnte, wodurch ich mich in der beengten Kabine noch unwohler und eingesperrter fühlte. Wie bei einem Schiff fern draußen auf der See waren wir jetzt ganz allein und vollkommen auf Jafalls' Launenhaftigkeit und unseren Erfindungsreichtum angewiesen, um je wieder nach Hause zu kommen.

Die Zeit verging, und wir entwickelten uns zu einem eingespielten Team, das nach seinem eigenen Rhythmus arbeitete. Ich bewegte die Kurbel, Huck steuerte, Ur-ronn bediente die Scheinwerfer, und Schere war der Kapitän. Bald hatten wir alle das Gefühl, alte Seebären zu sein.

Irgendwann fragte Huck: »Was wolltest du eben eigentlich sagen, Schere? Kurz bevor wir aufgesetzt sind? Es ging, glaube ich, um irgendetwas, das du gesehen hast.«

»Irgendein Monsssster mit vielen, ssspitsssen Sssähnen, mössste isss wetten«, frotzelte Ur-ronn. »Wir müssten doch längssst an der Ssstelle sssein, wo die Ungeheuer hausssen, oder?«

Monster, dachte ich, und mein Schnaufen ging in einen Lachanfall über.

Schere ließ sich davon nicht die Laune verderben. »Wartet's nur ab, Brüder und Schwestern. Man weiß nie, wann sie sich … da! Dort drüben, links! Genau das habe ich eben gesehen.«

Die *Traum* bekam etwas Schlagseite, als Huck und Ur-ronn gleich nach vorn eilten. Unsere Hinterräder lösten sich halb vom Boden. »He!«, rief ich.

»Bei meinen Speichen …«, murmelte die g'Kek.

»Bei allen nasss gewordenen Urss …«, ächzte Ur-ronn ebenso unheilschwanger.

Ich gebe es ja zu, mir wurde ein wenig mulmig. »Kommt schon, ihr grasfressende Bande von sauerschmutzigen …«

In diesem Moment neigte sich der Boden, das Boot kippte ein Stück, und das, worauf die drei gerade starrten, geriet in mein Sichtfeld.

»Hrmmm!«, rief ich. »Regt ihr euch deswegen so auf? Wegen ein paar Abfallkisten?«

Sie lagen überall auf dem Grund verstreut und ragten in allen möglichen Winkeln aus dem Schlick. Dutzende. Aberdutzende. Die meisten in der klassischen rechteckigen Form, aber auch ein paar fassartige. Natürlich war von den bunten Bändern nichts mehr vorhanden, die sie einst zu Ehren der Knochen, Spindeln oder abgelegten Werkzeuge drum herumgebunden hatten. Wer? Nun, irgendeine frühere Generation von Soonern.

»Aber Müllschiffe sind nie ins Riff gefahren«, entgegnete Huck und richtete zwei Augenstiele auf mich. »Habe ich recht, oder habe ich nicht recht, Alvin?«

Ich verdrehte den Kopf, um an ihren verdammten Augen vorbeispähen zu können.

»Sind sie auch nicht. Trotzdem ist das Riff offizieller Bestandteil des Mitten, gehört als weitere Sektion zu dem Herabsauger-Dingsbums.«

»Eine tektonissse Absssaug-Sssone«, korrigierte mich Ur-ronn.

»Ja, vielen Dank. Also ist es vollkommen legal, auch hier seinen Abfall zu versenken.«

»Aber wenn keine Schiffe das Riff befahren, wie sind die Kisten dann hierhergelangt?«

Ich versuchte zu erkennen, um welche Art von Kisten es sich handelte – welche Sorten vorhanden und welche nicht vorhanden waren. Daraus ließ sich nämlich schließen, wann diese Fuhre ins Wasser gekippt worden war. Ich entdeckte weder Kästen nach Menschenart noch die Weidenkörbe der Urs. Aber das war nicht überraschend. Soweit ich es beurteilen konnte, fanden sich hier nur Behälter der g'Kek und der Qheuen – mit anderen Worten, diese Halde musste schon ziemlich alt sein.

»Die Kisten sind auf einem ähnlichen Weg hier angelangt wie wir, Huck«, erklärte ich. »Jemand muss sie einfach vom Fels Terminus geworfen haben.«

Huck keuchte. Sie öffnete den Mund, um etwas zu sagen, aber heraus kam nur ein Schnaufen. Ich hörte förmlich, wie sich die Räder in ihrem Kopf drehten. Müll vom Land ins Wasser kippen war etwas, das man einfach nicht tat. Aber meiner Freundin dämmerte wohl der Schluss, dass es sich bei diesem Ort um eine Ausnahme von der Regel handelte. Wenn ein Teil des Mitten tatsächlich unter dem Terminus vorbeizog und vorausgesetzt, dass hier früher Siedlungen gestanden hatten, dann mussten die Bewohner sich gesagt haben, dass es sie billiger käme, Großvaters

Leiche einfach ins Meer zu werfen, statt ihn mitsamt Sarg auf die teure Seereise zu schicken.

»Aber warum sind die Kisten dann so weit von den Klippen gelandet? Wir sind doch schon ein ganzes Stück vorangekommen.«

»Strömungen, Schlammverwerfungen«, versuchte sich Schere an einer Erklärung, aber ich schüttelte ablehnend den Kopf.

»Du scheinst vergessen zu haben, wie der Mitten funktioniert. Er saugt Materie an und in sich hinein, nicht wahr, Urronn?«

Die Urs pfiff voller Verzweiflung über meine simplifizierende Darstellungsweise. »Passs auf: Eine tektonissse Platte rutssst unter eine andere und erssseugt ssso einen Graben, in den Teile desss alten Meeresssbodensss hinabgesssaugt werden.«

»Um nach unten gezogen, geschmolzen und im erneuerten Zustand unter den Hang geschoben zu werden, um dort für Beben und vulkanische Ausbrüche zu sorgen. Ja, ich glaube, jetzt habe ich begriffen.« Huck richtete nachdenklich alle vier Augenstiele nach vorn. »Vor Hunderten von Jahren hat man diese Kisten ins Meer geworfen, und sie sind erst ein so kleines Stück vorangekommen?«

Hatte ich mich verhört? Gerade eben noch hatte sie doch erstaunt festgestellt, wie weit die Kästen sich schon von den Klippen entfernt hatten. Vermutlich hatte das etwas damit zu tun, wie unterschiedlich groß einem der Zeitstrom erscheint, je nachdem, ob man ein Lebensalter oder ein Planetenalter zugrunde legt. Wo wir schon gerade beim Thema sind: Ich glaube, die Menschen können sich kaum beschweren, leben sie im Schnitt doch doppelt so lange wie eine Urs. Dennoch ist es uns allen, Menschen wie Urs, vorherbestimmt, Jijos langsamer Verdauung anheimzufallen – ganz gleich, ob die fremden Invasoren uns nun vernichten oder nicht.

Schere und Ur-ronn konsultierten die Karte, und bald setzten wir die Reise fort. Wir ließen den Friedhof hinter uns, auf dem eine weitere Generation von Sündern darauf wartete, im See geschmolzenen Steins Vergebung zu erhalten.

Ungefähr eine halbe Midura später stießen wir zu unserer großen Erleichterung auf Uriels »Ding«.

Zu diesem Zeitpunkt taten mir die Arme und Beine vom »Kurbeln« weh. Mindestens zehntausendmal hatte ich die Pedale gedrückt und getreten, ständig angetrieben von Scheres beharrlichen Befehlen wie »Schneller!«, »Langsamer!« oder »Nicht einschlafen!« Von uns vieren schien er als Einziger Spaß an der Sache zu haben, litt er doch weder an Seekrankheit noch an Muskelkater.

Wir Hoon wählen uns unseren Kapitän und gehorchen ihm dann, vor allem in Notfällen, ohne Widerrede. Da diese ganze Reise in meinen Augen einen einzigen langgezogenen Notfall darstellte, schluckte ich meinen Ärger hinunter und malte mir in Gedanken recht lebendig und farbenfroh aus, wie ich es Schere später heimzahlen würde. Vielleicht sollte unsere Clique als Nächstes einen Ausflug in einem Heißluftballon unternehmen. Damit würde Schere zum ersten Qheuen, der sich in die Lüfte erhob, seit seine Vorfahren ihr Schleichschiff versenkt hatten. Ha, wie ich mich schon auf sein Gesicht dabei freute.

Als Huck schließlich »Heureka!« schrie, fühlten sich meine Muskeln und Gelenke an, als hätten wir das gesamte Riff hinter uns gebracht. Mein erster Gedanke lautete: *Kein Wunder, dass Uriel das Boot mit einem so langen Kabel und Schlauch versehen hat.*

Und diesem folgte gleich ein sich logisch daraus ergebender zweiter: *Woher wusste die Schmiedin, wie weit wir fahren mussten, um zu dem Ding zu gelangen?*

Es war halb im Schlick eingegraben und ragte etwa zwölf Faden entfernt von der Stelle hoch, an der wir aufgesetzt waren. Von meiner eingeschränkten Sichtmöglichkeit im Heck des Tauchboots aus erkannte ich lange Stacheln, die in alle Richtungen vom Rumpf ausgingen. An der Spitze eines jeden dieser Dornen befand sich eine Art Kugel, von der ich annahm, sie sei hohl, um das Gebilde vor dem völligen Versinken im Schlamm zu bewahren. Das Ding war knallbunt in Rot und Blau angestrichen – offenbar sollte es bemerkt und gefunden werden. Das Blau nahm man in diesem trüben Halbdunkel schon von Weitem wahr, das Rot erst aus der Nähe – allerdings musste der Scheinwerferstrahl genau darauf fallen, sonst sah man natürlich gar nichts. Doch auch so musste man mindestens auf eine Fadenlänge heran, und ohne Uriels Angaben hätten wir es nie entdeckt. Selbst mit ihren Anweisungen mussten wir zweimal unsere Runde drehen, ehe wir endlich über das Ding stolperten.

So etwas Eigenartiges hatte niemand von uns je gesehen. Und bei einem wie mir will das schon etwas heißen: Schließlich hatte ich schon einmal einen g'Kek Kehlsackgeräusche von sich geben gehört und war Zeuge bei einem Traeki-Vlennen geworden.

»Ist das buyurisch-yurisch?«, fragte Schere ergriffen. Man hörte ihm die abergläubische Furcht am Stottern an.

»Ich wette einen Haufen Eselsdreck, dass das nicht von den Buyur gebaut worden ist«, erklärte Huck ganz fachfrauisch. »Was glaubst du, Ur-ronn?«

Unsere Urs reckte den langen Hals, um den Kopf an Schere vorbeischieben zu können. »Gansss klar, dasss issst nissst von den Buyur. Sssie hätten nie etwasss ssso Sssrecklichesss gebaut, issst nissst ihr Ssstil.«

»Natürlich ist das nicht ihr Stil«, konstatierte Huck. »Ich weiß aber, wer so was bauen würde.«

Wir alle starrten sie an. Natürlich genoss die g'Kek diesen Moment und zögerte ihn so lange heraus, bis wir kurz davorstanden, ihr zu Leibe zu rücken.

»Das ist ursisch«, teilte sie uns in einem Tonfall mit, als wären wir zu dumm, das zu erkennen.

»Ursisch?«, entfuhr es Schere. »Woher willst du das so genau …«

»Ja, erklär unsss dasss!«, verlangte Ur-ronn und drehte den Schädel, bis ihre Augen sich kurz vor denen Hucks befanden. »Dasss Ding sssieht viel zu komplisssiert ausss. Uriel könnte ssso etwasss niemalsss bauen. Nissst einmal die Erdlinge haben die Werksssseuge dasssu.«

»Genau. Das Objekt ist nicht buyurischen Ursprungs, und niemand unter denen, die zurzeit am Hang leben, könnte so etwas anfertigen. Damit bleibt nur eine Möglichkeit offen: Dieses Gebilde ist ein Überbleibsel von einem der Original-Schleichschiffe. Es stammt also aus der Zeit, als die ersten sechs Spezies – sieben, wenn man die Glaver hinzuzählt – hier ankamen, sich niederließen und alle Technologie vernichteten, um als Primitive weiterzuleben. Natürlich stellt sich die Frage, welche unserer Spezies das Ding hier versenkt hat. Ich schließe die g'Kek gleich aus, denn wir wohnen schon so lange hier, dass das Gebilde inzwischen viel weiter gekommen sein müsste. Das Gleiche trifft sicher auf die Glaver, die Qheuen und die Traeki zu.

Wie dem auch sei, der entscheidende Hinweis ist Uriel, denn sie wusste, wo dieses Objekt zu finden ist.«

Die Haare rings um Ur-ronns Nüstern stellten sich auf, und ihre Stimme klang jetzt kälter als der uns umgebende Ozean: »Du besssuldigssst unsss der Versssswörung?«

Hucks Augenstiele rollten sich zusammen, was bei den g'Kek so viel wie ein Achselzucken bei den Menschen bedeutet.

»Nein, nicht unbedingt einer Verschwörung, und schon gar keiner schlimmen«, sagte sie dann. »Vielmehr vermute ich dahinter eine Vorsichtsmaßnahme von eurer Seite.«

Sie wandte sich an uns alle: »Denkt doch mal nach, Kameraden. Angenommen, ihr fahrt zu einer verbotenen Welt, um dort eine Sooner-Kolonie zu gründen. Dazu müsst ihr natürlich alles schleunigst loswerden, was bei einem zufälligen Scan durch ein vorbeifliegendes Schiff, womöglich noch einem vom Institut, auffallen könnte. Darunter fallen euer eigenes Schiff und alles komplexere Gerät. Das Zeugs im All zu lagern bringt nichts, denn da schauen die Polizisten zuerst nach. Also versenkt man es inmitten der Abfälle der Buyur, die sie bei ihrem Auszug ins Meer gekippt haben. Bislang klingt das doch sehr logisch, nicht wahr? Geradezu überzeugend.

Aber noch während ihr damit beschäftigt seid, fragt ihr euch: Wenn nun ein unvorhergesehener Notfall auftaucht? Wenn eure Nachfahren eines Tages in eine Lage geraten, aus der sie sich nur mit einem Stück guter alter Hightech retten können und andernfalls untergehen müssten?«

Ur-ronn senkte den konisch zulaufenden Schädel. Im Halbdunkel der Kabine konnte ich nicht genau erkennen, ob sie mit dieser Geste Sorge oder brodelnden Zorn zum Ausdruck bringen wollte. Deshalb beschloss ich, mich rasch zu Wort zu melden.

»Hrrm. Damit deutest du ja wirklich eine Menge an. Dann müssten die Urs dieses Geheimnis von Generation zu Generation weitergegeben haben.«

»Genau, und das über Jahrhunderte«, sagte Huck. »Uriel hat es zweifellos von ihrer Meisterin erfahren, die wiederum von der ihren und so weiter, bis zurück zu den ersten ursischen Siedlern. Und bevor Ur-ronn mir gleich den Kopf abreißt, möchte ich rasch hinzufügen, dass die ursischen Weisen sich in den vergangenen Jahren große Zurückhaltung auferlegt haben. Niemals haben sie sich dieses Dings – darf ich sagen, dieser Geheimwaffe? – bedient, weder während der Kriege gegen die Qheuen noch während der späteren Konflikte mit den Menschen. Dabei haben sie doch bei so mancher Schlacht tüchtig den Arsch vollgehauen bekommen.«

Das sollte dazu dienen, unsere ursische Freundin zu besänftigen? Ich musste rasch etwas sagen, ehe Huck um ihr Leben fürchten musste. »Hrrm, vielleicht haben die Menschen und die Qheuen ja auch solche Geheimverstecke angelegt, und daher herrschte zwischen den beteiligten Seiten ein Patt …«, platzte es einfach aus mir heraus, ehe mir die Tragweite meiner Worte bewusst wurde und ich stockte. »Nicht auszuschließen, dass in ebendiesem Moment Expeditionen zu den anderen Stellen unterwegs sind und wir nur als Uriels Handlanger fungieren.«

Langes Schweigen setzte ein.

Schere meldete sich als Erster wieder zu Wort: »Scheibenkleisterkleister. Diese Aliens oben am Hang müssen den Erwachsenen aber einen Mordsschrecken eingejagt haben.«

Wieder Schweigen, bis Huck es für geboten hielt, ein Resümee zu ziehen. »Ich kann nur hoffen, dass dies wirklich der Grund ist, der hinter allem steckt. Dass die Sechs ihre Geheimwaffen hervorholen und zusammenwerfen, um gemeinsam der Bedrohung Herr zu werden. Wehe uns, wenn etwas anderes dahintersteckt.«

Ur-ronn verdrehte den Hals. »Wasss meinssst du damit?«

»Ich hätte wirklich gern Uriels Ehrenwort, dass man uns nur hier hinuntergeschickt hat, um etwas zu bergen, mit dem sich *alle* sechs Spezies *gemeinsam* verteidigen können.«

Und nicht, um damit die ursische Miliz auszustatten und ihr den Sieg zu garantieren. Schließlich hatten wir Gerüchte über erste Scharmützel gehört, dachte ich das zu Ende, was Huck lieber für sich behalten hatte. Spannung lag in der Luft, und ich wusste nicht zu sagen, was gleich geschehen würde. Hatten Tyugs Drogen und die nervlichen Anstrengungen der Reise unsere ursische Freundin so angegriffen, dass sie nach Hucks bohrenden Worten gleich explodieren würde?

Ur-ronn drehte den Hals wieder gerade. Trotz der trüben Beleuchtung erkannte ich deutlich, welch ungeheure Willensanstrengung sie das kostete. »Du hassst …«, begann die Urs und atmete schwer. »Du hassst mein Ehrenwort, dasss esss sssu aller Nutsssen gesssehen sssoll.«

Sie wiederholte ihren Schwur in Galaktik Zwei und brachte es dann auch noch unter Mühen fertig, auf den Boden zu spucken – bei den Urs ein Zeichen dafür, dass ihnen eine Sache heilig war.

»Hrrm, das ist ja großartig«, rumpelte ich, um den allgemeinen Frieden wiederherzustellen. »Natürlich hat keiner von uns auch nur einen Moment lang etwas Gegenteiliges von dir angenommen. Das stimmt doch, nicht wahr, Huck? Schere?«

Beide beeilten sich, mir recht zu geben, und die größte Spannung verflüchtigte sich. Doch leider war der Same des Misstrauens gesät. *Huck,* dachte ich schwermütig, *du bringst es fertig, mit einem Glas voller Skorpione in ein Rettungsboot zu steigen und es dann zu öffnen, bloß um zu sehen, wer von den anderen am besten schwimmen kann.*

Wir setzten die *Traum* wieder in Bewegung, und bald waren wir nahe genug an das Ding herangekommen, um zu erkennen, welche riesigen Ausmaße es hatte. Jedes von den kugelartigen Gebilden am Ende der Stacheln hatte einen größeren Umfang als unser Boot. »Da liegt ja eines von den Kabeln, von denen Uriel gesprochen hat«, meldete der Qheuen und deutete mit einer Schere auf einen der Dornen. Teilweise unter Schlick und Sand begraben, konnte man ein glänzendes schwarzes Band erkennen, das in Richtung Norden verlief, woher wir gekommen waren.

»Ich wette, was ihr wollt, dass dieses Tau irgendwo zwischen hier und den Klippen gerissen oder gebrochen ist«, meinte Huck. »Wahrscheinlich verlief es ursprünglich den ganzen Weg bis zu einer geheimen Spalte oder Höhle im Terminus. Und von dort aus konnte man das Objekt heranziehen, ohne dass einer der Urs befürchten musste, sich dabei nasse Hufe zu holen. Vielleicht hat ein Beben oder eine Lawine wie die, die meine Familie ausgelöscht hat, das Kabel zerstört. Dieses Gebilde lässt sich aber immer noch bewegen, auch wenn das Tau zerstört ist. Man muss nur das lose Ende aufnehmen.«

»Gut nachgedacht«, sagte ich. »Überhaupt gibt der Fund mir

eine Antwort auf die Frage, die mich schon die ganze Zeit beschäftigt: Wieso hatte Uriel genau die richtige Ausrüstung, damit unser Boot seetüchtig gemacht und mit allerlei Gerät ausgestattet werden konnte? Tatsächlich frage ich mich jetzt, warum sie uns überhaupt gebraucht hat? Warum hat die Schmiedin sich nicht selbst ihr kleines Tauchboot gebaut?«

Ur-ronn hatte ihre schlechte Laune so gut wie überwunden: »Ein g'Kek-Bussprüfer insspisssiert regelmässsig die Lagerräume der Sssmiede. Dem würde etwasss ssso Unursssisssesss wie ein Tauchboot, dasss sssudem ssseeklar daläge, sssissser gleisss insss Auge ssspringen.«

Sie hatte spöttisch geklungen, doch Huck ließ sich davon nicht verdrießen und sagte: »Die wesentlichen Teile waren alle vorhanden, wie Ventile, Pumpen und so weiter. Ich denke, Uriel und ihre Vorgängerinnen haben sich gesagt, dass sie in ein paar Monaten die dazugehörige Hülle bauen könnten. Aber wer hätte schon damit rechnen können, dass der Notfall so unerwartet und plötzlich käme? Davon abgesehen haben wir verrückten Kids ihr mit unserem Vorhaben die perfekte Tarnung geboten. Niemand wird uns mit Geheimkisten aus der galaktischen Vergangenheit in Verbindung bringen.«

»Ich würde eher annehmen«, begann Schere mit dramatischer Geste, »dass der wahre Grund, der Uriel dazu bewogen hat, bittebitte zu sagen, damit wir sie bei unserem Unternehmen mitmachen lassen, in der hervorragenden Verarbeitung und Ausführung unseres Bootes bestand-stand.«

Unsere kleinen Frotzeleien kamen zum Erliegen, und wir konnten ihn nur mit offenen Augen und Mündern anstarren, ehe wir einen Moment später in schallendes Gelächter ausbrachen, unter dem die Hülle der *Traum* vibrierte und Huphu aus seinem Nickerchen erwachte.

Danach fühlten wir vier uns wieder gut und bereit, die Mission fortzusetzen. Die erste größere Krise schien hinter uns zu liegen. Wir mussten nun nur noch Ziz dazu bringen, eine Krampe an dem zweiten Tau des Dings zu befestigen und Uriel das Zeichen zu geben, uns wieder nach oben zu ziehen. Das würde eine Weile in Anspruch nehmen, denn wir durften nur langsam hinauf. Urs und g'Kek haben nämlich noch mehr als Menschen mit Beschwerden zu kämpfen, wenn der Luftdruck sich zu abrupt verändert. Aus Büchern wussten wir, wie grässlich es ist, auf eine solche Weise zu sterben; daher waren wir übereingekommen, den Aufstieg schön langsam vonstattengehen zu lassen. Jeder von uns hatte ein Butterbrotpaket (oder je nach Spezies das Entsprechende) und ein paar Spiele dabei, um sich die Zeit zu vertreiben.

Dennoch war mir daran gelegen, die ganze Geschichte möglichst rasch hinter mich zu bringen. Klaustrophobie war ja noch harmlos im Vergleich zu den Nöten, die unweigerlich entstehen würden, wenn alle an Bord jeweils auf eigene Weise dieses gewisse dringende Bedürfnis verspürten, was die Erdlinge mit »ich muss auf die Toilette« zu umschreiben pflegen.

Uns erwartete eine Schwierigkeit, mit der niemand gerechnet hatte, nämlich das Problem, die Krampe am zweiten Kabel zu befestigen.

Nachdem wir auf die andere Seite des Dings gelangt waren, erkannten wir das Problem auf den ersten Blick.

Das zweite Tau war nicht da!

Besser gesagt, es war abgeschnitten worden. Frisch glänzende Metallfasern schaukelten sanft in den Meeresströmungen und hingen wie die Haare eines ungeflochtenen Urs-Schweifs vom Ende des Dinges mit den Dornen.

Aber das war noch längst nicht alles. Als Ur-ronn mit den Scheinwerfern den Meeresgrund absuchte, entdeckten wir im Schlick eine Spur, die sich im Schlängelkurs nach Süden fortsetzte. Offenbar war das Tau dorthin fortgeschleppt worden. Keiner von uns konnte sagen, ob das vor Tagen, Jaduras oder Jahren geschehen war. Dennoch kam uns allen das Wort »kürzlich« in den Sinn, und zwar so deutlich, dass niemand es laut aussprechen musste.

Die Urs meldete das nach oben zu denen, die in der Welt der Luft und des Lichts auf Lebenszeichen von uns warteten. Ihre Überraschung ließ sich schon daran ermessen, wie lange es dauerte, bis die Antwort eintraf.

Wenn bei euch alles in Ordnung ist, folgt der Spur vierhundert Meter weit, und dann meldet euch wieder.

»Was bleibt uns denn für eine andere Wahl«, murmelte Huck, »wo Uriel doch die Kabelwinden kontrolliert. Als wenn es ihr etwas ausmachen würde, wenn wir hier unten im Koma lägen oder an Bord eine ernste Krise ausgebrochen wäre.«

Diesmal drehte Ur-ronn sich nicht zu der g'Kek um, aber ihre beiden Schweife klatschten Huck scharf an die Brust.

»Halbe Kraft voraus, Alvin«, befahl Schere. Seufzend beugte ich mich wieder über die Kurbel.

So setzten wir unsere Fahrt fort. Ein Scheinwerferstrahl klebte an der Spur, während Ur-ronn das andere Gerät nach links und rechts, nach oben und unten drehte. Als ob eine Bedrohung, die auf uns zukam, vom Licht erfasst eine ausreichende Warnung für uns darstellen würde! Wohl nie zuvor hat es ein ähnlich unbewaffnetes, langsames und hilfloses Gefährt gegeben wie die *Wuphons Traum*. Das abgeschnittene Tauende, das wir vorhin erblickt hatten, war von Wesen gewirkt worden, die dazu höchste galaktische Technologie verwendet hatten. Es war dazu angelegt, Jahrtausende unter Wasser zu überdauern und seine Stärke zu behalten. Wer immer es auch zu durchtrennen vermocht hatte – ich war eigentlich nicht scharf darauf, ihm zu begegnen, und erst recht nicht, ihn wütend auf uns zu machen.

Eine düstere, bedrückte Stimmung bemächtigte sich unser, während das Boot weiterrollte. Nachdem ich gut eine Midura die Pedale und Paddel in Schwung gehalten hatte, spürten meine

Arme und mein Rücken das typische Prickeln einer Erschöpfung zweiten Grades. Ich war zu müde, um zu grollen. Hinter mir versuchte Huphu, sich von seiner Langeweile zu befreien, indem er den Inhalt meines Rucksacks durchwühlte, auf ein Paket mit Fischbroten stieß, dieses aufriss, ein bisschen daran herumknabberte und den Rest durchs Heck warf. Platschende Geräusche und kleine Wasserspritzer an meinen Zehen sagten mir, dass sich am Boden bereits Nass angesammelt hatte – sei es, dass sich dort ein Leck befand, oder sei es, dass sich einer von uns nicht länger beherrscht hatte und seine ekligen Ausscheidungen sich unter mir gesammelt hatten. Eigentlich war alles gleich schlimm und mir deswegen egal. Außerdem hatte die Luft in der Kabine ein gewisses Aroma angenommen, das ebenso komplex wie widerwärtig war. Ich kämpfte gerade gegen einen weiteren Anflug von Platzangst an, als Schere einen schrillen Schrei ausstieß.

»Alvin! Sofort Stopp! Andersherum! Ich meine natürlich, volle Fahrt zurück!«

Ich wünschte, ich hätte sehen können, was ihm einen solchen Schrecken eingejagt hatte, aber meine Kameraden standen so unter Panik, dass ich nur ein Geschiebe und Gedränge von Silhouetten vor mir ausmachte. Davon abgesehen musste ich meine ganze Kraft aufbieten, um die Kurbel anzuhalten, die fest entschlossen schien, trotz meiner Bemühungen die Räder auf ewig weiterzudrehen. Ich zog mit aller Macht an den Holzgriffen und setzte auch mein volles Körpergewicht ein, bis plötzlich etwas in meinem Rückgrat plopp! machte. Endlich gelang es mir, die Drehung zu verlangsamen und das Gerät schließlich zum Anhalten zu zwingen. Aber dann ging gar nichts mehr, und ich konnte mich anstrengen, wie ich wollte, die Kurbel ließ sich nicht in die entgegengesetzte Richtung drehen.

»Wir haben Schlagseite!«, rief Huck. »Das Boot kippt nach vorn und nach backbord.«

»Das habe ich nicht gesehen!«, jammerte Schere. »Wir fuhren einen kleinen Hügel hinauf, als es plötzlich wie aus dem Nichts vor uns auftauchte. Das schwöre ich!«

Jetzt spürte ich es auch. Die *Traum* kippte tatsächlich vornüber, während Huck verzweifelt Ballast nach achtern pumpte. Die Scheinwerferstrahlen schlugen wie Peitschen durch die Finsternis und offenbarten uns dort, wo eigentlich ein sanft erhebender Grund sein sollte, ein doch ziemlich beunruhigendes Bild von gähnender Leere.

Mit einem Mal gelang es mir, die Kurbel in die andere Richtung zu drehen, doch meinem Triumphgefühl war kein langes Leben beschieden. Eine der magnetischen Klammern – diejenige, die das Rad festhielt, das, glaube ich, einmal Hucks Tante gehört hatte – löste sich. Die bloße Radnabe grub sich sofort tief in den Schlick, was bewirkte, dass unser Boot eine scharfe Seitendrehung vollführte.

Die Scheinwerfer bestrahlten nun den Rand des Vorsprungs, auf dem wir hingen. Was wir für den Boden des Riffs gehalten hatten, erwies sich allem Anschein nach als Grat hoch über den Ausläufern des eigentlichen Grabens. Das tiefe Loch öffnete sich offenbar nur für uns und wollte uns empfangen, wie es schon so viele andere Dinge verschluckt hatte, auf dass diese nie wieder Anteil an den Angelegenheiten oben unter den Sternen nehmen konnten.

So viel Totes befand sich da unten, und wir sollten Bestandteil davon werden.

»Soll ich Ballast loswerden?«, fragte Huck, einer Panik nahe. »Das geht. Mache ich sofort. Zieh an der Signalleine, damit Ziz sich aufbläst. Das kann ich eigentlich auch. Soll ich?«

Ich streckte eine Hand aus, umschloss zwei ihrer Augenstiele und beruhigte sie mit sanftem Streicheln, wie ich es in den vielen Jahren gelernt hatte, die wir uns schon kannten. Sie redete wirr. Das Gewicht der Stahltrosse, die wir hinter uns herzogen, war unfassbar viel größer als das der paar Ballaststeine, die man am Bauch des Boots befestigt hatte. Wenn wir die Trosse durchtrennten, mochte es mit dem Aufsteigen vielleicht klappen. Aber wer sollte dann den Luftschlauch daran hindern, sich zu verdrehen oder zu knicken? Selbst wenn ein Wunder geschah und wir an die Oberfläche gelangten, würden wir wie das granatenförmige Schiff in Jules Vernes *Die ersten Menschen auf dem Mond* nach oben schießen. Und das würde selbst Schere ohne irgendwelchen Druckausgleich nicht überleben.

Ur-ronn hingegen bewahrte trotz der Todesgefahr, in der wir schwebten, so ziemlich die Ruhe und hämmerte so fest auf den Telegraphen ein, dass wahre Funkenregen durch die Kabine stoben. Sie forderte Uriel dringend auf, uns sofort und unbedingt hinaufzuziehen. Eine gute Idee. Aber wie lange würde es dauern, fragte ich mich, bis die Crew oben das ganze lange Kabel eingerollt hatte? Wie rasch durften die Männer arbeiten, ohne dass der Luftschlauch aufriss oder sonst wie Schaden nahm? Wie tief konnten wir stürzen, ehe die beiden Zugkräfte irgendwann aufeinanderprallten? In diesem Moment der Wahrheit würden wir auch erfahren, wie stabil die *Wuphons Traum* gebaut war.

Hilflos spürte ich, wie die Räder jegliche Bodenhaftung verloren, als unser Boot endgültig über den Rand rutschte und seinen langen, ungebremsten Sturz in die Tiefe begann.

Ich schätze, das wäre jetzt die geeignete Stelle, das Kapitel zu beenden. Unsere Helden fallen in schwärzeste Tiefen – ein wahrer Cliffhanger.

Werden sie je wieder nach Hause kommen?

Werden sie überleben?

Ja, das wäre wirklich ideal, der rechte Moment, um einzuhalten. Apropos einhalten: Ich bin müde, mir tut alles weh, und ich brauche dringend eine Ablösung, damit ich zu dem Eimer in der Ecke dieses feuchten Gefängnisses kann, um mich dort zu erleichtern.

Aber ich höre nicht hier und jetzt auf. Dazu weiß ich nämlich eine viel bessere Stelle, und die kommt gleich, ein Stück weiter den Zeitstrom hinab. Während die *Traum* langsam fiel und sich wieder und wieder um sich selbst drehte, hatten wir Gelegenheit, im Licht der Außenlampen die Klippenwand zu betrachten, die wie ein nimmer endender Grabwall vor uns aufstieg. Unser Grabwall.

Wir warfen allen Ballast ab, was unseren Sturz wenigstens etwas verlangsamte. Doch dann erfasste uns eine Strömung. Sie zerrte uns, und schon ging es noch rascher als vorher nach unten. Wir befreiten uns von allem, was sich noch lösen ließ, wussten aber, dass unsere einzige Chance in der Schnelligkeit bestand, mit der Uriel und ihre Crew reagierten. Und dann gab es da noch hundert andere Dinge, die funktionieren mussten, auch wenn alle Wahrscheinlichkeit dagegen sprach.

Wir alle machten uns auf unseren Tod gefasst, natürlich jeder allein und auf seine Weise. Alle an Bord erwarteten zitternd das Ende der Tragödie.

Ich vermisste meine Eltern und klagte mit ihnen, denn für sie war mein Ableben in vielerlei Hinsicht ebenso bitter wie für mich. Mir blieb es jedoch erspart, jahrelang zu leiden, wie es ihnen bevorstand, und das nur, weil ich Narr genug gewesen war, mich auf ein solches Abenteuer einzulassen. Ich streichelte Huphu und flüsterte tröstend auf ihn ein; während Ur-ronn ein altes Trauerlied der Steppe sang und Huck alle vier Augenstiele nach innen drehte, vermutlich, um nach innen und auf ihr bisheriges Leben zu sehen.

Dann schrie Schere nur ein Wort, aber das kam so überraschend, dass es unsere innere Einkehr zunichtemachte. Dieses Wort hatten wir schon oft aus seinen Beinmündern und -ventilen zu hören bekommen, eigentlich schon viel zu oft. Doch nie hatte er es in einem solchen Tonfall ausgestoßen. Nie mit so viel Ehrfurcht und Erstaunen in der Stimme.

»Monster-ster!«, rief er.

Und dann noch einmal, erfüllt von Freude und Entsetzen: »Monster!«

Niemand hat mich abgelöst. Ich sitze immer noch im Heck fest, kann den Rücken nicht mehr bewegen und muss ganz furchtbar dringend auf den Eimer. Mein Bleistift hat kaum noch eine Spitze, und das Papier geht mir aus … Während ich hier also feststecke, kann ich auch gleich zu dem wahrlich dramatischen Moment unseres Absturzes überleiten.

Im Boot herrschte heillose Verwirrung, während wir unserem sicheren Untergang entgegeneilten. Meine Kameraden purzelten durcheinander, jeder stieß sich den Kopf an, und ständig prallte man gegen Hebel, Griffe, Schalter oder einen Kameraden. Wenn ich durch das Getümmel einen Blick nach draußen erhaschen konnte, schaute ich auf ein verwirrendes Wirrwarr von phosphoreszierenden Punkten, die von den Scheinwerfern eingefangen wurden. Dazwischen kurze Eindrücke von der vorbeigleitenden Klippenwand, und hin und wieder ein kurzes Aufblitzen von *etwas anderem*.

Etwas, das strahlend und grau war. Ob das alles zu einem Wesen gehörte oder zu mehreren, vermochte ich nicht zu erkennen. Agile, flatternde Bewegungen. Dann sonderbare Berührungen, die am Bootsrumpf zu reiben schienen. Schließlich hartes Klopfen und Donnern an der Hülle unseres zum Untergang verurteilten *Traums*.

Schere brabbelte unentwegt etwas von Monstern. Ich befürchtete ehrlich das Schlimmste für seinen Verstand. Aber Ur-ronn und Huck hatten ihr Gejammer eingestellt und klebten am Bullauge, als hätte sie das, was sie dort zu sehen bekamen, vollkommen in ihren Bann geschlagen. Ein ziemlicher Lärm herrschte in der Kabine, und die ganze Zeit über rannte Huphu wie rasend die Wände hoch und krallte sich zur Abwechslung in meinem schmerzenden Rücken fest.

Ich glaube, es war Huck, die irgendwann etwas sagte, das so ähnlich klang wie:

»Was – oder wer – kann das wohl sein?«

In diesem Moment teilte sich die Masse der wirbelnden Formen und floh nach links und nach rechts, als etwas Neues auftauchte, das uns allen den Atem stocken ließ.

Ein gewaltiges Wesen, das viel, viel größer war als unser Boot. Es schwamm mit unglaublicher Leichtigkeit und stieß beim Näherkommen ein tiefes Knurren aus. Von meinem Platz im Heck aus, das mir mehr und mehr wie ein Gefängnis vorkam, konnte ich kaum mehr als zwei riesige Augen erkennen, die noch heller zu leuchten schienen als unsere Eik-Scheinwerfer.

Und dann sah ich sein Maul. Für meinen Geschmack konnte ich es deutlicher ausmachen, als mir lieb war. Der Schlund öffnete sich weiter und weiter, während die Kreatur auf uns zutrieb.

Die Hülle ächzte, und es folgten zwei weitere harte Stöße. Urronn schrie schrill auf, als ein dünner Wasserstrahl in die Kabine spritzte, von der Wand abprallte und mich nass machte.

Vor Furcht wie gelähmt, konnte ich mein Gehirn nicht dazu bringen, einen einzigen klaren Gedanken zu fassen. Alle möglichen Eingebungen, Beobachtungen und Eindrücke purzelten dort durcheinander.

Das musste ein Buyur-Geist sein, sagte ich mir schließlich, der gekommen war, uns törichte Narren dafür zu bestrafen, in ein Reich vorgedrungen zu sein, in dem wir nichts zu suchen hatten.

Nein, das war eine Maschine, die sich aus den Relikten und Überresten zusammengesetzt hatte, die man vor Urzeiten, noch bevor die Buyur auf diese Welt gekommen waren, ins Riff geworfen hatte. Apparate und Geräte, so alt, dass nicht einmal die Galaktiker sich an sie erinnern konnten.

Oder war das ein einheimisches Seeungeheuer, ein Wesen, das auf Jijo selbst entstanden war, geboren am ungestörtesten und privatesten Ort dieser Welt?

Immer neue Deutungsmöglichkeiten rauschten durch meinen angeschlagenen Verstand, während ich wie erstarrt hinsah und den Blick nicht von diesen grässlichen Zahnreihen wenden konnte. Die *Traum* ruckte und schaukelte. Heute weiß ich, dass unterseeische Strömungen dafür verantwortlich waren, aber damals glaubte ich, das kleine Boot versuche aus eigenem Antrieb, von hier zu fliehen.

Die Kiefer schlossen sich um uns. Ein plötzlicher Stoß schleuderte uns alle an eine Seite. Wir waren gegen den Gaumen des Monsters geprallt, und zwar so heftig, dass sich unser wunderschönes Bullauge mit Sprüngen überzog. Eisblumen schienen auf dem Glas zu wachsen. Ur-ronn heulte, und Huck rollte die Augenstiele wie Socken zusammen, die man ins Schrankfach legen will.

Ich presste Huphu an mich, achtete in diesem Moment nicht auf seine stechenden Krallen und atmete die schale, abgestandene Luft tief ein. Sie schmeckte furchtbar, aber von irgendwoher hatte ich das dumpfe Gefühl, so bald keinen neuen Sauerstoff mehr zu bekommen.

Das Fenster krachte im selben Moment ein, in dem der Luftschlauch durchtrennt wurde.

Die dunklen Wasser des Riffs fanden rasch ihren Weg in unser havariertes Tauchboot.

VIERUNDZWANZIGSTER TEIL

DAS BUCH VOM HANG

Legenden

Zwanzig Jahre mussten vergehen, bis die erste menschliche Sooner-Bande – eine ziemlich große Gruppe, die kurz vor dem Versenken der Tabernakel *in die Savanne südlich des Tals geflohen war und damit den Vertrag des Exils ablehnte, den ihre Führer unterschrieben haben – zurückgeführt werden konnte. Um zu verschwinden, riskierten sie Elend und Vereinsamung wie auch die Verfolgung durch die Strafbehörden. Als man sie schließlich gefangen genommen hatte, musste man sie buchstäblich zurückzerren, weil sie vor lauter Panik keinen Schritt vorwärts tun wollten – so sehr fürchteten sie sich vor den Traeki und den Hoon.*

Rückblickend betrachtet, entbehrt diese Angst nicht einer gewissen Ironie, denn es waren nicht die Traeki oder Hoon, sondern die Qheuen und die Urs, die den menschlichen Siedlern Ärger bereiteten und sie insgesamt zweihundert Jahre lang mit Krieg überzogen.

Warum nur fürchteten sich so viele Erdlinge vor den friedlichen Wulstwesen oder unseren freundlichen Freunden mit den breiten Schultern und den tiefen Stimmen? Der Hoon und Traeki Vettern hoch oben in den Sternen müssen sich deutlich anders verhalten haben, als unsere Vorfahren zum ersten Mal mit ihren Schiffen die Sternenstraßen der Galaxis Vier befuhren.

Unglücklicherweise sind während des Großen Feuers die meisten galaktologischen Berichte und Unterlagen ein Raub der Flammen geworden. Aber andere Quellen wissen von der erbarmungslosen Feindseligkeit der mächtigen und rätselhaften Sternenfürsten zu berichten, die sich selbst Jophur nennen. So sollen sie eine führende Rolle während der Zwangsbeschlagnahmung von Mudaun gespielt haben. Dieses fürchterliche Blutbad hatte den Auszug der Tabernakel *unmittelbar zur Folge. Denn dabei waren ganze Völkerschaften mit vorsätzlicher und präziser Effizienz vernichtet worden. Charaktereigenschaften, die man bei den Traeki hier am Hang nur höchst selten feststellen kann.*

Man hört auch oft, dass Hoon vor Mudaun dabei gewesen sind, und dabei werden sie als sauertöpfische und mürrische Wesen geschildert. Als eine Spezies von Buchhaltern, Beamten und Steuerprüfern, deren Lieblingsbeschäftigung darin bestand, die Geburtenkontrolle einzuführen, einzuhalten und andere Spezies dahingehend zu kontrollieren, ob sie diese auch beherzigten. Gnadengesuche, Wünsche um Aufschiebung oder Stundung sowie Appelle an Gnade oder Menschlichkeit waren bei ihnen vollkommen vergebens.

Konnte man in solchen Darstellungen auch nur ansatzweise die Mitglieder der beiden gemütlichsten und gutmütigsten Spezies unserer Sechsheit wiedererkennen?

Kein Wunder, dass weder Traeki noch Hoon sich gern irgendwelcher Nostalgie über die »gute alte Zeit« hingaben, als sie noch gottgleich durch die Galaxien geflogen waren.

Aus den Annalen der Jijo-Gemeinschaften

Sara

Als der kommende Morgen den östlichen Himmel bleich färbte, trafen müde Reisende nach einem langen Nachtmarsch durch die sonnenverbrannte Warril-Ebene in Uryuttas Oase ein – ein Trupp von Eseln, Simlas, Menschen und Hoon, die von Durst und Erschöpfung gezeichnet waren. Selbst einige ursische Pilger traten vorsichtig an das schmuddelige Gestade, tauchten ihre schmalen Köpfe in das Nass und verzogen beim bitteren, ungesüßten Geschmack des Ebenenwassers angewidert das Gesicht.

Der Hochsommer war über die Steppe gekommen. Heiße Winde setzten Büschel von Kreisgras in Brand und trieben Herden in die Flucht, deren Stampeden hohe Staubwolken aufwirbelten. Auch schon vor der gegenwärtigen Krise hatten Wanderer die Sommersonne gemieden und die kühleren Mondnächte zum Reisen vorgezogen. Ursische Führerinnen prahlten damit, selbst mit verbundenen Augen ihren Weg durch die Steppe zu finden.

Das ist ja schön für sie, dachte Sara, während sie ihre geschwollenen Füße in der Quelle wusch. *Eine Urs fällt ja nicht aufs Gesicht, wenn sich unter dem Fuß ein Stein löst. Ich persönlich möchte schon gern sehen, wohin ich trete.*

Im ersten Tageslicht zeichneten sich im Osten mächtige Silhouetten ab. Das Rimmer-Gebirge. Saras gemischtrassige Expedition kam gut voran. Man war unterwegs zur Lichtung und beeilte sich, dort einzutreffen, ehe die Ereignisse ihren Höhepunkt erreicht hatten. Sie freute sich darauf, ihre Brüder wiederzusehen, und konnte es kaum abwarten zu erfahren, wie Bloor ihre Idee umgesetzt hatte. Möglicherweise fand sie dort auch medizinische Hilfe für ihr Mündel, den Fremden – auch wenn sie vielleicht Vorsicht walten lassen und ihn vor den Blicken der Invasoren verborgen halten musste. Das würde sicher nicht leicht werden. Außerdem hatte Sara noch immer nicht die Hoffnung aufgegeben, einen der berühmten Datenbände der Großen Galaktiker zu sehen zu bekommen.

Aber es gab auch genug Gründe, sich Sorgen zu machen. Wenn die Sternengötter wirklich beabsichtigten, alle Zeugen zu beseitigen, würden sie damit logischerweise auf der Lichtung beginnen. Und davon abgesehen befürchtete Sara, mit ihrer Wanderung den Fremden den Galaktikern direkt in die Hände zu spielen. Der dunkle, immerzu gutgelaunte Mann schien gerne mitzukommen, aber begriff er überhaupt, worauf er sich da einließ?

Ein zischendes Seufzen entfuhr Pzoras Wulstringkörper, als er Wasser aus dem Becken aufsaugte. Obwohl er die Reise auf einem Eselswagen hinter sich gebracht hatte, waren auch ihm Ermüdung und Erschöpfung anzumerken. Der Traeki hatte sich seinen neuen Rewq aufgesetzt, einen von den beiden, die Sara in Kandu Landing gekauft hatte, wo sie frisch eingetroffen waren. Sie hatte ihn ihm gegeben, damit er sich besser um den verwundeten Fremden kümmern konnte. Sara selbst widerstrebte es, sich einen solchen Symbionten über die Augen zu legen.

Dicht vor ihren Füßen tauchten Blasen an der Wasseroberfläche auf. Im silbrigen Licht Loocens machte sie Klinge aus dem Dorf Dolo aus, der auf dem Grund des Teichs ruhte. Der eilige Marsch war für die roten sowie blauen Qheuen und die Menschen, die zum Reiten zu groß und schwer waren, überaus anstrengend gewesen. Sara hatte alle ungeraden Miduras laufen müssen und alle geraden auf einen Esel gedurft. Dennoch tat ihr jetzt jeder einzelne Knochen im Leib weh. *Geschieht mir ganz recht,* dachte sie, *warum musste ich auch ein so zurückgezogenes Leben als Leseratte führen und keinen Sport treiben!*

Rauer Beifall stieg von den ursischen Eselstreiberinnen auf, die Gras und Dung zusammengetragen hatten, um ein Lagerfeuer zu errichten. Sie gossen Simlablut in eine Terrine und warfen dann kleingehackte Fleischbrocken hinein. Bald nahmen sie den rotklumpigen Eintopf lauwarm zu sich, senkten ihre langen Hälse, um die Masse aufzuschlürfen, und hoben sie dann in die Höhe, damit alles die Kehle hinunterrinnen konnte. Sehnige Silhouetten, deren Auf und Ab auf sonderbare Weise vom Geklimper des Fremden auf seinem Hackbrett begleitet wurde. Inzwischen hatte eine hoonsche Köchin, die sich stolz einer multikulturellen Küche rühmte, Töpfe aufgesetzt und Kräuter und Pulver hineingegeben, bis ein würziges Aroma die Luft erfüllte, den Gestank des gekochten Simlas verdrängte und sogar bei Sara trotz ihres Schwierigkeiten machenden Magens Appetit auslöste.

Ein wenig später bot die aufgehende Sonne einen einmaligen Blick auf die grünbraune Gebirgskette, die am östlichen Horizont aufragte. Der Fremde hatte sich das Hemd ausgezogen und half vergnügt Sara und den Menschen bei den Lagertätigkeiten, die den Erdlingen vorbehalten waren. Vor allem gehörte dazu das Aufstellen von Zelten aus g'Kek-Tarnstoff, in denen die Reisenden und ihre Tiere Schutz vor der Hitze des Tages finden sollten. Dass der Sternenmann stumm war, schien ihn bei der Zusammenarbeit mit den anderen nicht im Mindesten zu behindern. Seine pure Lebensfreude färbte auf alle in seiner Umgebung ab, und er brachte ihnen ein Lied ohne Text bei, das ihnen bei der Plackerei die Zeit vertreiben sollte.

Noch zwei Tage, dachte Sara mit Blick auf den Pass. *Wir haben es fast geschafft.*

Die Oase war nach einer nomadischen Kriegerin benannt, die in der Zeit unmittelbar nach Errichtung der ursischen Siedlung gelebt hatte, als die Zahl dieser Wesen noch klein und ihre Fahr- und Werkzeuge noch recht primitiv gewesen waren. In jenen alten Tagen war Uryatta von den reichen Weidelanden in Znunir, wo die ursischen Stammesführerinnen den mächtigen grauen

Königinnen den Treueeid geschworen hatten, nach Osten geflohen. Sie führte ihre Mitrebellinnen durch die endlose trockene Ebene zu diesem Wadi, wo sie ihre Wunden versorgten und Pläne zur Befreiung ihrer Spezies von der Qheuen-Herrschaft schmiedeten.

Zumindest hieß es so in der Sage, die Sara an diesem Nachmittag hörte, nachdem sie die heißesten Stunden des Tages verschlafen hatte. In ihrem Schlummer hatte sie von kühlem und klarem Wasser geträumt.

Als sie aufgewacht war, hatte sie großen Durst verspürt, den sie sofort an der Quelle stillte. Danach gesellte sie sich zu den anderen Reisenden im großen Zelt, um eine Mahlzeit zu sich zu nehmen.

Da noch einige Stunden bis zum Einbruch der Abenddämmerung vergehen mussten und die bleierne Hitze weiter über der Oase lag, versammelten sich die Trödler und Händler um eine Geschichtenerzählerin und begleiteten ihre Worte mit Hufestampfen und Schweifwedeln. Auch nach der Einführung von Büchern und Buchdruck bevorzugten die Urs immer noch die orale Erzähltradition mit ihrer Extravaganz und ihren immer wieder neuen Variationen. Als das Lied der Bardin von der Schlacht am Znunir-Handelsposten kündete, schaukelten die langen Schädel im Takt dazu, und die Dreiaugen blickten an der Poetin vorbei in längst vergangene Zeiten.

So wurde zerstreut die Reiterei der Verräterinnen,
Die willentlich waren geworden zu Sklaven.
Man trieb die Feiglinge in Scharen
Hinein in die Falle, die Uryatta gelegt.
Kreischend sie stürzten in die Tiefstink-Spalte,
Um zu vermengen den schwefligen Geruch des Todes
Mit ihren Ausdünstungen von Todesfurcht und leeren Beuteln.

Die Zuhörerinnen zischten ihre Verachtung für die erbärmlichen Verräterinnen hinaus. Sara nahm ihren Block zur Hand und machte sich Notizen über den altertümlichen Dialekt, der sich lange vor der Ankunft der Menschen aus dem Galaktik Zwei entwickelt hatte.

Uryatta nun fuhr herum, bereit, sie anzugehen,
Der Grauen Matronen furchtbare Schar,
Ihre Fußsoldaten, gewappnete Männer im Panzer
Mit männlichen Waffen aus scharfgebissenem Hartholz,
Die funkelten grell im Sonnenlicht.
Sie klapperten mit den Scheren, dürstend nach Blut
Und zu zerfleischen der Ursen Fell.
Standen da in breiter Front, uns in Stücke zu hauen
Für ihre Königinnen.

Diesmal grunzten die Urs tief, um ihren Respekt für einen fast ebenbürtigen Gegner zu bezeugen. Laute, die die Menschen erst in der dritten Generation nach der Landung zu hören bekommen hatten, als sie sich endlich ihren Platz im Chaos der Zeit vor den Gemeinschaften erobert hatten.

Nun ist der Moment recht, gab unsere Führerin
Laut und weithin das Angriffssignal.
Hervor mit den Waffen, den neu gefertigten!
Haltet die Langstäbe und spannt den harten Rücken.
Stecht nicht in ihre Seiten, sondern schiebt
Die Stecken unter sie und bringt auf alle Kraft.
Strengt euch an, ihr starken Rücken! Hebt!
Wuchtet und hebt, bis die schneidenden Scheren
Liegen ohnmächtig auf ihrem Rücken!

Zuerst wusste Sara nicht, was damit gemeint war. Dann begriff sie, welch kluger Strategie Uryatta sich bedient hatte. Unter »Langstäben« waren Bambusschösslinge zu verstehen. Die wurden unter die krebsartigen Qheuen geschoben, um sie umkippen und auf dem Rücken landen zu lassen. So war damals das als unbesiegbar geltende Qheuen-Fußvolk im wahrsten Sinne des Wortes zu Fall gebracht worden. Tapfere ursische Freiwillige setzten sich den schnappenden Scheren der Qheuen aus, damit ihre Kameradinnen an den Stangen so einen Soldaten nach dem anderen über sie hebeln und umkippen konnten.

Trotz des geradezu ekstatischen Gesangs über das ruhmreiche Massaker wusste Sara es besser. Uryattas Sieg war nur von kurzer Dauer gewesen, denn die Qheuen hatten sich rasch einer neuen Taktik bedient. Erst eine spätere Generation von Heldinnen – die Kriegerschmiedinnen des Loderbergs – vollbrachten es endlich, die grauen Tyrannen von den Hochebenen zu vertreiben. Doch auch danach stellten die Qheuen weiterhin eine Bedrohung für die im Entstehen begriffenen Gemeinschaften dar, bis die Menschen mit ihren neuen Waffen und Taktiken – die in Wahrheit alt waren – auf den Plan traten.

Nicht alle Urs ließen die kriegerischen alten Zeiten hochleben. Die Karawanenführerin und ihre Leutnants knieten auf einer Pekohaut und planten den Fortgang des Trecks. Aus ihren Gesten über der Karte ließ sich schließen, dass sie beabsichtigten, die nächste Oase auszulassen, um in einem Gewaltmarsch das Vorgebirge bis zum Sonnenaufgang zu erreichen.

Meine armen Füße tun mir jetzt schon leid, dachte Sara.

Die Führerin hob den Kopf und zischte, als ein menschlicher Pilger sich dem Zeltausgang näherte.

»Ich muss dringend raus«, erklärte Jop, der Baumfarmer aus Dolo.

»Was, schon wieder zum Pinkeln? Bist du am Ende krank?«

Der Fundamentalist hatte den größten Teil der Reise einsilbig und in eine Kopie der Schriftrolle des Exils vertieft verbracht, doch seit der Ankunft in der Oase verhielt er sich freundlich und leutselig. »Aber nein!«, lachte er. »Ich habe wohl nur etwas zu viel von dem köstlichen Quellwasser getrunken, und jetzt ist es wohl an der Zeit, es Jijo zurückzugeben. Aber fehlen tut mir nichts.«

Während die Zeltklappe kurz geöffnet wurde, konnte Sara einen Blick auf den Teich werfen. Wasserblasen verrieten ihr, dass Klinge wieder untergetaucht war und sich für den Weitermarsch vollsaugte. Konnte es sein, dass er sich dazu entschieden hatte, um das Lied der Geschichtenerzählerin von der Niederlage der Qheuen nicht hören zu müssen?

Die Klappe fiel wieder an ihren Platz, und Sara sah sich in dem Pavillonzelt um.

Kurt, der Sprengmeister, zeichnete mit Hilfe eines Kompasses Bögen auf Millimeterpapier, grummelte leise vor sich hin und ließ die Tochter des Papiermachers immer wieder zusammenzucken, als er Blatt um Blatt verärgert zerknüllte und zu Boden warf. Ganz in der Nähe zeichnete Prity abstrakte Figuren auf ökonomischere Weise in den Sand. Er zupfte sein behaartes Kinn und grübelte über einer Topologiearbeit, die Sara aus Biblos mitgebracht hatte.

Du meine Güte, was sind wir doch für eine intellektuelle Karawane, dachte Sara sarkastisch. *Einer, der es zum Priester bringen will, ein Architekt, der Dinge zeichnet, die explodieren sollen, ein geometrisch begabter Schimpanse und eine gefallene Mathematikerin – und alle eilen wir der möglichen oder wahrscheinlichen Vernichtung entgegen. Womit unsere Liste von Absonderlichkeiten aber noch lange nicht vollständig ist.*

Ein Stück weiter links hatte der Fremde endlich von seiner Cymbal abgelassen und beobachtete statt dessen Kurts Neffen, den jungen Jomah, der mit einem roten Qheuen (einem Salzhändler), zwei Bibliothekaren aus Biblos und drei hoonschen Pilgern *Turm von Harrison* spielte. Es ging dabei darum, bunte Ringe über sechseckartig angebrachte Stöckchen zu bewegen, die man in den Sandboden gestoßen hatte. Das Ziel des Spiels bestand darin, so viele Ringe wie möglich auf dem eigenen Stöckchen zu platzieren, und das auch noch in der richtigen Reihenfolge, nämlich den größten zuunterst und den kleinsten zuoberst. In der Fortgeschrittenen-Version symbolisierten die Ringe und Farben Traeki-Attribute, und es galt, aus den verschiedenen Charaktereigenschaften einen idealen Traeki zusammenzustellen.

Pzora, der Apotheker, schien sich weniger für *Turm von Harrison* als für die Mär der Geschichtenerzählerin zu interessieren. Sara hatte noch nie erlebt, dass ein Traeki beleidigt oder verärgert auf dieses Spiel reagierte, obwohl damit doch ihre einzigartige Reproduktionsmethode ein wenig karikiert wurde.

»Siehst du?«, erklärte der Junge dem Fremden gerade einen Spielzug. »Bis jetzt habe ich Sumpfflossen, einen Mulch-Kern, zwei Gedächtnisringe, die Riech-, die Denk- und die Guckwulst zusammen.«

Der Sternenmann ließ sich keinerlei Frustration anmerken, obwohl Jomah viel zu schnell für ihn redete. Er betrachtete den Sprengerlehrling vielmehr mit einer Miene von intelligentem Interesse. Vielleicht nahm er die Stimme des Knaben in Form von Musiknoten wahr.

»Ich brauche jetzt einen besseren Basiswulst, damit mein Traeki sich auch an Land bewegen kann. Aber Hormtuwoa hat mir den Gehring, auf den ich schon ein Auge geworfen hatte, vor der Nase weggeschnappt. Deswegen sieht es ganz so aus, als müsste ich mich mit den Flossen zufriedengeben.«

Der Hoon zur Linken Jomahs grollte Dank für das Lob. Bei *Turm von Harrison* musste man ein Schnelldenker sein, sonst brachte man es zu nichts.

Bau mir ein Traumhaus, sei so nett,
Mit Stockwerken zweimal sieben
Mit Keller, Küche, Bad und Bett
Dann will ich dich immer lieben.

Jomah und seine Spielerrunde hielten verblüfft inne und starrten auf den Fremden, der vor und zurück schaukelte und sich ausschüttete vor Lachen.

Er wird darin immer besser, dachte Sara. Trotzdem war es immer noch ein wenig unheimlich, wenn der Sternenmensch unvermittelt eine Strophe aus irgendeinem Lied zum Besten gab, das auch noch zu dem passte, was er gerade gesehen hatte oder was sich um ihn herum tat.

Mit einem Funkeln in den Augen wartete der Fremde, bis die Spieler sich wieder mit ihren Ringen und Stöckchen beschäftigten. Dann stieß er Jomah in die Seite und zeigte auf einen Spielstein, der im Reservefach zuoberst lag. Der Junge starrte auf den Ring, der *Rennfüße* symbolisierte, und versuchte so angestrengt, seinen Jubel zu unterdrücken, dass er dabei einen Hustenanfall erlitt. Der dunkle Mann klopfte ihm hilfsbereit auf den Rücken.

Woher hat er das gewusst? Spielen sie etwa zwischen den Sternen auch Turm von Harrison? Sara hätte eher gedacht, dass die Sterngötter, nun, eben gottgemäßere Arten des Zeitvertreibs pflegten. Irgendwie war es doch beruhigend zu erfahren, dass sie anscheinend ebenfalls mit einfachen Steinen spielten – mit harten und dauerhaften Symbolen des Lebens.

Natürlich sind so gut wie alle Spiele darauf angelegt, dass es einen Sieger und mehrere Verlierer gibt.

Die Zuhörerinnen zischten beifällig, als die Bardin ihr episches Lied beendete und sich von der Plattform entfernte, um ihren Lohn entgegenzunehmen, einen dampfenden Krug Blut. *Zu schade, dass ich das Ende nicht mitbekommen habe,* ärgerte sich Sara. Aber sie würde das Lied sicher noch einmal zu hören bekommen, falls die Welt dieses Jahr überlebte.

Und da keine weitere Geschichtenerzählerin den Platz der Bardin übernahm, streckten sich einige Urs und machten sich langsam auf den Weg zum Zeltausgang, um die Tiere zu versorgen und alles für den Abmarsch heute Nacht vorzubereiten.

Doch sie blieben sofort stehen, als eine Freiwillige sich meldete und mit klappernden Hufen auf das Podium trabte. Es handelte sich um Ulgor, die Kleinhändlerin, die Sara seit der Nacht begleitete, in der die Aliens über das Dorf Dolo hinweggebraust waren. Die Urs nahmen wieder ihre Plätze ein, und Ulgor begann ihre Geschichte in einem Dialekt, der noch älter war als der vorangegangene.

Schiffe unsere Gedanken erfüllen in dieser Stund,
Mal donnernd, mal gleitend und mal still.

Schiffe füllen eure Gedanken in dieser Stund,
Fern sind sie von allen Wassermeeren.

Schiffe, wolkengleich, verhüllen euren Geist,
Zahllose Horden segeln heran.

Schiffe, wolkengleich, verhüllen euren Geist,
Sind gewaltiger als Berge und Höhen.

Die Menge murmelte konsterniert, und die Karawanenführerin verdrehte empört ihren Hals zu einer Spirale. Dieses Thema wurde nur selten besungen, denn allgemein herrschte die Ansicht vor, dass es von schlechtem Geschmack zeuge, so etwas vor einem gemischtrassigen Publikum vorzutragen. Schon wurden die ersten Hoon auf den Text aufmerksam und näherten sich dem Podium.

Dies sind die Schiffe der Urrisch-ka,
Des Clans, gerühmt für seine Stärke.
Schiffe des ursischen Feindes,
Gekommen sie sind zur Rache.

Ob geschmacklos oder nicht, ein Lied durfte während des Vortrags nicht gestört werden. Die Führerin blähte die Nüstern, um anzuzeigen, dass sie mit diesem Bruch der guten Sitten nichts gemein hatte. Ulgor fuhr damit fort, ein Ereignis wachzurufen, das lange vor dem Zeitpunkt stattgefunden hatte, an dem die ersten Urs ihre Hufe auf Jijo gesetzt hatten. Es war zwar während der Zeit der Raumarmadas, als die Flotten der Götter über unverständliche Doktrinen gefochten und Waffen von unvorstellbarer Macht eingesetzt hatten.

Sterne füllen unsere Gedanken in dieser Stund,
Schiffe, größer als der Gipfel Höh'n,
Sterne sie zum Erbeben bringen,
Und ihre Blitze gewaltig wie Planeten sind.

Warum singt Ulgor dieses Lied?, fragte sich Sara. Sie war doch ein so taktvolles Fohlen gewesen. Doch jetzt schien sie alle anderen Spezies provozieren zu wollen.

Die Hoon drängten immer näher, und ihre Kehlsäcke blähten sich auf. Noch waren die meisten von ihnen eher neugierig als erzürnt. Anscheinend hatte die Mehrzahl noch nicht erkannt, dass Ulgor uralte Vendettas wiederaufleben ließ. Archaische Zwiste, gegen die die Streitigkeiten zwischen Menschen und Qheuen auf Jijo wie nichtiges Gezänk über das Frühstück anmuteten.

Hier auf unserer Welt teilen Urs und Hoon nur wenige Siedlungen und noch weniger gemeinsame Interessen. Sie geraten sich also so gut wie nie ins Gehege. Deshalb kann man es kaum glauben, dass diese beiden Spezies sich einst in Raumkriegen abgeschlachtet haben.

Auch die *Turm-von-Harrison*-Spieler hörten jetzt auf, Scheiben auf Stöckchen zu stecken. Der Fremde verfolgte die wellenförmigen Halsbewegungen Ulgors und schlug mit der Rechten den Takt zu ihrem Lied.

Ach, ihr eingeborenen Lauscher,
Die ihr seid so gesegnet ahnungslos.

Planetengebunden euer Geist,
Wie wagt ihr es, verstehen zu wollen.

Löcher von Weltengröße im All,
In denen wohnen Wesen,

Die erdverhaftete Geister wie die euren
Nie zu erahnen vermögen.

Die Hoon atmeten erleichtert rasselnd aus. Vielleicht ging es in diesem Lied ja doch nicht um antike Schlachten zwischen ihren Vorfahren und den Urs. Manche alten Raumsagen erzählten von ehrfurchtgebietenden Erscheinungen oder Visionen, die durchaus dazu geeignet waren, den modernen Zuhörer zu verblüffen und ihm ins Gedächtnis zurückzurufen, was die Sechs verloren hatten und vielleicht eines Tages zurückerlangen konnten – wenn auch ironischerweise durch das Vergessen derselben.

Werft eure furchtsamen Gedanken
Auf diese Schiffe, die in Kälte
kreuzen hin zum Tor des Ruhms
Und doch ihr Schicksal nicht kennen.

Wenn die erste Sängerin voller Inbrunst mit Blutzoll bezahlten Ruhm besungen hatte, war Ulgors Vortrag zwar kühler, dafür aber charismatischer. Sie verzauberte das Publikum und verstärkte die Wirkung ihres Singsangs durch rhythmisches Kopfnicken und -schaukeln. Dieser Urs gelang es, vor den Zuhörern die Essenz von Farben, Kälte und Furcht entstehen zu lassen. Sara hatte längst ihren Block beiseitegelegt, so gefangen war sie von den

Visionen von Feuer und Schatten, den Weiten des Alls und den glänzenden Raumschiffen, die zahlreicher waren als die Sterne. Ohne Zweifel war diese Geschichte im Lauf der jahrtausendealten Überlieferung verändert und ausgeschmückt worden, aber trotzdem verspürte Sara den Stich der Eifersucht.

Wir Menschen sind vor unserem Fall nie so weit hinaufgestiegen. Selbst in unseren glorreichsten Zeiten verfügten wir nie über eine Armada von mächtigen Sternenschiffen. Ja, wir sind wahrlich Wölflinge, primitive Vettern der anderen Völker.

Diese Gedanken vergingen rasch, als Ulgor mit ihrem rhythmischen Singsang fortfuhr und Augenblicke der Unendlichkeit entstehen ließ. Ein Bild von einer Riesenflotte, die sich auf einem ruhmreichen Feldzug befand und deren Schicksal sich in einer dunklen Region des Raums erfüllen sollte. Eine Ecke des Alls, ebenso geheimnisvoll wie tödlich – so ähnlich wie die bitteren Senken unter dem Netz einer Mulch-Spinne. Weisere Raumfahrer mieden diese Route, jedoch nicht die Admiralin der Urs-Flotte. So sehr war sie von ihrer Unbesiegbarkeit überzeugt, dass sie diesen fatalen Kurs wählte, um dem Feind in den Rücken zu fallen, und dabei alle Vorsicht außer Acht ließ.

Doch nun löst sich aus dem Schwarzen Kern
Der Strahl des Schicksals
Und breitet seine Falle aus
Über die Ansammlung der unruhigen Sterne.

Sara zuckte zusammen, als jemand an ihrem Ellenbogen zog und sie damit in die Wirklichkeit zurückriss. Sie blinzelte und erkannte Prity, der immer fester an ihrem Arm zupfte, bis es anfing, weh zu tun, und sie ihn fragte: »Was gibt's denn?«

Der Schimpanse ließ sie los und gab ihr mit Zeichensprache seine Mitteilung zu verstehen:

Hör zu, jetzt!

Sara wollte ihm gerade empört entgegnen: *Genau das habe ich gerade getan,* als ihr aufging, dass Prity gar nicht das Lied gemeint hatte. Sie bemühte sich, sich nicht länger von Ulgors hypnotischem Singsang gefangen nehmen zu lassen … und machte nach einer Weile leises Gemurmel aus, das von draußen, von außerhalb des Zelts kam.

Die Packtiere. Irgendetwas versetzt sie in Unruhe.

Die Simlas und Esel waren in einem eigenen Tarnzelt untergebracht, das ein Stück weiter entfernt stand. Sara hörte genauer hin. Nein, die Tiere hörten sich nicht erschrocken an, aber ihre Laute klangen auch nicht glücklich und zufrieden.

Dem Fremden schien das auch aufgefallen zu sein – ebenso einigen der Bibliothekare und einem roten Qheuen. Sie alle zogen sich langsam vom Podium zurück und sahen sich nervös um.

Inzwischen hatte sich auch die Karawanenführerin unter das Publikum gemischt und war wie die anderen in ferne Zeiten und Räume entrückt worden. Sara bewegte sich vorsichtig auf die Führerin zu, um sie behutsam anzustoßen – sehr behutsam, denn Urs waren dafür bekannt, sofort zuzuschnappen, wenn man sie erschreckte –, doch im nächsten Moment wurde ihr Hals lang und starr, und wellenförmige Zuckungen wanderten durch ihre hellbraune Mähne. Zischend alarmierte die Anführerin zwei ihrer Leutnants und riss eine dritte mit einem scharfen Biss in die Flanke aus der Trance. Alle vier machten sich gleichzeitig auf den Weg zum Zeltausgang …

… und blieben abrupt stehen, als Phantomschatten an der Westseite des Zelts auftauchten. Zentaurensilhouetten, die heranschlichen und spitze Waffen zu tragen schienen. Ein Schrei löste sich aus dem Mund einer der Stellvertreterinnen, und schon brach die Hölle los.

Die Zuschauerschar lief verwirrt auseinander, und Grunzer und Schreie entrangen sich den Kehlen der erschrockenen Pilger, als die Zeltwand an einem Dutzend Stellen von blitzenden Klingen aufgeschlitzt wurde. Kämpferinnen in Kriegsbemalung sprangen durch die neuen Öffnungen, allesamt bewaffnet mit Schwert, Pike oder Armbrust aus glänzendem Buyur-Metall. Rasch trieben sie die entsetzte Menge rund um die Feuerstelle im Zentrum des Zeltes zusammen.

Prity hielt sich mit beiden Armen an Saras Hüfte fest, während der junge Jomah sich an ihre andere Seite klammerte. Sie zog den Jungen zu sich heran und hoffte, ihm damit wenigstens etwas Trost spenden zu können.

Ist das eine ursische Miliz?, fragte sie sich. Aber diese Kriegerinnen hatten so gar nichts von der schwarzgrau uniformierten Reiterei an sich, die man bei den Paraden und Manövern des Landetag-Festes bewundern konnte. Sie hatten sich Flanken und Kruppen mit rußfarbenen Streifen bemalt, und ihre heftig nickenden Schädel ließen auf fanatische Entschlossenheit schließen.

Eine Leutnantin sauste zu dem Regal, in dem die Waffen aufbewahrt wurden, die meist dazu eingesetzt wurden, um Khobras und Ligger zu verscheuchen oder eine Räuberbande zu vertreiben. Die Führerin rief ihr vergeblich eine Warnung zu, als sie eine geladene Armbrust greifen wollte. Doch sie lief immer weiter, stürzte ins Regal und zog eine Blutspur hinter sich her. Endlich brach sie zu Füßen einer Kriegerin zusammen, und ihr Leib war gespickt mit Bolzen.

Die Häuptlingin verwünschte die Eindringlinge, verhöhnte ihren Mut, mit dem sie die Versammlung hier überwältigt hatten, verspottete ihre Vorfahren und verlachte vor allem ihre eigene selbstgefällige Unachtsamkeit. Trotz aller Gerüchte über Kämpfe und Scharmützel in den entlegeneren Gebieten der Steppen ließen sich die Angewohnheiten, die man in der langen Friedenszeit angenommen hatte, nur schwer ablegen. Erst recht nicht auf dem Hauptkarawanenweg. Und dafür hatte ihre tapfere junge Stellvertreterin mit dem Leben bezahlen müssen.

»Was verlangt/wollt ihr von uns?«, fragte sie in Galaktik Zwei. *»Habt ihr so etwas wie eine Anführerin/Chefin? Trete sie vor, und zeige sie ihr verbrecherisches/verräterisches Maul. Oder wagt sie es am Ende nicht, ihre Stimme zu erheben?«*

Die Zeltklappe, die dem Ausgang zur Oase am nächsten war, wurde hochgezogen, und eine stämmige ursische Kriegerin trat ein. Sie hatte ihren Körper so sehr mit Zickzacklinien bemalt, dass man ihre Umrisse nur mit Mühe erkennen konnte. Die Anführerin der Bande stieg leichthufig über die Blutspur der Leutnantin, tänzelte kurz und kam vor der Karawanenchefin zum Stehen. Überraschenderweise waren ihre Bruttaschen gefüllt. Aus einer schob ein Ehemann seinen schmalen Kopf, und bei der anderen zeigten blaue und weiße Adern und eine Ausbeulung an, dass sich darin ein Junges befand, das noch nicht flügge war.

Eine Matrone mit zwei gefüllten Beuteln nahm normalerweise an Gewalttätigkeiten nicht teil, es sei denn, die Pflicht oder eine Notlage zwängen sie dazu.

»Du bist nicht berufen, über unseren tollkühnen/lobenswerten Überfall zu urteilen«, entgegnete die Bandenführerin in einem altmodischen und gestelzten Dialekt. *»Du, der du unwürdigen/gewöhnlichen Herren/Klienten dienst, die über zu viele oder zu wenige Beine verfügen, hast damit jedes Recht verloren, dieser Gruppe von Schwestern Vorwürfe zu machen/vorzusetzen. Dir bleibt nach dem Gesetz der Ebenen nur eines zu tun übrig, nämlich dich uns gehorsamst/unterwürfig zu ergeben.«*

Die Führerin starrte sie aus allen drei Augen an. *»Du sprichst/nimmst in den Mund das Gesetz der Steppe? Meinst du damit etwa jene archaischen/irrelevanten/versponnenen Rituale, die die alten/barbarischen/archaischen Stämme damals ausübten, als …«*

»Ich spreche vom Kodex des Krieges und der Treue unter den edlen/aufrechten Stämmen. Von den Wegen unserer hochverehrten/gesegneten Tanten, die sie vor vielen Generationen gingen, bevor die moderne/

verachtenswerte Korruption sich unseres Volkes bemächtigte. Daher frage ich dich/verlange ich von dir noch einmal, dich zu unterwerfen!«

Die Karawanenleiterin schüttelte verwirrt und erschrocken den Kopf, so wie es die Menschen zu tun pflegen, und schnaufte dann auch noch so laut wie die Hoon, wenn sie unsicher sind. Schließlich erklärte sie in Englik:

»Ssso ein ssswasssssinniger Blödsssin von einer erwasssenen Ursss, und dasss auch noch alsss Ressstfertigung für den Tod einer …«

Die Bandenchefin sprang sie an, und die beiden wickelten die Hälse umeinander, schoben und traten mit den Vorderläufen, bis die Führerin vor Schmerz stöhnend zusammenbrach. Einem Erdenmenschen wäre bei diesem Ringen sicher das Rückgrat gebrochen worden.

Die Banditin wandte sich nun den Pilgern zu und streckte den Kopf weit vor, als wollte sie jeden beißen, der aufzumucken wagte. Die eingeschüchterten Gefangenen wichen vor ihr zurück und drängten sich dichter aneinander. Sara schob Jomah hinter sich und hielt ihn dort fest.

»Noch einmal frage ich euch: Wer wird sich freiwillig/ohne Einschränkungen im Namen dieses erbärmlichen Haufens, auf den der Begriff Stamm wohl kaum zutrifft, unterwerfen/ergeben?«

Eine Dura verging, dann stolperte eine Leutnantin aus dem Kreis – vermutlich war sie von weiter hinten gestoßen worden. Sie beugte den Hals und blähte ängstlich die Nüstern, während sie auf die bemalte Anführerin zutrabte. Zitternd blieb sie vor ihr stehen und schob langsam den Kopf über den Boden, bis er zwischen den Vorderhufen der Banditin angelangt war.

»Gut getan«, lobte die Freischärlerin, *»aus dir lässt sich noch eine halbwegs annehmbare/brauchbare Steppenfrau machen.*

Und ihr anderen vernehmt/lauscht: Man nennt mich Ur-Kachu. In den vergangenen Tagen/Zeiten der Torheit kannte man mich als Fürstgroßtante des Salzhuf-Clans – ein sinnloser/überflüssiger Titel, dem weder Macht noch Ehre zugrunde lagen. Nun hat diese undankbare/unverschämte Gruppe mich ausgestoßen, und ich führe einen neuen Stamm von Kusinen/Kameradinnen an. Vereint erfüllen wir eine der größten/gewaltigsten Kriegerinnengesellschaften mit neuem Leben: die Urunthai!«

Die anderen Banditen hoben ihre Waffen und stießen ihren durchdringenden Schlachtruf aus.

Sara schüttelte überrascht den Kopf. Es gab unter den Menschen kaum einen, dem dieser Name unbekannt und nicht mit unangenehmen Erinnerungen aus alter Zeit verbunden war.

»Dies haben wir getan, weil die sogenannten/falschen Weisen und Tanten unsere ruhmreiche Spezies betrogen haben und den Menschen schmählich in die Falle gegangen sind. Eine üble Versssswörung, die die Mensssen sisss im Verein mit den Fremden aus dem All ausgedacht haben, um uns andere zu vernichten.«

Sara fiel sofort auf, dass die Freischärlerin den altertümlichen Galaktik-Zwei-Dialekt doch nicht so gut zu beherrschen schien und sich sogar Ausdrücke des von ihr so sehr gehassten Englik in ihre Rede einschlichen.

Die anderen Banditen zischten zustimmend zu den Ausführungen ihrer Anführerin. Ur-Kachu senkte nun das Haupt, um die Pilger direkt anzusehen. Sie verdrehte den Hals und suchte, bis ihr Blick an dem großen dunklen Mann hängenblieb – Saras Mündel.

»Ist er das, der Sternendämon/Sternenteufel?«

Der Fremde lächelte, als könne ihm nicht einmal ein blutrünstiger Mord die gute Laune verderben. Darauf waren die Banditinnen nicht gefasst, und für einen Moment hielten sie inne.

»Ist dies derjenige, nach dem alle suchen/Ausschau halten?«, fragte die Häuptlingin noch einmal. *»Der Sternenvetter jener zweibeinigen Teufel, mit denen wir seit vielen Jahren zusammenleben mussten/gezwungen waren und die viel Leid über uns brachten?«*

Der Fremde setzte seinen Rewq auf, als wolle er eine neue

Spezies studieren, dann nahm er ihn wieder ab. Anscheinend verglich er die beiden Wahrnehmungen von der Bandenchefin miteinander. Da ihm Worte nichts mehr vermitteln konnten, hatte er jetzt vielleicht aufgrund der Emotionsfarben etwas von der Bedeutung der Worte Ur-Kachus erkannt.

Eine neue Stimme meldete sich zu Wort. Sie klang so kühl und glatt, wie die der Freischärlerin von innerem Feuer erfüllt gewesen war, und ertönte aus der hintersten Reihe der zusammengekauerten Pilger.

»Ja, dies ist der Sternenmensch/Sternendämon«, bestätigte Ulgor, drängte sich durch die zusammengepresste, schwitzende Menge und trat vor die Häuptlingin. Wie auch der Fremde zeigte sie nicht die geringsten Anzeichen von Furcht.

»Dies ist der versprochene/in Aussicht gestellte Preis, der vom fernen Dorf Dolo mitgeführt werden konnte. Erst kürzlich hat ein menschlicher Weiser bestätigt, dass es sich bei ihm um einen der Sternendämonen handelt, er also kein auf Jijo geborenes Wesen ist.«

Während die anderen Reisenden ihrer Enttäuschung über Ulgors Verrat leise Ausdruck verliehen, klapperte Ur-Kachu vor Freude mit den Hufen. *»Die Wesen von den Sternen sollen uns teuer für seine Rückkehr/sein Auftauchen bezahlen. Für ihn/diesen Sternendämonen sollten sie das geben, was in diesen Tagen wertvoller ist als alles andere: Um ihn zurückzuerhalten, müssen sie die Urs auf Jijo am Leben lassen. Aber nicht alle.«*

Vieles machte nun Sinn. Der Grund für diesen Überfall und auch Ulgors beeindruckende Darbietung auf der Geschichtenerzählerplattform. Letztere hatte einzig und allein dem Zweck gedient, die Reisenden zusammenzuhalten und abzulenken, während die Urunthai sich angeschlichen hatten.

Ein Schatten fiel zwischen die beiden Urs, und eine Englik sprechende Stimme ertönte:

»Vergesst nicht, Freunde, dass wir schon ein bisschen mehr verlangen werden.«

Ein Mensch war in der aufgerissenen Öffnung erschienen. Als er aus dem blendenden Sonnenschein des Spätnachmittags in das Halbdunkel des Zelts trat, entpuppte er sich als Jop, der Baumfarmer aus Dolo. »Es gibt eine ganze Liste von Dingen, die wir haben wollen, wenn sie ihren Jungen da heil und gesund zurückhaben möchten.« Sein Blick fiel auf die Kopfwunde des Fremden. »Na ja, sagen wir so heil und gesund, wie das zurzeit möglich ist.«

Sara wurde ein weiterer Zusammenhang klar: *Während Ulgor uns ablenkte, war Jop nach draußen geschlichen und hatte den Banditen das vereinbarte Zeichen gegeben.*

Was für eine sonderbare Allianz! Ein menschlicher Fundamentalist half einer Gruppe ursischer Fanatiker, die sich selbst nach der alten Urunthai-Gesellschaft nannten, die die Erdlinge einst bis aufs Blut gehasst hatte.

Ein brüchiges Bündnis, schloss Sara, weil sie mitbekam, wie Ur-Kachu Ulgor etwas zuraunte. Und zwar, wenn sie sich nicht verhört hatte, dies: *»Wäre nicht alles viel einfacher/leichter für uns, wenn wir den da loswürden?«*

Bevor die Häuptlingin fortfahren konnte, versetzte Ulgor ihr einen verstohlenen Tritt.

Sara schob Prity und Jomah sicherheitshalber in die Menge und trat dann vor.

»Das könnt ihr nicht tun«, erklärte sie.

Jop lächelte grimmig und gehässig: »Und warum nicht, kleiner Bücherwurm?«

Für Sara bedeutete es schon einen großen Sieg, das Zittern aus ihrer Stimme zu zwingen.

»Weil er womöglich gar nicht zu diesen Gen-Piraten gehört! Ich habe Grund zu der Annahme, dass es sich bei ihm um einen ihrer Feinde handelt.«

Ulgor sah den Fremden von oben bis unten an und nickte langsam. »Eine Möglissskeit, die für unsss keine Rolle ssspielt. Für unsss sssählt allein, dasss wir eine wertvolle Ware besssitsssen, für die wir sssogar den Preisss fessstsssetsssen können.«

Sara konnte sich sehr gut vorstellen, wie dieser Preis aussehen sollte: Ur-Kachu wollte zu den ruhmreichen Tagen zurück, in denen Kriegerinnen frei und ungehindert die Steppe durchstreifen konnten, während Jops Wunsch, der sich damit durchaus in Einklang bringen ließ, darauf hinauslief, alle Dämme, Maschinen und Bücher zu zerstören, um die Menschen auf dem Weg zur Erlösung voranzutreiben.

Keine von beiden Parteien schien zu befürchten, dass darüber ein neuer Krieg ausbrechen konnte. Das schien aber vor allem daran zu liegen, dass Jop und Ur-Kachu vor allem in gegenseitiger Verachtung vereint waren. Und im Augenblick spielte das alles sowieso keine Rolle.

Wir befinden uns in der Hand von Wahnsinnigen, dachte Sara. *Von Narren, die uns alle in den Untergang führen werden.*

Asx

Und nun kehrt das Rothen-Schiff zurück von seiner rätselhaften Mission, aus irgendeinem unerklärlichen göttlichen Grund den näheren Raum zu durchsuchen.

Es ist zurückgekommen, um die bei uns zurückgelassene Station mit ihrem Biologen- und Probensammler-Team wiederaufzunehmen.

Es will den Schatz an geraubten Genen bergen.

Und es wird alle Spuren dieses Verbrechens zu beseitigen trachten.

Doch mittlerweile präsentiert sich besagte Station unseren Blicken als klaffendes Loch, als Ruine voller Schrott. Ein Rothen und ein Sternenmensch liegen auf rasch zusammengezimmerten

Bahren da, bar jeden Lebens, während die verbliebenen Invasoren vor Zorn rasen und uns die schlimmsten Strafen androhen. Mag auch so mancher vorher an ihren Absichten gezweifelt haben, so lässt es sich jetzt kaum noch an ihnen deuteln. Unser Schicksal steht fest – wir werden bezahlen müssen. Nur über Form und Ausmaß dieser Bestrafung darf noch spekuliert werden.

Und genau das hatten die Fundamentalisten mit ihrer Aktion zum Ziel: der Verwirrung und Konfusion ein Ende zu bereiten. Schluss mit den Andeutungen und den süßen, verlogenen Versprechungen. Nur die Reinheit des rechtschaffenen Widerstands sollte bestehen bleiben, so aussichtslos unser Kampf gegen die Mächte, denen wir widerstehen müssen, auch sein mag. Wir wollen uns, so verlangen es die Eiferer, allein an unserem Mut und Glauben messen lassen, nicht aber an Zögern und Verzagtheit.

Der heiße Stern bewegt sich über den frühen Abendhimmel, dreht einen Kreis und kommt langsam näher – dieser Engel oder Teufel der Rache. Wissen diejenigen, die an Bord sind, was sich hier ereignet hat? Bereiten sie schon in diesem Moment den Sturm vor, der über uns kommen soll?

Die Fundamentalisten argumentieren, dass wir die Überlebenden – Ro-kenn, Ling und Rann – ergreifen und als Geisel nehmen müssten, um für ihre Freilassung den Schutz und die Unversehrtheit aller Mitglieder der Gemeinschaft verlangen zu können. Natürlich auch den Sternenmenschen Kunn, sobald der mit seinem Flugapparat zur zerstörten Basis zurückgekehrt ist.

Entsetzt entgegnet unsere Qheuen-Hochweise, Messerscharfe Einsicht, den Fundamentalisten und ihren Argumenten:

»Wollt ihr etwa ein Verbrechen mit einem anderen ungeschehen machen? Haben uns diese Fremden denn irgendetwas getan? Haben sie zum ersten Schlag ausgeholt, mit ihrer Klinik etwa und ihren sehr gut bezahlten Jobs? Nein. Aber ihr musstet zwei von ihnen ermorden, und das nur auf der Grundlage unterstellter böser Absichten! Und nicht genug damit, wollt ihr nun auch noch den Rest von ihnen gefangen nehmen? Gehen wir einmal davon aus, dass die Besatzung an Bord des Schiffes auf unsere Forderungen eingeht und verspricht, keinen Angriff auf die Sechsheit zu führen – was sollte sie denn daran hindern, es sich anders zu überlegen, sobald wir die Geiseln übergeben haben?«

Der Anführer der Eiferer antwortete: »Wer sagt denn, dass wir sie freilassen? Sie sollen bis ans natürliche Ende ihrer Tage unter uns leben, sozusagen als abschreckendes Beispiel für die Schlechtigkeit aller Fremden.«

Messerscharfe Einsicht erwiderte: »Und was geschieht danach? Was für eine Narretei, in einem Maßstab von bloßen Lebensaltern zu denken! Die Sternengötter lassen sich sehr viel Zeit mit ihren Überlegungen und Plänen. Ob sie uns heute oder in fünfzig Jahren vernichten, spielt für sie keine große Rolle. Welche Bedeutung hat das schon für ihren großangelegten Plan?«

Einige Umstehende äußerten murmelnd Zustimmung. Anderen hingegen schienen die Worte der Hochweisen ein Witz zu sein. Sie lachten, mal laut, mal leise, und einige riefen: »Für diejenigen, die jetzt leben, hat das eine ziemlich enorme Bedeutung!«

»Außerdem liegst du falsch/daneben«, fügte die ursische Chefin der Fundamentalisten hinzu, »wenn du sagst/behauptest, bloß weil sie uns noch nicht angegriffen/heimtückischen Schaden zugefügt haben, hätten sie solches auch nie beabsichtigt! Im Gegenteil, unsere gerechte/direkte Aktion hat gerade noch/im letzten Moment verhindert, dass ihr tückisches Vorhaben voll zum Einsatz gelangen konnte!«

Rußverschmiert und reichlich erschöpft hockte Lester Cambel auf einem Felsen. Nun hob er die Hand und zeigte damit an, dass er etwas äußern wollte:

»Was willst du damit sagen?«

»Nun, dass ihr verbrecherisches/verderbtes Vorhaben darin bestand, uns alle zu vernichten, indem zwischen den Spezies der Sechsheit ein Krieg geschürt/entfacht werden sollte!«

Alle, die das mitbekommen hatten, schwiegen ergriffen.

»Kannst du das beweisen?«, hakte nun auch Messerscharfe Einsicht nach.

»Solide/unwiderlegbare Beweise werden in diesem Augenblick herbeigeschafft. Aber wollt ihr nicht zunächst hören, was euer verehrter Mitweiser zu allem/diesem auszusagen hat?«

Verwirrung bemächtigte sich unser, bis Phwhoon-dau vortrat. Unser hoonscher Kollege hatte bisher sonderbarerweise geschwiegen und scheinbar wenig Anteil am Geschehen genommen – außer dass er Vubben von dem so verheerend verlaufenen Pilgerzug den Hügel hinuntergetragen hatte. Nun straffte er seinen langen, schuppigen Rücken, als sei er froh, endlich eine schwere Last los zu sein.

»Mir stand nicht genug Zeit zur Verfügung, um gründlich genug über diese Angelegenheit nachzusinnen«, entschuldigte er sich.

»Ein geologisches Zeitalter würde nicht ausreichen, damit du dir über alle Aspekte einer Sache genügend Gedanken machen könntest, mein Freund«, entgegnete Lester mit leisem Spott. »Doch selbst deine mit äußerstem Vorbehalt vorgetragenen Einsichten sind von größerer Weisheit als die der meisten anderen – mit Ausnahme natürlich des Eies. Also, lass uns bitte daran teilhaben.«

Ein tiefes Grollen bildete sich in Phwhoon-daus vibrierendem Kehlsack.

»Hrrrm. Seit beinahe zwei Jaduras zeichne ich alle Erklärungen auf, die die Gäste von den Sternen uns gegenüber geäußert haben. Vor allem diejenigen, die formellen Charakter hatten und sich so anhörten, als habe sie jemand aufgeschrieben, damit die Sternenmenschen diesen Text vortragen konnten. Ich besitze einige linguistische Nachschlagewerke aus Biblos, die ich manchmal zu Rate ziehe, wenn ich mir ein Urteil über den Disput zwischen Mitgliedern verschiedener Spezies bilden will, die sich in unterschiedlichen Sprachen verständigen. Trotz unserer lokalen Dialekt-Devolution enthalten diese Bände immer noch nützliche und wertvolle Karten und Übersichten über Syntax und die Bedeutungsvielfalt bestimmter Begriffe. Ich will nun nicht von mir behaupten, der größte Experte auf diesem Gebiet zu sein – ich bin eigentlich nur so etwas wie ein Freizeit-Linguist –, und meine Betrachtungen über die Erklärungen der Fremden sind allenfalls vage …«

»Aber du bist dennoch zu Schlussfolgerungen gelangt«, versuchte Lester die Ausführungen des Hoon-Weisen zu beschleunigen.

»Hrrm, nicht direkt Schlussfolgerungen. Eher zu Korrelationen, die auf ein mögliches Intentionsmuster hindeuten.«

»Intentionsmuster?«

»Ja … hrrrm … zur Erzeugung von Aufspaltung, Tribalismus, Zwist …«

Ur-jah meldete sich aus der Senke zu Wort, in der sie sich zusammengerollt hatte, um sich von den Anstrengungen der Rettungsbemühungen zu erholen, bei der in den rauchenden Trümmern vergeblich nach weiteren Überlebenden gesucht worden war.

»Esss issst diesss nissst dasss erssste Mal, dasss ein sssolsser Verdacht aufkommt. Wir alle können ähnlisse Anekdoten beitragen, vor allem über unsssuldig klingende Bemerkungen, die unsss einen leisssen Ssstisss versssetsssen, sssich dann aber immer mehr fessstsetsssen. Wie beim Ssstisss einer Ssshaedo-Fliege, die in unsssseren Wunden Eier ablegt. Diessse bringen dann die Wunde sssum Eitern, und sssie verheilt niemalsss mehr. Nun erklärssst du, esss handele sssisss bei diesssen Äussserungen um sssolssse, die einem bessstimmten Mussster folgen. Dasss die Fremden damit einen bessstimmten Plan verfolgen. Warum, frage isss disss, hassst du unsss nissst ssson früher davon berichtet?«

Phwhoon-dau seufzte. »Weil ein guter Forscher nichts auf der Grundlage provisorischer Daten veröffentlicht. Außerdem scheinen die Invasoren sich der Tatsache nicht bewusst zu sein, dass wir uns auf diese Fähigkeit verstehen, nämlich die zugrundeliegenden Bedeutungen von Äußerungen zu analysieren. Genauer gesagt, dass wir diese Gabe zusammen mit dem Großen Druck erworben haben. Wie dem auch sei, ich habe bislang noch keinen Grund gesehen, dieses Vermögen öffentlich bekanntzugeben.«

Er zuckte die Achseln wie ein Traeki, indem er den Kopf nach links und nach rechts bewegte. »Ganz sicher war ich auch erst, als Ro-kenn das Wort an uns alle richtete, ihr wisst doch noch, während des Pilgerzuges. Gewiss ist auch einigen von euch der Verdacht gekommen, dass er den Funken der Spaltung unter uns entzünden wollte.«

»Der ist mir allerdings ganz deutlich gekommen«, knurrte Lester, und ähnliche Äußerungen folgten wie ein Echo von den Menschen in der Menge der Umstehenden, als wollten sie die anderen von ihrer Aufrichtigkeit überzeugen. Die Urs stampften unruhig mit den Hufen. Sie waren allerdings von den Anstrengungen der Nacht noch so angegriffen, dass sie nicht eingriffen. Nur der lange praktizierte Friede hatte es bislang verhindern können, dass es zum offenen Ausbruch von Feindseligkeiten gekommen war.

Phwhoon-dau war mit seinen Ausführungen noch lange nicht zu Ende: »Der formale Dialekt des Galaktik Sechs, den die Rothen verwenden, lässt nur wenig Raum für Mehr- oder Doppeldeutigkeiten. Ro-kenns beunruhigende Worte lassen daher nur zwei Interpretationen zu: Entweder wohnte ihnen eine Taktik- und Instinktlosigkeit inne, die schon an Blödigkeit grenzt, oder aber der Sternengott beabsichtigte, eine Kampagne zu initiieren, die zum Völkermord an den menschlichen Bürgern der Gemeinschaften führen soll.«

»Wie?«, rief Ur-jah ungläubig. »Sssie wollen den Tod ihrer geliebten Klienten?«

»Ob sie die Menschen auf Jijo dazu zählen, ist fraglich. Selbst wenn die Rothen nicht gelogen haben und tatsächlich die Patrone der Menschheit sind, können sie leicht auf eine kleine, isolierte Gruppe von halb verwilderten Erdlingen verzichten, die seit mehreren Jahrhunderten abgetrennt von der Gesamtspezies vor sich hin vegetiert, von Inzucht geprägt ist und von den Entwicklungen im Kosmos schon sehr lange nichts mehr mitbekommen hat. Hinzu kommt die starke Wahrscheinlichkeit, dass die Jijo-Menschen sich genetisch und psychologisch zurückentwickelt haben, aufgrund mangelnder medizinischer Versorgung anfällig für gewisse Bakterien dieser Welt …«

»Wir wissen jetzt, worauf du hinauswillst«, unterbrach ihn Cambel gereizt. »Nun gut, die Rothen können leicht auf uns verzichten, aber warum wollen sie uns gleich ausrotten?«

Der Hoon-Weise verbeugte sich vor seinem menschlichen Kollegen und gab entschuldigende Brummlaute von sich, ehe er antwortete: »Weil unter den Sechsen die Menschen das größte technologische Wissen besitzen, das sich natürlich nicht mit dem der Galaxien vergleichen lässt, aber dennoch dem der anderen weit überlegen ist. Darüber hinaus haben die Erdlinge am wenigsten die Kenntnisse der Kriegskunst vergessen.«

Erregtes Gemurmel kam bei den Qheuen- und Urs-Zuhörern auf, aber niemand legte offen Widerspruch ein. Schließlich erinnerten sich alle an die Erzählungen von der Schlacht am Canyon, dem Hinterhalt bei Townsend oder der Belagerung der Stadt Tarek.

»Aufgrund dieser und anderer Faktoren sind sie die ideale Zielscheibe – oder das natürliche erste Opfer. Ich möchte noch einen weiteren Grund anführen, und zwar den Effekt, den die Erdlinge auf den Rest von uns haben. Die Menschen kamen als Letzte hier an und nahmen daher den niedrigsten Rang ein. Dennoch habt ihr euren größten Trumpf, eure Bücher, nicht für euch behalten, sondern uns allen zur Verfügung gestellt. Und auch später, nachdem ihr zum höchsten Rang aufgestiegen seid, habt ihr euch keine Privilegien angemaßt und die anderen Spezies nicht dominiert. Stattdessen haben sich die Menschen dem Ratschluss der Weisen unterworfen und auch sonst alle Grenzen akzeptiert, die den Großen Frieden erst möglich gemacht haben.

Gerade diese Zurückhaltung aber macht euch für die Rothen so gefährlich. Welchen Sinn hätte es, einen Bürgerkrieg innerhalb der Gemeinschaften auszulösen, wenn die wichtigsten Mitarbeiter sich schlichtweg weigern würden, die Waffen gegen ihre Brüder zu heben?«

Ja, meine Ringe, wir bemerken und registrieren die Reaktion der Menge. Ein Raunen geht durch die Reihen, als Phwhoondau Bilder der Versöhnlichkeit zaubert und damit alle noch glimmenden Funken der Ablehnung und des Haders sanft löscht. Ein wahres Meisterwerk der meditativen Beeinflussung.

»Sobald die Menschen nicht mehr existieren«, fährt der Hoon nun fort, »dürfte es nicht schwerfallen, unter den verbliebenen Spezies Zwietracht zu säen. Man bietet der einen Seite vorgeblich einen geheimen Freundschaftsvertrag an, verspricht aber auch der anderen Beistand. Oder man versorgt die Spezies mit im Labor erzeugten Krankheiten und hilft ihnen dabei, die anderen mit diesen Todeskapseln zu verseuchen. Binnen einer Generation wäre das Werk getan, und von uns bliebe nichts mehr übrig. Die wenigen Beweise auf Jijos Boden würde man den sechs Sooner-Spezies zur Last legen, die so tief gesunken sind und niemals die Erlösung erreicht haben.«

Angespanntes Schweigen folgt, nachdem der Hoon-Weise dieses schlimme Szenario entworfen hat.

»Natürlich ist nichts davon bewiesen«, sagt Phwhoon-dau jetzt und wendet sich an den Führer der Fundamentalisten, um mit einem Finger auf ihn zu zeigen. »Und auch die Taten dieser Nacht lassen sich damit nicht rechtfertigen; denn sie wurden in kurzsichtiger Verblendung verübt, ohne den Rat der Weisen einzuholen.«

Die ursische Führerin hebt den Schädel, überblickt die Menge, die sich im Osten versammelt hat, schnaubt zufrieden und richtet das Wort an den Hoon.

»Hier kommt der Beweisss!« Sie pfeift triumphierend, und schon galoppieren im ersten Dämmerlicht staubige Gestalten den Pfad von der heiligen Lichtung heran.

»Und mit ihm kommt auch die Ressstfertigung für unssser Tun!«

Lark

Harullen, der Häretiker, rief vom Kraterrand hinunter: »Ihr zwei solltet jetzt besser heraufkommen. Nachher entdeckt euch noch jemand, und dann gibt es sicher Ärger. Außerdem glaube ich, dass sich da drüben etwas tut.«

Physische und emotionale Anstrengung ließen sich aus der nicht mehr fehlerfreien Ausdrucksweise des Aristokraten heraushören. Er klang angespannt und hektisch, als erscheine ihm die nur widerwillig übernommene Aufgabe, hier Schmiere zu stehen, als ebenso riskant wie das Stöbern in den Trümmern und Ruinen.

»Was ist denn los?«, wollte Uthen von unten wissen. Obwohl Larks Biologenkollege ein Vetter des Adligen am Kraterrand war, sah er jetzt mit seinem von klebriger Asche verschmierten Rückenschild aus, als gehöre er einer ganz anderen Spezies an. »Schicken sie etwa einen Roboter hierher?«

Aus Harullens Beinöffnungen ertönten besorgte Zischlaute. »Nein, die Maschinen schweben immer noch schützend über Rokenn und seinen beiden menschlichen Dienern. Und um die Leichen hat sich die Menge unserer Kollaborateure und Kriecher geschart. Ich meinte den Ort, an dem die Weisen ihre öffentliche Ratssitzung abhalten. Dort scheint etwas in Bewegung geraten zu sein. Offenbar sind neue Fundamentalistengruppen eingetroffen. Unruhe liegt über dem Platz. Ich wette, wir verpassen wichtige Neuigkeiten.«

Harullen könnte recht haben, dachte Lark, doch es widerstrebte ihm, den Krater zu verlassen. Trotz des beißenden Gestanks, der Hitze und der scharfen Metalltrümmer, an denen man sich immer wieder schnitt – seine Müdigkeit tat ein Übriges –, vereinfachte das Licht des beginnenden Tages die Suche. Vielleicht fand sich in den Trümmern der zerstörten Station eine Erklärung für die Vorfälle – und vielleicht auch ein Hinweis auf das, was hier betrieben worden war.

Wie oft hatte er Ling die Rampe hinunterschreiten und im Innern der Station verschwinden sehen? Wie oft hatte er sich gefragt, was dort vor sich gehen mochte? Nun war hier nur noch schwarze Schlacke übrig.

Ich habe den Fundamentalisten geholfen, rief er sich ins Gedächtnis zurück, *und ihnen Abschriften meiner Berichte überlassen. Ich hätte wissen müssen, dass sie etwas vorhatten.*

Aber nie hätte ich mir vorstellen können, dass sie zu solch brutaler Gewalt greifen würden.

So oder so ähnlich musste es den Sternengöttern wohl auch ergangen sein. Sicher wären sie nie auf den Gedanken gekommen, dass eine Bande von Primitiven sich immer noch daran erinnerte, wie man Dinge in die Luft sprengte.

Tja, sie haben uns eben nicht die richtigen Fragen gestellt.

»Ich sage euch, da geht etwas vor!«, rief Harullen unter Verzicht auf jegliche sprachliche Gewandtheit. »Die Weisen haben sich in Bewegung gesetzt und nähern sich den Invasoren!«

Lark sah Uthen an und seufzte: »Ich fürchte, diesmal meint er es ernst.«

Sein Freund und Kollege schwieg schon seit einiger Zeit, stand unbeweglich da und starrte auf etwas, das sich direkt vor ihm befand. Als er antwortete, sprach er so leise, dass nicht einmal die Asche von seiner Stimme gestört wurde.

»Lark, würdest du bitte herkommen und dir das hier ansehen?«

Der Mensch kannte diesen Tonfall von verschiedenen Expeditionen, bei denen sie nach Hinweisen auf die komplexe Vergangenheit dieser Welt gesucht hatten. Lark kletterte über die Trümmer zu seinem Freund, wich verbrannten und verbogenen Stangen und Platten geschickt aus und hob die Füße an, um so wenig wie möglich von der ekligen Staubasche aufzuwirbeln.

»Was gibt's denn? Hast du etwas entdeckt?«

»Ich … bin mir nicht ganz sicher.« Uthen wechselte gedankenverloren in Galaktik Sechs über. »Ich glauben zu haben gesehen dies schon zuvor. Ein solches Symbol. Solches Logo. Vielleicht du können bestätigen mir das.«

Lark erreichte den Kollegen und beugte sich über die Stelle, ein Loch, das die Sonnenstrahlen noch nicht erreicht hatten. Darin lag ein Haufen von Rauten mit vier Ecken, die so dick wie seine Hand und doppelt so lang waren. Uthen hatte einige halbgeschmolzene Maschinenteile beiseitegeräumt und diesen Stapel von Rhomben freigelegt. Auf dem obersten war auf der dunkelbraunen Oberfläche ein eingeätztes Symbol deutlich zu erkennen.

Eine Doppelspirale, durch die sich ein Balken zieht. Wo ist mir so etwas schon einmal untergekommen …

Larks Hände reichten weiter als die seines Freundes. Zuerst strich er über das Gebilde, dann hob er es aus dem Loch. Die Raute fühlte sich unfassbar leicht an, doch im selben Moment dämmerte ihm, dass er hier das Schwerwiegendste in der Hand hielt, auf das er je gestoßen war.

»Denkst du das Gleiche wie ich?«, fragte er und drehte den Gegenstand im Sonnenlicht.

Uthen nahm ihm den Rhombus ab und betrachtete ihn mit zitternder Schere.

»Wie könnte ich anders?«, entgegnete der Qheuen-Gelehrte. »Jedes halbintelligente Tier, jeder Primitive würde das Zeichen der Großen Galaktischen Bibliothek wiedererkennen!«

Die »Beweise« lagen ausgebreitet im zertrampelten Gras. Ro-kenns Blicke wanderten über die Ansammlung von Drahtgewirr und glänzenden Spheroiden, die die Eiferer gerade aus dem Tal des Eies hergebracht hatten. Dreck und Erdklumpen klebten immer noch an den Objekten, sichtbarer Hinweis darauf, dass sie vergraben gewesen waren – laut Aussage der Fundamentalisten direkt neben der heiligsten Stätte auf Jijo.

Die herbeiströmenden Neugierigen teilten sich in zwei Gruppen, die sich halbkreisförmig einander gegenüber aufstellten. Die eine scharte sich hinter die Weisen, während sich die andere ehrfürchtig bei dem Sternengott versammelte. Diese zweite Gruppe setzte sich vor allem aus solchen zusammen, die als Patienten in der Klinik der Invasoren behandelt und geheilt worden waren, oder aus denjenigen, die immer noch den Worten der Fremden glaubten und ihr Tun für rechtschaffen hielten. Hier fanden sich auch die Menschen, die den neugefundenen Patronen treu ergeben waren. Lark entdeckte durch sein Rewq, dass deren Gesichter glühten und von einem roten Flammenring umgeben waren.

Ro-kenns Miene war nicht mehr von Wut und heiligem Zorn beherrscht, sondern zeigte wieder ihre frühere charismatische Ausstrahlung, und er schien wieder zu Nachsicht und Abgeklärtheit gefunden zu haben. Er verbrachte eine halbe Dura damit, die aufgehäuften Gegenstände zu betrachten, und erklärte dann in Galaktik Sieben:

»Ich sehe hier nichts, das von größerem Interesse zu sein scheint. Warum habt ihr diese Dinge vor mir ausgebreitet?«

Lark erwartete, dass die junge Urs – die Führerin der radikalsten Fundamentalisten – antworten und als Klägerin und Verteidigerin zugleich sprechen würde, indem sie die Taten ihrer Gruppe rechtfertigte und die alleinige Schuld den Invasoren zuwies. Aber die Radikale hielt sich zurück und zog es vor, sich inmitten einer Gruppe von Menschen und Urs aufzuhalten und eifrig alte Texte zu studieren.

Dafür trat der Hoon-Weise Phwhoon-dau vor den Rothen.

»Wir wünschen zu erfahren, ob diese hochentwickelten Gerätschaften euch gehören. Einige unserer Kinder haben sie während der letzten Eigendrehung Jijos gefunden. Diese Gegenstände sind heimlich direkt neben unserem geliebten Ei vergraben worden.«

Lark beobachtete Ling, um ihre Reaktion mitzubekommen. Er kannte sie gut genug, um auch ohne die Hilfe des Rewq den Schock in ihrem Gesicht zu erkennen, als sie die Geräte augenblicklich wiedererkannte. Ihr Erschrecken ging gleich darauf in Verlegenheit über, während sie darüber nachdachte, wie die Kinder darauf gestoßen sein mochten. *Mehr brauche ich gar nicht zu wissen,* dachte Lark.

Ro-kenn hingegen ließ sich nicht so leicht ins Bockshorn jagen. »Ich kann nur vermuten, dass einige der hiesigen Eingeborenen sie dort deponiert haben. Genauso wie eure törichten Rebellen den Sprengstoff unter unsere Station gelegt haben.«

Nun blinzelte Ling überrascht. *Anscheinend hat sie nicht erwartet, aus seinem Mund eine so faustdicke Lüge zu hören. Aber was hätte der Mann sonst sagen sollen, wo ihm doch keine Zeit für einen seiner so überzeugenden Auftritte geblieben war.*

Die Sternenfrau warf einen nervösen Blick zur Seite, bemerkte, dass Lark sie beobachtete, und wandte rasch den Kopf um. Der Biologe war nicht sonderlich stolz auf die Befriedigung, die er jetzt verspürte, weil ihre moralischen Positionen sich verkehrt hatten. Nun mussten sich nicht mehr die Menschen wegen des Anschlags der Fundamentalisten schämen, sondern die Invasoren, weil ihre Geräte entdeckt worden waren.

»Untersucht diese Dinge mit euren Instrumenten«, forderte Phwhoon-dau den großen Rothen auf. »Analysiert sie. Dann werdet ihr rasch feststellen, dass niemand in unserer Sechsheit so etwas herzustellen vermag.«

Ro-kenn zuckte elegant die Achseln. »Dann haben das wahrscheinlich die Buyur hier liegenlassen.«

»An einem solchen Ort?«, dröhnte es amüsiert aus dem Kehlsack des Hoon, als habe der Sternengott einen Scherz gemacht. »Vor etwa einem Jahrhundert war das ganze Tal während der Reise des heiligen Eies aus dem Innern Jijos an die Oberfläche weißglühend. Solche Geräte wie diese hier hätten eine solche Hitze niemals überstanden.«

Die Menge murmelte.

Lark spürte, wie ihn jemand am Ärmel zupfte. Er drehte sich um und erkannte den kleinen blonden Bloor, den Porträtfotografen, der mit seiner Kamera und einem Stativ hinter ihn getreten war.

»Ich möchte durch einen angewinkelten Arm hindurch eine Aufnahme machen, ja?«, flüsterte er.

Lark bekam einen Riesenschrecken. Hatte Bloor den Verstand verloren? Hier in aller Offenheit ein Bild schießen zu wollen, wo doch die Roboter alles überwachten? Selbst wenn der kleine Mann den Biologen als Deckung benutzte, würden die Bürger auf der gegenüberliegenden Seite den Lichtblitz bemerken. Phwhoon-dau gab zwar eine bewundernswerte Darbietung, aber konnte man sich wirklich auf die Loyalität eines jeden verlassen, der sich hier eingefunden hatte?

Mit einem hilflosen Seufzer winkelte er den linken Arm an, damit Bloor die Kamera auf die Redner richten konnte.

»Dann habe ich leider auch keine Erklärung für dieses Zeugs«, entgegnete Ro-kenn gerade nach einem verächtlichen Blick auf den Metallhaufen. »Wenn es euch Spaß macht, dürft ihr gern darüber spekulieren, solange euch das gefällt. Aber nur, bis unser Schiff zurückgekehrt ist.«

Der hoonsche Weise ignorierte die versteckte Drohung und begegnete dem Rothen mit kühler Vernunft, die diesen allmählich nervös zu machen schien.

»Ist hier wirklich Spekulation erforderlich?«, fragte Phwhoondau. »Mir ist von mehreren Seiten versichert worden, dass man kürzlich in einer nebligen Nacht einige eurer Roboter dabei beobachtet hat, wie sie unter dem heiligen Ei gegraben und dort etwas in die Erde gelegt haben.«

»Unmöglich!«, rief der Rothen und verlor wieder seine Nonchalance. »Kein Lebewesen hielt sich in jener Nacht in der Nähe des Eies oder auch nur nahe genug auf, um etwas davon mitbekommen zu können. Vorherige sorgfältige Scans der gesamten Umgegend haben uns angezeigt, dass sich niemand …«

Er brach mitten im Satz ab. Alle, gleich von welcher Partei, starrten ihn an und konnten es nicht fassen, dass ein gewandter Sternengott auf einen so offensichtlichen Köder hereingefallen war.

Dieser Mann muss sich zu sehr daran gewöhnt haben, immer und überall seinen Willen zu bekommen, dachte Lark. *Sonst wäre er nie in eine so plumpe Falle getappt.*

Dann kam ihm ein merkwürdiger Gedanke: *Viele irdische Kulturen, angefangen vom alten Griechenland über Indien bis hin zum Hightech-Kalifornien, haben ihre Götter als verdorbene, viel zu emotional regierende Jugendliche dargestellt.*

Sollte das etwa mit unserem Speziesgedächtnis in Zusammenhang stehen? Es könnte ja sein, dass diese Leute da tatsächlich unsere lange verschollenen Patrone sind.

»Vielen Dank für die Bestätigung«, entgegnete der Hoon-Weise mit einer tiefen Verbeugung. »Ich habe nicht mehr gesagt, als dass man es mir versichert hat, und werde daher diejenigen, die solche Behauptungen aufgestellt haben, tadeln und zur Rechenschaft ziehen. Natürlich vertrauen wir deinem Wort, dass, wie du gerade zugegeben hast, keine Augenzeugen zugegen waren in jener Nacht, in der eure Roboter diese fremdartigen Gerätschaften unter dem heiligen Ei vergraben haben. Wir können es darauf beruhen lassen und uns nun dem nächsten Aspekt zuwenden, nämlich der Frage, aus welchem Grund ihr sie dort verbuddelt habt?«

Man konnte dem Rothen ansehen, dass er schwer an seinem Patzer zu schlucken hatte. Sein Unterkiefer bewegte sich wie bei einem Menschen, der mit den Zähnen knirscht. Larks Rewq zeigte einen farblosen Schwaden an, der über die obere Hälfte von Ro-kenns Gesicht kroch. Währenddessen murmelte Bloor zufrieden vor sich hin, machte eine zweite Aufnahme und schob die belichtete Platte dann in die Schutzhülle. *Geh weg,* dachte Lark, um den kleinen Mann loszuwerden – doch der schien für solche Aufforderungen nicht empfänglich zu sein.

»Ich sehe keinen Sinn mehr darin, in dieser Runde zu bleiben«, erklärte der Fremde jetzt, drehte sich um und marschierte los, um dann nach einigen Schritten vor dem offenen Krater anzuhalten. Eigentlich hatte er sich in die Station begeben wollen, doch jetzt ging ihm auf, dass er sich nicht mehr dorthin zurückziehen konnte. Wohin aber dann?

Natürlich hätte er einen seiner Roboter besteigen und mit ihm davonfliegen können. Aber bis Kunns Flugapparat oder das Sternenschiff zurückkehrten, stand ihm nur die Wildnis offen. Jenseits dieser Lichtung, auf der ihn nur unangenehme Fragen erwarteten, würde er nirgendwo ein Unterkommen finden.

Zur Linken ertönte ein vielstimmiger Schrei, angestimmt von der Gruppe Urs und Menschen, und einen Moment später machte die Menge einem strahlenden Lester Cambel Platz, der einige dickleibige Wälzer herantrug. »Ich glaube, wir haben es!«, verkündete er, während er zusammen mit seinem Assistenten vor einem der spheroiden Gebilde kniete, die mittels eines Drahtgeflechts miteinander verbunden waren. Einer seiner Mitarbeiter zerrte am Deckel des Dings, um es zu öffnen, und der menschliche Weise begann:

»Natürlich hat niemand von uns auch nur die leiseste Ahnung, wie diese Anlage funktioniert, aber nach so vielen Milliarden Jahren ist die galaktische Technik so überarbeitet und vereinfacht worden, dass die meisten Maschinen sich kinderleicht bedienen lassen. Und bedenkt, wenn Erdlinge schon ein klappriges Sternenschiff aus fünfter Hand bis hierher steuern konnten, müssen diese Dinger wirklich verdammt narrensicher sein.«

Der Scherz, den er auf Kosten seiner eigenen Spezies gemacht hatte, löste bei beiden Parteien Gelächter aus. Die Bürger schoben sich näher heran, bis Ro-kenn und seinen Dienern keine Möglichkeit mehr blieb, sich mit Anstand und Würde von hier zu entfernen.

»Im vorliegenden Fall gehen wir davon aus«, fuhr Lester fort, »dass diese Anlage in dem Moment zum Leben erwachen sollte, in dem alle Pilger sich um das Ei versammelt hatten. Vermutlich im Augenblick unserer größten Ehrfurcht, kurz nach dem Ende der feierlichen Anrufung. Ich schätze, dass die Anlage dann mittels eines Zeit- oder Fernzünders oder eines Funksignals eingeschaltet worden wäre.«

Der Assistent hatte den Kasten jetzt aufbekommen. Ein weithin hörbares Ploppen setzte alle Anwesenden davon in Kenntnis. Cambel schaute hinein und schlug dann in einem der dicken Bücher nach. »Mal sehen, ob wir nicht etwas Ähnliches oder Vergleichbares finden können … wie zum Beispiel den Standard-Handumschalter, wie er auf Seite fünfzehnhundertzwölf abgebildet ist.«

Ro-kenn starrte auf das Nachschlagewerk, dessen Seiten mit

Diagrammen und Bildern angefüllt waren, als enthielte es etwas Todbringendes. Lark bemerkte, dass Ling ihn verstohlen ansah. Ihr Blick schien zu fragen: *»Was hast du sonst noch alles vor mir verborgen gehalten?«*

Obwohl die Sternenfrau keinen Rewq trug, war Lark zuversichtlich, dass sie sein schiefes Grinsen schon richtig verstehen würde.

Du bist von den falschen Voraussetzungen ausgegangen, meine Liebe, besagte sein Lächeln, *vor allem, was euch und eure Stellung hier betrifft. Das hat dich geblendet und daran gehindert, die richtigen Fragen zu stellen. Außerdem habt ihr uns auf Grundlage dieser Einstellung von oben herab behandelt, wo wir doch eigentlich Freunde hätten werden können.*

Na gut, das war vielleicht ein bisschen viel und zu komplex, um es in ein einzelnes Grinsen zu packen. Vielleicht verstand sie sein schiefes Lächeln ja auch als: *Ich muss doch sehr bitten, du beschuldigst mich, etwas vor dir verborgen gehalten zu haben?*

»Ich protestiere!«, mischte sich der Sternenmann Rann ein. Er überragte alle hier, bis auf die Hoon und die Traeki, als er sich nach vorn schob. »Ihr habt kein Recht, an etwas, das euch nicht gehört, herumzupfuschen!«

Phwhoon-dau brummte nachsichtig: »Hrr, dann bestätigst du also, der Besitzer dieser Gegenstände zu sein, die ohne unsere Erlaubnis unter unserer heiligsten Stätte angebracht wurden?«

Ranns Gesicht zuckte. Offensichtlich hasste er die momentan schwache Position seiner Seite, die ihn zwang, sich mit Wilden ein Wortgefecht zu liefern. Verwirrt wandte er sich an Ro-kenn. Während die beiden die Köpfe zusammensteckten und sich berieten, erklärte Lester weiter:

»Ich muss gestehen, dass der Zweck dieser Vorrichtung uns eine Weile Kopfzerbrechen bereitet hat. Doch glücklicherweise betreibe ich ja schon seit Längerem Forschungen über die galaktische Technologie, und so waren mir diese Nachschlagewerke eine große Hilfe. Und endlich fand ich dort diese Gerätschaft unter der Überschrift: PSI-Emitter.«

»Hier befindet sich der Handumschalter«, teilte der Assistent mit. »Wir sind bereit.«

Der Weise richtete sich auf und hob beide Hände.

»Mitbürger, dies ist meine erste und letzte Warnung. Wir haben keine Vorstellung, was wir hier auslösen. Ich nehme aber an, dass uns nichts Tödliches erwartet, denn sonst hätten unsere lieben Gäste längst ihre Roboter bestiegen und sich mit Höchstgeschwindigkeit davongemacht. Da uns jedoch keine Zeit für vorsichtige Experimente bleibt, rate ich allen, lieber einen Schritt zurückzutreten. Die Ängstlicheren unter euch dürfen auch zwei Schritte machen. Ich zähle jetzt von zehn an abwärts.«

Uthen wäre gern geblieben, um sich das hier anzusehen, dachte Lark. *Aber ich habe ihn mit diesen Bibliotheksrauten fortgeschickt, um sie zu verstecken.*

Habe ich ihm damit vielleicht einen Gefallen getan, ihm womöglich das Leben gerettet?

»Zehn!«

»Neun!«

»Acht!«

Lark hatte noch nie gesehen, dass ein g'Kek sich schneller als eine Urs bewegte. Während die Menge auf Abstand zu der Vorrichtung ging, schienen es einige eiliger zu haben als die anderen. Viele blieben jedoch, angestachelt von ihrer Neugier.

Der Mut ist das Band, das ein echtes Bündnis bindet, dachte er mit einigem Stolz.

»Sieben!«

»Sechs!«

Ro-kenn trat auf Lester und seine Gruppe zu. »Ich gebe zu, der Besitzer dieser Geräte zu sein, bei …«

»Fünf!«

»Vier!«

Der Rothen erhob die Stimme, um sich über dem Tumult Gehör zu verschaffen: »... bei denen es sich lediglich um Schallinstrumente handelt, die in aller Unschuld und ohne Hintergedanken dort platziert wurden ...«

»Drei!«

»Zwei!«

Der Sternengott redete schneller, fast wie besessen: »... um die Muster aufzuzeichnen, die von eurem ehrwürdigen und geheiligten Ei ausge...«

»Eins!«

»Jetzt!«

Einige Bürger rissen instinktiv die Hände oder ihre sonstigen Extremitäten an die Ohren oder die entsprechenden Organe, legten die Arme über den Kopf oder hielten sich die Rechte vor die Augen, um zwischen den Ritzen hindurchzuspähen. Den Urs war natürlich hauptsächlich daran gelegen, ihre Brutbeutel zu schützen. Die g'Kek wiederum rollten die Augenstiele lieber ein. Nur die Hoon und die Traeki hockten auf dem Boden. Die meisten Rewq zogen sich angesichts der intensiven Emotionen ihrer Träger oder ihrer Nachbarn zusammen. Was immer man sich auch unter einem »PSI-Emitter« vorzustellen hatte, gleich würde es jedermann erfahren.

Lark versuchte, seine instinktiven Reaktionen zu unterdrücken und sich wieder auf Ling zu konzentrieren. Sie verfolgte den Countdown mit einer eigenartigen Mischung aus Ärger und Erwartung und rang die Hände. Genau in dem Moment, in dem Cambels Stellvertreter den Schalter umlegte, drehte die Sternenfrau sich zu dem Biologen um und sah ihm direkt in die Augen.

Asx

Verwirrung durchtost unseren Zentralkern, sickert durch die Wulstversiegelungen, die mich/uns aneinanderbinden, und sendet Verwirrung in unsere Außenbezirke wie das Harz, das aus einem verwundeten Baum fließt.

Diese Stimme, diese rhythmische Deklamation, könnte sie doch das sein, von dem wir wissen, dass sie es nicht sein kann?

Die Worte des Eies haben uns in so vielfältiger Weise beruhigt und umfangen. Und das, was wir jetzt vernehmen, klingt sehr vertraut und hört sich genauso an wie das Geheiligte …

Aber da mischt sich auch ein metallischer Klang ein, und deswegen gebricht es dieser Stimme am sonoren Timbre und Singsang des Eies.

Eine Subkadenz zieht uns zu sich hin, trippelt wie ein hastiges Quintett von Krallen, nimmt unsre Aufmerksamkeit gefangen und tönt, als käme sie aus einem dunklen, unterirdischen Tunnel.

Plötzlich schließen wir uns zusammen und versenken uns in die fremde Existenz eines geeinten Wesens. Einer Einheit, die von einer festen, harten Hülle gefangen gehalten wird.

Fünffacher Widerstand brodelt hoch. Dieses »Ich« ist mit Zorn angefüllt.

Wie können sie es wagen, mir zu sagen, ich sei frei?

Welch unnatürliches Gesetz stellt dieser Kodex der Gemeinschaften dar? Diese Herrschaft, die mein Volk »befreit« von der süßen Disziplin, in der wir einst lebten und die uns von unseren prächtigen Königinnen geschenkt wurde?

Wir, die Blauen – und auch wir, die Roten –, wie sehr sehnen wir uns danach, dienen zu dürfen, tief in unseren pochenden Galleknoten wohnt dieser Wunsch. Selbstlos zu arbeiten und zu kämpfen, danach streben wir, um damit die Vorhaben der grauen Herrscherinnen vor-

anzubringen. War das nicht unsere Art, als wir noch zwischen den Sternen reisten, und auch schon lange davor?

Ist dies nicht das, wozu alle Qheuen geboren werden?

Wer wagte es, diesen wunderbaren Tagen ein Ende zu setzen und uns fremdartige Vorstellungen von Freiheit aufzuzwingen? Wer zwang die Rückenschilde, die tödliche Droge einzunehmen, die sich Unabhängigkeit nennt?

Die Menschen waren es, die dieses Gift in unsere Gedanken einträufelten und damit die Einheit unserer wohlgeordneten Stöcke zerbrachen. Sie tragen die Schuld, und die Gepanzerten werden sie dafür zur Rechenschaft zwingen.

Oh, wie teuer sie für dieses Verbrechen bezahlen werden!

Und danach warten weitere Rechnungen darauf, beglichen zu werden …

Wir winden uns und erfahren, wie es sich anfühlt, sich gebückt und auf fünf Beinen zu bewegen. Auf Beinen, die zum Dienen bestimmt sind – nicht einem schäbigen Nest, das hinter irgendeinem lachhaften Damm erbaut worden ist, und auch nicht einer bloßen Attraktion wie den Gemeinschaften, sondern den großen grauen Matronen, die so vornehm, prachtvoll und stark sind.

Warum strömt dieses Bild so lebendig durch unser verwirrtes Zentrum?

Das muss wohl das Werk dieser Rothen-Vorrichtung sein – diesem PSI-Sender –, der wesentlicher Bestandteil ihres Plans ist, auf jede unserer Spezies Einfluss zu nehmen und uns dazu zu verleiten, uns ihrem Willen zu unterwerfen.

Schauder der Überraschung erschüttern meine/unsere Ringe. Nach so vielen Jahren der Freundschaft mit den Qheuen hätte ich nie erwartet, wie absolut fremd ihre Sichtweise ist.

Doch noch eigentümlicher zeigt sich die nächste Sequenz von Eindrücken, die über unser vereintes Bewusstsein kommt.

Wir spüren, wie es sich anfühlt, wenn Hufe galoppieren.
Den heißen Atem der trockenen Steppe.
Das sengende Aufflammen einer Psyche, die mindestens so egozentrisch ist wie die eines Menschen.

Nun bin ich Urrisch-ka! Allein und stolz wie an dem Tag, an dem ich aus dem Gras erschien. Kaum mehr als ein Tier war ich, wohl nervös, aber dennoch voller Selbstvertrauen.

Ich darf mich dem Clan oder dem Stamm anschließen, der mich auf der Ebene adoptiert.

Ich darf der Führerin gehorchen, denn das Leben besteht aus Hierarchien, denen man sich unterwerfen muss.

Doch tief in meinem Innersten diene ich nur einer Herrin – mir!

Können Menschen überhaupt ermessen, wie unerträglich ihr Gestank die Membranen meiner Nüstern angreift? Sie mögen gute Krieger und Schmiede sein, das ist gewiss. Sie haben auch hübsche Musik nach Jijo gebracht. Wertvolle Dinge, die wir zu schätzen wissen.

Doch uns ist auch klar, um wie viel besser es auf dieser Welt ohne sie wäre.

Wir hatten uns, bevor die Menschen kamen, einen hohen Platz und Rang erkämpft. Von den Ebenen bis zu den brennenden Bergspitzen reckten wir unsere Hälse über alle anderen Spezies auf Jijo. Doch dann mussten diese Zweibeiner auftauchen und uns herunterziehen, bis wir nicht mehr waren als eine Spezies unter sechsen.

Und schlimmer noch, ihre Geschichten erinnern uns – mich! – daran, wie viel wir verloren haben. Wie viel bereits vergessen worden ist.

An jedem Tag rufen sie mir ins Gedächtnis zurück, welch niederes Dasein und welch kurze Lebensspanne mir vorherbestimmt ist – hier auf diesem Dreckhaufen mit seinen bitteren Ozeanen, der sich irgendwo verloren durchs All dreht …

Diese unfassbaren Gedanken galoppieren schneller, als unser Auffassungsvermögen ihnen folgen kann. Bald ist diese Schande fort, doch bloß, um von einer anderen gefolgt zu werden. Eine Macht dringt von außen auf uns/mich ein, die sich durch das ganze Bergtal ausbreitet.

Ihr Rhythmus ist leichter einzuhalten. Eine schwere Kadenz, die lange braucht, um in Wallung zu geraten, doch ist es einmal so weit gekommen, lässt sie sich nicht mehr stoppen und endet oft genug im Tod.

Es ist kein Rhythmus, von dem man mitgerissen wird. Dennoch versteht er es, uns zu locken …

Bringt uns dazu, darüber nachzugrübeln, wie oft die schnelleren Spezies uns arme, geduldige Hoon ob unserer Art verspotten.

Wie sie um uns herumwirbeln.

Wie oft sie vorsätzlich viel zu schnell für uns reden.

Wie sie nur uns die gefährlichsten Aufgaben aufzwingen.

Sie lassen uns allein dem Meer trotzen, auch wenn jedes verlorene Schiff hundert liebe Gesichter aus unserer Mitte reißt und unsere kleinen Familien mit großem Kummer überzieht.

Die Menschen und ihre stinkenden Dampfschiffe! Sie haben diese Kenntnisse bewahrt und nur so getan, als würden sie alles mit uns teilen. Dabei haben sie das Beste für sich behalten. Eines Tages werden die Erdlinge uns hier zurücklassen, auf dass wir zugrunde gehen, um mit ihren Schiffen aus reinem weißen Licht davonzufliegen.

Sollen wir ihnen das wirklich erlauben? Gibt es nicht Wege, sie für alles büßen zu lassen?

Konfusion hat ihr Zepter erhoben.

Wenn diese verderblichen Gedanken für jede Spezies separat bestimmt werden, um sie zur offenen Aggression zu verführen, warum habe ich sie dann alle empfangen? Haben die Rothen es nicht so eingerichtet, dass jedes Volk nur die Botschaft hört, die allein für seine Angehörigen bestimmt ist?

Vielleicht ist ihre Maschine kaputt oder nicht stark genug für diese Aufgabe.

Oder aber wir sind stärker, als wir vermutet haben.

Während wir uns von dem hoonschen Rhythmus befreien, spüren wir, dass dieses Lied noch zwei weitere Strophen hat. Eine davon ist eindeutig für die Menschen bestimmt. In ihr geht es um Hoffart. Um Hoffart und Stolz.

Wir sind die überlegene Spezies. Die anderen können sich nur auf eine Sache spezialisieren, aber wir vermögen alles! Wir sind auserwählt und unterrichtet durch die Rothen, und so ist es nur gerecht, dass wir die Größten und Mächtigsten sind, selbst hier auf diesem Hang inmitten von Wilden.

Wenn wir den anderen Spezies zeigen, an welchen Platz sie gehören, lassen sich aus ihnen vielleicht noch ganz brauchbare Diener machen …

Ein Begriff kommt mir/uns in den Sinn: direkte empathische Transmission – eine Technik, die von der Galaktischen Wissenschaft seit über einer halben Milliarde Jahren eingesetzt wird.

Das wiedergefundene Wissen darum lässt den vielfältigen Strom von Stimmen noch künstlicher und blecherner erscheinen. Wir entdecken in ihm sogar so etwas wie unbeabsichtigte Selbstironie. Natürlich war von den Rothen vorgesehen, diese Botschaft durch das Ei zu schicken, um von ihm verstärkt zu werden. Und dies wohl zu ebendem Zeitpunkt, an dem wir alle am empfänglichsten für die »Geheiligten Worte« gewesen wären. Doch auch in dem Fall wäre es kaum vorstellbar, dass solches Gefasel viele Anhänger gefunden hätte.

Glaubten die Rothen wirklich, wir würden auf so etwas hereinfallen?

Dann fällt mir/uns etwas anderes auf: *Es gibt keine Ansprache für die Räderwesen*. Warum nicht? Wieso haben sie die g'Kek ausgelassen? Weil sie für das geplante Völkermordprogramm so offensichtlich kaum zu gebrauchen sind?

Oder weil ihre Spezies zwischen den Sternen bereits ausgestorben ist?

Aber ein Rhythmus bleibt noch. Ein dumpfes Trommeln, als würde man auf einen Stapel harter, runder Röhren einschlagen. Ein Wirbel, der auf eine Weise heult, die diesem zusammengesetzten Selbst erschreckend bekannt vorkommt.

Und doch auf seine Weise die befremdlichste Manipulation von allen ist.

< MAKRO-ENTITÄT PRIESTERLICHE ERKLÄRUNG – DIREKT VOM ORAKEL-GIPFEL DES WISSENS. SENDE ZÜRNENDE FEINDSELIGKEIT: >
< REAKTION = GESCHWORENES ENDE DER PERSÖNLICHEN DEMÜTIGUNGEN! EINDRINGLINGE (ERDLINGE) SOLLEN DEN TOD ERFAHREN ... >

Wir zucken enttäuscht zurück. Die Egomanie dieser Ansprache übertrifft noch die aller vorangegangenen Sendungen, selbst diejenigen, die an die Adresse der Urs und der Menschen gerichtet waren. Und doch ist sie unbezweifelbar an uns, an die Traeki gerichtet!

Erkennt ihr, was hier geschieht, meine Ringe? War dies der Geschmack der stolzen Willenskraft, die einst durch die grausamen Despoten-Stapel strömte? Jene Tyrannen-Psychen, die früher unsere Erkenntnisringe dominierten? Die Oberherrkragen, die die Traeki-Gründer nach ihrer Ankunft auf Jijo sofort ablegten, um sie für immer loszuwerden?

Hat den großmächtigen, unbezwinglichen Jophur so die Verachtung der anderen geschmeckt? Wir erbeben beim Klang ihres gewaltigen Namens.

Nach unserer Vorstellung sind sie Giganten, die immer noch durch die Galaxien ziehen. Unsere Ringvettern, deren wächserne Zentren von monomanischem Wüten beherrscht werden.

Doch wenn dem wirklich so sein sollte, warum bedeuten die Worte dieser Ansprache dann unseren vielfarbigen Ringen so wenig? Da wir wissen, wer dahintersteckt, klingen die Phrasen furchtbar banal und haben nicht die geringste Wirkung auf uns.

Die Demonstration ist beendet. Die scharrenden, plärrenden Ausstrahlungen vergehen, ohne dass wir alles gehört haben. Doch das spielt jetzt keine Rolle, denn wir kennen nun den Sinn und Zweck dieser Ansammlung von Drähten und Kugeln. Sie sollte uns vergiften, verstärkt und glaubwürdig gemacht durch den Anschein, die Worte kämen direkt vom heiligen Ei.

Überall auf der Wiese ist Wut über eine solche Blasphemie zu spüren. Zorn auf diesen kindischen Versuch, die zweifellos immer noch vorhandenen Animositäten anzustacheln.

Denkt ihr so gering von uns, ihr Sternengötter? Habt ihr tatsächlich angenommen, ihr könntet uns so leicht übertölpeln, damit wir für euch die Drecksarbeit erledigen?

Wir erkennen, dass die Menge sich auflöst. Ein murmelndes, kochendes Geschiebe entsteht, und man wirft nur zögerliche Blicke auf die zischenden, auf und ab schwebenden Roboter. Menschen, Urs und andere tun sich ungezwungen zusammen, kein Vergleich zu der Abschottung der letzten Zeit. Alle Bürger fühlen sich so erleichtert, dass es ihnen zu Kopf steigt – und es scheint, als hätten die Sechs einen besonders schwierigen Test bestanden, aus dem sie stärker und geeinter denn je zuvor hervorgegangen sind.

Ist das das Schlimmste, was die Invasoren uns antun können?

Diese Frage höre ich aus allen Ecken.

Ja, meine Ringe, es kommt uns in den Sinn, dass die Lichtung nur ein kleiner Teil des Hangs ist und wir, die hier versammelt sind, nur einen Bruchteil der Gemeinschaften ausmachen.

Ist das das Schlimmste, was die Invasoren uns antun können?

Ach, wäre es doch nur so.

Sara

Die Urunthai reisten gern rasch und mit leichtem Gepäck. Sie beluden ihre Esel nur mit dem Notwendigsten. Diese Kriegerinnen waren auch Anhängerinnen des Weges zur Erlösung. Deswegen hielten sie von Büchern nicht viel.

Die Bibliothekare konnten nichts dagegen tun.

Natürlich protestierte unser Trio von Graugewandeten lautstark, als die Urs mit den Büchern ein Freudenfeuer entzündeten. Zwei Menschen und ein Schimpanse zerrten verzweifelt an ihren Fesseln, flehten, schimpften und versuchten, sich auf die wachsversiegelten Kisten zu werfen, die sie in Sicherheit bringen sollten.

Doch waren es gerade die Stricke, die ihnen das Leben retteten. Die kriegsbemalten Urunthai-Wächterinnen richteten die gespannten Armbrüste auf sie und hätten wohl keinen Moment gezögert, die bleichhäutigen Bücherwürmer auf der Stelle niederzuschießen.

»Du mögen Feuer?«, höhnte eine Brigantin in gebrochenem Englik. »Feuer reinigen. Brennen weg allen Abfall. Können dasss auch mit Fleisss. Hoonssses Fleisss braten wirklisss lecker.«

Den Bibliothekaren blieb nichts weiter übrig, als still vor sich hin zu weinen, während die Flammen erst das Wachs schmolzen, dann die Holzkisten aufplatzen ließen und endlich an den Kaskaden der herausfallenden Bücher leckten, die wie sterbende, flatternde Vögel niedersanken. Blätter flammten kurz wie Meteore auf und gingen mit der jeweiligen in Tinte gefassten Weisheit nieder, die sie über Jahrhunderte konserviert hatten.

Sara war froh, dass Lark und Nelo das nicht mitansehen mussten.

Viele Texte wurden während des Großen Drucks und auch danach kopiert und abgeschrieben. Der Verlust dieser Bände ist vielleicht nicht ganz so dramatisch, wie es jetzt den Anschein hat.

Doch wie lange würden die Duplikate diese Zeiten überstehen, in denen selbstgerechte Sekten und fanatische Kreuzzügler ihr Unwesen trieben und ihre jeweilige Sicht der Dinge für die allein seligmachende Wahrheit hielten.

Selbst wenn die Sternengötter Biblos verschonen, wird die Zahl der Fanatiker wie Jop und Ur-Kachu anwachsen. Und je stärker die sozialen Unruhen werden, desto frecher werden sie auch ihre Ziele durchzusetzen versuchen.

Als wollten sie diese These untermauern, erreichte kurz vor Sonnenaufgang eine Abteilung von Jops Kameraden das Lager: ein Trupp hartgesichtiger Männer mit Bögen und Schwertern, die ihre ausgedörrten Kehlen gleich an der Quelle benetzten, ohne jedoch Ur-Kachus-Kriegerinnen auch nur für einen Moment den Rücken zuzukehren. Das Feuer mit den sterbenden Büchern betrachteten sie mit Wohlgefallen.

Beide Banden eint ein gemeinsames Ziel: Der Eitelkeit der Literatur den Garaus zu machen, die jetzigen Weisen zu ersetzen und alle zu einem den Schriftrollen gefälligeren Leben zu zwingen.

Und später, wenn wir uns alle brav auf dem Pfad der Erlösung befinden, kann man ja das gegenseitige Abmurksen und Übertölpeln wiederaufnehmen, um festzustellen, wer in den Reihen der erlösten Tiere der oberste Schlächter ist.

Das Feuer brach zusammen und spuckte Funken und zusammengerollte Papierfetzen aus, die von den wirbelnden Luftströmungen davongetragen wurden. Der Fremde, der neben Sara stand, fing einen davon mit der Hand und starrte darauf, als wolle er entziffern, was einst dort geschrieben gewesen war. Vielleicht erkannte er darin etwas wieder, das ihn an ihn selbst erinnerte, und zwar auf sehr schmerzliche Weise. Das, was einst so beredt gewesen war, hatte nun die Magie der Sprache verloren.

Die Bibliothekare waren nicht allein mit ihrem Entsetzen, als sie mit rußgeschwärzten Gesichtern auf die Flammen starrten. Ein jungvermähltes Paar hoonscher Pilger klammerte sich aneinander und brummte ein tiefes Beerdigungslied, als läge da das Herzgrat eines Geliebten im Feuer. Auch einige Qheuen standen in der Nähe, die ihren Kummer nicht verbargen. Und nicht zu vergessen eine Gruppe trauriger ursischer Händlerinnen.

Der Qualm und der beißende Geruch ließen Sara an Dunkelheit denken, an die Art von Finsternis, die nicht mit dem Morgengrauen endet.

»Achtung, alle herhören. Darf ich um eure Aufmerksamkeit bitten? Ich erzähle euch jetzt, wie es weitergeht.«

Es war Jop, der die düstere Stille durchbrochen hatte. Er trat mit Ur-Kachu, Ulgor und einem finster dreinblickenden Mann mit sonnenverbrannter Haut heran. Letzterer sah so verrunzelt und hart aus, dass man kaum glauben mochte, dass er derselben Spezies wie die weichen und bleichen Bibliothekare angehörte. Sogar die Urunthai behandelten diesen Mann mit grimmigem Respekt. Die bemalten Kriegerinnen machten ihm rasch Platz, als er heranschritt. Sara kam er irgendwie bekannt vor.

»Wir verlassen das Lager in zwei Gruppen«, erklärte der Baumfarmer. »Die größere wird zur Salzhuf-Marsch aufbrechen. Wenn irgendwelche Milizeinheiten von diesem Überfall erfahren und die Mühe auf sich nehmen wollen, uns zu verfolgen, werden sie am ehesten dort nach uns suchen. Einige von euch könnten also innerhalb einer Woche gerettet werden. Das ist uns eigentlich egal.

Die kleinere Gruppe wird schneller reisen. Die Menschen werden reiten und alle halbe Midura auf frische Esel umsteigen.

Wer von euch dabei ist, sollte sich davor hüten, uns Schwierigkeiten zu machen oder sich in der Dunkelheit davonstehlen zu wollen. Die Urunthai sind erfahrene Fährtensucher, und ihr würdet nicht weit kommen.

Gibt's noch Fragen?«

Als sich keiner zu Wort meldete, zeigte Jop mit einem Finger auf den Fremden. »Du, dorthin.« Er deutete auf die stärksten und größten Tiere, die neben der Quelle in einer Reihe angebunden waren. Der Fremde zögerte und sah Sara an.

»Keine Bange, die kann mit dir kommen. Wir wollen doch nicht, dass unsere wichtigste Geisel an Herzeleid eingeht, was?« Er wandte sich an Sara. »Ich nehme an, du hast nichts dagegen, dich noch ein Weilchen länger um dein Mündel zu kümmern.«

»Nur wenn ich meine Taschen mitnehmen darf. Und Prity natürlich.«

Die vier Führer mussten sich darüber erst beraten. Ur-Kachu zischte Einwände, aber Uriel schlug sich auf die Seite der Menschen, auch wenn das bedeutete, etwas von der Beute zurücklassen zu müssen, die man den Kaufleuten abgenommen hatte. Schließlich hatte man sich geeinigt, und die Freischärlerinnen schnallten zwei Eseln ihre Last ab, um sie Sara zur Verfügung zu stellen. Die Kisten blieben einfach liegen, wo sie hingefallen waren.

Zum nächsten Streit kam es, als der Fremde aufsaß – seine Füße erreichten fast den Boden – und sich weigerte, sein Hackbrett herauszurücken. Er presste das Instrument fest an sich, als die Urunthai ihn umringten, und schließlich gab Ur-Kachu wutschnaubend nach und ließ ihm seinen Willen.

Sara beobachtete vom Rücken ihres kräftigen Esels aus, wie der Hartgesichtige auf den Sprengmeister Kurt zeigte, der zusammen mit seinem Neffen schon die ganze Zeit etwas abseits gesessen und die Geschehnisse schweigend verfolgt hatte.

»Nun zu dir, verehrter Fürst der Explosivstoffe«, sprach Jop ihn an und verbeugte sich vor ihm. »Ich fürchte, mein Freund hier muss dir ein paar Fragen stellen, und es liegt leider nicht in meiner Macht, dich lange darum zu bitten, sie ihm zu beantworten.«

Kurt beachtete die Drohung nicht, die in diesen Worten mitschwang, sondern begab sich mit seinem Neffen zum Eselszug, ohne seine Satteltasche loszulassen. Als ein paar Urunthai ihm die große Tasche abnehmen wollten, erklärte der Meister leise, aber bestimmt:

»Der Inhalt ist hochempfindlich.«

Die Brigantinnen fuhren zurück, und niemand hielt ihn mehr auf, als er sich ein Tier aussuchte, dessen Last, die aus Beutestücken bestand, zu Boden fallen ließ und dafür seine Tasche auflud und festzurrte.

Die menschlichen Fanatiker und die Urunthai bildeten die schnellere Gruppe. Die Männer wirkten auf ihren Eseln fast so lachhaft wie der Fremde. Viele von ihnen machten ein unglückliches Gesicht. Es schien ihr erster Ritt zu sein.

»Kommst du nicht mit?«, fragte Sara Jop.

»Ich bin schon viel zu lange von meiner Farm fort«, antwortete er. »Außerdem gibt es da noch etwas in Dolo, das dringend auf seine Erledigung wartet. Ein Damm steht da, um den man sich kümmern muss, je eher, desto besser.«

Sara drehte rasch den Kopf zur Seite. Doch nicht etwa Jops Ankündigung, das Zerstörungswerk fortzusetzen, hatte sie erschreckt, sondern etwas, das sie hinter ihm bemerkte: Bläschen, die im Wasser aufstiegen.

Klinge. Er liegt immer noch auf dem Grund und hat wohl alles mitbekommen.

»Mach dir keine Sorgen, Mädchen«, fuhr der Baumfarmer fort, der ihre Reaktion falsch interpretierte. »Ich sorge dafür, dass dein Vater rechtzeitig rauskommt, bevor das verdammte Ding in die Luft fliegt.«

Bevor Sara etwas darauf entgegnen konnte, mischte sich Ur-Kachu ein.

»Nun ist/wird es aber höchste Zeit, die endlosen Verzögerungen zu beenden und Taten folgen zu lassen. Lasst uns aufbrechen!«

Einer ihrer Schweife klatschte an die Seite des Führungsesels, und schon setzte sich der Zug in Bewegung.

Doch unvermittelt ließ Sara sich aus dem Sattel gleiten, stellte sich breitbeinig hin und brachte ihr Tier aus dem Takt. Diese Störung setzte sich wellenförmig in beide Richtungen der Karawane fort. Einer der menschlichen Freischärler rutschte von seinem Tier und fiel auf den Boden, was unter den Urunthai amüsiertes Schnauben auslöste.

»Nein!«, erklärte Sara mit grimmiger Entschlossenheit. »Zuerst will ich wissen, wohin die Reise gehen soll.«

»Miss Sara, bitte«, drängte Jop gefährlich leise. »Ich weiß doch selbst nicht …«

Er unterbrach sich rasch und sah sich nervös um, als der Mann mit dem harten Gesicht auf sie zukam.

»Was gibt es denn schon wieder für ein Problem?« Seine kultivierte dunkle Stimme stand in offenem Widerspruch mit seinem wilden Äußeren. Sara sah ihm in die kalten steinfarbenen Augen.

»Ich steige erst wieder auf, wenn du mir sagst, wohin wir ziehen.«

Der Jäger hob eine Braue. »Wir könnten dich auch auf dem Esel festbinden.«

Die Tochter des Papiermachers lachte. »Die armen kleinen Esel haben schon genug damit zu tun, einen Reiter nicht zu verlieren, der mitkommen will. Was sollen sie da erst gegen jemanden tun, der sich hin und her wirft und sie selbst zum Sturz bringen will? Und wenn du mich wie einen Sack Kartoffeln auf den Rücken schnallst, werde ich mir bei dem Auf und Ab die Rippen brechen.«

»Vielleicht lassen wir es darauf ankommen«, begann der Mann, runzelte dann aber die Stirn, als der Fremde, Kurt und Prity ebenfalls abstiegen, die Arme vor der Brust verschränkten und sich wie Sara neben ihre Tiere stellten.

Der Hartgesichtige seufzte. »Was bringt es dir schon, wenn du jetzt erfährst, wohin es geht?«

Je öfter sie ihn hörte, desto bekannter kam ihr seine Stimme vor. Sara war sich jetzt ganz sicher, diesem Mann schon einmal begegnet zu sein.

»Mein Schutzbefohlener braucht medizinische Versorgung. Bislang haben wir dank der Spezialsalben, die unser Traeki-Apotheker hergestellt hat, Infektionen seiner Wunden abwehren und verhindern können. Da du aber nicht vorhast, Pzora mit seinem Wagen unserem ›schnelleren‹ Trupp einzugliedern, müssen wir ihn wohl bitten, uns einen größeren Vorrat für die Reise zur Verfügung zu stellen.«

Der Freischärler nickte. »Das lässt sich arrangieren.« Er bedeutete dem Fremden, sich zu dem Apotheker zu begeben.

Der Sternenfahrer nahm den Rewq ab, den er in den letzten Tagen anstelle des Verbands getragen hatte, und legte die klaffende Wunde an der Seite seines Kopfes frei. Kaum bekamen sie das zu sehen, fingen die Wüstenläufer an zu zischen und machten Handzeichen zur Abwehr von Pech und Magie.

Während sein Symbiont sich mit dem des Traeki vereinte und die beiden sich zu einem Ball verklumpten und Enzyme austauschten, vollführte der Fremde vor Pzora ein paar rasche Handgesten – Sara glaubte, ähnliche schon einmal beobachtet zu haben, als ihr Mündel gesungen hatte –, bevor er sich vor dem Wulstwesen verbeugte, um die Wunde begutachten und reinigen zu lassen.

Sie wandte sich wieder an den Führer der Wüstenmänner.

»Darüber hinaus wird jeder Vorrat, den Pzora für uns zubereitet, nur für ein paar Tage halten. Also solltest du uns besser an einen

Ort führen, an dem wir einen anderen erfahrenen Apotheker aufsuchen können. Bedenke, dass die Sternengötter wenig bis gar nichts für einen Mann geben werden, der seiner Verletzung erlegen ist, sei er nun ihr Freund oder Feind.«

Der Brigantenchef musterte sie für einen scheinbar endlosen Moment, ehe er sich zu Ur-Kachu und Ulgor begab, um sich mit den beiden zu beraten. Als er zurückkehrte, setzte er ein leises Lächeln auf.

»Das bedeutet zwar einen leichten Umweg für uns, aber wir könnten zu einer Stadt abbiegen, die nicht allzu weit von unserem Ziel liegt und über die nötige pharmazeutische Ausstattung verfügt. Du hattest natürlich recht, uns auf diesen Punkt hinzuweisen. Aber wenn dir wieder eine gute Idee kommt, dann teile sie uns doch bitte einfach mit, statt noch einmal einen solchen Aufstand zu entfachen.«

Sara starrte ihn an und begann dann schallend zu lachen, und als er schließlich zu grinsen begann, schien sich ein Großteil der Spannung zu lösen. Sein Gesicht kam ihr dabei noch bekannter vor. Sie erinnerte sich ihrer ersten Tage als Studentin. Damals hatte sie ihn unter dem Steinbaldachin in Biblos schon einmal so erlebt.

»Dedinger«, sagte sie tonlos.

Er lächelte immer noch, doch ein Zug Bitterkeit war dazugekommen.

»Ich habe mich schon gefragt, wann du mich endlich wiedererkennen würdest. Wir haben in verschiedenen Abteilungen gearbeitet, aber ich habe deine Arbeit verfolgt, seit man mich aus dem Paradies verstoßen hat.«

»Wenn ich mich recht entsinne, hat man dich verjagt, weil du dieses Paradies zerstören wolltest.«

Der Freischärler zuckte die Achseln. »Ich hätte gleich zuschlagen sollen, statt vorher zu versuchen, einen Konsens herzustellen. Leider sind die akademischen Gewohnheiten nur schwer abzulegen. Als ich endlich so weit war, wussten schon zu viele von meinen Überzeugungen. Man hat mich vor der Verbannung Tag und Nacht observiert.«

»Mir kommen gleich die Tränen. Stellt diese Aktion hier deinen Versuch dar, in Biblos eine zweite Chance zu erhalten?«, Sara nickte in Richtung des Bücherfeuers.

»Dem ist tatsächlich so. Nach all den Jahren in der Wildnis, in denen ich mich um das Wohlergehen einer Gemeinschaft gefallener Menschen kümmern musste – übrigens allesamt Personen, die auf dem Pfad der Erlösung schon sehr weit vorangekommen sind –, habe ich genug gelernt, um …«

Ur-Kachus kurzer, ungehaltener Pfiff entstammte zwar keiner der bekannten Sprachen, wurde aufgrund der darin mitschwingenden Verärgerung aber allgemein verstanden. Dedinger lächelte freundlich und fragte:

»Können wir jetzt aufbrechen?«

Sara suchte nach einem anderen Weg, um von ihm das Ziel zu erfahren – um Klinges willen musste er den Namen laut aussprechen –, aber mochte Dedinger auch noch so ein verbohrter Fanatiker sein, als Dummkopf durfte man ihn nicht abtun. Wenn sie jetzt weiter insistierte, würde er womöglich misstrauisch werden und Verdacht schöpfen, was dann zur Entdeckung des Qheuen im Wasser führen könnte.

So zuckte sie nur die Achseln, fügte sich und stieg wieder auf den geduldig wartenden Esel. Der Fremde beobachtete sie aus zusammengekniffenen Augen und folgte dann ihrem Beispiel ebenso wie Kurt und Prity.

Die zurückbleibenden Überlebenden der unter einem so schlechten Stern stehenden Karawane verfolgten den Abzug der schnelleren Gruppe mit gemischten Gefühlen. Sie bemitleideten Sara und ihre Gefährten, waren aber gleichzeitig erleichtert, von den Urunthai als nicht so wichtig angesehen zu werden. Als der erste Trupp die Oase in Richtung Süden verließ, verbreitete das vergehende Feuer einen bitteren Gestank, der sich mit dem des Staubs und den tierischen Gerüchen vermischte.

Sara warf einen Blick zurück auf die von Mondlicht beschienene Wasserstelle.

Hast du genug mitbekommen, Klinge? Hoffentlich hast du nicht alles verschlafen. Konntest du da unten überhaupt etwas hören, oder hat nur gurgelndes Blubbern dein Hörsystem erreicht?

Und wenn er alles verstanden hatte, was konnte ein einzelner blauer Qheuen schon gegen die beiden Banden ausrichten, und das auch inmitten einer sonnenverbrannten Ebene? Am ehesten könnte er in der Oase warten, bis Hilfe eintraf.

Schnauben und Scharren ließen sich hinter Sara vernehmen. Die zweite Gruppe setzte sich in Bewegung und folgte viel langsamer der Route der ersten.

Gar nicht so dumm. Der größere zweite Zug wird die Spuren des ersten zertrampeln und zunichtemachen. An einer Stelle wird Ur-Kachu mit uns abbiegen, und etwaige Verfolger werden nichts davon entdecken und weiter hinter dem Haupttrupp herziehen.

Bald waren sie allein auf der Hochsteppe. Einige Urunthai trabten neben dem Zug auf und ab und behielten die Menschen im Auge, denen der ungewohnte Ritt zu schaffen machte. Ständig verzogen sie schmerzlich das Gesicht und zogen die Zehen ein, um sie sich nicht erneut irgendwo anzustoßen. Bald gingen die meisten der menschlichen Freischärler dazu über, von ihren Tieren abzusteigen, ein paar Bogenschüsse weit zu Fuß zu laufen und dann wieder aufzusitzen. Das schien die misstrauischen Kriegerinnen zu beruhigen und gleichzeitig ein gutes Mittel gegen einen wundgerittenen Hintern zu sein.

Sara aber wusste, dass sie sich nicht in der körperlichen Verfassung befand, es ihnen gleichzutun. *Wenn ich mit heiler Haut aus dieser Geschichte herauskomme, fange ich definitiv mit dem Fitnesstraining an,* nahm sie sich fest vor, übrigens nicht zum ersten Mal in den letzten Monaten.

Der Mann mit den Steinaugen ritt ein paar Dura lang neben ihr her und bedachte sie des Öfteren mit einem vielsagenden Lächeln. Er sah so muskulös, sehnig und stark aus, dass Sara sich wunderte, ihn überhaupt wiedererkannt zu haben. Als sie den Gelehrten Dedinger das letzte Mal gesehen hatte, war er ihr als bleiches, intellektuelles Bürschchen erschienen, das einen Bauch wie ein alter Mann vor sich hergetragen hatte. Aber er war Experte für die ältesten Schriftrollen gewesen, und eine seiner Forschungsarbeiten trug sie sogar jetzt in ihrem Handgepäck mit sich. Dieser Mann war einst mit Status und Ehren überhäuft worden, bis er mit seinem orthodoxen Fundamentalismus für den toleranten Hochrat zu viel geworden war.

In jenen Tagen predigten die Weisen einen komplexen Glauben, der eine doppelte Loyalität forderte, einerseits zu Jijo, andererseits aber auch hinsichtlich der Pläne der Vorfahren, die im offenen Widerspruch zum Gesetz standen. Die Weisen suchten auf diese Art einen goldenen Mittelweg zu finden. Doch manche kamen nicht damit zurecht, ihre Treue zu gleichen Teilen aufteilen zu müssen, und lösten für sich das Dilemma, indem sie sich entweder dem einen oder dem anderen vollständig verschrieben.

Saras Bruder Lark widmete sich nur noch der Welt Jijo. Für ihn steckte tiefe Weisheit und Gerechtigkeit in dem Milliarden Jahre alten ökologischen Kodex der Galaktiker. In seinen Augen konnte es kein Pfad der Erlösung jemals rechtfertigen, diese Regeln zu brechen.

Dedinger hingegen hatte sich auf das andere Extrem zubewegt. Ihn scherten Ökologie oder die Erhaltung der Arten wenig, und er stritt nur für die Erhöhung der Spezies, die durch Vergessen Erlösung erlangen sollten, wie es von den alten Schriftrollen verheißen wurde. Die angestrebte reine Unschuld war für ihn auf jeden Fall der Weg zu besseren Zeiten. Nicht auszuschließen, dass er in der gegenwärtigen Krise eine Möglichkeit sah, die verlorene Ehre so vieler Bürger der Gemeinschaften wiederherzustellen.

Sara beobachtete, wie der verbannte Weise mit Würde und Kraft dahinritt. Ganz Wachsamkeit, Stärke und Entschiedenheit – ein lebendes Zeugnis für den simpleren Lebensstil, den er predigte.

Auf verführerische Weise simpel, dachte sie. *Die Welt kennt zahllose Wege, nicht so zu erscheinen, wie sie tatsächlich ist.*

Nach einer Weile verlangsamten die Urunthai ihren Trab und legten schließlich eine Rast ein, um sich zu stärken. Die Kriegerinnen, deren Beutel mit einem Ehemann oder einer Larve gefüllt waren, brauchten alle halbe Midura warmes Simlablut. Die menschlichen Wüstenläufer beschwerten sich darüber. Ihnen wäre es lieber gewesen, kontinuierlich und zügig voranzukommen, anstatt sich nach Urs-Manier ständig abhetzen und in regelmäßigen Abständen eine Rast einlegen zu müssen.

Nach der zweiten Pause führte Ur-Kachu die Gruppe auf ein Steinsims, das sich wie das Rückgrat eines Monsterfossils in südöstlicher Richtung erstreckte. Das Terrain wurde rauer, und man kam langsamer voran. Sara nutzte die Gelegenheit, von ihrem Tier abzusteigen und damit sowohl dem Esel als auch ihren Pobacken Erleichterung zu verschaffen. Der Fußmarsch war sicher auch eine gute Übung für ihre steifgefrorenen Glieder. Sie legte jedoch sicherheitshalber den rechten Arm auf den Sattel, damit sie Halt finden konnte, wenn ein Stein sich unter ihrem Tritt löste und sie aus dem Gleichgewicht brachte.

Der Zug kam etwas besser voran, nachdem der zweite Mond aufgegangen war. Beleuchtet vom silbernen Torgen schienen die Berge höher als sonst aufzuragen. Die Gletscher im Norden schienen das schräg einfallende Licht des Trabanten zu schlucken und dann als eigentümliches blaues Leuchten zu reflektieren.

Der Fremde fing an zu singen, eine süße, leise Melodie, die Sara Einsamkeit fühlen ließ.

Ich bin eine Insel, öde,
fernab unter Sonnen Stich
und die einz'ge Erinnerung an Land
ist mein starkes Denken an dich.

Oh, rollte ich doch frank und frei,
als wenn ich wär ein Meteor,
wärst du dann mir der Korb
so wir wären wieder zwei?

Er sang in Englik, aber in einem Dialekt, den Sara noch nie vernommen hatte. Einige der Worte waren so eigenartig betont, dass sie sie nur raten konnte. Verblüffend und sogar problematisch, wie viel der Sternenmann mitbekam und dann in Liedform verarbeitete. Die Verse mussten doch sicher starke Gefühlsregungen in ihm auslösen.

Bin ich das Eis, das dir löscht den Durst,
das bringt deinen Ringen Helligkeit,
du bist die Schönste, die Engelsgleiche,
deren Kuss den Welten Flügel verleiht ...

Der Gesang kam abrupt zu einem Ende, als Ur-Kachu herantrabte und sich mit geblähter Nüster über die »unsägliche Katzenmusik« beschwerte. Sara gewann den Eindruck, dass es sich dabei allein um ihre persönliche Meinung handelte, denn von den anderen Urs schien sich keine an dem Lied gestört zu haben. Musik gehörte zu den wenigen Dingen, bei denen die beiden Spezies so etwas wie Konsens oder Übereinstimmung finden konnten. Einige Urs äußerten sich sogar dahingehend, dass allein die Einführung der Geige auf Jijo sie den menschlichen Gestank fast vergessen ließ.

Für eine Tante schien Ur-Kachu jedoch extrem reizbar und nichtsnutzig zu sein.

Der Fremde verfiel in Schweigen, und die Gruppe marschierte in dumpfer Stille weiter, die nur vom Geklapper der Hufe auf dem bloßen Fels unterbrochen wurde.

Die nächste Rast fand an der windgeschützten Seite einiger hoch aufragender Felsblöcke statt, bei denen es sich vermutlich um eine natürliche Formation handelte – doch in der Finsternis der Nacht erschienen sie eher wie die Ruinen einer uralten Festung, die vor langer Zeit nach irgendeiner Katastrophe eingestürzt war. Einer der Wüstenläufer gab Sara ein Stück altbackenen Brotes und einen Klumpen harten Buschkuhkäses. Beides war nur von jemandem hinunterzubekommen, der so furchtbar hungrig war wie die Papiermachertochter. Die Wasserration, die sie erhielt, war enttäuschend klein. Aber die Urs hielten ja nicht viel davon, sich mit allzu viel Ballast zu beladen.

Gegen Mitternacht musste der Trupp einen Wasserlauf an einer flachen Stelle überqueren, einen breiten Bach, der ein Wüsten-Wadi durchlief. Wie stets auf alle Eventualitäten vorbereitet, trabte Ulgor mit dicht schließenden Stiefeln durch die Furt und kam trockenen Hufes auf der anderen Seite an. Die anderen Kriegerinnen waren nicht so gewitzt und schoben sich zusammen mit den Menschen und den Eseln durchs Wasser, um einander am anderen Ufer die nassen Flanken mit Tüchern und Lappen abzureiben. Danach liefen die Urunthai für eine Weile ziellos umher, um sich vom Wind die letzte Feuchtigkeit aus den feinen Beinhärchen pusten zu lassen.

Später ging es wieder langsamer voran, und Sara stieg erneut ab, um neben ihrem Tier herzulaufen. Nach ein paar Momenten hörte sie von rechts eine leise Stimme.

»Ich wollte es dir schon die ganze Zeit sagen: Ich habe deine Arbeit über die linguistische Devolution des Indoeuropäischen gelesen.«

Dedinger, der ehemalige Weise und heutige Wüstenläufer, war neben sie getreten und marschierte nun auf der anderen

Seite ihres Esels. Sie betrachtete ihn eine Weile, ehe sie antwortete:

»Das verwundert mich. Bei den fünfzig Seiten, die der Text ausmacht, konnte ich nur fünf Kopien anfertigen lassen, und eine davon habe ich selbst behalten.«

Der Mann lächelte. »Ich besitze immer noch Freunde in Biblos, die mich ab und an mit interessanten Artikeln oder fundamental neuen Gedanken versorgen. Was nun deine These angeht, so meine ich dazu Folgendes: Während ich deine Theorien über den grammatikalischen Schub bei den präliterarischen Handelssippen mit Genuss verfolgt habe, konnte ich mich deiner Hauptthese nicht anschließen.«

Das überraschte Sara nicht. Ihre Schlussfolgerungen stellten das Gegenteil all dessen dar, an das Dedinger glaubte.

»Aber so verhält es sich nun einmal mit der Wissenschaft. Sie ist ein Zyklus von Geben und Nehmen. Keine endgültigen, dogmatischen Antworten, keine rigiden Feststellungen, die von jemand anderem übernommen werden.«

»Im Gegensatz also zu meiner eigenen sklavischen Unterwerfung unter ein paar alte Schriftrollen, die nicht einmal von Menschenhand geschrieben worden sind?«, lachte der Mann mit steinernen Augen. »Ich glaube, unter dem Strich steht im Vordergrund, in welche Richtung die Menschen deiner Ansicht nach streben. Selbst unter den konservativen Galaktikern herrscht die Ansicht vor, dass es bei der Wissenschaft um die allmähliche Verbesserung deiner Weltenmodelle geht. Sie ist als zukunftsorientiert bestimmt. Deine Kinder werden mehr wissen als du, und allein deshalb kann die Wahrheit, in deren Besitz du dich wähnst, keinesfalls perfekt genannt werden.«

Er lächelte durchaus freundlich, als er nach einem Moment fortfuhr:

»Dagegen ist ja auch nichts zu sagen, Sara, wenn die eigene Bestimmung hinauf, nach oben führt. Aber Tradition und ein fester

Glaube sind dem vorzuziehen, wenn man sich auf dem schmalen und heiligen Pfad nach unten hin fortbewegt, zur Erlösung hin. In dem Fall sind Argumentation und wissenschaftliche Unsicherheit nur dazu geeignet, die Gemeinde um einen herum zu verwirren.«

»Deine Gemeinde macht nicht gerade einen sonderlich verwirrten Eindruck.«

Dedinger lächelte immer noch. »Ich hatte einigen Erfolg in meinem Bemühen, diese hartgesottenen Wildmänner für die wahre Orthodoxie zu gewinnen. Die meiste Zeit über hausen sie auf der Ebene des Scharfen Sandes, wo sie das wilde Stachelfaultier in Höhlen oder unter den Dünen fangen. Kaum einer unter ihnen kann lesen oder schreiben, und die Mehrzahl ihrer Werkzeuge ist selbstgebaut. Daher fiel mir meine Überzeugungsarbeit nicht allzu schwer, befanden sie sich doch schon längst auf dem wahren Weg. Bei anderen Gruppen dürfte es mir sicher mehr Mühe bereiten.«

»Wie zum Beispiel bei der Sprengmeisterzunft?«

Der exilierte Weise nickte.

»Ein rätselhaftes Völkchen. Ihr Zögern, während dieser allgemeinen Krise ihre Pflicht zu tun, kommt einem doch recht verstörend an.«

Sara warf einen Blick auf Kurt und Jomah. Während der Meister auf einem dahintrottenden Esel schnaufte, führte sein Neffe wieder eine seiner einseitigen Konversationen mit dem Fremden, der zu allem, was der Junge vor sich hin plapperte, freundlich lächelnd nickte. Der Sternenmann war das ideale, aller kritischen Fragen bare Publikum für den schüchternen Jomah, der gerade erst zu lernen begann, sich vor anderen auszudrücken.

»Vielleicht sind sie ja zu der Erkenntnis gelangt, dass sich alles nur einmal in die Luft sprengen lässt«, entgegnete Sara. »Und danach müssen sie sich, wie wir anderen auch, mit Arbeit ihren Lebensunterhalt sichern.«

»Wenn sie tatsächlich solche Gedanken hegen sollten«, bemerkte der Bandenführer ungehalten, »dann wird es höchste Zeit, dass jemand sie an ihre verdammte Pflicht erinnert!«

Sara erinnerte sich an Jops Worte vom vorigen Abend, als er davon geredet hatte, Kurt an einen Ort zu bringen, an dem man ihn »überreden« werde. In gewalttätigeren Zeiten bekam ein solcher Ausdruck etwas Bedrohliches, das einen frösteln ließ.

Wahrscheinlich sind wir längst auf dem besten Weg zu einer solchen Epoche.

Der Brigant schüttelte den Kopf.

»Aber das spielt jetzt keine Rolle. Ich würde viel lieber mit dir über deine faszinierende Arbeit diskutieren. Du hast doch nichts dagegen, oder?«

Sara zuckte die Achseln, und Dedinger schlug einen zuvorkommenden Tonfall an, als säßen sie im Aufenthaltsraum der Fakultät.

»Du stellst fest, dass das Proto-Indoeuropäisch, genau wie andere menschliche Muttersprachen, viel rigoroser und rationaler aufgebaut war als die Sprachen und Dialekte, die aus ihm entstanden sind.«

»Ja, gemäß den Büchern, die die *Tabernakel* mit hierhergebracht hat, verhält es sich so. Allerdings stehen uns nur inhärente Daten zur Verfügung.«

»Aber wieso erkennst du dann nicht die Zusammenhänge? Siehst du diese Entwicklung nicht als offenkundigen Beleg für den Umstand an, dass aus Perfektion Zerfall erwächst? Dass die ursprünglichen Grammatiken für den Gebrauch durch eine Patronatsspezies entwickelt worden waren?«

Sara seufzte. Es gab sicher absurdere Dinge im Universum, als mit dem Mann, der einen gefangen genommen hatte, mitten in einer Wüstennacht abstrakte Dispute zu führen – doch im Moment wollte ihr keines einfallen.

»Die Struktur dieser frühen Sprachen könnte aus dem Selektionsdruck entstanden sein, der über Generationen hinweg wirksam war. Primitive Völker benötigen rigide Grammatiken, weil es ihnen an der Fähigkeit zu schreiben oder anderen Mitteln gebricht, Fehler und linguistisches Abdriften zu korrigieren.«

»Ah ja. Deine Analogie zu dem Telefonspiel, bei dem die Sprache mit dem höchsten Grad von Schamanenkodierung …«

»Nein, nicht *Schamanen-*, sondern Shannonkodierung. Claude Shannon hat ausgeführt, dass jede Nachricht in sich selbst die Mittel birgt, Fehler zu korrigieren, die sich während der Übertragung einschleichen. Bei einer gesprochenen Sprache ist diese Redundanz meist in den grammatischen Regeln eingebettet – Kasus, Deklination und sonstige Modifikationen. Aber das lernt man schon mit den Grundlagen der Informationstheorie.«

»Gut«, nickte der Freischärler. »Damit könntest du recht haben. Ich muss auch gestehen, dass ich deinen mathematischen Ausführungen nicht recht folgen konnte.« Er grinste. »Aber gehen wir einmal davon aus, dass du damit richtig liegst. Beweist dann nicht gerade diese kluge, sich selbst korrigierende Struktur, dass die frühen menschlichen Sprachen von genialen Köpfen sozusagen am Reißbrett entwickelt worden sind?«

»Nicht im Mindesten. Dasselbe Argument wurde übrigens auch schon gegen die biologische Evolutionslehre ins Feld geführt. Und später auch gegen die Theorie von der Intelligenz, die sich aus sich selbst heraus und ohne Hilfe von außen entwickelt. Manche Geister haben eben die größte Mühe damit, den Umstand zu akzeptieren, dass Komplexität durchaus aus der Selektion nach Darwin entstehen kann – aber so etwas ist tatsächlich möglich.«

»Dann behauptest du also …«

»Dass das Gleiche mit den präliterarischen Erdsprachen geschehen ist. Kulturen mit einer strikteren Grammatik konnten über größere Distanzen und längere Zeiträume bestehen. Gemäß einigen Linguisten der Erde könnte sich der indoeuropäische

Sprachraum von Europa bis tief nach Zentralasien erstreckt haben. Die rigide Struktur dieser Sprache machte kulturelle und wirtschaftliche Beziehungen über Distanzen möglich, wie sie ein Mensch in seinem ganzen Leben nicht durchwandern konnte. Nachrichten, Gerüchte oder eine gute Geschichte reisten sicher nur langsam über den gesamten europäischen Kontinent, da sie ja nur mündlich weitergegeben werden konnten, und wenn sie Jahrhunderte später am anderen Ende angekommen waren, hatten sie sich in ihrer Struktur kaum verändert.«

»Wie bei dem von dir angeführten Telefonspiel.«

»Ja, deswegen habe ich es erwähnt.«

Müdigkeit prickelte in Saras Unter- und Oberschenkeln, und sie entdeckte, dass sie sich immer schwerer an ihren Esel lehnte. Dennoch schien ihren schmerzenden Muskeln diese Fortbewegungsart immer noch angenehmer zu sein als die Alternative, nämlich auf einem wundgerittenen Steißbein hin und her zu rutschen. Außerdem war es für den armen Esel sicher besser, wenn er noch eine Weile ohne zusätzliche Last laufen konnte.

Der Wüstenläufer hatte sich festgeredet und ließ nicht locker.

»Wenn all das, was du gerade gesagt hast, stimmen sollte, wie kannst du dann abstreiten, dass diese frühesten Grammatiken den schäbigen und schlecht organisierten Dialekten, die aus ihnen erwuchsen, haushoch überlegen waren?«

»Was meinst du denn genau mit ›überlegen‹? Ganz gleich, ob du das Proto-Indoeuropäisch, das Proto-Bantu, das Proto-Semitisch oder sonst eine der Ursprachen anführst, jede von ihnen diente exakt den Bedürfnissen einer konservativen und sich im Verlauf von Hunderten oder Tausenden von Jahren kaum verändernden Kultur von Nomaden und Hirten. Das strenge Regularium wurde erst aufgeweicht, als unsere Vorfahren Ackerbau und Metallverarbeitung erlernten und eine Schrift entwickelten. Der Fortschritt veränderte die eigentliche Bedeutung der Sprache für eine Kultur.«

Ein Ausdruck ehrlicher Konfusion weichte kurz die harten Züge des Mannes auf.

»Bitte, wofür soll eine Sprache denn gut sein, wenn nicht dazu, den Zusammenhalt einer Kultur zu stärken und die Kommunikation ihrer Mitglieder zu fördern?«

Dieselbe Frage hatten die Mitglieder von Dedingers früherer Fakultät Sara auch gestellt, nachdem sie ihre Theorie gehört und sie sogleich verworfen hatten. Vor den Weisen Bonner, Taine und Purofsky hatte man sie lächerlich gemacht. Hatte nicht die majestätische Zivilisation der Fünf Galaxien, so argumentierten ihre Gegner, ihre gut zwanzig Standardsprachen seit den Tagen der sagenhaften Progenitoren geläutert und veredelt, und das zu einem einzigen Zweck, nämlich um unter den Myriaden zivilisierter Spezies einen klaren Meinungsaustausch zu fördern?

»Sprache trachtet noch nach einem anderen wünschenswerten Ergebnis«, entgegnete sie dem Fundamentalisten. »Es handelt sich dabei um ein weiteres ihrer Produkte, und es ist, auf lange Sicht betrachtet, ebenso bedeutend wie der kulturelle Zusammenhalt.«

»Und was wäre das?«

»Die Kreativität. Wenn ich richtig liege, erfordert sie eine andere Form von Grammatik. Eine komplett andere Herangehensweise an Fehler und Irrtümer.«

»Ja, sie heißt Fehler sogar willkommen, begrüßt sie geradezu«, nickte Dedinger. »Bei diesem Teil deiner Arbeit hatte ich einige Verständnisschwierigkeiten. Du behauptest, das Englik zeichne sich dadurch aus, dass ihm die Redundanzkodierung fehle. Weil eben Fehler und Mehrdeutigkeit in jeden seiner Sätze oder Ausführungen kriechen. Doch wie soll aus Chaos Erfindungsreichtum entstehen?«

»Indem vorgefasste Meinungen oder schlichte Vorurteile zertrümmert werden. Indem man zulässt, unlogische, widersinnige, ja sogar offen falsche Erklärungen in vernünftig klingende grammatikalische Formen zu bringen und zu zerlegen. Nimm zum Beispiel nur das Paradoxon der Aussage: ›Dieser Satz ist eine Lüge.‹ In den formaleren Galaktischen Sprachen kann er nicht ausgedrückt werden. Wenn wir jedoch offene Widersprüche auf dieselbe Stufe mit den von der Tradition abgesegneten und weithin akzeptierten Voraussetzungen stellen, bringt uns das in Verwirrung, und unsere Gedanken geraten aus dem Tritt.«

»Und das hältst du für etwas Gutes?«

»Das zeigt uns auf, wie Kreativität vor allem bei den Menschen funktioniert. Vor jeder guten Idee müssen erst zehntausend idiotische kommen, die aufgestellt, sortiert, ausprobiert und dann verworfen werden. Ein Geist aber, der sich davor fürchtet, mit dem Lächerlichen zu spielen, wird nie etwas wirklich Brillantes, Neues und Originelles entwickeln – wie zum Beispiel irgendein derzeit absurdes Konzept, von dem später Generationen aber sagen werden: ›Warum ist bloß früher keiner darauf gekommen, es liegt doch wirklich auf der Hand.‹«

Jetzt war es an ihr zu lächeln, als sie fortfuhr:

»Ein Resultat davon ist ein Überreichtum an neuen Wörtern – ein Vokabular, das sich durch seine immense Fülle von allen vorhergegangenen Sprachen unterscheidet. Begriffe für neue Dinge, neue Sachverhalte und neue Möglichkeiten des Vergleichs und der Begründung.«

»Und für neue Desaster und neue Missverständnisse«, murmelte der Brigant.

Sara nickte, denn auch das gehörte zwangsläufig dazu:

»Natürlich handelt es sich dabei um einen gefährlichen Prozess. Die blutige Vergangenheit der Erde zeigt an viel zu vielen Beispielen, wie Phantasie und Glaube sich zu einem Fluch entwickelt haben, wenn sie nicht von einer kritischen Beurteilung begleitet worden sind. Die Schrift, die Logik und diverse Experimente helfen dabei, einige der Fehlerkorrekturen zu ersetzen, die in den alten Grammatiken eingebettet waren. Und davon ganz abgesehen müssen reife Menschen sich ständig den am wenigsten erfreulichen Umstand vergegenwärtigen, dass die von ihnen bevorzugten Doktrinen sich als falsch erweisen könnten.«

Sie beobachtete Dedinger genau. Würde er diesen Köder schlucken und in ihre kleine Falle tappen?

Der Verbannte bedachte sie mit einem schiefen Grinsen.

»Ist dir schon aufgegangen, verehrte Sara, dass man dein letztes Statement genauso gut auf dich und deine geliebte Hypothese anwenden könnte?«

Sara musste schlucken, lachte dann aber laut.

»So verhält es sich eben mit der menschlichen Natur. Jeder glaubt, er wisse genau, wovon er redet, und dass es sich bei allen, die einem nicht zustimmen, um Narren handelt. Kreative Menschen sehen sich im Spiegel stets als Prometheus, niemals aber als Pandora.«

»Manchmal kann einem die Fackel, die man hochhält, auch die Finger verbrennen«, bemerkte Dedinger amüsiert.

Sara konnte nicht abschätzen, ob er nur einen Scherz hatte machen wollen. Manchmal fiel es ihr leichter, die Gefühle eines Hoon oder gar eines g'Kek zu deuten als die ihrer oft so rätselhaften Speziesgefährten. Dennoch genoss sie diesen wissenschaftlichen Disput. Wie lange war es her, dass sie zum letzten Mal ein solches Gespräch hatte führen können?

So setzte sie es gern fort: »Und was die Trends hier auf Jijo angeht, so sieh dir doch bloß einmal die neuen rhythmischen Romane an, die von einigen der nördlichen ursischen Stämme veröffentlicht werden. Oder der neue Boom der hoonschen romantischen Poesie. Oder die in Galaktik Zwei verfassten Haikus aus dem Tal …«

Ein scharfer Pfiff brachte sie zum Schweigen. Ein gutturaler Haltebefehl, der aus Ur-Kachus nach oben gestreckter Kehle gekommen war. Die Schlange der übermüdeten Tiere kam ruckend, gegeneinanderprallend und sich windend zum Stehen.

Die oberste Kriegerin zeigte nach Norden auf eine Felsspitze und ordnete an, dass in deren langgezogenem Schatten ein getarntes Lager errichtet werden solle.

Im Schatten …

Sara blinzelte und stellte überrascht fest, dass die Nacht längst vorüber war. Erstes Tageslicht stieg über die Gipfel und durchdrang den Morgennebel. Sie waren ins Gebirge hinaufgestiegen, oder zumindest in die Hügelketten davor, und hatten die Warril-Ebene hinter sich gelassen. Damit befanden sie sich mittlerweile weit südlich von dem ausgetretenen Pfad, der zur Versammlungslichtung führte.

Dedingers Höflichkeit stand ganz im Gegensatz zu seinem rauen Erscheinungsbild, als er sich bei ihr entschuldigte, weil er zu seinen Männern müsse. »Ich habe es sehr genossen, wie wir beide die geistige Klinge gekreuzt haben«, versicherte er ihr mit einer Verbeugung. »Vielleicht können wir das ja später fortsetzen.«

»Vielleicht.«

Obwohl die Debatte für eine angenehme Ablenkung gesorgt hatte, zweifelte Sara nicht einen Augenblick daran, dass dieser Mann sie mitsamt ihren Ideen und Thesen auf dem Altar seines Glaubens opfern würde. Sie nahm sich fest vor, die erstbeste Gelegenheit zu nutzen, um sich mit ihren Freunden von diesen Fanatikern fortzuschleichen.

Großartig. Ein alter Mann, ein Jüngling, ein Schimpanse, ein verwundeter Fremder und eine Intellektuelle, die schon sehr lange nichts mehr für ihre Fitness getan hat. Selbst wenn wir einen mächtigen Vorsprung bekommen, holen uns diese ursischen Kriegerinnen und Wüstenläufer schneller ein, als man eine Sinuskurve transformieren kann.

Trotzdem blickte sie nach Norden zu den höchsten Gipfeln, wo sich in den Tälern große Dinge taten, und dachte: *Wir bewegen uns besser rasch voran, sonst machen Jafalls, Gott und der Rest des Universums ohne uns weiter.*

Nun ist die Reihe an uns, Drohungen auszustoßen.

Die Ordner haben alle Hände voll damit zu tun, die aufgebrachte Menge zurückzuhalten. Unsere ehemaligen Gäste sind von einem Ring des Volkszorns eingeschlossen. Die wenigen noch übriggebliebenen Anhänger der Sternenmenschen, meist Menschen, bilden einen Schutzwall um die Invasoren, während die beiden Roboter aufgestiegen sind, immer wieder hinabstoßen und mit ihren blendenden Blitzen eine Pufferzone errichten.

Lester Cambel tritt nun vor und hebt beide Hände, um Ruhe zu schaffen. Das Gelärme verebbt, und der Mob bedrängt die um ihr Leben fürchtenden Polizisten nicht mehr gar so arg. Bald tritt tatsächlich Stille ein, wenn auch nur aus dem Grund, weil niemand den nächsten Zug in diesem Spiel verpassen will, in dem wir alle hier auf Jijo der Einsatz sind, um den gewürfelt wird. Und es kommt ganz auf unser Glück und Geschick an, ob wir verlieren oder gewinnen.

Der menschliche Weise verbeugt sich vor dem Abgesandten der Rothen. In einer Hand hält er einen Stapel Metallplatten.

»Wir wollen nun damit aufhören, uns gegenseitig etwas vorzumachen«, erklärt er dem Sternengott. »Wir wissen jetzt, wer ihr seid. Ihr könnt uns auch nicht mehr zum Völkermord anstiften und uns dazu bringen, die Drecksarbeit für euch zu erledigen.

Solltet ihr immer noch vorhaben, diese Tat zu vollbringen, und falls ihr euch selbst die Hände schmutzig machen wollt, dann lasst euch gesagt sein, dass es euch nicht gelingen wird, alle Beweise für euer kriminelles Erscheinen zu vernichten.

Wir raten euch dringend, es nun gut sein zu lassen und der Liste eurer Verbrechen keine weiteren hinzuzufügen. Nehmt von dieser Welt, was ihr wollt, und dann verschwindet.«

Der Sternenmann trat empört vor. »Wie kannst du es wagen, so mit einem Patron deiner Spezies zu reden!« Ranns Gesicht ist rot angelaufen. »Entschuldige dich sofort für deine unerhörten Unverschämtheiten.«

Aber Lester ignoriert ihn. Ranns Status hat in den Augen der Sechs ohnehin deutliche Abstriche hinnehmen müssen. Ein Diener und Speichellecker diktiert einem Weisen nichts mehr, ganz gleich, welche Macht auch hinter ihm stehen mag.

So stellt sich Cambel vor den Rothen und reicht ihm eine der Metallplatten.

»Wir sind nicht stolz auf diese Fertigkeit, denn es werden Materialien verwendet, die nicht altern oder sich in Mutter Jijos Boden auflösen. Dieser Stoff hier ist so hart, dass er resistent ist gegen den Zahn der Zeit. Wenn man ihn richtig lagert, bleiben die auf ihm befindlichen Abbildungen mindestens so lange erhalten, bis sich auf dieser Welt wieder legal sapientes Leben tummelt.

Normalerweise würden wir solchen Abfall an einen Ort bringen, wo Jijo ihn in ihren Feuern recyclen kann. Doch unter den gegebenen Umständen wollen wir eine Ausnahme machen.«

Der Abgesandte dreht die Platte im Morgenlicht. Anders als bei einer Papierfotografie kann man solche Abbildungen erst richtig erkennen, wenn man sie im richtigen Winkel zum einfallenden Licht hält.

Wir wissen genau, was auf diesem Viereck zu sehen ist, nicht wahr, meine Ringe? Die Platte zeigt Ro-kenn und seine Gefährten kurz vor dem Aufbruch des Pilgerzuges, der in einer solchen Katastrophe endete. Eine Reise, deren Schrecken in unser wächsernes Zentrum einsickern und sich dort als ständige Quelle des Verdrusses festsetzen werden.

Bloor hat diese Aufnahme gemacht, um sie als Mittel zur Erpressung der Fremden einzusetzen.

»Andere Ablichtungen zeigen deine Gruppe bei verschiedenen Tätigkeiten – wie sie Erkundungsflüge unternehmen, Kandidatenspezies testen und so weiter. Richte dein besonderes Augenmerk auch bitte auf den jeweiligen Hintergrund. Du erkennst dort Merkmale, die eindeutig auf diese Welt schließen lassen. Die Form der Gletscher und der Erosionsgrad der Klippenwände zum Beispiel ermöglichen es späteren Bewohnern, den Zeitpunkt eurer illegalen Anwesenheit auf ein paar Jahrhunderte genau zu datieren, vielleicht lässt sich das sogar noch weiter einengen.«

Der Rewq, der meinen Sichtring umhüllt, zeigt uns Wellenbewegungen an, die sich kreuz und quer über Ro-kenns Gesicht ausbreiten. Wieder erkennen wir eine Dissonanz widerstreitender Gefühle. Wenn wir sie doch nur genauer erkennen könnten! Haben wir unsere Fähigkeit, diese Lebensform lesen zu können, denn noch nicht verbessert? Unser zweiter kognitiver Wulst verfolgt die sich überlagernden Emotionsfarben jedenfalls mit größtem Interesse.

Der Rothen streckt eine seiner eleganten Hände aus.

»Darf ich mir auch die anderen ansehen?«

Lester gibt sie ihm. »Das hier ist nur eine Auswahl. Selbstverständlich haben wir auch eine detaillierte Darstellung unserer Begegnung mit euch und eurem Schiff in haltbares Metall geätzt, und sie wird zusammen mit den anderen Ablichtungen an einen sicheren Ort gebracht werden.«

»Natürlich«, entgegnet der Abgesandte ganz ruhig, während er eine Platte nach der anderen im Sonnenlicht dreht. »Für Sooner, die ihr Schicksal so gewollt haben, habt ihr euch eine eigentümliche Kunstfertigkeit erworben. So etwas habe ich noch nie gesehen, selbst im zivilisierten Raum nicht.«

Dieses Lob löst in der Menge einiges Gemurmel aus. Ro-kenn ist wieder ganz der alte Charmeur.

»Jeder Akt der Rache an der Sechsheit oder auch die Anstiftung zum Völkermord wird auf diese Weise für die Nachwelt aufgezeichnet werden«, fährt der menschliche Weise fort. »Ich möchte bezweifeln, dass ihr uns alle auslöschen könnt, ehe ein paar von uns einen solchen Vorfall festgehalten haben.«

»Ja, das dürfte in der Tat zu bezweifeln sein …« Der Rothen spricht nicht weiter und scheint zu überlegen, welche Möglichkeiten ihm jetzt noch bleiben. Eingedenk seiner früheren Arroganz haben wir eigentlich mit einem Wutanfall darüber gerechnet, auf solche Weise erpresst zu werden – verbunden natürlich mit dem allergrößten Zorn, mit so wenig Respekt behandelt zu werden. Es würde uns auch nicht überraschen, wenn diese Götter uns auslachen würden, weil wir Halbwilden es gewagt haben, ihnen zu drohen.

Doch nehmen wir jetzt tatsächlich so etwas wie vorsichtiges Abwägen in seinen Zügen wahr? Macht er sich gerade klar, dass wir ihn in die Ecke gedrängt haben? Aber dann zuckt er in einer Weise die Achseln, wie wir sie von den Menschen kennen. »Was soll nun also weiter geschehen? Wenn wir auf eure Bedingungen eingehen, woher wissen wir dann, dass diese Chroniken nicht doch eines Tages auftauchen und unsere Nachfahren plagen werden? Wollt ihr uns diese Platten nicht für das Versprechen überlassen, dass wir in Frieden von hier abziehen?«

Nun lächelt Lester. Er wendet sich halb der Menge zu und holt zu einer weiten Handbewegung aus. »Wenn ihr erst hier erschienen wärt, wenn die Gemeinschaft ein oder zwei weitere Jahrhunderte Frieden hinter sich gehabt hätte, wären wir womöglich bereit gewesen, auf diese Bedingungen einzugehen. Aber hier und jetzt ist unter uns keiner, der nicht die Geschichten von den Alten gehört hat, die dabei gewesen sind, als Gebrochener Zahn am Ende der Kriege Ur-xouna bei der Falschen Brücke getäuscht und überrumpelt hat. Und welcher Mensch hätte nicht die bewegenden Geschichten seines Ur- oder Ururgroßvaters darüber gelesen, wie dieser im Jahr der Lügen dem Gemetzel in der Schlucht der Waffenruhe entkommen konnte?«

Damit dreht er sich wieder zu Ro-kenn um: »Wir wissen über die Täuschung Bescheid, weil wir sie selbst erfahren, sie unter uns selbst angewandt haben. Unseren Frieden mussten wir uns hart erkämpfen, und die Lektionen, die wir dabei lernen mussten, sind längst noch nicht vergessen.

Nein, mächtiger Rothen. Bei allem gehörigen Respekt weigern wir uns, deinem Wort zu vertrauen.«

Ro-kenn hält Rann mit einer raschen Handbewegung zurück, weil dieser wieder so in Wut geraten ist, dass er sich auf den Weisen stürzen will. Den Rothen selbst scheint all das zu amüsieren, obwohl erneut eine befremdliche Dissonanz über seine Miene huscht.

»Welche Garantie könnt ihr uns denn geben, dass ihr diese Platten und Berichte zerstören und nicht doch an einem Ort aufbewahren werdet, wo sie von den zukünftigen Bewohnern dieser Welt gefunden werden können? Oder, schlimmer noch, in tausend Jahren von den Galaktischen Instituten?«

Darauf weiß Cambel eine Antwort.

»Die Situation entbehrt nicht einer gewissen Ironie, mächtiger Rothen. Wenn wir uns als Volk an euch erinnern, sind wir immer noch Zeugen, die über eure Verbrechen Zeugnis abgeben können. Sollten wir also auch in tausend Jahren noch über ein funktionierendes Gedächtnis verfügen, habt ihr allen Grund, etwas gegen uns zu unternehmen.

Wenn wir jedoch bis dahin erfolgreich auf dem Weg der Erlösung vorangekommen sein sollten, auf dem uns Vergessen erwartet, mögen wir unter Umständen in tausend Jahren bereits wie die Glaver und damit für euch vollkommen harmlos geworden sein – denn dann vermögen wir nicht mehr als Zeugen auszusagen. Ihr hättet keinen Grund mehr, uns irgendetwas zuleide zu tun; im Gegenteil, es wäre höchst töricht und auch riskant, uns dann noch töten zu wollen.«

Ro-kenn hält eine Platte hoch. »Das ist wohl wahr, aber wenn ihr bis dahin vergessen habt, dass wir hier gewesen sind, so werdet ihr euch auch nicht mehr daran erinnern können, wo eure Vorfahren diese Abbildungen versteckt haben. Sie liegen dann irgendwo und warten wie Lauer-Raketen geduldig auf einen Zeitpunkt in der Zukunft, um dann unseren Nachkommen das Leben schwerzumachen.«

Lester nickte. »Das ist ja die Ironie, von der ich eben gesprochen habe. Aber vielleicht gibt es doch eine Lösung. Wir versprechen, unseren Nachfahren ein Lied beizubringen, etwas Einfaches, ein lustiges Rätsel vielleicht, das sie selbst dann noch lösen können, wenn ihr Verstand längst schwach geworden ist.«

»Und was soll ein solches Rätsellied bewirken?«

»Wir bringen unseren Kindern bei, dass sie, sobald Wesen vom Himmel kommen, die die Antwort auf das Rätsel kennen, sofort zu den geheiligten Stätten aufbrechen sollen, dort bestimmte Gegenstände herausholen und diese dann den Besuchern aushändigen müssen – diese wären dann natürlich eure Nachfolger, o mächtiger Rothen.

Selbstverständlich sieht die Sache ganz anders aus, wenn die Gemeinschaften sich detailliert an eure Verbrechen erinnern. Wir Weisen werden in diesem Fall die Aushändigung der Beweise verhindern, denn dafür wäre es dann noch zu früh. Aber diese Erinnerung wollen wir nicht an unsere Kinder weitergeben, und wir würden sie nicht so sorgfältig lehren wie das Rätsel, von dem ich vorhin gesprochen habe. Denn die Erinnerung an eure Verbrechen wäre wie ein Gift, das uns selbst umbringen könnte.

Wir würden lieber vergessen und begraben, wann und warum ihr auf Jijo erschienen seid; denn erst dann werden wir vor eurer Vergeltung sicher sein.«

Ein wirklich kunstvoll ausgetüfteltes Angebot, das Lester da unterbreitet. Im Rat der Weisen hatte er es dreimal erklären müssen, bis auch der Letzte es begriffen hatte. Nun kommt Getuschel und Gemurmel unter den Umstehenden auf, die sich Cambels Vorschlag Stückchen für Stückchen gegenseitig erläutern, bis nach einer Weile eine Woge von bewundernden »Ahs« und »Ohs« aus der dichtgedrängten Menge aufsteigt. Nun haben alle verstanden, welche Eleganz Lesters Vorschlag innewohnt.

»Woher aber sollen wir wissen, dass ihr all das genauso tun werdet, wie du es gerade ausgeführt hast?«, will der Rothen nun jedoch wissen.

»Bis zu einem bestimmten Grad wirst du es wohl darauf ankommen lassen müssen. Aber das dürfte euch nicht zu schwer fallen, schließlich seid ihr wie Glücksritter hier erschienen, um nach etwas zu suchen, von dem ihr euch etwas versprochen habt, nicht wahr?

Ich kann euch jedoch dies versichern: Wir haben kein großes Interesse daran, dass diese Bildplatten irgendwann einmal in die Hände von Institutsanwälten gelangen, die darüber ins Nachdenken geraten und schließlich zu dem Schluss kommen könnten, dass unsere Raumvettern, die immer noch zwischen den Sternen reisen, zu bestrafen seien. In ihrer Härte und Unzerstörbarkeit stehen diese Metallplatten in offenem Widerspruch zu unserem großen Ziel auf dieser Welt, nämlich zu vollkommener Unschuld hinabzusinken und uns so eine zweite Chance zu verdienen.«

Ro-kenn denkt darüber nach.

»Es hat tatsächlich den Anschein, dass wir ein paar Tausend Jahre zu früh auf dieser Welt erschienen sind. Wenn ihr erst weit genug auf eurem Pfad vorangeschritten seid, wird sich uns hier eine wahre Schatzkammer auftun.«

Zuerst versteht kaum einer, was er damit meint. Dann erzählt es in der Menge einer dem anderen, und schließlich ist von den Urs Schnauben, den Qheuen Zischen und etwas später von den Hoon dröhnendes Gelächter zu vernehmen. Die einen sind von Ro-kenns Esprit begeistert, während die anderen sich über das Kompliment freuen, das er mit diesen Worten gemacht hat: Offenbar würden die Rothen jede präsapiente Spezies adoptieren, die sie hier vorfinden würden, also auch die, zu denen wir Sechs dann vielleicht geworden wären.

Aber nicht alle sind derart angetan. Einige unter den Bürgern ärgern sich sehr über die – in ihren Augen – Zumutung, von einer Spezies wie der Ro-kenns adoptiert zu werden.

Finden wir diese Empörung nicht dumm, meine Ringe? Haben Klientenspezies auch nur den geringsten Einfluss darauf, von welchen Patronen sie angenommen werden? In all den Büchern und Geschichten, die wir gelesen haben, ist ein solcher Fall nicht einmal erwähnt worden.

Aber diese Bücher und Texte werden längst zu Staub zerfallen sein, bevor irgendeines von diesen Ereignissen eintreten wird.

»Sollen wir nun beide einen Eid schwören?«, fragte Ro-kenn. »Diesmal vielleicht auf der pragmatischsten Grundlage, die sich uns bietet – unserer gegenseitigen Abschreckung nämlich?

Also gut, nach dieser Regelung besteigen wir unser Schiff und warten nur noch so lange, bis unser Aufklärer von seiner letzten Mission zurückkehrt. Außerdem schlucken wir allen Zorn über die feige Ermordung unserer Kameraden hinunter.

Im Gegenzug schwört ihr, unser Eindringen und unseren dummen Versuch, durch euer heiliges Ei zu euch zu sprechen, zu vergessen.«

»Abgemacht«, antwortet Messerscharfe Einsicht und klickt zur Bestätigung mit zwei ihrer Scheren. »Heute Nacht werden wir beraten und uns auf das Rätsel einigen, dessen Auflösung wir euch dann erzählen. Wenn eure Leute dann das nächste Mal nach Jijo kommen, könnte es durchaus sein, dass sie eine Welt voller Unschuldiger vorfinden. Mit der Rätsellösung halten sie dann den Schlüssel in der Hand, der sie zu den Verstecken führt. Euch bleibt es dann überlassen, die Platten und alles andere der Entsorgung zuzuführen, und unsere Abmachung wäre damit erledigt.«

Hoffnung entströmt der Bürgerschar und erreicht unseren Rewq als weiches grünes Beben.

Dürfen wir die Möglichkeit schon feiern, meine Ringe? Dass die Sechsheit überleben wird, um ein glückliches Ende miterleben zu können? Den Fundamentalisten muss es als das erscheinen, was sie immer angestrebt haben. Ihr junger Anführer vollführt bereits einen Freudentanz. Schließlich wird es keine Bestrafung für ihre Gewaltakte geben. Stattdessen wird man sie unter den Gemeinschaften ob ihrer Heldentaten rühmen.

Was sagt ihr dazu, meine Ringe?

Unser zweiter Kognitivring erinnert uns daran, dass die Häretiker wohl eher Feuer und Plagen über diesen Eiterherd wünschen würden, der sich die Sechsheit nennt. Und ja, da gibt es noch eine Splitterpartei der Häretiker, Exzentriker, die prophezeien, dass unser Schicksal einen anderen Verlauf haben wird – in eine Richtung nämlich, die selbst von den Schriftrollen nur vorsichtig angedeutet wird. Warum erinnerst du uns daran, Wulst? Welche Relevanz könnte solcher Unsinn an diesem Ort und zu dieser Zeit haben?

Schon machen sich Schreiber daran, die einzelnen Bedingungen des Pakts festzuhalten. Danach werden die Weisen hinzutreten und ihn beglaubigen (auch wir müssen uns darauf vorbereiten, meine Ringe). Bis dahin grübeln wir wieder über die Anomalie nach, die der Rewq zu unserer wächsernen Kenntnis brachte; denn in unserem Kern zeigen wir uns immer noch irritiert über die sonderbaren Farbspiele auf dem Gesicht des Rothen. Was haben sie zu besagen? Etwa, dass er ein falsches Spiel mit uns treibt? Dass ihn unsere Einfalt belustigt, dass er nach außen hin so tut, als nehme er unser Angebot dankbar an, weil er in Wahrheit aber nur Zeit gewinnen will, um …

Aufhören!, befehlen wir unserem zweiten Ring, der sich viel zu leicht in etwas hineinsteigert, was daran liegt, dass er zu viele Schicksalsromane gelesen hat. Wir kennen Ro-kenn zu wenig, um die subtilen und komplexen Bedeutungen seines fremden Mienenspiels deuten zu können.

Aber haben wir Ro-kenn nicht in der Falle? Hat er nicht allen Grund, diese Abbilder auf den Platten aus hartem Metall zu fürchten? Wenn man logisch folgert, kann er es nicht riskieren, dass sie ans Licht der Öffentlichkeit gelangen, denn sie würden ihn und die Seinen belasten.

Oder weiß er etwas, was wir nicht wissen?

Ach, welch dumme Frage, die wir uns da stellen, immerhin handelt es sich schließlich um einen Sternengott!

Während die Menge Hoffnung schöpft, werden wir/ich mit jeder Dura unruhiger.

Und wenn sie sich nun keinen Deut um die Fotografien scheren? Dann könnte Ro-kenn allem bedenkenlos zustimmen, denn wenn nur erst sein allmächtiges Sternenschiff erschienen ist, kann es ihm vollkommen gleichgültig sein, welche Vereinbarungen er vorher getroffen hat. Von diesem Moment an wäre er ja in Sicherheit …

Wir bekommen keine Gelegenheit mehr, diese langsam einsickernde Überlegung zu beenden. Denn jetzt ereignet sich plötzlich etwas Unerwartetes!

Es passiert viel zu schnell, als dass es in unserem Wachs Spuren hinterlassen könnte.

…

Es beginnt mit dem gellenden Aufschrei aus einer menschlichen Kehle.

Einer der Speichellecker der Rothen deutet auf eine Stelle *hinter* den Sternenwesen, dorthin, wo die Bahren für ihre beiden toten Kameraden errichtet worden sind. Seidene Tücher sind über die beiden drapiert worden, die in der Explosion umgekommen sind. Aber jetzt sehen wir, dass diese Hüllen zurückgerissen worden sind und die Toten, die Rothen und die Sternenfrau, entblößt daliegen …

Und erkennen wir jetzt nicht Bloor, den Porträtisten, der sich ihnen mit seiner Ausrüstung nähert? *Hat er etwa vor, die Gesichter der Toten zu fotografieren?*

Bloor scheint das empörte Murmeln jener zu ignorieren, die die Rothen als ihre Patrone ansehen. Ruhig wechselt er eine belichtete Platte gegen eine neue aus. Er scheint ganz auf seine Arbeit konzentriert zu sein, auch dann noch, als sich die allgemeine Aufmerksamkeit erst Rann, dann dem empörten Rokenn zuwendet, der in knappem Galaktik Sechs Befehle herausschreit …

Bloor blinzelt in die Richtung des sich herabstürzenden Roboters und hat gerade noch genug Zeit, um einen letzten Akt seines Professionalismus auszuführen – der Fotograf schirmt mit seinem zerbrechlichen Körper seine kostbare Kamera ab … und stirbt.

Habt Geduld, meine geringeren Ringe, die ihr am weitesten vom Zentrum meiner Sinne entfernt seid. Ihr müsst noch warten, bis ihr diese Erinnerungen mit unserem inneren Atem umhauchen könnt. Für jene, die sich an der Spitze unseres sich nach oben verjüngenden Kegels befinden, erscheinen die Ereignisse wie eine Flut verwaschener Bilder.

Und sehet den rasenden Zorn der Sternengötter, die fast zerrissen werden von der Wut, die wir herausgefordert haben!

Vernehmet Lesters, Vubbens und Phwhoon-daus vergebliches Flehen um Gnade!

Bezeugt, wie Bloors Überreste als schwelendes Häuflein daliegen!

Vermerkt, dass die Menge vor all der Gewalt zurückschreckt, während dunkel gekleidete Gestalten vom Waldrand herbeieilen!

Erbebt vor den brüllenden Robotern, die nur noch auf den Befehl zum Abschlachten warten!

Und *starrt* vor allem auf die Szene, die sich genau vor euren Augen darbietet, diejenige, die Bloor fotografiert hat, als er starb …

Ein Bild, das erhalten bleiben wird, solange dieser Turm von Wülsten steht.

Zwei Wesen, die Seite an Seite daliegen.

Das eine, die Menschenfrau, scheint sich im Tode entspannt zu haben, und ihr vom Schmutz befreites Gesicht zeigt den Ausdruck friedlicher Gelassenheit.

Die andere Gestalt war uns ähnlich ruhig erschienen, als wir sie vor der Dämmerung zum letzten Mal gesehen haben. Ro-pols Antlitz war das eines idealisierten Menschen gewesen, langgezogen und mit anmutig geschwungenen Augenbrauen, ausgeprägten Wangenknochen und einer sehr weiblichen Linie des Kinns, ein Gesicht, das, solange Ro-pol lebte, ein gewinnendes Lächeln zur Schau trug.

Aber das sehen wir jetzt nicht mehr.

Wir sehen stattdessen ein zitterndes Ding, das – sich in Todesqualen windend – von Ro-pols Gesicht herunterkriecht – wobei es viel von diesem Gesicht mit sich nimmt! Jene Augenbrauen, jene Wangen und jenes Kinn, an die wir gerade gedacht haben – sie sind der Körper des Wesens, das auf dem Gesicht der Rothen gewesen sein muss, so wie die Rewq sich auf den Gesichtern der Sechs Spezies festsetzen, und zwar so eng, dass kein Ansatz oder Saum zu sehen ist …

Erklärt das die Dissonanz? Die Kollision der Farben, die uns der ältere Rewq übertragen hatte? Als einige von Ro-kenns Gesichtspartien abweisende Gefühle offenbart, andere hingegen nur kühle, ruhige Freundlichkeit ausgedrückt hatten?

Das Etwas kriecht zur Seite, und die Zuschauer starren auf das, was übriggeblieben ist – ein scharfes schmales Gesicht, kinnlos und langustenähnlich, und der Schädel sieht ganz anders aus als der eines Menschen.

Verschwunden ist das Wunder der vom Himmel gesandten Ähnlichkeit mit den Erdlingen. Sicher, die Grundform ist immer noch humanoid, aber sie ist eine spitze, raubtierhafte Karikatur unserer jüngsten Spezies.

»Hmmm … ich habe dieses Gesicht schon einmal gesehen«,

sagt Phwhoon-dau leise, während er über seinen Bart streicht. »Als ich damals in Biblos meine Lesungen gehalten habe. Eine obskure Spezies, die den Ruf hatte –«

Ro-kenns schrille Stimme unterbricht ihn, während Rann hastig die Tücher wieder über die beiden Leichname zieht. *»Das war eure letzte Schandtat!«*

Unsere Rewq zeigen uns nun ganz deutlich, dass Ro-kenn aus zwei Wesen besteht. Und eines davon ist eine lebende Maske. Verschwunden ist sein geduldiges Amüsement, seine scheinbare Nachgiebigkeit, sich auf unsere Erpressung einzulassen. Und bis jetzt hatten wir auch eigentlich gar nichts, mit dem wir ihn hätten erpressen können. Bis jetzt.

Der Rothen deutet auf Rann, gibt ihm ein Kommando: *»Unterbrich die Funkstille, und stell eine Verbindung mit Kunn her. Sofort!«*

»Unsere Beute wird dadurch gewarnt«, wendet Rann sichtlich erschüttert ein. »Und die Jäger auch. Können wir es wagen …?«

»Das müssen wir riskieren! Gehorche meinem Befehl! Rufe Kunn, und dann wird hier aufgeräumt!«

Ro-kenn macht eine Handbewegung, die alle Anwesenden umfasst, die Menge, die Speichellecker, alle sechs Spezies.

»Kein einziger Zeuge darf übrigbleiben!«

Die Roboter steigen auf, und elektrisches Knistern lässt uns ihre entsetzliche Stärke ahnen … Ein verzweifelter Seufzer entringt sich der Menge.

Und dann bricht – wie es manchmal in den Erzählungen der Erdlinge heißt – *die Hölle* …

Der Fremde

Er klimpert langsam auf dem Hackbrett herum, schlägt einen tiefen Ton nach dem anderen an und wird unruhig, als er an das zu denken versucht, was er ausprobieren will. Aber es freut ihn auch, dass er sich überhaupt an so vieles erinnern kann.

An Urs zum Beispiel. Seitdem er an Bord des kleinen Bootes das Bewusstsein wiedererlangt hat, versucht er herauszufinden, warum er die vierfüßigen Kreaturen so gerne mag, trotz ihres kratzbürstigen und ungeduldigen Wesens. Vor dem blutigen Überfall hatte er im Lager in der Wüste der Ballade der verräterischen Ulgor gelauscht, und obwohl er wegen all der Klick- und Zischlaute kaum einen Satz richtig verstanden hatte, so war ihm der rhythmische Singsang doch seltsam vertraut erschienen, hatte Erinnerungen in seinem verletzten Gehirn wachgerüttelt.

Und ganz plötzlich wusste er wieder, wo er die Ballade schon einmal gehört hatte. In einer Bar. Weit weg von hier. Weit, weit weg …

Es gelingt ihm einfach nicht, sich an Namen zu erinnern. Aber jetzt hat er wenigstens ein Bild vor Augen, das aus dem Gefängnis, in dem seine Erinnerungen festgehalten werden, entkommen ist. Eine Szene in einer Bar für niedere sapiente Spezies wie seiner eigenen, und die Gäste sind Sternenreisende, die alle denselben Geschmack haben, was Essen, Musik und Unterhaltung anbetrifft. An solchen Orten konnte man die Rechnung mit Liedern begleichen. Und mit einem besonders guten Lied konnte man sogar eine Lokalrunde ausgeben, und er hatte selten anders bezahlen müssen, so begehrt waren seine Melodien unter seinen begeistert mitsingenden Mannschaftskameraden gewesen.

Mannschaftskameraden …

Er sieht sich mit einem weiteren Hindernis konfrontiert, mit der höchsten und schroffsten aller Wände in seinem Geist. Er versucht es abermals, aber es gelingt ihm nicht, eine Melodie zu finden, die diese Mauer zum Einstürzen bringen könnte.

Also zurück zur Bar. Mit diesem Erinnerungsbild vor Augen waren ihm doch Dinge eingefallen, die er über Urs wusste. Und vor allem ein

Spaß, den er sich mit seinen ursischen Kameraden zu machen pflegte, wenn sie nach einem abendlichen Gelage eingedöst waren. Manchmal hatte er sich eine Erdnuss geschnappt, sorgfältig gezielt, und dann …

Der Gedankenfluss des Fremden wird jäh unterbrochen, als er bemerkt, dass er beobachtet wird. Ur-Kachu starrt ihn an, sichtlich irritiert von den immer lauter werdenden Tönen, die er dem Hackbrett entlockt. Schnell versucht er, die Anführerin der Freibeuterinnen zu besänftigen, indem er sanftere Töne anschlägt. Er spielt weiter. Der jetzt langsamere Rhythmus wirkt ruhiger und geradezu hypnotisch, und genau das liegt auch in seiner Absicht.

Die Wegelagerer, sowohl die Urs als auch die Männer, haben sich auf dem Boden niedergelassen, und einige unter ihnen sind in der Hitze des Mittags bereits eingedöst. Auch Sara, Prity und die anderen Gefangenen ruhen sich aus. Er weiß, dass er ihrem Beispiel folgen sollte, aber er fühlt sich viel zu aufgewühlt.

Er vermisst Pzora, obwohl es ihm seltsam erscheint, sich nach der heilenden Berührung ausgerechnet eines Jophurs zu sehnen.

Aber nein, Pzora ist ja kein Jophur, Pzora ist keines dieser furchteinflößenden grausamen Wesen, er ist ein Traeki, also etwas vollkommen anderes. Und weil er inzwischen ja ein wenig besser mit Namen zurechtkommt, sollte er sich diesen Umstand wirklich merken.

Aber jetzt muss er sich an die Arbeit machen. In der Zeit, die noch zur Verfügung steht, muss er sich an den Rewq gewöhnen, den Sara für ihn gekauft hat, jenes seltsame Geschöpf, dessen durchscheinender Körper sich einem über die Augen legt und Urs und Menschen mit einer Aura weicher Farben umgibt und das schäbige Zelt in einen Pavillon voller aufschlussreicher Farbschattierungen verwandelt.

Die Art und Weise, wie der Rewq über seinem Gesicht zittert, stört ihn erheblich, und außerdem saugt die Kreatur ihre Nahrung aus den Blutgefäßen direkt neben der klaffenden Wunde an seinem Schädel. Aber trotzdem kann er nicht auf dieses Hilfsmittel verzichten, will er doch alle Möglichkeiten der Kommunikation ausschöpfen, die sich ihm bieten. Manchmal verbinden sich die verwirrenden Farbenspiele miteinander und erinnern ihn daran, wie er das letzte Mal Zwiesprache mit Pzora gehalten hat, damals, in der Oase. Es hatte einen Moment seltsamer Klarheit gegeben, als ihre miteinander verbundenen Rewq es zustande gebracht hatten, exakt das weiterzuleiten, was er gewollt hatte.

Und Pzoras Antwort hatte darin bestanden, ihm etwas zu geben, das er nun innerhalb seines Schädels *aufbewahrte, der einzigen Stelle, an der die Freibeuter bestimmt nicht suchen würden.*

Er widersteht der Versuchung, die Hand zum Kopf zu heben und nachzutasten, ob es auch noch da war.

Alles zu seiner Zeit.

Während er dasitzt und auf den Saiten klimpert, wird die Hitze immer schrecklicher. Die Köpfe der Urs und der Menschen sinken langsam zu Boden, wo sich noch ein Rest der nächtlichen Kühle erahnen lässt. Er sitzt da, wartet und versucht, sich noch ein wenig genauer zu erinnern.

Es ist nicht nur die Sprache – auch da, wo die jüngste Vergangenheit sein sollte, tut sich ein schwarzes Loch auf.

Wenn er aus seinen Träumen erwacht, sind ein paar Erinnerungsfetzen das Einzige, was ihm noch bleibt. Immer noch genug, um ihn wissen zu lassen, dass er einst die Galaxien durchquert und Zeuge von Dingen geworden ist, die keiner seiner Spezies je zuvor gesehen hat. Aber die Schlösser von diesen Erinnerungen haben allem standgehalten, was er bis jetzt aufgeboten hat – all die Zeichnungen, die mathematischen Denkspiele mit Prity, das Schwelgen in Pzoras Geruchsbibliothek. Er ist fast sicher, dass Musik der Schlüssel ist. Aber welche Musik?

Neben ihm schnarcht Sara leise vor sich hin, und er fühlt Dankbarkeit und Zuneigung in sich aufsteigen … aber er hat gleichzeitig das bohrende Gefühl, dass er dabei eigentlich an jemanden anderen als Sara denken sollte. Jemanden, den er verehrte, bevor ihn ein grausames Schicksal vom Himmel gefegt hat. Am Rande seiner Erinnerungen taucht das Gesicht einer Frau auf, zu schnell, um es zu erfassen. Aber auch so löst es in ihm eine Flut starker Gefühle aus.

Er vermisst sie … obwohl er sich nicht vorstellen kann, dass sie genauso fühlt, wo immer sie auch sein mag.

Wer immer sie sein mag.

Mehr als je zuvor wünscht er sich, seine Gefühle in Worte kleiden zu können, obwohl er das während all der gefährlichen Zeit, die sie miteinander verbracht haben, nicht konnte … einer Zeit, in der sie sich nach einem anderen verzehrte … einem Besseren als ihm.

Diese Gedankenspur führt mich weiter, stellt er aufgeregt fest. Fast gierig folgt er ihr. Die Frau in seinen Träumen … sie sehnt sich nach einem Mann … einem lange verschollenen Helden … verschollen vor ein oder zwei Jahren … vermisst, zusammen mit seinen Mannschaftskameraden und … und seinem Captain …

Ja, natürlich! Der für immer verschwundene Kommandeur, den sie alle seit der kühnen Flucht von jener erbärmlichen Wasserwelt so schmerzlich vermissten. Einer Welt der Katastrophen, aber auch des Triumphes.

Er versucht, ein Bild des Captain zu rekonstruieren. Ein Gesicht. Aber alles, was ihm in den Sinn kommt, ist verwischtes Grau, ein Gewirr von Luftblasen, und dann das weiße Glitzern nadelspitzer Zähne. Ein Lächeln, das keinem anderen gleicht. Weise und ernst.

Nicht menschlich.

Und wie aus dem Nichts kommt ein sanftes Trällern, wie man es auf dem Hang noch nie gehört hat.

Mein stiller guter Freund
Verloren im Schrecken der Wintersturmwolke …
Einsam … so wie ich …

Pfeiftöne. Knack- und Knalllaute. Sie kommen aus seinem Mund, noch bevor er überhaupt weiß, dass er sie ausgestoßen hat … Es reißt ihm den Kopf zurück, als ein Damm in seinem Innern zu brechen scheint und eine Flut von Erinnerungen über ihn hereinstürzen lässt.

Die Musik, nach der er so verzweifelt gesucht hat, stammt nicht von Menschen. Sie ist die Sprache der dritten sapienten Spezies auf der Erde.

Eine Sprache, die Menschen nur ungeheuer mühsam erlernen, die jedoch diejenigen belohnt, die diese Mühe auf sich nehmen. Trinary *ähnelt in keiner Hinsicht Galaktik Zwei oder irgendeiner anderen Sprache, abgesehen von den dröhnenden Balladen vielleicht, die die großen Wale der Erde singen, wenn sie die zeitlosen Meerestiefen ihres Heimatplaneten durchpflügen.*

Trinary.

Er blinzelt vor Erstaunen, und sein Geklimper auf dem Hackbrett kommt aus dem Takt. Einige Urs heben erstaunt die Köpfe, bis er die Kadenz wiederaufnimmt und reflexartig weiterspielt, während er über seine erstaunliche Wiederentdeckung nachgrübelt. Die vertraute und gefährliche Tatsache, die sein Geist bislang nicht hatte festhalten können.

Seine Mannschaftskameraden – vielleicht warteten sie immer noch auf ihn an jenem dunklen, trüben Ort, wo er sie verlassen hatte.

Seine Mannschaftskameraden, die Delfine.

FÜNFUNDZWANZIGSTER TEIL

DAS BUCH VOM MEER

Hütet euch, Verdammte,
die ihr Erlösung sucht.
Die Zeit ist euer Freund,
aber auch euer mächtiger Feind.

Wie die Feuer von Izmunuti
kann sie vergehen,
bevor ihr bereit seid,
und einmal mehr
Dinge hereinlassen,
vor denen ihr geflohen seid.

Die Schriftrolle der Gefahr

Alvins Geschichte

Ich habe einmal versucht, *Finnegan's Wake* zu lesen.

Letztes Jahr.

Vor einer Ewigkeit.

Es heißt, dass kein Nicht-Erdling dieses Buch je begreifen könne. Und selbst die wenigen Menschen, die dieses Unterfangen gemeistert haben, blicken meist auf viele Jahre zurück, in denen sie Joyce' Meisterwerk Wort für Wort auf seinen obskuren Inhalt abgeklappert und sich dabei der Analysen anderer Gelehrter bedient haben, die von diesem Bemühen ebenso besessen gewesen sind wie sie. Mr. Heinz hat gesagt, niemand am Hang dürfe sich je Hoffnung darauf machen, in die Tiefe dieses Werkes vorzudringen.

Natürlich war das für mich eine Herausforderung, und als unser Lehrer das nächste Mal zur Versammlung gereist ist, habe ich ihn mit der Bitte gelöchert, mir ein Exemplar dieses Buches mitzubringen.

Nein, ich will hier gar nicht behaupten, dass mir das Undenkbare gelungen sei. Schon nach der ersten Seite wusste ich, dass diese Geschichte erheblich anders war als *Ulysses,* obwohl dieser Roman doch auch von diesem Autor stammt. Obwohl die Worte und Sätze einem so vorkommen, als seien sie im Englisch des Vorraumfahrtzeitalters geschrieben, setzt Joyce hier doch eine ganz andere Sprache ein, die er für dieses einzigartige Kunstwerk geschaffen hat. Selbst hoonsche Geduld muss sich davor als machtlos erweisen. Um überhaupt mit dem Verstehen beginnen zu können, muss man erst den Kontext dieses Schriftstellers erfassen, und das bedeutet mehr, als sich nur kurz Einblick zu verschaffen.

Welche Hoffnung blieb mir noch? Das irische Englisch war nicht einmal meine Muttersprache. Ganz zu schweigen davon, dass ich nicht im Dublin des frühen zwanzigsten Jahrhunderts gelebt habe. Ich bin ja nicht einmal ein Mensch und habe weder einen »Pub« von innen gesehen noch mir ein »Quark« angeschaut – obwohl die Physik diesen Ausdruck doch aus *Finnegan's Wake* übernommen hat. Bestenfalls kann ich versuchen mir vorzustellen, was in beiden vor sich geht.

Ich erinnere mich, mir damals, sicher in einem leisen Anflug von Arroganz, überlegt zu haben: *Wenn ich diesen Wälzer schon nicht lesen kann, vermag das sicher auch niemand sonst am Hang.*

Der Band sah auch noch recht ungelesen aus, und das legte die Vermutung nahe, dass sich daran vor mir nur wenige seit dem Großen Druck versucht hatten. Warum hatten die menschlichen Gründer dann Platz in ihrer Bibliothek in Biblos vergeudet für ein solch bizarres intellektuelles Experiment aus längst vergangenen Zeiten?

Nach dieser Überlegung glaubte ich, zumindest eine erste Ahnung davon zu haben, warum die Besatzung der *Tabernakel* ausgerechnet diese Welt angeflogen hatte. Ganz gewiss nicht aus den Gründen, die man uns an den heiligen Feiertagen erzählt, wenn die Weisen und Priester aus den gesegneten Schriftrollen vorlesen. Es ging den Erdlingen nicht darum, irgendeine abgelegene Ecke im Universum zu finden, um sich dort auf kriminelle Weise ungehemmt fortpflanzen zu können. Sie hatten auch nicht angesichts des Alls resigniert und waren auch nicht gekommen, um hier den Pfad zur Unschuld zu finden. In diesen Fällen wäre es sicher sinnvoll gewesen, Handbücher zu drucken oder Geschichten zu erzählen, die ein wenig Licht ins Dunkel des Daseins bringen konnten. Zur rechten Zeit würden die Bücher zerbröseln und zu Staub zerfallen, sobald die Menschen und wir anderen bereit waren, auf sie zu verzichten. So ähnlich wie bei den Eloi in H.G. Wells' *The Time Machine.*

Aber welchen Sinn hatte es, unter solchen Voraussetzungen ein Buch wie *Finnegan's Wake* zu drucken?

Als mir das klar geworden war, nahm ich den Band noch einmal zur Hand. Und wenn auch weder die Handlung noch die vielen Andeutungen für mich diesmal mehr Sinn ergaben als zuvor, so genoss ich doch den Fluss der Worte, ihren Rhythmus, ihren Klang und ihre Extravaganz. Für mich war es überhaupt nicht mehr wichtig, mir zu beweisen, der Einzige zu sein, der diesen Stoff verdauen konnte.

Während ich Seite um Seite las, kam ein warmes Gefühl über mich, und ich dachte: *Eines Tages wird irgendjemand mehr aus dieser Geschichte herausholen, als ich es vermag.*

Auf Jijo werden die Dinge, die tot scheinen, weggeräumt, auch dann, wenn sie nur schlafen.

Die Erinnerung an dieses Leseabenteuer ging mir die ganze Zeit durch den Kopf, als ich in ständigem Schmerz dalag und versuchte, es stoisch über mich ergehen zu lassen, dass stille Wesen in meine Zelle kamen und mich mit Wärme, Kälte und einem spitzen Ding abtasteten. Ich bitte euch, hätte ich denn Hoffnung verspüren sollen, während Metallfinger meine Wunden abtasteten? Oder in beleidigtes Schweigen verfallen, weil diese Wesen mit den leeren Gesichtern sich beharrlich weigerten, mir auch nur eine meiner Fragen zu beantworten, und in meiner Gegenwart überhaupt keinerlei Äußerung taten? Oder sollte ich mich gar in meinem schrecklichen Heimweh ergehen? Oder, andersherum, voller Begeisterung darüber jubeln, etwas Wunderbares und Fremdes entdeckt zu haben, von dem niemand am Hang je etwas geahnt hatte, seit die g'Kek als Erste ihr Schleichschiff in die Tiefe hatten plumpsen lassen?

Na ja, ein paar Fragen habe ich mir natürlich doch gestellt. Vor allem diese: Bin ich hier Gefangener, Patient oder Gewebeprobe?

Bis mir dann klar wurde, dass mir jeglicher Rahmen fehlte,

um eine Antwort darauf zu finden. Wie bei den Sätzen in Joyce' Buch erschienen mir diese Wesen gleichzeitig unheimlich vertraut und auf der anderen Seite komplett unverständlich.

Waren sie Maschinen?

Waren sie die Abkömmlinge irgendeiner uralten unterseeischen Zivilisation?

Sahen sie vielleicht in uns Invasoren? Waren sie am Ende gar Buyur?

Ich weigere mich schon seit einiger Zeit, auf das einzugehen, was mich in meinem Innern permanent plagt.

Reiß dich zusammen, Alvin. Stell dich dieser Sache.

Ich erinnere mich an die letzten Duras, als unsere wunderschöne *Wuphons Traum* in viele Stücke zerbrochen ist. Als ihre Hülle gegen mein Rückgrat krachte. Als meine Freunde in das Maul des Metallmonsters gespült wurden und in dem kalten, bitterkalten, saukalten und grausamen Wasser untergingen.

Da waren sie noch am Leben gewesen. Verletzt und ohnmächtig zwar, aber lebendig.

Und auch dann noch nicht tot, als ein Hurrikan aus Luftströmen uns aus dem schrecklichen dunklen Meer schleuderte und verwundet und halb vergangen auf eine harte Fläche warf. Dort blendeten uns sonnenhelle Lichter, und spinnenartige Wesen krabbelten in die Kammer, um sich ihren Fang anzusehen.

Von da an setzte meine Erinnerung aus, verging in einem Nebel von verwaschenen Bildern – bis ich hier erwachte und mich ganz allein wiederfand.

Allein und voller Sorge um meine Gefährten.

SECHSUNDZWANZIGSTER TEIL

DAS BUCH VOM HANG

Legenden

Wir wissen, dass in den Fünf Galaxien jede sternenfahrende Spezies ihre Befähigung dazu aufgrund des Prozesses namens Schub erhielt. Die Patrone, die sie adoptiert hatten, verhalfen ihrer Sapiens zu einem mächtigen Sprung nach vorn. Diesen Patronen war die gleiche Wohltat von früheren Adoptionsspezies erwiesen worden … und so weiter und so fort. Die Kette des Schubprozesses reicht zurück bis in den Nebel der Geschichte, als es mehr als fünf miteinander verbundene Galaxien gab, und weiter bis zu den sagenhaften Progenitoren, die vor sehr, sehr langer Zeit mit diesem Prozess begonnen haben.

Aber wo stammten die Progenitoren eigentlich her?

Für einige Religionsgruppen, die einander entlang der Sternenstraßen eifersüchtig beobachten, stellt allein schon diese Frage ein Tabu dar und löst oft genug einen Kampf aus.

Andere haben darauf die Antwort gefunden, dass diese Ur-Spezies von »woanders« hergekommen sein muss; oder dass es sich bei den Progenitoren um transzendentale Wesen gehandelt haben muss, die in aller Pracht und Herrlichkeit von einem höheren Ort herabgestiegen sein müssen, um dem hiesigen sapienten Leben zu einem Start zu verhelfen.

Natürlich mag man einwenden, dass solche treuherzigen Erklärungsversuche sich in Wahrheit nur um die Antwort herumdrücken, aber jedem sei geraten, diese Vermutung nicht laut zu äußern. Einige der erhabenen Galaktiker können ziemlich säuerlich reagieren, wenn man sie auf ihre inneren Widersprüche hinweist.

Aber dann gibt es da ja noch einen Kult – die Bejaher –, der die Ansicht vertritt, die Progenitoren müssten aus eigener Kraft auf ihrer Heimatwelt, wo immer die auch gelegen haben mag, Intelligenz und Raumfahrt entwickelt haben, ihren Intellekt sozusagen am eigenen Zopf aus dem Sumpf der Unwissenheit gezogen haben. Eine ungeheuerliche und so gut wie ausgeschlossene Idee.

Man sollte eigentlich annehmen, dass die Bejaher den Erdlingen freundlicher gesonnen sein müssten als die anderen fanatischen Religionsgemeinschaften. Immerhin glaubt die Mehrheit der Menschen ja immer noch, dass ihre Spezies das Gleiche vollbracht, sich nämlich selbst den Schub verpasst und sich ohne Hilfe von außen aus der Isolation befreit habe.

Doch aufgemerkt, ihr Terraner, erhofft euch nicht zu viel Sympathie von den Bejahern, die nämlich die Ansicht vertreten, dass eine solche Wölflingsspezies eine ganz schön dicke Lippe riskiere, wenn sie eine so arrogante Behauptung aufstelle. Der selbstversetzte Schub, argumentieren die Bejaher, sei nämlich ein Phänomen der allerhöchsten und geheiligsten Ordnung – und Kreaturen wie die Menschen seien dazu nicht fähig.

Eine pragmatische Einführung in die Galaktologie
von Ja-kob Demwa,
Nachdruck des Originals durch die Druckerinnung
von Tarek, im Jahr des Exils 1892.

Dwer

Es half nicht, die Glaver anzuschreien oder Steine nach ihnen zu werfen. Das Pärchen zog sich einfach weiter zurück, um mit seinen leeren, halbkugelförmigen Augen aus der Distanz zu glotzen. Und wenn die Menschengruppe weiterzog, folgten die beiden ihr einfach in einiger Entfernung. Der Jäger musste sich eingestehen, dass man die Glaver nicht so leicht loswerden würde. Er konnte sie nur niederschießen oder ignorieren.

»Mein Sohn, du hast noch genug andere Dinge zu tun, die dich mehr als beschäftigt halten«, ermahnte ihn der Oberförster.

Und das war wirklich eine Untertreibung.

Die Lichtung am Wasserfall stank immer noch nach Urs, Eseln und Simlas, als Dwer vorsichtig Danels Gruppe über die Furt führte. Von da an bediente er sich einer Taktik aus den alten Kriegen, indem er jede Nacht loszog, um den Weg zu erkunden, den sie am folgenden Tag einschlagen wollten. Er vertraute auf die ursische Bevorzugung der Tagesstunden und wähnte sich so sicher vor einem Hinterhalt. Aber die Vierbeiner waren Wesen, die ihr Verhalten den Gegebenheiten anpassen konnten. Sie konnten auch des Nachts tödlich zuschlagen, wie die Menschen schon früher unter schweren Verlusten hatten herausfinden müssen.

Dwer konnte nur hoffen, dass die Urs-Gruppe vor ihnen nach den langen Dekaden des Friedens nachlässig geworden war.

Gegen Mitternacht stand er auf und setzte sich im Licht der beiden kleineren Monde in Bewegung. Er folgte der Spur der Hufe und blieb jedes Mal stehen, wenn er an eine Stelle gelangte, die sich für eine Falle eignete. Dort schnüffelte er so lange, bis er sich davon überzeugt hatte, dass die Kriegerinnen keinen Hinterhalt gelegt hatten. Kurz vor der Morgendämmerung kehrte er dann zum Lager zurück und führte bei Tagesanbruch Danels Esel über die Strecke, die er zuvor abgesucht hatte.

Der Oberförster hielt es für geboten, rasch zu der ursischen Gruppe aufzuschließen und mit Verhandlungen zu beginnen. Aber Dwer bereitete das Magenschmerzen. *Was glaubt Ozawa denn, wie sie auf uns reagieren werden? Denkt er, sie werden uns wie Brüder in die Arme schließen? Bei diesen Kriegerinnen handelt es sich um Banditen und Kriminelle, die keinen Deut besser sind als Retys Sippe – oder wie wir.*

Die Spur wurde bald frischer. Die Urs schienen ihnen nur noch eine Woche voraus zu sein, vielleicht noch weniger.

Nun bemerkte er auch andere Fährten. Leichte Abdrücke im Sand, herausgebrochene Steinchen, abgerissene Enden von Mokassinfransen oder die Reste von Lagerfeuern, die vor über einem Monat entzündet worden waren.

Retys Clan. Die Urs dringen direkt ins Herz ihres Territoriums ein.

Danel reagierte recht gelassen auf diese Neuigkeit. »Sie müssen zu den gleichen Schlussfolgerungen gelangt sein wie wir. Die menschlichen Sooner kennen sich in diesem Hügelland am besten aus. Auf solches Wissen darf man nicht verzichten, gleich, ob man es sich erkauft, es den anderen abluchst oder …«

»Oder es durch Folter herauspresst«, beendete Lena Strong den Satz, während sie eines ihrer Messer im roten Schein des Nachtfeuers wetzte. »Einige ursische Stämme haben menschliche Gefangene als Sklaven gehalten, bevor wir ihnen diese Angewohnheit austreiben konnten.«

»Das haben sie von den Königinnen gelernt«, entgegnete Ozawa. »Es gibt also überhaupt keinen Grund, den Urs zu unterstellen, die Versklavung gehöre zu ihren ureigensten Eigenschaften. Und wo wir schon einmal beim Thema sind, auf der alten Erde hat man auch …«

»Na ja, wir hätten da eigentlich noch ein anderes Problem«,

unterbrach Dwer die beiden. »Wie gehen wir vor, wenn wir sie eingeholt haben?«

»Ganz genau!« Lena begutachtete die Schärfe der Messerklinge. »Schlagen wir gleich mit Macht zu, überrumpeln sie und nehmen sie allesamt gefangen? Oder machen wir es so wie die Hoon und nehmen uns einen nach dem anderen vor?«

Jenin seufzte unglücklich. »Würdest du bitte damit aufhören, Lena?« Sie war die ganze Reise über immer vergnügt und gut gelaunt gewesen, bis sie von den bevorstehenden Kämpfen erfahren hatte. Jenin hatte sich diesem Treck angeschlossen, um die Mutter einer neuen Spezies zu werden, nicht aber, um Wesen zur Strecke zu bringen, die bis vor Kurzem ihre Nachbarn gewesen waren.

Dwers Herz stimmte Jenin durchaus zu, aber sein Verstand unterstützte Lena.

»Wenn es denn schon sein muss, dann lieber auf die rasche Art«, murmelte er und warf einen Blick auf den Esel, der ihr größtes Geheimnis trug, die »unaussprechlichen« Werkzeuge.

»So weit muss es doch nicht kommen«, wandte Danel ein. »Zuerst sollten wir feststellen, wer sie sind und was sie vorhaben. Vielleicht können wir uns ja mit ihnen zusammentun.«

»Willst du etwa einen Boten zu ihnen schicken?«, schnaubte Lena. »Und damit unsere Anwesenheit verraten? Du hast Dwer doch gehört. Es sind mehr als ein Dutzend.«

»Haltet ihr es denn nicht für besser, wenn wir auf die zweite Gruppe warten?«, fragte Jenin. »Die müsste doch eigentlich nicht weit hinter uns sein.«

Lena zuckte die Achseln. »Wer weiß schon, wie lange sie noch braucht? Vielleicht hat der Trupp sich längst verirrt. Außerdem könnten die Urs uns vorher entdecken. Ganz zu schweigen von dem Menschenstamm, über den wir uns auch Gedanken machen müssen.«

»Du meinst Retys Sippe?«

»Richtig. Willst du zulassen, dass sie von den Urs ermordet oder versklavt werden? Bloß weil wir zu feige sind, um …«

»Lena, das reicht jetzt!«, schnitt ihr der Oberförster das Wort ab. »Wir entscheiden, wie wir vorgehen, wenn die Zeit dazu gekommen ist. Und in der Zwischenzeit legt der arme Dwer sich hin. Wir schulden ihm so viel Schlaf, wie er nur kriegen kann.«

»Das ist noch nicht die Hälfte von dem, was er uns schuldet«, murmelte Lena. Dwer sah zu ihr hinüber, aber in der Finsternis vor Mondaufgang konnte er nur Schatten ausmachen und nicht in ihren Zügen lesen.

»Gute Nacht alle zusammen«, verabschiedete er sich und machte sich auf den Weg zu seinem Lagerplatz.

Schmutzfuß sah von der Decke auf, auf der er sich zusammengerollt hatte, und reagierte ausgesprochen ungehalten, als er ein Stück beiseiterücken sollte. Der Noor spendete in der Nacht wirklich Wärme, und deshalb ließ der Jäger es auch über sich ergehen, dass er ihm im Schlaf immer wieder das Gesicht ableckte, um die leckeren Schweißperlen auf Stirn und Oberlippe zu erhaschen.

Dwer rollte sich ein, drehte sich herum und starrte auf zwei Paare riesiger Augen, die ihn aus nur drei Metern Entfernung anglotzten.

Ihr verdammten Glaver!

Unter normalen Umständen beachtete man die phlegmatischen Wesen am besten überhaupt nicht. Aber Dwer wurde einfach die Erinnerung an den Anblick nicht los, als eine Gruppe von ihnen um einen toten Gallaiter gehockt und mit seiner Hilfe Ungeziefer angelockt hatte.

Der Jäger schleuderte einen Erdklumpen in ihre Richtung. »Lauft weiter! Haut schon ab!«

Langsam und gemächlich drehte sich das Paar um und schlenderte fort. Dwer sah den Noor an.

»Warum machst du dich nicht ausnahmsweise mal nützlich und verscheuchst diese Biester?«

Schmutzfuß grinste ihn nur an.

Der Jäger zog sich die Decke bis übers Kinn und versuchte, in Schlaf zu sinken. Er war müde, seine Schrammen schmerzten ihn, und er hatte Muskelkater. Doch der Schlummer wollte sich nur langsam einstellen und brachte haufenweise beunruhigende Träume mit sich.

Er erwachte von einer leichten Berührung. Etwas strich ihm übers Gesicht. Ärgerlich versuchte er, den Noor fortzuschieben.

»Hör auf damit, du Flohfänger. Wenn du unbedingt Salz brauchst, dann schleck doch einen Eselshaufen ab!«

Nach einer kurzen Pause entgegnete eine tiefe, weibliche Stimme: »Also, ich muss schon sagen! Noch nie hat mich ein Mann so galant in seinem Bett willkommen geheißen.«

Dwer stützte sich auf einen Ellenbogen und rieb sich die Augen, um die verwischte Silhouette besser wahrnehmen zu können. Das war tatsächlich eine Frau.

»Jenin?«

»Hättest du die lieber? Ich habe bei unserem Fingerhakeln gewonnen, aber wenn du sie vorziehst, hole ich sie dir.«

»Lena! Was … was kann ich für dich tun?«

Er machte ein weißes Leuchten aus. Sie zeigte ihre Zähne und lächelte, ein wahrlich seltener Anblick.

»Nun, du könntest mich zu dir bitten, damit ich nicht mehr in der Kälte stehen muss.« Ihre Stimme klang ungewohnt sanft, fast so, als wäre sie schüchtern.

Lena war eine Frau, die man nicht als klapperdürr bezeichnen konnte, und auf ihre Weise war sie durch und durch weiblich, aber *sanft* oder *schüchtern* waren nicht unbedingt Eigenschaften, die er sofort mit ihr verbunden hätte. »Äh, ja … natürlich.« *Befinde ich mich mitten in einem Traum?*, fragte er sich, als sie neben ihn glitt und ihre starken Hände sich gleich daranmachten, seine Kleider zu öffnen. Ihre glatte Haut schien zu glühen.

Ja, das muss ein Traum sein. Die Lena, die ich kenne, hat noch nie so gut gerochen.

»Du bist ja ganz verkrampft«, bemerkte sie und fing schon an, ihm mit geradezu unheimlicher Erfahrung und Kraft den Nacken und den Rücken zu kneten. Zuerst ächzte Dwer nur von der Tortur. Doch irgendwie ging von den Bewegungen ihrer schwieligen Finger etwas unglaublich Feminines und Erotisches aus.

Sie hatte die Massage noch lange nicht beendet, als der Jäger sich nicht länger beherrschen konnte und sich umdrehte, um ebenso sanft wie resolut ihre Positionen zu wechseln. Er schob sie unter sich und erwiderte ihre Vitalität mit der Kraft der seit Wochen aufgestauten Anspannung. Die Sorgen und die Müdigkeit schienen in die Luft, den Wald und in sie zu explodieren, als sie sich an ihn klammerte, stöhnte und ihn an sich zog.

Später, nachdem sie sich leise von ihm entfernt hatte, gingen ihm alle möglichen Gedanken durch den Kopf. *Lena hat bestimmt befürchtet, ich würde bald sterben, da ja meine Aufgabe darin besteht, mich als Erster dem Feind zu nähern … Und da dachte sie wohl, das sei womöglich ihre letzte Chance …*

Er versank in einen tiefen, traumlosen Schlaf, der so ungestört verlief und ihn so sehr entspannte, dass er sich tatsächlich erholt fühlte, als ein neuer warmer Körper zu ihm unter die Decke schlüpfte. Zu diesem Zeitpunkt hatte sein Unterbewusstsein die Antwort gefunden, und er konnte den Frauen für ihren absoluten Pragmatismus nur Anerkennung zollen.

Danel wird bestimmt auch bald kommen. Also wäre es doch wohl das Beste, alles zu geben, was ich noch in mir habe, bevor es zu spät ist.

Es stand ihm nicht zu, über die beiden Frauen zu richten. Ihre Aufgabe hier in der Wildnis war zweifellos die härtere. Seine Aufgabe war simpel: jagen, kämpfen und, wenn nötig, sein Leben geben. Lena und Jenin aber mussten immer weiter durchhalten, ganz gleich, was auf sie zukam.

Dwer musste nicht einmal richtig aufwachen. Und Jenin schien auch nicht beleidigt darüber zu sein, dass er im Halbschlaf blieb. Sein Körper hingegen reagierte hellwach. In den nächsten Tagen erwarteten ihn alle möglichen Pflichten. Wenn er sich ihnen stellen wollte, musste er sich jede Ruhe gönnen, die er finden konnte.

Als Dwer erwachte, war es bereits eine Midura nach Mitternacht. Er fühlte sich zwar deutlich besser, musste aber gegen eine bleierne Lethargie ankämpfen und sich dazu zwingen, sich anzuziehen, seine Sachen zusammenzusuchen – Bogen, Köcher, Kompass, Notizblock und Feldflasche – und dann am verglimmenden Feuer das in Blätter gewickelte Päckchen an sich zu nehmen, das Jenin ihm jede Nacht dorthin legte; die einzige richtige Mahlzeit, die er auf der Fährtensuche genießen konnte.

Die meiste Zeit seines Erwachsenenlebens war er allein umhergestreift und hatte die Ruhe und die Einsamkeit genossen. Doch mittlerweile musste er sich eingestehen, dass es auch seine Vorteile hatte, in Gesellschaft zu reisen. Vor allem war da die Gemeinschaft zu nennen. Und vielleicht würden sie es unter Danels Führung sogar noch zu einer Art Familie bringen.

Das würde etwas von der bitteren Schärfe von ihm nehmen, die die Erinnerung an sein bisheriges Leben und die Lieben, die sie in den wunderbaren Wäldern am Hang zurückgelassen hatten, in ihm auslöste, oder?

Dwer wollte gerade aufbrechen und der ursischen Fährte in Richtung der aufgehenden Monde folgen, als ein leises Geräusch ihn innehalten ließ. Da war jemand wach und redete. Dabei war er eben an den beiden Frauen vorbeigekommen und hatte ihr friedliches Schnarchen vernommen (er hoffte doch, dass sie zufrieden waren und angenehme Träume hatten). Der Jäger nahm den Bogen von der Schulter und schlich sich eher neugierig als angespannt auf die leisen Laute zu. Bald erkannte er, wer da murmelte.

Natürlich Ozawa, der Oberförster. Aber mit wem mochte er sich unterhalten?

Er blieb an einem dicken Stamm stehen, spähte an ihm vorbei und entdeckte im weich schimmernden Mondlicht ein sonderbares Paar auf einer kleinen Lichtung. Danel hatte sich niedergekniet und bückte sich auch noch, um mit dem kleinen schwarzen Wesen zu sprechen, das auf den Namen Schmutzfuß hörte (oder auch nicht). Der Jäger bekam nur wenig von den Worten mit, die der Oberförster von sich gab, aber aus dessen Tonfall war zu schließen, dass er immer wieder die gleichen Fragen stellte, und zwar jeweils in einer anderen Sprache.

Der Noor antwortete darauf, indem er sich hier und da leckte. Schließlich hob er den Kopf und blickte in die Richtung, in der Dwer hinter dem Baum stand.

Als Ozawa es mit Galaktik Zwei versuchte, grinste Schmutzfuß zunächst, biss sich dann in die Schulter, wo ihn etwas zu jucken schien, und schenkte dem Weisen dann sein ausgiebigstes Grinsen.

Danel seufzte tief, so wie jemand, der nicht erwartet hatte, dass sein Bemühen Erfolg haben würde, es aber dennoch versucht hatte.

Was hatte sein Vorgesetzter eigentlich vor?, fragte sich der Jäger. Suchte der Weise etwa magischen Beistand, so wie es die abergläubischen Tieflandbewohner manchmal taten und Noor wie Geister aus dem Märchen behandelten? Oder wollte er Schmutzfuß gar zähmen, so wie es die hoonschen Seeleute taten, um bewegliche Helfer an Bord zu haben? Das war bislang nur sehr wenigen Nicht-Hoon gelungen. Aber selbst wenn Danel damit Erfolg haben würde, wozu sollte ein Noor-Assistent eigentlich gut sein? Bestand am Ende die nächste Aufgabe des Jägers darin –

nachdem sie mit den ursischen Soonern und Retys Sippe fertig waren –, zum Hang und zu den Ortschaften zurückzukehren und mehr Noor hierherzubringen?

Aber das ergab doch überhaupt keinen Sinn. Wenn die Gemeinschaften durch irgendein Wunder überleben sollten, würde man ihnen sofort einen Boten hinterherschicken, der sie nach Hause holen würde. Und falls es zum Schlimmsten kam, hatte die Gruppe sich so weit wie möglich vom Hang fernzuhalten.

Nun ja, Danel wird mir schon irgendwann all das mitteilen, was ich seiner Meinung nach erfahren soll. Ich kann nur hoffen, dass der Mann nicht den Verstand verloren hat.

Dwer schlich sich davon und fand rasch die ursische Fährte wieder. Er bewegte sich im Dauerlauf, der bald ein Eigenleben zu entwickeln schien und ihn immer weiter vorantrieb, als könne er es nicht erwarten zu sehen, was hinter der jeweils nächsten Höhe lag. Zum ersten Mal seit Tagen fühlte der Jäger sich stark und frisch. Dabei waren längst nicht alle Sorgen von ihm abgefallen. Die Zukunft der Gruppe hing immer noch an einem seidenen Faden. Zu viele Gefahren lauerten auf sie, und zu leicht konnten sie untergehen. Doch für heute lief er machtvoll weiter und strotzte vor Kraft.

Rety

Der Traum endete immer gleich. Kurz bevor sie zitternd erwachte und die feuchte Decke an ihre Brust presste.

Sie träumte von dem Vogel.

Doch er erschien ihr nicht so, wie sie ihn das letzte Mal gesehen hatte, als kopfloses Wesen nämlich, das ausgebreitet auf Ranns Labortisch in der unterirdischen Station lag, sondern so, wie sie ihn zum ersten Mal erblickt hatte. Ein wundersames Tier, das sich sehr rasch bewegte und ein Gefieder wie glänzendes Waldlaub besaß. Es strahlte und agierte in einer Weise, die das Mädchen zutiefst berührte.

Als Kind schon hatte sie gern den einheimischen Vögeln bei ihrem Treiben zugesehen. Stundenlang beobachtete sie ihre ausgelassenen Flüge, ihr Abtauchen und Aufsteigen und beneidete sie um die Freiheit der Lüfte und ihr Vermögen, einfach die Flügel auszubreiten, davonzufliegen und alle Sorgen hinter sich zu lassen.

Eines Tages war Jass von einem Jagdausflug in den Süden zurückgekehrt und hatte mit all den Tieren angegeben, die er dort erlegt hatte. Bei einem davon hatte es sich um ein unglaubliches Flugwesen gehandelt, dem sie aufgelauert hatten, um es dann zu beschießen, sobald es aus dem Marschland am Strand aufgetaucht war. Es konnte im letzten Moment entkommen, obwohl ihm doch ein Pfeil den Flügel aufgerissen hatte. Hüpfend und flatternd war es nach Nordwesten geflohen und hatte nur eine Feder zurückgelassen. Und die war härter als Stein.

In der folgenden Nacht hatte Rety die härteste Bestrafung riskiert und die metallene Feder aus dem Zelt gestohlen, in dem die Jäger schnarchten, und war dann mit einem Sack Nahrungsmittel davongelaufen, weil sie dieses Wundertier unbedingt mit eigenen Augen sehen wollte. Zum ersten Mal hatte sie Glück, rannte in die richtige Richtung und lief ihm tatsächlich über den Weg. Sie machte den Metallvogel schon aus einiger Entfernung an seinen mühsamen und gleitenden Vorwärtssprüngen aus. Der Anblick schnürte ihr für einen Moment die Kehle zu, und sie wusste nicht nur, dass sie das Fabelwesen gefunden hatte, sondern auch, dass sie beide sich sehr ähnlich waren – beide vom selben Mann und seiner Vorliebe für Gewalt verwundet.

Während sie verfolgte, wie der Vogel, ohne einmal auszuruhen, immer weiter nach Westen hüpfte, entdeckte sie eine weitere Gemeinsamkeit: Beide waren gleich hartnäckig.

Rety wollte nichts lieber, als den Vogel einholen, ihn heilen und mit ihm reden. Um von ihm zu erfahren, aus welcher Quelle er seine unglaubliche Energie bezog. Um ihm zu helfen, sein Ziel zu erreichen. Oder nach Hause zu finden. Doch trotz seiner Behinderung ließ das Wesen sie immer weiter hinter sich zurück. Schließlich blieb sie stehen, weil es ihr das Herz zuschnürte und sie glaubte, ihn für immer verloren zu haben …

In diesem Moment der höchsten emotionalen Not wechselte der Traum übergangslos zu einer neuen Szene über. Mit einem Mal hüpfte der Vogel direkt vor ihr, war ihr näher als je zuvor – er flatterte in einem juwelenbesetzten Käfig, schüttelte einen Nebel von klebrigen goldenen Tropfen von sich und kauerte sich plötzlich in die hinterste Ecke, um zischenden Flammendolchen zu entgehen.

Hilfloser Ärger bemächtigte sich Retys. Sie konnte dem Wesen nicht helfen. Unmöglich, es zu retten.

Und schließlich, als alles verloren schien, tat der Vogel genau das, was Rety in dieser Situation auch getan hätte. Mit letzter Verzweiflung sprang er vor und starb bei dem Versuch, seinen Peiniger, die Ursache seiner Folter, zu bezwingen.

Etliche Nächte in Folge hörte der Traum immer auf dieselbe Weise auf, indem nämlich jemand sie mit starken Armen in der Schande der Sicherheit zurückhielt, während der Vogel seinen Kopf nach oben gegen eine über ihm schwebende, schattenhafte Gestalt schleuderte. Den dunklen Rivalen mit den herabhängenden, todbringenden Armen.

Zu Retys Verdruss hatte es den Anschein, als gehöre die Rache auch in die lange Reihe der Dinge, die sich in der Wirklichkeit nicht so entwickeln wollten, wie sie sich das ausgemalt hatte.

Vor allem hätte Rety nie damit gerechnet, dass Jass so viele Schmerzen ertragen konnte.

Der Jäger lag gefesselt auf einer Liege im Innern des kleinen Aufklärungsfliegers. Seine vernarbten, aber ganz bestimmt nicht hässlichen Züge verzogen sich jedes Mal, wenn Kunn wieder das Versprechen einlöste, das er dem Mädchen gegeben hatte. Die Soonerin bedauerte es mittlerweile sehr, es überhaupt von dem

Sternenmenschen verlangt zu haben, da sie jetzt zusehen musste, wie Jass das nächste Stöhnen hinter zusammengebissenen Zähnen zurückhielt.

Woher hätte ich denn wissen sollen, dass er so tapfer und zäh ist?, fragte sie sich hilflos und dachte an all die Male zurück, bei denen er mit ebendiesen Fähigkeiten geprahlt und dann andere Mitglieder des Stammes gepeinigt und gequält hatte. Rety hatte immer geglaubt, dass diejenigen, die sich an Kleineren und Schwächeren vergriffen, eigentlich Feiglinge waren. Zumindest hatte ihr das einmal einer der betagten Großväter der Sippe leise erklärt, als er glaubte, dass gerade keiner von den Jägern zuhörte. Zu dumm, dass der alte Trottel nie erfahren würde, wie falsch er mit seiner Ansicht lag. Der Greis war nämlich in den Monaten gestorben, in denen Rety sich bei den Sechsen aufgehalten hatte.

Sie versuchte, sich abzuhärten, weil der Wettstreit der Willensstärke zwischen Jass und Kunn in seine entscheidende Phase trat und der Jäger keine Chance mehr auf einen Sieg hatte. *Du willst doch herausfinden, woher der Vogel gekommen ist, oder etwa nicht?*, versuchte sie, sich abzulenken. *Und außerdem, hat Jass nicht jede einzelne Pein verdient, die jetzt über ihn kommt, und noch viel mehr? Ist er mit seiner Dickköpfigkeit nicht selbst schuld daran, dass er jetzt so sehr leiden muss?*

Nun ja, in Wahrheit war Rety natürlich nicht ganz unschuldig daran, hatte sie doch den Jäger in Rage gebracht und ihm so die Kraft für seinen verlängerten Widerstand verliehen. Auf Kunns geduldig, aber beharrlich gestellte Fragen reagierte Jass stets mit glaverartigen Grunzern, um dann wieder einen Energiestoß vom Roboter an Kunns Seite einstecken zu müssen.

Als Rety es nicht länger mit ansehen konnte, ohne sich übergeben zu müssen, glitt sie leise durch die Luke nach draußen. Falls sich etwas Neues ergab, konnte der Pilot sie immer noch über den winzigen Kommunikationsknopf erreichen, den die Sternenmenschen ihr unter dem rechten Ohr eingepflanzt hatten.

Sie spazierte auf das Lager zu und bemühte sich, ganz cool und selbstbewusst zu erscheinen, für den Fall, dass die Sooner sie aus dem Unterholz beobachteten.

Ja, machte sie sich klar, so sah sie mittlerweile ihre Sippengenossen, als Sooner und Wilde. Als Wesen, die sich kein bisschen von den aufgeblasenen Barbaren am Hang unterschieden, die sich wegen ihrer Bücher so viel besser dünkten. Dabei waren sie doch auch nichts anderes als halbwilde Tiere, die auf diesem Dreckloch von einer Welt festsaßen und sie nie verlassen konnten. Für einen Sternenmenschen wie Rety waren sie alle gleich, ganz egal, auf welcher Seite der Rimmers sie sich im Dreck suhlten.

Sie roch das Lager schon lange, bevor sie es erreichte. Der vertraute Gestank von Holzfeuer, Exkrementen und primitiv gegerbtem Leder. Und über allem lag das beißende Schwefelaroma, das den dampfenden Erdlöchern entstieg, zu denen der Stamm jedes Jahr zu dieser Zeit wanderte. Und gerade diese Rauchschwaden hatten es ihr leichtgemacht, Kunn zu diesem vergessenen Tal hoch oben in den Grauen Hügeln zu führen.

Rety blieb auf halbem Weg stehen und strich den schicken glänzenden Raumanzug glatt, den Ling ihr gegeben hatte, nachdem sie als erste Bewohnerin Jijos Zutritt zu der unterirdischen Station erhalten hatte, jenem Wunderland von Luxus und leuchtenden Kostbarkeiten. Ling hatte sie auch gebadet, ihre Kopfhaut von den Parasiten befreit, sie mit Ölen eingerieben und durch Strahlenschauer geschickt, bis Rety sich sauberer, gesünder und größer als zuvor fühlte. Nur die Narbe auf ihrem Gesicht beeinträchtigte noch das veränderte Abbild ihrer selbst, das sie im Spiegel zu sehen bekam. Aber man versicherte ihr, dass man sich auch darum kümmern werde, sobald sie wieder »zu Hause« seien.

Nun auch mein Zuhause, dachte sie heiter, nahm den Spaziergang wieder auf, und nach einer Weile konnte sie vom Ächzen und Stöhnen des gemarterten Jägers nichts mehr hören. Sie verdrängte alle Erinnerungen an Jass' verzerrtes Gesicht, indem sie sich die Bilder ins Gedächtnis zurückrief, die die vier von den Sternen ihr gezeigt hatten. Von einer prächtigen Stadt, die wie ein Juwel aussah und in einem Tal stand, das von hohen Wänden umschlossen war, einem Ort mit schwindelerregenden Türmen und schwebenden Palästen, wo der sich glücklich preisende Teil der Menschheit mit den geliebten Patronen zusammenlebte, den weisen und wohlwollenden Rothen.

Nun ja, dieser Teil der Geschichte behagte ihr weniger, genauer gesagt die Aussicht, wieder einen Herrn über sich zu haben, der ihr ständig sagte, was sie zu tun oder zu lassen habe. Außerdem war ihr aufgefallen, dass die beiden Rothen, denen sie an Bord der Station begegnet war, irgendwie zu schön, zu proper und zu glücklich auf sie gewirkt hatten. Doch wenn Ling und Besh diese Wesen schon liebten, warum sollte sie sich ihnen dann nicht anschließen? Irgendwie würde sie sich auch daran gewöhnen. Rety war jedenfalls fest entschlossen, alles zu tun oder auf sich zu nehmen, um zu dieser Stadt der Lichter zu gelangen.

Ich habe schließlich immer schon gewusst, dass ich eigentlich ganz woanders hingehöre, dachte sie und lief um einen Waldausläufer herum. *Was soll ich hier? An einem solchen Ort habe ich wirklich nichts verloren.*

Vor ihr breitete sich eine mit Abfall und Schmutz übersäte Lichtung aus, auf der sich ein halbes Dutzend elender Hütten erhob – Tierhäute, die man über ineinandergeschobene, gebogene Stangen gespannt hatte. Sie waren um ein Lagerfeuer gruppiert, an dem ein paar verdreckte und rußbeschmierte Gestalten über einem toten Tier hockten. Ihr Abendessen bestand aus einem Esel mit einem kreisrunden Loch, das sich bis zu seinem Herzen gebrannt hatte. Ein freundliches Gastgeschenk von Kunns Killer-Roboter.

Die Bewohner, die in erbärmlich gefärbte Tierhäute gehüllt waren, gingen ihren alltäglichen Beschäftigungen nach oder vertrödelten die heißen Mittagsstunden. Ihre Gesichter waren dreckverkrustet, ihr Haar klebte zusammen. Und fast alle stanken zum Himmel. Nachdem Rety die Hangleute kennengelernt hatte und etwas später Ling und Besh, konnte sie sich heute kaum noch vorstellen, dass diese Wilden zu ihrer eigenen Spezies gehörten und einmal sogar ihre Sippe gewesen waren.

Einige männliche Jäger hielten sich in der Nähe eines primitiven Geheges auf, in dem man die neuen Gefangenen untergebracht hatte. Sie hatten sich kaum von der Stelle gerührt, seit man sie vor ein paar Nächten hierhergetrieben hatte. Die Jäger hackten mit Macheten auf Baumstümpfe ein und bewunderten die scharfen und anscheinend unzerstörbaren Klingen aus Buyur-Metall. Die Breitmesser stammten aus dem Gepäck der Gefangenen, das die Wilden geplündert hatten. Die Männer hielten sich aber von den Kisten fern, die zu berühren Kunn ihnen strengstens verboten hatte.

Einige Jungen hockten auf dem neuen Zaun aus lasergespaltenen Brettern, den man um das Gehege aufgestellt hatte, und verbrachten ihre Zeit mit einem Spuckwettbewerb. Sie lachten laut, als die Gefangenen sich laut beschwerten.

Das sollte man den Bengels verbieten, sagte sich Rety. *Auch wenn es sich bei ihnen um neugierige Narren handelt, die nie hierher hätten kommen dürfen.*

Kunn hatte ihr die Aufgabe übertragen, von den Gefangenen in Erfahrung zu bringen, was sie in dieses verbotene Land geführt hatte, wo ihre heiligen Gesetze dies doch schärfstens untersagten. Aber Rety behagte das nicht. Sie verspürte regelrechten Widerwillen.

So schlenderte sie durchs Lager und betrachtete eine Art zu leben, von der sie einmal geglaubt hatte, dass sie ihr nie entkommen würde.

Trotz allen Tumults während der vergangenen Tage ging das Stammesleben wie gewohnt seinen Gang. Kallish, der alte Klumpfuß, arbeitete immer noch im Bachbett und schlug Pfeilspitzen in Schäfte und Werkzeuge; schließlich war er davon überzeugt, dass es sich bei dem gegenwärtigen Auftauchen von Eisengeräten nur um eine vorübergehende Modetorheit handelte. Vielleicht lag er damit gar nicht einmal so falsch.

Flussaufwärts wateten Frauen durch die seichten Stellen und suchten nach den saftigen, dreischaligen Austern, die zu dieser Jahreszeit in der vulkanischen Hitze, die aus der Erde nach oben strömte, gediehen. Und ein Stück den Hügel hinauf schlugen Mädchen mit langen Stangen in Illoes-Bäume und sammelten dann die herabgefallenen sauberen Beeren in ihren geflochtenen Körben ein.

Wie üblich erledigten die Frauen die meisten Arbeiten. Das wurde besonders am Feuer offenkundig, wo die mürrische alte Bini den Esel ausnahm und zerteilte. Ihre Arme waren bis zu den Ellenbogen von Blut gerötet. Das Haar der Häuptlingsfrau war seit dem letzten Jahr noch grauer geworden. Ihr letztes Baby war kurz nach der Geburt gestorben, und so gebärdete sich Bini mit ihren geschwollenen Brüsten noch griesgrämiger als sonst und zischte ihren beiden Helferinnen ungnädige Befehle zu. Weite Lücken zeigten sich in den Reihen ihrer gelbbraunen Zähne.

Trotz dieses Anscheins der Normalität verhielten sich die meisten Sippenangehörigen doch angespannt und abgelenkt. Wann immer einer in Retys Richtung blickte, zuckte er gleich zusammen, als sei sie das Letzte auf Jijo, das er hier erwartet hatte, und noch schockierender als ein aufrecht gehender Glaver.

Ich bin Rety, die Göttin.

Sie hielt den Kopf hoch erhoben. *Erzählt allen euren stinkigen kleinen Bastarden an den Lagerfeuern davon. Verkündet es ihnen bis ans Ende aller Zeiten. Berichtet ihnen von dem Mädchen, das sich nicht alles von den großen und gemeinen Jägern hat gefallen lassen, ganz gleich, was sie ihr auch angetan haben. Nennt ihnen ihren Namen: Rety, das Mädchen, das sich nicht länger alles gefallen lassen wollte. Das gewagt hat, das zu tun, was ihr euch nicht einmal im Traum getrauen würdet. Das den Weg gefunden hat, diese verfaulte Hölle zu verlassen und zu den Sternen zu ziehen.*

Rety bereitete es immer mehr Spaß, wenn die Wilden immer wieder verstohlen nach ihr schauten und dann rasch den Kopf wegdrehten.

Ich bin keine mehr von euch. Eigentlich war ich das auch noch nie. Und das wisst ihr allesamt sehr gut.

Nur Bini schien nicht von der neuerworbenen Göttlichkeit Retys überwältigt zu sein. Immer noch lag die alte Verachtung und Enttäuschung in den metallisch grauen Augen. Mit ihren achtundzwanzig Jahren war sie jünger als die Sternenmenschen, sogar jünger als Ling. Trotzdem hatte es den Anschein, als könne nichts, weder auf Jijo noch etwas, das aus dem Himmel gekommen war, sie je aus der Fassung bringen.

Jahre war es nun her, seit Rety die alte Frau zum letzten Mal »Mama« genannt hatte. Und jetzt hatte sie keine Lust mehr, es sich wieder anzugewöhnen.

Erhobenen Hauptes und mit geradem Rücken stolzierte sie an den Küchenfrauen und ihrem unappetitlichen Tun vorbei. Doch in ihrem Innern bebte sie.

Vielleicht war es doch keine so gute Idee, hierher zurückzukehren. Warum sich unter diese Schattenwesen begeben, wenn sie doch in dem Flugapparat sein und sich an den Qualen ihres lebenslangen Feindes erfreuen konnte? Die Strafe, die Jass gerade erhielt, war nicht nur gut, sondern auch gerecht (vor allem, da sie jetzt nicht mehr sein gequältes Gesicht ansehen musste). Dieser Widerspruch machte sie ganz kribbelig, als würde sie etwas vermissen – als würde man versuchen, in Mokassins ohne Schnürriemen herumzulaufen.

»Frau! Da du sein, Frau! Bös Weib, lasst Yee ganz allein viel lang Zeit!«

Einige Wilde sprangen sofort beiseite und machten einem kleinen vierbeinigen Wesen Platz, das zwischen ihren Füßen hindurchlief, als sei es ein unberührbares, gottgleiches Wesen. Und so etwas Ähnliches war der kleine ursische Mann ja auch, seit Rety jedem die schlimmsten Gräuel angedroht hatte, der ihrem »Gatten« auch nur ein Haar krümmte.

Yee sprang gleich in ihre Arme und kuschelte sich an sie, was ihn jedoch nicht davon abhielt, weiter mit ihr zu schelten.

»Frau lasst Yee viel lang allein mit Weib-Feinde! Sie biet Yee weich, warm Beutel an, die Schlang!«

In Rety entflammte sofort die Eifersucht. »Wer hat dir seinen Beutel angeboten? Welches von diesen schamlosen Ludern …«

Erst jetzt erkannte sie, dass er sie nur gefoppt hatte. Sie musste lachen, und dabei löste sich etwas von ihrer inneren Verspannung auf. Der kleine Kerl tat ihr doch immer wieder gut.

»Nicht aufreg, Frau«, versicherte ihr Yee. »Für Yee geb nur ein Beutel. Darf jetzt rein?«

»Ab mit dir«, lächelte sie und zog den Reißverschluss des Gürtelbeutels auf, den Ling ihr zur Verfügung gestellt hatte. Der kleine Hengst glitt sofort hinein, drehte sich ein paarmal um sich selbst, bis er die bequemste Stellung gefunden hatte, und schob dann den Kopf und den langen Hals hinaus.

»Komm, Frau, besuch Ul-Tahni. Weis sein jetzt bereit zu red.«

»Ach, ist sie das? Das ist ja wirklich reizend von ihr.«

Rety hatte noch immer keine große Lust, die Führerin der Gefangenen aufzusuchen. Aber schließlich hatte Kunn ihr einen eindeutigen Auftrag gegeben, und den konnte sie genauso gut jetzt erledigen.

»Gut, dann wollen wir uns anhören, was die alte Mähre zu sagen hat.«

Dwer

Allem Anschein nach hatten die Urs der kleinen menschlichen Expedition einen großen Gefallen getan. Indem sie nämlich Tod und Verheerung hinterlassen hatten, hatten sie den Erdlingen eine deutliche Warnung zukommen lassen.

Die Geschichte kaltblütigen Mordes war deutlich im Licht der Morgendämmerung zu lesen: in den angesengten und zerschmetterten Bäumen, den schwarzen Kratern und den abgebrochenen Zweigen und losen Laststücken, die vom aufkommenden Wind davongeweht wurden. Dwer schätzte, dass es hier vor ein paar Tagen zu dem Überfall gekommen war. Der Angriff musste kurz und ziemlich gewalttätig gewesen sein.

Die Terrassenränder des Hochplateaus waren immer noch deutlich zu erkennen, obwohl Erosion und wuchernde Vegetation ihre Konturen weniger schroff gemacht hatten. Früher einmal hatte hier ein Ort der Buyur gestanden, und zwar zu einer Zeit, als die letzten legalen Bewohner dieser Welt die Lizenz zu ihrer Inbesitznahme erhalten hatten. Die Buyur hatten in himmelhohen Türmen gelebt, und sie hatten sich nicht vor dem offenen Himmel fürchten müssen.

Dwer untersuchte die Spuren des Schreckens, der sich hier erst kürzlich ereignet hatte. Zu deutlich erlebte er vor seinem geistigen Auge die Panik der ursischen Siedlerinnen, wie sie herumsprangen, vor Entsetzen husteten, die langen Hälse verdrehten und mit den winzigen Armen die Beutel zu schützen suchten, während rings um sie herum der Boden explodierte. Er vermeinte fast, ihre Schreie noch hören zu können, wie sie aus ihrem brennenden Lager flohen und einen steilen Hohlweg hinuntergaloppierten, an dessen Ende von beiden Seiten *menschliche* Fußspuren hinzukamen. Mokassinabdrücke vermischten sich auf chaotische Weise mit den Hufeindrücken.

Der Jäger fand Fetzen von selbstgemachten Lederschnüren.

Daraus schloss er, dass Seile und Netze auf die Urs gefallen waren, um sie zu binden und als Gefangene abzuführen.

Haben sie denn nicht gespürt, dass man sie zusammentreiben wollte? Das Flugzeug hat so gezielt auf sie gefeuert, um sie in eine bestimmte Richtung zu lenken. Warum sind die Urs nicht auseinandergelaufen und haben sich verstreut, statt in einem Haufen zusammenzubleiben?

Dann stieß er auf klebrige Stellen im Sand und fand die Antwort. Anscheinend hatten die Angreifer vorgehabt, die Urs gefangen zu nehmen, aber die Flugzeugbesatzung hatte wohl keine Skrupel, auch den einen oder anderen Vierbeiner niederzuschießen, um die Gruppe zusammenzuhalten.

Urteile nicht zu streng über diese Urs. Du weißt nicht, wie du reagieren würdest, wenn überall um dich herum sengende Blitze einschlagen würden, oder? Krieg ist eben eine schmutzige Angelegenheit, und wir alle sind ziemlich aus der Übung. Selbst Drake hatte sich nie einer solchen Herausforderung stellen müssen.

»Also stehen wir jetzt einer Allianz aus den menschlichen Soonern und den Fremden gegenüber«, bemerkte Lena. »Das ändert die Situation grundlegend, meint ihr nicht?«

Danel blickte düster drein. »Die gesamte Region ist ebenso betroffen wie der Hang. Was immer dort hinten auch geschehen mag, es wird auch über dieses Land hier kommen. Ob die Invasoren uns nun eine Seuche schicken, Feuer über uns bringen oder ihre Opfer mit ihren Flugapparaten zur Strecke bringen wollen, dieses Gebiet hier wird genauso sorgfältig durchkämmt werden wie der Hang.«

Ozawas Aufgabe bestand darin, das Vermächtnis der Sechsheit in die Wildnis zu tragen. Der menschliche Stamm, der hier lebte, sollte mit den Kenntnissen und den frischen Genen der Expedition gestärkt werden, damit wenigstens etwas vom Leben der Erdlinge erhalten bliebe, falls es am Hang zum Schlimmsten käme. Die Unternehmung war nie eine freudenreiche gewesen und hatte stets der Mission des Kapitäns eines Rettungsboots geähnelt, der nach einem Schiffsuntergang, wie man es in den alten Geschichten lesen konnte, die Überlebenden in Sicherheit bringen musste. Doch die Schiffbrüchigen hatten stets wenigstens den Hauch einer Chance gehabt. Danels Augen zeigten jetzt keinen Funken Hoffnung mehr.

»Aber das heißt doch, dass die Sooner und die Fremden sich gegen die Urs verbündet haben«, wandte Jenin ein. »Die Sternengötter werden sich nach dem Sieg doch wohl nicht gegen ihre Waffengefährten wenden, oder?«

Sie schwieg, als sie die Blicke der anderen bemerkte. Ihre Mienen sagten mehr als tausend Worte.

»Ach so.« Jenin wurde blass.

Doch schon ein paar Momente später meldete sie sich wieder zu Wort.

»Nun, sie wissen noch nichts von uns, nicht wahr? Warum verschwinden wir nicht einfach von hier? Wir alle vier? Wie wäre es zum Beispiel mit dem Norden? Du bist doch schon einmal dort gewesen, Dwer. Also, worauf warten wir noch?«

Der Oberförster trat mit der Stiefelspitze ein zerbrochenes Teil beiseite, das nach der Flucht der Urs und der anschließenden Plünderung des Lagers hier liegengeblieben war. Dann deutete er auf einen Felsspalt. »Dort können wir den Scheiterhaufen errichten.«

»Was habt ihr denn vor?«, wollte Jenin wissen, als Dwer die Esel zu der Stelle führte und anfing, die Kisten abzuladen.

»Ich mache die Granaten klar«, sagte Lena und öffnete einen Behälter. »Wir brauchen auch Holz. Am besten die zerbrochenen Kisten, die hier überall herumliegen.«

»He! Ich habe euch gerade gefragt, was ihr eigentlich vorhabt!«

Danel führte Jenin am Arm fort. Dwer war schon damit beschäftigt, den Inhalt der Kisten auszuladen. Nahrungsmittel, Kleider und ein paar Werkzeuge – allesamt Gegenstände, die kein

Metall aufwiesen – legte er auf die eine Seite, die Bücher und die Eisenwerkzeuge, die sie vom Hang hatten retten wollen, in die Spalte.

Der Oberförster erklärte es ihr.

»Wir haben all dieses Zeugs mitgenommen, um im Exil wenigstens ein Minimum an Zivilisation und Kultur aufrechterhalten zu können. Aber vier Menschen sind eindeutig zu wenig, um eine neue Zivilisation zu gründen, ganz gleich, wie viele Bücher und sonstige Sachen sie zur Verfügung haben. Wir müssen uns jetzt darauf vorbereiten, all das zu vernichten.«

Ozawa war deutlich anzumerken, wie wenig ihm das gefiel. Die Falten in seinem ohnehin schon hageren Gesicht schienen sich noch tiefer eingegraben zu haben. Dwer mied seinen Blick und beschäftigte sich lieber weiter damit, das wenige beiseitezulegen, das einer Gruppe Flüchtiger bei ihrem Marsch nützlich sein würde.

Jenin machte diese Erklärung sichtlich zu schaffen. Schließlich nickte sie. »Nun gut, wenn wir schon ohne Bücher leben und unseren Nachwuchs großziehen müssen, bringt uns das eigentlich doch ein gehöriges Stück voran, oder? Ich meine, auf dem Pfad der …«

Sie schwieg, als der Oberförster den Kopf schüttelte.

»Nein, Jenin, so wird es für uns nicht werden. Gut, wir vier können versuchen, so lange wie möglich zu überleben. Aber selbst wenn es uns gelingt, in irgendein abgelegenes Tal zu gelangen, wo selbst die Invasoren nicht mehr nach uns suchen, dürfte es doch unwahrscheinlich sein, dass wir uns an das fremde Ökosystem anpassen können. Rety hat uns erzählt, dass ihre Sippe die Hälfte ihrer ersten Generation durch Unfälle und allergische Reaktionen verloren hat. Solche Verluste sind typisch für Sooner-Gruppen, bis sie gelernt haben, was sie essen oder berühren dürfen und was nicht. Ein tödlicher Prozess der Selbstversuche. Und vier Personen reichen da beim besten Willen nicht aus.«

»Ich dachte doch nur …«

»Und damit haben wir noch nicht einmal das Problem der Inzucht in Betracht gezogen.«

»Du willst doch wohl nicht sagen …«

»Und selbst wenn wir all diese Schwierigkeiten meistern könnten, würde es immer noch nicht funktionieren, weil wir uns einfach nicht als Bande von Wilden irgendwo niederlassen können, um der Unwissenheit und dem Vergessen entgegenzudämmern, auch wenn die Schriftrollen ein solches Schicksal in den höchsten Tönen preisen.

Die Menschen sind nämlich nicht nach Jijo gekommen, um hier den Pfad der Erlösung zu beschreiten.«

Dwer sah von seinem Tun auf. Lena hielt ebenfalls inne. In ihrer Hand befand sich eine dicke Stange mit einem Zeitzünder an einem Ende. Alles, was der Oberförster bis jetzt von sich gegeben hatte, war Dwer längst bekannt. Doch seine letzten Worte waren neu gewesen. Stille senkte sich über die Stätte der Verwüstung. Keiner wollte auch nur einen Laut von sich geben oder sich von der Stelle rühren, ehe der Weise fortfuhr.

Danel seufzte ein zweites Mal.

»Dieses Geheimnis wird von Generation zu Generation nur wenigen weitergegeben. Ich sehe nun keinen Grund mehr, es länger vor euch dreien geheim zu halten. Inzwischen sehe ich euch nämlich als eine Art Familie an.

Einige unter den fünf anderen Spezies waren entsetzt, als wir die Bibliothek von Biblos erbaut haben. Und der Große Druck schien deutlich anzuzeigen, dass wir überhaupt nicht vorhatten, hier das Vergessen zu finden. Unsere Gründerväter haben eine Menge Süßholz geraspelt, um die Flut der neuen Bücher schönzureden. Das sei doch nur eine Maßnahme auf Zeit, erklärten sie. Ein Weg, den Spezies ein wenig Hilfestellung zu bieten, wenn sie sich darauf konzentrieren, ihre Seelen weiterzuentwickeln, bis wir spirituell bereit sind, den Weg zu beschreiten.

Offiziell ist das natürlich das große Endziel der sechs Spezies. Aber die Menschen auf der *Tabernakel* hatten für ihre Nachfahren nie den Abstieg in sprechunfähige Proto-Humanoide vorgesehen, die darauf warten, dass irgendwelche Sternengötter erscheinen, um sie zu adoptieren und ihnen den Schub zu verpassen.«

Der Oberförster legte eine Pause ein, damit die anderen das Gehörte erst einmal verdauen konnten. Dwer tat ihm den Gefallen, als Erster mehr hören zu wollen.

»Warum sind wir denn dann hier?«

Danel zuckte die Achseln. »Jeder weiß, dass jede der sechs Spezies aus anderen Gründen hierhergekommen ist, als sich nur auf den Pfad der Erlösung zu begeben. Die Völker, in deren Heimat eine strenge Geburtenkontrolle herrscht, suchten hier nach einem Ort, an dem sie so viel Nachwuchs in die Welt setzen konnten, wie sie wollten. Oder nehmen wir die g'Kek, die von den galaktischen Inkassobüros erzählen, die quer durch die Sternenstraßen hinter ihnen her seien.«

»Sind die Menschen dann nach Jijo geflohen, weil die Bewohner der Erde sich nicht sicher waren, ob sie im galaktischen Konzert überleben würden?«, fragte der Jäger.

Ozawa nickte. »Na ja, wir haben ein paar wenige Freunde finden können, die der Erde immerhin zu einem eigenen Trakt in der großen Bibliothek verholfen haben. Und da wir zwei Klientenspezies den Schub verliehen haben, kamen wir in den Genuss des Niederpatronatsstatus. Aber aufgrund der Galaktischen Geschichte findet sich wenig Hoffnung für eine Wölflingsspezies wie der unseren. Außerdem haben wir uns bereits mehr Feinde als Freunde gemacht. Der Terragens-Rat wusste, dass die Erde noch für sehr lange Zeit ziemlich verwundbar sein würde.«

»Also waren die Menschen an Bord der *Tabernakel* gar keine Ausgestoßenen?«

Der Oberförster lächelte matt. »Das war nur die offizielle Version, ein Ablenkungsmanöver, um die Erde zu schützen. Wenn die Kolonisten unterwegs aufgebracht und festgenommen worden wären, hätte der Erd-Rat sie als Renegaten klassifizieren und seine eigenen Hände in Unschuld waschen können. In Wahrheit aber wurde die *Tabernakel* ausgesandt, um irgendwo einen geheimen Fluchtpunkt für die Menschheit zu finden und vorzubereiten.« Danel hob kurz beide Hände. »Aber wo sollte man nach einem solchen Ort suchen? Trotz gegenteiliger Gerüchte sind keine Routen jenseits der Fünf Galaxien bekannt. Und innerhalb dieses Bereichs hat man jeden einzelnen Stern katalogisiert. Die meisten sind geleast, und die betreffenden Inhaber der Nutzungsrechte wachen eifersüchtig darüber, dass sich keine ungebetenen Gäste bei ihnen einschleichen. Also hat der Terragens in der Großen Bibliothek geforscht, um festzustellen, was andere Spezies in einem solchen Fall unternommen haben.«

Ozawa blickte von einem zum anderen.

»Trotz einiger damit verbundener Nachteile erschien ihnen das ›Sooner-Phänomen‹ immer noch am vielversprechendsten.«

Lena wollte das nicht einfach so akzeptieren. Sie schüttelte den Kopf und sagte dann: »Da bleiben aber noch viele Fragen offen. Zum Beispiel: Womit sollen wir uns denn hier die Zeit vertreiben, wenn unsere Aufgabe nicht darin besteht, uns auf den Pfad vorzubereiten und ihn schließlich zu beschreiten?«

»Wenn Lester oder die anderen eine Antwort darauf wissen, dann haben sie es versäumt, sie mir mitzuteilen«, entgegnete der Oberförster. »Vielleicht sollen wir hier nur herumsitzen und abwarten, bis das Universum bereit ist, die Menschheit zu akzeptieren oder sie mit aller Macht zu vernichten. Tja, aber ich fürchte, das spielt für uns keine Rolle mehr. Wenn unsere Kultur tatsächlich am Ende ist, will ich nichts damit zu tun haben, den kläglichen Rest in die Ignoranz und Verblödung zu schicken, bis sie Wilde und kaum noch von Tieren zu unterscheiden sind.«

Jenin wollte etwas anmerken, schwieg dann aber doch.

»Wenigstens wissen wir, dass die Erde bis heute überlebt hat«, sagte Dwer.

»Ja, aber die Piraten haben auch davon gesprochen, dass es zu einer Krise gekommen ist«, entgegnete Lena, »und dass die Erde mittendrin steckt.«

Danel biss die Zähne zusammen und wandte sich ab.

»Moment mal«, rief Dwer, »sind diese Sternenmenschen nicht genau das, was der Erd-Rat gewollt hat? Eine Gruppe Menschen, die irgendwo in Sicherheit gebracht worden ist, damit unsere Spezies nicht untergeht, ganz gleich, was mit der Heimat passiert? Diese Invasoren auf der Lichtung stehen doch unter dem besonderen Schutz der Rothen.«

Der Weise atmete vernehmlich aus. »Das könnte sein. Aber wer weiß, ob sie unter deren Einfluss auch Menschen bleiben? Und ausgerechnet von den eigenen Vettern ermordet zu werden ist für mich mit einer Ironie des Schicksals verbunden, die ich nicht ertragen kann.«

Der Oberförster schüttelte sich, als wolle er sich von Spinnweben befreien.

»Kommt, bereiten wir alles für das Feuer vor. Wenn diese Dinge dort nicht dabei mithelfen können, einem zivilisierten Stamm von Erdlings-Exilanten etwas Kultur zu geben, sollten wir wenigstens unsere Pflicht gegenüber dieser Welt erfüllen und keinen Abfall herumliegen lassen. Lena, stell die Zündschnur auf einen Tag ein. Für den Fall, dass wir bis dahin nicht wieder zurück sind.«

»Zurück sind?« Sie sah ihn verblüfft an. »Ich dachte, wir wollten das alles hier aufgeben …«

Lena staunte noch mehr, als der Oberförster sich jetzt zu ihr umdrehte und sie entdeckte, dass das alte Feuer wieder in seinen Augen entflammt war.

»Wer hat denn hier etwas von aufgeben gesagt? Was ist denn mit euch dreien los? Ihr macht ein Gesicht, als hätte es euch die

Petersilie verhagelt. Lasst ihr euch denn von jedem kleinen Rückschlag gleich entmutigen?«

Ein kleiner Rückschlag?, fragte sich Dwer, und was ist eigentlich »Petersilie«? Er betrachtete die zerschmetterten Bäume und die zerfetzte Habe der Urs. »Irgendwie komme ich jetzt nicht mehr mit. Du hast doch vorhin gesagt, wir können unsere Mission nicht beenden.«

»Na und?«, lächelte der Weise. »Wir sind doch flexibel. Wenn es mit der einen Sache nicht klappt, verlegen wir uns eben auf eine andere. Da wir keine Kolonisten mehr werden können, betätigen wir uns eben als – als was? Na?

Richtig, als Krieger!«

Rety

Die Gefangenen hockten niedergeschlagen in den Suhlgruben, ließen die Hälse und Köpfe hängen und stanken nach den zwei Tagen, die sie bereits eingesperrt waren, fürchterlich. Dreizehn Urs, die jetzt sicher wieder auf dem öden Hochplateau wären, auf dem sie sich niedergelassen hatten, bis ein Fluggerät über ihr Lager gekreischt kam und sie ohne Warnung mit seinen Blitzen auf Jass und seine Jäger zugetrieben hatte, die mit Stricken und Netzen auf sie gewartet hatten.

Damit hatte Kunn seinen Teil der Abmachung erfüllt und die Hügel von den verhassten Urs gesäubert, die erst vor Kurzem dort eingedrungen waren. Im Gegenzug sollte Jass Kunn zu der Stelle führen, an der er und Bom zum ersten Mal die Vogelmaschine erblickt hatten. Niemand wusste, warum der Handel später gebrochen worden war und warum Jass es sich anders überlegt hatte und sich lieber von dem Roboter misshandeln ließ, als dem Sternenmenschen seinen Wunsch zu erfüllen.

Nur Rety wusste mehr darüber.

Bini hat immer gesagt, warum den Männern trotzen, die einen furchtbar verprügeln, wenn man sie wütend macht? Da ist es doch viel besser, sie mit Worten zu beeinflussen, bis die blöden Kerle genau das tun, was man will, und sich auch noch einbilden, das sei ganz allein ihre Idee gewesen.

Aber ich konnte ja nie meine große Klappe halten und habe ihnen getrotzt, nicht wahr?

Nun, Bini, ich habe es mit deiner Methode versucht, und soll ich dir was sagen? Du hattest von Anfang an recht. Nichts von dem, was ich getan habe, konnte Jass so zusetzen wie das, was er sich jetzt selbst eingebrockt hat.

Bom bewachte das Koppelgatter. Der stämmige Jäger beeilte sich, das Tor zu öffnen, als sie es ihm befahl, und wagte dabei nicht einmal, sie anzusehen. Anscheinend wusste er, wie es gerade seinem Kumpel erging. Zwei Dinge bewahrten ihn vor dem gleichen Schicksal. Erstens sein wirklich miserabler Orientierungssinn. Allein hätte er nie den Ort gefunden, an dem er und Jass das gefiederte Metallwesen beschossen hatten.

Zweitens Retys gerade vorherrschende Laune. Zurzeit begeisterte sie Boms furchtsame Unterwürfigkeit mehr als Jass' Stöhnen. Dieser Grobian hatte vor Schiss den Lendenschurz bis oben voll.

Als sie den Bengeln, die die Gefangenen bespuckten, einen finsteren Blick zuwarf, sprangen die gleich von der Mauer und rannten davon. Sie schickte ihnen ein lautes Lachen hinterher. Die verdammten Kinder der Sippe hatten früher nicht einmal mit ihr geredet, und jetzt konnte sie ihnen das heimzahlen.

Sie betrat die Koppel.

Ul-Tahni, die Anführerin des unglücklichen Stamms, begrüßte sie mit einer tiefen Halsverbeugung. Dann ertönten aus ihrer von grauen Haaren umrahmten Schnauze eine ganze Serie von Pfiffen,

Schnalzlauten und Klickgeräuschen, bis Rety es nicht mehr aushielt.

»Schluss damit!«, mahnte sie. »Ich habe kein Wort von dem Gestammel verstanden.«

Ul-Tahni zuckte zusammen und wechselte sofort zu Englik über.

»Isss musss misss entsssuldigen. Dein Auftreten und deine Aufmachung verleiten dasss Auge, in dir ein Galaktisssesss Wesssen sssu sssehen.«

Rety warf den Kopf in den Nacken. »Dein Auge hat dich nicht getäuscht. Genau das bin ich nämlich.«

Ich hoffe jedenfalls, dass man mich so sieht, fügte sie in Gedanken hinzu. Rann und die anderen konnten immer noch ihre Meinung ändern, bis das Schiff zurückkehrte – vor allem dann, wenn sie ihnen alles gegeben hatte, was sie zu bieten hatte. Falls die Sternenmenschen aber Wort halten sollten, würde sie beizeiten all die verrückten und verdrehten Sprachen lernen müssen, die in den Galaxien in Gebrauch waren.

»Dann musss isss misss gleisss nochmalsss dafür entsssuldigen, disss mit meinen Worten beleidigt sssu haben. Ssso hat man disss alsssо tatsssässslisss ausss Jijosss verlorener Wüssste adoptiert und in diesssen Clan der Sssternenwesssen aufgenommen? Wasss für ein aussserordentlisss vom Sssicksssal begünssstigtesss Fohlen du doch bissst.«

»Ja, kann man wohl sagen«, entgegnete Rety vorsichtig, weil sie nicht wusste, ob die Urs sie auf den Arm nehmen wollte. »Nun, Yee hat mir mitgeteilt, dass du jetzt bereit bist, uns zu sagen, was dein Stamm eigentlich hier draußen auf der anderen Seite der Rimmers gewollt hat.«

Ein langer Seufzer ließ die grauen Haare vibrieren.

»Wir haben unsss in aller Sssande auf den Weg gemacht, um hier eine Kolonie zu gründen und unsssere Rassse an einem gesssütsssten, geheimen Ort zu erhalten.«

Rety schnaubte. »Das ist ja wohl jedem klar. Aber warum hier? Und warum gerade jetzt?«

»Weil esss sssisss bei diesssem Ort um einen handelt, desssen Bewohnbarkeit bereitsss bewiesssen war. Wenn Erdlinge sssisss hier ssson niederlasssen können, dann sssissser auch die Esssel, auf die wir ssso angewisssen sssind. Du ssselbssst hassst dasss ausssgesssagt und bessstätigt.«

»Ach so.« Ul-Tahni musste sich unter den Junior-Weisen im Pavillonzelt befunden haben, als Rety dem Hohen Rat ihre Geschichte erzählt hatte. »Weiter.«

»Nun, wasss den Ssseitpunkt unsssseresss Absssugsss angeht … wir wollten ssso rasss wie möglisss dem Sssicksssal entrinnen, dasss wohl bald den Hang befallen wird: die Ausssslösssung dursss die Hand der Sssternenpiraten!«

Rety wurde gleich wütend. »Diese verdammte Lüge habe ich schon vorher hören müssen. Die Sterngötter würden so etwas nie tun!«

Ul-Tahni schwang den Kopf langsam hin und her. »Du hassst wie ssstetsss resssst. Ssselbssstverssständlisss werden ssso wunderbare Wesssen nissst die Hand gegen Bürger erheben, die ihnen nie etwasss getan haben, oder ihnen gar ohne Vorwarnung den Tod ausss dem Himmel sssicken.«

Diesmal bekam sogar Rety den Sarkasmus mit, konnte sie doch gut das Füllen mit der hässlichen Brandwunde an der Flanke sehen, die nur vom Hitzestrahl des Roboters herrühren konnte.

»Tja, ich schätze, da habt ihr eben einfach verdammtes Pech gehabt, dass wir gerade vorbeigekommen sind, um uns nach dem Weg zu erkundigen, und dabei erfahren mussten, dass ihr euch im Krieg mit meiner alten Sippe befandet.«

»Nein, kein Krieg. Nur ein momentanesss Misssverssständnisss. Aussserdem haben wir nissst damit angefangen. Natürlisss war dein Ssstamm sssockiert, unsss ssso unvermittelt vor sssisss sssu sssehen. Dabei hatten wir nissstsss anderesss vor, alsss ihre reflesssbedingte Feindssseligkeit mit resssoluter Freundsssaft sssu überwinden – und mit Gesssenken und Beissstandsssbekundungen für eine herrssslissse Atmosssphäre sssu sssorgen.«

»Ja, das glaube ich dir aufs Wort«, murmelte Rety Sie wusste aus alten Erzählungen, wie menschliche Siedler früher von den ursischen Stämmen behandelt worden waren. »Ich wette, es fiel euch nicht schwer, eine freundliche Miene aufzusetzen, weil ihr doch über bessere Waffen als diese Barbaren hier verfügt habt.«

Die Führerin schnaubte indigniert. »Und deine Verbündeten haben dann unsss mit noch ssstärkeren Waffen überwältigt. Dasss bringt unsss doch insss Grübeln. Wie weit lässst sssisss diessse Kette der ungleisssen Kräfteverhältnissse eigentlisss fortsssetsssen?«

Rety gefiel der belustigte Ausdruck in den kleinen Knopfaugen ihres Gegenübers nicht. »Was meinst du damit?«

»Ach, nur eine Mutmasssung. Könnte unter Umssständen eine Macht eksssisssstieren, die deinen neuen Freunden ssso überlegen issst wie diessse unsss? Die Galaksssien sssind ssso endlosss, wie kann man da sssissser sssein, sssisss für die rissstige Ssseite entsssieden sssu haben?«

Diese Worte sandten Rety einen kalten Schauer über den Rücken, riefen sie ihr doch gleich die verstörenden Träume der jüngsten Zeit ins Gedächtnis zurück.

»Was weißt du denn schon von Galaxien! Tu jetzt bloß nicht so, als sei dir was Schlaues eingefallen …«

In diesem Moment stieß der kleine Hengst einen schrillen Schrei aus, und Rety vergaß, was sie noch sagen wollte. Yee schob den Kopf aus dem Beutel und gab jämmerliche Laute von sich. Die Ehemänner der Gefangenen taten es ihm sofort gleich, heulten im Chor und starrten nach Süden. Nun kam auch Bewegung in die Stuten. Alle erhoben sich.

Rety bekam einen Schrecken. Planten die Gefangenen einen Aufstand? Nein, aber irgendetwas schien vorzugehen, was sie zutiefst beunruhigte.

»Was hörst du denn?«, wollte sie von Yee wissen.

»Maschin!«, antwortete der kleine Hengst und verdrehte seinen beweglichen Hals wie einen Korkenzieher.

Einen Moment später hörte sie es auch – ein fernes leises Heulen. Sie berührte den implantierten Knopf unter dem Ohr und drückte darauf.

»He, Kunn, was geht hier vor?«

Für eine Weile hörte sie nur Kabinengeräusche aus dem Aufklärer. Schalter wurden bedient und Triebwerke angelassen. Endlich vernahm sie seine Stimme.

»Jass hat sich endlich zur Zusammenarbeit entschlossen. Wir starten jetzt und fliegen zu dem Ort, an dem dein Vogel aufgetaucht ist.«

»Aber ich möchte mitkommen.«

Kunns Antwort gefiel ihr nicht.

»Jass hat ausgepackt und alles erzählt. Auch den Grund dafür, warum er so hartnäckig geschwiegen hat. Demnach hast du ihm wohl eingeredet, dass wir ihn sofort grausam hinrichten würden, sobald er alles preisgegeben hätte. Warum hast du das getan, Rety? Warum hast du diesem armen Mistkerl weisgemacht, sein Leben sei verwirkt, sobald er den Mund aufmacht? Das hat uns Unannehmlichkeiten verursacht und viel Zeit gekostet.«

Für dich waren das vielleicht Unannehmlichkeiten, dachte sie, *aber ein verdammt großes Vergnügen für mich!* Rache zu nehmen war natürlich nur die halbe Erklärung dafür, warum sie dem Jäger das erzählt hatte. Eigentlich hätte es ihr schon vollauf gereicht, wenn er nur einen tüchtigen Schrecken bekommen hätte.

»Kunn, lass mich bitte nicht hier zurück! Ich gehöre doch jetzt zu euch. Rann und Beth haben das gesagt, und Ro-pol auch!«

Plötzlich fühlte sie sich klein, hässlich und verletzlich – die Urs vor ihr, Bom hinter ihr am Tor und links und rechts die anderen Sooner, die ihr liebend gern ihren Hochmut heimgezahlt hätten. Sie legte eine Hand vor den Mund und flüsterte mit dringlicher Stimme in den kleinen Transmitter: »Kunn, die Wilden hier werden sich gegen mich wenden. Glaub mir, das spüre ich!«

»Das hättest du dir wirklich früher überlegen sollen.« Wieder Schweigen, bis er sich unerwartet noch einmal meldete: »Wenn Rann nicht Funkstille befohlen hätte, könnte ich mich jetzt mit den anderen beraten, bevor ich eine endgültige Entscheidung treffe.«

»Was für eine endgültige Entscheidung?«

»Ob ich dich mitnehmen oder hier bei deinesgleichen zurücklassen soll.«

Rety kämpfte hart gegen das Zittern an, das ihren ganzen Körper nach diesen Worten befiel und nicht vergehen wollte. Ihre hochgeschraubten Erwartungen und Hoffnungen kamen ihr jetzt wie ein Kartenhaus vor, das kurz vor dem Einsturz stand.

»Pass auf, ich schließe einen Kompromiss und lass dir einen der Roboter zum Schutz hier. Er tut alles, was du ihm sagst, bis ich zurückgekehrt bin. Lass dir das aber nicht zu Kopf steigen. Missbrauche den Roboter nicht.«

Ihr Herz klopfte bis zum Hals. *»… bis ich zurückgekehrt bin«,* hatte er gesagt.

»Ja, das verspreche ich«, antwortete sie eifrig.

»Dann sieh das als deine zweite Chance an. Frag die Urs aus. Zerstöre ihre Waffen, und lass niemanden ins Tal. Wenn du hier gute Arbeit leistest, haben wir bei unserer Rückkehr deine dumme Einmischung vergessen. Vorausgesetzt natürlich, dass ich auf dieser Jagd endlich die gewünschte Beute mache.

Kunn. Ende.«

Die Verbindung wurde abgebrochen, und die Hintergrundgeräusche aus der Kabine waren fort. Rety unterdrückte nur mit Mühe den Drang, wieder auf den Knopf zu drücken und noch einmal darum zu flehen, mitgenommen zu werden.

Dann biss sie die Zähne zusammen, kletterte auf die Mauer und starrte hinter dem silbernen Pfeil her, der sich aus dem engen Tal erhob, sich im Sonnenlicht drehte, dann in Richtung Süden verschwand und sie hier ganz allein mit ihrem zu Eis gefrorenen Herzen zurückließ.

Dwer

Das Sooner-Dorf lag wie schlafend am Eingang einer Schlucht, die mit dichtem, schwefelhaltigem und unbeweglichem Dunst angefüllt war.

Die Hölle auf Erden, zumindest aus Sicht der Urs.

Dwer hockte hoch in den Hügeln, und von dort konnte er auf die Gefangenen hinabsehen, die auf einer Koppel zusammengepfercht worden waren. Sie ließen die Köpfe und Hälse hängen und wirkten so unbeweglich wie die Atmosphäre.

»Ich zähle ungefähr ein Dutzend«, meinte Lena, während sie durch ihr Kompaktteleskop blickte. »Die Toten nicht eingerechnet. Genau wie du gesagt hast. Schätze, als Fährtensucher bist du ganz brauchbar.«

»Tausend Dank, du Herrin der verbotenen Gerätschaften«, entgegnete der Jäger. Er gewöhnte sich immer mehr an Lena und ihre Art. Sie war stets bissig, und selbst wenn sie ein Kompliment machte, war darin ein kleiner Widerhaken versteckt. So erinnerte sie ihn oft an einen Noor, den man im Schoß liegen hatte und streichelte – und der einem als Lohn für diese Liebkosung die langen Krallen in den Oberschenkel bohrte.

Für ihn selbst überraschend war jedoch die Erkenntnis, dass er sich ein Leben an ihrer Seite und zusammen mit Jenin, Danel und dem Stamm der abgefallenen Menschen immer besser vorstellen konnte. Selbst als sie auf die Invasion der Urs gestoßen waren, hatte das seine Zukunftspläne nicht beeinträchtigt. Ozawa hatte nämlich gar nicht so unrecht gehabt. Es bestand immer noch die Möglichkeit, dass man sich zusammentat oder sonst ein Arrangement traf.

Doch solche Gedanken wirkten im Augenblick unpassend. Der Grund dafür war links zu sehen – eine silbergraue Maschine, die wie eine hoonsche Zigarre mit Stummelflügeln geformt war. Zum ersten Mal, seit er und Rety im Nest der Mulch-Spinne beinahe von einem Flugroboter getötet worden waren, bekam er einen solchen Aufklärer zu sehen.

Der Himmelswagen sollte nicht hier draußen im Ödland sein.

Denn er drohte, alle ihre Pläne zunichtezumachen.

Und da war es doch wirklich ungehörig von dem Apparat, auch noch so schön zu sein.

Dwer war stolz auf sich, diesen Ausguck hoch oben an der Felswand entdeckt zu haben. Von hier aus konnte man das ganze Tal überblicken, vorbei an den dampfenden Löchern bis zu der Flugmaschine, die auf einem Nest zusammengepresster Vegetation hockte.

»Ich wünschte, diese Trottel würden aufhören, ständig hin und her zu laufen«, beschwerte sich Lena. »Wie soll ich sie denn da in Ruhe zählen können. Na ja, wenigstens hat das Mädchen gesagt, die Rabauken und Haudraufs in diesem Stamm ließen es nicht zu, dass die Frauen Waffen tragen. Also brauchen wir uns nicht auf wirklich gefährliche Gegner gefasst zu machen.«

Sie schnaubte verächtlich über eine solche Verschwendung von Ressourcen.

Dwer unterließ es, ihr zu widersprechen. Er glaubte nicht, dass es ein Kinderspiel werden würde, gegen diese Wilden zu kämpfen, selbst wenn sie sich mit den Invasoren verbündet hatten. Lenas Bemerkung war wohl wieder einmal nichts weiter als eine Stichelei gewesen.

Aber wie dem auch sei, ihre einzige Chance bestand in der vollständigen Überraschung des Gegners.

Die beiden lagen auf dem schmalen Felsvorsprung, und Lenas Brust presste gegen seinen Arm. Doch die Berührung erregte ihn heute nicht. Vermutlich hatten ihre Körper begriffen, dass die Zeit und die Gelegenheit für eine Vereinigung im Moment nicht gegeben waren – dass sich vermutlich alles geändert hatte. Es würde wohl keine Episoden der Leidenschaft mehr geben. Sex und Geschlechtlichkeit waren für Kolonisten wichtig, die Familien gründen wollten, aber nicht für einen Trupp Krieger, der einen tödlichen Überraschungsangriff führen wollte. Von nun an kam es nur noch darauf an, die entsprechenden Fähigkeiten einzusetzen und sich hundertprozentig auf die anderen verlassen zu können.

»Sieht ganz nach einem Standard-Atmosphären-Aufklärer aus«, bemerkte der Oberförster. »Ohne Zweifel verfügt er über Bordwaffen. Ich wünschte, wir hätten wenigstens ein Werk über die galaktische Technologie mit nach Jijo gebracht. Jetzt gib mir doch endlich das Glas, ja?«

Sie hatten ihre Gesichter mit Holzkohlestrichen bemalt, um die optischen Erfassungsgeräte der fremden Maschinen zu täuschen. Dwer bezeichnete die Muster lieber als Kriegsbemalung.

»Ich will verdammt sein …«, murmelte Ozawa. »Hier, seht selbst. Ich glaube, ich weiß jetzt, wie die Sternenmenschen diesen Ort finden konnten.«

Als Dwer das Teleskop ansetzte, bemerkte er als Erster, dass die Luke des Fliegers offen stand und man einiges von seinem Innenleben, darunter ein paar Bänke mit Kontrollgeräten, erkennen konnte. *Wenn wir doch nur etwas näher herankönnten. Jetzt, wo die Tür auf ist und sich nirgendwo eine Wache blicken lässt.*

»Guck nach rechts, auf den Weg zum Dorf«, drängte der Weise.

Der Jäger richtete das Glas dorthin, bis er eine kleine Gestalt erfasste, die eines der einteiligen Kleidungsstücke der Piraten trug und sich auf die Siedlung der Sooner zubewegte.

»Beim heiligen Ei von Jafalls!«, entfuhr es ihm dann.

»Was ist denn?«, wollte Lena gleich wissen und riss ihm das Fernglas aus der Hand. Dwer ließ sich auf den Rücken rollen und starrte durch die Äste in den dunstigen Himmel.

»Sieh an, sieh an«, murmelte Lena. »Da hat die Kleine ja doch zu uns aufgeholt.«

»Ich hätte sie gleich damals erwürgen sollen, als sie meinen Bogen gestohlen hatte. Oder sie später der verdammten Spinne vorwerfen.«

»Das willst du doch nicht wirklich, mein Junge«, tadelte der Oberförster ihn.

Dwer wusste, dass sein Vorgesetzter recht hatte. Trotzdem grummelte er: »Will ich nicht? Das Mädchen war von Anfang an eine Plage. Und jetzt hat sie uns auch noch unseren schönen Plan kaputtgemacht.«

»Vielleicht hat man sie ja mit irgendwas dazu verleitet«, entgegnete Ozawa wenig überzeugend. Sie nahmen abwechselnd das Fernrohr, bis jeder die ehemalige Soonerin in ihrer neuen Kleidung und mit dem frisch frisierten Haar gesehen hatte, wie sie stolz und frech durch das Lager spazierte, als sei sie hier die Großfürstin.

»Sie begibt sich zu den Gefangenen«, meldete Lena, die gerade das Glas hielt. »Jetzt spricht sie zu einer … Diese Urs sehen wirklich mitgenommen aus, die Ärmsten.« Lena machte ein übertrieben mitfühlendes Gesicht, aber auch so war den anderen längst klar geworden, wie ironisch sie das meinte. »Ich wünschte, ich könnte verstehen, was die zwei …«

Sie hielt inne, als Dwer sie plötzlich am Arm fasste. Ein schwaches, hochtönendes Geräusch war zu vernehmen, das sich anfühlte, als würde etwas an der Innenseite der Schädelwand kratzen. Der Noor fing an zu zittern, schüttelte den Kopf hin und her und nieste. Bald wurde das Geräusch so laut, dass auch alle anderen in der Gruppe es hören konnten – sogar Jenin, die weiter oben Wache stand, gestikulierte fragend zu ihren Gefährten herüber.

Der Lärm kam von dem Aufklärer und war inzwischen so laut, dass Dwer das Gefühl hatte, seine Zähne würden aus den Kiefern gerüttelt.

»Da kommt etwas heraus!«, rief Lena und spähte über das Glas hinweg. »Der Roboter!«

Dwer verfolgte mit bloßem Auge, wie ein schwarzes Gebilde mit herabhängenden Tentakeln aus dem Flieger schwebte und hinter ihm die Luke geschlossen wurde. Die Luft flimmerte von fortgewehtem Staub, als die summenden Triebwerke den Aufklärer vom Boden hoben. Der silbergraue Pfeil war größer als das Haus, in dem der Jäger aufgewachsen war. Doch er trieb leicht wie eine Feder nach oben und kippte dann elegant, bis seine Spitze nach Süden zeigte. Im nächsten Moment schien der Himmel zu bersten, als das Gefährt mit donnerndem Knall davonsauste und sich schneller als alles bewegte, was Dwer je zu sehen bekommen hatte.

»Verdammt«, murmelte Ozawa. »Damit hätten wir die günstigste Gelegenheit verpasst.«

Lena schien sich nicht mehr für den davoneilenden Aufklärer zu interessieren, sondern verfolgte mit dem Glas den Weg des schwarzen Roboters, der auf das Stammesdorf zuschwebte.

»Keine Angst«, versicherte sie dem Weisen. »Ich wette, wir bekommen schon bald eine neue Chance.«

Die Glaver kamen wieder. Die dummen Biester hätten sich keinen schlechteren Moment für ihr Auftauchen aussuchen können.

Wahrscheinlich waren sie der Gruppe in ihrem gemächlichen Tempo gefolgt, den ganzen weiten Weg vom gestrigen Nachtlager. Sie muhten unglücklich über den Gestank, der aus dem Tal drang, doch weder die Geruchsschwaden noch der Anblick des Dorfes konnten sie daran hindern, Dwer zu folgen, als dieser den Schutz des Waldes verließ, um auf die Ansammlung primitiver Hütten zuzurennen.

Der Jäger drehte sich zu Lena um, die am Waldrand stand und ihn mit hochgezogenen Augenbrauen zu fragen schien, ob sie die verdammten Biester abschießen solle. Er verneinte das mit einem heftigen Kopfschütteln. Glaver waren nur für jemanden gefährlich, der sich verborgen halten wollte. Aber Dwer wollte ja auffallen, denn sein weithin sichtbares Erscheinen war Bestandteil des Plans, den sie gefasst hatten.

Doch als er an einem umgestürzten faulenden Stamm vorbeikam, versetzte er ihm dennoch ein paar harte Tritte, bis Teile abplatzten und das reiche Innenleben an Insekten preisgaben. Die Glaver ließen sich gleich von einer so reich gedeckten Tafel ablenken, rannten herbei und schnalzten mit ihren langen Zungen.

Damit blieb Dwer nur noch ein Ärgernis: Schmutzfuß, der durch das Gras schoss, Anschleichen spielte und ihm immer wieder zwischen den Beinen herumlief.

Dwer hatte sich den Bogen umgehängt, versuchte tapfer, den Noor zu übersehen, und spazierte mit aufgesetzter Unbekümmertheit an einigen zerfetzten Baumstümpfen vorbei auf das Lager zu. Die Gefangenen waren einen Viertelbogenschuss weiter links untergebracht, während die Hütten zur Rechten standen. Direkt vor ihm brannte das Lagerfeuer.

Was ist denn los, Leute?, fragte er sich, als er bereits die Hälfte der Wiese überquert und noch immer niemand von ihm Notiz genommen hatte. *Stellt ihr hier denn keine Wachen oder so was auf?*

So spitzte er schließlich die Lippen und pfiff das erste Liedchen, das ihm in den Sinn kam – »Yankee Doodle«.

Schließlich sah einer der Jungen, die sich am Urs-Gehege herumdrückten, zufällig in seine Richtung. Er wäre fast hintenüber gekippt und bekam den Mund nicht mehr zu. Wenigstens für einen langen Moment. Dann fing er an zu schreien und zeigte auf den Fremden.

Nun gut, es hat funktioniert.

Vor einer Woche noch hätten sie vermutlich anders auf Dwer

reagiert. Schließlich hatten diese Sooner seit Generationen keinen sogenannten Zivilisierten mehr zu Gesicht bekommen. Doch mittlerweile hatten sie eine Urs-Herde gefangen genommen, waren mit fliegenden Sternenmenschen in Kontakt getreten und hatten eine Verlorene zurückerhalten, die sich inzwischen zur Gottheit hochgearbeitet hatte. Jedenfalls nahmen sie das Auftauchen eines weiteren Fremden ziemlich gut auf – von den Jungs rannten immerhin ein Viertel nicht gleich schreiend davon. Die Zurückgebliebenen glotzten ihn aus großen Augen an, und nachdem er keine Anzeichen von Gewaltbereitschaft von sich gab, wagten sie es schließlich, in einem dichtgedrängten Haufen auf ihn zuzugehen.

Dwer zeigte auf einen Jungen und winkte ihn zu sich heran.

»Ja, du. Genau. Dich meine ich. Komm her. Keine Angst, ich beiße nicht.«

Er ging vor dem Knaben in die Hocke, um noch weniger bedrohlich zu erscheinen. Der Junge, ein völlig verdreckter Bursche, dem man den Lausbub ansah, schien zu der Sorte Heranwachsender zu gehören, für die das eigene Überleben erst an zweiter Stelle kam. Viel wichtiger war es, vor den anderen zu glänzen und sich als Held hervorzutun. Dwer kannte diesen Typ. Solange seine Kameraden zusahen, würde der Bengel eher sterben, als auch nur das kleinste Anzeichen von Furcht zu zeigen.

Der Junge blies sich auf, trat ein paar Schritte auf den Fremden zu und drehte sich um, um festzustellen, ob auch jeder sein Bravourstück mitbekommen hatte.

»Was für ein hervorragender junger Mann«, lobte Dwer. »Du hast doch sicher einen Namen, oder?«

Nun geriet der Schelm doch etwas in Verlegenheit. Anscheinend war er das noch nie gefragt worden. Wuchs denn nicht jeder auf der Welt mit der Kenntnis der Namen aller anderen auf?

»Na ja, macht nichts«, sagte der Jäger und bemerkte, dass die Menge langsam anwuchs. Anscheinend war die Neugier doch stärker als die Furcht. »Ich möchte, dass du einen Botendienst für mich erledigst. Wenn du das tust, bekommst du auch etwas Wertvolles dafür. Hast du mich verstanden? Gut. Also, lauf zu Rety und sag ihr, dass jemand, den sie kennt, hier …« Er richtete sich auf, drehte sich um und deutete dann auf den Waldrand. »Nein, dort drüben bei den Bäumen auf sie wartet. Kannst du dir das merken?«

Der Junge nickte. Im Verein mit der neuerwachten Habsucht besiegte die Neugier endgültig jegliche Angst. »Was kriege ich denn dafür?«

Dwer zog einen Pfeil aus dem Köcher. Er war von den besten Pfeilmachern in der Stadt Ovoom angefertigt worden, perfekt gerade und mit einer rasiermesserscharfen Spitze aus Buyur-Metall versehen, die in der Sonne glänzte. Der Knabe streckte sofort die Hand danach aus, aber Dwer zog den Pfeil zurück.

»Erst wenn du Rety dorthin geführt hast.«

Ihre Blicke trafen sich kurz, dann hatte der Junge begriffen, nach welchen Regeln hier gespielt wurde. Er zuckte die Achseln, als habe er so etwas schon tausendmal erledigt, drehte sich um, schob sich durch die Menge und schnauzte jeden an, der nicht rasch genug Platz machte.

Der Jäger erhob sich wieder, zwinkerte den versammelten Soonern zu, schlenderte gemächlich zum Waldrand zurück und pfiff ein Lied vor sich hin. Als er sich einmal umdrehte, bemerkte er, dass ein großer Teil der Sippe ihm in sicherer Entfernung folgte. Bis jetzt hatte alles geklappt.

Zur Hölle noch mal!, fluchte er dann, als er die Glaver sah. *Haut doch endlich ab! Bitte, ja?*

Sie hatten sich an den Insekten im Baum gütlich getan und trabten nun langsam auf ihn zu. Dwer machte sich Sorgen. Wenn die Tiere die Dörfler bemerkten, würden sie dann in Panik geraten und auf den Pferch zurasen? Das weibliche Wesen richtete eines der großen runden Augen auf die Sooner. Und dann das andere auch, ein sicheres Anzeichen dafür, dass ihr etwas nicht geheuer war. Sie schnaubte, und ihr männlicher Begleiter fuhr erschrocken zurück. Dann wendeten die beiden und flohen genau in die Richtung, die der Jäger befürchtet hatte.

Mit dem Instinkt des Fährtensuchers für Licht und Schatten bemerkte Dwer Jenin dort in einem der Bäume, wo die Ausläufer des Waldes bis fast an die Koppel reichten. Dabei gehörte es zu seiner Aufgabe, die allgemeine Aufmerksamkeit von ebendieser Stelle abzulenken!

Seufzend nahm er den Bogen von der Schulter und legte einen Pfeil auf die Sehne. Doch plötzlich sauste Schmutzfuß durch das Gras auf die Glaver zu, machte ihnen Männchen und zischte sie böse an. Die Tiere kamen abrupt zum Stehen, machten dann mit erstaunlicher Behändigkeit kehrt und flohen in die entgegengesetzte Richtung davon, dicht gefolgt von dem laut kläffenden Noor.

Aus irgendeinem Grund fanden die Wilden das alles unglaublich komisch. Dabei schien ihnen gar nicht zu Bewusstsein zu kommen, dass sie auch einen Noor noch nie zu Gesicht bekommen hatten. Sie stießen sich in die Seiten, zeigten auf die Tiere und bogen sich vor Lachen über die Not der Glaver. Schließlich klatschten einige von ihnen auch noch, als hätte Dwer diese Show zu ihrer Erheiterung inszeniert.

Er drehte sich zu ihnen um, grinste, verbeugte sich und steckte den Pfeil in den Köcher zurück. Dwer hätte alles getan, um sie von Jenin abzulenken.

Doch plötzlich erstarrten die Sooner, und ein Schatten senkte sich über den Jäger. Ein leises, auf unliebsame Weise vertrautes Summen ließ es ihm heiß und kalt über den Rücken laufen. Er schirmte die Augen mit einer Hand gegen die Sonne ab und sah nach oben. Der schwarze Roboter schwebte über ihm. Mit einer Vielzahl von herabhängenden Tentakeln und herausragenden Spitzen ähnelte er verteufelt dem Dämon, der ihn immer noch in seinen Träumen heimsuchte – dem feuerspeienden Monster, das oben in den Bergen die Mulch-Spinne vernichtet hatte. Trotz des Halbschattens, der ihn wie ein höllischer Heiligenschein umgab, erkannte Dwer die achteckige Grundform wieder. Doch dieser Roboter trug eine runde Silhouette auf einer Schulter.

»Also hast du es tatsächlich bis hierhergeschafft«, bemerkte das Wesen. »Nicht schlecht für einen vom Hang. Schätze, du bist doch kein Weichei, obwohl die lange Reise einen ziemlich zerlumpten Kerl aus dir gemacht hat. Ich habe dich schon mal in besserem Zustand gesehen, Dwer.«

»Danke, Rety«, entgegnete er und trat einen Schritt zur Seite, damit die Sonne ihn nicht mehr so blendete. Außerdem wollte er näher an den Waldrand heran. »Was hingegen dich betrifft, so hast du nie besser ausgesehen. Hast es dir in der letzten Zeit wohl gut gehen lassen, was?«

Sie antwortete darauf mit einem heiseren Kichern, das sich anhörte, als habe sie seit Längerem nicht mehr gelacht. »Nun ja, ich habe das Angebot abgelehnt, das deine Weisen mir gemacht haben. Sie wollten, dass ich den ganzen Weg hierher zu Fuß zurücklege und dabei auch noch eine Bande von Trotteln führe. Warum laufen, habe ich mich gefragt, wenn du genauso gut durch die Luft fliegen kannst?«

Jetzt konnte er sie besser erkennen. Abgesehen von der alten Narbe sah sie wie neu aus – oder generalüberholt, wie es gewisse Handwerker in der Stadt Tarek vermögen. Aber die alte lauernde Wachsamkeit stand noch in ihren Augen zu lesen.

Der Jäger erhielt jetzt auch die Gelegenheit, sich den Roboter genauer anzusehen. Acht gleichförmige Vierecke bildeten seine Seiten. Die Flächen waren vollkommen schwarz und völlig dunkel, als würde nicht einmal das Sonnenlicht von ihnen reflektiert. An der Unterseite hingen zwei bedrohliche Tentakelarme links und rechts von einer Kugel herab, die mit Glasplättchen und Metallröhren gespickt war. Danel hatte ihn ermahnt, sich vor dieser

Kugel in Acht zu nehmen. An der Oberseite wirkte die Maschine flach, wenn man einmal von dem Sattel absah, den Rety dort befestigt hatte. Nur aus dem Zentrum ragte eine spitze Stange, die Ozawa als »Antenne« bezeichnet hatte.

Dwer nickte in Richtung des Roboters. »Sieht so aus, Rety, als hättest du ein paar neue Freunde gewonnen.«

Das Mädchen lachte, und wieder klang es, als leide sie an einer Erkältung. »Freunde, die mich an Orte führen werden, wie du sie dir nicht vorstellen kannst.«

Er zuckte die Achseln. »Ich habe nicht die Sternengötter gemeint, Rety, sondern den Burschen hier, der dich auf sich reiten lässt. Als ich das letzte Mal so ein Ding gesehen habe, wollte es töten. Aber das weißt du sicher noch, du warst ja schließlich dabei …«

»Seitdem hat sich eine Menge verändert«, fiel sie ihm rasch ins Wort.

»Ach ja, jetzt fällt mir alles wieder ein. Der Roboter hat auch den Vogel beschossen, der dir so ans Herz gewachsen war. Na ja, was soll's. Vermutlich ist es manchmal besser, sich mit denen zusammenzutun, die einen vorher …«

»Halt endlich den Mund!«

Die Maschine reagierte sofort auf Retys Zorn und senkte sich bedrohlich zu Dwer herab. Während er zurückwich, bemerkte er, wie die Linsen und Röhren an der Kugel sich auf ihn richteten. Der Oberförster hatte vermutet, dass dort auch die Waffen des Roboters untergebracht waren, und Dwers ständig wacher Jägerinstinkt konnte das jetzt nur bestätigen.

Die Menge hatte sich mittlerweile hinter dem Mädchen aufgebaut. Fast der ganze Stamm hatte sich eingefunden, um sich nichts von der Konfrontation zwischen diesem abgerissenen Fremden und einer der ihren, die inzwischen einen der fliegenden Teufel befehligte, entgehen zu lassen. Die Konfrontation kam ihnen sicher ziemlich unausgewogen vor.

Und bei manchen Situationen verhält es sich genauso, wie es auf den ersten Blick den Anschein hat.

Dwer bemerkte aus dem Augenwinkel eine Bewegung an der Koppel. Jenin.

»Und?«, schnarrte Rety und starrte ihn mit funkelnden Augen an.

»Und was?«

»Du hast nach mir geschickt, Blödmann. Bist du etwa um die halbe Welt gelaufen, bloß um mir haufenweise Vorwürfe zu machen und zu versuchen, mir ein schlechtes Gewissen einzujagen? Warum hast du dich nicht aus allem herausgehalten, nachdem dir klar geworden war, was hier vor sich geht?«

»Ich könnte dir die gleiche Frage stellen, Rety. Was treibst du hier eigentlich, außer dass du vor deinen ehemaligen Sippengenossen angibst? Bist du bloß hier, um ihnen alles heimzuzahlen? Oder hatten die Sternengötter etwa einen besonderen Grund, sich einen Führer zu suchen, der sie zu dieser Senkgrube von Jijo brachte?«

Widerstrebende Gefühle huschten über ihre Miene. Schließlich entschied sie sich für ein kurzes, höhnisches Lachen.

»Senkgrube? Das passt zu dir.« Sie kicherte gezwungen und beugte sich dann zu ihm herab. »Und was Kunn hier sucht, kann ich dir nicht sagen. Das ist nämlich ein Geheimnis.«

Rety war schon immer schlecht im Bluffen gewesen. *Du hast nicht die leiseste Ahnung, nicht wahr, Mädchen, und das wurmt dich sehr.*

»Wo steckt denn überhaupt dieser Trupp von Hang-Pennern, den du anführen solltest?«, versuchte sie, vom Thema abzulenken.

»Sie halten sich versteckt. Ich bin alleine gekommen, um festzustellen, ob es hier sicher genug für sie ist.«

»Warum sollte es hier nicht sicher für sie sein? An diesem Ort lauern keine Gefahren, es sei denn, der Anblick meiner widerlichen Vettern bereitet einem Übelkeit oder man hat ein schwaches Näschen und kann den Gestank von ein paar Mähren nicht …«

Sie hatte den Satz noch nicht beendet, als ein helles Pfeifen aus der Tasche an ihrem Gürtel ertönte, das so klang, als spiele man die höchsten Töne einer kleinen Flöte.

»Und wie steht es mit den Killern aus dem Weltall?«, fragte Dwer. »Ich spreche von denen, die vorhaben, jedes denkende Wesen auf diesem Planeten auszulöschen.«

Rety verzog böse das Gesicht. »Eine verdammte Lüge! So etwas haben sie nie und nimmer vor. Das haben sie mir versprochen!«

»Und wenn ich dir das Gegenteil beweisen könnte, Rety?«

Ihre Augen zuckten nervös hin und her. »Sicher nur noch mehr Lügen. Die Sternenmenschen werden das nämlich nicht tun, basta!«

»Genauso wenig, wie sie auf einen armen, ahnungslosen Vogel schießen oder wie sie eine Gruppe Urs ohne Warnung angreifen würden, was?«

Rety lief purpurrot an, und der Jäger setzte gleich nach.

»Komm mit, dann zeige ich dir, wovon ich rede.«

Bevor sie sich weigern konnte, drehte er sich schon um und marschierte auf den Waldrand zu. »Ich habe es da hinten zurückgelassen. An dem umgestürzten Baum dort.«

Das Mädchen schmollte, folgte ihm aber trotzdem auf ihrer Reitmaschine. Der Jäger fürchtete, dass der Roboter vielleicht doch höherentwickelt sein könnte, als der Oberförster vermutet hatte. Die Nachschlagewerke, die die Weisen zu Rate gezogen hatten, waren schließlich über dreihundert Jahre alt und konnten nur mit wenigen Details aufwarten. Und wenn die Maschine sich nun mit der Sprache gut auskannte und längst registriert hatte, dass Dwer log? Oder wenn dieses Ding gar Gedanken lesen konnte?

Der liegende Stamm war dicker als die anderen, die hier noch standen. Die Sooner mussten sich ganz schön abgerackert haben, um ihn mit ihren primitiven Werkzeugen zu fällen, als sie hier eine Lichtung hatten schaffen wollen.

Auf der anderen Seite bückte der Jäger sich, um die zwei Gegenstände aufzuheben, die er dort deponiert hatte. Das eine, eine schmale Röhre, ließ er gleich im Ärmel verschwinden. Das andere, ein in Leder gebundenes Buch, hielt er deutlich sichtbar in der Hand.

»Was ist das?«, wollte Rety wissen und drängte den Roboter, tiefer zu sinken. Kürzere Tentakel ragten aus der Oberseite, an deren Enden sich glänzende Gebilde befanden. Drei davon drehten sich in Dwer Richtung, während das vierte sich nach hinten richtete, um die Rückfront unter Beobachtung zu halten. In diesem Punkt schien Ozawa recht gehabt zu haben. Wenn es sich bei den mechanischen Organen wirklich um »Augen« handelte, dann musste das lange spitze Ding …

»Zeig es her!«, verlangte Rety. Sie brachte den Roboter dazu, sich noch ein Stück tiefer zu senken, und starrte auf den schmalen Band, der etwa hundert Papierblätter enthielt und aus Danels mitgeführtem Vermächtnis stammte.

»Och, ein Buch«, moserte sie enttäuscht. »Und du glaubst, du könntest damit irgendetwas beweisen? Die Rothen verfügen über laufende Bilder, die auch sprechen können und einem alles sagen, was man wissen will.«

Ganz genau, dachte Dwer. *Sie können Bilder erzeugen, die einem genau das zeigen, was man sehen will.*

Aber er nickte und entgegnete dann überfreundlich: »Oh, das tut mir jetzt aber leid, Rety. Ich habe ganz vergessen, dass du ja gar nicht lesen kannst. Na ja, schlag das Buch auf, dann wirst du feststellen, dass dieser Band auch Bilder enthält. Wenn du möchtest, erkläre ich sie dir.«

Diesen Teil des Plans hatte Ozawa beigesteuert. Auf dem Versammlungsplatz hatte der Oberförster bemerkt, dass das Mädchen sich mit offenkundiger Begeisterung Bilderbücher anschaute – natürlich nur, wenn sie glaubte, dass niemand zusah. Dwer bemühte sich nun, sie mit einer Mischung aus Herabsetzung und

Ermutigung in eine Stimmung zwischen Scham und Neugier zu versetzen, bis sie nicht anders konnte, als sich das Bändchen zu nehmen.

Rety verzog unglücklich das Gesicht, streckte den Arm aus und ließ sich das Buch geben. Sofort richtete sie sich dann wieder auf, blätterte rasch in dem Werk und legte die Stirn in immer tiefere Falten. »Was soll das? Welche Seite muss ich mir ansehen?«

Die Luftkissen des Roboters berührten Dwers Bein, und er spürte, dass sich dort sofort alle Haare aufrichteten. Sein Herz schlug viel zu schnell, und sein Mund trocknete aus. Er musste alle Willensstärke aufbieten, um einen Schwächeanfall niederzuringen.

»Oh, habe ich es nicht an der richtigen Stelle aufgeschlagen? Warte, ich suche sie dir.«

Als Rety ihm das Buch zurückgab, musste der Roboter noch tiefer gehen. Der Jäger streckte die Arme aus, er schien nach dem Buch greifen zu wollen, bis er scheinbar aus dem Gleichgewicht geriet und gegen das Maschinenwesen prallte.

Wenn das schwarze Ungetüm nun zu der Auffassung gelangen sollte, angegriffen worden zu sein, würden Tod und Vernichtung über den Waldrand kommen. Konnte der Roboter so etwas wie menschliche Unbeholfenheit überhaupt erkennen und einen solchen Vorfall auf sich beruhen lassen?

Nichts geschah. Der Metallklotz fühlte sich offensichtlich nicht attackiert.

»He, pass auf«, beschwerte sich Dwer. »Sag deinem Freund, er soll ruhig bleiben, ja?«

»Wie? Ich habe nichts damit zu tun«, entgegnete Rety rasch. »Du lässt ihn in Ruhe, hörst du, du blöde Maschine.« Sie trat ihrem Reitautomaten in die Seite.

Der Jäger nickte. »Ist ja schon gut. Versuchen wir es noch einmal.«

Wieder riss er die Arme hoch und ging mit den Beinen leicht

in die Hocke, um mehr Sprungkraft einsetzen zu können. Sein Leben schien plötzlich an ihm vorbeizuziehen wie ein Laut, der vom Wind davongetragen wird.

Dann stieß er sich vom Boden ab.

Die anfängliche Reaktionslosigkeit des Roboters ging in ein lautes Heulen über, dem augenblicklich einige laute Detonationen folgten, die aus dem Wald kamen. Hitze flammte zwischen den Beinen des Jägers auf, als er zwei Sensoren zu fassen bekam und sie als Griffe benutzte, um sich hochzuziehen und an der Flanke des achteckigen Kastens hinaufzuklettern und aus der Reichweite der tödlichen Kugel zu kommen. Schmerz explodierte in seinem Oberschenkel, kurz bevor er seinen Oberkörper auf die obere Seite der sich drehenden Maschine schieben konnte. Er hielt sich mit der Linken an der Antenne fest, während er mit der Rechten die Röhre griff, die er im Ärmel verborgen hatte.

Schneller und schneller drehte sich der Roboter, bis dem Jäger die Welt nur noch als Folge durcheinanderwirbelnder Bäume und Wolken erschien. Neue Detonationen erfolgten und wurden von furchtbaren prasselnden und pfeifenden Geräuschen begleitet. Mit der Kraft der Verzweiflung schob Dwer die Röhre an die Zentralachse der Maschine und presste, als hielte er eine Zahnpastatube in der Hand.

Traeki-Enzyme vermischten sich und flossen als zischende Säure heraus, um in alle Öffnungen, Ritzen und Löcher einzusickern. Dwer spritzte die Masse trotz der wilden Pirouetten des Automaten weiter ins Innere des Kastens, bis Rety sich dazwischenwarf und seinen Arm wegschlug. Erst jetzt bekam er inmitten des Getöses ihre Schreie mit. Und als sie ihre Zähne in sein Handgelenk vergrub, fiel er mit seinen eigenen Schreien in das Lärmen ein. Die halbleere Tube entglitt seinen Fingern und flog irgendwohin.

Lilafarbener Rauch entstieg dem Roboter, und die Zentralachse drehte sich langsamer und unregelmäßig. Der Jäger schüttelte das Mädchen von sich ab, zog sich ganz auf die Oberseite und zerrte dann mit beiden Händen an der Antenne. Endlich löste sie sich aus ihrer Verankerung, und er stieß ein Triumphgeheul aus, auch wenn er jetzt keinen Halt mehr hatte und über die glatte Fläche rollte.

Er ruderte mit Armen und Beinen durch die Luft, als er unvermittelt über die Kante rollte und auf den Wiesenboden niederstürzte.

Der Jäger machte sich in diesem kurzen Moment des Falls keine Gedanken darüber, auf einem Felsen oder Baumstumpf aufzuschlagen – bevor er den Grund erreichte, würde der Roboter ihn schon in Scheiben geschnitten haben.

Aber kein Hitzestrahl zerteilte seinen Körper, und er krachte auch nicht schwer auf. Stattdessen landete er zu seiner grenzenlosen Überraschung auf zwei Armen, die ihn auffingen.

Seine Erleichterung legte sich augenblicklich, als er feststellte, dass diese Arme dem Maschinenwesen gehörten.

Verdammt, aus dem Regen in die Traufe …

Eine weitere Detonationsserie folgte, und plötzlich schwankte der Automat, als habe etwas seine Seite getroffen. Wie er da so an dem achteckigen Körper hing, konnte Dwer erkennen, dass die Kugel sich in einem Regen von Glas- und Metallsplittern auflöste. Dort, wo sich vorher die Waffenrohre befunden hatten, zeigte sich nur noch schwarzer Rauch. Nicht eine intakte Linse oder Röhre war zu sehen.

Gute Arbeit, Lena, lobte er die Kameradin in Gedanken und freute sich, dass sie sich gut auf den Umgang mit den schrecklichen Geräten verstand, für die nur wenige am Hang ausgebildet worden waren. Es handelte sich dabei um Feuerwaffen, für deren Konstruktion nicht ein Stück Metall verwendet worden war. Er drehte den Kopf und sah, wie Danel und Lena vom Waldrand aus weiterfeuerten. Der Roboter wankte, als er einen neuen

Treffer erhielt. Einer der Tentakel, die den Jäger hielten, zitterte und sank dann schlaff herab.

Das war eindeutig Lenas Schuss gewesen. *Was für ein geschicktes Mädchen,* dachte er, und sein Verstand hatte wegen der immer stärker werdenden Rückenschmerzen Mühe, noch halbwegs normal zu arbeiten. *Die Weisen haben eine gute Wahl getroffen. Ich hätte mich glücklich preisen können, wenn alles so gekommen wäre, wie im ursprünglichen Plan …*

Er kam nicht dazu, den Gedanken zu Ende zu bringen, denn der Automat drehte sich jetzt herum, floh im Zickzackkurs über die Wiese und hielt den Jäger wie einen Schild zwischen sich und den Schützen im Wald. Dwer sah, wie Lena mit dem Gewehrfeuer zielte und die Waffe dann wieder absetzte und den Kopf schüttelte.

»Nein!«, schrie der Reiter. »Kümmere dich nicht um mich! Feuer!«

Aber der Wind riss seine Worte fort. Lena ließ den Werfer fallen und lief zu einer Gestalt, die mit einer zweiten Feuerwaffe reglos am Boden lag. Als sie sie umdrehte, erkannte der Jäger Danel, und auf dessen Brust einen breiten roten Streifen.

Doch schon sauste der Roboter wieder in eine andere Richtung, und die entsetzliche Szene entschwand aus Dwers Blickfeld. Dafür bekam er nun die von Furcht befallenen Sooner zu sehen, die sich unweit der Koppel hinter einem Abfallhaufen zusammengekauert hatten und so entsetzt auf das Schlachtfeld starrten, dass ihnen die andere Gruppe völlig entging, die sich gerade von hinten an sie heranschlich: Jenin und die inzwischen befreiten Urs. Die ehemaligen Gefangenen waren nun mit Seilen und Armbrüsten ausgerüstet. Der Jäger konnte nur darum beten, dass dieser Teil vom Plan des Weisen auch funktionierte.

»Alles oder nichts«, hatte Ozawa gesagt. *»Entweder leben wir als zivilisierte Wesen zusammen, oder wir gehen zusammen mit ihnen unter. Wenn es zum Schlimmsten kommt, fügen wir unseren Feinden so viel Schaden wie nur irgend möglich zu.«*

Dwer hatte noch Zeit für einen wohlmeinenden Gedanken an Retys Sippe, die sich gerade bewusst zu werden schien, was sich hinter ihrem Rücken getan hatte.

Lerne, weise zu sein …

Dann verschwand das Dorf, weil die Maschine schon wieder eine neue Richtung einschlug. Diesmal ging es über einen Waldpfad und weiter einen Hang hinab, wobei der Automat seine Geschwindigkeit immer mehr erhöhte.

Erst jetzt bemerkte der Jäger, dass Rety immer noch bei ihm war. Sie hielt sich kreischend fest und schrie den Roboter immer wieder an, sofort stehen zu bleiben. An Dwer, der mit dem Kopf nach unten vom Arm des Wesens hing, flog der Boden in einem schwirrenden Flimmern vorüber. Er kämpfte gegen den peitschenden Wind an, bekam beide Arme hoch und endlich den Ansatz des Tentakelarms am Rumpf zu fassen. Nun befand er sich wenigstens in einer horizontalen Lage. Wenn er auch noch diese Extremität losreißen könnte, würde er sich anschließend vermutlich zu Tode stürzen, aber das erschien ihm immer noch besser als die gegenwärtige Folter.

Er zog daran, so gut es ging, doch der Arm lockerte sich nicht einmal. Das mechanische Glied bewegte sich nur hin und wieder, um seine menschliche Last zu heben, damit sie nicht gegen ein Hindernis krachte.

Bald glitten sie am Zentralfluss des Canyons entlang, ein wahres Hindernisrennen mit ständigen Ausweichmanövern und bitterer, beißender Gischt, die einem ins Gesicht spritzte.

Der Jäger fühlte sich immer schwächer, und die Ohnmacht kam ständig näher.

Reiß dich zusammen, beschimpfte er sich. *Das ist jetzt nun wirklich nicht der richtige Moment, um sich gehenzulassen. Wenn du schon nicht von dem Ding wegkannst, dann sieh wenigstens nach deiner Wunde und ob du hier nicht langsam verblutest.*

Die Schmerzen halfen ihm, sich zu konzentrieren, und bald

gelang es ihm, die Schwindelgefühle zu ignorieren. Sie kamen in einer bohrenden Vielfalt über ihn – angefangen von einem Pochen im linken Oberschenkel bis hin zum Stechen im rechten Handgelenk, wo Rety so fest zugebissen hatte, dass Blut floss. Darin mischten sich dann noch der harte Druck vom Roboterarm und eine ganze Serie von brennenden Kratzern, die sich von der Hüfte über den Unterleib und wieder hinauf bis zur Brust ausbreiteten, so als bearbeite jemand seinen geschundenen Körper systematisch mit einem ganzen Bündel spitzer Nadeln.

Endlich öffnete er die Augen und kreischte beim Anblick eines weit aufgerissenen Mauls, das mit grässlichen, speicheltropfenden Fängen angefüllt war.

»O Jafalls …«, stöhnte er. »Ogottogottogott!«

Auch als ihm langsam dämmerte, worum es sich bei der Erscheinung handelte, die nur wenige Zentimeter vor seinem Gesicht aufgetaucht war, konnte er sich nicht dagegen wehren, ein endloses dünnes Wimmern auszustoßen.

Schmutzfuß gähnte ein zweites Mal und ließ sich dann in dem knappen Raum zwischen Dwers Brust und der harten Roboterhülle nieder. Dann betrachtete er den Jäger interessiert, der noch immer von dem letzten Schock zitterte, der einfach zu viel für ihn gewesen war. Mit einem Seufzer der Zuneigung und des Tadels fing der Noor nun an zu brummen, jedoch weniger, um Dwer zu beruhigen, als vielmehr aus reiner Lebenslust. Seine Laute klangen wie das Lied eines Hoon, der die Freuden der Seefahrt genießt.

Asx

Wenn die Gemeinschaften dieses Ringen überleben – wenn es für unsere Sechsheit eine Zukunft gibt –, dann wird dieser Kampf sicher als die Schlacht auf der Lichtung in die Geschichte eingehen.

Ein kurzes, blutiges und taktisch entscheidendes Treffen, nicht wahr, meine Ringe?

Und in strategischer Hinsicht vollkommen bedeutungslos. Ein Intervall von Flammen und Entsetzen, bei dem meine/unsere vielfarbigen Wülste einerseits froh und andererseits traurig darüber waren, dass wir ein Traeki sind.

Traurig, weil dieser Stapel so nutz- und hilflos erscheint, wenn es darum geht, mit der hektischen Geschwindigkeit der anderen Spezies mithalten zu wollen, deren uralter Kriegszorn sie in solchen Krisen ungeheuer antreibt. Sie beschleunigen so sehr, dass sich in unserem Kern keine wächsernen Abdrücke bilden können und wir Duras hinter den aktuellen Ereignissen zurückbleiben.

Traurig, weil wir den Mitbürgern keine Hilfe sein konnten, außer vielleicht als Chronist dieser Schlacht, um Zeugnis von dem abzulegen, was sich hier getan hat.

Aber wir sind auch froh, nicht wahr, meine Ringe? Weil das ganze Ausmaß der Gewalt unsere Zentralhöhle nie zur Gänze mit dem sengenden Dampf der Furcht füllen kann. Jedenfalls nicht bis zum Ende des Ringens, wenn die Toten wie rauchende Holzkohlestücke das Schlachtfeld bedecken. Das ist doch ein Segen für uns, nicht wahr, meine Ringe? Für uns ist Entsetzen nur selten eine Erfahrung, sondern meist nur eine Erinnerung.

Das war natürlich nicht immer so. Bei den Wesen, die wir einst gewesen sind, als unsere Spezies durch die Sterne streifte und als Schrecken der Fünf Galaxien galt, verhielt es sich anders. In jenen Tagen trugen wir Traeki hell scheinende Ringe. Nicht nur die, die unsere Patrone, die Pao, uns gegeben hatten, sondern auch Spezialkragen, die wir von den vorwitzigen Oailie erhielten.

Kragen der Macht. Ringe, die uns rasche Entscheidungsfähigkeit und ein monumentales Ego bescherten. Wenn wir eben solche Kragen besessen hätten, wären wir von ihnen angetrieben worden und hätten rechtzeitig zugunsten unserer Freunde in das Ringen eingreifen können.

Aber wenn die alten Geschichten stimmen, hätten gerade diese Kragen uns daran gehindert, überhaupt Freunde zu haben.

Streicht das Wachs glatt, seht die Bilder, die eingefroren sind in Fetttropfen.

Abbildungen voller Abscheulichkeit und Grauen.

Dort drüben liegt Bloor, der Porträtist, als rauchende Ruine auf seiner über alles geliebten Kamera.

Nicht weit davon erfassen wir das schwankende Taumeln einer sterbenden Kreatur. Ist das der Symbiont, der von Stirn und Gesicht der toten Rothen namens Ro-pol kroch? Hinter ihm offenbart sich uns ein schmales, kantiges Gesicht, das zwar noch humanoid erscheint, aber längst nicht mehr so übermenschlich wirkt wie vorher. Kaum noch Charisma steckt in diesen Zügen. Und auch von der einst so gewinnenden Schönheit ist nicht mehr viel geblieben.

Wenn Bloor sterben musste, weil er das zu sehen bekommen hat, sind dann wir alle hier, die wir Zeugen wurden, zum Tode verdammt?

Da hinten tobt Ro-kenn und schreit seinem sternenmenschlichen Diener Befehle zu, den Himmelswagen von seiner fernen Mission zurückzurufen, auch wenn damit etwas aufgehoben werden sollte, das sich »Funkstille« nennt.

Und noch immer brüllt und wütet Ro-kenn und befiehlt seinen Dämonensklaven, seinen Robotern, aufzusteigen und alles hier »auszulöschen«.

Damit sind wohl wir gemeint. Alle Augenzeugen dieses Vorfalls, der nie hätte geschehen dürfen. Und auch alle die, die von Bloors Geheimnis erfahren haben.

Höher und höher steigen die furchtbaren Automaten und schwärmen aus, um vom Himmel auf uns niederzufahren. Aus ihren Bäuchen sausen Speere aus kaltem Licht, die die betäubte

Menge durchschneiden und sie in einen wogenden, kreischenden Mob verwandelt. Urs springen mit allen vier Beinen gleichzeitig in die Luft und schreien ihre Panik hinaus. Qheuen ducken sich und fliehen auf halb eingezogenen Beinen vor den Strahlen, die Chitin genauso leicht durchschneiden wie Fleisch. Hoon wie Menschen werfen sich flach auf den Boden, während die armen g'Kek ihre Räder mal hierhin und mal dorthin schieben, um einen Ausweg aus dieser Verheerung zu finden.

Wir Traeki – die wenigen, die nach den Wochen der leisen Abreise noch am Versammlungsort geblieben sind – bleiben einfach dort stehen, wo wir uns gerade befinden, stoßen geruchsreiche Dämpfe des Kummers aus und verbreiten feuchten Furchtgestank, wenn die Strahlen durch unsere Wülste schneiden, sie zum Platzen bringen, sodass diverse Flüssigkeiten herausspritzen und uns als brennende Fackeln zurücklassen.

Aber seht nur! Streicht noch einmal über die Bildschichten, meine Ringe. Erkennt ihr die Dunkelgekleideten da hinten? Diejenigen, die nicht vor dem Schrecken fliehen, sondern im Gegenteil auf ihn zueilen. Wir können nichts Genaues erkennen, selbst jetzt im hellen Tageslicht nicht, weil ihre Kleidung und die Kapuzen ihre Gestalten auf unheimliche Weise verzerren. Dennoch glauben wir, klobige Qheuen auszumachen, die Menschen auf ihrem Rücken tragen. Und neben ihnen dahingaloppierende Urs. Und nun hören wir auch ein furchtbares Dröhnen, das nur selten zu vernehmende Geräusch, das anzeigt, dass bei einem Hoon der Zorn entfacht ist. Und alle diese Gestalten schwingen seltsame Röhren und richten sie furchtlos auf die fliegenden Dämonen, selbst als diese ihre Mordstrahlen auf die Neuankömmlinge richten und schreckliche Ernte unter ihnen halten.

Es gibt einen Ort … Er liegt hier, in unserem Zentrum, wo das Wachs nur ein Tosen – einen Blitz – abbildet – so wie ein Übermaß an Nachbildern … und dann …

Was nun folgt, liegt vor uns.

Feuer – wo die Roboter aufgeprallt sind und Jijos Boden besudeln, wo sie in Trümmern daliegen und nur noch Schrott sind.

Drei Himmelsfürsten stehen erstarrt da und können es nicht fassen, dass man sie gefangen genommen und ihnen ihre gottgleichen Waffen entrissen hat.

Ein grässliches Feld – übersät mit den bedauernswerten Toten. So viele Gefallene.

Ein provisorisch errichtetes Lazarett – wo noch mehr Verwundete sich mit verzerrten Gesichtern winden und in vielen verschiedenen Arten ihren Schmerz herausschreien.

Dies ist nun endlich etwas, das wir in der Jetztzeit tun können. Vielleicht sind die Verwundeten dankbar für den Beistand eines pensionierten alten Apothekers.

Stimmt ihr mir da nicht zu, meine Ringe?

Wunderbare Einstimmigkeit. Sie erleichtert uns die ungewohnte Hast, mit der ich/wir zum Lazarett eilen.

Sara

Der harte und anstrengende Marsch hatte die Spannung zwischen den beiden Rebellengruppen nicht vermindert. Ur-Kachus kriegsbemalte Freischärlerinnen und Dedingers dunkelgekleidete Wüstenläufer beäugten sich unentwegt, während sie getrennt voneinander ihre Mahlzeiten unter dem alten Tarnnetz aus zusammengenähten verwitterten Tüchern einnahmen. Und nie entfernte sich einer allzu weit von seiner Waffe. Mitglieder beider Gruppen hielten nach dem Essen schichtweise Wache. Immer nur sechs, während die anderen sich zur Ruhe legten. Sara konnte sich kaum vorstellen, dass diese Allianz nur eine Dura länger als der Zeitraum halten würde, der im Eigeninteresse der beiden Banden lag.

Und wenn es nun zwischen den Kriegerinnen und den Wüstenläufern zu Streit oder sogar zu offenen Gewalttätigkeiten kam? Auf diesem begrenzten Raum würde dabei kaum Kriegskunst und clevere Taktik zum Tragen kommen können, sondern nur ein Gemetzel und Handgemenge entstehen.

Das rief ihr die Umschlagillustration von Band eins der Reihe *Die Ursischen Erdlingskriege* ins Gedächtnis, jenes Geschichtswerkes von Hauph-hatau, das zu einem der populärsten Bände des Großen Drucks geworden war. Das Bild zeigte eine Szene, die der Chronist in einem Kunstbuch entdeckt hatte, das von der *Tabernakel* auf diese Welt mitgebracht worden war. Auf einem Relief waren in einer langen Reihe Wesen dargestellt, die miteinander in tödlichem Kampf verstrickt waren: nackte Männer, die mit Sagengestalten, halb Mensch und halb Pferd, rangen. Letztere hatten sich auf die Hinterläufe erhoben, traten aus und schlugen mit den Fäusten zu, um ihre Gegner niederzuschmettern. Der Sage zufolge war der Kampf während eines Festmahls ausgebrochen und hatte mit dem Untergang des Zentaurenvolkes geendet.

Natürlich hatten die Urs mit Zentauren nur wenig gemein, abgesehen davon, dass beide Spezies vier Beine und zwei Arme besaßen. Doch der Symbolgehalt des abgebildeten Frieses war so unglaublich und packend, dass er zum Sinnbild der Ära der Kriege wurde und beide Seiten anspornte, auch das Letzte aus sich herauszuholen. Sara sagte sich, dass sie nur ungern hier und jetzt eine Wiederholung dieser Kampfszene erleben würde.

Von den anderen, die in Uryuttas Oase gefangen genommen worden waren, hatte sich der junge Jomah längst in seine Decke eingerollt und schlief den Schlaf der vollkommenen Erschöpfung. Der Fremde stocherte in seiner Mahlzeit aus Kornschrot herum und legte immer wieder einmal den Löffel beiseite, um ein paar

Töne auf seinem Hackbrett anzuschlagen oder aber seinem Ritual nachzugehen, die Saiten zu zählen. Zahlen waren allem Anschein nach für ihn so etwas wie Musik – ein Fenster zu dem, was er einmal gewesen war, und offenbar verlässlicher und handfester als die verlorengegangene Fähigkeit, mit Worten Sätze zu bilden.

Kurt, der Sprengmeister, kritzelte auf seinem Block herum und nahm gelegentlich eines der kleinen Büchlein zur Hand, um die er ein großes Geheimnis machte und die er in seinem Gepäck oder in der Innentasche seines Umhangs aufbewahrte. Sobald ein Mensch oder eine Urs an ihm vorbeikam, schloss er sofort Block und Buch, aber es schien ihn nicht zu stören, dass Prity bei ihm blieb, nachdem er ihm sein Essen gebracht hatte. Der Schimpanse tat so, als sei er nur eine dumme Kreatur – ein Spiel, das er meisterlich beherrschte –, die sich damit beschäftigte, ein Bein nach Läusen abzusuchen. Aber Prity nutzte jede Gelegenheit, um dem Sprengmeister über die Schulter zu blicken und sich dabei über das Kinn zu streichen, die Lippen über das Zahnfleisch zurückzuziehen und auf diese Weise sein Grinsen des stillen, aber angeregten Interesses zu zeigen.

Sara musste bei diesem Anblick sehr an sich halten, um nicht laut zu lachen. Doch das Amüsement hielt sich nicht lange, dafür plagten sie zu große Sorgen.

Die Urunthai und die Wüstenläufer sind höflich genug, Kurt in Ruhe zu lassen. Aber das gilt wohl nur für den Moment. Der große Respekt vor der Sprengerzunft sitzt tief und lässt sich nicht einfach ablegen. Doch die Banden haben auch angedroht, ihn zu »überreden«, sobald wir unser Ziel erreicht haben. Glaubt der Mann wirklich, dann noch seine Geheimnisse vor ihnen bewahren zu können?

Es wäre wirklich klüger von ihm, seinen Block und die Büchlein gleich ins Feuer zu werfen.

Sara hatte selbst Mühe, ihre Neugier im Zaum zu halten. Die Sprenger waren mit ihrer Geheimniskrämerei eine Zunft, die Außenstehenden schon Angst einjagen konnte. Und wenn sie es recht bedachte, waren die Kriegerinnen nicht gut beraten, wenn sie es mit einem wie Kurt aufnehmen wollten.

»Wir warten heute nissst bisss sssum Einbruch der Nacht«, teilte Ulgor ihr im Vorbeilaufen mit. »An deiner Ssstelle würde isss auf Vorrat ssslafen.«

Das unbemalte Fell, die wohlgepflegte Mähne und die intelligenten schwarzen Augen hoben die ursische Hausiererin deutlich von ihren wilden Basen ab. Von ihr ging keine Aura der Aggression, keine gegen Menschen gerichtete Feindseligkeit aus. Immerhin hatte sie früher mehrfach das Dorf Dolo aufgesucht und sich dabei stets freundlich gegeben.

Sara schüttelte den Kopf. »Ich verstehe ja, was die anderen zu ihrem Tun treibt. Religion kann zu einem starken Motiv werden, wenn alles darauf hindeutet, dass das Wohlergehen des eigenen Volkes in höchster Gefahr schwebt. Aber was hast du mit alledem zu tun, Ulgor? Ein möglicher Profit kann doch wohl kaum der Beweggrund sein.«

Die Urs blieb stehen und verzog den Mund zu einem dreieckigen Grinsen. Sara benötigte keinen Rewq, um den Hohn in ihrer Miene zu erkennen.

»Warum dasss Offensssissstlissse ausssen vor lasssen? Eben den Verdiensst und den persssönlisssn Vorteil?«

Sara zitierte aus den Schriftrollen: »›Welchen Nutzen bringen dir Reichtum und Güter, wenn du zwei Meilen auf dem Pfad der Erlösung vorangekommen bist?‹«

Ulgor schnaufte durch die Nüstern, bei den Urs der Ausdruck für Kichern. »Ssso gut wie keinen. Aber bedenke, dasss der Ssstatusss einer Heldin in einem Ssstamm von wilden Kriegerinnen nissst zu verachten issst. Vielleissst wird ausss mir ja eine der grosssen Häuptlinge der Ebenen, noch höher geachtet alsss Ur-Chown!«

Ulgors spöttischer Tonfall zeigte deutlich an, dass es ihr nicht wirklich darum ging, und ermutigte gleichzeitig Sara, weiter zu spekulieren.

Aber die Papiermachertochter ließ sich auf solche Spielchen nicht ein. »Du hast recht, Ulgor.«

»Dasss glaubssst du?«

»Aber sicher. Es ist wirklich das Beste, wenn ich mich gleich schlafen lege, solange ich noch Gelegenheit dazu habe.«

Die Hausiererin starrte sie an und verdrehte den Hals zu einer halben Spirale. »Aber ich dachte, du wolltest erfahren …«

Sara täuschte Gähnen vor. »Sei versichert, Ulgor, dass es mir sehr leidtut, überhaupt gefragt zu haben.«

Damit machte sie sich auf ihrem Lager lang und kehrte der Urs den Rücken zu. Prity eilte sofort herbei, deckte Sara richtig zu und schnatterte Ulgor an, bis diese sich zurückzog. Die Papiermachertochter hörte, wie das Hufgetrappel sich in nervösem Rhythmus entfernte – anscheinend hatte Saras Abfuhr die Hausiererin ins Grübeln gebracht.

Sie fühlte sich wirklich müde. In ihren Muskeln pochte es von mehreren Tagen ungewohnter Anstrengung. Und ihr Steißbein machte sich schon seit einiger Zeit schmerzlich bemerkbar. Der längere Kontakt mit dem harten Ledersattel war doch zu viel gewesen.

Hinzu kam die innere Anspannung.

Man hat mir eine Mission übertragen. Mehrere Aufgaben sollte ich erfüllen. Und jetzt sieht es ganz so aus, als könnte ich nicht eine davon erledigen.

Ein langsames, repetierendes Klimpern durchzog das Zelt und ähnelte dem synchronen und pulsschlagähnlichen Schnarchen der Kriegerinnen. Der Fremde erzeugte diese Töne auf der tiefsten Saite seines Hackbretts. Er spielte so leise, dass keine Urs, nicht einmal Ur-Kachu, darin einen Grund zur Beschwerde sehen konnte. Der Fremde erzeugte einen einschläfernden Rhythmus, der weniger dem Pulsschlag als vielmehr dem sich im Schlaf hebenden und senkenden Brustkorb der daliegenden Urs und Menschen angepasst war.

Ariana hat die Vermutung geäußert, er würde neue Fähigkeiten entwickeln und so die verlorenen kompensieren. Offenbar gehört sein Vermögen, Musik zu machen, dazu.

Am Morgen hatte der Sternenreisende, während die beiden Freischärlergruppen das Lager aufbauten, für die männlichen Urs gespielt, die kurz aus den Beuteln ihrer Gattinnen entlassen worden waren, um in der frischen Luft herumzuspringen und sich auch sonst etwas Bewegung zu verschaffen. Ein paar der Hengste wachten über die heranreifenden Larven, die über sechs Beine, aber keine Arme verfügten und kurz davorstanden, in der Steppe ausgesetzt zu werden, um sich dort alleine durchzuschlagen.

Der Fremde hatte sich mit zwei gebogenen Klöppeln bewaffnet und begleitete sich selbst, während er eine Reihe von Kinderliedern sang, die ihm aus dem unbeschädigten Teil seines Gedächtnisses in den Sinn gekommen waren. Sara hatte sogar einige davon wiedererkannt. Und von den anderen war ihr eines besonders putzig vorgekommen:

Ich hatte einen kleinen Mann, kaum größer als zwei Bommeln,
Ich setzt ihn in 'nen kleinen Krug und bat ihn, drin zu trommeln.
Ich machte ihm ein weiches Bett, in einer runden Dose.
Ich kaufte ihm auch Träger fein, zu halten seine Hose.

Er sang den Vers wieder und wieder, bis seine Ermunterung Früchte trug und die Hengste mitsangen und mit den Hufen den Takt schlugen. Sara erinnerte sich jetzt daran, in jenem Moment gedacht zu haben, dass dieser Mann, der aufgrund seiner Behinderung kaum Berufschancen hatte, bestimmt als Unterhalter in einer der modernen Kinderkrippen in der Stadt Tarek unterkommen könnte.

Natürlich nur, wenn wir das alles hier heil überstehen und es dann solche Einrichtungen noch gibt.

Prity tauchte jetzt vor ihr auf. Er keckerte leise, strich ein Stück des Sandbodens glatt und fing dann an, mit einem Stock Figuren auf die Fläche zu zeichnen. Meist konvexe, parabolartige Gebilde, die aufstiegen, abfielen und wieder auf der Grundlinie endeten. Der Schimpanse deutete mehrmals darauf und schnaufte und kicherte, als habe er einen tollen Witz gemacht. Aber Sara konnte sich nicht darauf konzentrieren. Die Müdigkeit wurde stärker als alle Schmerzen in ihrem geschundenen Körper, und sie fiel in die Tiefe des Schlummers hinab.

Sara träumte von Urchachka – der Graswelt –, deren Ebenen endlos von heißen Winden aufgewühlt, von häufigen Feuern verbrannt oder von sengendem Regen aus funkelnder Vulkanasche überzogen wurden. Jedes Mal waren die Steppen dann schwarz von Asche, und dennoch schafften die Grashalme es immer wieder, diese Schicht zu durchstoßen und so wuchernd und rasch dem Leben eine neue Chance zu geben, dass man ihrem Wachstum fast zusehen konnte.

Auf dieser Welt hielt sich Wasser nie lange auf der Oberfläche. Das Leben saugte es sofort auf und sammelte es in Knollen-Reservoirs, die sich über ganze Kontinente erstreckten, oder in dicken und vielschichtigen Sporenschoten oder in den fleischigen Grashalmen selbst. Diese wiederum wurden von den Herden grasender Tiere verspeist. Nervöse Kreaturen mit drei Hörnern auf dem Kopf, mit denen sie früher Gefahren abgewehrt hatten – bis Wesen, die klüger waren als jedes Raubtier, sie in großen Herden zusammengefasst hatten.

Wie für diese Art von Träumen typisch ist, hielt sich Sara manchmal innerhalb und manchmal außerhalb dieser Szenen auf. Einmal spähte ihr Auge wach und furchtsam durch einen Wald aus Blattwedeln, und sie war bereit, sofort zur Seite zu springen, bevor eines der größeren Wesen sie zertrampeln oder, schlimmer noch, unachtsamerweise ins Maul nehmen und zwischen den breiten Zähnen zermahlen konnte.

Löcher im fruchtbaren Lehmboden führten in unterirdische Gehege – ein lichtloses Reich von süßen Wurzeln und häufigen gefährlichen Begegnungen; aber auch ein Land, das einem immer enger und begrenzter vorkam. Die Welt des Lichtes darüber erschien dagegen wie das Paradies. Und für diejenigen, die groß genug waren, um ihre langen Hälse über die Spitzen der Grashalme schieben zu können, war sie das auch.

Mit dem kleinen, abgelegenen Teil ihres Geists, der wusste, dass dies alles nur ein Traum war, erfreute sie sich der Macht ihrer Einbildungskraft. Eine besondere Gabe, die es ihr ermöglichte, viel mehr aus dem wenigen zu machen, was man allgemein auf Jijo über Urchachka wusste – aus den sparsamen Eintragungen in einer Enzyklopädie, die noch aus der Zeit vor der Landung stammte, und natürlich aus den Sagen und Liedern der ursischen Geschichtenerzählerinnen. Geschichten aus den Tagen, bevor das Volk der Urs auf ihrer stürmischen Heimatwelt von einer Patronatsspezies entdeckt worden war. Sie fielen einfach vom Himmel und nahmen die Herden und die Hüter in ihren Clan auf, um sie auf den Weg nach oben zu bringen, auf die Straße des Schubs, die zu den Sternen führte.

Der wissende Teil von Saras Verstand konnte zwar alles beobachten, besaß aber weder Mittel noch Wege, diese Phantasien in irgendeiner Weise zu beeinflussen, denn der Traum war viel zu farbig, stark, allumfassend und emotional. Ein übersinnliches Märchen, das sein eigenes Tempo vorgab. Eine Vision, die sich empfindungslos wie Paranoia über alles andere legte.

Sara schoss zwischen den kräftigen Stängeln hin und her, wich den großen, plumpen Pflanzenfressern aus, folgte dem Geruch von abziehendem Rauch und erreichte ein plattgetrampeltes Rund, in dessen Zentrum sich eine im Boden eingelassene Feuerstelle befand, aus der dünner Qualm aufstieg. Eine Gruppe schlanker Vierbeiner hielt sich am Rand der Grube auf. Sara beäugte die großen Wesen vorsichtig. Erst einige Zeit später entdeckte sie, dass sie vergrößerte Versionen ihrer selbst waren. Diese Wesen waren ihre älteren Cousinen und Tanten und nicht etwa die Schrecken der Ebenen, die mit ihren donnernden Hufen und ihrer leichten Reizbarkeit allerorten Angst verbreiteten. Sara beobachtete sie, schlich vorsichtig näher und kämpfte gegen die Versuchung an.

Gegen den Wunsch, einfach aus dem Gras auf sie zuzutreten und sich ihnen vorzustellen.

Sara hatte immer wieder einmal mitbekommen, wie andere das getan hatten. Andere Wesen, die ebenso klein gewesen waren wie sie. Sie hatten den Staub aus den Höhlen von sich geschüttelt, ihre langen Hälse gereckt und sich kühn in die Mitte bewegt, um ihren Anspruch zu erheben – das ihnen durch ihre Geburt zustehende Recht, einen Platz am Feuer zu erhalten.

Ungefähr ein Drittel dieser mutigen Kleinen wurde erst ignoriert, dann toleriert, schließlich akzeptiert und endlich in das enge Netz der gegenseitigen Treueschwüre aufgenommen. Den restlichen zwei Dritteln blühte hingegen kein freundliches Schicksal. Offenbar hatte alles damit zu tun, dass man zum richtigen Zeitpunkt auftrat und auf die rechte Weise den Hals demütig verdrehte und sich auch sonst unterwürfig zeigte – ein Ritual, das bei jedem Stamm anders abgehalten wurde.

Und dann spielte auch noch der Geruch eine Rolle. Am besten näherte man sich nur einem Stamm, der gut roch – also ein ähnliches Aroma wie man selbst besaß.

Sie schlich weiter auf die Lichtung zu. Einige der Erwachsenen trugen einen Hengst im Beutel, einen der wenigen Glücklichen, die einen sicheren Platz vor den mannigfaltigen Gefahren dieser Welt gefunden hatten. Dunkel erinnerte sich Sara daran, selbst einmal in einer solchen Hautfalte gelebt zu haben, bevor sie dafür zu groß geworden war.

Die großen Wesen lagen unter hohen Halmen, die sie vor der brennenden Sonne schützten, und hatten den Hals verdreht, damit der lange, schmale Kopf auf dem Rücken zu liegen kam. Gelegentlich schnaubte eine der Stuten, wenn ihre Atmung kurz aus dem Rhythmus der anderen gefallen war. Bei allen hielt das dritte Auge – das keine Lider besaß – wachsam Ausschau.

Über der Lichtung summte ein Schwarm gieriger kleiner Insekten und wartete auf eine Chance hinabzusausen und sich kurz an einer Lippe, einem Beutelsaum oder einem blutgefüllten Lid zu laben und zu entkommen, ehe eine rasche Hand zuschlug oder ein flinkes Maul zupackte. Sara beobachtete, wie ein unglückliches Insekt schon erwischt wurde, noch bevor es hatte landen können. Die Stute schnappte es einfach aus der Luft und zermahlte es knirschend zwischen den Zähnen, ohne dabei aus dem Schlummer zu erwachen.

Ich erinnere mich nicht daran, in den Texten über die Heimatwelt der Urs etwas über hinabsausende Insekten gelesen zu haben, dachte der wache Teil ihres Geistes. *Auch in den Geschichten über Urchachka war nie etwas davon zu hören.*

Ganz langsam wurde ihr bewusst, dass dieser Traum nicht aus ihrer Phantasie geboren wurde. Stattdessen schien sich ihr Unterbewusstsein an dem zu orientieren, was sich gerade um sie herum in der Wirklichkeit tat. Ihre Augen standen einen Spalt weit offen, und durch die traumartige Brechung ihrer Wimpern nahm sie wahr, was die Urs gerade taten. Nichts von alledem entstammte ihrer Imagination.

Die Hälfte der Urunthai lag zusammengerollt in den Sandgruben und atmete erstaunlich synchron unter dem zeltartigen Tarnnetz. Seit sie zum letzten Mal auf die Kriegerinnen geblickt hatte, schien sich kaum etwas verändert zu haben.

Doch dann geschah etwas, das auf unheimliche Weise dem Geschehen in ihrem Traum entsprach. Ein leiser summender Ton ließ sich vernehmen, dem ein Schwirren durch die Luft folgte: Ein winziges, insektengleiches Objekt flog von links nach rechts auf eine der schlafenden Urs zu. Ohne die Augen zu öffnen, fing die Stute das Ding sofort mit ihrem dreieckigen Mund aus der Luft und zerkaute es. Das dritte zentral angebrachte Auge zeigte immer noch den glasigen Schimmer des Schlafs, als die Kriegerin kurz darauf wieder im Takt schnarchte.

So etwas habe ich noch nie gesehen, sagte sich Sara. *Gibt es denn hier im Hügelland überhaupt Insekten, die Urs wie ihre Vettern auf der Heimatwelt überfallen?*

Der Schimpanse bewegte sich stocksteif und voller Anspannung rückwärts und traf Sara mit einem Ellenbogen in die Seite. Sie hob langsam den Kopf und ließ den Blick über die Urunthai wandern. Diejenigen, die wach waren, kümmerten sich um ihre Armbrüste. Ihre Schweife schlugen hin und her, als ahnten sie bereits, dass hier etwas nicht mit rechten Dingen zuging. Sie reckten die Hälse und bewegten sie gemeinsam zuerst nach links, wo sich Dedingers Männer aufhielten, und dann nach rechts.

Als sie sich schließlich wieder ihren Waffen zuwandten, erfolgte das nächste Schwirren. Ein so unauffälliger, vertrauter Laut, dass man ihn kaum wahrnahm. Und schon sauste erneut ein kleiner Gegenstand auf eine der schlafenden Urs zu. Wiederum fing die Kriegerin ihn aus der Luft und zerkaute ihn.

Sara verfolgte die Bewegung bis zu ihrem Ausgangspunkt zurück und blieb schließlich an dem Fremden hängen, der immer noch mit seinem Hackbrett dasaß und weiterhin nur die unterste Saite anschlug. Der Rhythmus hatte etwas Hypnotisches an sich, und das trug sicher dazu bei, dass man die Melodie kaum bewusst wahrnahm. Der Mann hatte sich seinen Rewq aufgesetzt. Der Symbiont konnte nur teilweise das rätselhafte Lächeln des Mannes verdecken.

Sie schaute sich weiter um und entdeckte, dass zwei Personen ihre ganze Aufmerksamkeit auf den Fremden richteten: Dedinger und Kurt.

Ur-Kachu schnüffelte die schwüle Luft und bedeutete Ulgor,

ihr nach draußen zu folgen. Vier bemalte Kriegerinnen blieben zurück und beugten sich wieder über ihre Waffen.

Der Sternenmann wartete seine Zeit ab. Er schlug weiterhin den einschläfernden Rhythmus, bis auch die ursischen Wächterinnen keinen Verdacht mehr schöpften.

Als der geeignete Moment gekommen war, schob er seine Linke unter den Symbionten … und griff in das Loch in seinem Kopf – wie Sara mit einem Anflug heftiger Übelkeit erkannte. Als die Finger wieder herauskamen, hielten sie einen runden Gegenstand, eine Art Tablette von der Größe der Nachrichtenkugeln in Biblos. Während er mit der Rechten konstant die Saite schlug, hielt er mit der anderen die Pille daran.

Er setzt das Hackbrett wie ein Miniatur-Katapult ein!, schoss es Sara durch den Kopf, und sie sah ihm fasziniert zu.

Jetzt bemerkte sie wieder die leichte Abweichung von der Melodie, eine summende Dissonanz, als die kleine Tablette auf die nächste schlafende Urs abgefeuert wurde. Doch diesmal hatte der Fremde sich verschätzt, und sie landete etwa einen Meter vor der Kriegerin.

Dedinger war ganz Aktivität. Er wandte sich an alle seine Mitstreiter und teilte ihnen mit heimlichen Handzeichen mit, dass sie sich, ohne Aufsehen zu erregen, bereitmachen sollten.

Er weiß noch nicht, was hier gespielt wird, aber er will alle seine Kräfte zur Verfügung haben, wenn es rundgeht.

Die Zeltklappe flog auf, und Ur-Kachu kehrte zurück – allerdings ohne Uriel. Die Führerin trabte auf eine Kriegerin zu und stieß sie an. Normalerweise würde eine Urs daraufhin sofort aufspringen. Aber diese Urunthai zeigte keine solche Reaktion und schnarchte einfach weiter.

Besorgt stieß Ur-Kachu sie mehrere Male in die Seite, und als das immer noch nichts half, trat sie die schlafende Kriegerin. Andere Urs eilten herbei, um ihrer Führerin zu helfen. Nach einer Weile wurde ihnen klar, dass von den acht schlafenden Kameradinnen alle bis auf zwei in einem komaähnlichen Tiefschlaf lagen.

Das Hackbrett ließ sich wieder vernehmen, und nun taten sich mehrere Dinge gleichzeitig:

Ur-Kachu fuhr ärgerlich zu dem Fremden herum und rief auf Englik: »Hör sssofort mit diesssem infernalisssen Getössse auf.«

Noch während sie schimpfte, flog das nächste kleine Objekt über die glimmenden Kohlen auf die verwirrten Freischärlerinnen zu. Eine Stute schnappte instinktiv danach und fing die Pille auf. Noch während sie sie zermahlte, streckte sie plötzlich den Hals zur vollen Länge aus, schnaubte panikerfüllt, fing an, am ganzen Körper zu zittern, und stand nur noch wankend auf den Beinen.

Sara hätte nie geglaubt, dass sie sich so rasch bewegen könne. Sie krabbelte mit Prity fort von den Urs, packte den in eine Decke eingewickelten Jomah und stieß ihn, ohne dass er erwachte, in den hinteren Teil des Zeltes.

Währenddessen rückten Dedingers Männer in Halbkreisformation an. Sie umzingelten die Urunthai und richteten die aufgelegten Pfeile auf sie.

»Was ist denn los?«, fragte der Junge und rieb sich die Augen.

Die Kriegerin, die die Pille aufgefangen hatte, kippte erst zur einen und dann zur anderen Seite, prallte gegen eine Kameradin und brach dann endlich zusammen. Langsam hob und senkte sich ihr Brustkorb.

»Ganz ruhig«, warnte Dedinger. »Ich fordere euch auf, eure Waffen fallen zu lassen. Ihr hättet keine Chance, in einem Kampf gegen uns zu bestehen.«

Ur-Kachu starrte ihn mit weit geöffneten Augen an und konnte nicht fassen, dass das Blatt sich gewendet hatte. Eben noch waren die Kriegerinnen den Wüstenläufern zahlenmäßig überlegen gewesen – doch mit denen, die von ihrer Schar jetzt noch wach waren, war sie den Menschen, die sie umringten, auf Gedeih und Verderb ausgeliefert.

Die Führerin knurrte.

»So zeigt/offenbart sich in diesem feigen/perfiden Verrat die wahre Natur dessen, was die Menschen (als) Freundschaft nennen (verstehen).«

»Aber klar«, lachte der ehemalige Gelehrte etwas zu selbstgefällig. »Als wenn ihr es anders gemacht hättet, wenn sich euch die Chance geboten hätte. Doch geratet jetzt nicht in Panik, wir sind immer noch gewillt, unseren Teil der Abmachung einzuhalten. Nur geben wir jetzt hier den Ton an, und das bringt einige Änderungen mit sich. Zum Beispiel, was das Ziel unseres heutigen Nachtmarsches angeht. Sobald wir dort eingetroffen sind, dürft ihr gern eine Nachricht senden an …«

Eigentlich hatte er die Urunthai mit diesen Worten beruhigen wollen, aber Ur-Kachu geriet nur noch mehr in Rage. Sie stieß den schrillen Schlachtruf aus, riss ihr Messer heraus und stürzte sich auf Dedinger.

»Nein!«, schrie der Fremde wie aus einem Reflex auf sein Entsetzen, als sich Pfeile überall in den Leib der Führerin der Freischärlerinnen bohrten. »Nein, verdammt noch mal! Verdammt, verdammt, verdammt!«

Die restlichen Kriegerinnen folgten dem Beispiel ihrer Anführerin und starben wie sie im Pfeilhagel. Die Hälfte von ihnen ging innerhalb einer halben Dura unter. Die übrigen erreichten ihre Feinde und richteten mit ihren Klingen einigen Schaden unter den Wüstenläufern an, ehe sie angesichts der Übermacht untergingen.

Als alle wachen Urunthai tot auf dem Boden lagen, fingen die keuchenden und blutberauschten Wüstenläufer an, sich mit ihren Messern über die Schlafenden herzumachen, die in ihrer drogeninduzierten Betäubung keine Gegenwehr leisten konnten.

Für den Fremden schien dies der Tropfen zu sein, der das Fass zum Überlaufen brachte. Er stieß wilde Flüche aus, sprang den ersten Briganten an und drückte ihm mit beiden Händen die Kehle zu. Der Mann zappelte für einen Moment und erschlaffte dann ächzend. Schon war der Sternenreisende auf dem Weg zum nächsten und bedachte auch ihn mit einer Schimpfkanonade.

Sara schob Jomah zum Hinterausgang und rief dem Schimpansen zu: »Prity, versteck dich mit ihm zwischen den Felsen!«

Alles drehte sich vor ihr wie ein zu schnell ablaufender Film. Sie bekam nur mit, wie drei von Dedingers Männern sich auf den Fremden stürzten. Der erste taumelte schon im nächsten Moment zurück und hielt sich mit schmerzverzerrtem Blick den Bauch. Sara hatte nur gesehen, wie der Sternenmann sich rasch drehte. Aber mit welchem Trick er diesen Gegner ausgeschaltet hatte, war ihr verborgen geblieben.

Der zweite Wüstenläufer fand sich unvermittelt mit einem anderen Problem konfrontiert. Sara hämmerte von hinten mit ihren Fäusten auf seinen Rücken ein.

Wenn ich doch nur besser aufgepasst hätte, als Dwer mir Selbstverteidigung beibringen wollte!

Anfangs ging für sie alles gut. Der kurze, aber stämmige Mann drehte sich verärgert zu ihr herum und bekam ihr Knie in den Bauch, was ihn zwar nicht zu Boden stürzen, aber für einen Moment innehalten ließ. Sara landete in diesem kurzen Zeitraum zwei weitere Treffer. Inzwischen hatte der Fremde den dritten Gegner kampfunfähig geschlagen und zur Seite geworfen. Er drehte sich um und wollte ihr zu Hilfe eilen …

… als die Lawine über sie kam. Die Flutwelle rachedurstiger Wüstenläufer riss sie beide von den Füßen. Sara krachte zu Boden, und alle Luft wich aus ihrer Lunge. Jemand drehte ihr hart die Arme auf den Rücken. Sie ächzte vor Schmerzen und wunderte sich, dass ihre Gliedmaßen überhaupt noch mit dem Körper verbunden waren.

»Lasst sie in Ruhe, Jungs!«, befahl Dedinger. »Loslassen, habe ich gesagt!«

Der Schmerz stand wie ein Nebel vor Sara, und durch ihn hörte sie wie aus weiter Ferne dumpfe Hiebe und klatschende Schläge, während der Gelehrte seine Kameraden zurückriss und daran hinderte, ihre mörderische Rache zu beenden. Irgendwie gelang es Sara, den Kopf zu drehen und den Fremden zu entdecken. Er wurde von mehreren Männern am Boden festgehalten, und sein Gesicht war rot angelaufen, aber er fand immer noch genug Kraft und Atem, um seine Gegner mit einem ganzen Strom erfindungsreicher Beleidigungen einzudecken.

Seine Beschimpfungen kamen ihm eloquent über die Lippen, aber nicht ganz so flüssig wie sein Gesang. Sara befürchtete, dass unter dieser Anstrengung seine Wunden aufplatzen könnten.

Dann hörten die Wüstenläufer auf, auf ihn einzuschlagen. Dedinger kniete sich neben ihn hin und nahm sein Gesicht zwischen seine Hände.

»Zu dumm, dass du mich nicht verstehen kannst, Freundchen. Ich weiß nicht, was du den Urs angetan hast, aber ich bin dir in jedem Fall sehr dankbar dafür. Du hast uns geholfen, eine komplizierte Situation zu unseren Gunsten aufzulösen. Aus diesem Grund, und weil dein verbeulter Körper für uns immer noch einigen Wert besitzt, halte ich meine Männer zurück. Aber wenn du jetzt keine Ruhe gibst, werde ich mich wohl mit deiner Freundin befassen müssen.«

Er nickte eindeutig in Saras Richtung.

Der Fremde drehte ebenfalls den Kopf in ihre Richtung und schien langsam zu begreifen, was der Anführer mit seiner Drohung meinte. Der Strom von Beschimpfungen verebbte, und er hörte damit auf, sich gegen die Männer zu wehren, die ihn am Boden hielten.

Sara war erleichtert, dass er sich nicht mehr so anstrengte. Und insgeheim erfreute es sie, dass sie der Grund dafür war.

»So ist es schon besser«, stellte Dedinger so ruhig und freundlich wie vorhin fest, als er Ur-Kachu vergeblich zu besänftigen versucht hatte. »Jetzt wollen wir mal sehen, was du in dem so praktischen kleinen Loch in deinem Kopf versteckt hast.«

Der ehemalige Weise fing an, den Rewq vom Fremden zu schälen und legte die Wunde frei, aus der er sich mit den Pillen versorgt hatte.

»Nein!«, schrie Sara und verspürte gleich stechende Schmerzen, weil die zwei Männer, die sie festhielten, wieder an ihren Armen zogen. »Du wirst ihn noch infizieren!«

»Seine Sternengötter werden ihn sicher von allem heilen, falls das in ihrem Sinne ist, sobald wir ihn eingetauscht haben«, entgegnete der Gelehrte. »Bis dahin sollten wir uns dieses höchst interessante Zeug, mit dem er die Kriegerinnen ausgeschaltet hat, einmal näher ansehen. Könnte doch sein, dass es sich im Lauf der Zeit noch als ziemlich nützlich erweist.«

Dedinger hatte jetzt den Symbionten entfernt und wollte gerade in das Loch greifen, als sich eine Stimme zu Wort meldete und rasch die Triller und Pfiffe des Galaktik Zwei ausstieß.

»Sara ich bitte dich sehr/dringend, rasch/geschwind, die Augen zu schließen.«

Sie drehte kurz den Kopf und sah Kurt, den Sprengmeister, der eine braune Röhre in der Hand hielt. Eine brennende Schnur hing von einem Ende herab und verspritzte in rascher Folge Funken. Der Mann riss den Arm nach hinten, schleuderte die Stange an die Decke des Zelts und brachte sich dann mit einem kühnen Sprung in Sicherheit.

Sara presste die Augen zu, Dedinger warnte seine Kameraden, und …

Ein Blitz, heller als tausend Gewitter, löschte alle Realität aus und brannte durch ihre Lider. Einen winzigen Moment später wurde sie von einem gewaltigen Knall wie ein Vogel im Maul eines Liggers durchgeschüttelt. Die schweren und kräftigen

Wüstenläufer wurden wie Blätter davongewirbelt, und Sara war plötzlich von ihren Peinigern befreit. Ihre Erleichterung wog die Schmerzen durch die Entladung auf.

Das Ganze war fast so schnell vorüber, wie es gekommen war. Nur der heulende Widerhall blieb, der von den Steinsäulen zurückgeworfen wurde, die nun zwischen den Resten des zerfetzten Zelts zu sehen waren … vielleicht waren es aber auch nur Schockwellen, die an die Innenseiten ihrer Schädelwände prallten. Rasch rappelte Sara sich auf und floh aus der Reichweite der brüllenden Männer, die sich vergeblich die Hände vor die geblendeten Augen gerissen hatten. Durch den Regen von roten und blauen Punkten, die vor ihren Augen tanzten, nahm sie den einzigen Menschen wahr, der noch stehen und sehen konnte – Dedinger, der Kurts Warnung richtig interpretiert hatte. Der Prophet der Wüstenläufer hielt eine blitzende Klinge aus Buyurstahl in der Hand und schaute sich grimmig um.

Dann brüllte er so laut, dass es selbst das Toben in ihren Ohren übertönte, und warf sich auf den Sprengmeister. Kurt kippte unter dem Ansturm nach hinten, ehe er seine neue Waffe ziehen konnte. Sara identifizierte sie als Pistole. So etwas hatte sie schon einmal auf alten Illustrationen gesehen.

»So verhält es sich also mit der Neutralität deiner Zunft!«, wütete der Gelehrte und verdrehte dem Mann die Hand, bis er ächzend die Waffe fallen lassen musste. »Verwünschte Tradition! Wir hätten dich wie die anderen durchsuchen sollen!«

Trotz der Schmerzen richtete Sara sich auf und wollte ihren ehemaligen Kommilitonen angreifen. Doch der holte nur mit dem Handrücken aus und schlug sie zurück. Sie drehte sich inmitten tanzender Sterne um sich selbst und drohte, das Bewusstsein zu verlieren. Nur eiserne Entschlossenheit bewahrte sie davor. Sie rappelte sich auf, bis sie wenigstens knien konnte, und machte sich ein zweites Mal auf den Weg zu Dedinger.

Wieder donnerte und blitzte es, als der Mann abdrückte und

die Kugel haarscharf an ihr vorbeipfiff. Doch dann verlor er wertvolle Zeit bei dem Versuch, den Hahn neu zu spannen. Plötzlich waren zwei behaarte Gestalten über ihm und bedrängten ihn von zwei Seiten. Sara gelang es irgendwie, sich ins Getümmel zu stürzen und Ulgor und Prity dabei zu helfen, den Gelehrten, dessen Körperkräfte für einen Mann in seinem Alter erstaunlich waren, zu überwältigen.

Fanatismus scheint auch seine Vorteile zu haben, dachte sie, als es ihnen endlich gelang, Arme und Beine des Mannes zu Boden zu pressen.

Kurt brachte sein Schießeisen wieder an sich, zog sich zurück und hockte sich auf einen Felsen, von dem aus er das Stöhnen und Taumeln der Wüstenbande und der überlebenden Urs im Auge behalten konnte. Besonders Ulgor ließ er nicht aus dem Blick. Die plötzliche Rückkehr der Hausiererin mochte Zufall gewesen sein, aber trotz ihres heroischen Angriffs auf Dedinger traute er ihr immer noch nicht über den Weg.

Sara spürte etwas Klebriges an den Händen und schaute sofort hin. Sie versuchte, die roten Flecken auf ihrer Haut von den gleichfarbigen Sternen vor ihren Augen zu unterscheiden. Das sah aus wie Blut, und es roch auch so.

Aber das kann nicht meins sein, und Ulgors Blut hat eine andere Farbe …

Prity! Rot floss es aus einer tiefen Schnittwunde an seiner Seite. Sara nahm den zitternden Schimpansen in die Arme und musste mehrmals schlucken, um nicht in Schluchzen auszubrechen.

Das ruinierte Zelt bot mit seinen herumliegenden Toten, wie betäubt schlafenden Urunthai und taumelnden, geblendeten Männern ein Bild des Entsetzens. Der Fremde schien in besserer Verfassung zu sein als die anderen. Er konnte sich aufrichten und sich bewegen. Nach einem Moment gelang es ihm sogar, zu Ulgor zu stolpern und ihr zu helfen, Dedingers Männer zu binden.

Jomah war schon dabei, den überlebenden Urs die Läufe zu fesseln.

Doch leider wurde nur zu rasch klar, dass der Mann von den Sternen absolut nichts mehr hören konnte.

Gegen alle Panik und den Instinkt, den wirklich Bedürftigen zu helfen, zwang Sara sich dazu, eine Kompresse auf Pritys Wunde anzubringen. Der Schnitt schien nicht lebensbedrohlich zu sein, und ein anderer würde vielleicht gerettet werden können, wenn sie sich als Erstes ihm zugewendet hätte. Als der Schimpanse dann nickte, eilte sie gleich zu einem keuchenden Vierbeiner, einer jungen Urs, die um sich trat und aus deren Hals ein Pfeil ragte. Bei jedem rasselnden Atemzug bildeten sich an ihren Nüstern blutige Blasen ...

... und sie starb bebend und verzweifelt stöhnend, noch ehe Sara sie erreicht hatte.

Asx

Schlachtenlärm hatte noch vor wenigen Duras das Land erfüllt.

Feuerblitze waren aus dem Himmel gefahren, hatten die Sechs gepeinigt und Fleisch, Chitin und auch Knochen durchtrennt.

Traekis ergossen geschmolzenes Wachs in das vergewaltigte Tal oder gingen in Flammen auf, wenn sie von einem der Feuerstrahlen angezündet wurden.

Ach, meine Ringe, welche Bilder sind in unserem bebenden Zentrum verwelkt?

Von den Toten.

Den Sterbenden.

Den Klugen, die die Flucht ergriffen haben.

Den tapferen Helden, die unvermittelt aufgetaucht sind.

Ihre Tarnumhänge sind nun voller Schmutz, Asche und Blut,

dafür aber für das Auge deutlicher erkennbar. Junge Baumfarmer und Eselstreiber. Einfache Hüter von Krebsgehegen. Simple junge Fischer. Freiwillige, die sich nie hätten träumen lassen, dass ihre Feierabendübungen einmal für den Ernstfall eingesetzt werden würden.

Unser braver Bürgerselbstschutz hatte angegriffen und sich in den Mahlstrom gestürzt, sich in den Hexenkessel der schneidenden und brennenden Strahlen geworfen. Amateure waren sie, nicht kampferprobt nach Generationen des Friedens. Jetzt weinen sie leise vor sich hin und verziehen schmerzerfüllt ihre Gesichter, während man ihre schrecklichen Wunden versorgt oder ihnen in den letzten Momenten ihres Lebens Beistand gewährt. Sie tragen ihre Schmerzen mit der grimmigen Gelassenheit alter Veteranen, und ihr Leid wird von der besten Salbe gelindert, die helfen kann:

dem Bewusstsein, den Sieg errungen zu haben.

War es wirklich erst gestern, meine Ringe, dass wir um den Zusammenhalt der Gemeinschaften fürchteten? Dass wir uns sorgten, sie würden in dem eifersüchtigen Hass zerbrechen, den die Teufel von den Sternen unter uns schürten?

Dieses schreckliche Schicksal mag immer noch über uns kommen, zusammen mit tausend anderen Desastern. Aber nicht heute. In dieser Stunde stehen die arroganten Fremden als Gefangene vor uns, gucken überrascht aus der Wäsche und sind ihrer gottgleichen Werkzeuge beraubt, den Höllenkreaturen von Robotern, die unsere bewundernswerte Miliz mit ihren primitiven Feuerrohren vom Himmel geholt hat.

Der Tag der Abrechnung könnte jedoch schon bald über uns kommen. Jeden Augenblick kann er sich vom erbarmungslosen Firmament auf uns herabstürzen.

Doch wir sind heiter. Und erleichtert. Die Zeit des Versteckspiels ist vorüber. Keine subtilen Spielchen mehr, um die andere Seite zu täuschen und in die Irre zu führen. Kein vorgebliches

Tun und keine Intrigen mehr. Jafalls' Würfel wurden geschüttelt und sind gefallen. Zurzeit rollen sie noch über Jijos heiligen Boden. Wenn sie angehalten haben, werden wir mehr wissen.

Ja, mein zweiter Ring, du hast vollkommen recht, uns darauf hinzuweisen. Nicht alle hier haben sich der grimmigen Begeisterung angeschlossen. Einige sehen in den zurückliegenden Ereignissen den Anlass, sich in Nihilismus zu ergehen. Um ein paar alte Rechnungen zu begleichen oder die Gesetzlosigkeit über das ganze Land zu verbreiten.

Eine lautstarke Minorität – die sogenannten »Freunde der Rothen« – verlangt ultimativ die sofortige Freilassung von Rokenn. Sie raten uns dringend, uns vor diesem Gott auf den Bauch zu werfen und seine Gnade zu erflehen.

Andere hingegen fordern, mit den Gefangenen auf der Stelle kurzen Prozess zu machen und sie zu beseitigen.

»Das Sternenschiff besitzt bestimmt Maschinen«, führen sie aus, »mit denen sie ihre Kameraden hier aufspüren können. Vielleicht durch ihre Gehirnemissionen oder dank Körperimplantaten. Der einzige Weg, dies zu verhindern, besteht darin, sie einzuäschern, ihre Knochen zu zermahlen und allen Staub und alle Asche in einen Lavakrater zu werfen!«

Diese wie auch die anderen Parteien würden vielleicht anders darüber denken, wenn sie die ganze Wahrheit wüssten. Wenn wir Weisen sie in all die Pläne einweihen würden, die bereits in die Wirklichkeit umgesetzt werden. Aber Geheimnisse sind eben per definitionem unfair. Und so bemühen wir uns lediglich, den Frieden aufrechtzuerhalten.

Zum Volk der Sechs sprechen wir nun dies:

»Kehrt zurück in eure Häuser. Seht nach euren Tarnnetzen und den dazugehörigen Lattengerüsten. Bereitet euch auf weitere Kämpfe vor. Und darauf, euch notfalls zu verstecken.

Macht euch bewusst, dass ihr immer noch fallen könnt.

Doch vor allem anderen, vertraut euren Nachbarn, bewahrt den Glauben an die Schriftrollen und seid eins mit Jijo.

Und wartet …«

Nun machen sich die Überlebenden eilends daran, die Zelte abzubauen, alles zusammenzupacken und die Verwundeten auf Tragen zu legen. Kinder aller Spezies verbringen eine gesegnete Midura damit, die Lichtung nach allem Abfall abzusuchen, der sich aufspüren lässt. Tut mir leid, aber diese eine Midura ist alles, was wir für die Tradition erübrigen können. Das Fest wird nicht mit der schönen Mulch-Zeremonie enden. Keine fröhliche Karawane wird die geschmückten Kisten zum Meer und auf die Schiffe bringen – für viele der freudenreichste Teil der Versammlung.

Was für ein Jammer.

Wie dem auch sei, es wird Generationen dauern, bis die Überreste der zerstörten Station der Invasoren vollständig auf Eselsrücken abtransportiert worden sind. Diese Aufgabe muss bis nach dem Ende der Krise warten. Falls dann überhaupt noch jemand von uns am Leben ist.

Die Gefangenen werden abgeführt. Karawanen brechen zu den Ebenen, den Wäldern und zum Meer auf. Wie Bahnen vergossenen Wachses kriechen sie in flüssiger Hast davon, als entflöhen sie einem Feuer.

Auch die Sonne zieht sich zurück. Bitterhelle Sterne bedecken nun die immense Ebene, die das Universum genannt wird. Ein Reich, zu dem der Sechsheit der Zugang verwehrt ist – doch wo unsere Feinde herumfahren, wie es ihnen beliebt.

Einige wenige von uns bleiben im heiligen Tal, um die Ankunft des Sternenschiffs zu erwarten.

Sind wir alle damit einverstanden, meine Ringe? Dass wir hier in der Nähe des heiligen Eies bleiben und unsere Basis auf hartem

Stein ruhen lassen, während wir spüren, wie komplexe Muster auf der Oberfläche unseres fettigen Zentrums entstehen?

Ja, es ist eindeutig besser, hier zu rasten, als uns irgendeinen steilen Pfad hinaufzumühen und diesen alten Wulststapel einer Illusion von Sicherheit entgegenzubewegen.

Wir wollen bleiben und im Namen der Gemeinschaften sprechen, wenn das große Schiff gelandet ist.

Schon kommt es herangedonnert aus Richtung Westen, wohin die Sonne geflohen ist.

Als durchaus angemessener Ersatz schwebt das Schiff zornig durch die Luft und leuchtet so hell, dass das Tageslicht sich schmählich zurückziehen muss. Seine Strahlen tasten den Talboden mit brennenden und kritisch forschenden Strahlen ab. Zuerst erfassen sie die zerstörte Station, dann das umliegende Land …

… und suchen nach denen, die sie zurückgelassen haben.

SIEBENUNDZWANZIGSTER TEIL

DAS BUCH VOM MEER

Tiere existieren in einer Welt des Kampfes, in der es nur auf ein Ergebnis ankommt – dass das Wesen selbst und seine Art überleben.

Sapiente Wesen leben in einem System von Verpflichtungen – gegenüber ihren Kollegen, Patronen, Klienten und Idealen. Sie mögen sich einer Sache verschreiben, einer Gottheit oder einer Philosophie – oder der Zivilisation, die sie dazu befähigt hat, ein anderes als ein tierisches Leben zu führen.

Ein Netzwerk von Treueverpflichtungen bindet uns alle – selbst dann noch, wenn wir den Pfad der Erlösung schon beschritten haben.

Dennoch, ihr Kinder des Exils, vergesst nie:

Auf lange Sicht schuldet euch das Universum in seiner Gesamtheit gar nichts!

Die Schriftrolle der Hoffnung

Alvins Geschichte

Vielleicht empfinden mich die Spinnenwesen ja als genauso unheimlich wie ich sie. Möglicherweise versuchen sie nur, auf ihre Weise zu helfen. Da ich so gut wie gar nichts über sie weiß, scheint es mir am vernünftigsten zu sein, einfach abzuwarten und die Dinge auf mich zukommen zu lassen.

Darin sind wir Hoon sowieso ziemlich gut. Aber ich kann mir auch vorstellen, was die arme Huck gerade durchmachen muss – vor allem, wenn sie sie in eine Zelle wie diese hier gesperrt haben. Ein enger Raum mit Stahlwänden, in dem sie kaum Platz findet und mit ihren Rädern ständig irgendwo gegendonnert. Dann ist da auch noch dieses ständige Summen im Hintergrund, das von irgendeiner Maschine stammen muss. Unsere g'Kek-Freundin besitzt überhaupt keine Geduld, und mittlerweile dürfte sie am Rand eines Nervenzusammenbruchs stehen.

Das heißt, wenn sie überhaupt noch lebt.

Als ich sie zuletzt gesehen habe, wirkte sie noch ziemlich lebendig. Das war, als unser Sturz in die eisigen Tiefen des Mittens abrupt vom weit aufgerissenen Maul eines Seemonsters aufgehalten wurde. Huck landete auf einer Metallfläche und kam auf dem Rücken auf. Während ihre Räder sich um sich selbst drehten, versuchte sie, sich mit den kleinen Standbeinen wieder aufzurichten. Und das war nicht gerade einfach, denn die ganze Zeit erbebten Wände und Boden unter einem tosenden Wind, der in meinen Ohren einen kreischenden Druck auslöste.

Doch gerade dieser Druck war es, der uns das Leben rettete, fegte er uns doch aus der erdrückenden Wassermasse, ehe wir in ihr untergehen konnten. Aber ich konnte die ganze Zeit nichts anderes tun, als die Arme über meinen Kopf zu legen und zu brüllen, während mein Rücken von dem derben Schlag pochte, den er bei der Flucht aus der zertrümmerten *Wuphons Traum* erhalten hatte.

Irgendwann später nahm ich ganz am Rande wahr, dass sich noch jemand die Seele aus dem Leib schrie. Ur-ronn hockte elend in der gegenüberliegenden Ecke, war am ganzen Körper von den Splittern ihres kostbaren Bullauges zerschnitten und war angesichts der allgegenwärtigen Nässe in Panik.

Wenn man es recht bedachte, war es schon ein kleines Wunder, dass sie überhaupt noch unter den Lebenden weilte, nachdem unser Tauchboot auseinandergebrochen und von allen Seiten Wasser hereingeschossen war. Ich war dabei gegen die Hülle aus Hartholz geschleudert worden, während die Flut meine Freunde kopfüber davongespült hatte.

Nie zuvor habe ich eine Urs schwimmen sehen. Es ist wahrhaftig kein erfreulicher Anblick.

Ich erinnere mich daran, in jenem Moment gedacht zu haben, dass es nun mit mir aus und vorbei sei. Aber dann tauchte diese Riesenmenge von Luftblasen auf, die aus Hunderten von Schlitzen in den Wänden kamen und das Wasser in eine schaumige Masse verwandelten. Die Blasen wuchsen zusammen und schufen diesen kreischenden Wind. Wir Überlebenden plumpsten auf die Wrackteile unseres wunderschönen Tauchboots, rangen nach Luft und würgten dunkle, ölige Lachen aus.

Von uns vieren schien lediglich Schere keine Mühen zu haben. Ich erinnere mich vage, ihn erblickt zu haben, als er auf seine unbeholfene Art versuchte, Ur-ronns Wunden zu versorgen. Er hielt sie mit seinem Rückenschild, der voller Kratzer und Schrammen war, an der Wand fest, und zog mit zwei seiner Scheren Glassplitter aus ihrem Fell. Unsere ursische Freundin verhielt sich nicht gerade kooperativ. Aber daraus kann man ihr kaum einen Vorwurf machen, stand sie doch so sehr unter Schock, dass sie nichts mehr von dem mitzubekommen schien, was sich um sie herum tat.

Dann öffnete sich eine Art Tür, und zwar genau gegenüber dem Maul, das unsere *Traum* von Schlauch und Kabel befreit und dann zertrümmert hatte. Nur eine kleine Öffnung, und die beiden Dämonen, die nun zu uns kamen, konnten nur hintereinander hindurch.

Sie sahen wirklich grässlich aus: sechsbeinige Ungeheuer mit flachen, horizontalen Körpern, die länger waren, als ein Hoon hoch ist. Zum Ende hin bauschten die Leiber sich auf, und vorne richteten sie sich nach oben und liefen in riesigen und glasigen Glubschaugen aus, die schwarz und geheimnisvoll dreinblickten. Die beiden stampften in unseren Raum, zertrampelten in ihrer klobigen Art Uriels Tiefenlot und Ur-ronns Kompass. Sie sahen entfernt wie Wasserspinnen aus. Die spindeldürren Beine gingen von einem zigarrenförmigen Körper aus, dessen glänzende Biegsamkeit eher an Fleisch als an Chitin denken ließ. Kleinere Gliedmaßen, die vorne herabhingen, erinnerten an mechanische Werkzeuge.

Gut, einverstanden, ich gebe es ja zu. Vieles von dem, was ich hier beschreibe, konnte ich natürlich in dem Halbdunkel gar nicht richtig erkennen. Denn es war in der Stahlkammer wirklich finster, bis die Spinnen hereinkamen. Lediglich zwei Strahler, die einander gegenüber an den Wänden angebracht waren, verbreiteten Lichtkegel. Außerdem war ich noch reichlich benommen und stand wohl auch unter Schock. Also kann nichts von dem, was ich hier darstelle, als besonders verlässlich angesehen werden.

Erst recht gilt das für meine Eindrücke von dem, was sich nun tat.

Die Dämonen hatten eigene Laternen mitgebracht, die sie vor sich hielten, als sie damit begannen, ihren Fang zu begutachten. Zuerst blieben sie vor Schere stehen und leuchteten ihn ab. Als Nächstes war Ur-ronn an der Reihe, dann die arme Huck, die immer noch nicht wieder fest auf ihren Rädern stand, und schließlich ich. Natürlich versuchte ich mich zu bewegen, aber dabei wurde mir schwarz vor Augen. Dann wollte ich wenigstens etwas sagen, aber mein mitgenommener Kehlsack wollte sich nicht mit Luft füllen.

Seltsamerweise schienen die Spinnen sich miteinander zu unterhalten, während sie uns inspizierten – ja, ich würde sogar darauf wetten; denn heute tun sie das nicht mehr, wenn sie in Zweiergruppen in meine Zelle kommen, um mich zu versorgen. Die Laute, die sie von sich gaben, waren eigenartig: Trillern, Klappern und Kreischen wie von Metall. Jedenfalls war das nicht Galaktik Zwei und auch keine andere der bekannten Sprachen. Trotzdem wirkten ihre Töne nicht vollkommen fremd. Und ich schwöre, jedes Mal, wenn ihr Laternenschein auf einen von uns fiel, klangen sie tatsächlich überrascht.

Als sie sich dann mir näherten, legte sich meine Panik durch das unerwartete Auftauchen Huphus. Trotz aller Verwirrung, die sich in meinem Kopf breitgemacht hatte, hatte ich mich doch auch um unser Maskottchen gesorgt. Und dann war er ganz plötzlich neben mir und verbellte mutig die näher tretenden Ungeheuer.

Die beiden Kreaturen fuhren zurück, und ihre Verblüffung war so offenkundig, als hätte ich sie durch einen Rewq betrachtet. Eine der Spinnen senkte den Körper und klapperte und krakelte aufgeregt etwas. Entweder teilte sie ihrem Kollegen etwas *über* den kleinen Noor mit, oder sie sprach ihn *direkt* an – so genau konnte ich das nicht erkennen.

Aber kann man einem Eindruck trauen, der einem im Zustand der traumartigen Benommenheit kommt? Zu jenem Zeitpunkt driftete ich schon, wie man es oft in Abenteuergeschichten von der Erde liest, ins Nirwana ab. Und rückblickend gesehen kommen mir diese Momente heute tatsächlich wie eine Illusion vor.

Bei einer Sache bin ich mir ganz sicher, dass ich sie phantasiert haben muss. Sie kehrt heute auch eher als Ahnung denn als reale

Erinnerung in mein Bewusstsein zurück. Doch ich werde dieses Bild nicht los, und es flackert, wie es der Geist tut, kurz bevor er in Ohnmacht fällt.

Ohne sich vorher anzukündigen, kroch jemand unter einem Wrackteil unserer *Traum* hervor. Ziemlich platt und auch etwas deformiert kam Ziz in Sicht, machte sich aber gleich daran, wenigstens seine konische Form wiederherzustellen.

Kaum hatten die Spinnen ihn erblickt, wichen sie gleich zurück, als hätten sie etwas gesehen, das noch tödlicher war als ein Gift-Skenk. Eine von ihnen hielt plötzlich eine glänzende Röhre in der Hand, richtete sie auf den mitgenommen aussehenden Halb-Traeki und drückte ab. Ein Feuerstrahl bohrte ein Loch in den mittleren Ring des armen Kleinen und schleuderte ihn neben Huck an die Wand.

Mein überanstrengtes Gehirn schaltete sich genau in diesem Moment endgültig aus (oder hatte es das schon vorher getan?). Doch damit war noch nicht völlig Schluss, denn es folgte ja noch dieser vage Eindruck, von dem ich nicht weiß, wie viel Wert ich ihm beimessen darf. Und doch ist er mir in diesem Augenblick wieder eingefallen – kaum mehr als der Schatten eines Phantoms von einem Geist des betäubten Erstaunens.

Jemand hat gesprochen, während der Zwerg-Traeki Säfte auf den nassen Boden vergoss. Das Merkwürdige daran ist, dass dieser Jemand nicht die kreischenden und klappernden Laute der Spinnen von sich gab und auch nicht in einer der Galaktischen Hochsprachen redete – sondern in Englik:

»Großer Gott«, rief der Betreffende ungläubig, und es kam mir so vor, als ließe sich da eine weibliche menschliche Stimme vernehmen, allerdings mit einem Akzent, wie ich ihn noch nie gehört hatte.

»Grundgütiger, nicht nur die alle, sondern auch noch ein Jophur!«

ACHTUNDZWANZIGSTER TEIL

DAS BUCH VOM HANG

Legenden

Es heißt, dass wir alle von glücklosen Spezies abstammen.

Gemäß vieler Geschichten, die von den Sechsen erzählt werden, herrschen in den Fünf Galaxien endlose Kriege, Verfolgung, Leiden und Fanatismus vor. Doch sollte das wirklich typisch sein, hätte die Zivilisation sich doch nicht einmal eine Million Jahre halten können, geschweige denn über eine Milliarde Jahre.

Wenn das wirklich die Regel wäre, hätten Welten wie Jijo doch unzählige Sooner-Belästigungen beherbergen müssen und nicht nur die Sechs, die hier hausen.

Wenn so etwas wirklich unabdingbar wäre, würden Welten wie Jijo längst ausgelaugt und verbraucht sein.

Andere Geschichten erzählen, dass die überwiegende Mehrheit der sternenreisenden Spezies von relativ friedlicher und ruhiger Natur sei. Man sagt, sie kommen miteinander aus, erziehen ihre Klienten und verleihen ihre Leasing-Welten ernsthaft und gewissenhaft gemäß den guten Manieren und den alten Vorschriften. Gleichzeitig schreiten sie auf dem Weg nach oben voran, der Transzendenz zu, die sie an seinem Ende erwartet. Und die schlechten Manieren der fundamentalistischen und fanatischen Allianzen sehen sie als geschmacklos und unreif an. Aber warum sich einmischen, wenn es doch so viel einfacher und auch sicherer ist, den Kopf (oder je nach Spezies die Köpfe) in den Sand zu stecken und sich nur um eigene Angelegenheiten zu scheren?

Klienten, die das Glück haben, von solchen moderaten Clans adoptiert zu werden, wachsen in Frieden und Sicherheit heran – abgesehen natürlich von Intervallen, jenen legendären Zeiten der Wandlung –, wenn allgemeiner Aufruhr selbst die überkommt, die in Vorsicht und Diskretion leben.

Danach sind es nur die Harten, die weiter gedeihen. Diejenigen, die sich in den Scharmützeln auf den abgelegenen Sternenstraßen bewährt haben.

Doch auch diese Straßen fordern ihre Opfer. So sagt man, dass wir Sechs zu den angeschlagenen Flüchtlingen gehören, die sich von den verlorenen Idealen und zerschmetterten Träumen davongeschlichen und sich einen Platz gesucht haben, an dem sie sich vor allem verstecken können. Um hier zu genesen. Und einen anderen Platz zu finden.

Um auf die Suche nach der letzten großen Chance zu gehen.

Die Schriftrolle der Hoffnung

Sara

Ganz gleich, wie man es betrachtete, es sah im wahrsten Sinne des Wortes so aus, als hätte eine Bombe eingeschlagen.

Kurts Dynamitstange hatte die Packtiere in eine hysterische Flucht gejagt. Sie hatten sich von ihren Leinen losgerissen und liefen mittlerweile durch das Labyrinth der Felsnadeln. Jemand würde wohl hinter ihnen herlaufen und sie wieder einfangen müssen, aber erst dann, wenn alle Verwundeten versorgt waren. Sara, die zu den wenigen gehörte, die noch einsatzfähig waren, gab ihr Bestes.

Die Menschen, die geblendet worden waren – Sara hoffte, dass sie irgendwann ihr Augenlicht zurückerhalten würden –, mussten getröstet und dann gefüttert werden. Später galt es, die Toten zu einer flachen Stelle zu schaffen, wo man ein Feuer entfachen und ihre Körper zu den unvermeidlichen Abfallresten herabbrennen würde – zu einem leicht transportierbaren Häuflein, das man aufkehren und zum Meer befördern konnte.

Eine weitere Schwierigkeit kam hinzu: Einige der getöteten Kriegerinnen hatten in ihren Beuteln Gatten oder Larven getragen. Sara trieb die Kräftigsten aus dem Nachwuchs – diejenigen, die überhaupt eine Überlebenschance hatten – in einer rasch errichteten Koppel zusammen, wo die winzigen Hengste sich um sie kümmern sollten. Vor allem zerkleinerten sie Fleischstücke, kauten sie vor und gaben sie dann den an Tausendfüßler erinnernden präinfanten Urs zu fressen.

In den ruhmreichen Geschichten von Schlachten und Siegen findet sich nie auch nur ein Satz über all die Arbeit, die einen nach dem Kampf erwartet. Vielleicht würde es nicht mehr so viele bewaffnete Auseinandersetzungen geben, wenn alle wüssten, wie viel es danach aufzuräumen gibt.

Kurt und Jomah brachten sie gegen Sonnenuntergang mit sanfter Gewalt dazu, sich hinzusetzen, etwas zu essen und sich für eine Weile auszuruhen. Der Tag verging, und der Schein des Lagerfeuers beleuchtete die zwei so verschiedenen Gruppen von Gefangenen – hier die Menschen, da die Urs –, die einander, wenn auch halb blind, misstrauisch und gereizt anstarrten. Unter ihnen fand sich jedoch keiner, der niedergeschlagener war als der ehemalige Gelehrte und Wüstenprophet Dedinger, der gestern noch so intensiv mit Sara debattiert hatte. Hin und wieder betrachtete er Kurt kritisch, und dieser sorgte dafür, nie ohne Pistole herumzulaufen und die Gefangenen keinen Moment aus den Augen zu lassen.

Bevor Sara sich eine Pause gönnte, schaute sie erst nach Pritys Wunden. Sie nässten immer noch, und das bereitete ihr Sorgen. Es war nicht leicht gewesen, die Schnitte zu nähen. Der Schimpanse zuckte – verständlicherweise – immer wieder zusammen, und Saras Augen hatten sich noch nicht von dem Explosionsblitz erholt. Nachdem sie alles für ihren kleinen Assistenten getan hatte, was in ihren Kräften stand, machte sie sich auf die Suche nach dem Fremden. Er war ihr den ganzen Nachmittag hindurch eine große Hilfe gewesen, aber seit mindestens einer Stunde hatte sie nichts mehr von ihm gesehen, und es wurde Zeit, dass er seine Medizin einnahm.

Kurt sagte: »Er ist da runtergelaufen«, und zeigte nach Süden zu den Felsen, »weil er ein paar von den Eseln einfangen wollte. Mach dir mal keine Sorgen. Der Bursche scheint ziemlich gut auf sich selbst aufpassen zu können.«

Sara musste die Zähne zusammenbeißen, um nicht gleich zu explodieren und den Sprengmeister dafür auszuschimpfen, dass er den Sternenmann allein in die ihm fremde Wildnis hatte ziehen lassen. Der Fremde war immer noch behindert und konnte sich da draußen verletzen oder verlaufen.

Dann sagte sie sich, dass der Sternenmensch sich für einen

Krüppel wirklich gut selbst zu helfen wusste. Wenn es nicht um Sprache oder Worte ging, fand er sich pfiffig mit allem zurecht. Und für einen Mann von so friedlichem Wesen verstand er es recht gut, sich zu verteidigen.

So zuckte sie die Achseln, fügte sich ins Unvermeidliche und ließ sich nieder, um etwas von dem ungesäuerten Brot der Wüstenläufer und ihrem nach Leber schmeckenden Wasser zu sich zu nehmen.

»Morgen früh müssen wir Holz für einen Scheiterhaufen suchen, da wir ja leider keine Aasfresserwülste zur richtigen Vermulchung mitführen«, erklärte sie zwischen zwei Bissen und sprach lauter als sonst, weil noch immer alle ein Klingeln in den Ohren hatten. Und sie musste selbst schreien, um ihre eigene Stimme vernehmen zu können. »Und wir sollten jemanden losschicken, der Hilfe holt.«

»Ich gehe«, meldete sich Jomah freiwillig. »Schließlich bin ich der Einzige, der im Kampf nichts abbekommen hat. Ich bin auch gut bei Kräften und habe einen Kompass. Onkel Kurt weiß, dass ich nicht so leicht verlorengehe. Und ich kann ziemlich schnell laufen.«

Der alte Sprengmeister blickte unglücklich drein. Sein Neffe war doch noch ziemlich jung. Nach einem Moment des Nachdenkens nickte er schließlich. »Ja, das scheint das Vernünftigste zu sein. Er soll in Richtung …«

»Natürlich bin ich diejenige, die loszieht«, unterbrach Ulgor ihn, die sich gerade um das Lagerfeuer kümmerte. »Ich kann schneller und weiter laufen als dieses Kind, und ich kenne mich in diesen Hügeln hier gut aus.«

Sara hätte sich fast verschluckt. »Das kommt überhaupt nicht in Frage! Ich weiß gar nicht, warum wir dich nicht wie die anderen gefesselt haben! Du willst losziehen? Wozu? Um noch ein paar von deinen fanatisierten Freundinnen zusammenzutrommeln?«

Ulgor drehte den schmalen Kopf in Saras Richtung. »Alsss wenn diessse Kameradinnen nissst längssst auf dem Weg hierher wären, teure Papiermacherssstochter. Oder hassst du ssshon vergesssen, dasss Ur-Kachu ein paar Boten vorausssgesssandt hat? Einmal angenommen, Kurtsss Neffe würde keinem Ligger und keinem Rudel Kooprahsss begegnen, wem würde er dann auf dem Weg nach Norden alsss Erssstessss in die Arme rennen? Natürlisss Ur-Kachusss Verbündeten, die auf dem Weg hierher sssind.«

Nun wurde sie jedoch von Kurt unterbrochen, der ein kurzes, hartes Lachen von sich gab.

»Wer sagt denn, dass der Junge nach Norden laufen soll?«

Ulgor und Sara starrten ihn gleichermaßen verblüfft an. »Was meinst du damit? Es liegt doch wohl auf der Hand, dass wir …«

Aber Sara sprach den Satz nicht zu Ende, als sie das Lächeln des Sprengmeisters bemerkte. *Wenn ich jetzt so darüber nachdenke … Kurt hat nie etwas davon gesagt, dass wir zur Lichtung unterwegs seien.* Sie war natürlich davon ausgegangen, dass seine Verpflichtungen ihn dorthin führen würden. *Aber vermutlich hatte er vor, uns bei Crossroads zu verlassen, und wir anderen wären dann ohne ihn zum heiligen Ei gezogen.*

»Andere Mitglieder meiner Zunft sind bereits unterwegs, um den hohen Weisen zu helfen. Aber der Junge und ich haben anders gelagerte Interessen. Und wo wir schon gerade beim Thema sind, Sara, würde ich dir dringend raten, dir zu überlegen, ob du dich uns nicht anschließen willst. Immerhin ist es vermutlich die Richtung, in der die Urunthai zuletzt nach uns suchen werden.«

Eine so lange Ansprache hatte noch nie jemand von dem Sprengmeister gehört. Sara gingen allerlei Gedanken durch den Kopf. Vor allem dieser: Warum sagt er das alles vor Ulgor?

Weil entschlossene Urs jede Spur von Menschen und Eseln finden und diese einholen können. Also muss Ulgor mit uns kommen oder hier sterben.

Aber gemäß dieser Logik müssten auch alle anderen Kriegerinnen getötet werden, nicht wahr? Kurt war sich sicher darüber im Klaren, dass Sara so etwas nie zulassen würde. – Aber wie auch immer, das Problem löste sich nicht einfach in Luft auf, bloß weil sie ein paar Tage Vorsprung besitzen würden. Ein guter Fährtensucher wie zum Beispiel ihr Bruder Dwer konnte sie immer noch aufspüren.

Sara formulierte bereits entsprechende Fragen, stellte sie dann aber doch nicht, als ihr klar wurde, dass Kurt ihr so lange keine ausreichende Antwort darauf geben würde, wie ringsumher die Freischärler zuhörten.

»Du weißt, dass ich nicht einfach mitkommen kann«, erklärte Sara ihm daher. »Diese Wüstenläufer hier und die Urs werden sterben, wenn ich mich nicht um sie kümmere. Und wir können sie nicht einfach freilassen.«

Wenn sie in dieser Hinsicht noch Zweifel gehabt hätte, so belehrten sie Dedingers racheerfüllte Blicke eines Besseren. Die kalte Wut in ihm stellte ein Problem dar, das sich nur über einen großen Zeitraum und mit noch mehr Erfahrung lösen ließ. Je weiter sie von ihm entfernt war, desto besser. »Ich bleibe und versorge sie, bis ihre Kameraden eintreffen«, erklärte Sara weiter. »Die Urunthai werden mich sicher beschützen, weil ich mein Bestes gegeben habe, einige von ihnen zu retten. Aber vermutlich werden sie mich gefangen nehmen. Nun ja, das muss ich in Kauf nehmen. Hoffentlich kann ich sie davon abhalten, Dedingers Bande abzuschlachten.

Aber du und Jomah, ihr könnt ruhig losziehen. Vorausgesetzt, wir können einige von den Eseln wieder einfangen, solltet ihr auch Prity und den Fremden mitnehmen. Mit sehr viel Glück könnt ihr beide an einen Ort schaffen, an dem es einen Apotheker und eine starke Miliz-Garnison gibt. Ich folge euch ein paar Bogenschüsse weit und verwische eure Spur. Danach führe ich ein paar Esel herum, damit es so aussieht, als wären wir in eine ganz andere Richtung aufgebrochen.«

Ulgor gab einen Pfiff widerwilligen Respekts von sich. »Du bissst wahrlisss die Ssschwessster deinesss Brudersss.«

Sie drehte sich zu der Hausiererin um. »Selbstredend bedeutet das für dich, dass deine Sonderbehandlung abgelaufen ist, die du dir mit deiner Hilfe nach der Schlacht erworben hast.« Sie bückte sich und hob ein Seil auf. »Höchste Zeit für dich, Frau Nachbarin, dich zu deinen Kameradinnen auf der anderen Seite des Feuers zu gesellen.«

Ulgor wich vor ihr zurück. »Du und wer noch (zusätzlich) will mich dazu zwingen/bewegen?«, fragte sie in trotzigem Galaktik Sechs.

Kurt zog seine Pistole. »Ich und mein Zauberstab hier, Ulgor. Und jetzt bleibst du hübsch stehen.«

Die Urs senkte zum Zeichen ihrer Aufgabe den langen Hals. »Issst ja ssson gut«, murmelte sie resigniert. »Wenn ihr ssso sssehr darauf besssteht. Vermutlisss musss isss misss in mein Ssschicksssal fügen.«

Sara ließ sich von diesen Worten so sehr einlullen, dass sie ein oder zwei Duras brauchte, bis ihr auffiel, *dass Ulgor sich immer noch von ihr entfernte!*

Kurt schien es ähnlich zu ergehen, bis Dedinger brüllte: »Sie hält euch zum Narren, ihr Tölpel!«

Und schon fuhr Ulgor herum und sauste in die Dämmerung hinein. Kurt schoss einmal, verfehlte sie aber. Und dann verschwand ihr Körper zwischen den Felsen. Das Letzte, was sie von ihr zu sehen bekamen, war der frech erhobene, sorgfältig geflochtene Doppelschweif. Die gefangenen Kriegerinnen hoben die vom Schlafmittel verkaterten Köpfe und grinsten und feixten amüsiert. Und auch die gefangenen Menschen lachten, aber eher über die Ungeschicktheit des Sprengmeisters.

»Du brauchst eindeutig mehr Übung mit dem Ding, Opa«, höhnte der Prophet. »Am besten gibst du es gleich weiter an jemandem, der damit auch treffen kann, wenn es sein muss.«

Prity fletschte die Zähne und knurrte Dedinger an, der so tat, als würde er furchtbar davor erschrecken, und dann laut lachte.

Während seiner Zeit in Biblos hatte er doch mit Schimpansen zu tun, sagte sich Sara, und sie legte Prity eine Hand aufs Knie, um ihn zu beruhigen. *Da sollte er doch wissen, dass man sie nicht reizen darf.*

Doch wie heißt es so schön im Volksmund: Kein Narr ist so groß wie der, der Verstand besitzt.

»Tja, das musste wohl so kommen«, murmelte Kurt zerknirscht. »Alles ist meine Schuld. Ich hätte auf dich hören und sie ebenfalls binden sollen, auch wenn sie mir das Leben gerettet hat. Nun kann sie sich überall verstecken und uns beobachten. Oder gleich davongaloppieren und ihre Freundinnen herholen, bevor wir weit genug fortgekommen sind.«

Sara aber schüttelte den Kopf. *Kann man überhaupt weit genug fortkommen?* Auf jeden Fall zwang Ulgors Flucht sie zur Eile.

Der Sprengmeister gab ihr mit einem Handzeichen zu verstehen, zu ihm zu kommen. Als sie sich neben ihn hockte, presste er erst die Lippen zusammen, entschied sich dann aber doch, zu ihr zu sprechen, allerdings so leise, dass ihre angegriffenen Ohren ihm nur mit Mühe folgen konnten.

»Ich habe in der letzten Zeit viel nachgedacht, Sara … und ich glaube jetzt, es war ein Segen des Eies, dass unsere Wege sich gekreuzt haben. Meinetwegen auch eine Laune von Jafalls. Deine Talente und Fähigkeiten könnten sich als überaus nützlich erweisen … für ein Projekt, mit dem ich zu tun habe. Ursprünglich wollte ich in Crossroads mit dir darüber reden …«

»Worüber?«

»Dass du dich uns anschließt und mit in den Süden kommst.« Seine Stimme wurde noch leiser. »Zum Berg Guenn.«

»Zum Berg …«, platzte es aus ihr heraus, und sie sprang auf.

Als sie Kurts erschrockenen Blick bemerkte, setzte sie sich wieder neben ihn. »Du nimmst mich wohl auf den Arm, oder? Hast du etwa vergessen, dass ich etwas Wichtiges auf der Lichtung zu erledigen habe? Wenn die Radikalen den Fremden für so wichtig halten, dass sie auch vor Mord und Totschlag nicht zurückschrecken, sollten dann nicht die Weisen wenigstens die Chance erhalten, ihn sich einmal genauer anzusehen und dann eine Entscheidung zu fällen? Davon abgesehen sind die Invasoren doch seine Freunde, und da ist es unsere Pflicht und Schuldigkeit, dafür zu sorgen, dass er moderne medizinische Versorgung …«

Kurt winkte ab. »Das ist ja alles richtig. Doch da wir davon ausgehen müssen, dass der Weg zur Lichtung blockiert ist und ein anderes Projekt wartet, das mindestens ebenso wichtig sein dürfte …«

Sara starrte ihn fassungslos an. Hatte der Sprengmeister am Ende wie Dedinger den Verstand verloren? Was konnte denn wichtiger sein, als den Fremden zu den Weisen zu führen?

»Es handelt sich dabei um eine Sache, an der einer deiner Kollegen schon eine Weile arbeitet. Seit einigen Wochen beschäftigt er sich damit schon an dem Ort, den ich gerade genannt habe …«

Einer meiner Kollegen? Sara blinzelte verständnislos. Wer mochte das sein? Bonner und Taine hatte sie noch vor ein paar Tagen in Biblos gesehen. Plovov hielt sich bei der Versammlung auf. Wer blieb denn noch übrig …

Und schon tauchte ein Name in ihrem Bewusstsein auf.

Purofsky, der Astronom? Der ist am Berg Guenn? Was treibt er denn da, zum Ei noch mal?

»… und wirkt mit bei einem Projekt, das geradezu nach deinen Fähigkeiten und Kenntnissen schreit, wenn ich das einfach mal so sagen darf.«

Sie schüttelte den Kopf. »Aber der – dieser Ort – liegt noch hinter dem Großen Sumpf und jenseits der Wüste und dem Spektralleuchten! Außer natürlich, man entscheidet sich für die lange Strecke, fährt den Fluss hinunter und dann übers Meer bis …«

»Wir kennen eine Abkürzung«, warf Kurt ganz ruhig ein.

»… und vor Kurzem noch haben wir Pläne geschmiedet, von hier zu fliehen und zur nächsten bewohnten Ortschaft zu laufen. Und das kam uns schon so hoffnungslos vor wie eine Reise zum Mond.«

»Ich habe nie gesagt, dass die Reise zu jenem Ort einfach sein wird«, seufzte der Sprengmeister. »Hör zu, alles, was ich jetzt von dir wissen will, ist dies: Wenn ich dich davon überzeugen kann, dass es möglich ist, dorthin zu gelangen, würdest du dann mitkommen?«

Sara verkniff sich, was ihr nicht gerade leichtfiel, die Antwort, die ihr automatisch in den Sinn kam. Kurt hatte bereits diverse Wunderpulver und Gottmaschinen aus seiner Satteltasche hervorgezaubert. Bewahrte er in ihr auch so etwas wie einen Fliegenden Teppich auf? Oder einen von den sagenhaften Antigrav-Schlitten? Oder einen von diesen Gleitern mit den ultraleichten Flügeln, an dem man sich von einer kräftigen Meeresbrise bis zu den fernen Feuerbergen durch die Lüfte tragen lassen konnte?

»Ich kann meine Zeit nicht mit irgendeinem Unsinn verschwenden«, erklärte Sara und erhob sich. Sie machte sich Sorgen um den Fremden. Mittlerweile war es stockfinster. Ulgor war zwar nach Nordwesten geflohen, aber das besagte natürlich gar nichts. Die Hausiererin konnte das Lager umrunden und dem Sternenmann irgendwo einen Hinterhalt legen. »Ich will nach …«

Ein Schrei unterbrach sie diesmal, und sie fuhr heftig zusammen. Ein schrilles Wiehern der Überraschung, dann der Wut, sich melodisch vermischend, und dieses verrückte Lied wurde so oft von den Felsen zurückgeworfen, dass Sara und Kurt mit ihren lädierten Trommelfellen nicht entscheiden konnten, aus welcher Richtung es kam. Das Geräusch barg aber so viel Entsetzen in sich, dass Sara eine Gänsehaut bekam.

Prity nahm sich eines der langen ursischen Messer und näherte sich den nervösen Gefangenen. Jomah hielt längst den kleinsten Bogen der Wüstenläufer in der Hand und legte einen Pfeil auf die Sehne. Sara spannte die Hände und wusste, dass eigentlich eine Waffe zwischen ihren Fingern sein sollte, aber schon der bloße Gedanke daran kam ihr obszön vor. Nein, sie würde sich niemals dazu überwinden können, jemanden mit einer Waffe anzugreifen.

Sicher ein Charaktermangel, gab sie durchaus zu. *Eine Schwäche, die ich nicht an meine Kinder vererben darf. Erst recht nicht dann, wenn uns ein Zeitalter der Gewalt und der Helden bevorsteht.*

Das Schreien ging in ein langgezogenes Heulen über, und die Anspannung unter den Personen am Feuer wuchs. Bestimmte Emotionen schwangen in dem Geräusch mit: Schmerz, Verzweiflung und Demütigung, als zöge derjenige, der es ausstieß, den sofortigen Tod vor, um das, was er gerade durchmachte, nicht länger erleiden zu müssen. Mit jeder Dura, die verging, wurden die Laute schriller. Die Gefangenen drängten sich aneinander und spähten ängstlich in das Dunkel.

Nun ertönte ein neues Geräusch, ein Bass-Kontrapunkt – ein rasches, unrhythmisches Donnern, das den Boden wie beim Anmarsch eines der Roboter erbeben ließ.

Kurt spannte den Hahn seiner Pistole.

Dann tauchte am westlichen Rand des Feuerscheins ein Schatten auf. Ein monströses Gebilde, massiv und schwer, das schräg vor ihnen aufstieg und mit einem Fortsatz versehen war, der wie ein Bündel von Armen und Beinen um sich schlug und durch die Luft ruderte.

»Huch!«, machte Sara und fuhr zurück.

Einen Moment später fasste sie sich wieder und seufzte erleichtert auf, als sie in dem Auswuchs Ulgor wiedererkannte, die jammernd und stöhnend ihrer Schande und Schmach Ausdruck verlieh.

Zwei chitinbewehrte Arme mit Scheren an den Enden hielten die Urs in festem Griff.

Die Arme eines Qheuen! Er trat mit den drei freien Beinen

umständlich ins Licht und hatte Mühe, sein Gleichgewicht zu halten, während die Hausiererin sich hin und her warf, um freizukommen.

»Widerstand ist zwecklos«, pfiff eine kratzige, aber durchaus vertraute Stimme aus zwei Beinmündern. So sehr waren sie mit Staub belegt, dass Sara einen Moment überlegen musste … ganz abgesehen von dem grauen Staub, der sich auf den Rückenschild gelegt hatte. Erst nahe am Feuer konnte man seine ursprüngliche blaue Farbe erkennen.

»Hallo, Leute-te«, krächzte Klinge, der Sohn von Stammbeißer aus dem Dorf Dolo. »Hat vielleicht jemand einen Schluck Wasser für mich-ich?«

Die Nacht war windig, klar und für diese Jahreszeit entschieden zu kalt. Sie warfen alles, was nicht mehr gebraucht wurde, ins Feuer und bedeckten die Gefangenen mit den Resten des Tarnzelts, damit denen wenigstens ihre Körperwärme blieb. In der Finsternis fielen die Urs rasch in Schlaf, unter ihnen auch die fest gebundene Ulgor. Aber die menschlichen Freischärler hatten die ganze Zeit unter ihren Decken miteinander zu tuscheln und zu schwatzen, sodass Sara sich schon mit düsterer Vorahnung fragte, was die Wüstenläufer wieder aushecken mochten. Natürlich sehnte sie sich nicht wie die Urunthai nach ursischer Verstärkung, die morgen oder spätestens übermorgen auf den Hügeln auftauchen musste. Wenn es den Briganten gelang, sich im Lauf der Nacht ihre Fesseln gegenseitig aufzubeißen oder aufzuscheuern, was konnte Kurt dann mit seiner Pistole groß gegen sie ausrichten, wenn sie von allen Seiten zugleich angriffen?

Nun gut, die meisten von ihnen litten immer noch unter den Nachwirkungen der Blendung. Und mit jemandem wie Klinge konnten auch mehrere Männer nicht leicht fertigwerden. Selbst wenn er viel Staub geschluckt hatte und als blauer Qheuen den weichsten Rückenpanzer besaß, so konnte er einem doch einen gehörigen Schrecken einjagen. Solange der Qheuen Wache hielt, durften Sara und die anderen es wagen, sich ebenfalls hinzulegen.

Wenn wir doch nur wüssten, was aus dem Sternenmenschen geworden ist, sorgte sie sich.

Er war nun schon seit einigen Midura fort. Auch wenn mittlerweile Loocen aufgegangen war und das Land in sein bleiches Licht tauchte, so konnte man sich doch nur zu leicht vorstellen, wie der arme Kerl da draußen in die Irre ging.

»Der Schuss hat mir sehr geholfen, zu eurem Lager zu finden«, erklärte Klinge, nachdem Sara und Jomah ihm die Münder, die Ventile und den Augenring mit nassen Schwämmen abgewischt hatten, wobei sie ziemlich viel von ihrem kostbaren Wasservorrat verbrauchten. »Ich stand schon am Rand der Verzweiflung, weil ich eure Spur im vergehenden Licht nicht mehr ausmachen konnte. Aber dann krachte der Schuss, und etwas später entdeckte ich auch schon die Reflexion eures Feuers an dem großen Felsen da hinten.«

Sara schaute dorthin. Da tanzte tatsächlich ein Flackern über den hohen Stein. Wenn es dem Qheuen schon geholfen hatte, hierherzufinden, könnte sich vielleicht auch der Fremde daran orientieren.

»Aber stellt euch meine Überraschung vor, als mir jemand entgegengelaufen kam, als wolle er mich begrüßen.« Klinge kicherte aus drei seiner Beinöffnungen. »Natürlich war meine Verwunderung nicht so groß wie die von Ulgor, als sie mich unvermittelt gewahrte. Ich möchte sogar sagen, sie bekam einen Schock.«

Der Qheuen hatte eine einfache, aber heldenhafte Geschichte zu erzählen. Er hatte in Uryuttas Oase auf dem Grund des Wassers gewartet, bis Ur-Kachus Gruppe aufgebrochen war, der dann die langsamere Truppe mit den Gefangenen und der Beute folgen sollte. Klinge hatte lange und gründlich überlegt, welche Möglichkeiten ihm offenstanden. Sollte er nach Crossroads ziehen? Oder zu einer anderen Siedlung? Oder aber den Urunthai folgen und zu Hilfe eilen, wenn Beistand erforderlich wurde? Ganz gleich, wie er sich entschied, beides bedeutete für ihn Austrocknung und Schmerzen – von den möglichen Gefahren gar nicht erst zu reden.

Sara fiel auf, dass der Qheuen eine Möglichkeit nicht in Betracht gezogen zu haben schien – nämlich in der Oase abzuwarten, bis jemand kam. Vermutlich wäre ihm so etwas nie im Traum eingefallen.

»Mit einem habe ich allerdings nicht gerechnet – dass ich euch nämlich hier als Herren der Lage vorfinden würde. Dass ihr aus eigener Kraft beide feindlichen Gruppen überwältigen konntet. Es sieht ja ganz so aus, als hättet ihr meine Hilfe gar nicht nötig gehabt.«

Jomah lachte vom Rücken des Qheuen, wo er hockte und ihm die Sehschlitze mit einem Schwamm wässerte. Der Junge umarmte Klinges Kopfaufsatz. »Du hast uns doch den Tag gerettet!«

Sara nickte. »Du bist der größte Held von uns allen, lieber, treuer Freund.«

Danach waren Worte überflüssig – was vielleicht auch daran lag, dass sich alle viel zu müde fühlten, um noch lange Gespräche zu führen. Schweigend betrachteten sie für eine Weile die Flammen. Einmal wanderte Saras Blick hinauf zum Loocen und bestaunte das reflektierte Sonnenlicht, das die alten und verlassenen Buyur-Städte glitzern ließ – jene dauerhaften Überreste der Macht und der Glorie einer Spezies, die einst dieses Sonnensystem bevölkert hatte – und das vielleicht eines fernen Tages wieder tun würde.

Wir Sooner sind wie die Träume Jijos, dachte sie. *Geisterhafte Schatten, die keine Spuren zurücklassen, sobald sie einmal vergangen sind. Flüchtigen Phantasien gleich sind wir, die vorbeihuschen, während dieser Punkt der Schöpfung sich ausruht und sich auf die nächste Phase vorbereitet, in dem die Errungenschaften einer neuen gottgleichen Spezies auf ihm ausgebreitet werden.*

Solche Gedanken waren nicht angetan, sie zu beruhigen. Sara wollte nicht nur ein Traum sein, sondern wünschte sich, dass ihre Taten und Gedanken wenigstens ein Beitrag zu etwas sein würden, aus dem im Laufe der Zeit etwas Gutes erwachsen würde. Ihre Arbeit, ihre Kinder und ihre Zivilisation mussten doch zu etwas nütze sein. Vielleicht war dieses Trachten Folge der unkonventionellen Erziehung durch ihre Mutter. Immerhin hatte sie einen berühmten Häretiker, einen legendären Jäger und jemanden hervorgebracht, der an verrückte Theorien über eine andere Art der Erlösung für alle in der Sechsheit zusammengeschlossenen Spezies glaubte.

Sara musste an ihre Diskussion mit Dedinger zurückdenken.

Wir werden wahrscheinlich nie erfahren, wer von uns beiden richtiggelegen hat, denn die Gemeinschaften konnten sich ja nicht in Ruhe entwickeln und auf den Weg machen. Zu dumm. Wir beide glauben, jeder auf seine Weise, an etwas Schönes … na ja, jedenfalls etwas viel Besseres, als ausgelöscht zu werden.

Das Schweigen machte es möglich, dass einige der natürlichen Geräusche dieser Welt wieder von ihren Sinnen wahrgenommen wurden – und das Klingeln in ihren Ohren ließ immer mehr nach.

Ich sollte mich wirklich glücklich schätzen, nicht völlig taub oder blind aus diesem Abenteuer herausgekommen zu sein – oder es überhaupt überlebt zu haben. Wenn trotzdem ein Schaden zurückbleiben sollte, werde ich mich schon mit ihm abfinden.

Der Fremde gab ihnen allen ein leuchtendes Beispiel. Obwohl er vieles von dem verloren hatte, was ihn einmal zu einer eigenständigen Persönlichkeit gemacht hatte, war er doch immer fröhlich und gut gelaunt. Sara entschied, dass in Zeiten wie diesen nur grimmiger Stoizismus – und sonst gar nichts – überhaupt einen Sinn ergab.

Von den Geräuschen der Nacht erkannte sie einige rasch wieder. Die schwebende Kadenz leiser Seufzer stammte vom Wind, der über die nahe Prärie strich und sich seinen Weg durch die Reihen der Steinsäulen bahnte. Das ferne und leise Stöhnen verriet eine Herde von Gallaitern. Jetzt ertönte auch das grummelnde Rasseln eines Liggers, mit dem er alle warnte, sich von seinem Revier fernzuhalten. Und auch ein fremder Vogel sang sein leises Lied.

Während Sara lauschte, veränderte sich der Vogelgesang ständig und wurde lauter, bis ihr klar wurde, dass dieses Geräusch nicht von einem gefiederten Tier stammen konnte.

Und immer noch wurde das Lied lauter und wuchs auch an Volumen, bis es die ganze Nacht in Besitz nahm und alle anderen Laute verdrängte. Sara stand auf. Überall kam Bewegung in den See der Zeltreste, während auch die Gefangenen auf den Lärm reagierten. Das Heulen schwoll zu einem Tosen an, und Sara musste sich die Hände auf die Ohren pressen. Klinge senkte den Rückenschild, und die gefangenen Urs wieherten ängstlich und schlugen mit den langen Hälsen nach allen Seiten aus. Steinchen fielen von den Felsnadeln, und Sara befürchtete schon, sie könnten durch das brüllende Heulen in der Luft einstürzen.

Diesen Lärm habe ich doch schon einmal gehört …

Plötzlich breitete sich grelles Licht am Himmel aus, und etwas Helles tauchte über ihnen auf. Es bremste ab und löste dabei mehrmals einen donnernden Knall aus. Eine glühende Röhre mit einigen Auswüchsen, deren Hitze selbst noch aus solcher Entfernung zu spüren war …

Wie weit war es weg? Sara hatte erst einmal ein Sternenschiff zu sehen bekommen – als fernes Funkeln, das sie vom Fenster ihres Baumhauses aus beobachtet hatte. Darüber hinaus hatte sie Bilder, Zeichnungen und abstrakte Berechnungen studiert – die ihr jetzt wenig nutzten, um die Entfernung zu ermessen. Ihr Verstand wurde taub.

Das Schiff muss sich hoch oben in der Atmosphäre befinden, erkannte sie. Aber es kam ihr so ungeheuer groß vor …

Die Gotteskutsche überquerte sie von Südwesten nach Nordosten, war eindeutig im Abstieg begriffen und schien in Kürze landen zu wollen. Und es bedurfte keiner besonderen Ausbildung, um festzustellen, wo es niedergehen wollte.

Trotz aller ehrfurchtgebietenden Schönheit löste der Anblick bei Sara nichts anderes als von Magenkrämpfen begleitete Furcht aus.

Lark

Aus der Ferne ließ sich nichts Genaues ausmachen. Das Licht, das sich der Lichtung näherte, war unfassbar intensiv und warf lange Schatten, sogar von den Waldstreifen an den Berghängen, und die lagen doch viele Meilen entfernt.

»Jetzt kannst du mit eigenen Augen sehen, mit wem ihr euch da eingelassen habt«, erklärte ihm Ling. Sie stand ganz in der Nähe und wurde von einem halben Dutzend wachsamer Milizionäre umringt. »Das könnt ihr nicht so leicht vom Himmel schießen wie eine Handvoll kleiner Bodyguard-Roboter.«

»Daran habe ich nicht einen Moment gezweifelt«, entgegnete Lark, schützte die Augen mit einer Hand und versuchte, etwas in dem Glühen zu erkennen. Scheinwerferfinger fuhren über den Krater, in dem sich die Überreste der Station befanden. Nach zwei Tagen ohne Schlaf erschien ihm das Dröhnen der fremden Triebwerke wie das Knurren einer Liggerin, die gerade von der Jagd zurückkehrte, ihr Junges übel zugerichtet vorfand und sich in furchtbare Rage steigerte.

»Noch ist es nicht zu spät, weißt du«, fuhr Ling fort. »Wenn ihr uns die fundamentalistischen Rebellen aushändigt und auch eure Hohen Weisen, könnten sich die Rothen geneigt zeigen, das Ganze als individuelles statt kollektives Versagen anzusehen. Die

Bestrafung, die dann folgt, müsste sich dann nicht auf alles Leben hier ausdehnen.«

Lark wusste, dass er eigentlich wütend auf ihr Angebot hätte reagieren sollen. Er hätte zu ihr herumfahren und sie ob der Heuchelei ihres Angebots niedermachen müssen – und sie an die Beweise erinnern sollen, die jedermann gesehen und erlebt hatte, die Belege dafür, dass Lings Herren tatsächlich Völkermord im Sinn gehabt hatten!

Aber zwei Dinge hielten ihn zurück.

Obwohl mittlerweile alle wussten, dass die Rothen geplant hatten, einen blutigen Bürgerkrieg unter den Sechs anzuzetteln, bei dem zuerst die Menschen auf Jijo vernichtet werden sollten, waren die Details dieser Maßnahme doch noch weitgehend unbekannt.

Und wie jeder weiß, steckt der Teufel im Detail. Außerdem war Lark viel zu erschöpft, um sich auf einen weiteren geistigen Ringkampf mit der jungen Biologin einzulassen. So verdrehte er in Nachahmung eines ursischen Achselzuckens nur den Hals und klickte und zischte in Galaktik Zwei:

»Haben wir nichts Besseres/Vernünftigeres zu tun, als jetzt über sinnlose/absurde Dinge zu diskutieren?«

Das wurde von den Wachen mit Kopfschütteln oder Grinsen bestätigt. Die Männer führten die Gefangene zu einem Versteck. Andere Trupps begleiteten Rann und Ro-kenn zu weiteren geheimen Orten. Die Geiseln wurden so weit wie möglich voneinander entfernt untergebracht.

Eine vernünftige Maßnahme, aber warum hat man mich zum Aufpasser für Ling bestimmt?

Vielleicht haben die Weisen sich gesagt, dass die Biologin so lange mit mir diskutieren und streiten wird, dass ihr gar keine Zeit bleibt, an Flucht zu denken.

Wie dem auch sei, ihm war klar, dass er eine ganze Weile mit ihr zusammenbleiben würde.

Doch im Moment schwiegen sie und verfolgten gebannt, wie das mächtige Sternenschiff hin und her flog und mit seinen Scheinwerfern jeden Punkt auf der Lichtung bestrahlte. Sie fanden die Stelle, an der vorhin noch die Zelte gestanden hatten, und natürlich immer wieder den Krater. Vom fernen Berghang aus konnte man den Blick kaum von diesem hypnotischen Strahlen wenden.

»Weiser, wir müssen weiter. Wir sind noch lange nicht in Sicherheit.«

Die Miliz-Sergeantin, die einzige Frau in der Truppe, hatte gesprochen. Sie hieß Shen, hatte glänzendes schwarzes Haar und feine Gesichtszüge, und an ihrer Schulter hing ein tödlicher Bogen. Lark blinzelte und wusste im ersten Moment nicht, an wen sie ihre Worte gerichtet hatte.

Ach ja, natürlich, er war ja der Weise.

Er würde einige Zeit brauchen, bis er sich an den Titel gewöhnt hatte. Lark war immer davon ausgegangen, dass seine Häresie ihn dafür, trotz seiner Ausbildung und all seiner wissenschaftlichen Verdienste, disqualifizieren würde.

Aber nur ein Weiser kann Entscheidungen fällen, wenn es um Leben und Tod geht.

Während der Trupp weiterzog, konnte er nicht anders, als einen Seitenblick auf Ling zu werfen. Auch wenn er die Frau die halbe Zeit über am liebsten erwürgt hätte, war ihm doch bewusst, dass es sich dabei nur um eine Redensart handelte. Lark bezweifelte, dass er je zu so etwas fähig sein könnte, selbst dann nicht, wenn die Pflicht es von ihm verlangen sollte. Dafür war Lings Gesicht selbst jetzt noch, beschmutzt und von Erschöpfung gekennzeichnet, viel zu schön.

Etwa eine Midura später erfüllte ein donnernder Schrei des Schreckens die Berge, echote von den schneebedeckten Gipfeln wider, stürzte von allen Seiten ins Tal und brachte die Bäume zum

Beben. Ein Milizionär deutete den Weg zurück auf die Stelle, wo das künstliche Licht des Sternenschiffes unfassbar hell geworden war. Die ganze Gruppe rannte zur nächsten freien Stelle, von wo aus man einen guten Ausblick nach Südwesten hatte. Sie mussten die Augen mit den Händen abschirmen, um nicht geblendet zu werden.

»Bei Jafalls!«, keuchte Lark, während die Soldaten ihre Waffen grimmiger packten, sich an ihren Kameraden festhielten oder Handzeichen zur Abwehr alles Bösen in die Luft malten. Jedes Gesicht glühte vom reflektierten Strahlen weiß.

»Das … kann … doch … nicht … sein …«, ächzte Lark, als bereite ihm jedes einzelne Wort Mühe.

Das gewaltige Rothen-Schiff schwebte immer noch über der Lichtung. Und weiterhin leuchteten die Scheinwerfer an seinem Bauch.

Doch nun wurde es auch von oben in Licht gebadet, und dieses Licht stammte von einem neuen Gebilde.

Von einem neuen Schiff.

Einem riesigen Sternenkreuzer, gegen das der Rothen-Raumer sich ausnahm wie eine Urs-Larve neben ihrer Mutter.

Äh … machten Larks Gedanken, und zu mehr waren sie nicht fähig, während er auf die Szene starrte und versuchte, den Größenunterschied zu verarbeiten. Doch alles, was ihm dazu einfiel, war ein blasphemischer Gedanke.

Das neue Schiff war groß genug, um das heilige Ei gelegt haben zu können. Und in seinem Bauch noch Platz für weitere zu haben.

Das Rothen-Schiff saß unter dem Giganten gefangen, gab mahlende Geräusche von sich und wackelte, als versuche es, von hier zu entkommen … oder sich auch nur vom Fleck zu bewegen. Doch das Licht, das von oben auf den kleineren Kreuzer niederströmte, schien physische Substanz zu besitzen und es wie ein solider Strahl immer weiter nach unten zu drücken. Goldfarbenes

Glühen umgab das Rothen-Schiff, als es aufsetzte und hart über Jijos Boden mahlte.

Das dichte Funkeln umgab es ganz, breitete sich wie ein Umhang darüber aus, kühlte ab und verhärtete sich zu einem leuchtenden Kegel.

Wie Wachs, dachte Lark, immer noch benommen. Dann drehte er sich mit den anderen um, und sie rannten durch den nächtlichen Wald, was ihre Lungen und ihre Muskeln hergaben.

Asx

Was ist das, meine Ringe? Dieses Vibrieren, das durch unseren Stapel fährt?

Es fühlt sich schrecklich vertraut an.

Oder vertraut schrecklich.

Inmitten eines furchtbaren Glühens stehen wir wie angewurzelt auf der Festival-Lichtung und verfolgen, wie das Rothen-Schiff zu Boden gezwungen, wie es von einer Hülle gefrorener Zeit umschlossen wird und wie die Blätter und Zweige in seiner Nähe, die eben noch von heftigen Luftströmen aufgepeitscht wurden, nun ebenso erstarren.

Und über dem Ganzen schwebt die neue Macht, dieser neue Titan.

Das gleißende Licht wird gedämpft. Das monströse Schiff senkt sich mit einem überwältigenden gesummten Lied herab, zermahlt unter sich jeden noch verbliebenen Baum auf der Südseite des Tals, gräbt dem Fluss ein neues Bett und erfüllt dann den Himmel wie ein neuer Riesenberg.

Spürt ihr es, meine Ringe?

Hat sie euch schon erreicht, die dunkle Vorahnung, die mit säurehaltigen Dämpfen durch unseren Kern vibriert?

An der endlos langen Flanke des Schiffes öffnet sich eine Luke, die groß genug ist, um ein ganzes Dorf zu verschlucken.

Vor dem Licht, das aus dem Innern dringt, tauchen Silhouetten auf.

Konische Wesen, die sich nach oben verjüngen. Stapel aus Wülsten.

Die entsetzlichen Verwandten, von denen wir hofften, sie nie wiedersehen zu müssen.

Sara

Der Fremde kam ins Lager gestürmt, kaum dass das zweite Schiff darüber weggezogen war. Zu diesem Zeitpunkt war Sara schon wieder so weit aus ihrer Erstarrung erwacht, dass sie sich auch mit anderen Dingen befassen konnte.

Angelegenheiten, um die sie sich kümmern konnte.

Der Sternenmann kam von Süden und trieb ein halbes Dutzend erschöpfter Esel vor sich her. Er wirkte sehr aufgeregt, als müsse er dringend etwas loswerden. Sein Mund öffnete sich, und er stammelte sinnlose, unzusammenhängende Laute, als wolle er die richtigen Worte durch schiere Willenskraft über seine Lippen bringen.

Sara tastete seine Stirn ab und überprüfte seine Augen.

»Ich weiß es schon«, erklärte sie, um ihn zu beruhigen. »Wir haben das Schiff auch gesehen. Ein gewaltiger Kasten, größer noch als der Dolo-See. Ich wünschte, du könntest uns sagen, ob das ein Kreuzer von deinen Leuten war, oder von jemandem, den du lieber nicht hier sehen möchtest.«

Im Grunde genommen war sie sich überhaupt nicht sicher, ob er sie überhaupt hören konnte, gar nicht erst zu reden davon, ob ihre Worte für ihn irgendeine Bedeutung hatten. Der Ärmste hatte ziemlich nah an der Explosion gestanden, und er war überhaupt nicht darauf vorbereitet gewesen.

Trotzdem war etwas an seiner Erregung, das sie zum Nachdenken brachte. Er zeigte nicht in den Himmel, wie sie es eigentlich erwartet hätte, und er schaute auch nicht nach Norden, wo die beiden Schiffe in einigem zeitlichen Abstand voneinander gelandet waren. Stattdessen deutete er immer wieder nach Süden, der Richtung, aus der er gerade gekommen war.

Dann sah er ihr hilflos ins Gesicht, zuckte und runzelte die Stirn. Konzentriert atmete er mehrmals tief ein. Plötzlich entstand ein Leuchten in seinen Augen, und er fing an zu singen:

Rappe und Fuchs, Apfel und Grauer
Sechs Schimmel ziehen einen Wagen
Stille jetzt, hör auf zu klagen
Schlaf schön ein, kleiner Schatz.

Seine Stimme klang heiser, und er hatte Tränen in den Augen. Doch er hielt durch und sang die Strophen, die tief in sein Gedächtnis eingeprägt waren und auch nach vielen Jahrzehnten noch in den unbeschädigten Windungen seines Gehirns bereitlagen.

Wenn dann kommt der neue Tag
Kriegst du einen Kuchen
Und es kommen dich besuchen
All die hübschen kleinen Pferdchen.

Sara nickte langsam und versuchte, hinter den Sinn dieses Kinderliedes zu kommen.

»All die hübschen kleinen … oh, bei Jafalls!«

Sie drehte sich zu dem Sprengmeister und seinem Neffen um. »Er hat Urs gesehen! Sie müssen ganz in der Nähe sein. Offenbar ziehen sie nach Süden, um uns von hinten anzugreifen.«

Kurt blinzelte mehrmals und öffnete endlich den Mund, wurde aber vom Jubelgepfeife der gefangenen Kriegerinnen übertönt.

Ulgor drehte den langen Hals zu ihnen herum. »Isss habe eusss doch gesssagt, dasss unsssere Verbündeten nissst lange auf sssisss warten lasssen. Nun sssneidet meine Fessseln dursss, damit isss für eusss Fürsssprache einlegen kann. Ssson möglisss, dasss isss die Urunthai dasssu bewegen kann, eusss nissst allsssu hart sssu behandeln.«

»Sara«, begann Kurt und legte ihr eine Hand auf den Arm. Aber sie schüttelte sie ab. Im Moment gab es Wichtigeres zu erledigen.

»Kurt, du verziehst dich mit Jomah, Prity und dem Fremden in die Felsen. Die Urs können dir auf solchem Terrain nicht folgen. Vielleicht gelangt ihr bis ganz nach oben, wenn Klinge und ich sie lange genug aufhalten. Sucht eine Höhle oder etwas in der Art. Nun mach schon!«

Sara wandte sich an den blauen Qheuen: »Bist du bereit, Klinge?«

»Das bin ich, Sara!«, rief er, schlug zwei Scheren gegeneinander und ging in Kampfposition, als wolle er die Schlacht an der Znunir-Handelsstation noch einmal ausfechten.

Ein neuer Heiterkeitsausbruch ließ Sara herumfahren. Diesmal war es Dedinger, der sich amüsiert gab.

»Achte nicht auf mich, Schwester«, lächelte er. »Dein Plan klingt ausgezeichnet. Auf diese Weise bleiben auch ich und meine Kameraden am Leben. Los, Kurt, tu endlich, was sie gesagt hat! Kletter in die Felsen. Worauf wartest du denn noch?«

Sara begriff sofort, was der abtrünnige Weise meinte. Wenn die urunthaische Verstärkung feststellte, dass sie den Flüchtigen nicht den Felshang hinauf folgen und sie erst recht nicht in einer Höhle oder auf einem hohen Baum erreichen konnte, würden die Kriegerinnen sich gezwungen sehen, ihr gebrochenes Bündnis mit den Wüstenläufern zu erneuern und die Rache auf einen späteren Zeitpunkt zu verschieben – wenigstens so lange, wie es dauerte, bis Dedingers Bande Kurt und die anderen gefangen genommen hatte.

Sie ließ die Schultern hängen, als ihr bewusst wurde, wie vergeblich alles war.

Da haben wir so viel durchgemacht und erreicht, bloß um jetzt wieder ganz am Anfang zu stehen.

»Sara …«, begann Kurt wieder. Doch erneut kam er nicht dazu, seinen Satz zu sprechen, denn Geräusche ertönten, und er hielt den Kopf schief. »Lausche.«

Alle im Lager hielten den Atem an, und einen Moment später hörte Sara es auch. Hufgeklapper, das auf sie zukam. Sehr viele Hufe. Sara spürte die Vibrationen unter ihren Fußsohlen.

Jetzt ist es zu spät, mir einen neuen Plan auszudenken. Eigentlich ist es für alles zu spät, außer, es in Würde über sich ergehen zu lassen.

Sie legte dem Fremden eine Hand auf den Arm. »Tut mir leid, dass ich nicht gleich begriffen habe, wovor du uns warnen wolltest«, sagte sie, wischte ihm Staub von der Kleidung und richtete seinen Kragen. Wenn er schon der Preis war, den sie bezahlen mussten, dann sollte er wenigstens als wertvolle Geisel erscheinen und nicht wie ein Lumpenkerl. Er schenkte ihr sein freundlichstes Lächeln. Dann drehten sie sich gemeinsam nach Süden, um die herannahende Streitmacht zu empfangen.

Die Neuankömmlinge schwärmten in der Dunkelheit aus, und die ersten trabten zwischen zwei Felsnadeln hindurch. *Ja, das sind Urs,* erkannte sie. Kräftig, zahlreich und gut bewaffnet marschierten sie auf der Lichtung ein, besetzten sofort alle wichtigen Positionen, hielten nach möglichen Gefahren Ausschau und richteten ihre gespannten Armbrüste nach allen Seiten.

Sara erschrak vor dieser Macht, war aber auch ein wenig enttäuscht, als die Vorhut sich überhaupt nicht um Klinge und ihre Gefährten scherte und anscheinend keinerlei Bedrohung in ihnen sah.

Als sei das noch nicht genug, musste sie zu ihrer großen Überraschung auch noch feststellen, dass die Kriegerinnen sich genauso wenig um die gefesselten Urunthai kümmerten und sie einfach liegenließen.

Jetzt fiel Sara auch auf, dass die Soldaten eine ganz andere Kriegsbemalung trugen als Ur-Kachus Bande. Die Streifen waren nicht so grellbunt, und sie gingen ineinander über. War das am Ende gar nicht die Hauptmacht der Urunthai?

Sara sah zu Ulgor und erkannte an ihrer enttäuschten Miene, dass es sich bei dieser Truppe nicht um die erhoffte Verstärkung handelte. Ein Strahl der Hoffnung leuchtete vor ihrem geistigen Auge auf. Sollten diese Kriegerinnen etwa zum Bürgerselbstschutz gehören? Allerorten trugen sie nicht die Litzen, Tressen oder Uniformen einer typischen ursischen Miliz-Einheit. Und sie agierten auch anders als die örtlichen Hirten, die einmal in der Woche (allerdings nur bei gutem Wetter) in ihrer Freizeit übten und trainierten.

Wer aber waren sie dann?

Die Späher der Vorhut pfiffen den anderen zu, dass alles klar sei. Nun trat die Obermatrone, deren Maul in Ehren ergraut war, auf die Lichtung. Sie schritt auf die Dörfler aus Dolo zu und verbeugte sich respektvoll vor ihnen.

»Isss musss misss für unssser Zussspätkommen entsssuldigen, Freunde. Wie sssade, dasss ihr sssolssse Unannehmlissskeiten hattet. Wir freuen unsss jedoch, dasss ihr alle Ssswierigkeiten ausss eigener Kraft und ohne fremde Hilfe beheben konntet.«

Sara konnte nur starren, als Kurt und die Matrone die Nasen aneinanderrieben. »Du kommst nicht zu spät, Ulashtu, wenn du im entscheidenden Moment erscheinst. Ich wusste, dass du unser Leid riechen und uns zu Hilfe eilen würdest.«

Von diesem Moment an konnte Sara dem Gespräch nicht mehr folgen, denn der Fremde zog sie am Arm herum. Er zitterte am ganzen Leib vor Nervosität.

Weitere Gestalten tauchten aus der Dunkelheit auf.

Personen, mit denen sie nie gerechnet hatte.

Zuerst glaubte sie, eine weitere zum Krieg gerüstete Abteilung Urs trabe da heran. Aber es waren sonderbare Urs, viel zu groß und mit zu kurzen und zu steifen Hälsen versehen. Und wie eigenartig sie sich bewegten. Für einen Moment kam ihr die Abbildung von dem antiken Fries am Parthenon wieder in den Sinn, auf dem die wilden und mythischen Zentauren zu sehen gewesen waren.

Doch schon im nächsten Moment seufzte sie erleichtert.

Ich doofe Nuss! Das sind doch nur Männer, die auf Eseln reiten. Bei Jafalls. In dieser Finsternis kommt einem alles Normale geheimnisvoll vor, erst recht nach all dem, was wir durchgemacht ha…

Nein, auch das war nicht richtig. Sie starrte in die Nacht.

Für Esel waren diese Tiere überaus groß. Die Füße der Reiter schleiften nicht über den Boden, denn sie saßen auf mächtigen, vor Kraft strotzenden Rücken.

»Sie sind es!«, rief Jomah. »Sie sind es wirklich. Also hat man die doch nicht alle getötet!«

Sara kam es vor, als seien Drachen, Dinosaurier und Greifen einem Märchenbuch entsprungen und zögen hier heran. Ein Traum schien wahr geworden zu sein, auch wenn er einigen hier als Albtraum erscheinen musste. Die gefangenen Urunthai heulten vor Wut und Verzweiflung, als sie erkannten, was da auf die Lichtung kam. Sie zu sehen bedeutete für die Kriegerinnen, dass ihr einziger großer Triumph – die einzige Berechtigung ihres Geheimbundes auf unsterblichen Ruhm – nie wirklich errungen worden war, dass sie in ihrem früheren Bemühen gescheitert waren.

Die Reiter stiegen ab, und Sara erkannte, dass es sich bei ihnen samt und sonders um Frauen handelte. Sie entdeckte auch, dass weitere Tiere folgten, die keine Reiter, sondern Sattel auf den Rücken hatten.

Nein!, schwor sie sich. *Sie können nicht ernsthaft von mir verlangen, auf so ein Monstrum zu steigen!*

Das erste Tier schnaubte, als der Fremde eine Hand ausstreckte und ihm über den riesigen Schädel strich. Das Wesen konnte es an Masse leicht mit vier oder fünf Urs aufnehmen. Und sein Maul war so groß, dass es damit einem Mann einen ganzen Arm auf einmal abbeißen konnte. Doch der Sternenmensch schien nicht die geringste Angst zu haben, als er seine Wangen an den breiten Hals des Tieres drückte.

Und mit Tränen in den Augen sang er wieder:

Wenn dann kommt der neue Tag
Kriegst du einen Kuchen
Und es kommen dich besuchen
All die hübschen, kleinen Pferdchen.

Epilog

Es ist ein sonderbares Universum.

Er denkt darüber nach, ohne es in Worte zu fassen. So fällt es ihm nämlich leichter.

In der letzten Zeit hat er eine ganze Reihe von Wegen gefunden, seinen Gedanken und Vorstellungen Ausdruck zu verleihen, ohne auf den Schwall von Klick-, Summ- und Schmatzlauten zurückgreifen zu müssen, der früher all seine Gedanken bestimmt hatte.

Musik und Gesang. Zahlen. Bleistiftzeichnungen. Gefühle. Und die eigenartigen Farben, die diese komischen lebendigen Breibrillen erzeugen, die die Leute auf dieser Welt manchmal tragen.

Die Rewq.

Der Name dieser Symbionten fällt ihm ein, und er ist stolz auf diese Errungenschaft.

Seine Genesung schreitet langsam, aber stetig voran, und je gesünder er wird, desto besser gelingt es ihm, sich auch andere, kompliziertere Namen zu merken und sich unter ihnen etwas vorstellen zu können.

Sara, zum Beispiel, oder Jomah, Prity …

Und dazu einige Begriffe, manchmal sogar zwei oder drei zur selben Zeit.

Auch sein Erinnerungsvermögen wird klarer. Er kann sich unter anderem an den Aufklärer erinnern, vor allem daran, wie er zerplatzte, als er das vergebliche Ausweichmanöver flog, um einen Jäger von seiner Beute fortzulocken.

Es gelang ihm nicht, und er musste eine Serie von Schlägen einstecken. Danach folgte eine Periode, von der ihm bis heute noch nichts wieder bewusst geworden ist. Ein Flirren, ein vager Eindruck von rascher Fortbewegung und Veränderungen – mehr nicht.

Danach war er abgestürzt und in einem Feuer gelandet …

Nein, nein, du musst an etwas anderes denken.

Reiten. Ja, das war ein viel angenehmeres Thema zum Nachdenken. Auf einem gesattelten Tier zu reiten. Auf einem feurigen Pferd. Die Freude, die einem zu Kopf stieg, wenn der kalte Wind einem ins Gesicht wehte und tausend wunderbare Gerüche mit sich brachte.

Eigenartig, dass er auf dieser neuen Welt so viele angenehme Dinge kennengelernt hatte. Und das als Wesen, dem man das geraubt hatte, was die meisten Menschen erst menschlich machte. Das Vermögen, über Worte zu gebieten.

Und nun fällt es ihm ein. Etwas, das dieser Verletzung sehr ähnlich ist, ist früher schon einmal jemandem zugestoßen. Einem Freund.

Seinem Captain.

Ein Bild wirbelt durch sein Bewusstsein. Eine anmutige, glatte und graue Gestalt. Flossen schlagen durch Wasser und erzeugen kleine Bläschen. Ein schmaler, wie ein Flaschenhals geformter Mund, der mit spitzen Zahnreihen gefüllt ist. Ein Gehirn, verletzt, aber immer noch voll tiefer Weisheit.

Leise bildet er drei Silben: *Crei … dei … ki …*

Und das bringt eine ganze Lawine von Erinnerungen ins Rollen. Weitere Freunde. Ein Schiff. Eine Mission. Ein Notfall.

Das Bild von tiefem Wasser. So tief und schwarz, dass kein Lichtstrahl je bis ganz nach unten gelangt. Ein Versteck, aber kein Zufluchtsort. Im ganzen weiten Universum findet sich nirgendwo ein Zufluchtsort.

Aber jetzt treibt etwas Neues in sein Gehirn, als sei es endlich aus dem Gefängnis seiner Verwundung entlassen worden. Verblüfft und verwundert erkennt er es wieder.

Ein Name.

Mein … Name.

Schlüpfrig noch von aufgestauter Frustration schießt er aus der Tiefe hervor, wo er so verdammt lange festgehalten worden war. Er saust hierhin und dorthin und wird endlich so langsam, dass er sich greifen lässt.

Der Name hätte ihn nie verlassen dürfen. Denn dieses Wort ist das Vertrauteste im Leben eines jeden Menschen. Doch erst jetzt kehrt er in sein Bewusstsein zurück, als wolle er sagen »Hi, hier bin ich wieder«.

Er reitet durch die in exotisches Mondlicht gebadete Nacht, sieht sich umringt von merkwürdigen Geschöpfen und einer Kultur, wie er sie noch nie kennengelernt hat, und muss nun furchtbar lachen – gerät geradezu in Ekstase darüber, diesen einen simplen Satz bilden zu können. Diesen einen wunderbaren Akt.

Mein … Name … ist … Emerson.

Glossar

BERG GUENN – Vulkan und Ort der geheimen Schmieden und Werkstätten von Uriel, der Schmiedin.

BIBLOS – Festung, die das Archiv oder die Halle der Bücher enthält; kombinierte Einrichtung aus Universität und Zentralleihbibliothek mit bedeutendem Einfluss auf die Kultur Jijos.

BRACHE – Nachdem eine Spezies für eine festgelegte Dauer eine Welt geleast und bewohnt hat, muss sie dort ausziehen, und der betreffende Planet gilt dann für einen längeren Zeitraum als unbewohnbar, um sich von den Siedlern, deren Technologie usw. zu erholen. Wird nach Ablauf dieser Frist wieder für besiedelbar erklärt.

BUYUR – frühere legale Bewohner Jijos, froschartige Wesen, deren Besonderheit darin bestand, durch Gensteuerung diverse tierische Werkzeuge geschaffen zu haben. Sie zogen vor knapp einer halben Million Jahren von Jijo weg, als die Welt zur Brache erklärt wurde.

DURA – Zeiteinheit, entspricht etwa dem dritten Teil einer Minute.

ENGLIK – Erdsprache, entstanden im einundzwanzigsten Jahrhundert, die auf dem alten Englischen basiert, aber von anderen Sprachen aus der Zeit vor dem Kontakt beeinflusst wurde und gemäß den neuesten Erkenntnissen der linguistischen Theorie modifiziert worden ist.

FUNDAMENTALISTEN – Bewegung, deren Anhänger sich einer strengen und buchstabengetreuen Auslegung der Schriftrollen verschrieben haben. Sie lehnen alles ab, was der Erlösung der Spezies im Wege steht oder sie davon ablenken könnte. Viele

Fundamentalisten sind auch bereit, mit Gewalt gegen solche Störungen vorzugehen.

G'KEK – Erste der Sieben Spezies, die nach Jijo gekommen sind (vor zweitausend Jahren). Sie bewegen sich auf Rädern fort, die biomagnetisch mit dem Körper verbunden sind. g'Kek leben heute nur noch auf Jijo, in den Fünf Galaxien sind sie ausgestorben.

GALAKTISCH/GALAKTIKER – Person, Spezies, Konzept oder Technologie, die sich auf die äonenalte Zivilisation der Fünf Galaxien berufen kann, respektive von ihr abstammt.

GALAKTISCHE INSTITUTE – riesige und mächtige Akademien, die nach ihrem Selbstverständnis neutral sind und über der Tagespolitik der Clans stehen. Sie regulieren oder verwalten diverse Aspekte der galaktischen Zivilisation.

GALAKTISCHE BIBLIOTHEK – ein phantastisch umfangreicher Hort des Wissens, das im Lauf von mehreren hundert Millionen Jahren zusammengetragen worden ist. Quasi-sapiente »Bibliotheksglieder« lassen sich auf den meisten galaktischen Sternenschiffen und in fast allen zivilisierten Ortschaften finden.

GEMEINSCHAFTEN – Orte auf Jijo, in denen Mitglieder mehrerer Spezies friedlich zusammenleben; Sinnbild des Großen Friedens.

GLAVER – Dritte der Sieben Spezies, die nach Jijo gekommen sind. Diese kuhähnlichen Wesen, die sich auch auf zwei Beinen fortbewegen können, sind am weitesten auf dem Pfad der Erlösung vorangekommen und in das Stadium der Präsapienten zurückgefallen. Vielen, vor allem den Fundamentalisten, gelten sie als leuchtendes Beispiel.

GROSSER DRUCK – die unerwartete Einführung von Massen von Büchern aus Papier durch die Menschen kurz nach ihrer Ankunft auf Jijo.

HÄRETIKER – Sammelbezeichnung für die Gruppen, die mit

den Lehren und Meinungen der Hohen Weisen nicht einverstanden sind. Ihre Hauptrichtung vertritt die Auffassung, dass das Galaktische Gesetz gerecht sei und Jijo ohne die »Seuche« der Sooner besser gedeihen würde. Eine Splittergruppe unterscheidet sich kaum von den Fundamentalisten, meint aber, dass jede Spezies ihren individuellen Weg zur Erlösung finden müsse.

HEILIGE SCHRIFTROLLEN – Texte unbekannter Herkunft, die den Soonern auf Jijo auftragen, sich und alles, was ihnen gehört, zu verstecken, den Planeten pfleglich zu behandeln und den Pfad der Erlösung zu beschreiten.

HEILIGES EI – geheimnisvoller PSI-aktiver Stein, der vor hundert Jahren aus der Erde auftauchte und viele Visionen und Träume über die Bürger der Gemeinschaften brachte.

HOON – Fünfte der Sieben Spezies, die nach Jijo gekommen sind. Diese Zweibeiner besitzen eine Schuppenhaut und fellbesetzte Beine. Sie kommunizieren durch ihre Kehlsäcke, die ursprünglich wichtiger Bestandteil bei ihren Balzritualen waren.

JADURA – Zeiteinheit, entspricht etwa dreiundvierzig Stunden.

JAFALLS – (aus der Raumfahrersprache abgeleiteter) Name der Göttin des Glücks. Sie gilt als Personifikation von Murphys Gesetz, und ihr Wankelmut drückt sich schon in ihrem Namen aus, der so viel bedeutet wie »Ja, falls nichts anderes dazwischenkommt«.

KIDURA – Zeiteinheit, entspricht etwa einer halben Sekunde.

KLIENTEN – eine Spezies, die den Schub bereits erhalten hat, sich aber noch auf der untersten Stufe befindet und sich durch Dienstbarkeit gegenüber ihren Patronen hocharbeiten muss.

LOOCEN – der größte der drei Monde Jijos.

LORNIKS – von den Qheuen domestizierte Tierspezies von radikal symmetrischem Äußeren. Sie besitzen vier Beine und dreifingrige Hände.

MENSCHEN – Siebte der Sieben Spezies, die nach Jijo gekommen sind (vor dreihundert Jahren). Sie stammen von der Erde.

MIDURA – Zeiteinheit, entspricht etwa einundsiebzig Minuten.

MULCH-SPINNEN – Generzeugte Lebensform, die eingesetzt wird, um Bauwerke und Technologien zu vernichten, die von vormaligen Mietern auf Brachwelten zurückgelassen worden sind.

NOOR – intelligente, aber zu Schabernack neigende otterähnliche Wesen mit Hundegebaren. Noor lassen sich in der Regel nicht zähmen. Lediglich die Hoon kommen mit ihnen gut aus, während die anderen Spezies sie als Nervensägen und Störenfriede ansehen.

PASSEN – Jijos kleinster Mond.

PFAD (ODER WEG) DER ERLÖSUNG – Bestreben aller orthodoxen und gläubigen Bürger auf Jijo, diesen zu beschreiten, mit anderen Worten, sich zur Unwissenheit zurückzuentwickeln und so der Bestrafung am Tag des Gerichts zu entgehen.

PIDURA – Zeiteinheit, entspricht etwa vier Tagen.

PROGENITOREN – sagenhafte erste raumfahrende Spezies, die angeblich den Zyklus des Schubs vor zwei Milliarden Jahren ins Leben gerufen hat.

QHEUEN – Vierte der Sieben Spezies, die nach Jijo gekommen sind. Sie ähneln Schalentieren, besitzen fünf Beine und Scheren anstelle von Händen. Unter ihnen findet sich eine Partei, die das alte Kastensystem auf Jijo wiedereinführen will, nach dem die Grauen (Farbe des Rückenpanzers) die Adelsschicht stellten, während die Blauen und die Roten dienen und arbeiten mussten. Das Kastensystem bestand schon einmal auf Jijo, wurde aber infolge der Ankunft der Menschen und der damit verbundenen Kriege gestürzt.

REWQ – Symbiontenwesen, die den Mitgliedern der sechs Sooner-Völker dabei helfen, das Mienenspiel und die Körpersprache anderer Spezies zu deuten.

SAPIENT – Bezeichnung für die Spezies, die den Schub erhalten haben und in die Gemeinschaft der Galaktischen Völker aufgenommen worden sind; im Gegensatz dazu Präsapiente, das sind die Spezies, die noch in Vor-Schub-Kulturen leben.

SCHIMPANSEN – Spezies, die von den Menschen einen Teilschub erhalten hat. Diese Affenwesen können nicht sprechen, aber man kann mittels Zeichensprache mit ihnen kommunizieren.

SCHUB – Prozess, der präsapiente Spezies sapient macht und damit der Galaktischen Völkerfamilie eingliedert. Patrone oder Patronats-Clans führen den Vorgang durch.

SOONER – Gesetzeslose, die sich auf Brachwelten niederlassen. Auf Jijo selbst bezeichnet man mit Soonern hingegen Gruppen, die sich jenseits des Hangs angesiedelt haben.

TAG DES GERICHTS (AUCH DES JÜNGSTEN GERICHTS) – eine Prophezeiung, nach der die Spezies auf Jijo sich dereinst für ihre Verbrechen (illegale Besiedlung der Brachwelt) verantworten müssen. Wenn es diesen Völkern jedoch gelingt, dem Beispiel der Glaver auf dem Weg zur Erlösung zu folgen, und sie unwissend und unschuldig geworden sind, entgehen sie einer Bestrafung.

TORGEN – der mittlere Mond Jijos.

TRAEKI – Zweite der Sieben Spezies, die nach Jijo gekommen sind. Traeki sind eine Nebenlinie der mysteriösen Jophur und unterscheiden sich von ihnen hauptsächlich durch die Aufgabe des Master-Wulstes.

URS – Sechste der Sieben Spezies, die nach Jijo gekommen sind. Sie besitzen die Größe von Rotwild (die weiblichen Wesen), während die Hengste (die männlichen) kaum die Höhe einer Katze erreichen. Urs haben eine unerklärliche Aversion gegen Wasser.

VERSAMMLUNGS-FESTIVAL – alljährliches Fest, bei dem der Große Friede gefeiert und gefestigt wird. Höhepunkt der mehrtägigen Veranstaltung ist der Pilgerzug zum heiligen Ei.

ZOOKIR – dienstbare Tierspezies der g'Kek, die sich darauf versteht, Nachrichten zu memorieren und später wiederzugeben.

George R. R. Martin

Planetenwanderer

Der neue Science-Fiction-Bestseller vom Schöpfer der *Game of Thrones*-Saga

»George R. R. Martin ist ein nahezu übernatürlich begabter Erzähler.«
The New York Times

Die Menschheit hat sich in den unendlichen Weiten des Weltalls ausgebreitet. Überall sind neue Siedlungen entstanden, und jede Welt birgt neue Gefahren. Als der interplanetarische Händler Haviland Tuf eines der letzten Saatschiffe der Erde erwirbt, beginnt seine Odyssee quer durch den Weltraum. Eine Odyssee, auf der Haviland Tuf vom einfachen Händler zum gefeierten Retter der Menschheit wird ...

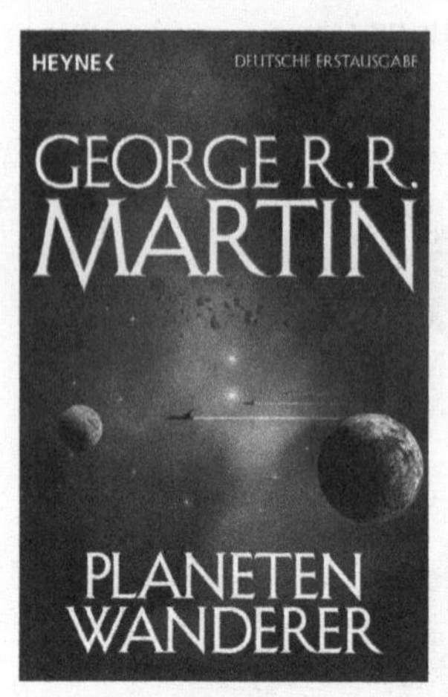

978-3-453-31494-8

Leseproben unter **www.heyne.de**

Andy Weir

Gestrandet auf dem Mars – der internationale Science-Fiction-Bestseller

»Das fesselndste Buch, das ich seit Langem gelesen habe. Daneben wirkt *Apollo 13* wie ein Kindermärchen.« *Douglas Preston*

»Das beste Buch seit Jahren!« *Hugh Howey*

»Ich konnte das Buch nicht mehr aus der Hand legen.«
Chris Hadfield, Astronaut

Bei einer Expedition auf dem roten Planeten gerät der Astronaut Mark Watney in einen Sandsturm, und als er aus seiner Bewusstlosigkeit erwacht ist er allein. Auf dem Mars. Ohne Ausrüstung. Ohne Nahrung. Und ohne Crew, denn die ist bereits auf dem Weg zurück zur Erde. Es ist der Beginn eines spektakulären Überlebenskampfes ...

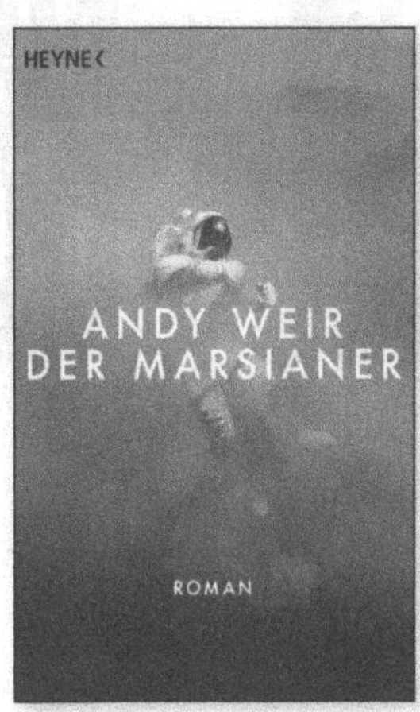

978-3-453-31583-9

Leseprobe unter **www.heyne.de**

Wolfgang Jeschke

»Wolfgang Jeschke ist grandios!
Er zieht alle Register des
großen Abenteuerromans.«
Frank Schätzing

»Wolfgang Jeschke schreibt
die Kronjuwelen der
deutschen Science Fiction!«
Andreas Eschbach

978-3-453-31476-4

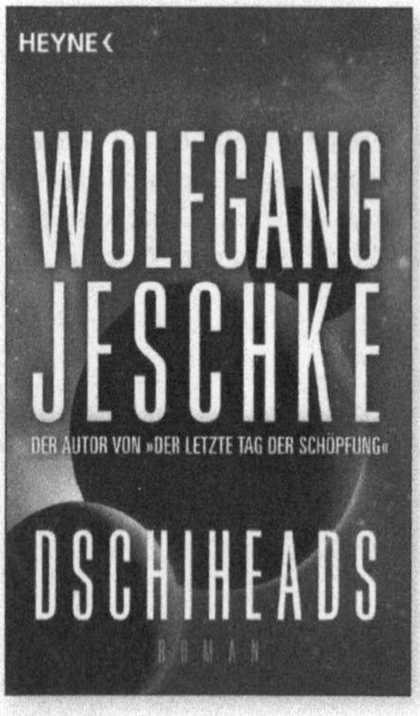

978-3-453-31491-7